Carl Runge, Oskar X. Schlömilch, B. Witzschel

Zeitschrift für Mathematik und Physik

Neunter Jahrgang

Carl Runge, Oskar X. Schlömilch, B. Witzschel

Zeitschrift für Mathematik und Physik
Neunter Jahrgang

Unveränderter Nachdruck der Originalausgabe von 1864.

1. Auflage 2022 | ISBN: 978-3-37503-778-9

Verlag: Salzwasser Verlag GmbH, Zeilweg 44, 60439 Frankfurt, Deutschland
Vertretungsberechtigt: E. Roepke, Zeilweg 44, 60439 Frankfurt, Deutschland
Druck: Books on Demand GmbH, In de Tarpen 42, 22848 Norderstedt, Deutschland

Zeitschrift
für
Mathematik und Physik

Neunter Jahrgang.
Mit 8 lithographirten Tafeln.

LEIPZIG,

1864.

Inhalt.

Geschichte der Mathematik.

	Seite
Zur Geschichte der Zahlzeichen und unseres Ziffernsystemes. Von Prof. FRIEDLEIN	73
Gerbert's Regeln der Division. Von Prof. FRIEDLEIN	145
Galileo Galilei. Von M. CANTOR	172
Der Heronische Lehrsatz über die Fläche des Dreiecks als Function der drei Seiten. Von Dr. F. HULTSCH	225
Das Rechnen mit Columnen vor dem 10. Jahrhundert. Von Prof. FRIEDLEIN	297

Arithmetik und Analysis.

Die Euler'schen Integrale bei unbeschränkter Variabilität des Argumentes. Von Dr. HERM. HANKEL	1
Ueber die Differentialgleichung $sy'' + (r+qx)y' + (p+nx+mx^2)y = 0$. Von Dr. R. HOPPE	56
Note über lineare Differentialgleichungen. Von Prof. SIMON SPITZER	60
Beweis eines Theoremes, von welchem die Fourier'schen Doppelintegrale specielle Fälle sind. Von Dr. GRUNWALDT	131
Die Thomas'sche Rechenmaschine. Von Prof. Dr. JUNGE	198
Ueber die Reduction von Doppelintegralen auf Producte einfacher Integrale. Von O. SCHLÖMILCH	205
Aufgaben von Prinz BONCOMPAGNI	284
Ueber ein paar durch Gammafunctionen ausdrückbare Integrale. Von O. SCHLÖMILCH	356
Ueber eine Transformation einer homogenen Function zweiten Grades. Von Dr. ENNEPER	358
Die Zerlegung algebraischer Functionen in Partialbrüche nach den Principien der complexen Functionentheorie. Von Dr. HERM. HANKEL	425
Die Pothenot'sche Aufgabe als algebraisches Problem. Von O. SCHLÖMILCH	433

Theoretische und praktische Geometrie.

Die Kegelschnitte und die höheren Curven als Resultate einer Ortsbestimmung. Von Stud. ECKARDT	22
Beweise und Erörterungen einiger Sätze über Kegelschnitte, welche durch vier Punkte gelegt werden. Von Prof. Dr. WIENER	44
Auflösung einer geometrischen Aufgabe. Von Prof. Dr. WIENER	54
Analytisch-geometrische Untersuchungen. Von Dr. ENNEPER	90
Ueber einige Transformationen von Flächen. Von Dr. ENNEPER	126
Ueber die Formel zum barometrischen Höhenmessen bei geringen Höhenunterschieden. Nach BABINET	143
Ueber eine besondere Art cyclischer Curven. Von Dr. DURÈGE	209
Note über ein geometrisches Theorem. Von Dr. ENNEPER	217
Ueber die Transformationen in der darstellenden Geometrie. Von Dr. W. FIEDLER	331
Verallgemeinerung eines geometrischen Satzes. Von Dr. ENNEPER	362
Ueber Euler's Satz von den Polyedern. Von Prof. Dr. H. SCHÄFFER	365
Ueber eine geometrische Erzeugung von confocalen Curven vierten Grades. Von Stud. BERNER	369
Analytisch-geometrische Untersuchungen (2. Artikel). Von Dr. ENNEPER	377
Ueber den Zusammenhang der Seiten eines Kreisvierecks mit den Wurzeln einer biquadratischen Gleichung. Von Dr. MATTHIESSEN	453

Mechanik.

Biegung eines Ringes durch gleichmässigen Druck von Aussen. Von Dr. R. Hoppe 37
Bestimmung der Schallgeschwindigkeit durch Coincidenzbeobachtungen. Von Dr. Kahl 65
Bemerkung zu der Abhandlung: „Ueber die Anziehung eines Cylinders". Von Dr. F. Grube 277
Ueber die senkrecht zur Axe gerichtete Anziehungscomponente eines kreisförmigen Kegels. Von Dr. F. Grube 279
Constructive Ermittelung der Gleichgewichtslagen schwimmender Körper und ihrer Stabilität. Von Dr. R. Hoppe 371
Ueber die Drehung eines Körpers, dessen ursprüngliche Rotationsaxe keine seiner freien Axen war. Von Generallieutenant W. von Rouvroy 401
Drehung eines Körpers ohne Kräftepaar. Von Dr. R. Hoppe 436

Optik.

Vorläufige Bemerkungen über das Licht glühender Gase. Von Dr. E. Mach . 69
Ueber das Verhalten des Chlorsilbers, Bromsilbers und Jodsilbers im Licht und die Theorie der Photographie. Von H. Vogel 284
Versuche, die Brechung und Dispersion des Lichtes in Flüssigkeiten betreffend. Nach Gladstone und Dale von Dr. Kahl 289
Neues Verfahren in der Photolithographie. Nach R. von Perger von Dr. Kahl 289
Zur Theorie der Spectralanalyse. Von Dr. Kahl 290
Riesenspectroscop von Cooke. Von Dr. Kahl 291
Spectralbeobachtungen von Himmelskörpern durch P. Secchi. Von Dr. Kahl 291
Ueber eine Erscheinung am Newton'schen Farbenglase. Von Prof. Stefan 454
Ueber Interferenzerscheinungen im prismatischen und im Beugungsspectrum. Von Prof. Stefan 454
Entdeckung des Indiums durch Spectralanalyse. Von Dr. Kahl 456

Wärmelehre und Molecularphysik.

Zur Theorie der Gase. Von Robida 218
Ueber den Einfluss der Schwere auf die Bewegung der Gasmoleküle. Von Prof. Clausius 375

Elektricität und Magnetismus.

Ueber die Vorschläge eines conventionellen Stromwiderstandsmaasses zu technischen Zwecken. Von Dr. Kahl 69
Ueber eine neue magnetische Erscheinung. Von Prof. Dr. von Waltenhofen 221
Galvanische Elemente, welche bei wenig Kostenaufwand einen starken Strom liefern. Von Dr. Kahl 292
Ueber unterseeische Telegraphie. Von Dr. Kahl 294
Beschreibung und Theorie eines Variationsinstrumentes für die Declination und Intensität des Erdmagnetismus. Von Dr. Matthiessen 447

Meteorologie.

Merkwürdiger Regen. Von Dr. Kahl 65
Ueber verticale Luftströme in der Atmosphäre. Von Dr. Th. Reye 250
Meteorologisches. Von Dr. Kahl 295
Ueber das Verhältniss der atmosphärischen Luft zu dem in derselben befindlichen Wasserdampfe. Von Prof. Lamont 439

Vermischtes.

Zur Kenntniss des Cäsiums. Von Prof. Bunsen 69
Darstellung von Sauerstoff aus chlorsaurem Kali. Von Dr. Kahl 223
Ueber Tropfenbildung. Nach Meunier 288
Zur physikalischen Literatur. Von Dr. Kahl 296

I.

Die Euler'schen Integrale bei unbeschränkter Variabilität des Argumentes.*)

Von Dr. HERMANN HANKEL,
Privatdocent an der Universität zu Leipzig.

Die Untersuchungen, welche den Gegenstand der folgenden Abhandlung ausmachen, stützen sich auf einige einfache Sätze der complexen Functionentheorie, wie sie von meinem hochverehrten Lehrer, Hrn. Riemann aufgefasst wird. Was deren weitere Ausführung betrifft, so verweise ich auf die Abhandlungen, die mein Freund, Herr Roch, kürzlich „über Functionen complexer Grössen" in diesem Journale veröffentlicht hat; indess erscheint es mir nothwendig, einige Principien in der Form, wie sie im Folgenden häufig Anwendung finden werden, zuvor in aller Kürze zu entwickeln:

§ 1.

Hilfssätze aus der complexen Functionentheorie.

Zur Vereinfachung der Ausdrucksweise wird im Folgenden an der von Kühn**) gegebenen Darstellung festgehalten werden, nach der die complexe Grösse $z = x + yi$ repräsentirt wird durch einen Punkt mit der Abscisse x und der Ordinate y in einer unendlichen Ebene, die man entweder als Fläche mit unendlich entfernter, etwa kreisförmiger Begrenzung, oder als eine geschlossene Fläche — etwa unendlich grosse Kugel — ansehen kann. Diese beiden Vorstellungen, von denen die letztere besonders instructiv zu sein scheint, unterscheiden sich für endliche Punkte nicht von einander; jener die Ebene begrenzende unendlich grosse Kreis degenerirt aber bei der zweiten Anschauung in einen einzigen Punkt, den Unendlichkeitspunkt.

---

*) Vom Verf. besorgter Auszug aus seiner Habilitationsdissertation (Leipzig, bei L. Voss, 1863). Wegen der zahlreichen literarischen Notizen verweisen wir auf die Schrift selbst.
**) *Medit. de quant. imag. constr. et rad. imag. exhib. Novi Comm. Acad. Imp. Petrop.* Bd. 3. 1753. S. 170.

2 Die Euler'schen Integrale bei unbeschr. Variabilität d. Argumentes.

Eine Function von $z = x + yi$ nennt nun Hr. Riemann eine Grösse w, die sich mit z der partiellen Differentialgleichung
$$\frac{\partial w}{\partial y} = i \frac{\partial w}{\partial x}$$
gemäss ändert. Die ganze Theorie der Functionen complexer Variabelen ist somit als eine ausgeführte Theorie dieser Differentialgleichung zu betrachten. Die erste Folgerung, die sich aus derselben ziehen lässt, ist die, dass sich eine solche Function stets nach dem Taylor'schen Lehrsatze in eine Reihe nach aufsteigenden Potenzen von $(z-a)$ entwickeln lässt, sobald sie in einem mit $mod(z-a)$ um a beschriebenen Kreise überall einen und nur einen endlichen bestimmten Werth hat. Sind daher die sämmtlichen Derivirten dieser Function für $z = a$ gegeben, oder ist, was hiermit im Wesentlichen zusammenfällt, die Function selbst auf einer endlichen Strecke von a aus bekannt, so ist sie dadurch für die ganze Kreisfläche bestimmt. Von dieser Kreisfläche aus kann man nun die Function nach allen Seiten hin fortsetzen und durch Wiederholung derselben Operation sie für alle Theile der Ebene bestimmen, in der $z = x + yi$ dargestellt wird; nur hat man zu berücksichtigen, dass bei dieser Fortsetzung kein Punkt überschritten wird, in dem die Function nicht endlich und bestimmt ist. Es geht hieraus hervor, dass eine auf einer endlichen Strecke gegebene Function durch einen gegebenen Flächenstreifen, in dem sie stets endliche Werthe hat, nur auf eine Weise fortgesetzt werden kann.

Es ist aber hiebei keineswegs ausgeschlossen, dass, je nach dem die Fortsetzung auf dem einen oder dem anderen Wege geschieht, für denselben Punkt sich mehrere Werthe der Function ergeben können. Man bezeichnet eine Function, bei der dieser Fall eintritt, als mehrwerthig, nennt aber eine Function innerhalb eines Theiles der Ebene einwerthig oder monodrom, wenn sie, in einer endlichen Strecke dieser Ebene als gegeben gedacht, immer denselben Werth beibehält, man mag sie durch einen innerhalb des Ebenenstückes liegenden Weg fortsetzen, durch welchen man will. Jeder mehrwerthigen Function kommen gewisse ausgezeichnete Punkte zu von der Beschaffenheit, dass wenn man die Function um sie herum fortsetzt und wieder zu dem Anfangswerthe zurückkehrt, dieselbe einen anderen Werth angenommen hat. Diese Punkte nennt Hr. Riemann Verzweigungspunkte. Ein solcher Verzweigungspunkt ist z. B. für $(x-a)^\mu$, wo μ eine beliebige complexe Zahl bezeichnet, der Punkt $x = a$; lässt man x von einem Punkte $x = x_1$ ausgehen und geht um $x = a$ herum wieder zu $x = x_1$ zurück, so wird die Function bei diesem Umlaufe den Factor $e^{2\mu\pi i}$ erhalten haben. Nur wenn μ eine reelle ganze Zahl ist, wird $x = a$ kein Verzweigungspunkt sein. In jedem Ebenenstücke, welches den Punkt $x = a$ weder in sich enthält, noch umschliesst, ist die Function $(x-a)^\mu$ monodrom. Ebenso ist $x = a$ für $log(x-a)$ ein Verzweigungspunkt; bei jedem Umlaufe um denselben ändert sich $log(x-a)$ um $2\pi i$.

Es besteht nun ein wesentlicher Unterschied der algebraischen und transscendenten mehrwerthigen Functionen darin, dass erstere nach einer endlichen Anzahl von Umläufen ihren ursprünglichen Werth wieder erlangen, während dies bei letzteren im Allgemeinen nicht der Fall ist. Sieht man hier ganz von ersteren ab, so ist einleuchtend, dass die Untersuchung mehrwerthiger Transscendenten ungemein erleichtert werden wird, wenn man sich von der Vieldeutigkeit der Function für einen und denselben Werth des Argumentes befreien kann. Zu diesem Zwecke denkt sich Hr. Riemann die Ebene in bestimmten von den Verzweigungspunkten ausgehenden Linien zerschnitten, so dass die Function innerhalb des nicht zerschnittenen Theiles der Ebene monodrom ist, d. h. man denkt sich gewisse Linien festgesetzt, durch welche hierdurch die Variabele niemals gehen darf und die als Begrenzung der Ebene angesehen werden. Zerschneidet man z. B. die Ebene der x in einer von $x=a$ bis $x=\infty$ gehenden, sonst willkürlichen, nur sich selbst nicht schneidenden — nicht verknoteten — Linie, so kann, so lange man nur im Endlichen bleibt, x niemals um $x=a$ herumgehen und es wird $(x-a)^\mu$ für jeden Punkt der Ebene eine bestimmte Bedeutung haben, sobald man seinen Werth in einem einzigen Punkte festsetzt. Ebenso wird bei derselben Zerschneidung $log(x-a)$ in der zusammenhängenden Ebene monodrom bleiben. Nimmt man specieller an, die Ebene sei in der negativen reellen Axe zerschnitten und $log x$ sei für reelle positive x reell, so wird die im Allgemeinen willkürliche ganze Zahl m in $log(re^{\varphi i}) = log r + (\varphi + 2m\pi)i$, wo $log r$ stets reell vorausgesetzt ist, so bestimmt werden müssen, dass für $\varphi = 0$, $log(re^{\varphi i})$ reell ist, also $m = 0$. Setzt man also $log(re^{\varphi i}) = log r + \varphi i$, so wird der Logarithmus, da φ niemals über $\pm \pi$ wachsen kann, in dem unzerschnittenen Theile der Ebene überall monodrom sein. Der Logarithmus eines unendlich dicht über der negativen reellen Axe gelegenen Punktes, für den $\varphi = \pi$ ist, wird danach $log r + \pi i$ sein; der Logarithmus eines unendlich dicht unter derselben Axe gelegenen Punktes $\varphi = -\pi$ ist dagegen $log r - \pi i$.

Ist nun beide mal r dasselbe, so wird der Logarithmus zweier unendlich nahen Punkte der negativen Axe, deren einer über, deren anderer unter der Schnittcurve liegt, um $2\pi i$ verschieden sein. Es wird im Folgenden häufig von der Zerschneidung der Ebene von $x=0$ bis $x=+\infty$ auf der reellen positiven Axe Gebrauch gemacht werden. Nimmt man dann $log(-x)$ für negative reelle x als reell an, so ist $log(-re^{\varphi i}) = log r + (\varphi - \pi)i$ zu setzen, wobei wiederum $log r$ stets reell angenommen werden soll. Wenn $\varphi = +\pi$, so ist $log(-re^{\varphi i}) = log r$ in der That reell; für $\varphi = 0$ hat man $log(-re^{\varphi i}) = log r - \pi i$, für $\varphi = 2\pi$, $log(-re^{\varphi i})$

$= \log r + \pi i$. Ganz dieselben Zerschneidungen lassen sich auch für $(-x)^\mu = e^{\mu \log(-x)}$ in Anwendung bringen.

Die Functionen $(x-a)^\mu$ und $\log(x-a)$ haben nur einen Verzweigungspunkt im Endlichen. Ebenso giebt es auch Functionen mit mehreren Verzweigungspunkten im Endlichen, wie denn $(x-a)^\mu(x-b)^\nu$, wo μ, ν keine reellen ganzen Zahlen sind, oder $\log(x-a)(x-b)$ einfache Beispiele von Functionen mit zwei endlichen Verzweigungspunkten abgeben. Um $(x-a)^\mu(x-b)^\nu$ monodrom zu machen, wird man z. B. die Ebene in einer von $x=a$ nach $x=\infty$ und einer von $x=\infty$ nach $x=b$ gehenden, nicht verknoteten Linie zerschneiden können. Nur in dem Falle, dass $(\mu+\nu)$ eine reelle ganze Zahl ist, wird das System der Schnitte ein anderes sein müssen. Man sieht nämlich ein, dass bei einem Umlaufe um $x=a$ oder $x=b$ ein anderer Werth erreicht werden würde, nicht so aber, wenn a und b zugleich umlaufen werden, insofern die Function bei einem solchen Umlaufe den Factor $e^{2(\mu+\nu)\pi i} = 1$ erhält. Es genügt also, um $(x-a)^\mu(x-b)^\nu$ in diesem Falle monodrom zu machen, dass die Ebene in einer, $x=a$ und $x=b$ verbindenden, nicht verknoteten Curve zerschnitten wird. Ebenso sieht man, dass $(x-a)^\mu(x-b)^\nu(x-c)^\varrho$, wo keine der Zahlen μ, ν, ϱ, wohl aber ihre Summe $(\mu+\nu+\varrho)$ eine reelle ganze Zahl sein soll, die drei Verzweigungspunkte $x=a, b, c$ hat und dass sie monodrom wird, wenn man die Ebene in irgend einer, die Punkte a, b, c verbindenden, nicht verknoteten Curve zerschneidet.

§ 2.
Die Euler'schen Integrale.

Durch die Aufgabe, die Reihe der Facultäten zu interpoliren, ist Euler schon im Jahre 1738 auf das unendliche Product:

$$lim \frac{1 \ldots 2 \ldots n}{x(x+1)\ldots(x+n)} n^x, \quad n = \infty$$

geführt worden. Gauss hat später von Neuem auf dieses Product aufmerksam gemacht und den strengen Nachweis gegeben, dass dasselbe für alle reellen Werthe von x convergirt und nur für ganze negative x, die Null mit eingeschlossen, unendlich gross erster Ordnung wird. Es lässt sich das Princip jenes Beweises auch auf beliebige complexe x anwenden, so dass die durch die Gleichung:

$$\Gamma(x) = lim \frac{1\ldots 2 \ldots n}{x(x+1)\ldots(x+n)} n^x$$

definirte Function $\Gamma(x)$ monodrom, stetig, für alle endlichen Werthe des x von Null und Unendlich verschieden, nur für $x = 0, -1, -2, \ldots$ *in inf.* unendlich gross erster Ordnung ist.

Eine einfache Folgerung aus den S. 2 angegebenen Principien ist das schöne von Hrn. Weierstrass bemerkte Theorem, dass der Quotient

$1 : \Gamma(x)$ in eine für alle Werthe von x convergirende Reihe nach aufsteigenden Potenzen von x entwickelt werden kann.

Die charakteristische Eigenschaft der Function $\Gamma(x)$ besteht darin, dass, wie man unmittelbar aus jenem Producte ableitet:
$$\Gamma(x+1) = x\,\Gamma(x)$$
und es geht, da $\Gamma(1) = 1$ ist, hieraus auch sogleich hervor, dass $\Gamma(x)$ für $x = 0, -1, -2, \ldots$ unendlich gross erster Ordnung werden muss. Durch die Bestimmung, dass $\Gamma(x)$ eine mit Ausnahme aller ganzen negativen Zahlen überall von Null und Unendlich verschiedene, monodrome, stetige Function darstellt, für welche $\Gamma(x+1) = x\,\Gamma(x)$, wird dieselbe bis auf einen Factor $\varphi(x)$ bestimmt, der eine ebenfalls monodrome, stetige, im Endlichen von Null und Unendlich verschiedene und der Gleichung $\varphi(x+1) = \varphi(x)$ genügende Function von x sein muss. In § 3 meiner Habilitationsschrift habe ich den Nachweis zu führen gesucht, dass die Function $\varphi(x) = c\,e^{2k\pi i}$ sei, wo c und k Constanten bedeuten. Indess ist in diesem Beweise eine bestimmte Voraussetzung über das Verhalten der Function für unendliche Werthe des x gemacht worden, die den jener Functionalgleichung genügenden Functionen im Allgemeinen nicht nothwendiger Weise zukommen muss. In der That giebt es noch andere Exponentialfunctionen, als jene einfache, die ebenfalls den angegebenen Bedingungen genügen und sich von jener durch ihre Eigenschaften im Unendlichen unterscheiden. Ueberhaupt scheint es, als ob die Definition von $\Gamma(x)$ durch ein System von Bedingungen, ohne Voraussetzung einer explicirten Darstellung derselben, nur in der Weise gegeben werden kann, dass man das Verhalten von $\Gamma(x)$ für $x = \infty$ in dieselbe aufnimmt. Die Brauchbarkeit einer solchen Definition ist aber sehr gering, insofern es nur in den seltensten Fällen möglich ist, ohne grosse Weitläufigkeiten und selbst Schwierigkeiten den asymptotischen Werth einer Function zu bestimmen.

Von Legendre ist bekanntlich die Definition von $\Gamma(x)$ durch ein bestimmtes Integral:
$$\Gamma(x) = \int_0^\infty r^{x-1} e^{-r}\, dr$$
gegeben worden, welches für alle x, deren reeller Theil positiv ist, convergirt und in das obige Product transformirt werden kann; für solche x aber, deren reeller Theil negativ ist, hört dieses Integral auf zu convergiren. Ich habe nun, von der Functionalgleichung $\Gamma(x+1) = x\,\Gamma(x)$ ausgehend, ein bestimmtes Integral aufgestellt, welches für alle x convergirt und eine monodrome stetige Function von x ist. Für solche x, deren reller Theil positiv ist, lässt sich dasselbe ohne Weiteres auf das obige Integral Legendre's reduciren und wird somit für alle diese Argumente jenem unendlichen Producte gleich werden, durch welches Gauss die Gammafunction definirt hat. Es folgt daraus nach den auf S. 2 angedeuteten

Principien der Functionentheorie unmittelbar, dass dieses stets convergirende Integral für alle Werthe von x der durch das Product definirten Function $\Gamma(x)$ gleich sein wird.

Aus diesem allgemein gültigen Integrale lassen sich dann durch Aenderungen des Integrationsweges mit Leichtigkeit die bisher bekannten mannigfachen Formen des Integrales $\Gamma(x)$ oder des Quotienten $1 : \Gamma(x)$ erhalten.

Was das Euler'sche Integral erster Gattung, die von Binet mit $B(p,q)$ bezeichnete Function betrifft, so habe ich darauf verzichtet, für diese Function zweier Variabelen ein stets gültiges einfaches Integral aufstellen zu können. So lange indess p einen positiven reellen Theil hat, lässt sich ein Integral für $B(p, q)$ angeben, das für jeden Werth von q seine Bedeutung beibehält; ebenso giebt es, wenn $(- p - q)$ einen positiven reellen Theil hat, ein Integral, das für alle entsprechenden Werthe von p und q seinen Sinn nicht verliert. Dieses Integral liefert durch Specialisirung der drei willkührlichen Constanten, welche dasselbe enthält, und verschiedene Annahmen des Integrationsweges mit Leichtigkeit die verschiedenen Formeln, in die von den Analysten häufig durch einen grossen Aufwand von Rechnung und besondere Kunstgriffe das Euler'sche Integral transformirt worden ist.

Es konnte natürlich nicht meine Aufgabe sein, alle Integrale, durch welche $\Gamma(x)$, $B(p, q)$, oder die reciproken Werthe derselben dargestellt worden sind, zu entwickeln und ich habe mich in dieser Hinsicht auf diejenigen beschränkt, die entweder ihrer Eleganz oder sonstiger Eigenthümlichkeiten wegen von besonderem Interesse zu sein schienen. Ebensowenig habe ich neue Transformationen der Euler'schen Integrale unternommen, da es ohnehin scheint, als ob bei Anwendungen die allgemeinen Formeln in den meisten Fällen die zweckmässigsten sein werden. Denn es rechtfertigt sich der bisherige Gebrauch der verschiedenen Formeln allein dadurch, dass die transformirten Integrale für verschiedene Gebiete des Argumentes gültig sind, also je nach den Bedürfnissen das eine oder andere Integral angewandt werden musste.

§ 3.

Darstellung von $\Gamma(x)$ durch ein bestimmtes Integral und Transformationen desselben.

Um $\Gamma(x)$ durch ein bestimmtes Integral darzustellen, wird es, da $\Gamma(x)$ für alle negativen ganzen Zahlen unendlich gross wird, zweckmässig sein, $1 : \Gamma(x)$ oder $1 : \Gamma(-x)$ durch ein Integral auszudrücken, welches stets endlich, stetig und monodrom bleiben muss. Um nun auf die Differenzengleichung

$$\frac{1}{\Gamma(-x)} + \frac{x}{\Gamma(1-x)} = 0$$

das geniale Verfahren Laplace's anzuwenden, nach welchem das Integral einer solchen Gleichung $\int t^x u\, dt$ gesetzt und u als Function von t bestimmt wird, muss man bedenken, dass t^x im Allgemeinen eine mehrwerthige Function von t ist und also, um die Untersuchung in genügend allgemeiner Weise zu führen, die Ebene in einer von $t=0$ bis $t=\infty$ gezogenen Linie zu durchschneiden ist. Ich wähle zu diesem Zwecke die Axe der reellen positiven t und bestimme $log(-t)$ in $(-t)^x = e^{x\,log(-t)}$ reell für negative reelle t. (Vergl. S. 3 am Ende.) Setzt man dann:

$$\frac{1}{\Gamma(-x)} = \int (-t)^x u\, dt$$

so erhält man mittelst obiger Gleichung:

$$\int [x(-t)^{x-1} + (-t)^x] u\, dt = 0$$

und, wenn $(-t)^x = w$, also $x(-t)^{x-1} = -\frac{\partial w}{\partial t}$ gesetzt wird:

$$\int \left(\frac{\partial w}{\partial t} - w \right) u\, dt = 0.$$

Diese Gleichung verwandelt sich nun durch theilweise Integration in

$$wu - \int w \left(\frac{\partial u}{\partial t} + u \right) dt = 0$$

und wird, indem man w als willkürliche Grösse ansieht, erfüllt, wenn für beide Grenzen des Integrales u verschwindet und $\frac{\partial u}{\partial t} + u = 0$, d. h. $u = ce^{-t}$ ist. Es wird aber im Allgemeinen $u = ce^{-t}$ nur für $t = +\infty$ verschwinden und man darf deshalb

$$\frac{1}{\Gamma(-x)} = c\int_{+\infty}^{+\infty} (-t)^x e^{-t} dt$$

setzen, wo von $t = +\infty$ oberhalb der Abscissenaxe in einer Curve, welche die positive Achse nicht schneidet, bis $t = +\infty$ unterhalb der Abscissenaxe zu integriren ist. Um die Constante c zu bestimmen, kann man $x = -1$ nehmen; dann wird die linke Seite der Einheit gleich und da in diesem Falle die Function unter dem Integralzeichen monodrom ist, das Integral von $t = +\infty$ um $t = 0$, herum nach $t = +\infty$ zurück, gleich dem in einem unendlich kleinen Kreise um $t = 0$ genommenen Integrale. Letzteres ist aber $= -2\pi i$ und man hat daher die Gleichung $1 = -c.2\pi i$, also:

1) $$-\frac{2\pi i}{\Gamma(-x)} = \int_{+\infty}^{+\infty} (-t)^x e^{-t} dt.$$

8 Die Euler'schen Integrale bei unbeschr. Variabilität d. Argumentes.

Dieser Integralausdruck genügt nun ausser der Functionalgleichung $\Gamma(x+1) = x\Gamma(x)$ und $\Gamma(1) = 1$ auch allen anderen Bedingungen. Er ist eine stetige, endliche, monodrome Function von x, die nur verschwindet, wenn die Integrationscurve die vollständige Begrenzung eines Theiles der Ebene bildet, in welchem die Function endlich bleibt. Das ist aber nur der Fall, wenn x eine positive ganze Zahl ist, in welchem Falle $1:\Gamma(-x)$ verschwinden soll. Ist überhaupt der reelle Theil von $x > -1$, so darf man, ohne dass das Integral unendliche Elemente erhält, den Integrationsweg unendlich dicht an der reellen Axe entlang führen und zwar oberhalb derselben von $t = +\infty$ bis $t = 0$ und unterhalb von $t = 0$ bis $t = +\infty$. Dann erhält man durch Zerlegung des Integrationsweges:

$$\frac{2\pi i}{\Gamma(-x)} = \int_0^\infty e^{-\pi i} r^x e^{-r} dr - \int_0^\infty e^{+\pi i} r^x e^{-r} dr = -2 i \sin x\pi \int_0^\infty r^x e^{-r} dr$$

oder*)

2) $\qquad \Gamma(x+1) = \int_0^\infty r^x e^{-r} dr, \qquad x > -1,$

wobei $\log r$ in $r^x = e^{x \log r}$ reell zu nehmen ist. Man sieht daher, dass die in Gleichung 1) definirte Function $\Gamma(x)$ für $x > -1$ auf die Legendre'sche zurückführt. Es wird daher jene in 1) definirte Function $\Gamma(x)$ mit der durch das unendliche Product bestimmten, für alle complexen Werthe des Argumentes gleichbedeutend sein.

Man kann von dieser letzteren für $x > -1$ geltenden Gleichung aus auch rückwärts zu dem obigen Integralausdrucke 1) gelangen, indem man die vorstehenden Schlüsse in umgekehrter Ordnung auf einander folgen lässt. Von einer anderen Form der letzten Gleichung ausgehend, ist auf diese Weise mein hochverehrter Lehrer Hr. Scheibner schon vor längerer Zeit zu einem stets convergirenden Integrale für $\Gamma(x)$ gelangt.

Führt man in 1) at statt t als Integrationsvariabele ein, wo a eine reelle positive Zahl bezeichnet, so hat man:

3) $\qquad \displaystyle\int_{+\infty}^{+\infty} (-t)^x e^{-at} dt = -\frac{2\pi i}{a^{x+1} \Gamma(-x)}, \quad a > 0,$

wobei $\log a$ in $a^{x+1} = e^{(x+1)\log a}$ reell zu nehmen ist.

Die Bedingung, dass a reell und positiv, kann leicht dahin erweitert werden, dass der reelle Theil von a positiv sein muss. Betrachtet man nämlich beide Seiten der vorstehenden Gleichung als Functionen von a, so sieht man zunächst, dass das Integral im Allgemeinen endlich und stetig

---

*) Ich bemerke, dass sich im Folgenden, wenn nicht das Gegentheil bemerkt ist, das Zeichen $\gtreqless$ stets nur auf die reellen Theile der vorkommenden Grössen beziehen soll.

bleiben wird, so lange nur der reelle Theil von a positiv ist; unter dieser Bedingung wird auch die rechte Seite eine stetige, monodrome Function von a sein, und, da die beiden Seiten der Formel 3) für reelle positive a als einander gleich nachgewiesen sind, so folgt ihre Gleichheit für complexe a mit positivem reellen Theile, also allgemein für $a > 0$ aus den Bemerkungen auf S. 2.

Es folgt aber weiter, dass sich, wenn der reelle Theil von $x < 0$, also $(-t)^x$ für unendliche t verschwindet, beide Seiten auch noch stetig ändern, wenn man den positiven reellen Theil von a unendlich klein werden lässt, da in diesem Falle die Exponentialgrösse e^{-at} für unendliche reelle t nur endliche Werthe annehmen kann. Die Gleichung 3) bleibt also unter der Voraussetzung $x < 0$ auch noch gültig, wenn der positive reelle Theil von a verschwindet.

Nach diesen Bemerkungen ist es nun leicht, die verschiedenen Integrale für $\Gamma(x)$ und $1 : \Gamma(x)$ darzustellen, die bisher auf die verschiedensten Weisen abgeleitet worden sind.

Ich habe schon bemerkt, dass sobald $x > -1$, der Integrationsweg unendlich dicht an die reelle Axe herangerückt werden darf. Lässt man dies in 3) geschehen und vertauscht x mit $(x-1)$, so erhält man die Gleichung:

$$4) \quad \int_0^\infty r^{x-1} e^{-ar} dr = \frac{\Gamma(x)}{a^x}, \quad \begin{matrix} x > 0 \\ a > 0 \end{matrix},$$

wo $\log r$ und $\log a$ in $r^{x-1} = e^{(x-1)\log r}$ und $a^x = e^{x \log a}$ für reelle positive r und a reell zu nehmen sind. Setzt man in 4) $a = \alpha + \beta i = \varrho e^{\varphi i}$, so findet man durch Zerlegung in den reellen und imaginären Theil die von Euler gegebenen Formeln:

$$5) \quad \int_0^\infty r^{x-1} e^{-\alpha r} \cos \beta r \, dr = \frac{\Gamma(x)}{\varrho^x} \cos(x\varphi)$$

$$6) \quad \int_0^\infty r^{x-1} e^{-\alpha r} \sin \beta r \, dr = \frac{\Gamma(x)}{\varrho^x} \sin(x\varphi) \quad \begin{matrix} x > 0 \\ a > 0. \end{matrix}$$

Es ist nach den vorstehenden Bemerkungen erlaubt, so lange $x < 0$ in 3) α unendlich abnehmen zu lassen; die Integration durch Null hindurch ist aber nur erlaubt, sobald $x > -1$. Man hat also, wenn wieder x mit $(x-1)$ vertauscht wird für $a = \beta i$:

$$7) \quad \int_0^\infty r^{x-1} e^{-\beta r i} dr = \frac{\Gamma(x)}{\beta^x} e^{-x \frac{\pi}{2} i}, \quad +1 > x > 0$$

und durch Trennung des Reellen und Imaginären:

10 Die Euler'schen Integrale bei unbeschr. Variabilität d. Argumentes.

$$8) \quad \int_0^\infty r^{x-1} \cos\beta r \, dr = \frac{\Gamma(x)}{\beta^x} \cos\left(x\frac{\pi}{2}\right) \Bigg\}$$

$$9) \quad \int_0^\infty r^{x-1} \sin\beta r \, dr = \frac{\Gamma(x)}{\beta^x} \sin\left(x\frac{\pi}{2}\right) \Bigg\} \quad 1 > x > 0,$$

wobei β als positive reelle Grösse angesehen werden soll.

Diese letzteren Gleichungen kann man auf eine nicht uninteressante Weise durch Aenderung des Integrationsweges auch direct aus 3) ableiten.

Wird in 3) $x > -1$ angenommen, so ist, wie schon bemerkt, die Integration durch Null hindurch erlaubt. Ausserdem aber bleibt, so lange $x < 0$ und a reell > 0 ist, $(-t)^x e^{-at}$ auch endlich für unendlich wachsende t mit Ausnahme von $t = -\infty$. Man darf also unter der Bedingung $0 > x > -1$ als Integrationsweg die imaginäre Axe von $t = +\infty i$ durch Null hindurch nach $t = -\infty i$ wählen. Dann wird für $t = ri$ von $t = +\infty i$ bis $t = 0$

$$\log(-t) = \log(-re^{\frac{\pi}{2}i}) = \log r - \frac{\pi}{2}i,$$

also

$$(-t)^x = r^x e^{-\frac{\pi}{2}xi}$$

zu setzen sein; für $t = -ri$ von $t = 0$ bis $t = -\infty i$

$$\log(-t) = \log(-re^{3\frac{\pi}{2}i}) = \log r + \frac{\pi}{2}i$$

und daher

$$(-t)^x = r^x e^{+\frac{\pi}{2}xi}$$

gesetzt werden müssen und somit nach 3)

$$10) \quad \int_0^\infty r^x \cos\left(ra + \frac{\pi}{2}x\right) dr = \frac{\pi}{a^{x+1}\Gamma(-x)}, \quad \begin{matrix} 0 > x > -1 \\ a > 0. \end{matrix}$$

Man kann nun der Gleichung 3) noch eine andere zur Seite stellen: Es ist nämlich klar, dass $(-t)^x e^{+at}$, wo a reell und > 0, für alle unendlichen Werthe von t mit Ausnahme von $t = +\infty$ unendlich klein wird, sobald $x < 0$, dass also das Integral

$$11) \quad \int_{-\infty}^{-\infty} (-t)^x e^{+at} dt = 0, \quad \begin{matrix} x > 0 \\ a > 0 \end{matrix}$$

wenn es zwischen zwei von $t = +\infty$ verschiedenen unendlichen Punkten auf einer die reelle positive Axe nicht schneidenden Curve genommen wird, weil in diesem Falle die Integrationscurve ein Ebenenstück begrenzt, innerhalb dessen die Function stetig und endlich ist. Setzt man $x > -1$ voraus, so darf man, wie oben, durch die imaginäre Axe integriren und erhält:

12) $$\int_0^\infty r^x \cos\left(ra - \frac{\pi}{2}x\right) dr = 0, \quad \begin{matrix} 0 > x > -1 \\ a > 0 \end{matrix}$$

addirt und subtrahirt man 10) und 12), so erhält man die beiden von Euler gegebenen Integrale 8) und 9).

Vertauscht man in 3) und 11), x mit $(-x)$, so erhält man:

13) $$\int_{+\infty}^{+\infty} \frac{e^{-at}}{(-t)^x} dt = -2\pi i \frac{a^{x-1}}{\Gamma(x)} \Bigg\} \quad a > 0.$$

14) $$\int_{-\infty}^{-\infty} \frac{e^{+at}}{(-t)^x} dt = 0.$$

Es wird nun, sobald $x > 0$ und a reell ist, in beiden Integralen erlaubt sein, als Integrationsweg eine mit der imaginären Axe parallele auf ihrer negativen Seite liegende Gerade zu wählen. Setzen wir daher $t = -k + ri$, wo k eine im Allgemeinen complexe Zahl mit positivem reellen Theile bedeutet, so erhält man:

15) $$\int_{-\infty}^{+\infty} \frac{e^{-ari}}{(k-ri)^x} dr = \frac{2\pi}{\Gamma(x)} a^{x-1} e^{-ak} \Bigg\} \quad \begin{matrix} x > 0 \\ a > 0 \\ k > 0 \end{matrix}$$

16) $$\int_{-\infty}^{+\infty} \frac{e^{-ari}}{(k+ri)^x} dr = 0$$

Legendre hat diese Integrale, deren erstes für $a = 1$ schon Laplace entwickelt hat, auf eine interessante Weise transformirt. Integrirt man nämlich in 13) und 14) auf einer geraden Linie von $t = -1 + \infty i$ bis $t = -1 - \infty i$, so darf man für den Theil des Integrationsweges, der oberhalb -1 liegt

$$t = -1 + i\tan\varphi = -\frac{1}{\cos\varphi} e^{-\varphi i}$$

und

$$(-t)^x = \left(\frac{1}{\cos\varphi}\right)^x e^{-x\varphi i}$$

von $\varphi = \frac{\pi}{2}$ bis $\varphi = 0$; für den anderen Theil

$$t = -1 - i\tan\varphi = -\frac{1}{\cos\varphi} e^{\varphi i}$$

und

$$(-t)^x = \left(\frac{1}{\cos\varphi}\right)^x e^{x\varphi i}$$

von $\varphi = 0$ bis $\varphi = \frac{\pi}{2}$ setzen, wo $\log \cos\varphi$ in

12 Die Euler'schen Integrale bei unbeschr. Variabilität d. Argumentes.

$$\left(\frac{1}{\cos\varphi}\right)^x = e^{-x\log\cos\varphi}$$

als Logarithmus einer positiven Zahl immer reell zu nehmen ist. Man erhält auf diese Weise die beiden Integrale:

17) $\int_0^{\frac{\pi}{2}} \cos^{x-2}\varphi \cos(a\tan\varphi - x\varphi)\, d\varphi = \dfrac{\pi}{\Gamma(x)} a^{x-1} e^{-a}$

18) $\int_0^{\frac{\pi}{2}} \cos^{x-2}\varphi \cos(a\tan\varphi + x\varphi)\, d\varphi = 0$

$\Biggr\}\ \begin{array}{l} x>0 \\ a>0 \end{array}$

Das erste dieser Integrale ist das Legendre'sche; addirt oder subtrahirt man beide, so erhält man die höchst eleganten Formeln:

19) $\int_0^{\frac{\pi}{2}} \cos^{x-2}\varphi \cos(a\tan\varphi)\cos(x\varphi)\, d\varphi = \dfrac{\pi}{2\,\Gamma(x)} a^{x-1} e^{-a}$

20) $\int_0^{\frac{\pi}{2}} \cos^{x-2}\varphi \sin(a\tan\varphi)\sin(x\varphi)\, d\varphi = \dfrac{\pi}{2\,\Gamma(x)} a^{x-1} e^{-a}$

$\Biggr\}\ \begin{array}{l} x>0 \\ a>0 \end{array}$

Es ist hiemit eine Reihe von Transformationen des Euler'schen Integrales zweiter Gattung auf einem so einfachen und natürlichen Wege entwickelt, dass die ausserordentliche Fruchtbarkeit dieser Methode wohl keinem Zweifel unterliegen kann.

§ 3.
Die allgemeine Form des Euler'schen Integrales erster Gattung.

Das Euler'sche Integral erster Gattung, eine Function zweier Variabelen, kann, wie schon Euler bemerkt hat, durch ein Product von Integralen zweiter Gattung dargestellt werden:

$$\int_0^1 r^p (1-r)^q\, dr = \frac{\Gamma(p+1)\,\Gamma(q+1)}{\Gamma(p+q+2)}.$$

Sind p oder $q < -1$, so hört das Integral in dieser Form auf zu convergiren, während die Gammafunctionen auf der anderen Seite ihre volle Bedeutung beibehalten. Es lässt sich indessen das Integral so transformiren, dass es auch für den Fall $p < -1$ seinen Sinn beibehält.

Die Function

$$(-y)^p (1-y)^q$$

hat die Verzweigungspunkte $y = 0, 1, \infty$; verbindet man dieselbe durch eine zusammenhängende, keine Knoten bildende Curve, etwa die reelle Axe von $y = 0$ über $y = +1$ nach $y = \infty$, und denkt man sich die Ebene in dieser zerschnitten, bestimmt ferner in der früher angegebenen Weise $log(-y)$ in $(-y)^p = e^{p\,log(-y)}$, so dass dieser Logarithmus für negative reelle y reell wird, und integrirt von $y = +1$ oberhalb der Schnittcurve um $y = 0$ herum nach $y = +1$ unterhalb derselben, so hat man:

$$\int_{+1}^{+1}(-y)^p(1-y)^q\,dy = +2i\sin p\pi \int_0^1 r^p(1-r)^q\,dr,$$

also:

$$\int_{+1}^{+1}(-y)^p(1-y)^q\,dy = -2\pi i\,\frac{\Gamma(q+1)}{\Gamma(-p)\,\Gamma(p+q+2)},\qquad q>-1.$$

Das Integral in dieser Gestalt behält nun seinen Sinn für alle Werthe von p, nur wird man, sobald $p < -1$ ist, nicht an der Abcissenaxe entlang, sondern in einer beliebigen Curve um $y = 0$ herum zu integriren haben. Hingegen kann die Limitation $q > -1$ hiebei auf keine Weise aufgehoben werden.

Man kann dies Integral in eine formell allgemeinere Gestalt bringen, wenn man an Stelle von y einen Ausdruck ersten Grades einer neuen Variabelen x setzt, der so beschaffen ist, dass er für $y = 0, +1, \infty$ der Reihe nach die Werthe $x = a, b, c$ annimmt, wo a, b, c beliebige complexe Constanten sind. Dadurch bestimmt sich dieser Ausdruck:

$$y = \frac{b-c}{b-a}\,\frac{x-a}{x-c}$$

und transformirt man das obige Integral durch Einführung von x, so erhält man:

$$\int_b^b (x-a)^p(x-b)^q(x-c)^{-p-q-2}\,dx,\qquad q>-1$$

$$= 2\pi i(b-c)^{-p-1}(c-a)^{-q-1}(a-b)^{p+q+1}\,\frac{\Gamma(q+1)}{\Gamma(-p)\,\Gamma(p+q+2)}.$$

Es erscheint nicht ohne Interesse, dieses Integral einer Betrachtung zu unterziehen, die den Werth desselben bis auf eine Function $\varphi(p)$ bestimmt, welche den auf S. 5 angegebenen Bedingungen genügt, und die daher ohne Betrachtung des asymptotischen Werthes des Integrales nicht weiter bestimmt werden kann.

Die Function

$$(x-a)^p(x-b)^q(x-c)^{-p-q-2}$$

in der a, b, c, p, q beliebige complexe Constanten bedeuten, hat die drei Verzweigungspunkte a, b, c; sie wird für unendlich grosse Werthe von x unendlich klein zweiter Ordnung und ändert ihren Werth nicht beim Umlaufe um den Unendlichkeitspunkt $x = \infty$. Ebenso wird die Function nach einem Umlaufe um alle drei Verzweigungspunkte, da die Summe der Ex-

14 Die Euler'schen Integrale bei unbeschr. Variabilität d. Argumentes.

ponenten eine ganze Zahl beträgt, denselben Werth wieder annehmen, nach dem Umlaufe um einen oder zwei dieser Verzweigungspunkte aber einen Factor erhalten, der so lange p, q oder $(-p-q)$ nicht ganze Zahlen sind, von der Einheit verschieden ist. Es wird also, um $(x-a)^p (x-b)^q (x-c)^{-p-q-2}$ in der Ebene monodrom zu machen, genügen, die drei Verzweigungspunkte a, b, c durch eine sich selbst nicht schneidende und nicht geschlossene Curve zu verbinden und sich in dieser die Ebene zerschnitten zu denken. Wir wollen dabei die Vereinbarung treffen, dass a und c stets die Endpunkte dieser Curve sein sollen, so dass a, b, c auf der Curve nacheinander folgen. Dann wird es möglich sein, die Function so zu bestimmen, dass sie ausserhalb dieser Curve stets monodrom, endlich und stetig ist.

Das Integral dieser Function über irgend eine geschlossene Curve, die innerhalb des unzerschnittenen Theiles der Ebene liegt, also die Verbindungslinie von a, b, c nicht schneidet, wird stets gleich Null sein. Denn eine solche Curve zerschneidet die Ebene, die nach den Bemerkungen auf S. 1 als eine geschlossene Fläche angesehen werden soll, in zwei Theile. In einem dieser Theile werden die Verzweigungspunkte enthalten sein; in dem anderen wird die Function überall — mag in ihm der Unendlichkeitspunkt eingeschlossen sein oder nicht — stetig, endlich und monodrom sein; das Integral über die Curve, als Begrenzung dieses Theiles betrachtet, wird daher stets verschwinden müssen.

Wird nun im Folgenden stets angenommen, dass q einen reellen Theil hat, der grösser als -1 ist, so darf man das Integral, ohne dass es seinen Sinn verliert oder unendlich wird, bis zu dem Verzweigungspunkte b selbst fortsetzen. Das Integral

$$\int_b^b (x-a)^p (x-b)^q (x-c)^{-p-q-2} dx,$$

ausgedehnt über eine Curve, die auf der einen Seite des Schnittes in b beginnt, in einer beliebigen Weise um a herum geht und auf der anderen Seite des Schnittes wiederum in b endigt, wird nach dem eben Bemerkten dem Integrale gleich werden, das über eine in demselben Punkte b beginnende, um c in ähnlicher Weise herumgehende und auf der anderen Seite wieder in b endigende Curve ausgedehnt ist.

Sind a, b, c bestimmte, von einander verschiedene Grössen, so können diese beiden einander gleichen Integrale, so lange $q > -1$, für keinen Werth von p unendlich oder unstetig werden, da sie über eine endliche Curve ausgedehnt sind, auf der die zu integrirende Function niemals unendlich oder unstetig wird; wohl aber giebt es Werthe von p, für welche diese Integrale verschwinden. Diese Werthe müssen so beschaffen sein, dass für dieselben einer der Punkte a, c aufhört, ein Verzweigunspunkt zu sein. Dies ist aber nur möglich, sobald p oder $(p + q + 2)$ positive oder negative ganze Zahlen sind. Ist nämlich p eine ganze Zahl, so ist $x = a$ kein Verzweigungswerth und das Integral von b um a herum nach b zurück ist über eine Curve ausgedehnt, welche die vollständige Begrenzung eines Flächenstückes bildet, innerhalb dessen die Function monodrom bleibt. Wenn nun p eine ganze negative Zahl ist, so ist dieses Integral gleich dem Integral in einem unendlich kleinen Kreise um den Punkt $x = a$ herum, in dem die Function unendlich gross wird, hat also einen endlichen Werth; ist aber p eine ganze positive Zahl (die Null mit eingeschlossen), so ist die Function innerhalb des von der Integrationscurve eingeschlossenen Gebietes überall monodrom, endlich und stetig; das Integral wird also in diesem Falle verschwinden.

Dasselbe Integral von b um a herum nach b zurück, kann aber ausserdem noch in einem anderen Falle verschwinden. Die Integrationscurve zerschneidet nämlich die Ebene in zwei Theile, in deren einem sich der Punkt $x = a$, in deren anderem sich der Punkt $x = c$ befindet. Es wird daher das Integral auch verschwinden, wenn $(p + q + 2)$ eine ganze negative Zahl ist, in welchem Falle die Integrationscurve die vollständige (äussere) Begrenzung eines Flächenstückes bildet, innerhalb dessen die Function überall monodrom, endlich und stetig ist.

Ebenso zeigt sich, dass das Integral von b um c herum, das dem um a genommenen Integrale gleich ist, ebenfalls nur verschwinden kann, sobald p eine positive ganze oder $(p + q + 2)$ eine negative ganze Zahl ist, in beiden Fällen die Null eingerechnet.

Das betrachtete Integral wird daher, sobald a, b, c constante, von einander verschiedene Werthe sind, für alle ganzzahligen positiven Werthe von p und $(-p-q-2)$ unendlich klein werden, sonst aber stetig und und von Null und Unendlich verschieden bleiben.

Nachdem die Wurzelwerthe des Integrales, als Function von p betrachtet, gefunden sind, ist es nöthig, das Integral in Bezug auf seine Abhängigkeit von a, c einer Prüfung zu unterziehen. Nehmen wir zu diesem Zwecke an, a nähere sich unendlich dem Verzweigungswerthe b, so wird sich das Integral unendlich dem von b um c genommenen Integrale

$$\int_b^b (x-b)^{p+q}(x-c)^{-p-q-2}dx = \frac{1}{b-c}\int_b^b \left(\frac{x-b}{x-c}\right)^{p+q} d\left(\frac{x-b}{x-c}\right)$$

nähern; das letztere Integral ist, unbestimmt genommen:

$$= \frac{1}{b-c}\frac{1}{p+q+1}\left(\frac{x-b}{x-c}\right)^{p+q+1}$$

und es ist nun die Differenz dieses Ausdruckes für $x = b$ oberhalb der Schnittcurve und unterhalb letzterer zu bilden. Beide Werthe werden sich nur durch einen Exponentialfactor unterscheiden und es wird daher diese Differenz unendlich wie $(x-b)^{p+q+1}$ für $x = b$, und zwar unendlich klein

16 Die Euler'schen Integrale bei unbeschr. Variabilität d. Argumentes.

oder unendlich gross, je nachdem $(p+q+1) > 0$ oder < 0 ist. Das Integral wird daher, mit $(a-b)^{-p-q-1}$ multiplicirt, für $a=b$ von Null und Unendlich verschieden bleiben. Wenn man c unendlich dicht an b heran rücken lässt, so findet man durch ein ähnliches Verfahren, dass das Integral unendlich wird, wie $(x-b)^{-p-1}$ für $x=b$, so dass also das Integral, mit $(b-c)^{p+1}$ multiplicirt, von Null und Unendlich verschieden bleibt. Lässt man a unendlich nahe an c heranrücken, indem man die beiden Endpunkte der Schnittcurve einander unendlich nähert, ohne die Curve selbst unendlich klein werden zu lassen, so wird sich die Function $(x-a)^p (x-b)^q (x-c)^{-p-q-2}$ einer von p unabhängigen Function beliebig annähern; die Ordnung, in der das Integral für $a=c$ unendlich gross oder unendlich klein wird, ist daher von p unabhängig und wird durch Specialisirung des Werthes von p unten erhalten werden.

Man sieht hieraus, dass, wenn Q eine nur von q, a, c abhängige Function bezeichnet:

$$\int_b^b (x-a)^p (x-b)^q (x-c)^{-p-q-2} dx, \qquad q > -1$$
$$= Q(a-b)^{p+q+1}(b-c)^{-p-1} F(p)$$

gesetzt werden kann, wo $F(p)$ eine Function von p bezeichnet, welche für alle ganzzahligen positiven Werthe von p und $(-p-q-2)$ unendlich klein wird, sonst aber überall stetig, von Null und Unendlich verschieden ist. Diese Bedingungen werden offenbar erfüllt, wenn

$$F(p) = \frac{\varphi(p)}{\Gamma(-p)\,\Gamma(p+q+2)}.$$

gesetzt wird, wo nun $\varphi(p)$ eine monodrome, stetige, überall im Endlichen von Null und Unendlich verschiedene Function bezeichnet, von der ausserdem leicht nachgewiesen werden kann, dass $\varphi(p+1)=\varphi(p)$. Man kann hienach:

$$\int_b^b (x-a)^p (x-b)^q (x-c)^{-p-q-2} dx$$
$$= Q(a-b)^{p+q+1}(b-c)^{-p-1} \frac{\varphi(p)}{\Gamma(-p)\,\Gamma(p+q+2)}$$

setzen, wobei man von Exponentialfactoren absieht, die von der willkührlichen Bestimmung der vieldeutigen Potenzen abhängen.

Um nun das von p nicht abhängige Q zu bestimmen, kann man für p einen solchen Werth wählen, dass sich das Integral direct finden lässt. Ein solcher ist z. B. $p=-1$; dann ist a kein Verzweigungspunkt mehr, wohl aber wird in ihm die Function unendlich und man hat:

$$\int_b^b \frac{(x-b)^q (x-c)^{-q-1}}{x-a} dx = 2\pi i (a-b)^q (a-c)^{-q-1}$$

also aus der vorstehenden Gleichung
$$Q = 2\pi i . \Gamma(q+1) . (a-c)^{-p-1},$$
so dass man nun in folgender Gleichung das Resultat aller dieser Betrachtungen darstellen kann:

$$\int_b^b (x-a)^p (x-b)^q (x-c)^{-p-q-2} dx \qquad , q > -1$$

$$= 2\pi i (a-b)^{p+q+1}(b-c)^{-p-1}(a-c)^{-q-1}\frac{\Gamma(q+1)}{\Gamma(-p)\Gamma(p+q+2)}\varphi(p).$$

Die Function $\varphi(p)$ kann nun aber, wie schon bemerkt, direct nicht weiter bestimmt werden.

Das von mir aufgestellte Integral, das für alle p gilt, ist wohl die allgemeinste Form des Integrales erster Gattung, und man kann aus demselben leicht alle speciellen Formen ableiten, die entweder die von Binet mit $B(p, q)$ bezeichnete Function oder deren reciproken Werth darstellen.

Für den directen Gebrauch ist es zweckmässig, anstatt dieser einzigen Gleichung ein System von 6 Formeln, die sich aus diesem einen Integrale durch einfache Vertauschungen ergeben, aufzustellen:

1) $\quad \int_b^b (x-a)^p (x-b)^q (x-c)^{-p-q-2} dx \qquad , q > -1$

$= 2\pi i (b-c)^{-p-1}(c-a)^{-q-1}(a-b)^{p+q+1}\dfrac{\Gamma(q+1)}{\Gamma(-p)\Gamma(p+q+2)}$

2) $\quad \int_b^b (x-a)^{-p-q-2}(x-b)^q (x-c)^p dx \qquad , q > -1$

$= 2\pi i (b-c)^{p+q+1}(c-a)^{-q-1}(a-b)^{-p-1}\dfrac{\Gamma(q+1)}{\Gamma(-p)\Gamma(p+q+2)}$

3) $\quad \int_b^b (x-a)^q (x-b)^p (x-c)^{-p-q-2} dx \qquad , p > -1$

$= 2\pi i (b-c)^{-q-1}(c-a)^{-p-1}(a-b)^{p+q+1}\dfrac{\Gamma(p+1)}{\Gamma(-q)\Gamma(p+q+2)}$

4) $\quad \int_b^b (x-a)^{-p-q-2}(x-b)^p (x-c)^q dx \qquad , p > -1$

$= 2\pi i (b-c)^{p+q+1}(c-a)^{-p-1}(a-b)^{-q-1}\dfrac{\Gamma(p+1)}{\Gamma(-q)\Gamma(p+q+2)}$

5) $\quad \int_b^b (x-a)^p (x-b)^{-p-q-2}(x-c)^q dx \qquad , -p-q-2 > -1$

$= 2\pi i (b-c)^{-p-1}(c-a)^{p+q+1}(a-b)^{-q-1}\dfrac{\Gamma(-p-q-1)}{\Gamma(-p)\Gamma(-q)}$

18 Die Euler'schen Integrale bei unbeschr. Variabiliät d. Argumentes.

6) $\int_b^b (x-a)^q (x-b)^{-p-q-2} (x-c)^p \, dx \qquad , \; -p-q-2 > -1$

$= 2\pi i (b-c)^{-q-1} (c-a)^{p+q+1} (a-b)^{-p-1} \dfrac{\Gamma(-p-q-1)}{\Gamma(-p)\Gamma(-q)}.$

Es ist in allen diesen Gleichungen dieselbe Zerschneidung von a über b nach c vorausgesetzt und stets von b um a oder um c herum nach b zu integriren. Da die Function unter dem Integralzeichen auch für unendliche Werthe von x endlich und stetig bleibt, so ist es ohne Weiteres erlaubt, diese Integration auch durch den Unendlichkeitspunkt hindurch gehen zu lassen.

§ 4.
Transformationen des Euler'schen Integrales erster Gattung.

Bleibt man bei Gleichung 1) des § 3 stehen, so sieht man, dass, wenn ausser $q > -1$ auch $p > -1$ vorausgesetzt wird, der Integrationsweg unendlich dicht an der a, b verbindenden Schnittcurve entlang genommen werden kann und man findet auf die schon bei dem Integrale zweiter Gattung angewandte Weise:

$\int_b^b (x-a)^p (x-b)^q (x-c)^{-p-q-2} \, dx \qquad \begin{matrix} p > -1 \\ q > -1 \end{matrix}$

$= 2i \sin p\pi \int_b^a (x-a)^p (x-b)^q (x-c)^{-p-q-2} \, dx$

und somit:

1) $\int_a^b (x-a)^p (x-b)^q (x-c)^{-p-q-2} \, dx \qquad \begin{matrix} p > -1 \\ q > -1 \end{matrix}$

$= (b-c)^{-p-1} (c-a)^{-q-1} (a-b)^{p+q+1} \dfrac{\Gamma(p+1)\Gamma(q+1)}{\Gamma(p+q+2)}.$

Setzt man hierin $a = 0$, $b = 1$, so findet man:

2) $\int_0^1 \dfrac{x^p (1-x)^q}{(x-c)^{p+q+2}} \, dx = \dfrac{1}{(1-c)^{p+1} c^{q+1}} \dfrac{\Gamma(p+1)\Gamma(q+1)}{\Gamma(p+q+2)}, \qquad \begin{matrix} p > -1 \\ q > -1 \end{matrix}.$

In dieser von Abel auf ganz andere Weise entwickelten Formel ist die Ebene in einer $x = 0$, 1, c der Reihe nach verbindenden Curve zu zerschneiden. Lässt man c in das Unendliche rücken, so wird, indem man beiderseits mit c^{p+q+2} multiplicirt, die gewöhnliche Euler'sche Gleichung

3) $$\int_0^1 x^p(1-x)^q\, dx = \frac{\Gamma(p+1)\Gamma(q+1)}{\Gamma(p+q+2)},\qquad \begin{matrix}p>-1\\ q>-1\end{matrix}$$

erhalten, wobei der Exponentialfactor, den man der rechten Seite aller vorstehenden Gleichungen hinzufügen darf, in der entsprechenden Weise bestimmt werden muss.

Lässt man in 1) b in's Unendliche wachsen, so erhält man, nachdem beiderseits mit b^q dividirt ist:

4) $$\int_a^\infty (x-a)^p(x-c)^{-p-q-2}\, dx = (c-a)^{-q-1}\frac{\Gamma(p+1)\Gamma(q+1)}{\Gamma(p+q+2)},\qquad \begin{matrix}p>-1\\ q>-1\end{matrix}$$

Setzt man noch specieller $a=0$, $c=-1$, wo nun die Ebene auf der reellen Axe von $x=0$ bis $x=+\infty$ und von $x=-\infty$ bis $x=-1$ zu zerschneiden ist, so hat man:

5) $$\int_0^\infty \frac{x^p}{(1+x)^{p+q+2}}\, dx = \frac{\Gamma(p+1)\Gamma(q+1)}{\Gamma(p+q+2)},\qquad \begin{matrix}p>-1\\ q>-1\end{matrix}$$

eine ebenfalls von Euler herrührende Formel.

Benutzt man die Formel 5) des § 3, worin $-p-q>1$ sein soll und lässt in ihr b in's Unendliche wachsen, so hat man:

6) $$\int (x-a)^p(x-c)^q\, dx = 2\pi i(c-a)^{p+q+1}\frac{\Gamma(-p-q-1)}{\Gamma(-p)\Gamma(-q)}, -p-q>1.$$

Wenn man hierin die Integration von $x=+\infty i$ bis $x=-\infty i$ auf der imaginären Axe vornimmt, indem man $a>0$, $c<0$ voraussetzt, so hat man:

7) $$\int_{-\infty}^{+\infty}\frac{dx}{(xi-a)^p(xi-c)^q} = 2\pi(c-a)^{1-p-q}\frac{\Gamma(p+q-1)}{\Gamma(p)\Gamma(q)},$$
$$p+q>1,\ c<0,\ a>0.$$

In dieser interessanten, von Cauchy gegebenen Formel ist, wenn a und c etwa als reell vorausgesetzt werden, die Ebene von $x=-ai$ bis $x=-\infty i$ und von $x=+\infty i$ bis $x=-ci$ in nicht verknoteten, die reelle Axe nicht treffenden Linien zu zerschneiden.

Ich gebe noch die Ableitung einer Transformation des Euler'schen Integrales, bei welcher die Integrationsvariabele keine Curvenstrecke, sondern die einer solchen entsprechende Winkelgrösse ist.

Setzt man in 1) des § 3 $a=0$, $b=1$, so ist es erlaubt, die Integration in dieser Gleichung auf einer durch den Punkt $x=1$ mit der imaginären Axe parallel gezogenen unendlichen Geraden vorzunehmen. Setzt man dann $c=\infty$ und vertauscht p, q mit $-p, -q$, so erhält man:

8) $$\int \frac{dx}{(x-1)^q(-x)^p} = 2\pi i\frac{\Gamma(1-q)}{\Gamma(p)\Gamma(2-p-q)},\qquad q<1.$$

Der gedachte Integrationsweg von $x=1$ parallel mit der imaginären Axe

2*

bis $x = 1 + \infty i$ und ebenso von $x = 1 - \infty i$ bis $x = 1$, darf dann auch hier noch angewandt werden, sobald die Function unter dem Integralzeichen für unendliche x endlich bleibt, also wenn $p + q > 0$. Die Verzweigungspunkte sind $x = 0, 1, \infty$ und man denke sich dann die Ebene in der positiven Axe zerschnitten. Setzt man nun für den Theil des Integrationsweges von $x = 1$ bis $x = 1 + \infty i$

$$x = 1 + i\,tan\,\varphi = \frac{1}{cos\,\varphi} e^{\varphi i},$$

so hat man von $\varphi = 0$ bis $\varphi = \frac{\pi}{2}$ zu integriren und

$$(-x)^p = \left(\frac{1}{cos\,\varphi}\right)^p e^{p(\varphi - \pi)i}, \quad (x-1)^q = tan^q\,\varphi\, e^{-\frac{\pi}{2}q i}$$

zu setzen. In dem Integrale von $x = 1 - \infty i$ bis $x = +1$ setze man analog

$$x = 1 - i\,tan\,\varphi = \frac{1}{cos\,\varphi} e^{(2\pi - \varphi)i}$$

integrire also von $\varphi = \frac{\pi}{2}$ bis $\varphi = 0$ und setze:

$$(-x)^p = \left(\frac{1}{cos\,\varphi}\right)^p e^{-p(\varphi - \pi)i}, \quad (x-1)^q = tan^q\,\varphi\, e^{+\frac{\pi}{2}q i}$$

wobei für $cos^p \varphi$, $tan^q \varphi$ diejenigen Potenzen dieser positiven reellen Grösse zu nehmen sind, die für reelle p und q reell werden. Setzt man diese angegebenen Werthe in dem obigen Integrale 8) ein, so erhält man leicht:

$$9) \quad \int_0^{\frac{\pi}{2}} cos^{p-2} \varphi\, cot^q \varphi\, cos[(p + \tfrac{1}{2}q)\pi - p\varphi]\,d\varphi = \pi \frac{\Gamma(1-q)}{\Gamma(p)\,\Gamma(2-p-q)},$$

$$q < 1, \quad p + q > 0$$

Unter denselben Bedingungen kann man nun dieser Gleichung eine andere zur Seite stellen. Zerschneidet man nämlich die Ebene von $x = +1$ über $x = 0$ nach $x = -\infty$ in der reellen Axe, so wird das Integral

$$10) \quad \int \frac{dx}{(x-1)^q (-x)^p} = 0$$

sein, wenn es von $x = +1$ über irgend eine, jene Schnittcurve nicht treffende, nach $x = 1$ zurückkehrende Curve ausgedehnt wird. Unter der obigen Voraussetzung $p + q > 0$ wird man hiefür die durch $x = 1$ mit der imaginären Axe parallel gezogene Gerade substituiren dürfen. Dann ist für den ersten Theil des Weges von $x = 1$ bis $x = 1 + \infty i$

$$(-x)^p = \left(\frac{1}{cos\,\varphi}\right)^p e^{p\varphi i}, \quad (x-1)^q = tan^q\,\varphi\, e^{\frac{\pi}{2}q i}$$

für den zweiten Theil von $x = +1 - \infty i$ bis $x = +1$

$$(-x)^p = \left(\frac{1}{cos\,\varphi}\right)^p e^{-p\varphi i}, \quad (x-1)^q = tan^q\,\varphi\, e^{-\frac{\pi}{2}q i}$$

und man findet auf dieselbe Weise:

11) $\quad \int_0^{\frac{\pi}{2}} \cos^{p-2}\varphi \cot^q\varphi \cos(\tfrac{1}{2}q\pi + p\varphi)d\varphi = 0, \quad \begin{matrix} q<1 \\ p+q>0 \end{matrix}.$

Hieraus folgt:

$$J = \cos\tfrac{1}{2}q\pi \int_0^{\frac{\pi}{2}} \cos^{p-2}\varphi \cot^q\varphi \cos p\varphi\, d\varphi$$

$$= \sin\tfrac{1}{2}q\pi \int_0^{\frac{\pi}{2}} \cos^{p-2}\varphi \cot^q\varphi \sin p\varphi\, d\varphi$$

und nun aus der Gleichung 9):

$$J = \frac{\pi}{2}\,\frac{\Gamma(p+q-1)}{\Gamma(p)\,\Gamma(q)},$$

so dass man die beiden von Cauchy gegebenen Formeln:

11) $\quad \int_0^{\frac{\pi}{2}} \cos^{p-2}\varphi \cot^q\varphi \cos p\varphi\, d\varphi = \dfrac{\pi}{2\cos\tfrac{1}{2}q\pi}\,\dfrac{\Gamma(p+q-1)}{\Gamma(p)\,\Gamma(q)}$

12) $\quad \int_0^{\frac{\pi}{2}} \cos^{p-2}\varphi \cot^q\varphi \sin p\varphi\, d\varphi = \dfrac{\pi}{2\sin\tfrac{1}{2}q\pi}\,\dfrac{\Gamma(p+q-1)}{\Gamma(p)\,\Gamma(q)}$

$\begin{matrix} q<1 \\ p+q>0 \end{matrix}$

erhält.

II.

Die Kegelschnitte und die höheren Curven als Resultate einer Ortsbestimmung.

Von F. E. Eckardt,
stud. math. in Leipzig.

---

1. Es ist bekannt, dass das Doppelschnittsverhältniss aller über denselben vier Punkten eines Kegelschnittes stehenden Büschel gleich ist. Durch diesen Satz nun und durch die Bemerkung, dass die Gleichheit des Doppelschnittverhältnisses eine Relation ersten Grades ist zwischen den Richtungsconstanten der entsprechenden Strahlen beider Büschel, wird man leicht zu folgender Aufgabe einer Ortsbestimmung geführt:

Es sind zwei feste Punkte $x_1 y_1$ und $x_2 y_2$ gegeben. Jeder ist der Scheitel eines Strahlenbüschels und zwar so, dass irgend einem Strahl des ersten Büschels ein Strahl des zweiten derart entspricht, dass zwischen der Richtungsconstante m des ersten und der m_1 des zweiten Strahles eine Relation ersten Grades:

1) $\qquad A m m_1 + B m + C m_1 + D = 0$

besteht. Man sucht den Ort des Durchschnittspunktes der entsprechenden Strahlen.

Indem man aus den Gleichungen

$$y - y_1 = m(x - x_1)$$
$$y - y_2 = m_1(x - x_2)$$

dieser Strahlen die Werthe

$$m = \frac{y - y_1}{x - x_1}, \quad m_1 = \frac{y - y_2}{x - x_2}$$

folgert und in 1) substituirt, erhält man die gesuchte Gleichung des Ortes, nämlich:

$$A(y - y_1)(y - y_2) + B(y - y_1)(x - x_2) + C(y - y_2)(x - x_1)$$
$$+ D(x - x_1)(x - x_2) = 0$$

oder entwickelt:

2) $$Ay^2 + (B+C)xy + Dx^2 - y[A(y_1+y_2) + Bx_2 + Cx_1]$$
$$- x[By_1 + Cy_2 + D(x_1+x_2)] + Ay_1y_2 + By_1x_2 + Cy_2x_1 + Dx_1x_2 = 0.$$

Es ist dies, wie zu erwarten war, die Gleichung eines durch die beiden festen Punkte gehenden Kegelschnittes.

Ehe ich dazu übergehe, aus den Gleichungen 1) und 2) einige specielle Fälle abzuleiten, will ich mehrere kleinere Untersuchungen vorausschicken, die dabei von Nutzen sein werden.

2. In dem Folgenden wollen wir die beiden festen Punkte stets mit A und B bezeichnen. Wenn sich dann der veränderliche Strahl des ersten Büschels immer mehr der Linie AB nähert, so nähert sich der zugehörige Strahl des zweiten Büschels immer mehr der Tangente in B, und wenn der erstere mit AB zusammenfällt, geht der letztere in die Tangente über. Diese Bemerkung giebt uns das Mittel an die Hand, **die Gleichung der in A oder B an die Curve gelegten Tangente zu finden.**

Es ist nämlich die Richtungsconstante von AB:
$$m = \frac{y_1-y_2}{x_1-x_2}.$$

Dieser entspricht als Richtungsconstante der in B gelegten Tangente:
$$m_1 = -\frac{D+Bm}{C+Am} = -\frac{B(y_1-y_2)+D(x_1-x_2)}{A(y_1-y_2)+C(x_1-x_2)},$$

woraus die Gleichung dieser Tangente selbst folgt:

3a)
$$(y-y_2)[A(y_1-y_2)+C(x_1-x_2)] + (x-x_2)[B(y_1-y_2)+D(x_1-x_2)] = 0.$$

Ebenso wird die Tangente in A:

3b)
$$(y-y_1)[A(y_1-y_2)+B(x_1-x_2)] + (x-x_1)[C(y_1-y_2)+D(x_1-x_2)] = 0.$$

3. Fällt in der Gleichung 1)
$$Amm_1 + Bm + Cm_1 + D = 0$$

$m = m_1$ aus, so sind die beiden einander zugehörigen Strahlen parallel, schneiden sich also in einem unendlich entfernten Punkte des Kegelschnittes, oder mit anderen Worten: Ihre Richtung ist die Richtung einer Asymptote. **Man erhält also die Richtungsconstanten der beiden Asymptoten des Kegelschnittes 2), indem man in 1) $m = m_1$ substituirt.** Dies giebt

4) $$Am^2 + (B+C)m + D = 0$$

und somit als Gleichung der durch den Anfangspunkt der Coordinaten zu den Asymptoten gezogenen Parallellinien:
$$Ay^2 + (B+C)xy + Dx^2 = 0.$$

Diese Linien, und somit auch die Asymptoten selbst, sind reell oder imaginär, d. h. der Kegelschnitt ist eine Hyperbel oder Ellipse, je nachdem
$$(B+C)^2 \gtrless 4AD.$$

ist. Dem Grenzfall
$$(B+C)^2 = 4AD$$
entspricht die Parabel. Die beiden durch den Anfang gezogenen, die Curve im Unendlichen treffenden Geraden fallen dann zusammen und bilden einen Durchmesser der Parabel.

Für $A=0$ ist die Y-Axe, für $D=0$ die X-Axe einer Asymptote parallel.

4. **Werden die beiden in A und B an die Curve gelegten Tangenten einander parallel, so ist AB ein Durchmesser des Kegelschnittes.** Damit also AB ein Durchmesser sei, muss man haben:
$$\frac{B(y_1-y_2)+D(x_1-x_2)}{A(y_1-y_2)+C(x_1-x_2)} = \frac{C(y_1-y_2)+D(x_1-x_2)}{A(y_1-y_2)+B(x_1-x_2)}.$$
Dies giebt entwickelt:
$$(B-C)[A(y_1-y_2)^2+(B+C)(y_1-y_2)(x_1-x_2)+D(x_1-x_2)^2]=0$$
und somit wird die gesuchte Bedingung:
5) $\qquad\qquad B=C.$

Wird dieses in die Gleichung 1) eingeführt, so erhält diese eine in Bezug auf m und m_1 symmetrische Form, nämlich:
$$A m m_1 + B(m+m_1) + D = 0.$$
Man kann hiernach, ohne die Curve zu ändern, die beiden Fundamentalpunkte mit einander vertauschen. Auf diese Bemerkung hätte man übrigens direct durch die Eigenschaft des Durchmessers, den Kegelschnitt zu halbiren, geführt werden können.

Es ist aber AB auch ein Durchmesser, wenn
$$A(y_1-y_2)^2+(B+C)(y_1-y_2)(x_1-x_2)+D(x_1-x_2)^2=0.$$
Substituiren wir hierin
$$\frac{y_1-y_2}{x_1-x_2} = m,$$
so geht diese Bedingung über in
$$A m^2 + (B+C) m + D = 0$$
die in Gleichung 4).

Um zu erklären, wie wir auf diese Gleichung kommen, bemerken wir, dass die Richtung der Asymptoten nur von den Grössen A, B, C, D, nicht aber von x_1, x_2, y_1, y_2 abhängt. Nehmen wir nun AB zu einer der beiden Asymptoten parallel, so würden wir verlangen, dass eine zu einer Asymptote parallele Gerade den Kegelschnitt in zwei Punkten A, B schneide. Dies kann sie aber im Allgemeinen nicht, sie kann es nur dann, wenn die Curve in zwei Gerade zerfällt, deren eine AB ist. Dadurch wird aber AB zum Durchmesser.

Der Durchmesser wird zu einer **Axe des Kegelschnittes**, wenn er mit den Tangenten in seinen Endpunkten rechte Winkel bildet. AB wird also zur Axe, wenn man ausser $B=C$ noch hat

$$\frac{y_1-y_2}{x_1-x_2} = \frac{A(y_1-y_2)+C(x_1-x_2)}{D(x_1-x_2)+C(y_1-y_2)},$$

d. i. $C[(y_1-y_2)^2-(x_1-x_2)^2] = (A-D)(y_1-y_2)(x_1-x_2)$,
oder wenn man

$$\frac{y_1-y_2}{x_1-x_2} = m$$

setzt:

6) $\qquad Cm^2-(A-D)m-C = 0.$

Diese Gleichung stellt die Richtungsconstanten zweier senkrecht auf einander stehenden Geraden dar, wie zu erwarten war.

5. In dem Folgenden sollen die Gleichungen von 1) bis 6) zur Entwickelung einiger sich auf Kegelschnitte beziehender Sätze benutzt werden. Soll die Gleichung 2) die Gleichung eines Kreises darstellen, so muss der Coefficient von xy verschwinden und der von x^2 dem von y^2 gleich sein. Man muss also haben:

7) $\qquad \begin{cases} B+C = 0 \\ A = D. \end{cases}$

Die Gleichung 1) wird in diesem speciellen Falle zu

$$Amm_1 + Bm - Bm_1 + A = 0,$$

oder

$$\frac{m-m_1}{1+mm_1} = -\frac{A}{B}.$$

Dies aber ist der Ausdruck des bekannten Satzes:

Die über demselben Bogen eines Kreises stehenden Peripheriewinkel sind einander gleich.

Ist AB ein Durchmesser des Kreises, so muss der Gleichung 5) zufolge $B = C$ sein, also da auch die Gleichung 7) bestehen muss:

$$B = C = 0.$$

Die Gleichung 1) reducirt sich dann zu

$$mm_1 = -1,$$

d. h. die über dem Durchmesser stehenden Periphiewinkel eines Kreises sind Rechte.

Es ist hierbei zu bemerken, dass die Entwickelungen dieses § rechtwinkelige Coordinaten voraussetzen, während alle vorherigen, mit Ausnahme der Gleichung 6) auch bei schiefwinkeligen Coordinaten ihre Giltigkeit behalten.

6. Soll, rechtwinkelige Coordinaten vorausgesetzt, die Gleichung 2) eine gleichseitige Hyperbel darstellen, so muss

$$A = -D$$

sein. Soll ausserdem AB ein Durchmesser sein, so kommt dazu noch die Bedingung

$$B = C.$$

Damit reducirt sich die Gleichung 1) zu
$$Amm_1 + Bm + Bm_1 - A = 0,$$
oder:
$$\frac{m+m_1}{1-mm_1} = \frac{A}{B},$$
hierin ist der Satz ausgedrückt:

Verbindet man zwei diametral gegenüberliegende Punkte einer gleichseitigen Hyperbel mit einem dritten Punkt derselben, so ist für alle Lagen dieses dritten Punktes die Summe der Winkel constant, welche jene zwei Verbindungslinien mit irgend einer Geraden bilden.

Sei ferner der Kegelschnitt eine Hyperbel, deren Asymptoten den Coordinatenaxen parallel sind, so muss sein:
$$A = D = 0. \quad \text{(Vgl. § 3.)}$$
Die Gleichung 1) wird dann zu
$$Bm + Cm_1 = 0,$$
d. h.
$$\frac{m}{m_1} = Const.$$

Hierin ist der Satz enthalten:

Verbindet man einen Punkt einer Hyperbel mit zwei festen Punkten derselben und bildet die erste Verbindungslinie mit den Asymptoten resp. die Winkel α, β, die zweite dagegen die Winkel α_1, β_1, so ist der Werth $\frac{\sin\alpha}{\sin\beta} \frac{\sin\beta_1}{\sin\alpha_1}$ constant.

Dieser Satz lässt sich übrigens auch darstellen als eine Relation zwischen den Abschnitten, welche jene zwei Verbindungslinien auf den Asymptoten bilden.

Für eine gleichseitige Hyperbel wird der constante Quotient einfacher $= tg\alpha . cot\alpha'$.

Wenn ausserdem, eine gleichseitige Hyperbel vorausgesetzt, der Punkt B dem Punkt A diametral gegenüberliegen soll, so muss ausser
$$A = D = 0$$
noch
$$B = C$$
sein. Dadurch reducirt sich die Gleichung 1) zu
$$m + m_1 = 0$$
$$m = -m_1,$$
d. h.: Verbindet man zwei diametral gegenüberliegende Punkte einer gleichseitigen Hyperbel mit einem beliebigen dritten Punkt, so bilden die Verbindungslinien mit jeder der Asymptoten gleiche Winkel.

Rückt der hier beliebige Punkt nach A, so wird seine Verbindungslinie mit A die Tangente in A, seine Verbindungslinie mit B dagegen der Durchmesser von A; daher

Die Tangente irgend eines Punktes einer gleichseitigen Hyperbel bildet mit den Asymptoten dieselben Winkel, wie sein Durchmesser.

Bleiben wir noch bei dem allgemeinen Fall einer Hyperbel stehen, deren Asymptoten den Axen parallel sind und bestimmen die Gleichungen der in A und B an die Curve gelegten Tangenten, so erhalten wir nach Gleichung 3):

In A: $By(x_1-x_2)+Cx(y_1-y_2)=By_1(x_1-x_2)+Cx_1(y_1-y_2)$.
In B: $Cy(x_1-x_2)+Bx(y_1-y_2)=Cy_2(x_1-x_2)+Bx_2(y_1-y_2)$.

Daraus folgen die Richtungsconstanten dieser beiden Tangenten

$$-\frac{C}{B}\cdot\frac{y_1-y_2}{x_1-x_2} \quad \text{und} \quad -\frac{B}{C}\cdot\frac{y_1-y_2}{x_1-x_2},$$

ihr Product also $\left(\frac{y_1-y_2}{x_1-x_2}\right)^2$; d. h.

Die Richtungsconstante einer Hyperbelsehne ist die mittlere geometrische Proportionale zu den Richtungsconstanten der in ihren Endpunkten gelegten Tangenten.

7. Für die nächsten Untersuchungen wollen wir eine Vereinfachung eintreten lassen, indem wir die beiden Punkte A und B in die X-Axe verlegen. Dann wird $y_1=y_2=0$, und die Gleichungen 2), und 3) nehmen folgende Formen an:

$$Ay^2+(B+C)xy+Dx^2-y(Bx_2+Cx_1)-Dx(x_1+x_2)+Dx_1x_2=0$$
$$By+Dx=Dx_1$$
$$Cy+Dx=Dx_2.$$

Ist AB ein Durchmesser der Curve und die Y-Axe dem zu AB conjugirten Durchmesser parallel, so muss ausser

$$B=C$$

auch

$$B+C=0$$

sein, also

$$B=C=0.$$

Die Gleichung 1) wird alsdann zu

$$Amm_1+D=0$$
$$mm_1=Const.,$$

d. h.: Verbindet man irgend einen Punkt eines auf zwei conjugirte Durchmesser bezogenen Kegelschnittes mit den Endpunkten eines dieser Durchmesser, so ist das Product aus den Richtungsconstanten der Verbindungslinien dasselbe für jede Lage jenes Punktes.

Die Richtungsconstanten der beiden in A und B gelegten Tangenten sind $-\frac{D}{B}$ und $-\frac{D}{C}$. Die Summe ihrer Reciproken wird dann $-\frac{B+C}{D}$. Sind aber M und M_1 die Richtungsconstanten der beiden Asymptoten, so ist bekanntlich $M + M_1 = -\frac{B+C}{A}$; $MM_1 = \frac{D}{A}$, also $\frac{1}{M} + \frac{1}{M_1} = -\frac{B+C}{D}$, derselbe Werth, welcher oben für die Summe der Reciproken aus den Richtungsconstanten der in A und B gelegten Tangenten gefunden wurde. Dies giebt der Satz:

Die Verbindungslinie zweier Punkte eines Kegelschnittes schneidet dessen Asymptoten unter Winkeln, für welche die Summe der Cotangenten eben so gross ist, als die Summe der Cotangenten der Winkel, welche sie bildet mit den in jenen Punkten gelegten Tangenten.

Wir wollen endlich die Bedingung suchen, unter welcher die jetzt mit der X-Axe coincidirende Linie AB eine Normale des Kegelschnittes in A ist. Dann muss offenbar, rechtwinkelige Coordinaten vorausgesetzt, die Tangente in A zur Y-Axe parallel sein, welches nur stattfindet, wenn
$$B = 0.$$
Alsdann wird die Gleichung 1) zu
$$Amm_1 + Cm_1 + D = 0,$$
oder
$$m = -\frac{C}{A} - \frac{D}{Am_1}.$$
Sind ebenso m' und m_1' zwei zu einander gehörige Richtungsconstanten, so ist auch
$$m' = -\frac{C}{A} - \frac{D}{Am_1'},$$
woraus folgt
$$m - m' = -\frac{D}{A}\left(\frac{1}{m_1} - \frac{1}{m_1'}\right).$$

Wird also in einem Punkte A eines Kegelschnittes die Normale gelegt, welche die Curve nochmals in B schneidet, und werden zwei beliebige Punkte des Kegelschnittes, M und N, sowohl mit A als auch mit B verbunden, so ist das Verhältniss
$$\frac{tg\,MAB - tg\,NAB}{cot\,MBA - cot\,NBA}$$
constant.

Für die gleichseitige Hyperbel wird, da bei ihr $A = -D$ ist, dies constante Verhältniss der Einheit gleich.

8. Ich habe in dem Vorigen versucht, durch die Ableitung mehrerer Sätze den Nutzen zu zeigen, welchen die Lösung der in § 1 behandelten Aufgabe in vielen Fällen haben kann; ich wende mich jetzt davon ab und

gehe zu einer anderen Aufgabe über, welche man als eine Ergänzung der erledigten betrachten kann, da sie von der Eigenschaft der Unveränderlichkeit des von vier festen Tangenten eines Kegelschnittes und einer fünften beweglichen Tangente gebildeten Doppelschnittverhältnisses ausgehend, den Kegelschnitt nicht als Ort eines Punktes, sondern als Enveloppe einer Geraden auffasst. Die Aufgabe ist folgende:

Es sind zwei gerade Linien, die wir im Folgenden zu Axen machen werden, gegeben. Es bewegt sich eine dritte Gerade so, dass zwischen den Abschnitten α und α_1, welche sie auf jenen zwei Geraden bestimmt, eine Relation ersten Grades

8) $\qquad A\alpha\alpha_1 + B\alpha + C\alpha_1 + D = 0$

besteht. Man soll die Enveloppe dieser dritten Geraden bestimmen.

Die Gleichung der veränderlichen Geraden in einer ihrer Lagen ist
$$\alpha y + \alpha_1 x = \alpha\alpha_1,$$
oder nach Substitution des aus 8) folgenden Werthes von α_1, nämlich:
$$\alpha_1 = -\frac{B\alpha + D}{A\alpha + C}$$
$$\alpha(A\alpha + C)y - (B\alpha + D)x = \alpha(B\alpha + D),$$
oder wenn nach Potenzen von α geordnet wird:
$$\alpha^2(Ay + B) + \alpha(Cy - Bx + D) - Dx = 0.$$
Da diese Gleichung die Veränderliche α im zweiten Grade enthält, die Coefficienten der verschiedenen Potenzen von α aber gerade Linien darstellen, so erkennt man, dass die veränderliche Gerade einen Kegelschnitt umhüllt, dessen Gleichung ist:
$$-4(Ay + B)Dx = (Cy - Bx + D)^2,$$
oder:

9) $\qquad 4(BC - AD)xy = (Cy + Bx + D)^2.$

Man erkennt hieraus ausserdem, dass der Kegelschnitt auch die beiden Axen berührt und zwar in den Punkten, wo sie von der Geraden
$$Cy + Bx + D = 0,$$
welche also die Polare des Anfangspunktes ist, geschnitten werden. Die Berührungspunkte werden übrigens auch erhalten, wenn man in 8) resp. $\alpha_1 = 0$ oder $\alpha = 0$ setzt; man bekommt alsdann
$$\alpha = -\frac{D}{B}; \quad \alpha' = -\frac{D}{C}.$$
Indem man ferner in 8) resp. $\alpha' = \infty$, $\alpha = \infty$ setzt, erhält man die Abschnitte, welche die zu einer Axe parallelen Tangenten auf der anderen bestimmen; nämlich:
$$\alpha = -\frac{C}{A}, \quad \alpha_1 = -\frac{B}{A}.$$

30 Die Kegelschn. u. d. höh. Curven als Resultate einer Ortsbestimmung.

Die Berührungspunkte dieser Tangenten ergeben sich leicht als

$$x = -\frac{C}{A}, \quad y = -\frac{BC-AD}{AC}$$

$$x = -\frac{BC-AD}{AB}, \quad y = -\frac{B}{A}.$$

9. Die Gleichung 8) lässt sich leicht identisch verändern und liefert dann in der veränderten Form einen geometrischen Satz. Es ist nämlich

$$A\alpha\alpha_1 + B\alpha + C\alpha_1 + D = 0$$

identisch mit

$$\left(\alpha + \frac{C}{A}\right)\left(\alpha_1 + \frac{B}{A}\right) = \frac{BC-AD}{A^2}.$$

Es ist aber $-\frac{C}{A}$ der Abschnitt, welchen die zu OY parallele Tangente auf der X-Axe bildet und $-\frac{B}{A}$ das umgekehrte. Unsere Formel liefert daher den Satz:

Wird in ein Parallelogramm $OACB$ ein Kegelschnitt beschrieben und an diesen eine beliebige Tangente gelegt, welche die Seiten OA und OB in den Punkten a und b schneidet, so ist das Product $Aa.Bb$ constant.

In der Gleichung 8) kann man auch statt des Abschnittes α_1 den Abschnitt β einführen, welchen die veränderliche Tangente auf der zu OX parallelen Tangente bildet. Es ist nämlich, wie aus zwei ähnlichen Dreiecken folgt:

$$\alpha_1 = -\frac{B\alpha}{A(\alpha-\beta)},$$

was in 8) substituirt, liefert:

$$B\alpha\beta + \frac{BC-AD}{A}\alpha + D\beta = 0.$$

Dies kann aber identisch geschrieben werden:

$$\left(\alpha + \frac{D}{B}\right)\left(\beta + \frac{BC-AD}{AB}\right) = \frac{(BC-AD)D}{AB^2}$$

und liefert den bekannten Satz:

Wenn eine veränderliche Tangente eines Kegelschnittes zwei feste parallele Tangenten schneidet, so bestimmt sie auf diesen Abschnitte, deren Product constant ist.

Wenn der Berührungspunkt der X-Axe und der Berührungspunkt der zu ihr parallelen Tangente gleichweit von der Y-Axe abstehen, so sind, einem bekannten Satze zufolge, die Coordinatenaxen zu zwei conjugirten Durchmessern parallel. Dies geschieht also, sobald

$$-\frac{D}{B} = -\frac{BC-AD}{AB},$$

oder
$$BC = 2AD.$$
Damit verschwindet, wie es sein muss, auch der Coefficient von xy in der Gleichung 9).
Wenn
$$B = C,$$
so werden die vom Anfangspunkte aus an den Kegelschnitt gelegten Tangenten gleichlang, dieser Punkt liegt also dann in einer der Hauptaxen.

Wird $B = 0$, so berührt die X-Axe den Kegelschnitt in unendlicher Entfernung, ist also eine Asymptote desselben.

Die Gleichung 8) wird dann
$$A\alpha\alpha_1 + C\alpha_1 + D = 0,$$
oder
$$\alpha = -\frac{C}{A} - \frac{D}{A\alpha_1}.$$

Sind α' und α_1' die Abschnitte für eine zweite veränderliche Tangente, so ist ebenso
$$\alpha' = -\frac{C}{A} - \frac{D}{A\alpha_1'},$$
und somit
$$\alpha - \alpha' = -\frac{D}{A}\left(\frac{1}{\alpha_1} - \frac{1}{\alpha_1'}\right)$$
oder
$$\frac{(\alpha - \alpha')\alpha_1 \cdot \alpha_1'}{\alpha_1' - \alpha_1} = Const.$$

Dies lässt sich so aussprechen:

Treffen zwei veränderliche Tangenten einer Hyperbel eine Asymptote derselben in A und B, eine feste Tangente aber, welche jener Asymptote in dem Punkte O begegnet, in Punkten a und b, so besteht ein constantes Verhältniss zwischen dem Produkt $Oa.Ob.AB$ und der Linie ab.

Sollen beide Axen Asymptoten der Hyperbel sein, so muss man sowohl $B = 0$, als auch $C = 0$ haben. Die Gleichung 8) reducirt sich damit zu
$$A\alpha\alpha' + D = 0,$$
d. h.: Das Dreieck, welches irgend eine Tangente einer Hyperbel mit den Asymptoten bildet, hat einen constanten Inhalt.

10. Damit die Gleichung 9) eine Parabel darstelle, muss
$$(BC - 2AD)^2 - B^2C^2 = 0$$
sein; d. h.
$$4(AD - BC).AD = 0.$$

32 Die Kegelschn. u. d. höh. Curven als Resultate einer Ortsbestimmung.

Die linke Seite wird aber Null, einmal wenn
$$AD = BC.$$
Dann aber zerfällt die Gleichung 8) in zwei Factoren und die Curve wird eine gerade Linie, eigentlich aber zwei in den Axen liegende Punkte.

Ebenso giebt die Gleichung
$$D = 0,$$
die obiger Bedingung auch genügt, kein Resultat; es bleibt daher nur die Bedingung:

10) $\qquad A = 0.$

Damit wird die Gleichung 8):

11) $\qquad B\alpha + C\alpha_1 + D = 0.$

Für eine andere Tangente, deren Abschnitte α' und α_1' sind, ist ebenso
$$B\alpha' + C\alpha_1' + D = 0,$$
also folgt durch Subtraction:
$$\frac{\alpha - \alpha'}{\alpha_1 - \alpha_1'} = -\frac{C}{B}.$$

Dieses ist aber der Ausdruck des bekannten Satzes:

Zwei variabele Tangenten einer Parabel bilden auf zwei festen Tangenten derselben Abschnitte, deren Verhältniss constant ist.

Die Gleichung des durch den Anfangspunkt der Coordinaten gehenden Durchmessers ist
$$Cy - Bx = 0.$$
Soll dieser zur Axe werden, so muss er den Winkel der beiden Tangenten halbiren und man muss haben:
$$B = C.$$
Damit aber wird die Gleichung 11):
$$\alpha + \alpha_1 = -\frac{D}{B}.$$

Dies liefert den Satz:

Die Summe der Abschnitte, welche eine veränderliche Parabeltangente auf zwei festen sich in der Axe begegnenden Tangenten bildet, ist constant.

Für die Scheiteltangente ist in diesem Falle $\alpha = \beta$, also
$$\alpha = -\frac{D}{2B}.$$

Da aber $-\frac{D}{B}$ das Stück auf einer der beiden Coordinaten-Axen zwischen dem Anfangspunkt und dem Berührungspunkte ist, so folgt:

Die Scheiteltangente halbirt das Stück einer Tangente zwischen dem Berührungspunkte und der Parabelaxe.

12. Die in § 1 gegebene Entstehungsweise eines Kegelschnittes ist

einer interessanten Erweiterung fähig, welche sich auf Curven ganz beliebigen Grades bezieht.

Es seien n Punkte gegeben $M_1, M_2 \ldots M_n$. Ausserdem werde ein Punkt M angenommen und mit jenen n-Punkten verbunden. Die Richtungsconstanten dieser Verbindungslinien seine $m_1, m_2, \ldots m_n$. Bewegt sich alsdann der Punkt M so, dass zwischen diesen Grössen m eine Relation ersten Grades besteht, so beschreibt M eine Curve n^{ten} Grades.

Ich beschränke mich hier blos auf Curven dritten Grades. Dann ist die allgemeinste Form der erwähnten Relation

12) $\quad A m_1 m_2 m_3 + B m_1 m_2 + C m_1 m_3 + D m_2 m_3 + E m_1 + F m_2 + G m_3 + H = 0.$

Indem man aus den Gleichungen

$$y - y_1 = m_1 (x - x_1)$$
$$y - y_2 = m_2 (x - x_2)$$
$$y - y_3 = m_3 (x - x_3)$$

folgert

$$m_1 = \frac{y - y_1}{x - x_1}$$

$$m_2 = \frac{y - y_2}{x - x_2}$$

$$m_3 = \frac{y - y_3}{x - x_3}$$

und diese Werthe in 12) eingesetzt, erhält man die Gleichung des gesuchten Ortes in der Form

$A(y-y_1)(y-y_2)(y-y_3) + B(y-y_1)(y-y_2)(x-x_3) + C(y-y_1)(y-y_3)(x-x_2)$
$+ D(y-y_2)(y-y_3)(x-x_1) + E(y-y_1)(x-x_2)(x-x_3) + F(y-y_2)(x-x_1)(x-x_3)$
$+ G(y-y_3)(x-x_1)(x-x_2) + H(x-x_1)(x-x_2)(x-x_3) = 0,$

oder entwickelt:

13) $\quad A y^3 + (B+C+D) x y^2 + (E+F+G) x^2 y + H x^3$
$- y^2 [A(y_1+y_2+y_3) + B x_3 + C x_2 + D x_1] - x y [B(y_1+y_2) + C(y_1+y_3)$
$+ D(y_2+y_3) + E(x_2+x_3) + F(x_1+x_3) + G(x_1+x_2)] - x^2 [E y_1 + F y_2$
$+ G y_3 + H(x_1+x_2+x_3)] + y[A(y_1 y_2 + y_1 y_3 + y_2 y_3) + B x_3(y_1+y_2)$
$+ C x_2(y_1+y_3) + D x_1(y_2+y_3) + E x_2 x_3 + F x_1 x_3 + G x_1 x_2]$
$+ x[B y_1 y_2 + C y_1 y_3 + D y_2 y_3 + E y_1(x_2+x_3) + F y_2(x_1+x_3)$
$+ G y_3(x_1+x_2) + H(x_1 x_2 + x_1 x_3 + x_2 x_3)] - A y_1 y_2 y_3 - B x_3 y_1 y_2$
$- C x_2 y_1 y_3 - D x_1 y_2 y_3 - E x_2 x_3 y_1 - F x_1 x_3 y_2 - G x_1 x_2 y_3 - H x_1 x_2 x_3 = 0.$

Es könnte noch ein Bedenken entstehen, ob die Gleichung 13) auch wirklich eine allgemeine Curve dritten Grades ausdrücken kann. Nun aber enthält die Gleichung 12) 7 unabhängige Grössen; die drei Fundmentalpunkte dazu geben 10 willkürliche Constanten. Man kann daher, da man zur Bestimmung einer Curve dritten Grades 9 Bedingungsgleichungen braucht, die allgemeine Gleichung einer solchen Curve stets auf die Form 13) bringen und dabei sogar noch einen der Werthe B, C, D, E, F, G be-

34 Die Kugelschn. u. d. höh. Curven als Resultate einer Ortsbestimmung.

liebig wählen. Man kann leicht beweisen, dass dies auch für jede höhere Curve gilt und dass dabei noch mehrere Constanten beliebig angenommen werden können.

13. Auch hier werden wir durch eine in § 2 ähnliche Betrachtung sehr leicht zur Gleichung der in M_1, M_2 und M_3 an die Curve zu legenden Tangenten geführt. Es ist z. B. die Tangente in M_3 derjenige Strahl des dritten Büschels, welcher zum Strahl M_1M des ersten Büschels und dem Strahl M_2M des zweiten Büschels gehört. Führt man die Rechnung aus, so wird die Tangente in M_1 ausgedrückt durch

$$(y-y_1)[A(y_1-y_2)(y_1-y_3)+B(y_1-y_2)(x_1-x_3)+C(y_1-y_3)(x_1-x_2)$$
$$+E(x_1-x_2)(x_1-x_3)]+(x-x_1)[D(y_1-y_2)(y_1-y_3)+F(y_1-y_2)(x_1-x_3)$$
$$+G(y_1-y_3)(x_1-x_2)+H(x_1-x_2)(x_1-x_3)]=0,$$

und ebenso die Tangenten in M_2 und M_3:

$$(y-y_2)[A(y_2-y_1)(y_2-y_3)+B(y_2-y_1)(x_2-x_3)+D(y_2-y_3)(x_2-x_1)$$
$$+F(x_2-x_1)(x_2-x_3)]+(x-x_2)[C(y_2-y_1)(y_2-y_3)+E(y_2-y_1)(x_2-x_3)$$
$$+G(y_2-y_3)(x_2-x_1)+H(x_2-x_1)(x_2-x_3)]=0.$$

$$(y-y_3)[A(y_3-y_1)(y_3-y_2)+C(y_3+y_1)(x_3-x_2)+D(y_3-y_2)(x_3-x_1)$$
$$+G(x_3-x_1)(x_3-x_2)]+(x-x_3)[B(y_3-y_1)(y_3-y_2)+E(y_3-y_1)(x_3-x_2)$$
$$+F(y_3-y_2)(x_3-x_1)+H(x_3-x_1)(x_3-x_2)]=0.$$

Ein interessantes und sehr einfaches Resultat wird erhalten, wenn $M_1M_2M_3$ in einer Geraden und zwar in der X-Axe liegen, also $y_1=y_2=y_3=0$. Dann reduciren sich die vorigen Gleichungen zu

$$Ey + Hx = Hx_1$$
$$Fy + Hx = Hx_1$$
$$Gy + Hx = Hx_1.$$

Diese Linien bilden mit der X-Axe Winkel, deren Cotangenten gleich $-\frac{E}{H}, -\frac{F}{H}, -\frac{G}{H}$ sind. Die Summe dieser Cotangenten ist alsdann

$$-\frac{E+F+G}{H}.$$

Dieses ist aber zugleich die Summe aus den Cotangenten der Winkel, welche die Asymptoten mit der X-Axe bilden. Man hat daher den inteteressanten Satz:

Legt man in den drei Punkten, in welchem eine gerade Linie einer Curve dritten Grades schneidet, die Tangenten, so bildet sie mit diesen Winkel, für welche die Summe der Cotangenten eben so gross ist, als die Summe der Cotangenten der Winkel, welche sie mit den Asymptoten einschliesst.

Dieser Satz ist aber einer bedeutenden Erweiterung fähig; er gilt nämlich allgemein für jede algebraische Curve, nämlich:

Legt man in den n-Punkten, in welchem eine gerade Linie eine Curve n^{ten} Grades schneidet, die Tangenten, so bildet sie mit diesen Winkel, für welche die Summe der Cotangenten eben so gross ist, als die Summe der Cotangenten der Winkel, welche sie mit den n-Asymptoten einschliesst.

Der Beweis in dieser allgemeinen Form ist sehr einfach, ich übergehe ihn.

14. Von besonderem Interesse ist bei der oben erwähnten Entstehungsweise der Curven dritten Grades der Fall, in welchem zwei der Punkte $M_1 M_2 M_3$, z. B. M_2 und M_3 zusammenfallen. Setzt man dann in Gleichung 12) $m_2 = m_3 = m$ und so lässt sich dieselbe etwas kürzer schreiben:

$$A m^2 m_1 + B m^2 + C m m_1 + D m + E m_1 + F = 0.$$

Diese Gleichung zeigt, dass für jeden Werth von m nur ein Werth von m_1 existirt, dass also jede durch den Punkt M gehende Gerade die Curve nur einmal trifft. Diese, sowie einige andere leicht aufzustellende Betrachtungen zeigt, dass der Punkt M ein Doppelpunkt der Curve ist.

Ein solcher Doppelpunkt kann in der Curve in drei Gestalten auftreten; als Knoten, als Spitze und als isolirter Punkt. Es ist leicht zu entscheiden, welches von diesen dreien in einem vorliegendem Falle eintritt.

Fasst man MM_1 als einen Strahl des Büschels vom Scheitel M_1 auf, so entsprechen ihm zwei Strahlen des Büschels vom Scheitel M, welche, wie man leicht bemerkt, die Curve in drei zusammenfallenden Punkten schneiden. Man erkennt in ihnen die Tangenten des Doppelpunktes. Diese sind aber reell und verschieden im Falle eines Knotens, reell und zusammenfallend im Falle der Spitze, imaginär im Falle eines isolirten Punktes. Seien x und y die Coordinaten von M, so ist die Richtungsconstante von MM_1:

$$m_1 = \frac{y - y_1}{x - x_1}.$$

Die beiden Tangenten in M haben dann Richtungsconstante, welche die Wurzeln der Gleichung

$$m^2 \cdot [A(y-y_1) + B(x-x_1)] + m[C(y-y_1) + D(x-x_1)] + E(y-y_1) + F(x-x_1) = 0$$

sind und reelle verschiedene, reelle gleiche oder imaginäre Werthe haben, je nachdem

$$[C(y-y_1) + D(x-x_1)]^2 - 4[A(y-y_1) + B(x-x_1)][E(y-y_1) + F(x-x)] \gtreqless 0,$$

oder wegen $\dfrac{y - y_1}{x - x_1} = N$

$$N^2 \cdot [C^2 - 4AE] + 2N[CD - 2AF - 2BE] + D^2 - 4BF \gtreqless 0 \text{ ist.}$$

Dieser Gleichung zufolge kann man durch angemessene Wahl des Punktes M_1 bei gegebener Lage des Punktes M und bei gegebenen Grössen der Coefficienten $A, B, C, \ldots F$ den Punkt M nach Belieben zu einem

Knoten, zu einer Spitze oder zu einem isolirten Punkt machen, sofern nur
$$(CD-2AF-2BE)^2-(C^2-4AE)(D^2-4BF)>0,$$
oder
$$(AF-BE)^2>(BC-AD)(DE-CF)$$
ist. Ist dagegen
$$(AF-BE)^2=(BC-AD)(DE-CF),$$
so hat man zu unterscheiden, ob
$$C^2-4AE \gtreqless 0.$$

Im ersteren Falle kann M nur zu einer Spitze oder zu einem Knoten, im letztern nur zu einer Spitze oder zu einem isolirten Punkte gemacht werden. Ist endlich
$$(AF-BE)^2<(BC-AD)(DE-CF),$$
so kann, je nachdem
$$C^2-4AE \gtrless 0,$$
ist, der Punkt M nur ein Knoten oder ein isolirter Punkt werden.

Ich schliesse, indem ich noch die Bemerkung zufüge, dass der im vorigen § bewiesene Satz auch seine Giltigkeit beibehält, wenn die beliebig liegende Sehne durch einen Doppelpunkt geht. In diesem Falle führt man die beiden wirklichen Tangenten des Doppelpunktes ein, d. h. die Geraden, welche die Curve in drei zusammenfallenden Punkten schneiden.

III.

Biegung eines Ringes durch gleichmässigen Druck von Aussen.

Von Dr. R. Hoppe,
Docent an der Universität Berlin.

Wird ein homogener kreisförmiger Ring durch einen gleichmässigen nach der Axe gerichteten Druck comprimirt, so steht der Druck zwar bei unveränderter Gestalt mit der Elasticität des Ringes im Gleichgewicht, doch hört die Stabilität des Gleichgewichtes auf, wenn der Druck ein gewisses Mass überschreitet, und der Ring nimmt alsdann eine ovale Gestalt an. Die Berechnung der letzteren führt unter einigen sogleich näher anzugebenden Voraussetzungen auf Differentialgleichungen, die sich leicht mit Hülfe elliptischer Functionen integriren lassen, während jedoch die Bestimmung der Integrationsconstanten etwas mehr Schwierigkeit verursacht. Um die transcendenten Gleichungen aufstellen zu können, durch die deren Werthe bestimmt sind, ist die Ermittelung der Periodenlänge erforderlich. Die im Folgenden gegebene Lösung musste deshalb bis zur Berechnung des Moduls fortgeführt werden. Bei diesen Umständen ist es indess bemerkenswerth, dass sich wenigstens die Grösse des Druckes, bei dem die Biegung beginnt, in völlig entwickelter Form angeben lässt.

Angenommen wird, dass der Querschnitt des Ringes, d. i. der durch die Axe gehende ebene Schnitt, keine Aenderung erleidet; ferner, dass der Druck nicht auf der Oberfläche, sondern auf eine gewisse derselben parallele Mittellinie im Innern des Ringes wirkt; endlich dass die Spannung oder der Widerstand gegen die Compression der Verkürzung der Längeneinheit proportional ist.

Sei nun

$$f = \iint d\lambda\, d\mu$$

der Querschnitt des Ringes; λ, μ die Coordinaten eines Elementes in radialer und axialer Richtung; σ der Bogen der Mittellinie im indifferenten Zustande; s derselbe während der Biegung; s_1 der entsprechende parallele Bogen, welcher durch das Element $d\lambda\, d\mu\, d\sigma$ geht; ϱ der Krümmungsradius

38 Biegung eines Ringes durch gleichmässigen Druck von Aussen.

von s; c der Radius von σ; q die Spannung; E der Elasticitätscoefficient; x, y die rechtwinkeligen Coordinaten des Bogenelementes ds. Dann sind die Composanten des Druckes Pds, der auf das Element ds wirkt, in den Richtungen der x und y:
$$-Pdy, \quad l\,dx,$$
daher die Gleichgewichtsbedingung nach dem Princip der virtuellen Geschwindigkeiten:
$$Q = \int\int\int q\,d\lambda\,d\mu\,\delta\,ds_1 = P\int (dx\,\delta y - dy\,\delta x)$$
und zwar hat man wegen der Parallelität der Bogen s und s_1 und nach dem Gesetze der Spannungen:
$$ds_1 = \left(1 + \frac{\lambda}{\varrho}\right)ds = \left(1 + \frac{\lambda}{c}\right)\left(1 + \frac{q}{E}\right)d\sigma,$$
woraus hervorgeht:
$$q = E\left\{\frac{1 + \dfrac{\lambda}{\varrho}}{1 + \dfrac{\lambda}{c}} - 1\right\}$$
$$\delta ds_1 = \delta ds + \lambda\delta\frac{ds}{\varrho}.$$
Setzt man zur Abkürzung
$$M = \int\int q\,d\lambda\,d\mu; \quad N = \int\int q\lambda\,d\lambda\,d\mu,$$
so erhält man nach den nöthigen Transformationen:
$$Q = \int M\delta ds + \int N\delta\frac{ds}{\varrho}$$
$$= -\int \delta x\,d(Mx' + N'y') - \int \delta y\,d(My' - N'x') = P\int(dx\,\delta y - dy\,\delta x),$$
wo die Accente Differentialquotienten in Bezug auf s bezeichnen. Da δx und δy ganz unabhängig sind, so ergeben sich die zwei Gleichungen:
$$d(Mx' + N'y' - Py) = 0$$
$$d(My' - N'x' + Px) = 0.$$
Da der Anfangspunkt der xy gleichgültig ist, so kann man die Integrale schreiben:
$$Mx' + N'y' - Py = 0$$
$$My' - N'x' + Px = 0,$$
woraus hervorgeht:
$$M = -P(xy' - yx')$$
$$N' = P(xx' + yy').$$
Letztere Gleichung integrirt, giebt:
$$N = P\frac{x^2 + y^2}{2} - A.$$
Die Ausdrücke von M, N werden nach Einführung des Werthes von q:

1) $$M = E \iint \left\{ \frac{1 + \frac{\lambda}{\varrho}}{1 + \frac{\lambda}{c}} \frac{1}{\sigma'} - 1 \right\} d\lambda \, d\mu$$

2) $$N = E \iint \left\{ \frac{1 + \frac{\lambda}{\varrho}}{1 + \frac{\lambda}{c}} \frac{1}{\sigma'} - 1 \right\} \lambda \, d\lambda \, d\mu.$$

Wählt man die Mittellinie so, dass

$$\iint \frac{\lambda \, d\lambda \, d\mu}{1 + \frac{\lambda}{c}} = 0$$

wird, und setzt

$$\iint \lambda \, d\lambda \, d\mu = f\lambda_0,$$

so kommt:

$$\iint \frac{d\lambda \, d\mu}{1 + \frac{\lambda}{c}} = f; \quad \iint \frac{\lambda^2 \, d\lambda \, d\mu}{1 + \frac{\lambda}{c}} = f\lambda_0$$

und zwar ist letztere Grösse stets positiv, so dass man setzen kann:
$$c\lambda_0 = a^2.$$
Demgemäss ist jetzt

$$M = Ef\left(\frac{1}{\sigma'} - 1\right); \qquad N = Efa^2\left(\frac{1}{\varrho \sigma'} - \frac{1}{c}\right).$$

Führt man diese Werthe in die Gleichungen 1), 2) ein und setzt zur Abkürzung:

$$\frac{Ef}{P} = b; \qquad A = Efa\left(\frac{\alpha}{2} + \frac{a}{c}\right),$$

so kommt:

$$b\left(1 - \frac{1}{\sigma'}\right) = xy' - yx'$$

$$\frac{2a^2 b}{\varrho \sigma'} = x^2 + y^2 - ab\alpha,$$

oder wenn

$$x = r\cos\varphi; \qquad y = r\sin\varphi$$

gesetzt wird:

3) $$b\left(1 - \frac{1}{\sigma'}\right) = r^2 \varphi'$$

4) $$\frac{2a^2 b}{\varrho \sigma'} = r^2 - ab\alpha$$

und nach Elimination von σ':

$$2a^2 \frac{b - r^2 \varphi'}{\varrho} = r^2 - ab\alpha.$$

40 Biegung eines Ringes durch gleichmässigen Druck von Aussen.

Multiplicirt man diese Gleichung mit rdr und beachtet, dass allgemein

$$\frac{r\,dr}{\varrho} = d(r^2\varphi'); \quad \frac{r^2\varphi'}{\varrho} = 1 - \frac{d(rr')}{ds}$$

ist, so lautet sie:

$$2a^2bd(r^2\varphi') - 2a^2r\,dr + 2a^2rr'd(rr') = (r^2 - ab\alpha)r\,dr$$

und giebt nach Integration:

5) $\quad 2a^2br^2\varphi' = \tfrac{1}{2}(r^2 - ab\alpha)^2 + a^2r^2 + a^2b^2(1 - \tfrac{1}{2}\beta^2) - a^2r^2r'^2$,

wo β die neue Integrationsconstante bezeichnet. Zur Elimination von φ' führen wir für r die neue Variabele v ein, indem wir setzen:

6) $\quad r^2 = ab\left(\alpha + \beta\frac{1-v^2}{1+v^2}\right).$

Indem man zunächst in der vorigen Gleichung für r'^2 seinen identischen Werth

$$1 - r^2\varphi'^2$$

setzt, ergiebt sich daraus:

7) $\quad r^2\varphi' = b\left(1 - \frac{\beta v}{1+v^2}\right),$

wo das Vorzeichen von v willkürlich festgesetzt ist. Führt man diesen Werth ein, so findet man:

8) $\quad \frac{2a\beta vv'}{1+v^2} = \sqrt{V},$

wo V den Werth

$$V = \frac{a}{b}[\alpha(1+v^2) + \beta(1-v^2)](1+v^2) - (1+v^2-\beta v)^2$$

hat. Sämmtliche Variabelen lassen sich nun gemäss den Gleichungen 3), 8), 6), 7) in v ausdrücken, und zwar ist

9) $\quad \begin{cases} \sigma = 2a\displaystyle\int\frac{dv}{\sqrt{V}} \\ s = 2a\beta\displaystyle\int\frac{v}{1+v^2}\frac{dv}{\sqrt{V}} \end{cases}$

$$r^2 = ab\left(\alpha + \beta\frac{1-v^2}{1+v^2}\right)$$

$$\varphi = \beta\int\left(\frac{\alpha+\beta+2v}{\alpha+\beta+(\alpha-\beta)v^2} - \frac{1}{1+v^2}\right)\frac{dv}{\sqrt{V}}.$$

Hier sind a, b gegebene Grössen, während α, β der Bedingung gemäss bestimmt werden müssen, dass σ über den ganzen Ring ausgedehnt eine gegebene Länge $2\pi c$ hat, und dass φ für dieselben Integralgrenzen in 2π übergeht. Diese Grenzen können sich nur aus der Periodicität von v in σ ergeben. Um den gemeinsamen Modul der drei elliptischen Integrale zu finden, muss V in zwei Factoren zweiten Grades zerlegt werden, so jedoch, dass der Ausdruck der Abhängigkeit zwischen den Coefficienten und den zwei Integrationsconstanten erhalten bleibt. Zu diesem Zwecke führen wir für α, β zwei neue willkürliche Grössen m, n ein, indem wir setzen:

10) $$\alpha = \frac{b}{a}\left(1 - \frac{1-2n}{1-n}\frac{\beta}{2m}\right) + \left(1 - \frac{1}{2n(1-n)}\right)\beta$$

11) $$\beta = 2\frac{m^2 + n^2}{m}(1 + l)$$

12) $$l = \frac{n - \frac{m}{n}\frac{a}{b}}{1-n}$$

dann werden die Factoren von

$$V = \frac{\beta}{2m} T U$$

folgende:

$$T = 2n - 1 + 2mv - v^2$$
$$U = (1 - l)(1 + v^2) + 2(1 + l)(n - mv).$$

Berechnet man hieraus den Modul k, so findet man ihn mit Hülfe der Abkürzungen

$$p = \sqrt{n^2 - 2nm^2 l + (1 - 2n)m^2 l^2}$$
$$\lambda = \frac{n - m^2 l - p}{n - m^2 l + p}$$
$$\mu = \frac{(1-l)p - n + (m^2 + n)l + m^2 l^2}{(1-l)p + n - (m^2 + n)l - m^2 l^2}$$

folgendermassen ausgedrückt:

$$k = \sqrt{\frac{\lambda}{\lambda + \mu}}$$

und der periodische Ausdruck von v in σ ist:

13) $$v = \frac{1}{lm}\left(n - p\frac{1 + \sqrt{\lambda}\cos am\, u}{1 - \sqrt{\lambda}\cos am\, u}\right)$$

$$u = \frac{\sigma}{a}\sqrt{\frac{\beta p}{2m}}.$$

Ist also N die Anzahl der Perioden, welche u durchläuft, bis σ auf seinen Anfang zurückgelangt, so hat man

14) $$\frac{2K}{\pi}N = \frac{c}{a}\sqrt{\frac{\beta p}{2m}}.$$

Da die ganze Zahl N bei stetiger Aenderung des Druckes nicht variiren kann, so betrachten wir zu ihrer Bestimmung den Fall, wo letzterer den grössten Werth hat, bei welchem noch keine Biegung stattfindet. Hier sind ϱ und σ' constant, folglich nach Gleichung 3) und 4) auch r und φ'. Daraus erhellt, dass der Anfangspunkt der xy im Mittelpunkte des Kreises s liegt, dass also

$$\varrho = r; \quad s = r\varphi; \quad \sigma = c\varphi$$

ist. Die Gleichungen 3), 4) geben demnach:

15) $$r = \frac{bc}{b+c}$$

$$\alpha = \frac{bc^2}{a(b+c)^2} - \frac{2a}{c}.$$

Infolge dessen findet man weiter aus Gleichung 5), 6) und 7):

$$\frac{1}{4}\beta^2 = \frac{a^2}{c^2} + \left(\frac{b}{b+c}\right)^2$$

$$v^2 = \frac{c\beta - 2a}{c\beta + 2a}$$

$$\frac{b}{b+c} = \frac{\beta v}{1+v^2}.$$

Die directe Bestimmung von m und n würde zu hohen Gleichungen führen. Wir benutzen deshalb den Umstand, dass der Modul im vorliegenden Falle verschwinden muss, was unter anderem aus Gleichung 13) ersichtlich ist. Da diese nur für $p=0$ oder $\lambda=0$ einen constanten, von 0 verschiedenen Werth für v giebt, die Annahme $p=0$ aber mit den übrigen Gleichungen nicht vereinbar ist, so ist zunächst λ und $k=0$, woraus hervorgeht:

$$(1 - 2n - m^2)m^2 l^2 = 0.$$

Die Lösungen $m=0$ und $l=0$ entsprechen nicht den gefundenen Werthen; daher ist

$$2n = 1 - m^2.$$

Hieraus folgen nach Gleichung 12), 11), 10), 13), 6) und 9) die Werthe:

$$l = \frac{1}{1+m^2}\left(1 - m^2 - \frac{4m}{1-m^2}\frac{a}{b}\right)$$

$$\beta = \frac{1+m^2}{m}\left(1 - \frac{2m}{1-m^2}\frac{a}{b}\right)$$

$$\alpha = 2\frac{1+m^4}{(1-m^2)^2}\frac{a}{b} - \frac{1-m^2}{m}$$

$$v = m$$

16) $$r = \frac{2am}{1-m^2}$$

$$\frac{s}{\sigma} = 1 - \frac{r}{b},$$

welche mit den bereits bekannten in vollkommener Uebereinstimmung sind. Jetzt ergiebt sich weiter aus Gleichung 15) und 16):

$$bcm^2 + 2a(b+c)m - bc = 0,$$

woraus sich erst m, und demzufolge n und β bestimmen. Führt man ihre Werthe in Gleichung 14) ein, wo K in $\tfrac{1}{2}\pi$ übergeht, so findet man:

$$N^2 = \frac{b+c}{b} + \frac{c^3}{a^2 b}\left(\frac{b}{b+c}\right)^2.$$

Diese Gleichung lässt sich nicht für $N=1$, dagegen für jedes grössere N durch irgend einen Werth von b, d. i. durch einen Werth des Druckes erfüllen. Da aber letzterer desto grösser sein würde, je grösser N ist, so kann in Wirklichkeit N nur seinen kleinsten Werth 2 haben; es müsste denn der dem grössern N entsprechende Druck plötzlich eintreten. Der Ring theilt sich demnach immer bei Beginn seiner Biegung in zwei congruente und symmetrische Bogen, deren jeder einer vollen Periode von $u = 4K$ entspricht. Den Werth des Druckes, bei dem sich der Ring zu biegen anfängt, erhält man durch Auflösung der cubischen Gleichung

$$(b+c)^3 + \frac{c^3}{a^2} b^2 = 4b(b+c)^2,$$

welche nur einen Werth für b giebt.

IV.

Beweise und Erörterungen einiger Sätze über Kegelschnitte, welche durch vier Punkte gelegt werden.

Von Dr. Chr. Wiener,
Professor an der polytechnischen Schule zu Carlsruhe.

---

1. **Hülfssatz.** Wenn man in einer geraden Punktreihe zu zwei festen Punkten und jedem anderen je einen vierten Punkt sucht, so dass das in beliebiger, aber übereinstimmender Weise gebildete Doppelverhältniss der Abschnitte unveränderlich ist, so bilden alle vierten Punkte eine mit der ursprünglichen Reihe projectivische Punktreihe, und in diesen beiden sind die zwei festen Punkte die Doppelpunkte.

Sind also in Fig. 4, Tafel I, a, b die festen Punkte in der ersten Punktreihe $acbd$, sind die Punkte c', d' der zweiten Reihe derart gelegen, dass
$$\frac{ac}{ab} : \frac{c'c}{c'b} = \frac{ad}{ab} : \frac{d'd}{d'b},$$
so ist diese Reihe mit der ersten projectivisch, und a' fällt in a, b' in b.

Erster Beweis. Aus dem beliebigen Doppelverhältnisse folgt, dass $acc'b$ projectivisch mit $add'b$, oder
$$acc'b \; \pi \; add'b,$$
wobei die Punkte sich in der geschriebenen Reihenfolge entsprechen. Sieht man jetzt a, b als die zugeordneten Punkte an, so ist
$$\frac{ca}{cb} : \frac{c'a}{c'b} = \frac{da}{db} : \frac{d'a}{d'b};$$
daraus folgt:
$$\frac{ca}{cb} : \frac{da}{db} = \frac{c'a}{c'b} : \frac{d'a}{d'b},$$
oder:
$$acbd \; \pi \; ac'bd'.$$

Rückt c nach a, so muss wegen jenes Doppelverhältnisses auch c' nach a rücken, so dass a' in a fällt, ebenso b' in b, daher ist auch
$$acdb \; \pi \; a'c'd'b'.$$

Zweiter Beweis. Es sei in Fig. 5, Tafel I, a, b, c, d und der dem c entsprechende Punkt c' gegeben; es soll d' nach der Bedingung unseres Satzes gefunden werden. Drehe die zweite Punktreihe um a nach ab_1, so dass $ab_1 = ab$, $ac_1' = ac'$, $ad_1 = ad$. Schneide bb_1 mit cd_1 in m, ziehe $c'm$, welches ab_1 in d_1' schneidet. Macht man $ad' = ad_1'$, so ist d' der gesuchte Punkt, weil $ab_1 d_1 d_1' \pi abcc'$, ferner $abdd' = ab_1 d_1 d_1'$, also der Voraussetzung entsprechend $abdd' \pi abcc'$. Verschiebt man m auf bb_1, so bekommt man alle anderen entsprechenden Punkte $e, e'; f, f'$... Rückt m nach b_1, so fallen die entsprechenden Punkte daselbst zusammen, rückt m nach b, so fallen sie in a zusammen, woraus sich ergiebt, dass a und b die Doppelpunkte der beiden Reihen sind. Es ist noch zu beweisen, dass $acbd$ mit $ac'bd'$ oder, was dasselbe ist, mit $ac_1'b_1 d_1'$ projectivisch ist. Da sie a gemeinschaftlich haben, müssen sie auch perspectivisch liegen, oder es müssen sich bb_1, cc_1', dd_1' in Einem Punkte o schneiden. Projicirt man die Figur so auf eine durch bb_1 gelegte Ebene, dass a ins Unendliche fällt, so entsteht als Projection Fig. 6, Tafel I, worin $cd \parallel c_1 d_1$. Darin folgt aus der Construction des d_1' aus c' und aus $dd' = d_1 d_1'$:

$$\frac{cb}{cc'} = \frac{db}{dd'}.$$

Schneide cc_1' das bb_1 in o, dd_1' in o' so ist

$$ob = bb_1 \frac{cb}{cc'}, \quad o'b = bb_1 \frac{db}{dd'},$$

woraus $ob = o'b$; oder o und o' fallen, zusammen. Daher schneiden sich auch in Fig. 5, Tafel I, cc_1', bb_1, dd_1' in Einem Punkte o, und
$$acbd \pi ac'bd'.$$

Besonderer Fall. Ist jenes Doppelverhältniss gleich 1, so tritt die harmonische Theilung ein, für welche ebenfalls der Satz gilt. Sind ausserdem die festen Punkte zugeordnet, so befinden sich bekanntlich die beiden Punktreihen in Involution; anderenfalls dagegen nicht.

Dieser Fall lässt sich leicht besonders beweisen. Soll in Fig. 7, Tafel I, c' so gegen c liegen, dass cb durch a und c' harmonisch getheilt wird, so drehe man acb um a nach ac_1b_1, schneide cb_1 mit c_1b in m, ziehe $c_1'mc' \parallel bb_1$, so sind c' und c_1' die vierten harmonischen Punkte. Die Gerade cc_1' schneidet bb_1 in o, so dass $ob_1 = b_1 b$, weil $c_1'm = mc'$. Da c ein beliebiger Punkt, so geht dd_1' auch durch o, oder die Reihen $acbd...$, $ac_1'b_1 d_1'...$, $ac'bd'...$ sind projectivisch; a und b sind Doppelpunkte der ersten und dritten.

2. Satz. **Die Polaren eines Punktes für alle durch vier feste Punkte gelegte Kegelschnitte gehen durch ein und denselben Punkt.**

Beweis. Seien a, b, c, d in Fig. 8, Tafel I, die vier Punkte der Kegelschnitte, m der Punkt, um dessen Polaren es sich handelt. Um eine Polare zu verzeichnen, denke einen Kegelschnitt durch a, b, c, d gelegt. Die raden ma und md schneiden denselben in zwei Punkten; nehme den einen e beliebig an, so ist der Kegelschnitt durch fünf Punkte bestimmt und der sechste f kann durch das Pascal'sche Sechseck gefunden werden, in welchem die Durchschnittspunkte g, h, i der gegenüberstehenden Seiten 1, 4; 2, 5; 3, 6 in einer Geraden liegen müssen. Theile nun ea harmonisch mit m in ε, fd harmonisch mit m in φ, so ist $\varepsilon\varphi$ die Polare von m. Bewegt sich e auf ma, so bewegt sich auch f auf md, wobei ef stets durch i geht. Daher ist die Punktreihe der e perspectivisch mit der der f. Nach dem besonderen Falle des ersten Satzes ist aber auch die Punktreihe der ε projectivisch mit der der e, der φ mit der der f; also sind die der ε und φ unter einander projectivisch. Alle vier Punktreihen haben m gemein, daher liegt die der ε perspectivisch mit der. der φ, und alle Projectionsstrahlen, welche die Polaren sind, schneiden sich daher in einem Punkte k.

Um k zu finden, sucht man die Polaren für die zwei einfachsten Fälle. Man lasse e und f nach m rücken; die Sehne ief wird dann Tangente und ist die Polare des Berührungspunktes. Sodann lasse e nach e' und f nach f' auf bc rücken, so zerfällt der Kegelschnitt in die zwei Geraden bc und ad, welche sich in l schneiden. Schneide af' mit de' in n, so ist ln die Polare zu m. Der Schnitt von im und ln ist der gesuchte Punkt k.

3. Satz. **Die Durchschnittspunkte einer Schaar durch vier feste Punkte gelegter Kegelschnitte mit einer Geraden bilden zwei Reihen, welche, wenn man die Punkte desselben Kegelschnittes als entsprechend ansieht, projectivisch und involutorisch sind.**

Beweis. Seien in Fig. 9, Tafel I, a, b, c, d die vier festen Punkte, A die Gerade. Nimmt man auf ihr einen Punkt e des Kegelschnittes an, so kann der sechste Punkt e' desselben auf A durch das Pascal'sche Sechseck gefunden werden. Die Seiten 2 und 5 schneiden sich in f, 1 und 4 in h, fh schneidet 3 in g, so dass ag als sechste Seite das e' liefert. Bewegt sich e auf A, so beschreibt h eine Punktreihe auf 1, welche mit der Reihe der e von d aus perspectivisch ist, dann beschreibt g eine von dem festen f aus mit der Reihe der h perspectivische Punktreihe, und damit e' eine von a aus perspectivische Reihe, so dass die Punktreihe der e mit der der e' projectivisch ist. Beide sind auch involutorisch, weil sich e und e' doppelt entsprechen. Denn nimmt man den fünften Punkt statt in e in e' an, so ist der Kegelschnitt derselbe wie vorher, weil er durch die 5 Punkte a, b, c, d, e' bestimmt ist; er liefert daher als sechsten Punkt e.

Erörterung. a) Um den Mittelpunkt m der Involution zu finden, lasse den einen Punkt ins Unendliche rücken und suche nach der eben benutzten Construction den zugehörigen Punkt m, wie Fig. 7, Taf: I, zeigt. Bedenkt man, dass der durch a, b, c, d gelegte Kegelschnitt auf drei Arten in ein System zweier Geraden zerfallen kann, so erhält man 3 Paare entsprechender Punkte e, e'; f, f'; g, g' als Durchschnitte der drei Paare gegen-

überstehender Seiten des vollständigen Viereckes mit der gegebenen Geraden. Um endlich die Doppelpunkte l und n der Involution zu finden, bedenke man, dass
$$ml^2 = mn^2 = me \times me',$$
und suche wie in Fig. 10, Tafel I, danach l und n. Es sind dieses die Berührungspunkte der Kegelschnitte mit der gegebenen Geraden. Indem der eine Schnittpunkt von l über m nach n läuft, läuft der entsprechende von l über ∞ nach n. Zwei entsprechende Schnittpunkte theilen, wie bekanntlich bei jeder Involution, die Strecke ln harmonisch.

b) Untersuchen wir, welche Art von Involution in den verschiedenen Fällen eintritt, ob gleichliegende oder ungleichliegende. Man muss unterscheiden, ob man durch die Punkte a, b, c, d ein Viereck ohne einspringende Winkel (Fig. 11, Tafel I) bilden kann, oder nicht (Fig. 12, Tafel I). Geht A ausserhalb des Viereckes, aber so nahe an einem Eckpunkte a vorbei, dass die davon ausgehenden drei Geraden in unmittelbarer Reihenfolge geschnitten werden, so findet im ersten Falle (Fig. 11, Tafel I) ungleichliegende, im zweiten (Fig. 12, Tafel I) gleichliegende Involution statt. Bezeichnet man nämlich die drei Paare gegenüberstehender Seiten, welche also in keinem Eckpunkte des Viereckes zusammentreffen, mit E, E'; F, F'; G, G', so gehen von a und b die gegenüberstehenden Seiten F, F' und G, G' aus. Im ersten Falle liegen F und F' beide innerhalb des Winkels, welchen G und G' mit ab bilden. Deswegen wird die Gerade A in entgegengesetzter Reihenfolge der Punkte von ihnen geschnitten. Die Reihenfolge ist $f'g'gfee'$; die Involution ist daher eine ungleichliegende. Hat das Viereck aber einen einspringenden Winkel, bei d (Fig. 12, Tafel I), so ist F ausserhalb und F' innerhalb des Winkels, welchen G und G' mit ab bilden, woraus eine gleichliegende Involution folgt. Lässt man d durch φ auf ac nach d' gehen, so kehrt sich die Lage der Involution um, indem in der Grenzlage, wobei drei der gegebenen vier Punkte in einer Geraden liegen, die eine Punktreihe auf A zu dem einzigen Punkte f wird. Es fallen in f die drei Punkte f, g, e' zusammen, wobei e' statt e als zu dieser Reihe gehörig betrachtet werden muss, was auch schon von vornherein geschehen darf.

Bewegt sich nun A, so wird durch seinen Durchgang durch einen der vier Punkte die Involution umgekehrt. Denn durch jeden Punkt gehen drei nicht gegenüberstehende Gerade, wovon jedenfalls zwei gleich (mit oder ohne Strich) bezeichnet sind und Punkte derselben Reihe bestimmen. Von diesen zwei Punkten, die sich in ihrer Reihe unmittelbar auf einander folgen, und daher auch von der ganzen Reihe wird die Richtung umgekehrt, während die der anderen ungeändert bleibt. Dadurch wird auch die Art der Involution umgekehrt. Beim Durchgang durch einen der vier Punkte wird die eine Reihe zu einem Punkte. Geht die Schnittlinie A durch ein Nebeneck s, φ, χ des vollständigen Viereckes, in welchem sich also zwei gegenüberstehenden Seiten schneiden, so wechseln die mit gleichen Buchstaben bezeichneten, also sich entsprechenden, Punkte ihre Stelle in der Reihe aller sechs Punkte, wodurch die Richtung keiner Punktreihe umgekehrt wird. Beim Durchgang ist das Nebeneck ein Doppelpunkt. — Es ergiebt sich daher, dass die Involution eine gleichliegende ist, wenn das Viereck keinen einspringenden Winkel hat und eine ungerade Anzahl Eckpunkte auf jeder Seite der schneidenden Geraden liegt, oder wenn das Viereck einen einspringenden Winkel hat und eine gerade Anzahl Eckpunkte auf jeder Seite liegt; in den anderen Fällen ist die Involution ungleichliegend. Setzen wir zur Uebersicht die Schnittpunkte in ihrer Reihenfolge hin, wobei wir die gleichliegende Involution mit +, die ungleichliegende mit — bezeichnen wollen.

1. Das Viereck hat kein einspringendes Eck.

Haupteck:	Durchgang der A durch das Nebeneck:	Reihenfolge der Punkte:
		$- f' g' g f e' e$
	ε	$- f' g' g f e e'$
a		$+ f' g' e f g e'$
b		$- e g' f' f g e'$
	φ	$- e g' f f' g e'$
d		$+ e g' f e' g f'$
c		$- e e' f g' g f'$
	χ	$- e e' f g g' f'$

2. Das Viereck hat ein einspringendes Eck.

Haupteck:	Durchgang der A durch das Nebeneck:	Reihenfolge der Punkte:
		$+ f' g' e' f g e$
a		$- f' g' e' e g f$
	ε	$- f' g' e e' g f$
b		$+ e g' f' e' g f$
d		$- e g' g e' f' f$
	φ	$- e g' g e' f f'$
	χ	$- e g g' e' f f'$
c		$+ e g f e' g' f'$

Aus diesen beiden Reihen ergiebt sich — und zwar beweisend, weil dieselben die zwei wesentlich verschiedenen Fälle enthalten — das allgemeine Kennzeichen für beide Arten von Vierecken, dass die in unserem Satze erhaltene Involution auf einer Schnittlinie A dann ungleichliegend ist, wenn man A ohne Durchgang durch einen der vier Punkte nach einem Nebenecke bewegen kann, andernfalls gleichliegend. Man kann sich von der Allgemeingültigkeit dieses Kennzeichens auch dadurch überzeugen, dass man betrachtet, dass A von einem Nebeneck zu einem anderen nur nach Durchgang durch eine gerade Anzahl der gegebenen Punkte gedreht werden kann, dass also die Art der Involution beim Durchgang durch die Nebenecken stets dieselbe bleiben muss, und dass man diese Art der Involution für jede der zwei Arten des Viereckes in einer besonderen Lage des A bestimmt.

4. Satz. **Wenn man durch vier Punkte eine Schaar Kegelschnitte und an sie die Tangenten durch diese vier Punkte legt, so sind die so gebildeten Tangentenbüschel projectivisch, wenn sich die Tangenten an denselben Kegelschnitt entsprechen.**

Beweis. Seien a, b, c, d in Fig. 13, Tafel I, die vier Punkte, so kann der durch sie gelegte Kegelschnitt auf dreierlei Weise in ein System zweier Geraden zerfallen. Beweisen wir nun, dass die Tangentenbüschel für a und b projectivisch sind. Die drei Paare von Geraden F, G, H und F', G', H' sind die ersten sich entsprechenden Tangenten. Nehmen wir einen beliebigen fünften Punkt e an, durch welchen der Kegelschnitt gehen soll, und seien J und J' die durch a und b an ihn gelegten Tangenten, so muss bewiesen werden, dass die Büschel F, G, H, J und F', G', H', J' projectivisch sind. Man kann nun das Viereck $abcd$ stets derart in Perspective setzen, dass es ein Rechteck wird. Man braucht zu dem Ende nur den Projectionsmittelpunkt auf einen Kreis zu legen, der über der Verbindungslinie der Durchschnittspunkte gegenüberstehender Seiten ab, cd und bc, da als Durchmesser beschrieben ist, und die Projectionsebene parallel mit der Ebene dieses Kreises zu nehmen. $abcd$ in Fig. 14, Tafel I, sei dieses Rechteck. Die Büschel F, G, H und F', G', H' werden dann gleich. Die Halbirungslinie K der Seiten ab und cd wird ein Hauptdurchmesser der Projection jedes durch $abcd$ gelegten Kegelschnittes. Ein durch e gehender enthält dann auch den symmetrischen Punkt e', und die Tangenten J und J' liegen ebenfalls symmetrisch gegen K. Daher sind die Strahlenbüschel F, G, H, J und F', G', H', J' in Fig. 14, Tafel I, gleich und in Fig. 13, Tafel I, mit jenen und daher auch unter einander projectivisch. Dann sind endlich alle durch die vier Punkte a, b, c, d gelegte Tangentenbüschel projectivisch.

5. Satz. **Wenn man durch vier Punkte eine Schaar Kegelschnitte legt, welche mit einem in ihrer Ebene liegenden Strahlenbüschel projectivisch ist, derart, dass das Tangentenbüschel für einen der vier Punkte mit dem Strahlenbüschel projectivisch ist, und man schneidet das letztere und die Schaar Kegelschnitte durch eine Gerade, so können nur drei Paare entsprechender Punkte zusammenfallen, wenn auf dieser Geraden einem Punkte eines Strahles die zwei Punkte desjenigen Kegelschnittes entsprechen, welcher von der entsprechenden Geraden des Tangentenbüschels berührt wird.**

Beweis. Seien a, b, c, d in Fig. 15, Tafel I, die vier Punkte, A die schneidende Gerade. Nimmt man auf derselben einen beliebigen Punkt e als fünften Punkt des Kegelschnittes an, so ist dieser bestimmt, und man verzeichnet seine Tangente durch d vermittelst des Pascal'schen Sechseckes, in welchem eine Seite zur Tangente wird. Verbindet man den Schnittpunkt f der Seite 3 und 6 mit dem Schnittpunkte g der Seite 2 und 5, schneidet fg mit der Seite 1 in h, so ist $hd\varepsilon$ die Tangente. So kann man zu der Reihe der Schnittpunkte e der Kegelschnitte mit A die Reihe der Schnittpunkte ε der Tangenten finden. Da der Tangentenbüschel mit dem gegebenen Strahlenbüschel projectivisch sein soll, so sind es auch die Reihen der Schnittpunkte ε' des Strahlenbüschels und ε des Tangentenbüschels mit A. Die Behauptung ist nun, dass keine mit der Reihe der ε projectivische Punktreihe der ε' mehr als drei entsprechende Punkte mit der Reihe der e gemeinschaftlich haben kann.

Fällt die Punktreihe ε' mit der ε ganz zusammen, d. h. ist der Strahlenbüschel mit dem Tangentenbüschel perspectivisch und ist A ihr Durchschnitt, so hat für einen gemeinschaftlichen Punkt e und ε die Tangente ausser dem Berührungspunkte d noch diesen Punkt $e\varepsilon$ mit dem Kegelschnitte gemein, was nur möglich ist, wenn der Kegelschnitt die Tangente ganz enthält. Derselbe kann dies aber nur auf drei Arten, indem er jedesmal in ein Paar von Geraden zerfällt. Die durch d gehenden Geraden da, db, dc liefern dann die drei entsprechenden Doppelpunkte $e_1 \varepsilon_1, e_2 \varepsilon_2, e_3 \varepsilon_3$.

Ist aber die Reihe ε' mit ε nur projectivisch, so können möglicherweise wieder drei Punkte ε' mit den entsprechenden e zusammenfallen, weil ja drei Punkte einer projectivischen Reihe beliebig sind. Sollte noch ein viertes Punktepaar zusammenfallen, so müssten die vier den ε' entsprechenden Punte ε mit den vier entsprechenden e, die mit ε' zusammenfallen, projectivisch sein. Dies ist aber nicht möglich. Denn aus der Construction der Reihe ε aus e folgt, dass die Reihe f mit e perspectivisch aus a und die Reihe g mit e perspectivisch aus d ist. Daher sind die Reihen f und g projectivisch unter einander, und die Verbindungslinien fgh entsprechender Punkten sind dann bekanntlich Tangenten an einem Kegelschnitte, welcher auch die Geraden 3 und 2 berührt. Die Tangenten fgh schneiden die Linie 1 in einer Punktreihe h, welche im Allgemeinen mit den Reihen f und g keine vier projectivische Punkte enthält. Denn wäre dies der Fall, so würden dieselben vier Linien fgh einen Kegelschnitt berühren, der ausserdem noch — einen ganz besonderen, nachher zu betrachtenden Fall ausgenommen — die Geraden 3, 2 und 1 berühren müsste. Dieser Kegelschnitt ist aber der schon vorhin betrachtete, weil er mit ihm sechs Tangenten, deren fünf schon einen Kegelschnitt bestimmen, gemeinschaftlich hat, oder es müsste 1 eine Tangente an jenen Kegelschnitt sein. Dies findet aber im Allgemeinen nicht statt, da der Punkt b und damit auch die Gerade 1 nach Festlegung des Kegelschnittes noch willkürlich ist. Somit hat im Allgemeinen die Punktreihe h keine vier projectivischen Punkte mit den Reihen f und g; und deswegen hat auch die Reihe ε, welche mit der h aus d perspectivisch ist, keine vier projectivischen Punkte mit e, welche mit f und g projectivisch ist. Und somit kann die Reihe ε' keine vier Punkte mit e gemein haben.

Besondere Fälle. Ist aber 1 eine Tangente an jenen Kegelschnitt, so ist bekanntlich die ganze Reihe h mit g projectivisch, und daher auch die ganze Reihe ε mit der e. Da ausserdem beide Reihen drei Punkte $e_1 \varepsilon_1, e_2 \varepsilon_2, e_3 \varepsilon_3$ gemein haben, so müssen sie ganz zusammenfallen. So lange die Reihen e und ε ausgedehnt sind, fallen die entsprechenden Punkte e und ε nur dann zusammen, wenn eine Tangente ausser dem Berührungspunkte d noch diesen Punkt mit dem Kegelschnitte gemein hat, d. h. ganz in ihn fällt, wenn also der Kegelschnitt aus einem Paare gerader Linien besteht. Soll aber ein Paar Gerader durch die vier gegebenen und einen beliebigen Punkt e der A gehen, also zugleich durch fünf Punkte, so müssen stets, wie auch e liegen mag, drei dieser fünf Punkte, also drei der gegebenen vier Punkte, in einer Geraden liegen. Diese drei, z. B. a, b, c bestimmen dann die eine, der vierte d mit jedem e auf A je die zweite Gerade des Kegelschnittes. Zugleich ist dann 1 wirklich Tangente an jenen Kegelschnitt, da es mit dessen Tangente 2 zusammenfällt. Die Punktreihe ε' ist dann mit ε und e zugleich projectivisch; wenn sie dann mit e drei Punkte gemein hat, fällt sie ganz mit ihr und zugleich mit ε zusammen.

Es kann aber auch dadurch die ganze Punktreihe e mit ε zusammenfallen, dass jede zu Einem Punkte wird. Dies geschieht, wenn einer der vier Punkte, z. B. d, auf A liegt. Dann bleibt der eine der beiden Durchschnittspunkte jedes Kegelschnittes mit A in dem Punkte d und der andere beschreibt die einfache Punktreihe e. Mit dieser ist die Reihe f von a aus perspectivisch; die Reihe g geht in den einen Punkt i zusammen; die Geraden fg bilden einen Strahlenbüschel von i aus und erzeugen eine mit f und e projectivische Punktreihe h. Daher ist auch der Tangentenbüschel d, sowie der gegebene Strahlenbüschel und die Punktreihe ε' mit der Reihe e projectivisch. Wenn dann die Reihen e und ε' drei Punkte gemein haben, fallen sie ganz ineinander. — Es ist jetzt nur noch zu untersuchen, ob dann 1 eine Tangente an den die Geraden fgh einhüllenden Kegelschnitt ist. Welche Form nimmt dieser Kegelschnitt an? Zu den von ihm eingehüllten Tangenten gehört der Strahlenbüschel i, in welchen die Verbindungslinien der sich entsprechenden Punkte f und g, welche letztere in i zusammenfallen, übergehen. Ausserdem entspricht, wie die Construction zeigt, jedem Punkte g der Geraden 2 derselbe Punkt $e_2 \varepsilon_2$, der Geraden 3, so dass auch der Büschel $e_2 \varepsilon_2$ den Kegelschnitt berührt. Es entspricht also jedem Punkte f auf 3 der Punkt i auf 2, und umgekehrt jedem Punkte g auf 2 der Punkt $e_3 e_4$ auf 3, so dass die ausgedehnten Punktreihen auf 2 und 3 sich nicht entsprechen, und daher weder sie noch die durch dieselben bestimmten Strahlenbüschel $e_3 e_4$ und i projectivisch sind. Ein von den Büscheln i und $e_3 e_4$ eingehüllter Kegelschnitt wird zu einer durch die zwei Mittelpunkte der Büschel begrenzten Strecke. Alle in der Ebene dieses Kegelschnittes liegenden Geraden, ob sie Tangenten an denselben sind — d. h. durch einen der zwei Punkte, welche ihn begrenzen, gehen — oder nicht, werden jetzt von den Verbindungsgeraden, je zweier entsprechender Punkte der gegebenen Punktreihen, also hier von den Strahlenbüscheln, in Punktreihen getroffen, welche mit jenen projectivisch sind. Es tritt demnach hier eine Ausnahme für den Satz ein, auf welchen wir uns oben in unserem Beweise gestützt haben, und welchen Steiner in seiner „systematischen Entwickelung der Abhängigkeit geometrischer Gestalten, 1832", S. 42 unter § 43, I, 2 so ausspricht: „Alle möglichen Geraden, welche von irgend vier festen Geraden nach einem und demselben Doppelverhältnisse geschnitten werden, sind, sammt den vier festen Geraden, Tangenten irgend eines bestimmten Kegelschnittes." Steiner beweist diesen Satz nicht für sich; wir wollen ihn folgendermassen beweisen, woraus sich ergeben wird, dass derselbe nur im Allgemeinen richtig ist, indem er eine Beschränkung durch einen besonderen Fall erleidet. Seien in Fig. 16, Tafel I, A_1, A_2, A_3, A_4 die vier festen Geraden, werde irgend eine andere Gerade C in einem gewissen Doppelverhältnisse geschnitten, so bestimmen diese fünf Geraden einen Kegelschnitt, den sie berühren. Soll eine weitere Linie B in den Punkten b_1, b_2, b_3, b_4 in demselben Doppelverhältnisse, oder projectivisch mit C, geschnitten werden, so wird behauptet, dass sie denselben Kegelschnitt berührt. Denn würde sie ihn nicht berühren, so ziehe man von einem beliebigen der vier Schnittpunkte b_1 eine zweite Tangente A an den Kegelschnitt, welche von den vier festen Geraden in den Punkten a_1, a_2, a_3, a_4 und zwar in demselben Doppelverhältnisse, wie jene Tangente C, also auch wie B, geschnitten wird, so dass die Punktreihe der a mit der der b projectivisch ist. Da ausserdem zwei entsprechende Punkte derselben, a_1 und b_1, aufeinander fallen, so müssen sie perspectivisch liegen, oder die drei übrigen Projectionsstrahlen A_2, A_3, A_4 müssen sich in einem Punkte, dem Projectionsmittelpunkte, schneiden. Es müssen dann, da diese Geraden Tangenten an denselben Kegelschnitt sind, von diesem Punkte aus drei Tangenten an einen Kegelschnitt gezogen werden können. Dies ist aber im Allgemeinen nicht möglich, wird es jedoch in dem besonderen Falle, dass der Kegelschnitt in einen Punkt oder eine Strecke übergeht und dass drei beliebige der festen Geraden durch einen und denselben der beiden Grenzpunkte gehen. Dann lassen sich unendlich viele Tangenten durch diesen Punkt an den Kegelschnitt legen. Dieser Fall tritt aber nur dann ein, wenn alle vier festen Geraden sich in Einem Punkte schneiden. Alle Geraden B, welche von den vier festen Geraden in demselben Doppelverhältnisse geschnitten werden, berühren daher im Allgemeinen einen bestimmten Kegelschnitt, den besonderen Fall ausgenommen, dass die vier festen Geraden sich in Einem Punkte schneiden. — Dies ist der Fall in Fig. 15, Tafel I, sobald d auf A liegt, indem dann die vier Geraden fgh durch den Punkt i gehen. Die Gerade 1 kann dann von ihnen in einer mit f und e projectivischen Punktreihe getroffen werden, ohne Tangente an den in diesem Falle durch die zwei Punkte i und $e_1 e_2$ bestimmten Kegelschnitt zu sein.

Kleinere Mittheilungen.

I. Auflösung einer geometrischen Aufgabe. Von Dr. Chr. Wiener, Professor an der polytechnischen Schule zu Carlsruhe.

Aufgabe. **Einen ebenen Büschel von vier Strahlen durch eine Gerade so zu schneiden, dass auf derselben in zwei nicht nebeneinander liegenden Winkeln jenes Büschels gegebene Strecken enthalten sind.**

Seien in Fig. 1, Taf. I, μ und ν die zwei nicht nebeneinander liegenden durch den Büschel o gebildeten Winkel, so soll die Gerade A so gezogen werden, dass $hi = m$, $kl = n$ ist.

Auflösung. Trage in den von μ und ν und einem zwischenliegenden Winkel gebildeten Raum die Strecke $a_1 a_2 = m + n$ ein, so dass a_1 auf dem äusseren Schenkel von μ und a_2 auf dem von ν liegt, mache $a_1 b_1 = m$, so dass $b_1 a_2 = n$, und ziehe die beliebige Gerade $a_1 \alpha_1$ durch a_1, welche mit dem Büschel die Schnittpunkte a_1, f, g, α_1 liefert. Da jede mit A parallele Gerade in den Winkeln μ und ν Strecken enthält, welche sich wie $m:n$ verhalten, und da sie ausserdem mit $a_1 f g a_1$ projectivisch ist, so suche man nach diesen beiden Bedingungen $a_1 a_2$ zu theilen. Denkt man sich den einen Theilungspunkt von a_1 gegen a_2, den anderen von a_2 gegen a_1 rücken, so dass immer die Abstände von a_1 und a_2 sich wie $m:n$ verhalten, und suche diejenige Lage beider zu bestimmen, in welcher $a_1 a_2$ sammt seinen beiden Theilungspunkten mit $a_1 f g \alpha_1$ projectivisch ist. Dann sind auch beide perspectivisch, weil zwei entsprechende Punkte in den Schnittpunkt a_1 zusammenfallen. Die Projectionsstrahlen der zwei nächsten Paare entsprechender Punkte, welche von f und g nach den zwei Theilungspunkten der $a_1 a_2$ gehen, müssen sich dann in einem Punkte des letzten Projectionsstrahles $a_2 \alpha_1$ schneiden. Indem der bewegliche erste Theilungspunkt in a_1, b_1, c_1 ist, wobei $a_1 b_1 = b_1 c_1 = m$, befindet sich der zweite in a_2, b_2, c_2, wobei $a_2 b_2 = b_2 c_2 = n$. Beide beschreiben daher ähnliche Punktreihen, und deren Projectionen von f und g aus auf $a_2 \alpha_1$, d. i. $\alpha_1 \beta_1 \gamma_1$ und $\alpha_1 \beta_2 \gamma_2$ sind projectivisch. Sie sind ausserdem ungleichliegend, weil es die ähnlichen Reihen auf $a_1 a_2$ sind und die Projectionsmittelpunkte in demselben Winkelraume der projicirten $a_1 a_2$ und der Projectionslinie $o \alpha_1$ liegen; sie müssen folglich zwei Doppelpunkte haben. Diese suche man in $\delta_1 \delta_2$ und

Kleinere Mittheilungen. 55

$\varepsilon_1 \varepsilon_2$ nach dem bekannten und in der Figur angewendeten Verfahren vermittelst eines Kreises. Die Projectionsstrahlen $\delta_1 f$ und $\delta_2 g$ entsprechen sich und schneiden daher auf $a_1 a_2$ äussere Stücke ab, die sich wie $m:n$ verhalten; ferner fallen δ_1 und δ_2 in Einem Punkte von $a_2 \alpha_1$ zusammen; dieser ist deswegen das Projectioscentrum, von dem aus $a_1 f g a_1$ und $a_1 a_2$ mit seinen Theilungspunkten projectivisch sind.

Der Schnittpunkt b' von $\delta_1 b_1$ mit $a_1 \alpha_1$ und der Strahl $o b'$ entsprechen dem b_1, so dass $o b'$ die zu legende Gerade A_1 so in b_1' schneidet, dass $h b_1' : b_1' l = m:n$. Trage nun auf einer durch o gehenden Geraden, z. B. auf $o a_1$ $o p = m$, $o q = n$ auf, ziehe $q r \not\equiv o b'$, so ist $p r$ die Richtung von A. Denn der Büschel der fünf Strahlen von o bildet auf $p r$ eine Punktreihe, welche mit der auf $a_1 a_2$ projectivisch, aber auch ähnlich ist, da die Abstände dreier entsprechender Punkte in gleichem Verhältnisse stehen. Die äusseren Stücke von $p r$ erhalten deswegen ebenfalls das Verhältniss von $m:n$. Ziehe dann in bekannter einfacher Weise mit $p r$ die Geraden A_1 und A' derart parallel, dass die Strecke $hi = m$ und dadurch auch $kl = n$ wird. Ebenso liefert $\varepsilon_1 \varepsilon_2$ den Punkt b'' auf $a_1 \alpha_1$, wodurch der Strahl $o b''$ und die Geraden A_2 und A'' bestimmt sind. A_1, A', A_2, A'' sind die Auflösungen.

Besonderer Fall. Ist $m = n$, so vereinfacht sich die Auflösung wesentlich. Sei in Fig. 2, Tafel I, $a_1 b_1 = b_1 c_1 = m = n$, so fallen die Punkte a_1, c_2 und a_2, c_1 zusammen. Die vorhin beliebige Schnittlinie $a_1 \alpha_1$ lege so, dass $b_2 g$ oder $b_1 f \not\equiv o a_1$. Die Punktreihen $a_1 b_1 c_1$ und $a_2 b_2 c_2$ sind gleich, und ihre Projectionen von f und g aus auf $o a_1$ sind projectivisch und involutorisch, weil die beiden Punkte $\alpha_1 \gamma_1$ und $\alpha_2 \gamma_1$ sich doppelt entsprechen. Der Mittelpunkt der Involution ist der Durchschnitt φ von $f b_1$ mit $o \alpha_1$. Denn dem unendlich entfernten Punkte der zweiten Reihe entspricht der Parallelstrahl $b_2 g$ und der Punkt b_2 der Reihe $a_2 b_2 c_2$. Dem b_2 entspricht b_1 in $a_1 b_1 c_1$ und der Projectionsstrahl $f b_1, \varphi$, so dass φ der ersten Reihe dem unendlich entfernten Punkte der zweiten Reihe entspricht, also der Mittelpunkt der Involution ist. Aus φ ergeben sich die Doppelpunkte δ_1, δ_2 und $\varepsilon_1 \varepsilon_2$ nach dem Satze $\varphi \delta_1{}^2 = \varphi \varepsilon_1{}^2 = \varphi \alpha_1 \times \varphi \alpha_2$. Die Geraden $\delta_1 b_1$ und $\varepsilon_1 b_1$ schneiden $a_1 \alpha_1$ in b' und b'', wodurch die Linien $o b'$ und $o b''$ bestimmt sind, welche die gesuchten Geraden A halbiren (wegen $m = n$). Die beiden Richtungen von A sind aber hier mit $o b'$ und $o b''$ parallel. Denn denkt man sich den Strahlenbüschel o mit der Geraden A_1 so projicirt, dass der Büschel zwei gleichschenklige Dreiecke über A_1 bildet, so ist $o b' \perp A_1$ und A_2 muss offenbar ebenfalls $\perp A_1$ stehen, so dass $A_2 \not\equiv o b'$. Dieser Parallelismus muss auch bei der ursprünglichen Figur bestehen. Ist $\mu = \nu$, so ist $o b' \perp o b''$.

Andere Auflösung des besonderen Falles. Die Aufgabe — einen ebenen Büschel von vier Strahlen durch eine Gerade so zu schneiden, dass auf derselben in zwei nicht nebeneinander liegenden Winkeln jenes Büschels gleiche Strecken enthalten sind — kann auch mit einer anderen Grundanschauung so gelöst werden. Zur beliebigen Schnittlinie $afgh$ des Büschels soll eine Reihe von vier Punkten gesucht werden, welche mit ihr projectivisch ist und zwei gleiche äussere Abschnitte enthält. Nun hat aber jeder Kegelschnitt die Eigenschaft, dass die von den Endpunkten einer Sehne parallel mit den Tangenten an den Endpunkten des mit der Sehne parallelen Durchmessers gezogenen Geraden gleiche äussere Stücke auf dem Durchmesser abschneiden. Irgend einen Kegelschnitt kann man so projiciren, dass er ein Kreis $af'g'h$, und dass dessen Durchmesser ah die Projection des genannten Durchmessers ist. Ziehe die Tangenten aa', $hh' \mathbin{|}ah$ und ff', $gg' \ne aa'$, schneide die letzteren Linien mit dem Kreise in f', g', so ist die Sehne $f'g'$ die Perspective der oben genannten Sehne und af, gh sind die Perspectiven gleicher Abschnitte. Die Perspective b' des Mittelpunktes des Kegelschnittes ergiebt sich als Schnittpunkt des Durchmessers ah mit der Parallelen mit aa', welche man aus dem Kreuzungspunkte der Diagonalen $a'h$, ah' zieht. Daraus folgt der Strahl ob', welcher die Linie A halbirt, und A' ergiebt sich, wenn man $b'i = b'a$ macht, $ik \ne ob'$ mit oh schneidet; ak ist dann A', womit ob'' parallel ist. ob' und ob'' sind die beiden Richtungen der Geraden A.

II. Ueber die Differentialgleichung: $sy'' + (r+qx)y' + (p+nx+mx^2)y = 0$. Von R. HOPPE.

Die von Hrn. Spitzer im 8. Jahrg. d. Zeitschr., S. 123, gelöste Differentialgleichung hat mit manchen anderen Gleichungen zweiter Ordnung die Eigenthümlichkeit gemein, dass aus jeder Speciallösung ohne neue Integration eine zweite hervorgeht, ein Umstand, der nicht blos den Ausdruck des vollständigen Integrals vereinfacht, sondern auch zur Erweiterung der Grenzen der Gültigkeit einer Speciallösung dienen kann, und um dessentwillen ich die Gleichung einer nochmaligen Betrachtung unterziehe. In Betreff der citirten Bearbeitung selbst muss ich zwei Bemerkungen vorausschicken. Erstens hat Hr. Spitzer zwei verschiedene Lösungen angekündigt, deren letztere er am Schlusse in einem besonderen Falle für besonders vortheilhaft erklärt. In der That ist aber dieselbe nur in diesem Falle richtig; in jedem anderen wird der Ausdruck null oder unendlich. Man darf daher die Ergebnisse weder als zwei sich ergänzende Specialwerthe, noch als zwei Formen desselben Integrales der allgemeinen Gleichung ansehen. Zweitens unterliegt auch die erste Lösung Beschränkungen, welche sich der Beachtung entziehen, weil der Beweis nicht ganz zu Ende geführt ist. Damit nämlich in Gleichung 6) der integrirte Theil verschwinden sollte, ist nur eine Bedingung erfüllt, der Erfolg davon nicht weiter geprüft worden. Ueberdies war es leicht, nach derselben Methode statt einer Speciallösung das vollständige Integral zu gewinnen, indem man W nicht als unabhängig von x, sondern als lineare Function von x einführt.

Zu leichterer Uebersicht wende ich die bekannte Transformation an, wodurch das Mittelglied der Gleichung entfernt wird. Setzt man
$$y = z e^{-(r+qx)^2 : 4qs},$$
so nimmt die Gleichung entweder die Form an:

1) $\qquad z'' = (at^2 + b)z$

wo
$$a = \frac{q^2 - 4ms}{4s^2}; \quad b = \frac{r^2 + 2(q-2p)s}{4s^2} - \frac{(qr-2ns)^2}{16 a s^4}$$
$$t = x + \frac{qr - 2ns}{4as^2}$$
oder, falls $q^2 = 4ms$, die Form:
$$z'' = ctz,$$
wo
$$c = \frac{qr - 2ns}{2s^2}; \quad t = x + \frac{r^2 + 2(q-2p)s}{2(qr-2ns)}$$
oder endlich, falls auch $qr = 2ns$, die Form:
$$z'' = cz,$$
wo
$$c = \frac{r^2 + 2(q-2p)s}{4s^2}$$
gesetzt ist. Die zwei letzten Formen übergehe ich. Die Gleichung 1) geht durch die Substitution

2) $\qquad z = p e^{\frac{1}{2}\sqrt{a}\, t^2}$

über in

3) $\qquad p'' + 2\sqrt{a}\, t p' = (b - \sqrt{a})p$

und diese nach n maliger Differentiation in
$$p^{(n+2)} + 2\sqrt{a}\, t p^{(n+1)} = [b - (2n+1)\sqrt{a}] p^{(n)}.$$
Ist hier
$$b = (2n+1)\sqrt{a},$$
so genügt ein constantes $p^{(n)}$, woraus sich dann mit Hülfe der vorhergehenden Ableitungen der Gleichung successive die Ableitungen von p und schliesslich z ergeben. Dieser Werth von b ist es, welcher genau dem Falle entspricht, auf welchen die Spitzer'sche zweite Lösung sich anwenden lässt. Um ihn auf negative n auszudehnen, braucht man nur das Vorzeichen von $\sqrt{a}$ zu ändern.

Die erste Ableitung der Gleichung 3) lautet:
$$p''' + 2\sqrt{a}\, t p'' = (b - 3\sqrt{a})p'$$
und geht nach der Substitution

6) $\qquad p' = q e^{-\frac{1}{2}\sqrt{a}\, t^2}$

über in

7) $$q'' = (at^2 + b - 2\sqrt{a})q.$$
Kennt man demnach eine Lösung der Gleichung 1):
$$z = f(t, b),$$
so genügt der Gleichung 7) der Werth:
$$q = f(t, b - 2\sqrt{a}).$$
Hieraus findet man nach Gleichung 6) erst p'; dann durch Differentiation p''; dann nach Gleichung 3) p; endlich nach Gleichung 2) die folgende zweite Lösung von Gleichung 1):
8) $$z = f'(t, b - 2\sqrt{a}) + \sqrt{a}\, tf(t, b - 2\sqrt{a}).$$
Dies als ein neuer Werth von $f(t, b)$ betrachtet, giebt nach Einführung einen dritten Werth von z u. s. f. Man kann demnach beliebig viele Ausdrücke für z finden, die zwar im Grunde nur Combinationen der zwei ersten sein können, aber durch die Verschiedenheit ihrer Form eine nützliche Anwendung gestatten, wie sich sogleich zeigen wird.

Nach der Spitzer'schen Methode findet man als erste Speciallösung der Gleichung 1):
$$z = \int_{-1}^{1} e^{\frac{1}{2}\sqrt{a}\,tu} \frac{du}{(1-u^2)^{\frac{3}{4}}} \left(\frac{1+u}{1-u}\right)^{\frac{b}{4\sqrt{a}}}.$$

Die Gültigkeit ist jedoch auf Grenzen eingeschränkt, zwischen denen der reelle Theil von $\dfrac{\sqrt{a}}{b}$, den wir mit β bezeichnen wollen, liegen muss. Bei der in der Rechnung angewandten theilweisen Integration verschwindet nämlich der integrirte Theil nur für
$$-1 < \beta < 1$$
und ebensoweit reicht die Convergenz des Integrales. Setzt man den gefundenen Werth für $f(t, b)$ in Gleichung 8) ein, so erhält man als zweite Speciallösung:
$$z = t \int_{-1}^{1} e^{\frac{1}{2}\sqrt{a}\,tu} \frac{du}{(1-u^2)^{\frac{3}{4}}} \left(\frac{1+u}{1-u}\right)^{\frac{b}{4\sqrt{a}}}$$

gültig für
$$-3 < \beta < 3.$$
Durch Wiederholung der Operation findet man:
9) $$z = \sum_{k=0}^{k=\frac{1}{2}n} 1 . 3 \ldots (2k-1)(n)_{2k}\, a^{-\frac{1}{2}k} t^{n-2k} \times$$
$$\int_{-1}^{1} e^{\frac{1}{2}\sqrt{a}\,tu} \frac{du}{(1+u)^k} (1-u^2)^{\frac{1}{2}n-\frac{3}{4}} \left(\frac{1+u}{1-u}\right)^{\frac{b}{4\sqrt{a}}}$$

gültig für
$$-1 < \beta < 2n + 1.$$

wenn n gerade, und für
$$-3 < \beta < 2n+1$$
wenn n ungerade ist. Da sich nun β wegen des willkürlichen Vorzeichens von $\sqrt{a}$ immer positiv nehmen lässt, so kann man die Gültigkeitsgrenzen durch ein entsprechend grosses n beliebig erweitern. Aus der abwechselnden Form $\varphi(t^2)$ und $t\varphi(t^2)$, welche die Ausdrücke zeigen, erkennt man, dass die mit geraden n unter sich, und die mit ungeraden n unter sich identisch sind, je zwei hingegen mit geradem und ungeradem n sich zum vollständigen Integral verbinden lassen.

Eine Summation des Ausdruckes 9) lässt sich in mehr als einer Form vollziehen. Erstens ist
$$\frac{d^n e^{r^2}}{dr^n} = \sum_{k=0}^{k=\frac{1}{2}n} 1.3\ldots(2k-1)(n)_{2k}(2r)^{2k-n} e^{r^2},$$
daher
$$z = \int_{-1}^{1} e^{\frac{1}{2}\sqrt{a}\,au} \frac{du}{(1-u^2)^{\frac{3}{2}}}(1-u)^{\frac{1}{2}n}\left(\frac{1+u}{1-u}\right)^{\frac{1}{2}b/\sqrt{a}} e^{-r^2} \frac{d^n e^{r^2}}{dr^n},$$
wo nach der Differentiation
$$r = \frac{1}{2\sqrt{a(1+u)}}$$
zu setzen ist. Zweitens hat man:
$$1.3\ldots(2k-1) = \frac{2^k}{\sqrt{\pi}}\int_0^\infty e^{-v}v^{k-\frac{1}{2}}dv.$$

Nach Einsetzung dieses Werthes, Summation der binomischen Reihe und Substitution von
$$\tfrac{1}{2}\sqrt{a(1+u)}\,v^2$$
für v erhält man:
$$z = \int_{-1}^{1} e^{\frac{1}{2}\sqrt{a}\,au} du\sqrt{1+u}\,(1-u^2)^{\frac{1}{2}n-\frac{1}{2}}\left(\frac{1+u}{1-u}\right)^{\frac{1}{2}b/\sqrt{a}} \times$$
$$\int_0^\infty e^{-\frac{1}{2}\sqrt{a(1+u)}\,v^2} dv[(t+v)^n + (t'+v)^n]$$
gültig für
$$-2n-1 < \beta < 2n+1.$$
Für negative a würde eine kleine Aenderung erforderlich sein; doch reicht hier die anfängliche Lösung schon für jedes reelle b aus.

III. Note über lineare Differential-Gleichungen. Von SIMON SPITZER, Professor an der Wiener Handels-Akademie.

Ich habe im 8. Bande, S. 66, dieser Zeitschrift eine neue Integrations-Methode für Differentialgleichungen der Form

$$A_1 x y^{(n)} + B_1 y^{(n-1)} = x^m (A x y' + B y)$$

mitgetheilt, in welcher ich das Integral dieser Differentialgleichung in der Form

$$y = \left\{ \frac{d^h}{du^h} [\psi(ux) W] \right\}$$

voraussetzte, wo $\psi(x)$ eine der Differentialgleichung

$$\psi^{(n-1)}(x) = x^m \psi(x)$$

genügende Function von x ist. Ich will nun zu weiteren Anwendungen dieser Methode schreiten, und erlaube mir die Resultate, die ich gefunden, hier mitzutheilen.

Wenn das Integral der Gleichung:

1) $\qquad z^{(n)} = x^m (A x z' + B z),$

in welcher n eine ganze positive Zahl, m, A und B constante Zahlen bezeichnen

2) $\qquad z = \psi(x)$

ist, so lässt sich das Integral der gleichgeformten Gleichung

3) $\qquad y^{(n)} = x^m (A_1 x y' + B_1 y)$

in welcher A_1 von B_1 ebenfalls constante Zahlen sind, in folgender Form aufstellen:

4) $\qquad y = \left\{ \dfrac{d^h}{du^h} [\psi(ux) V] \right\}_\alpha$

woselbst V eine, einstweilen noch unbestimmte Function von u, h eine ganze positive Zahl und α eine constante Zahl bezeichnet, welche in dem Ausdrucke

$$\frac{d^h}{du^h} [\psi(ux) V]$$

nach vorgenommener h maliger Differentiation statt u gesetzt werden muss.

Aus 4) folgt:

$$y' = \left\{ \frac{d^h}{du^h} [\psi'(ux) u V] \right\}_\alpha, \qquad y^{(n)} = \left\{ \frac{d^h}{du^h} [\psi^{(n)}(ux) u^n V] \right\}_\alpha$$

und werden diese Werthe in 3) substituirt, so erhält man:

5) $\qquad \left\{ \dfrac{d^h}{du^h} [\psi^{(n)}(ux) u^n V - A_1 x^{m+1} \psi'(ux) u V - B_1 x^m \psi(ux) V] \right\}_\alpha = 0.$

Da $z = \psi(x)$ das Integral der Gleichung 1) ist, so hat man:

$$\psi^{(n)}(x) = A x^{m+1} \psi'(x) + B x^m \psi(x),$$

folglich ist auch

$$\psi^{(n)}(ux) = A u^{m+1} x^{m+1} \psi'(ux) + B u^m x^m \psi(ux)$$

und wird dieser Werth von $\psi^{(n)}(ux)$ in 5) eingeführt, so erhält man:

6) $\left\{\dfrac{d^h}{du^h}[(Au^{m+n}-A_1)Vux\psi'(ux)+(Bu^{m+n}-B_1)V\psi(ux)]\right\}_\alpha = 0.$

Damit aber der Ausdruck 6) identisch werde, ist es erforderlich, dass er in die Form

$$\left\{\dfrac{d^h}{du^h}\left[(u-x)\dfrac{d\varphi}{du}-h\varphi\right]\right\}_\alpha = 0$$

gebracht werden könne; folglich muss sein:

7) $V[(Au^{m+n}-A_1)ux\psi'(ux)+(Bu^{m+n}-B_1)\psi(ux)] = (u-\alpha)\dfrac{d\varphi}{du}-h\varphi.$

Setzt man hierein:

8) $\qquad \varphi = \psi(ux)z,$

woselbst z eine reine Function von u ist, so hat man:

$$\dfrac{d\varphi}{du} = \psi(ux)\dfrac{dz}{du}+x\psi'(ux)z$$

und folglich ist

$V[(Au^{m+n}-A_1)ux\psi'(ux)+(Bu^{m+n}-B_1)\psi(ux)] =$
$= (u-\alpha)x\psi'(ux)z + \left[(u-\alpha)\dfrac{dz}{du}-hz\right]\psi(ux).$

Diese Gleichung zerfällt in folgende 2 Gleichungen:

9) $\begin{cases} V(Au^{m+n}-A_1)u = (u-\alpha)z \\ V(Bu^{m+n}-B_1) = (u-\alpha)\dfrac{dz}{du}-hz \end{cases}$

und aus diesen beiden Gleichungen folgen, wenn man der Kürze halber

10) $\qquad \dfrac{B_1}{A_1}=a,\quad \dfrac{A_1B-AB_1}{AA_1(m+n)}=b$

setzt:

11) $\qquad V = u^{a-1}(Au^{m+n}-A_1)^{b-1}(u-\alpha)^{h+1},$

folglich ist:

12) $\qquad y = \left\{\dfrac{d^h}{du^h}[u^{a-1}(Au^{m+n}-A_1)^{b-1}(u-\alpha)^{h+1}\psi(ux)]\right\}_\alpha$

das Integral der Gleichung 3), vorausgesetzt, dass $z=\psi(x)$ das Integral der Gleichung 1) ist. —

Das soeben gefundene y ist, wenn h eine ganze positive Zahl bezeichnet, und α ganz willkürlich ist, stets gleich Null. Blos in den beiden speciellen Fällen, wo $\alpha=0$ oder wo $u=\alpha$ ein Factor von $Au^{m+n}-A_1$ ist, erzielt sich für y einen anderen Werth.

Wir setzen daher erstens $\alpha = 0$ und erhalten hierdurch

13) $\qquad y = \left\{\dfrac{d^h}{du^h}[u^{a+h}(Au^{m+n}-A_1)^{b-1}\psi(ux)]\right\}_0$

was sich vereinfacht für

$$a+h=0,$$

dies führt zu folgendem Werthe von y

14) $\quad y = \left\{ \dfrac{d^h}{du^h} [(Au^{m+n} - A_1)^{b-1} \psi(ux)] \right\}_0$

und dieses Integral ist tadellos, wenn h eine ganze positive Zahl, und die Ausdrücke

$$\psi(0) \quad \psi'(0) \quad \psi''(0) \ldots \quad \psi^{(h)}(0)$$

endlich sind. Entwickelt man den Ausdruck 14), so erscheint y in nachstehender Form:

15) $\quad y = C_0 + C_1 x + C_2 x^2 + \ldots + C_h x^h$,

woselbst $C_0, C_1, C_2 \ldots C_h$ bestimmte Constanten bedeuten. Sind dieselben sämmtlich gleich Null, so ist auch $y = 0$, und man hat dann in diesem Falle kein Integral der vorgelegten Gleichung gefunden.

Wir setzen zweitens voraus, dass $u - \alpha$ ein Factor von $Au^{m+n} - A_1$ sei. In diesem Falle vereinfacht sich der Ausdruck 12) für

$$b + h = 0$$

und geht hierdurch über in:

16) $\quad y = \left\{ \dfrac{d^h}{du^h} \left[u^{a-1} \left(\dfrac{u - \alpha}{Au^{m+n} - A_1} \right)^{h+1} \psi(ux) \right] \right\}_\alpha$

was sich in entwickelter Form so schreiben lässt:

17) $\quad y = C_0 \psi(\alpha x) + C_1 x \psi'(\alpha x) + C_2 x^2 \psi''(\alpha x) + \ldots + C_h x^h \psi^{(h)}(\alpha x)$

woselbst wieder $C_0, C_1, C_2 \ldots C_h$ constante Zahlen bezeichnen.

Ist z. B.

$$\dfrac{AB_1 - A_1 B}{AA_1(m+n)} = 1, \text{ so ist } h = 1, \quad b = -1$$

und man erhält:

18) $\quad y = \left\{ \dfrac{d}{du} \left[u^{a-1} \left(\dfrac{u - \alpha}{Au^{m+n} - A_1} \right)^2 \psi(ux) \right] \right\}_\alpha$.

Da $u - \alpha$ ein Factor von $Au^{m+n} - A_1$ ist, so muss

19) $\quad A\alpha^{m+n} = A_1$

sein, und hieraus ergiebt sich α. Ferner hat man:

$$\dfrac{d}{du}\left[u^{a-1} \left(\dfrac{u-\alpha}{Au^{m+n}-A_1} \right)^2 \right] = (a-1) u^{a-2} \left(\dfrac{u-\alpha}{Au^{m+n}-A_1} \right)^2$$

$$+ 2u^{a-1} \cdot \dfrac{u-\alpha}{Au^{m+n}-A_1} \cdot \dfrac{Au^{m+n} - A_1 - A(m+n)(u-\alpha) u^{m+n-1}}{(Au^{m+n}-A_1)^2}.$$

Es ist nun, für $u = \alpha$

$$\dfrac{u-\alpha}{Au^{m+n}-A_1} = \dfrac{\alpha}{(m+n) A_1}$$

$$\dfrac{Au^{m+n} - A_1 - A(m+n)(u-\alpha) u^{m+n-1}}{(Au^{m+n}-A_1)^2} = \dfrac{1-m-n}{2(m+n) A_1},$$

folglich hat man:

$$\left[u^{a-1} \left(\dfrac{u-\alpha}{Au^{m+n}-A_1} \right)^2 \right]_\alpha = \dfrac{\alpha^{a+1}}{(m+n)^2 A_1^2}$$

$$\left\{ \dfrac{d}{du}\left[u^{a-1}\left(\dfrac{u-\alpha}{Au^{m+n}-A_1} \right)^2 \right] \right\}_\alpha = \dfrac{(a-m-n)\alpha^a}{(m+n)^2 A_1^2}$$

und daher ist, wenn man den constanten Factor $\dfrac{\alpha^a}{(m+n)^2 A_1^2}$ weglässt*)

$$y = (a-m-n)\psi(\alpha x) + \alpha x \psi'(\alpha x),$$

oder da

$$a = \dfrac{B_1}{A_1}, \qquad m+n = \dfrac{A B_1 - A_1 B}{A A_1}$$

ist,

20) $\qquad y = B\psi(\alpha x) + A\alpha x\psi'(\alpha x).$

Für den speciellen Fall $A = A_1$ kann man aus der Gleichung 19) den Werth $\alpha = 1$ ziehen und hat dann für die 2 Gleichungen:

$$z^{(n)} = x^m(A x z' + B z)$$
$$y^{(n)} = x^m(A x y' + B_1 y)$$

falls zwischen den, in selben vorkommenden Constanten die Bedingung statt hat

$$B_1 = B + A(m+n)$$

folgende Gleichung:

$$y = Bz + Axz'.$$

Hat man daher folgende Reihe linearer Differential-Gleichungen:

21) $\qquad \begin{cases} y^{(n)} = x^m(A x y' + B y) \\ y_1^{(n)} = x^m(A x y_1' + B_1 y_1) \\ y_2^{(n)} = x^m(A x y_2' + B_2 y_2) \\ y_3^{(n)} = x^m(A x y_3' + B_3 y_3) \\ \cdots\cdots\cdots\cdots\cdots \end{cases}$

und ist in selben:

$$B_1 = B + A(m+n)$$
$$B_2 = B_1 + A(m+n)$$
$$B_3 = B_2 + A(m+n)$$

oder was dasselbe ist:

$$B_1 = B + A(m+n)$$
$$B_2 = B + 2A(m+n)$$
$$B_3 = B + 3A(m+n)$$

so finden zwischen den Integralen der obigen Differential-Gleichungen folgende Relationen statt:

$$y_1 = By + Axy'$$
$$y_2 = B_1 y_1 + Axy_1'$$
$$y_3 = B_2 y_2 + Axy_2'$$

wenn man also das Integral der ersten Gleichung des Systemes 21) kennt, so kennt man auch die Integrale aller übrigen.

---

*) Der specielle Fall $m+n=0$ wird hier nicht in Betracht gezogen.

Das soeben mitgetheilte Integrations-Verfahren leitete mich zu dem werkwürdigen Satze, dass man stets 2 Differential-Gleichungen der Form:

22) $\quad z^{(n)} = x^m [A_r x^r z^{(r)} + A_{r-1} x^{r-1} z^{(r-1)} + \ldots + A_1 x z' + A_0 z]$

23) $\quad y^{(n)} = x^m [B_r x^r y^{(r)} + B_{r-1} x^{r-1} y^{(r-1)} + \ldots + B_1 x y' + B_0 y]$

in welchen r eine ganze positive Zahl bedeutet, $A_r = B_r$ ist, und

$$A, \; A_{r-1}, \; \ldots \; A_1, \; A_0$$
$$B, \; B_{r-1}, \; \ldots \; B_1, \; B_0$$

Constanten sind, angeben könne, deren Integrale in folgendem Zusammenhange stehen:

24) $\quad y = C_0 z + C_1 x z' + C_2 x^2 z'' + \ldots + C_\lambda x^\lambda z^{(\lambda)}$;

$C_0, C_1, C_2 \ldots C_\lambda$ bedeuten ebenfalls constante Zahlen.

Um dies zu beweisen, setze ich den in 24) stehenden Werth von y in die Gleichung 23), und erhalte hierdurch eine Gleichung folgender Form:

25) $\quad \begin{aligned} & K_0 z^{(n)} + K_1 x z^{(n+1)} + K_2 x^2 z^{(n+2)} + \ldots + K_\lambda x^\lambda z^{(n+\lambda)} \\ & = x^m (L_0 z + L_1 x z' + L_2 x^2 z'' + \ldots + L_{\lambda+r} x^{\lambda+r} z^{(\lambda+r)}). \end{aligned}$

Setzt man nun im ersten Theile dieser Gleichung für $z^{(n)}$ seinen in 22) stehenden Werth, nämlich:

$$z^{(n)} = x^m (A_r x^r z^{(r)} + A_{r-1} x^{r-1} z^{(r-1)} + \ldots + A_1 x z' + A_0 z],$$

ferner für $z^{(n+1)}$, $z^{(n+2)} \ldots$ ihre aus der Gleichung 22) folgenden Werthe, nämlich:

$$z^{(n+1)} = x^{m-1} (G_{r+1} x^{r+1} z^{r+1} + G_r x^r z^{(r)} + \ldots + G_1 x z' + G_0 z)$$
$$z^{(n+2)} = x^{m-2} (H_{r+2} x^{r+2} z^{(r+2)} + H_{r+1} x^{r+1} z^{(r+1)} + \ldots + H_1 x z' + H_0 z),$$

so erhält man durch x^m dividirend, eine Gleichung folgender Form:

$$P_0 z + P_1 x z' + P_2 x^2 z'' + \ldots + P_{\lambda+r} x^{\lambda+r} z^{(\lambda+r)}$$
$$= L_0 z + L_1 x z' + L_2 x^2 z'' + \ldots + L_{\lambda+r} x^{\lambda+r} z^{(\lambda+r)},$$

woraus durch Gleichsetzen von

$$P_0 = L_0$$
$$P_1 = L_1$$
$$P_2 = L_2$$
$$\ldots \ldots$$
$$P_{\lambda+r} = L_{\lambda+r}$$

ein System von $\lambda + r + 1$ Gleichungen hervorgehen, aus denen, wenn

$$A_r, \; A_{r-1}, \ldots \; A_1, \; A_0$$

bekannt sind, leicht

$$B_r, \; B_{r-1}, \ldots \; B_1, \; B_0$$
$$C_0, \; C_1, \; C_2, \ldots \; C_\lambda$$

bestimmt werden können.

Kleinere Mittheilungen.

IV. Merkwürdiger Regen. Es kommt bekanntlich nicht selten vor, dass grössere Naturgegenstände, einem der drei Naturreiche angehörig, durch Sturm hoch hinauf in die Atmosphäre geführt und weit vom ursprünglichen Orte abgesetzt werden. Häufiger kommen diese Gegenstände mit Regen, seltener allein herab. So berichtet Phipson in der Sitzung der Pariser Akademie vom 21. Jan. 1861 von einem Heuregen, welchen er Ende September 1860 bei ausgezeichnet schönem Wetter in Putney bei London beobachtet hatte. Er hatte hoch über sich in der Luft dunkle Körperchen bemerkt, welche einige Augenblicke später schief in der Richtung von Westen nach Osten auf die Erde getrieben worden waren. Es erklärte sich dies dadurch, dass im Süden von England zu dieser Zeit das Heu aufgeschobert worden war. Ebenso berichtet de Castelnau in der Sitzung vom 29. April 1861 von einem Fischregen, welcher bei einem sehr heftigen Gewitterregen am 22. Febr. 1861, welcher im Gefolge eines Erdbebens erschien, in Singapore niedergefallen war. Die Fische, 25 bis 90^{cm} lang, der Species Clarias Batrachus, Cuv. Val. angehörig, kommen zwar in der Umgegend von Singapore oft vor, verlassen auch zeitweilig das Wasser und leben auf dem Lande, allein da sie plötzlich während des Regens, inmitten eines geschlossenen Hofes, der fern von jedem Bach oder Fluss lag, beobachtet wurden, ist anzunehmen, dass sie mit dem Regen herabgekommen sind. In der Sitzung vom 10. August 1863 berichtet Daubrée über einen Sandregen, welcher am 15. Februar 1863 im westlichen Theile der canarischen Inseln gefallen war. Der herabgefallene Sand hatte eine gelbliche Farbe und bestand halb aus Quarzkörnern, halb aus Körnern von kohlensaurem Kalk, er glich dem Sand der Sahara aus der Umgegend von Biskra. Wahrscheinlich war dieser Sand durch eine Trombe bis in den oberen Luftstrom geführt und dann auf der Westseite der canarischen Inseln abgesetzt worden. Dr. Kahl.

V. Beobachtung der Schallgeschwindigkeit durch Coincidenzbeobachtungen. Am 29. Septbr. 1862 machte Faye (Cosmos Bd. 21, S. 375) der Akademie der Wissenschaften in Paris bekannt, dass man die Zeit, welche der Schall zur Durchlaufung einer Basis braucht, auf folgende aus dem Bericht im Cosmos allerdings nicht mit Deutlichkeit hervorgehende Weise beobachten könne. Am einen Ende der Basis schlägt eine Uhr in kurzen trockenen Schlägen Secunden Sternzeit, am anderen Ende beobachtet man die Coincidenzen derselben mit einer Uhr mittlerer Zeit. Man ist auf diese Weise im Stande, die Zeit, die der Schall zur Durchlaufung der Basis gebrauchte, bis auf $1/_{100}$ Secunde genau zu ermitteln.

Hierauf machte im Cosmos, Bd. 21, S. 426, Rudolph König Princip und Einrichtung eines von ihm erfundenen Apparates bekannt, bestimmt, um die Geschwindigkeit des Schalles bei kurzen Entfernungen zu messen.

Denkt man sich zwei Chronometer A und B, welche genau Secunden schlagen, auf electromagnetischem Wege so verbunden, dass die Schläge vollkommen gleichzeitig erfolgen, entfernt man sich nun mit B, so werden die Schläge von A im Allgemeinen zwischen die Schläge von B fallen, entfernt man sich mit B so weit von A, dass man die Schläge wieder genau zusammenfallen hört, so ist die Entfernung AB gleich der Schnellgeschwindigkeit. Bei zwei Secundenuhren würde man sich um ungefähr um 340^m zu entfernen haben. König wendet bei seinem Apparate zwei Uhren an, welche Zehntelsecunden schlagen, so dass man die Uhren nur ungefähr um 34^m von einander zu entfernen braucht. Der Apparat von König zeichnet sich durch die sinnreiche Art und Weise aus, wie auf electromagnetischem Wege die Schwingungen einer Stimmgabel (10 in der Secunde) benutzt werden, um zwei Zählwerke auf übereinstimmende Weise Zehntelsecunden schlagen zu lassen. Faye hat in der Akademie König die Priorität in der Anwendung des Principes der Coincidenzen zuerkannt und auf die geschickte Art hingewiesen, wie es der junge Künstler angewendet habe.

Bosscha hat darauf in einem Briefe an den Redacteur des Cosmos die Priorität für die Anwendung des Principes der Coincidenzen in Anspruch genommen, welche er bereits i. J. 1853 im „Allgemeene Konst en Letterbode, No. 51," (übersetzt in Pogg. Ann., Bd. 92, 485) veröffentlicht habe. Die Methode Bosscha, welche leider nicht durch untadelhafte Instrumente executirt und geprüft worden ist, soll an folgendem Beispiele erläutert werden. Am einen Endpunkte A einer Basis sei ein Chronometer aufgestellt, welches genau Secunden angiebt, am anderen Endpunkte befinde sich ein Chronometer B, welches 1,01 Secunden schlägt. Zählen wir des folgenden wegen die Zeit von dem Moment an, wo beide Chronometer in Wirklichkeit ihre Bewegung gleichzeitig beginnen und nehmen an, die Distanz beider Chronometer betrage 34^m ($^1/_{10}$ Secunde Schallzeit entsprechend), so hört der dicht bei A befindliche Beobachter:

den 1. Schlag v. A z. Z.	1″,	den 1. Schlag v. B z. Z.	1,11″,
- 2. - v. A z. Z.	2″,	- 2. - v. B z. Z.	2,12″,
- 10. - v. A z. Z.	10″,	- 10. - v. B z. Z.	10,2″,
- 20. - v. A z. Z.	20″,	- 20. - v. B z. Z.	20,3″,
- 50. - v. A z. Z.	50″,	- 50. - v. B z. Z.	50,6″,
- 70. - v. A z. Z.	70″,	- 70. - v. B z. Z.	70,8″,
- 80. - v. A z. Z.	80″,	- 80. - v. B z. Z.	80,9″,
- 90. - v. A z. Z.	90″,	- 90. - v. B z. Z.	91″.
- 91. - v. A z. Z.	91″.		

Wäre der Beobachter aber vom Anfange an dicht bei B gewesen, so würde er gehört haben:

den 1. Schlag v. *A* z. Z. 1,1",   den 1. Schlag v. *B* z. Z. 1,01",
- 2.   -   v. *A* z. Z. 2,1",   - 2.   -   v. *B* z. Z. 2,02",
- 10.   -   v. *A* z. Z. 10,1",   - 10.   -   v. *B* z. Z. 10,1".

Bleibt der Beobachter in *A*, so hört er die Coincidenz nach je 101 Schlägen von *A*, geht er nach dem ersten Coincidenzschlag, den er in *A* hört, sofort nach *B*, so hört er dort die Coincidenz nach $101 + 111 - 91$ Schlägen von *A*, demnach statt nach 101 erst nach 121 Schlägen von *A*, begiebt er sich hierauf wieder nach *A* zurück, so hört er dort die Coincidenz statt nach 101 schon nach $192 - 111 = 81$ Schlägen von *A*. Er hört demnach beim Gange von *A* nach *B* die Coincidenz um 20 Schläge von *A* zu spät, beim Gange von *B* nach *A* um 20 Schläge von *A* zeitiger, als wenn er immer denselben Ort beibehielte.

Um nun für ähnliche Beobachtungsverhältnisse die allgemeine Formel auszuwerthen, nehme ich an, das Chronometer in *A* schlage s, das in *B* aber s' Secunden, wobei $s' > s$ ist, die Entfernung AB sei $= d$, die Schallgeschwindigkeit $= v$. Bleibt der Beobachter an demselben Orte, so hört er die Coincidenz nach je $\dfrac{s'}{s'-s}$ Schlägen von *A*. Wird die Zeit wieder von dem Momente an gezählt, in welchem beide Chronometer gleichzeitig ihre Bewegung beginnen, so erfolgt hierauf die Coincidenz für den in *A* befindlichen Beobachter nach m Schlägen von *A*, wobei m aus der Gleichung hervorgeht:

$$ms = (m-1)s' + \frac{d}{v}, \text{ daher:}$$

$$m = \frac{s' - \dfrac{d}{v}}{s' - s}.$$

Die Coincidenz würde für den in *n* befindlichen Beobachter nach n Schlägen von *A* erfolgen, wobei n der Gleichung zu entnehmen ist:

$$ns + \frac{d}{v} = ns', \text{ daher:}$$

$$n = \frac{\dfrac{d}{v}}{s' - s}.$$

Bleibt der Beobachter vom Anfange der Zeit an in *A*, so hört er dort die Coincidenz mit dem $\dfrac{s' - \dfrac{d}{v}}{s' - s}$ Schlage von *A*, geht er gleich darauf nach *B*, so hört er sie dort mit dem $\dfrac{s' + \dfrac{d}{v}}{s' - s}$ Schlage von *A* wieder, kehrt er gleich darauf nach A zurück, so nimmt er dort eine Coincidenz mit dem $\dfrac{2s' - \dfrac{d}{v}}{s' - s}$ Schlage von A wahr. Er hört demnach beim Gange von A nach B die Coincidenz um $\dfrac{s' + \dfrac{d}{v}}{s' - s} - \dfrac{s' - \dfrac{d}{v}}{s' - s} = \dfrac{2\dfrac{d}{v}}{s' - s}$ Schläge von A später, als wäre er in A geblieben. Bliebe er nun in B, so hörte er dort die Coincidenz aufs Neue nach der Zeit $\dfrac{2s' + \dfrac{d}{v}}{s' - s}$, geht er aber nach A zurück, so vernimmt er sie nach der Zeit $\dfrac{2s' - \dfrac{d}{v}}{s' - s}$ bereits wieder aufs Neue, so dass er sie also um $\dfrac{2s' + \dfrac{d}{v}}{s' - s} - \dfrac{2s' - \dfrac{d}{v}}{s' - s} = \dfrac{2\dfrac{d}{v}}{s' - s}$ Schläge von A zu zeitig hört.

Vergehen nun, während der Beobachter sich dauernd in A aufhält, $\dfrac{s'}{s' - s}$ von der Uhr angegebene Zeiteinheiten zwischen einer Coincidenz und der nächstfolgenden, so hört der Beobachter, wenn er sich nach der in A wahrgenommenen Coincidenz nach B begiebt, daselbst die Coincidenz mit dem:

I. $b = \dfrac{s' + 2\dfrac{d}{v}}{s' - s}$ ten Schlage von A, wenn er gleich darauf nach A zurückkehrt, hört er dort wieder eine Coincidenz nach

II. $b' = \dfrac{s' - 2\dfrac{d}{v}}{s' - s}$ von A angegebenen Schlägen.

Aus b und b' ergiebt sich aber die Schallgeschwindigkeit nach der Formel:

III. $v = \dfrac{2d}{s'} \dfrac{b + b'}{b - b'}$.

Wenn nun auch Bosscha sich hauptsächlich mit der im Vorhergehenden entwickelten Methode der Schallgeschwindigkeitsbestimmung beschäftigt hat, so hat er doch a. a. O. in Pogg. Ann. die von König ausgeführte Methode schon lange vorher beschrieben: „Wenn man über 330 Meter ver„fügen kann, würde man mittelst einer einzigen Uhr die Geschwindigkeit „des Schalles bestimmen können. Man verbindet nämlich eine Uhr mit „einem galvanischen Apparate, schaltet aber in die Kette zwei electro„magnetische Glocken ein, die so eingerichtet sind, dass, wenn sie dicht „nebeneinander stehen, die Schläge genau zusammenfallen. Wenn man

„sich mit einer der Glocken entfernt, so werden die Schläge scheinbar „auseinander gehen, bis man zu einem Abstand gekommen sein wird, der „genau demjenigen gleich ist, welchen der Schall in der Zwischenzeit „zweier auf einanderfolgender Ticke der Uhr durchläuft. Entfernt man „sich noch weiter, so gehen die Ticke wiederum auseinander, bis man zu „dem doppelten Abstand gekommen ist, wo sie wieder zusammenfallen „und so fort."

Bosscha empfiehlt a. a. O. auch noch besonders die Anwendung langer Röhren, da sich in denselben der Schall ohne bedeutende Schwächung fortpflanzt.

Als ich die Literatur über den gegenwärtigen Gegenstand durchgelesen hatte, wunderte ich mich, dass Niemand darauf gekommen war, ein einziges Chronometer, welches hinreichend starke Schläge giebt, anzuwenden. Nimmt man eine Secundenuhr und stellt sich so vor einer echogebenden Wand auf, dass der directe Schall und das Echo coincidiren, so ist die Entfernung der Wand vom Chronometer gleich der halben Schallgeschwindigkeit.
Dr. KAHL.

VI. Vorläufige Bemerkungen über das Licht glühender Gase. Von Dr. E. MACH.

In dieser Zeitschrift (VII. Jahrg., 3. Heft, S. 214) erschien eine kleine Notiz von mir, betreffend die Spectra chemisch verschiedener Körper. Die in genannter Notiz enthaltenen Bemerkungen haben manchen Physikern als „zu naturphilosophisch" einiges Missfallen erregt. Dagegen erinnere ich nun, dass ich die atomistische Theorie keineswegs als etwas an sich feststehendes betrachte, sondern als eine brauchbare vorläufige empirische Formel; als eine Art regula falsi, um durch dieselbe der Wahrheit näher zu rücken. Es wird stets leicht sein, die durch die Atomentheorie gewonnenen Resultate in die Begriffe einer anderen metaphysischen Ansicht der Materie zu übersetzen, welche sich künftighin als triftiger erweisen wird, und ich selbst bin zu einer solchen Uebersetzung jetzt schon sehr geneigt. Auch hoffe ich demnächst zu zeigen, dass meine Bemerkungen durchaus nicht so nothwendig mit Theorien zusammenhängen, sondern auch sehr gut als Ausdruck der Thatsachen gefasst werden können.

Theils um diesen meinen Standpunkt genauer zu bezeichnen, theils auch noch aus einem anderen Grunde muss ich der citirten Notiz einen Nachtrag beifügen. Ich habe nämlich meine Bemerkungen bloss aus der Berechnung eines einfachen Beispiels gezogen und seitdem den allgemeinen Calcül vorgenommen, welcher zum Theil andere Resultate ergab, die ich hier als Berichtigung und Ergänzung beizufügen mich beeile.

1. Ein aus n-Atomen bestehendes Gasmolecül giebt in Erschütterung versetzt $3n-6$ verschiedene Schwingungsweisen, ein Spectrum von $3n-6$

hellen Linien,*) gleichviel wie die Atome gelagert sind. Von der Lagerungsweise der Atome hängt nur die Farbe, nicht die Zahl der Linien ab.

2. Beruht die Wärme und das Licht auf Schwingen der Atome, so ergiebt sich der Kirchhoff'sche Satz — betreffend die Gleichheit des Absorptions- und Emissionsvermögens für jede Strahlengattung bei gleichen Temperaturen — nach den Gesetzen des Mitschwingens als selbstverständlich.

3. Sind die Widerstände, welchen die Schwingungen der Atome ausgesetzt sind, gering, so wird ein Molecül auch von jenen Schwingungen am meisten in Erschütterung versetzt, welche es selbstleuchtend auszusenden vermag. (Umkehrung des Spectrums.)

Ausserdem schliesst sich die Annahme von der Zusammensetzung der Gasmolecüle aus einer endlichen Zahl von Atomen vielen anderen Erscheinungen gut an, auf welche ich später zurückkomme.

VII. Zur Kenntniss des Cäsiums von R. BUNSEN (Poggendorff's Annalen, Bd. 119, S. 1). Es wurde früher in der Zeitschr. für Mathematik und Physik, 6. Jahrg., S. 430, die Mittheilung gemacht, dass Bunsen für das Wasserstoffäquivalent des Cäsiums die Zahl 123,35 gefunden habe. Das Resultat dieser vorläufigen Bestimmung wird nur in dem oben citirten Aufsatze von R. Bunsen berichtigt. Bunsen selbst, dem nur sehr geringe aus Mineralwässern erhaltene Cäsiumvorräthe zu Gebote standen, bestimmte aus 3 Analysen des Chlorcäsiums das Aequivalent des Cäsiums zu 132,09, Johnson und Allen jedoch, welche grössere Cäsiummengen aus einem amerikanischen Lepidolith erhalten hatten, fanden aus 4 Analysen des Chlorcäsiums die Zahl 133, 03. Man wird sich daher nach Bunsen's Ansicht nicht sehr von der Wahrheit entfernen, wenn man das Aequivalent des Cäsiums zu 133 im Mittel, also ca. $3^1/_5$ Mal grösser als das des Kaliums annimmt. Dr. KAHL.

VIII. Ueber die Vorschläge eines conventionellen Stromwidermasses zu technischen Zwecken. Es ist bereits früher (d. Zeitschr., Jahrgang 6, S. 430) von den Vorschlägen über ein reproducirbares Widerstandsmass die Rede gewesen, welche von Siemens einerseits und von Matthiessen andererseits ausgegangen waren. Die a. a. Orte in dieser Zeitschrift aufgeführte Literatur ist inzwischen noch durch Folgendes vermehrt worden, woraus Aufschlüsse, die Frage des conventionellen Widerstandsmasses betreffend, hervorgehen: 1) Einige Bemerkungen zu der Abhand-

---

*) Für Molecüle von weniger als 3 Atomen gilt die Formel nicht mehr. Ein aus 2 Atomen bestehendes Molecül giebt eine Schwingungsweise.

lung des Herrn Siemens: Ueber Widerstandsmasse und die Abhängigkeit des Leitungswiderstandes der Metalle von der Wärme; von D. A. Matthiessen (Pogg. Ann., Bd. 114, S. 310). 2) Ueber den Einfluss der Temperatur auf die electrische Leitungsfähigkeit der Metalle; von A. Matthiessen und M. v. Bose (Pogg. Ann. Bd. 115, S. 354). 3) Ueber den Einfluss von Spuren fremder Metalle auf die electrische Leitungsfähigkeit des Quecksilbers, sowie Antwort auf die Bemerkungen des Hrn. R. Sabine zu dieser Arbeit von A. Matthiessen und C. Vogt (Pogg. Ann., Bd. 116, S. 369). Ueber die Anwendbarkeit der beiden Stromwiderstandsmasse ergiebt sich nun Folgendes:

I) Das Quecksilbermass von Siemens. Siemens hatte bekanntlich vorgeschlagen, den Widerstand eines Quecksilberprisma's von 1^m Länge und $1\square^{mm}$ Querschnitt als Einheit anzunehmen. Seine Vorschrift, reines Quecksilber, welches sich jeder Physiker leicht herstellen kann, in Glasröhren von bekannter Conicität einzufüllen und den berechneten Widerstand solcher Quecksilbersäulen bei Vergleichungen zu benutzen, hat im Anfange Vieles für sich. Es giebt jedoch zwei Fehlerquellen, welche sich bei Anstellung von Versuchen mit Quecksilberröhren geltend machen; diese sind die Verunreinigung des Quecksilbers, wenn dasselbe direct durch kupferne Leitungsdräthe etc. mit der Batterieleitung verbunden wird und die Veränderung des Leitungswiderstandes von Quecksilber bei Temperaturänderungen. Wenn man sich auch dem Einflusse der ersten Fehlerquelle, der, wie Matthiessen nachgewiesen hat, nicht unbedeutend ist, durch geeignete Anstellung der Versuche entziehen könnte, so kann man doch schwerlich dem Einflusse der zweiten Fehlerquelle ganz entgehen, da der Strom das von ihm durchflossene Quecksilber etwas erwärmt und da die Abkühlung der Quecksilberröhren durch das umgebende Kühlwasser nur sehr langsam und ungenügend erfolgt. Selbst wenn die Temperatur des Kühlwassers und die des Quecksilbers in den Röhren genau übereinstimmte, müsste der Umstand immer noch zu äusserster Vorsicht auffordern, dass Matthiessen und Siemens bei ihren Versuchen über die Abhängigkeit der Leitungsfähigkeit des Quecksilbers zu verschiedenen Resultaten gekommen sind. Auf gleiches Mass reducirt, ist nämlich h nach Matthiessen, wenn t die Temperatur nach Celsius bedeutet:

$$h = 1 - 0{,}0005912\,t - 0{,}00000082609\,t^2,$$

und nach Siemens:

$$h = \frac{1}{1 + 0{,}00095\,t} = 1 - 0{,}00095\,t + 0{,}0000009025\,t^2 - + \ldots$$

Wenn nun auch Matthiessen aus Siemens eigenen Beobachtungswerthen nachgewiesen hat, dass die von Siemens aufgestellte Formel falsch ist, so würde doch eine neue experimentelle Untersuchung der Abhängigkeit des Leitungswiderstandes von Quecksilber von der Temperatur, die wahrscheinlich die Formel von Matthiessen bestätigen würde, dem

Experimentirenden eine grössere Sicherheit geben. Wahrscheinlich ist einer von den bemerkten Umständen Ursache, dass Siemens bei der experimentellen Prüfung von 6 seiner Normalmasse fand, dass das Kleinste und grösste Widerstände besassen, die im Verhältniss: 992 : 1008 standen, welches eine ziemliche bedeutende Differenz ergiebt.

II) Matthiesen schlug vor, die Leitungsfähigkeit eines hartgezogenen Drathes aus 2 Theilen Gold und 1 Theil Silber von 1^m Länge, 1^{mm} Durchmesser bei $0°C = 100$ zu setzen und damit alle Widerstände zu vergleichen. Wiewohl sein Vorschlag im Anfang das Bedenken erregt, es würde sehr schwer gelingen, Masse von genau gleicher Leitungsfähigkeit herzustellen, so schwindet dasselbe doch bei genauerem Eingehen in die Sache ganz und gar, wenn man liest, wie Matthiessen bei 8 verschiedenen von verschiedenen Physikern mit verschiedenem Material hergestellten Normalmassen die Widerstände experimentell bestimmte und der Grössten zum Kleinsten im Verhältnisse

$$1004 : 997$$

fand, welches eine viel geringere Differenz als bei dem Siemens'schen Masse giebt. Wenn man die Matthiessen'schen Legirungsdrähte während der Experimente mit einem Oelbade von bekannter Temperatur umgiebt, so ist übrigens die Temperatur des Drahtes genau durch die des Oeles bekannt. Dass der Ausdruck für die Leitungsfähigkeit der Legirung:

$$h = 100 - 0{,}06733\,t + 0{,}0000246\,t^2,$$

den Matthiessen experimentell auffand, auch bei Legirungen, die noch späterhin dargestellt werden, wenigstens nahezu gültig bleibt, lässt der Umstand erwarten, dass Matthiessen bei zwei harten Dräthen von verschiedener Darstellung sehr übereinstimmende Gesetze der Abhängigkeit des Widerstandes von der Temperatur erhielt. Es würde aber beim Experimentiren jedenfalls ein angenähertes Gesetz als Grundlage genügen, da man es höchstens mit einem Temperaturintervall beim Normaldrahte von $30°$ zu thun hat.   Dr. KAHL.

V.

Zur Geschichte unserer Zahlzeichen und unseres Ziffernsystemes.

Von Prof. Friedlein zu Ansbach.

I.

Die Frage nach dem Ursprunge unserer Zahlzeichen und unseres Ziffernsystemes, welche von Mathematikern, Philologen im engeren Sinne und Orientalisten bisher in kleineren Aufsätzen behandelt wurde, ist durch das umfassende Werk des H. Dr. Cantor „Mathematische Beiträge zum Culturleben der Völker, Halle 1863" aus dem engeren Kreise der wissenschaftlichen Forschungen hinausgetreten. Es pflegt dies ein Zeichen zu sein, dass solche Fragen zu einem gewissen Abschluss gekommen sind. Hier ist es nicht der Fall und H. Cantor selbst spricht (S. 330) seinem Werke die volle Reife ab. Nichtsdestoweniger hatte er guten Grund zu seiner Veröffentlichung, und es ist nur mit Dank anzuerkennen, dass die Frage nun im Zusammenhang bearbeitet vorliegt. Ein zweites nicht zu unterschätzendes Verdienst dieses Werkes ist, dass es die Forschungen der französischen Gelehrten Chasles, Vincent, Martin de Rennes in Deutschland bekannter macht und zugleich für die Sache verwerthet.

Ein ähnliches Verdienst möchte der folgende Aufsatz sich erwerben, indem er auf zwei Arbeiten aufmerksam macht, welche ein deutscher, in Frankreich lebender Gelehrter bekannt machte, der gleich ausgestattet mit der Kenntniss der orientalischen Sprachen, wie mit der der Mathematik und ihrer Geschichte, am berufensten erscheint, die Entscheidung zu geben; ich meine H. Woepcke und dessen Schrift: *Sur l'introduction de l'arithmétique indienne en occident*, Rome 1859, und seine Abhandlung im *Journal Asiatique* 1863: *Sur la propagation des chiffres indiens*, S. 27—79, 234—290 und 442—529. Erstere scheint H. Cantor nicht gekannt zu haben, letztere konnte er noch nicht kennen.

Es scheint mir aber ebenso sehr das Interesse der Sache als die Billigkeit gegen H. Cantor zu fordern, dass neben den Resultaten des

H. Woepcke auch die seinigen angeführt werden, und ich werde daher zuerst diese darlegen und dann die anderen gegenüberstellen. Wenn ich dabei nahezu eine völlige Inhaltsangabe der genannten Werke gebe, so wird dieses der Gegenstand selbst rechtfertigen, der durch viele Jahrhunderte hindurch zu verfolgen ist und an sich zwar viele, im Verhältniss zu dieser Ausdehnung jedoch so wenige Spuren hinterlassen hat, dass kaum eine derselben weggelassen werden darf, wenn man gegen den Forscher, der sie benützt hat, gerecht sein will. Andererseits hoffe ich, dass auch denen, welchen die drei Werke selbst zugänglich und bereits bekannt sind, ein Dienst durch die gedrängtere Fassung geleistet wird.*)

I. Die Resultate Cantor's.

Aus dem Princip der chinesischen Schrift folgert H. C. (S. 43) die Erfindung besonderer Zeichen für die einzelnen Zahlen und zwar, weil die Chinesen in ihrer Sprache das dekadische System in consequentester Weise festhielten (S. 44), die Erfindung besonderer Zeichen für 1—9, 10, 100, 1000, 10000 (S. 45). Dagegen sei vor der mongolischen Zeit, d. h. vor dem 7. Jahrhundert nach Christus die Null und der Positionswerth der Ziffern unbekannt gewesen (S. 47 und 50). Der Zusammenhang zwischen China und Babylon wird (S. 51) durch eine Stelle aus Jesaias (49, 12) belegt, später aber (S. 101—104) 1. daraus zu erweisen gesucht, dass die Zusammensetzung des Weltalls aus den 4 ersten geraden und 4 ersten ungeraden Zahlen in zwei Weisen zugleich auf dem Boden der zoroastrischen Glaubenslehre und bei den Chinesen sich findet; 2. daraus, dass in identischer Weise in Griechenland und China der pythagoreische Lehrsatz an die Zahlen 3, 4, 5 geknüpft ist. Es habe nämlich (S. 107) Pythagoras bei dem babylonisch-chinesischen Verkehre in Babylon erfahren können, dass diese Zahlen, deren Eigenschaft (dass $3^2 + 4^2 = 5^2$) er bereits kannte, auch die Längen der 3 Seiten eines rechtwinkeligen Dreieckes darstellen. In Babylon sei das Rechenbrett, wenigstens in der einfachen Gestalt, als in frühester Zeit bekannt anzunehmen (S. 33), der Abax der Griechen, welcher zur Zeit des Pythagoras, vielleicht schon vorher, bekannt war, sei bereits als eine Vervollkommnung des Rechenbrettes anzusehen (S. 33). Pythagoras sei nämlich der Erste in Griechenland gewesen, der die Rechentafel auf Sand zeichnete; jedenfalls sei er der Erste, von dem wir bestimmt wissen, dass er es that (S. 142). Jedenfalls aber sei dem Pythagoras eine andere Verbesserung zuzuschreiben, die Einführung abgekürzter Zahl-

---

*) Die Beifügung der Seitenzahlen geschah hauptsächlich um der Verfasser willen, damit, wenn einer derselben seine Ansicht in meiner Angabe nicht finden sollte, er mit Bestimmtheit erfahre, auf welcher Stelle meine Worte beruhen, die übrigens, so weit es möglich ist, die eigenen Worte der Verfasser wiedergeben werden.

zeichen (S. 143). Derselbe, der in Egypten und Babylon gelernt und wohl auch gelehrt, müsse an alle anderen Zeichen eher gewöhnt gewesen sein, als an den Gebrauch griechischer Buchstaben statt der Zahlzeichen, und so erkläre sich einfach genug, dass in der Schule fremdartige Zahlzeichen*) benützt wurden, dieselben, aus denen allmählig unsere modernen Ziffern entstanden; so erkläre es sich auch, dass diese Zeichen ausserhalb der Schule nicht verstanden wurden**), mochte man sie nun den Columnen, die vertikal gegen den Rechnenden gerichtet waren, einzeichnen oder einzelne Marken mit denselben im Voraus bezeichnen (S. 143).

Die Null kannten die Griechen nicht (S. 121—127), ihre Zahlen gruppirten sie in Abtheilungen von je vier Ordnungen. Diese Tetraden seien indess spurlos verschwunden und statt ihrer sei die Eintheilung in Triaden aufgetreten, welche römischen Ursprunges zu sein scheine, wenigstens nicht mit Bestimmtheit weiter aufwärts verfolgt werden könne (S. 152). Römischen Ursprunges sei auch der in Manuscripten des 11. Jahrhunderts abgebildete Abacus (S. 153).***) Der Beweis dafür wird später versprochen; ich vermochte ihn jedoch nicht zu finden. Dagegen steht S. 234 das Bekenntniss, dass es durchaus unklar sei, wieviel von dem Inhalte der Tabelle echt, wieviel nachträglicher Zusatz sei, und es nur darauf mit Bestimmtheit ankommen könne, die Möglichkeit zu erweisen, dass Boethius die neun Zeichen des Textes kennen konnte. Die Spur führe auf die griechischen Pythagoriker zurück. Bei diesen ist nach der persönlichen Meinung des H. C. (S. 239) an einen Eklekticismus zu denken, der die Zahlzeichen ursprünglich aus aller Herren Länder zusammenraffte, ähnlich,

---

*) Aus welchem Land, wird nicht gesagt; man muss zunächst an China denken; warum doch der allgemeinere Ausdruck „fremdartig" gewählt wurde, tritt deutlicher S. 239 hervor; wovon weiter unten.
**) In der Geometrie des Boethius heisst es von eben dieser Schule: *Pythagorici vero ... descripserunt sibi quandam formulam ..., ut, quod alta mente conceperint, melius, si quasi videndo ostenderent, in notitiam omnium transfundere possent.* Also sorgten sie wohl für die Kenntniss der Rechnung auf dem Abacus, aber nicht für die Zeichen?
***) S. 204 heisst es von diesem Abacus: diese sogenannte pythagorische Tafel sei nichts anderes, als eines jener früher besprochenen Rechenbretter; S. 209: das Vorwort spreche es mit dürren Worten aus, dass es eine fremdländische Erfindung sei, welche unter dem Namen der geometrischen Tafel angekündigt wurde; dass Archytas dieselbe nur dem römischen Gebrauche angepasst habe; S. 277 endlich: dass wir in der Mathematik auf römischem Gebiete nur Griechisches, d. h. durch griechische Quellen bekannt gewordenes finden, mit Ausnahme der einzigen Feldmesskunst. — Ich dachte eben an einen Schreibfehler, so dass es oben pythagorisch, oder wenigstens griechisch, statt römisch heissen sollte; aber dann passt die Berufung auf die Triaden nicht, deren Existenz auf der Rechentafel des Pythagoras allerdings eine missliche Sache ist. Vgl. S. 154! — Hat aber H. C. gegen den Wortlaut auf S. 153 nur die Triaden gemeint, so ist zu fragen, was für die Griechen vom Abacus übrig bleibt, wenn die Eintheilung römisch, die Zeichen aus aller Herren Länder sind.

wie es wohl mit den astronomischen Zeichen der Planeten geschehen ist, und man könne es mit allen vorgebrachten Hypothesen vereinigen, dass die Zahlzeichen zuletzt von den Alexandrinern so zu sagen pythagorisch gestempelt wurden.*) Anders lautet das Urtheil über die Namen dieser Zahlzeichen (S. 348): Habe Boethius unzweifelhaft [S. 234 war von der Möglichkeit die Rede] die pythagorischen Zeichen gekannt, so seien ihm ebenso unzweifelhaft jene Wörter unbekannt gewesen, welche ursprünglich griechisch, erst hebraisirt, dann latinisirt wurden. Es sei wohl möglich und wahrscheinlich, dass Boethius griechische Namen der Zahlzeichen kannte, welche mit deren symbolischer Bedeutung zusammenhingen, aber die Namen, welche auf der ersten Tafel der Handschriften in Erlangen und Chartres geschrieben erschienen, habe er keinesfalls gekannt, diese seien nothwendig interpolirt. Ebensowenig habe aber Boethius das 10. Zeichen mit dem Namen *sipos* gekannt. Der Sachverhalt wird S. 250 von H. C. selbst so zusammengefasst:

„Die Alexandriner besassen neun Zahlzeichen für die 1 bis 9. Sie legten denselben mancherlei Namen bei, welche symbolischen Bedeutungen entsprachen, die sie in ihre Zeichen hineinlasen. Mit diesen Zeichen, vielleicht auch mit den Namen machte etwa im ersten oder zweiten Jahrhundert nach Christi Geburt ein gewisser Archytas die Römer bekannt; seine Schrift wurde indessen kaum gelesen, bis Boethius sie dem gelehrten Publikum empfahl. Inzwischen waren dieselben Kenntnisse in kabbalistische Schulen eingedrungen und hatten sich dort mit der unterdessen wohl in Indien erfundenen Null zu zehn Zeichen vereinigt. Die Namen waren theils geblieben, theils verschwunden, für das zehnte Zeichen war vorher noch gar kein Name vorhanden gewesen. Um den Mangel zu ersetzen, mussten also einige hebräische Wörter eintreten. Als jetzt von hier [den kabbalistischen Schulen] aus Zeichen und Namen wieder in den Occident wanderten, da stiessen sie dort plötzlich auf alt Verwandtes, aber doch nicht mehr ganz Uebereinstimmendes, und die Schreiber des 11. Jahrhunderts, erstaunt so Aehnliches von so verschiedenen Seiten her zu erhalten, dachten das Eine mit Hülfe des Anderen zu ergänzen und zu verbessern."

---

*) Es mag hier erlaubt sein, eine andere Stelle aus dem Buche des H. C. beizufügen. S. 265 heisst es: (Alhyruny sagt) „in den verschiedenen Provinzen Indiens sähen die Zahlzeichen verschieden aus, und nun hätten die Araber aus allen diesen Zeichen eine Auswahl getroffen und nur die passendsten genommen. Man sieht auf den ersten Blick, wie unwahrscheinlich dieses ist. Wenn man ganz Neues lernt, so hat man nicht die Unbefangenheit einer Wahl. Man nimmt in sich auf, was einem eben vom Lehrer mitgetheilt wird." Dazu erinnere ich an die oben bemerkte Stelle, wornach schon Pythagoras fremdartige Zeichen anwendete. Zu diesen werden also weitere noch aus aller Herren Länder zusammengerafft und von den Alexandrinern pythagorisch gestempelt. Die Pythagoriker nahmen also nicht in sich auf, was ihnen vom Lehrer mitgetheilt wurde; und das thaten Pythagoriker dem Pythagoras gegenüber?

Bezüglich der Null heisst es S. 67: Die Inder kannten die Null zuverlässiger Weise spätestens um das Jahr 600 nach Christi Geburt. Die Frage aber bleibt vorläufig noch eine offene, wo und wann die Null erfunden wurde. S. 49 deutet nämlich H. C. an, wie die Null bei den Chinesen doch wenigstens entstehen konnte.

Die Ausführung einer Rechnung auf dem Abacus geschah mit *apices*. H. C. hält dieselben (S. 205) für kleine Kegel, welche mit den betreffenden Zeichen versehen wurden. S. 207 macht er ferner darauf aufmerksam, dass deren Einführung dem Rechnen auf dem Abacus viel von seinem früheren rein machinalen Verfahren raubte und eine wenn auch geringe Anstrengung des Denkvermögens in Anspruch nahm.*) Daraus und aus dem weiteren Umstand, dass die pythagorischen Zeichen auf den Apicen fremdartig und unverständlich aussahen, findet er (S. 207) erklärlich, wie solche höchst merkwürdig bezeichnete Kegelchen allmählig wieder verloren gingen, vielleicht sogar im grossen Publikum nie eingeführt waren, sondern bei Festhaltung der Methode allgemein bekannten Zeichen den Platz einräumten.**) Die Methode bei solchem Rechnen auf dem Abacus ist aber nicht die der Positionsarithmetik, von der so lange keine Rede sein kann, wie H. C. S. 50 und 130 bemerkt, als die Null noch nicht erfunden wurde. Vgl. S. 276: „arabisches Rechnen und das Rechnen des Boethius sind weit verschieden." Diese Methode stammt (S. 261) aus Indien und kam von da zu den Arabern. Es ist aber die subjective Meinung des H. C. (S. 265), dass die Araber die neun Zahlzeichen entweder von den Alexandrinern oder aus direkt orientalischen Quellen schon besassen, als die indische Arithmetik zu ihnen drang. Denn (S. 260) die Charaktere, welche als indische Ziffern von den Arabern selbst benannt würden, besässen kaum irgend eine Aehnlichkeit mit den Zeichen, die man aus Indien her kennt, hielten dagegen einen Vergleich aus, sowohl mit arabischen Buchstaben einestheils, als mit den Zeichen des Boethius, also mit den pythagorischen Zeichen anderntheils. Ferner (S. 261) erweise dieses die sogenannte Gobarschrift oder Staubschrift, deren Ziffern den pythagorischen Zahlzeichen ähnlich sind, die aber

---

*) Chasles schreibt in Compt. rend. 1843. XVI., S. 285: „*On conçoit qu'avec un tel système de méthodes différentes dans chaque cas particulier, l'arithmétique pratique était une science compliquée et subtile, qui pouvait servir à exercer la sagacité des plus habiles mathématiciens Ces méthodes ont formé probablement, au Xe siècle, et peut-être chez les Romains, au temps de Boèce, les plus savantes spéculations des géomètres.*

**) Es wäre gewiss gut gewesen, wenn H. C. hier auch Zeitbestimmungen beigefügt hätte, wann die *apices* verloren gingen, ob nach Pythagoras, oder nach den Alexandrinern, oder nach Boethius, oder nach Gerbert, denn die 1000 Charaktere aus Horn, welche letzterer anwendete, stehen den *apices* doch ganz gleich. Nach S. 296 hat Odo von Clüny noch Marken angewendet. Dass sie seit dem 13. Jahrhundert verloren gingen, hat andere Gründe, als die von H. C. erwähnten.

die Null in ihrem stellvertretenden Gebrauch nicht kennt. Der Name indische Ziffern (S. 265—266) könnte daher rühren, dass die Ziffern zugleich mit der Null und mit indischer Rechenkunst ins Volk drangen. So sei man (S. 266) in Deutschland zu dem Namen arabische Ziffern gekommen, weil die eigentliche Positionsarithmetik, welche mit den vorher schon vorhandenen Ziffern geübt wurde, durch arabische Vermittelung nach Europa gelangte. Der Vermittler war Mohammed ben Musa Alkharezmi (Anfang des 9. Jahrh.), von welchem Beinamen der Ausdruck Algorithmus stammt, womit die Positionsarithmetik bezeichnet wird (S. 267). Welche Methode die Araber vorher ausübten, wird nicht angegeben, sondern nur (S. 265) erwähnt, dass unter Al-Mamun (813—833) griechische Mathematik bei den Arabern mehr und mehr sich verbreitete.

Bezüglich des christlichen Abendlandes macht H. C. aufmerksam

1. (S. 285) auf Victorius, aus der Zeit des Boethius, der nach Chasles höchst wahrscheinlich auch über das Abacussystem geschrieben habe;
2. (S. 283) auf Beda, von dem es wahrscheinlich sei, dass er auch die Rechnung auf dem Abacus näher kannte und möglicher Weise für seine Schüler beschrieb;
3. (S. 285—290) auf Alcuin, von dem gesichert erscheine, dass er das Rechnen auf dem Abacus mit Hülfe der pythagorischen Zeichen verstand;
4. (S. 292—301) auf Odo von Clüny (879—942 oder 943), der nach Martin die Regeln des Abacus verfasste, die in einem Wiener Codex des 13. Jahrhunderts sich finden; jedenfalls habe der Verfasser vor dem 13., wahrscheinlich aber vor der Mitte des 11. Jahrhunderts gelebt.

Das Verdienst von Gerbert wird (S. 325) dahin bestimmt, dass er durchaus Nichts lehrte, was nicht lange vor ihm schon gelehrt worden wäre, dass er es aber lehrte, wie es noch nie gelehrt worden war. Gerbert habe aus irgend einem der Werke gelernt, die auf Boethius zurückführbar sind (S. 324), sicherlich aber seine Kenntniss des Abacus nicht von den Arabern erhalten.

Im Anschluss an Chasles hebt H. C. weiter als Abacisten unter anderen hervor:

1. Bernelinus (S. 332—333), einen Schüler Gerberts, der den Abacus als eine wohl polirte Tafel beschreibt, die mit blauem Sand bestreut werde, und sich auf demselben der römischen Zahlzeichen bedient. Die Namen Igin, Andras u. s. w. scheinen bei ihm nicht vorzukommen, ebensowenig die pythagorischen Ziffern. Doch enthält nach Chasles eines seiner 4 Bücher die Darstellung der Numeration.

2. Gerland (S. 333—334), gegen Ende des 11. Jahrhunderts, der wohl einer der Ersten ist, welche die oben erwähnten Namen als wirklich gebräuchlich documentiren, da er sie im Text selbst verwendet.

3. Raoul oder Radulph von Laon (S. 334—338), der jene Fremdwörter gleichfalls im fortlaufenden Text gebraucht, dazu aber auch das Wort *Sipos*, das (S. 336) in doppelter Weise neu sei, als Name wie als Sache, und als Sache auch eigenthümlich als ein blosses Hülfszeichen beim Multipliciren gebraucht werde. Ebensowenig habe Radulph (S. 337) alle Zeichen des vollständigen Abacus verstanden und den Grund der Anzahl der Columnen (S. 338).*)

4. einen Anonymus (S. 338), dessen Regeln des Abacus das Wort *Sipos* zwar ebensowenig als dessen Zeichen und Gebrauch kennen, dafür aber die neun anderen Worte benützen.

Mit Beginn des 12. Jahrhunderts treten nun die Algorithmiker auf (S. 339). Dazu gehört Atelhart von Bath (c. 1120), wenn die Uebersetzung der Arithmetik des Mohammed ben Musa wirklich von ihm ist (vgl. S. 268), und Johann von Sevilla, der in Bezug auf die Division nicht über Mohammed hinausgeht (S. 274), das Rechnen mit der Null etwas ausführlicher auseinander setzt und bereits die näherungsweise Ausziehung der Quadratwurzel mit Hülfe von Decimalbrüchen lehrt (S. 275). Eine bedeutende Veränderung tritt mit Leonardo von Pisa ein (S. 341). Dieser stellt die Methode der Inder weit über den Algorismus und über die Kreisbögen des Pythagoras (S. 349). Nach Chasles ist aber unter dieser Methode gar keine Rechenmethode mit bekannten, gegebenen Zahlen gemeint, sondern jene Methoden, die dazu dienen, Unbekanntes im Sinne moderner Buchstabenrechnung zu finden, vor allem die sogenannte *regula falsi* (S. 349). H. C. pflichtet dieser Meinung (S. 350) soweit bei, dass er zugiebt, dass die *regula falsi* einen Theil jener Methode ausmache. Er fügt dazu (S. 352) die beiden Multiplicationsmethoden, deren eine bei den späteren Schriftstellern die netzförmige, die andere die blitzartige genannt wird; ferner die zahlentheoretischen Betrachtungen Leonardo's, in denen eben dieser vielleicht auch ganz selbstständig sei. Arabisch sei bei Leonardo die Algebra und (S. 353) der Name der Null (*Zephirus*)**); griechisch-römisch sei neben anderem die Fingerrechnung und die zwar nicht genau erläuterte, aber doch angedeutete und in der Folge auch benützte complementäre Division.

---

*) Es muss auffallen, dass hier von einem vollständigen Abacus gesprochen und darunter die mit Zeichen ausgefüllte Rechentafel verstanden wird. Es scheint eine Vermengung der eigentlichen Rechentafel, die zum Rechnen frei sein muss, und der Hülfstabellen in Form der Rechentafel vorzuliegen.

**) Die Form *zephirus* scheint auf einem Irrthum zu beruhen; wenigstens finde ich nur den Pluralis *zephyra* und Nominativus *zephirum* in der Textausgabe von Boncompagni.

II. Woepcke, *sur l'introduction de l'arithmétique indienne en occident.*

Dieses 1859 erschienene Werk verwerthet die zwei von dem Fürsten Boncompagni veröffentlichten Werke: *Trattati d'aritmetica, Roma* 1857 und *Il Liber Abbaci di Leonardo Pisano. Roma* 1857. Die Frage, ob Gerbert von den Arabern gelernt habe, wird (S. 5—12 und 57 Note ***)) in Schwebe gelassen, ebenso die andere, ob die Geometrie des Boethius wirklich diesen zum Verfasser habe (S. 12, Note *) und S. 57, Note ***)). Dagegen werden die Resultate von Chasles (S. 13—14) mit dessen eigenen Worten angegeben, nach welchen der Abschnitt der Geometrie des Boethius, der Brief Gerberts an Constantin und die anderen Schriften des X. und XI. Jahrhunderts über den Abacus arithmetische Abhandlungen in dem nämlichen System, wie unsere gegenwärtige Arithmetik, sind. Die darin enthaltene Art des Rechnens habe sich während anderthalb Jahrhunderten, vom 10. bis zum Anfang des 12. verbreitet und vervollkommnet; dann aber sei der Algorithmus aufgetreten mit der Null an Stelle der Columnen und der Anwendung der Ziffern in der Schrift. Diesem Ergebniss werden (S. 14) folgende 3 Thatsachen gegenübergestellt.

1. Dass die Ziffern mit Positionswerth und Anwendung eines Zeichens für Null bei den Arabern in Gebrauch waren;

2. dass die arabischen Schriftsteller dieses System der Numeration nie für eine Erfindung ihrer Nation ausgaben, sondern einstimmig behaupten, dass es von Indien zu ihnen kam;

3. dass Leonardo von Pisa in der Vorrede des Liber Abbaci die Worte ausspricht: *Sed hoc totum* (nämlich alles, was er in Egypten, Syrien, Griechenland, Sicilien und der Provence von der Arithmetik lernen konnte) *etiam et algorismum atque arcus pictagore quasi errorem computavi respectu modi indorum.*

Demnach macht es sich H. W. (S. 15) zur Aufgabe, zu zeigen, worin die mit *arcus Pythagorae* und *algorismus* bezeichneten Methoden von der der Inder abweichen und worin letztere die anderen beiden übertrifft. Als gemeinsam für die 3 Methoden denkt sich H. W. die Anwendung der 9 Ziffern mit Positionswerth*) und er sucht daher den Unterschied vorzüglich in der Art und Weise, die elementaren Operationen der Arithmetik auszuführen. Nachdem er also zuvor festgestellt hat, (S. 15—16), dass die *arcus Pythagorae* die Methode bezeichnen, welche bei Boethius sich findet, und der *algorismus* das Verfahren ist, welches durch Mohammed ben Musa Alkhârizmî im Abendlande bekannt wurde und seinen Namen trägt

---

*) Bei den *arcus Pythagorae* ist ein Positionswerth der Ziffern nicht vorhanden; denn nicht die Stellung der Ziffern zu einander, sondern die Columne, in der sie stehen, bestimmt die Potenz von 10, mit der sie multiplicirt zu denken sind.

(S. 16—19), giebt derselbe (S. 20—46) in erwünschter Ausführlichkeit Auszüge
1. aus der Schrift über den Abacus, die Chasles bekannt machte (1. Methode des Abacus),
2. aus der Schrift des Alkhârizmî (2. Methode des *algorismus*),
3. aus der des Leonardo
4. aus der Arithmetik des Maximus Planudes } (3. Methode der Inder).

Daraus zieht H. W. (S. 46—47) folgende Folgerungen:
1. Der Positionswerth ist den 3 Methoden gemeinsam, nur wendet die erste 9, die anderen beiden 10 Ziffern an.
2. Statt der Null wendet die 1. Methode Columnen an und unterscheidet sich dadurch vorzüglich von den beiden anderen, den Indern entnommenen.
3. Leonardo lehrt die Regeln der Multiplication und Division im Grunde wie Planudes, aber auf schwierigere Fälle ausgedehnt und viel klarer und umfassender dargestellt.
4. Die Quellen des Leonardo und des Planudes scheinen wenig verschieden oder dieselben gewesen zu sein, dagegen mehr oder weniger verschieden von den Quellen des Alkhârizmî, so dass die Methode bei den Indern selbst Fortschritte machte oder die Araber sie vielleicht später nur genauer kennen lernten.
5. Die Methoden des Leonardo und des Planudes sind rascher ausführbar, erfordern aber einen sichereren und geübteren Rechner und erhielten deshalb von Leonardo den Vorzug.

S. 48—51 erhärtet H. W. die weitere Thatsache, dass in der 2. Hälfte des 8. Jahrhunderts und im 9. Jahrhundert die Araber von den Indern astronomische Tafeln und eine Abhandlung über das Rechnen mit Ziffern überkamen, und reiht daran (S. 51) eine Bemerkung in den *Annali di Scienze matem. e fis. comp. da Barnaba Tortolini* (VI, 321—323), wornach in der 2. Hälfte des 10. Jahrhunderts die arabischen Geometer des Orients sich der indischen Ziffern mit Stellenwerth und der Anwendung eines Zeichens für Null bedienten;[*] ferner (S. 51—55) die Wahrnehmungen, dass einerseits nach der Selbstbiographie des Avicenna gegen Ende des 10. Jahrhunderts die indischen Methoden wenigstens in Bukhara bei Geschäfts- und Handelsleuten verbreitet waren, andererseits aber der Gebrauch der Ziffern insoweit eingeschränkt blieb, als 1. in einer Anzahl von Werken die Zahlen alle mit Worten geschrieben sind, 2. in den astronomischen Tafeln die Zahlbuchstaben vorgezogen wurden.

Hier (S. 55) ergreift H. W. die Gelegenheit, über die Verschiedenheit der Zahlzeichen bei den Arabern im Westen von denen im

―――――――――――
[*] Die Form dieser Ziffern theilt H. W. erst im *Journ. Asiat.* 1863, S. 75, mit; es sind die Zeichen auf Taf. II, Figur 4.

Osten zu sprechen. Die Untersuchung verschiedener Handschriften aus der Berberei führte Hn. W. darauf, dass die Araber des Westens der Gobarziffern sich bedienten, und dies fand er bestätigt in der Stelle des Catalogs der orientalischen Handschriften der Bodleianischen Bibliothek, II, 287, n. a.: *Shehabeddinus supra landatus tradit (cod. fol. 69) figuras numerales Gobariia dictas maxime apud Occidentales usurpari, eas vero, quae vocantur figurae Indicae apud Orientales.* Mit Berücksichtigung der grossen Aehnlichkeit der Gobarziffern mit den *apices* des Boethius kommt H. W. zu dem weiteren Gedanken, dass die Araber diese Ziffern bei den Eroberungen in der Berberei von den Lateinern annahmen, ebenso wie sie im Orient die coptischen Ziffern und in der Folge ebendort die indischen annahmen. Die Wahrscheinlichkeit dieser Meinung erhöhe sich (S. 56) dadurch, dass einerseits nach Chasles als *abacus* eine mit Staub bedeckte Tafel benützt wurde, andererseits nicht blos die Ziffern *gobâr*, d. h. Staub hiessen, sondern auch der *Calcul*, bei dem sie angewendet wurden, deshalb diesen Namen hatte, weil man eine mit Staub bedeckte Tafel dabei anwendete.

H. W. ist aber weit entfernt, durch blosse Conjecturen das historische Problem lösen zu wollen, und will nur einen Gesichtspunkt bezeichnen, von dem aus die Sache klarer werden könnte. Daher bemerkt er auch (S. 56, 2. Note), dass auch die Inder eine mit feinem Staub bedeckte Tafel anwendeten, und dass man eine Stelle eines Arithmetikers kennt, der c. 950 wahrscheinlich in Kairowan in Tunis schrieb, in welcher Stelle der indische Calcul mit dem Gobarcalcul vollständig identificirt ist.*)

Ueber die Frage, ob die Araber ihre algebraischen Kenntnisse den Griechen oder den Indern verdanken, glaubt H. W. (S. 57) nur so viel sagen zu können, dass Mohammed ben Musa, wie seine astronomischen Tafeln und seine praktische Arithmetik, so auch seine Algebra mehr oder weniger aus indischen Quellen entnommen hat; bezüglich der weiteren Frage, ob die Inder von den Griechen lernten, oder jede für sich ihre Entdeckungen machten, werden die Ansichten von Colebrooke und Biot (S. 58—59) mitgetheilt, nach welchen die Astronomie unzweifelhaft den Griechen entnommen ist, die Sexagesimalbrüche und die Algebra daher stammen können.**) Bezüglich der Zahlen sei nichts Entscheidendes bekannt geworden. Bemerkenswerth aber findet H. W. (S. 60), dass die

---

*) Einem höchst dankenswerthen Brief des H. Prof. Gildemeister entnehme ich die Mittheilung, dass der berühmte Arithmetiker Abu Sahl Dûnâsh ben Tammîm heisst und in seinem hebräischen Commentar zum Buche *Yeçira* der älteste bis jetzt nachweisbare Gebrauch des Wortes *ghubâr* sich findet. Dieser sage nach Reinaud: die Inder hätten die 9 Zahlzeichen erfunden und er habe in seinem Buche *hisâb alghubâr*, Rechnung des *ghubâr*, d. h. der Tafel, davon gesprochen.

**) Im *Journ. Asiat.* 1863, 8. 461, giebt H. W. der Sexagesimalrechnung griechischen Ursprung; über die Algebra ist er, nach der Note auf derselben Seite noch unentschieden.

Belege für Anwendung von Ziffern in Indien alle in die Zeiten nach Alexanders Eroberung in Indien fallen; er wünscht daher, wenn es möglich sein sollte, Belege für Anwendung von Ziffern in Indien vor Alexanders Feldzug.*)

III. *Woepcke sur la propagation des chiffres indiens.*

In den vorläufigen Bemerkungen findet sich nach einer Betrachtung allgemeiner Art über Probleme, wie das vorliegende, die Andeutung dessen, worum es sich handelt (S. 30—31) in folgenden Fragen:

Gehört die Erfindung unserer sogenannten arabischen Zahlzeichen den Indern, denen sie von den Arabern beigelegt wird, oder gehört sie dem Pythagoras, wie es der Text eines lateinischen Autors vor der Zeit der Araber behauptet? Haben die Araber der Berberei (Afrika und Spanien, Maghreb) sie von den Christen entlehnt, die doch nach Spanien kamen, um sich die Wissenschaften der Araber anzueignen, oder von den Indern, die doch den Arabern des Ostens Ziffern von verschiedener Form gaben?

Zur Beantwortung dieser Fragen, so weit es möglich ist, handelt H. W. zuerst von der Stelle in der Geometrie des Boethius und dem daran sich Anschliessenden. Nach der Angabe der früheren Ansichten hebt er (S. 41—42) rühmlichst die Untersuchungen Martin's hervor, nach denen Gerbert kein Schüler der Araber ist, sondern von Boethius oder anderen Autoren vor ihm, wie Odo, lernte; ferner die Anwendung der Methode des Abacus, wenn nicht dem Pythagoras selbst, doch den Neupythagoreern, in der Zeit etwas vor Boethius, beizulegen ist. H. W. unterlässt es aber nicht (S. 42) auf die Ansicht von Halliwell hinzuweisen, der es für sehr wahrscheinlich findet, dass jene Stelle bei Boethius eine Interpolation ist, weil sie in 2 Mss., die er kennt, nicht enthalten ist. Ferner spricht er S. 43 seine eigene Ansicht dahin aus, dass die Darlegung von Martin nur die Aechtheit des 1. Theiles der sogenannten Geometrie des Boethius beweist, der 2. Theil das Werk eines Fortsetzers sein könnte. So denkt er sich auch den Gedanken Lachmann's, dem er endlich noch Böckh anreiht, der den Anhang über den Abacus für das Werk eines Compilators hält.

Nachdem so Hn. W. die Autorschaft des Boethius bezüglich des Anhanges keineswegs feststeht, geht er (S. 44) weiter zu der Frage, ob die Ziffern, die wir in den Mss. der Geometrie des Boethius finden, alte Formen unserer jetzt gebräuchlichen Ziffern sind. Hiezu macht er zuerst da-

---

*) In einem Anhang theilt H. W. S. 60—66 den Inhalt des *Liber Abbaci* mit und p. 66—71 eine Uebersetzung der Vorrede der Schrift des Mohammed Sibth Almâridînî über den Sexagesimalcalcul, die Titel der 10 Capitel und des Schlusses und 3 Tableaux von Beispielen einer Multiplication von Sexagesimalgrössen.

rauf aufmerksam, dass die Ziffern jener Geometrie nicht allein in den Handschriften dieser, sondern mit unbeträchtlichen Abweichungen auch in anderen gleichzeitigen Mss. vorkommen.*) Die Gleichförmigkeit dieser Ziffern beweise aber nicht, dass die Ziffern, welche die Mss. des Boethius darbieten, als allein den Copisten des XI. Jahrhunderts angehörig betrachtet werden müssen, und nicht älter sind. Es schliesse dieselbe die Möglichkeit nicht aus, dass die christlichen Arithmetiker des Mittelalters diese Ziffern durch eine Tradition erhalten haben, die bis zu Boethius hinaufsteigt; vielmehr sei dieses sehr wahrscheinlich (S. 45). Sicher sei jedoch nur, dass das Mittelalter seit dem XI. Jahrhundert im Besitz dieser Ziffern sei und dass ihre Form im Laufe des XII. Jahrhunderts noch nicht erheblich verändert worden sei (S. 46).**)

Dass diese Ziffern wirklich die ältesten Formen unserer gegenwärtigen sind, sei durch *Natalis de Wailly*, *Eléments de paléographie* ausser Zweifel gesetzt. Weniger gewiss sei es, ob die Ziffern bei Boethius die wahre Gestalt der nach demselben Boethius von einigen Pythagoreern angewendeten Charaktere sind; dass dieses aber sehr wahrscheinlich sei, begründet H. W. in folgender Weise:

1. Die Namen seien ein Gemisch griechischer und semitischer Wurzeln, von denen die einen die mystischen Anschauungen der Neupythagoreer über die Zahlen erkennen lassen, die anderen den Zahlenwerth angeben (S. 47—48). Welcher semitischen Sprache sie angehörten, lohne sich kaum zu untersuchen, doch sei es wahrscheinlich ein solcher Dialect gewesen, dessen Einfluss in Alexandrien überwog. Arabischer Ursprung scheine mehr als jeder andere auszuschliessen zu sein. Das Verdienst, zuerst dieses Gemisch erkannt zu haben, gebühre H. Vincent. Zu den Erklärungen (S. 50), welcher dieser von den Namen giebt, werden (S. 51) neue Erklärungen von H. Bienaymé mitgetheilt, welcher Caltis auf $Καλότης$, Zenis auf $Ζηνίς$, Celentis auf $Σελήνη$ zurückführt. Für diese Erklärungen sprechen 3 Stellen aus der Ausgabe der Musik des Theon

---

*) Darunter ist *Cod. Arund.* 343 genannt, der meines Wissens dem XII. Jahrh. angehört, so dass, wenn die übrigen genannten Mss. (no. 533 *et* 534 *du fonds Saint-Victor de la Bibliothèque impériale de Paris*; no. 9377 *de l'ancien fonds latin*) auch diesem Jahrhundert angehören, die darauf gestützten Folgerungen an Halt verlieren würden.

**) Hat meine vorstehende Anmerkung Grund, dann ist nur so viel sicher, dass Mss. desselben Inhaltes, die also auf einen einheitlichen Grund zurück zu gehen scheinen, zuerst diese Ziffern im XI. Jahrh. enthalten, diese dann durch eben diese Mss. weitere Verbreitung erhielten und daher im XII. Jahrh. auch in anderen Mss. erschienen. Ich habe zwar in meinem Schriftchen über Gerbert auf Tafel VI ähnliche Ziffern aus dem X. Jahrhundert angeführt, aber H. Cantor giebt S. 290 bis 291 seines Werkes die sehr dankenswerthe Mittheilung, dass diese Ziffern ihr Entstehen einer erst späteren Spielerei verdanken und zu gar keinen Folgerungen berechtigen. Ich muss also auch das zurücknehmen, was ich Seite 42 meines Schriftchens darüber gesagt habe. Um so mehr, glaube ich, ist Vorsicht anzuwenden, dass man die Spur des Ursprunges nicht mit den Spuren der späteren Verbreitung zusammenfasst.

von' Smyrna von Bouillaud, welche H. W. S. 51—52 mittheilt. In der Note 1, S. 53—54, endlich theilt H. W. noch mit, dass bei den Kabylen für die Einheit die Namen *ighem* und *iien* gefunden wurden, und bei den Beni-Mozab in Algier der Name *iggen*, so dass der Name *igin* in den Mss. des Boethius von jenem nordafrikanischen Idiom kommen könnte, das in Alexandria von Berbern gesprochen wurde.

2. Die Stelle in der Geometrie des Boethius beweise doch, selbst wenn sie nicht von Boethius herrühre, sondern von einem Fortsetzer der Geometrie aus Gerberts Zeit, oder kurz vorher, dass das Mittelalter die Anfänge der praktischen Arithmetik dem griechischen oder römischen Alterthum zuschreibe, nicht den Arabern (S. 54). Einen Beleg dafür findet H. W. auch (S. 49—50 in der Note) darin, dass Radulph von Laon die Namen der Ziffern und den Abacus als eine Erfindung der Chaldäer darstellt.

Unabhängig von der Aechtheit der Geometrie des Boethius ergiebt sich also Hn. W. das Resultat (S. 54), dass sehr wahrscheinlich das christliche Mittelalter von Neupythagoreern aus der Schule von Alexandria jene seltsamen Namen und Zeichen erhalten hat, und zwar in dem ersten Jahrhunderte unserer Zeitrechnung. Doch soll damit weder in diese Zeit noch an diesen Ort die Erfindung selbst und die erste Gestaltung der Zeichen fixirt werden.*) Hn. W. ist es nämlich nicht entgangen, dass in der vorliegenden Untersuchung zwischen den ersten Jahrhunderten und dem XI. eine bedenkliche Lücke besteht (S. 55 u. 57). Zur Aufklärung hierüber weist derselbe auf den noch nicht nach seinem Werthe berücksichtigten Umstand hin, dass es bei den Arabern zwei Arten von Ziffern giebt (S. 56), eine im Orient gebräuchliche, die H. W. deshalb die orientalische nennt, und eine in Afrika und Spanien wenn auch nicht ausschliesslich angewendete, die occidentalische, von den Arabern Gobar genannte. Ueber letztere theilt H. W. 3 Stellen aus 3 arabischen Mss. mit, die er im Februar- und März-Heft des *Journ. Asiat.* 1862 beschrieben hat. Die erste Stelle (S. 58—62) enthält die Angabe, dass die Pythagoreer sechs Ordnungen der Zahlen zuliessen, während die Mehrzahl der Alten nur vier zuliess, ferner dass die 1. Ordnung von 1—9 reicht, wofür es 9 Zeichen gebe und zwar die des Gobar, die sehr häufig in den spanischen Provinzen, der Berberei und (dem übrigen Nord-) Afrika angewendet würden und deren Ursprung von der Sage auf einen Inder zurückgeführt werde, der feinen Staub auf eine Tafel oder Fläche ausbreitete und darin Multiplicationen, Divisionen und andere Operationen ausführte. Ueber die Form dieser Ziffern werden Verse mitgetheilt. Die zweite Stelle (S. 63—65) enthält nach der Angabe der

---

*) Näheres hierüber weiter unten in dem über S. 247 der Abhandlung des H. W. Mitgetheilten.

2 Arten von Ziffern, der einen im Orient, der anderen im Occident gebräuchlichen, die Versicherung, dass beide Arten indische Einrichtungen seien, dass man aber zum Unterschied nur die ersteren indische, die zweiten Gobar nenne. Ueber die Form finden sich dieselben Verse, wie bei der ersten Stelle und dazu ein Vers, der alle Ziffern zusammen enthält. Die dritte Stelle (S. 66—69) enthält eine Aeusserung, die es in Abrede stellt, dass beide Arten indisch seien; die zweite Art gehöre der (nicht indischen) Gobarschrift an. Aus diesen Stellen hebt H. W. zwei Punkte hervor:

1. Dass die in den Versen enthaltene Beschreibung die Form der Ziffern völlig deutlich macht und eine Aufsuchung derselben in Mss. deshalb überflüssig ist.

2. Dass eine Tradition vom indischen Ursprung der Gobarziffern bei den arabischen Arithmetikern vorhanden war und von ihnen besprochen wurde.

Nach seiner Ansicht nun (S. 69—70) sind diese Ziffern wirklich indischen Ursprungs, aber nicht direct von den Indern zu den Arabern gelangt; dies erhelle aus Folgendem:

Prinsep habe die Wahrnehmung gemacht, dass die älteste Weise die Zahlen auszudrücken in der Sanskritsprache, wie im Griechischen und Lateinischen, in der Benützung der Buchstaben in der Reihenfolge des Alphabetes bestand (S. 70); für viele der vorkommenden förmlichen Zahlzeichen aber habe er die Vermuthung aufgestellt, dass die Anfangsbuchstaben der Zahlwörter zu Zahlzeichen wurden (S. 72). Nach diesem Vorgange verglich nun H. W. die Gobarziffern und die Ziffern bei Boethius mit der von Prinsep im Journal der asiatischen Gesellschaft von Bengalen 1838 mitgetheilten Liste alter Sanscritalphabete aus verschiedenen Zeiten und fand seine Erwartungen um vieles übertroffen (S. 73), da er nicht nur entsprechende Anfangsbuchstaben in einem Alphabete fand, sondern dieses Alphabet auch genau dem 2. Jahrhundert unserer Zeitrechnung angehört. Damit die Leser selbst über die Aehnlichkeit urtheilen können, theilt H. W. (S. 75) die betreffenden Zeichen mit (Taf. II, Fig. 1-3). Er verkennt selbst auch die Verschiedenheiten nicht und hebt eine solche für die Ziffer 4 ausdrücklich hervor (S. 77), findet aber dagegen die Form von 8 aus dem dafür angegebenen Buchstaben besonders gut erklärlich. Jedenfalls hält er aber die Aehnlichkeit der Zeichen des Boethius mit den Anfangsbuchstaben der alten Sanskritwörter für derartig, dass man sie unmöglich als rein zufällig betrachten könne (S. 78). Sei aber diese keine zufällige, dann deute dieselbe an, dass die Neupythagoreer zu Alexandria von Indien Zeichen erhielten, welche einige von ihnen bei ihren Operationen in der praktischen Arithmetik anwendeten (S. 79). Es frage sich nun, wie weit diese Annahme mit den bekannten Thatsachen sich vereinbaren lasse.

Bezüglich der Verbreitung des **Abacussystemes mit Columnen** stimmt H. W. völlig der Ansicht Martin's bei (S. 235), nach welcher dasselbe deshalb im **Occident** mehr als in **Griechenland** sich verbreitete, weil bei der unvollkommenen Numeration der Römer mehr das Bedürfniss darnach vorhanden war.*) Es habe sich (S. 236) das Verfahren der Neupythagoreer in den **östlichen Provinzen** des Römerreiches **wenig oder nicht** verbreitet, wohl aber in **Italien**, wo Boethius die Principe desselben auseinander setzte, in **Gallien**, wo Gerbert es wieder in's Leben rief, und in **Spanien**, wo die Araber es im Anfang des VIII. Jahrhunderts finden mussten.**) Wie nämlich in **Syrien** die griechische Numeration, in **Egypten** die coptische (S. 237), im **Orient** indische Werke, so hätten die Araber in **Spanien** das Columnensystem und die Ziffern der Neupythagoreer angenommen (S. 239). Hundert Jahre später hätten sich die **indischen Methoden** (mit Positionswerth und der Null als stellvertretendes Zeichen) allmählig in der Berberei verbreitet (S. 239) und zwar unter dem Namen Calcul des **Gobar** oder des Staubes, ein **Name, der wesentlich indischen Ursprunges** sei (S. 240).

Da jedoch die Araber in vielleicht 2 Jahrhunderten sich an die Ziffern der Neupythagoreer gewöhnt hätten, so hätten sie bei der **neuen Methode die alten Ziffern** gebraucht, und sie bald mit dem Namen der Ziffern des Gobar bezeichnet (S. 241—242). Die alten Ziffern und die neuen Methoden hätten sich mehr und mehr identificirt, man habe endlich angenommen, dass auch die Ziffern **indischen** Ursprunges seien, und sei so **durch einen Irrthum zur Wahrheit** gekommen (S. 242). Andere hingegen hätten den Namen indische Ziffern den Ziffern vorbehalten, welche die Araber des Orients mit den neuen Methoden anwendeten.

Die **Null sei den Neupythagoreern nicht unbekannt** gewesen (S. 243), aber wegen der Anwendung von Columnen habe sie **ihre eigentliche Bedeutung nicht behaupten können** (S. 244).***) Es

---

*) Ist es nicht seltsam, dass **Griechen** die Erfinder eines bequemeren Verfahrens wurden, das weniger sie, als die **Römer** bedurften? Und wenn sich nun ergeben sollte, dass die römische Numeration für den römischen Abacus ganz bequem ist, und ein Bedürfniss nach einer Aenderung gar nicht bestand? — Und was gewannen die Römer? H. W. sagt S. 241: *méthodes incommodes et compliquées*!

) Hier muss es doch wohl zweifelhaft erscheinen, ob das Columnensystem wirklich in Spanien am Anfang des **achten Jahrhunderts verbreitet war, wenn Boethius 3—4 **Jahrhunderte nach der Erfindung noch die Principe** auseinandersetzen und Gerbert gegen das Ende des **zehnten** Jahrhunderts das Verfahren **wieder aufleben** machen muss. Räthselhaft bleibt auch, dass die Araber ein in dem **ersten** Jahrhundert in Alexandria gebildetes Verfahren erst in Spanien im **achten** wiederfinden, ferner wie die Namen, die griechischen und semitischen Ursprungs sein sollen, in Alexandria zu jener Zeit gebildet wurden und erst im XI. und XII. Jahrhundert (wieder?) bei christlichen, lateinisch schreibenden Autoren sich im Text angewendet finden.

***) In einer Anmerkung (S. 243—244) erklärt sich H. W. gegen die Ableitung des Wortes *sipos* aus dem Arabischen; in einer zweiten (S. 244—245) gegen die Annahme, dass die Anwendung der Null oberhalb der Ziffern den Gobarziffern eigen-

gehe daraus hervor, dass den Neupythagoreern nur mehr oder weniger vage Mittheilungen, begleitet von Listen der 10 Zahlzeichen in Alexandria zugekommen seien (S. 247), dass sie aber in diesen Zeichen ein Mittel erkannt hätten, den Handabacus (*abacus manuel*) in einen geschriebenen umzuwandeln,*) und dass sie daher die indischen Figuren mit dem griechisch-römischen Verfahren zu dem Columnensystem amalgamirten, welches in der Stelle des Boethius auseinandergesetzt ist (S. 248).

Um aber auch zu erweisen, dass die Anwendung von 10 Zeichen mit Positionswerth in Indien existirte und in den ersten Jahrhunderten unserer Zeitrechnung nach Alexandria gelangen konnte, geht H. W. gründlicher, als es bisher geschehen, auf die Entwickelung der praktischen Arithmetik in Indien ein. Als besonders geeigenschaftet für mathematische Speculationen mit ganzen Zahlen erweisen sich die Inder durch ihre auf Calcul gegründete Astronomie, Theorie der irrationalen Grössen und Algebra, ferner durch ihre Entdeckungen bei den Auflösungen unbestimmter Gleichungen, denen auch die neuere Zeit erst durch Euler gleichkam (S. 249). Dieselbe Eigenschaft tritt sogar in ihren religiösen und poetischen Werken hervor, durch die besonderen Namen für die Potenzen von 10, welche dort mit Vorliebe zum Ausdruck von Grossartigkeit angewendet sind. Nach Weber theilt H. W. aus Werken von Brahmanen (S. 251) die Namen für $10^4 - 10^{12}$, (S. 252) für $10^4 - 10^{15}$ und für $10^7, 10^{12}, 10^{17}, 10^{22}, 10^{27}, 10^{32}, 10^{87}$ mit. Diesen werden (S. 252—254) Zahlausdrücke zur Seite gestellt, die sich allenthalben in dem buddhistischen Werke *Lalitavistara* finden, und wirkliche Zahlen, nicht symbolische, wie die meisten der Apokalypse, ausdrücken (S. 254, Note 1). Noch merkwürdiger ist aber der Abschnitt des oben genannten Werkes, in welchem von einer wissenschaftlichen Prüfung, neben anderen Disciplinen vorzugsweise aus der Arithmetik, erzählt wird. Der Gefragte ist darnach im Stande, Zahlen bis 10^{421} (S. 258) mit den dazu erdachten Namen auszusprechen, von denen die für $10^7, 10^9, 10^{11} \ldots 10^{55}$ (S. 256—257) angegeben sind. Nach dieser glänzenden Probe des Wissens wird der Geprüfte zum Lehrer des Prüfenden und nennt diesem noch die Zahl des Staubes der Uratome eines *yôdjana* in zweifacher Weise, er-

---

thümlich angehöre, und dass damit ein Uebergangsstadium vor der Erfindung der Null als stellvertretendes Zeichen angedeutet sei; beide Bezeichnungsweisen seien gleichzeitig und jene mit der Null über den Ziffern sei vielleicht nie anders angewendet worden, als zur Darstellung der indischen Notation in Form eines Tableau. Vgl. S. 509, Note 2.

*) Nach H. Cantor that dieses, wenigstens in Sand, bereits Pythagoras und möglicher Weise eine noch frühere Zeit. — In der Stelle aus der ψηφοφορία des Planudes, die H. W. S. 240 N. 2 mittheilt, wird die Ausführung einer Multiplicationsmethode, ähnlich der des Alkhârizmî (vgl. W. S. 497, N. ł), auf der Sandtafel der auf Papier mit Tinte um vieles vorgezogen.

stens nach ihren Factoren, in unserer Ausdrucksweise $=4.1000.4.2.12.7^{16}$ (S. 259), zweitens, wie sie lautet, nämlich: 10,008''''000, 000'''000, 000''060, 225'012, 000 (S. 260). Diese Zahl ist aber nicht das Product der angegebenen Factoren, und man müsste den Rechenkünstler für einen unverschämten Grossthuer halten, wenn nicht H. W. in überzeugendster und scharfsinnigster Weise dargethan hätte (S. 260 — 265), dass die Factoren $4.1000.4.2.12.7^7$ sind und die Zahl 316,240'512,000 lautet. Es liegt also ein Zeugniss wirklicher Kenntnisse der Inder vor, und zwar sehr wahrscheinlich aus dem 3. Jahrhundert vor Christus (S. 266). Aus dem Zusammenhange geht aber hervor, dass eine solche Berechnung des Staubes als ein Problem galt, dessen Lösung den höchsten Grad der Kenntniss bekundet und es wirft daher H. W. die Frage auf, ob es nicht in Indien Typus und Repräsentant aller Probleme der praktischen Arithmetik schon lange vor der Abfassung des Werkes *Lalitavistara* gewesen ist, ob es diese Geltung nicht lange Zeit hindurch behalten musste, besonders nachdem es in einem der heiligen Bücher aufgenommen war, und ob endlich nicht daher der Name Staubrechnung für die aus Indien stammenden Methoden der praktischen Arithmetik gekommen ist (S. 267). Letztere Frage lässt H. W. unentschieden, für die erste ergiebt sich ein weiteres Moment aus der Vergleichung der erwähnten Berechnung des Staubes mit der Sandrechnung des Archimedes, die um so näher gelegt wurde, als in der Stelle des indischen Buches noch erwähnt wird, dass man in der angegebenen Weise auch die Zahl der Atome aller Welten berechnen könne (S. 268). Durch eine sehr klare Darlegung des Verfahrens des Archimedes (S. 268—272) weist H. W. nach, dass Zweck und Mittel, das Ganze und Einzelheiten so sehr übereinstimmen, dass ein blos zufälliges Zusammentreffen schwer anzunehmen ist.*) Er neigt sich daher zu der Ansicht, dass das Problem in Indien seine Entstehung hatte, von da nach Alexanders Feldzug in Griechenland bekannt wurde und von hier aus in Syracus, wo es durch Archimedes mit einer nur einem solchen Geiste möglichen Präcision gelöst wurde (S. 272—273).

Zum Nachweis dafür, dass die Namen der Potenzen von 10, wie sie im Vorstehenden erwähnt wurden, in Indien fortwährend bekannt und angewendet waren, theilt H. W. einen Abschnitt aus dem 1031 beendeten Werke des Alberuni über Indien mit (S. 275—290). Daraus ergiebt sich:

1. Dass zu Anfang des 11. Jahrhunderts die Benützung der Buchstaben als Zahlzeichen, wie sie früher bei Aryabhatta und aus den südlichen Theilen Indiens nachweisbar sind, von Alberuni nicht wahrgenom-

---

*) Eine ähnliche Frage wirft H. Cantor S. 67 auf, nachdem er eine Stelle eines freilich späten chinesischen Schriftstellers mitgetheilt hat, welche von den 3 Numerationssystemen des Buddha handelt, und im Wesen mit dem aus dem Buche *Lalitavistara* Mitgetheilten übereinstimmt, nur dass im indischen Werke die erste Gruppe bis 10^{54} reicht, im chinesischen nur bis 10^{17}.

men wurde, und der Ursprung der Ziffern aus Anfangsbuchstaben der Zahlwörter bereits längst vergessen war (S. 275, N. 1).

2. Dass es verschiedene Zifferformen gab, die Numeration aber allenthalben nach dem Decimalsystem erfolgte (S. 276—277, 283, N. 1).

3. Dass die Inder die Namen für die Potenzen von 10 bis auf 10^{17} ausdehnen, aber in verschiedener Bildung derselben (S. 277—278). 18 derselben für 10^0 bis 10^{17} werden S. 279 mitgetheilt.*)

4. Dass abweichende Ansichten hierüber verbreitet waren. Albiruni selbst bespricht 4 derselben als besonders erheblich und deutet an, dass er viele andere absichtlich als unnütz übergeht.

5. Dass die Inder in Versen statt der Zahlen Wörter anwendeten, welche die Zahlen vertreten konnten. Es werden solche für 0—25 angeführt (S. 283—290).

An das Mitgetheilte knüpft H. W. (S. 442—446) die Hinweisung auf die bei weitem grössere Leichtigkeit auf den Stellenwerth zu kommen, wenn eigene Namen für jede Potenz von 10 vorhanden sind, wie bei den Indern, als wenn die Potenzen in Gruppen abgetheilt sind, wie bei den Arabern, Griechen und bei uns; ferner (S. 446 – 447) den Nachweis, dass die Anwendung des Stellenwerthes und der Null in der Anwendung symbolischer Wörter für die Zahlen vollständig enthalten ist. Aus der Verwendung endlich des Wortes *anka* (Ziffer) als Symbol für die Zahl 9 im *Soûrya-Siddhânta* erweist er (S. 448 bis 450), dass der Gebrauch von 9 Ziffern mit der Null und mit Stellenwerth vor dem Ende des 5. Jahrhunderts unserer Zeitrechnung in Indien ganz geläufig bereits gewesen sein muss. Nach einer kurzen Zusammenstellung der Beweisgründe spricht H. W. daher (S. 452) seine Ueberzeugung dahin aus, dass die Erfindung der 9 Ziffern und ihre Anwendung mit Stellenwerth vermittelst der Null Indien angehört und in die ersten Jahrhunderte unserer Zeitrechnung zu setzen ist.

Hiervon soll nach dem Früheren die Kunde nach Alexandria gekommen sein; es fragt sich also, ob die allgemeinen Umstände jener Zeit eine solche Ueberlieferung möglich oder wahrscheinlich finden lassen. Als Antwort hierauf theilt H. W. (S. 453—456) Stellen mit aus Weber, akad. Vorlesungen über indische Literaturgeschichte, aus Gildemeister, *Scriptorum Arabum de rebus Indicis loci*, aus Wilson, *Vishnu Purana*, und verweist bezüglich der Begründung auf Lassen's Indische Alterthumskunde. Diesem fügt er (S. 456—458) Stellen aus Porphyrius im Leben des Plotinus und aus Eusebius, *Praeparatio Evangelica*, bei. Darnach ist es

---

*) Es ist zu bemerken, dass hier 10^{17} die höchste Zahl der 1. Gruppe ist, wie oben (vorige Note), so dass vielleicht 10^{17} als gewöhnliche, 10^{53} aber als von einem besonders befähigten Geist gebildete höchste Zahl anzusehen ist.

ausser Zweifel, dass ein reger Verkehr zwischen Alexandria und Indien bestand und von den Gelehrten die beiderseitigen wissenschaftlichen Kenntnisse ausgetauscht wurden und H. W. folgert daraus (S. 458—459) die Möglichkeit, ja die äusserste Wahrscheinlichkeit, dass die indischen Ziffern damals nach Alexandria kamen.*)

S. 459—462 giebt H. W. nochmals einen Ueberblick über das bisher Gefundene, wornach im Aufang unserer Zeitrechnung unsere jetzigen Ziffern in der Weise erfunden wurden, dass die Inder die Anfangsbuchstaben der Zahlwörter und des Wortes *çoûnya* als Zahlzeichen mit Stellenwerth benützten, diese Ziffern dann nach Alexandria kamen, dort die griechisch-semitischen Namen und ihre Verwendung auf dem Abacus durch die Neupythagoreer erhielten, unter Umwandlung des Handabacus in einen geschriebenen ohne Verwendung der Null in ihrem eigenthümlichen Gebrauch, endlich in solcher Weise die praktische Arithmetik bei den lateinischen Nationen sich verbreitete und bis zum Beginn des 12. Jahrhunderts erhielt und inzwischen auch von den Arabern in Spanien kennen gelernt wurde.

Bei den Arabern findet sich aber weiter eine Bezeichnung der Zahlen durch die Buchstaben des Alphabetes und durch Ziffern, welche sie selbst die indischen nennen. Ueber erstere spricht sich H. W. (S. 462—465) dahin aus, dass sie in Nachahmung der Syrer oder Juden frühestens gegen das Ende des 1. Jahrhunderts der Hedschra, vielleicht geraume Zeit nach der Eroberung Spaniens, aber vor der Mitte des 4. Jahrhunderts der Hedschra in Aufnahme kam, wobei er bemerkt, dass von der Zahl 60 an nicht mehr ganz dieselben Buchstaben im Orient, wie in Afrika angewendet wurden, sondern die Buchstaben, welche im Orient 60, 90, 300, 800, 900, 1000 bezeichnen, in Afrika 300, 60, 1000, 90, 800, 900 ausdrücken, und dass hier ein ganz besonderer Bezug auf den Sexagesimalcalcul vorzuliegen scheine.

Diese Besprechung der Verwendung der Buchstaben giebt Hn. W. Veranlassung darauf aufmerksam zu machen, dass man die Null der alphabetischen Bezeichnung von der Ziffer Null unterscheiden müsse, und er führt (S. 466—472) aus Mss. den vollständigen Beweis, dass die alphabetische Null der arabischen Tafeln und die Null der Juden die Nachahmung der Null in den griechischen astronomischen Tafeln ist, welche aus einem Omikron mit einem Strich darüber, wahrscheinlich der Abkürzung von $o\vartheta \acute{\epsilon} \nu$ besteht.**)

---

*) Ich bemerke hierzu Folgendes: Nach S. 247 waren es mehr oder weniger vage Mittheilungen begleitet von Listen der 10 Zahlzeichen; nach S. 243 fand das Zeichen der Null seine eigentliche Verwendung nicht. Es ist also die Ausbeute aus dem regen Verkehr für die Arithmetik eine sehr geringe, und merkwürdig bleibt gerade das, was die schönste Erfindung der Inder ist, der Stellenwerth, unbenützt.

**) Sehr beachtenswerth scheint mir auch die von H. W. S. 469 gemachte Angabe,

Bezüglich der von den Arabern **indisch** genannten Ziffern hält H. W. es für das Wahrscheinlichste (S. 472), dass die Mittheilung derselben 773 erfolgte, als eine indische Gesandtschaft an den Hof Almansurs eine indische Astronomie brachte, und unter Beiziehung der Ziffern des Ms., das im X. Jahrhundert in Schiras geschrieben wurde (Taf. II, Fig. 4), und der *Dêvanâgari*-Ziffern, die Prinsep 1838 bekannt machte, kommt er (S. 483) zu dem Schlusse, dass in der Zeit von den ersten Jahrhunderten unserer Zeitrechnung bis zum 8. neben den Formen der Gobarziffern für 5 bis 8 (Fig. 3) die Formen (٤ ٩ ٧ ٨) in Fig. 4 gebräuchlich wurden und in den indischen Abhandlungen enthalten waren, die nach Bagdad kamen. Von der Mitte des X. Jahrhunderts an oder später scheinen ihm die indisch-arabischen Formen (٢ ٣) für 2 und 3 (Fig. 5) statt der Formen in Fig. 3 und 4 aufgekommen zu sein, mit am spätestens die 1. Form von 5 in Fig. 5 (٥) für die in Fig. 4 (٨) und der Punkt für 0 (S. 484), jedoch so, dass diese letzteren 2 Formen im 14. Jahrhundert schon vollständig eingebürgert waren (S. 485 Note). Der Gebrauch des Punktes sei jedoch schon **indisch** (S. 484), Albirûni scheine denselben gekannt zu haben (S. 485), Alkhârizmî aber weiss davon noch nichts (S. 486).*)

Zur Vervollständigung eines Gesammtbildes bespricht H. W. eingehend (S. 489—500) die Abhandlung des Alî Ibn Ahmed Al-naçawî, aus der 1. Hälfte des 11. Jahrhunderts, eines der vielen Werke, welche der Arbeit des Alkhârizmî folgten und auf diese sich stützten. Von den vielen höchst interessanten Mittheilungen, welche dieser Abschnitt enthält, kann hier nur hervorgehoben werden, dass die **Numeration** mit Anwendung des Stellenwerthes als **indisch** bezeichnet und die indisch-arabischen Ziffern (Fig. 5) mit der 2. Form (٨) für 5 gebraucht sind (S. 490), dass die vorkommende **Multiplication und Division** gleichfalls ausdrücklich als **indisch** bezeichnet wird, und ganz dieselbe ist, wie bei Alkhârizmî (S. 497 und 498). Eine Digression, die sich H. W. S. 500—514 erlaubt, thut dar, dass die **Neunerprobe**, die sich bereits bei Alkhârizmî angewendet findet, ferner die *regula falsi* (*la règle des deux fausses positions*)

---

dass **Thabît ben Korrah** († 901) die alphabetische Null gleichfalls *cifron* nennt, während (nach S. 487 f.) Alkhârizmî (c. 800) bei fehlenden Graden, Minuten, Sekunden u. s. w. 2 Nullen (*circuli*) setzt, und so die aus Indien stammende Ziffer Null von der aus Griechenland stammenden alphabetischen Null unterscheidet.

*) Die Verschiedenheit der Gobarziffern und der indisch-arabischen ist nach dieser Darlegung eine allmählig und zwar in Indien selbst entstandene, und wenn H. Cantor S. 260 schreibt, dass diese Ziffern „nichts weniger als indisch aussehen", so steht diesem das Ergebniss der Forschungen des H. W. entgegen, nach welchem diese Ziffern in Indien heimisch gewesen sind. Der Reichthum in Bezeichnungen derselben Sache entspricht ganz dem indischen Charakter, wie H. W. (S. 450, N. 3) bemerkt. Daran ist festzuhalten, wenn auch H. Cantor S. 260 richtig sagt, dass das indische Ziffernsystem weit mehr Eigenthum einiger Gelehrten als der Gesammtheit gewesen zu sein scheint. Denn ähnlich legt H. W. (S. 445) die Namen für die Potenzen von 10 den Brahmanen bei, und es finden gleichwohl grosse Verschiedenheiten dabei statt.

und die Anfänge der arabischen Geometrie indischen Ursprunges sind. Für meinen Zweck besonders erheblich finde ich (S. 508) die Bemerkung, dass Firdusi den Arabern des 5. Jahrhunderts ausdrücklich mathematische Kenntnisse abspricht, und (S. 514) die Angabe, dass im Fihrist, nach S. 494, Note 1, im Jahre 987 beendet, ein Commentar des Abdallah Ben Alhoçaïn Alçaïdánânî zu einer Abhandlung über Vermehrung und Verminderung, d. h. über die *regula falsi* von Alkhârizmî erwähnt wird. Vgl. Cantor S. 349.

Im Uebergang endlich zur Verbreitung der indischen Ziffern in Europa, d. h. der Gobarziffern in Verbindung mit der indischen Arithmetik, lässt es H. W. (S. 515) unentschieden, ob die Araber in Afrika und Spanien die indische Arithmetik, die sie wahrscheinlich im Laufe des 10. Jahrhunderts kennen lernten, durch Araber des Orients oder unmittelbar aus Indien erhalten haben, und bemerkt nur die Thatsache, dass die indische Arithmetik bei den Arabern des Orients indische Rechnung, bei den Arabern Afrika's und Spaniens aber Staubrechnung, Gobarrechnung hiess, und letztere ohne Zweifel die wahre indische Arithmetik sei (S. 516). Nur hätten die Araber des Westens die längst gewohnt gewordenen Gobarziffern beibehalten, von denen die neuen indischen Ziffern damals ohnehin nur in 4 Ziffern verschieden gewesen seien. Die Araber Spaniens aber hätten den Ziffern allmählig die Form gegeben, welche die bekannt gewordenen Gobarziffern zeigen und welche auf ein Mal (*tout à coup*) bei den christlichen Völkern Europa's im XIII. Jahrhundert erscheint (S. 517).*) Von Spanien aus, wo Adelard von Bath (1130) und Gerard von Cremona (1114—1187) ihre Kenntnisse holten, sind die ersten Kenntnisse der indischen Arithmetik unter dem Namen Algorismus zu den christlichen Nationen Europa's gekommen, und eine der ersten dieser Abhandlungen sei wahrscheinlich die des Johann von Sevilla gewesen, eine Abhandlung, die grossentheils nur eine deutlichere Fassung des Werkes von Alkhârizmî ist (S. 519, 488, N. 1). Mit der Zeit hätten sich bei den Arabern von Indien her elegantere und bequemere Methoden verbreitet und diese habe zum ersten Male in Europa Leonardo von Pisa in seinem grossen Werke *Liber Abbaci* (Buch der Rechenkunst) 1202 bekannt gemacht (S. 520), von welchem die zunächst folgenden italienischen Arithmetiken nur mehr oder weniger treue Copien

---

*) Sollten die Gobarziffern nicht schon von den ersten Jahrhunderten an bis zum 7. oder 8. von den Lateinern und von da an bis zum 10. von Lateinern und Arabern eine bequemere Form erhalten haben, als sie in den Mss. des XI. Jahrhunderts vorliegt? Und da die in Schiras im 10. Jahrhundert geschriebenen Ziffern doch eine bequeme Form zeigen und nur 4 Ziffern davon von den Gobarziffern sich unterscheiden, so folgt doch daraus, dass die Gobarziffern des 10. Jahrhunderts nahezu dieselbe bequeme Form hatten, wie sie aus späteren Mss. und den Beschreibungen in Versen festgestellt ist (vgl. oben S. 69). Steht aber dieses fest, was können dann die Ziffern in den lat. Mss. des XI. Jahrhunderts anders sein, als die nach dem Geschmack jener Zeit gemodelten Abbilder?

seien (S. 523). Als Form der Ziffern, die Leonardo anwendete, ergiebt sich die Form des Gobar (S. 521). Das arabische Wort *cifron* wird durch *zephirum* wiedergegeben, woraus H. W. *zero* ableitet (S. 522—524). Von *cifron* stammen *chiffre* und Ziffer (S. 524—525).

Im Orient habe die indischen Methoden im 14. Jahrhundert Maximus Planudes auseinandergesetzt (S. 525) und die von ihm und von Neophytus angewendeten Zahlzeichen und die Namen τζίφρα und τζύφρα für die Null seien Beweise, dass die byzantinischen Griechen die indische Arithmetik durch Vermittelung der Araber des Orients erhielten (S. 527).

Seit dem XIV. Jahrhundert sei also das christliche Europa im Besitz der indischen Ziffern, und zwar in der den Arabern des Orients gebräuchlichen Form bei den byzantinischen Griechen, in der ursprünglich von den Neupythagoreern eingeführten, von den Arabern bequemer gemachten Form des Gobar bei den katholischen Nationen. Letztere Form wurde durch die Buchdruckerkunst fixirt und erlangte dadurch das Uebergewicht.

Aus den vorstehenden Angaben ergiebt sich ohne Mühe, dass beide Forscher, H. Cantor und H. Woepcke, durchaus nicht so in ihren Resultaten übereinstimmen, dass die schwebende Frage als eine entschiedene könnte angesehen werden.

Während H. C. bis China und Pythagoras hinaus und zurückgeht, findet H. W. die Anfänge in Indien in den ersten Jahrhunderten unserer Zeitrechnung.*) Während dort die Neupythagoreer die neun Zeichen aus aller Herren Länder zusammenraffen und die Null sammt den Namen erst später, nach Boethius, denselben beigefügt werden, erhalten hier die Neupythagoreer die 10 Zeichen, geben ihnen die griechisch-semitischen Namen, wissen aber von der Null den eigentlichen Gebrauch nicht zu machen. Während H. C. den von den Arabern selbst indisch genannten Ziffern sogar das Aussehen wie indische Ziffern bestreitet und von einer Gobarrechnung gar keine Erwähnung macht, weist H. W. nicht nur von den Gobarziffern und den Ziffern der Araber des Orients den indischen Ursprung nach, sondern erklärt auch die Gobarrechnung für die ächt indische Arithmetik.

Andererseits vermochte ich weder den Resultaten des H. Cantor, noch denen des H. Woepcke so beizustimmen, dass ich die Ansichten des einen

---

*) Nach einer Mittheilung im Morgenblatt der bair. Zeitung (21. Aug. 1863, S. 793) findet H. Prof. Lauth die Heimath unserer Ziffern in Egypten, und wird den Beweis dafür bald liefern. — Derselbe Gedanke findet sich in Goguet, von dem Ursprung der Gesetze, übersetzt von Hamberger, Lemgo 1760—62, I. S. 228, Anm. 6. „Der Ursprung der Ziffern oder Zahlzeichen vermischt sich mit dem Ursprung der hieroglyphischen Schrift." Vgl. Martin, *Révue arch. XIII.*, S. 589 u. 607; ferner Pihan, *Exposé des signes de numération*, S. 41.

durch die des anderen beseitigt nennen könnte. Ich habe in den Anmerkungen bereits einige Punkte angedeutet, in denen mir die aufgestellten Behauptungen zweifelhaft erscheinen. Andere lassen sich nur durch eingehende Betrachtungen als unsicher darthun.

Unter diesen Umständen ist die erneute Untersuchung des Einzelnen allein der Sache förderlich und da ich seit der Herausgabe meines Schriftchens über Gerbert weitere wesentliche Anhaltspunkte gewonnen zu haben glaube, so vermag ich vielleicht durch Mittheilung derselben einen weiteren Beitrag zur Lösung des vorliegenden Problemes zu geben. Der Anfang möge mit einem der dunkelsten Punkte gemacht werden, mit den Regeln der Division bei Gerbert und in der Geometrie des Boethius.

VI.
Analytisch-geometrische Untersuchungen.
Von Dr. A. Enneper,
Docent an der Universität Göttingen.

I.
Allgemeine Formeln für Flächen und Linien auf demselben.

Die orthogonalen Coordinaten x, y, z eines Punktes einer Curve doppelter Krümmung seien Functionen einer Variabelen w. Bezeichnet man durch ∂s das Bogenelement, durch ϱ und r den Krümmungshalbmesser und den Torsionsradius, endlich durch $\partial \varepsilon$ und $\partial \omega$ die Winkel zweier successiven Tangenten und Krümmungsebenen, so finden die Gleichungen statt:

$$\left(\frac{\partial s}{\partial w}\right)^2 = \left(\frac{\partial x}{\partial w}\right)^2 + \left(\frac{\partial y}{\partial w}\right)^2 + \left(\frac{\partial z}{\partial w}\right)^2, \quad \int \frac{\partial s}{\varrho} = \varepsilon, \quad \int \frac{\partial s}{r} = w.$$

Sind ferner:

$$\alpha, \beta, \gamma;$$
$$\lambda, \mu, \nu;$$
$$l, m, n;$$

die Winkel, welche die Tangente, der Krümmungshalbmesser und die Normale zur Krümmungsebene mit den Coordinatenaxen bilden, so hat man für die Differentialquotienten von x, $\cos\alpha$, $\cos l$ und $\cos\lambda$ nach w folgende Gleichungen:

1) $\quad \dfrac{\partial x}{\partial w} = \cos\alpha \dfrac{\partial s}{\partial w}, \quad \dfrac{\partial \cos\alpha}{\partial w} = \dfrac{\cos\lambda}{\varrho} \dfrac{\partial s}{\partial w}, \quad \dfrac{\partial \cos l}{\partial w} = \dfrac{\cos\lambda}{r} \dfrac{\partial s}{\partial w},$

$$\dfrac{\partial \cos\lambda}{\partial w} = -\left(\dfrac{\cos\alpha}{\varrho} + \dfrac{\cos l}{r}\right)\dfrac{\partial s}{\partial w}.$$

Man erhält noch weitere acht analoge Gleichungen durch Vertauschung von x, α, l, λ mit y, β, m, μ und z, γ, n, ν.

Gehört der Punkt (x, y, z) einer Fläche an, so seien seine Coordinaten Functionen der beiden Variabelen u und v. Sind r', r'' die beiden Hauptkrümmungshalbmesser, so seien a', b', c'; a'', b'', c'' die Winkel,

Analytisch-geometrische Untersuchungen. Von Dr. A. ENNEPER.

welche die Tangenten zu den Hauptschnitten mit den Coordinatenaxen bilden, denen respective die Krümmungshalbmesser r', r'' entsprechen. Durch a, b, c sind die Winkel bezeichnet, welche die Normale mit den Axen bildet. Es wird vorausgesetzt, dass die beiden folgenden Gleichungen stattfinden:

$$\frac{\partial x}{\partial u}\frac{\partial x}{\partial v} + \frac{\partial y}{\partial u}\frac{\partial y}{\partial v} + \frac{\partial z}{\partial u}\frac{\partial z}{\partial v} = 0,$$

$$\frac{\partial^2 x}{\partial u \partial v}\cos a + \frac{\partial^2 y}{\partial u \partial v}\cos b + \frac{\partial^2 z}{\partial u \partial v}\cos c = 0.$$

Die Variabelen u, v sind dann die Argumente der Krümmungslinien, so dass diese Linien durch $u = Const.$ und $v = Const.$ bestimmt sind. Setzt man zur Abkürzung:

2) $$P = \sqrt{\left[\left(\frac{\partial x}{\partial u}\right)^2 + \left(\frac{\partial y}{\partial u}\right)^2 + \left(\frac{\partial z}{\partial u}\right)^2\right]}, \quad Q = \sqrt{\left[\left(\frac{\partial x}{\partial v}\right)^2 + \left(\frac{\partial y}{\partial v}\right)^2 + \left(\frac{\partial z}{\partial v}\right)^2\right]},$$

3) $$\frac{\partial P}{\partial v} = -QM, \quad \frac{\partial Q}{\partial u} = -PN,$$

so finden die folgenden Gleichungen statt:

4) $$\begin{cases} \dfrac{\partial}{\partial v}\dfrac{P}{r''} = \dfrac{1}{r'}\dfrac{\partial P}{\partial v}, \quad \left(\dfrac{1}{r''} - \dfrac{1}{r'}\right)\dfrac{\partial P}{\partial v} = \dfrac{P}{r''^2}\dfrac{\partial r''}{\partial v}, \\ \dfrac{\partial}{\partial u}\dfrac{Q}{r'} = \dfrac{1}{r''}\dfrac{\partial Q}{\partial u}, \quad \left(\dfrac{1}{r'} - \dfrac{1}{r''}\right)\dfrac{\partial Q}{\partial u} = \dfrac{Q}{r'^2}\dfrac{\partial r'}{\partial u}, \end{cases}$$

5) $$\frac{\partial M}{\partial v} + \frac{\partial N}{\partial u} = \frac{PQ}{r'' r'}.$$

Wegen der Gleichungen 3) lassen sich die Gleichungen 4) und 5) auch auf folgende Art darstellen:

6) $$\frac{\partial}{\partial v}\frac{P}{r''} = -\frac{Q}{r'}M, \quad \frac{\partial}{\partial u}\frac{Q}{r'} = -\frac{P}{r''}N,$$

7) $$\frac{\partial}{\partial v}\left(\frac{r'}{Q}\frac{\partial P}{\partial v\, r''}\right) + \frac{\partial}{\partial u}\left(\frac{r''}{P}\frac{\partial Q}{\partial u\, r'}\right) + \frac{PQ}{r'' r'} = 0.$$

Für die Differentialquotienten von x, $\cos a$, $\cos a'$, $\cos a''$ hat man folgendes System von Gleichungen:

8) $$\frac{\partial x}{\partial u} = P\cos a', \quad \frac{\partial x}{\partial v} = Q\cos a'',$$

$$\frac{\partial \cos a}{\partial u} = -\frac{P}{r''}\cos a', \quad \frac{\partial \cos a}{\partial v} = -\frac{Q}{r'}\cos a'',$$

$$\frac{\partial \cos a'}{\partial u} = \frac{P}{r''}\cos a + M\cos a'', \quad \frac{\partial \cos a'}{\partial v} = -N\cos a'',$$

$$\frac{\partial \cos a''}{\partial u} = -M\cos a', \quad \frac{\partial \cos a''}{\partial v} = \frac{Q}{r'}\cos a + N\cos a'.$$

Für die Differentialquotienten von y, z, $\cos b$, $\cos c$ etc. finden ganz analoge

Gleichungen statt, die sich unmittelbar aus 8) ergeben, wenn die Buchstaben x, a successive ersetzt werden durch y, b und z, c.*)

Findet zwischen den Variabelen u, v eine Relation von der Form $F(u, v) = 0$ statt, so gehört der Punkt (x, y, z) einer Curve an, welche auf der Fläche liegt. Man kann in diesem Falle eine der Quantitäten u, v als Function der anderen, oder besser, beide als Functionen einer dritten Variabelen ansehen. Unter dieser Annahme geben die Gleichungen 8):

$$\frac{\partial x}{\partial w} = \frac{\partial x}{\partial u}\frac{\partial u}{\partial w} + \frac{\partial x}{\partial v}\frac{\partial v}{\partial w} = P\cos a'\frac{\partial u}{\partial w} + Q\cos a''\frac{\partial v}{\partial w}.$$

Diese und zwei ähnliche Gleichungen quadrirt und addirt geben:

$$9) \quad \frac{\partial s}{\partial w} = \sqrt{\left[\left(P\frac{\partial u}{\partial w}\right)^2 + \left(Q\frac{\partial v}{\partial w}\right)^2\right]}.$$

Mittelst der beiden vorstehenden Gleichungen folgt:

$$10) \quad \frac{\partial x}{\partial s} = \cos \alpha = \frac{P\cos a'\frac{\partial u}{\partial w} + Q\cos a''\frac{\partial v}{\partial w}}{\sqrt{\left[\left(P\frac{\partial u}{\partial w}\right)^2 + \left(Q\frac{\partial v}{\partial w}\right)^2\right]}}.$$

Bezeichnet man durch τ den Winkel, welche die Curve im Punkte (x, y, z) mit der Krümmungslinie bildet, für welche u allein variirt, so ist:

$$\frac{Q\frac{\partial v}{\partial w}}{P\frac{\partial u}{\partial w}} = tang\, \tau,$$

oder, wegen der Gleichung 9):

$$11) \quad P\frac{\partial u}{\partial w} = \cos\tau \cdot \frac{\partial s}{\partial w}, \quad Q\frac{\partial v}{\partial w} = \sin\tau\frac{\partial s}{\partial w}.$$

Mittelst dieser Gleichungen lässt sich die Gleichung 10) einfacher schreiben: $\cos \alpha = \cos a'\cos\tau + \cos a''\sin\tau$. Auf diese Weise erhält man die folgenden Gleichungen:

$$12) \quad \begin{aligned} \cos\alpha &= \cos a'\cos\tau + \cos a''\sin\tau, \\ \cos\beta &= \cos b'\cos\tau + \cos b''\sin\tau, \\ \cos\gamma &= \cos c'\cos\tau + \cos c''\sin\tau. \end{aligned}$$

Zur Abkürzung setze man:

$$13) \quad \frac{\cos^2\tau}{r''} + \frac{\sin^2\tau}{r'} = S$$

$$14) \quad \frac{\partial \tau}{\partial w} + M\frac{\partial u}{\partial w} - N\frac{\partial v}{\partial w} = \frac{\partial \tau}{\partial w} + \left(\frac{M}{P}\cos\tau - \frac{N}{Q}\sin\tau\right)\frac{\partial s}{\partial w} = T\frac{\partial s}{\partial w}.$$

Differentiirt man die Gleichungen 12) nach ω, so folgt mittelst der Gleichungen (1, 8, 11, 13, 14):

---

*) Eine vollständige Ableitung der Gleichungen 4), 5) und 8) enthält die Abhandlung „Ueber einige Formeln aus der analytischen Geometrie der Flächen" in der Zeitschrift für Math. t. VII.

15)
$$\frac{\cos\lambda}{\varrho} = S\cos a + T(\cos a'' \cos\tau - \cos a' \sin\tau),$$
$$\frac{\cos\mu}{\varrho} = S\cos b + T(\cos b'' \cos\tau - \cos b' \sin\tau),$$
$$\frac{\cos\nu}{\varrho} = S\cos c + T(\cos c'' \cos\tau - \cos c' \sin\tau).$$

Diese Gleichungen quadrirt und addirt geben:

16) $$\frac{1}{\varrho} = \sqrt{(S^2 + T^2)}.$$

Aus 15) und 16) folgt:

17) $$\cos\lambda = \frac{S\cos a + T(\cos a'' \cos\tau - \cos a' \sin\tau)}{\sqrt{(S^2 + T^2)}}.$$

Differentiirt man diese Gleichung nach w, so geht die linke Seite über in $-\left(\frac{\cos\alpha}{\varrho} + \frac{\cos l}{r}\right)\frac{\partial s}{\partial w}$, oder wegen 12) und 16) in:

$$-(\cos a' \cos\tau + \cos a'' \sin\tau)\sqrt{(S^2 + T^2)} \cdot \frac{\partial s}{\partial w} - \frac{\cos l}{r}\frac{\partial s}{\partial w}.$$

Mit Rücksicht auf diese Gleichung, die Gleichungen (1, 8, 11, 12, 14) giebt die Gleichung 17) durch Differentiation nach w:

18) $$\frac{\cos l}{r}\frac{\partial s}{\partial w} = \frac{T\cos a + S(\cos a' \sin\tau - \cos a'' \cos\tau)}{\sqrt{(S^2 + T^2)}}\left[\frac{\partial}{\partial w}\left(\text{arctang}\frac{T}{S}\right) + \sin\tau\cos\tau\left(\frac{1}{r''} - \frac{1}{r'}\right)\frac{\partial s}{\partial w}\right].$$

Diese und zwei ähnliche Gleichungen für $\cos m$, $\cos n$ quadrirt und addirt geben:

19) $$\frac{1}{r}\frac{\partial s}{\partial w} = \frac{\partial}{\partial w}\left(\text{arctang}\frac{T}{S}\right) + \sin\tau\cos\tau\left(\frac{1}{r''} - \frac{1}{r'}\right)\frac{\partial s}{\partial w}.$$

Mittelst der Gleichungen 18) und 19) erhält man unmittelbar:

20)
$$\cos l\sqrt{(S^2 + T^2)} = T\cos a + S(\cos a' \sin\tau - \cos a'' \cos\tau),$$
$$\cos m\sqrt{(S^2 + T^2)} = T\cos b + S(\cos b' \sin\tau - \cos b'' \cos\tau),$$
$$\cos n\sqrt{(S^2 + T^2)} = T\cos c + S(\cos c' \sin\tau - \cos c'' \cos\tau).$$

Nimmt man $w = u$, $v = \text{Const.}$, so geben die Gleichungen 11): $\tau = 0$, $\frac{\partial s}{\partial w} = P$.

Die Gleichungen 13), 14), 16) und 19) geben dann für die Krümmungslinie, in welcher u allein variirt: $S = \frac{1}{r''}$, $T = \frac{M}{P}$,

$$\frac{1}{\varrho} = \sqrt{\left[\frac{1}{r''^2} + \left(\frac{M}{P}\right)^2\right]}, \quad \frac{P}{r} = \frac{\partial}{\partial u}\text{arctang}\frac{r'' M}{P}.$$

Ebenso findet man für die Krümmungslinien, für welche v allein variirt:

21) $$\frac{1}{\varrho} = \sqrt{\left[\frac{1}{r'^2} + \left(\frac{N}{Q}\right)^2\right]}, \quad \frac{Q}{r} = \frac{\partial}{\partial v}\text{arctang}\frac{r' N}{Q}.$$

Die kürzeste Linie (geodätische Linie) zwischen zwei Punkten einer Fläche hat bekanntlich die Eigenschaft, dass ihre Krümmungsebene immer

100 Analytisch-geometrische Untersuchungen.

durch die Normale der Fläche geht. Diese Eigenschaft wird ausgedrückt durch die Gleichung $cos\,a\,cos\,l + cos\,b\,cos\,m + cos\,c\,cos\,n = 0$, oder wegen der Gleichungen 20) durch $T = 0$. Die Gleichungen 16) und 19) geben, mit Rücksicht auf 13):

22) $\quad \dfrac{1}{\varrho} = \dfrac{cos^2 \tau}{r''} + \dfrac{sin^2 \tau}{r'}, \quad \dfrac{1}{r} = sin\,\tau\,cos\,\tau \left(\dfrac{1}{r''} - \dfrac{1}{r'}\right).$

Durch Elimination von τ folgt hieraus die elegante Gleichung:

23) $\quad \dfrac{1}{r^2} = \left(\dfrac{1}{\varrho} - \dfrac{1}{r''}\right)\left(\dfrac{1}{r'} - \dfrac{1}{\varrho}\right).$

Für $r'' + r' = 0$, oder $r'' = t$, $r' = -t$, geht diese Gleichung über in:

24) $\quad \dfrac{1}{r^2} + \dfrac{1}{\varrho^2} = \dfrac{1}{t^2}.$

Bezeichnet man durch $\partial\sigma$ den Winkel zweier successiven Krümmungshalbmesser, so ist $\partial\sigma^2 = \partial\omega^2 + \partial\varepsilon^2 = \left(\dfrac{1}{r^2} + \dfrac{1}{\varrho^2}\right)\partial s$, oder $\dfrac{\partial\sigma}{\partial s} = \sqrt{\left(\dfrac{1}{r^2} + \dfrac{1}{\varrho^2}\right)}$
$= \dfrac{1}{\varsigma}$, wo ς der sogenannte Radius der ganzen Krümmung ist. Die Gleichung 24) enthält aber folgendes Theorem:

Verschwindet in jedem Punkte einer Fläche die algebraische Summe der Hauptkrümmungshalbmesser, so ist der Radius der ganzen Krümmung einer geodätischen Linie einer solchen Fläche gleich dem absoluten Werthe eines der Hauptkrümmungshalbmesser.

Die geodätische Linie ist ein besonderer Fall der Curve, deren Krümmungshalbmesser mit der Normale zur Fläche den constanten Winkel δ einschliesst. Für eine solche Curve ist $cos\,a\,cos\,\lambda + cos\,b\,cos\,\mu + cos\,c\,cos\,\nu$
$= cos\,\delta$, d. h. nach 15) und 16) S sind $= T cos\,\delta$, $S = \dfrac{1}{\varrho\,.\,cos\,\delta}$. Man erhält für diese Curve ganz analoge Gleichungen wie 22) und 23), wenn ϱ durch $\varrho\,.\,cos\,\delta$ ersetzt wird.

Für eine Niveaulinie, deren Ebene der xy-Ebene parallel ist, hat man $\partial z = 0$, oder $P\dfrac{\partial u}{\partial w}cos\,c' + Q\dfrac{\partial v}{\partial w}cos\,c'' = 0$. Mit Rücksicht auf 11) folgt:

$$\dfrac{cos\,c'}{cos\,c''} + tang\,\tau = 0.$$

Diese Gleichung nach w differentiirt, giebt:

$$\dfrac{1}{cos^2\tau}\dfrac{\partial\tau}{\partial w} + \left(1 + \dfrac{cos^2 c'}{cos^2 c''}\right)\left(M\dfrac{\partial u}{\partial w} - N\dfrac{\partial v}{\partial w}\right) + \dfrac{cos\,c}{cos\,c''}\left(\dfrac{P}{r''}\dfrac{\partial u}{\partial w} - \dfrac{Q}{r'}\dfrac{cos\,c'}{cos\,c''}\dfrac{\partial v}{\partial w}\right) = 0,$$

oder da:

$$P\dfrac{\partial u}{\partial w} = cos\,\tau\dfrac{\partial s}{\partial w}, \quad Q\dfrac{\partial v}{\partial w} = sin\,\tau\dfrac{\partial s}{\partial w}, \quad \dfrac{cos\,c'}{cos\,c''} = -tang\,\tau,$$

so folgt:

$$\frac{\partial \tau}{\partial w} + M\frac{\partial u}{\partial w} - N\frac{\partial v}{\partial w} = \frac{\mp \cos c}{\sqrt{(\cos^2 c' + \cos^2 c'')}} \left(\frac{\cos^2 \tau}{r''} + \frac{\sin^2 \tau}{r'}\right)\frac{\partial s}{\partial w},$$

d. i. nach 13) und 14):

$$T = \frac{\mp \cos c}{\sqrt{(\cos^2 c' + \cos^2 c'')}} \quad S = \mp \frac{\cos c}{\sin c} S.$$

Die Gleichung 16) geht hierdurch über in:

$$\frac{\sin c}{\varrho} = \frac{\cos^2 \tau}{r''} + \frac{\sin^2 \tau}{r'} = \frac{1}{r'} + \frac{1}{r''} - \left(\frac{\sin^2 \tau}{r''} + \frac{\cos^2 \tau}{r'}\right),$$

oder:

25) $$\frac{\sin c}{\varrho} = \frac{1}{r'} + \frac{1}{r''} - \frac{1}{\sin^2 c}\left(\frac{\cos^2 c'}{r''} + \frac{\cos^2 c''}{r'}\right).$$

Legt man durch die Normale eine Ebene parallel der Axe der z, bezeichnet durch ϱ_z den Krümmungshalbmesser dieses Normalschnittes, so ist:

$$\frac{1}{\varrho_z} = \frac{1}{\sin^2 c}\left(\frac{\cos^2 c'}{r''} + \frac{\cos^2 c''}{r'}\right).$$

Die Gleichung 25) lässt sich nun einfacher schreiben:

26) $$\frac{\sin c}{\varrho} = \frac{1}{r'} + \frac{1}{r''} - \frac{1}{\varrho_z}.$$

Wenn $r' + r'' = 0$, so folgt $\varrho = -\varrho_z \sin c$, d. h.:

Verschwindet für eine Fläche die Summe der Hauptkrümmungshalbmesser, legt man durch einen Punkt π derselben eine Ebene E, so ist der Krümmungshalbmesser der planen Schnittcurve in π die Projection auf die Ebene E des Krümmungshalbmessers des Normalschnittes, der in π zur Ebene E senkrecht ist.

Wenn die Summe der reciproken Krümmungshalbmesser constant ist, so enthält die Gleichung 26) noch ein ziemlich einfaches Theorem, welches der Kürze halber übergangen werden möge.

II.

Flächen, für welche einer oder die Summe der Hauptkrümmungshalbmesser constant ist.

Nimmt man $r' = k$, wo k eine Constante bedeutet, so geben die Gleichungen (I. 8) $\frac{\partial x}{\partial v} = Q\cos a''$, $\frac{\partial \cos a}{\partial v} = -\frac{Q}{k}\cos a''$ oder $Q\cos a''$ eliminirt:

$$\frac{\partial x}{\partial v} = -k\frac{\partial \cos a}{\partial v},$$

also $x - \xi = -k\cos a$, wo ξ Function von u allein ist. Bezeichnen ξ, η, ζ Functionen von u, so erhält man die Gleichungen:

1) $\quad x - \xi = -k\cos a, \quad y - \eta = -k\cos b, \quad z - \zeta = -k\cos c.$

Differentiirt man diese Gleichungen nach u, so folgt mittelst der Gleichungen (I, 8):

2)
$$\frac{\partial \xi}{\partial u} = P\left(1 - \frac{k}{r''}\right)\cos a', \quad \frac{\partial \eta}{\partial u} = P\left(1 - \frac{k}{r''}\right)\cos b', \quad \frac{\partial \zeta}{\partial u} = P\left(1 - \frac{k}{r''}\right)\cos c'.$$

Multiplicirt man diese Gleichungen respective mit den Gleichungen 1), bildet die Summe der Producte, bildet ferner die Summe der Quadrate der Gleichungen 1), so ergeben sich die Gleichungen:

$$(x-\xi)^2 + (y-\eta)^2 + (z-\zeta)^2 = k^2,$$

$$(x-\xi)\frac{\partial \xi}{\partial u} + (y-\eta)\frac{\partial \eta}{\partial u} + (z-\zeta)\frac{\partial \zeta}{\partial u} = 0.$$

Sieht man in diesen Gleichungen ξ, η, ζ als die Coordinaten eines Punktes einer Curve doppelter Krümmung an, so zeigen dieselben unmittelbar, dass die Flächen, für welche $r' = k$ ist, durch eine Kugelfläche mit dem constanten Radius k erzeugt werden, deren Mittelpunkt sich auf einer beliebigen Curve doppelter Krümmung bewegt. Für $r' = k$ zeigen die Gleichungen 3) und 4), dass $\frac{\partial Q}{\partial u} = 0$, $N = 0$, in der zweiten Gleichung 21) verschwindet dann die rechte Seite, der Torsionsradius der Krümmungslinien, für welche v allein variirt, ist unendlich gross, die Krümmungslinien sind also plan. Die in Rede stehenden Flächen bilden also einen besonderen Fall der Flächen, für welche ein System von Krümmungslinien plan ist. Ist die Summe der Krümmungshalbmesser constant, so sind zwei Fälle zu unterscheiden, je nachdem beide Krümmungshalbmesser constant sind, oder dieses nicht der Fall ist. Die Gleichungen (I, 4) zeigen unmittelbar, dass $r' = r''$, wenn r' und r'' constant sind und umgekehrt. Setzt man $r' = r'' = k$, so geben die Gleichungen (I, 8):

$$\frac{\partial x}{\partial u} = P\cos a', \quad k\frac{\partial \cos a}{\partial u} = -P\cos a', \quad \frac{\partial x}{\partial v} = Q\cos a'', \quad k\frac{\partial \cos a}{\partial v} = -Q\cos a'',$$

oder:

$$\frac{\partial x}{\partial u} = -k\frac{\partial \cos a}{\partial u}, \quad \frac{\partial x}{\partial v} = -k\frac{\partial \cos a}{\partial v}.$$

Durch Integration folgt: $x - \xi = -k\cos a$, wo ξ eine Constante bedeutet. Man erhält wieder die Gleichungen 1) und hieraus $(x-\xi)^2 + (y-\eta)^2 + (z-\zeta)^2 = k^2$, d. h. die bekannte Gleichung der Kugelfläche. Dieses Resultat ist in den Gleichungen 1) und 2) enthalten für den besonderen Fall, dass ξ, η, ζ constant sind.

Sind r' und r'' nicht constant, so lässt sich die Gleichung $r' + r'' = 2k$ auf $r' + r'' = 0$ reduciren, dieses folgt unmittelbar daraus, dass die Krümmungshalbmesser der Parallelfläche zu einer gegebenen Fläche $r' \pm k$, $r'' \pm k$ sind.

Nimmt man $r' + r'' = 0$, so kann man setzen $r' = t$, $r'' = -t$, wo t eine wesentlich positive Quantität ist. Die Gleichungen (I, 4) nämlich:

$$\left(\frac{1}{r''} - \frac{1}{r'}\right)\frac{\partial P}{\partial v} = \frac{P}{r''^2}\frac{\partial r''}{\partial v}, \quad \left(\frac{1}{r'} - \frac{1}{r''}\right)\frac{\partial Q}{\partial u} = \frac{Q}{r'^2}\frac{\partial r'}{\partial u},$$

gehen dann über in:
$$2\frac{\partial \log P}{\partial v} = \frac{\partial \log t}{\partial v}, \quad 2\frac{\partial \log Q}{\partial u} = \frac{\partial \log t}{\partial u}.$$

Ist U nur von u und V nur von v abhängig, so geben die beiden vorstehenden Gleichungen integrirt:

3) $$P = \frac{\partial U}{\partial u}\sqrt{t}, \quad Q = \frac{\partial V}{\partial v}\sqrt{t},$$

wo zur Vereinfachung der folgenden Rechnungen statt U, V deren Differentialquotienten nach u, v gesetzt sind. Substituirt man die vorstehenden Werthe von P, Q in die Gleichungen (I, 3), so folgt:

$$M = -\frac{1}{Q}\frac{\partial P}{\partial v} = -\frac{1}{Q}\frac{\partial V}{\partial v}\frac{\partial P}{\partial V} = -\frac{1}{2}\frac{\partial U}{\partial u}\frac{\partial}{\partial V}\log\frac{1}{t},$$

$$N = -\frac{1}{P}\frac{\partial Q}{\partial u} = -\frac{1}{P}\frac{\partial U}{\partial u}\frac{\partial Q}{\partial U} = -\frac{1}{2}\frac{\partial V}{\partial v}\frac{\partial}{\partial U}\log\frac{1}{t},$$

und hieraus:
$$\frac{\partial M}{\partial v} = \frac{\partial V}{\partial v}\frac{\partial M}{\partial V} = -\frac{1}{2}\frac{\partial U}{\partial u}\frac{\partial V}{\partial v}\frac{\partial^2}{\partial V^2}\log\frac{1}{t},$$

$$\frac{\partial N}{\partial u} = \frac{\partial U}{\partial u}\frac{\partial N}{\partial U} = -\frac{1}{2}\frac{\partial U}{\partial u}\frac{\partial V}{\partial v}\frac{\partial^2}{\partial U^2}\log\frac{1}{t}.$$

Für diese Werthe von M, N geht die Gleichung (I, 5) nämlich: $\frac{\partial M}{\partial v} + \frac{\partial N}{\partial u}$
$= \frac{PQ}{r'r''} = -\frac{1}{t}\frac{\partial U}{\partial u}\frac{\partial V}{\partial v}$ über in:

4) $$\frac{\partial^2}{\partial V^2}\log\frac{1}{t} + \frac{\partial^2}{\partial U^2}\log\frac{1}{t} + \frac{2}{t} = 0.$$

Diese Gleichung hat merkwürdiger Weise dieselbe Form wie die partielle Differentialgleichung für t_1 der Flächen, für welche $r'r''$ constant ist, wenn das Bogenelement einer Curve einer solchen Fläche die Form $t_1(\partial U^2 + \partial V^2)$ hat, beide Differentialgleichungen sind nur durch den constanten Factor von $\frac{1}{t}$ verschieden. Das vollständige Integral der Gleichung 4) ist nach Liouville (in den Noten zur Geometrie von Monge 5me éd. p. 597 und im Journ. de Mathém. XVIII. 71):

$$\frac{1}{t} = 4\frac{\varphi'(U+Vi)\psi'(U-Vi)}{[1+\varphi(U+Vi)\psi(U-Vi)]^2},$$

wo $i = \sqrt{(-1)}$, φ, ψ arbiträre Functionen ihrer Argumente sind. Man kann einfach $U = u$, $V = v$ setzen, alle zu bestimmenden Quantitäten erscheinen als Functionen von U und V, so dass es am einfachsten ist, diese Functionen mit ihren Argumenten zu identificiren. Unter dieser Annahme hat man die folgenden einfachen Gleichungen:

5) $$\frac{1}{t} = 4\frac{\varphi'(u+vi)\psi'(u-vi)}{[1+\varphi(u+vi)\psi(u-vi)]^2},$$

$$P = Q = \sqrt{t}, \quad M = -\frac{1}{2}\frac{\partial \log t}{\partial v}, \quad N = -\frac{1}{2}\frac{\partial \log t}{\partial u}.$$

Aus den Gleichungen:
$$\frac{\partial x}{\partial u} = P\cos a' = \sqrt{t}.\cos a', \quad \frac{\partial x}{\partial v} = Q\cos a'' = \sqrt{t}.\cos a'',$$
folgt durch Differentiation, mit Rücksicht auf 5):
$$\frac{\partial^2 x}{\partial u^2} = \frac{1}{2}\frac{1}{\sqrt{t}}\frac{\partial t}{\partial u}.\cos a' + \left(\frac{P}{r''}\cos a + M\cos a''\right)\sqrt{t} = -\cos a + \frac{1}{2}\frac{\partial t}{\partial u}\frac{\cos a'}{\sqrt{t}}$$
$$+ \frac{1}{2}\frac{\partial t}{\partial v}\frac{\cos a''}{\sqrt{t}},$$
$$\frac{\partial^2 x}{\partial v^2} = \frac{1}{2}\frac{1}{\sqrt{t}}\frac{\partial t}{\partial v}\cos a' + \left(\frac{Q}{r'}\cos a + N\cos a'\right)\sqrt{t} = \cos a - \frac{1}{2}\frac{\partial t}{\partial u}\frac{\cos a'}{\sqrt{t}}$$
$$+ \frac{1}{2}\frac{\partial t}{\partial v}\frac{\cos a''}{\sqrt{t}}.$$

Diese Gleichungen addirt geben:

6) $\qquad\qquad\qquad \dfrac{\partial^2 x}{\partial u^2} + \dfrac{\partial^2 x}{\partial v^2} = 0.$

Die Gleichungen:
$$\frac{\partial \cos a}{\partial u} = -\frac{P}{r''}\cos a' = -\frac{1}{r''}\frac{\partial x}{\partial u} = \frac{1}{t}\frac{\partial x}{\partial u},$$
$$\frac{\partial \cos a}{\partial v} = -\frac{Q}{r'}\cos a'' = -\frac{1}{r'}\frac{\partial x}{\partial v} = -\frac{1}{t}\frac{\partial x}{\partial v},$$

geben durch Differentiation nach v und u für $\dfrac{\partial^2 \cos a}{\partial u \partial v}$ zwei Werthe, aus welchen man folgende Gleichung erhält:

7) $\qquad\qquad \dfrac{\partial}{\partial v}\left(\dfrac{1}{t}\dfrac{\partial x}{\partial u}\right) + \dfrac{\partial}{\partial u}\left(\dfrac{1}{t}\dfrac{\partial x}{\partial v}\right) = 0.$

Setzt man:

8) $\qquad\qquad\qquad u + vi = p, \quad u - vi = q,$

so giebt die Gleichung 5):

9) $\qquad\qquad\qquad \dfrac{1}{t} = 4\dfrac{\varphi'(p)\psi'(q)}{[1 + \varphi(p)\psi(q)]^2}.$

Die Gleichungen 6) und 7) gehen mittelst der Gleichungen 8) und 9) über in:
$$\frac{\partial^2 x}{\partial p \partial q} = 0, \quad x = \varphi_1(p) + \psi_1(q),$$
$$\frac{1}{\varphi'(p)}\frac{\partial}{\partial p}[\varphi_1'(p)\varphi'(p)] + \frac{1}{\psi'(q)}\frac{\partial}{\partial q}[\psi_1'(q)\psi'(q)]$$
$$= 2\frac{\psi(q)\varphi_1'(p)\varphi'(p) - \varphi(p)\psi_1'(q)\psi'(q)}{1 + \varphi(p)\psi(q)},$$

oder wenn man für einen Augenblick setzt: $\varphi_1'(p)\varphi'(p) = \xi$, $\psi_1'(q)\psi'(q) = \eta$,
$$\frac{1}{\varphi'(p)}\frac{\partial \xi}{\partial p} - \frac{1}{\psi'(q)}\frac{\partial \eta}{\partial q} = 2\frac{\psi(q)\xi - \varphi(p)\eta}{1 + \varphi(p)\psi(q)}.$$

Denkt man sich p durch φ und q durch ψ ausgedrückt, setzt in der vorstehenden Gleichung φ, ψ stats $\varphi(p)$, $\psi(q)$, so wird dieselbe einfacher:

Von Dr. A. ENNEPER. 105

10) $$\frac{\partial \xi}{\partial \varphi} - \frac{\partial \eta}{\partial \psi} = 2\frac{\psi\xi - \varphi\eta}{1+\varphi\psi},$$

wo ξ nur von φ und η nur von ψ abhängt. Aus der vorstehenden Gleichung folgt:

$$\frac{\partial^2 \xi}{\partial \varphi^2} = 2\frac{\psi\frac{\partial \xi}{\partial \varphi} - \eta}{1+\varphi\psi} - 2\frac{\psi\xi - \varphi\eta}{(1+\varphi\psi)^2}\psi = \frac{\psi\left(\frac{\partial \xi}{\partial \varphi} + \frac{\partial \eta}{\partial \psi}\right) - 2\eta}{1+\varphi.\psi},$$

oder auf beiden Seiten mit φ multiplicirt:

$$\varphi\frac{\partial^2 \xi}{\partial \varphi^2} - \frac{\partial \xi}{\partial \varphi} = \frac{\partial \eta}{\partial \psi} - \frac{\frac{\partial \xi}{\partial \varphi} + \frac{\partial \eta}{\partial \psi} + 2\varphi\eta}{1+\varphi.\psi}.$$

Addirt man hierzu:

$$-\frac{\partial \xi}{\partial \varphi} = -\frac{\partial \eta}{\partial \psi} - 2\frac{\psi\xi - \varphi\eta}{1+\varphi\psi},$$

so folgt:

$$\varphi\frac{\partial^2 \xi}{\partial \varphi^2} - 2\frac{\partial \xi}{\partial \varphi} = -\frac{\frac{\partial \xi}{\partial \varphi} + \frac{\partial \eta}{\partial \psi} + 2\psi\xi}{1+\varphi\psi},$$

oder auf beiden Seiten mit φ multiplicirt:

$$2\varphi\frac{\partial \xi}{\partial \varphi} - \varphi^2\frac{\partial^2 \xi}{\partial \varphi^2} - 2\xi = \frac{\varphi\left(\frac{\partial \xi}{\partial \varphi} + \frac{\partial \eta}{\partial \psi}\right) - 2\xi}{1+\varphi\eta}.$$

Man überzeugt sich leicht mittelst 10), dass die rechte Seite dieser Gleichung $\frac{\partial^2 \eta}{\partial \psi^2}$ ist, folglich:

11) $$2\varphi\frac{\partial \xi}{\partial \varphi} - \varphi^2\frac{\partial^2 \xi}{\partial \varphi^2} - 2\xi = \frac{\partial^2 \eta}{\partial \psi^2}.$$

Ebenso folgt aus 10):

12) $$2\psi\frac{\partial \eta}{\partial \psi} - \psi^2\frac{\partial^2 \eta}{\partial \psi^2} - 2\eta = \frac{\partial^2 \xi}{\partial \varphi^2}.$$

Da ξ nur von φ, η nur von ψ abhängt, so können die Gleichungen 11) und 12) nur dann bestehen, wenn jede ihrer Seiten constant ist. Setzt man:

13) $$\frac{1}{2}\frac{\partial^2 \xi}{\partial \varphi^2} = f_1, \text{ so folgt } \xi = f_1\varphi^2 + f_1'\varphi - f_1'',$$

wo f_1, f_1', f_1'' beliebige Constanten sind. Die Gleichungen 11) und 12) geben für diesen Werth von ξ:

$$\frac{1}{2}\frac{\partial^2 \eta}{\partial \psi^2} = f_1'', \quad f_1 = \psi\frac{\partial \eta}{\partial \psi} - \frac{1}{2}\psi^2\frac{\partial^2 \eta}{\partial \psi^2} - \eta.$$

Diese Gleichungen endlich, in Verbindung mit 10) und 13), geben:

14) $$\eta = f_1''\psi^2 + f_1'\psi - f_1.$$

Die beiden Werthe von ξ und η sind die allgemeinsten, welche der Gleich-

ung 10) genügen. Substituirt man in 13) und 14) für ξ, η ihre Werthe $\varphi_1'(p)\varphi'(p)$, $\psi_1'(q)\psi'(q)$, so folgt:
$$\varphi_1'(p)\varphi'(p) = f_1\varphi^2(p) + f_1'\varphi(p) - f_1'',$$
$$\psi_1'(q)\psi'(q) = f_1''\psi^2(p) + f_1'\psi(q) - f_1,$$
und hieraus:
$$\varphi_1(p) = \int \frac{f_1\varphi^2(p) + f_1'\varphi(p) - f_1''}{\varphi'(p)} \partial p,$$
$$\psi_1(q) = \int \frac{f_1''\psi^2(q) + f_1'\psi(q) - f_1}{\psi'(q)} \partial q.$$

Diese Gleichungen in Verbindung mit $x = \varphi_1(p) + \psi_1(q)$ geben:

15) $\quad x = \int \frac{f_1\varphi^2(p) + f_1'\varphi(p) - f_1''}{\varphi'(p)} \partial p + \int \frac{f_1''\psi^2(q) + f_1'\psi(q) - f_1}{\psi'(q)} \partial q.$

Ganz analoge Gleichungen erhält man für y und z. Sind g_1, g_1', g_1''; h_1, h_1', h_1'' näher zu bestimmende Constanten, so findet man:

17) $\quad y = \int \frac{g_1\varphi^2(p) + g_1'\varphi(p) - g_1''}{\varphi'(p)} \partial p + \int \frac{g_1''\psi^2(q) + g_1'\psi(q) - g_1}{\psi'(q)} \partial q,$

$\quad z = \int \frac{h_1\varphi^2(p) + h_1'\varphi(p) - h_1''}{\varphi'(p)} \partial p + \int \frac{h_1''\psi^2(q) + h_1'\psi(q) - h_1}{\psi'(q)} \partial q.$

Die Gleichungen:
$$\left(\frac{\partial x}{\partial u}\right)^2 + \left(\frac{\partial y}{\partial u}\right)^2 + \left(\frac{\partial z}{\partial u}\right)^2 = \left(\frac{\partial x}{\partial v}\right)^2 + \left(\frac{\partial y}{\partial v}\right)^2 + \left(\frac{\partial z}{\partial v}\right)^2 = P^2 = Q^2 = t,$$
$$\frac{\partial x}{\partial u}\frac{\partial x}{\partial v} + \frac{\partial y}{\partial u}\frac{\partial y}{\partial v} + \frac{\partial z}{\partial u}\frac{\partial z}{\partial v} = 0,$$

gehen durch Einführung von $p = u + vi$, $q = u - vi$, $t = \dfrac{[1+\varphi(p)\psi(q)]^2}{4\varphi'(p)\psi'(q)}$ über in:

$$\left(\frac{\partial x}{\partial p}\right)^2 + \left(\frac{\partial y}{\partial p}\right)^2 + \left(\frac{\partial z}{\partial p}\right)^2 = 0, \quad \left(\frac{\partial x}{\partial q}\right)^2 + \left(\frac{\partial y}{\partial q}\right)^2 + \left(\frac{\partial z}{\partial q}\right)^2 = 0,$$
$$\frac{\partial x}{\partial p}\frac{\partial x}{\partial q} + \frac{\partial y}{\partial p}\frac{\partial y}{\partial q} + \frac{\partial z}{\partial p}\frac{\partial z}{\partial q} = \frac{[1+\varphi(p)\psi(q)]^2}{8\varphi'(p)\psi'(q)}.$$

Diesen Gleichungen müssen die Werthe von x, y, z aus 15) und 16) identisch genügen. Hierdurch ergeben sich folgende Relationen zwischen den Constanten f_1, g_1, h_1 etc.:
$$f_1^2 + g_1^2 + h_1^2 = 0, \quad f_1''^2 + g_1''^2 + h_1''^2 = 0,$$
$$f_1 f_1' + g_1 g_1' + h_1 h_1' = 0, \quad f_1'' f_1' + g_1'' g_1' + h_1'' h_1' = 0,$$
$$f_1'^2 + g_1'^2 + h_1'^2 = \tfrac{1}{4}, \quad f_1 f_1'' + g_1 g_1'' + h_1 h_1'' = \tfrac{1}{8}.$$

Gehören die Winkel:
$$f, \quad g, \quad h;$$
$$f', \quad g', \quad h';$$
$$f'', \quad g'', \quad h'';$$

zu drei gegenseitig orthogonalen Richtungen im Raume, so lassen sich die Gleichungen 17) durch folgende ersetzen:

17) $\quad\begin{aligned}4.f_1 &= \cos f + i\cos f', & 4f_1'' &= \cos f - i\cos f', & 2f_1' &= \cos f'',\\ 4.g_1 &= \cos g + i\cos g', & 4g_1'' &= \cos g - i\cos g', & 2g_1' &= \cos g'',\\ 4.h_1 &= \cos h + i\cos h', & 4h_1'' &= \cos h - i\cos h', & 2h_1' &= \cos h''.\end{aligned}$

Lässt man der Einfachheit halber die, durch $f, g, h\ldots$ bestimmten Richtungen, mit den Coordinatenaxen zusammenfallen, so geben die Gleichungen 18) folgende einfache Lösungen der Gleichungen 17):

$$f_1 = f_1'' = \tfrac{1}{4}, \quad f_1' = 0,$$
$$g_1 = \frac{i}{4}, \quad g_1'' = -\frac{i}{4}, \quad g_1' = 0,$$
$$h_1 = h_1'' = 0, \quad h_1' = \tfrac{1}{2}.$$

Die Gleichungen 15) und 16) werden hierdurch:

18) $\quad\begin{aligned}x &= \int \frac{\varphi^2(p)-1}{4\varphi'(p)} \partial p + \int \frac{\psi^2(q)-1}{4\psi'(q)} \partial q,\\ y &= i\int \frac{\varphi^2(p)+1}{4\varphi'(p)} \partial p - i\int \frac{\psi^2(q)+1}{4\psi'(q)} \partial q,\\ z &= \int \frac{\varphi(p)}{2\varphi'(p)} \partial p + \int \frac{\psi(q)}{2\psi'(q)} \partial q.\end{aligned}$

Die Gleichung:

$$\frac{1}{t} = 4 \frac{\varphi'(p)\psi'(q)}{[1+\varphi(p)\psi(q)]^2}$$

giebt für t nur dann reelle Werthe, wenn $\varphi(p) = \Phi(p) + i\Psi(p)$, $\psi(q) = \Phi(q) - i\Psi(q)$. Setzt man einfacher $\varphi(p) = p_1$, $\psi(q) = q_1$, so erhält man folgende Gleichungen, die für x, y, z, t immer reelle Werthe geben:

19) $\quad\begin{aligned}p &= u+vi, \quad q = u-vi, \quad \frac{1}{t} = 4\frac{\frac{\partial p_1}{\partial p}\frac{\partial q_1}{\partial q}}{(1+p_1 q_1)^2},\\ p_1 &= \Phi(p)+i\Psi(p), \quad q_1 = \Phi(q)-i\Psi(q),\\ 4.x &= \int \frac{p_1^2-1}{\frac{\partial p_1}{\partial p}} \partial p + \int \frac{q_1^2-1}{\frac{\partial q_1}{\partial q}} \partial q,\\ 4.y &= i\int \frac{p_1^2+1}{\frac{\partial p_1}{\partial p}} \partial p - i\int \frac{q_1^2+1}{\frac{\partial q_1}{\partial q}} \partial q,\\ 2.z &= \int \frac{p_1}{\frac{\partial p_1}{\partial p}} \partial p + \int \frac{q_1}{\frac{\partial q_1}{\partial q}} \partial q.\end{aligned}$

Die vorstehenden Gleichungen haben die Eigenschaft, dass x, y, z in Function der Argumente der Krümmungslinien ausgedrückt sind, und das Bogenelement einer Curve die Form $[(\partial u)^2 + (\partial v)^2]\sqrt{t}$ hat. Die Werthe von x, y, z lassen sich ohne Integralzeichen darstellen, so dass dieselben als Functionen neuer Variabelen u_1 und v_1 erscheinen, welche dann aber nicht mehr Argumente der Krümmungslinien sind.

Die Gleichungen 19) geben für einfache Annahmen von p_1, q_1 Gleichungen von Flächen, welche sich auf anderem Wege nur durch complicirte Betrachtungen aufstellen lassen. Nimmt man $p_1 = p(h+gi)$, $q_1 = q(h-gi)$, so giebt die Elimination von p, q zwischen den Gleichungen für x, y z eine Relation zwischen $hx - gy$, $gx + hy$, z; durch eine einfache Transformation der Coordinaten lassen sich die beiden Constanten g und h auf eine reduciren. Setzt man einfacher $p_1 = kp$, $q_1 = kq$, so gehen die Gleichungen 19):

$$4kx = \tfrac{1}{3}k^2(p^3+q^3)-(p+q), \quad 2kx = \tfrac{1}{3}k^2(u^3-3uv^2)-u,$$
$$4ky = \tfrac{1}{3}k^2(p^3-q^3)+i(p-q), \quad 2ky = \tfrac{1}{3}k^2(v^3-3u^2v)-v,$$
$$4z = p^2+q^2, \quad 2z = u^2-v^2.$$

Aus den vorstehenden Gleichungen leitet man leicht die folgenden ab:

$$4k^2(x^2+y^2+\tfrac{4}{9}z^2) = pq(1+\tfrac{1}{3}k^2pq)^2,$$
$$\frac{2k^2(y^2-x^2)}{z}+1+\tfrac{10}{9}k^4z^2 = \tfrac{1}{3}k^2pq(2+k^2pq).$$

Durch Elimination von pq zwischen diesen Gleichungen folgt:

$$\left[k^2\frac{y^2-x^2}{z}+\tfrac{2}{3}+\tfrac{8}{9}k^4z^2\right]^3 = 6\left[k^2\frac{y^2-x^2}{2z}+\tfrac{2}{9}-k^4(x^2+y^2+\tfrac{8}{9}z^2)\right]^2.$$

In den Gleichungen 19) kann man immer $x - \xi$, $y - \eta$, $z - \zeta$ setzen, wo sich die Constanten ξ, η, ζ auf eine parallele Verschiebung der Coordinaten beziehen, diese Zuziehung arbiträrer Constanten ist in den beiden folgenden Beispielen angewandt, um die erhaltenen Resultate möglichst zu vereinfachen.

Ist der Modul gleich $\frac{1}{\sqrt{2}}$, so hat man folgende Gleichungen:

20)
$$cos\,am\,gp \cdot cos\,am\,gq = \frac{1-sin^2\,am\,gu \cdot \varDelta^2\,am\,gv}{1-sin^2\,am\,gv \cdot \varDelta^2\,am\,gu},$$
$$sin\,am\,gp \cdot sin\,am\,gq = \frac{1-cos^2\,am\,gu\,cos^2\,am\,gv}{1-sin^2\,am\,gv\,\varDelta^2\,am\,gu},$$
$$\varDelta\,am\,gp \cdot \varDelta\,am\,gq = \tfrac{1}{2}\frac{cos^2\,am\,gv+cos^2\,am\,gu}{1-sin^2\,am\,gv \cdot \varDelta^2\,am\,gu}.$$
$$1 + cos^2\,am\,gu = 2\varDelta^2\,am\,gu.$$

Für $p_1 = -cos\,am\,gp$, $q_1 = -cos\,am\,gq$ folgt:

$$\frac{p_1^2-1}{\frac{\partial p_1}{\partial p}} = -\frac{1}{g}\frac{sin\,am\,gp}{\varDelta\,am\,gp} = \frac{2}{g^2}\frac{\partial}{\partial p}arctang\,(cos\,am\,gp),$$

$$\frac{p_1^2+1}{\frac{\partial p_1}{\partial p}} = \frac{2\varDelta\,am\,gp}{g\,sin\,am\,gp} = \frac{1}{g^2}\frac{\partial}{\partial p}log\frac{1-cos\,am\,gp}{1+cos\,am\,gp},$$

$$\frac{p_1}{\frac{\partial p_1}{\partial p}} = -\frac{cos\,am\,gp}{g\,sin\,am\,gp\,\varDelta\,am\,gp} = -\frac{1}{g^2}\frac{\partial}{\partial p}log\frac{\varDelta\,am\,gp}{sin\,am\,gp}.$$

Setzt man in 19) $z + \frac{1}{2g^2} log 2$ statt z, so erhält man für x, y, z folgende Gleichungen:

$$2g^2 x = arctang(cos\, am\, gp) + arctang(cos\, am\, gq) = arctang \frac{cos\, am\, gp + cos\, am\, gq}{1 - cos\, am\, gp\, cos\, am\, gq},$$

oder, wegen $1 + cos^2 am\, gp = 2\varDelta^2 am\, gp$:

$$cos\, 2g^2 x = \frac{1 - cos\, am\, gp \cdot cos\, am\, gq}{2\varDelta am\, gp \cdot \varDelta am\, gq}.$$

Für y findet man die Gleichung:

$$e^{-4g^2 i} = \frac{1 - cos\, am\, gp}{1 + cos\, am\, gp} \cdot \frac{1 + cos\, am\, gq}{1 - cos\, am\, gq}.$$

Diese Gleichung giebt, mit Hülfe von $2 + e^{2\alpha i} + e^{-2\alpha i} = (2 cos\, \alpha)^2$,:

$$cos\, 2g^2 y = \frac{1 - cos\, am\, gp\, cos\, am\, gq}{sin\, am\, gp \cdot sin\, am\, gq}.$$

Für z ergiebt sich die Gleichung:

$$e^{-2g^2 z} = 2\, \frac{\varDelta am\, gp \cdot \varDelta am\, gq}{sin\, am\, gp \cdot sin\, am\, gq}.$$

Mittelst der Gleichungen 20) gehen die vorstehenden Gleichungen für x, y, z über in:

$$cos\, 2g^2 y = \frac{cos^2 am\, gv - cos^2 am\, gu}{1 - cos^2 am\, gu\, cos^2 am\, gv}, \quad cos\, 2g^2 x = \frac{cos^2 am\, gv - cos^2 am\, gu}{cos^2 am\, gv + cos^2 am\, gu},$$

$$e^{-2g^2 z} = \frac{cos^2 am\, gv + cos^2 am\, gu}{1 - cos^2 am\, gu\, cos^2 am\, gv}.$$

Aus diesen Gleichungen erhält man unmittelbar die bekannte Gleichung (Scherk in Crelle's Journal t. XIII):

$$\frac{cos\, 2g^2 y}{cos\, 2g^2 x} = e^{-2g^2 z}.$$

Nimmt man wieder den Modul gleich $\frac{1}{\sqrt{2}}$, so ist:

$$p_1 = \frac{1}{cos\, am(1+i)gp} = i\, \frac{cos^2 am\, gp - i}{cos^2 am\, gp + i},$$

$$q_1 = \frac{1}{cos\, am(1-i)gq} = -i\, \frac{cos^2 am\, gq + i}{cos^2 am\, gq - i}.$$

Für diese Werthe von p_1 und q_1 findet man:

$$\frac{p_1^2 - 1}{\frac{\partial p_1}{\partial p}} = \frac{1}{g}\, \frac{sin\, am\, gp \cdot \varDelta am\, gp}{cos\, am\, gp} = -\frac{1}{g^2}\, \frac{\partial}{\partial p} log\, cos\, am\, gp.$$

$$i\, \frac{p_1^2 + 1}{\frac{\partial p_1}{\partial p}} = -\frac{1}{g}\, \frac{cos\, am\, gp}{sin\, am\, gp\, \varDelta am\, gp} = -\frac{1}{g^2}\, \frac{\partial}{\partial p} log\, \frac{sin\, am\, gp}{\varDelta am\, gp},$$

$$-\frac{p_1}{\frac{\partial p_1}{\partial p}} = \frac{i}{4g} \cdot \frac{1 + cos^4 am\, gp}{sin\, am\, gp \cdot cos\, am\, gp \cdot \varDelta am\, gp} = \frac{i}{2g^2}\, \frac{\partial}{\partial p} log\, \frac{sin\, am\, gp \cdot \varDelta am\, gp}{cos\, am\, gp}.$$

Setzt man in den Gleichungen 19) $y - \frac{1}{4g^2} \log 2$ statt y, so geben dieselben für die obigen Werthe von p_1 und q_1:

$$e^{-4g^2 x} = \cos am\, gp \cdot \cos am\, gp, \quad e^{-4g^2 y} = \frac{\sin am\, gp \cdot \sin am\, gq}{2\,\Delta am\, gp \cdot \Delta am\, gq},$$

$$e^{-4g^2 z i} = \frac{\sin am\, gp \cdot \Delta am\, gp \cdot \cos am\, gq}{\sin am\, gq \cdot \Delta am\, gq \cdot \cos am\, gp}.$$

Mittelst der Gleichungen 20) leitet man hieraus für x, y, z folgende Gleichungen ab:

$$e^{4g^2 x} - e^{-4g^2 x} = \frac{(\cos^2 am\, gv - \cos^2 am\, gu)(1 + \cos^2 am\, gu \cos^2 am\, gv)}{(1 - \sin^2 am\, gv\, \Delta^2 am\, gu)(1 - \sin^2 am\, gu\, \Delta^2 am\, gv)},$$

$$e^{4g^2 y} - e^{-4g^2 y} = \frac{(\cos^2 am\, gu + \cos^2 am\, gv)^2 - (1 - \cos^2 am\, gu \cos^2 am\, gv)^2}{(\cos^2 am\, gu + \cos^2 am\, gv)(1 - \cos^2 am\, gu \cos^2 am\, gv)},$$

$$4\cos 4g^2 z =$$
$$\frac{\cos^2 am\, gv - \cos^2 am\, gu}{\cos^2 am\, gv + \cos^2 am\, gu} \cdot \frac{1 + \cos^2 am\, gu \cos^2 am\, gv}{1 - \cos^2 am\, gu \cos^2 am\, gv}$$
$$\cdot \frac{(\cos^2 am\, gu + \cos^2 am\, gv)^2 - (1 - \cos^2 am\, gu \cos^2 am\, gv)^2}{(1 - \sin^2 am\, gu\, \Delta^2 am\, gv)(1 - \sin^2 am\, gu\, \Delta^2 am\, gv)}.$$

Aus diesen Gleichungen findet man:

$$\cos 4g^2 z = \frac{e^{4g^2 x} - e^{-4g^2 x}}{2} \cdot \frac{e^{4g^2 y} - e^{-4g^2 y}}{2},$$

welche Gleichung ebenfalls zuerst von Scherk aufgestellt ist. Die beiden vorhergehenden Resultate sind in der allgemeinen Annahme

$$\frac{1}{p_1} = \cos am (g + hi)p, \quad \frac{1}{q_2} = \cos am (g - hi) q$$

enthalten, welche indessen zu complicirten Gleichungen führen. In der Abhandlung von Scherk (Crelle, J. XIII, p. 188) findet sich die Gleichung einer Fläche angemerkt, welche die Rotationsfläche der Kettenlinie und die Schraubenfläche als besondere Fälle enthält. Die bemerkte Gleichung ergiebt sich aus den Gleichungen 19) für

$$\log p_1 = \frac{p}{\sqrt{(h + gi)}}, \quad \log q_1 = \frac{q}{\sqrt{(h - gi)}},$$

wo h und g Constanten sind. Es ist vielleicht nicht uninteressant, diese Gleichung noch auf andere Weise abzuleiten, wobei sich eine einfache Art der Erzeugung der bemerkten Fläche ergiebt. Durchläuft ein fester Punkt einer ebenen Curve die Helix eines Kreiscylinders, während die Ebene der Curve beständig durch die Axe des Cylinders geht, so beschreibt die Curve eine Fläche, deren Gleichung das Resultat der Elimination von u_1 zwischen den Gleichungen:

21) $\quad z - \zeta = f^2[(x - \xi)^2 + (y - \eta)^2], \quad \dfrac{x}{y} = \dfrac{\xi}{\eta},$

ist, wo f ein beliebiges Functionszeichen bedeutet, und die Coordinaten ξ, η, ζ eines Punktes der Helix als Functionen der Variabelen u_1 angesehen werden. Setzt man $\xi = k \cos u_1$, $\eta = k \sin u_1$, $\zeta = k \tang \delta \cdot u_1$, wo k und δ Constanten sind, so lässt sich ein Punkt der Fläche 21) in Function zweier Variabelen u_1 und v_1 auf folgende Art ausdrücken:

$$x = v_1 \cos u_1, \quad y = v_1 \sin u_1, \quad z = k \tang \delta \cdot u_1 + f[(v_1-k)^2],$$

oder kürzer:

22) $$x = v_1 \cos u_1, \quad y = v_1 \sin u_1, \quad z = g u_1 + V_1,$$

wo $g = k \tang \delta$ und V_1 nur von v_1 abhängt. Die Gleichung der erzeugenden Curve in der xz-Ebene ist $z = V_1$ für $v_1 = x$. Setzt man zur Abkürzung $\frac{\partial V_1}{\partial v_1} = V_1'$, $\frac{\partial^2 V_1}{\partial v_1^2} = V_1''$, so folgt mittelst der Gleichungen 22):

$$\frac{1}{r'} + \frac{1}{r''} = v_1 \frac{\partial}{\partial v_1} \frac{v_1^2 V_1'}{\sqrt{(v_1^2 + g^2 + v_1^2 V_1'^2)}}, \quad *)$$

Setzt man in der vorstehenden Gleichung $r' + r'' = 0$, so folgt durch Integration:

$$v_1^2 V_1' = h \sqrt{(v_1^2 + g^2 + v_1^2 V_1'^2)},$$

und hieraus:

$$V_1' = \frac{h}{v_1} \sqrt{\left(\frac{v_1^2 + g^2}{v_1^2 - h^2}\right)},$$

wo h eine Constante bedeutet. Mit Weglassung einer unnöthigen Constanten folgt durch weitere Integration

$$V_1 = h \int \frac{\partial v_1}{v_1} \sqrt{\frac{v_1^2 + g^2}{v_1^2 - h^2}}$$

$$= \frac{1}{2} h \log \frac{\sqrt{(v_1^2 + g^2)} + \sqrt{(v_1^2 - h^2)}}{\sqrt{(v_1^2 + g^2)} - \sqrt{(v_1^2 - h^2)}} + g \cdot \arctang \frac{v_1}{h} \sqrt{\left(\frac{v_1^2 - h^2}{v_1^2 + g^2}\right)}.$$

Substituirt man diesen Werth von V_1 in die Gleichungen 22), setzt

$$u_1 = \arctang \frac{y}{x}, \quad v_1^2 = x^2 + y^2,$$

so erhält man folgende Gleichung der gesuchten Fläche:

$$z = \tfrac{1}{2} h \log \frac{\sqrt{(x^2 + y^2 + g^2)} + \sqrt{(x^2 + y^2 + h^2)}}{\sqrt{(x^2 + y^2 + g^2)} - \sqrt{(x^2 + y^2 + h^2)}}$$

$$+ g \arctang \frac{hy\sqrt{(x^2+y^2+g^2)} + gx\sqrt{(x^2+y^2-h^2)}}{kx\sqrt{(x^2+y^2+g^2)} - gy\sqrt{(x^2+y^2-h^2)}}.$$

III.

Flächen, für welche ein System von Krümmungslinien plan ist.

Ist das System von Krümmungslinien einer Fläche, für welches v allein variirt, plan, so muss in der zweiten Gleichung (I, 21) $r = \infty$, oder

---

*) Man findet noch $\frac{1}{r' r''} = \frac{-1}{\sqrt{(v_1^2 + g^2 + v_1^2 V_1'^2)}} \frac{\partial}{\partial v_1} \frac{v_1}{\sqrt{(v_1^2 + g^2 + v_1^2 V_1'^2)}}$, so dass auch eine Fläche von constantem Krümmungsmaass auf die angegebene Weise durch eine Curve erzeugt wird.

112   Analytisch-geometrische Untersuchungen.

$\dfrac{\partial}{\partial v} arctang \dfrac{r'N}{Q} = 0$ sein. Diese Gleichung integrirt giebt:

1) $$N = U\dfrac{Q}{r'},$$

wo U eine Function von u allein bezeichnet. Aus der Gleichung (I, 3 und I, 4) folgt: $\dfrac{\partial}{\partial u}\dfrac{Q}{r'} = -\dfrac{P}{r''}N$. Für den vorstehenden Werth von N geht diese Gleichung über in:

$$\dfrac{\partial}{\partial u}\dfrac{Q}{r'} = -\dfrac{P}{r''}\dfrac{Q}{r'}U, \quad \dfrac{r''}{P}\dfrac{\partial}{\partial u}\dfrac{Q}{r'} = -\dfrac{Q}{r'}U.$$

Durch Differentiation nach u folgt hieraus:

$$\dfrac{\partial}{\partial u}\left(\dfrac{r''}{P}\dfrac{\partial}{\partial u}\dfrac{Q}{r'}\right) = -\dfrac{Q}{r'}\dfrac{\partial U}{\partial u} - U\dfrac{\partial}{\partial u}\dfrac{Q}{r'} = \dfrac{P}{r''}\dfrac{Q}{r'}U^2 - \dfrac{Q}{r'}\dfrac{\partial U}{\partial u}.$$

Die Gleichung (I, 7) lässt sich wegen der vorstehenden Gleichung schreiben:

$$\dfrac{\partial}{\partial v}\left(\dfrac{r'}{Q}\dfrac{\partial}{\partial v}\dfrac{P}{r''}\right) + \dfrac{P}{r''}\dfrac{Q}{r'}(1+U^2) - \dfrac{Q}{r'}\dfrac{\partial U}{\partial u} = 0.$$

Multiplicirt man diese Gleichung mit $2\dfrac{r'}{Q}\dfrac{\partial}{\partial v}\dfrac{P}{r''}$, so folgt:

$$\dfrac{\partial}{\partial v}\left(\dfrac{r'}{Q}\dfrac{\partial}{\partial v}\dfrac{P}{r''}\right)^2 + (1+U^2)\dfrac{\partial}{\partial v}\left(\dfrac{P}{r''}\right)^2 = 2\dfrac{\partial U}{\partial u}\dfrac{\partial}{\partial v}\dfrac{P}{r''}.$$

Durch Integration erhält man hieraus:

$$\left(\dfrac{r'}{Q}\dfrac{\partial}{\partial v}\dfrac{P}{r''}\right)^2 + (1+U^2)\left(\dfrac{P}{r''}\right)^2 = U_1 + 2\dfrac{\partial U}{\partial u}\dfrac{P}{r''},$$

oder:

$$\left(\dfrac{r'}{Q}\dfrac{\partial}{\partial v}\dfrac{P}{r''}\right)^2 + (1+U^2)\left(\dfrac{P}{r''} - \dfrac{\dfrac{\partial U}{\partial u}}{1+U^2}\right)^2 = U_1 + \dfrac{1}{1+U^2}\left(\dfrac{\partial U}{\partial u}\right)^2,$$

wo U_1 eine beliebige Function von u bezeichnet. Bezeichnet man die rechte Seite dieser Gleichung, welche nur Function von u ist, durch U_2^2, ist Θ ein beliebiger Winkel, so lässt sich die vorstehende Gleichung durch die beiden folgenden ersetzen:

2) $$\dfrac{P}{r''} = \dfrac{1}{1+U^2}\dfrac{\partial U}{\partial u} + \dfrac{U_2}{\sqrt{(1+U^2)}}\sin\Theta,$$
$$\dfrac{r'}{Q}\dfrac{\partial}{\partial v}\dfrac{P}{r''} = -M = U_2 \cdot \cos\Theta.$$

Nimmt man in den Gleichungen (I, 11) v allein variabel, so geben dieselben $Q = \dfrac{\partial s}{\partial v}$, $\tau = \dfrac{\pi}{2}$, die Gleichungen (I, 13 und 14) werden dann:

$S = \dfrac{1}{r'}$, $T = -\dfrac{N}{Q} = -\dfrac{U}{r'}$. Substituirt man diese Werthe von τ, S und

T, so sind die Cosinus der Winkel, welche die plane Krümmungslinie mit den Axen bildet:

3) $$\frac{\cos a' - U\cos a}{\sqrt{(1+U^2)}}, \quad \frac{\cos b' - U\cos b}{\sqrt{(1+U^2)}}, \quad \frac{\cos c' - U\cos c}{\sqrt{(1+U^2)}}.$$

Mittelst der Gleichungen (I, 8) und $N = U\frac{Q}{r}$ findet man durch Differentiation nach v, dass die Ausdrücke (3) unabhängig von v, also blosse Functionen von u sind. Die folgenden Entwickelungen gewinnen sehr an Einfachheit, wenn man die bemerkten Cosinus als die Cosinus der Winkel ansieht, welche die Tangente einer Curve doppelter Krümmung mit den Coordinatenaxen bildet, deren Coordinaten Functionen von u sind. Haben α, β, γ; λ, μ, ν; l, m, n dieselbe Bedeutung wie in (I, 2), so hat man für $w = u$ die Gleichungen:

4) $$\frac{\partial \cos \alpha}{\partial u} = \frac{\cos \lambda}{\varrho}\frac{\partial s}{\partial u}, \quad \frac{\partial \cos l}{\partial u} = \frac{\cos \lambda}{r}\frac{\partial s}{\partial u}, \quad \frac{\partial \cos \lambda}{\partial u} = -\left(\frac{\cos \alpha}{\varrho} + \frac{\cos l}{r}\right)\frac{\partial s}{\partial u},$$

5) $$\int \frac{\partial s}{\varrho} = \varepsilon, \quad \int \frac{\partial s}{v} = \omega,$$

wo wieder ϱ der Krümmungshalbmesser, r der Torsionsradius, ∂s das Bogenelement, $\partial \varepsilon$ der Contingenzwinkel und $\partial \omega$ der Torsionswinkel ist. Die sämmtlichen vorstehenden Quantitäten werden als Functionen von u angesehen.

Setzt man:

6) $$\begin{aligned}\cos a' - U\cos a &= \cos \alpha . \sqrt{(1+U^2)},\\ \cos b' - U\cos b &= \cos \beta . \sqrt{(1+U^2)},\\ \cos c' - U\cos c &= \cos \gamma . \sqrt{(1+U^2)},\end{aligned}$$

so folgt durch Differentiation nach u, mit Hülfe der Gleichungen 4) und (I, 8):

7) $$\begin{aligned}\left(\frac{P}{r''} - \frac{\partial U}{\partial u}\right)&\cos a + \frac{P}{r''}U\cos a' + M\cos a''\\ &= \frac{U}{\sqrt{(1+U^2)}}\frac{\partial U}{\partial u}\cos \alpha + \sqrt{(1+U^2)}\frac{\cos \lambda}{\varrho}\frac{\partial s}{\partial u},\\ \left(\frac{P}{r''} - \frac{\partial U}{\partial u}\right)&\cos b + \frac{P}{r''}U\cos b' + M\cos b''\\ &= \frac{U}{\sqrt{(1+U^2)}}\frac{\partial U}{\partial u}\cos \beta + \sqrt{(1+U^2)}\frac{\cos \mu}{\varrho}\frac{\partial s}{\partial u},\\ \left(\frac{P}{r''} - \frac{\partial U}{\partial u}\right)&\cos c + \frac{P}{r''}U\cos c' + M\cos c''\\ &= \frac{U}{\sqrt{(1+U^2)}}\frac{\partial U}{\partial u}\cos \gamma + \sqrt{(1+U^2)}\frac{\cos \nu}{\varrho}\frac{\partial s}{\partial u}.\end{aligned}$$

Diese Gleichungen quadrirt und addirt geben:

$$\left(\frac{P}{r''} - \frac{\partial U}{\partial u}\right)^2 + \left(\frac{P}{r''}U\right)^2 + M^2 = \left(\frac{u}{\sqrt{(1+U^2)}}\frac{\partial U}{\partial u}\right)^2 + (1+U^2)\left(\frac{1}{\varrho}\frac{\partial s}{\partial u}\right)^2,$$

oder:
$$(1+U^2)\left(\frac{P}{r''}-\frac{\partial U}{\partial u}\frac{1}{1+U^2}\right)^2+M^2=(1+U^2)\left(\frac{1}{\varrho}\frac{\partial s}{\partial u}\right)^2.$$

Wegen der Gleichungen 2) reducirt sich diese Gleichung einfach auf: $U_2^2=\left(\frac{1}{\varrho}\frac{\partial s}{\partial u}\right)^2(1+U^2)$. Setzt man $U_2=\frac{1}{\varrho}\frac{\partial s}{\partial u}\sqrt{(1+U^2)}$, so werden die Gleichungen 2):

8)
$$\frac{P}{r''}=\frac{\partial U}{\partial u}\frac{1}{1+U^2}+sin\Theta\frac{1}{\varrho}\frac{\partial s}{\partial u},$$
$$\frac{r'}{Q}\frac{\partial}{\partial v}\frac{P}{r''}=-M=cos\Theta\cdot\frac{1}{\varrho}\frac{\partial s}{\partial u}\sqrt{(1+U^2)}.$$

Eliminirt man zwischen den ersten Gleichungen 6) und 7) successive $cos\,a''$ und $cos\,a'$, so folgt mit Rücksicht auf 8):

9)
$$cos\,a'=U cos\,a+\sqrt{(1+U^2)}cos\,\alpha,$$
$$cos\,a''=\sqrt{(1+U^2)}cos\,a\cdot tang\,\Theta+U cos\,\alpha\cdot tang\,\Theta-\frac{cos\,\lambda}{cos\,\Theta}.$$

Substituirt man diese Werthe von $cos\,a'$, $cos\,a''$ in $cos^2 a+cos^2 a'+cos^2 a''=1$, so folgt:
$$[\sqrt{(1+U^2)}\cdot cos\,a+U cos\,\alpha-cos\,\lambda sin\,\Theta]^2=cos^2\Theta(1-cos^2\alpha-cos^2\lambda)=(cos\,\Theta cos\,l)^2,$$
oder:
$$\sqrt{(1+U^2)}\cdot cos\,a=-U cos\,\alpha+cos\,\lambda sin\,\Theta+cos\,l\cdot cos\,\Theta.$$

Diese Gleichung in Verbindung mit 9) giebt:

10)
$$\sqrt{(1+U^2)}cos\,a=-U cos\,\alpha+cos\,\lambda sin\,\Theta+cos\,l cos\,\Theta,$$
$$\sqrt{(1+U^2)}cos\,a'=cos\,\alpha+U cos\,\lambda sin\,\Theta+U cos\,l cos\,\Theta,$$
$$cos\,a''=-cos\,\lambda cos\,\Theta+cos\,l sin\,\Theta.$$

Ganz analoge Gleichungen erhält man für $cos\,b$, $cos\,b'$, $cos\,b''$ und $cos\,c$, $cos\,c'$, $cos\,c''$ durch Vertauschung von α, λ, l mit β, μ, m und γ, ν, n. Nach (I, 8) ist:
$$\frac{\partial cos\,a''}{\partial u}=-M cos\,a',\quad \frac{\partial cos\,b''}{\partial u}=-M cos\,b',\quad \frac{\partial cos\,c''}{\partial u}=-M cos\,c'.$$

Setzt man hierin $M=-cos\,\Theta\frac{1}{\varrho}\frac{\partial s}{\partial u}\cdot\sqrt{(1+U^2)}$, für $cos\,a'$, $cos\,a''\ldots$ ihre Werthe aus 10) und den analogen Gleichungen, so erhält man:
$$(cos\,\lambda sin\,\Theta-cos\,l cos\,\Theta)\left(\frac{\partial\Theta}{\partial u}+\frac{1}{r}\frac{\partial s}{\partial u}-\frac{1}{\varrho}\frac{\partial s}{\partial u}U cos\,\Theta\right)=0,$$
$$(cos\,\mu sin\,\Theta-cos\,m cos\,\Theta)\left(\frac{\partial\Theta}{\partial u}+\frac{1}{r}\frac{\partial s}{\partial u}-\frac{1}{\varrho}\frac{\partial s}{\partial u}U cos\,\Theta\right)=0,$$
$$(cos\,\nu sin\,\Theta-cos\,n cos\,\Theta)\left(\frac{\partial\Theta}{\partial u}+\frac{1}{r}\frac{\partial s}{\partial u}-\frac{1}{\varrho}\frac{\partial s}{\partial u}U cos\,\Theta\right)=0.$$

Diese Gleichungen quadrirt und addirt geben:
$$\left(\frac{\partial\Theta}{\partial u}+\frac{1}{r}\frac{\partial s}{\partial u}-\frac{1}{\varrho}\frac{\partial s}{\partial u}U cos\,\Theta\right)^2=0,$$

oder:

11) $\quad \dfrac{\partial \Theta}{\partial u} + \dfrac{1}{r}\dfrac{\partial s}{\partial u} = \dfrac{U}{\varrho}\dfrac{\partial s}{\partial u}\cos\Theta$ oder $\dfrac{\partial \Theta}{\partial s} + \dfrac{1}{r} = \dfrac{U}{\varrho}\cos\Theta.$

Die Quantitäten ω und s sind Functionen von u, man kann auch umgekehrt u und ω als Functionen von s, oder u und s als Functionen von ω ansehen. Im letzteren Falle lässt sich die Gleichung 11) wegen $\dfrac{\partial s}{\partial \omega} = \dfrac{1}{r}$ auf folgende Art darstellen:

12) $\quad \dfrac{\partial \Theta}{\partial \omega} + 1 = \dfrac{r}{\varrho}U.\cos\Theta.$

Die willkührliche Constante, welche die Integration der Gleichung 11) oder 12) involvirt, muss gleich einer beliebigen Function von v gesetzt werden.

Aus den Gleichungen 10) leitet man leicht die folgenden ab:

13) $\quad\begin{aligned}\cos a'\cos\alpha + \cos b'\cos\beta + \cos c'\cos\gamma &= \dfrac{1}{\sqrt{(1+U^2)}},\\ \cos a'\cos\lambda + \cos b'\cos\mu + \cos c'\cos\nu &= \dfrac{U}{\sqrt{(1+U^2)}}\sin\Theta,\\ \cos a'.\cos l + \cos b'\cos m + \cos c'\cos n &= \dfrac{U}{\sqrt{(1+U^2)}}\cos\Theta.\end{aligned}$

Die Cosinus der Winkel, welche die plane Krümmungslinie mit den Coordinatenaxen bildet, sind durch die Ausdrücke 3) bestimmt, die Gleichung der Ebene der Krümmungslinie ist also:

14) $\quad x(\cos a' - U\cos a) + y(\cos b' - U\cos b) + z(\cos c' - U\cos c) = \Omega\sqrt{(1+U^2)}.$

Diese Gleichung nach v differentiirt, giebt $\dfrac{\partial \Omega}{\partial v} = 0$, Ω ist also nur von u abhängig. Mit Rücksicht auf die Gleichungen 6) lässt sich die Gleichung 14) auch schreiben:

14) $\quad\quad\quad x\cos\alpha + y\cos\beta + z\cos\gamma = \Omega.$

Setzt man zur Abkürzung:

15) $\quad \dfrac{P}{\sqrt{(1+U^2)}} - \dfrac{\varrho}{\dfrac{\partial s}{\partial u}} = L,$

so erhält man durch successive Differentiation der Gleichung 10) mittelst 13) und 15) folgendes System von Gleichungen:

16) $\quad\begin{aligned}x\cos\alpha + y\cos\beta + z\cos\gamma &= \Omega,\\ x\cos\lambda + y\cos\mu + z\cos\nu &= \varrho\dfrac{\partial \Omega}{\partial s} - L,\\ -(x\cos l + y\cos m + z\cos n) &= r\dfrac{\partial}{\partial s}\left(\varrho\dfrac{\partial \Omega}{\partial s} - L\right) + \Omega\dfrac{r}{\varrho} - \dfrac{r}{\varrho}LU\sin\Theta.\end{aligned}$

Die dritte der vorstehenden Gleichungen nach s differentiirt, giebt wegen der zweiten für L folgende Differentialgleichung:

17)
$$\frac{\partial}{\partial s}\left[r\frac{\partial}{\partial s}\left(\varrho\frac{\partial\Omega}{\partial s}-L\right)+\Omega\frac{r}{\varrho}-\frac{r}{\varrho}LU\sin\Theta\right]+\frac{1}{r}\left(\varrho\frac{\partial\Omega}{\partial s}-L\right)+\frac{LU\cos\Theta}{\varrho}=0.$$

Sieht man wieder u und s als Functionen von ω an, nimmt man ω als unabhängige Variabele, so folgt wegen $\partial s = r\partial\omega$:

$$\frac{\partial}{\partial\omega}\left[\frac{\partial}{\partial\omega}\left(\frac{\varrho}{r}\frac{\partial\Omega}{\partial\omega}-L\right)+\Omega\frac{r}{\varrho}-\frac{r}{\varrho}LU\sin\Theta\right]+\frac{\varrho}{r}\frac{\partial\Omega}{\partial\omega}+L\left(\frac{r}{\varrho}U\cos\Theta-1\right)=0.$$

Da nach 12) $\dfrac{r}{\varrho}U\cos\Theta-1=\dfrac{\partial\Theta}{\partial\omega}$ so lässt sich die vorstehende Gleichung auch schreiben:

17) $\dfrac{\partial}{\partial\omega}\left(\dfrac{\partial L}{\partial\omega}+\dfrac{r}{\varrho}LU\sin\Theta\right)=L\dfrac{\partial\Theta}{\partial\omega}+\dfrac{\partial^2}{\partial\omega^2}\left(\dfrac{\varrho}{r}\dfrac{\partial\Omega}{\partial\omega}\right)+\dfrac{\partial}{\partial\omega}\left(\dfrac{r}{\varrho}\cdot\Omega\right)+\dfrac{\varrho}{r}\dfrac{\partial\Omega}{\partial\omega}.$

Zur Integration dieser Gleichung nehme man die einfachere:

18)
$$\frac{\partial}{\partial\omega}\left(\frac{\partial A}{\partial\omega}+\frac{r}{\varrho}AU\sin\Theta\right)=A\frac{\partial\Theta}{\partial\omega}.$$

Ein particuläres Integral dieser Gleichung ist $A=\cos\Theta$. Nach 12) hat man nämlich: $\dfrac{\partial\cos\Theta}{\partial\omega}+\dfrac{r}{\varrho}U\sin\Theta\cos\Theta=\sin\Theta\left(\dfrac{r}{\varrho}U\cos\Theta-\dfrac{\partial\Theta}{\partial\omega}\right)=\sin\Theta$,

also $\dfrac{\partial\sin\Theta}{\partial\omega}=\cos\Theta\dfrac{\partial\Theta}{\partial\omega}=A\dfrac{\partial\Theta}{\partial\omega}$. Setzt man das zweite particuläre Integral in der Form $q.\cos\Theta$ voraus, so geben die Gleichungen 12) und 18):

$$\frac{\partial^2 q}{\partial\omega^2}\cos\Theta+\frac{\partial q}{\partial\omega}\sin\Theta\left(1-\frac{\partial\Theta}{\partial\omega}\right),$$

oder mit $\cos\Theta$ multiplicirt:

$$\frac{\partial}{\partial\omega}\left(\cos^2\Theta\frac{\partial q}{\partial\omega}\right)+\sin\Theta\cos\Theta\left(1+\frac{\partial\Theta}{\partial\omega}\right)\frac{\partial q}{\partial\omega}=0,$$

und da nach 12) $1+\dfrac{\partial\Theta}{\partial\omega}=\dfrac{r}{\varrho}U\cos\Theta$, so folgt:

$$\frac{\partial}{\partial\omega}log\left(\cos^2\Theta\frac{\partial q}{\partial\omega}\right)+\sin\Theta\cdot\frac{r}{\varrho}U=0.$$

Mit Weglassung arbiträrer Constanten erhält man hieraus durch successive Integrationen:

$$q=\int\frac{\partial\omega}{\cos^2\Theta}e^{-\int\frac{r}{\varrho}U\sin\Theta\partial\omega}.$$

Die beiden particulären Integrale von 18) sind also:

$$\cos\Theta,\qquad \cos\Theta\int\frac{\partial\omega}{\cos^2\Theta}e^{-\int\frac{r}{\varrho}U\sin\Theta\partial\omega}.$$

Setzt man zur Abkürzung:

19) $\quad t = \int \frac{r}{\varrho} U \sin\Theta \, \partial\omega, \quad t_1 = \int \frac{\partial \omega}{\cos^2\Theta} e^{-\int \frac{r}{\varrho} U \sin\Theta \, \partial\omega} = \int \frac{e^{-t}}{\cos^2\Theta} \partial\omega,$

20) $\quad \dfrac{\partial^2}{\partial\omega^2}\left(\dfrac{\varrho}{r}\dfrac{\partial\Omega}{\partial\omega}\right) + \dfrac{\partial}{\partial\omega}\left(\dfrac{r}{\varrho}\Omega\right) + \dfrac{\varrho}{r}\Omega = \Omega_1,$

so findet man, nach einer bekannten Methode, mittelst der beiden particulären Integrale $\cos\Theta$ und $t_1 \cos\Theta$ von 18) als allgemeines Integral der Gleichung 17):

21)
$$L = -\cos\Theta \cdot \left(V_1 + \int t_1 \cos\Theta \, \Omega_1 \, e^{t} \partial\omega\right) + t_1 \cos\Theta \left(V_2 + \int \cos\Theta \, \Omega_1 \, e^{t} \partial\omega\right),$$

wo V_1 und V_2 beliebige Functionen von v sind. Der vorstehende Ausdruck lässt sich durch partielle Integrationen noch sehr vereinfachen. Setzt man aus 12) für $\dfrac{\partial\Theta}{\partial\omega}$ seinen Werth $\dfrac{r}{\varrho} U \cos\Theta - 1$ ein, so folgt aus 19):

22) $\quad \begin{aligned} & \dfrac{\partial t}{\partial\omega} = \dfrac{r}{\varrho} U \sin\Theta, \quad \dfrac{\partial t_1}{\partial\omega} = \dfrac{e^{-t}}{\cos^2\Theta}, \\ & \dfrac{\partial}{\partial\omega}(\cos\Theta \, e^{t}) = \sin\Theta \, e^{t}, \quad \dfrac{\partial}{\partial\omega}(\sin\Theta \, e^{t}) = \left(\dfrac{r}{\varrho} U - \cos\Theta\right) e^{t}. \end{aligned}$

Mit Hülfe dieser Gleichungen erhält man durch partielle Integration:

$$\int t_1 \cos\Theta \, e^{t} \frac{\partial^2}{\partial\omega^2}\left(\frac{\varrho}{r}\frac{\partial\Omega}{\partial\omega}\right) \partial\omega = t_1 \cos\Theta \, e^{t} \frac{\partial}{\partial\omega}\left(\frac{\varrho}{v}\frac{\partial\Omega}{\partial\omega}\right)$$
$$+ \int t_1 \sin\Theta \, e^{t} \frac{\partial}{\partial\omega}\left(\frac{\varrho}{r}\frac{\partial\Omega}{\partial\omega}\right) \partial\omega - \int \frac{1}{\cos\Theta} \frac{\partial}{\partial\omega}\left(\frac{\varrho}{r}\frac{\partial\Omega}{\partial\omega}\right) \partial\omega,$$
$$- \int t_1 \sin\Theta \, e^{t} \frac{\partial}{\partial\omega}\left(\frac{\varrho}{r}\frac{\partial\Omega}{\partial\omega}\right)\partial\omega = -t_1 \sin\Theta \, e^{t} \frac{\varrho}{r}\frac{\partial\Omega}{\partial\omega}$$
$$+ \int t_1 \left(U\frac{r}{\varrho} - \cos\Theta\right) e^{t} \frac{\varrho}{r}\frac{\partial\Omega}{\partial\omega} \partial\omega + \int \frac{\varrho}{r}\frac{\sin\Theta}{\cos^2\Theta}\frac{\partial\Omega}{\partial\omega} \partial\omega,$$
$$- \int \frac{1}{\cos\Theta} \frac{\partial}{\partial\omega}\left(\frac{\varrho}{r}\frac{\partial\Omega}{\partial\omega}\right)\partial\omega = -\frac{1}{\cos\Theta}\frac{\varrho}{r}\frac{\partial\Omega}{\partial\omega} + \int \frac{\varrho}{r}\frac{\sin\Theta}{\cos^2\Theta}\frac{\partial\Omega}{\partial\omega}\frac{\partial\Theta}{\partial\omega}\partial\omega$$
$$= -\frac{1}{\cos\Theta}\frac{\varrho}{r}\frac{\partial\Omega}{\partial\omega} + \int \frac{\varrho}{r}\frac{\partial\Omega}{\partial\omega}\frac{\sin\Theta}{\cos^2\Theta}\left(\frac{\varrho}{r}U\cos\Theta - 1\right)\partial\omega.$$

Aus diesen Gleichungen findet man leicht durch Addition:

$$\int t_1 \cos\Theta \, e^{t}\left[\frac{\partial^2}{\partial\omega^2}\left(\frac{\varrho}{r}\frac{\partial\Omega}{\partial\omega}\right) + \frac{\partial}{\partial\omega}\frac{\varrho}{r}\frac{\partial\Omega}{\partial\omega}\right]\partial\omega = \left[\cos\Theta\frac{\partial}{\partial\omega}\left(\frac{\varrho}{r}\frac{\partial\Omega}{\partial\omega}\right) - \sin\Theta\frac{\varrho}{r}\frac{\partial\Omega}{\partial\omega}\right]t_1 e^{t}$$
$$-\frac{1}{\cos\Theta}\frac{\varrho}{r}\frac{\partial\Omega}{\partial\omega} + \int (t_1 e^{t} + tang\,\Theta) U \frac{\partial\Omega}{\partial\omega}\partial\omega.$$

Addirt man zu dieser Gleichung:

$$\int t_1 \cos\Theta \, e^{t} \frac{\partial}{\partial\omega}\left(\frac{r}{\varrho}\Omega\right)\partial\omega = t_1 \cos\Theta \, e^{t} \frac{r}{\varrho}\Omega - \int \frac{r}{\varrho}\Omega\left(t_1 \sin\Theta \, e^{t} + \frac{1}{\cos\Theta}\right)\partial\omega,$$

so folgt mit Rücksicht auf den Werth von Ω_1 aus 20:

$$\int t_1 \cos\Theta\, e^t \Omega_1 \partial\omega = -\frac{1}{\cos\Theta}\frac{\varrho}{r}\frac{\partial\Omega}{\partial\omega} + \int (t_1 e^t + tang\,\Theta) U \frac{\partial\Omega}{\partial\omega}\partial\omega$$

$$-\int \frac{r}{\varrho}\Omega\left(t_1 \sin\Theta\, e^t + \frac{1}{\cos\Theta}\right)\partial\omega$$

$$+\left[\cos\Theta \frac{\partial}{\partial\omega}\left(\frac{\varrho}{r}\frac{\partial\Omega}{\partial\omega}\right) - \sin\Theta \frac{\varrho}{r}\frac{\partial\Omega}{\partial\omega} + \cos\Theta \frac{r}{\varrho}\Omega\right]t_1 e^t.$$

Auf ganz ähnliche Weise folgt:

$$\int \cos\Theta\, e^t \Omega_1 \partial\omega = \int U e^t \frac{\partial\Omega}{\partial\omega}\partial\omega - \int \frac{r}{\varrho}\Omega\, e^t \sin\Theta\, \partial\omega$$

$$+\left[\cos\Theta \frac{\partial}{\partial\omega}\left(\frac{\varrho}{r}\frac{\partial\Omega}{\partial\omega}\right) - \sin\Theta \frac{\varrho}{r}\frac{\partial\Omega}{\partial\omega} + \cos\Theta \frac{r}{\varrho}\Omega\right] e^t.$$

Mittelst der beiden vorstehenden Gleichungen geht die Gleichung 21) über in:

$$\frac{\varrho}{r}\frac{\partial\Omega}{\partial\omega} - L = V_1 \cos\Theta - V_2 t_1 \cos\Theta + \cos\Theta \int (t_1 e^t + tang\,\Theta) U \frac{\partial\Omega}{\partial\omega}\partial\omega$$

23) $\quad -t_1 \cos\Theta \int U e^t \frac{\partial\Omega}{\partial\omega}\partial\omega - \cos\Theta \int \frac{r}{\varrho}\Omega\left(t e^t \sin\Theta + \frac{1}{\cos\Theta}\right)\partial\omega$

$$+t_1 \cos\Theta \int \frac{r}{\varrho}\Omega\, e^t \sin\Theta\, \partial\omega.$$

Aus der vorstehenden Gleichung und den Gleichungen 19) erhält man durch Differentiation nach ω:

$$\frac{\partial}{\partial\omega}\left(\frac{\varrho}{r}\frac{\partial\Omega}{\partial\omega} - L\right) - \frac{r}{\varrho} L U \sin\Theta + \frac{r}{\varrho}\Omega = V_1 \sin\Theta - V_2\left(\frac{e^{-t}}{\cos\Theta} + t_1 \sin\Theta\right)$$

24) $\quad + \sin\Theta \int (t_1 e^t + tang\,\Theta) U \frac{\partial\Omega}{\partial\omega}\partial\omega - \left(\frac{e^{-t}}{\cos\Theta} + t_1 \sin\Theta\right)\int U e^t \frac{\partial\Omega}{\partial\omega}\partial\omega$

$$-\sin\Theta \int \frac{r}{\varrho}\Omega\left(t_1 e^t \sin\Theta + \frac{1}{\cos\Theta}\right)\partial\omega + \left(\frac{e^{-t}}{\cos\Theta} + t_1 \sin\Theta\right)\int \frac{r}{\varrho}\Omega\, e^t \sin\Theta\, \partial\omega.$$

Durch die Gleichungen 23) und 24) sind die rechten Seiten der beiden letzten Gleichungen 16) bestimmt, multiplicirt man dieselben der Reihe nach mit $\cos\alpha$, $\cos\lambda$, $-\cos l$, addirt die Producte, so erhält man den Werth von x in Function von u und v. Analog ergeben sich die Werthe von y und z.

Die Gleichungen 23) und 24) enthalten drei Functionen von v, nämlich V_1, V_2 und die Function von v, welche die Integration der Gleichung 12) mit sich führt. Diese drei Functionen sind nicht von einander unabhängig, da die Werthe von x, y, z aus 16) die Gleichung $\frac{\partial P}{\partial v} = -QM$ identisch machen müssen. Setzt man zur Vereinfachung $\frac{r}{\varrho} U = p$, so geht die Gleichung 12) über in:

12) $$\frac{\partial\Theta}{\partial\omega} + 1 = p \cos\Theta.$$

Ist Θ_1 ein Werth von Θ, welcher keine arbiträre Constante enthält und der Gleichung:
$$\frac{\partial \Theta_1}{\partial \omega} + 1 = p \cos \Theta_1$$
genügt, so ist das vollständige Integral von 12):

25) $$\tan \tfrac{1}{2} \Theta = \tan \tfrac{1}{2} \Theta_1 + \frac{g}{V+h},$$

wo V eine Function von v ist, und:

26) $$g = e^{-\int (1+p)\tan \tfrac{1}{2} \Theta_1 \partial \omega}$$
$$h = \int \frac{1+p}{2} e^{-\int (1+p)\tan \tfrac{1}{2} \Theta_1 \partial \omega} = \int \frac{1+p}{2} g \, \partial \omega.$$

Aus den vorstehenden Gleichungen und der Differentialgleichung für Θ_1 folgt:
$$\frac{\partial g}{\partial \omega} = -g(1+p)\tan \tfrac{1}{2} \Theta_1, \quad \frac{\partial h}{\partial \omega} = \frac{1+p}{2} g, \quad \frac{\partial \Theta_1}{\partial \omega} = -1 + p \cos \Theta_1.$$

Mit Hülfe dieser Gleichungen findet man:

27) $$\frac{\partial}{\partial \omega}[(V+h)^2 + (V+h)g \sin \Theta_1 + g^2 \cos^2 \tfrac{1}{2}\Theta_1] =$$
$$p g (1 + \cos \Theta_1)[(V+h)\cos \Theta_1 - \tfrac{1}{2} g \sin \Theta_1].$$

Aus 25) folgt:
$$\sin \Theta = \sin \Theta_1 + g(1 + \cos \Theta_1) \frac{(V+h)\cos \Theta_1 - \tfrac{1}{2} g \sin \Theta_1}{(V+h)^2 + (V+h)g \sin \Theta_1 + g^2 \cos^2 \tfrac{1}{2}\Theta_1},$$
oder wegen 27):
$$p \sin \Theta = p \sin \Theta_1 + \frac{\partial \log}{\partial \omega}[(V+h)^2 + (V+h)g \sin \Theta_1 + g^2 \cos^2 \tfrac{1}{2}\Theta_1].$$

Diese Gleichung integrirt giebt, wegen $p \sin \Theta = \frac{r}{\varrho} U \sin \Theta = \frac{\partial t}{\partial \omega}$:

28) $$e^t = [(V+h)^2 + (V+h)g \sin \Theta_1 + g^2 \cos^2 \tfrac{1}{2}\Theta_1]e^{\int p \sin \Theta_1 \partial \omega}.$$

Für $\dfrac{\partial \Theta}{\partial v}$ erhält man aus 25) folgende Gleichung:
$$\frac{\partial \Theta}{\partial v} = -\frac{g(1+\cos \Theta_1)\dfrac{\partial V}{\partial v}}{(V+h)^2 + (V+h)g \sin \Theta_1 + g^2 \cos^2 \tfrac{1}{2}\Theta_1}.$$

Diese Gleichung mit 28) multiplicirt, giebt:
$$e^t \frac{\partial \Theta}{\partial v} = -g(1+\cos \Theta)\frac{\partial V}{\partial v} e^{\int p \sin \Theta_1 \partial \omega},$$

oder für g aus 26) seinen Werth substituirt:
$$e^t \frac{\partial \Theta}{\partial v} = -\frac{\partial V}{\partial v}(1+\cos \Theta_1) e^{\int [p \sin \Theta_1 - (1+p)\tan \tfrac{1}{2}\Theta_1] \partial \omega}$$
$$= -\frac{\partial V}{\partial v}(1+\cos \Theta_1) e^{\int (p \cos \Theta_1 - 1)\tan \tfrac{1}{2}\Theta_1 \partial \omega}.$$

Da nun $p\cos\Theta_1 - 1 = \dfrac{\partial\Theta}{\partial\omega}$ also $\displaystyle\int (p\cos\Theta_1 - 1)\, tang\,\tfrac{1}{2}\Theta_1\, \partial\omega = -\log\cos^2\tfrac{1}{2}\Theta_1$
$= -\log\dfrac{1+\cos\Theta_1}{2}$, so wird die Gleichung für $e^t\dfrac{\partial\Theta}{\partial v}$ einfach:

$$30)\qquad e^t\dfrac{\partial\Theta}{\partial v} = -2\dfrac{\partial V}{\partial v}.$$

Man kann sehr einfach beweisen, dass $e^t\dfrac{\partial\Theta}{\partial v}$ nur von v abhängt, die vorstehende Deduction hat indessen den Vortheil, den Zusammenhang zwischen $e^t\dfrac{\partial\Theta}{\partial v}$ und der Function von v zu zeigen, welche die Integration von 12) involvirt. Differentiirt man $\dfrac{\partial\Theta}{\partial\omega} + 1 = \dfrac{r}{\varrho}U\cos\Theta$ nach v, so folgt $\dfrac{\partial^2\Theta}{\partial\omega\,\partial v}$
$= -\dfrac{r}{\varrho}U\sin\Theta\dfrac{\partial\Theta}{\partial\omega}$, oder wegen $\dfrac{\partial t}{\partial\omega} = \dfrac{r}{\varrho}U\sin\Theta$, $\dfrac{\partial^2\Theta}{\partial\omega\,\partial v} = -\dfrac{\partial t}{\partial\omega}\dfrac{\partial\Theta}{\partial\omega}$, d. i.
$\dfrac{\partial}{\partial\omega}\log\dfrac{\partial\Theta}{\partial v} + \dfrac{\partial t}{\partial\omega} = 0$, oder $\dfrac{\partial}{\partial\omega}\log\left(e^t\dfrac{\partial\Theta}{\partial\omega}\right) = 0$, woraus unmittelbar folgt, dass $e^t\dfrac{\partial\Theta}{\partial v}$ nur von v abhängt.

Mit Rücksicht auf $\dfrac{\partial t_1}{\partial\omega} = \dfrac{e^{-t}}{\cos^2\Theta}$ giebt die Gleichung:

$$\dfrac{\partial}{\partial\omega}e^{-t}tang\,\Theta) = e^{-t}\left(-\dfrac{r}{\varrho}U\sin\Theta\,tang\,\Theta + \dfrac{1}{\cos^2\Theta}\dfrac{\partial\Theta}{\partial\omega}\right)$$
$$= -\dfrac{e^{-t}}{\cos^2\Theta} + e^{-t}\dfrac{r}{\varrho}U\cos\Theta,$$
$$\dfrac{\partial}{\partial\omega}(e^{-t}tang\,\Theta + t_1) = e^{-t}\dfrac{r}{\varrho}U\cos\Theta,$$

oder integrirt:

$$31)\qquad e^{-t}tang\,\Theta + t_1 = \int e^{-t}\dfrac{r}{\varrho}U\cos\partial\omega.$$

Nun ist aber nach 30):

$$\dfrac{\partial t}{\partial v} = \int\dfrac{r}{\varrho}U\cos\Theta\dfrac{\partial\Theta}{\partial v}\,\partial\omega = -2\dfrac{\partial V}{\partial v}\int e^{-t}\dfrac{r}{\varrho}U\cos\Theta\,\partial\omega.$$

aber wegen 31):

$$\dfrac{\partial t}{\partial v} = -2\dfrac{\partial V}{\partial v}(tang\,\Theta + t_1 e^t)e^{-t}.$$

Mit Hülfe dieser Gleichung und der Gleichung 30) leitet man ohne Schwierigkeit die folgenden ab:

$$\dfrac{\partial\Theta}{\partial v} = -2\dfrac{\partial V}{\partial v}e^{-t},\quad \cos\Theta\dfrac{\partial}{\partial v}\dfrac{e^{-t}}{\cos\Theta} + t_1\dfrac{\partial\Theta}{\partial v} = 0,$$

$$32)\quad -\dfrac{\partial}{\partial v}e^t\left(U\dfrac{\partial\Omega}{\partial\omega} - \dfrac{r}{\varrho}\Omega\sin\Theta\right) =$$
$$2\dfrac{\partial V}{\partial v}\left[(tang\,\Theta + t_1 e^t)U\dfrac{\partial\Omega}{\partial\omega} - \dfrac{r}{\varrho}\Omega\left(\dfrac{1}{\cos\Theta} + t_1\sin\Theta\, e^t\right)\right].$$

Diese Gleichungen gestatten es, in Verbindung mit der Gleichung $\frac{\partial P}{\partial v} = -QM$ die gesuchte Relation zwischen den Functionen V, V_1, V_2 aufzustellen. Nach 8) und 15) ist $M = -\frac{1}{\varrho}\frac{\partial s}{\partial u}\sqrt{(1+U^2)}\cos\Theta$, $P = \frac{1}{\varrho}\frac{\partial s}{\partial u}\sqrt{(1+U^2)}.L$, die Gleichung $\frac{\partial P}{\partial v} = -QM$ wird hierdurch: $Q\cos\Theta = \frac{\partial L}{\partial v}$. Differentiirt man die Gleichungen 16) nach v und bildet die Summe der Quadrate, so folgt:

$$Q^2 = \left(\frac{\partial L}{\partial v}\right)^2 + \left(\frac{\partial^2 L}{\partial v \partial \omega} + \frac{\partial}{\partial v}\frac{r}{\varrho} UL\sin\Theta\right)^2,$$

oder wegen $\frac{\partial L}{\partial v} = Q\cos\Theta$:

$$\frac{\partial L}{\partial v}\sin\Theta = \cos\Theta \frac{\partial}{\partial v}\left(\frac{\partial L}{\partial \omega} + \frac{r}{\varrho} UL\sin\Theta\right).$$

Man beweist leicht durch die Differentiation nach ω, dass diese Gleichung identisch wird. Entwickelt man die vorstehende Gleichung mit Hülfe der Gleichungen 23) und 24), so wird dieselbe:

33) $\quad V_1 \frac{\partial\Theta}{\partial v} - e^{-t}\frac{\partial V_2}{\partial v}$

$+ \left(\cos\Theta \frac{\partial}{\partial v}\frac{e^{-t}}{\cos\Theta} + t_1 \frac{\partial\Theta}{\partial v}\right) \cdot \left[-V_2 + \int e^t\left(\frac{r}{\varrho}\Omega\sin\Theta - U\frac{\partial\Omega}{\partial\omega}\right)\partial\omega\right]$

$+ \frac{\partial\Theta}{\partial v}\int\left[(t_1 e^t + \tan\Theta)U\frac{\partial\Omega}{\partial\omega} - \left(t_1 e^t\sin\Theta + \frac{1}{\cos\Theta}\right)\frac{r}{\varrho}\Omega\right]\partial\omega$

$- e^{-t}\int\partial\omega\frac{\partial}{\partial v}\left(Ue^t\frac{\partial\Omega}{\partial\omega} - \frac{r}{\varrho}\Omega e^t\sin\Theta\right).$

Diese Gleichung reducirt sich wegen 32) einfach auf:

33) $\quad 2V_1\frac{\partial V}{\partial v} + \frac{\partial V_2}{\partial v} = 0.$

Eine der Functionen V, V_1, V_2 kann gleich v gesetzt werden, die Gleichung 33) zeigt dann, dass von den drei Functionen V, V_1, V_2 nur eine willkührlich bleibt. Welche der Functionen V, V_1, V_2 als unabhängige Variabele zu nehmen ist, wird sich in jedem besonderen Falle darnach richten, für x, y, z möglichst einfache Gleichungen zu erhalten.

Ist ein particuläres Integral Θ_1 der Gleichung $\frac{\partial\Theta}{\partial\omega} + 1 = \frac{r}{\varrho}U\sin\Theta$ bekannt, substituirt man in die Gleichungen 16) für t, t_1 ihre Werthe aus 19) und den Werth von Θ aus 25), so geben die Gleichungen 16) in Verbindung mit 33) die vollständige Lösung des Problems, die Coordinaten eines Punktes einer Fläche, für welche ein System von Krümmungslinien plan ist, in Function der Argumente der Krümmungslinien auszudrücken.

Die vorstehenden Entwickelungen erfordern eine Modification für den Fall, dass die Curve, deren Elemente Functionen von u sind, plan ist.

122 Analytisch-geometrische Untersuchungen.

Nimmt man die Curve in der Ebene der x und y an, so hat man folgende Gleichungen:
$$\cos l = 0, \quad \cos m = 0, \quad \cos n = 1$$
$$\cos \gamma = 0, \quad \cos \nu = 0.$$
Bezeichnet man durch ϱ den Krümmungshalbmesser der planen Curve, setzt wieder $\dfrac{\partial \varepsilon}{\partial s} = \dfrac{1}{\varrho}$, so ist:
$$\cos \lambda = \cos \varepsilon, \quad \cos \mu = \sin \varepsilon, \quad \cos \alpha = \sin \varepsilon, \quad \cos \beta = -\cos \varepsilon.$$
Die Gleichungen 8) bleiben unverändert. An die Stelle der Gleichungen 10) tritt folgendes System:
$$\cos a = \frac{-U \sin \varepsilon + \sin \Theta . \cos \varepsilon}{\sqrt{(1 + U^2)}}, \quad \cos b = \frac{U \cos \varepsilon + \sin \Theta \sin \varepsilon}{\sqrt{(1 + U^2)}},$$
$$\cos a' = \frac{\sin \varepsilon + U \sin \Theta \cos \varepsilon}{\sqrt{(1 + U^2)}}, \quad \cos b' = \frac{-\cos \varepsilon + U \sin \Theta \sin \varepsilon}{\sqrt{(1 + U^2)}},$$
$$\cos a'' = -\cos \varepsilon . \sin \Theta, \quad \cos b'' = -\sin \varepsilon . \sin \Theta.$$

34) $\sqrt{(1 + U^2)} \cos c = \cos \Theta, \quad \sqrt{(1 + U^2)} \cos c' = U \cos \Theta, \quad \cos c'' = \sin \Theta.$

Mittelst der vorstehenden Gleichungen und 8) geht die Gleichung $\dfrac{\partial \cos c''}{\partial u} = -M \cos c'$ über in:
$$\frac{\partial \Theta}{\partial u} = \frac{1}{\varrho} \frac{\partial s}{\partial u} U \cos \Theta \quad \text{oder} \quad \frac{\partial \Theta}{\partial s} = U \cos \Theta,$$
wenn s als unabhängige Variabele genommen wird. Durch Integration folgt:

35) $\quad \dfrac{1 - \sin \Theta}{1 + \sin \Theta} = V e^{-2 \int U \partial s},$

wo V eine Function von v bedeutet. Hat L wieder die Bedeutung wie in 15) ist Ω nur von u oder s abhängig, so treten an die Stelle der Gleichungen 16) die beiden folgenden:

36) $\quad \begin{aligned} x \sin \varepsilon - y \cos \varepsilon &= \Omega, \\ x \cos \varepsilon + y \sin \varepsilon &= \dfrac{\partial \Omega}{\partial s} - L. \end{aligned}$

Aus diesen Gleichungen erhält man für L die Differentialgleichung:
$$\frac{\partial^2 \Omega}{\partial s^2} + \Omega = \frac{\partial L}{\partial s} + L U \sin \Theta,$$
oder wegen $\dfrac{\partial \Theta}{\partial s} = U \cos \Theta$:
$$\frac{\partial^2 \Omega}{\partial s^2} + \Omega = \frac{\partial L}{\partial s} + \tan \Theta \frac{\partial \Theta}{\partial s} . L = \cos \Theta \frac{\partial}{\partial s} \frac{L}{\cos \Theta},$$
folglich:

37) $\quad L = \cos \Theta . \left[V_2 + \displaystyle\int \left(\frac{\partial^2 \Omega}{\partial s^2} + \Omega \right) \frac{\partial s}{\cos \Theta} \right].$

Setzt man diese Werthe von L in $P = V(1 + U^2)\frac{L}{\varrho}\frac{\partial s}{\partial u}$, den so erhaltenen Werth von P in $\frac{\partial z}{\partial u} = P\cos c' = \frac{PU}{V(1+U^2)}\cos\Theta$, so folgt:

$$\frac{\partial z}{\partial u} = \frac{1}{\varrho}\frac{\partial s}{\partial u}\left[V_2 + \int\left(\frac{\partial^2\Omega}{\partial s^2} + \Omega\right)\frac{\partial s}{\cos\Theta}\right]U\cos^2\Theta.$$

Nimmt man s als unabhängige Veränderliche, setzt

$$U\cos\Theta = \frac{\partial\Theta}{\partial s}, \quad U\cos^2\Theta = \frac{\partial\sin\Theta}{\partial s},$$

so ist:

$$\frac{\partial z}{\partial s} = V_2\frac{\partial\sin\Theta}{\partial s} + \frac{\partial\sin\Theta}{\partial s}\int\left(\frac{\partial^2\Omega}{\partial s^2} + \Omega\right)\frac{\partial s}{\cos\Theta}.$$

Da nun:

$$\int\left[\int\left(\frac{\partial^2\Omega}{\partial s^2} + \Omega\right)\frac{\partial s}{\cos\Theta}\right]\frac{\partial\sin\Theta}{\partial s}\partial s = \sin\Theta\int\left(\frac{\partial^2\Omega}{\partial s^2} + \Omega\right)\frac{\partial s}{\cos\Theta}$$
$$-\int\left(\frac{\partial^2\Omega}{\partial s^2} + \Omega\right)\tan\Theta\,\partial s,$$

so giebt die Differentialgleichung für z integrirt:

38) $\quad z = V_1 + \sin\Theta\left[V_2 + \int\left(\frac{\partial^2\Omega}{\partial s^2} + \Omega\right)\frac{\partial s}{\cos\Theta}\right] - \int\left(\frac{\partial^2\Omega}{\partial s^2} + \Omega\right)\tan\Theta\,\partial s,$

wo V_1 eine Function von v bedeutet. Aus 36) folgt:

$$\left(\frac{\partial x}{\partial v}\right)^2 + \left(\frac{\partial y}{\partial v}\right)^2 = \left(\frac{\partial L}{\partial v}\right)^2, \text{ also } Q^2 = \left(\frac{\partial L}{\partial v}\right)^2 + \left(\frac{\partial z}{\partial v}\right)^2.$$

Für diesen Werth von Q geht die Gleichung $\frac{\partial P}{\partial v} = -QM$ oder $\frac{\partial L}{\partial v} = Q\cos\Theta$ über in: $\frac{\partial L}{\partial v}\sin\Theta = \frac{\partial z}{\partial v}\cos\Theta$. Substituirt man für L und z ihre Werthe aus 36) und 38), so folgt:

$$\cos\Theta\frac{dV_1}{\partial v} + \frac{\partial\Theta}{\partial v}\left[V_2 + \int\left(\frac{\partial^2\Omega}{\partial s^2} + \Omega\right)\frac{\partial s}{\cos\Theta}\right]$$
$$-\cos\Theta\int\left(\frac{\partial^2\Omega}{\partial s^2} + \Omega\right)\frac{1}{\cos^2\Theta}\frac{\partial\Theta}{\partial v}\partial s = 0.$$

Nach 35) ist nun $\frac{1}{\cos\Theta}\frac{\partial\Theta}{\partial v} = \frac{1}{2}\frac{1}{V}\frac{\partial V}{\partial v}$, die vorstehende Gleichung reducirt sich hierdurch auf: $\frac{1}{2}\frac{V_2}{V}\frac{\partial V}{\partial v} = -\frac{\partial V_1}{\partial v}$, oder $V_2 = -2V\frac{\partial V_1}{\partial v}$. Mit Hülfe dieser Gleichung und 37) werden die Gleichungen 36) und 38):

$x\sin s - y\cos s = \Omega,$

39) $\quad x\cos s + y\sin s = \frac{\partial\Omega}{\partial s} + \cos\Theta\left[2V\frac{\partial V_1}{\partial V} + \int\left(\frac{\partial^2\Omega}{\partial s^2} + \Omega\right)\frac{\partial s}{\cos\Theta}\right],$

$z = V_1 - \sin\Theta\left[2V\frac{\partial V_1}{\partial V} - \int\left(\frac{\partial^2\Omega}{\partial s^2} + \Omega\right)\frac{\partial s}{\cos\Theta}\right] - \int\left(\frac{\partial^2\Omega}{\partial s^2} + \Omega\right)\tan\Theta.\partial s.$

In diesen Gleichungen ist Θ durch 35) bestimmt. Die erste Gleichung 39) zeigt, dass die Ebenen der planen Krümmungslinien sämmtlich einer festen Geraden, der z-Axe, parallel sind, für $\Omega = 0$ gehen diese Ebenen durch die z-Axe.

Die in 3) enthaltenen Ausdrücke repräsentiren die Cosinus der Winkel, welche die Ebene der planen Krümmungslinie mit den Coordinatenaxen bildet, multiplicirt man dieselben respective mit $\cos a$, $\cos b$, $\cos c$, bildet die Summe der Producte, so ist: $-\dfrac{U}{\sqrt{(1+U^2)}}$ der Cosinus des Winkels, welchen die Krümmungsebene mit der Normale bildet, wenn $U = 0$, so schneidet die Krümmungslinie die Fläche orthogonal.

Nimmt man in den Gleichungen 39) $U = 0$, so zeigt die Gleichung 35), dass Θ von s oder u unabhängig ist, aus den Gleichungen 8) folgt, dass dasselbe mit $\dfrac{P}{r''}$ und M der Fall ist, also $\dfrac{\partial}{\partial u}\dfrac{r'' M}{P} = 0$, d. h. das zweite System von Krümmungslinien ist ebenfalls plan.

Ist die Curve, deren Elemente Functionen von u sind, eine Gerade, so hat man $\varrho = \infty$, die Gleichungen 8) geben dann $M = 0$. Das zweite System von Krümmungslinien ist in diesem Falle ebenfalls plan und die Ebenen desselben schneiden die Fläche orthogonal. Die Winkel α, β, γ sind constant, folglich sind die Ebenen des ersten Systemes einander parallel. Es ist noch zu bemerken, dass für $U = 0$ die Gleichung 33) ungültig wird, was in der Art ihrer Ableitung liegt. In diesem Falle giebt die Gleichung 12) $\dfrac{\partial \Theta}{\partial \omega} + 1 = 0$, also einfach $\Theta = v - \omega$. Für t und t_1 ergeben sich die Werthe $t = 0$, $t_1 = \int \dfrac{\partial \omega}{\cos^2(v-\omega)} = -tang(v-\omega)$. Da $\dfrac{\partial \Theta}{\partial v} = 1$, so giebt die Gleichung 33) $V_1 = \dfrac{\partial V_2}{\partial v}$. Setzt man einfach V statt V_2, so werden die Gleichungen 23) und 24):

$$\frac{\varrho}{r}\frac{\partial \Omega}{\partial \omega} - L = \frac{\partial V}{\partial v}\cos(v-\omega) + V\sin(v-\omega) - \cos(v-\omega)\int \frac{r}{\varrho}\Omega\cos(v-\omega)\partial \omega$$
$$- \sin(v-\omega)\int \frac{r}{\varrho}\Omega\sin(v-\omega)\partial \omega,$$

$$\frac{\partial}{\partial \omega}\left(\frac{\varrho}{r}\frac{\partial \Omega}{\partial \omega} - L\right) + \frac{r}{\varrho}\Omega = \frac{\partial V}{\partial v}\sin(v-\omega) - V\cos(v-\omega)$$
$$-\sin(v-\omega)\int \frac{r}{\varrho}\Omega\cos(v-\omega)\partial\omega + \cos(v-\omega)\int \frac{r}{\varrho}\Omega\sin(v-\omega)\partial\omega.$$

Setzt man $\dfrac{r}{\varrho}\Omega = \varphi''(\omega) + \varphi(\omega)$, so folgt:

$$\cos(v-\omega)\int [\varphi''(\omega) + \varphi(\omega)]\cos(v-\omega)\partial\omega$$
$$+ \sin(v-\omega)\int [\varphi''(\omega) + \varphi(\omega)]\partial\omega = \varphi'(\omega),$$

$$-\sin(v-\omega)\int[\varphi''(\omega)+\varphi(\omega)]\cos(v-\omega)\partial\omega$$
$$+\cos(v-\omega)\int[\varphi''(\omega)+\varphi(\omega)]\partial\omega=\varphi(\omega).$$

Die Gleichungen 16) nehmen dann folgende einfache Formen an:

$$x\cos\alpha+y\cos\beta+z\cos\gamma=\frac{\varrho}{r}[\varphi''(\omega)+\varphi(\omega)],$$

40) $\quad x\cos\lambda+y\cos\mu+z\cos\nu=-\varphi'(\omega)+\dfrac{\partial V}{\partial v}\cos(v-\omega)+V\sin(v-\omega),$

$$x\cos l+y\cos m+z\cos n=-\varphi(\omega)+\frac{\partial V}{\partial v}\sin(v-\omega)+V\cos(v-\omega).$$

Setzt man $\xi=\dfrac{\varrho}{r}[\varphi''(\omega)+\varphi(\omega)]\cos\alpha-\varphi'(\omega)\cos\lambda-\varphi(\omega)\cos l$, so folgt durch Differentiation nach s:

$$\frac{\partial\xi}{\partial s}=\left[\frac{\partial}{\partial s}\left\{\frac{\varrho}{r}(\varphi''(\omega)+\varphi(\omega))\right\}+\frac{1}{\varrho}\varphi'(\omega)\right]\cos\alpha.$$

Nimmt man den Factor von $\cos\alpha$ gleich der Einheit, setzt analog:

$$\eta=\frac{\varrho}{r}[\varphi''(\omega)+\varphi(\omega)]\cos\beta-\varphi'(\omega)\cos\mu-\varphi(\omega)\cos m,$$

$$\zeta=\frac{\varrho}{r}[\varphi''(\omega)+\varphi(\omega)]\cos\gamma-\varphi'(\omega)\cos\nu-\varphi(\omega)\cos n,$$

so sind ξ, η, ζ die Coordinaten eines Punktes einer Curve doppelter Krümmung, für welche die Gleichungen (I, 1) gelten, wenn ξ, η, ζ statt x, y, z gesetzt werden. Nimmt man weiter in den Gleichungen 40) $V=k$, wo k eine Constante ist, so folgt:

41) $\quad\begin{aligned}x-\xi&=k\cos\lambda\sin(v-\omega)+k\cos l\cos(v-\omega),\\ y-\eta&=k\cos\mu\sin(v-\omega)+k\cos m\cos(v-\omega),\\ z-\zeta&=k\cos\nu\sin(v-\omega)+k\cos n\cos(v-\omega).\end{aligned}$

Aus diesen Gleichungen erhält man leicht:

$$(x-\xi)^2+(y-\eta)^2+[z-\zeta]^2=k^2$$
$$(x-\xi)\cos\alpha+(y+\eta)\cos\beta+(z-\zeta)\cos\gamma=0.$$

Dieses sind dieselben Gleichungen, welche in II für die Flächen gefunden wurden, für welche einer der Hauptkrümmungshalbmesser constant ist. Bewegt sich also der Mittelpunkt einer Kugelfläche von constantem Halbmesser auf einer Curve doppelter Krümmung, so geben die Gleichungen 41) einen Punkt der einhüllenden Fläche in Function des Argumentes der Krümmungslinien.

Kleinere Mittheilungen.

IX. Ueber einige Transformationen von Flächen. Entspricht einem Punkte (x, y, z) einer Fläche S ein Punkt (x_1, y_1, z_1) des Raumes so, dass x_1, y_1, z_1 bestimmte Functionen von x, y, z sind, so liegt der Punkt (x_1,y_1,z_1) auf einer bestimmten Fläche S_1, welche die transformirte Fläche S heissen möge. Aus den Gleichungen $x_1 = \varphi(x,y,z)$, $y_1 = \varphi_1(x,y,z)$, $z_1 = \varphi_2(x,y,z)$ und der Gleichung $f(x,y,z) = 0$ der Fläche S erhält man durch Elimination von x, y, z die Gleichung der Fläche S_1. Sind die Functionen $\varphi, \varphi_1, \varphi_2$ bestimmt, so lassen sich die Winkel, welche die Normale im Punkte $(x_1, y_1, z_1,)$ zur Fläche S_1 mit den Axen bildet, durch x, y, z ausdrücken. Aus den Gleichungen $x_1 = \varphi(x,y,z)$, $y_1 = \varphi_1(x,y,z)$, $z_1 = \varphi_2(x,y,z)$ folgt umgekehrt $x = \psi(x_1,y_1, z_1)$, $y = \psi_1(x_1,y_1,z_1)$, $z = \psi_2(x_1,y_1,z_1)$, die Gleichung der Fläche S_1 ist dann $f(\psi, \psi_1, \psi_2) = 0$. Diese Gleichung successive nach x_1, y_1, z_1 differentiirt, giebt:

1)
$$\frac{df}{dx_1} = \frac{df}{dx}\frac{dx}{dx_1} + \frac{df}{dy}\frac{dy}{dx_1} + \frac{df}{dz}\frac{dz}{dx_1},$$
$$\frac{df}{dy_1} = \frac{df}{dx}\frac{dx}{dy_1} + \frac{df}{dy}\frac{dy}{dy_1} + \frac{df}{dz}\frac{dz}{dy_1},$$
$$\frac{df}{dz_1} = \frac{df}{dx}\frac{dx}{dz_1} + \frac{df}{dy}\frac{dy}{dz_1} + \frac{df}{dz}\frac{dz}{dz_1}.$$

Setzt in $x = \psi(x_1,y_1,z_1)$ für x_1, y_1, z_1 ihre Werthe ein, so ist $x = \psi(\varphi,\varphi_1,\varphi_2)$. Diese Gleichung nach x, y, z differentiirt, giebt:

2)
$$1 = \frac{dx}{dx_1}\frac{dx_1}{dx} + \frac{dx}{dy_1}\frac{dy_1}{dx} + \frac{dx}{dz_1}\frac{dz_1}{dx},$$
$$0 = \frac{dx}{dx_1}\frac{dx_1}{dy} + \frac{dx}{dy_1}\frac{dy_1}{dy} + \frac{dx}{dz_1}\frac{dz_1}{dy},$$
$$0 = \frac{dx}{dx_1}\frac{dx_1}{dz} + \frac{dx}{dy_1}\frac{dy_1}{dz} + \frac{dx}{dz_1}\frac{dz_1}{dz}.$$

Mittelst dieser und sechs analogen Gleichungen lassen sich die Differentialquotienten von x, y, z nach x_1, y_1, z_1 ausdrücken durch die Differentialquotienten von x_1, y_1, z nach x, y, z.[*)] Durch Elimination von $\frac{dx}{dx_1}$, $\frac{dx}{dy_1}$

[*)] Jacobi: *de determinantibus functionalibus* §. 9 in Crelle's Journal XXII.

$\frac{dx}{dz_1}$, zwischen der ersten Gleichung 1) und den Gleichungen 2) folgt:

3) $\quad R\dfrac{df}{dx_1} = \begin{vmatrix} \dfrac{df}{dx} & \dfrac{df}{dy} & \dfrac{df}{dz} \\ \dfrac{dy_1}{dx} & \dfrac{dy_1}{dy} & \dfrac{dy_1}{dz} \\ \dfrac{dz_1}{dx} & \dfrac{dz_1}{dy} & \dfrac{dz_1}{dz} \end{vmatrix},\quad R = \begin{vmatrix} \dfrac{dx_1}{dx} & \dfrac{dx_1}{dy} & \dfrac{dx_1}{dz} \\ \dfrac{dy_1}{dx} & \dfrac{dy_1}{dy} & \dfrac{dy_1}{dz} \\ \dfrac{dz_1}{dx} & \dfrac{dz_1}{dy} & \dfrac{dz_1}{dz} \end{vmatrix}.$

Auf ganz ähnliche Weise findet man:

$R\dfrac{df}{dy_1} = \begin{vmatrix} \dfrac{df}{dx} & \dfrac{df}{dy} & \dfrac{df}{dz} \\ \dfrac{dz_1}{dx} & \dfrac{dz_1}{dy} & \dfrac{dz_1}{dz} \\ \dfrac{dx_1}{dx} & \dfrac{dx_1}{dy} & \dfrac{dx_1}{dz} \end{vmatrix},\quad R\dfrac{df}{dz_1} = \begin{vmatrix} \dfrac{df}{dx} & \dfrac{df}{dy} & \dfrac{df}{dz} \\ \dfrac{dx_1}{dx} & \dfrac{dx_1}{dy} & \dfrac{dx_1}{dz} \\ \dfrac{dy_1}{dx} & \dfrac{dy_1}{dy} & \dfrac{dy_1}{dz} \end{vmatrix}.$

Die Quantitäten $\dfrac{df}{dx_1}, \dfrac{df}{dy_1}, \dfrac{df}{dz_1}$ sind den Cosinus der Winkel proportional, welche die Normale zur Fläche S_1 im Punkte (x_1, y_1, z_1) mit den Coordinatenaxen bildet, so dass die Richtungen der Normale mittelst der vorstehenden Gleichungen in Function von x, y, z ausgedrückt werden können. In manchen Fällen enthalten die Gleichungen für x, y, z die Cosinus der Winkel, welche die Normale im Punkte (x, y, z) der Fläche S mit den Axen bildet, die Anwendung der Gleichungen 3) erfordert, dass diese Cosinus als Functionen von x, y, z anzusehen sind, was in den meisten Fällen zu sehr umständlichen Rechnungen führt. Im Folgenden sind einige häufig vorkommende Transformationen zusammengestellt, wobei, statt die Gleichungen 3) anzuwenden, die Coordinaten x, y, z, also auch x_1, y_1, z_1 als Functionen zweier Variabelen p, q angesehen werden, was die Rechnungen mit grosser Leichtigkeit auszuführen erlaubt.

Die Winkel, welche die Normalen in den Punkten $(x, y, z), (x_1, y_1, z_1)$ der Flächen S, S_1 mit den Axen bilden, seien respective a, b, c und a_1, b_1, c_1. Ist (ξ, η, ζ) ein fester Punkt, so werde zur Abkürzung gesetzt:

4) $\quad \begin{array}{l} \sqrt{[(x-\xi)^2+(y-\eta)^2+(z-\zeta)^2]}=r,\ \sqrt{[(x_1-\xi)^2+(y_1-\eta)^2+(z_1-\zeta)^2]}=r_1, \\ (x-\xi)\cos a+(y-\eta)\cos b+(z-\zeta)\cos c=p, \\ (x_1-\xi)\cos a_1+(y_1-\eta)\cos b_1+(z_1-\zeta)\cos c_1=p_1. \end{array}$

Nimmt man zu der Gleichung:

5) $\qquad (x-\xi)\cos a + (y-\eta)\cos b + (z-\zeta)\cos c = p,$

die Gleichung:

6) $\qquad \cos a + \cos b + \cos c = q,$

so kann man mit Hülfe dieser Gleichungen und der Gleichung von S, x, y, z als

Functionen von p und q ansehen. Die Gleichungen 5), 6) und $cos^2 a + cos^2 b + cos^2 c = 1$ differentiirt geben:

7) $$\begin{aligned}(x-\xi)d\cos a + (y-\eta)d\cos b + (z-\zeta)d\cos b &= dp, \\ d\cos a + d\cos b + d\cos c &= dq, \\ \cos a . d\cos a + \cos b \, d\cos b + \cos c \, d\cos c &= 0.\end{aligned}$$

Setzt man zur Abkürzung:

$$\begin{vmatrix} x-\xi & y-\eta & z-\zeta \\ 1 & 1 & 1 \\ \cos a & \cos b & \cos c \end{vmatrix} = \varDelta,$$

so folgt aus den Gleichungen 7):

$$\varDelta . d\cos a = (\cos c - \cos b)dp + [\cos b . (z-\zeta) - \cos c(y-\eta)]dq,$$
$$\varDelta d\cos b = (\cos a - \cos c)dp + [\cos c (x-\xi) - \cos a(z-\zeta)]dq,$$
$$\varDelta d\cos c = (\cos b - \cos a)dp + [\cos a (y-\eta) - \cos b(x-\xi)]dq,$$

folglich:

8) $$\varDelta \frac{d\cos a}{dp} = \cos c - \cos b, \quad \varDelta \frac{d\cos a}{dq} = (z-\zeta)\cos b - (y-\eta)\cos c,$$
$$\varDelta \frac{d\cos b}{dp} = \cos a - \cos c, \quad \varDelta \frac{d\cos b}{dq} = (x-\xi)\cos c - (z-\zeta)\cos a,$$
$$\varDelta \frac{d\cos c}{dp} = \cos b - \cos a, \quad \varDelta \frac{d\cos c}{dq} = (y-\eta)\cos a - (x-\xi)\cos b.$$

Es werde die Fläche S so transformirt, dass zwischen x_1, y_1, z_1 und x, y, z folgende Gleichungen stattfinden:

9) $\quad x_1 - \xi = \psi(p).\cos a, \quad y_1 - \eta = \psi(p)\cos b, \quad z_1 - \zeta = \psi(p)\cos c,$

wo $\psi(p)$ eine beliebige Function von p bedeutet. Die Gleichungen:

$$\frac{\cos a_1}{\frac{dy_1}{dp}\frac{dz_1}{dq} - \frac{dy_1}{dq}\frac{dz_1}{dp}} = \frac{\cos b_1}{\frac{dz_1}{dp}\frac{dx_1}{dq} - \frac{dz_1}{dq}\frac{dx_1}{dp}} = \frac{\cos c_1}{\frac{dx_1}{dp}\frac{dy_1}{dq} - \frac{dx_1}{dq}\frac{dy_1}{dp}},$$

$$\cos^2 a_1 + \cos^2 b_1 + \cos^2 c_1 = 1,$$

gehen mit Hülfe der Gleichungen 8) und 9) über in:

10) $$\begin{aligned}R_1 \cos a_1 &= [p\psi'(p) + \psi(p)]\cos a - (x-\xi)\psi'(p), \\ R_1 \cos b_1 &= [p\psi'(p) + \psi(p)]\cos b - (y-\eta)\psi'(p), \\ R_1 \cos c_1 &= [p\psi'(p) + \psi(p)]\cos c - (z-\zeta)\psi'(p). \\ R_1 &= \pm\sqrt{[r^2\psi'(p)^2 - p^2\psi'(p)^2 + \psi(p)^2]}.\end{aligned}$$

Diese Gleichungen erweisen sich bei den folgenden Transformationen sehr nützlich.

I. Ist S_1 die Fusspunktfläche von S, d. h. der Ort der Fusspunkte der Perpendikel, gefällt von einem festen Punkte (ξ, η, ζ) auf die berührenden Ebenen der Fläche S, so hat man folgende Gleichungen:

11) $\quad x_1 - \xi = p\cos a, \quad y_1 - \eta = p\cos b, \quad z_1 - \zeta = p\cos c.$

Diese Gleichungen folgen aus 9) für $\psi(p) = p$, die Gleichungen 10) geben dann:

12) $$\pm \cos a_1 = \frac{2p\cos a - (x-\xi)}{r}, \quad \pm \cos b_1 = \frac{2p\cos b - (y-\eta)}{r},$$
$$\pm \cos c_1 = \frac{2p\cos c - (z-\zeta)}{r}.$$

Aus den Gleichungen 11) und 12) findet man leicht:

$$\pm p_1 = \frac{p^2}{r}, \quad \pm r_1 = p, \quad \frac{p_1}{r_1} = \frac{p}{r}.$$

Nimmt man in diesen Gleichungen nur das obere Zeichen, so erhält man aus 11) und 12):

13) $$x-\xi = 2(x_1-\xi) - \frac{r_1^2}{p_1}\cos a_1, \quad \cos a = \frac{x_1-\xi}{r_1},$$
$$y-\eta = 2(y_1-\eta) - \frac{r_1^2}{p_1}\cos b_1, \quad \cos b = \frac{y_1-\eta}{r_1},$$
$$z-\zeta = 2(z_1-\zeta) - \frac{r_1^2}{p_1}\cos c_1, \quad \cos c = \frac{z_1-\zeta}{r_1}.$$

Sieht man eine Fläche als Fusspunktfläche einer Fläche S in Beziehung auf den Punkt (ξ, η, ζ) an, so erhält man mittelst der Gleichungen 13) die primitive Fläche.

II. Ist S_1 die reciproke Polarfläche von S in Beziehung auf eine Kugelfläche mit dem Mittelpunkt (ξ, η, ζ) und dem Radius k, so hat man folgende Gleichungen:

14) $$x_1 - \xi = \frac{k^2}{p}\cos a, \quad y_1 - \eta = \frac{k^2}{p}\cos b, \quad z_1 - \zeta = \frac{k^2}{p}\cos c.$$

Für $\psi(p) = \frac{k^2}{p}$ geben die Gleichungen 10), wenn man das doppelte Vorzeichen von R weglässt:

15) $$\cos a_1 = \frac{x-\xi}{r}, \quad \cos b_1 = \frac{y-\eta}{r}, \quad \cos c_1 = \frac{z-\zeta}{r}.$$

Aus 14) und 15) erhält man folgende Gleichungen:

$$r_1 = \frac{k^2}{p}, \quad p_1 = \frac{k^2}{r}, \quad \frac{p_1}{r_1} = \frac{p}{r}.$$

In den Gleichungen 14) und 15) kann man a, b, c, x, y, z, p, r mit $a_1, b_1, \ldots$ vertauschen, was aus der Transformation von selbst folgt.

III. Die Transformationen I. und II. lassen sich nach einander auf die Fläche S anwenden, es werde zuerst die Fusspunktfläche der reciproken Polarfläche gesucht. Für die Coordinate x_2 und den Winkel a_2 dieser Fläche finden nach 11), 12), 14), 15) folgende Gleichungen statt:

$$x_2-\xi = p_1\cos a_1 = k^2\frac{x-\xi}{r^2}, \quad \cos a_2 = \frac{2p_1\cos a_1 - (x_1-\xi)}{r_1} = 2p\frac{x-\xi}{r^2} - \cos a.$$

Setzt man einfach wieder x_1, a_1 statt x_2, a_2, so ist die Fusspunktfläche der reciproken Polarfläche durch folgende Gleichungen bestimmt:

16)
$$x_1 - \xi = k^2 \frac{x-\xi}{r^2}, \quad y_1 - \eta = k^2 \frac{y-\eta}{r^2}, \quad z_1 - \zeta = k^2 \frac{z-\zeta}{r^2},$$
$$\cos a_1 = 2p \frac{x-\xi}{r^2} - \cos a, \quad \cos b_1 = 2p \frac{y-\eta}{r^2} - \cos b, \quad \cos c_1 = 2p \frac{y-\eta}{r^2} - \cos c.$$

Aus diesen Gleichungen folgt:
$$rr_1 = k^2, \quad p_1 = \frac{pk^2}{r^2}, \quad \frac{p_1}{r_1} = \frac{p}{r}.$$

Die Gleichungen 16) enthalten die bekannte Transformation mittelst reciproker Radienvectoren.*) Der Einfachheit halber möge der Fläche S_1 die inverse Fläche von S heissen.**)

Die in I, II, III, enthaltenen Transformationen lassen sich mit einander verbinden. Man findet dann ohne Schwierigkeit folgende Sätze:

Die Fusspunktfläche der reciproken Polarfläche ist die inverse Fläche der primitiven Fläche.

Die inverse Fläche der reciproken Polarfläche ist die Fusspunktfläche der primitiven Fläche.

Die inverse Fläche der Fusspunktfläche ist die reciproke Polarfläche der primitiven Fläche.

Der zweite dieser Sätze rührt von Hirst her (Ann. di Math. II. 96).

IV. Ist S_1 die reciproke Polarfläche der inversen Fläche, so hat man:

17)
$$x_1 - \xi = 2(x-\xi) - \frac{r^2}{p}\cos a, \quad y_1 - \eta = 2(y-\eta) - \frac{r^2}{p}\cos b, \quad z_1 - \zeta = 2(z-\zeta) - \frac{r^2}{p}\cos c,$$
$$\cos a_1 = \frac{x-\xi}{r}, \quad \cos b_1 = \frac{y-\eta}{r}, \quad \cos c_1 = \frac{z-\zeta}{r},$$
$$r_1 = \frac{r^2}{p} \quad p_1 = r, \quad \frac{p_1}{r_1} = \frac{p}{r}.$$

18)
$$x - \xi = p_1 \cos a_1, \quad y - \eta = p_1 \cos b_1, \quad z - \zeta = p_1 \cos c_1,$$
$$\cos a = \frac{2p_1 \cos a_1 - (x_1 - \xi)}{r_1}, \quad \cos b = \frac{2p_1 \cos b_1 - (y_1 - \eta)}{r_1},$$
$$\cos c = \frac{2p_1 \cos c_1 - (z_1 - \zeta)}{r_1}.$$

Aus den Gleichungen 17) folgt: $(x_1-x)\cos a_1 + (y_1-y)\cos b_1 + (z_1-z)\cos c_1 = 0$, die berührende Ebene im Punkte (x_1, y_1, z_1) steht also senkrecht auf der Verbindungslinie der Punkte (ξ, η, ζ) und (x, y, z). Die durch 17) definirte Fläche S_1 ist also die Enveloppe der Ebenen, welche in den Endpunkten der Radienvectoren der Fläche S senkrecht stehen.***) Eine einfache

---

*) Vergl. hierüber Thompson im Journ. de Mathém. X. 364, XII. 256; Lionville ibid. XII. 365.
**) Diese Bezeichnung findet sich bei Hirst. Annali di Mat. II. 96.
***) Vergl. hierüber Hirst. Annali di Mat. II. 95, Cayley ibid. II. 186.

Vergleichung der Gleichungen 17), 18) mit 11) und 13) zeigt, dass die Aufgabe, die bemerkte Enveloppe zu finden, identisch ist mit dem Problem zu einer gegebenen Fusspunktfläche die primitive Fläche zu finden.

V. Für die reciproke Polarfläche der Fusspunktfläche hat man folgende Gleichungen:

19) $$x_1 - \xi = \frac{2p\cos a - (x-\xi)}{p^2}k^2, \quad y_1 - \eta = \frac{2p\cos b - (y-\eta)}{p^2}k^2, \quad z_1 - \zeta = \frac{2p\cos c - (z-\zeta)}{p^2}k^2,$$
$$\cos a = \cos a_1, \quad \cos b = \cos b_1, \quad \cos c = \cos c_1,$$
$$pp_1 = k^2, \quad r_1 = k^2 \frac{r}{p^2}, \quad \frac{p_1}{r_1} = \frac{p}{r}.$$

Aus den Gleichungen 19) findet man leicht, dass die parallelen Normalen in den Punkten (x, y, z) und (x_1, y_1, z_1) in der Ebene liegen, welche die beiden bemerkten Punkte und den Punkt (ξ, η, ζ) enthält.

VI. Die Gleichungen für die Fusspunktfläche der inversen Fläche erhält man durch Anwendung der in III. enthaltenen Transformation auf die Gleichungen 19).

Die sämmtlichen vorstehenden Transformationen haben die characteristische Eigenschaft, dass $\frac{p}{r} = \frac{p_1}{r_1}$, oder, dass die Normalen in zwei entsprechenden Punkten der Flächen S und S_1 mit ihren respectiven Radien vectoren gleiche Winkel bilden.

Die obigen Transformationen lassen sich wiederholt anwenden, es scheint aber nicht, dass man bei diesem Verfahren zu besonders einfachen Resultaten kommt.

X. Beweis eines Theoremes, von welchem die Theoreme, welche sich auf die Fourier'schen Doppelintegrale beziehen, und viele andere, nur ganz specielle Fälle sind. Von Dr. Fr. K. Grünwald.

I. Ist γ der bekannte Werth des bestimmten Integrales:
$$\int_{-\infty}^{+\infty} F(\vartheta)\, d\vartheta,$$
wo $F(\vartheta)$ eine in dem Integrationsintervalle $(-\infty, +\infty)$ endliche und stetige Function ist; wählt man ferner eine Function: $f(\omega, \varphi)$ der zwei unabhängig Variabelen ω und φ so, dass für positive φ

1. $f(\omega, -\varphi) = -f(\omega, \varphi)$; 2. $f(+\infty, \varphi) = +\infty$
$f(-\infty, \varphi) = -\infty$

wird und dieselbe von $\omega = -\infty$ bis $\omega = +\infty$ endlich und stetig bleibt; setzt endlich
$$F[f(\omega, \varphi)]\left(\frac{df(\omega, \varphi)}{d\omega}\right) = \Phi(\omega, \varphi):$$

so verläuft $\Phi(\omega, \varphi)$ endlich und stetig von $\omega = -\infty$ bis $\omega = +\infty$, und das Integral
$$\int_{-\infty}^{+\infty} \Phi(\omega, \varphi)$$
wird für jedes endliche φ gleich $+\gamma$ oder: $-\gamma$, je nachdem φ positiv oder negativ ist.

II. Das Theorem.

Ist die Function $\Phi(\omega, \varphi)$ der zwei unabhängigen Variabelen ω, φ endlich und stetig von $\omega = -\infty$ bis $\omega = +\infty$, und von $\varphi = \varphi_0$ bis $\varphi = \varphi_1$ und besitzt das bestimmte Integral
$$\int_{-\infty}^{+\infty} \Phi(\omega, \varphi) d\omega$$
den constanten, von φ unabhängigen Werth:
$$+\gamma \text{ oder } -\gamma,$$
je nachdem φ positiv oder negativ ist, so ist das Doppelintegral
$$y = \int_{\omega=-\infty}^{\omega=+\infty} \int_{\vartheta=\vartheta_0}^{\vartheta=\vartheta_1} \left\{ \frac{d\Phi[\omega, \varphi(x, \vartheta)]}{d\vartheta} \right\} f(x, \vartheta) d\vartheta d\omega,$$
in welchem $f(x, \vartheta)$, $\varphi(x, \vartheta)$ in dem Intervalle $\vartheta = \vartheta_0, \vartheta_1$, endliche und stetige Functionen von x und ϑ sind, und x von ϑ und ω nicht abhängt:

1. gleich Null, wenn die Gleichung: $\varphi(x, \vartheta) = 0$ innerhalb des Intervalles $\vartheta_0 < \vartheta < \vartheta_1$ für ϑ keinen oder doch nur eine gerade Anzahl gleicher Wurzelwerthe liefert;
2. gleich $2\gamma f(x, u)$, wenn die Gleichung:
$$\varphi(x, \vartheta) = 0, \text{ in dem Intervalle } \vartheta_0 < \vartheta < \vartheta_1$$
für ϑ nur eine einzige, oder doch nur eine ungerade Anzahl gleicher Wurzeln:
$$\vartheta = u \text{ (als Function von } x\text{)}$$
besitzt;

vorausgesetzt, dass man $\varphi(x, \vartheta)$ mit solchem Vorzeichen gewählt hat, dass der erste der beiden Grenzwerthe von
$$\varphi(x, \vartheta): \begin{array}{l} \varphi(x, \vartheta_0) = \varphi_0 \\ \varphi(x, \vartheta_1) = \varphi_1 \end{array},$$
d. i. φ_0 negativ ausfällt.

Beweis des unter I. ausgesprochenen Hilfs-Lehrsatzes.

Es sei $F(\vartheta)$ eine beliebige, durch das ganze Intervall von $\vartheta = -\infty$ bis $\vartheta = +\infty$ endliche und stetige Function und γ der bekannte Werth des Integrals

$$\int_{-\infty}^{+\infty} F(\vartheta)\, d\vartheta,$$

so ist:

1) $$\int_{-\infty}^{+\infty} F(\vartheta)\, d\vartheta = \int_{-\infty}^{+\infty} F(-\vartheta)\, d\vartheta = \int_{-\infty}^{+\infty} \frac{F(\vartheta) + F(-\vartheta)}{2}\, d\vartheta = \gamma.$$

Substituiren wir in das vorliegende Integral behufs Einführung einer neuen unabhängigen Variabelen ω

$$\vartheta = f(\omega, \varphi),$$

wo φ von ω unabhängig und die Function $f(\omega, \varphi)$ vorläufig nur den folgenden Bedingungen unterworfen sein soll:

1. für jeden endlichen Werth von ω endlich und stetig zu bleiben, sobald φ endlich ist; und
2. für $\omega = +\infty$ positiv unendlich, für $\omega = -\infty$ negativ unendlich zu werden, d. i. die Bedingungsgleichungen:

α) $\qquad f(+\infty, \varphi) = +\infty \ \Big\}$
$\qquad\quad f(-\infty, \varphi) = -\infty \ \Big\}$

für irgend ein endliches positives φ zu erfüllen.

Es wird

$$\int_{\omega=-\infty}^{\omega=+\infty} F[f(\omega, \varphi)] \left(\frac{df(\omega, \varphi)}{d\omega}\right) d\omega =$$

2) $$\int_{-\infty}^{+\infty} \frac{F[f(\omega, \varphi)] + F[-f(\omega, \varphi)]}{2} \left(\frac{df(\omega, \varphi)}{d\omega}\right) d\omega = \gamma.$$

Das zweite Integral linker Hand wird offenbar das entgegengesetzte Zeichen bei gleichem numerischen Werthe enthalten, wenn die Function $f(\omega, \varphi)$ ebenfalls ohne Aenderung ihres numerischen Werthes das Zeichen wechselt.

Ist daher die Function $f(\omega, \varphi)$ der Art, dass sie mit der Grösse φ ihr Zeichen ändert, d. h. dass

β) $\qquad\qquad f(\omega, -\varphi) = -f(\omega, \varphi)$

wird, so ergiebt sich (wenn φ im linken Theile der Gleichung 2) negativ genommen wird):

$$\int_{-\infty}^{+\infty} F[f(\omega, -\varphi)] \frac{df(\omega, -\varphi)}{d\omega}\, d\omega =$$

$$\int_{-\infty}^{+\infty} \frac{F[f(\omega, -\varphi)] + F[-f(\omega, -\varphi)]}{2} \frac{df(\omega, -\varphi)}{d\omega}\, d\omega =$$

3) $$-\int_{-\infty}^{+\infty} \frac{F[-f(\omega,\varphi)] + F[f(\omega,\varphi)]}{2} \frac{df(\omega,\varphi)}{d\omega} d\omega = -\gamma,$$

d. h. (siehe Gleichung 2) und 3)) es ist:

$$\left.\begin{array}{l} \int_{-\infty}^{+\infty} \Phi(\omega,\varphi) d\omega = \gamma \\ \int_{-\infty}^{+\infty} \Phi(\omega,-\varphi) d\omega = -\gamma \end{array}\right\},$$

wenn der Kürze wegen $F[f(\omega,\varphi)] \dfrac{df(\omega,\varphi)}{d\omega} = \Phi(\omega,\varphi)$ gesetzt wird.

Beweis des unter II. ausgesprochenen Haupttheoremes.

Es sei:

I. $$y = \int_{-\infty}^{+\infty} d\omega \int_{\vartheta_0}^{\vartheta_1} \left\{ \frac{d\Phi[\omega,\varphi(x,\vartheta)]}{d\vartheta} \right\} f(x,\vartheta) d\vartheta$$

und $f(x,\vartheta)$, sowie $\varphi(x,\vartheta)$ von $\vartheta = \vartheta_0$ bis $\vartheta = \vartheta_1$, und $\Phi[\omega,\varphi(x,\vartheta)]$ von $\omega = -\infty$ bis $\omega = +\infty$ und $\varphi = \varphi(x,\vartheta_0) = \varphi_0$ bis $\varphi = \varphi(x,\vartheta_1) = \varphi_1$, endlich und stetig; endlich ω, ϑ und x von einander unabhängig, und

$$\int_{-\infty}^{+\infty} \Phi(\omega,\varphi) d\omega$$

für jedes positive zwischen $\varphi = \varphi_0$ und $\varphi = \varphi_1$ liegende φ gleich $+\gamma$, für jedes negative zwischen denselben Grenzen allenfalls liegende φ dagegen $= -\gamma$, wo γ von φ ganz unabhängig ist.

Das bestimmte Integral

$$\int_{\vartheta_0}^{\vartheta_1} \frac{d\Phi[\omega,\varphi(x,\vartheta)]}{d\vartheta} f(x,\vartheta) d\vartheta,$$

welches unter dem Integralzeichen ein Product zweier Functionen enthält, von denen die eine ein Differentialquotient nach der Variabelen ϑ der Integration ist, weist hierdurch von selbst auf die Anwendung der partiellen Integration hin.

Dieselbe liefert uns aber:

$$\ldots \int_{\vartheta_0}^{\vartheta_1} \frac{d\Phi[\omega,\varphi(x,\vartheta)]}{d\vartheta} f(x,\vartheta) d\vartheta =$$

$$= \Phi[\omega, \varphi(x, \vartheta)] f(x, \vartheta) \Big\{ \Big|_{\vartheta=\vartheta_0}^{\vartheta=\vartheta_1} - \int_{\vartheta_0}^{\vartheta_1} \Phi[\omega, \varphi(x, \vartheta)] \frac{df(x, \vartheta)}{d\vartheta} d\vartheta$$

$$= \Phi[\omega, \varphi_1] f(x, \vartheta_1) - \Phi[\omega, \varphi_0] f(x, \vartheta_0) - \int_{\vartheta_0}^{\vartheta} \Phi[\omega, \varphi] \left(\frac{df}{d\vartheta}\right) d\vartheta$$

und wenn wir auf beiden Seiten des Gleichheitszeichens mit $d\omega$ multipliciren und zwischen den Grenzen $\omega = -\infty$ bis $\omega = +\infty$ integriren:

$$y = \int_{-\infty}^{+\infty} d\omega \int_{\vartheta_0}^{\vartheta_1} \frac{d\Phi[\omega, \varphi(x, \vartheta)]}{d\vartheta} f(x, \vartheta) d\vartheta =$$

II. $\begin{cases} f(x, \vartheta_1) \int_{-\infty}^{+\infty} \Phi[\omega, \varphi_1] d\omega - f(x, \vartheta_0) \int_{-\infty}^{+\infty} \Phi[\omega, \varphi_0] d\omega \\ - \int_{\vartheta_0}^{\vartheta_1} \left[\frac{df(x, \vartheta))}{d\vartheta}\right] d\vartheta \int_{-\infty}^{+\infty} \Phi[\omega, \varphi(x, \vartheta)] d\omega \end{cases}$

I. Nehmen wir an, die Gleichung $\varphi(x, \vartheta) = 0$, habe nach ϑ aufgelöst, innerhalb der gegebenen Grenzen $\vartheta = \vartheta_0$, $\vartheta = \vartheta_1$ keine oder nur eine gerade Anzahl gleicher Wurzeln, und dabei sei, wie wir auch im Folgenden stets voraussetzen wollen, das Vorzeichen von $\varphi(x, \vartheta)$ so gewählt worden, dass $\varphi_0 = \varphi(x, \vartheta_0)$ negativ ausfällt.

Unter diesen Voraussetzungen bleibt das Zeichen der Function $\varphi(x, \vartheta)$ von $\vartheta = \vartheta_0$ bis $\vartheta = \vartheta_1$ stets dasselbe;

$\varphi(x, \vartheta_0)$, $\varphi(x, \vartheta_1)$ und allgemein $\varphi(x, \vartheta)$ sind negativ, weil $\varphi(x, \vartheta_0)$ negativ ist; und kraft der vorausgesetzten Eigenschaft des Integrales
$\int_{-\infty}^{+\infty} \Phi(\omega, \varphi) d\omega$ ist:

$$\int_{-\infty}^{+\infty} \Phi(\omega, \varphi_0) d\omega = -\gamma, \quad \int_{-\infty}^{+\infty} \Phi(\omega, \varphi_1) d\omega = -\gamma,$$

$$\int_{-\infty}^{+\infty} \Phi[\omega, \varphi(x, \vartheta)] d\omega = -\gamma, \quad \vartheta_0 < \vartheta < \vartheta_1,$$

mithin (siehe Gleichung II):

$$y = -\gamma f(x, \vartheta_1) + \gamma f(x, \vartheta_0) + \gamma \int_{\vartheta_0}^{\vartheta_1} \left[\frac{df(x, \vartheta)}{d\vartheta}\right] d\vartheta$$

$$y = 0.$$

II. Nehmen wir zweitens an, die Gleichung
$$\varphi(x, \vartheta) = 0$$
habe, wenn sie nach ϑ aufgelöst wird, innerhalb der Grenzen $\vartheta = \vartheta_0$, $\vartheta = \vartheta_1$ nur eine einzige oder eine ungerade Anzahl gleicher Wurzeln $\vartheta = u$, wo u natürlich eine Function von x ist; zugleich sei, wie bereits erwähnt wurde, das Vorzeichen von $\varphi(x, \vartheta)$ so angenommen worden, dass $\varphi(x, \vartheta_0) = \varphi_0 < 0$ wird.

In Folge dieser Bestimmungen bleibt die Function
$\varphi(x, \vartheta)$ negativ für jedes zwischen $\vartheta = \vartheta_0$ und $\vartheta = u$
positiv für jedes zwischen $\vartheta = u$ und $\vartheta = \vartheta_1$
liegende ϑ; also wird vermöge der Eigenthümlichkeit des Integrales
$$\int_{-\infty}^{+\infty} \Phi(\omega, \varphi) \, d\omega$$

$$\int_{-\infty}^{+\infty} \Phi(\omega, \varphi_0) \, d\omega = -\gamma, \quad \int_{-\infty}^{+\infty} \Phi(\omega, \varphi_1) \, d\omega = +\gamma,$$

$$\int_{-\infty}^{+\infty} \Phi[\omega, \varphi(x, \vartheta)] \, d\omega = -\gamma \text{ für } \vartheta_0 < \vartheta < u = +\gamma \text{ für } u < \vartheta < \vartheta_1,$$

hiernach ergiebt sich aus II. folgender Werth für y:

$$y = +\gamma f(x, \vartheta_1) + \gamma f(x, \vartheta_0) - \int_{\vartheta_0}^{u} \frac{df(x, \vartheta)}{d\vartheta} \, d\vartheta \int_{-\infty}^{+\infty} \Phi[\omega, \varphi(x, \vartheta)] \, d\omega$$

$$- \int_{u}^{\vartheta_1} \frac{df(x, \vartheta)}{d\vartheta} \, d\vartheta \int_{-\infty}^{+\infty} \Phi[\omega, \varphi(x, \vartheta)] \, d\omega,$$

falls nämlich das Grenzintervall $(\vartheta_0, \vartheta_1)$ in die beiden Intervalle (ϑ_0, u) und (u, ϑ_1) zerlegt wird, in deren erstem $\varphi(x, \vartheta)$ beständig negativ, in deren letzterem $\varphi(x, \vartheta)$ stets positiv bleibt.

Das erste Integral rechter Hand ist daher:

$$\int_{\vartheta_0}^{u} \frac{df(x, \vartheta)}{d\vartheta} \, d\vartheta \int_{-\infty}^{+\infty} \Phi[\omega, \varphi(x, \vartheta)] \, d\omega = -\gamma \int_{\vartheta_0}^{u} \frac{df(x, \vartheta)}{d\vartheta} \, d\vartheta$$
$$= -\gamma [f(x, u) - f(x, \vartheta_0)],$$

das zweite hingegen:

$$\int_{u}^{\vartheta_1} \frac{df(x, \vartheta)}{d\vartheta} \, d\vartheta \int_{-\infty}^{+\infty} \Phi[\omega, \varphi(x, \vartheta)] \, d\omega =$$
$$+ \gamma \int_{u}^{\vartheta_1} \frac{df(x, \vartheta)}{d\vartheta} \, d\vartheta = \gamma [f(x, \vartheta_1) - f(x, u)]$$

und sonach:
$$y = \gamma f(x, \vartheta_1) + \gamma f(x, \vartheta_0) + \gamma [f(x, u) - f(x, \vartheta_0)]$$
$$ - \gamma [f(x, \vartheta_1) - f(x, u)]$$
$$y = 2\gamma f(x, u),$$
womit das ausgesprochene Theorem erwiesen ist.

III. Zusatz.

Aendert die Function $\varphi(x, \vartheta)$ für
$$\vartheta = u_1, \quad \vartheta = u_2, \quad \vartheta = u_3 \ldots \ldots \vartheta = u_n$$
das Zeichen, sobald ϑ bei seiner Aenderung von
$$\vartheta = \vartheta_0 \text{ bis } \vartheta = \vartheta_1 \text{ durch einen der Werthe}$$
$$\vartheta = u_1, \quad u_2, \quad u_3 \ldots \ldots u_n \text{ hindurchgeht,}$$
d. h. ist eine jede von diesen Grössen eine einfache oder ungerad-vielfache Wurzel der Gleichung:
$$\varphi(x, \vartheta) = 0,$$
so ist:
$$y = 2\gamma [f(x, u_1) - f(x, u_2) + f(x, u_3) \ldots + (-1)^{n+1} f(x, u_n)]$$
der Werth des Integrales
$$y = \int_{-\infty}^{+\infty} \int_{\vartheta_0}^{\vartheta_1} \left\{ \frac{d\Phi[\omega, \varphi(x, \vartheta)]}{d\vartheta} \right\} f(x, \vartheta) \, d\vartheta \, d\omega$$
unter den in unserem Theoreme festgestellten Bedingungen, so dieselben die Functionen $\Phi(\omega, \varphi)$, $f(x, \vartheta)$, $\varphi(x, \vartheta)$ betreffen.

Beweis.

1. Aus unserem Theorem folgt fast von selbst, dass der Werth des Doppelintegrales y auch in dem Falle
$$= 2\gamma f(x, u)$$
sein wird, wenn innerhalb des Integrationsintervalles $(\vartheta_0, \vartheta_1)$ neben der einzelnen einfachen oder ungerad-vielfachen Wurzeln u noch beliebig viele gerad-vielfache Wurzeln vorhanden wären.

Denn man kann das Intervall $(\vartheta_0, \vartheta_1)$ stets der Art in Partialintervalle zerlegen, dass sich innerhalb eines jeden derselben immer nur eine einzige der verschiedenen Wurzeln der Gleichung $\varphi(x, \vartheta) = 0$ befindet; und da alle jene Theilintegrale, deren Variabele ϑ in einem jener Partialintervalle variirt, in welchem nur eine einzige gerad-vielfache Wurzel liegt, verschwinden, so bleibt nur das Integral innerhalb jenes Partialintervalles, welches die einzige ungerad-vielfache Wurzel $\vartheta = u$ enthält; dieses ist aber gleich
$$2\gamma f(x, u).$$

2. Ein aufmerksamer Blick auf den Beweis des Haupttheoremes, in welchem zur Fixirung der Ideen angenommen wurde, dass $\varphi(x, \vartheta_0) = \varphi_0$ negativ sei, lehrt ferner, dass man im entgegengesetzten Falle, d. h. wenn $\varphi(x, \vartheta_0)$ positiv wäre, die Constante γ nur mit $-\gamma$ zu vertauschen hat, um den wahren Werth des Doppelintegrales zu erhalten.

3. Liegen also in dem Intervalle $(\vartheta_0, \vartheta_1)$ neben beliebig vielen geradvielfachen Wurzeln, auch die ungerad-vielfachen
$$u_1 < u_2 < u_3 \ldots \ldots < u_n,$$
so zerlege man dasselbe in die Partialintervalle:
$$(\vartheta_0, \xi_1), (\xi_1, \xi_2), (\xi_2, \xi_3) \ldots \ldots (\xi_{n-2}, \xi_{n-1}), (\xi_{n-1}, \vartheta_1),$$
so dass innerhalb je eines derselben auch nur je eine der Wurzeln $u_1, u_2, \ldots u_n$ liegt, und bezeichne mit $y(\alpha, \beta)$ das Doppelintegral:
$$y(\alpha, \beta) = \int_{-\infty}^{+\infty} \int_{\alpha}^{\beta} \frac{d\Phi[\omega, \varphi(x, \vartheta)]}{d\vartheta} f(x, \vartheta) d\vartheta\, d\omega,$$
dann ist:
$$y(\vartheta_0, \vartheta_1) = y(\vartheta_0, \xi_1) + y(\xi_1, \xi_2) + y(\xi_2, \xi_3) + \ldots \ldots + y(\xi_{n-1}, \vartheta_1)$$
$$y(\vartheta_0, \xi_1) = + 2\gamma f(x, u_1), \text{ wegen } \varphi(x, \vartheta_0) < 0,$$
$$y(\xi_1, \xi_2) = - 2\gamma f(x, u_2), \quad ,, \quad \varphi(x, \xi_1) > 0,$$
$$y(\xi_2, \xi_3) = + 2\gamma f(x, u_3), \quad ,, \quad \varphi(x, \xi_2) < 0,$$
$$y(\xi_{n-1}, \vartheta_1) = (-1)^{n-1} 2\gamma f(x, u_n), \text{ wegen } \varphi(x, \xi_{n-1}) \cdot (-1)^n > 0,$$
mithin:
$$y(\vartheta_0, \vartheta_1) = \int_{-\infty}^{+\infty} \int_{\vartheta_0}^{\vartheta_1} \frac{d\Phi[\omega, \varphi(x, \vartheta)]}{d\vartheta} f(x, \vartheta) d\vartheta\, d\omega$$
$$= 2\gamma [f(x, u_1) - f(x, u_2) + f(x, u_3) - \ldots \ldots + (-1)^{n-1} f(x, u_n)]$$
w. z. b. w.

Specielle Fälle unseres allgemeinen Theoremes.

1. Die Fourier'schen Doppelintegrale sind nur ganz specielle Fälle des von uns betrachteten Doppelintegrales.

a. Anwendung des Hilfssatzes I. zur Ermittelung eines speciellen Integrales von den Eigenschaften des Integrales:
$$\int_{-\infty}^{+\infty} \Phi(\omega, \varphi) d\omega.$$

Es ist bekanntlich $\int_{-\infty}^{+\infty} \frac{\sin \vartheta}{\vartheta} d\vartheta = \pi (= \gamma)$. Die einfachste Function $f(\omega, \varphi)$, welche für $\varphi > 0$ die Eigenschaften
$$f(\pm \infty, \varphi) = \pm \infty, f(\omega, -\varphi) = -f(\omega, \varphi)$$
besitzt, ist $f(\omega, \varphi) = \omega \varphi$.

Wir haben also
$$F(\vartheta) = \frac{\sin\vartheta}{\vartheta}, \; f(\omega,\varphi) = \omega\varphi,$$
mithin:
$$\Phi(\omega,\varphi) = F[f(\omega,\varphi)] \frac{df(\omega,\varphi)}{d\omega}$$
$$= \frac{\sin\omega\varphi}{\omega\varphi} \cdot \varphi = \frac{\sin\omega\varphi}{\omega}$$

$$\int_{-\infty}^{+\infty} \frac{\sin\omega\varphi}{\omega} d\omega = +\pi \text{ oder } -\pi, \text{ je nachdem } \varphi > 0 \text{ oder } \varphi < 0 \text{ ist.}$$

b. Anwendung des Haupttheoremes II. auf die specielle Function:
$$\Phi(\omega,\varphi) = \frac{\sin\omega\varphi}{\omega},$$
wenn ausserdem noch speciell:
$$\varphi(x,\vartheta) = \vartheta - u$$
genommen wird, wo u irgend eine Function von x ist.

Unter diesen Annahmen wird:
$$\left\{\frac{d\Phi[\omega,\varphi(x,\vartheta)]}{d\vartheta}\right\} = \left\{\frac{d\Phi(\omega,\varphi)}{d\varphi}\right\}\left(\frac{d\varphi}{d\vartheta}\right) = \cos(\omega\varphi) = \cos\omega(\vartheta-u),$$
folglich:
$$y = \int_{-\infty}^{+\infty}\int_{\vartheta_0}^{\vartheta_1} \cos\omega(\vartheta-u) f(x,\vartheta) d\vartheta \cdot d\omega,$$

$= 0$, wenn $\varphi(x,\vartheta) = \vartheta - u = 0$ zwischen $\vartheta = \vartheta_0$ und $\vartheta = \vartheta_1$ keine Wurzel besitzt, d. h. wenn u ausserhalb des Intervalles $(\vartheta_0,\vartheta_1)$ liegt, m. a. W. für $u > \vartheta_1 > \vartheta_0$, oder für $u < \vartheta_0 < \vartheta_1$

$= 2\pi f(x,u)$, wenn $\varphi(x,\vartheta) = \vartheta - u = 0$ zwischen $\vartheta = \vartheta_0$, $\vartheta = \vartheta_1$ eine einfache Wurzel besitzt, d. h. wenn:
$$\vartheta_0 < u < \vartheta_1 \text{ ist.}$$

Nimmt man noch specieller:

1. $f(x,\vartheta) = f(\vartheta)$, $u = +x$, $\begin{matrix}\vartheta_0 = -b\\ \vartheta_1 = +b\end{matrix}$,

2. $f(x,\vartheta) = f(\vartheta)$, $u = -x$, $\begin{matrix}\vartheta_0 = -b\\ \vartheta_1 = +b\end{matrix}$,

so erhält man:

1. $\displaystyle\int_{-\infty}^{+\infty}\int_{-b}^{+b} \cos\omega(\vartheta-x) f(\vartheta) d\vartheta d\omega = 0$ für $x < -b$,

oder $x > +b$,

$= 2\pi f(x)$ für $-b < x < +b$,

2. $\int_{-\infty}^{+\infty}\int_{-b}^{+b}\cos\omega(\vartheta+x)f(\vartheta)d\vartheta d\omega = 0$ für $x > +b$,

oder $x < -b$,

$= 2\pi f(-x)$ für $-b < x < +b$,

und daraus durch Addition und Subtraction

$\int_{-\infty}^{+\infty}\cos\omega x\, d\omega \int_{-b}^{+b}\cos\omega\vartheta f(\vartheta)d\vartheta = 0$ für $x < -b$,

oder $x > +b$,

$= 2\pi \dfrac{[f(x)+f(-x)]}{2}$ für $-b < x < +b$,

$\int_{-\infty}^{+\infty}\sin\omega x\, d\omega \int_{-b}^{+b}\sin\omega\vartheta f(\vartheta)d\vartheta = 0$ für $x > b$,

oder $x < -b$,

$= 2\pi \dfrac{f(x)-f(-x)}{2}$ für $-b < x < +b$,

wenn $f(\vartheta)$ zwischen $\vartheta = -b$, $\vartheta = +b$ endlich und stetig bleibt.

2. Es ist bekanntlich für jedes ganze positive n ($n \gtreqless 0$)

$$\int_{-\infty}^{+\infty} F(\vartheta)d\vartheta = \int_{-\infty}^{+\infty}\vartheta^{2n}e^{-\vartheta^2}d\vartheta = \dfrac{1.3.5\ldots 2n-1}{2^n}\sqrt{\pi}\,(=\gamma).$$

Behufs Anwendung des Hilfssatzes nehmen wir am einfachsten wieder $f(\omega\varphi) = \omega\varphi$.

In Folge dessen und weil hier $F(\vartheta) = \vartheta^{2n}e^{-\vartheta^2}$ ist, wird:

$$\Phi(\omega,\varphi) = F[f(\omega,\varphi)]\dfrac{df(\omega,\varphi)}{d\omega} = \varphi^{2n+1}\omega^{2n}e^{-\omega^2\varphi^2}.$$

Das Integral:

$$\int_{-\infty}^{+\infty}\varphi^{2n+1}\omega^{2n}e^{-\omega^2\varphi^2}d\omega$$

ist nun:

$$= +\dfrac{1.3.5\ldots(2n-1)}{2^n}\sqrt{\pi}\,(=+\gamma),\ \text{oder}\ = -\dfrac{1.3.5\ldots(2n-1)}{2^n}\sqrt{\pi}\,(=-\gamma),$$

je nachdem φ positiv oder negativ ist; und die auch früher gemachte einfachste Annahme der Function

φ: $\varphi(x,\vartheta) = \vartheta - u$,

wo u irgend eine Function von x ist, führt in Verbindung mit der Annahme:

$$f(x,\vartheta) = (\vartheta - u)\left[\dfrac{d\psi(x,\vartheta)}{d\vartheta}\right],$$

wo $\psi(x,\vartheta)$ innerhalb der Grenzen $\vartheta=\vartheta_0$, $\vartheta=\vartheta_1$ endlich und stetig vorausgesetzt wird,

(wegen $\left[\dfrac{d\Phi(\omega,\varphi)}{d\vartheta}\right]=\left[\dfrac{d\Phi(\omega,\varphi)}{d\varphi}\right]=(2n+1)\varphi^{2n}\omega^{2n}e^{-\omega^2\varphi^2}$
$\qquad\qquad\qquad\qquad\qquad\qquad -2\varphi^{2(n+1)}\omega^{2(n+1)}e^{-\omega^2\varphi^2}$

und $f(x,u)=(u-u)\left[\dfrac{d\psi(x,u)}{du}\right]=0$)

zu dem Theoreme:

$$\left.\begin{array}{l}(2n+1)\displaystyle\int_{-\infty}^{+\infty}\omega^{2n}d\omega\int_{\vartheta_0}^{\vartheta_1}e^{-\omega^2(\vartheta-u)^2}(\vartheta-u)^{2n+1}\left[\dfrac{d\psi(x,\vartheta)}{d\vartheta}\right]d\vartheta\\ -2\displaystyle\int_{-\infty}^{+\infty}\omega^{2(n+1)}d\omega\int_{\vartheta_0}^{\vartheta_1}e^{-\omega^2(\vartheta-u)^2}(\vartheta-u)^{2(n+1)+1}\left[\dfrac{d\psi(x,\vartheta)}{d\vartheta}\right]d\vartheta\end{array}\right\}=0,$$

für jedes u, gleichviel ob es inner- oder ausserhalb des Intervalles $(\vartheta_0,\vartheta_1)$ liegt.

Es ist also, wenn zur Abkürzung:

1) $\qquad \zeta n=\displaystyle\int_{-\infty}^{+\infty}\omega^{2n}d\omega\int_{\vartheta_0}^{\vartheta_1}e^{-\omega^2(\vartheta-u)^2}(\vartheta-u)^{2n+1}\left[\dfrac{d\psi(x,\vartheta)}{d\vartheta}\right]d\vartheta$

gesetzt wird,

$\zeta n+1=\dfrac{2n+1}{2}\zeta n$, d. h.

$\zeta n+\nu=\dfrac{2n+1}{2}\cdot\dfrac{2(n+1)+1}{2}\cdot\dfrac{2(n+2)+1}{2}\ldots\dfrac{2(n+\nu-1)+1}{2}\zeta n$

und für $n=0$, $\nu=n$

2) $\qquad\qquad\qquad \zeta n=\dfrac{1.3.5\ldots 2n-1}{2^n}\zeta_0.$

Nun ist nach Gleichung 1) für $n=0$:

$$\zeta_0=\int_{-\infty}^{+\infty}d\omega\int_{\vartheta_0}^{\vartheta_1}e^{-\omega^2(\vartheta-u)^2}(\vartheta-u)\dfrac{d\psi(x,\vartheta)}{d\vartheta}d\vartheta,$$

$\alpha)\qquad \zeta_0=\displaystyle\int_{\vartheta_0}^{\vartheta_1}\left[\dfrac{d\psi(x,\vartheta)}{d\vartheta}\right]d\vartheta\int_{-\infty}^{+\infty}e^{-\omega^2(\vartheta-u)^2}(\vartheta-u)d\omega$

$\beta)\quad =\left\{\begin{array}{l}\displaystyle\int_{\vartheta_0}^{u}\left[\dfrac{d\psi(x,\vartheta)}{d\vartheta}\right]d\vartheta\int_{-\infty}^{+\infty}e^{-\omega^2(\vartheta-u)^2}(\vartheta-u)d\omega\\ +\displaystyle\int_{u}^{\vartheta_1}\left[\dfrac{d\psi(x,\vartheta)}{d\vartheta}\right]d\vartheta\int_{-\infty}^{+\infty}e^{-\omega^2(\vartheta-u)^2}(\vartheta-u)d\omega.\end{array}\right.$

1. Ist $u < \vartheta_0$, so ist im Doppelintegrale α): $\vartheta - u$ positiv

$$\int_{-\infty}^{+\infty} e^{-\omega^2(\vartheta-u)^2}(\vartheta-u)\,d\omega = +\sqrt{\pi}$$

und

I. $\quad \zeta_0 = +\sqrt{\pi}\int_{\vartheta_0}^{\vartheta_1}\frac{d\psi(x,\vartheta)}{d\vartheta}d\vartheta = \sqrt{\pi}\,[\psi(x,\vartheta_1) - \psi(x,\vartheta_0)].$

2. Ist $u > \vartheta_1$, so ist in demselben Doppelintegrale

$\vartheta - u$ negativ, $\int_{-\infty}^{+\infty} e^{-\omega^2(\vartheta-u)^2}(\vartheta-u)\,d\omega = -\sqrt{\pi}$

und

II) $\zeta_0 = -\sqrt{\pi}\int_{\vartheta_0}^{\vartheta_1}\frac{d\psi(x,\vartheta)}{d\vartheta}d\vartheta = -\sqrt{\pi}\,[\psi(x,\vartheta_1) - \psi(x,\vartheta_0)].$

3. Ist endlich $\vartheta_0 < u < \vartheta_1$, so ist $(\vartheta - u)$ im ersten Doppelintegrale von β) negativ und $\int_{-\infty}^{+\infty} e^{-\omega^2(\vartheta-u)^2}(\vartheta-u)\,d\omega = -\sqrt{\pi}$; im zweiten Doppelintegrale von β) hingegen $(\vartheta - u)$ positiv, folglich

$$\int_{-\infty}^{+\infty} e^{-\omega^2(\vartheta-u)^2}(\vartheta-u)\,d\omega = +\sqrt{\pi}$$

zu setzen.

Hiernach ist

III. $\quad \zeta_0 = -\sqrt{\pi}\int_{\vartheta_0}^{u}\frac{d\psi(x,\varphi)}{d\vartheta}d\vartheta + \sqrt{\pi}\int_{u}^{\vartheta_1}\frac{d\psi(x,\vartheta)}{d\vartheta}d\vartheta$

$\qquad = \sqrt{\pi}\,[\psi(x,\vartheta_1) - \psi(x,u) - \psi(x,u) + \psi(x,\vartheta_0)],$

$\qquad \zeta_0 = 2\sqrt{\pi}\left[\frac{\psi(x,\vartheta_0) + \psi(x,\vartheta_1)}{2} - \psi(x,u)\right].$

Durch Verbindung dieser Werthe von ζ_0 mit der Gleichung 2) entspringt folgendes interessante Theorem:

„Ist $\psi(x,\vartheta)$ irgend eine durch das ganze Intervall $\vartheta = (\vartheta_0, \vartheta_1)$ endliche und stetige Function, so ist das Doppelintegral:

$$\zeta_n = \int_{-\infty}^{+\infty}\omega^{2n}d\omega\int_{\vartheta_0}^{\vartheta_1}e^{-\omega^2(\vartheta-u)^2}(\vartheta-u)^{2n+1}\left[\frac{d\psi(x,\vartheta)}{d\vartheta}\right]d\vartheta \text{ gleich}$$

$$+ \frac{1.3.5\ldots(2n-1)}{2^n}\sqrt{\pi}\,[\psi(x,\vartheta_1)-\psi(x,\vartheta_0)] \text{ wenn } u<\vartheta_0<\vartheta_1$$

$$- \frac{1.3.5\ldots(2n-1)}{2^n}\sqrt{\pi}\,[\psi(x,\vartheta_1)-\psi(x,\vartheta_0)] \quad „\quad u>\vartheta_1>\vartheta_0$$

$$+ \frac{1.3.5\ldots(2n-1)}{2^{n-1}}\sqrt{\pi}\left[\frac{\psi(x,\vartheta_0)+\psi(x,\vartheta_1)}{2}-\psi(x,u)\right] \text{ wenn } \vartheta_0<u<\vartheta_1,$$

wobei u eine beliebige Function von x ist.

Multipliciren wir jede dieser drei Gleichungen mit $\frac{(2a)^{2n}}{1.2.3\ldots 2n}$, setzen der Reihe nach $n=0, 1, 2, 3-n$ etc. *in infinitum*, berücksichtigen rechter Hand, dass

$$1.2.3\ldots(2n-1).2n = (1.3.5\ldots 2n-1)\times(1.2.3\ldots n)\times 2^n$$

ist, und vereinigen sämmtliche so gewonnene Gleichungen, so erhalten wir:

$$\int_{-\infty}^{+\infty}\int_{\vartheta_0}^{\vartheta_1} e^{-\omega^2(\vartheta-u)^2}\frac{e^{2a\omega(\vartheta-u)}+e^{-2a\omega(\vartheta-u)}}{2}(\vartheta-u)\left[\frac{d\psi(x,\vartheta)}{d\vartheta}\right]d\vartheta$$

$$=+\sqrt{\pi}\,e^{a^2}[\psi(x,\vartheta_1)-\psi(x,\vartheta_0)] \text{ wenn } u<\vartheta_0<\vartheta_1$$

$$=-\sqrt{\pi}\,e^{a^2}[\psi(x,\vartheta_1)-\psi(x,\vartheta_0)] \quad „\quad u>\vartheta_1>\vartheta_0$$

$$=+2\sqrt{\pi}\,e^{a^2}\left[\frac{\psi(x,\vartheta_0)+\psi(x,\vartheta_1)}{2}-\psi(x,u)\right] \text{ wenn } \vartheta_0<u<\vartheta_1 \text{ ist,}$$

und wenn wir schliesslich noch $a\sqrt{-1}$ für a schreiben

$$\int_{-\infty}^{+\infty}\int_{\vartheta_0}^{\vartheta_1} e^{-\omega^2(\vartheta-u)^2}\cos 2a\omega(\vartheta-u)\left[\frac{d\psi(x,\vartheta)}{d\vartheta}\right](\vartheta-u)d\vartheta=$$

$$=+\sqrt{\pi}\cdot e^{-a^2}[\psi(x,\vartheta_1)-\psi(x,\vartheta_0)] \text{ wenn } u<\vartheta_0<\vartheta_1$$

$$=-\sqrt{\pi}\cdot e^{-a^2}[\psi(x,\vartheta_1)-\psi(x,\vartheta_0)] \quad „\quad u>\vartheta_1>\vartheta_0$$

$$=+2\sqrt{\pi}\,e^{-a^2}\left[\frac{\psi(x,\vartheta_0)+\psi(x,\vartheta_1)}{2}-\psi(x,u)\right] \text{ wenn } \vartheta_0<u<\vartheta_1 \text{ ist.}$$

XI. Ueber die Formel zum barometrischen Höhenmessen bei geringen Höhenunterschieden nach BABINET. (Compte rendu Bd. 52, S. 221.)

Babinet wandelt folgende von Laplace angenommene Formel, welche in der Nähe der Breite von 45° gilt, in eine für geringe Höhenunterschiede geltende um, in der keine Logarithmen mehr vorkommen:

$$h = 18393^m \log\frac{B}{b}\left(1+2\frac{T+t}{1000}\right),$$

worin h den Höhenunterschied beider Stationen, B und T den Barometerstand und die Temperatur der unteren Station, b und t dieselben Grössen an der oberen Station bedeuten.

Die einfachere Formel von Babinet ist:

$$h = 16000^m \frac{B-b}{B+b}\left(1+2\frac{T+t}{1000}\right).$$

Setzt man nämlich:
$$B + b = S$$
$$B - b = D,$$
so wird $B = \tfrac{1}{2}(S + D)$ $b = \tfrac{1}{2}(S - D)$,

daher:
$$\log \frac{B}{b} = \log \frac{S+D}{S-D} = \log \frac{1 + \frac{D}{S}}{1 - \frac{D}{S}} = \log\left(1 + \frac{D}{S}\right) - \log\left(1 - \frac{D}{S}\right).$$

Nun ist angenähert:
$$\log nat\left(1 + \frac{D}{S}\right) = \frac{D}{S}$$
$$\log nat\left(1 - \frac{D}{S}\right) = -\frac{D}{S}$$

und wenn der Modulus 0,434294482 des Briggischen Logarithmensystemes mit M bezeichnet wird:
$$\log\left(1 + \frac{D}{S}\right) - \log\left(1 - \frac{D}{S}\right) = 2M \cdot \frac{D}{S} = 2M \cdot \frac{B-b}{B+b}.$$

Die Laplace'sche Formel bekommt bei Einführung dieses Werthes den Factor:
$$18393 \cdot 2M = 15975,9.$$

Man kann demnach statt:
$$18393^m \log \frac{B}{b}$$
setzen:
$$15975,^m 9 \, \frac{B-b}{B+b}.$$

Da nun aber $\frac{B-b}{B+b}$ etwas kleiner, als $\log \frac{B}{b}$, so nimmt Babinet den Factor vor der ersteren Gröss etwas grösser, nämlich 16000^m, wodurch die Formel entsteht:
$$h = 16000^m \cdot \frac{B-b}{B+b}\left(1 + 2\,\frac{T+t}{1000}\right).$$

Um die Brauchbarkeit der Formel zu zeigen, gebe ich die Werthe von $18393 \log \frac{B}{b}$ und $16000 \cdot \frac{B-b}{B+b}$ für 3 Werthe von B und b, sowie die Differenzen beider:

B	b	$18393 \log \frac{B}{b}$	$16000 \frac{B-b}{B+b}$	Differenzen
700	710	543,6	544,2	− 0,6
700	660	1126,9	1126,8	+ 0,1
700	610	1756,3	1751,8	+ 4,5

Es geht hieraus hervor, dass die Formel von Babinet für Barometerstandsunterschiede von etwa 100^{mm} und Höhenunterschiede von etwa 1000^m noch brauchbar ist.

Dr. KAHL.

VII.
Gerbert's Regeln der Division.
Von Prof. FRIEDLEIN zu Ansbach.

II.

In den *Comptes rendus* 1843, XVI. S. 286—295 hat Chasles eine Uebersetzung und einen Commentar zu den Regeln der Division gegeben, welche Gerbert, den nachmaligen Papst Silvester II., zum Verfasser haben. " Die grosse Wichtigkeit dieser Regeln für die Geschichte der Arithmetik hat jenen Gelehrten bestimmt, in das anscheinend undurchdringliche Dunkel derselben unter Beiziehung eines späteren Werkes desselben Inhaltes Licht und Klarheit zu bringen, und es ist seinem Scharfsinn gelungen, Sinn und Verständniss da nachzuweisen, wo unlösbare Räthsel vorzuliegen schienen. Gleichwohl giebt es auch für ihn noch (S. 289) eine *phrase obscure et tout à fait amphibologique* und ein Bekenntniss: *Tout cela est, comme on le voit, fort obscur et énigmatique.* Der Grund scheint darin zu liegen, dass dasselbe spätere Werk, welches den Schlüssel zu den Räthseln an die Hand gab, auf der anderen Seite die Unbefangenheit im Auffassen der einzelnen Ausdrücke benahm. Im Folgenden soll der Versuch gemacht werden, auch die letzten Dunkelheiten zu verscheuchen und auch die Ausführung auf dem Abacus, die Chasles nicht gab, wieder sichtbar zu machen. Nach dem lateinischen Text der einzelnen Regeln soll eine möglichst sinngetreue Uebersetzung (meines Wissens die erste in deutscher Sprache) gegeben, und hierauf die Regel an Beispielen erklärt werden.

I. Division der Einer durch Einer, Zehner durch Zehner u. s. w.

In partitione numerorum abaci, sicut se habent singulares ad singulares, sic quodam modo habent se deceni ad decenos, centeni ad centenos, milleni ad millenos, hoc modo:

Si volueris dividere singulares per singulares, vel decenum per decenum, vel centenum per centenum, vel millenum per millenum, secundum denominationem eorum singulares singularibus subtrahes.

„Bei der Division auf dem Abacus ist das Verhältniss der Einer zu Einern gewissermassen auch das der Zehner zu Zehnern, der Hunderter zu Hundertern, der Tausender zu Tausendern, in folgender Weise:

Will man Einer durch Einer, oder einen Zehner durch einen Zehner, oder einen Hunderter durch einen Hunderter, oder einen Tausender durch einen Tausender dividiren, so hat man in Berücksichtigung des Nennwerthes derselben Einer von Einern abzuziehen."

Der Ausdruck *denominatio* bezeichnet die Zahl, welche angiebt, wie viele Einer, Zehner u. s. w. vorhanden sind. Er hätte also einfach durch Zahl oder Anzahl übersetzt werden können; die folgenden Regeln aber lassen es als besser erscheinen, einen wörtlicher demselben entsprechenden Ausdruck zu wählen. Die in den folgenden Beispielen angewendete Art der Subtraction ist der 8. Regel entnommen, der Platz für den Quotienten den Darstellungen von Chasles in denselben *Compt. rend.* S. 235 bis 237. Dass statt Quotient der Ausdruck „Anzahl der Divisoren" gesetzt ist, geschah in Berücksichtigung des Wortlautes der 10. Regel. Die fett gedruckten Zahlen sind diejenigen, welche bei der Rechnung auf der mit Sand bedeckten Tafel verwischt, oder bei Anwendung von Marken weggenommen wurden. Dadurch hatte die Rechnung eine geringere Ausdehnung, als die folgenden Beispiele zeigen.

1. Beispiel. 7 : 3

I		
3	Divisor	2 . 3 = 6
7	Dividend	7 — 6 = 1
1	Rest	
	2	Anzahl der Divisoren.

Die Nebenrechnungen sind die, welche im Kopf gerechnet wurden, oder auch mit Benützung freier Stellen des Abacus. Statt 2 . 3 = 6 und 7 — 6 = 1 konnte auch 7 — 3 = 4, 4 — 3 = 1 gesetzt werden; es ergiebt sich aber aus der 8. Regel, dass ein Multipliciren des Divisors vorkam.

2. Beispiel. 70 : 50.

X	I		
5		Divisor	7 — 5 = 2
7		Dividend	
2		Rest	
	1	Anzahl der Divisoren	

Ebenso ist das Verfahren bei den Hundertern und Tausendern, nur erfolgt es in der 3. und 4. Columne des Abacus, im Text angedeutet durch *sedes* oder *locus*, oder durch Nennung der Zahlklasse, die in derselben steht.

II. Division mit Einern.

In partitione numerorum abaci, sicut se habent singulares ad decenos et centenos et millenos, sic se habent deceni ad centenos et millenos et centeni ad millenos et milleni ad ultra se compositos decenos millenos et centenos millenos, hoc modo·

Si volueris per singularem numerum dividere decenum aut centenum aut millenum vel simul vel intermisse, differentiam divisoris a singulari ad decenum per integram denominationem dividendi multiplicabis et articulos quidem propria denominatione et posita differentia diminues, digitos vero digitis aggregabis et, si articuli provenient, ut supra diminues usque ad solos digitos. Et millenus quidem habebit articulos in millenis, digitos in centenis, centenus articulos in centenis, digitos in decenis, decenus articulos in decenis, digitos in singularibus.

„Bei der Divison auf dem Abacus ist das Verhältniss der Einer zu Zehnern, Hundertern, Tausendern, auch das der Zehner zu Hundertern und Tausendern, und der Hunderter zu Tausendern, und der Tausender zu den noch über sie hinaus durch Zusammensetzung gebildeten Zehntausendern und Hunderttausendern in folgender Weise:

Will man durch einen Einer einen Zehner oder Hunderter oder Tausender, sei es vereinigt oder mit Weglassung des Einen oder des Anderen, dividiren, so hat man die Differenz des Divisors, von dem Einer bis zu Zehn, durch den ganzen Nennwerth des Dividenden zu multipliciren, und die Gliedzahlen (des Productes) vermittelst ihres eigenen Nennwerthes und der angesetzten Differenz (durch Multiplication beider) zu vermindern, die Fingerzahlen aber zu den Fingerzahlen zu addiren, und wenn die Summe Gliedzahlen enthält, diese, wie vorher, zu blossen Fingerzahlen zu vermindern. Ist der Dividend ein Tausender, so gehören die Gliedzahlen (des erwähnten Productes) zu den Tausendern, die Fingerzahlen zu den Hundertern, ist er ein Hunderter, so gehören jene zu den Hundertern, diese zu den Zehnern, ist er ein Zehner, so gehören jene zu den Zehnern, diese zu den Einern."

Die Regel führt die Rechnung nur bis zu den Einern, weil von diesen an der Gebrauch der Differenz des Einers aufhört, und in der 1. Regel bereits gesagt ist, wie weiterzufahren ist. Die folgenden Beispiele sind ganz durchgeführt wegen der Bildung des Quotienten, die in der 10. Regel angegeben ist. Um die Darstellung nicht zu langgestreckt zu machen, sind die Quotienten in Columnen neben die Rechnung gestellt, unter der sie zu denken sind. In der Ausrechnung wird darin von Chasles (S. 287) abgewichen, dass die Dividenden nicht durch 10 oder 100 u. s. w. dividirt werden; denn diese Auffassung ist, wie der Ausdruck Quotient selbst, dem Wortlaut der Regel und dem Verfahren Gerberts fremd. Gerbert multiplicirt mit keinem Quotienten, sondern mit dem Dividenden selbst die Differenz des Divisors. Als 3. Beispiel ist ein solches gewählt, in dem die Differenz des Einers grösser ist als der Einer, um das Unbequeme des angegebenen Verfahrens für solche Fälle zu zeigen.

1. Beispiel. 86 : 7 (Chasles S. 287).

X	I			X	I	
	3	Differenz 10−7=3 8.3=24		8		Gliedzahlen, wel-
	7	Divisor 2.3= 6			2	che die Nennwerthe
8	6	Dividend				der Multiplication bil-
2	4	6+4+6=16 1.3=3			1	den (vgl. d. 10.Regel),
	6	6+3=9				d. h. mit welchen die
1	6	Summe der Fingerzahlen				Differenz multiplicirt
	3					wird.
	9	Neue Summe d. F. 9−7=2			1	Zahl der Divisoren im
	2	Rest der Division.				Dividenden 9.
				1	2	Gesammtzahl d. Div.

2. Beispiel. 209 : 6 (Hinweglassung der Zehner).

C	X	I			X	I	
		4	Dz. 10−6=4 2.4=8		2		Gliedzahl v. Hundrtr.
		6	Dr. 8.4=32			8	Gliedzahl v. Zehner
2		9	Dd. 3.4=12			3	-
	8		1.4= 4			1	-
	3	2	1.4= 4			1	-
	1	2	1.4= 4			1	-
		4	4+2+2+9=17				
	1	7			3	4	Gesammtzahl d. D.
		4	4+7=11 .				
	1	1					
		4	4+1=5				
		5	Rest der Division.				

Von Prof. FRIEDLEIN. 149

3. Beispiel. 5069 : 4 (Hinweglassung der Hunderter).

Ī	C	X	I				C	X	I	
			6	Dz. 10—4=6	5.6=30	5				Gliedz. v. Tausender
			4	Dr.	3.6=18	3				-
5		6	9	Dd.	1.6= 6	1				-
3					1.6= 6	1				-.
1	8				1.6= 6	1				-
	6			6+8=14	6.6=36		6			Gliedzahl v. Hundrtr.
1	4				3.6=18		3			-
	6			6+4=10	1.6= 6		1			-
1					2.6=12		2			-
	6				1.6= 6		1			-
	3	6			1.6= 6		1			-
	1	8			1.6= 6		1			-
		6		6+8+6+6=26	6.6=36			6		Gliedzahl vom Zehner
	2	6			3.6=18			3		-
	1	2			1.6= 6			1		-
		6		6+2+6=14	2.6=12			2		-
	1	4			1.6= 6			1		-
		6		6+4=10	1.6= 6			1		-
	1				1.6= 6			1		-
		6							2	Zahl d. Divis. i. Dvd. 9
	3					1	2	6	7	Gesammtz. d. Divisor.
	1	8								
		6	6+8+6+9=29							
	2	9								
	1	2								
		6	6+2+9=17							
	1	7								
		6	6+7=13							
	1	3								
		6	6+3=9 2.4=8							
		9	9—8=1							
		1	Rest der Division.							

III. Division mit einem einfachen Zehner, Hunderter
u. s. w.

Si volueris per decenum numerum dividere centenum vel millenum, aut per centenum millenum vel ulteriores, aut per millenum sequentes, differentiam divisoris quasi singularis ad decenum per integram denominationem dividendi multiplicabis (id est per vocabula singularis ac deceni), articulos ac digitos diminues usque ad extremum divisorem, sicut fiebat in singularibus quemlibet numerum dividentibus.

„Will man durch einen Zehner einen Hunderter oder Tausender dividiren, oder durch einen Hunderter einen Tausender oder höhere Zahlklassen, oder durch einen Tausender die folgenden Klassen, so hat man die Differenz des Divisors, von ihm, als wäre er ein Einer, bis zu Zehn, durch den ganzen Nennwerth des Dividenden zu multipliciren, und die Gliedzahlen und Fingerzahlen (des Productes) bis zu dem letzten Divisor (den man noch hinwegnehmen kann) so zu vermindern, wie es bei der Division einer beliebigen Zahl durch einen Einer geschah."

Die im lateinischen Text eingeklammerten Worte: „d. h. durch die Zahlwörter des Einers und Zehners" hat bereits Chasles (S. 287) als eine Glosse unbeachtet gelassen. Hätte Gerbert eine Erklärung für nöthig erachtet, so würde er sie bei der 2. Regel oder hier anders gegeben haben. Denn hier kommt weder ein Einer noch ein Zehner im Dividenden in Betracht. Wenn aber Chasles S. 288 sagt, dass hier unter dem letzten Divisor der letzte Quotient zu verstehen ist, so bringt er eine Anschauung herein, die nicht in der Regel liegt. Die Worte *usque ad extremum divisorem* sagen nur: „bis der letzte Divisor hinweggenommen ist" mit anderen Worten, bis ein Dividend sich ergiebt, der kleiner ist als der Divisor.

1. Beispiel. 700 : 60.

C	X	I				I		
		4	Dz.	$10-6=4$	$7.4=28$	7		Gliedzahl vom Hunderter
	6		Dr.		$2.4= 8$	2		
7			Dd.		$1.4= 4$	1		
2	8				$1.4= 4$	1		
	8			$8+8=16$		1	1	Gesammtzahl der Divisoren.
1	6							
	4			$4+6=10$				
1								
		4		(<60) Rest der Division.				

2. Beispiel. 5000 : 70.

Ī	C	X	I				X	I	
		3		Dz.	$10-7=3$	$5.3=15$	5		Gliedzahl von Tausender
		7		Dr.		$1.3= 3$	1		
5				Dd.		$8.3=24$		8	Gliedzahl von Hunderter
1	5					$2.3= 6$		2	
	3				$3+5=8$	$1.3= 3$		1	
	8								
	2	4					7	1	Gesammtz. d. Divisoren.
		6			$6+4=10$				
1									
		3			(<70) Rest der Division.				

3. Beispiel. 9000 : 800.

Ī	C	X	I				I	
	2			Dz. 10−8=2	9.2=18		9	Gliedzahl vom Tausender.
	8			Dr.	1.2= 2		1	-
9				Dd.	1.2= 2		1	-
1	8					1	1	Gesammtzahl der Divisoren.
	2			2+8=10				
1								
	2			(<800) Rest.				

4. Beispiel. 30000 : 5000.

X̄	Ī	C	X	I				I	
		5			Dz. 5−5=10	3.5=15		3	Gliedz. v. Zehntausender
		5			Dv.	1.5= 5		1	-
3					Dd.	1.5= 5		1	-
1		5						1	Zahl d. Divisoren im Dd. 5
		5			5+5=10			6	Gesammtz. der Divisoren.
1									
		5			5−5=0 (Kein Rest).				

IV. Division eines einfachen oder zusammengesetzten Zehners durch einen zusammengesetzten Zehner.

Si volueris per compositum decenum cum singulari dividere vel simplicem decenum vel cum singulari composítum, considera, quotam partem divisoris teneat singularis; nam secundus singularis habet rationem ad secundas dividendi, tertius ad tertias, quartus ad quartas, quintus ad quintas et deinceps; id est: differentia a singulari divisoris ad decenum multiplicabitur per denominationem secundarum, tertiarum, quartarum. Quod vero exsuperat secundas, tertias, quartas, quintas, aggregabis et, si multipliciores sunt divisore, eadem regula diminuentur. Similiter vero et singulares compositi ad dividendum aggregabuntur.

„Will man durch einen mit einem Einer zusammengesetzten Zehner einen einfachen Zehner oder einen mit einem Einer zusammengesetzten dividiren, so beachte man, den wievielsten Theil des (hier nach Zehnern eingetheilten) Divisors der Einer einnimmt; denn ein Einer im zweiten Theil steht im Verhältniss zu den zweiten Theilen des Dividenden, im dritten zu den dritten Theilen, im vierten zu den vierten Theilen, im fünften zu den fünften Theilen u. s. w.; d. h. man hat die Differenz vom Einer des Divisors bis zu Zehn mit dem Nennwerth der 2., 3., 4. Theile (des Dividenden) zu multipliciren; was aber bei der Bestimmung der 2., 3., 4., 5. Theile übrig bleibt, hat man zu addiren, und wenn die Summe grösser ist als der Divisor, hat man sie nach derselben Regel zu vermindern. In gleicher Weise werden auch (mit dem Zehner) zur Division zusammengesetzte Einer addirt."

Der Satz *quotam partem divisoris teneat, singularis* ist die im Eingang erwähnte, für Chasles dunkle Phrase. Derselbe bezieht aber gegen den Sprachgebrauch Gerberts *divisoris* zu *singularis* und ergänzt zum Nothbehelf zu *partem* den Genitiv *dividendi*: „*voyez quelle partie (du dividende) comporte le chiffre des unités du diviseur*"; ferner übersah er im folgenden Satz das Wort *singularis* oder fasste es unrichtig mit *secundus* zusammen; denn er übersetzt: *car 2 se rapporte à la moitié du dividende, 3 au tiers etc.* Aber schon aus dem, was Chasles zur Erklärung sagt, geht hervor, dass nicht die Ziffer des Einers den Theil bestimmt, sondern die des Zehners, und dass es für diesen Theil gleichgiltig ist, welcher Einer im Divisor vorkommt. Die Regeln über die Abacusrechnung, die Chasles in denselben *Compt. rend.* mittheilt, sagen S. 246: *si illa unitas* (d. h. die aus dem Einer und seiner Differenz entstehende Zehn, die für die nächste Stelle ein Einer ist) *juncta illi majori divisori* (d. h. hier dem Zehner des Divisors, nicht des Dividenden) *medietas illius conjuncti* (d. h. der Summe des *major divisor* $+1$) *fuerit, quaeritur, quota sit medietas dividendi.* Was also Gerbert meint, ist im Grunde die Frage, welcher Zehner entsteht, wenn man den Einer zu einem Zehner ergänzt. Ist z. B. der Divisor 23, so wird durch Addition von 7 30 daraus; ist der Divisor 57, so wird durch Addition von 3 60 daraus. Sieht man nun die Sache so an, dass 1—10 den ersten Theil, 11—20 den zweiten Theil des Divisors 23 bilden, so kommt der Einer 3 in den dritten Theil, und ebenso vom Divisor 57 der Einer 7 in den sechsten Theil. Man kann sich dieselbe Sache auch so vorstellen, dass $(3+7) = \frac{1}{3}(23+7)$, $(7+3) = \frac{1}{6}(57+3)$. — Bei solcher Auffassung haben auch die Worte *nam secundus singularis .... et deinceps* einen richtigen Sinn. Sie beruhen auf dem Satze, dass ein Verhältniss nicht geändert wird, wenn man beide Glieder mit derselben Zahl dividirt.

Soll z. B. 47 durch 14 dividirt werden, so ist $\dfrac{47}{14} = \dfrac{\frac{1}{2}(40+7)}{\frac{1}{2}(20-6)}$ oder

$$47 : 14 = \frac{40+7}{2} : \frac{20-6}{2}.$$

1. Beispiel. 70 : 17.

x	I			I	
	3	Dz. Der Einer 7 nimmt d. 2. Theil d.	3	Gliedzahl, mit der, als
1	7	Dr. Div. ein: $\frac{1}{2}$. 7 = 3 Rest 1.		Hälfte des Dividenden,
7		Dd. . 3.3 = 9		multiplicirt wurde.
1		Rest bei der Bestimmung d. Hälfte.	1	Anzahl der Divisoren im
	9	19 — 17 = 2		Dividenden 19.
	2	Rest der Division.	4	Gesammtz. der Divisoren.

2. Beispiel. 87 : 24.

X	I			I	
	6	Ds. Der Einer 4 nimmt d. 3. Theil d.		2	Gliedzahl etc.
2	4	Dv. Div. ein: ⅓.8 = 2 Rest 2		1	-
8	7	Dd. 2.6 = 12		3	Gesammtzahl der Div.
2		Rest b. d. Bestimmung d. 3. Theiles.			
1	2	20 + 12 + 7 = 39			
3	9	Neuer Dd. ⅓.3 = 1 Rest 0.			
	6	6 + 9 = 15 . 1.6 = 6			
1	5	(< 24) Rest der Division.			

Nach der vorstehenden Regel folgen in der Ausgabe von Beda's Werken, Basel 1563, col. 161, folgende Worte:

Et in centenis et millenis idem facies, nisi quod unum centenum vel millenum in caeteros dissipabis, quod in uno non evenit deceno; et articuli quidem ab uno centeno vel milleno secundabuntur; a pluribus dividendorum obtinebunt sedes.

„Bei Hundertern und Tausendern hat man dasselbe zu thun, nur dass man einen der Hunderter oder Tausender in die anderen Klassen zerlegen muss, was bei einem der Zehner nicht eintritt; die Gliedzahlen von dem einem Hunderter oder Tausender werden um eine Stelle zurückgerückt, die der mehreren aber behalten die Plätze der Dividenden."

Dazu steht bei Chasles S. 298 noch zwischen *facies* und *nisi quod; id est, sicut unum centenum vel millenum dissipabis in sede denarii ac centenarii de proposito dividendo, sic reliquos singillatim dissipa,* „d. h. wie man den einen Hunderter oder Tausender vom vorgelegten Dividenden am Platz des Zehners und Hunderters zerlegt, so zerlege auch die übrigen einzeln."

Die letzteren Worte sind ähnlich, wie die Zuthat bei der dritten Regel, eine schlechte Erklärung der Worte *in caeteros dissipabis*, die Chasles in seiner Uebersetzung auch vorausstellt. Derselbe hätte auch hier die Glosse ausscheiden sollen.

Was den ersteren Abschnitt betrifft, so kann er als Andeutung der folgenden fünften Regel von Gerbert geschrieben worden sein; da er aber nach Chasles (S. 289) im Ms. No. 41 in Chartres und im Ms. No. 591 in Rouen fehlt, und der Inhalt in der fünften Regel vollständig enthalten ist, so kann er gleichfalls eine Zuthat von anderen Händen sein. Möglich ist aber auch, und der Stil macht es sogar wahrscheinlich, dass die fünfte Regel nur die Ausführung eines Schülers Gerberts von den einfachen Worten des Zusatzes Gerberts zur vierten Regel ist. Doch erscheint es besser, erst bei dieser, als dem Ausführlicheren, die erläuternden Beispiele zu geben.

V. Division eines Hunderters, Tausenders u. s. w. durch einen zusammengesetzten Zehner.

Si volueris dividere centenum vel millenum et deinceps per decenum cum singulari compositum, primum centenum veluti supra divides, sumpta differentia divisoris a singulari ad decenum, et quod superaverit, per denominationem propositi centeni multiplicabis. Et si singularis centeno ad compositionem additur, aut decenus cum singulari, diminues vel aggregabis, quemadmodum superius dictum est in decenis et singularibus. Et primi quidem articuli sunt in summa dividendis proxima ac minore, augmentati vero in articulos alios dividendorum obtinent sedes.

„Will man einen Hunderter oder Tausender u. s. w. durch einen mit einem Einer zusammengesetzten Zehner dividiren, so hat man einen der Hunderter wie im Vorstehenden zu dividiren, nämlich mit Hilfe der Differenz des Divisors, von dem Einer bis zu Zehn, und den Rest (dieser Division) mit dem Nennwerth des vorgelegten Dividenden zu multipliciren. Ist dem Hunderter in Zusammensetzung ein Einer beigegeben, oder ein Zehner mit einem Einer, so hat man (entweder sogleich) zu vermindern oder (zuerst) zu addiren, wie es oben bei Zehnern und Einern gesagt ist. Die ersten Gliedzahlen (des erwähnten Restes) haben ihren Ort bei der Summe, welche die nächste an den Dividenden und niederer ist als diese, sobald sie aber durch die Multiplication zu anderen Gliedzahlen geworden sind, behalten sie die Plätze der Dividenden."

Auffallend sind hier die Ausdrücke *primus centenus* für *unus centenus*, *ad compositionem addere* für *componere*, *esse in summa proxima ac minore* für *secundari*. Diese sind es, welche die Autorschaft Gerberts zweifelhaft machen. Im Uebrigen enthält die Regel dasselbe, was im Anhang zur vierten Regel nur kurz angedeutet ist. Chasles bezieht S. 289 das *diminues* auf den Fall, in welchem die Hunderter nur mit einem Einer verbunden sind, das *aggregabis* auf diejenigen, in welchem der Dividend auch Zehner und Einer enthält. Diese Unterscheidung liegt aber nicht in den Worten des Textes und entspricht auch der Sache nicht ganz; denn einerseits kann die Addition eines Einers auch den Hunderter verändern, wie $195 + 7 = 202$, andererseits ändert auch die Addition eines Zehners oft den Hunderter nicht, wie $105 + 40 = 145$; endlich kann man auch dann, wenn der Hunderter verändert wird, vor der Addition den vorhandenen Hunderter und ebensogut die Zehner für sich dividiren und dann erst die Reste addiren.

Von Prof. FRIEDLEIN.

1. Beispiel. 874 : 35 (s. Chasles p. 290).

	C	X	I			X	I	
			5	Dz.		2		Anzahl d. Divis.
		3	5	Dr.				in d. einen Hun-
	8	7	4	Dd.				derter.

Theilung des einen Hunderters = 10 Zehner. Der Einer 5 nimmt den 4. Theil des Divisors ein; $\frac{1}{5}.10 = 2$ Rest 2.

$1 \; 6 \; 8.2 = 16$ Product d. Nennwerthes des ganzen Dividenden in die obige Anzahl d. Divis. (s. d. 10. Regel).

| | | 2 | Rest vom 4. Theil. $2.5 = 10$ |
| | | 1 | $2 + 1 = 3$ |

pr. articuli augmentati.

		3	(30) Rest v. Hund. $8.3 = 24$	4	2.2 = 4	-
	2	4	Hier zuerst weitere Vermin-	2	1.2 = 2	-
		6	derung. u. dann Addition	2	1.2 = 2	-

also $2.3 = 6$
$6 + 4 + 7 = 17$

| 2 | 4 | Anz. d. Divisoren. |

$1.3 = 3$

	1	7
		3	$3 + 7 = 10$	$1.3 = 3$
	1	
		3	$(30 + 4 = 34) < 35$ also Rest d. D.

2. Beispiel. 7906 : 48.

	Ī	C	X	I
				2	Dz.
			4	8	Dr.
	7	9		6	Dd.

Theilung des 1 Tausenders = 10 Hunderter. Der Einer 8 nimmt den 5. Theil des Divisors ein; $\frac{1}{5}.10 = 2$ ohne Rest. $2.2 = 4$

	C	X	I	
		2		Anzahl der Divisoren in d. einen Tausender.

| 1 | 4 | 7.2 = 14 Product d. Nennwerthes des ganzen Dividenden in die vorstehende Anzahl d. D. |

| | | | 4 | (40) Rest vom Tausender. |
| | | | | $7.4 = 28$ |

| | 2 | 1.2 = 2 |

pr. a. augm.

		2	8	Hier zuerst Addition, dann Verminderung.
	1	1		$9 + 2 = 11$ $1.4 = 4$
			4	$4 + 8 = 12$
		1	2	$1 + 1 = 2$
			2	Theilung des 1 Hunderters = 10 Zehner. $\frac{1}{5}.10 = 2$ ohne Rest. $2.2 = 4$

| | 2 | Anzahl d. Divisoren in dem einen Hunderter. |

| 4 | 2.2 = 4 Product d. Nennwerthes des ganzen Dividenden in die vorstehende Anzahl d. D. |

pr. a. augm.

			4	Rest vom Hunderter. $2.4 = 8$
		8		$8 + 6 = 14$
		1	4	$1 + 2 = 3$
			3	$(34) < 48$ also Rest d. Div.

| 1 | 6 | 4 | Anz. d. Divisoren. |

VI. Division eines Hunderters durch einen zusammengesetzten Hunderter, oder eines Tausenders durch einen zusammengesetzten Tausender.

Et si volueris per compositum centenum cum deceno vel compositum millenum cum centeno dividere aut centenum aut millenum, considera quotam partem divisoris teneat decenus vel centenus (vel millenus), et per denominationem earum partium multiplica differentiam divisoris, sicut faciebas in singularibus junctis cum decenis.

„Will man durch einen mit einem Zehner zusammengesetzten Hunderter, oder durch einen mit einem Hunderter zusammengesetzten Tausender einen Hunderter oder Tausender dividiren, so beachte man, den wievielsten Theil des (hier nach Hundertern oder Tausendern eingetheilten) Divisors der Zehner oder Hunderter (oder Tausender) einnimmt, und mit dem Nennwerth dieser Theile multiplicire man die Differenz des Divisors, wie man es bei den mit Zehnern verbundenen Einern thut."

Das eingeklammerte *vel millenus* geht über die im Vorhergehenden bezeichneten Fälle hinaus und ist daher wohl nur ein müssiger Zusatz.

Es verhält sich diese Regel zur 4., wie die 3. zur 2.

1. Beispiel. 600 : 190.

C	X	I			I	
		1	Dz.	Der Zehner 9 nimmt den	3	Gliedzahl, mit der mul-
1	9		Dr.	2. Theil d. Divisors ein;		tiplicirt wurde.
6			Dd.	$\frac{1}{2} \cdot 6 = 3$ ohne Rest.	3	G. d. D.
				$3 \cdot 1 = 3$		
		3	(30 < 190) also Rest der Div.			

2. Beispiel. 9000 : 4300.

$\overline{\text{I}}$	C	X	I			I	
		7		Dz.	Der Hunderter 3 nimmt d.	1	Gliedzahl, mit der mul-
4	3			Dr.	5. Theil d. Divisors ein;		tiplicirt wurde.
9				Dd.	$\frac{1}{5} \cdot 9 = 1$ Rest 4.	1	Anzahl d. Divisoren im
4					$1 \cdot 7 = 7$		Dividenden 47.
				Rest bei der Bestimmung des 5.			
				Theiles.		2	G. d. D.
		7		$47 - 43 = 4$			
		4		(400) Rest d. D.			

VII. Division eines Hunderters oder Tausenders durch
einen Zehner, oder eines Tausenders durch
einen Hunderter.

Si volueris dividere centenum vel millenum per decenum, aut millenum per centenum, sumes differentiam divisoris secundum rationem singularium ad decenum et multiplicabis aut per totam denominationem dividendi, si simplex decenus vel centenus divisor est, vel per secundas vel per tertias vel per quartas vel per quintas, si compositus est: habita videlicet ratione, quam partem compositi divisoris teneat decenus vel centenus.

„Will man einen Hunderter oder Tausender durch einen Zehner, oder einen Tausender durch einen Hunderter dividiren, so hat man die Differenz des Divisors, beziehungsweise des Einers zu Zehn, entweder mit dem ganzen Nennwerth des Dividenden zu multipliciren, wenn nämlich der Divisor ein einfacher Zehner oder Hunderter ist, oder durch die 2., 3., 4., 5. Theile (des Dividenden), wenn er (der Divisor) ein zusammengesetzter ist, nämlich mit Rücksicht darauf, welchen Theil des zusammengesetzten Divisors der Zehner oder Hunderter einnimmt."

Diese Regel fasst die III und V (die II und IV, die Chasles S. 291 nennt, nur mittelbar) kurz zusammen und dehnt sie auf die Division eines Tausenders durch einen zusammengesetzten Hunderter aus.

Beispiele für die Division mit einfachem Divisor sind die 3 ersten Beispiele der III. Regel.

Beispiele für die Division mit zusammengesetztem Zehner sind die 2 Beispiele der V. Regel.

Es erübrigt also noch ein Beispiel für die Division eines Tausenders durch einen zusammengesetzten Hunderter.

Beispiel.   7000 : 470 (Vgl. das 1. Beispiel der V. Regel.

$\bar{I}$	C	X	I		X	I	
			3	Dz.		2	Anzahl der Divisoren
	4	7		Dr.			in dem 1 Tausender.
7				Dd.	1	4	$7.2=14$ Product des
				Theilung des 1 Tausenders $=10$ Hunderter.			Nennwerthes d. ganzen Dividenden in d. obige Anzahl.
				Der Einer 7 nimmt d. 5. Thl. des Divisors ein; $\frac{1}{5}.10=2$,			
				Rest 0. $2.3=6$	1	4	G. d. D.
		6		(60) Rest vom Tausender			
pr. a.				$7.6=42$			
augm.	4	2		$(420 < 470)$ Rest d. D.			

VIII. Division eines Hunderters durch einen mit einem Einer zusammengesetzten Hunderter, oder eines Tausenders durch einen mit einem Zehner zusammengesetzten Tausender.

Si volueris dividere centenum vel millenum per compositum centenum vel millenum uno intermisso, unum dividendorum sumes ad minuta componenda et maximum divisorem reliquae parti comparabis. Et si quid abundaverit, relinquendis repones. Minutum autem per denominationem ejus, per quem divisor coaequatur dividendo, multiplicabis. Et in digitis quidem perfecta ponetur differentia, ante articulos vero altera differentia uno minus, quasi rationem habens ad juxta positos, quum sunt digiti et articuli. Nam solus articulus, id est sine digitis, integram proponit sibi differentiam, solus digitus integram supponit. Et tum, quum solus est digitus, ei, qui ad minuta componenda seclusus est, differentia integra secundabitur. Et hae quidem differentiae et si quis forte a maximo divisore seclusus est, significabunt, quod relinquitur ex dividendis.

„Will man einen Hunderter oder Tausender durch einen zusammengesetzten Hunderter oder Tausender, bei dem die mittlere Klasse fehlt, dividiren, so hat man einen der Dividenden zur Behandlung der niederen Klasse wegzunehmen, und den übrig bleibenden den höchstbenannten Theil des Divisors (durch Multiplication) möglichst nahe zu bringen. Um was sie (die übrigen Dividenden) dieses Product übersteigen, das hat man zum Rest zu setzen. Die niedere Klasse (des Divisors) aber hat man mit dem Nennwerth der Zahl, mit welcher (durch Multiplication) der Divisor dem Dividenden möglichst nahe gebracht wird, zu multipliciren. Bei den Fingerzahlen hat man (hierauf) die volle Differenz zu setzen, vor die Gliedzahlen aber die andere, um eins verringerte, als mit Rücksicht auf die nebenstehenden Zahlen, wenn nämlich Fingerzahlen und Gliedzahlen vorhanden sind. Denn eine Gliedzahl allein, d. h. ohne Fingerzahl, setzt die ganze Differenz vor sich, eine Fingerzahl aber allein setzt sie unter sich. Dann aber, wenn eine Fingerzahl allein vorhanden ist, wird für den einen Dividenden, der zur Behandlung der niederen Klasse abgesondert wurde, die ganze Differenz an die nächste Stelle gesetzt. Diese Differenzen und die Zahl, die etwa von dem höchstbenannten Divisor abgesondert wurde, geben an, was vom Dividenden übrig bleibt."

Diese Regel habe ich in meinem Schriftchen über Gerbert etc., S. 56 bis 57, an dem Beispiel 800 : 206 zu erklären versucht und Cantor giebt mir in seinen mathematischen Beiträgen zum Kulturleben der Völker, S. 217, zu, dass mir Einiges gelungen ist, es habe mir aber die Kenntniss der Bedeutung des Wortes Differenz gemangelt. Allerdings sah ich darin nicht den Begriff der Ergänzung, am wenigsten dachte ich an eine Differenz des Productes 18, in dem Sinne einer Ergänzung zu Hundert. Von einer

Von Prof. FRIEDLEIN.

solchen ist aber auch nirgends in diesen Regeln die Rede, in denen sogar dann, wenn es sich um die Differenz eines Zehners oder Hunderters handelt, ausdrücklich gesagt ist, man müsse diese als Einer ansehen und den Unterschied oder Abstand von diesem zu Zehn nehmen. Ob man nun diesen Abstand so gefunden hat, dass man z. B. sagte: 2 zu 8 giebt 10, oder: 8 von 10 bleibt 2, vermag ich nicht zu entscheiden, Cantor selbst gebrauchte den Ausdruck „10 weniger 8". Darnach vermuthe ich, dass meine Worte so aufgefasst wurden, als verstände ich unter *integra differentia* die Zahl 10 und unter *altera differentia* die Zahl 9, wozu ich vielleicht durch die Stellung dieser Ausdrücke neben 10 selbst den Anlass gab; ich meinte aber unter der Bildung der vollen Differenz das Abziehen von der vollen 10, unter der Bildung der anderen, das Abziehen von 9, das Wort *differentia* selbst aber legte ich dem Reste bei, wie es allgemein gebräuchlich ist, und übersetzte es daher auch mit Rest; weil es aber nur vom Rest von 10 gebraucht wird, so hätte ich es besser mit Unterschied übersetzt, oder Differenz gebraucht.

An solcher Auffassung muss ich auch jetzt noch festhalten und den Begriff der Ergänzung als Gerbert fremd erklären, zumal bei dieser Regel, in welcher nicht einmal die sogenannte Division mit Differenzen angewendet wird. Dieses sagt Chasles bereits mit folgenden Worten (S. 292):

Jusqu' à présent les regles exposées par Gerbert ont toujours roulé sur la méthode des différences, qui consiste principalement à diviser par un nombre plus grand que le diviseur. La méthode exposée ici est tout autre, quoiqu'il y soit encore question de différences, et elle rentre dans notre méthode actuelle.

Freilich bezeichnen wir jetzt mit dem Ausdruck: statt 18 die Ergänzung zu 100, nämlich 82 anzusetzen, das nämliche Resultat, das Gerbert erhält, wenn er 2 statt 8, 8 statt 1 ansetzt, aber Gerbert sieht darin nur die einzelnen Unterschiede der Einer von Zehn, ohne entfernt daran zu denken, dass er damit 18 zu 100 ergänzt.

Einen Ausdruck aber verstand ich damals noch nicht, nämlich *secundare*, womit das Versetzen an die nächst niedere Stelle gemeint ist. Ich vermochte daher auch damals kein Bild zu geben, wie die Rechnung auf dem Abacus könnte ausgesehen haben. Nunmehr entwerfe ich dieses in folgender Weise:

1. Beispiel. 800 : 206.

C	X	I		I	
			1 Hunderter von 8, bleiben 7	3	Nennwerth d. Zahl, welche
2		6	Dr. $3.2 = 6$ $7 - 6 = 1$		d. höchst benannte Zahl
8			Dd.		des Divisors dem Rest
1) 7	8 1	8	$3.6 = 18$ $10 - 8 = 2$		d. Dividenden möglichst
		2	$9 - 1 = 8$		nahe bringt, $=$
1			182 Rest.		Anzahl der Divisoren.

2. Beispiel. 9000 : 3010.

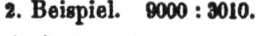

```
 Ī  C X  I                                          I
                1 Tausender von 9, bleiben 8    2  Nennwerth etc.
 3     1    Dr.
                   2.3 = 6      8 — 6 = 2
 9          Dd.
1)8       2        2.1 = 2     10 — 2 = 8
      9 8                      10 — 1 = 9
 2          2980 Rest.
```

Warum die Differenz der Gliedzahlen **vor** diese, die der Fingerzahlen **unter** diese zu setzen sind, weiss ich nicht bestimmt anzugeben. Ich vermuthe aber den Grund, dass man beide an den Columnenstrich neben einander setzte (*juxta positos* heisst es im Text) und daher für die Gliedzahlen bequemeren Platz vor ihnen, für die Fingerzahlen unter ihnen hatte.

IX. **Division eines Tausenders durch einen mit einem Einer zusammengesetzten Hunderter und gleicher Fälle in höheren Klassen.**

Si volueris dividere millenum vel ulteriores per centenum cum singulari compositum, unum millenum in centenos dissipabis. Et rursus unum centenum ad minuta componenda secludes et maximum divisorem reliquae parti comparabis. Et si quid secludetur, relinquendis repones. Minutum autem, ut in superiori capitulo, multiplicabis, reliquaque omnia, vel quae secludentur, vel quae pro differentiis adhibentur, ordinabis. Rursusque easdem differentias, ac si qui forte seclusi sunt, per denominationem propositi dividendi multiplicabis. Ac iterum eadem regula deduces usque ad extremas differentias.

Et in millenis divisoribus cum decenis ad decenos millenos et ulteriores quasi eandem ipsam rationem servabis.

„Will man einen Tausender oder höhere Klassen durch einen mit einem Einer zusammengesetzten Hunderter dividiren, so hat man einen Tausender in seine Hunderter zu zerlegen. Wiederum hat man dann einen Hunderter zur Behandlung der niederen Klassen abzusondern und den höchst benannten Theil des Divisors dem übrigen Theile (durch Multiplication) möglichst nahe zu bringen. Ist noch etwas abzusondern, so hat man es zum Rest zu setzen. Die niedere Klasse aber hat man wie im vorhergehenden Capitel zu multipliciren und alle Reste, sowohl die aus Absonderung stammenden, als auch die als Differenzen angewendeten, in eine Reihe zu bringen. Dieselben Differenzen wiederum und etwas Abgesondertes hat man durch den Nennwerth des vorgelegten Dividenden zu multipliciren. Dann wird (das Product) nach derselben Regel wieder vermindert bis zu den letzten Differenzen".

„Sind Tausender mit Zehnern als Divisoren von Zehntausendern, und (ebenso) weitere Klassen gegeben, so hat man als für gleiche Fälle dasselbe Verfahren einzuhalten".

Hier ist, was Chasles nicht that, besonders hervorzuheben, dass diese Regel gegenüber der 8. ganz **dasselbe Verfahren** enthält wie die 5. gegenüber der 4. Denn es beweist dieses, dass weder von einer Division mit Differenzen, noch von einer ohne Differenzen allgemein mit beliebigen Zahlen bei Gerbert die Rede sein kann. Sobald vom Zehner an, nach unserer Weise zu reden, der Dividend mehr Stellen hat als der Divisor, wird **auf das Verfahren bei gleicher Stellenzahl zurückgegangen**, und zwar dort auf die Division von Zehner durch Zehner, hier auf die von Hunderter durch Hunderter, aber auch dieses nicht mehr in Allgemeinheit, sondern in Beschränkung auf die Fälle, bei denen im Divisor die Zehner fehlen.

Dass in der fünften Regel der eine Hunderter und Tausender mit Anwendung der Differenzen dividirt wird, hier der eine Tausender ohne eine solche, ist keine andere Verschiedenheit, als die zwischen der 4. und der 8. Regel stattfindet. Es ist eben das Verfahren angewendet, welches unmittelbar vorher gelehrt wurde.

1. Beispiel. 3000 : 407. Chasles S. 293.

Ī	C	X	I			I	
	4		7	Dr.			(Vgl. 8. Regel, 1. Beispiel.)
3				Dd.			
	1)9			Theilung eines Tausenders = 10 Hunderter; davon 1 weggenommen, bleiben 9.		2	Anzahl der Divisoren in 1 Tausender.
						6	3.2=6 Product aus der obigen Anzahl in den Nennwerth des Dividenden.
		8\1	4	2.4 = 8 9—8=1			
		6	2.7=14 10—4=6 9—1=8				
	1	8	6	Rest von 1 Tausender.		1	Anzahl der Divisoren in 558.
	5	5	8	Product aus diesem Reste und dem Nennwerth 3 des Dividenden.			
						7	G. d. D.
	1)4	9	7	4—1.4=0 1.7=6			
	1	4	3	10—7=3, 10—1=9, 9+5=14			
		1		8+3=11 1+4=5			
	1	5	1	Rest.			

2. Beispiel. 70090 : 8090.

x̄	Ī	C	X	I		I	
7	8		9		Dr.	1	Anzahl der Divisoren in 1 Zehntausender.
	1)9				Dd. Theilung eines Zehntausenders = 10 Tausender, davon 1 weggenommen, bleiben 9.		
						7	7.1 = 7 Product etc. wie beim 1. Beispiel.
		9	9		$1.8 = 8 \quad 9-8 = 1$		
			1		$1.9 = 9 \quad 10-9 = 1 \quad 10-1 = 9$	1	Anzahl der Divisoren in 1 Zehntausender.
	1	9	1		Rest von 1 Zehntausender.		
1	3	3	7		Product aus diesem Rest u. dem Nennwerth 7 des Dividenden. Von dem 1 Zehntausender ist die Zahl der Divisoren = 1 u. der Rest 191 so eben gefunden.	8	G. d. D.
	1	9	1				
	4	2			$1+3 = 4 \quad 9+3 = 12$		
	1				$1+4 = 5 \quad 1+7 = 8$		
	5		8		5280 Rest der Division.		

Bei der Addition der in denselben Columnen stehenden Zahlen wurde links begonnen, weil dieses dem sonstigen Verfahren mehr entspricht; doch kann die Addition von rechts an gleichfalls stattgefunden haben.

X. Bestimmung der Anzahl der Divisoren (des Quotienten).

1) *Si volueris nosse, quot divisores sint in quolibet dividendo, articulos, a quibus denominationes fiunt multiplicationis, secundabis ad digitos, et si augmento eorum articuli provenient, reflectes ad articulos.* 2) *Et si in singularibus pares divisoribus provenerint, totidem unitates collectionibus aggregabis.* 3) *Igitur et in denominationibus a toto et a partibus, quae erat a secundis et tertiis et quartis et deinceps, secundum eandem rationem pro extremo divisore unitatem constitues.*

4) *Et sicut in centenis et millenis, quod ab uno exuperat, per denominationem totius summae multiplicatur, sic divisores per denominationem totius dividendi multiplicabuntur, sed in ipsis tantummodo centenis et millenis.*

5) *Simplex decenus divisor centeni vel milleni et ultra compositorum denominationes mittit ad tertias, id est ad tertium locum ab eo, quem dividit, scilicet in colligendis divisoribus.*

6) *Centenus vel millenus, divisores sui et compositi uno relicto, denominationes suas mittunt ad extremos digitos.*

1) „Will man wissen, wieviel Divisoren in einem beliebigen Dividenden sind, so hat man die Gliedzahlen, welche die Nennwerthe der Multiplication bilden (d. h. mit welchen die Differenzen multiplicirt werden) in die nächste Stelle zu den Fingerzahlen zu setzen, und wenn durch die Addition derselben Gliedzahlen entstehen, hat man diese zu den Glied-

zahlen zu bringen. 2) Enthalten ferner die Einer den Divisor noch ein oder mehrere Mal, so hat man eben so viele Einheiten der Summe (der Divisoren) noch hinzuzufügen. 3) Man hat also sowohl bei den Nennwerthen vom ganzen Dividenden, als auch bei denen von den 2., 3., 4. und den weiteren Theilen desselben, in der nämlichen Weise die Einheit als letzten Divisor anzusehen."

4) „Wie ferner bei den Hundertern und Tausendern der Rest von dem einen Hunderter oder Tausender mit dem Nennwerth des ganzen Dividenden multiplicirt wird, so hat man auch die Zahl der Divisoren durch denselben Nennwerth zu multipliciren, aber nur bei den Hundertern und Tausendern selbst."

5) „Dividirt ein einfacher Zehner einen Hunderter oder Tausender, oder weitere Klassen, so bringt er die Nennwerthe zu den dritten (Plätzen oder Summen), d. h. zur 3. Stelle von der Stelle des Dividenden an, natürlich nur bei der Zusammenfassung der Divisoren."

6) „Dividirt ein mit Auslassung einer Stelle zusammengesetzter Hunderter oder Tausender einen Hunderter oder Tausender, so bringt er die Nennwerthe ganz ans Ende zu den Fingerzahlen."

Chasles macht daraus (S. 293—295) 5 Paragraphen, indem er den ersten aus dem 1. und 2. Satz und dem Anfang des 3. bildet. Er stellt nämlich die Worte: *Igitur et in denominationibus a toto*, S. 299, als einen besonderen Satz auf und beginnt mit *et a partibus* den 2. Paragraphen. Dass dieses nach allen Sprachgesetzen ganz unmöglich ist, erhellt wohl auf den ersten Blick. Der Gedanke, den einzelnen Regeln entsprechende Paragraphen hier zuzuweisen, scheint Chasles zu dieser Gewaltmassregel veranlasst zu haben. Es ist aber ein solcher Gedanke nicht durchführbar, da bei ein und derselben Division die Anzahl der Divisoren, d. h. der Quotient auf verschiedene Weise gefunden wird.

Den ersten Satz erklären am besten die 3 Beispiele der 2. Regel. Dieselben Zahlen, welche im ersten Beispiel als Gliedzahlen in den Columnen der Zehner stehen, und welche die ersten Factoren in den vorkommenden Producten sind (*denominationes multiplicationis*), sind für die Bildung des Quotienten in der Columne der Einer. Da ihre Summe grösser als 10 wird, so kommt ein 1 wieder in die Columne der Zehner. Wie aber die Einer *digiti* zu den Zehnern sind, so sind die Zehner *digiti* zu den Hundertern und die Hunderter zu den Tausendern u. s. w. Daher stehen im 2. und 3. Beispiel die Zahlen der Columnen der Hunderter bei den Columnen für den Quotienten in der Columne der Zehner, die Tausender in der der Hunderter, also immer an der nächsten Stelle nach der erstgenannten (*secundati*).

Derselbe Satz findet aber auch seine Anwendung bei den 2 Beispielen der 4. Regel, nur sind die *denominationes* nicht mehr der ganze Dividend, sondern die 2. und 3. Theile desselben.

Der 2. Satz findet seine Anwendung im Grunde schon bei der 1. Regel, nur sind bei dieser keine weiteren Quotienten vorhanden, zu denen addirt werden müsste. Um auch von der Addition reden zu können, scheint dieser Satz die 2. Stelle erhalten zu haben. Was übrigens von den Einern gesagt ist, gilt auch von den einfachen Zehnern, Hundertern u. s. w., wenn einfache Zehner oder Hunderter u. s. w. die Divisoren sind. Es findet sich also dieser Satz angewendet ausser bei den 2 Beispielen der 1. Regel, bei dem 1. und 3. Beispiel der 2., bei dem 4. Beispiel der 3., bei dem 1. Beispiel der 4., bei dem 2. Beispiel der 6. und hätte, wie es Chasles that, auch bei dem 1. Beispiel der 9. Regel angewendet werden können.

Der 3. Satz enthält nichts Neues, was schon die Conjunction *igitur* andeutet; er sagt nur aus, dass für den letzten Divisor der von dem, was das vorausgehende Verfahren vom Dividenden übrig gelassen hat, noch abgezogen werden kann, in der Zahl der Divisoren, d. h. im Quotienten 1 anzusetzen ist, gleichviel ob vorher mit dem ganzen Dividenden multiplicirt wurde oder mit einem Theile desselben. Damit ist nicht ausgeschlossen, dass in dem erwähnten Rest der Divisor auch öfter oder nicht mehr enthalten ist. Ersteres kann vorkommen, wenn der Divisor ein Einer und kleiner als 5 ist (vgl. das 1. Beispiel der 1. und das 3. Beispiel der 2. Regel); letzteres kann bei jeder Art von Divisor vorkommen (vgl. das 2. Beispiel der 2., die ersten 3 Beispiele der 3., das 2. der 4., das 1. der 6. Regel). Darnach ist auch im Inhalt dieses Satzes kein Grund aufzufinden, der das Verfahren von Chasles rechtfertigen liesse.

Der 4. Satz enthält die Bildung des Quotienten in den Fällen, in welchen zuerst ein Hunderter oder Tausender dividirt wurde; dieses geschieht bei der 5., dem 2. Theil der 7. und bei der 9. Regel. Die dort gegebenen Beispiele werden die Sache am besten klar machen. Neben den Columnen für den Quotienten stehen nämlich die Producte besonders angedeutet, die hier gemeint sind.

Der 5. Satz findet seine Anwendung im 1. und 2. Beispiel der 3. Regel und in den beiden Beispielen der 5. Er scheint zugleich als Fingerzeig dienen zu sollen für die Division mit einem Hunderter, der die Nennwerthe an die 4. Stelle bringt, mit einem Tausender, der sie an die 5. bringt u. s. w. Vgl. für den Hunderter das 3. Beispiel und für den Tausender das 4. Beispiel der 3. Regel.

Der 6. Satz endlich schliesst sich zunächst an die 8. und 9. Regel an; dass er nämlich auch von dem einfachen Hunderter und Tausender bei der Division in einen Hunderter und Tausender gilt, ist im 2. Satz insofern enthalten, dass gesagt ist, für jeden Divisor, den man noch vom Dividenden hinwegnehmen kann, sei eine Einheit für die Bildung des Quotienten anzusetzen. Die Einheiten aber gehören zu den *digiti*.

Zu bequemerer Uebersicht des Inhaltes seien hier die vorkommenden Beispiele zusammengestellt.

I. 7 : 3, 70 : 50
II. 86 : 7, 209 : 6, 5009 : 4
III. 700 : 60, 5000 : 70, 9000 : 800, 30000 : 5000
IV. 70 : 17, 87 : 24
V. 874 : 35, 7006 : 48
VI. 600 : 190, 9000 : 4300
VIIa. [700 : 60, 5000 : 70, 9000 : 800]
   b. [874 : 35, 7006 : 48], 7000 : 470
VIII. 800 : 206, 9000 : 3010
IX. 3000 : 407, 70000 : 8090.

Es ergiebt sich daraus, dass nur 3 Arten von Divisoren in Betracht kommen.

1) Einer und solche, die Producte aus Einern und irgend welcher Potenz von 10 sind, also von der Form $a.10^n$, wobei $a < 10$.

2) Zehner mit Einern und solche, die Producte aus diesen und irgend welcher Potenz von 10 sind, also von der Form $(10b + a).10^n$, wobei a und $b < 10$.

3) Hunderter mit Einern und solche, die Producte aus diesen und irgend welcher Potenz von 10 sind, also von der Form $(100b + a).10^n$, wobei $a < 10$ und $b < 10$.

Für jede Art der Divisoren werden 2 Arten von Dividenden unterschieden:

1) solche, die ebensoviele Stellen haben wie der Divisor,
2) solche, die mehr Stellen haben als der Divisor.

Dafür werden folgende Regeln aufgestellt:

1) für die 1. Art des Divisors und 1. Art des Dividenden: Subtraction des Divisors vom Dividenden, so oftmal es angeht. I. Regel.

2) für die 1. Art des Divisors und 2. Art des Dividenden: Bildung der Differenz des Einers zu Zehn, und Multiplication derselben mit der ganzen ersten Ziffer des Dividenden. II. und III. Regel und VIIa.

3) für die 2. Art des Divisors und 1. Art des Dividenden: Bildung der Differenz des Einers zu Zehn, und Multiplication derselben mit einem Theile der ersten Ziffer des Dividenden. IV. und VI. Regel.

4) für die 2. Art des Divisors und 2. Art des Dividenden: Theilung einer Einheit der höchsten Benennung in der

unter 3) beschriebenen Weise und Multiplication des Restes durch die 1. Ziffer des Dividenden. V. Regel und VII b.

5) für die 3. Art des Divisors und 1. Art des Dividenden: **Absonderung einer Einheit der höchsten Benennung**, Bestimmung des Quotienten aus dem Rest für den Divisor durch Multiplication des letzteren, Multiplication der niedrigeren Benennung des Divisors mit diesem Quotienten, Subtraction des Productes durch **Bildung der Differenzen**. VIII. Regel.

6) für die 3. Art des Divisors und 2. Art des Dividenden: **Theilung einer Einheit der höchsten Benennung** in der unter 5) beschriebenen Weise und Multiplication des Restes durch die 1. Ziffer des Dividenden. IX. Regel.

Eine Unterscheidung der Dividenden nach dem Vorhandensein einer oder mehrerer Ziffern braucht deshalb nicht vorgenommen zu werden, weil die Division zunächst nur für die eine der höchsten Benennung ausgeführt und zum Rest der Werth der übrigen Ziffern addirt werden kann, wodurch ein neuer Dividend entsteht, der in ähnlicher Weise behandelt wird. Es ist dieses genügend am Schluss der 4. Regel angedeutet.

Fragt man endlich, wie weit Erkenntniss der diesen Regeln zu Grunde liegenden Principe bei Gerbert zu finden ist, so zeigt die Anwendung zweier verschiedener Methoden bei 2 verschiedenen Arten des Divisors, während jede der beiden Methoden bei jeder der beiden Arten des Divisors hätte angewendet werden können, dass eine klare Einsicht in das Wesentliche der Methoden nicht vorhanden war. Die Sache scheint eine auf praktischem Wege erlernte und keineswegs theoretisch erfasste, geschweige denn selbst erfundene. — Die mangelnde Erkenntniss des Principes der Division mit Differenzen findet Chasles überhaupt in allen Abhandlungen vom Abacus (vgl. die erwähnten *compt. rend.* S. 171 unten); in Gerbert's Regeln aber sieht derselbe die Regeln des Boethius, nur etwas weniger lakonisch ausgedrückt (ib. S. 285).

Diese als höchst dunkel und räthselhaft bekannten Regeln hat Cantor in seinen mathematischen Beiträgen etc., S. 212 und 217, übersetzt; er sagt aber selbst (S. 212—213), dass sie im Deutschen kaum verständlicher klingen, als im lateinischen Originaltexte. Es wird auch schwerlich Jemand aus dieser Uebersetzung den Inhalt verstehen können. Die völlige Aufklärung über die Regeln Gerbert's hat aber auch endlich die Lösung dieser Räthsel möglich gemacht, die ich im Folgenden mittheile. Da es zur Beurtheilung der Ausdrucksweise in diesen Regeln nöthig ist, Eingang und Schlusswort zu denselben zu kennen, so nehme ich auch diese mit auf. Für den lateinischen Text benützte ich ausser dem Erlanger Ms. auch die Angaben von Woepcke, *sur l'introd. etc.* S. 11.

Des Boethius (?) Regeln der Division.

Divisiones igitur quantalibet jam ex parte lectoris animus introductus facile valet dinoscere. Breviter enim de his et summotenus dicturi, si qua obscura intervenerint, diligenti lectorum exercitio adinvestiganda committimus.

„Die Divisionen nun vermag der Leser nach grösserer oder geringerer Anleitung leicht zu erfassen. Wir wollen nämlich darüber nur kurz und von dem Hauptsächlichsten reden, und wenn etwa Dunkles vorkommt, so überlassen wir dieses der fleissigen Uebung der Leser zum Erforschen."

Es setzt also der Verfasser voraus, dass der Leser schon einige Kenntniss vom Dividiren mitbringt, so dass er weiss, was die Ausdrücke andeuten wollen. Das Folgende nennt nur die Fälle, in denen das eine oder das andere Verfahren anzuwenden ist und vertritt also die Stelle eines Leitfadens.

I. *Si decenus per se, vel centenus per se, vel ulteriores per semet ipsos, dividendi proponantur, minores a maioribus, quoadusque dividantur, sunt subtrahendi.*

„Wenn ein Zehner durch einen Zehner, oder ein Hunderter durch einen Hunderter, oder eine weitere Klasse durch dieselbe Klasse zum Dividiren vorgelegt werden, dann hat man die kleineren von den grösseren abzuziehen, so lange diese getheilt werden können (d. h. bis der Rest kleiner wird als der Divisor)."

Offenbar ist diese Regel dieselbe, wie die erste bei Gerbert.

II. *Singularem autem divisorem deceni aut centeni aut milleni aut ulteriorum, vel decenum divisorem se sequentium, sumpta differentia eos dividere oportet.*

„Ist ein Einer der Divisor eines Zehners oder Hunderters oder Tausenders oder einer höheren Klasse, oder ein Zehner der Divisor einer der auf ihn folgenden Klassen, so muss man mit Anwendung der Differenz dividiren."

Worin die Anwendung der Differenz besteht, zeigt die 2. und 3. Regel bei Gerbert; denn beide sind hier kurz zusammengefasst. Das in diesen beschriebene Verfahren ist also hier vorausgesetzt.

III. *Compositus autem decenus cum singulari per secundas vel tertias et deinceps secundum denominationem partium decenum vel simplicem vel compositum divisurus est.*

„Ein mit einem Einer zusammengesetzter Zehner wird mit Anwendung der 2. oder 3. Theile u. s. w. nach dem Nennwerth der Theile (d. h. nach der Zahl, welche angiebt, den wievielsten Theil der Einer des Divisors vom ganzen Divisor einnimmt) einen einfachen oder zusammengesetzten Zehner dividiren."

Diese Regel enthält in kurzer Andeutung die 4. Regel bei Gerbert. Wer diese letztere kennt, ist vollständig in Stand gesetzt, die Division auszuführen. Wer aber diese Kenntniss nicht mitbringt, kann sie aus den angegebenen Worten nicht erlernen.

IV. *Centenum vero, vel millenum, vel ulteriores, per decenum compositum, si diligens investigator accesserit, sumpta differentia et primis articulis dividendo [vel] secundatis appositis, auctis autem dividendo suppositis dividi posse pernoscet.*

„Soll aber ein Hunderter oder Tausender oder eine höhere Klasse durch einen zusammengesetzten Zehner dividirt werden, so wird, wenn ein sorgfältiger Forscher sich an die Sache macht, derselbe erkennen, dass es geschehen kann mit Anwendung der Differenz und dadurch, dass man die ersten Gliedzahlen um eine Stelle zurückrückt neben den Dividenden, die aus der Multiplication hervorgehenden aber unter den Dividenden setzt."

Das eingeklammerte *vel* scheint durch falsche Auffassung der Stelle in den Text gekommen zu sein; möglich auch, dass es hiess *appositis vel secundatis*. — Was erste Gliedzahlen sind und womit sie multiplicirt werden, lehrt die 5. Regel Gerbert's. Auch hier ist ein Verständniss ohne Kenntniss des angedeuteten Verfahrens nicht möglich, zumal da die Hauptsache, dass nämlich zuerst einer der Hunderter oder Tausender zu dividiren ist, gar nicht angedeutet ist.

V. *Centenus autem cum singulari compositus centenum vel millenum hoc pacto dividere cognoscitur:*

Sumpto igitur uno dividendorum, quod residuum fuerit, divisori est coaequandum, et quod superabundaverit, sepositis reservandum. Singularis autem vel, ut alii volunt, minutum per aequationem majorum est multiplicandum, et digitis quidem perfecta differentia supponenda, articulis autem imperfecta est praeponenda. Et hae differentiae et si forte aliquis seclusus sit, significant, quod residuum sit ex dividendis.

„Wie aber ein mit einem Einer zusammengesetzter Hunderter einen Hunderter oder Tausender dividirt, lernt man in folgender Weise kennen":

„Man nimmt einen der Dividenden hinweg und bringt den Rest dem Divisor (durch Multiplication) möglichst nahe. Ergiebt sich noch ein Ueberschuss (auf Seite des Dividenden), so ist er für den Rest aufzubewahren. Den Einer aber oder, wie andere wollen, die niedere Klasse hat man mit der Zahl, welche die höhere Klasse (d. h. den Hunderter des Divisors) (den um 1 verminderten Hundertern des Dividenden) nahe gebracht hat, zu multipliciren und unter die Fingerzahl die vollkommene, vor die Gliedzahl aber die unvollkommene Differenz zu setzen. Diese Differenzen und eine etwa aufbewahrte Zahl geben an, was vom Dividenden übrig bleibt."

Diese Regel ist die abgekürzte 8. Regel Gerbert's, gleichsam ein Auszug aus ihr. Sie unterscheidet sich dadurch von der 2., 3. und 4., dass das

Verfahren nicht blos genannt und angedeutet, sondern in den Hauptzügen auch angegeben ist. Wer es also auch nicht bereits kennt, vermag es daraus kennen zu lernen. Hätte der Verfasser erkannt, dass im Grunde eine Multiplication des ganzen Divisors und eine Subtraction des Productes vom Dividenden ausgeführt wird, so hätte er statt *hoc pacto*, wie in der II. Regel *sumpta differentia*, so hier kurz *multiplicatione divisoris* setzen und die weitere Ausführung sich ersparen können; aber es bot ihm dieses Verfahren keine so markirte Seite dar, dass er es nach ihr hätte benennen können. Er theilt also das Verfahren selbst mit.

Der Schluss lautet so:

Haec vero brevi introductione praelibantes, si qua obscure sunt dicta vel, ne taedio forent, praetermissa, diligentis exercitio lectoris committimus, terminum huius libri facientes et quasi ad ulteriora sequentium nos convertentes.

„Indem wir diesen Gegenstand nur in kurzer Anleitung berühren, überlassen wir, wenn etwas dunkel ausgesprochen, oder, damit es nicht Ueberdruss errege, übergangen wurde, dieses der Uebung des sorgfältigen Lesers und beschliessen dieses Buch, um zu dem Weiteren des Folgenden uns zu wenden."

Die dunkel ausgesprochenen Partieen sind besonders die 2., 3. und 4. Regel, das Uebergangene ergiebt sich aus der 6., 7. und 9. und den im 10. Abschnitt zusammengestellten Regeln Gerbert's. Die ersten 3 dieser Regeln konnten wegbleiben, weil die darin besprochenen Fälle mehr oder weniger leicht nach dem Angegebenen behandelt werden können und zum Theil nur die Wiederholung früherer sind. Dass aber die Regeln des 10. Abschnittes fehlen, ist ein wesentlicher Mangel, den man dadurch zu erklären versucht ist, dass diese Regeln an sich schon sehr kurz gefasst, eine weitere Abkürzung nicht zuliessen, und doch zusammen für den blossen Abriss zu viel waren.

So erklären sich die Worte des Verfassers vollständig, und ich kann darin eine Bestätigung meiner Ansicht sehen, dass der Verfasser des Anhanges bei Boethius eine Arbeit Gerbert's vor sich gehabt hat. Allein diese Ansicht ist von einer Seite für in jeder Weise unhaltbar erklärt (Cantor, math. Beitr. S. 322), von einer anderen bestimmt zurückgewiesen worden (Hultsch in N. Jhrbb. f. Phil. u. Päd. 1863 S. 425). Zu meiner Beruhigung aber ist das, was so wenig Anklang fand, meine Ansicht selbst nicht. Ich sagte S. 57 meines Schriftchens über Gerbert, „dass der Verfasser d. Ms. die erste Arbeit Gerbert's benützt haben muss", dass ich aber nicht sagen könne, „dass uns die Arbeit Gerbert's darin unversehrt erhalten ist." Hultsch lässt mich sagen, die Stelle über den Abacus solle von Gerbert herrühren und zwar eine frühere Bearbeitung desselben Gegenstandes sein; Cantor aber lässt mich sogar behaupten, die frühere Schrift Gerbert's sei der Text, der uns jetzt als Geometrie des

Boethius bekannt ist. Gegen letztere zwei Ansichten lassen sich allerdings Beweise genug anführen; es wird aber denselben gegenüber die Erklärung genügen, dass es mir nie in den Sinn kam, zu behaupten, die sogenannte Geometrie des Boethius sei ein Werk Gerbert's — alle Streiche dagegen sind Luftstreiche — ferner dass ich auch jene Stelle nicht für Gerbert's Arbeit selbst halte, sondern allein das behaupte, dass sich in ihr Spuren finden, die auf eine Benützung einer Arbeit Gerbert's schliessen lassen.

Statt Vermuthung an Vermuthung zu reihen, um damit darzuthun, wie sie alle zusammenstimmen und darum innere Wahrscheinlichkeit für sich haben, will ich lieber an Cantor's Worte anknüpfen, welche den unbestrittenen Theil dieser Untersuchung deutlich aussprechen. Derselbe sagt (S. 322): „Ich acceptire das Zugeständniss, dass Gerbert's Abhandlung über Multiplication und Division so viele Aehnlichkeit mit der Geometrie des Boethius hat, dass man eine directe oder indirecte Abhängigkeit der ersteren von der zweiten nicht in Abrede stellen kann."

Die Feststellung der Abhängigkeit ist mir zunächst genügend, welches Werk das abhängige ist, darüber folgende Andeutungen:

1) Von den Regeln des Boethius sind nach der obigen Darstellung die 2., 3., 4. unverständlich, wenn man nicht wenigstens praktisch auszuführen weiss, was sie andeuten. Sie setzen also Vertrautheit mit der Sache voraus.

2) Die Regeln über die Bildung des Quotienten fehlen, und könnten also von Gerbert aus dieser Geometrie des Boethius nicht gelernt worden sein.

3) Die Worte der 5. Regel: *Singularis autem, vel, ut alii volunt, minutum*, beweisen, dass zur Zeit des Verfassers dieser Regeln auch Andere mit dem Gegenstand derselben sich beschäftigt haben.

Und nun noch folgende Fragen:

1) Ist es wahrscheinlich, dass am Ende des 5. und Anfang des 6. Jahrhunderts, der Zeit des Boethius, die Division bereits praktisch so vollzogen wurde, wie sie in Gerbert's Schrift ungefähr aus dem Ende des 10. Jahrhunderts beschrieben ist, also bei 4 Jahrhunderte lang (abgesehen von der Zeit, in der sie schon vorher geübt wurde) eine in so enge Grenzen eingeschlossene Weise zu dividiren fast mit gleichem Wortlaut der Regeln ohne zunehmende Verallgemeinerung sich erhalten hat?

2) Ist es wahrscheinlich, dass Boethius, der die Wissenschaften der Römer zu erhalten strebte, ein Buch für den Unterricht weniger vollständig und klar geschrieben hat, als Andere in seiner Zeit es thaten?

Oder ist es 3) wahrscheinlicher, dass im 11. Jahrhundert, in einer Zeit, in welcher die einfachste praktische Geometrie, das elementarste Rechnen eine bedeutende Leistung in der Mathematik waren, an ein und derselben Stätte Compendien verfasst wurden, welche die älteren Schriften des Archytas und Boethius ebenso benützend wie die neueren Gerbert's, nur das in Kürze andeuteten, was in allen Schulen praktisch geübt wurde und darum hinreichend bekannt war?

Da man meine Behauptung zu kühn fand, so werfe ich jetzt nur diese Fragen auf. Mein Streben ist, mit Thatsachen, nicht mit Vermuthungen, zu Werk zu gehen. Letztere mögen als Fragen in der Schwebe bleiben, der Erkenntniss der thatsächlichen Beschaffenheit von Gerbert's Regeln und von denen des Boethius hoffe ich einen Dienst geleistet zu haben.

VIII.
Galileo Galilei.
Von Moritz Cantor.

E pur si muove! Und sie bewegt sich doch! Mit der Erinnerung an diese Worte ist wohl den meisten Laien der Name des Galilei verknüpft; und wem auch die wissenschaftlichen Verdienste des grossen Mannes weniger bekannt sind, der hat doch das Bild des Märtyrers der Wissenschaft deutlich vor Augen, der sieht ihn von dem Folterbette mit gebrochenen Gliedern zur Kirche wanken, wo er zuerst, der Gewalt sich beugend, den Widerruf seiner Ansichten vollzieht, dann aber im lauten Aufschrei des Gewissens, welches die Wahrheit zu verleugnen nicht im Stande ist, den durch Jahrhunderte hindurch ertönenden gellenden Protest erhebt: Und sie bewegt sich doch!

Ein grossartiges Bild, aber leider ein durchaus unwahres; und so soll der Zweck dieses Aufsatzes darin bestehen, in Kürze zusammenzutragen, was von einer ganzen Reihe bedeutender Gelehrten, besonders in Italien, dann aber auch von Alfred von Reumont und von Biot als die Schilderung des wahren Galilei, nicht des Romanhelden, erhalten wurde. Möge es mir als Entschuldigung für die Zusammenstellung fremder Arbeiten dienen, wenn ich auch einige neue Punkte hervorhebe, die bisher der Aufmerksamkeit der Geschichtschreiber entgangen waren, und die gleichwohl dazu dienen können, noch helleres Licht auf die damalige Zeit zu werfen, die dazu beitragen dürften, ein Verständniss mancher noch räthselhafter Momente zu ermöglichen.

Galileo Galilei wurde — es sind jetzt 300 Jahre her — den 18. Februar 1564 in Pisa geboren, an demselben Tage, an welchem Michel Angelo Buonarotti in Rom die Augen schloss. Sein Vater, Vincenzo Galilei, war aus edlem florentiner Geschlechte entsprungen und selbst ein Mann von hervorragendem Geiste. Er zeichnete sich besonders als theoretischer Musiker aus. In frühester Jugend kam der kleine Galileo nach Florenz, welches seine Eltern nur vorübergehender Weise verlassen

hatten, und dorthin fällt seine ganze Erziehung bis zu seinem 17. Jahre.
Der Vater, dessen Vermögensverhältnisse Nichts weniger als glänzend
waren, bestimmte ihn anfangs zum Kaufmann. Als aber der Knabe bei
mangelhaftem Unterrichte die glänzendsten Fortschritte machte, als er
fast ohne Lehrer die lateinische und griechische Sprache erlernte, als er
zur Erholung kleine Modelle der verschiedensten Maschinen verfertigte,
als er daneben bedeutende Anlagen zur Malerei entwickelte und auch in
der Musik als würdiger Sohn seines Vaters sich erwies, da entschloss sich
Vincenzo Galilei, mit Aufwendung aller Mittel, die er beschaffen konnte,
dem Sohne eine gelehrte Ausbildung angedeihen zu lassen. Er sollte Arzt
werden, denn das war der einzige gelehrte Stand, welcher damals einen
goldenen Boden hatte, und darauf musste in dem gegebenen Falle ein besonderes Augenmerk gerichtet werden. Galileo Galilei war $17\frac{1}{2}$ Jahr alt,
als er am 5. November 1581 in Pisa immatriculirt wurde. Er begann nach
der Sitte der Zeit mit vorbereitenden philosophischen Studien, mit aristo-
telischer Metaphysik und mit Mathematik. Am Meisten fesselte ihn diese
letztere, welche er nur verstohlener Weise treiben durfte, da sein Vater
wenigstens von Anfang an eingehende Beschäftigungen so unpraktischer
Natur nicht dulden wollte. Ueber alle Hindernisse obsiegte jedoch der
kräftige Geist, der eiserne Wille des Jünglings. Mathematische Vorlesungen, an denen er als eingeschriebener Zuhörer nicht theilnehmen konnte,
verfolgte er ins Geheim an der Thür des Hörsaales lauschend, bis eines
Tages der Lehrer ihn in dieser Stellung entdeckte und von da an die besondere Leitung seiner geometrischen Studien übernahm. Als Galilei,
21 Jahr alt, die Universität verlassen musste, weil sein Vater die Mittel
zum weiteren Studium nicht aufbringen konnte, der Grossherzog von Toscana aber jede Unterstützung Galilei's verweigerte, um welche er ange-
gangen wurde, da war der junge Mathematiker und Physiker schon reif
und konnte auf eigenem Wege fortschreiten.

Eine Entdeckung hatte er schon als Student gemacht. Es war in
dem Dome zu Pisa, welchen der aus innerster Ueberzeugung streng-
gläubige Jüngling häufig besuchte. In andächtigem Gebete mochte er
sein gepresstes Herz erleichtern, mochte neue Hoffnung, neue Zuversicht
erflehen. War doch die Gegenwart für ihn eine schwere, hatte er doch
hinlängliche Veranlassung, den sehnsuchtsvollen Blick nach oben zu wenden, nach jenen unbekannten Höhen, dem wahren Sinnbilde der Unend-
lichkeit und deshalb auch dem Sitze des Unendlichen in den Glaubens-
kreisen aller Völker. Und siehe da, wie sein Auge sich erhob, da haftete
es festgebannt an einer Stelle. Eine Lampe, welche im Heiligthume
brannte, war in schwingende Bewegung gerathen. Galilei folgte ihrem
periodischem Wechselgange mit angestrengter Aufmerksamkeit, und alsbald fiel ihm auf, wie die Grösse der Schwingungen eine immer geringere
wurde, wie aber trotzdem dieselbe Zeit verstrich von dem Augenblicke an,

wo die Lampe ihre äusserste Stelle nach rechts inne hatte, bis sie zu äusserst nach links angekommen war. Die Gleichzeitigkeit der Pendelschwingungen, so nennt die heutige Wissenschaft dieses Naturgesetz, war entdeckt, und damit hatte Galilei den ersten Schritt auf der grossen Bahn gemacht, auf welcher nach einander auch die übrigen Pendelgesetze, sowie die Gesetze des freien Falles sich seinem geistigen Auge darboten.

Der Ruf des jungen Gelehrten, des modernen Archimed, wie Marquis del Monte ihn schon damals nannte, verbreitete sich mit ungewöhnlicher Schnelligkeit. Seine Freunde setzten 1589 es durch, dass ihm die Professur der Mathematik zu Pisa mit einem Jahresgehalte von 60 Thalern auf 3 Jahre übertragen wurde. Die letztere Bedingung darf keinen Anstoss erregen. In Italien war es fast ausnahmslose Regel, die Lehrstühle immer nur auf eine bestimmte Zeit zu besetzen. Der Gehalt dagegen war für die dortigen Verhältnisse ein überaus geringer. In Frankreich und Deutschland wäre auch dieses nicht der Fall gewesen. Der Lehrstuhl der Astronomie zu Paris, welchen Ramus gründete, war mit 85 Thalern, der Lehrstuhl der Mathematik in Heidelberg gar nur mit 60 Gulden nebst freier Wohnung ausgestattet, aber in Italien wurden die Gelehrten immerhin besser bezahlt. Mochte auch der Gehalt von 2000 Thalern jährlich, welchen Mercuriale, der Professor der praktischen Medicin in Pisa, damals bezog, ein ausnahmsweise grosser gewesen sein. Der Abstand gegen die 60 Thaler, mit denen Galilei sich begnügen musste, ist doch zu bedeutend, um nicht den Gehalt des Galilei ebenso unverhältnissmässig gering, wie den des Mercuriale unverhältnissmässig hoch erscheinen zu lassen.

Galilei begann seine Vorlesungen, in welchen er offen gegen die damals noch allmächtige Schule der Aristoteliker auftrat. Es waren die Lehren, in welchen er selbst erzogen war, gegen welche sein Muth ihn führte, Lehren, welche feste Wurzel geschlagen hatten in der so gern an Autorität sich anklammernden unselbstständigen Mehrheit. Mochte auch in Frankreich schon ein halbes Jahrhundert früher Ramus den Kampf auf Leben und Tod zwischen der modernen Forschung und dem eingerosteten Vorurtheile aufgenommen haben, das blutige Ende dieses Streiters in der Bartholomäusnacht war nicht geeignet, zur Nachfolge aufzumuntern, und welche Stimmung noch immer in den massgebenden Kreisen anhielt, zeigt jener Parlamentsbeschluss von 1624, welcher Angriffe auf Aristoteles mit der Todesstrafe bedrohte. Auch hatte in Italien noch kein hervorragender Gelehrte die Fesseln der peripathetischen Schule öffentlich abgestreift, und selbst in Deutschland trat Keppler erst auf, als Galilei schon mitten im Kampfe war. Galilei's Vorlesungen in Pisa waren unter solchen Bedingungen nicht von grossem Erfolge, und als er sich nun gar Johann von Medicis, den natürlichen Sohn von Cosmus I., zum Feinde machte, indem er die Mängel einer Erfindung aufdeckte, auf welche dieser sich viel zu Gute that, als die Peripathetiker diese Gelegenheit benutzten, einen hochgestellten Bundesgenossen sich zu erwerben, da war Galilei's Bleiben in Pisa unmöglich.

Wie man ihn ohne Bedauern scheiden sah, so ging er ohne Bedauern, um 1592 nach dem Freistaate Venedig überzusiedeln. Dort war auch für die Forschung ein Freistaat gegründet, und Galilei wurde dessen hervorragendster Bürger. Er nahm Besitz von dem Lehrstuhle der Mathematik in Padua. Der grösste Hörsaal dieser an zahlreiche Zuhörer gewöhnten Hochschule reichte kaum aus, um Alle zu fassen, welche unter Galilei studiren wollten. Auch Privatstunden musste er in ziemlicher Menge ertheilen, so dass sein Einkommen sich jetzt plötzlich auf 2000 Thaler etwa belief, seine pecuniäre Zukunft also gesichert erschien. Den Aufenthalt in Padua bezeichnen Entdeckungen und Erfindungen Galilei's von der grössten Tragweite. Kurz nach 1594 erfand er den für die geometrische Zeichenkunst überaus wichtigen Proportionalzirkel. Um dieselbe Zeit, jedenfalls vor 1597, verfertigte er den ersten Thermometer. Im Jahre 1597 beschäftigte er sich zuerst mit dem sogenannten copernikanischen Weltsysteme und erkannte die Richtigkeit desselben, die Richtigkeit des ihm zu Grunde liegenden Satzes von der Bewegung der Erde um die Sonne, während das entgegenstehende ptolomäische System der Sonne eine Bewegung um die stillstehende Erde zuschrieb. Galilei's Aeusserungen darüber finden sich in einem Briefe an Keppler. Weiter erfuhr Galilei 1609, dass ein flandrischer Künstler einen Apparat zusammengesetzt habe, geeignet, entfernte Gegenstände in scheinbare Nähe zu rücken. Das Nachdenken einer einzigen Nacht genügte Galilei, um das Telescop nachzuerfinden, und sein Apparat übertraf sogleich bei Weitem den des Holländers. Denn wenn dieser eine 25malige Flächenvergrösserung hervorbrachte, so erzielte Galilei alsbald eine 1000fache Vergrösserung. Dieses letztere Resultat ganz besonders machte auf das grosse Publikum einen kaum zu beschreibenden Eindruck. Die Dächer der Paläste, die Glockenthüren der Kirche verwandelten sich in eben so viele Wallfahrtspunkte der Neugierigen, welche das Meer nach Schiffen durchspähend von der Wirkung des Fernrohres sich überzeugen wollten. Der Senat von Venedig beschloss, die 6jährige Dauer, auf welche Galilei's Anstellung als Professor abgeschlossen war, ausnahmsweise in eine lebenslängliche zu verwandeln; zu solcher Dankbarkeit fühlte man sich dem Urheber einer Erfindung verpflichtet, durch welche jede Ueberraschung der Stadt von Seiten eines Feindes zur Unmöglichkeit geworden war. Sonderbarer Zwiespalt der menschlichen Natur, welche bald solcher Erfindungen sich freut, welche darnach angethan scheinen, blutige Kriege verhindern zu müssen, bald wieder auf andere Erfindungen sinnt, welche jene Vorsichtsmassregeln zu Schanden machen!

Galilei's Streben ging über das praktische Bedürfniss der Staatsververtheidigung weit hinaus. Nicht das Aufsteigen segelnder Schiffe des adriatischen Meeres reizte seine Neugier; die unbekannten Räume des Himmels durchforschte er mit seinem Fernrohre, und wunderbare Entdeckungen belohnten seine Anstrengungen. So entdeckte er am 7. Januar 1610 die Monde des Planeten Jupiter, welche er dem Fürstenhause seiner Heimath zu Ehren die mediceischen Sterne nannte. So erkannte er den Planeten Saturn als einen dreigestaltigen, aus drei Theilen bestehenden, eine Entdeckung, welche später dahin näher präcisirt wurde, dass der Ring des Saturn in einer bestimmten Lage ein derartiges Schauspiel darbietet. So wagte er es, selbst den blendenden Strahlen der Sonne zu trotzen, und er bemerkte, dass einzelne Stellen eine weniger intensive Leuchtkraft besitzen, als die übrige Oberfläche, er entdeckte die sogenannten Sonnenflecken.*) Eine Erklärung dieser Erscheinung war allerdings von ihm noch nicht zu verlangen. Sind doch die Physiker bis auf den heutigen Tag noch nicht ganz einig darüber, wenn auch die neuesten Untersuchungen der Hypothese einen hohen Grad von Wahrscheinlichkeit beigelegt haben, wonach die Sonnenflecken als Wolken der Sonne zu betrachten wären. Von Wolken im irdischen Sinne kann freilich bei der Temperatur der Sonne nicht die Rede sein. Wir müssen etwa an Wolken von Eisen oder Platina denken, denn diese Stoffe dürften in den Strömen der Sonne fliessen, dünnflüssig wie unsere athmosphärische Luft, während die festeren Stoffe, wenn solche existiren, wohl von uns ganz unbekannter Natur sind. Aber, wie gesagt, Galilei konnte eine Erklärung unmöglich liefern, und es gehört mit zu seiner geistigen Grösse, dass er diese Unmöglichkeit erkannte. Er beschränkt sich ausdrücklich auf die Widerlegung der Ansicht, als wenn die Flecken Planeten wären, und auf die blosse Beschreibung seiner Wahrnehmungen in ähnlicher Weise wie er auch bei der Darstellung der Fallgesetze sich damit begnügt, die Thatsache anzugeben, dass ein fallender Körper in jeder folgenden Zeitsecunde rascher falle, als in der vorhergehenden, dass er eine Beschleunigung der Fallgeschwindigkeit erleide, dass dadurch die weitere Thatsache auftrete, dass die Fallräume nicht einfach der Zeit, sondern dem Quadrate der Zeit proportional seien, aber ohne eine Erklärung dieser Thatsachen zu versuchen. Hätte er immer an diesen Grundsätzen festgehalten, den Beobachtungen keine fremdartigen Betrachtungen beizumengen! Er hätte alsdann vermieden, die Schuld auf sich zu laden, welche in dem spannenden Drama seiner Lebensschicksale die Katastrophe herbeiführte.

Die astronomischen Entdeckungen Galilei's liessen in ihm das Bedürfniss nach grösserer Musse entstehen. Wenn er die Nächte hindurch seine Beobachtungen angestellt hatte, so musste er wünschen, nicht den ganzen Tag durch Unterricht in Anspruch genommen zu sein, er musste, sei es

---

*) Nach anderer Ansicht hätte Galilei die Sonnenflecken erst 1612 bemerkt, gleichzeitig wie auch Pater Scheiner, und der eigentliche Entdecker wäre Johannes Fabricius aus Friesland 1611.

zur Erholung, sei es zur Verarbeitung seiner Wahrnehmungen, darauf bedacht sein, eine weniger gebundene Stellung zu gewinnen. Sie bot sich ihm in der Heimath, als der junge Grossherzog Cosmus II. ihn nach Pisa zurückberief, um den Rang des ersten Mathematikers dieser Universität einzunehmen, ohne die Verpflichtung Vorlesungen zu halten, oder auch nur in Pisa zu wohnen. Die Bestellung als Professor diente eben nur als Vorwand, damit die Besoldung aus der Universitätskasse ausgezahlt werden musste. Galilei nahm den Ruf trotz Abrathen seiner genauesten Freunde am 10. Juli 1610 an, und kaum war er Mitte September in Florenz angekommen, so fügte er seinen astronomischen Entdeckungen eine neue bedeutsame bei, die Entdeckung der Phasen des Planeten Venus. Es ist nicht möglich, in der hier nothwendigen Kürze den Sinn dieser Worte und die Wichtigkeit der Entdeckung zu erörtern. Die Bemerkung muss genügen, dass dadurch eine kräftige Stütze für die Lehre von der Bewegung der Erde um die Sonne gewonnen war.

Und fragen wir nun, welche Stellung die Wissenschaft der Zeit der erneuten Sternkunde gegenüber einnahm, so finden wir von Seiten der Männer, welche an der Spitze des Unterrichtswesens an den einzelnen Universitäten standen, Männer, die grossentheils den geistlichen Orden der Jesuiten und Dominikaner angehörten, ein vollkommenes Abwehrungssystem, welches soweit ging, dass sogar der Beweis des Augenscheines nicht selten verweigert wurde. Ein merkwürdiges Beispiel der Art bietet jener Pater Provinzial der Jesuiten, welchem Pater Scheiner, ein Mitglied desselben Ordens, aber von grösserer wissenschaftlicher Unbefangenheit, die Sonnenflecken zeigen wollte. Wozu, erwiderte der weise Herr. Dergleichen können ja gar nicht existiren; denn er habe zweimal den ganzen Aristoteles durchgelesen und keine Sylbe gefunden, welche auf Sonnenflecken sich auch nur deuten lasse. Eine einzige Anecdote von solcher Gattung kennzeichnet die Zeit und den eingerosteten Autoritätsglauben derselben deutlicher, als lange Auseinandersetzungen es vermöchten.

Galilei reiste im Frühjahr 1611 nach Rom, wohl grossentheils um einige einflussreiche Persönlichkeiten zu überzeugen, und dadurch wenigstens so viel zu erlangen, dass man seine Beobachtungen einer Prüfung würdig erachte. Die sogenannte Academie der Luxa, *Academia dei Lincei*, an ihrer Spitze der Präsident, Prinz Cesi, traten alsbald auf Galilei's Seite und blieben dessen unbedingte Anhänger, auch als er nach kurzem Aufenthalte in die Heimath zurückkehrte. Aber neben den neuen Freunden hinterliess der florentiner Gelehrte in Rom auch neue, erbitterte Feinde. Die Beobachtung der Sonnenflecken hatte gezeigt, dass dieselben nicht immer an demselben Orte auf der Sonnenscheibe sichtbar sind. Pater Scheiner und seine Anhänger schlossen daraus, die Sonnenflecken seien Trabanten der Sonne, die sich um dieselbe bewegten. Galilei verwarf diese Meinung, wie ich schon andeutete, und stellte die Ansicht auf, die

Sonnenflecken gehörten auf irgend eine gleichgültig welche Weise zur Sonne selbst und veränderten ihre Stellung zur Sonnenscheibe nur scheinbar vermöge einer Axendrehung der Sonne. Nun war es aber unmöglich, diesen Gegenstand genau zu erörtern, ohne gleichzeitig die Hauptfrage des Weltsystemes mit in das Bereich der Discussion zu ziehen, die Frage, bei welcher, wie schon bemerkt, Galilei auf die Seite des Copernikus neigte, während die der aristotelischen Schule angehörigen Jesuiten und Dominikaner die Lehre von dem Stillstand der Sonne und der Jahresbewegung der Erde für wissenschaftliche Ketzerei erklärten. Bald verband sich damit der Vorwurf religiöser Ketzerei.

Schon bei dieser ersten Reise Galilei's nach Rom regte Cardinal Roberto Bellarmino, ein Mitglied des Jesuitenordens, eine Besprechung mehrerer Fachmänner unter seinen Ordensbrüdern an, in wie fern man den Entdeckungen Galilei's Zuverlässigkeit zuschreiben dürfe, und zu welchen Folgerungen sie berechtigten. Indessen ergab sich damals kein erheblicher Widerspruch, vielleicht weil Pater Clavius an der Besprechung theilnahm, ein lichter Kopf, welcher in der Geschichte der Mathematik mit Ehren genannt wird. Immerhin war und blieb der Anstoss gegeben. Jesuiten und Dominikaner wetteifernd begannen eine Polemik gegen Galilei, die auf alle Gebiete sich erstreckte, die aber auch auf allen Gebieten mit denselben Waffen aus der Rüstkammer des Aristoteles geführt wurde. Bei Fragen der Mechanik, insbesondere der von Galilei zum ersten Male wissenschaftlich begründeten Bewegungslehre schwimmender Körper ging man nicht etwa auf die mathematische und physikalische Beweisführung selbst ein. Die Autorität des Aristoteles wurde entgegengehalten. Galilei liess von Anfang den Streit durch seine Freunde, besonders durch den Benedictiner Pater Castelli führen, während er mit anderen gewaltigen Erfindungen beschäftigt war — er setzte damals 1612 das erste Mikroskop zusammen — aber man sieht augenblicklich und wusste es schon damals, dass Galilei an die einzelnen Schriften noch die letzte Feile legte, so dass er immerhin selbst als der Streitführende betrachtet werden durfte. Eine öffentliche Disputation, welche zwischen Castelli und einem pisaner Professor stattfand, brachte Galilei in den Vordergrund. In Hinblick auf diese Disputation schrieb er den 21. December 1613 einen berühmt gewordenen Brief an Castelli, in welchem zuerst theologische Abschweifungen vorkamen. Galilei kommt nämlich auf die Stelle des Buches Josua zu reden, in welcher Josua der Sonne Stillstand befiehlt. Er zeigt, dass ein ängstliches Kleben an dem Wortlaute daraus die vorhergehende Bewegung der Sonne, also das ptolomäische Weltsystem ableiten müsse, und dass umgekehrt aus diesem mit Nothwendigkeit hervorgehe, dass, wenn die Sonne am Firmamente festgehalten wurde, die Tageslänge abgekürzt wurde, also gerade das Gegentheil erzielt wurde von dem, was Josua beabsichtigte.

Wie kam wohl Galilei dazu, plötzlich in der Bibel die Beweise für seine Ansichten zu suchen? Diese Frage drängt sich uns mit Nothwendigkeit auf; ihre Beantwortung ist unschwer. Hatte doch Galilei bisher schon mit allen Waffen der exacten Wissenschaft versucht, seine Gegner aus dem Felde zu schlagen, und waren doch diese Anstrengungen fruchtlos geblieben. Die wuchtvollsten Stösse waren abgeprallt an dem uudurchdringlichen Panzer des Autoritätsglaubens, an dem mit dem Namenszeichen des Aristoteles geschmückten Schilde der Peripathetiker. Musste er da nicht auf den Gedanken kommen, Autorität gegen Autorität zu setzen, das Wort des griechischen Weisen mit dem Worte der Offenbarung zu schlagen? Musste er da nicht nach solchen Gründen suchen, welche für ihn persönlich höchstens ein dialektisches Interesse besassen, von denen er aber wusste, dass seine Gegner sie höher achten würden, als alle wahren Gründe? Ich wüsste nicht, wie man ihm dieses übel nehmen könnte, und wenn es ein Fehlschritt war, den er that, so liegt die Schuld nicht darin, dass er auf das theologische Gebiet hinübertrat, sondern darin, dass sein Fuss den schlüpfrigen Boden nicht gewohnt war, dass sein Auge die Fussangeln nicht sah, mit welchem der neue Kampfplatz rings umgeben war.

Der Brief Galilei's wurde bald allgemein bekannt, da Castelli für sich nur Vortheil darin fand, die Uebereinstimmung seines grossen Freundes mit seinen eigenen Ansichten öffentlich zu machen. Er ahnte nicht, dass er damit den Freund ins Verderben stürzte. Ein Dominikaner, Pater Caccini, beantwortete den Brief von der Kanzel herab in einer Predigt, welcher als doppelter Text das 10. Kapitel des Buches Josua und das 1. Kapitel der Apostelgeschichte zu Grunde lag. Viri Galilei — so begann er seine Rede mit absichtlicher Zweideutigkeit, dass man je nach Belieben „Männer von Galiläa" oder „Männer des Galilei" verstehen konnte — was schaut Ihr gegen Himmel? Und daran knüpfte er Verdächtigungen und Hinweise, die noch deutlicher waren, die das Ganze zu dem machten, was es sein sollte, zu einer öffentlichen Anklage. Der Dominikanergeneral Maraffi war entrüstet über diesen Skandal, so nennt er selbst das Benehmen Caccini's in einem an Galilei gerichteten Entschuldigungsschreiben. Er könne unmöglich die Verantwortlichkeit tragen für die Albernheit seiner Untergebenen. Allein Caccini liess es nicht dabei. Er schickte die Abschrift des Galilei'schen Briefes nach Rom und suchte damit die theologische Correctheit seines Angriffes zu begründen. Das Original des Briefes selbst, welches man nun von Castelli zum Vergleiche einverlangte, war zwar nicht mehr in dessen Händen, sondern dem Schreiber zurückgestellt, wie Castelli erklärte; aber dieses Beweises bedurfte es nicht, da andere Schriftstücke des Galilei vorlagen, in welchen er dieselbe theologische Richtung verfolgte, und in deren einem, einem Sendschreiben an Christin von Lothringen, die Worte vorkamen: „der heilige Geist habe uns zeigen wollen, wie man zum Himmel gelange, nicht aber wie die Himmel sich bewegten."

Es scheint in der That, als ob es jetzt einiger Anstrengung von Seiten Freunde Galilei's bedurfte, um den Sturm zu beschwichtigen, welcher gegen ihn sich erhob. Fast am thätigsten in dieser Beziehung war Cardinal Maffeo Barberini, selbst ein Zögling der Jesuiten, aber freier denkend als die meisten seiner Ordensbrüder und besonders in den Naturwissenschaften der neuen Lehren von Herzen zugethan. Von ihm stammt der Rath, Galilei möge nur die heilige Schrift aus dem Spiele lassen; seiner mathematisch-physikalischen Doctrinen wegen werde ihm Niemand Etwas anhaben. Statt diesen Rath einfach zu befolgen, was wohl das Beste gewesen wäre, was aber allerdings einen hohen Grad geistiger Entsagung erfordert hätte, denn der plötzlich Verstummende konnte als ein aus Mangel an ferneren Gründen zum Schweigen Gebrachter verkannt werden, statt dessen ging Galilei am Anfang des Jahres 1616 zum zweiten Male nach Rom, seine Sache bei Papst Paul V. persönlich zu vertreten. Seine Anwesenheit hatte den entgegengesetzten Erfolg, den er von ihr erwartete. Nicht blos seine eigene Angelegenheit verschlimmerte sich durch sein unbeugsames, festes Einstehen für das, was er als wahr erkannt hatte, auch die wissenschaftliche Sache, welche er vertrat, musste darunter leiden.

Am 26. Februar 1616 theilte Cardinal Bellarmino dem Galilei ein päpstliches Decret mit, welches unter dem Namen des Verbotes von 1616 eine wichtige Rolle in Galilei's fernerer Lebensgeschichte spielt. Es wurde ihm darin anbefohlen, die Meinung, als sei die Sonne der unbewegliche Weltmittelpunkt und als bewege sich die Erde, künftig überhaupt zu lassen, jedenfalls aber sie in keiner Weise irgendwie durch Wort oder Schrift zu halten, zu lehren oder zu vertheidigen. Galilei, so heisst es wörtlich in den geführten Protokollen, gab sich zur Ruhe und versprach Gehorsam.

Wohl mag dieses Versprechen ihm einen schweren Seelenkampf gekostet haben; aber zu der Leistung desselben drängte ihn vor Allem der Wunsch, die Autorität des Papstes nicht zu gefährden zu einer Zeit, wo vom deutschen Norden her mächtige Feinde der katholischen Kirche drohten, wo zugleich in Sicilien ketzerische Meinungen laut wurden, und auch in der Lombardei der Geist des Widerspruchs sich regte. Ich habe früher schon hervorgehoben, dass Galilei strenggläubiger Katholik aus Ueberzeugung war. Darüber stimmen alle Berichte überein aus allen Zeiten seines vielbewegten Lebens, und diesen Umstand darf man nicht ausser Augen lassen, wenn man sein Benehmen der geistlichen Gewalt gegenüber beurtheilt.

Mit dem an Galilei ertheilten Befehle begnügte man sich nicht. Am 5. März wurde das Hauptwerk des Copernicus selbst dem Index der ver-

botenen Bücher einverleibt, bis es Aenderungen erfahren haben würde.
Man sieht, wie der Einfluss der Feinde der neuen Lehre im Wachsen war,
wie sie es wagen durften, sogar gegen ein Buch aufzutreten, welches schon
seit mehr als 70 Jahren die allgemeine Bewunderung erregte, welches so
wenig den Dogmen der Kirche zu widersprechen schien, dass Papst
Paul III. seiner Zeit die Widmung desselben angenommen hatte, welches
auch den empfindlichsten Leser nicht beleidigen konnte, so sehr hatte der
bekannte protestantische Theologe Andreas Osiander, der Freund des
Copernicus und Herausgeber des Buches, in einer Vorrede sich bemüht,
dem schlimmen Eindruck zuvorzukommen, welchen die Lehre von der Bewegung der Erde auf befangene Gemüther machen konnte. In dieser
Vorrede wurde nämlich die Lehre von der Bewegung der Erde als eine
blosse Hypothese dargestellt, und dabei auf den allgemeinen Gebrauch
der Astronomen hingewiesen, Hypothesen aufzustellen, bei welchen es,
wenn sie nur den Erscheinungen genügten, gleichgültig wäre, ob sie mit
der Wahrheit übereinkämen oder nicht. Dieses Buch war jetzt nachträglich als gefährlich erklärt, zu nachträglichen Veränderungen eingezogen.
Und die Veränderungen erschienen den 15. Mai 1620. Schon dass es so
lange, über 4 Jahre, dauerte, bis die dazu ernannte Commission sich über
die nothwendigen Correcturen einigte, zeigt uns, dass verschiedene Ein-
flüsse sich geltend machten, wovon bald der Eine, bald der Andere massgebend war. Endlich war offenbar die mildere Auffassung durchgedrungen,
als deren Vertreter, freilich ausserhalb der Commission, ich den Cardinal
Barberini genannt habe. Die Aenderungen bestanden einfach darin, dass,
wie es in Osianders Vorrede erläutert war, auch in dem Buche selbst die
Behauptungen des Copernicus in blosse Vermuthungen umgewandelt wurden, ohne dass die mathematischen und physikalischen Beweise davon berührt wurden. Aus dem Decret, mittelst welches die officiellen Aenderungen bekannt gegeben wurden, geht aber deutlich hervor, dass diese Bestimmungen nicht nur rückwirkend auf das Werk des Copernicus, sondern
auch für die Zukunft Geltung haben sollten. Man sollte schreiben und
lehren dürfen, was Copernicus in seinem Weltsysteme aufstellte, nur müsse
man es vermuthungsweise thun. Die Form der Behauptung widerspreche
der heiligen Schrift und der wahren katholischen Auslegung derselben.
Wer sieht nicht, dass dieses ein Rückzug war, den man eben möglich
ehrenvoll antreten wollte? Das Buch des Copernicus war einmal in seiner ursprünglichen Gestalt als bedenklich mit Beschlag belegt; man konnte
es nicht ohne Weiteres freigeben, wenn man nicht einen begangenen Irrthum eingestehen wollte, und doch dehnte man die Unfehlbarkeit der
Kirche so gern auf alle ihre Institutionen aus. Deshalb ergriff man das
Mittel, dessen Auffindung Osiander so leicht gemacht hatte; man verlangte
jene Formänderung, welche auf die gelehrte Welt keinerlei Einfluss haben
wollte und haben konnte, welche aber dem Laienpublikum gegenüber den

Anschein wahrte, als habe die heilige Congregation ihre Meinung nicht verändert.

Ich kehre wieder zum Jahre 1616 zurück. Galilei hatte sich zwar dem päpstlichen Verbote unterworfen, allein er verzweifelte deshalb doch nicht daran, es vielleicht wieder rückgängig zu machen, und blieb in Rom. Es bedurfte der dringendsten Mahnung von Seiten des Grossherzogs von Toscana, um ihn zur Abreise zu bewegen, und in welchem Sinne diese Mahnung abgefasst war, kann man darnach beurtheilen, dass in den betreffenden Briefen Ausdrücke vorkamen, wie der: man solle bissigen Hunden am liebsten aus dem Wege gehen. So lange dieser Fürst den Thron inne hatte, konnte Galilei ruhig auf dessen Schutz sich verlassen, und es war fast überflüssig, dass Galilei, als er Ende Mai Rom verliess, sich von Cardinal Bellarmino noch ein officielles Schreiben ausfertigen liess, worin ihm ausdrücklich bezeugt wurde, dass er weder einer Kirchenbusse unterworfen worden sei, noch eine Meinung habe abschwören müssen. Nur das oft erwähnte Verbot sei ihm eingeschärft worden, und bei dessen wortgetreuer Erwähnung findet sich denn auch der Ausdruck „auf keine Weise", den ich schon oben durch die Schrift hervorhob und der später den Anhaltspunkt zum Processverfahren gegen Galilei bot.

Galilei erfreute sich nicht mehr lange der Gunst seines fürstlichen Freundes. Cosmus II. starb 1621, und der minderjährige Ferdinand II. übernahm die Regierung, deren eigentliche Leitung in den Händen des Comthurs Cioli lag, eines durchaus päpstlich gesinnten Mannes, der in politischen wie in religiösen Dingen nur eine Richtschnur des Verfahrens kannte, die ihm von Rom aus überkommenen Befehle. So schmerzlich dieser Thronwechsel für Galilei war, so freudige Hoffnung schöpfte er aus einer anderen bald darauf eingetretenen Veränderung. Auch Paul V. starb 1623, und Maffeo Barberini, der Freund Galilei's, wurde als Urban VIII. zum Papste gewählt. Die Schriftsteller, welche mit diesem merkwürdigen Manne sich beschäftigt haben, schildern uns denselben als von athletischem Körperbau, von unverwüstlicher Gesundheit, von eiserner Willensstärke, beherrscht von einer einzigen Leidenschaft, von rücksichtslosester Selbstsucht. So kam es, dass er auf die weltliche Macht weit mehr Gewicht legte, als auf die geistliche, und daraus entsprangen wieder solche Antworten wie damals, als man ihm einen Einwurf aus alten päpstlichen Constitutionen machte, und er erwiderte, der Ausspruch eines lebenden Papstes sei mehr werth als die Satzungen von hundert Verstorbenen; sicherlich ein Beweis von geringer Fürsorge für die Aufrechterhaltung geistlicher Autorität, welche kaum weniger beeinträchtigt wurde durch Nichtbeachtung des Willens früherer Päpste, als durch Fehler der Gegenwart. Von demselben, aus seinem Eigentriebe entspringenden weltlichen Herrschergeiste zeugt es, dass er, als man ihn auf die marmornen Denkmale seiner Vorgänger aufmerksam machte, stolz erwiderte, er wolle sich eiserne Denkmale setzen. Und wie seine Neigungen, so waren seine Beschäftigungen. Während Paul V. dem Studium der Schriften des sel. Justinian von Venedig die meiste Zeit widmete, lagen dagegen auf dem Arbeitstische Urbans VIII. die neuesten Gedichte weltlichsten Inhalts, oder Entwürfe zu Festungswerken, wie er denn den weiteren Ausbau der Engelburg nach eigenem Plane zu leiten beabsichtigte. Das war der Mann, der jetzt auf Paul V. folgte.

Galilei eilte nach Rom, um ihm persönlich zu seiner Erhöhung zu gratuliren und widmete ihm eine Streitschrift, welche er zum ersten Male wieder seit 1612 gegen seine Gegner aus dem Orden der Jesuiten von Stapel liess, die sogenannte Goldwage, *il Saggiatore*. Es handelte sich darin nicht um die früheren Streitpunkte, sondern um die Enstehung der Kometen, von welchen im Jahre 1618 nicht weniger als drei sichtbar gewesen waren, und welche Galilei geneigt ist, für bloss athmosphärische Erscheinungen, für regenbogenartige Meteore zu halten. Wenn irgendwo, so bot Galilei diesmal Angriffspunkte dar, aber seine Feinde verstanden nicht, sie zu benutzen. Sie bekämpften vielmehr die Schrift nur wegen eines biblischen Citates, welches in ihr vorkam, und damit drangen sie bei Urban VIII. jetzt noch nicht durch. Vielleicht wuchs Galilei's Kühnheit gerade durch diese vergeblichen Versuche, das Verbot des Saggiatore zu erlangen. Er übergab jetzt seine **Gespräche über die beiden grossen Weltsysteme** dem Druck.

Die Bedeutung dieses Werkes für die weiteren Schicksale Galilei's ist eine zu grosse, als dass wir nicht etwas eingehender uns mit demselben beschäftigen. Galilei lässt drei Männer über die Haltbarkeit der copernikanischen und der ptolomäischen Weltanschauung sich besprechen. Sagredo und Salviati, beide verstorbene Freunde des Verfassers, stützten die erstere Ansicht mit Gründen der Philosophie und der Physik. Ein dritter Redner, dem der Name des Einfachen um nicht zu sagen des Einfältigen, beigelegt ist, Simplicius*) tritt für das ptolomäische System in die Schranken und zieht beständig den Kürzeren. Nicht als ob ein eigentliches Resultat vorläge. Am Schlusse des Buches giebt keiner der Opponenten sich als besiegt. Sie verabreden sich vielmehr, wiederholt zu neuer Besprechung zusammen zu kommen. Aber der Leser muss, für die Ansicht des Copernicus gestimmt, das Buch bei Seite legen. Dieses Buch sollte unter dem Schutze der Academia dei Lincei in Rom erscheinen. Es wurde mit strenger Einhaltung der Gesetzesformen dem Censor zur Prüfung und etwaigen Veränderung übergeben. Das corrigirte Manuscript ging an den Verfasser nach Florenz zurück. Da brach eine Seuche aus, und man erliess ein Verbot, Paquete aus dem inficirten Land nach anderen Ländern überzuführen. Das Buch sollte nun in Florenz selbst gedruckt werden. Auch der dortige Censor prüfte es sorgfältig und gab nach Einholung der

---

*) Oder ist etwa der bekannte Commentator des Aristoteles, Simplicius gemeint?

Ansichten der römischen Commissäre seine Druckbewilligung. So erschien es endlich, versehen mit doppeltem Imprimatur, dem des römischen und des florentinischen Censors. Welchen Eindruck es auf den Leser machen musste, habe ich schon gesagt. Nur ein Zweifel konnte, wenn auch nicht an der Tendenz des Werkes, doch an dem Charakter des Verfassers entstehen. Man konnte sich fragen, wie es möglich sei, dass einem Buche, welches offenbar der Vernichtung der ptolomäischen Ansichten gewidmet war, eine Vorrede vorausgeschickt war, in welcher ausdrücklich als Zweck des Werkes die Beweisführung von der Richtigkeit des ptolomäischen Systemes angekündigt wurde, gegenüber von dem durchaus verwerflichen und auch mit Fug und Recht von der heiligen Congregation verworfenen Systeme des Copernicus.

Dieses staunende Fragen war freilich zu ersparen, und insbesondere die moderne Geschichtschreibung hätte sich es ersparen können, wenn nur ein Einziger hervorgehoben hätte, was Allen längst bekannt sein konnte, aber dem weniger aufmerksamen Leser leicht entgeht, dass die Vorrede gar nicht von Galilei herrührt, sondern dass sie von Riccardi, dem päpstlichen Palastmeister in Rom, mit einem Briefe vom 19. Juli 1631 nach Florenz geschickt wurde, um dem Buche vorgedruckt zu werden; dass dem Galilei nur die Erlaubniss ertheilt wurde, Wortveränderungen damit vorzunehmen, dass aber der Sinn bleiben musste, widrigenfalls der Druck des ganzen Werkes zu unterbleiben hatte. Riccardi war Galilei's ehemaliger Schüler und sein Freund. Man muss daher eine gute Absicht zu Grunde legen für das, was hier geschah. Und diese Absicht, worin konnte sie bestehen, als dem Buche denjenigen Laien gegenüber, welche nur Vorreden zu durchblättern pflegen, einen orthodoxen Anstrich zu geben, und die eigentliche Wirkung nur auf den Fachmann zu beschränken? Dafür halte man den Vorgang Osiander's, wie ich bereits erwähnt habe; diese Ansicht theilte Urban VIII., als er noch Cardinal war; und Riccardi erklärte später laut und öffentlich, dass er in der ganzen Galilei'schen Angelegenheit nur nach Besprechung mit Ciampoli, dem päpstlichen Privatsecretär, gehandelt habe, Ciampoli beruft sich ebenso auf besondere Befehle Urbans, die er erhalten haben will. Riccardi und Ciampoli mussten zwar durch Verlust ihrer Stellen es büssen, dass sie durch die Person des Papstes selbst sich zu decken suchten, aber der Beweis der Unwahrheit einer Aussage ward noch niemals dadurch geführt, dass man den Zeugen zum Stillschweigen zwang oder ihn mit Strafe belegte, und so dürfte vielmehr die Vermuthung an innerer Wahrscheinlichkeit gewinnen, die hier zuerst ausgesprochen wird, dass Urban VIII. selbst jener Vorrede nicht fremd ist.

Kaum jemals bei einem wissenschaftlichen Werke vorgekommener Beifallsjubel begrüsste die Gespräche. Die hervorragendsten Gelehrten aller Länder beeilten sich, Galilei zu beglückwünschen wegen seiner so

allgemeiner Anerkennung sich erfreuenden wissenschaftlichen That, denn
als solche konnte man das Buch bezeichnen. Fast unmittelbar gleichzeitig
erhoben aber auch die römischen Gegner Galilei's, die Jesuiten und Dominikaner, welche wohl fühlten, dass ihre ganze Gelehrtenstellung jetzt auf
einen Schlag vernichtet war, Anklagen gegen den Verfasser. Er habe, so
sagte man, gegen das an ihn speciell ergangene Verbot von 1616 gehandelt,
nach welchem er sich verpflichtet hatte, in keiner Weise mehr für das copernicanische System zu schreiben, also auch nicht in Gestalt von Gesprächen, geschweige denn von solchen Gesprächen, bei denen der Vertreter des ptolomäischen Systemes der schwächere war. Formell war dieses zwar ganz richtig, aber wer möchte glauben, dass Urban VIII., der
freidenkende, Galilei wohlwollende, der selbst am Erscheinen des Buches,
wenigstens indirect Theil hatte, dem Wortlaute eines früheren Decretes,
von einem verstorbenen Papste erlassen, Rechnung getragen hätte? Würde
er jetzt nicht sicherlich die Antwort ertheilt haben, welche ich früher anführte, dass die Satzungen des Lebenden massgebend seien? Und ebensowenig konnten die übrigen laut angegebenen Anklagpunkte bei ihm auf
Berücksichtigung hoffen. Ob der Druck in Rom oder in Florenz erfolgte;
ob die Seuche, welche in Florenz herrschte, es wirklich für Galilei zur
Unmöglichkeit machte, sein Werk in Rom erscheinen zu lassen; ob die
Genehmigung des römischen Censors allein oder in Verbindung mit der des
florentiner Censors angegeben werden musste, oder durfte, oder ob es an
der letzteren genügt hätte, das Alles sind höchst unwichtige Punkte, welche
zwar im Verlaufe des Galilei'schen Processes zur Erörterung kamen, aber
doch nur bezeugten, dass man um triftigere Anklagen verlegen war, dass
man nur einen Tendenzprocess führte.

Und dem war auch so. Galilei's Feinde hatten, umgekehrt wie jener
Grieche, von dem ruhigen, klar denkenden Papste an den ergrimmten,
zornberauschten appellirt. Sie hatten ihm die Ueberzeugung beizubringen
gewusst, dass Simplicius, der alberne Vertheidiger des ptolomäischen
Systemes in Galilei's Buche, Niemand anderes sei, als er selbst, dass
Galilei sich nicht begnügt habe, ein gegebenes Versprechen zu missachten,
dass er sogar auch seine heilige Person verspottet und verhöhnt habe. Es
fiel nicht einmal schwer, diese Verdächtigung mit Gründen zu unterstützen.
Denn Simplicius führt einzelne Redensarten im Munde, welche Urban VIII.
angehören. Eine Stelle insbesondere ist gar nicht misszuverstehen. Simplicius, von seinen Gegnern schwer bedrängt, äussert sich, es gäbe noch
einen gar vortrefflichen Grund, der zur Beruhigung dienen könne, und den
er aus dem Munde einer gelehrten, hochgestellten Persönlickeit vernommen habe. Es sei nämlich Gott, dem Allweisen und Allmächtigen, leicht
gewesen, seine Zwecke auf die verschiedensten Arten zu erreichen, und
somit erscheine es als ein Zweifel an der Allmacht, wenn man behaupten
wolle, nur in einer bestimmten Weise könne dieses oder jenes erzielt

werden, wenn man glaube, mit mathematischen Begründungen dieser Behauptung auszureichen. Diesen Widerspruch hatte aber Urban VIII. eines Tages aufgestellt, und wenn Niccolini, der toscanische Gesandte, am päpstlichen Hofe auch davon Nichts wusste, so erfahren wir doch aus einem der vielen Berichte, welche er über die Galilei'sche Angelegenheit nach Florenz sandte, dass der Papst gerade über diese Stelle am Erbittertsten war. Wer mit Wohlwollen und Voreingenommenheit für Galilei die Sache beurtheilen wollte, der könnte freilich sagen, gerade der Umstand, dass Simplicius sich für jenen einen Grund auf eine hochgestellte Persönlichkeit berufe, beweise, dass Simplicius nicht die Karrikatur von Urban VIII. sein sollte, dass er vielmehr einen Professor aus der aristotelischen Schule darstelle, welcher neben anderen schlechteren, ihm eigenthümlichen Beweisführungen auch eine verhältnissmässig gute Stütze an einem Ausspruche Urban's finde. Allein auch diese Auslegung, obwohl die günstigste, wäre doch kaum genügend gewesen, die gereizte Eitelkeit des Papstes zu versöhnen, und so bleibt es ein Räthsel, wie Galilei nicht voraussah, dass er mit dem Citate aus dem Munde seines bisherigen Gönners diesen erbittern musste, wie er, wenn er es voraussah, der Gefahr sich unterzog, da der Wahrheit seiner Sache sicher nicht weniger genützt worden wäre, wenn er jene Stelle unterdrückte. Genug, Galilei hatte in seinem Buche Urban VIII. persönlich beleidigt, und der Papst rächte, was an dem Naturforscher gesündigt worden war. Eine besondere Commission von 10 hohen geistlichen Würdenträgern, unter welchen der Neffe des Papstes, Cardinal Francesco Barberini, sich befand, wurde eingesetzt; der Process gegen Galilei begann.

Ueber diesen Process ist schon viel geschrieben worden. Man hat das Verfahren des Inquisitionsgerichtes mit den düstersten Farben gemalt, man hat von der anderen Seite die Inquisition selbst als eine nicht hoch genug zu bewundernde Einrichtung geschildert, welche niemals, also auch nicht gegen Galilei, sich Etwas zu Schulden kommen liess. Beide Darstellungen, die von Libri, dem abgesagtesten Feinde der päpstlichen Herrschaft und Alles dessen, was damit zusammenhängt, nicht weniger als die von Marino Marini, dem römischen Prälaten und Vorstande des geheimen Archivs im Vatikan, sind nach Partheirücksichten ausgearbeitet, und man muss nur bedauern, dass von päpstlicher Seite nicht vorgezogen wurde, alle auf diesen Process bezüglichen Protokolle und sonstigen Schriftstücke einfach zu veröffentlichen, nachdem sie nach langjähriger Entfernung endlich durch Vermittlung des Grafen Rossi, unter der Bedingung der Veröffentlichung, von Paris nach Rom zurückgekommen waren. Ein wortgetreuer Abdruck, das war es, was die unpartheiische Geschichtsforschung verlangte und erwartete, unverkürzt, zugleich ohne jene das Ziel verfehlende, weil weit darüber hinausgehende Apologie der Inquistion. Freilich war ein vollständiger Abdruck nur dann möglich, wenn ein vollständiges Manuscript existirt, und darüber sind zwei Meinungen vorhanden. Delambre, welcher die Acten in Paris einsah, erklärte sie für lückenhaft; Marino Marini, der sie in Rom in Verwahrung hatte, leugnet, dass irgend Etwas fehle, ja nur fehlen könne. Ohne die Acten selbst, welche Pater Theiner, der dermalige Vorsteher des geheimen Archivs, nicht gewillt scheint, zur Vergleichung auszuliefern — wenigstens blieben dahin zielende Schritte, welche der Verfasser dieses Aufsatzes durch wissenschaftlich hochstehende Vermittlung versuchte, ohne Erfolg — ohne diese einzige durchaus überzeugende Controle ist man genöthigt, sich an das zu halten, was Marino Marini zum Beweise der Vollständigkeit der Acten anführt, und ich muss gestehen, dass für mich die Prüfung dieser Beweisgründe die entgegengesetzte Wirkung hatte, als mit denselben beabsichtigt war. Die Acten sind nämlich ursprünglich mit anderen Processacten zu einem Bande zusammengeheftet gewesen, welcher als No. 1180 bezeichnet war und von Seite 337 bis zur Seite 562 auf Galilei sich bezog. Später hat man aus diesem Theile einen neuen Band Nr. 1181 gebildet und angefangen, neu zu paginiren. Diese Pagination, unten an der Seite angebracht, geht aber nur bis zu Seite 103. Ein einfaches Rechenexempel sagt aber, dass, wenn oben 337 und unten 1 steht, dass alsdann auch, wenn unten 103 steht, oben 439 stehen muss. Die Seite, welche nach 103 neuer Pagination folgt, muss also Seite 440 alter Pagination sein, und nun sagt Marino Marini (*Galileo e l'Inquisizione pag.* 65), auf Seite 103 folge unmittelbar (*immediatamente*) Seite 451. Entweder ist also die Pagination falsch, was nicht ausser dem Bereiche der Möglichkeit liegt, oder aber es fehlen die Seiten 440 bis 450 alter Pagination. Was auf diesen, wenn die zweite Annahme richtig ist, gestanden haben kann, werden wir später sehen, und vorläufig begnüge ich mich mit der Bemerkung, dass Venturi in einer richtigen Vorahnung, welche freilich auf nichts Thatsächliches sich stützte und stützen konnte, die Lücke dahin versetzte und ihre Ergänzungen andeutete, wo auch sich sie soeben bemerkbar machte.

Wenn nun der Bericht über den Process nicht anders als nach dem gedruckt Vorhandenen eingerichtet werden kann, so erlaube ich mir zur Ergänzung und deutlicheren Verständniss anzuwenden, was ich in einem alten Bande der Heidelberger Universitätsbibliothek über den Criminalprocess der Patres Franciscaner vorfand, und was Ernst Meier im Welcker-Rotteck'schen Staatslexikon über den kirchlichen Inquisitionsprocess mittheilt. In meiner ersteren Quelle handelt es sich freilich um das Verfahren gegen Ordensbrüder; indessen zeigt der Vergleich sowohl mit der zweiten Arbeit, als mit dem Galilei'schen Processe selbst, dass die Verhandlungsweise des Inquisitionstribunals gegen Laien kaum nennenswerthe Unterschiede darbietet. Pater Ludwig de Ameno hat etwa 60 Jahre nach der Zeit, die uns hier beschäftigt, folgende Grundzüge einer Processordnung aufgestellt. Man soll damit anfangen, dass man den Angeschuldigten vorlade, aber nicht etwa als einen Angeschuldigten, sondern in allgemeinen Ausdrücken, wie: sein Erscheinen sei in einem gewissen Rechtshandel an diesem oder jenem Tage erforderlich, er möge sich daher einfinden. Hat der Angeschuldigte sich gestellt, so wird ihm der Eid aufgetragen, dass er die Wahrheit sagen wolle, und ihm dann die Frage vorgelegt, ob er nicht wisse, warum er vorgeladen sei. Ueberhaupt soll der Richter dem Verlangen des Angeklagten, der etwa die Klagschrift zu sehen wünscht, nicht Folge leisten, sondern darauf dringen, dass er ohne Kenntniss der Punkte, auf die es ankommt, antworte; denn, heisst es, wenn der Delinquent schon zum Voraus weiss, was man wider ihn geklagt oder ausgesagt hat, item wie die Beweise lauten, so kann er ja gar leicht alle Aussagen und Anzeigen durch seine Antworten vereiteln. Meier führt noch einige ergänzende Einzelvorschriften an: der Inquisitor möge die Acten nehmen, darin blättern und dann äussern, es sei doch klar, dass Angeklagter nicht die Wahrheit sage; oder er möge ein Schriftstück in der Hand halten und wenn der Angeklagte leugne, bewundernd fragen: „Wie kannst Du leugnen, ist es mir nicht klar?" Dann wieder darin lesen und nochmals sagen: „Rede nun die Wahrheit, nachdem Du siehst, dass ich es weiss"; er müsse indessen mit solchen Aeusserungen nicht zu sehr in's Einzelne gehen, sonst würde der Angeklagte es bald merken.

In Bezug auf die einzelnen Verhöre oder Constitute, wie der Kunstausdruck lautet, schreibt Ludwig de Ameno vor, im ersten solle man nicht über die allgemeinsten Fragen hinausgehen. Im zweiten Constitute kommt der Richter auf die Hauptumstände des Verbrechens. Im dritten erst macht er dem Angeschuldigten bestimmte Vorhalte und droht ihm mit der Folter, wenn er nicht gestehe. Darauf findet die peinliche Frage in der Folterkammer statt. Umgeben von den Werkzeugen barbarischer Erfindungskraft wird der Angeklagte entkleidet und mit zusammengeschlossenen Händen vernimmt er noch einmal die Frage, was er begangen. Das Formular dieses vierten Verhöres enthält in der von mir benutzten Quelle die Worte: „Weil Du noch so hartnäckig in Verleugnung der „Wahrheit bleibst, so ermahne ich Dich nochmals, lege die Hartnäckigkeit „ab und bekenne die Wahrheit, sonst wird man Dich durch Torturen dazu „zwingen. Wiederum sagte man ihm: Wiewohl Du das Verbrechen weg„leugnest, so verlange ich von Dir die Ursache zu wissen wegen des Ver„brechens, wegen welchen Du processirt bist." Giebt auch jetzt der Angeklagte noch nicht die gewünschten Antworten, so schreitet man wirklich zur Folter. Geisselung, wobei der Richter noch besonders bestimmt, ob sie „mit einfachen Stricklein, oder mit eisernen Kettlein, oder mit Spitzgärten, oder Riemen vollzogen werden soll", Zusammenpressen der Fussknöchel, in die Höheziehen an den Händen, welches aber nicht über eine Stunde anhalten soll (man entsetzt sich über die Grausamkeit, die in dieser Bestimmung der Milde sich ausspricht), Versengen der mit Fett eingeriebenen Füsse an einem Kohlenfeuer, das sind die freundlichen Mittel, mit welchen man den Angeklagten zum Gestehen zu bringen sucht. Und wagt das unglückliche Opfer später, seine vom Schmerz erpresste Aussage zu widerrufen, dann wird nicht etwa eine Wiederholung der Folter zugelassen; o nein, wer wird die christliche Liebe so verleugnen, dass er einen Bruder zweimal foltere, und wäre er auch der schlimmste Verbrecher; dann wird nur ganz einfach die zeitweise unterbrochene Folter fortgesetzt. Aus Meier's Abhandlung füge ich noch hinzu, dass die Anwendung der Folter nur durch einen gemeinsamen Ausspruch des Bischofs und des Inquisitors, nicht durch Letzteren allein, verfügt werden kann. Wir werden sehen, dass diese Bestimmung für unsere Untersuchung von Wichtigkeit ist.

Bei dem Vergleiche, den ich anstellte, zwischen diesen allgemeinen Angaben und den Thatsachen aus dem Processe des Galilei, welche bekannt geworden sind, zeigte sich eine wahrhaft überraschende Uebereinstimmung; es zeigte sich aber auch, dass Mancherlei in diesem Processe nur dann seine Erklärung findet, wenn man einer Auffassungsweise huldigt, die bei den seitherigen Bearbeitern des Stoffes nicht massgebend war. Diese meine neue Anschauung besteht darin, dass Urban VIII. nachträglich sein erstes Aufbrausen bereute, dass er aber den einmal begonnenen Gang der Untersuchung nicht mehr unterbrechen wollte, oder gar konnte; dass er sich damit begnügen musste, insgeheim seine schützende Hand über Galilei zu halten und die Strenge des Verfahrens zu mildern, ohne dem Scheine der Reue sich auszusetzen. Es war mit anderen Worten ein ganz ähnliches Verhältniss, wie es 600 Jahre früher zwischen Papst Gregor VII. und dem Grafen Berengar von Tours stattgefunden hatte.

Ich habe schon erzählt, dass das Buch Galilei's im Jahre 1631 erschienen war. Als Papst Urban VIII., genugsam aufgestachelt, den Racheplänen der Jesuiten und Dominikaner ein willfähriges Werkzeug zu werden versprach, wurde eine Commission zur Prüfung des betreffenden Buches eingesetzt, in welche Professor Chiaramonti besonders von Pisa aus berufen wurde, ein Schriftsteller, der schon früher gegen die neue Lehre eine literarische Lanze gebrochen hatte. Der Ausspruch dieser Commission konnte nicht zweifelhaft sein. Den 24. August 1632 erschien ein Decret, welches vorläufig den Verkauf des Buches zu unterlassen gebot, und an den Drucker sogar die Anforderung stellte, sämmtliche noch verräthige Exemplare nach Rom einzusenden. Vergebens brachte es Galilei dahin, dass Comthur Cioli den toscanischen Gesandten Niccolini anwies, in Rom gegen dieses einer Beschlagnahme fast gleichkommende Decret Schritte zu thun; vergebens unterzog sich Niccolini diesem Auftrage mit einem Eifer, den er während des ganzen Processes keinen Augenblick verleugnete, auch da nicht, als der toskanische Hof Galilei im Stiche liess; der Beschluss der Commission war und blieb unwiderruflich. Ausserdem erging aber noch am 23. September auf besondere Verordnung des Papstes an Galilei eine von jenen allgemein gehaltenen Vorladungen, er solle im Laufe des Monats October sich nach Rom begeben und sich dem Pater Commissarius des Sant' Uffizio vorstellen, welcher ihm anzeigen werde, was er zu thun habe. Galilei litt damals an heftigen Gichtschmerzen, welche ihn seit einigen Jahren ziemlich häufig befielen, und war kaum erst von einem bösartigen Augenübel genesen. Er entschuldigte sich also mit Krankheit und blieb in Florenz. Den 13. November wurde die Vorladung erneuert; Galilei müsse erscheinen; man wolle ihn zwar nicht drängen, er solle so langsam reisen, so viele Stationen machen, als er nur wolle, er solle aller Bequemlichkeiten sich bedienen, aber er solle abreisen. Galilei blieb wieder. Den 11. Januar 1633 kam ein dritter geschärfter Befehl, welchen jetzt Cioli im Namen des Herzogs unterstützte, und welchem Galilei sich nicht mehr zu entziehen vermochte.

Man muss auf diese Umstände achten, um zu würdigen, dass es eine besondere Milde war, wenn man dem Widerspenstigen auch jetzt noch erlaubte, die Reise in der Sänfte des Grossherzogs zu vollziehen, wenn er 25. Tage dazu benutzen durfte, wenn er in Rom angelangt nicht etwa in die Kerker der Inquisition geworfen wurde, sondern in dem toscanischen Gesandtschaftsgebäude seine freie Wohnung nahm. Er hatte nicht einmal Hausarrest, denn am 19. Februar schreibt er an Cioli: „Ich bleibe bestän„dig zu Hause, indem es mir nicht passend erscheint, in solcher Zeit durch „die Stadt zu wandern, gleichsam um mich zu zeigen". Freier Wille hielt ihn also zu Hause, nicht äusserer Zwang. Hier bei Niccolini hatte er einen neuen Gichtanfall, welcher ihn während schwerer Stunden auf das Schmerzenslager fesselte; das wissen wir aus Niccolini's tagebuchartig vorhandenen Berichten nach Florenz. Aus derselben Quelle wissen wir, dass der Zorn des Papstes damals auf's Höchste gereizt war. Gerade in einem Gespräch vom 13. März ist es, wo er am Heftigsten sich darüber ausspricht, dass Galilei versucht habe, die Allmacht Gottes in Frage zu stellen, eine Bemerkung, welche Niccolini berichtet, ohne ihren tieferen Sinn zu verstehen, welche aber, wie wir wissen, das Anzeichen ist, dass Urban damals überzeugt war, er sei als Simplicius verspottet worden. Und doch ist das alte Wohlwollen gegen Galilei noch nicht ganz erloschen; doch giebt Urban VIII. in demselben Gespräch die feste Zusage, Galilei solle im Inquisitionspalaste eine besondere Wohnung, kein Gefängniss angewiesen erhalten, wenn seine Gegenwart dort nöthig erscheine.

Den 12. April wird Galilei zum ersten Male constituirt. Das Verhör beginnt mit der Frage, ob er wisse, weshalb er vorgeladen sei. Er antwortet, es werde wahrscheinlich seines letzten Buches wegen sein, und man wolle ihm wohl verbieten, in Zukunft solche Bücher zu schreiben. Er spricht alsdann auch aus freien Stücken von dem Verbote des Jahres 1616, gegen welches er sich aber nicht vergangen zu haben glaubt, da er nicht für, sondern gegen die Gründe des Copernicus geschrieben habe. Das war der ganze Inhalt des ersten Verhöres.

Man ärgert sich über die geistige Schwäche Galilei's, welcher hier offenbar gegen seine Ueberzeugung aussagte. Allein, man thut es nur deshalb, weil ein gewisses, ich möchte sagen, dramatisches Gefühl im Menschen uns geneigter macht, den Sturz eines grossen Mannes zu beweinen, als von einer moralischen Niederlage desselben Zeuge zu sein. Und doch, wie viele Männer, welche über Galilei den Stab brechen, würden wohl anders als er gehandelt haben? Wie viele würden den 70jährigen gebrechlichen Körper den Qualen dargeboten haben, mit welchen die damalige Zeit so verschwenderisch war? Es kommt hinzu, dass noch am 8. April Galilei wirklich bereit war, für seine Ansichten einzutreten, bis Niccolini ihn dringend ermahnte, abzustehen. „Ich habe ihm, schreibt dieser, zu„geredet, sich dem zu unterwerfen, was sie ihm in Betreff der Bewegung „der Erde vorschreiben werden. Er ist darüber in die tiefste Betrübniss „verfallen und von gestern bis heute dermassen zusammengesunken, dass „ich für sein Leben äusserst besorgt bin." Wir sehen hieraus, Galilei's Seele war schon gebrochen, bevor er zum Verhör geführt wurde. Er fühlte sich verlassen, und der einzige Mann, welcher noch auf seiner Seite stand, der rieth ihm zur Besiegelung seiner Schmach. Braucht es mehr, um Galilei's Zugeständnisse als die Aeusserungen eines jetzt willenlosen Spielzeugs des Schicksals aufzufassen?

Als das Verhör zu Ende war, brachte man Galilei in die ihm zugewiesenen Zimmer des Inquisitionspalastes. Er durfte diese sogar verlassen und in den Gängen, ja selbst im Hofe des Palastes sich ergehen. Seine Bedienung bestand aus Leuten des Niccolini, welche früh am Morgen kamen und am Abend ihn verliessen, den Tag über bei ihm verweilten und ihn pflegten, wie sein Gichtleiden es nothwendig machte. Diese leichteste aller Gefangenschaften dauerte nicht ganz drei Wochen. Das zweite Constitut fand den 30. April statt.

Galilei nahm darin von Anfang an das Wort und hielt eine lange Rede, deren Sinn dahin geht, er sehe jetzt, nachdem er sein Buch selbst wieder gelesen, dass er in der That gefehlt habe. Es sei wahr, wer unbefangen sich damit beschäftige, finde die copernicanische Ansicht besser vertreten als die ptolomäische. Aber er habe dieses nicht beabsichtigt; es sei ihm nur unmerklich so aus der Feder geschlüpft, da er, um nicht partheiisch zu erscheinen, gerade die stärksten Gründe für die Meinung aufgesucht habe, die er nicht theile. Hätte er es noch einmal zu schreiben, so würde es anders ausfallen. Er würde auch den Umstand bedenken, dass, wie er jetzt zugebe, man ihm verboten habe, auf irgend eine Weise für das copernicanische System zu schreiben. Nach dieser Rede, welche dem Sinne nach mit der Aussage im ersten Verhöre übereinstimmt — und unter wessen Einfluss hätte auch der Einsame den Beschluss der

Unterwürfigkeit ändern sollen? — wurde das Constitut geschlossen. Galilei bat indessen nochmals um's Wort, worauf die Sitzung sogleich wieder eröffnet wurde. In dieser zweiten Rede erklärte er, am Schlusse seines Buches kämen die drei Opponenten zu dem Versprechen, nächstens nochmals zusammenkommen zu wollen. Dadurch sei ihm die Möglichkeit gegeben, noch eine Fortsetzung zu veröffentlichen, und in dieser Fortsetzung werde er mit Gottes Hilfe die falsche Meinung vollständig widerlegen, wenn man ihm die Erlaubniss dazu gewähre.

Noch an demselben Tage wurde Galilei nach der toskanischen Gesandtschaft zurückgeleitet, um dort seiner Gesundheitspflege alle die Aufmerksamkeit zuwenden zu können, welche mit Hausarrest verträglich waren. Denn diesem musste er jetzt, nachdem die eigentlichen Processverhandlungen im Gange waren, sich unterwerfen. Einmal wird er noch am 10. Mai zu einem kurzen dritten Constitute abgeholt, in welchem er aufgefordert wird, seine etwaige Vertheidigung innerhalb 8 Tagen einzureichen, worauf er unmittelbar eine Schrift übergiebt, deren Zweck besonders darin bestand, ihn von den Vorwürfen zu reinigen, als habe er gegen das Verbot von 1616 gehandelt, oder als sei es absichtlich Hinterlist von ihm gewesen, dass er bei der Bitte um Druckerlaubniss für die Gespräche nicht selbst die Commission aufmerksam gemacht habe, dass ein solches Verbot von 1616 ihm gegenüber existire. Uebrigens, fügte er mündlich hinzu, verlasse er sich in Allem und für Alles auf die Gnade und Milde des Gerichtshofes. Daraufhin wurde er nach Hause geführt.

Es dauerte wieder über fünf Wochen, ohne dass irgend eine bestimmte Entscheidung hervortrat. Den 18. Juni wandte sich Niccolini wiederholt an den Papst, um eine Beschleunigung der Verhandlungen zu erbitten, und was er über diese Audienz nach Florenz meldet, bestätigt auf's Neue die Richtigkeit meiner Auffassung, dass Urban VIII. bereits wieder innerlich versöhnt war, aber den Process jetzt nicht mehr ungeschehen machen konnte. Seine Eigenliebe litt es nicht, selbst wenn er es hätte thun können, ohne seiner Autorität den empfindlichsten Stoss zu versetzen, selbst wenn der ehemalige Zögling der Jesuiten auf diesen Orden keine Rücksicht hätte nehmen müssen. Urban VIII. musste sich damit begnügen, jetzt insgeheim darüber zu wachen, dass die Feinde des Galilei, welche er zu dessen Richter ernannt hatte, nicht grausam gegen ihn verfuhren. Er konnte zum Beispiel seine Einwilligung zur Anwendung der Folter verweigern, eine Einwilligung, deren Nothwendigkeit ausser allem Zweifel ist, wenn wir uns erinnern, dass sogar der Bischof einer Stadt seine Uebereinstimmung mit dem Inquisitor über diesen Punkt kund geben musste, damit gefoltert werden durfte. Wird wohl der Papst sich eines Rechtes entkleidet haben, das jedem Bischofe zukam? Doch ich kehre zu der Audienz des 18. Juni zurück. Urban VIII. sagte darin zu Niccolini, die Sentenz gegen Galilei sei bereits gefällt und werde ihm in den nächsten

Tagen mitgetheilt werden. Das Buch und die darin ausgesprochenen Irrlehren würden verboten, Galilei wegen Uebertretung des Verbotes von 1616 zu Gefängnissstrafe verurtheilt werden. Dabei müsse es vorläufig sein Verbleiben haben, denn eine gerichtliche Ahndung gegen die Person des Galilei sei unvermeidlich, und die Commission dringe einstimmig auf Bestrafung. Nach Veröffentlichung des Urtheils sei dagegen darüber zu reden, wie man es in der mildesten Form in Ausführung bringen könne, und alsdann möge Niccolini sich zu einer neuen Audienz melden. Nur müsse auch dann des zu fürchtenden bösen Beispieles wegen verbreitet werden, die Strafverringerung sei aus Rücksicht auf die Fürsprache des Grossherzogs von Toscana erfolgt, wie es auch in der That die Wahrheit sei. Dieser letzte Zusatz ist besonders interessant, da er zeigt, wie der Papst es förmlich darauf absieht, den äusseren Anschein der Milde zu vermeiden. An eine wirkliche Nachgiebigkeit gegen den Grossherzog von Toscana ist nicht zu denken. Urban VIII. war mächtig genug, die Bitten eines weltlichen Fürsten ausser Acht zu lassen, wenn sie nicht mit seiner eigenen Neigung übereinstimmten. Niccolini theilte dem bestimmten Geheisse Urban's zufolge, Galilei nur die erste Hälfte des zu erwartenden Urtheils mit, und dass es ihm in Kurzem eröffnet werden würde.

Als daher Galilei am 21. Juni zum vierten Male constituirt wurde, mochte er wohl mit klopfendem Herzen den Weg zum Inquisitionsgebäude einschlagen, den Spruch erwartend, der einen Theil, und wahrlich nicht den schlechtesten Theil, seines geistigen Ich vernichten sollte. Aber was er auch erwartete, darauf war er wohl nicht gefasst, dass die grausamen Richter es so weit treiben würden, dass sie ihm geistig die Qualen der Folter würden durchmachen lassen, mit der sie ihn körperlich verschonen mussten. Galilei wurde, wir wissen das aus den Auszügen aus dem Protokolle dieses Constitutes bei Marino Marini und aus dem Wortlaute des Urtheiles, in peinliches Verhör genommen und mit der Folter bedroht, wenn er nicht offen über die Absicht, die Intention seines Buches, wie es dort heisst, sich ausspreche. Vergebens erklärt er immer auf's Neue, dass er gestanden habe, was er gestehen könne; die Drohung mit der Tortur wird ebenso auf's Neue wiederholt, und verzweifelnd ruft der geängstigte Greis: „Ich bin in Euren Händen! Macht mit mir, was Ihr „wollt! Bin ich doch hier, um mich Allem zu fügen! Jene Meinung von „der Bewegung der Erde habe ich nicht aufrecht gehalten, seit es mir ver„boten wurde, wie ich schon gesagt habe." Und Weiteres konnte man, so lautet das Protokoll, nicht von ihm erfahren; er wurde daher an den ihm angewiesenen Platz gebracht.

Welcher Platz dieses war, ob die Gemächer, welche Galilei früher eingenommen hatte, ob einer der Kerker der Inquisition, wissen wir nicht. Jedenfalls wurde aber, wie Biot gegen Marino Marini aus einem Briefe Niccolini's siegreich dargethan hat, Galilei im Inquisitionsgebäude zurückbehalten bis zum andern Morgen, wo er zur Kirche *sopra la Minerva* geleitet wurde vor die Versammlung der Cardinäle und der Prälaten der heiligen Congregation. Jetzt wurde ihm das Urtheil verlesen. Sein Buch war als ketzerisch verdammt, und was die Absicht betrifft, welche er bei der Veröffentlichung gehegt habe, so scheine er, heisst es, nicht gleich die ganze Wahrheit gesagt zu haben. Deshalb sei es für nöthig erachtet worden, ihn in ein peinliches Verhör zu nehmen, und in diesem habe er im Geiste des katholischen Glaubens (*catholice*) geantwortet. Die Strafe, welche sonach über ihn verhängt werde, bestehe neben dem Verbote seines Buches in Gefängniss auf eine von dem Willen seiner Heiligkeit des Papstes abhängige Zeit, zu deren Vollzug er in den Kerkern der Inquisition eingesperrt bleiben solle. Knieend hörte der geistig und körperlich niedergedrückte Greis das Urtheil an, knieend schwor er seine falschen, unsinnigen, den Lehren der Schrift zuwiderlaufenden Meinungen ab, schwor er nie wieder über diesen Gegenstand zu schreiben.

Gerade aus dem hier angeführten Wortlaute des Urtheils enstand die vielfach verbreitete Sage, Galilei sei gefoltert worden; denn peinliches Verhör sei das Verhör zwischen und während der Folter. Daran knüpfte sich alsdann die weitere Sage, dass Galilei die heroischen Worte ausgesprochen habe: Und sie bewegt sich doch! Meine ganze bisherige Darstellung hat wohl gezeigt, dass Beides irrthümlich angenommen wurde, und das Wenige, welches zu sagen noch übrig bleibt, wird als weitere Bestätigung dienen. Das peinliche Verhör ist wenigstens in diesem speciellen Falle das Verhör vor Anwendung der Folter, in welchem der Angeschuldigte mit diesem äussersten Rechtsmittel, wie es an anderen Stellen genannt wird, bedroht wird, vielleicht bereits in der Folterkammer, umgeben von jenen Schreckensapparaten, die ich früher beschrieben habe, aber noch nicht wirklich gefoltert. Ich brauche nicht zu sagen, dass die Commission der Zehn, welche das Urtheil zu sprechen hatte, gern zur Folter geschritten wäre. Ihr Verdienst war es sicherlich nicht, wenn Galilei's Leib nicht die Spuren der Geisselhiebe trug, wenn seine Gliedmassen nicht verrenkt und gebrochen wurden. Sie durften ihm persönlich Nichts anhaben. Der Wille des Papstes stand entgegen, und so weit, als sie nur gehen konnten, sind sie gegangen. Aber nicht Alle gingen so weit, wie es scheinen will. Das Urtheil ist nur von 7 Mitgliedern unterzeichnet. Die Namen von Dreien fehlen unter demselben, und ich halte es um so mehr für Pflicht, die Namen der drei Männer hier zu nennen, als bisher noch von Niemand der Mangel an Einstimmigkeit hervorgehoben worden ist, vielmehr überall, wo von dem Urtheile die Rede ist, die gegentheilige unrichtige Meinung sich ausspricht. Man liess sich dadurch irre führen, dass über dem Urtheile die Namen der zehn Commissäre angeführt sind und beachtete nicht, dass am Schlusse es ausdrücklich heisst: Wir Endesunterzeichneten haben dieses Urtheil gefällt, worauf nur sieben Namen folgen.

Die drei fehlenden sind die von Francesco Barberini, von Gaspar Borgia und von Laudivio Zacchia.

Wie sie diese Enthaltung motivirten, welches Urtheil sie gefällt wünschten, wissen wir nicht; sicherlich kein härteres, sonst hätte man die Gelegenheit nicht entschlüpfen lassen, die Sanftmuth der Mehrheit des Gerichtshofes zu erheben. Aber der vollständige Aufschluss wird wohl nie mehr zu erhalten sein. Denn gerade diese Verhandlungen werden den Inhalt der Lücke gebildet haben, von welcher schon Delambre spricht, und welche Venturi, wie ich früher sagte, an der richtigen Stelle vermuthet. Auf S. 103 neuer Pagination der Processakten finden sich noch Schriftstücke, welche auf das Constitut vom 10. Mai Bezug haben; auf der nach Marino Marini „unmittelbar folgenden" Seite 451 alter Pagination steht das Decret, man solle Galilei über seine Intention verhören, und dann S. 452 das Protocoll des Constitutes vom 21. Juni. Aber am 18. Juni hatte ja der Papst an Niccolini schon die Mittheilung gemacht, die Sentenz sei bereits gefällt. Wir wissen ausserdem, dass 3 gegen 7 in der Minderheit geblieben waren. Geschah dieses ganz ohne Verhandlungen? Und jenes Verhör über die Intention, welches nach der Fällung des Urtheils noch formell eintritt, und wir haben gesehen mit welchen Formen, sollte es nicht auch eine Erklärung nöthig machen? Sollte es diese Erklärung nicht darin finden, dass zwischen der Commission der Zehn und dem Papste Misshelligkeiten eingetreten waren über die Anwendung der Folter, welche die Einen in ihrer Mehrheit forderten, der Andere verweigerte, vielleicht unterstützt von einer Minderheit der Commission, und wobei die vermittelnde Ansicht durchdrang, dass es erlaubt sein solle, Galilei wenigstens mit der Angst vor der Folter in einem besonderen Verhöre noch zu peinigen? Diese Annahmen haben sicherlich viele Wahrscheinlichkeit für sich, und wären sie dem Thatbestande wirklich entsprechend, so wäre damit auch reichlich Stoff gegeben für die Seiten 440—450 der Processakten, so wäre zugleich die Erklärung gegeben, wie es in mancherlei Hinsicht wünschenswerth sein konnte, gerade hier eine Lücke eintreten zu lassen. Freilich wird, wenn eine Lücke vorhanden ist, die von mir vorgeschlagene Ausfüllung derselben stets eine bloss muthmassliche bleiben; und ob eine Lücke vorhanden ist, gestatten die gegenwärtigen Verhältnisse des geheimen Archivs des Vatican nicht zu entscheiden, wie ich gleichfalls früher sagte.

An demselben Tage an welchem das Urtheil verlesen war, befahl der Papst, dass Galilei, statt in den Kerkern des Inquisitionsgebäudes, seine Gefangenschaft vorläufig in der Villa des Niccolini auf Trinita dei Monti antreten solle, und am Abende des 24. Juni führte Niccolini selbst seinen unglücklichen Freund dorthin, wie er entzückt über die Milde Urbans VIII. nach Florenz berichtet. Konnte er von Milde sprechen, hätte er es gethan, wenn Galilei wirklich gefoltert worden wäre? Und konnte Galilei am 21. Juni gefoltert werden, ohne dass man am 24. Juni es noch bemerkte? So sanft streigelten die Henkerknechte der Inquisition ihre Opfer nicht. Ja, wenn man sogar das Unwahrscheinliche annehmen wollte, Niccolini habe in einem geheimen Bericht an seinen Hof doch nicht wagen dürfen, über den Zustand, in welchem ihm Galilei zurückgegeben wurde, wahrheitsgetreue Mittheilung zu machen, so schwinden auch die letzten Zweifel bei der Nachricht, dass Galilei 14 Tage nach der sein sollenden Folterung, am 6. Juli, bei frischem Wetter vier Millien zu Fuss zurücklegte. Inzwischen hatte nämlich der Papst auf die demüthige Bitte Galilei's eine weitere Strafänderung dahin eintreten lassen, dass er zum Erzbischof von Siena sich begeben dürfe, um bei diesem, bei Ascanio Piccolomini, seinem Schüler und langjährigen Verehrer, zu wohnen. Auch dabei blieb es nicht. Anfang December erhielt Galilei die Erlaubniss, auf seine eigene Villa zu Arcetri in der Umgegend von Florenz sich zurückziehen zu dürfen, unter der Bedingung, dort in Zurückgezogenheit zu leben und Besuche weder einzuladen, noch zu empfangen.

Die Unpartheilichkeit verlangt, dass man diese neue Vergünstigung dem anrechne, der sie bewirkte. Cardinal Francesco Barberini war es, der Neffe des Papstes, einer der vorhin genannten drei dissentirenden Richter. Und zwar nur mit vieler Mühe brachte er es dahin, dass Urban VIII. seine Zustimmung gab, denn die Feinde Galilei's waren in der Zwischenzeit nicht unthätig geblieben und hatten die Meinung zu verbreiten gewusst, als beginne Galilei von Siena aus auf's Neue, antikatholische Gesinnung zu unterstützen und selbst zu äussern.

Weiter erstreckte sich dann auch die Gnade des Papstes nicht. Galilei wurde nie ganz befreit, selbst dann nicht, als er im Sommer 1638 von jenem schlimmen Augenübel wieder befallen wurde, dessen Anfänge sich im Mai 1632 zuerst gezeigt hatten. Der zweite Anfall endigte nicht so günstig wie der erste, welcher etwa drei Monate angehalten hatte. Galilei erblindete vollständig, und es ist bezeichnend für die Art, wie kirchliche Partheigänger das reiche Material seines Lebens benutzten, dass man aus dieser Krankheit eine weitere Gräuelthat der Inquisition machte: Galilei sei in Rom im Kerker geblendet worden. Etwas erweiterter Umgang wurde dem blinden Greise jetzt allerdings gestattet, und in den letzten nachtumhüllten Jahren seines Lebens war es, dass er seine beiden grössten Schüler bildete, Bonaventura Viviani und Evangelista Torricelli. In ihnen schon lebte sein Nachruhm, als er den 8. Januar 1642 starb im Alter von fast 78 Jahren.

Und jetzt stehen wir an der dritten Säkularfeier von Galilei's Geburtstag. Die wissenschaftliche Forschung ist frei geworden von den Fesseln der Kirche. Wenn vereinzelte Anhänger einer längst verstorbenen Zeit es noch wagen, hier und da zusammen zu treten und anachronistische Beschlüsse über die obsiegende Gewalt des Dogma's und die Unterwerfung der Wissenschaft unter dasselbe zu fassen, so ist ein mitleidiges Lächeln die einzige Antwort, welche man solchen Beschlüssen gegenüberstellen kann. Dass es aber so gekommen ist, dass der Kampf, man kann wohl sagen, jetzt ausgekämpft ist, das mahnt uns um so mehr zur dankbaren Erinnerung an die ersten Opfer des Kampfes, vor Allen an Galileo Galilei.

December 1863.

IX.
Die Thomas'sche Rechenmaschine.
(Arithmomètre.)

Von Dr. August Junge,
Professor der höheren Mathematik und Lehrer der praktischen Markscheidekunst
an der Königlich Sächsischen Bergacademie zu Freiberg.

Vor ungefähr zwei Jahren wurden hier in Freiberg auf Anordnung des Königlichen Oberbergamtes zwei Thomas'sche Rechenmaschinen angekauft. Beide Maschinen haben seit jener Zeit eine sehr ausgedehnte, fast tägliche, Verwendung gefunden, und zwar ist die eine von Herrn Hüttenraiter Gottschalk und von seinem Expeditionspersonal hauptsächlich zu Procentrechnungen, die andere dagegen von mir und von Studirenden bei der hiesigen Bergacademie vorzugsweise zu markscheiderischen Berechnungen benutzt worden.

Die hierbei gemachten Erfahrungen zeigen unverkennbar, dass der Arithmomètre bei ausgedehnten Rechnungen mit grösseren Zahlen ausserordentliche Vortheile gewährt, und ich glaube daher gerechtfertigt zu sein, wenn ich mir erlaube, demselben zur Beförderung einer grösseren Verbreitung eine kurze Besprechung zu widmen.

Ausführliche, leichtfassliche und gründliche Belehrung über die theoretische Grundlage, die Construction und den Gebrauch des Arithmometers findet man in der Schrift „die Thomas'sche Rechenmaschine. Vom Professor F. Reuleaux in Zürich. Separatabdruck aus dem Civilingenieur. Freiberg, 1862. 10 Ngr."

Es sollen daher hier nur die nöthigsten Andeutungen über die Einrichtung und die Handhabung des Arithmometers gegeben werden. Fig. 1 auf Tafel III zeigt den Arithmometer in ¼ der natürlichen Grösse im Grundriss. Man erkennt leicht, dass seine Grösse von der Art ist, dass derselbe noch bequem neben Büchern und Papieren auf jedem Schreibtisch Platz findet.

Der zurückgeschlagene Deckel A bildet ein Pult und die Schiefertafel B bedeckt ein Reservoir, in welchem kleinere Utensilien Aufnahme finden.

Der innere Mechanismus der Rechenmaschine wird von zwei Messingplatten CC und DD verdeckt, von welchen die erstere um ein unter der Kante aa liegendes Scharnier mit Hilfe des Knopfes E um ungefähr 20 Grad nach oben gedreht werden kann, während dagegen die letztere mittelst der Schrauben b fest auf dem Instrument aufgeschraubt ist.

In der Messingplatte CC, dem sogenannten „Ziffernlineal", befinden sich zwei Reihen kreisförmiger Oeffnungen und zwar zwölf in der Reihe FF und sieben in der Reihe GG. Diese Oeffnungen repräsentiren Stellen des dekadischen Zahlensystemes. In den Oeffnungen FF lassen sich daher Zahlen bis zu 12 und in den Oeffnungen GG Zahlen bis zu 7 Stellen hervorbringen.

Es geschieht dies mit Hilfe von Scheiben (Ziffernscheiben), welche drehbar unter dem Ziffernlineal angebracht sind und auf welche die zehn Ziffern 0 bis 9 in einem Kreise verzeichnet sind. Bei Decimalbrüchen bezeichnet man die Stelle der Einer durch ein elfenbeinernes Knöpfchen, welches in zwischen den Oeffnungen FF befindliche Löcher gesteckt werden kann und hier die Stelle des Decimalcomma's vertritt.

Die Rechnungsresultate erscheinen bei der Addition, Subtraction und Multiplication in den Oeffnungen FF und bei der Division in den Oeffnungen GG. Die ersteren lassen sich daher bis auf 12 und die letzteren bis auf 7 Stellen bringen.

Vor dem Beginn einer jeden Rechnung hat man dafür zu sorgen, dass sich in sämmtlichen Oeffnungen F und G des Ziffernlineals Nullen befinden, wie es die Fig. 1, Tafel III, zeigt. Dieses Einstellen auf Null oder das sogenannte „Auslöschen" kann man in folgender Weise bewirken.

Man erhebt das Ziffernlineal am Knopf E und dreht an den Knöpfen c und d, gleichviel ob nach rechts oder links so lange, bis in sämmtlichen Oeffnungen F und G Nullen hervorgetreten sind. In den Oeffnungen F kann das Auslöschen noch einfacher dadurch geschehen, dass man bei erhobenem Ziffernlineal am Knopf H so lange von links nach rechts dreht, bis die gewünschten Nullen erschienen sind. Der Knopf H wird hierauf frei gelassen und das Ziffernlineal niedergelegt.

Das Einstellen auf Null in den Oeffnungen G ist übrigens blos bei der Division nöthig.

Die Rechenmaschine wird mit Hilfe der Kurbel J in Bewegung gesetzt, wobei zu beachten ist, dass sich dieselbe nur von links nach rechts drehen lässt. In der Stellung, welche die Figur zeigt, ruht die Kurbel bei e auf einem Anschlag (Aufhalter). Diese Stellung ist als die Anfangsstellung der Kurbel zu betrachten. Am Ende jeder vollen Umdrehung stösst die Kurbel an den Aufhalter. Die Bewegung derselben wird hierdurch nicht gehemmt, wohl aber wird hierdurch die Beendigung einer jeden Umdrehung merklich angezeigt. Man hat mit der Kurbel stets volle

Umdrehungen zu machen und dieselbe daher jederzeit wieder in die Anfangsstellung zurückzubringen.

Von den Knöpfen K und L wird der erstere vor dem Beginn einer Addition oder Multiplication und der letztere vor dem Beginn einer Subtraction oder Division niedergedrückt. Der nicht niedergedrückte Knopf erhebt sich hierbei von selbst und es ist zu beachten, dass das Niederdrücken dieser Knöpfe in der Anfangsstellung der Kurbel erfolgen muss.

Die sechs Schlitze M in der Messingplatte DD gehören zu dem darunter befindlichen Schaltwerk, d. i. derjenige Theil des Mechanismus, dem die zur Berechnung vorliegenden Zahlen übergeben werden.

Dies geschieht dadurch, dass die in den Schlitzen verschiebbaren Knöpfe ff mit den daran befindlichen Zeigern auf die neben den Schlitzen stehenden Ziffern 0 bis 9 eingestellt werden. Man kann daher im Schaltwerk in dieser Weise Zahlen bis zu sechs Stellen einstellen, indem jeder Schlitz eine Stelle des dekadischen Zahlensystemes vertritt.

Wenn man das Ziffernlineal am Knopf E erhebt, so lässt sich dasselbe in seiner Längenrichtung verlegen. Ein am Ziffernlineal befindlicher Zahn, dessen oberer Theil bei g sichtbar ist, greift in entsprechende Einschnitte in einer Seitenwand im Innern der Maschine ein und hält dasselbe in der ihm gegebenen Lage unverrückbar fest. Diese Einschnitte sind so angebracht, dass bei jeder Lage des Lineals sechs von den Oeffnungen F in die Verlängerungen der sechs Schlitze M zu liegen kommen.

Aus der Stellung, in welcher sich das Ziffernlineal in der Figur befindet, lässt sich dasselbe noch um eine Stelle nach rechts hin und um fünf Stellen nach links hin verlegen. Es giebt also im Ganzen sieben verschiedene Lagen für das Ziffernlineal. Die punktirten Linien zeigen das Ziffernlineal in seiner äussersten Lage links.

Nachdem wir uns so weit mit dem Arithmometer bekannt gemacht haben, sind wir bereits im Stande, mit demselben zu rechnen und die Wirkungsweise desselben kennen zu lernen. Die nachfolgenden Beispiele werden dies zeigen.

1. Wir wollen die Zahlen 678532 + 278932 + 4923 addiren.

Die Kurbel J befindet sich in der Anfangsstellung. Es wird der Additionsknopf K niedergedrückt, in den Oeffnungen F auf Null gestellt, das Ziffernlineal ganz nach links verlegt, im Schaltwerk, d. i. in den Schlitzen M, der erste Addend 678532 eingestellt und hierauf die Kurbel herumgedreht.

Im Ziffernlineal erhält man hierdurch dieselbe Zahl 678532. Es ist also durch die Umdrehung der Kurbel die im Schaltwerk eingestellte Zahl in das Ziffernlineal übertragen worden.

Es wird weiter im Schaltwerk der zweite Addend 278932 eingestellt und die Kurbel abermals herumgedreht. Im Ziffernlineal ist die Zahl 957464 als die Summe der ersten beiden Addenden erschienen.

Endlich wird im Schaltwerk der dritte Addend 4923 (mit den Einern im letzten Schlitz rechts) eingestellt und die Kurbel nochmals herumgedreht. Im Ziffernlineal hat man nun die Zahl 962387 als die Summe von allen drei Addenden erhalten.

2. Wir wollen die Subtraction 923287 — 54326 ausführen. Nachdem im Ziffernlineal auf Null gestellt worden ist, bringen wir durch Addition wie im ersten Beispiele den Minuenden 923287 in das Ziffernlineal. Es wird hierauf der Subtractionsknopf L niedergedrückt, im Schaltwerk der Subtrahent 54326 (mit den Einern in dem letzten Schlitze rechts) eingestellt und die Kurbel herumgedreht.

Das Ziffernlineal zeigt hierauf die Differenz 868961 und die Subtraction ist daher beendigt.

3. Wir wollen die Zahl 358925 mit 256 multipliciren. Die Kurbel muss sich wieder in der Anfangsstellung befinden. Es wird in den Oeffnungen F ausgelöscht, das Ziffernlineal ganz nach links verlegt, der Additions- oder Multiplicationsknopf K niedergedrückt, im Schaltwerk der Multiplicand 358925 eingestellt und, weil im Multiplicator in der Einerstelle 6 Einheiten stehen, die Kurbel sechsmal herumgedreht. Im Ziffernlineal ist hierdurch das Sechsfache des Multiplicanden hervorgebracht worden. Hierauf wird das Ziffernlineal um eine Stelle nach rechts verlegt, und, weil in den Zehnern des Multiplicators 5 Einheiten stehen, die Kurbel fünfmal herumgedreht. Es steht nach dieser Operation im Ziffernlineal bereits das 56fache des Multiplicanden.

Endlich wird das Ziffernlineal abermals um eine Stelle nach rechts verlegt und, weil in den Hunderten des Multiplicators zwei Einheiten stehen, die Kurbel zweimal herumgedreht. Im Ziffernlineal zeigt sich nun das Gesammtproduct 91884800 der Factoren 358925 und 256.

4. Wir wollen die Zahl 696102 durch 4378 dividiren. Es wird durch Addition oder durch Drehen an den Knöpfen c der Dividend 696102 in die Oeffnungen F und zwar möglichst weit nach links gebracht, in den Oeffnungen G auf Null gestellt, das Ziffernlineal ganz nach rechts verlegt, der Subtractions- und Divisionsknopf L niedergedrückt und im Schaltwerk der Divisor 4378 möglichst weit links eingestellt. Im Ziffernlineal steht jetzt 6961 unmittelbar über dem Divisor 4378 im Schaltwerk. Dreht man die Kurbel einmal herum, so hat man 4378 von 6961 subtrahirt. Es bleibt der Rest 2583, der eine weitere Subtraction nicht zulässt. Man muss sich daher in dem vorliegenden Falle mit einer Umdrehung der Kurbel begnügen. Diese eine Umdrehung wird dadurch gezählt, dass in der ersten von den Oeffnungen G links eine Eins hervortritt, und diese Eins bildet die erste Stelle des Quotienten. Hierauf verlegt man das Ziffernlineal um eine Stelle nach links. Ueber dem Divisor 4378 steht sodann die Zahl 25830. Man dreht nun die Kurbel soviel mal herum, bis im Ziffernlineal über dem Divisor eine Zahl steht, die kleiner ist, als 4378. In dem vorliegenden

Falle hat man fünf Umdrehungen zu machen. Diese Umdrehungen werden dadurch gezählt, dass in der zweiten von den Oeffnungen G neben 1 die Ziffer 5 als zweite Stelle des Quotienten erschienen ist. Im Ziffernlineal steht über dem Divisor nur noch 3940. Durch abermaliges Verlegen des Ziffernlineals um eine Stelle nach links bringt man die Zahl 39402 über den Divisor. Man dreht nun wieder die Kurbel so viel mal herum, bis der Rest kleiner geworden ist, als der Divisor. In unserem Falle stehen nach 9 Umdrehungen im Ziffernlineal nur noch Nullen, wodurch angezeigt wird, dass die Division aufgegangen ist. In der dritten von den Oeffnungen G ist neben 5 die Ziffer 9 als letzte Stelle des Quotienten, der sich nun als 159 ergiebt, hervorgetreten.

Die vorstehenden Beispiele dürften zur Genüge beweisen, dass die Handhabung des Arithmometers eine höchst einfache ist. Auf Grund selbst gemachter Erfahrung kann ich hinzufügen, dass man dieselbe nach der von Herrn Reuleaux in der oben angeführten Schrift gegebenen Anleitung in 2 Stunden, durch mündliche Anweisung aber sogar in einer halben Stunde ohne Mühe erlernt und dass man sich sehr bald eine ziemliche Fertigkeit aneignet. Uebrigens setzt die Handhabung des Arithmometers keine besondere mechanische Geschicklichkeit oder irgend welche tiefere Kenntnisse voraus. Es kann vielmehr jede Person, welche mit den betreffenden Rechnungsoperationen vertraut ist, auch den Gebrauch des Arithmometers erlernen.

Die Thomas'sche Rechenmaschine ist sehr solid und dauerhaft construirt und kann daher bei nur einigermassen vorsichtiger Behandlung kaum erheblich beschädigt werden. Zum Beleg hierfür kann ich anführen, dass die beiden im Eingange erwähnten Maschinen sich noch in völlig gutem Zustande befinden und in keiner Weise zu einer Reparatur Veranlassung gegeben haben, obgleich dieselben nicht allein sehr viel, sondern auch von sehr verschiedenen Personen, die im Anfange sämmtlich ungeübt waren, gebraucht worden sind.

Es hat sich hierbei allerdings ereignet, dass zuweilen, besonders nach einem nicht ganz regelrechten Gebrauche, Stockungen eintraten. Dieselben konnten aber fast immer durch ein leichtes Rütteln an der Kurbel J wieder beseitigt werden. Wenn dies nicht der Fall war, so wurden die Holzschrauben hh gelöst und das Instrument aus seinem Gehäuse herausgehoben. Man fand dann bald das stockende Rädchen und das vorhandene Bewegungshinderniss liess sich stets leicht beseitigen.

Als besondere Vorzüge des Arithmometers lassen sich die geringe Kraftanstrengung, die untrügliche Sicherheit, die ausgedehnte Verwendbarkeit und der bedeutende Gewinn an Zeit hervorheben.

Man kann Tagelang mit dem Arithmometer rechnen, ohne eine erhebliche Ermüdung zu fühlen. Dieser Umstand allein würde schon hinreichen, um denselben zu einem sehr werthvollen Instrument zu machen, was gewiss Alle anerkennen werden, welche ausgedehntere Zahlenrechnungen auszuführen haben.

Grobe Fehler, die man natürlich auch beim Gebrauch der Rechenmaschine begehen kann, müssen durch eine Wiederholung der Rechnung beseitigt werden. Es ist aber hierbei noch auf die sehr dankenswerthe Eigenschaft des Arithmometers aufmerksam zu machen, dass derselbe einen Theil von diesen Fehlern gleich während der Rechnung selbst anzeigt, und dass dieselben sodann, ohne die Operation von vorn zu beginnen, ohne Mühe berichtigt werden können.

Mit dem Arithmometer lassen sich die vier Grundrechnungsarten addiren, subtrahiren, multipliciren und dividiren mit ganzen Zahlen und Decimalbrüchen, und in Folge dessen auch alle Rechnungen, welche auf diese Operationen zurückgeführt werden können, ausführen. Insbesondere lässt sich der Arithmometer auch zur Herstellung von Tabellen der verschiedensten Art und bei trigonometrischen Berechnungen mit vielem Vortheil verwenden.

Seine Verwendbarkeit ist daher viel grösser als z. B. die der grossen Rechenmaschine von Scheutz, welche blos zu Herstellung von Tabellen benutzt werden kann. Die grosse Rechenmaschine von Scheutz dient höheren wissenschaftlichen Zwecken, der Arithmometer von Thomas dagegen befriedigt den Hausbedarf des praktischen Rechners.

Der mit Hilfe des Arithmometers zu erzielende Zeitgewinn wird nach der Fertigkeit, welche die operirende Person im Rechnen und in der Handhabung der Maschine besitzt, sehr verschieden sein. Ebenso stellt sich derselbe auch bei den einzelnen Rechnungsarten verschieden heraus und es braucht wohl kaum bemerkt zu werden, dass die vortheilhafte Verwendbarkeit des Arithmometers überhaupt blos bei Rechnungen mit grösseren Zahlen in Frage kommen kann.

Bei Additionen mit ungleichen Addenden und bei einer einmaligen Subtraction eines Subtrahenden von einem Minuenden kann der Arithmometer kaum einen Zeitgewinn gewähren, dagegen erzielt man einen ausserordentlichen Gewinn an Zeit, wenn dieselbe Zahl nach einander mehrmals zu addiren oder zu subtrahiren ist, wie z. B. bei der Berechnung der Gefälle bei Eisenbahn-, Strassen- oder Canalanlagen, für gleichweit von einander entfernte Stationen, oder bei Tabellenberechnungen. Die ganze Arbeit reducirt sich hierbei in der Hauptsache auf das Abschreiben der gefundenen Zahlen.

Bei der Berechnung einer Tabelle der wirklichen Längen der Sinus und Cosinus durch einfache Interpolation mit dem Arithmometer wurden z. B. in 6 bis 8 Stunden durchschnittlich 2880 Tabellengrössen gefunden.

Sehr bedeutend ist der Zeitgewinn, welchen der Arithmometer bei der Multiplication und Division gewährt.

Zum Beleg hierfür führe ich an, dass z. B. die Multiplication
$$793485 \times 987659 = 783692601615$$
in weniger und die Division
$$973479318864 : 763248 = 1275443$$
in etwas mehr als einer halben Minute ausgeführt wurden.

In der Markscheidekunst und in der Geodäsie hat man bekanntlich sehr oft die beiden Katheten eines rechtwinklichen Dreieckes aus der Hypotenuse und einem daran liegenden Winkel zu berechnen.

Von derartigen Aufgaben löst man, wie vielfache Erfahrungen zeigen, mit Hilfe des Arithmometers und der oben erwähnten Tabelle der wirklichen Längen der Sinus und Cosinus in einer Stunde ohne besondere Anstrengung 100 bis 120, während hierzu auch ein sehr gewandter Rechner zwei- bis dreimal so viel Zeit brauchen dürfte. Man darf daher den Zeitgewinn, den der Arithmometer gewährt, gewiss nicht gering anschlagen.

Schliesslich soll noch erwähnt werden, dass die in Fig. 1, Tafel III, dargestellte Rechenmaschine mit 6 Stellen im Schaltwerk und 12 Stellen im Ziffernlineal von mittlerer Grösse ist.

Die vom Herrn Hüttenraiter Gottschalk benutzte Maschine ist grösser und zwar hat dieselbe im Schaltwerk 8 und im Ziffernlineal 16 Stellen.

Ausserdem giebt es noch kleinere Maschinen mit 5 Stellen im Schaltwerk und 10 Stellen im Ziffernlineal.

Vorräthig sind dergleichen Rechenmaschinen bei Herrn A. M. Hoart, rue du Helder, 13, in Paris je nach ihrer Grösse zu den Preisen von 400, 300 und 150 Frcs.

Kleinere Mittheilungen.

XII. Ueber die Reduction von Doppelintegralen auf Producte einfacher Integrale.

Wir knüpfen unsere Betrachtung an das Doppelintegral

$$S = \int_0^X \int_0^Y F(x,y)\, dx\, dy$$

und denken uns darin $F(x,y)$ als eine gegebene Function von x und y, dagegen Y als eine noch zu bestimmende Function von x. Führen wir statt y die neue Variabele t ein mittelst der Substitution $y = Yt$, so erhalten wir

$$S = \int_0^X \int_0^1 YF(x, Yt)\, dx\, dt.$$

Hier wird sich nun in manchen Fällen Y so wählen lassen, dass $F(x, Yt)$ in ein Product zweier Factoren übergeht, von denen der erste nur x, der zweite nur t enthält; das Doppelintegral nimmt dann die Form an:

$$S = \int_0^X \int_0^1 Y\varphi(x)\psi(t)\, dx\, dt = \int_0^X Y\varphi(x)\, dx \cdot \int_0^1 \psi(t)\, dt,$$

und ist somit auf ein Product zweier einfachen Integrale zurückgeführt. — Diese überaus simple Bemerkung scheint man bisher entweder übersehen oder als unfruchtbar bei Seite gelegt zu haben; dass sie aber nicht überflüssig ist, mögen die nachstehenden Anwendungen zeigen.

a. Um zunächst ein einfaches, auch für den Unterricht brauchbares Beispiel zu geben, beschäftigen wir uns mit der Complanation desjenigen Stückes von einem elliptischen Paraboloide, dessen Horizontalprojection $OHKJ$ (Fig. 2, Taf. III) durch die Axen der x und y, durch eine in der Entfernung $OH = h$ parallel zur y-Axe gelegte Gerade HK und durch eine Curve JK begrenzt wird, deren Gleichung $y = f(x)$ einstweilen unbestimmt bleiben möge. Für $OL = x$, $LM = y$, $LN = Y$, $MP = z$, Fläche $OUWV = S$ ist

$$z = \frac{x^2}{2a} + \frac{y^2}{2b},$$

$$S = \int_0^h \int_0^Y \sqrt{1 + \frac{x^2}{a^2} + \frac{y^2}{b^2}}\, dx\, dy$$

und daraus wird mittelst der Substitution $y = Yt$

$$S = \int_0^h \int_0^1 Y \sqrt{1 + \frac{x^2}{a^2} + \frac{Y^2}{b^2} t^2}\, dx\, dt.$$

Man übersieht augenblicklich, dass die erwähnte Sonderung der Variabeln eintritt, wenn

$$Y^2 = \frac{B^2}{b^2}\left(1 + \frac{x^2}{a^2}\right)$$

genommen wird, wo B eine willkührliche Constante bezeichnet. Dies giebt

$$S = \int_0^h \int_0^1 \frac{B}{b}\left(1 + \frac{x^2}{a^2}\right)\sqrt{1 + \frac{B^2}{b^2} t^2}\, dx\, dt$$

$$= \frac{B}{b}\left(h + \frac{h^3}{3a^2}\right)\int_0^1 \sqrt{1 + \frac{B^2}{b^2} t^2}\, dt \text{ u. s. w.}$$

b. Zur Complanation des dreiaxigen Ellipsoides dient die bekannte Formel

1) $$S = \iint \sqrt{\left\{\frac{1 - \left(\frac{\alpha x}{a}\right)^2 - \left(\frac{\beta y}{b}\right)^2}{1 - \left(\frac{x}{a}\right)^2 - \left(\frac{y}{b}\right)^2}\right\}}\, dx\, dy,$$

$$\alpha = \frac{\sqrt{a^2 - c^2}}{a}, \qquad \beta = \frac{\sqrt{b^2 - c^2}}{b},$$

worin c die kleinste Halbaxe bedeutet. Substituiren wir

2) $$x = a\varrho \cos\chi, \quad y = b\varrho \sin\chi, \quad dx\, dy = ab\varrho\, d\chi\, d\varrho$$

und nehmen χ zwischen den Grenzen 0 und $\tfrac{1}{2}\pi$, ϱ zwischen den noch zu bestimmenden Grenzen ϱ_0 und ϱ_1, so erhalten wir

$$S = ab \int_0^{\frac{1}{2}\pi} \int_{\varrho_0}^{\varrho_1} \sqrt{\frac{1 - \sigma \varrho^2}{1 - \varrho^2}}\, \varrho\, d\chi\, d\varrho,$$

3) $$\sigma = \alpha^2 \cos^2\chi + \beta^2 \sin^2\chi.$$

Für $1 - \varrho^2 = u^2$ wird hieraus, wenn

4) $$\sqrt{1 - \varrho_0^2} = u_0, \qquad \sqrt{1 - \varrho_1^2} = u_1$$

gesetzt wird,

$$S = ab \int_0^{\frac{1}{2}\pi} \int_{u_1}^{u_0} \sqrt{1 - \sigma(1-u^2)}\, d\chi\, du$$

$$= ab \left\{ \int_0^{\frac{1}{2}\pi} \int_0^{u_0} \sqrt{1-\sigma+\sigma u^2}\, d\chi\, du - \int_0^{\frac{1}{2}\pi} \int_0^{u_1} \sqrt{1-\sigma+\sigma u^2}\, d\chi\, du \right\}.$$

Im ersten Integrale substituiren wir $u = u_0 t$, im zweiten $u = u_1 t$ und haben

$$S = ab \left\{ \int_0^{\frac{1}{2}\pi} \int_0^1 u_0 \sqrt{1-\sigma+\sigma u_0^2 t^2}\, d\chi\, dt \right.$$

$$\left. - \int_0^{\frac{1}{2}\pi} \int_0^1 u_1 \sqrt{1-\sigma+\sigma u_1^2 t^2}\, d\chi\, dt \right\}.$$

Um jedes dieser Doppelintegrale in ein Product zweier einfachen Integrale zu verwandeln, setzen wir

5) $$u_0^2 = \lambda_0^2 \frac{1-\sigma}{\sigma}, \quad u_1^2 = \lambda_1^2 \frac{1-\sigma}{\sigma},$$

wobei λ_0 und λ_1 willkührliche Constanten bezeichnen; es ist dann

$$S = ab \left\{ \lambda_0 \int_0^{\frac{1}{2}\pi} \frac{1-\sigma}{\sqrt{\sigma}}\, d\chi \int_0^1 \sqrt{1+\lambda_0^2 t^2}\, dt - \lambda_1 \int_0^{\frac{1}{2}\pi} \frac{1-\sigma}{\sqrt{\sigma}}\, d\chi \int_0^1 \sqrt{1+\lambda_1^2 t^2}\, dt \right\}$$

oder, wenn nach Ausführung der auf t bezüglichen Integrationen

$$\frac{1}{2}\left\{\lambda_0 \sqrt{1+\lambda_0^2} - \lambda_1 \sqrt{1+\lambda_1^2} + l\left(\frac{\lambda_0+\sqrt{1+\lambda_0^2}}{\lambda_1+\sqrt{1+\lambda_1^2}}\right)\right\} = \mu$$

gesetzt wird,

6) $$S = ab\mu \int_0^{\frac{1}{2}\pi} \frac{1-\sigma}{\sqrt{\sigma}}\, d\chi.$$

Auf dem dreiaxigen Ellipsoide lassen sich demnach unendlich viele Zonen angeben, deren Oberflächen durch vollständige elliptische Integrale erster und zweiter Gattung ausdrückbar sind. Die Horizontalprojection jeder solchen Zone wird von zwei Curven begrenzt, deren Gleichungen in rechtwinkeligen Coordinaten gefunden werden, indem man von den Formeln 5) rückwärts bis zu den Formeln 2) geht. Setzt man der Homogenität wegen

$$\lambda_0^2 = \frac{h_0^2 - c^2}{c^2}, \quad \lambda_1^2 = \frac{h_1^2 - c^2}{c^2},$$

so erhält man als die gesuchten Gleichungen
$$\left(\frac{x^2}{a^2}+\frac{y^2}{b^2}\right)\left(\frac{\alpha^2 x^2}{a^2}+\frac{\beta^2 y^2}{b^2}\right)=\frac{(a^2-h_0^2)x^2}{a^4}+\frac{(b^2-h_0^2)y^2}{b^4},$$
$$\left(\frac{x^2}{a^2}+\frac{y^2}{b^2}\right)\left(\frac{\alpha^2 x^2}{a^2}+\frac{\beta^2 y^2}{b^2}\right)=\frac{(a^2-h_1^2)x^2}{a^4}+\frac{(b^2-h_1^2)y^2}{b^4}.$$

Für $a > b > c$ muss hier $b > h_0 > c$ und ebenso $b > h_1 > c$ sein.

c. Die Fusspunktfläche des dreiaxigen Ellipsoides hat bekanntlich die Polargleichung (Zeitschr. Thl. VIII, S. 225)
$$r^2 = a^2 \cos^2\psi \cos^2\omega + b^2 \cos^2\psi \sin^2\omega + c^2 \sin^2\psi,$$
und daher ist der Flächeninhalt einer noch nicht näher bestimmten Zone
$$Z = 4\int_0^{\frac{1}{2}\pi}\int_{\psi_0}^{\psi_1}\sqrt{a^4\cos^2\psi\cos^2\omega + b^4\cos^2\psi\sin^2\omega + c^4\sin^2\psi}\;\cos\psi\,d\omega\,d\psi$$
oder kürzer
$$Z = 4\int_0^{\frac{1}{2}\pi}\int_{\psi_0}^{\psi_1}\sqrt{P - Q\sin^2\psi}\;\cos\psi\,d\omega\,d\psi,$$
$$P = a^4\cos^2\omega + b^4\sin^2\omega,$$
$$Q = (a^4 - c^4)\cos^2\omega + (b^4 - c^4)\sin^2\omega.$$

Für $\sin\psi = u$, $\sin\psi_0 = u_0$, $\sin\psi_1 = u_1$ folgt weiter
$$\tfrac{1}{4}Z = \int_0^{\frac{1}{2}\pi}\int_{u_0}^{u_1}\sqrt{P - Qu^2}\;d\omega\,du$$
$$= \int_0^{\frac{1}{2}\pi}\int_0^{u_1}\sqrt{P-Qu^2}\;d\omega\,du - \int_0^{\frac{1}{2}\pi}\int_0^{u_0}\sqrt{P-Qu^2}\;d\omega\,du,$$

und wenn im ersten Integrale $u = u_1 t$, im zweiten $u = u_0 t$ substituirt wird, so ergiebt sich
$$\tfrac{1}{4}Z = \int_0^{\frac{1}{2}\pi}\int_0^1 u_1\sqrt{P - Qu_1^2 t^2}\;d\omega\,dt - \int_0^{\frac{1}{2}\pi}\int_0^1 u_0\sqrt{P - Qu_0^2 t^2}\;d\omega\,dt.$$

Jedes dieser Doppelintegrale zerfällt in ein Product zweier einfachen Integrale sobald

7) $$u_1^2 = \lambda_1^2\frac{P}{Q},\qquad u_0^2 = \lambda_0^2\frac{P}{Q}$$

genommen wird und λ_0, λ_1 constante echte Brüche bedeuten. Mit Hilfe der Abkürzung
$$M = \lambda_1\int_0^1\sqrt{1 - \lambda_1^2 t^2}\;dt - \lambda_0\int_0^1\sqrt{1 - \lambda_0^2 t^2}\;dt$$
$$= \tfrac{1}{2}\{\lambda_1\sqrt{1-\lambda_1^2} - \lambda_0\sqrt{1-\lambda_0^2} + \arcsin\lambda_1 - \arcsin\lambda_0\}.$$

erhält man nach der vorigen Bemerkung

$$Z = 4M \int_0^{\frac{1}{2}\pi} \frac{P}{\sqrt{Q}} \, d\omega.$$

Auf der Fusspunktfläche des dreiaxigen Ellipsoides lassen sich also unendlich viele Zonen finden, deren Flächeninhalte durch vollständige elliptische Integrale erster und zweiter Art ausdrückbar sind. Jede solche Zone wird von zwei Curven begrenzt, die einerseits auf der Fusspunktfläche liegen, andererseits durch die Gleichungen 7) oder

$$sin^2 \psi_1 = \lambda_1^2 \frac{a^4 cos^2 \omega + b^4 sin^2 \omega}{(a^4 - c^4) cos^2 \omega + (b^4 - c^4) sin^2 \omega},$$

$$sin^2 \psi_0 = \lambda_0^2 \frac{a^4 cos^2 \omega + b^4 sin^2 \omega}{(a^4 - c^4) cos^2 \omega + (b^4 - c^4) sin^2 \omega}$$

bestimmt sind. Diese Gleichungen charakterisiren zwei Kegel vierten Grades, welche aus der Fusspunktfläche die besprochene Zone herausschneiden. SCHLÖMILCH.

XIII. Ueber eine besondere Art cyclischer Curven. Unter den Curven, welche durch das Rollen eines Kreises auf oder in einem anderen Kreise erzeugt werden und die man im Allgemeinen unter dem Namen Cycloiden im weiteren Sinne begreift, verdient eine besondere Art, nämlich die, bei welcher die Entfernung des erzeugenden Punktes vom Mittelpunkte des rollenden Kreises gleich der Entfernung der Mittelpunkte der beiden Kreise ist, in mancher Hinsicht Beachtung. Da diese Curven, so viel mir bekannt ist, nirgend näher untersucht worden sind, und da sie in mehrfacher Weise beim Unterrichte zu Beispielen benutzt werden können, so sollen die folgenden Zeilen ihrer Betrachtung gewidmet sein.

Ich werde die verschiedenen hier vorkommenden Benennungen in demselben Sinne anwenden, wie sie Weissenborn[*]) gebraucht, nämlich: berühren sich die Kreise von aussen, so heisse die erzeugte Curve Epicycloide, findet aber innere Berührung statt, so werde die Curve Hypocycloide oder Pericycloide genannt, je nachdem der feste oder der rollende Kreis der grössere ist. Liegt ferner der erzeugende Punkt auf der Peripherie des rollenden Kreises, so heisse die Cycloide eine gemeine, sie werde dagegen verlängert genannt, wenn der erzeugende

---

[*]) Weissenborn. Die cyclischen Curven. Eisenach 1856.

Punkt ausserhalb des rollenden Kreises liegt, und **verkürzt**, wenn er innerhalb liegt.*)

1. Da die Natur der hier zu betrachtenden besonderen Art von Cycloiden bei den Hypocycloiden am einfachsten hervortritt, so wollen wir an diese anknüpfen.

Bezeichnen R und r die Radien des festen und des rollenden Kreises, und b die Entfernung des erzeugenden Punktes vom Mittelpunkte des rollenden Kreises, so sind die Gleichungen der Hypocycloide bekanntlich

$$x = (R-r)\cos\varphi + b\cos\frac{R-r}{r}\varphi$$

$$y = (R-r)\sin\varphi - b\sin\frac{R-r}{r}\varphi.$$

Dabei ist der Anfangspunkt der Coordinaten der Mittelpunkt C des festen Kreises und die positive Abscissenaxe diejenige Richtung der Verbindungslinie der Mittelpunkte C des festen und c des rollenden Kreises, bei welcher der erzeugende Punkt auf diese Verbindungslinie fällt. Da dies in zwei verschiedenen Fällen eintreten kann, so soll ferner festgesetzt werden, dass die positive Abscissenaxe diejenige Richtung sei, bei welcher der erzeugende Punkt, von c aus gerechnet, auf der entgegengesetzten Seite liegt, wie C. Der Winkel φ ist dann die Neigung der Geraden Cc gegen die positive Abscissenaxe. In den Lehrbüchern findet man bei der Epicycloide und Pericycloide gewöhnlich die andere der beiden möglichen Lagen von Cc als positive Abscissenaxe angenommen, indem festgesetzt wird, dass der erzeugende Punkt, von c aus gerechnet, auf derselben Seite liegen soll, wie der Berührungspunkt der beiden Kreise, was bei der Hypocycloide mit unserer Annahme übereinstimmt, bei den anderen aber nicht. Hier erscheint es zweckmässiger, die positive Abscissenaxe so zu wählen, wie es angegeben worden ist, um alle Fälle unter einer gemeinsamen Gleichung zusammenfassen zu können.

Der zu betrachtende Fall tritt nun ein, wenn man

$$b = R - r$$

setzt, dann gehen die obigen Gleichungen in folgende über:

$$x = 2(R-r)\cos\frac{R}{2r}\varphi \cos\frac{2r-R}{2r}\varphi$$

$$y = 2(R-r)\cos\frac{R}{2r}\varphi \sin\frac{2r-R}{2r}\varphi.$$

Führt man ferner Polarcoordinaten, ϱ und Θ ein, indem man

---

*) **Magnus** (Sammlung von Aufgaben und Lehrsätzen aus der analytischen Geometrie. Berlin 1833.) begreift die Pericycloiden mit unter dem Namen der Hypocycloiden und nennt die Cycloide, wenn der erzeugende Punkt ausserhalb des rollenden Kreises liegt, **verkürzt** oder **verschlungen**, wenn er dagegen innerhalb liegt, **gedehnt** oder **geschweift**.

$$\frac{2r-R}{2r}\varphi = \Theta, \qquad x^2+y^2 = \varrho^2,$$

und ausserdem zur Abkürzung

$$\frac{R}{2r-R} = m, \qquad 2(R-r) = a$$

setzt, so erhält man für die in Rede stehende specielle Art von Hypocycloiden die einfache Polargleichung:

1) $\qquad \varrho = a \cos m\Theta.$

2. Es soll nun besonders der Fall ins Auge gefasst werden, dass die Radien R und r ein rationales Verhältniss haben, wodurch auch m eine rationale Zahl wird. Dann weiss man, dass die Cycloiden stets geschlossene Curven sind. Da nun in unserem Falle der beschreibende Kreis (d. h. der mit dem Radius $b = R - r$ um c beschriebene Kreis) stets durch den Mittelpunkt C des festen Kreises geht, und da ferner jedesmal, wenn der rollende Kreis eine ganze Umdrehung vollendet hat, der erzeugende Punkt seinen grössten Abstand von C erreicht, also $\varrho = \pm a$ wird, so sieht man, dass die Curve einen Stern bildet, der aus einer gewissen Anzahl von congruenten Strahlen oder Blättern besteht, die im Punkte C zusammenstossen. Wegen dieser Gestalt wollen wir die besondere Art von Cycloiden, die wir hier betrachten, kurz **sternförmige Cycloiden** nennen. Freilich geht in vielen Fällen, wenn die Blätter sich sehr ausbreiten, das sternförmige Ansehen verloren, wir wollen aber auch dann diese Bezeichnung der Kürze wegen beibehalten.

Um ein Beispiel zu haben, sei $R = 5$, $r = 3$; dann findet sich

$$\Theta = \frac{1}{6}\varphi, \qquad m = 5, \qquad a = 4,$$

und die Curve bildet einen aus 5 vollkommen gleichen Blättern bestehenden Stern (Fig. 3, Tafel III).

Die erste Frage, die sich hier darbietet, ist die, wie man aus der Zahl m die Anzahl der Blätter bestimmen kann, welche die Curve zusammensetzen.

Nehmen wir zuerst an, m sei eine ganze Zahl. Es wird

$$\varrho = \pm a$$

wenn

$$\Theta = 0, \frac{\pi}{m}, \frac{2\pi}{m}, \frac{3\pi}{m}, \ldots, \frac{k\pi}{m},$$

und zwar

$\varrho = +a$, wenn k eine gerade Zahl,
$\varrho = -a$, wenn k eine ungerade Zahl,

und jedem Werthe von k entspricht ein Blatt der Curve. Wenn nun $k = m$ ist, so wird $\Theta = \pi$, $m\Theta = m\pi$. Wenn daher m eine ungerade Zahl ist, so wird $\varrho = -a$, der erzeugende Punkt kommt also in seine anfängliche Lage zurück und die Curve ist geschlossen. Die Anzahl ihrer Blätter ist also dann gleich m. Ist aber m eine gerade Zahl, so wird für $\Theta = \pi$, $\varrho = +a$, der erzeugende Punkt liegt also dann seiner anfänglichen Lage diametral gegenüber. Der rollende Kreis muss daher noch einmal m-Umläufe vollenden, ehe die Curve sich schliesst, und folglich ist diese dann aus $2m$-Blättern zusammengesetzt. Man erhält also

m-Blätter, wenn m eine ungerade Zahl,
$2m$-Blätter, wenn m eine gerade Zahl.

Auf dieselbe Weise könnte man auch die Anzahl der Blätter finden, wenn m ein rationaler Bruch ist; man kommt aber noch leichter auf folArt zum Ziele. Drückt man das Verhältniss $\frac{r}{R}$ durch die kleinsten Zahlen aus, so giebt bekanntlich der Nenner R die Anzahl der Umläufe an, welche der rollende Kreis machen muss, bis die Curve sich schliesst. Setzt man nun

$$m = \frac{z}{n} \ (z \text{ Zähler}, n \text{ Nenner})$$

und bringt diesen Bruch auf seine kleinste Benennung, so folgt aus der Gleichung $m = \frac{z}{n} = \frac{R}{2r-R}$

$$\frac{r}{R} = \frac{z+n}{2z}.$$

Der Nenner dieses Bruches, wenn dieser auf seine kleinste Benennung gebracht ist, giebt sogleich die Anzahl der Umläufe des rollenden Kreises, also auch die Anzahl der Blätter an. Sind nun aber z und n beide ungerade, so ist $z+n$ gerade, also lässt sich der Bruch durch 2 heben, und die Anzahl der Blätter ist z; ist dagegen von z und n einer ungerade und der andere ungerade, so ist $z+n$ ungerade; der Bruch lässt sich daher dann nicht weiter heben, und die Anzahl der Blätter ist $2z$. Hieraus ergiebt sich, dass die Anzahl der Blätter hauptsächlich von dem Zähler des Bruches m abhängt, von dem Nenner nämlich nur insofern, ob derselbe gerade oder ungerade ist; und man erhält folgende Regel: Sind in $m = \frac{z}{n}$

z und n gleichartig (beide ungerade), so hat die Curve z-Blätter,
z und n ungleichartig (nur einer ungerade), so hat die Curve $2z$-Blätter.
Zum Beispiel:

für $m = 5$ besteht die Curve aus 5 Blättern
- $m = 4$ - - - - 8 -
- $m = \frac{5}{3}$ - - - - 5 -
- $m = \frac{5}{2}$ - - - - 10 -

3. Für den hier zuerst betrachteten Fall einer sternförmigen Hypocycloide kann m sowohl positiv wie auch negativ ausfallen, ist aber stets numerisch grösser als 1. Dies erhellt sofort, wenn man den Ausdruck für m in den Formen

$$m = \frac{R}{2r-R} = \frac{R}{R-2(R-r)} = -\frac{R}{R-2r}$$

schreibt; denn hier ist $R-r$ positiv; ist also nun $R > 2(R-r)$, so ist m positiv und grösser als 1; ist aber $R < 2(R-r)$, so ist zugleich $R > 2r$, also m negativ und wieder numerisch grösser als 1. Im ersteren Falle (m positiv) $R < 2r$, $R-r < r$, ist die Hypocycloide eine **verkürzte**; im zweiten Falle (m negativ) ist ebenso $R-r > r$, also die Hypocycloide eine **verlängerte**.

Man kann hiernach, wenn $m > 1$ und ausserdem auch a gegeben ist, die durch die Gleichung I)

$$\varrho = a \cos m \, \Theta$$

bestimmte Curve stets als eine Hypocycloide ansehen und findet die dieselben erzeugenden Kreise aus den Gleichungen

$$2(R-r) = a, \quad \frac{R}{2r-R} = m,$$

aus welchen

1) $$R = \frac{m}{m-1} a, \quad 2r = \frac{m+1}{m-1} a$$

folgt. Diese Hypocycloide ist eine verkürzte, wenn m positiv ist; allein, wie die Gleichung 1) zeigt, bleibt die Curve dieselbe, wenn man der Zahl m das entgegengesetzte Zeichen giebt; man kann daher die nämliche Curve auch als eine verlängerte Hypocycloide ansehen, und bezeichne R' und r' die Radien der sie erzeugenden Kreise, so erhält man, wenn man in 1) $-m$ statt m setzt,

2) $$R' = \frac{m}{m+1} a, \quad 2r' = \frac{m-1}{m+1} a.$$

Hieraus geht hervor, dass für die sternförmigen Hypocycloiden derselbe Satz gilt, der sonst nur für gemeine Hypocycloiden richtig ist, dass nämlich jede Hypocycloide auf zwei Weisen durch verschiedene Paare von Kreisen erzeugt werden kann.*) Für die Beziehung zwischen den Radien R, r und R', r' der beiden Kreispaare ergiebt sich leicht

$$\frac{r}{R} + \frac{r'}{R'} = 1;$$

ausserdem auch

$$(R-r)^2 = (R'-r')^2 = rr'; \quad \frac{R}{R'} = \frac{\sqrt{r}}{\sqrt{r'}},$$

die gemeinschaftliche Differenz $R-r$ oder $R'-r'$ ist also die mittlere Proportionale aus den Radien der rollenden Kreise und diese selbst verhalten sich wie die Quadrate der festen Kreise. Man hat hiernach folgenden Satz:

---

*) Siehe u. a. Magnus p. 311.

Jede sternförmige verkürzte Hypocycloide ist gleich einer sternförmigen verlängerten Hypocycloide; zwischen ihren Radienpaaren bestehen die Beziehungen $R-r=R'-r'$ und $\frac{r}{R}+\frac{r'}{R'}=1$.

Für die oben angeführten Beispiele erhält man folgende Zahlenwerthe:

m	$\frac{r}{R}$	R	r	$\frac{r'}{R'}$	R'	r'	
5	$\frac{3}{5}$	$\frac{6}{4}a$	$\frac{3}{4}a$	$\frac{2}{5}$	$\frac{5}{6}a$	$\frac{2}{6}a$	5 Blätter.
4	$\frac{5}{8}$	$\frac{8}{6}a$	$\frac{5}{6}a$	$\frac{3}{8}$	$\frac{8}{10}a$	$\frac{3}{10}a$	8 ,,
$\frac{5}{3}$	$\frac{4}{5}$	$\frac{5}{2}a$	$\frac{4}{2}a$	$\frac{1}{5}$	$\frac{5}{8}a$	$\frac{1}{8}a$	5 ,,
$\frac{5}{2}$	$\frac{7}{10}$	$\frac{10}{6}a$	$\frac{7}{6}a$	$\frac{3}{10}$	$\frac{10}{14}a$	$\frac{3}{14}a$	10 ,,
	verkürzte Hypoc.			verläng. Hypoc.			
	$R-r=\frac{1}{2}a$			$R'-r'=\frac{1}{2}a$			

Für das erste dieser Beispiele sind in Fig. 3, Taf. III, beide Paare von Kreisen angedeutet worden.

4. Wenn m numerisch kleiner als 1 ist, kann man die Curve nicht mehr als eine Hypocyloide ansehen, vielmehr ist sie dann eine Epycycloide oder Pericycloide. Beachtet man, was oben über die Wahl der positiven Abscissenaxe gesagt ist, so kann man leicht, ebenso wie es bei der Hypocycloide geschehen ist, auch aus den bekannten Gleichungen der Epicycloide und Pericycloide, wenn diese sternförmig sind, wieder die obige Gleichung

$$\varrho = a\cos m\Theta$$

ableiten. Es ist dies aber nicht einmal erforderlich, da man leicht übersieht, was man zu ändern hat, wenn die Hypocycloide sich in eine Epicycloide oder Pericycloide verwandelt. Bei der ersteren geht vermöge der angenommenen Lage der Abscissenaxe nur r in $-r$ über. Dann wird

$$m = -\frac{R}{R+2r},$$

also stets negativ und numerisch kleiner als 1. Bei der Pericycloide hat man nur zu beachten, dass $r>R$, also $r-R$ positiv ist, daher ist bei dieser

$$m = \frac{R}{R+2(r-R)}$$

immer positiv und kleiner als 1. Man kann also eine durch die Gleichung

$\varrho = a \cos m\Theta$ gegebene Curve, wenn darin m kleiner als 1 ist, zuerst als eine Pericycloide ansehen und erhält die Radien aus den Gleichungen I), wenn man nur beachtet, dass $a = 2(r - R)$ zu setzen ist, und demgemäss in diesen Gleichungen a in $-a$ umwandelt, also

$$R = \frac{m}{1-m} a \qquad 2r = \frac{1+m}{1-m} a.$$

Diese Pericycloide ist stets verkürzt, da $r - R$ immer kleiner als r ist. Da aber die Curve wieder dieselbe bleibt, wenn m das Zeichen ändert, so kann sie zweitens auch als eine Epicycloide angesehen werden; die Radien für dieselbe ergeben sich aus 2), wenn man darin $-r'$ statt r' setzt, also

$$R' = \frac{m}{1+m} a \qquad 2r' = \frac{1-m}{1+m} a,$$

und diese Epicycloide ist immer verlängert, da $R' + r'$ grösser als r' ist. Die Beziehungen zwischen dem Radienpaare sind hier dieselben wie oben, nur die Gleichung $\frac{r}{R} + \frac{r'}{R'} = 1$ geht in die folgende

$$\frac{r}{R} - \frac{r'}{R'} = 1$$

über. Es gilt daher auch hier der im Allgemeinen nur bei gemeinen Cycloiden stattfindende Satz, dass jede Pericycloide als Epicycloide angesehen werden kann:

    Jede sternförmige (verkürzte) Pericycloide (R, r) ist gleich einer sternförmigen (verlängerten) Epicycloide (R', r'); zwischen ihren Radienpaaren bestehen die Beziehungen $r - R = r' + R'$ und $\frac{r}{R} - \frac{r'}{R'} = 1$.

Nimmt man für m die reciproken Werthe der oben als Beispiele benutzten Zahlen, so erhält man folgende Werthe:

m	$\frac{r}{R}$	R	r	$\frac{r'}{R'}$	R'	r'	
$\frac{1}{5}$	3	$\frac{1}{4}a$	$\frac{3}{4}a$	2	$\frac{1}{6}a$	$\frac{2}{6}a$	1 Blatt.
$\frac{1}{4}$	$\frac{5}{2}$	$\frac{2}{6}a$	$\frac{5}{6}a$	$\frac{3}{2}$	$\frac{2}{10}a$	$\frac{3}{10}a$	2 Blätter.
$\frac{3}{5}$	$\frac{4}{3}$	$\frac{3}{2}a$	$\frac{4}{2}a$	$\frac{1}{3}$	$\frac{3}{8}a$	$\frac{1}{8}a$	3 ,,
$\frac{2}{5}$	$\frac{7}{4}$	$\frac{4}{6}a$	$\frac{7}{6}a$	$\frac{3}{4}$	$\frac{4}{14}a$	$\frac{3}{14}a$	4 ,,
	verkürzte Peric.			verlängerte Epic.			
	$r - R = \frac{1}{2}a$			$r' + R' = \frac{1}{2}a$			

In Fig. 4, Taf. III, ist die dem Werthe $m = \frac{3}{5}$ entsprechende Curve dargestellt und beide Kreispaare, welche diese Curve erzeugen können, angedeutet worden.

5. Eine sternförmige Cycloide besteht, wie wir gesehen haben, aus einer (im Falle eines rationalen Verhältnisses zwischen R und r stets endlichen, sonst unendlich grossen) Anzahl einander vollkommen gleicher Blätter, untersuchen wir nun noch den Inhalt und den Umfang eines solchen Blattes.

Da die Hälfte des ersten Blattes beschrieben wird, wenn Θ von 0 bis $\frac{\pi}{2m}$ wächst, so wird der Inhalt eines Blattes angegeben durch den Ausdruck

$$a^2 \int_0^{\frac{\pi}{2m}} \cos^2 m\,\Theta\, d\Theta$$

oder entwickelt

$$\frac{a^2 \pi}{4 m}.$$

Nun ist aber $\frac{a^2 \pi}{4}$ der Inhalt des Kreises, dessen Durchmesser a, dessen Radius also resp. $R-r$, $r-R$, $R+r$ ist, je nachdem man es mit einer Hypocycloide, Pericycloide oder Epicycloide zu thun hat. Dieser (der beschreibende) Kreis geht immer durch den Anfang und das Ende des Blattes. Ist daher $m > 1$, so liegt das Blatt innerhalb dieses Kreises und bildet den m^{ten} Theil desselben, ist aber $m < 1$, so wird der Kreis von dem Blatte umschlossen und dieses ist das $\frac{1}{m}$ fache des Kreises.

Der Umfang eines Blattes wird ausgedrückt durch

$$2 \int_0^{\frac{\pi}{2m}} \sqrt{\varrho^2 + \frac{d\varrho^2}{d\Theta^2}}\, d\Theta = 2a \int_0^{\frac{\pi}{2m}} \sqrt{\cos^2 m\,\Theta + m^2 \sin^2 m\,\Theta}\, d\Theta$$

Setzt man nun zuerst, wenn $m > 1$,

$$m\Theta = \frac{\pi}{2} - \varphi,$$

so erhält man

$$2a \int_0^{\frac{\pi}{2}} \sqrt{\sin^2 \varphi + m^2 \cos^2 \varphi}\, \frac{d\varphi}{m} = 2a \int_0^{\frac{\pi}{2}} \sqrt{1 - \frac{m^2-1}{m^2} \sin^2 \varphi}\, d\varphi$$

Dieses Integral ist das vollständige elliptische Integral zweiter Gattung für den Modul $\frac{\sqrt{m^2-1}}{m}$; also ist der Umfang des Blattes dem einer Ellipse gleich, deren grosse Axe $= a$, und deren numerische Excentricität

$$= \frac{\sqrt{m^2-1}}{m}$$

ist. Die kleine Axe dieser Ellipse ergiebt sich daraus $\frac{a}{m}$.

Ist zweitens $m < 1$, so dass man

$$m\Theta = \varphi,$$

dann erhält man für den Umfang des Blattes den Ausdruck

$$2a \int_0^{\frac{\pi}{2}} \sqrt{cos^2\varphi + m^2 sin^2\varphi} \, \frac{d\varphi}{m} = 2\frac{a}{m} \int_0^{\frac{\pi}{2}} \sqrt{1-(1-m^2)sin^2\varphi} \, d\varphi,$$

und dieser ist gleich dem Umfange einer Ellipse mit der grossen Axe $\frac{a}{m}$ und der Excentricität $\sqrt{1-m^2}$, woraus die kleine Axe $= a$ folgt. Also ist in allen Fällen der Umfang eines Blattes gleich dem Umfange der Ellipse, welche die Linie a (CB Fig. 3 und 4, Taf. III) zur einen Axe und $\frac{a}{m}$ zur zweiten Axe hat.

Da endlich der Inhalt dieser Ellipse $= \frac{a^2\pi}{4m}$ ist, so sieht man, dass dieselbe nicht allein dem Umfange, sondern auch dem Inhalte nach dem Blatte der Curve gleich ist.

Zürich, 31. März 1863.

Dr. H. DURÈGE,
Professor am eidgenössischen Polytechnicum in Zürich.

XIV. Note über ein geometrisches Theorem. In den „*Nouvelles Ann. de Mathém.*" (*deuxième série II*, p. 523) finden sich drei Beweise eines von Terquem (N. A. XI, p. 402) gefundenen Theoremes: schneiden sich zwei Flächen gegenseitig in einer Krümmungslinie, so bilden die Normalen zu beiden Flächen in jedem Punkte der Schnittcurve denselben Winkel mit einander.

Der einfachste Beweis dieses eleganten Satzes ist wohl folgender. Die Gleichungen der beiden Flächen seien $f(x,y,z) = 0$, $f_1(x,y,z) = 0$. Zur Abkürzung werde gesetzt:

$$\frac{\partial f}{\partial x} = X, \quad \frac{\partial f}{\partial y} = Y, \quad \frac{\partial f}{\partial z} = Z,$$

$$\frac{\partial f_1}{\partial x} = X_1, \quad \frac{\partial f_1}{\partial y} = Y_1, \quad \frac{\partial f_1}{\partial z} = Z_1.$$

Sieht man x, y, z als Functionen eines Parameters t an, setzt $\frac{\partial x}{\partial t} = x'$,

$\frac{\partial X}{\partial t} = X'$, $\frac{\partial X_1}{\partial t} = X'_1$ ....., so hat man für die Krümmungslinien der Flächen $f = 0$ und $f_1 = 0$ folgende Gleichungen:

1) $\qquad Xx' + Yy' + Zz' = 0$,

2) $\qquad \begin{vmatrix} x' & y' & z' \\ X & Y & Z \\ X' & Y' & Z' \end{vmatrix} = 0$,

3) $\qquad X_1 x' + Y_1 y' + Z_1 z' = 0$,

4) $\qquad \begin{vmatrix} x' & y' & z' \\ X_1 & Y_1 & Z_1 \\ X_1' & Y_1' & Z_1' \end{vmatrix} = 0$.

Ist die Schnittcurve von $f = 0$ und $f_1 = 0$ auf jeder Fläche eine Krümmungslinie, so bestehen die vier Gleichungen 1—4) für einen Punkt (x, y, z) derselben gleichzeitig. Aus 1) und 3) folgt:

$$\frac{x'}{YZ_1 - Y_1 Z} = \frac{y'}{ZX_1 - Z_1 X} = \frac{z'}{XY_1 - X_1 Y}.$$

Die Gleichungen 2) und 4) werden hierdurch:

$$\frac{X'X_1 + Y'Y_1 + Z'Z_1}{XX_1 + YY_1 + ZZ_1} = \frac{XX' + YY' + ZZ'}{X^2 + Y^2 + Z^2} = \frac{\partial}{\partial t} log\sqrt{(X^2 + Y^2 + Z^2)}.$$

$$\frac{XX_1' + YY_1' + ZZ_1'}{XX_1 + YY_1 + ZZ_1} = \frac{X_1 X_1' + Y_1 Y_1' + Z_1 Z_1'}{X_1^2 + Y_1^2 + Z_1^2} = \frac{\partial}{\partial t} log\sqrt{(X_1^2 + Y_1^2 + Z_1^2)}.$$

Die vorstehenden Gleichungen addirt geben:

$$\frac{\partial}{\partial t} log \frac{XX_1 + YY_1 + ZZ_1}{\sqrt{(X^2 + Y^2 + Z^2)}\sqrt{(X_1^2 + Y_1^2 + Z_1^2)}} = 0,$$

oder:

$$\frac{XX_1 + YY_1 + ZZ_1}{\sqrt{(X^2 + Y^2 + Z^2)}\sqrt{(X_1^2 + Y_1^2 + Z_1^2)}} = cos\alpha,$$

wo α ein constanter Winkel ist.

XV. Zur Theorie der Gase. In den Annalen der Physik und Chemie von Poggendorf stellen Krönig Bd. 99, S. 315, und Clausius Bd. 100, S. 353, eine neue Theorie der Gase auf, nach welcher „die Gasmoleküle nicht um bestimmte Gleichgewichtslagen oscilliren, sondern sich in gerader Linie mit constanter Geschwindigkeit fortbewegen bis sie gegen andere Gasmoleküle oder eine für sie undurchdringliche Wand stossen." Gegen diese an den citirten Stellen weiter ausgeführte Theorie ist von Hoppe, Jochmann und Puschl der Einwurf erhoben worden, dass nach ihr ein localer Temperaturüberschuss in einem Gase fast augenblicklich von seinem Orte verschwinden müsste. Den Einwurf bekämpft Clausius in Pogg. Bd. 115, S. 1, und Stefan beweist in dieser Zeitschrift für Math. und Physik, Jahrg. 8, S. 355, die Unrichtigkeit dieser aus der Gastheorie gemachten Folgerung, ohne ein Urtheil über den wissenschaftlichen Werth der Theorie selbst auszusprechen.

Weil nun die Kenntniss des Wesens der Gase von grösster Wichtigkeit und die Frage über die Richtigkeit dieser Theorie noch offen ist, so erlaube ich mir kurz zu untersuchen, wie sich die Theorie mit den Wirkungsgesetzen der Schwere und mit dem Vorhandensein der Erdatmosphäre verträgt.

Krönig bestimmt zwar die Einwirkung der Schwere auf ein vertikal aufwärts fliegendes Gasatom, allein Clausius formulirt seine und des Krönig Ansicht dahin, dass sich Gasmolekel in gerader Linie und mit constanter Geschwindigkeit fortbewegen. Diese angenommene Bewegungsart, sowie den gleichen aus den Molekelstössen abgeleiteten Druck des Gases auf alle Gefässwände kann ich mit der Wirkung der Schwere nicht in Einklang bringen.

Es sei ein leeres, würfelförmiges Gefäss von bedeutender Höhe und horizontalem Boden. Lässt man durch eine Oeffnung des Bodens atmosphärische Luft in das Gefäss einströmen, so hat man nach kurzer Zeit im Gefässe Luft von gleicher Spannkraft mit der ausserhalb des Gefässbodens befindlichen, und die eingeschlossene Luft drückt nach der Erfahrung mit dieser Spannkraft auf alle Gefässwände. Nimmt man jedoch an, dass Luftmolekel vom Boden des Gefässes mit der Geschwindigkeit c vertikal aufwärts abfliegen, so kommen sie am Deckel, wenn kein Molekelzusammenstoss unterwegs erfolgt, mit der Geschwindigkeit $c-a$ an, wo $a=gt$ eine angebbare Grösse ist. Die vom Deckel zum Boden vertikal und ohne Zusammenstoss fliegenden Molekel haben am Boden die Geschwindigkeit $c+a$. Erfolgt bei diesen in vertikaler aber entgegengesetzter Richtung fliegenden Molekeln ein gerader und centraler Zusammenstoss, so vertauschen sie die Geschwindigkeiten und gehen in entgegengesetzten Richtungen von einander, was selbst Clausius S. 356 wenigstens für die Gesammtwirkung vieler Molekel gelten lässt. Somit kommt auch in diesem Falle das Molekel am Boden mit der Geschwindigkeit $c+a$, jenes am Deckel mit der Geschwindigkeit $c-a$ an. Die Summe aller Stösse Sb, welche der Boden von den vertikal fliegenden Molekeln in der Zeiteinheit erleidet, ist also grösser als die Summe aller Stösse Sd, welche der gleich grosse Deckel in dieser Zeit erleidet und man hat $Sb-Sd=\Sigma a$, wenn Σ die Anzahl der in der Zeiteinheit vertikal auf- und niedersteigenden Molekel angiebt. Von den horizontal fliegenden Molekeln trifft kein einziges den Deckel, wenn sie ohne Zusammenstoss mit einem Molekel fortgehen. Wohl können mehrere derselben den Boden stossen, sobald das Gefäss weit genug ist, weil sie wegen der Schwere parabolische Bahnen beschreiben.

Zur leichteren Vergleichung der Stosswirkungen aller den Boden und und den Deckel unter einem schiefen Neigungswinkel verlassenden Molekel stelle ich sie in zwei Gruppen, so dass je ein Bodenmolekel A mit je einem Deckelmolekel B den gleichen Neigungswinkel α mit der verlassenen Fläche bildet. Der Rest des aufsteigenden Molekels A ist nicht nur wegen seiner geringen Geschwindigkeit schwächer als jener des niedersteigenden Molekels B, sondern auch wegen des Neigungswinkels $\beta < \alpha$, unter welchen er den Deckel trifft, während der Neigungswinkel γ der Auffallsrichtung der Molekels B mit dem Boden grösser als α ist. Dazu kommt, dass viele mit A bezeichnete Molekel, bei denen α mit Rücksicht auf den Ausgangspunkt die geeignete Grösse hat, den Deckel gar nicht erreichen, aber die entsprechenden mit B bezeichneten Molekel den Boden noch treffen und zwar wegen der parabolischen Bahnkrümmung. Aehnliches gilt von den die Seitenwand unter einem spitzigen Winkel verlassenden Molekeln. Daraus folgt, dass die Summe aller in der Zeiteinheit auf die Flächeneinheit geübten Stösse am Boden viel stärker ist als am Deckel. Der Zusammenstoss der Molekel innerhalb des Gefässes kann das gewonnene Resultat um so weniger ändern, da Clausius S. 358 voraussetzt, dass „der Raum, welchen die Molekel des Gases wirklich ausfüllen, gegen den Raum, welchen das Gas einnimmt, verschwindend klein sein muss".

Aus dieser Betrachtung glaube ich folgern zu dürfen, dass die Geschwindigkeit der fliegenden Gasmolekel keine constante, dass ihre Bahn mit Ausnahme der vertikalen Richtungen keine geradlinige sein kann; dass ferner der Druck eines im Gefässe eingeschlossenen Gases am stärksten gegen den Boden, am schwächsten gegen den Deckel und ein zwischen beiden liegender gegen die Wände nach dieser Theorie sein müsste.

Wollte man jedoch gegen diese Folgerung einwenden, dass die Einwirkung der Schwere auf die Gasmolekel im Gefässe mit relativ kleinen Dimensionen eine verschwindend kleine Grösse hat, so spricht das Vorhandensein der Erdatmosphäre entschieden gegen diese Theorie. Die Molekel der atmosphärischen Luft sind nach der Annahme von Clausius sehr weit von einander entfernt. Wenn also ein Luftmolekel mit constanter Geschwindigkeit von der Erdoberfläche vertikal aufwärts fliegt, so ist die Wahrscheinlichkeit, dass es mit einem anderen Molekel zusammenstösst, um so geringer, je dünner die Erdatmosphäre in den oberen Schichten im Vergleiche mit jener in den unteren ist. Demnach könnte es geschehen, dass einzelne Luftmolekele von der Erdoberfläche bis an die Grenze der Erdatmosphäre gelangten und von da in den Weltraum übergingen auf ähnliche Weise, wie sich Clausius S. 361, 363 die Verdampfung vorstellt. Wird jedoch wegen der vorausgesetzten Bewegung der Molekel in allen Richtungen nicht zugegeben, dass ein Molekel durch die ganze vertikale Luftsäule bis zur Atmosphärengrenze ohne Zusammenstoss steigen könne, so gestattet die Theorie wenigstens den Grenzmolekeln den Flug in den Weltraum. Denn dieser ist nach der gewöhnlichen Ansicht mit Aether gefüllt, welchen Clausius auch zulässt, wenn er S. 355 jedes Gasatom mit einer Quantität eines feinen Stoffes umhüllt. Der Aether, welcher die Materie anziehen und von ihr angezogen werden soll, leistet als etwas nicht Materielles den anfliegenden Luftmolekeln keinen Widerstand. Enthält aber der scheinbar leere Weltraum, wie ich meine, Atome ungeformter Materie, so haben diese eine kleinere Masse als die geformten Luftmolekel, ferner haben sie entweder keine oder eine viel geringere Geschwindigkeit als sie von Clausius den Gasmolekeln zugeschrieben wird. Folglich steht den Grenzmolekeln, deren Flugrichtung von der Atmosphäre abgewendet ist, kein Hinderniss zum Eintritte in den Weltraum entgegen. Haben sich die Luftmolekel in diesen versenkt, so sind sie für die Erdatmosphäre verloren, weil die molekulare Anziehung zwischen Luftmolekeln nur in unmittelbarer Nähe wirksam ist, S. 358. An die Stelle der abgeflogenen Molekel treten andere als Grenzmolekel, von denen einige wieder in den Weltraum abfliegen. Auf diese Art·müsste die Höhe und der Druck der Atmosphäre nach und nach kleiner werden und in nicht gar langer Zeit müsste die ganze Erdatmosphäre in den unermesslichen Weltraum übergehen.

Klagenfurt, den 10. Nov. 1863.

ROBIDA.

XVI. Ueber eine neue magnetische Erscheinung. Von Prof. Dr. A. von WALTENHOFEN in Innsbruck.

Die neueren magnetischen Untersuchungen haben immer mehr die Annahme beweglicher Molekularmagnete begründet, durch deren übereinstimmende Drehung das Auftreten der magnetischen Polarität erklärt werden kann.

Es fehlt nicht an Thatsachen, welche mit überzeugender Evidenz für diese Annahme sprechen. Ich erinnere vornehmlich an die Erscheinungen der elektromagnetischen Tonerzeugung, an das Verhalten des zwischen Magnetpolen galvanisch niedergeschlagenen Eisens und an die zahlreichen Beziehungen zwischen Torsion und Magnetisirung. An diese Thatsachen reiht sich nun eine neue Erscheinung, welche den Gegenstand dieser Mittheilung bilden soll; sie lässt sich unter so einfachen Verhältnissen beobachten und ist zugleich so überraschend, dass die ungezwungene und zutreffende Erklärung, welche die Theorie der Molekularmagnete dafür an die Hand giebt, ganz besonders geeignet erscheint, die Wahrscheinlichkeit dieser Hypothese sehr anschaulich vor Augen zu legen.

Ich habe durch zahlreiche und entscheidende Versuche nachgewiesen, dass der magnetische Rückstand in elektromagnetisirten Eisenstäben von der Geschwindigkeit abhängt, mit welcher die Intensität des magnetisirenden Stromes bis zum gänzlichen Verschwinden desselben vermindert wird, oder mit welcher die bis zum Nullwerden dieses Stromes eingeschalteten Widerstände vermehrt werden. Der besagte Rückstand fällt nämlich desto grösser aus, je langsamer der magnetisirende Strom vor der gänzlichen Unterbrechung allmälig abgeschwächt wird; er reducirt sich dagegen auf ein Minimum, wenn die Unterbrechung des magnetisirenden Stromes plötzlich stattfindet. Im letzteren Falle habe ich oft sogar **negative** Rückstände beobachtet, d. i. solche, welche im Vergleiche mit dem verschwundenen Elektromagnetismus entgegengesetzte Polarität hatten.

Diese im ersten Augenblicke befremdende Erscheinung, welche ich künftighin kurzweg die „anomale Magnetisirung" des Eisens nennen will, kann offenbar nicht als secundäre Wirkung inducirter Ströme angesehen werden, weil die inducirten Oeffnungsströme mit dem primären Strome gleichgerichtet sind, und somit im Gegentheile nur eine Vergrösserung der magnetischen Rückstände im positiven Sinne bewirken können.

Dagegen gestattet die Hypothese beweglicher Molekularmagnete eine ebenso befriedigende als einfache Erklärung, wenn man sich den Umstand gegenwärtig hält, dass bei der Drehung der magnetischen Moleküle, nebst den Molekularkräften, welche die ursprünglichen Gleichgewichtslagen wieder herzustellen suchen, auch ein gewisser Reibungswiderstand im Spiele ist, worauf ja eben die remanente Magnetisirung beruht. Dieser Reibungswiderstand verhindert nämlich im Allgemeinen den vollständigen Rücktritt der Molekularmagnete in die ursprünglichen Gleichgewichtslagen, und zwar desto mehr, je langsamer diese rückgängige Bewegung durch allmäliges Nachlassen der magnetisirenden Kraft veranlasst wird; wenn dagegen ein plötzliches Aufhören der magnetisirenden Kraft stattfindet, so werden die magnetischen Moleküle mit grösserer Schnelligkeit ihre rückgängigen Bewegungen ausführen, und somit weiter gegen die ursprünglichen Gleichgewichtslagen zurückkehren, indem die bei plötzlicher Aufhebung des Spannungszustandes auftretenden lebendigen Kräfte vollständig gegen die vorhandenen Reibungswiderstände in Arbeit kommen. Im letzteren Falle liegt sogar die Möglichkeit nahe, dass viele von den magnetischen Molekülen bei ihrer rückgängigen Bewegung noch **über** ihre ursprünglichen Gleichgewichtslagen hinaus kommen, und in Folge der Reibungswiderstände **jenseits derselben zurückbleiben**, wobei es dann leicht geschehen kann, dass die resultirende Polarität im Vergleiche mit jener des verschwundenen Elektromagnetismus entgegengesetzt ausfällt.

Das beschriebene Verhalten der magnetischen Moleküle lässt sich durch eine Feder versinnlichen, deren Oscillation mit einiger Reibung gehemmt ist. Spannt man diese Feder und lässt sie langsam wieder nach, so wird sie wegen der Reibung nicht mehr ganz in ihre ursprüngliche Gleichgewichtslage zurückkehren und weiter davon entfernt bleiben, als wenn ein rascheres Nachlassen ihrer Spannung eintritt; spannt man sie aber und lässt sie hierauf plötzlich los, so wird, bei einem gewissen Verhältnisse zwischen Spannung und Reibungswiderstand eine Ueberschreitung der ursprünglichen Gleichgewichtslagen stattfinden, welche, wenn sie eine gewisse Grenze nicht übersteigt, ein Zurückbleiben hinter dieser ursprünglichen Gleichgewichtslage, also eine remanente entgegengesetzte Spannung der Feder zur Folge hat.

Die Einzelnheiten meiner über diesen Gegenstand angestellten Versuche erscheinen in einer ausführlicheren Abhandlung.

Das Auftreten grösserer Rückstände bei langsamer Stromaufhebung ist so auffallend und sicher zutreffend, dass die Nachweisung dieser Thatsache sogar ohne Schwierigkeit zum Gegenstande eines einfachen Vorlesungsversuches gemacht werden kann. Besonders auffallend zeigte sich diese Erscheinung bei einigen Versuchen mit etwas längeren Stäben. — Anders verhält es sich mit der Beobachtung negativer Rückstände, welche immer verhältnissmässig sehr klein sind, und bei deren Hervorbringung es viel mehr auf die Weichheit des Eisens und auf die Stärke der angewendeten magnetisirenden Kraft ankommt, weshalb das Gelingen anomaler Magnetisirungen sehr bedingt ist, und die Nachweisung derselben feinere Beobachtungen erheischt. Ich habe indessen auch anomale Magnetisirungen in grösserem Masse sichtbar gemacht, indem ich zwei Spiralen übereinstimmend combinirte und in jede derselben einen weichen Eisenkern einlegte, welche sofort, nach eingetretener anomaler Magnetisirung, mit der Summe ihrer negativen Rückstände auf eine zwischen jenen Spiralen aufgestellte Bussole wirkten.

Die besprochenen Erscheinungen sind natürlich auch für die permanente Magnetisirung des Stahles nicht ohne Bedeutung. Der Einfluss der Schnelligkeit der Stromaufhebung wird künftighin auch bei quantitativen Untersuchungen über die magnetischen Rückstände elektromagnetisirter Stahlstäbe, insbesondere bei weicheren Stahlsorten, nicht unbeachtet bleiben können.

Dass die Schnelligkeit, mit welcher man eine magnetisirende Kraft ausser Wirksamkeit setzt, auch beim Stahl einen solchen Einfluss geltend macht, zeigt schon die längst bekannte Thatsache, dass ein Stahlmagnet durch das Abreissen des Ankers mehr geschwächt wird als durch das Abziehen desselben, eine Erscheinung, welche in dem von mir nachgewiesenen Verhalten magnetischer Rückstände eine befriedigende Erklärung findet. Diese bedarf keiner weitläufigen Erörterung, wenn man erwägt, dass der im Anker inducirte Magnetismus auf den Stahl magnetisch inducirend zurückwirkt, und somit entsprechende Drehungen der Molekularmagnete hervorbringt, die im ersten Falle schneller als im zweiten rückgängig gemacht werden.

XVII. **Darstellung von Sauerstoff aus chlorsaurem Kali.** Sehr bekannt ist die Vorschrift zur Darstellung von Sauerstoff aus chlorsaurem Kali, wobei man dieses Salz mit einem gleichen Volum Braunstein gemengt in einer Retorte gelind erhitzt. Schon bei einer geringen Temperaturerhöhung tritt die Zersetzung des Salzes ein, befördert durch den Contact mit dem Braunstein, dessen Zusammensetzung bei diesem Processe keine Aenderung erleidet. Man rechnet deshalb die Beförderung der Zersetzung des chlorsauren Kali's durch Braunstein zu den katalytischen Wirkungen. Wiederhold hat schon in Pogg. Ann. Bd. 116, S. 171, nachgewiesen, dass nach erfolgter Mengung mit folgenden Substanzen die Zersetzung des chlorsauren Kali bei den beigesetzten Temperaturen beginnt:

Schwarzes Manganüberoxyd (durch Schmelzen von kohlensaurem Manganoxydul mit chlorsaurem Kali erhalten) und braunes Manganüberoxyd (aus Manganchlorür und Chlorkalk auf nassem Wege erhalten) bei . . . . 200—205° C.
Kupferoxyd (aus Kupfervitriollösung mit Kalilauge unter Kochen dargestellt) bei . . . . 230—235° C.
Platinschwarz (aus Platinchlorid in alkalischer Lösung mit Zucker gefüllt) bei . . . . 260—270° C.
Natürlich vorkommender gepulverter Braunstein bei . . 260—270° C.
Bleiüberoxyd (dargestellt durch Behandeln von Mennige mit Salpetersäure) bei . . . . 280—285° C.

Bei der Zersetzung des chlorsauren Kali's unter dem Einfluss der genannten Substanzen wird allemal Wärme frei, es wird nur Chlorkalium und Sauerstoff, kein überchlorsaures Kali gebildet. Bei neueren Versuchen (Pogg. Ann. Bd. 118, S. 186) über die katalytische Einwirkung von Körpern auf erhitztes chlorsaures Kali fand Wiederhold, dass eine Mischung von 1 Gewichtstheil chlorsaurem Kali mit ½ Gewichtstheil auf nassem Wege bereitetem Eisenoxyd schon bei 110° bis 120° C. Sauerstoff entbindet. Das Sauerstoffgas, welches durch Erhitzen von reinem chlorsaurem Kali oder einer Mischung desselben mit reinem katalytischen Körper erhalten wird, enthält etwas Chlor, wie schon früher nachgewiesen worden ist. Indem wir hier nur die Hinweise zur Darstellung des Sauerstoffes bei Vorlesungsversuchen hervorheben, welche sich aus Wiederhold's Arbeiten entnehmen lassen, bemerken wir, dass sich die meisten Versuche und Reflexionen seiner Arbeiten auf die Erklärung der hier erwähnten katalytischen Wirkungen beziehen. Dr. KAHL.

X.

Der Heronische Lehrsatz über die Fläche des Dreieckes als Function der drei Seiten.

Von Dr. Fr. Hultsch in Dresden.

Von dem Alexandriner Heron, der um das Ende des zweiten Jahrhunderts vor Christus blühte, wusste man noch vor kurzer Zeit kaum mehr, als dass er mehrere Schriften mechanischen und physikalischen Inhalts, die zum Theil edirt vorlagen, geschrieben und einige in dieses Gebiet einschlagende Erfindungen gemacht habe. Welche Bedeutung ihm aber auch in der Geschichte der Mathematik gebühre, ahnte noch Niemand, obwohl die eine Thatsache, die von einem italienischen Gelehrten bereits im Jahre 1812 authentisch vorgelegt war, zu weiteren Nachforschungen hätte führen können. Es zeigte nämlich Venturi in seinem Werke über die Geschichte und die Theorien der Optik,[1] dass das Problem, die Fläche des Dreieckes aus den drei Seiten zu bestimmen, dasselbe, das man Anfangs Gelehrten des 15. Jahrhunderts, dann den Arabern, zuletzt den Indern zuschrieb, bereits von Heron gefunden, und die vollständige Beweisführung in der Heronischen Schrift περὶ διόπτρας enthalten sei. Doch diese Spur wurde vor der Hand nicht weiter verfolgt; selbst Chasles begnügte sich mit einigen kurzen, von Venturi entlehnten Andeutungen.[1a] Dagegen sollte der Anstoss zu weiteren Forschungen von einer Seite kommen, von der man es schwerlich erwartet haben würde. Schon seit dem Jahre 1688 waren von Montfaucon[2] aus einer Heronischen Handschrift zwei Fragmente veröffentlicht worden, welche Tabellen der Längen- und Flächenmaasse darstellten. Vieles war darin räthselhaft, aber so viel doch ersichtlich, dass die dem Systeme zu Grunde liegenden Maasse nur dem Namen nach griechisch, in Wirklichkeit aber ägyptisch sein. Trotzdem dachte länger als ein Jahrhundert Niemand an eine nähere Untersuchung, bis die historisch-philologische Abtheilung der französischen Academie als Preisaufgabe für das Jahr 1816 aufstellte: *Expliquer le système métrique d'Héron*

---

[1] *Commentarj sopra la storia e le teorie dell' ottica, tomo I. Bologna* 1814.
[1a] Auch die kürzlich erschienenen „Mathematischen Beiträge zum Culturleben der Völker" von M. Cantor, die bei Abfassung vorstehenden Aufsatzes noch nicht benutzt werden konnten, lassen die Heronische Frage unberührt.
[2] *Analecta Graeca — eruerunt monachi Benedictini. Paris* 1688.

d'Alexandrie, et en déterminer les rapports avec les autres mesures de longueur des anciens. Die Aufgabe wurde gelöst von Letronne und mit dem Preise gekrönt. Aber wieder musste ein langer Zeitraum verstreichen, bis die treffliche Arbeit zum Gemeingut wurde, denn der Verfasser brachte sie, ungewiss aus welchen Gründen, nicht zur Veröffentlichung. So wurde das Werk erst nach seinem Tode von Vincent im Jahre 1851 herausgegeben unter dem Titel: *Recherches critiques, historiques et géographiques sur les fragments d'Héron d'Alexandrie.* Aber trotz dieser ungewöhnlichen Verspätigung war an dem ganzen Werke noch nichts antiquirt; so wenig hatte die Heronische Frage in der Zwischenzeit Fortschritte gemacht. Letronne hatte mit richtigem Blick gesehen, dass die Untersuchung über Heron sich nicht blos auf die von der Academie gestellte Frage beschränken dürfe, oder vielmehr, dass die Beantwortung dieser Frage gar nicht möglich sei, wenn nicht die noch erhaltenen geometrischen Schriften Heron's einer näheren Prüfung unterworfen würden. Es war ein glücklicher Umstand, dass die Pariser Bibliothek bei ihrem fast unerschöpflichen Reichthum gerade auch für Hero zahlreiche Manuscripte besitzt. Von diesen nahm Letronne Einsicht, so weit es ihm für seinen Zweck nöthig erschien; und durch die Mittheilungen, die er aus ihnen machte, hat er sich für alle Zeiten den Ruhm gesichert, als der Wiederentdecker Heron's angesehen zu werden. Allein das, was er gab, konnte nicht ausreichen, um ein genügendes Bild von den Heronischen Schriften zu geben, und überdies hatte er gerade in einem Hauptpunkte geirrt, indem er Alles, was als Heronisch überliefert war, auf einen Heron des 5. Jahrhunderts zurückführte, wodurch die ganze Frage in eine schlimme Verwirrung zu kommen drohte. Vor dieser Gefahr sind wir durch die Verdienste eines Mannes bewahrt worden, der mit seltener Ausdauer, mit dem reinsten wissenschaftlichen Eifer die von Letronne gegebenen Aufschlüsse nur dazu benutzte, um die ganze Untersuchung wieder von vorn zu beginnen und sie erst nach Erschöpfung aller Quellen zum Abschluss zu führen. Es ist dies der Franzose Henri Martin, dessen *Recherches sur la vie et les ouvrages d'Héron d'Alexandrie* im Jahre 1854 in den *Mémoires présentés à l'Academie des inscriptions (I. série, tome IV)* erschienen sind. Es ist hier nicht der Ort, auf eine noch so kurze Besprechung dieser ausgezeichneten Arbeit einzugehen, die übrigens im eigenen Vaterlande des Verfassers wenig Beachtung gefunden zu haben scheint; nur zweierlei möge hervorgehoben werden, was zum Verständniss des Folgenden nothwendig ist. Erstlich untersuchte Martin sämmtliche Heronischen Manuscripte der Pariser Bibliothek und theilte ausführliche Analysen aus denselben, zum Theil auch Stücke des Originaltextes mit. Zweitens brachte er die Frage über die Epoche des Verfassers und die Beschaffenheit der unter seinem Namen überlieferten Schriften in Ordnung. Nachdem er nämlich das ausgeschieden hatte, was einem späten Byzantiner, Namens Heron, angehört (gewöhnlich *Hero iunior* oder *recens* genannt), wies er nach, dass die übrigen Heronischen Schriften, vor Allem die Geometrie, auf den alten Alexandriner Heron zurückzuführen seien, dass dieselben aber nicht in der ursprünglichen, sondern in einer mehr oder weniger überarbeiteten Form vorliegen. Ein Hauptmoment der Entscheidung bildeten dabei die in den Schriften Heron's eingestreuten metrologischen Tafeln, dieselben, die auch den ersten Anstoss zur Wiederauffindung Heron's gegeben hatten.[3])

Aber selbst nach Martin's Untersuchungen blieb es noch übrig, den letzten Schritt zu thun, oder vielmehr eben durch dieselben hatte sich die Nothwendigkeit dieses Schrittes unabweisbar herausgestellt: es mussten die betreffenden Werke Heron's im Grundtext veröffentlicht werden. Dieser Aufgabe hat sich der Unterzeichnete unterzogen, er hat die sämmtlichen geometrischen und stereometrischen Schriften Heron's aus 9 Pariser Handschriften entnommen und dieselben bereits der Weidmann'schen Buchhandlung in Berlin zum Drucke übergeben.

Die Heronische Geometrie und Stereometrie sind uns in verschiedenen Bearbeitungen überliefert. Die umfänglichste darunter führt den Titel Γεωμετρούμενα, sie ist zugleich diejenige, welche am wenigsten von ihrer ursprünglichen Gestalt verloren hat. Alle diese Sammlungen aber sind nur für praktische Zwecke bestimmt gewesen, sie enthalten Aufgaben mit bestimmten Zahlen und geben deren Lösung ohne Rücksicht auf den allgemeinen Satz, der als bekannt vorausgesetzt wird. Schon daraus erhellt die Stellung, welche diesen Schriften anzuweisen ist. Die Mathematik als Wissenschaft wird auf der Höhe, wo sie jetzt steht, in jenen praktischen Hilfsbüchern Ausbeute weder suchen noch finden; aber für die Geschichte der Mathematik, ja für die Culturgeschichte im Allgemeinen werden sie von einer bis jetzt noch gar nicht zu übersehenden Bedeutung sein.

Versuchen wir das in Kürze anzudeuten. Nach dem Untergange der griechischen Freiheit und der Zerstückelung des macedonischen Reiches fand die Wissenschaft ihre sicherste Stätte in Alexandria. Hier hatten schon Euklid und Apollonius gelehrt, hier wirkte auch etwas später Heron. In Aegypten bestand eine uralte Wissenschaft der Geodäsie und damit zusammenhängend gewisser Elemente der Geometrie. Bei den Aegyptern waren die ersten Griechen, die geometrische Studien pflegten, in die Lehre gegangen. Jetzt machte es sich die griechische Dynastie, die Aegypten regierte, umgekehrt zur Aufgabe, die alteinheimische Weisheit mit den Resultaten der griechischen Wissenschaft zu verschmelzen, und das daraus gebildete System der praktischen Geometrie ebenso populär zu machen, als es bisher die Regeln der einheimischen Landvermesser gewesen waren. Diese Popularisirung der griechischen Wissenschaft in dem Ptolemäer-

---

[3]) Von dieser Seite hat der Unterzeichnete die ganze Heronische Frage ausführlich behandelt in den demnächst erscheinenden *Reliquiae scriptorum metrologicorum* (Leipzig, Teubner).

reiche hat Heron, gewiss im Auftrage der Regierung, durchgeführt. Es ist ein höcht interessanter Gang, dies ins Einzelne zu verfolgen und nachzuweisen; doch muss hier, weil es uns zu weit abführen würde, davon abgesehen werden. Aber weiter ist wichtig für die Geschichte der Mathematik, dass die Lehrbücher Heron's eine Verbreitung gefunden haben, die auf viele Jahrhunderte und räumlich auf die entferntesten Länder sich erstreckt. Im Osten des römischen Reiches und später im byzantinischen Kaiserstaat blieben griechische Lehrbücher, die nach den Heronischen bearbeitet waren, bis weit über das 10. Jahrhundert in Gebrauch. Für die andere Hälfte des römischen Reiches vertraten denselben Zweck lateinische Uebersetzungen und Bearbeitungen. Der römische Schriftsteller über den Landbau Columella hat ganze Abschnitte geodätischen Inhaltes von Heron entlehnt; ferner in den Schriften der Gromatiker finden sich allenthalben Anknüpfungen an Heron; ebenso in den Lehrbüchern des Boethius und den späteren Fortsetzungen derselben, die wiederum bis in das 10. Jahrhundert hinabreichen. Dass auch die Araber Heronisches aufgenommen haben, ist nach den eben gegebenen Thatsachen selbst ohne weiteren Nachweis wahrscheinlich; wir werden aber im Folgenden auf einen Fall noch besonders zurückkommen. Endlich, und das ist gewiss das Interessanteste, auch die alten Hindus, die seit Alexanders Eroberungszügen in einer wenn auch noch so schwachen Verbindung mit der Cultur des Abendlandes geblieben waren, haben sicherlich die Ausläufer der Heronischen Lehrbücher gekannt und benutzt.

Es wurde vorhin gesagt, Heron habe seine Lehrbücher im Auftrage der Regierung abgefasst. Das würde, von irgend einem anderen Staate des Alterthumes gesagt, unglaublich erscheinen; allein mit den Verhältnissen des Ptolemäerreiches stimmt es vollkommen. Die möglichste Centralisation der Verwaltung, die ausgebildetste Regierungsallgewalt, in ähnlicher Weise wie in den meisten modernen Staaten, war von Alters her Aegypten eigenthümlich. Dies blieb unverändert, mochten die Herren des Landes Perser, Griechen oder Römer heissen. Die Ptolemäische Dynastie vor Allem begründete ihre Festigkeit und ihre lange Blüthe auf weise Beachtung der eigenthümlichen Institutionen des Landes, mit denen sie nur mit der grössten Vorsicht die Elemente der griechischen Cultur verknüpfte. Dies bewies sie auch in der Ordnung aller Maassverhältnisse, die mit der uralten Vermessungskunst des vom Nil alljährlich überschwemmten Landes und demnach mit dem allgemeinen Wohlstand in so engem Zusammenhange standen. Die nöthigsten, hierzu gehörigen Anordnungen muss schon der erste Ptolemäer getroffen haben, allein die eigentliche Popularisirung derselben — das läst sich sicher nachweisen — ist auf die Epoche Heron's und auf dessen Mitwirkung zurückzuführen.

Jedoch beschränken sich die Verdienste Heron's nicht allein auf das, was er für praktische Bedürfnisse gethan hat; er hat auch das Gebiet der mathematischen Wissenschaft durch eigene Entdeckungen bereichert. Leider lässt sich das nicht mehr vollständig nachweisen, da seine wissenschaftlich mathematischen Schriften verloren gegangen sind; aber einzelne Spuren sind doch noch geblieben. Theils führen darauf verschiedene Citate in den uns erhaltenen Heronischen Werken, theils lässt sich Einiges aus der Geometrie des Inders Brahmegupta folgern, worauf wir noch zurückkommen; vor Allem aber zeigt es der durch einen glücklichen Zufall uns erhaltene **Lehrsatz über die Fläche des Dreieckes als Function der drei Seiten**, dessen nähere Besprechung wir uns hier vorgesetzt haben.

Dieser Lehrsatz ist enthalten in der Heronischen Schrift $\pi\epsilon\varrho\grave{\iota}$ $\delta\iota\acute{o}\pi\tau\varrho\alpha\varsigma$, die bisher nur durch die Uebersetzung Venturi's (oben Anm. 1) bekannt ist. Die $\delta\iota o\pi\tau\varrho\iota\varkappa\acute{\eta}$ $\tau\acute{\epsilon}\chi\nu\eta$ der Alten hatte nichts mit der Wissenschaft der Optik zu thun; sie war lediglich ein Theil der praktischen Geometrie, insofern dieselbe zur Raummessung sich des Instrumentes bediente, welches den Namen $\delta\iota\acute{o}\pi\tau\varrho\alpha$ führt. Die Heronische Schrift $\pi\epsilon\varrho\grave{\iota}$ $\delta\iota\acute{o}\pi\tau\varrho\alpha\varsigma$ enthält zunächst eine Beschreibung dieses Instrumentes, und danach zahlreiche Aufgaben, in denen dasselbe seine Anwendung findet; ausserdem aber auch einige Probleme der praktischen Geometrie und der Mechanik, die nichts mit dem Diopter zu thun haben. Diese haben sicher nicht ursprünglich zu dem Werke gehört, sie sind von einem späteren Bearbeiter aus anderen Heronischen Schriften eingeschoben worden. Wir sind hier einmal in dem Falle, einem unberufenen Interpolator Dank zu wissen, denn nur durch ihn ist uns der Satz über das Dreieck erhalten.

Venturi benutzte für seine Uebersetzung eine Pariser und eine Strassburger Handschrift.[4]) Dies sind die einzigen Manuscripte, die, so weit man bis jetzt weiss, das Heronische Werk $\pi\epsilon\varrho\grave{\iota}$ $\delta\iota\acute{o}\pi\tau\varrho\alpha\varsigma$ vollständig enthalten,[5]) und es erhält dadurch Venturi's Uebersetzung fast den Werth eines Originales, weshalb wir dieselbe, zumal da das Buch in Deutschland selten sein dürfte, hier in wortgetreuer Uebertragung hinstellen wollen. Geändert haben wir dabei nur die Buchstaben, welche Venturi italienisch giebt, z. B. G für γ, T für ϑ, was die Uebersicht unnöthig erschwert; ausserdem sind der Deutlichkeit wegen einigemal einzelne Worte in Klammern von uns hinzugesetzt worden. Endlich in Betreff der Figur bemerken wir, dass Venturi gemäss dem Beispiele, welches Heron selbst am Schlusse des Beweises giebt, ein Dreieck genommen hat, dessen Seiten sich wie 13 : 14 : 15 verhalten. Allein dabei ist die Inconvenienz, dass die gebrochenen Linien $\zeta\eta\beta$ und $\gamma\eta\delta$ für das Auge wie Gerade erscheinen, was durch eine Aenderung der Figur leicht zu vermeiden war. Ich glaubte

---

[4]) S. das unter Anm. 1 angeführte Werk S. 70 f. Der Heronische Satz selbst nimmt Cap. 30 der Uebersetzung (S. 123 f.) ein.
[5]) Eine dritte in Wien befindliche *(cod. philos. gr.* 140 Nessel) soll unvollständig sein.

mich aber um so mehr berechtigt, ein beliebiges Dreieck zu wählen, da die von mir benutzte Pariser Handschrift gar keinen Anhalt bot. Dieselbe enthält nämlich als Figur ein regelmässiges, aber höchst unvollkommen aus freier Hand gezogenes Siebeneck. Aus der Mitte sind nach den drei oberen Ecken Radien gezogen, und eben daher ist in dem einen Dreieck eine, in dem anderen zwei Gerade nach der Basis gezogen. Sowohl die Berührungspunkte dieser Geraden mit den Basen, als die Eckpunkte des Siebeneckes sind in ganz confuser Weise mit den Buchstaben α bis λ bezeichnet. Es liegt auf der Hand, dass diese Figur vollständig corrupt ist, und dass dagegen Venturi die richtige Construction nach der deutlichen Beschreibung bei Heron wieder hergestellt hat. Nur in einem Punkte hat er sich geirrt. Er nennt den Radius, der auf $\alpha\gamma$ trifft, $\eta\delta$, und denjenigen, der $\alpha\beta$ trifft, $\eta\zeta$. Allein die natürliche Ordnung ist die umgekehrte: δ gehört zu $\alpha\beta$ und ζ zu $\alpha\gamma$, wie Jeden ein Blick auf die Figur überzeugen wird. Und dem entsprechend lautet auch die Ueberlieferung in dem griechischen Texte. Wir haben daher, um die kostspielige Herstellung einer zweiten Figur zu vermeiden, den Text bei Venturi so geändert, dass dieselbe Figur sowohl für diesen, als für den griechischen Text benutzt werden kann. Venturi hat (§ 4): *e AB × HZ doppio del triangolo AHB ed AG × HD doppio di AHG;* wofür wir setzen: „und $\alpha\beta \times \eta\delta$ das Doppelte des Dreieckes $\alpha\eta\beta$, und $\alpha\gamma \times \eta\zeta$ das Doppelte von $\alpha\eta\gamma$". Alles übrige bleibt unverändert.

Es folgt also zunächst der Heronische Satz nach Venturi.

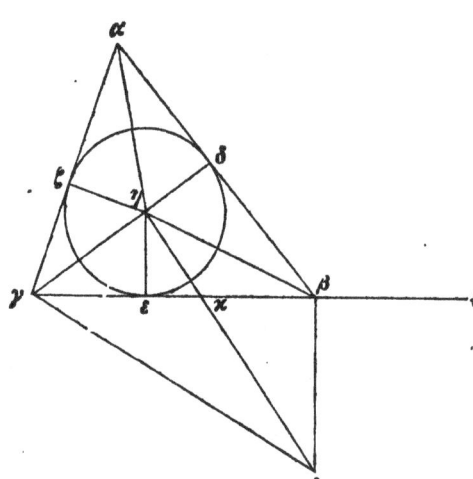

(1) Wenn die Seiten eines Dreieckes gegeben sind, die Fläche desselben zu finden. Man kann allerdings, indem man eine Kathete zieht und deren Länge misst, die Fläche des Dreieckes finden. Aber es sei aufgegeben, die Fläche zu messen, ohne die Kathete zu kennen.

(2) Es sei das Dreieck $\alpha\beta\gamma$, und es sei jede seiner Seiten gegeben: es wird aufgegeben die Fläche desselben zu finden. (3) Man schreibe in dasselbe den Kreis $\delta\varepsilon\zeta$ ein, dessen Mittelpunkt η sei. Man ziehe $\eta\alpha$ $\eta\beta$ $\eta\gamma$ $\eta\delta$ $\eta\varepsilon$ $\eta\zeta$. (4) Es wird $\beta\gamma \times \eta\varepsilon$ das Doppelte des Dreieckes $\beta\eta\gamma$ sein, und $\alpha\beta \times \eta\delta$ das Doppelte des Dreieckes $\alpha\eta\beta$, und $\alpha\gamma \times \eta\zeta$ das Doppelte von $\alpha\eta\gamma$.

(5) Also das Product des Perimeters des Dreieckes $\alpha\beta\gamma$ mit dem Radius $\eta\varepsilon$ des Kreises $\delta\varepsilon\zeta$ ist das Doppelte des Dreieckes $\alpha\beta\gamma$.
(6) Man verlängere $\gamma\beta$ und mache $\beta\vartheta = \alpha\delta$. So wird $\gamma\vartheta$ die Hälfte des Perimeters des Dreieckes $\alpha\beta\gamma$ sein. Also ist die Fläche desselben $\gamma\vartheta \times \eta\varepsilon$ (7) $=\sqrt{\gamma\vartheta^2 \times \eta\varepsilon^2}$.
(8) Man ziehe $\eta\varkappa\lambda$ perpendikulär zu $\eta\gamma$, $\beta\lambda$ perpendikulär zu $\beta\gamma$, und verbinde $\gamma\lambda$. (9) Weil die beiden Winkel $\gamma\eta\lambda$ und $\gamma\beta\lambda$ rechte sind, so sind die beiden [Geraden] $\gamma\eta$ und $\beta\lambda$ in der Peripherie eines Kreises, und der Winkel $\eta\lambda\gamma$ ist $=\eta\beta\gamma$. Und weil die beiden [Winkel] $\eta\lambda\gamma + \eta\gamma\lambda$ zusammen in ihrer Summe einen rechten Winkel bilden, so werden auch die drei [Winkel] $\eta\beta\gamma + \eta\gamma\beta + \beta\gamma\lambda$ dieselbe [Summe] bilden. (10) Aber da die Geraden $\eta\beta$, $\eta\gamma$, $\eta\alpha$ die drei Winkel des vorliegenden Dreieckes in der Mitte schneiden, so bilden auch die drei Winkel $\eta\beta\gamma + \eta\gamma\beta + \eta\alpha\delta$ in ihrer Summe einen rechten Winkel. (11) Also ist der Winkel $\eta\alpha\delta = \beta\gamma\lambda$; und das Dreieck $\eta\alpha\delta$ ist ähnlich dem [Dreieck] $\gamma\beta\lambda$. (12) Also wird sich $\gamma\beta:\beta\lambda = \alpha\delta:\delta\eta$, oder $\beta\vartheta:\eta\varepsilon$ verhalten; und andererseits $\gamma\beta:\beta\vartheta = \beta\lambda:\eta\varepsilon$ oder $=\beta\varkappa:\varkappa\varepsilon$*) und, indem man es zusammenfasst, $\gamma\vartheta:\beta\vartheta = \varepsilon\beta:\varepsilon\varkappa$.
(13) Und folglich wird auch sein $\gamma\vartheta^2:\gamma\vartheta \times \beta\vartheta = \gamma\varepsilon \times \varepsilon\beta:\gamma\varepsilon \times \varepsilon\varkappa$, oder $[=\gamma\varepsilon \times \varepsilon\beta:]\eta\varepsilon^2$. (14) Woraus ferner sich ergiebt $\gamma\vartheta \times \beta\vartheta \times \gamma\varepsilon \times \varepsilon\beta = \gamma\vartheta^2 \times \eta\varepsilon^2$; die Wurzel aber von diesem letzten Product war die Fläche des Dreieckes. (15) Und jede von den vier ersten Geraden ist gegeben, insofern $\gamma\vartheta$ die Hälfte des Perimeters ist; $\beta\vartheta$ soviel als ebendieselbe Hälfte des Perimeters über $\beta\gamma$ hervorragt; $\gamma\varepsilon$ soviel als dieselbe Hälfte über $\alpha\beta$ hervorragt; und $\varepsilon\beta$ ist das mehr derselben Hälfte über die Seite $\alpha\gamma$. Also ist die Fläche des Dreieckes gegeben.

(16) Dies wird so zusammengestellt werden. Es sei $\alpha\beta = 13$, $\beta\gamma = 14$, $\gamma\alpha = 15$. Ihre halbe Summe wird 21 sein. Ich ziehe davon 13 ab, bleibt 8, nachher 14, bleibt 7, nachher 15, bleibt 6. Indem ich unter einander $21 \times 8 \times 7 \times 6$ multiplicire, kommt heraus 7056, wovon die Wurzel 84 die Fläche des Dreieckes sein wird.

Dieser von Venturi gegebenen Darstellung des Heronischen Beweises füge ich nun unmittelbar den bisher noch nicht edirten Originaltext an, wie ich ihn aus dem Pariser cod. *Graec.* 2430, demselben, welchen Venturi benutzt hat, entnommen habe. Die Handschrift ist wie die meisten, in welchen die griechischen Mathematiker uns überliefert sind, sehr jung; sie gehört dem 16. Jahrhundert an. Eine grosse Schwierigkeit machten die ungewöhnlichen Abkürzungen, mit denen sie geschrieben ist. Ich entnahm daher eine in jedem Zug getreue Copie und probirte dann die verschiedenen, fast hieroglyphischen Zeichen so lange durch, bis Alles unter einander stimmte. Eine sichere Aushülfe bot ausserdem der Sprachgebrauch bei Euklid, an welchen, wie sich mir immer deutlicher zeigte, Heron sich genau angeschlossen hat. Dagegen liess mich die Aushülfe, die am

---

*) Venturi hat hier irrthümlich *HE*, die Pariser Handschrift richtig $\varkappa\varepsilon$.

nächsten zu liegen schien, die Venturische Uebersetzung, gerade an einer entscheidenden Stelle im Stich, wo offenbar Venturi ebenfalls die Corruptel gefunden und sich, so gut er konnte, durch eigene Vermuthung darüber hinweg geholfen hatte. Doch um wieder auf die Zeichen zu kommen, so waren selbstverständlich, und auch durch andere mathematische Handschriften bekannt, die Noten für τρίγωνον und κύκλος, das eine ein auf dem Scheitel stehendes Dreieck, ▽, das andere ein kleiner Ring mit einem Punkt in der Mitte. Schwieriger war schon, dass an einer Stelle (§ 5) dasselbe Zeichen, ein Ring mit Punkt, auch für κέντρου vorkam; es sind die Worte τουτέστι τῆς ἐκ κέντρου τοῦ δζε κύκλου. Hier stehen also für κέντρου wie für κύκλου die gleichen Zeichen, und das Richtige war nur aus dem Zusammenhange und aus Vergleichung mit Euklid, der den Radius ἡ ἐκ κέντρου nennt, herauszubringen. Kurz vorher (§ 3) war κέντρον merkwürdiger Weise bezeichnet durch $\overline{\iota\varepsilon}$, was anfangs mit Recht ganz räthselhaft erschien. Doch erklärte es sich aus einer anderen mathematischen Handschrift, dem cod. Graec. 2361 pag. 461 extr., wo κέντρον durch die zu einem Monogramm vereinigten Buchstaben KE gegeben war, was leicht in IE verschrieben werden konnte. Ferner für ἴσος war das Zeichen ein oben offenes q, enstanden aus den Anfangsbuchstaben $I\Sigma$, wobei man sich jedoch für Σ jenes Zeichen denken muss, welches dem lateinischen C entspricht. Das alles war verhältnissmässig leicht herauszubringen. Lange aber entzogen sich der Entzifferung drei räthselhafte Zeichen, die sich oft wiederholten, das erste entfernt ähnlich einem ε, oder einem nach rechts offenen Halbkreis mit einem Querstrich in der Mitte, das zweite eine schräge Linie mit einem Punkt an jeder Seite, das dritte ein schiefliegendes, unten durchstrichenes q.[7]) Hier konnte eben nur aus der Wiederholung der Zeichen auf deren Bedeutung geschlossen werden. Nach vielfachem Herumtasten stellte sich sicher heraus, dass das erste Zeichen ἄρα, das zweite ἐστί, das dritte ἔσται bedeute. Erst nachdem dies endlich aufgefunden war, konnte ich daran denken, an die eigentliche Constituirung des Textes zu gehen, d. h. die noch übrigen in der Handschrift befindlichen Fehler durch Kritik zu beseitigen und das Fehlende durch Conjectur wieder herzustellen. Denn auch das Letztere war an mehreren Stellen erforderlich, besonders an der bereits angedeuteten, wo Venturi den überlieferten Text verlassen und ein ganz neues Beweisglied eingefügt hatte. Hier galt es vor Allem, durch eine möglichst geringe Aenderung dem ursprünglichen Texte wieder zu seinem Rechte zu verhelfen.

Wir lassen nun den griechischen Text folgen, wobei wir nur diejenigen Abweichungen von der Handschrift noch angeben, die in dem eben Gesagten nicht ausdrücklich bemerkt worden sind.

---

[7]) Die Beschreibung kann natürlich nur annähernd die wirkliche Form der Zeichen andeuten. Sicherer wäre eine authentische Wiedergabe derselben gewesen, doch war das an dieser Stelle aus äusseren Gründen nicht thunlich.

Τριγώνου δοθεισῶν τῶν πλευρῶν εὑρεῖν τὸ ἐμβαδόν. δυνατὸν μὲν οὖν 1. ἔστιν ἀγαγόντα μίαν κάθετον καὶ πορισάμενον αὐτῆς τὸ μέγεθος εὑρεῖν τοῦ τριγώνου τὸ ἐμβαδόν. διδόσθω δὲ χωρὶς τῆς καθέτου τὸ ἐμβαδὸν πορίσασθαι.

Ἔστω τὸ δοθὲν τρίγωνον τὸ $\overline{αβγ}$· καὶ ἔστω ἑκάστη τῶν πλευρῶν 2 δοθεῖσα. εὑρεῖν τὸ ἐμβαδόν. ἐγγεγράφθω δὲ εἰς τὸ τρίγωνον κύκλος ὁ $\overline{δεζ}$, 3 οὗ κέντρον ἔστω τὸ η. καὶ ἐπεζεύχθωσαν αἱ $\overline{ηα}$ $\overline{ηβ}$ $\overline{ηγ}$ $\overline{ηδ}$ $\overline{ηε}$ $\overline{ηζ}$. τὸ 4 μὲν ἄρα ὑπὸ $\overline{βγ}$ $\overline{ηε}$ διπλάσιόν ἐστι τοῦ $\overline{βηγ}$ τριγώνου, τὸ δὲ ὑπὸ $\overline{αβ}$ $\overline{ηδ}$ τοῦ $\overline{αηβ}$, τὸ δὲ ὑπὸ $\overline{αγ}$ $\overline{ηζ}$ τοῦ $\overline{αγη}$. τὸ οὖν ὑπὸ τῆς περιμέτρου τοῦ $\overline{αβγ}$ 5 τριγώνου καὶ τῆς $\overline{ηε}$, τουτέστι τῆς ἐκ κέντρου τοῦ $\overline{δζε}$ κύκλου διπλάσιόν ἐστι τοῦ $\overline{αβγ}$ τριγώνου.

Ἐκβεβλήσθω ἡ $\overline{γβ}$, καὶ τῇ $\overline{αδ}$ ἴση κείσθω ἡ $\overline{βϑ}$. ἡ ἄρα $\overline{ϑγ}$ ἡμίσειά 6 ἐστι τῆς περιμέτρου. τὸ ἄρα ὑπὸ $\overline{ϑγ}$ $\overline{εη}$ ἴσον ἐστὶ τῷ τοῦ $\overline{αβγ}$ τριγώνου ἐμβαδῷ.[8]) ἀλλὰ τὸ ὑπὸ $\overline{ϑγ}$ $\overline{εη}$ πλευρά ἐστι τοῦ ἀπὸ $\overline{ϑγ}$[9]) ἐπὶ τὸ ἀπὸ τοῦ 7 $\overline{εη}$. τοῦ ἄρα ἀπὸ $\overline{ϑγ}$ ἐπὶ τὸ ἀπὸ $\overline{εη}$ ἡ πλευρά ἔσται τοῦ τριγώνου ἐμβαδόν.

Ἤχθω τῇ $\overline{ηγ}$[10]) πρὸς ὀρθὰς ἡ $\overline{ηλ}$[11]), τῇ δὲ $\overline{βγ}$ ἡ $\overline{βλ}$, καὶ ἐπεζεύχθω 8 ἡ $\overline{γλ}$[12]). ἐπεὶ οὖν ὀρθή ἐστιν ἑκατέρα τῶν ὑπὸ $\overline{γηλ}$ $\overline{γβλ}$[13]), ἐν κύκλῳ ἄρα 9 ἔστι τό[13a]) $\overline{γηβλ}$. αἱ ἄρα ὑπὸ $\overline{γηβ}$ $\overline{γλβ}$[14]) δυσὶν ὀρθαῖς ἴσαι. ἀλλὰ καὶ 10 αἱ ὑπὸ $\overline{γηβ}$ $\overline{αηδ}$ δυσὶν ὀρθαῖς ἴσαι[15]) διὰ τὸ δίχα τέμνεσθαι τὰς πρὸς τῷ $\overline{η}$ γωνίας[16]) ταῖς $\overline{αη}$ $\overline{βη}$ $\overline{γη}$. ἴση ἄρα ἐστὶν ἡ ὑπὸ $\overline{αηδ}$ τῇ ὑπὸ $\overline{γλβ}$. 11 ὅμοιον ἄρα τὸ $\overline{αηδ}$[17]) τῷ $\overline{γβλ}$ τριγώνῳ. ὡς ἄρα ἡ $\overline{βγ}$ πρὸς $\overline{βλ}$, οὕτως[18]) 12 ἡ $\overline{αδ}$ πρὸς $\overline{δη}$, τουτέστιν ἡ $\overline{ϑβ}$ πρὸς $\overline{ηε}$. καὶ ἐναλλὰξ ὡς ἡ $\overline{γβ}$ πρὸς $\overline{βϑ}$, οὕτως[19]) ἡ $\overline{βλ}$ πρὸς $\overline{ηε}$,[20]) τουτέστιν ἡ $\overline{βκ}$ πρὸς $\overline{κε}$. καί συνθέντι ὡς ἡ $\overline{γϑ}$ πρὸς $\overline{ϑβ}$, οὕτως ἡ $\overline{βε}$ πρὸς $\overline{εκ}$[21]). ὥστε καὶ ὡς τὸ ἀπὸ $\overline{γϑ}$ πρὸς τὸ ὑπὸ $\overline{γϑ}$ $\overline{ϑβ}$[22]), οὕτως τὸ ὑπὸ $\overline{βε}$ $\overline{εγ}$ πρὸς τὸ ὑπὸ $\overline{γε}$ $\overline{εκ}$[23]), τουτέστι πρὸς τό[24]) 13 ἀπὸ $\overline{ηε}$. ὥστε τὸ ἀπὸ $\overline{γϑ}$ ἐπὶ τὸ ἀπὸ $\overline{εη}$[25]), οὗ πλευρά ἦν τὸ τρίγωνον, ἴσον ἔσται τῷ ὑπὸ $\overline{γϑ}$ $\overline{ϑβ}$ ἐπὶ τὸ ὑπὸ $\overline{γε}$ $\overline{εβ}$.[26]) καὶ ἔσται δοθεῖσα ἑκάστη 14 τῶν $\overline{γϑ}$ $\overline{ϑβ}$ $\overline{βε}$ $\overline{εγ}$.[27]) ἡ μὲν $\overline{γϑ}$ ἡμίσειά ἐστιν τῆς περιμέτρου· ἡ δὲ $\overline{ϑβ}$, 15 ἥν[28]) ὑπεροχὴν ὑπερέχει ἡ ἡμίσεια τῆς περιμέτρου τῆς $\overline{βγ}$· ἡ δὲ $\overline{γε}$ ᾗ[29]) ὑπερέχει ἡ

---

[8]) Die Handschr, ἐμβαδόν. [9]) Hs. $\overline{ϑν}$.
[10]) Hs. $\overline{νγ}$. [11]) Venturi hat genauer ηκλ; doch ist die Aenderung nicht unumgänglich nothwendig. [12]) Hs. $\overline{γδ}$. [13]) $\overline{γβλ}$ fehlt in der Hs. [13a]) Hs. τά. [14]) Für ὑπὸ $\overline{γηβ}$ $\overline{γλβ}$ hat die Hs. ἀπὸ $\overline{γη}$ $\overline{γλ}$ [15]) Die Worte ἀλλὰ bis ἴσαι fehlen in der Hs. [16]) Hs. πρὸς τὸ ἡγωνίας. [17]) Vor $\overline{αηδ}$ schiebt die Hs. irrthümliche in τουτέστιν ἡ $\overline{ϑβ}$, was offenbar aus der folgenden Zeile hier herüber gekommen ist. [18]) Die Hs. hat αβλ und lässt οὕτως weg. Hinzugesetzt ist dasselbe nach dem constanten Sprachgebrauch bei Euklid. [19]) οὕτως fehlt wieder in der Hs. [20]) Hs. $\overline{νε}$. [21]) Hs. $\overline{ηκ}$. [22]) Hs. πρὸς τῶ ὑπὸ $\overline{γϑ}$ $\overline{ϑβ}$. [23]) Hs. τὸ ὑπό $\overline{βεγ}$ πρὸς τῶ ὑπὸ $\overline{γεκ}$. [24]) Hs. τώ. [25]) Hs. $\overline{ϑη}$. [26]) Hs. τὸ ὑπὸ $\overline{γϑβ}$· ἐπεὶ τὸ ὑπὸ $\overline{γεβ}$. [27]) Für $\overline{εγ}$ hat die Hs. $\overline{ΕΝ}$. [28]) ἥν fehlt in

234 Der Heronische Lehrsatz über d. Fläche d. Dreieckes als Function

ἡμίσεια τῆς περιμέτρου τῆς $\overline{αβ}$· ἡ δὲ $\overline{εβ}$, ᾗ ὑπερέχει ἡ ἡμίσεια τῆς περιμέτρου τῆς $\overline{αγ}$.[30]) δοθὲν ἄρα καὶ τὸ ἐμβαδὸν τοῦ τριγώνου.[31])

16 Συντεθήσεται δὴ οὕτως. ἔστω ἡ μὲν $\overline{αβ}$ μοιρῶν ιγ', ἡ δὲ $\overline{βγ}$ μοιρῶν ιδ', ἡ δὲ $\overline{γα}$ μοιρῶν ιε'. συντίθει[32]) τὰς τρεῖς· γίνονται μβ· τούτων τὸ ἥμισυ κα'. ἄφελε τὰ ιγ', λοιπὸν η', καὶ τὰ ιδ', λοιπὸν ζ', καὶ τὰ ιε', λοιπὸν ς'. τὰ κα' η' ζ' ς' δι' ἀλλήλων γίνονται ͵ζνς'[33]). τούτων ἡ πλευρὰ ἔσται πδ'.[34]) τὸ ἐμβαδὸν τοῦ τριγώνου πδ'.[35])

Wir wenden uns nun dazu, den Originaltext Heron's, soweit es nöthig ist, zu erläutern und die darin von uns angebrachten Aenderungen zu begründen.

Der Gang des Heronischen Beweises zerfällt deutlich in drei Haupttheile. Zuerst werden durch Construction zwei Gerade gebildet, deren Product die Fläche des Dreieckes darstellt. Die eine dieser Geraden ist gleich der Hälfte des Perimeters des Dreieckes, die andere ist der Radius des eingeschriebenen Kreises. Dabei wird noch, um den Schluss des Beweises vorzubereiten, vorläufig ausgesprochen, dass man anstatt des Productes dieser beiden Geraden auch die Wurzel aus dem Product ihrer Quadrate setzen könne. Zweitens wird an der Basis der Figur ein Hülfsdreieck construirt, und von diesem nachgewiesen, dass es dem Dreiecke ähnlich ist, welches rechts an der Spitze des Hauptdreieckes durch einen Theil des Perimeters, durch die Halbirungslinie des Winkels an der Spitze und den Radius gebildet wird. Nachdem die Aehnlichkeit dieser beiden Dreiecke nachgewiesen, so folgt drittens eine Kettenrechnung von Proportionen, die zu dem Resultate führt, dass das im ersten Haupttheil aufgestellte Product der Quadrate des halben Perimeters und des Radius sich auflöst in das Product von vier Geraden, welche sämmtlich durch die drei Seiten gegeben sind. Die erste dieser Geraden nämlich ist die Hälfte des Perimeters, die drei anderen die jedesmalige Differenz einer Seite von eben derselben Hälfte.· Endlich die Wurzel aus diesem Product ist die Fläche des Dreieckes.

Die weiteren Bemerkungen lassen wir am besten folgen, indem wir an die beigeschriebenen Paragraphenzahlen anknüpfen.

In § 1 wird die Aufgabe ganz nach der bei den griechischen Mathematikern üblichen Weise aufgestellt. Dabei wird bemerkt, dass man die Fläche auch finden könne, indem man die Kathete, d. h. die aus der Spitze zur Basis gezogene Normale berechne. Diese letztere Bedeutung nämlich hat das griechische πορισάμενον, wofür Venturi falsch *misurando* setzt. Es folgt also aus den Worten Heron's, dass derselbe auch den Satz

---

der Hs. [29]) Hs. ῆ. [30]) Die Worte ἡ δὲ $\overline{εβ}$ bis τῆς $\overline{αγ}$ fehlen in der Hs. [31]) Für τοῦ τριγώνου hat die Hs. blos das Dreieckszeichen. [32]) Hs. συντιθέντες. [33]) Hs. ζης. [34]) Hs. ηδ. [35]) Am Schluss fügt die Hs. hinzu ·|·, was hier Interpunctionszeichen, nicht die Note für ἐστί ist.

kannte, wonach die Höhe des Dreieckes aus den drei Seiten berechnet wird. Dies wird bestätigt durch das VIII. Kapitel der Heronischen Geometrie (S. 63 ff. meiner Ausgabe), wo in angewandten Beispielen die Höhe des Dreieckes aus den drei Seiten gefunden wird. Die allgemeine Formel dafür nebst dem Beweis stand jedenfalls in einem jetzt verloren gegangenen Werke desselben Schriftstellers. (Vergl. S. 149 meiner Ausg.).

§ 2—5. Anfang des Beweises. Erste Hülfsconstruction. In der Forderung, den eingeschriebenen Kreis zu ziehen, liegt zugleich die andere, die drei Winkel zu halbiren, was als selbstverständlich nicht besonders bemerkt wird. Es werden nun die drei Dreiecke betrachtet, die als gemeinschaftliche Spitze das Centrum des eingeschriebenen Kreises, und zu Grundlinien je eine der Seiten des Hauptdreieckes haben. Also ist die Dreiecksfläche gleich der Hälfte von dem Product des Perimeters mit dem Radius des eingeschriebenen Kreises.

§ 6. Zweite Hülfsconstruction. Die Basis $\gamma\beta$ wird nach rechts so weit verlängert, dass $\beta\vartheta = \alpha\delta$ ist, also $\gamma\vartheta$ die Hälfte des Perimeters darstellt. Der Satz, auf dem die letztere Folgerung beruht, wird als bekannt vorausgesetzt (Eukl. 4, prop. 4). Die Fläche des Dreieckes ist nun gleich der Hälfte des Perimeters $\gamma\vartheta \times$ dem Radius $\eta\varepsilon$.

§ 7. Dieses Product wird gleich gesetzt der Wurzel aus dem Product der Quadrate der beiden Factoren. Dies hat Venturi mit Hülfe der jetzt üblichen Zeichen ganz kurz angegeben durch $\gamma\vartheta \times \eta\varepsilon = \sqrt{\gamma\vartheta^2 \times \eta\varepsilon^2}$. Im Griechischen lautet es etwas umständlicher: „das Product von $\vartheta\gamma$ (mal) $\varepsilon\eta$ ist die Wurzel des Quadrates von $\vartheta\gamma$ (multiplicirt) mit dem Quadrat von $\varepsilon\eta$; also wird die Wurzel des Quadrates von $\vartheta\gamma$ mal Quadrat von $\varepsilon\eta$ die Fläche des Dreieckes sein". Die Ausdrücke sind τὸ ὑπό für Product, τὸ ἀπό für Quadrat, πλευρά für Wurzel.

§. 8. Dritte Hülfsconstruction. Es wird $\eta\lambda$ normal zu $\eta\gamma$, $\beta\lambda$ normal zu $\beta\gamma$ gezogen, und die Punkte $\gamma\lambda$ durch eine Gerade verbunden. Dass die Gerade $\eta\lambda$ die Basis $\gamma\beta$ in $\varkappa$ schneidet, wird in dem griechischen Text, wie er in der Pariser Handschrift überliefert ist, nicht besonders gesagt. Doch ist wohl möglich, dass hier ein Fehler in der Handschrift vorliegt, und Heron geschrieben hat: Ἤχθω τῇ $\overline{\eta\gamma}$ πρὸς ὀρθὰς ἡ $\overline{\eta\varkappa\lambda}$, wie auch bei Venturi steht.

§ 9—11. Es wird nachgewiesen, dass das Dreieck $\gamma\beta\lambda$ ähnlich dem Dreieck $\alpha\delta\eta$ ist. Hier findet sich, wie bereits bemerkt, in der Handschrift ein Fehler, durch den Venturi veranlasst worden ist, den überlieferten Text ganz aufzugeben und nach eigener Erfindung den Beweis weiter zu führen. Er geht davon aus, dass die Winkel $\eta\lambda\gamma$ und $\eta\beta\gamma$ angesehen werden können als Peripheriewinkel zu der Sehne $\eta\gamma$, woraus ihre Gleichheit erfolgt. Dann beweist er durch weitere Combinationen, die ich hier nicht wiederholen will, dass der Winkel $\eta\alpha\delta = \beta\gamma\lambda$, also das Dreieck

236 Der Heronische Lehrsatz über d. Fläche d. Dreieckes als Function

$\eta\alpha\delta$ ähnlich dem Dreieck $\lambda\gamma\beta$ ist. Das ist alles ganz gut, aber viel zu umständlich. Wie einfach und durchsichtig ist dagegen der Beweis Heron's, wie er oben mit einer kleinen Aenderung hergestellt worden ist. Er sagt: „da nun die beiden Winkel $\gamma\eta\lambda$ $\gamma\beta\lambda$ rechte sind, so [liegen die Punkte γ, η, β, λ auf der Peripherie eines Kreises und] das Viereck $\gamma\eta\beta\lambda$ ist einem Kreise eingeschrieben, es sind also die [in diesem Viereck gegenüberliegenden] Winkel $\gamma\eta\beta$ und $\gamma\lambda\beta = 2$ rechten [nach Eukl. 3, 22]. Aber auch die Winkel $\gamma\eta\beta$ und $\alpha\eta\delta$ sind zusammen gleich 2 rechten, weil die Winkel um η durch die Geraden $\alpha\eta$, $\beta\eta$, $\gamma\eta$ halbirt werden. Also ist der Winkel $\alpha\eta\delta$ gleich dem Winkel $\gamma\lambda\beta$, und das Dreieck $\alpha\eta\delta$ ist ähnlich dem Dreieck $\gamma\beta\lambda$". Dies ist also die echte Heronische Form von diesem Theile des Beweises.

§ 12—14. Nachdem die Aehnlichkeit dieser beiden Dreiecke nachgewiesen, folgt die Proportionsrechnung, die zum Schlusse des Beweises führt. Die Hauptsätze sind:

1) $\qquad \beta\gamma : \beta\lambda = \alpha\delta : \delta\eta = \beta\vartheta : \eta\varepsilon$
2) $\qquad \beta\gamma : \beta\vartheta = \beta\lambda : \eta\varepsilon = \beta\varkappa : \varkappa\varepsilon$
3) $\qquad \gamma\vartheta : \beta\vartheta = \varepsilon\beta : \varepsilon\varkappa$

Es ist wohl nicht nöthig, die hierbei zu ergänzenden Zwischenglieder besonders aufzuführen.

Die letzte Gleichung wird dahin erweitert, dass die erste Proportion mit $\gamma\vartheta$, die andere mit $\varepsilon\gamma$ multiplicirt wird. Dies giebt

$$\gamma\vartheta^2 : \beta\vartheta \times \gamma\vartheta = \varepsilon\beta \times \varepsilon\gamma : \varepsilon\varkappa \times \varepsilon\gamma.$$

Es ist aber das letzte Glied $\varepsilon\varkappa \times \varepsilon\gamma$ nach dem Pythagoreischen Lehrsatz $= \eta\varepsilon^2$, und es ist also

$$\gamma\vartheta^2 \times \eta\varepsilon^2 = \gamma\vartheta \times \beta\vartheta \times \gamma\varepsilon \times \varepsilon\beta,$$

wobei auf der rechten Seite die Factoren mit Rücksicht auf die Figur geordnet sind.

Es war aber (nach § 7) $\sqrt{\gamma\vartheta^2 \times \eta\varepsilon^2}$ gleich der Fläche des Dreieckes, wofür nun $\sqrt{\gamma\vartheta \times \beta\vartheta \times \gamma\varepsilon \times \varepsilon\beta}$ gesetzt wird.

§ 15. Schliesslich folgt der Nachweis, dass jede der zuletzt angeführten 4 Geraden gegeben ist. Denn $\gamma\vartheta$ ist die Hälfte des Perimeters, ferner $\beta\vartheta$, $\gamma\varepsilon$, $\varepsilon\beta$ die jedesmalige Differenz derselben Hälfte des Perimeters über jede der drei Seiten des Dreieckes. So ist also auch die Fläche des Dreieckes gegeben. — In der Handschrift war hier mancherlei verdorben, was ich durch Vermuthung wieder hergestellt habe.

§ 16. Zuletzt wird die Berechnung an einem Beispiele gezeigt. Als solches ist gewählt ein Dreieck, dessen Seiten 13, 14, 15 Längeneinheiten haben. Also Perimeter 42, Hälfte 21, die Differenzen der Seiten 8, 7, 6. Dann $21 \times 8 \times 7 \times 6 = 7056$, wovon die Wurzel 84 die Flächeneinheiten des Dreieckes giebt.

Dies ist der Heronische Beweis, der nun, so hoffen wir, für Alle in seiner vollen, schönen Klarheit sich darstellt. Dass Newton, Euler u. A.[36]) für denselben Lehrsatz andere Beweise erfunden haben, kann dem Verdienste des alten Alexandriners keinen Eintrag thun; im Gegentheil, dasselbe muss um so glänzender hervorstrahlen, da er fast 2 Jahrtausende früher mit viel beschränkteren wissenschaftlichen Mitteln dasselbe Ziel erreicht hat. Nicht weniger interessant aber als der Lehrsatz selbst ist dessen weitere Geschichte, über die wir jetzt noch einige Bemerkungen hinzufügen wollen.

Verfolgen wir zunächst die unmittelbare Ueberlieferung, d. h. diejenige in griechischen Schriften und lateinischen, die aus dem Griechischen geflossen sind. Der Beweis selbst erscheint nirgends wieder; der allgemeine Satz, ohne Beweis, jedoch mit der Unterweisung, wie die Anwendung auf jedes beliebige Dreieck zu machen sei, findet sich nur noch einmal in der Sammlung Heronischer Aufgaben, die den Titel Γεωδαισία führt.[37]) Die besondere Anwendung auf ein Dreieck, dessen Seiten 13, 14, 15 Längenheiten enthalten, wird gegeben sowohl in der eben genannten Sammlung, als auch in der weit umfänglicheren Heronischen Schrift, den Γεωμετρούμενα. Dieselbe Aufgabe ist zuletzt wiederholt in der noch unedirten Geometrie des Byzantiners Johannes Pediasimus, der im 14. Jahrhundert eine Bearbeitung der Heronischen Geometrie verfasste.[38]) Was in den Schriften römischer Gromatiker und Geometer von Heronischen Aufgaben enthalten ist, lässt sich vor der Hand noch nicht überblicken, da man eben die Quelle selbst bisher nicht kannte. Vorläufig weise ich nur auf den *Podismus* des M. Junius Nipsus[39]) hin, der nichts anderes als ein allerdings sehr entstellter Auszug aus Heron ist, und in dem sich auch das gleiche Beispiel vom Dreieck, freilich mit veränderter Lösung, findet. In diesem Tractat des Nipsus steht auch jene Aufgabe, welche Venturi (S. 125) aus zwei Berner Handschriften anführt, und die eben auch Heronisch ist (bei Lachmann S. 300). Dieselbe ist deshalb wichtig, weil im Anfang der Anlauf zu einer allgemeinen Formel genommen wird, ähnlich wie wir sie in der Heronischen Geodäsie finden: *Omne trigonum una ratione podismare, ut puta orthogonium, oxygonium et amblygonium. sic quaeritur. cuiuslibet ex tribus triangulis tres numeros iungo in unum.* So weit die allgemeine Formel, welche der Compilator nun aufgiebt, um mit der Er-

---

[36]) Den näheren Nachweis giebt Klügel im mathem. Wörterbuch unter Dreieck § 36. Vergl. auch Chasles, Geschichte der Geometrie S. 481. 483.
[37]) Vergl. Martin in dem oben angeführten Werke S. 159. Derselbe giebt den Text S. 439 (in meiner Ausgabe S. 151).
[38]) Der genaue Titel der Geometrie des Pediasimus ist Σύνοψις περὶ μετρήσεως καὶ μερισμοῦ γῆς. Handschriften davon giebt es in Paris (Gr. 2373. 2406), Wien (s. Lambecius VII, p. 397), Wolfenbüttel (Ebert n. 647) u. a. Die Wiener Handschrift habe ich in Händen gehabt, aber nicht mit Bezug auf obige Frage benutzt; wohl aber bezeugt das Vorhandensein der Aufgabe Venturi S. 126.
[39]) *Gromatici vet. ex rec. C. Lachmanni* S. 295 ff.

läuterung eines bestimmten Beispieles fortzufahren. Er gebraucht dazu ein Rechteck, dessen Seiten 6, 8, 10 Längeneinheiten haben; auch dieses Beispiel aber ist von Heron entnommen.

Doch wir verlassen dieses Gebiet, auf welchem wir ohne die speciellsten Untersuchungen nicht weiter vorwärts kommen würden, und wenden uns, so unerwartet dies auch scheinen mag, zu den Indern. Und doch beobachten wir dabei nur die chronologische Folge, denn nächst den späteren Griechen und Römern haben die gelehrten Hindus die Grundzüge der griechischen Mathematik und darunter auch heronische Sätze sich angeeignet. Dies hat für den vorliegenden Dreieckssatz bereits Chasles anerkannt; doch lässt sich noch eine wichtige Consequenz weiter ziehen.

Im Jahre 1817 veröffentlichte der um die Sanskritliteratur hochverdiente Colebrooke die Uebersetzung zweier indischer Werke über Arithmetik und Algebra, und erschloss damit ein bisher ungeahntes Feld der wichtigsten Entdeckungen. Das Werk enthält laut dem Titel: *Algebra, with arithmetic and mensuration, from the Sanscrit of Brahmegupta and Bhascara;* es bietet ausser der Uebersetzung der Sanscrittexte in der Vorrede treffliche Beiträge zur Geschichte der Mathematik, die keineswegs bisjetzt nach Gebühr gekannt und verwerthet sind. Der erste der genannten Autoren Brahmegupta hat nach Colebrooke's Untersuchungen, die allerdings noch einer streng kritischen Revision zu bedürfen scheinen, im 6. Jahrhundert nach Christus gelebt; der andere, Bhaskara, vollendete sein grosses Werk über Astronomie, zu dem die beiden von Colebrooke veröffentlichten Bücher Vijaganita und Lilawati nur die Einleitung bilden, im Jahre 1150.

Diejenigen Sätze des Brahmegupta, die für uns vorzüglich in Betracht kommen, stehen zu Anfang des 4. Abschnittes, welcher über Dreieck und Viereck handelt (§ 21, Colebrooke S. 295 f.). Vor Allem ist zu bemerken die erfinderische, fast peinliche Kürze, mit der die Regeln der indischen Mathematiker gefasst sind. Für die, welche die Grammatik des Panini und ähnliche Werke kennen, hat das nichts Auffallendes. Diese Regeln waren alle auf das Memoriren berechnet, sie waren demgemäss kurz oft bis zur Unverständlichkeit; ihre Erklärung wurde für den Schüler dem mündlichen Vortrag, für den Leser dem Scholiasten überlassen. Um insbesondere geometrische Regeln möglichst kurz ausdrücken zu können, waren gewisse conventionelle Ausdrücke nöthig, die die Theile einer Figur auch ohne Mithülfe der Buchstaben bezeichneten. Schon Chasles (S. 466 f.) machte auf solche eigenthümliche Bezeichnungen bei Brahmegupta aufmerksam; er konnte aber nicht wissen, wo der Ursprung derselben zu suchen sei. Das musste der zuerst finden, der zuerst die Geometrie Heron's las; und in der That hat Martin (S. 168 f.) die directe Entlehnung dieser Sanscritausdrücke aus dem Griechischen des Heron nachgewiesen. Aber nicht blos diese Ausdrücke, sondern auch eine Anzahl von Beispielen sind bei den Commentatoren Brahmegupta's, mehrere noch bei Bhaskara, aus der Heronischen Geometrie entnommen, wofür wir zunächst blos Martin (S. 168) als Gewährsmann nennen, übrigens aber jeden Augenblick bereit sind, den exacten Beweis zu führen.

Betrachten wir nun nach diesen vorläufigen Erörterungen die bereits erwähnten Sätze des Brahmegupta. Sie lauten in wörtlicher Uebersetzung:

„Das Product der halben [Summe der] Seiten mit [der halben Summe] der Gegenseiten giebt die ungenaue Fläche eines Dreieckes und Viereckes".

„Die halbe Summe der Seiten [wird] viermal hingesetzt und jemalig verkleinert um die Seiten; [dann werden die vier Zahlen] mit einander multiplicirt, [und] die Quadratwurzel des Productes ist der genaue Flächeninhalt".[40]

Die eingeschlossenen Worte sind von mir hinzugefügt worden; doch ist trotzdem die Regel noch schwerverständlich genug. Die Erklärung muss davon ausgehen, dass der indische Mathematiker die Regeln über Dreieck und Viereck in eins zusammengefasst, also das Dreieck betrachtet hat als ein Viereck, dessen eine Seite $= 0$ ist. So wird die zweite Regel sofort verständlich; übrigens giebt auch der Commentator Chaturveda ausdrücklich an, dass im Falle des Dreieckes die halbe Summe der Seiten nur dreimal verkleinert werde, das viertemal aber unverändert bleibe. Consequenter Weise ist nun auch der erste Theil der Regel, der die leichtere Formel zur Auffindung des ungefähren Flächeninhaltes giebt, allgemein für Dreieck und Viereck gefasst worden. Also sind beim Dreieck im Sinne Brahmegupta's die „Seiten (*sides*)" die linke und die rechte Seite, die „Gegenseiten (*countersides*)" die Basis und die Spitze, d. h. da letztere $= 0$ ist, die Basis allein. Das mag als Spielerei erscheinen, aber wir haben es als Thatsache anzuerkennen, und müssen jedenfalls zugeben, dass in der That die möglichst kürzeste Form von dem indischen Schriftsteller gefunden worden ist. Unbegreiflicher Weise hat Chasles (S. 476 ff.), nachdem er ungefähr übereinstimmend mit der jetzt gegebenen Darlegung die Stelle erklärt hatte, noch einen ganz abweichenden Interpretationsversuch gemacht. Um dies zu ermöglichen, unterdrückt er das Wort *gross* (d. i. ungenau), ersetzt *tetragon* durch *trapezium*, und überträgt *triangle* in den zweiten Satz, indem er *tetragon* hinzufügt. Dadurch entsteht allerdings ein ganz anderer Sinn, und es kommen zwei Regeln heraus, wie sie recht wohl von einem alten Mathematiker hätten aufgestellt werden können; aber nimmermehr wird Jemand glauben, dass Brahme-

---

[40]) Es scheint nöthig, auch den englischen Wortlaut beizusetzen: *The product of half the sides and countersides is the gross area of a triangle and tetragon. Half the sum of the sides set down four times, and severally lessened by the sides, being multiplied together, the square-root of the product is the exact area.*

gupta so geschrieben habe. Chasles hatte wohl keine Vorstellung davon, wie gewissenhaft dergleichen Sanscrittexte überliefert sind; und doch konnte er es bei Colebrooke lesen, der darüber Mehreres bemerkt. Die Hauptsache ist, wie z. B. auch bei den Veden, dass die Scholien jedes einzelne Wort des Textes wiederholen und erklären; wollte man also solche Aenderungen, wie Chasles vorschlägt, für zulässig erklären, so hiesse das soviel, als einen neuen Brahmegupta anstatt des überlieferten schreiben. Jeder Kenner der Sanscrittexte, dessen sind wir gewiss, wird uns hierin beistimmen.

Doch wir kehren zu der noch nicht erledigten Frage zurück. Brahmegupta vereint also den Satz vom Dreieck und Viereck zuerst in eine Anweisung, den ungefähren Flächeninhalt zu finden, die uns jetzt nichts weiter angeht, dann in die genaue Regel. Das eine Element dieser Regel, der Satz vom Dreieck, ist nicht von ihm gefunden, sondern direct oder indirect aus dem Griechischen entlehnt worden. Das wird Niemand bestreiten. Aber wie steht es mit dem Satz vom Viereck? Hier lässt sich kein griechischer Mathematiker als Gewährsmann anführen; Brahmegupta ist der erste, bei dem er erscheint. Chasles (S. 480) entscheidet sich kurz dahin, dass die Formel für das Viereck dem Brahmegupta „unbestreitbar angehört, da wir sie in keinem früheren Werke finden". Und doch ist es nur ein ganz besonders glücklicher Zufall, dass der Heronische Satz für das Dreieck uns erhalten ist; wie leicht kann also anderes verloren gegangen sein. Deshalb schliesst Martin (S. 166 f.) nicht unwahrscheinlich, dass Heron auch den Satz für das Viereck gefunden habe, was überdies verhältnissmässig leicht war, wenn die Formel für das Dreieck einmal entdeckt war. Doch wenn sich auch die Autorschaft Heron's für den Viereckssatz mit Bestimmtheit nicht erweisen lässt, so steht auf der anderen Seite fest, dass Brahmegupta nicht der Erfinder ist. Den eclatanten Beweis dafür hat bereits Martin gegeben. Brahmegupta lässt eine Hauptsache weg, die jeder Kundige, vor allem aber der Erfinder des Satzes, wahrhaftig nicht übersehen konnte, dass das Viereck ein in den Kreis eingeschriebenes sein müsse. Brahmegupta hat also die Regel ohne volles Verständniss aus einer anderweitigen Quelle geschöpft; diese Quelle aber — und hierin hat wieder Martin recht — kann nicht das Product eines indischen Geistes gewesen sein, sondern sie ist bei den Griechen zu suchen: ob bei Heron, wissen wir nicht; aber bei den Griechen jedenfalls.

Es ist hiermit der Weg in ein Gebiet eingeschlagen, das man, wenn es einmal betreten ist, nur ungern wieder verlässt. Fast jeder Satz bei Brahmegupta, jede Note seiner Scholiasten kann Anlass zu ähnlichen Erörterungen geben. Ja noch weiter, der erst im 12. Jahrhundert lebende Bhaskara hat aus Quellen geschöpft, die den uns erhaltenen Heronischen Schriften noch näher standen, als die vom Brahmegupta benutzten, denn während dieser nur die allgemeinen Regeln giebt, hat jener ausser den

Regeln, ganz nach der Art der Heronischen Aufgaben, bestimmte Beispiele. So giebt er auch den Satz über Dreieck und Viereck (§ 167, S. 72) in einer Form, die wenigstens eine Andeutung davon enthält, dass das Viereck in dem Kreise müsse einzuschreiben sein. Er sagt, nämlich, nachdem er den Satz ähnlich wie Brahmegupta gegeben hat, das Resultat „sei ungenau bei dem Viereck, aber ausdrücklich genau bei dem Dreieck". Natürlich, weil die Formel nur für das in den Kreis eingeschriebene Viereck gilt.

Indess, das alles können wir jetzt an diesem Orte nicht weiter verfolgen; wir schliessen also diesen Theil ab, indem wir das, was als Resultat einer weiteren Untersuchung sich sicher ergeben würde, vorläufig nur als Thesis hinstellen: Es sind zu den Hindus im Laufe mehrerer Jahrhunderte, etwa vom Beginn unserer Zeitrechnung bis zum Zeitalter Diophants, sowohl die Schriften anderer griechischen Mathematiker als auch diejenigen Heron's in Uebersetzungen und Auszügen gelangt. Daraus hat Brahmegupta Einiges geschöpft, was er für seine allgemeinen Regeln brauchte; anderes, nämlich die angewandten Beispiele, meist aus Heron entnommen, hat er im mündlichen Vortrage gegeben: diese sind uns durch die Commentatoren erhalten. Auch noch Bhaskara, der um ein halbes Jahrtausend später lebte, hat aus den indischen Bearbeitungen Heronischer Schriften geschöpft, und da er, dem Plane seines Werkes entsprechend, viele angewandte Beispiele giebt, so zeigen seine Schriften, obwohl so viel jünger, noch deutlichere Spuren der ursprünglichen griechischen Quelle als diejenigen Brahmegupta's.

Es bleibt noch übrig, den letzten Theil der Geschichte des Heronischen Satzes nachzuweisen, nämlich seine Fortpflanzung von den Griechen auf die Araber, und durch diese auf das Abendland.

In einem Manuscript der Baseler Universitätsbibliothek findet sich ein *Liber trium fratrum de Geometria*. Es beginnt *Verba filiorum Moysi filii Sehiae, id est Mahumeti Hameti et Hason*. Dasselbe Werk ist in einer Pariser Handschrift erhalten unter dem Titel *Verba filiorum Moysi, filii Schaker, Mahumeti Hameti Hasen*.[41]) Darin findet sich unter anderem der Satz über die Messung des Dreieckes nach den drei Seiten, der in der Baseler Handschrift (nach Venturi's Mittheilung) folgendermassen beginnt: *Et posuimus praeter id modum convenientem quo scitur embadum omnis trianguli; et isto modo quamvis iam usi sunt multi homines et sciverunt ipsum, tamen ipsi omnes usi sunt eo, aut plures eorum, secundum modum credulitatis, praeterquam quod sciverint demonstrationem super eius veritate.*

Den Beweis selber theilt Venturi leider nicht mit; aber er sagt, derselbe stimme sowohl in der Figur als in der Schlussfolgerung mit dem von

---

[41]) Die Nachricht über die Baseler Handschrift giebt Venturi S. 127, über die Pariser *(Supplément latin.* 49) Chasles S. 481 nach Libri, *Histoire des sciences mathématiques en Italie tom. II p.* 266.

242 Der Heronische Lehrsatz über d. Fläche d. Dreieckes als Function

Pacioli veröffentlichten überein, und wiederum der Beweis des Pacioli sei fast wörtlich übersetzt aus der Geometrie des Leonardo von Pisa, von der er eine Abschrift aus dem *cod.* 7223 der Pariser Bibliothek genommen habe.

Wir sind also vollkommen berechtigt zu behaupten, Leonardo von Pisa habe den fraglichen Satz über das Dreieck aus einer Quelle gegeben, die mit dem Buch der drei Brüder identisch oder wenigstens sehr nahe verwandt war. Was liegt in diesen Worten? Leonardo von Pisa, d. i. Fibonacci (er selbst nennt sich *Leonardus Pisanus de filiis Bonacci*) ist der hochberühmte Vermittler der arabischen Zahlen- und Rechenkunst mit der Wissenschaft des Abendlandes. Seine beiden Hauptwerke, der *Liber abaci compositus in anno* 1202 und die *Practica geometriae composita anno* 1220 sind, nachdem sie Jahrhunderte lang zum grossen Schaden für die Wissenschaft verborgen geblieben waren, erst ganz vor Kurzem veröffentlicht worden,[41a] und es hat sich dadurch das, was wir über die bedeutende Stellung ihres Verfassers in der Geschichte der mathematischen Wissenschaft bisher nur aus den sorgfältigen Untersuchungen Cossali's, Libri's u. A. wussten, auf das Glänzendste bestätigt. Da nun überdies, was insbesondere unseren Satz über das Dreieck betrifft, die arabische Quelle nachgewiesen ist, so steht es ausser allem Zweifel, dass wir hinter dem Satze Leonardo's die ganze arabische Wissenschaft und weiter noch deren ursprüngliche Quellen uns zu denken haben.

Vor Herausgabe der Werke Leonardo's lag der Satz nur in der Ueberarbeitung von Pacioli vor. Dieser gelehrte Mönch, auch Paciolo, Paciuolo, oder lateinisch *Lucas de Burgo* (*sancti sepulcri ordinis etc.*) genannt, hat bekanntlich das erste grosse Werk über Mathematik durch den Druck veröffentlicht.[42] Sein Text ist nicht gerade leicht zugänglich. Abgesehen davon, dass uns das Italienisch des 15. Jahrhunderts schwer verständlich ist, so wird diese Schwierigkeit noch bedeutend gesteigert durch das Aeussere des Druckes, durch die Abwesenheit der Accente und Apostrophe, durch den Mangel einer durchgängigen Distinction der Worte, und endlich durch eine häufig sinnwidrige Interpunction. Dazu kommen gegen Ende des Beweises, gerade in dem schwierigsten Theile desselben, nicht weniger als 15 Druckfehler in denjenigen Buchstaben, die die Winkel und

---

[41a] *Scritti di Leonardo Pisano pubblicati du B. Boncompagni.* **Roma** 1857. 1862. Da der zweite, in Deutschland noch sehr seltene Band, der die *Practica geometriae* enthält, mir erst nach Abfassung dieses Aufsatzes zuging, so konnte der Text Leonardo's (S. 40 f.) nur noch nachträglich mit der Bearbeitung Pacioli's verglichen werden. Beide stimmen in der Hauptsache vollkommen überein.

[42] Der genaue Titel ist: *Summa de arithmetica geometria. proportioni: et proportionalita: etc.* Dasselbe soll zuerst erschienen sein im J. 1494, zuletzt 1523. Letztere Ausgabe habe ich benutzt. Der Satz über das Dreieck steht in dem zweiten Theile, welcher ohne besonderes Titelblatt, aber mit neuer Folienzählung, beginnt mit den Worten *Tractatus Geometrie pars secunda principalis huius operis.*

Linien der Figur bezeichnen; und die Figur selbst ist höchst fehlerhaft gezeichnet. Aus allen diesen Gründen hielt ich es auch nach dem Erscheinen von Leonardo's Geometrie nicht für überflüssig, den ganzen Beweis, vollständig hergestellt, in wortgetreuer Uebersetzung hier aufzuführen. Die allgemeine Formel, ohne Beweis, steht am Ende des 7. Kapitels der ersten Abtheilung (*distinctio*), und lautet folgendermassen (Fol. 9^b):

(1) „Auf dass in diesem Buche die vollkommene Wissenschaft sei die Dreiecke zu messen und zu zeigen, wie jedes Dreieck ohne Auffindung der Kathete gemessen werden kann, [so verfahre man folgendermassen]. Die Seiten jedes Dreieckes addire zusammen, und davon nimm die Hälfte; davon ziehe der Reihe nach die Seiten des Dreieckes ab, und multiplicire den Ueberschuss (*avanzo*) der einen Seite mit dem anderen Ueberschuss der anderen Seite; und das Product[43]) multiplicire mit dem Ueberschuss der dritten Seite *(de laltro lato)*. Und alles musst du multipliciren mit der Hälfte der 3 Seiten. Und von dem Product suche die Wurzel. Diese Wurzel wird die Fläche des besagten Dreieckes sein".

Schon hier sind die Anklänge an den Heronischen Satz selbst dem Wortlaut nach ganz deutlich. Nun folgt das gleiche Beispiel wie bei Heron am Ende des Beweises:

(2) „Zum Beispiel addire zusammen die Seiten des Dreieckes *abg*, dessen Seite *ab* 15 Ellen (*braccia*) beträgt, und *bg* 14, und *ag* 13. Diese zu einem verbunden, machen 42, wovon die Hälfte 21 ist. Davon unterscheidet sich die grösste Seite um 6 Ellen, und die andere um 7, und die dritte um 8 Ellen. Dann musst du 6 mit 7, und das Ganze mit 8 multipliciren; giebt 336. Und dies multiplicire mit 21, d. h. mit der Hälfte der Seiten; giebt 7056. Die Wurzel davon 84 ist [der Betrag] für die Fläche des besagten Dreieckes".

Auch hier braucht die vollständige Uebereinstimmung mit Heron nicht besonders nachgewiesen zu werden. Endlich den Beweis giebt Pacioli am Ende des 8. Kapitels (Fol. 10 Anf.).

(3) „Nachdem ich gezeigt habe, in welcher Weise die Kathete jedes Dreieckes gefunden wird, scheint es mir nothwendig, den Grund und den Beweis zu geben für die Auffindung der Fläche der Dreiecke nach der zweiten angeführten Art".[44])

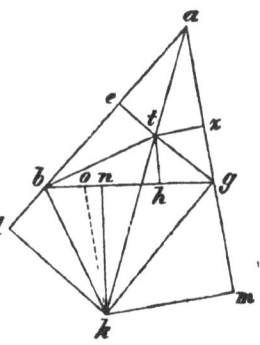

(4) „Die Seiten werden zusammen addirt; und von der Summe nehme man die Hälfte, und verfahre, wie wir im vorhergehenden Kapitel gezeigt haben. Und zu diesem Behufe werden wir eine dreieckige Figur *abg* annehmen (*indurremo*). Darin theile den Winkel *b* und den Winkel *g* in zwei gleiche Theile durch die Geraden *bt* und *tg*. Und von dem Punkte *t* führe man die Katheten *te, th, tz*, und ziehe zur Vervollständigung *at (e compisi at)*. (5) Und weil der

---

[43]) Der Druck hat *la soman*, d. i. Druckfehler statt *la somma*, wie auch im Folgenden übereinstimmend mit Leonardo das Product heisst.
[44]) Das Original: *mi pare di necessita dimostrare la cagione e il perche nel trovare larea etc.* — „die zweite angeführte Art" ist eben die, welche wir unter § 1 gegeben haben.

17*

244 Der Heronische Lehrsatz über d. Fläche d. Dreieckes als Function

Winkel *thg* ein rechter ist, so ist der Winkel *thg* gleich dem Winkel *tzg*. Und der Winkel *tgh* ist gleich dem Winkel *tgz*, weil wir voraussetzten, dass der Winkel *g* von der Linie *gt* in zwei gleiche Theile getheilt werde. Woraus folgt, dass der Winkel *gtz* gleich ist dem Winkel *gth*. Also ist das Dreieck *ztg* gleich dem Dreieck *htg*. Und weil die Seite *gt* gemeinsam ist, so werden die übrigen Seiten des einen gleich sein den übrigen Seiten des anderen, d. h. die Seite *th* der Seite *tz*, und die Seite *hg* der Seite *gz*. (6) Aehnlich zeigt sich, dass die Gerade *hb* gleich ist der Geraden *be*, und das Dreieck *thb* gleich ist dem Dreieck *teb*. (7) Und weil die eine wie die andere der Geraden *te* und *tz* gleich sind der Geraden *th*, so werden sie unter einander gleich sein. Daher ist die Gerade *te* gleich der Geraden *tz*. Und die Gerade *ta* ist gemeinsam. Und demnach sind *te* und *ta* gleich *tz* und *ta*, und der Winkel *aet* ist gleich dem Winkel *azt*, und die Seite *at* ist gemeinsam. Daher ist das Dreieck *aet* dem Dreieck *azt* gleichseitig und gleichwinklig. Und deshalb ist die Seite *az* gleich der Seite *ae*. (8) Und weil die Gerade *az* der Geraden *ae* gleich ist, so wird, wenn man auf jeder Seite die Gerade *eb* hinzufügt, die Gerade *ab* gleich 2 Geraden sein, nämlich *az* und *eb*, d. i. *az* und *bh*. (9) Ferner, da die Gerade *zg* gleich ist der Geraden *gh*, so werden die beiden Geraden *ag*, *hb* gleich sein den beiden Geraden *ab* und *gh*, insofern als *ab* so gross ist als *az* und *bh*, und *gz*[45]) so gros als *gh*. Und wenn wir deshalb *gh* zu *ab* fügen, werden wir *ab* und *gh* gleich *ag* und *hb* erhalten, wie wir [schon] sagten. (10) Also sind *ag* und *hb* [zusammen] die Hälfte der Seiten des Dreieckes.[46]) Daher ist *eb* so viel, als die Hälfte der nämlichen Seiten hervorragt über die Seite *ag*. Und ähnlich ist *ae* so viel, als die Hälfte der nämlichen Seiten hervorragt über die Seite *bg*. Und *gz* ist so viel, als die Hälfte der nämlichen Seiten hervorragt über die Seite *ab*. Daher sind die Geraden *ab*[47]) [= *ae* + *eb*] und *hg* [in ihrer Summe] die Hälfte der Seiten des Dreieckes *abg* und sind [zugleich] die drei Differenzen.[48])

(11) Man verlängere nun die Gerade *ab* und *ag* bis zu den Punkten *l* und *m*. Und es sei *bl* gleich der Geraden *hg* und *gm* sei gleich der Geraden *hb*. Es wird also die eine wie die andere Gerade *al* und *am* so viel sein als die Hälfte der Seiten des Dreieckes. (12) Und nachher verlängere man *at* bis zum Punkte *k*, und ziehe die Gerade *lk* und *km*. Und es sei der Winkel *alk* recht, und recht sei auch der Winkel *amk*. Und weil die beiden Geraden *al* und *ak* gleich sind den beiden Geraden *ak* und *am*, und der Winkel *lak* gleich ist dem Winkel *mak*, so ist die Seite *lk* gleich der Seite *mk*, und die anderen Seiten und Winkel sind unter einander gleich.

(13) Man schneide nun die Linie *gb* in 2 Theile, den einen gleich der Linie *bl*, das sei *bn*; und man ziehe *nk*, *kg*, *kb*. Weil *gh* der Ueberschuss der Hälfte der Seiten des Dreieckes *abg* über die Seite *ab* ist, so ist es [nämlich *gh*] gleich *bn*, d. i. *bl*. Daher ist *ng* gleich *gm*, d. i. *hb*. Daher sind die Dreiecke *gmk* und *bkl* rechtwinklig, und die Potenz der Linie *kg* ist gleich den beiden Potenzen der beiden Linien *gm* und *mk*, und die Potenz der Linie *bk* ist gleich den beiden Potenzen der beiden Linien *kl* und *bl*, d. i. *kl* und *bn*. (14) Aber die Potenz der Linie *lk* ist gleich der Potenz *km*. So viel daher die Potenz der Linie *kg* die Potenz der Linie *kb* übertrifft, so weit überragt die Potenz *ng* die Potenz *nb*. Daher ist die Linie *kn* Kathetete über der Linie *bg*, was deutlich auf folgende Weise sich ergiebt.[49]) Ge-

---

[45]) Der Druck hat *hz*. [46]) Der Druck: *lamita de detti lati de triangoli posto* (?)
[47]) Der Druck *ah*. [48]) Hier fügt der Druck hinzu *E ancora ag e hb sonno lumita de 3 lati di detto triangolo.*
  . [49]) Das Original: *che chiaro appare. Impero quando si negasse dir a aversario* etc. Dieser apagogische Beweis fehlt bei Leonardo.

setzt, man leugnete es und sagte im Gegentheil, dass ko die Kathete sei. Weil nun die Potenz von kg die Potenz von kb so viel übertrifft, als die Potenz von go die Potenz von bo übertrifft, und wir gezeigt haben, dass dfe Potenz von gk die Potenz von bk um so viel übertrifft, als die Potenz von gn die Potenz von nb übertrifft, so würden also ob und nb und ebenso gn und go gleich sein, was unmöglich ist. Und deshalb ist kn die Kathete und keine andere. (15) Und ferner ist kn gleich kl, weil kb gemeinsam ist zwischen den beiden rechtwinkligen Dreiecken klb und knb, und bn und bl gleich sind. Und daraus folgt, dass kn und kl gleich sind. Und weil die Winkel knb und klb rechte sind, so bleiben [in dem Viereck $blkn$] die beiden Winkel nbl und lkn[50]) übrig als [zusammen] gleich 2 rechten Winkeln. (16) Aber die Winkel ebn und nbl sind in ähnlicher Weise gleich 2 rechten Winkeln nach der 13. [Proposition] des ersten [Buches Euklid's], weil die Linie nb auf die Linie el fällt. Daher ist der Winkel ebn gleich dem Winkel lkn. (17) Nun ist der Winkel lkb die Hälfte des Winkels lkn, weil die Linie kb die beiden gleichen Dreiecke trennt. Also ist der Winkel ebt, als die Hälfte des Winkels ebh, gleich dem Winkel lkb. Und der Winkel e als rechter ist gleich dem rechten Winkel l.[51]) (18) Also ist der Winkel etb[52]) gleich dem Winkel lbk, und das Dreieck kbl ist ähnlich dem Dreieck bte.

(19) Also ist die Proportion von kl zu lb wie die Proportion von be zu et.[53]) Es macht also kl mit et multiplicirt so viel als lb mal be. Aber die Proportion des Quadrates [von] et zu dem Product et mal kl ist wie die Proportion von et zu lk. Und die Proportion von et zu lk ist wie ae zu al nach der zweiten [Proposition] des sechsten [Buches], weil te und lk gleichweit entfernt sind (*sonno equidistanti*). Also ist die Proportion von ae zu al wie die Proportion des Quadrates [von] et zu dem Product von et mal kl. Und das Product von et mal kl ist gleich dem genannten [Product] von eb mal bl. Also ist die Proportion von ae zu al[54]) wie die Proportion des Quadrates [von] et zu dem Producte von eb mal bl. Also ist auch das Quadrat [von] et multiplicirt mit al [ebensoviel] wie ae multiplicirt mit dem Producte be mal bl. Und die Multiplication des Quadrates [von] et mit dem Quadrat [von] al ist [soviel] wie die Multiplication von ae mit dem Product von eb mal bl multiplicirt mit al.

(20) Aber die Multiplication des Quadrates [von] et mit dem Quadrat [von] al ist [soviel] wie das Quadrat der Oberfläche des Dreieckes, wie wir [noch] zeigen werden. Wenn man daher ae, welches der Ueberschuss der Hälfte der Seiten des Dreieckes abg über die Seite bg ist, multiplicirt mit eb, welches der Ueberschuss der Hälfte der Seiten des nämlichen Dreieckes über die Seite ag ist; und dieses Product multiplicirt mit bl, welches der Ueberschuss der Hälfte der Seiten des Dreieckes abg[55]) über die Seite ba ist; und endlich dieses Product multiplicirt mit al, d. i. mit der Hälfte der Seiten des Dreieckes abg: so wird dies das Quadrat der Fläche des Dreieckes abg ergeben.

(21) Nun bleibt uns noch übrig zu zeigen, in welcher Weise[56]) das Quadrat von et mal dem Quadrat von al das Quadrat[57]) der Fläche des Dreieckes abg ergiebt.

---

[50]) Der Druck hat hier, und nachher mehremale wiederholt, h für k.
[51]) Der Druck hat *e langolo e e retto che equale a langolo l retto*; es ist aber zu lesen *e l'angolo e che retto è equale* u. s. w.
[52]) Der Druck hat eth. [53]) Der Druck *at*. [54]) Der Druck *del ac ab al* [55]) Der Druck *deli luti agb del triangolo*. [56]) Nach *in che modo* hat der Druck noch *a meare*. [57]) In § 19 und 20 ist Quadrat überall gegeben durch *tetragono*; zu Anfang von § 21 steht zweimal *quadrato*, und dann an dieser Stelle *el tetragono cioe el quadrato*. Es lag sehr nahe, zu vermuthen, dass *tetragono* der überlieferte, *quadrato* der von Pacioli hinzugesetzte Ausdruck ist; wie es auch der Text bei Leonardo bestätigt.

246 Der Heronische Lehrsatz über d. Fläche d. Dreieckes als Function

Weil das Dreieck abg aufgelöst ist in drei Dreiecke von dem Punkte t aus, nämlich atb, atg, btg⁵⁸), und die Katheten jedes Dreieckes⁵⁹) unter einander gleich waren — es sind dies te, tz, th —, so wird et multiplicirt mit der Hälfte der Basis die Fläche des Dreieckes atb geben. Aehnlich wird th, d. i. te, mit der Hälfte von gb multiplicirt die Fläche des Dreieckes btg geben. Und auch tz, d. i. te, mit der Hälfte von ag multiplicirt, wird die Fläche des Dreieckes atg geben. Daher wird te multiplicirt mit al, d. i. multiplicirt mit der Hälfte der Seiten des Dreieckes abg die Fläche des Dreieckes abg geben. Daher wird das Quadrat von et multiplicirt mit dem Quadrat [von] al das Quadrat der Fläche des angeführten Dreieckes geben. Und das war zu beweisen.

Soweit der Beweis der drei Brüder bei Pacioli, mit dem Leonardo, wie schon bemerkt, in allem Wesentlichen übereinstimmt. Wir hätten denselben mit Hülfe der jetzt üblichen Rechnungszeichen und nach Weglassung der selbstverständlichen Zwischensätze um Vieles kürzer geben können; aber zum Zweck der vorgesetzten historischen Untersuchung kommt es ja ebenso sehr auf die Form als den Inhalt des Beweises an.

Vergleicht man nun den eben gegebenen Beweis mit dem Heronischen, so springen die Verschiedenheiten sogleich ins Auge, während die Aehnlichkeiten nicht so offen dazuliegen scheinen. Zunächst die Weitschweifigkeit und Umständlichkeit bei Leonardo, die keineswegs blos auf Rechnung der Uebersetzung zu setzen ist. Wie einfach und elegant ist die Form der Heronischen Deduction, die allerdings eine vollständige Kenntniss der Euklidischen Sätze voraussetzt, aber auch dann für den, der dieselbe besitzt, nicht die geringste Unklarheit lässt. Dagegen werden in dem Beweise der drei Brüder nur so geringe Kenntnisse in der Geometrie vorausgesetzt, dass man fast sagen möchte, einer, dem so viel Selbstverständliches noch vordemonstrirt werden müsse, sei gar nicht weit genug, um den schwierigen Beweis im Ganzen zu verstehen. Zweitens, und das ist das hauptsächlichste Moment, ist bei Leonardo der Gang des Beweises ein wesentlich anderer, als bei Heron, und zwar bei letzterem wiederum einfacher, bei ersterem viel umständlicher. Heron braucht nur ein Hülfsdreieck, um seinen Satz zu erweisen; dagegen der Verfasser des jüngeren Beweises bedarf einer sehr zusammengesetzten Construction, um zu seinem Ziele zu gelangen. Diese Verschiedenheit hat die Gelehrten, die bis jetzt über diese Frage sich geäussert haben, zu der Annahme geführt, der jüngere Beweis sei von den Indern oder Arabern ohne Zusammenhang mit Heron erfunden worden. Chasles (S. 481 f.) sagt: „die Formel (der drei Brüder) ist auf geometrischem Wege bewiesen, der aber verschieden ist von dem des Hero von Alexandrien, was uns annehmen lässt, dass die Araber sie von den Indern empfangen haben". Etwas abweichend äussert sich Martin (166) dahin, der Beweis der drei Brüder sei wahrscheinlich nachträg-

---

⁵⁸) Im Druck fehlt btg.
⁵⁹) Hinter $triangolo$ steht im Druck $peruammo$.

lich von einem arabischen Schriftsteller erfunden worden, welcher von Brahmegupta nichts als die allgemeine Formel ohne Beweis erhalten hatte. Beide Ansichten sind entschieden falsch, wie sich sonnenklar nachweisen lässt.

Zuerst, so bemerklich auch die Verschiedenheit zwischen dem arabischen und dem Heronischen Beweis sein mag, so entschieden sind auf der anderen Seite die Aehnlichkeiten. Heron lässt den Kreis in das Dreieck einschreiben; der arabische Verfasser vermeidet es, von dem eingeschriebenen Kreise zu sprechen, aber nimmt die gleiche Construction vor. Dann wird bei beiden die Fläche des Dreieckes dargestellt als das Product des Radius mit der Hälfte des Perimeters; bei beiden wird die Lösung dadurch vorbereitet, dass anstatt dessen die Wurzel aus dem Product der quadrirten Factoren gesetzt wird; bei beiden endlich wird letzteres Product in gleicher Weise aufgelöst in das Product von vier Geraden, welche durch die drei Seiten des Dreieckes gegeben sind, und so ganz übereinstimmend die Formel für die Fläche gefunden. Mag der Jüngere dabei auch einen weiteren Weg einschlagen, er folgt doch der gleichen Richtung, er gebraucht genau die gleichen Beweismittel. Hier wie dort wird unterhalb der Grundlinie ein Dreieck hergestellt, welches einem der oberen Dreiecke ähnlich ist; hier wie dort folgt darauf eine viel gegliederte Proportionsrechnung, welche zu der gleichen Lösung führt. Wer solchen Thatsachen gegenüber noch behaupten will, dass der jüngere Beweis unabhängig von dem echten Heronischen entanden sei, der leugnet überhaupt die Continuität der historischen Entwickelung.

Doch wir haben nicht nöthig, uns auf irgend eine Polemik einzulassen, die doch allemal das verborgene Zugeständniss enthält, dass die eigene Behauptung noch nicht ganz sicher ist. Wir sind vielmehr in dem glücklichen Falle, die unmittelbarste Gewissheit vor uns zu haben. Die Reihenfolge der Buchstaben in dem Beweise bei Leonardo ist

$$a\ b\ g\ t\ e\ z\ h\ k\ l\ m\ n.$$

Diese Reihenfolge, das wird Niemand bestreiten, hat erstens nicht Leonardo erfunden, zweitens überhaupt keiner, der italienisch oder lateinisch schrieb, drittens kein Araber, viertens kein Hindu. Wir bitten hierbei jeden Kenner des Arabischen und Sanscrit um Entschuldigung, dass wir die beiden letzten Fälle, wenngleich negirend, überhaupt auf das Papier gesetzt haben; beide Annahmen sind eben nicht zu ungereimt.

Aber, wird man einwenden, die Reihenfolge ist auch nicht die des griechischen Alphabetes. Allerdings nicht rein; aber dieses Alphabet hat doch sicher dabei zu Grunde gelegen, und die Abweichungen erklären sich ungezwungen. Vergleichen wir zuerst den Heronischen Satz. Hier haben wir die vollständige Buchstabenreihe von α bis λ, mit Ausnahme des Jota. Aber dasselbe Jota fehlt auch allenthalben bei Euklid. Nach dem Grunde

248 Der Heronische Lehrsatz über d. Fläche d. Dreieckes als Function

davon haben wir hier nicht weiter zu fragen; es ist einfach als Thatsache anzuerkennen. Nun weicht die oben aufgeführte Reihe von der Heronischen Reihe nur noch darin ab, dass für δ ein t gesetzt, und ϑ ausgelassen ist. Aber das gerade stimmt vortrefflich mit der Geschichte des Beweises. Denn das arabische Alphabet fängt an α, b, t. Also ein arabischer Bearbeiter war es, der das δ in t verwandelte, und nachher wiederum war es ein lateinisch schreibender Bearbeiter, der das ϑ, wofür er eben wieder t hätte setzen müssen, wegliess.[60]) Nun bleibt noch der einzige Einwand, es fehle, wenn man einmal den griechischen Ursprung annimmt, zuletzt zwischen n und o das ξ. Mit nichten; denn der apagogische Beweis in § 14, in dem allein das o vorkommt, ist ja erst von Pacioli hinzugefügt worden; — und überdies, selbst wenn er schon in der griechischen Quelle gestanden hätte, so würde der griechische Verfasser, der das ϑ noch hatte, immer erst bis zum ν gekommen sein.

Genug, die Buchstaben beweisen sicher den griechischen Ursprung des von Leonardo überlieferten Beweises. Es bleibt nun blos noch die Schwierigkeit zu heben, dass derselbe doch nicht identisch mit dem Heronischen ist. Wir geben auch dafür die Erklärung, indem wir zugleich zum Schluss unsere Ansicht über das Ganze in ein kurzes Resumé zusammenfassen.

Der Heronische Beweis wurde einige Jahrhunderte nach Heron, zu einer Zeit, wo die Wissenschaft des Alterthums immer mehr in Verfall gerieth, von einem griechischen Mathematiker umgeändert. Sei es, dass derselbe die Heronische Deduction selbst nicht vollkommen verstand, sei es, dass er sie für Andere unverständlich hielt, genug, er erdachte sich eine Beweisführung, die ihm weniger Schwierigkeiten zu enthalten schien, und führte den Beweis in sehr umständlicher Weise mit Angabe auch der selbstverständlichen Zwischensätze aus. Im übrigen aber blieben sowohl der Gang des Beweises im Allgemeinen, als die Methode und die Beweismittel derselben. Diese umgeänderte Form des Heronischen Beweises wurde von einem arabischen Mathematiker genau in seine Sprache übertragen; von da ging sie über in eine lateinische Bearbeitung; und aus dieser wiederum — vielleicht auch unmittelbar aus der arabischen Quelle — schöpfte Leonardo. Endlich Leonardo's Beweis wurde von Pacioli in das

---

[60]) Man könnte noch fragen, wie der arabische Bearbeiter überhaupt die ihm überlieferten griechischen Buchstaben ausgedrückt habe. Gewiss nicht durch Buchstaben des arabischen Alphabetes, denn dann hätten s und η nicht erhalten bleiben können. Er behielt vielmehr die griechischen Buchstabenzeichen bei, gerade so, wie er die Ziffern mit den indischen Zeichen schrieb. Nur für δ schlich sich gemäss der Reihenfolge des arabischen Alphabetes ein t ein; aber selbst diesen Fehler braucht ja nicht der arabische Uebersetzer gemacht zu haben, sondern er kann ebensowohl von einem späteren Abschreiber herrühren.

Italienische übertragen und veröffentlicht. Jeder von diesen verschiedenen Bearbeitern mag im Einzelnen Mancherlei geändert haben; aber die wesentliche Gestalt des Beweises rührt von keinem derselben her, sondern ist auf den Griechisch schreibenden Umarbeiter des Heronischen Satzes zurückzuführen.

Es ist das, was wir behandelt haben, nur eine ganz specielle Frage, die ihren Anlass hatte in der Herausgabe des ursprünglichen Heronischen Beweises; aber wir glauben damit zugleich manchen Gesichtspunkt von allgemeinerer Bedeutung für die Geschichte der Mathematik gefunden zu haben.

XI.
Ueber vertikale Luftströme in der Atmosphäre.
Von Dr. Th. Reye,
Privatdocent in Zürich.

Im Folgenden soll nicht von den ausgedehnten aufsteigenden Luftströmen der heissen Zone die Rede sein, von denen die Passatwinde herrühren. Sondern ich werde die mehr örtlichen, auf- oder abwärts gerichteten Bewegungen in der Atmosphäre untersuchen, denen die Meteorologen eine bedeutende Rolle zuschreiben, namentlich bei der Wolkenbildung, und auf welche schon manche Theorie der Wettersäulen und Wasserhosen, der Gewitter und Hagelstürme und sogar der verheerenden Orkane gegründet wurde. Namentlich will ich mich nach den Ursachen umsehen, von denen solche vertikale Luftströme herrühren, nach den Erscheinungen, von welchen sie begleitet sind, und nach den Bedingungen, unter denen ihr Eintreten möglich ist.

Die Anregung zu dieser Untersuchung verdanke ich einer Theorie des Hagels, welche Frd. Mohr im 117. Bande von Pogg. Ann. veröffentlicht hat. Mohr ist der Ansicht, dass die Hagelwolke durch einen starken, niedersinkenden Luftstrom hervorgebracht wird, welcher die grosse Kälte der oberen Luftschichten hinabträgt in die Wolkenregion, dort den atmosphärischen Wasserdampf verdichtet und sogar das so gebildete Wasser zu Hagel gefrieren macht. Ein heftiges Herabstürzen kalter Luft ist oft genug bei Hagelstürmen beobachtet worden. Mohr glaubt die Ursache dieser Bewegung in der Condensation des atmosphärischen Wasserdampfes gefunden zu haben.

Er geht nämlich von der Thatsache aus, dass gesättigter Wasserdampf ein ungemein viel grösseres (z. B. bei 0 Grad ein mehr als 180000 mal so grosses) Volumen hat, als das Wasser, aus welchem er entstanden ist. Durch Verdichtung desselben an irgend einem Punkte der Atmosphäre muss daher nach Mohr eine „ganz ungeheure" Raumverminderung eintreten. Diese „Vacuumbildung" hat eine starke Ansaugung, ein „Einschlürfen" von Luft, namentlich aus den oberen Schichten zur Folge, welche dann durch ihre Kälte eine neue Condensation verursacht u. s. w.

Könnte der Dampf sich irgendwo ganz oder theilweise verdichten ohne seine latente Wärme abzugeben, so würde allerdings das Volumen der mit ihm gemischten Luft sich verkleinern in dem Verhältniss des verschwindenden Dampfdruckes zum ganzen atmosphärischen Druck. Doch ist diese Volumverminderung nicht bedeutend, weil bei atmosphärischen Temperaturen die Spannung des Wasserdampfes sehr gering ist. Nun aber vergrössert ausserdem die frei gewordene Verdampfungswärme das Luftvolumen beträchtlich. Die Rechnungen am Schluss dieser Arbeit werden zeigen, dass bei den gewöhnlichen Lufttemperaturen von — 10 bis + 35 Grad Cels. diese Volumvergrösserung um mehr als das Fünffache jene Verkleinerung übersteigt. Die Mohr'sche Einschlürfungstheorie ist daher nicht statthaft; und durch die Condensation des 'atmosphärischen Wasserdampfes kann ein niedersinkender Luftstrom nicht hervorgerufen werden. Wohl aber kann der Wasserdampfgehalt der Luft zur Ursache aufsteigender Luftströme werden; denn die Verdichtung des Dampfes ruft eine Ausdehnung der Luft hervor, vergrössert also den Auftrieb derselben.

Sowohl aufwärts als abwärts gerichtete Luftströme werden ferner nach der Meinung wohl aller Meteorologen hervorgerufen durch die ungleichmässige Vertheilung der Temperatur in der Atmosphäre. Die unteren Luftschichten, erwärmt durch den von der Sonne erhitzten Erdboden, können trotz des grösseren Luftdrucks durch ihre höhere Temperatur so stark aufgelockert werden, dass sie durch die kälteren oberen Schichten sich einen Weg suchen, oder auch dass diese sie durchbrechen und zur Erdoberfläche herabsinken müssen. Die Beobachtungen vertikaler Luftströme weisen überall hin auf derartige Vorgänge. Wir wollen eine Anzahl solcher Beobachtungen zusammenstellen, um an ihnen die Erscheinungen kennen zu lernen, von denen vertikale Luftströme begleitet sind.

Es lassen sich zwei Arten vertikaler Bewegungen in der Atmosphäre unterscheiden, ein discontinuirlich auftretende und eine continuirliche, bei welcher die bewegte Luft einen zusammenhängenden Strom bildet. Die erstere Art ist wahrscheinlich die häufiger vorkommende, doch hat meines Wissens nur ein einziger Meteorologe, nämlich Hennessy in Irland, eine Reihe von Beobachtungen über dieselbe veröffentlicht. Mittelst eines an einem Mastbaume befestigten Anemoscopes beobachtete Hennessy an der irischen Küste die Windrichtung, und fand dieselbe fast immer um einige Grade gegen den Horizont geneigt. Das Tagebuch über seine dreimonatlichen Beobachtungen hat er im *Philosophical Magazine* Bd. 19, 1860 veröffentlicht, und er zieht daraus den Schluss: „Dass der Wind selten „parallel zur Erdoberfläche wehe, dass vielmehr seine Richtung — in „vertikaler Ebene — gewissen Schwankungen unterworfen sei, gerade „so wie die Windrichtung häufig im Azimuth um eine mittlere Lage „schwanke."

Hennessy fügt hinzu, „dass die Lufttemperatur gemeiniglich zugenom-
„men habe und das Wetter schön gewesen sei beim Vorherrschen **aufwärts**
„gerichteter Luftströmungen. Abwärts gerichteten dagegen schien gewöhn-
„lich eine plötzliche Temperaturabnahme voranzugehen oder sie zu begleiten,
„und in der Regel folgte ihnen Regen oder unangenehmes Wetter." Ueber
diese bemerkenswerthen Temperaturschwankungen stellte Hennessy noch
besondere Beobachtungen an mittelst frei und in verschiedenen Höhen auf-
gehängter Thermometer. „Das Quecksilber fiel oder stieg manchmal um
„drei Grad Fahrenheit in drei Minuten. Die längsten Schwankungen
„dauerten nur sechs Minuten. Sie nahmen ab je mehr die Thermometer vor
„dem Einfluss der Luftströme geschützt wurden." Wie sich erwarten lässt,
zeigten sich die Schwankungen besonders stark bei wolkenfreiem Himmel,
wenn die Sonne am entschiedensten erhitzend auf den Boden einwirkte.

Offenbar werden also die unteren Luftschichten durch den heissen
Boden erwärmt, und steigen empor, wenn der Wind ihr Gleichgewicht
stört. Gleichzeitig sinkt an anderen Orten die kältere Luft herab und
verbreitet sich über den Boden, wo sie von Neuem sich erwärmt. Hennessy
vergleicht diese Bewegungen in der Atmosphäre mit denjenigen, welche
in einer siedenden Flüssigkeit beobachtet werden; die aufsteigenden Luftmassen lösen sich wie kleinere oder grössere Blasen vom Boden ab. Zugleich erklärt er durch sie das Zittern der Luft über Dampfkesseln, erhitzten Kieswegen u. s. w.

Bevor ich die schon hier sich aufwerfende Frage löse, um wie viel
denn die Temperatur der unteren Luftschichten wärmer sein müsse als die
der oberen, damit vertikale Strömungen entstehen, mögen die merkwürdigen
und zum Theil grossartigen Erscheinungen näher erörtert werden, von
welchen **continuirliche** verticale Luftströme in der Regel begleitet sind.
Am unbefangsten lassen sich diese Erscheinungen prüfen bei **künstlich
erzeugten** aufsteigenden Luftströmen, wie sie z. B. bei grossen Bränden
vorkommen. Redfield hat in Silliman's Journal Bd. 36, pag. 50 u. flgde.
mehrere sehr interessante Berichte über die ausgedehnten Waldbrände zusammengestellt, mit deren Hülfe die amerikanischen Farmer ihren Boden
urbar machen. Grössere Flächen Waldlandes (in einem der angeführten
Fälle sieben Akres) werden abgeholzt, man lässt das Holz einige Zeit zum
Austrocknen liegen und zündet es hernach an bei ruhiger Luft, sodass die
Flammen nicht leicht auf den angrenzenden Wald sich ausdehnen. Feuer
und Rauch vereinigen sich dann regelmässig zu einer einzigen, gewaltigen
Säule, und steigen in derselben heftig wirbelnd empor. Alle Augenzeugen
sind sich einig in Ausdrücken der Bewunderung über den grossartigen Anblick dieser ungeheueren Säule, deren unterer feuriger Theil allein in
einem Falle zu etwa 200 Fuss angegeben wird, während die Rauchsäule so
hoch emporstieg als man nur mit den Augen folgen konnte. Wegen ihrer
bedeutenden Höhe schwankt die Säule majestätisch hin und her im Luft-

raume. Ein Sausen und Brausen wie bei starken Kaminbränden ist meilenweit hörbar. Durch die Gewalt des Wirbels werden grosse Aeste, selbst ausserhalb der Brandstätte, und in einem Fall sogar kleine Baumstämme von 6 bis 8 Zoll Durchmesser, ergriffen und hoch emporgetragen, um dann ausserhalb des brennenden Feldes wieder zur Erde zu fallen.

Die erhitzten, zum Aufsteigen gezwungenen Luftmassen vereinigen sich also selbst über grösseren Flächen leicht in einem einzigen Canale, und ein Beobachter eines solchen Brandes giebt ausdrücklich an, dass die Luft ausserhalb der wirbelnden Säule gemeiniglich gänzlich frei gewesen sei von Feuer sowohl als Rauch. Aehnliches wird häufig bei Bränden menschlicher Wohnstätten wahrgenommen. Und Redfield schon erinnert an die heftigen, säulenförmigen Wirbelwinde, welche so oft über den Kratern thätiger Vulkane sich bilden. Die Analogie mit letzteren Wirbelwinden erstreckt sich nun aber nicht auf die Rotationsbewegung allein; sondern auch den vulkanischen Gewittern entsprechen nicht selten heftige Gewitter des aufsteigenden Luftstroms.

Der Amerikaner Espy, welcher die Stürme durch ausgedehnte aufsteigende Luftströme sich entstanden denkt, giebt in seinem *Second and third Report on Meteorology*, 1849, sehr interessante Berichte von Regenfällen, welche durch grosse Feuer erzeugt wurden, u. A. einen von dem amerikanischen Officier George Mackay. Dieser hatte während der regenlosen Monate April, Mai und Juni in Florida Vermessungen auszuführen, bei denen ihm nicht selten ausgedehnte Schilffelder (*saw-grass ponds*) sehr hinderlich waren. Nun lag unter dem fünf bis sechs Fuss hohen grünen Schilfgras oft eine Schicht trockenen Schilfes von 2 bis 4 Fuss Mächtigkeit, die sehr leicht anzuzünden war. Und an heissen Tagen, wenn es seinen Leuten besonders beschwerlich wurde, durch diese wohl fünf hundert Akres grossen Felder sich hindurchzuarbeiten, brach Mackay sich manchmal durch das Feuer Bahn. Auch hier erhob sich eine einzige wirbelnde Rauchsäule über der Brandstätte; über der Säule aber ballten sich die Dunstmassen zu einer compacten Wolke zusammen, die sich mehr und mehr über den anfangs wolkenfreien Himmel ausbreitete und schliesslich unter Donner und Blitz in starken Regengüssen sich entlud. Diese Gewitter zeigten sich so regelmässig nach jedem grösseren Schilfbrande, dass Mackay häufig ohne Noth die Schilffelder anzündete, um sich und seinen ermatteten Leuten einen erfrischenden Regen zu verschaffen. Auch wenden nach seiner Angabe die Pflanzer in Florida dasselbe Mittel nicht selten an, um ihre neuen Saaten zu tränken.

Sehr lebhaft erinnern diese wirbelnden Rauchsäulen, aus denen sich Regenwolken entwickeln, an die räthselhaften Wasserhosen, in denen Luft und Dampf ebenfalls heftig wirbelnd emporsteigen zu den Wolken, welche letztere dann meistens rasch sich vergrössern und den Charakter wirklicher Gewitter annehmen. Boussard sah sogar (nach Gehler's phys. Wört. X.

pag. 1064) bei wolkenfreiem Himmel eine Wasserhose sich bilden, welche oben eine Gewitterwolke erzeugte, aus der es später donnerte. Er will wiederholt bei fast wolkenfreiem Himmel beobachtet haben, dass die Wasserhosen zuerst an der Meeresfläche entstehen und erst hernach die zugehörigen Wolken erzeugen oder doch vergrössern. Sollten demnach die Wasserhosen, sollten überhaupt die Tromben, diese heftigen, hoch empor sich erstreckenden, aber wenig ausgedehnten Luftwirbel, vielleicht nichts weiter sein als vertikale Luftströme, die den Temperaturunterschieden der Luftschichten oder dem atmosphärischen Wasserdampf ihr Entstehen verdanken?

Ich muss mich Denjenigen anschliessen, welche diese Frage bejahen. Denn einmal zeigen unzweifelhafte vertikale Luftströme, auch da, wo sie durch natürliche Einwirkung der Sonnenwärme auf den Boden eingeleitet werden, leicht den Charakter von Tromben; andererseits aber lassen sich alle Erscheinungen der letzteren, sowie auch ihr Entstehen erklären durch den vertikalen Luftstrom. Ich hoffe dieses im Einzelnen nachweisen zu können.

Der französische Marine-Capitän Bailleul erzählt in den *Comptes rendus*, Bd. 31, pag. 8, von einem Besuche, den er dem Vesuv im Juni 1850 fünf Wochen nach seinem Ausbruch abstattete. Die ausgeworfene Lava war noch zu heiss, um sie zu betreten; die Temperatur war an einigen Stellen noch besonders hoch. An diesen Stellen nun sah Bailleul manchmal „kleine Tromben" sich erheben, die mächtig genug waren, um Bimsteinstücke fortzubewegen und von benachbarten Bäumen, die sie beim Ueberschreiten der Lavagrenzen etwa erreichten, Laub abzureissen. Das Gleichgewicht der Luft stellte sich dann aber bald wieder her. Offenbar stieg in diesen Wirbeln die von der Lava erhitzte Luft empor. — Grössere Wirbelwinde ähnlichen Ursprunges beobachtete Olmsted (nach Sill. Journ., II. Ser., Bd. 11) bei dem Brande eines ausgedehnten Rohrgebüsches und theilweise über der noch heissen Asche, welche durch ihr Aufsteigen die vertikale Bewegung innerhalb der Wirbelwinde ganz augenscheinlich machte.

Aber auch überall, wo die Sonne den Erdboden, und damit die unteren Luftschichten stark erhitzt, namentlich an ruhigen, windstillen Sommertagen, zeigen sich wirbelnd emporsteigende Luftströme. Auf unseren schmalen Landstrassen sind es häufig etwa 10 Fuss hohe, wie Kreisel über dem Boden hingleitende Staubwirbel, die nach oben hin sich konisch erweitern. Auf grösseren Plätzen zeigen sie sich wohl als dünne, schlangartige Säulen, die Staub und Blätter oft mehrere hundert Fuss wirbelnd in die Höhe treiben. Humboldt beobachtete sie in den Llanos von Südamerika, und bemerkt, dass sie nur bei völlig ruhiger Luft sich zeigen. Die vertikalen Sandsäulen, welche Bruce in den Wüsten Afrika's und Clarke in den russischen Steppen wahrgenommen hat, sind wieder dieselben Erscheinungen, und es ist ja bekannt, dass die aufsteigenden Luftströme der Sahara den Wüstensand in solchen Massen und so hoch und weit mit sich fortreissen, dass bis weit über die Canarischen Inseln hinaus die Sonne nicht selten dadurch verfinstert wird. Ueberhaupt zeigen sich die wirbelnd aufsteigenden Luftströme in allen Welttheilen, und es sei mir nur gestattet, noch einige interessante Beobachtungen hier anzuführen, welche der Engländer Belt in Australien angestellt hat.

Belt erzählt im Philos. Magazine 1859, Bd. 17, von den rotirenden Staubsäulen Australiens, die in der heissen Jahreszeit den Goldsuchern häufig ihre leichten Gezelte niederwerfen. „Der Staub und die mitge„rissenen Blätter lassen ihre schraubenförmige Bewegung nach oben deut„licher hervortreten. Bisweilen stehen die Säulen still; gewöhnlich aber „haben sie eine regelmässige horizontale Bewegung. Staubwolken um„hüllen ihren Fuss, aus denen sie zu beträchtlicher Höhe emporsteigen, „oft durch obere Luftströmungen aus ihrer lothrechten Lage abgelenkt. „Besonders häufig sind sie in den Ebenen, wo bei mangelndem Baumwuchs „die Sonnenstrahlen grosse Wirkung ausüben"....

„Werden solche Luftwirbel aufmerksam beobachtet, so bemerkt man, „dass Luftströme von allen Seiten nach dem unteren Säulenende sich hin„bewegen. Die Temperatur der Luft an der Erdoberfläche wird durch sie „merklich erniedrigt. Wenn ich (Belt) durch die ausgedörrten Ebenen „reiste, sah ich häufig die Luft zittern über dem heissen Boden wie über „einem Feuerheerde. Plötzlich erhob sich, vielleicht wenige Schritte von „mir, ein Sturm im Kleinen; und wenn sein Ungestüm nach wenigen Mi„nuten ebenso plötzlich sich legte, war das Zittern der Luft nicht länger „bemerklich, und die Atmosphäre war weniger drückend. Immer von „Neuem wiederholte sich derselbe Vorgang, bis der Schluss unvermeidlich „wurde, dass jene Wirbelwinde die Canäle seien, welche die erhitzte Luft „von der Erdoberfläche zu den höheren Regionen führen".

Dieses Aufwirbeln der heissen unteren Luftschichten vergleicht Belt sehr treffend mit den Strudeln, welche durch Bodenöffnungen in flachen Wasserbehältern hervorgerufen werden. „Ist einmal die Oeffnung er„zwungen, so strömt die ganze erhitzte Luftschicht zu ihr hin und wird „fortgerissen; die schwereren Schichten sinken nieder und pressen jene her„aus". Der Umfang und die Gewalt des Wirbelwindes wächst desshalb mit der Ausdehnung der verdünnten Luftschicht. Daher die grössere Wuth des gefürchteten Samum, dieses gefahrbringenden Wirbelwindes der afrikanischen Sandwüsten! Daher die ungeheure Gewalt der Drehstürme im atlantischen und im stillen Ocean, die bezeichnend genug in der heissen Zone ihren Ursprung nehmen! Giebt nicht die glühende Luftschicht ihre Gegenwart deutlich zu erkennen durch trügerische Spiegelung, bevor sie mit Wolken von Sand die flüchtige Caravane überschüttet? Und verkündigt nicht drückende Schwüle der Luft dem Seemann zum Voraus den wüthenden Orkan? —

Ich will diesen Spekulationen Belt's über die Entstehung der Stürme nicht weiter folgen, weil ich sonst auch auf die entgegenstehenden Ansichten eines Dove, eines Redfield weitläufig eingehen müsste. Ehe ich jedoch die Bedingungen untersuche, unter denen sich vertikale Luftströme bilden, will ich noch einige beiläufige Worte zur Begründung der Ansicht sagen, dass Wettersäulen und Wasserhosen eben auch nur auf- oder abwärts gerichtete Luftströme seien.

Obgleich die grossartige Erscheinung der Wettersäule, ihre gewaltigen mechanischen Wirkungen, das betäubende Brausen und die rasende Drehbewegung die Sinne des Beobachters leicht völlig gefangen nehmen, so ist doch bei den meisten Tromben eine vertikale, meist aufsteigende Bewegung wirklich wahrgenommen worden. Sehr deutlich zeigte sie sich z. B. bei der Wettersäule von Königswinter, welche Dr. G. vom Rath in Pogg. Ann., Bd. 104, trefflich geschildert hat. Als dieselbe zum zweiten Male den Rhein überschritten hatte und sich aus einer Wasserhose wieder in eine Staubhose verwandelte, sah man den weissen Dampf rasch aufsteigen zu den Wolken, und ihm folgte dunkler Staub, durch eine scharfe wagerechte Linie gegen jenen abgegrenzt. Oft konnte die vertikale Bewegung in den Wettersäulen auch anderweitig festgestellt werden. Briefe und andere leichte Gegenstände wurden bei sonst ruhiger Luft meilenweit fortgetragen; Blätter und mitgerissene Zweige fielen, mit einer Eiskruste bedeckt, wieder zur Erde nieder. Auch strömt zum Fusse der Säule die Luft mit Wucht heran, so dass sie an der Erdoberfläche entweder gar nicht rotirt, oder doch in mehr oder weniger steilen Spiralwindungen sich dem Centrum nähert, wo sie emporsteigt. Die niedergeworfenen Bäume oder das zu Boden gedrückte Korn zeigen deshalb regelmässig nach der Linie hin, die der Fuss der Säule durchlaufen hat. Die vielen Tornados, deren Wirkungen von Redfield, Espy, Koomis, Olmsted, Hare untersucht und meistens in Silliman's Journal dargestellt sind, machen diese Thatsache unzweifelhaft. Ein glänzender Beleg dafür ist auch die Wettersäule von Königswinter, die überhaupt ganz und gar den Character eines aufsteigenden Luftstromes hat.

Selbst die Gegner der hier vorgetragenen Ansicht, wie Peltier, Becquerel und Hare, oder wie Redfield und Oersted, mussten daher das Vorkommen eines vertikalen Luftstromes in der Wettersäule zugeben. Die letzteren erklärten nämlich die Tromben für Wirbelwinde mit Saugwirkung, welche durch entgegengesetzte Windstösse hervorgebracht würden; die ersteren aber hielten dieselben für Wirkungen statischer Electricität, welche zwischen ihren Trägern, den Wolken und der Erdoberfläche, zunächst einen vertikalen Luftstrom erzeuge, und waren im Uebrigen der der hier ausgeführten Ansicht. Dabei bleiben aber, anderer wichtiger Bedenken zu geschweigen, diejenigen häufig beobachteten Tromben unerklärt, welche keine merkliche Drehbewegung oder keine electrische Erscheinungen zeigen. — Ist dagegen der vertikale Luftstrom in der Wettersäule das Ursprüngliche, so wird derselbe, wie aus den oben angeführten Thatsachen zur Genüge hervorgeht, leicht eine starke Rotation annehmen. Auch wird eine grosse Anhäufung von Electricität mit Leichtigkeit eintreten, weil im aufsteigenden Luftstrom, wie unten gezeigt werden soll, der mitgerissene Wasserdampf sich sehr schnell verdichtet. Wie diese Rotation etwa durch Ungleichheiten des Luftdruckes, wie diese Electricität durch die Condensation hervorgebracht wird, darüber lassen sich bis jetzt freilich nur Vermuthungen aufstellen; die Wasserwirbel und die vulkanischen Gewitter, obwohl lange bekannt, sind ja auch noch nicht vollständig erklärt.

Wenn übrigens die Wettersäulen und Wasserhosen nichts weiter als vertikale Luftströme sind, so bedarf es wohl keiner eingehenden Erörterung über die beträchtliche Abnahme des Luftdruckes am Fusse der Säule, über das weithin vernehmbare Sausen im Luftkanale und über die erstaunlichen mechanischen Wirkungen des Meteors. Die Erklärung dieser Erscheinungen, welche sogar als Bestätigungen unserer Annahme angesehen werden dürfen, ergiebt sich von selbst.

Die Plötzlichkeit, mit der sich die strudelnden vertikalen Luftströme wie von selbst in ruhiger Atmosphäre bilden, und die Heftigkeit, mit der sie auftreten, legen den Gedanken nahe, dass ihnen ein labiles Gleichgewicht der Luft vorangehe, und dass durch sie die gewaltsame Umwälzung der Luftschichten geschehe, durch welche das stabile Gleichgewicht wieder hergestellt wird. Wirklich müsste auch im anderen Falle die Bewegung eines verhältnissmässig wenig ausgedehnten Luftstromes rasch an den passiven Widerstand der durchbrochenen ruhenden Luft erlahmen, wenn man nicht eben äussere, z. B. electrische Kräfte als wirksam annehmen will. Auch ist die Entstehung jenes labilen Gleichgewichtes in ruhiger Atmosphäre leicht denkbar, da durch den erwärmten Boden die unteren Luftschichten ganz allmälig eine höhere Temperatur annehmen und sehr langsam sich demnach ausdehnen. Die Fragen: „bei welchen Temperaturverhältnissen können vertikale Luftströme eintreten?" und „bei welchen ist die Luft im labilen Gleichgewichte?" sind deshalb für unsere Untersuchung gleichbedeutend.

Man wird mit Belt geneigt sein, auf letztere Frage zu antworten: „Wenn die unteren Luftschichten so stark erwärmt sind, dass sie trotz des „höheren Druckes, dem sie ausgesetzt sind, specifisch leichter werden, als „irgend welche über ihnen befindlichen Sichten". Allein die unten zusammen gestellten Rechnungen zeigen, dass dieses erst dann eintritt, wenn von den unteren Schichten zu den oberen die atmosphärische Temperatur abnimmt um mehr als 3,42 Grad Celsius für je 100 Meter vertikaler Erhebung. Die bei Luftfahrten und Bergersteigungen wirklich beobachteten Temperaturabnahmen betragen aber selten mehr als den vierten Theil dieser Grösse, und nie, auser bei der sehr merkwürdigen Luftfahrt von Barral und Bixio, ist wohl die angegebene Temperaturabnahme von 3,42 Grad pr. 100^m direct wahrgenommen worden. Ich halte deshalb die Annahme für unzulässig, dass bei jeder Wasserhose oder Wettersäule die unteren Luftschichten leichter seien als die oberen, wenn dieses auch bisweilen in Wüsten der Fall sein mag, indem nur durch jene Annahme die Luftspiegelung genügend sich erklären lässt.

Gleichwohl sind wir keineswegs genöthigt, den labilen Gleichgewichtszustand der Atmosphäre zu verwerfen. Ein ähnlicher Fall kann eintreten, wie bei einem ausdehnsamen Luftschlauch, der durch zweckmässige Belastung im Wasser schwebend erhalten wird. Drückt man denselben um ein Weniges unter seine Gleichgewichtslage hinab, so sinkt er sofort zu Grunde, weil er durch den grösseren Wasserdruck zusammengepresst, sein Auftrieb also verringert wird. Ebenso steigt er sofort zur Oberfläche empor, wenn er über seine Gleichgewichtslage gehoben wird; denn die Verminderung der Druckhöhe veranlasst eine Ausdehnung des Schlauches und damit eine Vergrösserung des Auftriebes. Das Gleichgewicht des Schlauches ist also ein labiles. Ganz ähnliche Erscheinungen können in der Atmosphäre eintreten, wenn eine beliebige Luftmenge eine Ortsveränderung erleidet; nur dass hier nicht immer das Gleichgewicht ein labiles sein muss, sondern je nach den Temperaturverhältnissen auch indifferent oder stabil werden kann.

Versetzen wir eine beliebige Luftmasse ohne äusserliche Zuführung oder Entziehung von Wärme in eine höhere Schicht der Atmosphäre, so dehnt sie sich aus wegen Verminderung des äusseren Druckes, und ihre Temperatur sinkt gleichzeitig. Ist diese, dem Poisson'schen Gesetz entsprechende Temperaturabnahme **grösser als die atmosphärische**, welche der durchlaufenen Höhe entspricht, ist also unser Luftquantum bis **unter** die Temperatur seiner neuen Umgebung erkaltet, so muss dasselbe, sich selbst überlassen, zu seiner früheren Lage wieder hinabsinken. Das Gleichgewicht der Atmosphäre ist dann ein **stabiles**. Dagegen wird das Luftquantum noch höher steigen, wenn seine bei der Ausdehnung verminderte Temperatur **grösser** bleibt, als diejenige der umgebenden Luftschicht; das Gleichgewicht ist ein **labiles**. Die Rechnung wird zeigen, dass die Luftmenge in ihrer neuen Lage **bleibt**, und dass folglich die Atmosphäre im **indifferenten** Gleichgewicht sich befindet, wenn die Temperaturabnahme für einen Höhenunterschied von 100 Metern je einen Grad Celsius (genauer 0,993 Grad) beträgt. Nimmt also die Temperatur für eine lothrechte Erhebung von 100 Metern um mehr ab als einen Grad, so ist das Gleichgewicht der Atmosphäre ein labiles. Gleichzeitig aber ist jede Luftschicht specifisch schwerer als alle darüber befindlichen, wenn die

Temperaturabnahme weniger beträgt als 3,42 Grad per 100 Meter. So z. B. war bei Glaisher's acht Luftschifffahrten (siehe „Ausland" 1862, No. 45) die Luft bis zu 1000 Fuss Egl. über der Erdoberfläche im labilen Gleichgewicht. Denn die Temperaturabnahme betrug im Mittel 3,1 Grad Celsius für die ersten 1000 Fuss, oder 1,02 Grad für je 100 Meter. Sicher werden daher ähnliche aufsteigende oder nach unten gerichtete Luftströmungen geherrscht haben, wie sie Hennessy in Irland beobachtet hat. Barral und Bixio fanden auf ihrer ausserordentlichen Luftfahrt vom 27. Juli 1850 in der Höhe von 18000 Pariser Fuss eine Temperatur von —10,5 Grad Cels., dagegen schon in 21060 Fuss Höhe nur noch —39 Grad. Der Temperaturunterschied betrug also 28,5 Grad für 2070 Fuss, oder 4,2 Grad für je 100 Meter Erhebung. Die Luft war folglich in den unteren Schichten wirklich leichter als in den oberen, und daraus mag sich auch die merkwürdige Spiegelung der Sonne erklären, welche die beiden Forscher unterhalb des Ballons wahrnahmen.*) Das labile Gleichgewicht der Luft war aber auch schon durch einen mächtigen niedersinkenden Luftstrom unterbrochen, wie nicht blos aus der raschen Bildung der mehr als 10000 Fuss hohen Wolke sich ergiebt, deren obere Grenze die Luftfahrer nicht einmal erreichen konnten, sondern vor Allem auch aus dem Umstande, dass beim Sinken des Ballons in den unteren Luftschichten die Temperatur weit niedriger war, als beim Aufsteigen, obwohl die ganze Fahrt kaum 1½ Stunden in Anspruch nahm.

Es ist sehr möglich, dass durch solche niedersinkende Luftströme unter Umständen Gewitterwolken erzeugt werden, so dass die Mohr'sche Hageltheorie, welche offenbar auch einen labilen Gleichgewichtszustand in der Atmosphäre voraussetzt, vielleicht nicht in allen Stücken zu verwerfen ist. Dass bei Windstille auf öden, baumlosen Flächen ein solcher labiler Zustand ungestört eine Zeitlang bestehen kann, ist um so leichter denkbar, als, wie schon bemerkt, die Luft dabei nach unten hin specifisch schwerer bleiben darf. Eine geringe Störung, wie die durch einen Reiter, durch den Schatten einer Wolke u. dgl. m. verursachte, mag dann hinreichen, die Atmosphäre zur plötzlichen, gewaltsamen Herstellung des stabilen Gleichgewichtes zu veranlassen.

In der Regel nun geschieht diese Herstellung des stabilen Gleichgewichtes durch einen aufsteigenden Luftstrom. So wird bei fünfzehn unter den 56 von Peltier verzeichneten Wasserhosen angegeben, die Dünste seien in ihnen aufgestiegen, und nur bei acht, sie seien niedergesunken. Sehr oft sieht man am Himmel grosse Haufenwolken sich aufthürmen, die nach oben hin rasch wachsen und deren konisch abgerundete Gipfel durch die dünnen Wolkenschichten der oberen Atmosphäre sich sehr schnell

---

*) Die Annahme der beiden Luftfabrer und Arago's, dass die Sonne sich in den horizontalen (warum nicht auch in beliebig geneigten?) Grenzflächen der in der Luft schwebenden Eisnadeln gespiegelt habe, ist mir höchst unwahrscheinlich.

Bahn brechen. Dieses Vorherrschen der aufsteigenden Luftströme gegen die niedersinkenden mag hauptsächlich herrühren von der Anwesenheit des Wasserdampfes in der Luft, den ich bisher ganz unberücksichtigt gelassen habe. Da bei atmosphärischen Temperaturen auf diesen Wasserdampf das Mariotte'sche Gesetz ohne Bedenken angewendet werden kann, auch sein Gewicht nicht in Betracht kommt gegen dasjenige, der mit ihm gemischten Luft, so ist dieses Verfahren gewiss zulässig, so lange der Wasserdampf seine Dunstform beibehält. Aber bei aufsteigenden Luftströmen schlägt sich der Dampfgehalt der rasch erkaltenden Luft nieder; und die bedeutende hierbei frei werdende und der Luft mitgetheilte Verdampfungswärme darf nicht mehr vernachlässigt werden.

Die Frage nun: „Wann kann ein vertikaler Strom feuchter Luft in der Atmosphäre sich bilden?" hängt innig zusammen mit der folgenden für die Meteorologie überhaupt nicht unwichtigen Aufgabe: „Zu unter-„suchen, wie Temperatur und Spannung einer mit Feuchtigkeit gesättigten „Luftmasse sich ändern, wenn dieselbe ohne äusserliche Zuführung oder „Entziehung von Wärme sich allmälig ausdehnt". Der Fall nämlich, in welchem feuchte Luft comprimirt wird, bedarf keiner besonderen Untersuchung; denn es schlägt sich bei der Compression kein Wasserdampf nieder, weil die Temperatur der Luft sehr rasch steigt. Andererseits aber zeigt die Rechnung sowohl, als auch zahlreiche Versuche mit Luftpumpen, dass bei der Expansion feuchter Luft sich Wasserdampf verdichtet. Bei gegebenem Expansionsverhältniss werden also unter sonst gleichen Umständen die Spannung und die Temperatur feuchter Luft lange nicht in demselben Masse sinken, wie diejenige trockener Luft. Aus den hierher gehörenden, unten ausgeführten Rechnungen ergiebt sich folgender Satz:

Dehnt sich feuchte Luft ohne äussere Wärmezuführung oder Wärmeentziehung allmälig aus, so schlägt sich ihr Wasserdampf theilweise nieder. Die Ausdehnung erfolgt näherungsweise nach einem Gesetz, welches dem Poisson'schen durchaus ähnlich ist. Die Anwesenheit des Wasserdampfes hat nämlich ganz dieselbe Wirkung, welche eine Vergrösserung der specifischen Wärmen der Luft haben würde.

Die Vermuthung liegt nahe und wird durch die Rechnung bestätigt, dass diese Wirkung des atmosphärischen Wasserdampfes um so stärker sich äussern werde, je grösser das Gewicht des Dampfes ist im Verhältniss zum Gewicht der ihn enthaltenden Luft. So z. B. wird der gesättigte Wasserdampf sich mehr geltend machen in feuchter Luft bei 20° als in solcher von 0°, und mehr bei geringem Luftdruck als bei hohem. Denn die Dampfmenge, welche irgend ein Raum aufnehmen kann, wächst sehr schnell mit der Temperatur und ist unabhängig vom Luftdruck, während gleichzeitig das Gewicht der in demselben Raum enthaltenen Luft durch Expansion abnimmt bei wachsender Temperatur oder abnehmendem Druck.

Aus diesen Ergebnissen lässt sich folgern, dass feuchte Luft weit leichter in der Atmosphäre aufsteigt als trockene. Letztere steigt erst auf, wenn die Temperatur um mindestens einen Grad Celsius abnimmt für je 100 Meter lothrechter Erhebung in der Atmosphäre; dagegen kann feuchte Luft, wie wir sehen werden, unter Umständen schon aufsteigen, wenn dieselbe Temperaturabnahme nur ½ Grad beträgt. Und zwar ist die erforderliche Grösse dieser Abnahme wesentlich abhängig von derjenigen Temperatur und Spannung, welche die aufsteigende Luft bei ihrem Sättigungspunkte hat, oder von dem Gewichtsverhältniss des Dampfes und der Luft, die gleichzeitig in demselben Raum enthalten sind. Bei der Spannung von einer Atmosphäre z. B. wird gesättigte Luft von $0°$ erst dann mit Beschleunigung sich erheben können, wenn die genannte Temperaturabnahme etwas über ¾ Grad beträgt; dagegen solche von $20°$ schon bei einer Temperaturabnahme von nicht viel über ½ Grad Cels. per 100 Meter Erhebung. Fast dieselbe Abnahme von reichlich ½ Grad ist erforderlich zum beschleunigten Aufsteigen feuchter Luft von 0 Grad bei ½ Atmosphäre Spannung; während hierzu bei gleicher Spannung und bei 20 bis 30 Grad nur eine Temperaturabnahme von reichlich ¼ Grad nöthig ist. **Feuchte aufsteigende Luftströme treten also weit leichter in höheren Schichten der Atmosphäre ein, als in tieferen.** Wirklich sehen wir an warmen, klaren Sommertagen gar oft prächtige Haufenwolken sich bilden, die in mächtigen Säulen nach oben hin sich ausdehnen. Grössere aufsteigende Luftströme an der Erdoberfläche, wie Wettersäulen und Wasserhosen, gehören dagegen immerhin zu den Seltenheiten. Freilich ist dabei wohl zu berücksichtigen, dass die Luft unten weit seltener ihren Sättigungspunkt erreicht, als in der Wolkenregion; und dass dort, wo dieses durch Abkühlung und nächtliche Strahlung dennoch geschieht (wie z. B. in Gebirgsthälern, wenn ein Nebelmeer sich bildet), gewöhnlich die für aufsteigende Luftströme nothwendige Bedingung nicht erfüllt sein wird, dass nämlich die untere Schicht wärmer sei, als die zunächst über ihr befindlichen Schichten. Bei Wettersäulen wird daher in der Regel die für trockene Luftströme erforderliche Temperaturabnahme in der Atmosphäre vorhanden sein müssen, und erst in einiger Entfernung von der Erdoberfläche verdichtet sich der mitgerissene Dampf und tritt dessen frei werdende Verdampfungswärme, das Aufsteigen beschleunigend, in Wirksamkeit. So erklärt sich beiläufig auch der konische, rüsselartige Ansatz, der bei Tromben häufig unter den Wolken beobachtet ist und von diesen zur Erde herabhängt.

Haben die Wasserdämpfe der Luft ihren Sättigungspunkt noch nicht erreicht, so ist bei einer Temperaturabnahme von etwas weniger als $1°$ Cels.

per 100^m Erhebung die Atmosphäre im stabilen Gleichgewicht. Aber die Grenzen der Stabilität sind um so enger, je näher der Dampf seinem Sättigungspunkte ist. Wird nämlich ein Luftquantum aus einer unteren Schicht in eine obere versetzt, so nähert sich bei der hierbei eintretenden Abkühlung der Dampf rasch seinem Sättigungspunkte; aber so lange sich nicht wirklich Dampf niederschlägt, bleibt die Luftmasse kälter als ihre neue Umgebung, und hat das Bestreben, zu ihrem früherem Standort zurückzusinken. Ist aber der Sättigungspunkt überschritten und hat sich hinreichend viel Dampf niedergeschlagen, so kann die Temperatur der gehobenen Luftmasse über diejenige ihrer neuen Umgebung steigen, und es entsteht ein immer wachsender Auftrieb nach oben hin. Meine Rechnungen geben genau an, unter welchen Umständen dieser Fall eintreten muss. Zur Entstehung von aufteigenden Luftströmen ist also nicht einmal das Vorhergehen eines labilen Gleichgewichtszustandes nothwendig, obwohl ich glaube, dass derselbe bei Wettersäulen in der Regel vorhanden sein wird. Dagegen können niedergehende Luftströme nur bei einem solchen labilen Gleichgewichtszustande eintreten, und werden schon deshalb seltener sein müssen, als aufsteigende.

Durch meine Rechnungen erleidet auch Espy's Theorie der Stürme wesentliche Einschränkungen. Espy nimmt an, dass überall da, wo Wasserdampf in zufällig emporgerissenen Luftmassen sich verdichtet, die frei werdende Verdampfungswärme gross genug sei, um die Luftmasse zum heftigen, immer rascherem Aufsteigen zu zwingen, bis sie die Grenze der Atmosphäre erreicht. Wir wissen aber jetzt, dass diese Wirkung der Condensation erst dann eintritt, wenn die Temperaturabnahme bei lothrechter Erhebung in der Atmosphäre eine gewisse Grösse überschreitet.

Die Rechnungen, auf denen die obigen Entwickelungen zum Theil beruhen,

und zu deren Ausführung ich jetzt übergehen will, habe ich deshalb in die allgemeineren Betrachtungen nicht eingeflochten, weil ich sonst deren Gang hätte unterbrechen müssen, und weil diese Rechnungen Mancherlei enthalten, was vielleicht an sich, nicht aber in Bezug auf vertikale Luftströme von Interesse sein kann. Aus ähnlichen Gründen sondere ich sie in drei Gruppen und untersuche zunächst:

1. **Die Ausdehnung der atmosphärischen Luft bei der Wolkenbildung.**

Regnault hat bekanntlich durch mehr als hundert Versuche bewiesen, dass die specifische Wärme der Luft bei constantem Druck innerhalb sehr weiter Grenzen unabhängig ist von Temperatur und Spannung. Hieraus und aus dem Mariotte'schen Gesetz lässt sich folgender sehr allgemeine Satz beweisen:

Wird einer beliebigen Luftmenge ohne Aenderung der Spannung eine Wärmeeinheit zugeführt, so dehnt sich die Luft aus und verrichtet dabei eine äussere Arbeit von 123,15 Meter-Kilogrammen, wie gross auch anfänglich ihre Volumen und die Spannung und Temperatur ihrer einzelnen Theile sein mögen.

Hier und im Folgenden sind als Masseinheiten Kilogramm, Meter und Centesimalgrad zu Grunde gelegt.

Sei t die Temperatur, p die Spannung, k das Gewicht und kv das Volumen der gegebenen Luftmenge, so dass v das Volumen der Gewichtseinheit bezeichnet; dann ist nach Mariotte's und Gay-Lussac's Gesetz:

1) $\qquad p \cdot kv = kR(a + t),$

indem $a = 273$ und $R = 29{,}272$. Wird nun bei constantem Druck p die Wärmemenge W gleichmässig über jene k Kilogramme vertheilt, so steigt die Temperatur der Luft um $\dfrac{W}{k \cdot c}$ Grade, wenn $c = 0{,}2377$ die specifische Wärme bezeichnet. Das neue, dieser Temperatur $t + \dfrac{W}{kc}$ entsprechende Luftvolum $k \cdot v_1$ ergiebt sich nach 1) aus der Gleichung:

$$p \cdot kv_1 = kR\left(a + t + \frac{W}{kc}\right).$$

Und wenn 1) von dieser Gleichung subtrahirt wird, so folgt:

2) $\qquad p \cdot (kv_1 - kv) = \dfrac{R}{c} \cdot W = 123{,}15\, W.$

Da nun p den constanten Druck und $(kv_1 - kv)$ die Volumen-Zunahme der Luftmenge bezeichnet, so ist $p \cdot (kv_1 - kv)$ die bei der Ausdehnung verrichtete äussere Arbeit. Dieselbe ist der zugeführten Wärme W proportional, und gleich 123,15, wie oben behauptet wurde, wenn $W = 1$ ist.

Die einschränkenden Bestimmungen, dass alle Theile der Luftmenge anfangs gleiche Temperatur und Spannung haben, und dass W gleichmässig über die Luftmenge vertheilt werde, dürfen wir jetzt fallen lassen. Denn nach dem eben Bewiesenen verrichtet auch sonst jeder einzelne Theil der Luftmenge eine äussere Arbeit, welche der ihm zugeführten Wärme proportional ist. Die Arbeit der ganzen Luftmenge ist also wieder $= 123{,}15\, W$, wenn auch W ungleichmässig vertheilt wird. Also wird keine neue äussere Arbeit verrichtet, wenn W sich nachträglich gleichmässig in der Luftmenge verbreitet: die letztere behält ihr einmal erlangtes Volumen, unabhängig von der Vertheilung ihrer inneren Wärme. Hieraus folgt der Satz:

Wenn beliebige Mengen trockener Luft von gleicher Spannung und ungleicher Temperatur sich mischen, so ändert sich bei der Temperatur-Ausgleichung ihr Gesammt-Volumen nicht.

Jetzt lässt sich ohne grosse Mühe die Ausdehnung berechnen, welche durch die Condensation einer beliebigen Dampfmenge in der Atmosphäre hervorgerufen wird. Eine solche Condensation tritt vielfach ein, wenn zwei mit Wasserdampf gemischte Luftmengen von ungleicher Temperatur einander durchdringen, und namentlich bei der Wolken- und Nebelbildung. Sei beispielsweise 10 Grad die Temperatur, bei welcher die Condensation eintritt. Dann wird der Luft eine Wärmemenge von etwa 599,9 Einheiten mitgetheilt, wenn ein Kilogramm Wasserdampf sich verdichtet; denn so viel beträgt nach Regnault die Verdampfungswärme desselben. Die sich ausdehnende Luft verrichtet deshalb nach Gleichung 2) die äussere Arbeit:

$$123{,}15 \cdot 599{,}9 = 73877{,}7 \text{ Meter-Kilogramm.}$$

Die Ausdehnung beträgt daher bei der Spannung $p = 10336^{kil.}$ oder bei einer Atmosphäre:

$$\frac{73877{,}7}{10336} = 7{,}147 \text{ Cubikmeter.}$$

Sie beträgt 7,147 n Cubikmeter bei dem Druck von $\frac{1}{n}$ Atmosphäre. Da aber in diesem Falle das specifische Gewicht der Luft nur den n^{ten} Theil ausmacht von dem bei einer Atmosphäre Spannung ihr zukommenden, so ist offenbar das Gewicht der 7,147 n Cubikmeter unabhängig vom Luftdruck. Das Gewicht der Luft, welche bei der Condensation von $1^{kil.}$ atmosphärischen Wasserdampfes (von 10^0) durch die verursachte Ausdehnung verdrängt wird, beträgt daher:

$$7{,}147 \cdot 1{,}29319 \cdot \frac{273}{283} = 8{,}916 \text{ Kilogramm,}$$

weil nach Regnault ein Cubikmeter Luft bei 0^0 und bei einer Atmosphäre Spannung 1,29319 Kilogramm wiegt. — Auf ähnliche Weise sind in der unten folgenden Tabelle I auch die übrigen Ziffern der fünften Spalte berechnet worden.

Diese Ausdehnung der Luft ist aber nicht die wirklich eintretende. Sie wird vielmehr vermindert durch die gleichzeitige Contraction, welche bei dem Ausscheiden des Wasserdampfes in Folge der Spannungsverminderung stattfindet. Die Grösse dieser Contraction nimmt auch unabhängig von der gleichzeitigen Ausdehnung ein gewisses Interesse in Anspruch. Wenn nämlich von der Erdoberfläche Wasserdampf in die Atmosphäre eindringt, so übernimmt derselbe einen Theil der atmosphärischen Spannung und veranlasst daher eine Expansion der Luft, welche der bei seiner Ausscheidung eintretenden Contraction gleichkommt. Wie die Rechnung ergeben wird, nimmt je ein Kilogramm Wasserdampf in der Atmosphäre die Stelle ein von etwa 1,62 Kil. Luft, so dass folgt:

Bei gleicher Temperatur und Spannung ist feuchte Luft specifisch leichter als trockene.

So z. B. zeigt eine leichte Rechnung, dass bei 1 Atmosphäre Spannung feuchte Luft von 20^0 nicht mehr wiegt, als trockene von $22^0,6$, und vielleicht verdient dieser Satz bei der Theorie der Land- und Seewinde Berücksichtigung.

Bei 10^0 ist das Volumen von einem Kilogramm gesättigten Wasserdampfes $= 107,79$ Cubikmeter, die Spannung $= 0,01206$ Atmosphären. Wird also in 107,79 Cubikmeter atmosphärischer Luft sämmtlicher Wasserdamf, d. h. $1^{kil.}$, bei 10^0 condensirt, jedoch ohne dass der Luft die freigewordene Wärme zugeführt wird, so vermindert sich die Spannung der Luft um 0,01206 Atm., oder vielmehr ist ihr Volum um:

$$0,01206 \cdot 107,79 = 1,300 \text{ Cubikmeter,}$$

wenn der Luftdruck eine Atmosphäre beträgt. Die Volumverkleinerung beträgt $1,300 \, n$ Cubikmeter, wenn der Luftdruck nur $\frac{1}{n}$ Atmosphäre ausmacht. Immer aber ist das Gewicht der bei dieser Contraction angesogenen Luft gleich

$$1,300 \cdot 1,29319 \cdot \frac{273}{283} \text{ oder } 1,622 \text{ Kilogr.}$$

Scheidet aus dem k fachen Luftvolum von $107,79 \, k$ Cubikmeter ein Kilogr. Wasserdampf aus, so vermindert sich die Luftspannung um $\frac{0,01206}{k}$ Atmosphären innerhalb jenes Raumes. Denn bei niedrigen Temperaturen, wie hier, findet das Mariotte'sche Gesetz auf den Wasserdampf unbedenklich Anwendung. Die Contraction $\frac{0,01206}{k} \cdot 107,79 \, k$ ist also wieder $= 1,300$ Cubikmeter, wie eben. Ueberhaupt erhalten wir aus Tabelle I die Contraction für je ein Kilgramm ausscheidenden Wasserdampfes dem Volumen nach, wenn wir irgend einen Werth aus der zweiten Spalte mit der zugehörigen Zahl der vierten Spalte multipliciren. Da aber diese Volumina nur für den Luftdruck von einer Atmosphäre gelten, so habe ich vorgezogen, unter 6 in der Tabelle die entsprechenden Gewichte der angesogenen Luft aufzuführen.

Die wirkliche Ausdehnung der atmosphärischen Luft bei der Verdichtung von einem Kil. Wasserdampf ist in Tabelle I unter 7 angegeben, und zwar wieder durch das Gewicht der verdrängten Luft. Sie nimmt, wie man sieht, ab mit der Temperatur, und lässt sich bis zur ersten Decimalstelle genau darstellen durch

$$7,7 - 0,04 \, t \text{ Kilogramm.}$$

Das Volumen der verdrängten Luft wird bis zur dritten Decimale genau dargestellt durch

5,972 — 0,0126 t Cubikmeter,
wenn der Luftdruck eine Atmosphäre beträgt.

Tabelle I.

Die Condensation verursacht folgende Volumänderungen von einem Kilogramm gesättigten Wasserdampfes in atmosph. Luft, ausgedrückt durch das Gew. der angesogenen oder verdrängten Luft.

1.	2.	3.	4.	5.	6.	7.	8.
Temperatur t	Volumen	Verdampfungswärme	Spannung	Expansion durch Wärmezuführung	Contraction durch Spannungsverlust	Differenz der Expansion und Contraction (5)—(6)	Verhältniss der Expansion zur Contraction (5):(6)
(Cels.)	(Cub.-M.)	(Calorien)	(in Atm.)	(Kilogr.)	(Kilogr)	(Kilogr.)	
—10°	447,6	614,1	0,0027	9,82	1,62	8,20	6,05
—5°	300,4	610,5	0,0041	9,58	1,62	7,96	5,91
0°	207,36	607,0	0,00605	9,35	1,62	7,73	5,76
5°	148,61	603,5	0,00860	9,13	1,62	7,51	5,63
10°	107,79	599,9	0,01206	8,92	1,62	7,29	5,50
15°	79,12	596,4	0,01672	8,71	1,62	7,09	5,37
20°	58,70	592,8	0,02288	8,51	1,62	6,89	5,26
25°	44,03	589,3	0,03099	8,32	1,62	6,70	5,14
30°	33,37	585,8	0,04151	8,13	1,61	6,52	5,04
35°	25,54	582,2	0,05503	7,95	1,61	6,34	4,93

Die Spalte 8 der Tabelle bestätigt meine frühere Behauptung, dass bei der Condensation des atmosphärischen Wasserdampfes die Contraction der Luft durch Spannungsverlust kaum ein Fünftel beträgt von der Expansion durch die frei gewordene Wärme.

Die Zahlen der 7. Spalte will ich noch benutzen zur Lösung einer meteorologischen Frage: bis zu welchem Grade nämlich die Schwankungen des Barometers der Condensation und dem Ausscheiden des atmosphärischen Wasserdampfes zuzuschreiben seien. Ich denke mir aus der Atmosphäre eine lothrechte Säule von einem Quadratmeter Grundfläche ausgesondert. In dieser Säule möge ein Kilogramm Wasser als Regen herabstürzen, so dass die Regenhöhe ein Millimeter beträgt. Die Luft dehnt sich dabei bedeutend aus, und wenn ihre Temperatur an der Condensationsstelle z. B. 10 Grad beträgt, so entweichen wegen dieser Expansion 7,3 Kil. Luft entweder seitwärts oder nach oben hin, wo sie an der Grenze der Atmosphäre nach den Seiten abfliessen kann. Das Gewicht der Luftsäule, welches durchschnittlich 10336 Kilogramm beträgt, hat also abgenommen um 8,3 Kil., den niedergeschlagenen Wasserdampf eingerechnet. Die durchschnittliche Barometerhöhe von 760^{mm} muss sich also vermindert haben um

$$\frac{8,3 \cdot 760}{10336} = 0,61 \text{ Millimeter},$$

also um $^3/_5$ der Regenhöhe. Das macht auf einen Zoll Regen etwa sieben Linien Fall im Barometerstande.

Natürlich giebt unsere Rechnung nur das Maximum der Barometerschwankung, welches in Wirklichkeit bei Weitem nicht erreicht wird. Denn die verdrängte Luft wird nicht sofort abfliessen können, und zudem an der Erdoberfläche durch seitlich heranströmende kältere Luft grösstentheils ersetzt. Aber dennoch wirft diese Rechnung vielleicht einiges Licht auf die geringe Höhe des Barometerstandes, welche häufig genug bei den regenreichen Drehstürmen beobachtet worden ist.

2. Das Spannungsgesetz feuchter Luft, welche sich ohne äusserliche Zuführung oder Entziehung von Wärme allmälig ausdehnt.

Wenn in $\gamma \cdot$ Kil. atmosphärischer Luft von der Temperatur t und der Spannung p eine Vergrösserung der Temperatur dt und der Spannung um dp hervorgebracht werden soll, während die Luft stets einem äusseren Drucke ausgesetzt ist, der ihrer Spannung p gleichkommt, so muss dieser Luftmasse die Wärmemenge

3) $\qquad \gamma \cdot dQ_1 = \gamma c \cdot dt - \gamma \frac{AR(a+t)}{p} \cdot dp$

zugeführt werden (vergl. Zeuner, Grundzüge der mechan. Wärmetheorie, pag. 43, Gl. 37). Hierin ist $A = \frac{1}{424}$, und wie oben $c = 0,2377$; $R = 29,272$; $a = 273$. Wird ebenso in einem Gemisch von $m \cdot$ Kil. Wasserdampf und $M - m$ Kil. Wasser die Temperatur t um dt erhöht, während der Dampf stets gesättigt bleibt und das Volumen der Mischung nur unendlich wenig sich ändert, so muss dieser Mischung die Wärmemenge

$$dQ_2 = Mc_2 \cdot dt + (a+t) \cdot d\left(\frac{mr}{a+t}\right)$$

zugeführt werden. (Vergl. Zeuner a. a. O., pag. 105, Gl. V.). Hierin ist $c_2 = 1,0024$ die specifische und $r = 607 - 0,708\, t$ die sogenannte Verdampfungswärme des Wassers. Befinden sich die Luftmasse γ und das Gemisch M von Wasser und Dampf in demselben Raume, so muss diesem also die Wärmemenge

$$\gamma \cdot dQ_1 + dQ_2 = (\gamma c + Mc_2)dt - \gamma \frac{AR(a+t)}{p} dp + (a+t)\, d\frac{mr}{a+t}$$

zugeführt werden, damit die angegebenen Aenderungen eintreten. Für das

Verhalten der mit Wasser und Dampf geschwängerten Luft ergiebt sich daher unter der Voraussetzung, dass ihr Wärme weder zugeführt noch entzogen werde (oder dass $\gamma.dQ_1 + dQ_2 = 0$ sei), folgende Gleichung:

$$0 = (\gamma c + M c_2)\frac{dt}{a+t} - \gamma A R \frac{dp}{p} + d\left(\frac{mr}{a+t}\right).$$

Durch Integration folgt hieraus, wenn t_0, p_0, m_0 und r_0 die anfänglichen Werthe von t, p, m und r bezeichnen:

$$0 = (\gamma c + M c_2).lg\,nat\frac{a+t}{a+t_0} - \gamma A R lg\,nat\frac{p}{p_0} + \frac{mr}{a+t} - \frac{m_0 r_0}{a+t_0}.$$

Dividiren wir mit $\gamma A R.log\,nat$ (10) und schaffen wir $log\dfrac{p}{p_0}$ auf die linke Seite der Gleichung, so ergiebt sich:

$$log\,brigg\frac{p}{p_0} = \frac{c + \dfrac{M}{\gamma}c_2}{AR}.lg.\,br.\frac{a+t}{a+t_0} - \frac{m_0 r_0 - mr\dfrac{a+t_0}{a+t}}{\gamma A R.log\,nat(10).(a+t_0)}.$$

Wir wollen nun annehmen, dass das ursprüngliche, der Temperatur t_0 und der Spannung p_0 entsprechende Volumen der γ Kilogr. Luft ein Cubikmeter sei. Da bei 0^0 und bei 1 Atmosphäre oder 10336 Kil. Spannung ein Cubikmeter Luft 1,2932 Kil. wiegt, so ist dann nach Mar. und Gay-Lussac's Gesetz:

$$\gamma = 1,2932.\frac{a}{a+t_0}.n,$$

wenn der Kürze wegen $\dfrac{p_0}{10336} = n$ gesetzt wird. Es bedeutet also n den Luftdruck in Atmosphären, welchem das Luftquantum γ anfänglich ausgesetzt war. Ferner wollen wir annehmen, dass die Luft anfänglich zwar mit Wasserdampf sei gesättigt gewesen, nicht aber ausser dem Dampf noch tropfbares Wasser enthalten habe, dass also

$$M - m_0 = 0 \text{ oder } M = m_0$$

sei. Dann ist also M oder m_0 das Gewicht von einem Cubikmeter gesättigten Wasserdampfes bei der Temperatur t_0. Möge m' dieselbe Grösse für die Endtemperatur t bezeichnen, bei welcher ja die Spannung der γ-Kil. Luft $= p$ und folglich (nach Mariotte) ihr Volumen gleich $\dfrac{p_0}{p}.\dfrac{a+t}{a+t_0}$ Cub.-Meter ist. Die Gesammtmasse m des Wasserdampfes, welche bei dieser Temperatur t und Spannung p noch in der Luftmenge γ sich befindet, ergiebt sich dann zu

$$m = m'.\frac{p_0}{p}.\frac{a+t}{a+t_0}.$$

Durch Einsetzung dieser Ausdrücke für γ, M und m und durch Einführung der Zahlenwerthe für die Constanten geht nun die Spannungsgleichung in folgende über:

$$\log\text{brigg}\,\frac{p}{p_0} = -\left(3{,}44304 + 11{,}4516 \cdot \frac{273+t_0}{273} \cdot \frac{m_0}{n}\right) \cdot \log\text{brigg}\,\frac{a+t_0}{a+t}$$

$$- \frac{0{,}017878}{n} \cdot \left(m_0 r_0 - m' r \cdot \frac{p_0}{p}\right).$$

Nehmen wir für die anfängliche Temperatur t_0 der Mischung und für die schliessliche t, sowie für die anfängliche Spannung $p_0 = 10336 \cdot n$ bestimmte Werthe an, so erhalten wir für $\frac{p}{p_0}$ eine transcendente Gleichung, aus welcher diese Grösse leicht berechnet werden kann. Denn die Gewichte m_0 und m' des gesättigten Wasserdampfes, welche bei resp. t_0 und t Grad in einem Cubikmeter enthalten sein kann, ergeben sich aus den Tabellen, welche Zeuner u. A. berechnet haben; und für r haben wir schon oben die Gleichung $r = 607 - 0{,}708\,t$ angegeben. Doch ist wohl zu beachten, dass die Formel nur dann gültig ist, wenn die Endtemperatur t kleiner ist als die anfängliche t_0, weil sonst der Dampf nicht im gesättigten Zustande bleibt.

Beispielsweise erhalten wir für $t_0 = 20$, $t = 0$ und $p = 10336$ oder $n = 1$ Atm. die Gleichung:

$$\log\text{brigg}\,\frac{p}{p_0} = -0{,}29167 + 0{,}05192 \cdot \frac{p_0}{p},$$

wenn wir den Tabellen gemäss setzen:

$$m_0 = 0{,}0170;\ m' = 0{,}0048;\ r_0 = 592{,}84;\ r = 607{,}00.$$

Durch Probiren finde ich leicht $\frac{p}{p_0} = 0{,}620$. Ferner folgt aus

$$m = m' \cdot \frac{p_0}{p} \cdot \frac{a+t}{a+t_0}$$

für m der Werth 0,0072 Kil., und somit wird

$$m_0 - m = 0{,}0098 \text{ und } \frac{m_0 - m}{m_0} = 0{,}58.$$

Das Resultat dieser Rechnung ist also: Wenn sich ein Cubikmeter mit Wasserdampf gesättigter Luft, deren Anfangsspannung eine Atmosphäre, und deren Anfangstemperatur 20° Cels. beträgt, allmälig ausdehnt ohne äusserliche Zuführung oder Entziehung von Wärme, bis ihre Temperatur auf 0° gesunken ist, so nimmt ihre Spannung bis auf 0,620 Atmosphären ab, und es verdichten sich 0,0098 Kilogr. oder 58 Procent ihres Wasserdampfes. Unter denselben Umständen würde nach Poissons Gesetz die Spannung trockener Luft nur bis auf 0,980 Atmosph. gesunken sein. Diese Ergebnisse der Rechnung werden sich durch Versuche leicht prüfen lassen, und und derartige Versuche dürften für die Theorie des Wasserdampfes deshalb besonders wünschenswerth und wichtig sein, weil feuchte Luft sich zum Experimentiren wahrscheinlich weit besser eignet, als reiner Wasserdampf.

Auf diese Weise sind die Hauptziffern der Tabelle II entstanden, die ich jetzt erklären will.

Tabelle II.

	30°	20°	10°	0°	—10°	—20°	
30°		0,900 0,745 0,765	0,980 0,563 0,579	0,970 0,431 0,434	0,960 0,334 0,322	0,949 0,273 0,236	$\varepsilon = 8$
20°	0,990 0,686 0,691		0,990 0,781 0,801	0,980 0,620 0,636	0,969 0,498 0,501	0,958 0,416 0,380	$\varepsilon = 6,4$
10°	0,980 0,470 0,472	0,990 0,722 0,732		0,990 0,811 0,820	0,979 0,666 0,668	0,968 0,564 0,540	$\varepsilon = 5,5$
0°	0,970 0,321 0,318	0,980 0,525 0,529	0,990 0,760 0,763		0,989 0,833 0,845	0,978 0,710 0,710	$\varepsilon = 4,5$
—10°	0,900 0,217 0,211	0,969 0,385 0,378	0,979 0,585 0,584	0,989 0,793 0,799		0,989 0,857 0,856	$\varepsilon = 4,0$
—20°	0,949 0,162 0,138	0,958 0,304 0,267	0,968 0,477 0,440	0,978 0,659 0,634	0,989 0,841 0,840		
	$\varepsilon = 11$	$\varepsilon = 9$	$\varepsilon = 7,33$	$\varepsilon = 6$	$\varepsilon = 4,49$		

Von dieser Tabelle ist die eine dreieckige Hälfte rechts oben unter der Annahme berechnet, dass die Spannung p_0, welche die Luft bei dem Sättigungspunkte ihres Wasserdampfes besitzt, 10336 Kilogr. oder eine Atmosphäre betrage; für die andere dreieckige Hälfte links unten ist diese Anfangsspannung zu 5168 Kilogr. oder einer halben Atmosphäre angenommen worden. An den Spitzen der Horizontal- und der Vertikalspalten stehen die Temperaturen, welche zu Anfang und zu Ende der Expansion herrschen, und zwar gilt die höhere dieser beiden Temperaturen für den Anfang der Expansion. Für den Theil der Tabelle rechts oben, für welchen die Anfangsspannung eine Atmosphäre beträgt, steht deshalb die Anfangstemperatur an der Spitze einer Horizontalspalte; für den anderen Theil links unten, für welchen die Anfangsspannung eine halbe Atmosph. ist, steht die Anfangstemperatur an der Spitze einer Vertikalspalte. An der Kreuzungsstelle je einer horizontalen mit einer vertikalen Spalte befinden sich drei Ziffern, von denen die mittlere das Verhältniss $\dfrac{p}{p_0}$ angiebt, oder die Endspannung p rechts oben in Atmosphären und links unten in halben Atmosphären ausdrückt. Die oberste Ziffer jeder Kreuzungsstelle giebt des Vergleiches wegen an, auf welchen Theil der anfänglichen Spannung der Luftdruck bei der Expansion sinken würde, wenn die Luft nicht feucht, sondern trocken wäre. Z. B.: Dehnt feuchte Luft von einer (resp. einer halben) Atmosphäre Spannung sich aus, bis ihre Anfangstemperatur von 30^0 sich auf 0^0 vermindert hat, so sinkt gleichzeitig die Spannung auf 0,431 Atm. (resp. 0,321 halbe Atm.). Unter denselben Umständen würde dagegen die Spannung trockener Luft nur bis auf 0,970 Atmosphären (resp. 0,970 halbe Atm.) sich vermindern.

Die unterste Ziffer jeder Kreuzungsstelle giebt, wie man bemerken wird, die Spannungsabnahme bei der Expansion feuchter Luft näherungsweise an; denn die untersten Ziffern unterscheiden sich nur wenig von den mittleren. Wir sind durch folgende Betrachtung zu diesen Näherungsziffern gelangt.

Dehnt sich ein Kilogramm feuchter Luft unendlich wenig aus, so ändert sich ihre Temperatur um die (negative) Grösse dt. Zugleich schlägt sich unendlich wenig Wasserdampf nieder, und giebt seine Verdampfungswärme ab an die Luft. Ich kann diese Verdampfungswärme der Temperaturänderung dt proportional, und also weil sie positiv ist, gleich $-\omega . dt$ setzen. Die Luft dehnt sich dann so aus, als würde ihr bei jeder Temperaturänderung dt von aussen die Wärmemenge $-\omega . dt$ zugeführt. Zufolge der oben angegebenen Gleichung 3) erhalte ich daher für ihr Spannungsgesetz (da $\gamma = 1$) die Gleichung:

$$-\omega . dt = c\, dt - \frac{AR(a+t)}{p} . dp$$

oder

$$\frac{dp}{p} = \frac{c+\omega}{AR} \cdot \frac{dt}{a+t}.$$

Die Grösse ω wird vor Allem abhängen von der Menge des tropfbaren oder flüssigen Wassers, welches in der Luft enthalten ist, und kann, wenn diese constant bleibt, nur noch mit der Temperatur sich ändern. Wenn sich ω, wie hier anzunehmen ist, nur sehr wenig mit der Temperatur ändert, so darf ich näherungsweise ω constant setzen. Obige Gleichung ist dann leicht zu integriren und ich finde:

4) $$\frac{p}{p_0} = \left(\frac{a+t}{a+t_0}\right)^s, \text{ wenn } s = \frac{c+\omega}{AR}.$$

Von der Grösse s habe ich für die verschiedenen Anfangstemperaturen (von welchen der Dampfgehalt der Luft wesentlich abhängt, weil sie dem Sättigungspunkte entsprechen) Werthe berechnet, mit deren Hülfe die untersten Zahlen an jeder Kreuzungsstelle unserer Tabelle gefunden sind. So z. B. ist das Spannungsgesetz feuchter Luft, die bei 1 Atmosph. Spannung und bei 30^0 Celsius ihren Sättigungspunkt erreicht und sich dann

272 Ueber vertikale Luftströme in der Atmosphäre.

ohne äusserliche Wärmezuführung ausdehnt, näherungsweise:

$$\frac{p}{p_0} = \left(\frac{a+t}{a+t_0}\right)^8 \text{ für } p_0 = 10336^{\text{kil.}} \text{ und } t_0 = 30^0;$$

und feuchte Luft, die bei ½ Atm. Spannung und 10^0 Cels. ihren Sättigungspunkt erreicht, dehnt sich ohne äusserliche Wärmezuführung näherungsweise aus nach dem Gesetz:

$$\frac{p}{p_0} = \left(\frac{a+t}{a+t_0}\right)^{7,33} \text{ für } p_0 = 5168^{\text{kil.}} \text{ und } t_0 = 10^0.$$

Wie man bemerken wird, sind die Werthe von ε am Ende der Spalten angegeben, zu welchen sie gehören.

Die Gleichung 4) $\frac{p}{p_0} = \left(\frac{a+t}{a+t_0}\right)^{\frac{c+\omega}{AR}}$ hat nun offenbar ganz die Form der Poisson'schen Spannungsgleichung für trockene Luft. Denn letztere folgt sogar aus 4), wenn $\omega = 0$ gesetzt wird. Die Anwesenheit des Wasserdampfes in der Luft hat also dieselbe Wirkung, welche eine Vergrösserung der specifischen Wärme c der Luft hervorbringen würde. Auch ist diese Wirkung des Wasserdampfes zufolge unserer Tabelle desto grösser, je kleiner der Luftdruck p_0 und je grösser die Temperatur t_0 ist, bei welcher die Luft ihren Sättigungspunkt erreicht; denn $\varepsilon = \frac{c+\omega}{AR}$ hängt in derselben Weise von p_0 und t_0 ab. Damit sind meine früheren Behauptungen über das Verhalten feuchter Luft bei der Ausdehnung bewiesen.

3. Der labile Gleichgewichtszustand in der Atmosphäre.

Sei in der Höhe x über der Erdoberfläche p die Spannung, v das Volumen der Gewichtseinheit (1 Kil.) und t die Temperatur der atmosphärischen Luft. Dann findet nach Mariotte und Gay-Lussac die Gleichung statt:

5) $$pv = R \cdot (a+t),$$

indem $R = 29{,}272$ und $a = 273$. Der Höhe $x+dx$ entspricht eine geringere Spannung $p+dp$, weil das Gewicht der über einem Quadratmeter Grundfläche befindlichen Luftsäule abgenommen hat um $\frac{1}{v}dx$. Denn v ist das Volumen der Gewichtseinheit, und daher $\frac{1}{v}$ das Gewicht der Volumeneinheit. Also folgt:

$$-dp = \frac{1}{v} \cdot dx,$$

oder wegen Gleichung 5):

6) $$-\frac{dp}{p} = \frac{dx}{R(a+t)}.$$

Ist die Temperatur der Luft überall dieselbe, also t unabhängig von x, und bezeichnet p_0 die Spannung der Luft in der Höhe h, so folgt aus 6) durch Integration die bekannte, bei barometrischen Höhenmessungen benutzte Gleichung:

7) $$log\ nat\ \frac{p_0}{p} = \frac{x-h}{R(a+t)}.$$

Ich will aber, den Beobachtungen besser entsprechend, die Temperatur der Luft als nach oben hin abnehmend voraussetzen. Ich bezeichne dieselbe in der Höhe k mit t_0 und das entsprechende Volumen der Gewichtseinheit mit v_0, so dass auch die Gleichung $p_0 . v_0 = R(a + t_0)$ gilt. Ferner will ich annehmen, dass zwischen den Höhen h und x, von denen $h < x$ sei, die Temperatur gleichmässig von t_0 bis t abnehme. Diese Voraussetzung ist auch in der wirklichen Atmosphäre jedenfalls zulässig, wenn die Differenz $x - h$ nur klein genug gewählt wird. Die Temperaturabnahme betrage τ Grade für je 100 Meter lothrechter Erhebung. Dann folgt:

8) $$t_0 - t = \tau . \frac{x-y}{100},$$

und hieraus:

$$dx = -100 . \frac{dt}{\tau}.$$

Die Gleichung 6) nimmt daher die Form an:

$$\frac{dp}{p} = \frac{100}{R\tau} . \frac{dt}{a+t},$$

woraus sich durch Integration ergiebt:

9) $$log\ \frac{p_0}{p} = \frac{100}{R\tau} . log\ \frac{a+t_0}{a+t}.$$

Da nach Gleichung 8) $\frac{100}{\tau} = \frac{x-h}{t_0-t}$ ist, so erhalten wir beiläufig für die Höhendifferenz den Ausdruck:

$$x - h = R(t_0 - t) . \frac{log\ \frac{p_0}{p}}{log\ \frac{a+t_0}{a+t}},$$

also einen wesentlich anderen als den aus 7) sich ergebenden:

$$x - h = R(a+t) . log\ nat\ \frac{p_0}{p}.$$

Nach der ersteren dieser beiden Formeln berechnet sich aus den Saussure'schen Barometer- und Thermometer-Beobachtungen beispielsweise die Montblanc-Höhe zu 4437 Metern; aus der letzteren zu 4431 Metern, so dass die Temperaturabnahme in der Atmosphäre auf barometrische Höhenmessungen keinen nennenswerthen Einfluss äussert.

Für meine Zwecke bringe ich Gleichung 9) auf die Form:

10) $$\left(\frac{p_0}{p}\right)^{\frac{R\tau}{100}} = \frac{a+t_0}{a+t},$$

und multiplicire diese mit der Mar. und Gay-Lussac'schen Gleichung:
$$\left(\frac{pv}{p_0 v_0}\right)^{\frac{R\tau}{100}} = \left(\frac{a+t}{a+t_0}\right)^{\frac{R\tau}{100}}.$$

Dann ergiebt sich:
$$\left(\frac{v}{v_0}\right)^{\frac{R\tau}{100}} = \left(\frac{a+t}{a+t_0}\right)^{\frac{R\tau}{100}-1}.$$

Da $t_0 > t$ angenommen wurde wegen $h < x$ Gleichung 8), so ist $v_0 > v$ wenn $\frac{R\tau}{100} - 1$ positiv oder > 0, und $v_0 < v$, wenn $\frac{R\tau}{100} - 1$ negativ oder < 0 ist. Die Luft ist also unten in der Höhe h stärker ausgedehnt, und daher specifisch leichter als oben in der Höhe x, wenn $\tau > \frac{100}{R}$ oder $\frac{100}{29{,}272}$, d. h. wenn die Temperatur für je 100 Meter vertikaler Erhebung um mehr als $\frac{100}{29{,}272}$ oder 3,42 Grad Celsius abnimmt. Die Luft ist unten schwerer als oben, wenn ihre Temperatur für je 100^m Erhöhung um weniger als $3^0{,}42$ sinkt.

Bringen wir ferner aus der Höhe h eine beliebige Luftmenge ohne äusserliche Zuführung oder Entziehung von Wärme in die Höhe x, so sinkt ihre Spannung von p_0 auf p. Gleichzeitig nimmt wegen der Ausdehnung ihre Temperatur t_0 ab. Die neue niedrigere Temperatur, die ich mit t' bezeichnen will, ergiebt sich aus Poisson's Gleichung:
$$\frac{p_0}{p} = \left(\frac{a+t_0}{a+t'}\right)^{\varepsilon},$$

in welcher $\varepsilon = \frac{c}{AR} = 424 \cdot \frac{0{,}2377}{29{,}272} = 3{,}443$ ist, wenn die Luft trocken, dagegen nach Tabelle II sehr verschiedene Werthe hat, je nach dem Wasserdampfgehalt, wenn die Luft feucht ist. Nach Gleichung 10) ist aber auch $\frac{p_0}{p} = \left(\frac{a+t_0}{a+t}\right)^{\frac{100}{R\tau}}$, so das folgt:
$$\left(\frac{a+t_0}{a+t'}\right)^{\varepsilon} = \left(\frac{a+t_0}{a+t}\right)^{\frac{100}{R\tau}};$$

oder durch Multiplication mit $\left(\frac{a+t}{a+t_0}\right)^{\varepsilon}$:
$$\left(\frac{a+t}{a+t'}\right)^{\varepsilon} = \left(\frac{a+t}{a+t_0}\right)^{\varepsilon - \frac{100}{R\tau}}.$$

Da $t_0 > t$ ist, so muss auch $t' > t$ sein, wenn $\varepsilon - \frac{100}{R\tau}$ positiv oder $\tau > \frac{100}{R.\varepsilon}$ ist; dagegen ist $t' < t$, wenn $\tau < \frac{100}{R\varepsilon}$. Ist die Luft trocken, so ergiebt sich also der Satz: Die von unten heraufgebrachte Luftmenge ist wärmer und daher specifisch leichter als ihre neue Umgebung, sie steigt also noch weiter in die Höhe, wenn die Temperaturabnahme der Atmosphäre für je 100

Meter lothrechter Erhebung mehr beträgt, als $\frac{100}{29{,}272 \cdot 3{,}443}$ oder 0,993 Gr. Celsius; sie ist kälter, und sinkt daher zu ihrer früheren Lage zurück, wenn die Temperaturabnahme für je 100^m kleiner ist als 0,993 Grad. Im ersteren Falle ist der Gleichgewichtszustand der Atmosphäre ein labiler, im zweiten ein stabiler; er ist ein indifferenter, wenn die genannte Temperaturabnahme gleich 0,993 Grad ist. — Uebrigens ergeben sich für trockene Luft dieselben Resultate, wenn eine beliebige Luftmenge aus ihrer Gleichgewichtslage nach abwärts bewegt wird, statt aufwärts.

Ist die aus der Höhe h in die Höhe x gebrachte Luftmenge mit Wasserdampf gesättigt, so erhalten wir für ε verschiedene Werthe je nach der Temperatur t_0 und Spannung p_0, welche die Luft bei ihrem Sättigungspunkte in der Höhe h besass. Demnach wird auch die Temperaturabnahme $\tau = \frac{100}{R\varepsilon}$, bei welcher die Luft im indifferenten Gleichgewicht sich befindet, verschieden ausfallen. Für die verschiedenen Werthe von ε und τ erhalte ich folgende 2 Tabellen (vergl. Tab. II):

Für $p_0 = 10336^{\text{kil.}} = 1$ Atmosph.,

und $t_0 =$

	−10°	0°	10°	20°	30°
folgt $\varepsilon =$	4,0	4,5	5,5	6,4	8
$\tau =$	0,85	0,76	0,62	0,53	0,43

Für $p_0 = 5168^{\text{kil.}} = \frac{1}{2}$ Atmosph.,

und $t_0 =$

	−10°	0°	10°	20°	30°
folgt $\varepsilon =$	4,49	6,0	7,33	9,0	11,0
$\tau =$	0,76	0,57	0,47	0,38	0,31

Ist beispielsweise irgendwo in der Atmosphäre die Temperatur 10° und die Spannung eine (resp. eine halbe) Atmosphäre, so befindet sich dort vorhandene, mit Wasserdampf gesättigte Luft im labilen Gleichgewicht, wenn die Temperaturabnahme für je 100^m lothrechter Erhebung mehr beträgt als 0,62 (resp. 0,47) Grad Celsius. Diese Tabellen beweisen meine früheren Behauptungen, dass mit Feuchtigkeit gesättigte Luft um so leichter in der Atmosphäre emporsteigt, je niedriger ihre Spannung und je höher ihre Temperatur ist. Denn die zum Aufsteigen erforderliche Temperaturabnahme τ ist kleiner für hohe als für niedrige Anfangstemperaturen t_0, und kleiner für $p_0 = \frac{1}{2}$ Atmosps. als für $p_0 = 1$ Atmosph. Spannung.

Bei Aufstellung der Tabelle II, aus welcher die Werthe von τ abgeleitet sind, habe ich angenommen, dass die expandirende feuchte Luft auch den condensirten Wasserdampf behalte in Form tropfbaren Wassers, dass also ihr Gehalt an Feuchtigkeit constant bleibe. Diese Annahme wird auch für feuchte aufsteigende Luftmassen zulässig sein; denn dieselben lassen ihren condensirten Wasserdampf keineswegs sofort als Regen fallen, sondern sie reissen ihn als Nebel mit sich fort, wie bei Wasserhosen deutlich zu erkennen ist.

Ferner nahm ich an, dass die Temperatur der Atmosphäre nach oben hin **gleichmässig** abnehme. Ist dieses nicht der Fall, so darf die Temperaturabnahme gleichwohl nirgends mehr betragen, als die Werthe von τ für trockene oder feuchte Luft angeben, wenn nicht das atmosphärische Gleichgewicht ein labiles sein soll.

Ich bemerke noch, dass sich mit Hülfe der oben aufgestellten Gleichungen auch die Geschwindigkeit der Luft im vertikalen Strom ohne grosse Mühe berechnen lässt. Im aufsteigenden Strome ist die Geschwindigkeitszunahme nach oben hin nicht beträchtlich im Vergleich zu der bedeutenden Anfangsgeschwindigkeit, mit welcher bei Wettersäulen und Wasserhosen in der Regel die unteren Luftmassen in den Kanal eintreten.*) Weil nun die aufsteigende Luft sich allmälig ausdehnt, so wird der Strom nach oben hin breiter werden müssen, und besonders dort wird sein Querschnitt sehr bedeutend werden, wo seine Geschwindigkeit (etwa weil die Lufttemperatur nicht mehr rasch genug abnimmt nach oben hin) wieder kleiner wird und die aufsteigende Luft allmälig zur Ruhe kommt. Wirklich ist oft bei Wettersäulen und namentlich bei Wasserhosen die Beobachtung gemacht worden, dass die im aufsteigenden Strom sich bildende Nebelmasse nach oben hin immer grössere Querschnitte annimmt, so dass sie häufig als blosser conischer Ansatz der Wolken erscheint.

Die wenig übersichtlichen Formeln für die Geschwindigkeit im vertikalen Luftstrom will ich nicht erst entwickeln, weil auch ohne dieses das eben Gesagte einleuchten wird.

Zürich, den 7. Januar 1864.

---

*) Nach Martins in Pogg. Ann. 81, pag. 445, verursachte am 19. Aug. 1847 eine Windhose bei Rouen ein Sinken des Barometers um 6,34 Millimeter. Der Druckdifferenz von $6^{mm},34$ entspricht aber eine Windgeschwindigkeit von 36,17 Metern per Secunde nach der Verdünnungsstelle hin. Dass bei solcher Windgeschwindigkeit, die sonst nur in Orkanen vorkommt, 180 grosse Bäume umgerissen wurden, ist sehr begreiflich. Nach Oersted (in Schum. Jahrb. 1838, pag. 239) fiel durch die Wettersäule von Eu am 16. Juni 1775 das Barometer um $2\frac{1}{4}$ Linien, woraus sich die Geschwindigkeit der heranströmenden Luft zu $34^m,32$ ergeben würde.

Kleinere Mittheilungen.

XVIII. Bemerkung zu der Abhandlung: „Ueber die Anziehung eines Cylinders" (diese Zeitschrift, 8. Jahrgang, S. 342). Von Dr. F. GRUBE.

Die Formeln 5) galten ihrer Herleitung gemäss für alle Punkte, die innerhalb des Cylinders selbst oder innerhalb des verlängerten Mantels liegen. An den Formeln für Y und Z lässt sich aber eine kleine Vereinfachung anbringen, nach welcher man auf der Stelle erkennt, dass sie auch für äussere Punkte unverändert gelten; und daraus ergiebt sich weiter, dass auch die Formel für X, nach Weglassung des vor dem Integral stehenden Gliedes, für äussere Punkte gilt.

Y ist nach 5) die Differenz zweier Integrale von der Form

$$J = a \int_0^{2\pi} \frac{\beta \sin\psi - c}{\sqrt{a^2 + \Phi^2}} \cdot \frac{(\beta^2 - a^2)\cos\psi \sin\psi + {}^*) a b \sin\psi - \beta c \cos\psi}{\Phi^2} d\psi,$$

wo

$$\Phi^2 = (a \cos\psi - b)^2 + (\beta \sin\psi - c)^2.$$

In dem Zähler des ersten Bruches unter dem Integralzeichen kann die Constante c wegbleiben. Der Zähler des zweiten Bruches ist nämlich $\Phi d\Phi$, und somit

$$J = a \int_0^{2\pi} \frac{\beta \sin\psi}{\sqrt{a^2 + \Phi^2}} \cdot \frac{d\Phi}{\Phi} - a c \int_0^{2\pi} \frac{d\Phi}{\Phi \sqrt{a^2 + \Phi^2}}.$$

Führen wir im zweiten Integral statt ψ die Veränderliche Φ ein, so werden die Grenzen in Bezug auf Φ dieselben; das unbestimmte Integral ist ein Logarithmus, das bestimmte Integral, mit gleichen Grenzen, verschwindet also. Ebenso können wir in dem Factor des Zählers von Z, der $b - a \cos\psi$ ist, b fortlassen.

Benutzen wir jetzt das in II. gefundene Resultat. Dasselbe bestand in Folgendem. Wenn die Grössen b', c', a', β' den 4 Gleichungen I), II), III), IV) genügen, so ist die Anziehung Y, die der Cylinder (h, a, β) auf den äusseren Punkt (a, b, c) ausübt, gleich $\dfrac{\beta}{\beta'} Y'$, wo Y' die Anziehung

---

*) In 5) steht irrthümlicher Weise $- a b \sin\psi$.

bedeutet, welche der Cylinder (h, α', β') auf den für ihn inneren Punkt (a, b', c') ausübt. Bilden wir also Y' nach 5): multipliciren mit $\dfrac{\beta}{\beta'}$ und ersetzen die gestrichenen Buchstaben mit Hülfe der genannten 4 Gleichungen durch die ungestrichenen, so wird der für Y hervorgehende Ausdruck mit dem in 5) für innere Punkte vollkommen identisch werden. Dasselbe gilt für Z. Die Ausdrücke für Y und Z in 5) gelten also für jede Lage des angezogenen Punktes. Untersuchen wir jetzt die X-Componente für äussere Punkte. Es ist bekanntlich für innere Punkte

$$\frac{\partial X}{\partial a} + \frac{\partial Y}{\partial b} + \frac{\partial Z}{\partial c} = -4\pi,$$

und wenn wir die X-Componente für äussere Punkte vorläufig durch X' bezeichnen, für äussere Punkte

$$\frac{\partial X'}{\partial a} + \frac{\partial Y}{\partial b} + \frac{\partial Z}{\partial c} = 0.$$

Aus diesen beiden Gleichungen folgt, da Y und Z für innere und äussere Punkte dieselben Ausdrücke sind,

$$\frac{\partial X'}{\partial a} = \frac{\partial X}{\partial a} + 4\pi,$$

oder durch Integration

1) $\qquad X' = X + 4\pi a + C,$

wo C eine Constante in Bezug auf a ist. Diese Constante muss der Art sein; dass X' für $a = \dfrac{h}{2}$ verschwindet. Setzt man in 1) für X seinen Werth aus 5), und dann $a = \dfrac{h}{2}$, so ergiebt sich, dass C gleich $-2\pi h$ sein muss. Es ist also

$$X' = X + 2\pi(2a - h),$$

das heisst, es ist X' gleich X nach Weglassung des in X vor dem Integral stehenden Gliedes $2\pi(h - 2a)$. Liegt also der angezogene Punkt im Innern des Cylinders selbst, so steht in X vor dem Integral das Glied $2\pi(h - 2a)$; liegt er innerhalb des verlängerten Cylindermantels, so steht $-2\pi h$ vor dem Integral; liegt er ausserhalb des Mantels und des verlängerten Mantels, so verschwindet das vor dem Integral stehende Glied. Wir können diese drei Fälle zusammenfassen, indem wir sagen, vor dem Integral steht der Ausdruck $2\pi\varepsilon(a_1 - a)$, wo a_1 den Abstand des angezogenen Punktes von der oberen Basis bezeichnet, und ε entweder 1 oder 0 ist, je nachdem der angezogene Punkt innerhalb des Mantels und dessen Verlängerung, oder ausserhalb liegt. Die 3 für jede Lage des angezogenen Punktes gültigen Formeln der 3 Attractionscomponenten eines elliptischen Cylinders sind also folgende:

$$X = 2\pi\varepsilon(a_1 - a) + \int_0^{2\pi} \left(\sqrt{a^2 + \Phi^2} - \sqrt{(h-a)^2 + \Phi^2}\right) \frac{\alpha\beta - b\beta\cos\psi - c\alpha\sin\psi}{\Phi^2} d\psi$$

$$Y = \int_0^{2\pi} \left(\frac{(a-h)\beta \sin\psi}{\sqrt{(h-a)^2 + \Phi^2}} - \frac{a\beta \sin\psi}{\sqrt{a^2 + \Phi^2}} \right) \frac{(\beta^2 - a^2)\cos\psi \sin\psi + ab \sin\psi - \beta c \cos\psi}{\Phi^2} d\psi$$

$$Z = \int_0^{2\pi} \left(\frac{-(a-h)\alpha \cos\psi}{\sqrt{(h-a)^2 + \Phi^2}} - \frac{-a\alpha \cos\psi}{\sqrt{a^2 + \Phi^2}} \right) \frac{(\beta^2 - a^2)\cos\psi \sin\psi + ab \sin\psi - \beta c \cos\psi}{\Phi^2} d\psi$$

$$\Phi^2 = (\alpha \cos\psi - b)^2 + (\beta \sin\psi - c)^2.$$

XIX. Ueber die senkrecht gegen die Axe gerichtete Anziehungscomponente eines kreisförmigen Kegels. Von Dr. F. GRUBE zu Hamburg.

Für die Anziehungscomponente eines elliptischen Cylinders, die parallel gegen eine Axe α der Grundfläche gerichtet ist, hat sich folgender, für jede Lage des angegebenen Punktes gültige, Ausdruck ergeben

$$Y = \frac{\beta}{2} \int_0^{2\pi} \left[\frac{(a-x) \sin\psi}{\sqrt{(a-x)^2 + \Phi^2}} - \frac{a \sin\psi}{\sqrt{a^2 + \Phi^2}} \right] \frac{d\Phi^2}{\Phi^2},$$

$$\Phi^2 = (\alpha \cos\psi - b)^2 + (\beta \sin\psi - c)^2.$$

Hierin bedeuten a, b, c die Coordinaten des angezogenen Punktes, bezogen auf den einen Endpunkt der Cylinderaxe als Anfangspunkt, und auf die Cylinderaxe und auf die Axen α und β der Basis als Coordinatenaxen; x bedeutet die Höhe des Cylinders. Differenziren wir Y nach x, so erhalten wir die parallel gegen die α-Axe gerichtete Componente Y' einer elliptischen Scheibe von der Dicke dx in Bezug auf einen Punkt, dessen Entfernung von der Scheibe $a - x$ ist und dessen Projection auf die Scheibe der Coordinaten b und c hat, bezogen auf die Axen α und β der Scheibe. Es ergiebt sich

$$Y' = -\frac{\beta}{2} dx \int_0^{2\pi} \frac{\sin\psi \, d\Phi^2}{[(a-x)^2 + \Phi^2]^{\frac{3}{2}}} = \beta \, dx \int_0^{2\pi} \sin\psi \, d \frac{1}{\sqrt{(a-x)^2 + \Phi^2}},$$

und hieraus durch theilweise Integration

1) $$Y' = -\beta \, dx \int_0^{2\pi} \frac{\cos\psi \, d\psi}{\sqrt{(a-x)^2 + \Phi^2}}.$$

Um nun die Componente eines elliptischen Kegels zu erhalten, der die Höhe h und dessen Basis die Axen α und β hat, legen wir die Spitze des Kegels in den Anfangspunkt eines rechtwinkligen Coordinatensystemes, und lassen seine Axe und die Axen seiner Basis mit den Coordinatenaxen zusammenfallen. Wir zerlegen ferner den ganzen Kegel in lauter unendlich dünne Scheiben von der Dicke dx, durch Ebenen, die parallel mit der

Basis des Kegels sind. Die Axen einer Elementarscheibe in der Entfernung x von der Spitze des Kegels sind $\frac{\alpha x}{h}$ und $\frac{\beta x}{h}$; die Componente Y' der Scheibe ergiebt sich also aus 1), wenn wir darin $\frac{\alpha x}{h}$ und $\frac{\beta x}{h}$ statt α und β setzen. Man erhält

$$Y' = -\frac{\beta x}{h} dx \int_0^{2\pi} \frac{\cos\psi\, d\psi}{\sqrt{(a-x)^2 + \Phi_1^2}}$$

$$\Phi_1^2 = \left(\frac{\alpha x}{h}\cos\psi - b\right)^2 + \left(\frac{\beta x}{h}\sin\psi - c\right)^2.$$

Integrirt man diesen Ausdruck nach x zwischen den Grenzen 0 und h, so erhält man für die Anziehung Y eines Kegels parallel zur α-Axe seiner Basis folgende Formel, wenn man für x eine neue Variabele $\frac{x}{h}$ einführt:

$$Y = -\beta h \int_0^{2\pi} \cos\psi\, d\psi \int_0^1 \frac{x\, dx}{\sqrt{(a-hx)^2 + (\alpha x\cos\psi - b)^2 + (\beta x\sin\psi - c)^2}}.$$

Hieraus erhalten wir für den kreisförmigen Kegel, dessen Radius α ist, für die senkrecht gegen die Axe gerichtete Componente

$$Y = -2\alpha h \int_0^{\pi} \cos\psi\, d\psi \int_0^1 \frac{x\, dx}{\sqrt{R}},$$

$$R = (a-hx)^2 + \alpha^2 x^2 + b^2 - 2\alpha b x \cos\psi$$
$$= (\alpha^2 + h^2)x^2 - 2(ah + \alpha b\cos\psi)x + a^2 + b^2.$$

Wir wollen die Integration nach x ausführen. Es ist

$$\int \frac{x\, dx}{\sqrt{R}} = \frac{\sqrt{R}}{\alpha^2 + h^2} + \frac{ah + \alpha b\cos\psi}{\alpha^2 + h^2} \int \frac{dx}{\sqrt{R}}$$

und

2) $$\int_0^1 \frac{dx}{\sqrt{R}} = \frac{1}{\sqrt{\alpha^2 + h^2}} \log F(\psi),$$

wo

$$F(\psi) = \frac{\alpha^2 + h^2 - ah - \alpha b\cos\psi + \sqrt{\alpha^2 + h^2}\sqrt{(a-h)^2 + \alpha^2 + b^2 - 2\alpha b\cos\psi}}{\sqrt{(\alpha^2 + h^2)(a^2 + b^2)} - ah - \alpha b\cos\psi}.$$

Es ist also

3) $$Y = -\frac{2\alpha h}{\alpha^2 + h^2} \int_0^{\pi} \cos\psi \sqrt{(a-h)^2 + \alpha^2 + b^2 - 2\alpha b\cos\psi}\, d\psi - \frac{2\alpha h}{(\alpha^2 + h^2)^{\frac{3}{2}}} J,$$

wo
$$J = \int_0^\pi (ah + ab\cos\psi)\cos\psi \log F(\psi)\,d\psi.$$

Aus J mache ich zwei Integrale

$$J = \int_0^\pi \left(ah\cos\psi + ab\cos\psi^2 - \frac{ab}{2}\right) \log F(\psi)\,d\psi + \frac{ab}{2}\int_0^\pi \log F(\psi)\,d\psi.$$

Das erste dieser beiden Integrale verwandelt sich durch theilweise Intetion in

$$-\int_0^\pi (ah + \frac{ab}{2}\cos\psi)\sin\psi\, \frac{dF(\psi)}{F(\psi)}.$$

Dies Integral ist aus ganzen elliptischen und aus rein algebraischen Integralen zusammengesetzt. Substituiren wir dasselbe in J und den daraus für J hervorgehenden Werth in 3), so wird

4) $\quad Y = -\dfrac{2ah}{a^2+h^2}\displaystyle\int_0^\pi \cos\psi\sqrt{(h-a)^2 + a^2 + b^2 - 2ab\cos\psi}\,d\psi$

$\qquad + \dfrac{2ah}{(a^2+h^2)^{\frac{3}{2}}}\displaystyle\int_0^\pi \left(ah + \frac{ab}{2}\cos\psi\right)\sin\psi\,\frac{dF(\psi)}{F(\psi)} - \dfrac{a^2bh}{(a^2+h^2)^{\frac{3}{2}}}\displaystyle\int_0^\pi \log F(\psi)\,d\psi.$

In dem letzten Integral ersetzen wir $\log F(\psi)$ nach 2) wieder durch das bestimmte Integral, woraus $\log F(\psi)$ entstanden war; dann wird

$$\frac{-a^2bh}{(a^2+h^2)^{\frac{3}{2}}} = -\frac{a^2bh}{a^2+h^2}\int_0^1 dx \int_0^\pi \frac{d\psi}{\sqrt{R}}.$$

Substituiren wir in $\displaystyle\int_0^\pi \frac{d\psi}{\sqrt{R}}$ statt $\cos\psi$ den Werth $2\cos^2\frac{\psi}{2} - 1$, so erhalten wir ein vollständiges elliptisches Integral erster Gattung:

$$\int_0^\pi \frac{d\psi}{\sqrt{R}} = \frac{2}{\sqrt{(hx-a)^2 + (\alpha x + b)^2}}\int_0^{\frac{\pi}{2}} \frac{d\psi}{\sqrt{1 - x^2 \sin\psi^2}}$$

$$x^2 = \frac{4ab\,x}{(hx-a)^2 + (\alpha x + b)^2}.$$

Es ereignet sich also der merkwürdige Umstand, dass die senkrecht gegen die Axe gerichtete Componente eines Kegels von ganz denselben Integralen abhängt, aus denen das Potential eines Cylinders zusammengesetzt ist. Auch dies enthält nämlich ausser elliptischen Integralen noch ein Doppelintegral derselben Art wie das vorstehende. (Vgl. Röthig, das Potential eines homogenen rechtwinkligen Cylinders, Crelle's Journal, Bd. 61, pag. 185.) Entwickeln wir das ganze elliptische Integral in eine Reihe, die nach Potenzen seines Moduls fortschreitet, so erhalten wir

$$\int_0^1 dx \int_0^\pi \frac{d\psi}{\sqrt{R}} = \pi \int_0^1 \frac{dx}{\sqrt{(hx-a)^2+(\alpha x+b)^2}}$$

$$+\pi \sum_1^\infty \frac{1^2 \cdot 3^2 \ldots (2n-1)^2}{2^2 \cdot 4^2 \ldots (2n)^2} (4\alpha b)^n \int_0^1 \frac{x^n dx}{[(hx-a)^2+(\alpha x+b)^2]^{\frac{2n+1}{2}}}.$$

Das Integral vor dem Summenzeichen ist ein logarithmisches, und die Integrale unter dem Summenzeichen sind rein algebraische, und zwar rationale Functionen von der Wurzelgrösse $\sqrt{(hx-a)^2+(\alpha x+b)^2}$ und von den in ihr enthaltenen Constanten. Ueber die Entwickelung derselben vgl. z. B. Sohncke's Sammlung von Aufgaben aus der Differential- und Integralrechnung, pag. 229 und 231.

Von der Convergenz der vorstehenden Reihe überzeugt man sich leicht. Die Reihe convergirt gewiss, wenn folgende Reihe

$$\sum_1^\infty \int_0^1 \frac{(4\alpha b x)^n}{(\alpha x+b)^{2n+1}}$$

convergirt. Der Bruch $\frac{(4\alpha b x)^n}{(\alpha x+b)^{2n+1}}$ hat (für positive Werthe von x) nur ein Maximum, welches also das absolute Maximum ist, und zwar findet dasselbe statt für

$$x = x_0 = \frac{nb}{\alpha(1+n)}.$$

Für wachsende n wird also $\lim x_0 = \frac{b}{\alpha}$. Ist also $b > \alpha$, so findet das Maximum des Bruches in dem Intervall von $x = 0$, bis $x = 1$, für $x = 1$ statt; ist $b < \alpha$, so findet es für $x = \frac{nb}{\alpha(1+n)}$ statt; für $b > \alpha$ ist also der Werth das x, für welchen das Maximum stattfindet, von n unabhängig; für $b < \alpha$ wird dieser Werth für wachsende n immer mehr von n unabhängig, da $\lim x_0 = \frac{b}{\alpha}$. Wir können also sagen, dass für ein hinlänglich grosses n immer für dasselbe x, für welches

$$\frac{(4\alpha b x)^n}{(\alpha x+b)^{2n+1}}$$

seinen grössten Werth p annimmt, auch

seinen grössten Werth q annimmt. Es ist also
$$\frac{(4\alpha b x)^{n+1}}{(\alpha x+b)^{2n+3}}$$
$$q=\frac{4\alpha b x_0}{(\alpha x_0+b)^2}p=zp,$$
wo z ein echter Bruch ist. Nennen wir den grössten Werth, den
$$\frac{(4\alpha b x)^{n+2}}{(\alpha x+b)^{2n+5}}$$
in dem Intervall von $x=0$ bis $x=1$ annimmt, r, so ist
$$r=zq=zp^2 \text{ u. s. w.}$$
Setzen wir also überall in den aufeinander folgenden Integralen statt
$$\frac{(4\alpha b x)^n}{(\alpha x+b)^{2n+1}}, \quad \frac{(4\alpha b x)^{n+1}}{(\alpha x+b)^{2n+3}}, \text{ etc.}$$
resp. die constanten Werthe
$$p, zp, z^2 p \text{ etc.},$$
so vergrössern wir; dann werden die Integrale selbst aber resp. p, zp, $z^2 p$ etc.; also ihre Summe wird
$$p(1+z+z^2+\ldots),$$
also convergent.

Der Ausdruck für Y vereinfacht sich bedeutend für den speciellen Fall, dass $a=h$ und $b=\alpha$ ist, d. h. wenn der angezogene Punkt auf dem Rande liegt. Die elliptischen Integrale verwandeln sich in algebraische, deren Entwickelung nach bekannten Formeln der Integralrechnung erfolgt. Das letzte Integral in 4) wird man in diesem Falle zweckmässiger auf die folgende Weise behandeln. Durch theilweise Integration wird

$$\int_0^\pi \log F(\psi) d\psi = [\psi \log F(\psi)]_{\psi=\pi} - \int_0^\pi \psi \frac{dF(\psi)}{F(\psi)}.$$

Es wird ferner

$$\int_0^\pi \psi \frac{dF(\psi)}{F(\psi)} = -2 \int_0^{\frac{\pi}{2}} \frac{\varphi \cos\varphi \, d\varphi}{\sin\varphi(1+m\sin\varphi)}, \quad m=\frac{\alpha}{\sqrt{\alpha^2+h^2}}=\cos\Theta,$$

wo Θ die Neigung der Seitenlinie gegen die Basis bedeutet. Setzt man $\sin\varphi = x$, so wird

$$\int_0^{\frac{\pi}{2}} \frac{\varphi \cos\varphi \, d\varphi}{\sin\varphi(1+m\sin\varphi)} = \int_0^1 \frac{\arcsin x \, dx}{x(1+mx)}$$

$$= \int_0^1 \frac{\arcsin x}{x} dx + \sum_0^\infty (-1)^{n+1} m^{n+1} \int x^n \arcsin x \, dx.$$

Entwickelt man $\dfrac{arc\,sin\,x}{x}$ in eine Reihe, so ergiebt sich

$$\int_0^1 \frac{arc\,sin\,x}{x}dx = 1 + \frac{1}{2}\cdot\frac{1}{3^2} + \frac{1.3}{2.4}\cdot\frac{1}{5^2} + \ldots$$

Für das zweite Integral benutze man die Formel

$$\int_0^1 x^n\,arc\,sin\,x\,dx = \frac{\pi}{2}\frac{1}{n+1} - \frac{1}{n+1}\int_0^1 \frac{x^{n+1}dx}{\sqrt{1-x^2}}..$$

Es ergiebt sich nach einigen leichten Reductionen, wenn man den erhaltenen Ausdruck für Y noch mit 2 multiplicirt, wodurch man die Gesammtanziehung eines Doppelkegels auf einen Punkt seines Randes erhält, für R folgender Werth:

$$R = 2h\cos\Theta^2\left[2 - 2\Theta tg\,\Theta + \pi\cos\Theta\,log\frac{1+\cos\Theta}{1+\sec\Theta}\right.$$

$$-2\cos\Theta\left(1 + \frac{1}{2}\cdot\frac{1}{3^2} + \frac{1.3}{2.4}\cdot\frac{1}{5^2} + \ldots\right) - 2\cos\Theta^2\left(1 + \frac{2}{1.3^2}\cos\Theta^2 + \frac{2.4}{1.3.5^2}\cos\Theta^4 + \ldots\right)$$

$$\left. + \pi\cos\Theta^3\left(\frac{1}{2^2} + \frac{1.3}{2.4^2}\cos\Theta^2 + \frac{1.3.5}{2.4.6^2}\cos\Theta^4 + \ldots\right)\right].$$

Zwei ähnliche Doppelkegel ziehen also einen Punkt ihres Randes mit einer Intensität an, die proportional ist der Höhe oder dem Radius.

XX. **Aufgaben** von Prinz B. Boncompagni. 1. Die ganzen Zahlenwerthe der Grössen x, n, r zu bestimmen, welche die Summen

$$x^3 + (x+r)^3 + (x+2r)^3 + \ldots + [x+(n-1)r]^3$$

zu einer Cubikzahl machen.

2. Die ganzen Zahlenwerthe der Grössen x, n, r zu bestimmen, welche der Gleichung genügen:

$$x^3 + (x+r)^3 + (x+2r)^3 + \ldots + [x+(n-1)r]^3 = (x+nr)^3.$$

XXI. **Ueber das Verhalten des Chlorsilbers, Bromsilbers und Jodsilbers im Licht und die Theorie der Photographie** von Hermann Vogel (Pogg. Ann. Bd. 119, S. 1). Der Verfasser macht zunächst auf die Verbesserungen aufmerksam, welche die photographischen Manipulationen seit einer Reihe von Jahren erlitten haben, so dass die photographischen Bilder in einem hohen Grade von Vollendung hervorgebracht werden und die Photographie der Wissenschaft schon wesentliche Dienste leisten konnte. Dabei ist aber die Theorie der Photographie auf einem Standpunkte stehen geblieben, welcher noch manche photographische Details unerklärt lässt. Um die der Photographie zu Grunde liegenden Fundamentalerscheinungen festzustellen, hat Verfasser seit 3 Jahren theils Experimente früherer Experimentatoren wiederholt, theils selbstständige neue Versuchsreihen ausgeführt und übergiebt nun den ersten Theil seiner Untersuchungen dem wissenschaftlichen Publikum. Der photographische Process lässt sich hiernach auf folgende Weise beschreiben und erklären: Der Photograph überzieht eine Glastafel mit einer dünnen Haut von Collodium, die mit Jod- und Bromsalzen (KJ, KBr, NaJ, $NaBr$, CdJ, $CdBr$ etc.) getränkt ist. Diese Tafel wird hierauf sensibilisirt, d. h. eine neutrale oder angesäuerte Lösung von 1 Theil salpetersaurem Silberoxyd in 10 Theilen Wasser getaucht und nach kurzer Zeit (etwa 2 Minuten) wieder herausgezogen. Die Collodiumhaut auf der Glastafel ist dann mit Jod- und Bromsilber und freier Höllensteinlösung imprägnirt; die Glastafel mit Collodiumhaut wird nun in der *Camera obscura* einige Zeit belichtet (exponirt), sie zeigt nachher keine Spur eines Bildes, dieses erscheint erst, wenn sie im dunklen Zimmer mit einer sauren Eisenvitriollösung übergossen wird. Der Eisenvitriol mischt sich mit der Silberlösung in der Collodiumhaut und bewirkt einen Niederschlag von körnig pulverigem Silber, der sich an den belichteten Stellen der Jodsilberschicht anlegt und dadurch das Bild sichtbar macht. Das so sichtbar gemachte negative Bild besteht demnach aus einer Menge Silberkörnchen, wie•eine Bleistiftzeichnung aus einer Menge einzelner Graphitkörnchen besteht. Es wird nach dem Abwaschen mit einer sauren Lösung von Pyrogallussäure und salpetersaurem Silberoxyd übergossen, wodurch sich abermals ein pulveriger Silberniederschlag bildet, der sich an dem bereits vorhandenen Bilde anlegt und dasselbe schwärzer macht (*Verstärkungsprocess*). Das so erhaltene Bild wird gewaschen und dann mit unterschwefligsaurem Natron fixirt, hierauf nochmals gewaschen.

Um hieraus ein Papier positiv herzustellen, wird mit Kochsalzauflösung getränktes und mit Eiweis oder Arrowroot überzogenes Papier auf Höllensteinlösung schwimmen gelassen, dann getrocknet und das so mit Chlorsilber und salpetersaurem Silberoxyd imprägnirte Papier mit dem gefirnissten Negativ bedeckt dem Lichte ausgesetzt. Das Licht scheint durch die hellen Stellen des Negativs mehr als durch die dunklen Stellen und copirt jene braun, diese bleiben weiss. Waschen, Eintauchen in dünner Goldlösung, abermaliges Waschen, Fixiren mit unterschwefligsaurem Natron sind die darauf folgenden Operationen.

Die theils schon in dieser Beschreibung enthaltenen, theils noch nicht mitgetheilten Resultate von Vogel's Arbeit sind nun:

1. Beim Belichten von reinem Chlor- und Bromsilber entsteht Subchlorür und Chlor, Subbromür und Brom, reines Jodsilber erleidet, wenn es durch Fällung mit überflüssiger Silberlösung dargestellt worden war,

eine geringe Färbung im Lichte, nie aber konnte dabei eine Zersetzung dieses Salzes nachgewiesen werden.

Die Einwirkung des Lichtes auf Chlorsilber (Jod- und Bromsilber wurden bisher selten zu Belichtungsversuchen benützt) erklärte man früher auf Grund von wohl unzureichenden Versuchen auf die mannigfaltigste Weise: Einige meinten, die Farbenveränderung finde ohne chemische Zersetzung statt, Andere glaubten, das Silberchlorid zerfiele hierbei in Metall und Chlor, noch Andere, es zersetze sich in Subchlorür und Chlor, ausserdem war die Meinung sehr verbreitet, trockenes Chlorsilber zersetze sich gar nicht im Lichte. Vogel stellte sich nun die drei in Rede stehenden Haloidsalze des Silbers mit der grössten Sorgfalt dar und bewahrte ihr trockenes Pulver im Dunklen auf. Als er Glasröhrchen mit den Silbersalzen gefüllt in Sonnenlicht oder diffuses Tageslicht stellte, trat bald bei Chlorsilber violette, beim Bromsilber graue Färbung unter Ausscheidung von resp. Chlor oder Brom ein. Bei Jodsilber trat keine Färbung ein, wenn es aus überschüssiger Jodkaliumlösung gefüllt worden war, wohl aber, wenn man es aus überschüssiger Silberlösung gefällt hatte; in keinem Falle aber war eine Ausscheidung von Jod nachweisbar.

Da dem Monate lang dem Sonnenlichte exponirt gewesenen Chloroder Bromsilber durch Kochen mit Salpetersäure keine Spur von Silber zu entziehen war, so schloss Vogel, dass sich bei der Belichtung nur Chlor- und Subchlorür, Brom- und Subbromür gebildet haben könne. Dieser Schluss konnte durch den Umstand nicht im Geringsten gefährdet werden, dass exponirtes Chlor- oder Bromsilber nach der Behandlung mit Ammoniak einen ganz aus Silber bestehenden oder metallisches Silber beigemischt enthaltenden Rückstand liefert, denn Vogel zeigte, dass auf anderem Wege dargestelltes Subbromür und Subchlorür des Silbers durch Ammoniak in metallisches Silber und sich lösendes Bromür und Chlorür zerlegt werden.

2. Die trockenen und mit Wasser befeuchteten Haloidsalze des Silbers verhalten sich gegen das Licht gleich. Säuren verzögern die Lichtwirkung, manche Substanzen verhindern sie ganz, wenn die Silbersalze in ihnen suspendirt sind, entweder indem sie mit den Silbersalzen lichtbeständige Verbindungen bilden, oder die chemisch wirksamen Strahlen absorbiren etc.

3. Aus einer reinen Lösung von salpetersaurem Silberoxyd wird durch das Licht Silber ausgeschieden. Ob damit die Ansicht von Schnauss, Hardwich u. A. umgestossen wird, dass Höllensteinlösung nur vom Lichte zersetzt wird, wenn ihr organische Substanzen beigemengt sind, möchte ich bezweifeln, denn Vogel hat nicht angegeben, ob er mit der grössten Sorgfalt wirklich die geringste Spur organischer Beimengungen von der Silberlösung ausgeschlossen hatte. Die Theorie der Photographie ist jedoch von diesem eben mitgetheilten Resultate Vogel's ganz unab-

hängig, da beim Belichtungsprocess das salpetersaure Silberoxyd stets mit organischer Materie in Berührung ist.

4. Lösung von salpetersaurem Silberoxyd in Berührung mit den Haloidsalzen des Silbers befördert deren Zersetzung in der Weise, dass sogar Jodsilber zerlegt wird, hierbei liefern die Haloidsalze Subverbindungen, und die Höllensteinlösung metallisches Silber.

5. Die von Schnauss, Hardwich, Monckhoven, Davanne u. A. gemachten Angaben, dass die reinen Haloidverbindungen des Silbers durch reine Pyrogallussäure oder Eisenvitriollösung nicht entwickelt werden, fand Vogel bei seinen Versuchen bestätigt, er fand aber auch, dass die drei Haloidsalze des Silbers durch die Belichtung die Fähigkeit erlangen, in *statu nascenti* sich ausscheidendes körniges Silber anzuziehen und festzuhalten, wie dies die oben angegebenen Experimentatoren bereits früher angegeben hatten. Vogel fand zum Entwickeln eine Flüssigkeit aus Pyrogallussäure und Höllensteinlösung bestehend, nicht geeignet, da sich körniges Silber aus ihr so rasch absetzt, dass auch die unbelichteten Partieen eines Silberhaloidsalzes damit überzogen wurden, war aber bei den genannten Substanzen von vorn herein Citronensäure dabei, so erfolgte der Silberniederschlag ganz allmälig und setzte sich bei kurzer Einwirkung der Entwickelungsflüssigkeit nur an die belichteten Stellen an. Am besten wirkte die Entwickelungsflüssigkeit auf belichtetes Jodsilber, weniger gut auf belichtetes Bromsilber und am schlechtesten auf belichtetes Chlorsilber. Hierbei ist auffällig, dass exponirtes Silberhaloidsalz um so begieriger körnigen Silberniederschlag an sich zieht, je weniger Farbenveränderung es an und für sich bei der Belichtung erleidet.

6. Wie schon früher Claudet (Phil. Mag. XXXV. 374) beim Daguerre'schen Process dem Lichte a) eine zersetzende Wirkung auf die Jod- oder Bromsilberfläche, b) demselben die Wirkung zuschrieb, dass es der empfindlichen Fläche die Fähigkeit ertheile, Quecksilberdämpfe zu condensiren, so schreibt auch Vogel dem Lichte die Wirkung zu a) die Haloidsalze des Silbers zu färben und zu zersetzen (photochemische Wirkung), b) diesen Haloidsalzen die Fähigkeit zu ertheilen, einen körnigen Silberniederschlag an sich zu ziehen (photographische Wirkung). Das Jodsilber ist photochemisch am wenigsten empfindlich, aber photographisch am empfindlichsten. Seit die Haloidsalze des Silbers während der Exposition mit Flüssigkeiten in Berührung, so wird, wenn auch dieselben gleich nach der Belichtung abgespült werden, entweder eine grössere oder geringere photographische Empfindlichkeit beobachtet, als wenn die Haloidsalze des Silbers im reinen Zustande exponirt gewesen wären. Durch Lösung von salpetersaurem Silberoxyd wird die photographische Empfindlichkeit gesteigert, durch Säuren oder Jodkaliumlösung verringert. Vogel fand ferner die für die Theorie der Photographie wichtige Thatsache durch

directe Versuche, dass eine Mischung von Brom- und Jodsilber photographisch empfindlicher ist, als reines Jodsilber.

7. Es ist schon früher von Moser beobachtet worden, dass, wenn man eine jodirte Platte kurze Zeit in der *Camera* belichtet und dann Quecksilberdämpfen aussetzt, sich die Quecksilberdämpfe mehr an den belichteten Stellen niederschlagen; exponirt man aber längere Zeit in der *Camera*, so erhält man später ein negatives Bild, weil sich die Dämpfe mehr an den unbelichteten Stellen condensiren. Bei der Photographie auf Collodium hatte man schon ähnliche Wahrnehmungen gemacht. Vogel beobachtete nun, als er mit reinen Silberhaloidsalzen durchdrungenes Papier verschieden lange exponirte, dass bis zu einer gewissen kleinen mit zunehmender Lichtintensität abnehmenden Zeit der Exposition die Färbung bei der Entwickelung zunimmt; bei längerer Expositionszeit nimmt dann diese Fähigkeit, körnigen Silberniederschlag anzuziehen, wieder ab. Die photographische Empfindlichkeit erreicht demnach bei einer gewissen kleinen Expositionszeit ihr Maximum und nimmt mit Vergrösserung der Belichtungszeit wieder ab. Dr. KAHL.

XXII. **Ueber Tropfenbildung.** Den *Comptes rendus* 1863, S. 401, entnehmen wir folgende Mittheilung von Meunier, weil sie neu ist. Die Tropfen, welche beim Filtriren einer alkoholischen Auflösung sich bilden und auf der Flüssigkeit umherschwimmen, ehe sie mit ihr sich vereinigen, kann man auch auf andere Weise hervorbringen. Bei Alkohol, Essigsäure, Aether lassen sich Tropfen auf der eigenen Oberfläche mit einer Pipette erzeugen. Diese Tropfen berühren die Oberfläche nicht, denn Kugeln von reinem Alkohol bleiben auf einer alkoholischen Jodlösung ungefärbt. Bei wenig Flüssigkeiten gelingt die Tropfenbildung mit der Pipette, man muss bei den übrigen Flüssigkeiten eine Schicht einer Flüssigkeit auf die zur Tropfenbildung verwendete Flüssigkeit bringen, die sich mit letzterer nicht mischt und nur unter der Oberfläche der deckenden Schicht langsam eine Pipette, welche mit der unteren tropfenbildenden Flüssigkeit gemengt ist, auslaufen lassen. Die Tropfen von Schwefelkohlenstoff unter Wasser dauern am längsten, die von Wasser unter Benzin sind am grössten. Wenn zwei Flüssigkeiten über einander geschichtet sind, giebt die untere Flüssigkeit Tropfen über der Trennungsschicht und die obere Flüssigkeit Tropfen unter der Trennungsschicht. — Ich habe die von Meunier angegebenen Versuche selbst angestellt und gefunden, dass sie bei einiger Vorsicht ganz vortrefflich gelingen.

Dr. KAHL.

XXIII. Versuche, die Brechung und Dispersion des Lichtes in Flüssigkeiten betreffend. Im Cosmos vom 3. Juli 1863 wird über eine experimentelle Arbeit von Gladstone und Dale berichtet und unter anderen folgende Resultate derselben mitgetheilt: 1) aus der Untersuchung von ungefähr 90 Flüssigkeiten geht hervor, dass Brechung und Farbenzerstreuung mit Erhöhung der Temperatur abnehmen. Es ist erfreulich, dass dieser Schluss aus der Untersuchung einer grossen Menge von Flüssigkeiten hervorgegangen ist, da bis jetzt nur die Bestimmungen der Brechungsexponenten der Linien B bis H bei Cassiaöl von verschiedenen Temperaturen als experimentelle Grundlage vorhanden waren. 2) Die Brechung eines Flüssigkeitsgemisches ist nahezu gleich der mittleren Brechung der Composanten. Wenn ich diesen etwas undeutlichen Ausspruch recht verstanden habe, so müsste der Brechungsindex eines Gemisches aus gleichen Theilen Alkohol und Wasser gleich dem arithmetischen Mittel der Brechungsindices der Bestandtheile sein. Für Wasser ist nach Deville $n = 1.3339$; für Alkohol $n' = 1.3633$, daher $\frac{n+n'}{2} = 1.3486$, während Deville für gleiche Theile Alkohol und Wasser beobachtet hat 1.3621. Es scheint daher viel gerathener, bei dem von Hoeck bestätigten Gesetze für die Brechungsexponenten von Flüssigkeitsgemischen stehen zu bleiben, lieber zu untersuchen, ob dasselbe allgemein gültig ist, als ein Näherungsgesetz aufzustellen, dessen Richtigkeit sehr problematisch ist. 3) Wie bei den homologen chemischen Reihen ein gesetzmässiger Zusammenhang zwischen Siedepunkten und chemischer Zusammensetzung besteht, so haben Gladstone und Dale einen solchen zwischen Brechung und Farbenzerstreuung einerseits und chemischer Formel andererseits nachgewiesen. 4) Isomere Körper differiren entweder sehr in ihren optischen Eigenschaften, wie das Anilin und Picolin ($C^{12}H^7N$), oder sie harmoniren, wie z. B. Dolffs früher schon beim valeriansauren Aethyloxyd und essigsaurem Amyloxyd ($C^{16}H^{14}O^4$) gezeigt hat. Dr. Kahl.

XXIV. Neues Verfahren in der Photolithographie. Es ist in dieser Zeitschrift, Jahrg. 5, S. 150, erwähnt worden, dass A. R. v. Perger eine Asphaltlösung mit Vortheil zur Hervorbringung schöner Bilder auf lithographischen Stein verwendet hat, welche die Aetzung vertrugen. Der Cosmos, Bd. 23, S. 97, enthält die Beschreibung eines anderen, vom Capitän Morvan erfundenen Verfahrens, welches zwar wie das Verfahren von Poitevin Gebrauch einer Verbindung der Chromsäure macht, sich aber doch wesentlich von dem letzteren unterscheidet. Der Stein wird zuerst mit einem Firniss aus 50 Gramm doppelt chromsaurem Ammoniak, 300 Gramm Wasser und 300 Gramm Albumin überzogen und nach dem Trocknen dieser dünnen Schicht das zu copirende Blatt aufgelegt und nun den Sonnenstrahlen 2 bis 3 Minuten, oder dem diffusen Lichte 10 Minuten lang exponirt. Wo das hindurchgehende Licht den Firniss trifft, reducirt es die Chromsäure auf Kosten des Albumins zu Chromoxyd; wäscht man nach der Exposition den Stein mit Seifenwasser ab, so werden die den schwarzen Strichen im Original entsprechenden Stellen des Firnisses, weil sie nicht verändert worden sind, aufgelöst, während die belichteten Stellen, die nun aus Chromoxyd bestehen, fest am Steine haften; den hellen Stellen des Originals entsprechen Erhabenheiten, den dunklen Stellen desselben Vertiefungen. Beim Schwärzen nehmen nur die Vertiefungen das Schwarz an und der Druck liefert somit ein positives Bild. Morvan hat auf diese Weise Landkarten, Schriftzüge, Federzeichnungen etc. mit gutem Erfolge copirt, so dass der Berichterstatter im Cosmos, Ernest Saint-Edme, welcher dergleichen Copieen sah, seine Bewunderung über die Genauigkeit der Details aussprach. Welche Substanz man übrigens auch bei der Photolithographie anwenden mag, allemal ist es besser, die empfindliche Substanz auf Glas aufzutragen und die copirenden Lichtstrahlen von der Glasseite her einwirken zu lassen. Placet, welcher dieses Verfahren empfiehlt (Cosmos, Bd. 23, S. 692), wurde durch den Umstand darauf gebracht, dass beim gewöhnlichen Verfahren die mittleren Tinten nicht wiedergegeben werden, indem nur die Oberfläche der lichtempfindlichen Substanz verändert wird, wenn das Licht durch nicht ganz helle Partien des Originals gewirkt hat, das Lösungsmittel nimmt aber dann alle Theile der lichtempfindlichen Substanz weg, wie bei den Stellen, die den vollkommen schwarzen des Originals entsprechen. Dr. KAHL.

XV. **Zur Theorie der Spectralanalyse.** Als Kirchhoff und Bunsen (Pogg. Ann., Bd. 110, S. 161, s. a. diese Zeitschr. 1861, S. 79) die Anwendbarkeit von Spectralbeobachtungen zur chemischen Analyse untersucht hatten, sprachen sie in Folge ihrer Untersuchungen unter anderen den Satz aus, dass die Spectren der chemischen Elemente innerhalb sehr weiter Grenzen unabhängig von der Natur, namentlich der Temperatur der Flamme sind. Man weiss jetzt bereits, dass dieser Satz bei der objectiven Darstellung der Spectralerscheinungen anfängt, unrichtig zu werden, denn es ergab hierbei die Anwendung einer Bunsen'schen Flamme ein normales Lithiumspectrum, während die mit Chlorlithium rothgefärbte Knallgasflamme auch noch eine blaue Linie zeigte. Bei Anwendung vorzüglicher Spectroscope zu subjectiver Beobachtung kommen nun auch, wie eine Nachricht im Cosmos, Bd. 23, S. 472, nachweist, bei derselben Substanz verschiedene Spectralerscheinungen vor, je nachdem man andere Flammen zur Erhitzung anwendet. Gassiot hat nämlich im Herbst vor. J. der königl. Gesellschaft in London eine Memoire über die Spectralanalyse vorgelegt, welches Erfahrungen enthält, die er mit einem vorzüglichen Spectroscop mit 9 Prismen gemacht hat. Das Instrument gestattet 3 Spectren zugleich zu betrachten und zu vergleichen. Wendete er Thallium oder Strontium oder Lithion an und verglich die Spectren, die erhalten wurden, je nachdem er eine der Substanzen in die Bunsen'sche Flamme, Knallgasflamme, oder in den Volta'schen Bogen brachte, so bemerkte er in der Knallgasflamme mehr Streifen, als in der Bunsen'schen und im Volta'schen Bogen die meisten Streifen. Auch fand er hierbei, dass die grüne Linie von Thallium mit keiner grünen Linie von Baryum zusammenfällt.

Dr. KAHL.

XXVI. **Riesenspectroscop.** Nach dem Cosmos, Bd. 23, S. 37, hat Cooke, Professor in Amerika, sich ein Spectroscop von colossalen Dimensionen machen lassen. Es enthält 9 Schwefelkohlenstoffprismen, denen Fernrohre von entsprechender Grösse beigegeben sind. Indem das Licht nach und nach durch alle Prismen hindurchgeht, erleidet es eine Ablenkung von circa 360°. Cooke spricht sich nach seinen mit diesem Riesenspectroscop gemachten Beobachtungen dahin aus, dass die dunklen Streifen im Spectrum ebenso zahlreich sind, als die Sterne am Himmel. Cooke sah mindestens 10mal so viel Streifen, als die Zeichnung von Kirchhoff angiebt und ausserdem eine grosse Anzahl von Nebelstreifen; die Linie D Frauenhofer's zeigte sich aus 6 Linien und einem Nebelstreifen bestehend. — In Frankreich bezweifelte man anfangs die Angabe Kirchhoff's, dass die hellen Linien metallischer Spectren mit dunklen Streifen des Sonnenspectrums zusammenfallen, die Beobachtungen Cooke's geben aber für Kirchhoff's Behauptung noch eine überflüssige Bestätigung. Er fand, dass die zwei Linien des Natriums, in welche sich die mit schwächeren Instrumenten gesehene eine durch stärkere Instrumente auflösen lässt, vollkommen mit zwei Frauenhofer'schen Linien im Sonnenspectrum coincidirt. Auch fand Cooke, dass verschiedene Streifen der metallischen Spectren als gefärbte mit brillanten Linien durchzogene Räume erscheinen, ja dass die ganzen Spectren von Calcium und Baryum mit dergleichen Linien erfüllt sind.

Dr. KAHL.

XXVII. **Spectralbeobachtungen von Himmelskörpern** durch den Pater SECCHI. Wenn die Resultate von Kirchhoff's Beobachtungen über die Bestandtheile der Sonnenatmosphäre von mancher Seite angefochten werden können, weil sie auf einer hypothetischen Vorstellung über die Beschaffenheit der Sonne basiren, so schliessen sich Secchi's Beobachtungsergebnisse mehr an naheliegende Erklärungsweisen gewisser Spectralbeobachtungen an. Secchi's Versuche hatten den Zweck, durch Spectralbeobachtungen zu entscheiden, ob die Himmelskörper eine Atmosphäre haben und wie diese beschaffen ist. Zahlreiche Beobachtungen an dem Lichte von Jupiter, Saturn, Venus und Mars angestellt, hatten ihm gezeigt, dass das Licht dieser Planeten nicht nur die dem Sonnenlichte eigenthümlichen Streifen erkennen lässt, sondern auch, dass gewisse Streifen ausserordentlich verstärkt erscheinen, weil ihre Atmosphären auf dieselbe Weise wirken, wie die Erdatmosphäre, deren Wirkung Brewster bei niedrigem Sonnenstande studirte. Der Vergleich der Planetenspectren mit dem durch sehr zarte Linien ausgezeichnetem Mondspectrum ergab Secchi, dass der Mond nur eine sehr geringe oder gar keine Atmosphäre habe und dass die Planeten eine der unseren sehr ähnliche Atmosphäre besitzen. Als hauptsächlich, jedoch nicht allein absorbirenden Bestandtheil der Atmosphäre nimmt Secchi den Wasserdampf an. Der Pater Secchi hat auch die Spectren von 35 Fixsternen gezeichnet in der Absicht, einen späteren Vergleich vorzubereiten; sind die Fixsterne wirklich fix, so können sich im Lauf der Zeit ihre Spectren nicht ändern. Secchi bereitet jetzt die Herausgabe eines Kataloges und eines Atlas vor, welcher die Zeichnungen dieser Spectren enthält. Janssen bestreitet, dass der Wasserdampf der Atmosphäre der hauptsächlich absorbirende Bestandtheil derselben sei, welchen Schluss Secchi aus dem Umstande gezogen hat, dass die Spectralstreifen viel deutlicher erscheinen, wenn das Spectroscop nach einem mit weissen Wolken bedeckten Himmel gerichtet wird. Janssen bemerkt sehr richtig, dass in diesem Falle ein Punkt, welcher einen Strahl ins Spectroscop schickt, mehr Licht dahin gelangen lasse als ein Punkt des blauen Himmels, weil von den weissen Wolken viele Strahlen nach mehreren Reflexionen in derselben Richtung ins Spectroscop gelangen. Somit lasse sich das deutlichere Spectrum durch die grössere Intensität des Lichtes und durch die auf einem längeren Wege in der Atmosphäre erlittene stärkere Absorption erklären, ohne dass hieraus noch etwas mit Bestimmtheit über die Natur des absorbirenden Bestandtheiles der Atmosphäre sich ergebe (Cosm. 23, vol. 208). Die Meinung Janssen's scheint durch Versuche Volpicelli's (Cosm. 23, vol. 430) bestätigt zu werden, welcher Sonnenlicht durch eine Knallgasflamme gehen liess, ehe er es in's Spectroscop gelangen liess. Der Wasserdampf der Knallgasflamme hatte hierbei keinerlei Einfluss auf Spectralerscheinungen. Dr. KAHL.

XXVIII. **Galvanische Elemente, welche bei wenig Kostenaufwand einen starken Strom liefern.** Es sind schon häufig Vorschläge zur Verbesserung der gebräuchlichen galvanischen Elemente gemacht worden; da aber diese Vorschläge selten durch messende Versuche geprüft worden sind, so konnte man kein Urtheil über die Brauchbarkeit der Vorschläge gewinnen. Eine erwünschte Prüfung von einigen solchen Vorschlägen ist

von Dr. Adalbert, Edlem v. Waltenhofen, angestellt und in Dingler's Polyt. Journ. Bd. 164, S. 427, mitgetheilt worden. Sie erstreckt sich:
1) auf die von Dering in Dingler's polyt. Journ. Bd. 142, S. 332, statt der Salpetersäuren vorgeschlagenen Flüssigkeiten. Dering schlug an dem eben angegebenen Orte eine Flüssigkeit als Ersatz für Salpetersäure vor, welche er dadurch erhielt, dass er käuflicher Salzsäure so lange krystallisirten Kali- oder Natronsalpeter zusetzte, bis sich nach 24 Stunden nichts mehr davon auflöste. Dering wendete diese Flüssigkeit mit Vortheil bei galvanischen Elementen an, bei denen das negative Metall verplatinirtes Kupfer war.

2) Auf die v. Waltenhofen selbst angewendete Mischung von einem Raumtheil käuflicher Salpetersäure mit 2 Raumtheilen Nordhäuser Schwefelsäure, welche Mischung zur Erregung der Kohle verwendet wurde.

3) Auf den bei der Fabrikation des Steinkohlengases sich absetzenden Retortenrückstand (Gaskohle), welche statt der aus Coaks bereiteten Bunsen'schen Kohle in den Elementen benutzt wurde, viel dauerhafter, als Bunsensche Kohle ist, weniger Flüssigkeit einsaugt und weniger verunreinigt.

Die Zahlenangaben sind sämmtlich aus genauen Messungen nach der Poggendorf'schen Compensationsmethode hervorgegangen, wobei ein Daniell'sches Kupfer-Zink-Element als Einheit der Vergleichung angenommen wurde. Bei den Kohlenelementen ist überall Gaskohle verwendet worden. Als Ladungsflüssigkeit für das gut amalgamirte Zink diente stets eine Mischung von 1 Raumtheil englischer Schwefelsäure mit 15 Raumtheilen Wasser. Die Ergebnisse waren:

I. Die Unterschiede der Dering'schen Flüssigkeit und käuflicher Salpetersäure sind sehr unbedeutend, ausserdem bewährt sich die Dering'sche Flüssigkeit viel besser, als das für Kohlenzinkketten bisweilen empfohlene Gemisch von 3 Gewichttheilen doppelt chromsaurem Kali, 4 Gewichttheilen Schwefelsäure und 18 Gewichttheilen Wasser, welches einen grossen Widerstand giebt und störende Ablagerungen verursacht. Die angegebenen Mittelzahlen für die electromotorische Kraft sind in der kleinen Tabelle am Ende dieses Aufsatzes enthalten und können diese Zahlen ebensowohl für die aus Kali- als aus Natronsalpeter dargestellte Dering'sche Flüssigkeit geltend erachtet werden. Die Dering'sche Flüssigkeit liefert allerdings eine weniger constante Wirkung, als käufliche Salpetersäure und beim Gebrauch lästige Chlordämpfe, aber sie ist billiger als käufliche Salpetersäure.

II. Die Waltenhofen'sche Flüssigkeit liefert in der Kohlenkette die stärkste Wirkung; die Nordhäuser Schwefelsäure kann nicht ohne Nachtheil durch englische Schwefelsäure ersetzt werden. Bei der Darstellung der Waltenhofen'schen Flüssigkeiten muss man sich ferner genau an die Vorschrift binden, dass man das die käufliche Salpetersäure haltende Gefäss in einem abkühlenden Wasserbade lässt, während die Nordhäuser Schwefelsäure in kleinen Portionen von Zeit zu Zeit zugegossen wird. Abweichung von dieser Vorschrift verdirbt die Ladungsflüssigkeit.

Die Resultate der hier besprochenen Arbeit sind in folgender Tabelle mitgetheilt:

Ladungsflüssigkeit.	Stromstärke bei Anwendung v. Kohle.	Stromstärke bei Anwendung v. Platin.	Zahl der Beobachtungen, aus denen das Mittel gefunden wurde.
1 Vol. käufliche Salpetersäure 2 Vol. Nordhäuser Schwefelsäure	1,89	1,78	Bei Kohle und bei Platin 24.
1 Vol. käufliche Salpetersäure 2 Vol. englische Schwefelsäure	1,78	1,77	Bei Kohle 14 und bei Platin 10.
Käufliche Salpetersäure	1,67	1,67	
Dering'sche Flüssigkeit.	1,68	1,65	Bei Kohlen und bei Platin 20.

Dr. Kahl.

XXIX. **Ueber unterseeische Telegraphie.** Ich erinnere mich vor einiger Zeit in einer Zeitung gelesen zu haben, dass abermals die Legung eines unterseeischen Kabels zur telegraphischen Verbindung von Irland mit Nordamerika bevorsteht. Man hatte den Unternehmern vorgeschlagen, statt Guttapercha Kautschuk zur Isolirung der Drähte anzuwenden, diese aber hatten aus unbekannten Gründen die Guttapercha vorgezogen. Interessant ist es mir, nun jetzt nachträglich die Resultate über Versuche von W. C. W. Siemens zu lesen, welche derselbe im vorigen Jahre in der britischen Gesellschaft (*Association britannique*) mitgetheilt hat (Cosmos, Bd. 23, S. 354). Sie betreffen einen bei den unterseeischen Kabeln einflussreichen Punkt, den galvanischen Leitungswiderstand der Guttapercha und des Kautschuk unter verschiedenem äusseren Drucke. Der Druck wurde durch eine mächtige hydraulische Presse hervorgebracht. Es zeigte sich hierbei, dass die Guttapercha dem galvanischen Strome um so mehr Widerstand entgegensetzt, je grösser der äussere Druck ist, während der Leitungswiderstand des Kautschuks mit wachsendem äusseren Drucke abnimmt. Dr. KAHL.

XXX. Meteorologisches. Aus einer von Dr. Koller in der Sitzung vom 15. Mai 1863 an die Akademie der Wissenschaften in Wien (Sitzungsberichte der kais. Akademie der Wissenschaften 47, 427) gemachten Mittheilung über ein im Nachlasse des verstorbenen Akademikers Dr. Kreil vorgefundenen beinahe vollendeten handschriftlichen Werkes geht hervor, dass meteorologische Beobachtungen um die Mitte des vorigen Jahrhunderts vom Astronomen Stepling in Böhmen eingeführt, von Strnadt, David, Hallaschka, Kreil und Böhm aber fortgesetzt wurden. Unter Strnadt hatte sich ein Verein thätiger im ganzen Lande zerstreuter Beobachter gebildet; auf David's Antrag wurden 1816 unter die Beobachter meteorologische, vorher auf der Sternwarte zu Prag geprüfte Instrumente in verschiedenen Kreisen Böhmens von der patriotisch-ökonomischen Gesellschaft in Prag vertheilt. Das so arrangirte Beobachtungsnetz war bereits im nächsten Jahre in Thätigkeit und verblieb 30 Jahre ununterbrochen darin, bis es bei der Entstehung des grösseren österreichischen Beobachtungsnetzes, welches jetzt 117 Stationen umfasst, in dieses überging. Das aus 53 Stationen herrührend Beobachtungsmaterial hat Kreil grösstentheils kritisch aufgearbeitet, die Bearbeitung des letzten Abschnittes, über die Windverhältnisse Böhmens wurde leider durch Kreil's Tod unterbrochen und wartet auf eine ergänzende Hand.

Leider ist Sachsen noch nicht in der glücklichen Lage, eine so langjährige Beobachtungsreihe als Böhmen zu besitzen, denn die von Lohrmann in's Leben gerufene, einen Zeitraum von 10 Jahren (1828—1837) umfassenden und an 10 Stationen angestellten Beobachtungen sind das einzige Zusammenhängende, was wir aufzuweisen haben. Diesen Mangel fühlend, hat die hohe Staatsregierung ein Beobachtungsnetz für Sachsen in's Leben treten lassen, in welchem die Thätigkeit vom 1. Januar dieses Jahres an an 21 Stationen begonnen hat. Die genannten Stationen sind 12 Stationen erster Ordnung, an welchen hauptsächlich Luftdruck, Dunstdruck, Minimaltemperatur, Regen- und Schneemenge und Windrichtung beobachtet werden, die Beobachter der 9 Stationen zweiter Ordnung beobachten mit Ausnahme des Luftdruckes dasselbe. Die Beobachtungen erfolgen regelmässig um 6 Uhr Morgens, 2 Uhr Mittags und 10 Uhr Abends, gelegentlich werden noch Beobachtungen über bestimmte Erscheinungen im

Pflanzen- und Thierreiche gemacht und niedergeschrieben. Dieses Beobachtungsnetz schliesst sich direct an das von Dove geleitete preussische Beobachtungsnetz an, welches wohl grösstentheils auch die ausserpreussischen Länder Norddeutschlands umfasst und 76 Stationen zählt.

Dr. KAHL.

XXXI. **Zur physikalischen Literatur.** Bei einer genauen Durchsicht von Zuchold's *Bibliotheca historico-naturalis* fand ich, dass in den 10 Jahren von Anfang 1853 bis Ende 1862 im Ganzen 307 Bücher erschienen waren, welche, dem Titel nach, die Lehre der gesammten Physik oder der Meteorologie, oder von beiden zum Ziele hatten. Von diesen 307 Büchern sind erschienen:

1) 124 in deutscher Sprache, meist Schulbücher, unter allen sind: 8 Lehrbücher der Meteorologie (von Schmid, Kämtz — Repertorium, Müller — kosmische Physik, von Blum, Cornelius, Emsmann nach Foissac, von Helmes, Jahn, 2 Lehrbücher der Physik und Meteorologie von Müller und von Scherling, 3 Bücher mit physikalischen Aufgaben, 2 Lexica (Fleischhauer, Marbach).

2) 16 in holländischer Sprache, die grössere Hälfte Uebersetzungen und Bearbeitungen aus dem Deutschen.

3) 11 in schwedischer oder dänischer Sprache, meist selbstständige Bearbeitungen, darunter 1 physikalisches Aufgabenbuch.

4) 37 in englischer Sprache, meist selbstständige Bearbeitungen (darunter 3 Darstellungen der Meteorologie).

5) 68 in französischer Sprache, meist selbstständig bearbeitet, darunter 1 mit physikalischen Problemen, 2 Meteorologien (1 von Foissac, 1 Uebersetzung von Kämtz M.), 1 Physik und Meteorologie.

6) 21 in italienischer Sprache, zur Hälfte aus dem Deutschen oder Französischen übersetzt.

7) 15 in spanischer oder portugiesischer Sprache, ¼ davon Uebersetzungen.

8) 6 in magyarischer Sprache, 1 Uebersetzung vom Deutschen, die übrigen herausgegeben von den Autoren Thüringer, Lutter, Fischer u. Fuchs.

9) 4 in russischer Sprache, die Hälfte Uebersetzungen aus dem Deutschen.

10) 1 in tschechischer Sprache von Krejci.

11) 1 in polnischer Sprache (Uebersetzung von Poulliet's Physik und Meteorologie).

12) 1 in türkischer Sprache nach französischen Quellen bearbeitet.

13) 1 in arabischer Sprache, nach den besten französischen Autoren herausgegeben.

14) 1 in lateinischer Sprache.

Dr. KAHL.

XII.
Das Rechnen mit Columnen vor dem 10. Jahrhundert.
Von Prof. FRIEDLEIN zu Ansbach.

III.

Nach der Feststellung des Inhaltes der Regeln über die Division in Gerbert's Werk *de numerorum divisione* und in dem Anhang zum 1. Buche der sogenannten Geometrie des Boethius liegt das in beiden Werken enthaltene Verfahren vollständig klar vor und es wird jetzt möglich sein, mit grösserer Sicherheit als bisher für jedes von beiden Werken seine Stelle in der Geschichte der Arithmetik nachzuweisen.

Die Bestimmung dieser Stelle im Allgemeinen hat keine Schwierigkeit; beide Werke gehören zu der Arithmetik, welche zum Multipliciren und Dividiren Columnen anwendete, und welche kurz als Rechnen mit Columnen bezeichnet werden kann. Es unterliegt keinem Zweifel, dass dieses Verfahren mit den Worten „*arcus Pythagorae*" in dem Vorwort des Leonardo von Pisa zu seinem *liber Abbaci* gemeint ist, und eben diese Stelle zeigt, dass es kein wenig beachtetes, nur vereinzelt vorkommendes gewesen sein kann, sondern zu den gerühmteren der damaligen Zeit gehörte. Es würde nämlich sonst dasselbe nicht neben dem Algorismus besonders erwähnt worden sein, während andere Arten mit *hoc totum* abgefertigt werden. Ferner besteht kein Zweifel, dass dieses Rechnen im 13. Jahrhundert dem Algorismus Platz gemacht hat und also die Werke, welche dieser Zeit am nächsten liegen, als die angesehen werden müssen, mit welchen das darin angegebene Verfahren den Abschluss seiner Entwickelung gefunden hat. Sehr fraglich dagegen ist die Zeit, in welcher dieses Rechnen aufgekommen ist. Der Name *arcus Pythagorae* lässt an das 6. Jahrhundert vor Christus denken; ist die Geometrie des Boethius ächt, dann ist das älteste Schriftwerk darüber jener Anhang im 1. Buche, also ein Werk aus dem Ende des 5. oder Anfang des 6. Jahrhunderts nach Christus; ist aber dieser Anhang unächt, dann ist der älteste bis jetzt bekannte Beleg dafür Gerbert's Werk *de num. div.*, und nur die Möglichkeit ist noch vorhanden, dass in den genannten Werken Bruchstücke oder Spuren älterer Werke enthalten sind.

Um den wirklichen Sachverhalt zu erfahren, ist eine eingehende Untersuchung dessen nöthig, was von dem Rechnen mit Columnen vor Gerbert gefunden wurde und da dieses von Cantor in seinen mathematischen Beiträgen zusammengestellt ist, so halte ich es für das Zweckmässigste, seinem Gange zu folgen und das Nöthige beizufügen.

Die salaminische Tafel.

Die erste Erwähnung von Columnen geschieht (S. 137) bei der Erklärung der salaminischen Tafel (S. Fig. 1, Taf. IV)*). Cantor sagt selbst, dass der ganze Gegenstand ein immerhin sehr hypothetischer und keineswegs über alle Zweifel erhabener sei. Ich beschränke mich daher auf folgende Bemerkungen. Boeckh hat in der in der Note erwähnten archäologischen Zeitung den Beweis geliefert, dass 1 Obolus nicht $=6$, sondern $=8$ Chalkus und dass mit T also nicht $\frac{1}{6}$ Obolus (τρίτον), sondern $\frac{1}{4}$ (τεταρτημόριον) bezeichnet ist. Cantor folgte Letronne, den Boeckh widerlegt hat. Die Tafel ferner kann als Spieltisch oder, was viel wahrscheinlicher ist, als Tisch eines Wechslers gedient haben, jedenfalls stand dabei zwischen zwei Parteien ein Dritter in der Mitte, und zwar, wie es die Richtung der Zahlzeichen unzweifelhaft darthut, an der oberen schmalen Seite. Nur dieser Dritte scheint gerechnet zu haben, und die Zahlzeichen an den 3 anderen Seiten scheinen zur Notirung der Summen jeder der 2 Parteien für sich und der gemeinsamen, um die verhandelt wurde, gedient zu haben. Theilt man die 4 Zwischenräume zwischen den 5 abgesonderten Linien den Bruchtheilen zu, die Plätze bei den Linienpaaren, die nicht durch ein Kreuz unterbrochen sind, der Reihe nach den Einern und Fünfern, Zehnern und Fünfzigern, Hundertern und Fünfhundertern, Tausendern und Fünftausendern, so ist eine nicht unwahrscheinliche Erklärung des Ganzen gegeben, welches dann freilich kein Beleg für ein Rechnen mit senkrechten Columnen ist, sondern vielmehr das älteste erhaltene Zeugniss für eine Rechnung auf wagrecht gezogenen Linien, wofür noch überdies die Anwendung der Fünfer, Fünfziger u. s. w. ebensosehr spricht, als es der Annahme von einer Rechnung mit Columnen entgegen ist. Letzteres negative Resultat ist es, worum es sich hier handelt.

---

*) Die Figur gebe ich nach Cantor's Fig. 30, aber ohne die Transversallinie durch die Kreuze in der Mitte, die ich auf der Nachzeichnung nicht finde, welche ich der Darstellung dieser Tafel in der archäologischen Zeitung von E. Gerhard 1848, Col. 42 entnahm. Möglich, dass ein Versehen von mir zu Grunde liegt, möglich dass auch die Quellen Cantors nicht genau sind, oder die Zeichnung in der genannten Zeitung. Ich fand nämlich auf letzterer auf der rechten Seite das Zeichen ⌐×⌐ 2 Mal, während in der Figur bei Cantor das richtige ⌐Η angegeben ist.

Der römische Abacus.

Die bekannt gewordenen Abbildungen des römischen Abacus zeigen keine Columnen; es sind Linien, auf denen gerechnet wird, und es könnte mir genügen, allein auf diese Thatsache hinzuweisen, wenn ich nicht in meinem Schriftchen über Gerbert durch eine ungenaue Beschreibung veranlasst ein ungefähres Bild des römischen Abacus gegeben hätte, das wenigstens den erhaltenen Darstellungen nicht entspricht. Ich verbessere dieses durch die Mittheilung der Abbildung (Fig. 2, Taf. IV) des römischen Abacus, die sich in *M. Velseri opp. Norimb.* 1682, S. 422 und 819 findet, weil diese zugleich die Grösse des Originals ersehen lässt. Denn S. 819 heisst es dort von diesem Abacus: *Abacus aeneus est, forma et magnitudine quam chartula exprimit. — sunt claviculi umbellati, sive capitibus latioribus, ita ut hinc inde moveri queant, nec tamen excidant. — Parte aversa nullae notae, claviculi tamen, quod necesse est, hinc quoque in alveolis conspicui: ad angulos quatuor lunulae paullo crassiores et magis quam claviculi extantes annexae sunt. Hae abacum sustinent, ne claviculorum usus impediatur*

Die Zeichnung, die Cantor Fig. 33 mittheilt, stimmt weder ganz mit der bei Velser, noch mit der, die ich in *Claude du Molinet, Cabinet de la bibl. de St. Genev.*, Paris 1692, Tab. 11, Fig. I, und in *Leupold theatr. arithm.-geom.* S. 8 gefunden habe; sie ist also wohl ein Bild des 3. römischen Abacus, von dem eine Kunde erhalten ist. Die Abweichungen sind jedoch nicht wesentlich, sondern es geht aus allen diesen Zeichnungen durch die Stellung der Zahlzeichen hervor, dass die Linien dieser römischen Abacus senkrecht gegen den Rechnenden standen.

Es ist klar, dass damit nicht ausgeschlossen ist, dass auf anderen Abacus die Linien wagrecht gezogen sein konnten, und das Wahrscheinlichste ist, dass beide Arten vorkamen, erstere etwa bei den kleineren zum Handgebrauch, letztere bei Rechentischen von grösserem Umfange, wie in der salaminischen Tafel ein solcher erhalten scheint. Dass es überhaupt andere Abacus gegeben hat, beweist die Stelle aus Polybius 5, 26, 13, von der Cantor (S. 142) richtig bemerkt, dass sie lose Rechenmarken voraussetzt. Dass die Linien wagrecht standen, finde ich in derselben Stelle bei Herodot 2, 36 angedeutet, die Cantor als Beweis für die senkrechte Stellung der Linien ansieht. Dieselbe lautet: γράμματα γράφουσι καὶ λογίζονται ψήφοισι Ἕλληνες μὲν ἀπὸ τῶν ἀριστερῶν ἐπὶ τὰ δεξιὰ φέροντες τὴν χεῖρα. Αἰγύπτιοι δὲ ἀπὸ τῶν δεξιῶν ἐπὶ τὰ ἀριστερά: „Bei dem Schreiben der Buchstaben und bei dem Rechnen mit Rechensteinen bewegen die Griechen die Hand von der Linken zur Rechten, die Aegypter aber von der Rechten zur Linken". Stünde φέροντες τὴν χεῖρα nicht im Text, dann könnte man λογίζονται ψήφοισι vom Anfang der Rechnung auf der linken Seite bei den Einheiten der höchsten Ordnung verstehen; da aber die Richtung von links nach rechts ausdrücklich von der Bewegung der Hand gesagt ist, so kann doch wohl nur das Auflegen der Rechensteine gemeint sein, was auch genau dem Schreiben eines Buchstabens entspricht. Wie nun die Schrift auf parallelen wagrechten Linien geschrieben wurde, so wird man ähnlich auch die Rechensteine auf parallelen wagrechten Linien zu denken haben.

Ich will hier nicht unbemerkt lassen, dass die Spuren für wagrechte Linien bei dem griechischen Abacus sich finden, während die Abbildungen des römischen Abacus die senkrechte Richtung zeigen; andererseits freilich scheint mir das Rechnen auf den Linien aus dem römischen Abacus hervorgegangen zu sein, und dieses würde auf wagrechte Linien deuten.

Wie misslich es aber ist, nach Beschreibungen zu urtheilen, sehe ich auch darin wieder, dass Cantor (S. 144) dem Suanpan der Chinesen die senkrechte Richtung giebt, während ich nach der Beschreibung bei Leupold, *theatr. arith.-geom.* S. 7, das Gegentheil annehmen zu müssen meinte. Es heisst dort: „Die Tafel ist klein und aus Holz, aber mit Drahtsaiten bespannt, unterschiedliche Kügelchen oder Corallen lassen sich an den Saiten auf und ab schieben. Im Anfange schieben die Chinesen alle Kügelchen unter sich und hernach treiben sie einige bald von dieser, bald von jener Seite mit einem Griffel in der grössten Behändigkeit auf oder ab; und wie sie die Kügelchen nach vollendeter Operation in Stand finden, also sprechen sie alsdann die Summe aus".

Wie dem aber nun auch sein möge, so viel ist gewiss, dass auch die Abbildungen des römischen Abacus keine Columnen anzeigen, sondern nur Linien. Der Rechnung mit Columnen ist auch entgegen die Beiziehung einer Marke auf einer besonderen Linie für das 5, beziehungsweise 6fache des Werthes einer Marke der darunter befindlichen Linie, und der abgesonderte Platz für die Bruchtheile, die überdies nicht neben, sondern unter einander angebracht sind. Bei der Rechnung mit Columnen sind für die Bruchtheile keine besonderen Columnen mehr nöthig, indem die Zeichen derselben, wie Ziffern, in den vorhandenen Columnen eingeschrieben werden können, wofür die Arithmetik von Gerland im *Cod. St. Emmer. G. LXXIII*, jetzt *cod. lat. Monac.* 14689 auf Fol. 103^b—105^a einen Beleg giebt; wendet man aber Columnen an, wie sie sich ebendort in der Arithmetik des Bernelinus Fol. 62^b—64^a finden, so schliessen sich die Columnen für die *unciae, scripuli, calci* ebenso der für die Einer an, wie diese an die der Zehner.

Es mag hier bemerkt sein, dass Cantor auch die Bruchzeichen auf dem römischen Abacus nicht völlig genau deutet, weil aus seinen Worten (S. 138) gefolgert werden kann, dass das unterste Bruchzeichen das Zeichen der *duella* ($^1/_3$ *uncia*) ist, während ich dieses Zeichen nirgends für die *duella* gebraucht finde, sondern für die *sextula* ($\frac{1}{6}$ *uncia*)*). Allerdings sind 2 Knöpfchen in diesem Einschnitte und beide zusammen geben eine *duella*; aber es hätte bemerkt werden sollen, dass das Zeichen das der *sextula* ist. So erklärt es sich, warum dieser Einschnitt unter dem für $\frac{1}{4}$ *uncia* sich befindet.

Das Bisherige hat gezeigt, dass die erhaltenen Abbildungen der griechischen und römischen Rechentafeln zu einer Annahme von Columnen nicht berechtigen; Cantor sagt auch (S. 140), dass möglicher Weise die Zwischenräume zwischen je 2 Einschnitten benützt wurden. Aber er führt fort: „Das musste umsovielmehr stattfinden, sobald man anfing, den ganzen festen Apparat entbehren zu lernen, und nur bei jedesmaliger Anwendung durch Zeichnung auf ein mit Sand bestreutes Brett ihn frisch herstellte". Dass hier von einem Müssen keine Rede ist, beweist die Rechnung auf den Linien, wie sie aus dem 15. und 16. Jahrhundert nach Christus bekannt ist, bei der ja auch die Linien jedes Mal, wo man eben Platz hatte, erst gezogen wurden. Pythagoras konnte ebensogut wagrechte oder senkrechte Linien auf das Staubbrett ziehen und nur diese zur Rechnung benützen. Wüssten wir gewiss, dass er einen besonderen Platz für die Fünfer, Fünfziger u. s. w. gehabt hat, dann würde es gewiss sein, dass er Linien und nicht Columnen benützte.

Ein Rechnen auch auf senkrechten Linien ist noch kein Rechnen mit Columnen, so wenig als dieses mit unserem jetzigen Rechnen einerlei ist. Man hält daher besser das Rechnen auf Linien und das Rechnen mit Columnen auseinander.

Aeusserliche Merkmale für jenes sind

1) die Anwendung von ψῆφοι, *calculi*, *projectiles*, Kugeln, Knöpfchen, Marken, Rechenpfennigen, die nur je für eine bestimmte Einheit gelten;
2) die Anwendung besonderer Plätze, welche der Marke einen vervielfachten, meist 5fachen Werth verleihen;
3) die Anwendung abgesonderter Plätze für Bruchtheile.

Merkmale für das andere Verfahren sind:

1) die Anwendung von Zeichen, welche allein schon eine bestimmte Anzahl von Einheiten ausdrücken;
2) die Anwendung von senkrechten Geraden, um Zwischenräume herzustellen, deren Bestimmung durch Ueberschrift angedeutet wird.

So lange also nicht genügende Beweise für das Vorhandensein letzte-

---

*) Noch ähnlicher ist das Zeichen dem von *ceratus* ($\frac{1}{96}$ *uncia*), doch passt dieser Werth nicht zu den anderen Bruchtheilen.

302   Das Rechnen mit Columnen vor dem 10. Jahrhundert.

rer Merkmale beigebracht werden, kann auch ein Rechnen mit Columnen nicht zugegeben werden.

Verfahren des Pythagoras und der Pythagoreer.

Die Beweisstelle, die Cantor (S. 142) angiebt, *Jambl. de vita Pyth.* 5, 22, sagt nur aus, dass Pythagoras, um zur Erkenntniss vermittels der Zahlen und zu der der Geometrie zu führen (εἰς τὴν δι' ἀριθμῶν μάθησιν καὶ γεωμετρίας ἐνάγειν) die Beweise auf dem Abacus führte. Wie daraus folgt, dass Pythagoras eine Rechentafel in den Sand des Abacus zeichnete, vermag ich nicht einzusehen. Der Ausdruck ἡ δι' ἀριθμῶν μάθησις deutet doch entschieden auf die zahlentheoretischen Untersuchungen der Pythagoreer hin, welche den Anfang des Unterrichtes machen mussten, bei dem es zur Erkenntniss vermittels der Zahlen kommen sollte. Auch bei diesen gab es genug auf dem Abacus anzuschreiben.*) Dazu kommt, dass die niedere Arithmetik bei den Griechen λογιστική heisst, und es wohl hier auch so heissen würde, wenn an ein Multipliciren und Dividiren zu denken sein sollte. Vgl. Cantor S. 229.

Während also hier von Columnen nicht die mindeste Spur zu entdecken ist, deute ich vielleicht eine andere Stelle richtig, indem ich sie von Rechensteinen verstehe. Gruppe theilt in seinem Werke über die Fragmente des Archytas (Berlin 1840) S. 37 folgende Stelle aus Theophrast (*Met. p.* 312 *ed Brandis*) mit: Τάχα δὲ καὶ ἀπὸ τῶν ἄλλων γὰρ αὖτις τίθηται τὰ ἐφεξῆς εὐθὺς ἀποδιδόναι καὶ μὴ μέχρι του προελθόντα παύεσθαι, τοῦτο γὰρ τελέου καὶ φρονοῦντος, ὅπερ Ἀρχύτας ποτ' ἔφη ποιεῖν Εὔρυτον διατιθέντα τινὰς ψήφους· λέγει γὰρ ὡς ὅδε μὲν ἀνθρώπου ὁ ἀριθμός, ὅδε δὲ ἵππου, ὅδ' ἄλλου τινὸς τυγχάνει. Dazu bemerkt er: „Eurytus übertrieb die pythagorische Zahlenphilosophie dahin, dass er jedem Dinge eine besondere Zahl anwies, weshalb ihn Archytas mit demjenigen spöttisch zu vergleichen scheint, welcher bei den Volksversammlungen die Stimmsteinchen ordnet und die Stimmenzahl abliest". Ich glaube nicht, dass Gruppe so geschrieben hätte, wenn er an die ψῆφοι des Abacus gedacht hätte; wieviel einfacher erklärt sich doch die Stelle, wenn man annimmt, dass Eurytus Rechensteine gruppirte und von der Zahl, die sie ausdrückten, sagte, dass es die Zahl von dem und dem sei. Es ist nur noch möglich, dass die beliebig gelegten ψῆφοι schon durch ihre Anzahl die gewollte Zahl darstellten und man einen Abacus gar nicht anzunehmen braucht.

---

*) Sollte darüber ein Zweifel bestehen, so verweise ich auf *Plutarch de anim. procr.* (ed. *Xylander*, II, S. 1017, B): ᾖ καὶ δῆλός ἐστι (Πλάτων) βουλόμενος οὐκ ἐπὶ μιᾶς εὐθείας ἅπαντας, ἀλλ' ἐναλλὰξ καὶ ἰδίᾳ τάσσεσθαι τοὺς ἀρτίους μετ' ἀλλήλων καὶ πάλιν τοὺς περισσούς. und ebendort S. 1022, D: ὁ γὰρ Θεόδωρος οὐχ ὡς ἐκεῖνος δύο στίχους ποιῶν, ἀλλ' ἐπὶ μιᾶς εὐθείας ἐφεξῆς τούς τε διπλασίους ἑκάττων καὶ τοὺς τριπλασίους, πρῶτον μὲν ἰσχυρίζεται κ. τ. λ.

Jedenfalls berechtigt der Ausdruck $\psi\tilde{\eta}\varphi o\varsigma$ eher an ein Rechnen mit Linien als an ein solches mit Columnen zu denken.

In meinem Schriftchen über Gerbert habe ich S. 9—10 bereits darauf aufmerksam gemacht, dass überhaupt keine bisher beigebrachte Belegstelle aus den alten griechischen und römischen Autoren zur Annahme eines anderen Rechnens berechtigt, als mit den Fingern und mit der unvollkommenen Art des Abacus mit Linien. Nesselmann sagt zwar in seiner Algebra der Griechen (S. 107), dass die Griechen den Abacus wenig gebraucht zu haben scheinen und (S. 108), dass sie frühe von der sinnlichen Rechenkunst mit den $\psi\acute{\eta}\varphi o\iota\varsigma$ zu der graphischen übergegangen zu sein scheinen; aber dieser Schein rührt nur davon her, dass sie die Buchstaben des Alphabetes als Zahlzeichen zum Anschreiben benützten, während die fast einzig übrige Spur des Verfahrens der Griechen beim Multipliciren, Addiren und Subtrahiren im Commentar des Eutokius, wie sich unten ergeben wird, viel mehr für das Rechnen auf Linien und mit den Fingern spricht.

Cantor freilich möchte (S. 143) jedenfalls dem Pythagoras „die Einführung von abgekürzten Zahlzeichen" zuschreiben. Ein Beleg ist aber dafür nicht angegeben. Diogenes Laertius, der nach Aristoxenus erzählt (*vit. Pyth.* 8, 1, 13), dass Pythagoras zuerst $\mu\acute{\epsilon}\tau\varrho\alpha$ $\varkappa\alpha\grave{\iota}$ $\sigma\tau\alpha\vartheta\mu\grave{\alpha}$ bei den Griechen einführte, scheint von jenen nichts gewusst zu haben. Auch Jamblichus und Porphyrius schweigen. Gerhardt kommt in seinem Programme (Salzwedel 1853) S. 9 zu dem Schlusse: „dass, wenn in den pythagoreischen Fragmenten andere als griechische Zahlzeichen vorkommen, diese als in späterer Zeit untergeschoben anzusehen sind". Endlich Cantor selbst macht die Sache zweifelhaft; denn später (S. 239), wo es sich um die Gestalt der Zahlzeichen handelt, erfährt man, dass es die persönliche Meinung von ihm sei, dass man an einen Eklekticismus denken könne, der die Zahlzeichen aus aller Herren Länder zusammenraffte. Wer dieses that, wann es geschah, bleibt im Ungewissen, wie überhaupt der Boden unter den Füssen verschwindet.

Ueberrest griechischer Rechenkunst bei Eutokius.

Grund und Boden für das Rechnen auf Linien finde ich dagegen in dem auch von Cantor (S. 152) erwähnten Ueberrest griechischer Multiplication im Commentar des Eutokius von Askalon.[*] Nesselmann giebt hierüber in seiner Algebra der Griechen, S. 118—119, ausführliche Belehrung. Ich entnehme davon S. 115 die Angabe des Verfahrens des Eutokius beim Multipliciren: „Er fängt, umgekehrt wie wir, die Multiplication

---

[*] Cantor setzt denselben in's 5. Jahrhundert; Chasles (Gesch. der Geom., übersetzt von Sohncke S. 46) giebt die Jahrzahl 540 an.

304   Das Rechnen mit Columnen vor dem 10. Jahrhundert.

alle Mal mit der höchsten Ziffer, also von der linken Seite an; er multiplicirt mit der höchsten Ziffer des Multiplicators jede Ziffer des Multiplicandus und schreibt die einzelnen Producte in eine Reihe; dann verfährt er ebenso mit der zweiten und den folgenden Ziffern, und addirt endlich die vorhandenen einzelnen Resultate". Ferner entnehme ich S. 116 ein Rechnungsschema mit der Uebertragung Nesselmanns in unsere Ziffern:

$$
\begin{array}{ll}
\sigma\,\xi\,\varepsilon & 265 \\
\sigma\,\xi\,\varepsilon & 265 \\
\hline
\overset{\delta}{M}\ \overset{\alpha}{M\,\beta}\ ,\alpha & 40000,\ 12000,\ 1000 \\
\overset{\alpha}{M\,\beta}\ ,\gamma\chi\ \ \tau & 12000,\ 3600,\ 300 \\
\ \ \ \alpha\ \ \ \tau\ \ \varkappa\varepsilon & 1000,\ \ \ 300,\ \ \ 25 \\
\hline
\overset{\zeta}{M}\ \sigma\varkappa\varepsilon & 70225
\end{array}
$$

Endlich entnehme ich S. 119 noch Folgendes: „Multiplicationen ungleicher Factoren kommen bei Eutokius nicht vor; es ist indess kein Grund vorhanden, zu glauben, dass sie anders als die vorliegenden seien ausgeführt worden. Die Addition und Subtraction geschah ganz wie bei uns mit benannten Zahlen. Es wird hinreichend sein, das Schema aufzustellen:

$$
\text{„Addition.}\quad
\begin{array}{ll}
\overset{\lambda\beta}{M}\,\varsigma - \mu\ \alpha & 326041 \\
\overset{\beta}{M}\,\gamma\ \nu - \vartheta & 23409 \\
\hline
\overset{\lambda\delta}{M}\,\vartheta\ \nu\ \nu & 349450
\end{array}
$$

$$
\text{„Subtraction.}\quad
\begin{array}{ll}
\overset{\vartheta}{M}\,\gamma\ \chi\ \lambda\ \varsigma & 93636 \\
\overset{\beta}{M}\,\gamma\ \nu - \vartheta & 23409 \\
\hline
\overset{\zeta}{M} - \sigma\ \varkappa\ \zeta & 70227
\end{array}
$$

„Eutokius stellt zwar die Schemata nicht so auf (!), indess ist diese Untereinanderstellung natürlich und wahrscheinlich".

Diese Mittheilungen werden genügen, um zu sehen, dass hieraus die eigentliche Ausrechnung nicht ersichtlich ist;*) Cantor selbst

---

*) Das Nämliche muss ich von den Heronischen Aufgaben annehmen, die Hultsch bei der Besprechung meines Schriftchens in den N. Jahrbb. für Phil. u. Päd. 1863, S. 424, erwähnt. Derselbe findet es zwar (ib. S. 423) schlechterdings unglaublich, dass die Griechen alle ihre Rechnungen entweder auf der Rechentafel oder mit den Fingern sollten ausgeführt haben. Die Rechentafel und die Finger hätten immer nur als Nachhülfe für die Unbeholfenheit (?) des Laien gedient. — Hultsch würde besser von der Rechentafel gedacht haben, wenn er sich erinnert hätte, dass die Chinesen auf ihren Schnüren schneller und sicherer rechnen sollen als wir; und er würde von der Fingerrechnung besser gedacht haben, wenn er aus dem Werke des Leonardo von Pisa, wohl des grössten Arithmetikers des 13. Jahrhunderts den grossen Werth kennen gelernt hätte, welchen dieser darauf legte. Es wird davon noch ein Mal zu reden sein; ich beschränke mich hier auf diese Andeutung, dass man die Rechentafel und die Fingerrechnung nicht unterschätzen darf, weil auch schwierigere Rechnungen ganz gut damit ausgeführt werden konnten. Ohne directe Beweise von dem Rechnen mit Columnen und mit Zahl-

giebt (S. 152) zu, dass der Gebrauch eines Rechenbrettes dabei nicht gerade in Abrede gestellt werden könne.

Fragt man aber, bei welcher Art des Rechnens ein derartiges Anschreiben von Theilproducten am wahrscheinlichsten vorkam, so ergiebt sich unzweifelhaft als solche das Rechnen auf den Linien. Es würde zu weit führen, hier das ganze Verfahren mitzutheilen, wie es im 15. und 16. Jahrhundert als *algorithmus linealis* geübt wurde, auch müsste dann ausgeschieden werden, was alt hergebracht, was durch das Auftreten der Zifferrechnung umgestaltet ist. Es genügt, hier auf das Allgemeinste davon aufmerksam zu machen, was ich in meinem Schriftchen über Gerbert S. 5, 51, 55 und auf Tafel II und V mitgetheilt habe. Die Addition wie die Multiplication wird stückweise ausgeführt und die Resultate werden an der Seite besonders angeschrieben. Beim Legen der Steine und beim Multipliciren wird von der höchsten Stelle angefangen. Mit ersterem wird zugleich die Addition ausgeführt; es ist also gar kein besonderes Schema für dieselbe nöthig; daher sich bei Eutokius keines findet. Ebenso ist es beim Subtrahiren, welches in einem Wegnehmen der Steine besteht, und endlich beim Dividiren, welches nur ein wiederholtes Subtrahiren ist. Dies der Grund, warum (Nesselmann S. 112) die ganze griechische Literatur kein Beispiel von einer ausgeführten Division in gewöhnlichen Zahlen darbietet.

Ich bemühte mich, in der römischen Literatur Aehnliches aufzufinden, und fand bisher, ausser dem Beispiel von Alcuin's Briefen, wovon später,

1) bei Boethius, Arithm. 1, 18 die Art ein gemeinschaftliches Mass (*mensura communis*) zu 2 Zahlen zu finden, in folgender Weise angegeben: *auferre de majore minorem oportebit, et qui relictus fuerit, si maior est, auferre ex eo rursus minorem, si vero minor fuerit, eum ex reliquo majore detrahere. Atque hoc usque faciendum, quoad unitas ultima vicem retractionis impediat, aut aliquis numerus relinquitur sibi ipsi aequalis.* Also statt Division ein wiederholtes Subtrahiren, wie bei dem Rechnen auf Linien.

2) In der Ausgabe von Beda's Werken, Basel 1563, I, stehen *argumenta lunae*, in welchen col. 207 und 208 folgende Multiplication und 2 Divisionen sich finden:

Multiplica quindecies 409. *D(iscipulus). Quomodo? M(agister).* 400 . 800 . 1200 . 1600 . 2000 . 4000 . 6000. 9 . 18 . 27 . 36 . 45 . 90 . 135. Junge 6135.

6152 *divide per* 15 . *D. Quomodo? M.* 15 . 30 . 60 . 90 . 120 . 150 . 180 . 210 . 240 . 270 . 300 . 600 . 900 . 1200 . 1500 . 1800 . 2100 . 2400 . 2700 . 3000 . 6000. *Restant* 152. *Hos divide per* 15. 15 . 30 . 60 . 90 . 120 . 150 . *Remanent duo.*

---

zeichen kann also ein solches bei den Griechen nicht angenommen werden; nun sind aber überdies alle bisherigen Funde vielmehr dagegen.

7680 *divide per* 7. *D. Quomodo? M. Quinquagies* 7.350.700.1050. *Septies* 1050.7350. *Restant* 330. *Hos adhuc divide per septem. Quadragies* 7 280 *et adhuc restant* 50. *Hos divide per septem: septies* 7 49. *Remanet* 1.

Sind dieses auch Rechnungen, die aus dem Kopf oder höchstens mit Beiziehung der Finger ausgeführt wurden, so sind sie doch deutliche Abbilder des Rechnens auf Linien, während nicht die mindeste Aehnlichkeit mit dem späteren Rechnen mit Columnen besteht. Ich habe oben die äusserlichen Merkmale angegeben, in denen das Rechnen auf Linien von dem mit Columnen sich unterscheidet; es wird hier der Ort sein, die allgemeinsten Unterschiede im Verfahren selbst anzugeben.

Bei dem Rechnen auf Linien werden

1) die Einzelresultate der Rechnung dem Zahlenwerthe nach gar nicht ausgesprochen, weil die Ausführung mit der Hand geschieht und ein Blick auf die Tafel das jeweilige Resultat erkennen lässt.

2) Sichere Kenntniss der Reductionszahlen und rasches Auffinden irgend eines Vielfachen sind die vorzüglichsten Erleichterungen des Verfahrens. Daher sind

3) Tafeln der Vielfachen von Ganzen und Brüchen, Tabellen von Producten häufig vorkommender Zahlen ein dringendes Bedürfniss.*)

Diesem gegenüber tritt bei dem Rechnen mit Columnen

1) das Product aus 2 Einern so in den Vordergrund, dass man seine Theile sogar mit eigenen Namen benannte und den Einer desselben als Fingerzahl (*digitus*), von dem Zehner als Gliedzahl (*articulus*) unterschied.

2) Die Kenntniss der Stelle, an welche jedes Zahlzeichen zu setzen ist, ist die Hauptbedingung der Brauchbarkeit des Verfahrens, und wird deshalb fast ausschliesslich in den Regeln gelehrt. Hieraus erklärt sich

3) das Vorwiegen der Multiplication und Division, als den Operationen, bei welchen die gehörige Stelle schwieriger zu finden ist, während das Addiren und Subtrahiren durch Tilgung der einzelnen Zeichen und Anschreiben der Zeichen der Summe oder des Restes leicht zu vollziehen ist.

Keines weder dieser noch der obengenannten Merkmale ist in dem enthalten, was Cantor von Pythagoras und den Griechen überhaupt beigebracht hat, während ich Spuren der Rechnung auf Linien nachgewiesen habe.

Pseudoarchytas bei Boethius.

Anders verhält es sich bei dem, was von römischer Mathematik angegeben wird. Vor Boethius zwar findet sich (S. 172) nur die Stelle, dass

---

*) Es finden sich solche z. B. bei Boethius nach dem Vorbilde des Nikomachus und waren der Hauptbestandtheil des *calculus* des Victorius.

wir von dem Rechnen auf dem Abacus etwas wissen könnten, wenn das Werk des Appulejus erhalten wäre; mit Boethius aber kommt Cantor zu der Stelle, welche die eigentliche Grundlage seiner Ansichten vom Rechnen auf dem Abacus bildet, nämlich zum Anhang in der Geometrie des Boethius. Dieser Anhang ist, wenn er ächt ist, das älteste erhaltene Schriftwerk über das Rechnen mit Columnen, falls sich nicht noch Bestandtheile desselben als aus älteren Werken entnommen darthun lassen.

Durch einen eigenthümlichen Zufall (?) nämlich, sagt Cantor S. 191, trifft es sich, dass eine meiner Folgerungen richtig ist, dass nämlich zwei Schriftsteller den Namen Archytas führen, davon einer dem Boethius in seinen philosophischen Schriften und seiner Musik als Quelle diente, während der andere in der Geometrie benützt ist. S. 222 erklärt derselbe das Schlusskapitel der Geometrie für ein offenbar einem Abschnitte des Werkes des Archytas entnommenes und constatirt in der Note 429 die Uebereinstimmung meines Resultates in diesem Punkte mit dem seinigen. Dagegen spricht Hultsch (a. a. O. S. 423) seine Ansicht dahin aus, dass bei Archytas an Niemand anders als den alten Pythagoreer Archytas zu denken ist, und dass, was dagegen spricht, nur für die Unwissenheit dessen zeugt, der im 10. Jahrhundert die ganze Auseinandersetzung über den Abacus aus den bereits getrübten Quellen compilirte.

Es ist nicht nöthig, hier auf die Person des Verfassers des in Rede stehenden Abschnittes einzugehen; die Hauptsache glaube ich S. 18—19 meines Schriftchens über Gerbert dargethan zu haben, dass nämlich jener Abschnitt nur einen Sinn hat, wenn man einen Auszug aus irgend einer der Quellen des Compilators darin erkennt. Ist er aber dieses, dann muss sein Inhalt als nachweislich aus früherer Zeit stammend, besonders betrachtet werden.

Es bedarf dazu einer längeren Untersuchung, die zwar scheinbar jetzt vom eigentlichen Gegenstande abführt, die aber, wie ich hoffe, die Grundlage für das Weitere fester machen wird.

Zunächst also vom Inhalt dieser Quelle.*) Nach ihr suchten die *veteres geometricae artis indagatores* und besonders die *Pythagorici*, also nicht diese allein, was von Natur aus untheilbar**) sei, durch Zeichen und Namen zu theilen. Zur Vermessung der Aecker habe es

---

*) Den Text giebt Cantor S. 410—412, nur muss es S. 410, Zeile 7 v. u., *praesignante* statt *prosignante* heissen und Zeile 4. v. u. muss nach *per quod* noch *dividerent* eingesetzt werden, wonach die Uebersetzung S. 219, Zeile 2—3 v. o., zu verbessern ist. Das Wesentlichste habe ich auch in meinem Schriftchen über Gerbert S. 19—21 mitgetheilt. Bemerken will ich hier noch, dass nach meiner Ansicht das erhaltene Bruchstück mit den Worten: *Veteres igitur geometricae artis indagatores* beginnt und schliesst mit *Describatur igitur his literis, quam diximus, loco hoc figura minutiarum hoc modo*.
**) Dass die Untheilbarkeit ins Unendliche eine Anschauung der Pythagoreer war, berichtet *Plutarch de plac. phil.* 1, 16 (ed. Xyl. S. 883, D); dass aber Pythagoras und die älteren Pythagoreer deswegen Namen und Zeichen für Bruchtheile ausfindig machten, wird schwerlich ein Philosoph zugeben, zumal wenn er findet, dass

308   Das Rechnen mit Columnen vor dem 10. Jahrhundert.

perticae oder *radii, passus, gradus, cubiti, pedes, semipedes* und *palmi* gegeben, aber kein Mass mehr für den *palmus*. Gleichwohl heisst es in der nächsten Zeile, dass die deshalb eingeführte *uncia* kleiner als der *palmus*, aber grösser als der *digitus* angenommen wurde. Es gab also vor Einführung der *uncia* schon ein Mass, das kleiner war als ein *palmus*, nämlich den *digitus!* Der *uncia* $\left(\frac{1}{12}\right)$ folgen nun weiter *digitus* $\left(\frac{1}{16}\right)$, *stater* $\left(\frac{1}{24}\right)$, *quadrans* $\left(\frac{1}{48}\right)$, *dragma* $\left(\frac{1}{96}\right)$, *scripulus* $\left(\frac{1}{288}\right)$, *obolus* $\left(\frac{1}{576}\right)$, *semibolus* oder *ceratis* $\left(\frac{1}{1152}\right)$, *siliqua* $\left(\frac{1}{1728}\right)$, *punctum* $\left(\frac{1}{3456}\right)$, *minutum* $\left(\frac{1}{8640}\right)$, *momentum* $\left(\frac{1}{34560}\right)$. Die Zeichen dafür werden nicht angegeben, sondern die Buchstaben des lateinischen Alphabetes der Reihe nach dafür verwendet und mit diesen die *figura minutiarum* gebildet.

Welcher Zeit kann ein solches Machwerk angehören?

Bei den Griechen war (Hultsch, griechische und römische Metrologie, Berlin 1862, S. 28) der Daktylos, der 4. Theil der Handbreite, das kleinste Längenmass; wo schärfere Bestimmungen nöthig waren, wurde dieser bisweilen noch in Halbe, Drittel u. s. w. getheilt. Besondere Namen waren also überflüssig. Bei den Römern (*ib.* S. 59 bis 60) war das kleinste Mass der *digitus*, daneben aber wurde auch die Duodecimaltheilung gebraucht, wonach der ganze Fuss als *as* betrachtet, in 12 *unciae* zerfiel, und dann wurden dieselben Namen angewendet, welche die Theile des Gewichts- und Münzasses führten.*) Varro († 26 vor Christus) bezeichnet die *sextula* als kleinsten Theil des *as* (*ib.* S. 111, Anm.). Da nun, wie gleichfalls an dieser Stelle (Hultsch S. 111, Anm.) angegeben ist, Cicero (*ad Atticum*, 4, 16, 13) den Ausdruck gebraucht: *neque argenti scripulum esse ullum in illa insula* (*Britannia*), so ist anzunehmen, dass damals *scripulum* eine allgemeine Bezeichnung für eine geringe Masse gewesen ist und noch keinen bestimmten Zahlenwerth hatte. Columella, unter Claudius, nennt *de re r.* 5,1 *dimidium scripulum* als kleinsten Theil und bestimmt es $=\frac{1}{576}$ *pes*. Von der weiteren Kaiserzeit sagt Hultsch (S. 113 f.), dass man das griechische Gewichtssystem mit dem römischen in Verbindung brachte, dass man den Namen *drachme* auf den Denar übertrug und den *obolus* $=\frac{1}{6}$ drachme und als kleinstes zur Ausmessung von Aeckern Name und Zeichen für $\frac{1}{34560}$ eines Fusses erdacht wurde!

---
*) Dass die Feldmesser sich ebenso einfach wie die Griechen zu helfen wussten, zeigt Balbus (zur Zeit des Trajan und Hadrian) *ad Celsum expos. et rat. mens. ed. Lachmann.* 94, 15—17: *minima pars harum mensurarum est digitus; si quid infra digitum metiamur, partibus respondemus, ut dimidiam aut tertiam.*

Gewicht die *siliqua* $= \frac{1}{3}$ *obolus* und den *chalcus* $= \frac{1}{8}$ *obolus* anwendete.

Volusius Maecianus (Vgl. Christ, in den Sitzungsberichten der Akademie zu München 1863, S. 106), der die Schrift *de assis distributione* 146 nach Christus verfasste, sagt § 39: *Dimidia sextula habet scriptula duo; has quoque partes, in quantum libet, dividere possis, verum infra eas neque notas neque propria vocabula invenies praeterea.* Der *calculus* des Victorius, c. 440 nach Christus, der nach Christ (a. a. O. S. 107) ein älteres Rechenbuch copirte, geht in der That nur herab bis zur *dimidia sextula*.*) Hat Victorius also die Namen *calcus* u. s. w. gekannt, so hat er sie doch nicht zur Bruchrechnung beigezogen.

Isidorus (595—636 Bischof von Sevilla) nennt als *minima pars agrestium mensurarum* den *digitus*, als *minima pars ponderis* den *calcus*, und nennt ferner *siliqua, ceratis* oder *semiobolus, obolus, scripulus, dragma, solidus* oder *sextula, duella (duae sextulae), stater* oder *semuncia* oder *semissis, quadrans* oder *siclus*. Wie weit diese Namen mit ihren Zeichen zur Bruchrechnung damals dienten, ist nicht zu ersehen, aber der Commentar des Abbo (c. 950) zum *calculus* des Victorius, das Werk des Bernelinus, eines Schülers Gerberts, der ausdrücklich sagt, dass er zu seinem 4. Buche *de unciis et minutiis* das Werk des Victorius benützte, und andere arithmetische Werke aus jener Zeit zeigen hinlänglich, dass auch die Bruchrechnung noch bis zu den *calci* ausgedehnt wurde. Es ist also die Zeit vom 6.—10. Jahrhundert, in welcher mit Wahrscheinlichkeit diese Erweiterung der Bruchrechnung eintrat.

Welche Zeit ist aber anzunehmen für die Erweiterung bis zum *momentum*, wie sie in dem fraglichen Abschnitte vorliegt? Ich habe früher an das 1. Jahrhundert vor Christus gedacht, finde aber diese Ansicht jetzt unhaltbar, da, wie aus dem Vorstehenden hervorgeht, die betreffenden Werke aus jener Zeit viel nüchterner und verständiger sind. Es könnte weiter zuerst das 5. Jahrhundert in Frage kommen, in welchem (Christ, a. a. O.

---

*) Nach dem Commentar des Abbo (Christ, *ib*. S. 142) rechnet Victorius auch mit *calci, cerates, oboli*, aber die Worte des Victorius selbst (*ib*. S. 134) sprechen von *sici lici, sextulae et cetera*. Für diese passen auch die Worte *quarum congestione dimidium unciae conficitur*. Denn *siciticus* $\left(\frac{1}{48}\right)$ + *sextula* $\left(\frac{1}{72}\right)$ + *dimidia sextula* $\left(\frac{1}{144}\right) = \frac{3+2+1}{144}$ $= \frac{1}{24} = 1$ *semuncia*. Abbo, der durch die *calci* etc. voreingenommen ist, hilft sich zu letzt (*ib*. S. 143) mit den Worten: *Duae sesclae tandem VIII scripuli sunt, quibus adjecti IIII reponunt semunciam*, was ganz gegen den Wortlaut des Textes des Victorius ist. Ich kann daher nur annehmen, dass bei Victorius die *dimidia sextula* die kleinste in dem *calculus* vorkommende Bruchtheil ist, und es bestärkt mich hierin, was Abbo selbst (*ib*. S. 139) anführt, dass nämlich Victorius bei den *ponderum minutiae* wieder mit *dimidia sextula* angefangen hat. Die *scripuli* dienen nur zur Umwandlung der Brüche in ganze Zahlen (*ib*. S. 137). Woher Abbo die *calci etc*. hat, ist leicht zu sehen. Er entnahm sie dem Isidorus.

Dass auch bei Bernelinus, der den Victorius benützt hat, *obolus, cerates* und *calcus* Zuthaten von diesem sind, zeigt die Vergleichung mit dem, was von dem eigentlichen Text des Victorius erhalten ist. Wie Bernelinus am Ende einige Minutien noch beifügte, so hat er auch zwischen *sextula* und *dimidia sextula* noch die *dragma* eingeschoben, die im *calculus* des Victorius fehlt.

S. 104) die Schriften der römischen Feldmesser zusammengestellt wurden, eine Zeit, in welcher die Bruchzeichen früherer Zeit (vgl. Hultsch, Metrologie S. 112 u. Christ a. a. O.) durch bequemere ersetzt worden zu sein scheinen. Allein hier ist die Grenze für die Bruchrechnung noch die *dimidia sextula*, wenn sich auch bei Isidor noch Zeichen bis zum *dimidius obolus* (*cerates*) herab finden.

Auf der anderen Seite begegnet bei Bernelinus an der Grenze des 10. und 11. Jahrhunderts in der Rechnung als Zeichen mit kleinstem Werthe das des *obolus* in einer besonderen Columne für die *calci*, bei Gerland am Ende des 11. Jahrhunderts noch das Zeichen der *siliqua*, aber in der Columne der Einer. Dazu findet sich bei Ersterem die Angabe, dass Viele die Lehre der Minutien als unnütz bezeichneten, und bei Letzterem die Behauptung: *ubi dividendo ad minutias pervenitur, aut penitus deficiunt, rerum nomina ignorantes, aut, dum simulare conantur, quod non didicerunt, tandem fatigati latenti artificio succumbunt.* Einer solchen Zeit ist die Ausdehnung der Bruchrechnung auf *puncta*, *minuta* und *momenta* nicht mehr beizumessen, wohl aber kann sie nicht lange vorausgegangen sein, denn es zeigt sich noch das Ringen der besseren Einsicht mit der Unwissenheit. Ich erinnere hier an die Stelle in Gerbert's Brief an seinen Freund Constantin, in der er, wie mir scheint, gegen einen eingebildeten Ignoranten sich ausspricht.*) *Nec putet philosophus sine literis haec alicui arti vel sibi esse contraria. Quid enim dicet esse digitos, articulos, minuta, qui auditor majorum fore dedignatur? Vult tamen videri solus scire, quod mecum ignorat: ut ait Flaccus.* In meinem Schriftchen über Gerbert (S. 25) habe ich nur von *digiti* und *articuli* nachweisen können, dass sie damals eine andere Anwendung zu erhalten anfingen. Jetzt glaube ich dasselbe auch für den Ausdruck *minuta* gefunden zu haben. *Minutum* gebraucht nämlich Gerbert auch für die kleinere Zahl des aus Einer und Hunderter bestehenden Divisors, während vorher dieses Wort für die zwischen *punctum* und *momentum* liegende Minutie diente.

Eine genauere Zeitbestimmung ermöglichen endlich die Briefe Alcuin's (Ausgabe des Frobenius T. I, Vol. I). Aus dem 61. Brief (S. 82) erhellt, dass *punctus* $= \frac{1}{4}$ *hora*, aus dem 70. (S. 100), dass auch *punctus* $= \frac{1}{5}$ *hora* sein könnte. Im 67. (S. 91) ist *minutum* vom Scherflein der Wittwe gebraucht, nach dem 68. (S. 95) ist *minutum* $= \frac{1}{10}$ *hora*. Im 66.,

---

*) Ich muss nämlich bei der Auffassung dieser Stelle bleiben, welche ich in meinem Schriftchen über Gerbert S. 24—25 angedeutet habe, wornach *sine literis* zu *philosophus* zu ziehen und *majorum* als neutr. pl. zu nehmen ist. Sehr abweichend von der Uebersetzung Cantor's (S. 321) übersetze ich: „Der unbelesene Weltweise glaube nicht, dass dieses mit irgend einer Kunst oder mit sich selbst im Widerspruche sei. Denn wie kann er sagen, was *digiti, articuli, minuta* seien, er, der es unter seiner Würde hält, zu hören, was es noch Höheres giebt? Aber scheinen soll es, dass er allein weiss, was er doch so wenig weiss, als ich, wie Flaccus sagt".

einem Brief Karl's an Alcuin, steht (S. 88) der Ausdruck *per intervalla horarum ac punctorum seu momentorum*. Der 70. Brief endlich (S. 100) zeigt noch, dass der Ausdruck *minutum* verschiedene Werthe hatte und dass man auch *minuta minutarum* sagte. Hält man nun dagegen, dass derselbe 70. Brief (S. 101) die Theilung der *hora per uncias* nennt und der 84. (S. 124) von einer Ausrechnung bis auf *scrupulum vel silicum* (sic) spricht, so ist klar, dass zur Zeit Alcuins die Ausdrücke *punctus, minutum, momentum* zwar für kleine Zeittheilchen und andere kleine Stücke gebraucht wurden, aber nicht in die Bruchrechnung aufgenommen waren. Später also erst, etwa um die Grenze des 9. und 10. Jahrhunderts führte der erstere Gebrauch auch den zweiten herbei; freilich gehörte dazu eine Zeit, die geistig sehr wenig leistete.

Eine Zeit geringer geistiger Leistungen aber am Ende des 9. und Anfang des 10. Jahrhunderts anzunehmen, lässt sich mit der übrigen Geschichte jener Zeit wohl vereinen und was besonders die Mathematik betrifft, so ist der Commentar des Abbo in doppelter Weise ein Beleg dafür. Abbo beklagt sich über das Darniederliegen der *artes liberales* (Christ, a. a. O. S. 121) und andererseits ist seine eigene Arbeit von wenig Bedeutung. Ich habe oben in einer Anmerkung einen Beleg dafür gegeben, dass Abbo den Victorius nicht verstanden hat. Christ weist (S. 109) eine andere Stelle nach, in der dieser Commentator arg sich täuschen liess, findet (S. 113) eine weitere, in der er den Victorius nicht richtig verstanden zu haben scheint, und nennt (S. 119) das Ganze für eine Veröffentlichung durch den Druck zu gehaltlos.

Endlich ist aber der in Rede stehende Abschnitt selbst der beste Beleg; dass der Verfasser in 2 aufeinander folgenden Zeilen sich selbst widerspricht, habe ich bereits oben erwähnt. Was sagt er aber von den Zeichen der Minutien? *quia (notae) partim graecae partim erant barbarae, nobis non videbantur latinae orationi adjungendae.* Die mildeste Deutung ist wohl diese, dass der Verfasser damit sagen will, dass lateinische Ausdrücke und griechische und barbarische Zeichen nicht gut zu verbinden sind, womit nichts gesagt ist, als eine Antithese der Worte lateinisch und griechisch. Freilich meint der Verfasser, auch die Sache selbst zu erleichtern; aber wahrscheinlicher ist, dass er den gewiss schlecht überlieferten Zeichen keinen Sinn abzugewinnen wusste und seine Unwissenheit mit dem ihm wohlbekannten lateinischen Alphabet deckte. Dass er in den Zeichen, die er *barbarae* nennt, weil er sie nicht auf griechische Buchstaben zurückführen kann, nicht die im 5. Jahrhundert aus den altrömischen Zeichen bequemer hergestellten lateinischen Minutienzeichen erkannte, ist ihm kaum zum Vorwurf zu machen; aber es ist dieses mit dem Uebrigen ein Beweis, dass der Verfasser in der That einer Zeit ringer geistiger Leistungen angehört hat, als welche das Ende des 9. und der Anfang des 10. Jahrhunderts sich am wahrscheinlichsten ergiebt.*) Diesem Ergebniss könnte man folgende Stelle aus der *margaritha philosophica* (*lib. VI geom. pract. tract II. cap. I*) entgegenhalten: *Posuerunt antem antiquiores non modo haec, quae dixi, integra, verum et harum minutias, ut post digitum staterem, quadrantem, dragmam, scrupulum, obulum, semiobulum, siliquam, punctum, minutum et momentum et has minutias variis consignabant characteribus. His brevitatis causa, quoniam parum aut nihil ad rem faciunt, bbmissis mensuras dictas ad praxim applicabimus.* Da aber die *puncta, minuta, momenta* erwähnt sind, so können nur die *antiquiores* gemeint sein, welche bis zu diesen Feinheiten sich verstiegen; und es wird kein Bedenken erregen, wenn ein Schriftsteller an der Grenze des 15. und 16. Jahrhunderts Leute aus dem Anfang des 10. Jahrhunderts *antiquiores* nennt. Das Urtheil in dieser Stelle über den Werth jener Leistungen stimmt genau zu dem oben ausgesprochenen und so darf ich wohl diese Stelle als einen weiteren Beleg für die Unbedeutendheit des besprochenen Abschnittes zu meinen Gunsten benützen.

Ich kehre nun nach der Erledigung der Zwischenfragen, deren Resultat allerdings der Ansicht von Hultsch, dass der Name des Archytas nur durch die Unwissenheit des Compilators mit dieser Quelle in Verbindung gebracht ist, überaus günstig ist, wieder zum eigentlichen Gegenstand zurück und frage weiter: Was spricht darin für ein Rechnen mit Columnen?

Das Einzige, was darauf hindeutet, ist die Erwähnung besonderer Zeichen für die Bruchtheile. Und in der That kamen mit dem Rechnen mit Columnen auch die Zeichen der Minutien wieder zur Anwendung. Die Verfasser von Werken über den Abacus beklagen sich über die Vernachlässigung der Minutien. Zu den oben bereits angeführten Stellen will ich hier noch folgende aus den Regeln über den Abacus anführen, welche Odo von Clüny beigemessen werden. Es heisst dort (*Gerbert, script. eccl. de mus. T. I, S.* 300): *Quia haec vocabula minutiarum moderni non frequentant, paullatim notitia eorum fere periit.* Dieselben Werke enthalten aber nicht blos die Zeichen und Namen der Minutien, sondern auch besondere Anweisungen für das Rechnen mit denselben. Es wird also offenbar ein nahezu Verkommenes wieder hervorgezogen, wodurch an sich schon klar ist, dass es nichts mit dem Rechnen mit Columnen nothwendig Verbundenes ist.

Dies ergiebt sich aber auch erstens aus den Zeichen selbst. Da

---

*) In eben diese Zeit setzt M. Gerbert, der Herausgeber der *script. eccl. de mus. sacra T. I, praef. n. XI*, einen Anonymus, der in der Musik zur Bezeichnung der Intervallen statt der alten griechischen Zeichen, die auch Boethius (*de mus.* 4, 3) beibehält, das Alphabet von *A—S* anwendet. Es könnte also der Verfasser jenes Abschnittes dieses haben nachahmen wollen.

weiter unten nochmals von denselben zu reden ist, so werde hier nur Folgendes bemerkt: Bei den *unciae* giebt es verschiedene Zeichen für 1 *uncia* bis 11 *unciae*, wie man sie zum Einschreiben in eine Columne verwenden kann. Ebenso sollten nun 23 Zeichen für die *scripuli* vorhanden sein, deren 24 auf eine *uncia* gehen, und 5 und 7 für die *siliquae* und *calci*, deren 6 und 8 auf einen *scripulus* gerechnet wurden. Statt dieser Anzahl finden sich aber nur 7 für die *scripuli* und 2 für die *siliquae* und *calci* zusammen, wodurch eine Häufung von Zeichen nöthig wird, welche, wie sie der Uebersichtlichkeit der Rechnung Eintrag thut, so auch die Operation selbst unnöthig erschwert.

Ein Zweites ist die Verschiedenheit, mit welcher die Minutien bei der Rechnung mit Columnen verwendet werden. Bei den Einen giebt es 3 besondere Columnen dafür, bei Anderen werden sie in die Columnen der Einer, Zehner u. s. w. eingeschrieben, wieder Andere rechnen die Zahlen der Minutien auf dem Abacus mit den Ziffern aus und geben nur dem Resultat die Benennung der Minutien. Eine derartige Verschiedenheit würde nicht bestehen, wenn die Zeichen zum Rechnen mit Columnen erdacht worden wären.

Dazu kommt drittens die Thatsache, dass Zeichen der Minutien auf dem römischen Abacus mit Linien sich finden, die Anwendung solcher Zeichen also bei der Rechnung auf Linien in derselben Weise stattfindet, wie die der Zeichen für 5, 10 u. s. w. Man benützte sie zum Anschreiben, aber nicht zum Rechnen.

Beachtet man ferner, was im Vorhergehenden dargelegt wurde, dass die Bruchrechnung allmälig durch Aufnahme der Zeichen für die kleineren Gewichte von den *unciae* zu den *scripuli* und weiter zu den *siliquae* und *calci* und endlich sogar wenigstens bis zu den Namen[*]) *puncta*, *minuta*, *momenta* sich ausdehnte, so dürfte hinlänglich klar sein, dass die *minutiae* ihre eigene Geschichte für sich haben, und sie in die Rechnung mit Columnen nur dadurch kamen, dass man ähnliche vortheilhafte Zeichen an ihnen zu haben glaubte, wie die Zeichen für die 9 Ziffern es waren.

Dieser Auseinandersetzung bedurfte es aber nur, weil in dem in Rede stehenden Abschnitte Zeichen für die Minutien erwähnt werden. Der Verfasser desselben selbst kennt eine Anwendung derselben auf dem Abacus nicht; er ersetzt nicht nur die Zeichen durch die lateinischen Buchstaben, sondern er beabsichtigt überhaupt nur, ein Tableau zu geben, eine *figura*, welche die Minutien deutlich machen soll. Es ist also noch derselbe Standpunkt, der nach dem Commentar des Abbo bei

---

[*]) Dass es nämlich auch Zeichen dafür gegeben hat, weiss ich durch nichts zu belegen. Sollte der Verfasser des Abschnittes in der Geometrie des Boethius dieses selbst durch den Ausdruck *nominando posuerunt* haben andeuten wollen?

314 Das Rechnen mit Columnen vor dem 10. Jahrhundert.

Victorius sich findet (s. Christ, a. a. O. S. 112 und 142). Im Bamberger Codex des *calculus* dieses Mannes hat die Tabelle der Minutien auch die Ueberschrift *leptologia figura*, entsprechend dem Text auf Fol. 31^b (Christ, S. 146). Solche Tabellen und Figuren sind aber Anzeichen vom Rechnen auf Linien, das der Unterstützung durch derartige Uebersichten benöthigt war, und es weist also auch dieser letzte Beleg, der nachweislich älter als der übrige Abschnitt in der Geometrie des Boethius ist, vielmehr auf solches Rechnen hin, als auf ein Rechnen mit Columnen. Dass man auch im 10. Jahrhundert zwischen der Verwendung solcher Tabellen und der Benützung des *abacus* unterschied, dafür ist ein Beleg im Commentar des Abbo (Fol. 36^a des Bamberger Codex). Nachdem Abbo im Anschluss an die Erläuterung einer Tabelle der 9 Einer, Zehner u. s. w. bis Hunderttausender gezeigt hat, wie 20.20 zurückgeführt werden kann auf (2.2).(10.10) u. ä., bricht er ab mit den Worten: *Sed quando haec pertinent ad rationem abaci, alterius disputationis [sunt] ac negotii.*

Der nächste Gegenstand der Untersuchung wäre nun die Geometrie des Boethius und besonders die beiden Anhänge am Ende des 1. und 2. Buches derselben. Es ist aber ohne Zweifel besser, diesen am meisten bestrittenen Punkt einstweilen bei Seite zu lassen und zuerst zu sehen, was ausserdem noch vom Rechnen mit Columnen sich nachweisen lässt. Gelingt der Nachweis, dass das Verfahren, welches in jenen Anhängen dargestellt ist, erst um das 10. Jahrhundert nach Christus bekannt sein konnte, dann wird die Aechtheit jener Abschnitte nicht mehr länger gehalten werden können, die ungeachtet der Gegengründe aus dem Stil*) und ungeachtet der darin enthaltenen Gobarziffern noch immer behauptet wird. Es ist also weiter zu den Männern überzugehen, von denen angenommen wurde, dass sie das Abacussystem mit Columnen kannten, nämlich zu Victorius, Beda, Alcuin, Odo von Clüny.

Calculus des Victorius.

Ueber Victorius ist in vorzüglicher Weise von Christ abgehandelt worden in den bereits wiederholt erwähnten Sitzungsberichten der Akademie zu München 1863, S. 100—152, insbesondere S. 110—114. Darnach ist der *calculus* desselben ein Faullenzer oder Rechenknecht, ein Uebungsbuch in den römischen Schulen der *ratiocinatores* und *calculatores*. Von einer Anwendung von Columnen findet sich in demselben nicht die mindeste Spur. Das Ganze war eine Reihe von Tabellen ausge-

---

*) Ich erlaube mir hier auf die Proben aufmerksam zu machen, die ich in den N. Jahrb. f. Phil. und Päd. 1863, S. 425—427 gegeben habe.

führter Multiplicationen, wozu auch die vorgenommenen Quadrirungen gehören. Wenn nämlich Christ (S. 113) vom Potenziren spricht, so ist dieses nur eine unserem Sprachgebrauch naheliegende Verallgemeinerung der Sache, die aber im *calculus* selbst auf die Bildung von Quadraten, oder vielmehr auf die Multiplication einer Zahl mit sich selbst beschränkt ist. Dasselbe gilt vom Dividiren und Wurzelausziehen (S. 110 und 113). Letzteres ist auch nicht dem Namen nach angedeutet, ersteres allerdings durch *dividere* und *divisio* (S. 133), aber es ist sofort deutlich, dass nur die Bildung der Bruchtheile damit gemeint ist. Der Begriff Quotient scheint dem ganzen Alterthum fremd geblieben zu sein; was wir so nennen, fasste man als Hälfte, Drittel, Viertel u. s. w. auf, und hatte man ⅔, ¾ u. ä. zu bilden, so nahm man seine Zuflucht zur Proportion. Wie weit von Addition und Subtraction (S.112) geredet werden kann, erhellt nicht klar aus dem Commentar des Abbo (S. 136—137), es scheint aber nichts anderes vorgekommen zu sein, als was uns durch die Stelle bei Horaz (*ars poet. v.* 321) bekannt ist. Zu diesem Ergebniss hebe ich nach dem, was ich in dem Bamberger Codex des *calculus* des Victorius und in anderen handschriftlich erhaltenen Werken,[*] bei welchen dieser *calculus* benützt wurde, noch gefunden habe, folgendes hervor:

1) Die vorkommenden Zeichen der Minutien[**] sind mit den römischen Zahlzeichen verbunden und kein Umstand berechtigt zu der Annahme, dass Victorius etwas anderes in diesen Zeichen sah, als die herkömmlichen römischen. Nach der Stelle, die bei Christ, S. 141—142, von Fol. 31^b mitgetheilt ist, bemerkt Abbo, dass die Latini früher die Zahlen mit lauter einzelnen Strichen, später mit den bekannten Zeichen schrieben, ferner, dass die Griechen ihre Buchstaben dazu benützen. Hier wäre Gelegenheit gewesen, zu bemerken, dass die Minutienzeichen von der Fremde herstammen und eigentlich zu anderen Ziffern gehören, wenn die Sache sich wirklich so verhielte, wie Cantor S. 235 und 283 sie darstellt. Nach dem aber, was Hultsch, Metrologie S. 60—61 und 112—113 angiebt, wird es wohl bei Niemand mehr einem Zweifel unterliegen, dass die Minutienzeichen römischen Ursprunges sind. Wenn Gerland und

---

[*] Mit besonderem Dank muss ich hier die Bereitwilligkeit erwähnen, mit der die Handschriften in den Bibliotheken zu Bamberg und München mir gewährt wurden.

[**] Da bei Christ a. a. O. S. 136 im Druck die Zeichen nicht ganz genau ausfielen, so theile ich sie auf Tafel IV, Fig. 3, nach dem Bamberger Codex mit, und füge die Zeichen bei, die Hultsch in seiner Metrologie S. 112 giebt. Es ist leicht einzusehen, dass die späteren Zeichen nur für das Schreiben bequemere Abkürzungen der früheren sind, indem man die vorher für sich bestehenden Striche durch Züge auf wärts und abwärts andeutete. Vom *deunx* bis *septunx* konnte man diese Züge an das § anknüpfen, beim *quincunx* bis *sextans* scheint der 1. Zug ursprünglich horizontal gewesen zu sein und die Schleife erst später gebildet zu haben. — Bei dieser Gelegenheit glaube ich auch die abweichenden und die weiteren Zeichen der Minutien geben zu sollen, die ich im Münchner Codex 14689, dem früheren Cod. St. Emmer. G. LXXIII fand. —

andere Abacisten des 11. und 12. Jahrhunderts dieselben mit den Gobarziffern in Verbindung bringen, so ist dieses leicht daraus zu erklären, dass man auch für die Bruchtheile besondere Zeichen anwenden wollte, wie für die Einer, und deshalb zu den damals bereits in Vergessenheit gekommenen Minutienzeichen älterer und späterer Zeit zurückgriff.

2) Victorius giebt nirgends an, wie zu multipliciren oder dividiren, zu addiren oder subtrahiren ist, sondern er giebt fertige Producte und ausgeführte Zerlegungen. Von den Tabellen, von denen Christ S. 135 bis 136 zwei als Muster giebt, ergiebt sich dieses von selbst. Dass aber auch diesen Tabellen keine Erläuterung beigefügt war, wie sie berechnet wurden, zeigt der Commentar des Abbo, der diesem Mangel durch die Belehrung abzuhelfen bemüht ist, wie man jede Zahl multiplicirt (*qualiter omnis numerorum multitudo multiplicetur*). Worin besteht aber diese? Er giebt (Fol. 34ᵇ) eine Tabelle, in der in der ersten Reihe steht

I	X	C	$\overline{M}$	$\overline{X}$	$\overline{C}$,	darunter in der zweiten
II	XX	CC	$\overline{II}$	$\overline{XX}$	$\overline{CC}$	u. s. w. bis
VIIII	XC	DCCCC	$\overline{VIIII}$	$\overline{XC}$	$\overline{DCCCC}$	und aus dem, was hier

mit den Einern geschehen ist, soll man entnehmen, was mit den übrigen zu geschehen hat (*ex singularibus sumpta regula, quid de reliquis fieri conveniat*). Er giebt auch sofort Beispiele: 2.2, 20.20, 200.200, 3.30 u. s. w. und führt z. B. 50.50 (Fol. 35ᵇ) auf (5.5).(10.10) zurück, unbekümmert darum, dass davon nichts in seiner Tabelle steht. Schliesslich verweist er dann auch, wie oben bereits angegeben wurde, darauf, dass dieses zur *ratio abaci* und also an einen anderen Ort gehöre. Es ist klar, dass, was Abbo hier angiebt, dasselbe Verfahren ist, welches von Apollonius überliefert ist (s. mein Schriftchen über Gerbert S. 27). Zu diesem stimmt die Art der Multiplication von 10.125, die am Ende des Commentars, so weit er nämlich im Bamberger Codex erhalten ist, Fol. 47ᵃ, angegeben ist: *Decies c. sunt mille et decies . XX. sunt . CC. et decies quini sunt quinquaginta*. Also Anfang der Multiplication bei der höchsten Zahlordnung, wie es von den Griechen oben erwähnt wurde.

Die Additions- und Subtractionstabellen müssen nach dem, was Abbo Fol. 36ᵃ — 36ᵇ (Christ, S. 136—137) angiebt, unsere Ziffern zum Theil statt der römischen gesetzt, folgende Gestalt gehabt haben:

$\frac{1}{2}$ *et* $\frac{1}{2}$ *juncti reddunt assem*

$\frac{7}{12}$ *et* $\frac{5}{12}$ „   „   „   u. s. w. bis

$\frac{11}{12}$ *et* $\frac{1}{12}$ „   „   „

5 *et* 5 *juncti reddunt* X

6 *et* 4   „   „   „   u. s. w. bis

9*) *et* 1 *juncti reddunt* X
50 *et* 50 „ „ C
60 *et* 40 „ „ . „ u. s. w. bis
90 *et* 10 „ „ „
Ferner C *de* M DCCCC
CC *de* M DCCC u. s. w.
Daran reihten sich Additionstabellen folgender Art:

VIIII *et* VIIII	XVIII	VIII *et* VIII	XVI	u. s. w. bis I *et* I II.
VIIII *et* VIII	XVII	VIII *et* VII	XV	
u. s. w. bis		u. s. w. bis		
VIIII *et* I	X	VIII *et* I	VIIII	

Möglich, dass ebenso die Zehner und Hunderter zusammengestellt waren; dass aber das Angegebene der Form nach so geordnet war, folgt aus dem weiteren Theile dieser Tabelle, den Abbo (Christ, S. 137) deutlich genug beschreibt und der darnach folgende Gestalt muss gehabt haben:

$\frac{11}{12}$ *et* $\frac{11}{12}$ $1\frac{10}{12}$ $\frac{10}{12}$ *et* $\frac{10}{12}$ $1\frac{8}{12}$ u. s. w. bis $\frac{1}{12}$ *et* $\frac{1}{12}$ $\frac{1}{6}$

$\frac{11}{12}$ *et* $\frac{10}{12}$ $1\frac{9}{12}$ $\frac{10}{12}$ *et* $\frac{9}{12}$ $1\frac{7}{12}$

u. s. w. bis   u. s. w. bis

$\frac{11}{12}$ *et* $\frac{1}{12}$ $1\,(as)$ $\frac{10}{12}$ *et* $\frac{1}{12}$ $\frac{11}{12}$

Es lagen also keine Angaben über das Addiren und Subtrahiren selbst vor, sondern neben den Summanden stand die Summe, neben Minuend und Subtrahend der Rest. (Christ, S. 146—147).

Die hierauf folgende *leptologia figura* giebt Abbo aufs Neue Anlass, vom Multipliciren zu reden. Diesmal aber benützt er dazu die Fingerrechnung und zwar im Wesen dieselbe, welche die Schrift Beda's *de loquela per gestum digitorum* enthält, und die nur theilweise Uebereinstimmung, die Christ (S. 125) erwähnt, bezieht sich also darauf, dass der Wortlaut verändert und nicht alles angegeben ist.**) Es ist aber diese Stelle von grossem Werthe, weil sie deutlicher als andere zeigt, wie die Einer den Namen *digiti*, die Zehner den Namen *articuli* erhielten.

---

*) Ich vermag die Ansicht von Christ (S. 112) nicht zu theilen, dass Victorius Beispiele bis zur Zerlegung von 9 Assen angestellt habe. Eine solche Zerlegung war weder ausreichend noch nöthig. Dagegen ergiebt sich aus der obigen Darstellung deutlich genug, warum 9 die letzte vorkommende Zahl war.
**) Was Christ (S. 126) über die Gesticulationen bei Beda für die Hunderter und Tausender sagt, ist nicht genau, weil die Hunderter und Tausender ganz ebenso, wie die Einer und Zehner bei Beda gebildet wurden, nur mit der rechten Hand. Ebenso findet es sich bei Nicolaus Smyrnaeus, wenigstens nach dem, was Caussinus *de eloqu. sacr. et hum.* Paris 1636, S. 565—568 daraus mittheilt. Die unschönen Gesticulationen sind die für die Zehntausender und Hunderttausender.

318   Das Rechnen mit Columnen vor dem 10. Jahrhundert.

Hiervon jedoch später; hier soll Abbo's Versuch, das Multipliciren selbst zu zeigen, nur beweisen, dass Victorius in seinem *calculus* davon nichts sagte.

Den weiteren Theil des *calculus* (Christ, S. 137—139), die Tabelle der Quadrate von $1\frac{1}{4}$, $1\frac{2}{4}$, $1\frac{3}{4}$, 2, $2\frac{1}{4}$ u. s. w. hat Christ (S. 113) deutlich veranschaulicht. Seine Darstellung wird durch den *Cod. Mon.* 14689 bestätigt, in welchem Fol. 68^b ein Stück dieser Tabelle erhalten ist. Auch hier fand sich nur die Angabe des Resultates.

Freilich sagt Abbo (Christ, S. 139): *Sed de his et sequentibus facilis intelligentia ex antecedentibus, licet in fine huius calculi de hac eadem re alia explanatio sit satis habens obscuritatis. Quo modo superiora debeant multiplicari adjecit.* Aber die ganze Anweisung besteht in den Worten: *Quotquot ergo asses quadrantes aut semisses aut dodrantes praecesserint, eodem numero assium ipsi quadrantes aut semisses aut dodrantes geminantur.* Abbo hat diese Worte nicht völlig verstanden, indem er *geminantur* für gleichviel mit *multiplicantur* erklärt. Es heisst vielmehr, das Product aus der Anzahl der Asse in die Minutien muss doppelt angesetzt werden. Dass dieses die richtige Auffassung ist, belege ich mit einer Stelle aus dem *Cod. Mon.* 14689, wo es in dem Abschnitt Fol. 68^b heisst: *Quotlibet asses praecesserunt quamlibet de minutiis unciarum, duplo multiplicentur ipsae minutiae, deinceps unius tantum minutiae minutia jungatur, ad ultimum numerositas assium in se, qui minutias praecedunt,* d. h. wenn man mit a die Asse und mit m die Minutie bezeichnet: $(a + m)^2 = 2 . a . m + m . m + a . a$ Diesem Verfahren sind dort noch folgende 2 angereiht, nämlich $(a + m)^2 = a(a + m) + m(a + m)$ und eine 2. in den 3 Formen:

$$\left(a + \frac{1}{4}\right)^2 = \frac{1}{4} \cdot \frac{1}{4} + \frac{1}{4} \cdot a + a \cdot a + \frac{1}{4} \cdot a$$

$$\left(a + \frac{1}{2}\right)^2 = a \cdot a + \frac{1}{2} \cdot a + \frac{1}{2} \cdot \frac{1}{2} + \frac{1}{2} a$$

$$\left(a + \frac{3}{4}\right)^2 = a \cdot a + \left(\frac{1}{2} + \frac{1}{4}\right) a + \frac{3}{4} \cdot \frac{3}{4} + \left(\frac{1}{2} + \frac{1}{4}\right) a.$$

Es ist aber damit nicht die *alia explanatio* gefunden, von der Abbo spricht, sondern aus Bernelinus erhellt, dass Victorius wahrscheinlich vor der Tabelle der Quadrate, eine ähnliche Tabelle von Producten gegeben hat, wie sie nach den Worten des Abbo für Summen gegeben war, weshalb die Möglichkeit vorhanden ist, dass Abbo's Ausdrücke *summas recolligere, redintegrata coacervatio, deunci deuncem copulare,* die man zunächst nur vom Addiren verstehen kann, gleichwohl vom Multipliciren gemeint sind. Bernelinus, der ausdrücklich sagt, dass er den Victorius benützte (*Cod. lat. Mon.* 14689 Fol. 61^a), giebt an: *quemadmodum possis certa ratione colligere, quod sint quaeque unciae vel minutiae in se vel in alias ductae.* Dabei giebt er die Regel: *Quaelibet unciarum vel minutiarum fuerit ducta, totam partem illius, in quam ducitur, quaeret, quota est ipsa assis.* Diese Regel zeigt er an Beispielen, wie: *Si deunx in dextantem ducatur, dodrans et sextula respondebitur*, auf Grund der Proportion 288 : 264 = 240 : 220 (*as* = 288 *scripuli, deunx* = 264, *dextans* = 240, *dodrans* (216) + *sextula* (4) = 220). Dann führt er fort (Fol. 62ª): *Sit alia fortassis regula facilior unciarum tantummodo. Si quaeratur, quid sit uncia quaeque in se vel in aliam ducta, multiplicetur numerus unciarum in se vel inter se, et quot duodenarii illa multiplicatione concreverint, tot unciae resolutoriae erunt.* Demnach ist *semis in se quadrans*, weil 6 . 6 = 36, 36 : 12 = 3.

Diese *alia regula* ist die *alia explanatio* des Abbo, wie sich aus dem Abschnitte ergiebt, der im *Cod. Mon.* 14689 dem Werke des Bernelinus so unmittelbar beigeschrieben ist, dass in derselben Zeile fortgefahren wird, obwohl die ersten Worte schon hinlänglich zeigen, dass man es mit einer anderen Arbeit zu thun hat. Dieser Abschnitt enthält nach der Einleitung ausführlich in Worten zunächst für die *unciae* das Nämliche, was Bernelinus nur andeutet, hierauf die oben angegebene erste Regel als *universalis regula* (Fol. 65ª) und nach Beispielen (Fol. 65ᵇ) die *alia regula numeros tantum comparandi ad uncias*. Das Gleiche führt er dann auch für die anderen Minutien (Fol. 66ª—67ª) aus unter Anwendung der 1. und Beifügung der 2. Regel. Stünde nicht die Einleitung und die darauf folgende Art der Division, zu der Columnen verwendet werden, im Wege, so könnte man glauben, das Werk des Victorius selbst vor sich zu haben. Jene zeigt aber durch abgeschmackten Ausdruck*) hinlänglich, dass eine Arbeit des 11. oder 12. Jahrhunderts vorliegt, zu der ähnlich, wie zu der des Bernelinus Victorius benützt wurde. Zu bemerken aber ist, dass ähnlich wie es von Abbo oben angegeben ist, hier der Verfasser, ehe er die Division der Minutien giebt, die Warnung vorausschickt (Fol. 67ᵇ): *Jubeo autem et volo, operis quispiam non instet labori, ni peritia divisionis et multiplicationis in abaco succinctus accesserit.* Es ergiebt sich also hier wiederum, dass man damals von dem, was man bei Victorius fand, das Rechnen auf dem *abacus* als etwas anderes unterschied, und als eine besondere Kenntniss für sich betrachtete.

Es hat also auch die Stelle, von welcher am Meisten eine Angabe über das Verfahren beim Multipliciren zu hoffen war, keinen weiteren Anhaltspunkt gegeben, als dass eine Spur von einer Rechnung mit Columnen nicht darin zu finden ist.

Uebrig ist nun noch der Theil des *calculus* des Victorius, von dem Abbo (Christ, S. 139—140) zuletzt spricht, nämlich zuerst die Tabelle, aus

---

*) Von der Einheit wird z. B. gesagt: *Quare cum ipsa a sua nobilitate vel soliditate, ut in numeris divisionibus et augmentationibus subjaceat, corrigari nequeat, velut reginam in suis adamantinis parietibus detexto quiescere praecipiamus cubili.* „Weil also jene in ihrer Vornehmheit oder Festigkeit, bei Zahlen den Theilungen und Vermehrungen sich nicht zu unterziehen, unverbesserlich ist, so wollen wir ihr sagen, sie solle wie eine Königin in ihren Demantwänden ruhig auf ihrem Polster liegen."

welcher zu entnehmen ist, wieviel von jeder Minutie auf ein **As** gehen, und hierauf eine Reihe von Producten aus ganzen Zahlen und Summen von Minutien. Der Wortlaut*) zeigt hinlänglich an, dass man es nur mit Tabellen zu thun hat. Zeilenweise stand neben dem Wort oder Zeichen von *as* die Minutie und daneben die Anzahl derselben, die auf ein *as* geht; und hierauf standen die Factoren auf der einen und die Producte auf der anderen Seite.

Fasst man also nochmals Alles zusammen, was sich vom *calculus* des Victorius im Bisherigen ergab, so enthielt derselbe in Zeichen, schwerlich auch in Worten (s. Christ, S. 140 u. 109), aber mit erläuternden Worten begleitet, folgende Tabellen:

1) die Producte aus *dimidia sextula* u. d. a. bis 1000 in 2 u. d. a. bis 50,
2) die Zerlegungen von *as*, x, c u. s. w. in 2 Summanden,
3) die Differenzen der Hunderter, Zehner, Einer und Minutien,
4) die Summen der Minutien, Einer, Zehner, Hunderter,
5) die Minutien ausgedrückt in *scripuli*,
6) die Producte aus den Minutien in sich und die kleineren,
7) die Producte aus $1\frac{1}{4}$, $1\frac{1}{2}$, $1\frac{3}{4}$, 2, $2\frac{1}{4}$ u. s. w. in sich,
8) die Minutien ausgedrückt als Theile des *as*,
9) die Producte aus ganzen Zahlen und Summen von Minutien.

Bedurfte das Rechnen mit Columnen solcher ausgedehnter Tabellen? Es machte im Gegentheil dieselben überflüssig, und es wird wohl keinem Zweifel unterliegen, dass, wenn Victorius dasselbe gekannt hätte, er besseres zu schreiben gewusst hätte.

Beda.

Ueber Beda kann die Erörterung kurz sein. Dass die Schrift *de numerorum divisione*, die unter seinen Werken abgedruckt ist, nicht von ihm ist, sondern von Gerbert herrührt, ist jetzt unbestritten. Dass er aus dem *calculus* des Victorius, auf den Cantor (S. 285) aufmerksam macht, die Rechnung auf dem *abacus* mit Columnen nicht entnehmen konnte, glaube ich nunmehr nachgewiesen zu haben. Es bleiben also nur die Bücher über die Rechenkunst übrig, die Cantor (S. 295) in den Regeln über den Abacus, die dem Odo von Clüny zugeschrieben werden, als existirend, als lesbar angegeben findet. Es ist aber an der betreffenden Stelle das Wort *computus* gebraucht, womit die Zeitrechnung gemeint ist, vorzüglich die Osterrechnung. Diese hat aber mit dem Rechnen mit Columnen

---

*) *Primo nempe versu hujus argumenti post assem est dimidia sextula, quae est ipsius assis pars centesima quadragesima quarta. — Post haec ad perficiendum assem unciis adduntur minutiae, quae quam summam assium faciant, panditur e regione.*

nichts gemein, und es fehlt also für diese jeder Anhaltspunkt bei Beda. Dagegen habe ich oben aus den *argumenta lunae* 1 Multiplication und 2 Divisionen mitgetheilt, die zwar zunächst aus dem Kopf oder an den Fingern gerechnet werden konnten, aber im Verfahren dem Rechnen auf Linien viel näher stehen als dem mit Columnen. Dass die Anwendung der Minutienzeichen kein Beweis für letzteres ist, ist gleichfalls oben nachgewiesen worden.

Alcuin.

Im Bisherigen waren nur **Vermuthungen** zu untersuchen und nachzuweisen, dass sie der nöthigen Begründung entbehren. Von Alcuin aber nimmt Cantor (S. 290) als **gesichert** an, dass er einer von den Männern war, welche das Rechnen auf dem Abacus mit Hülfe der pythagorischen Zeichen verstanden. Wodurch ist nun dies gesichert? 1) **Arithmetische Aufgaben und Auflösungen** werden ihm beigelegt, von denen aber noch nicht erwiesen ist, dass sie von ihm sind. 2) Auf einem Schmutzblatt, das aus dem 10. Jahrhundert stammt, an einer Handschrift aus dem 11. Jahrhundert fand sich eine **Anleitung zum Dividiren** für arabische Ziffern neben den römischen, bei welcher Anleitung der Name Flaccus vorkommt, den Alcuin in der Academie Karls des Grossen führte. 3) Eine Stelle in einem Briefe Alcuin's an Karl den Grossen spricht von *figurae arithmeticae subtilitatis*.

Was nun zuerst die Aufgaben und Auflösungen betrifft, so kenne ich davon 1) was in den Werken Beda's, Basel 1563, I, col. 133—142, 2) was in den Werken Alcuin's, Regensburg 1777, T. II, Vol. II, S. 440—448, 3) was im *Cod. lat. Mon.* 14689, Fol. 13^a—20^a, steht. Darnach sind mit Recht in der Ausgabe des Alcuin die 4 Abschnitte bei Beda vor den *propositiones ad acuendos juvenes* weggelassen. Die 4., für welche durch den Ausdruck *verum* für **positive** und *minus* für **negative** Grössen genügend der spätere Ursprung erhellt, fehlt im *Cod. Mon.*, der die anderen 3 enthält, aber erst **nach** ihnen (13^b) die Rubrik zeigt: *Incipiunt prop. ad ac. juv.* Das Uebrige ist am vollständigsten im *Cod. Mon.* erhalten, der auch **alle** Lösungen enthält, ja noch 5 weitere dazu, für die sich die eigentlichen *propositiones* nicht finden, aber wohl ähnliche, die also späterer Zusatz sein mögen. Sämmtliche Aufgaben aber sind solche, die sich durch die Kenntniss einfachster Multiplication und Division, oder durch Aufbietung von Scharfsinn lösen lassen.*) Vergleicht man sie mit dem, was Terquem

---

*) Beispiele davon hat Cantor S. 287—288 gegeben. In der 16. Zeile v. o. auf S. 287 ist ein störender Druckfehler zu verbessern; statt **erkauft** muss es **verkauft** heissen. Wären die Schweine in gleicher Weise verkauft und gekauft worden, dann wären unter den 250 nur 100 bessere gewesen und sie hätten also keine 120 verkaufen können, so dass das Ganze ein schlechter Witz gewesen wäre. Der lateinische

im *Journal de Math. p. Liouville* 1841, S. 275—296, insbesondere S. 290—291 von der Arithmetik des Ibn-Esra mittheilt, der zwischen 1160 und 1170 gestorben ist, so lässt sich nicht verkennen, dass letzteres auf einer merklich höheren Stufe steht und aus ganz anderen Schulen hervorging, als im Abendland zu finden waren. Jene Aufgaben und Lösungen gehören also ohne Zweifel dem lateinischen Abendlande an, und können wohl, wenigstens zum Theil, durch Alcuin selbst oder in seinen Schulen entstanden sein; aber wenn wir auch, dieses ganz genau wüssten, so wäre doch für die fragliche Sache nichts gewonnen, weil die Lösungen durchaus keine Andeutungen enthalten, aus denen auf die Art der Ausrechnung des Einzelnen geschlossen werden könnte.

Anders steht es mit dem Fund des H. Bibliothekars Dr. Bethmann. Cantor knüpft daran die weitest gehenden Hoffnungen. Ich vermag sie jetzt so wenig zu theilen, als ich sie damals hegen konnte, als ich die Anmerkung S. 41—42 meines Schriftchens über Gerbert schrieb. Was mich bedenklich macht, ist 1) der von Bethmann mitgetheilte Anfang: *Si quis* (vielleicht *vis?*) *scire, quotiens.* Er erinnerte mich an den Anfang der letzten Regel bei Gerbert: *Si volueris nosse, quot divisores sint in quolibet dividendo.* 2) Ich sehe nicht ein, wie in der Anleitung zum Dividiren die Verse Platz haben:

Text lautet aber auch etwas anders. Die im Ganzen gekauften Schweine wurden zuerst in die 125 besseren und in die 125 geringeren abgetheilt, und dann von jedem Theil 120 verkauft und zwar von den besseren je 2, von den geringeren je 3 um einen Solidus. — Dass die 42. Aufgabe die Summation einer arithmetischen Reihe lehre, kann leicht zu günstig verstanden werden. Die Lösung zeigt einen ziemlich niedrigeren Standpunkt. Die Reihe 1, 2, 3 ... 100 wird nämlich in folgender Weise summirt. 1+99=100, 2+98=100, u. s. w. bis 49+51=100, so dass 100 49 mal vorkommt. Dazu kommt 50 und 100 für sich (!); also die ganze Summe 49.100+50+100. — Eine Stelle im 31. Brief des Alcuin ad Arnonem giebt einen weiteren Beleg, dass Alcuin an die Summation einer Reihe nach einer Regel nicht dachte. Dieselbe lautet: *Si ab uno usque ad septimam decimam summam singulos numeros per augmenta computaveris, posteriores numeros semper prioribus adjungens, totius calculationis summa in CLIII adcrescit.* — Auch die 29. Aufgabe erscheint nach Cantor's Darstellung in einem günstigeren Lichte als sie verdient. Wenn nämlich Cantor sagt, der Verfasser denke sich die Stadt in Gestalt eines Rechteckes, so widerspricht dem die Ueberschrift der Aufgabe: *de civitate rotunda.* Freilich wird mit der runden Stadt verfahren wie mit einer rechteckigen, aber darin zeigt sich eben der niedrige Standpunkt des Verfassers. — Der Name *aenigmata arithmetica*, der von späterer Hand im Münchner Codex beigeschrieben wurde, ist wohl der günstigste man, den man der ganzen Sammlung geben kann, von der noch folgende Aufgaben als Curiositäten mögen angegeben werden:

11. Aufgabe: Wie sind Söhne verwandt, deren Väter Schwestern heirathen?
14. „ Wie viel Fussstapfen hinterlässt ein Ochs, der einen Tag lang pflügt, in der letzten Furche? — Antw. Keine, weil die Pflugschar sie wegnimmt.
17. „ 3 Brüder und 3 Schwestern, von denen jede durch einen der ersteren gefährdet ist, sollen je zu 2 ungefährdet über einen Fluss gesetzt werden.
43. „ 30 oder 300 Schweine in 3 Tagen je in ungerader Anzahl zu schlachten. Antw. *Haec fabula est tantum ad pueros increpandos!*

*Tunc monuit Flaccus, veniat quo primus agogus
Quem petat exegi, Francum refert Aribertum.*

Man schrieb in die Codices gar mancherlei Dinge unmittelbar aneinander, so dass diese Verse und das Rechenexempel möglicher Weise gar nichts mit einander gemein haben.

Allein, auch abgesehen von der Autorschaft des Alcuin, die darnach auf sehr schwachen Füssen steht, ist es von Bedeutung, dass unsere arabischen Ziffern im 10. Jahrhundert in einem Rechenexempel vorkommen, sei es von welcher Hand auch immer. Es liegt jedenfalls eine Spur von elementarem Rechnen vor. Ob aber vom Rechnen mit Columnen? — Ich kann es nicht glauben. Hätte Bethmann Columnen angewendet gesehen, so würde er es gewiss mitgetheilt haben; da er von einem Rechenexempel spricht, so liegt es viel näher, an ein Verfahren zu denken, das unserem jetzigen entspricht. Demnach hätten wir hier das älteste Document für unser jetziges Ziffernrechnen, wie Bethmann selbst sagt: „Somit wäre der Gebrauch des dekadischen Zahlensystemes schon zu Karls des Grossen Zeiten nachgewiesen". Die Möglichkeit für das 10. Jahrhundert lässt sich nach dem nicht leugnen, was Woepcke im *Journal asiatique* 1863 von indischer und arabischer Rechenkunst ermittelt hat. Nachdem Alkhârizmî sein Werk um die Mitte des 9. Jahrhunderts verfasst hatte, konnten im 10. Jahrhundert einzelne Stücke davon immerhin im christlichen Abendlande bekannt sein. Ob solches schon zu Karl des Grossen Zeit möglich war, während Alkhârizmî von den Indern lernte, scheint mir höchst zweifelhaft.

Woepcke spricht a. a. O. S. 480—481 in der Anmerkung noch von einer anderen Mittheilung des H. Bethmann an die Akademie zu Berlin, wonach Karl der Grosse seinen Hofleuten Aufgaben vorlegte, welche die Anwendung von 9 Ziffern und der Null voraussetzen. Allein auch für diese fehlen leider die näheren Angaben und nur so viel ist das wahrscheinlichste, dass vom Rechnen mit Columnen keine Spur vorliegt.

Die 3. Stütze für Cantor's Annahme ist eine Stelle in einem Briefe des Alcuin. Dieselbe lautet nach dem Texte der oben erwähnten Ausgabe von Alcuin's Werken Tom. I,. Vol. I, S. 126: „Ich schicke Eurer Excellenz einige Redensarten (*species dictionum*) belegt durch Beispiele oder Verse des ehrwürdigen Vaters (Beda?) und einige Figuren der feineren Arithmetik zum Vergnügen, auf einem Blatt, das Ihr mir leer zugesendet; damit das, was nackt sich meinem Auge zeigte, bekleidet zurückkäme, indem ich es für geziemend hielt, dass das von mir die Ehre, beschrieben zu werden, gewürdigt würde, was durch Euer Siegel geadelt zu mir kam. Sind der Belege zu den Redensarten zu wenig, so wird Beseleel (Eginhard), Euer und mein vertrauter Beistand, von den Versen des Vaters welche dazu thun können. Auch vermag er die Weise der Figuren (*rationes figurarum*) im Buch der arithmetischen Wissenschaft einzusehen."

Es ist daraus leicht zu entnehmen, welches weite Feld der Vermuthung hier offen bleibt, was die *figurae arithmeticae subtilitatis* gewesen sein mögen. Es wird am besten sein, sich daran zu halten, dass die Erklärung zu diesen Figuren in einem Werke über Arithmetik bereits vorhanden war, und dass also, wenn es sich zeigen sollte, dass das Rechnen mit Columnen erst zu Gerbert's Zeit oder kurz vorher in Schriften dargelegt wurde, jene *figurae* von diesem nichts enthielten. Dazu sei noch erwähnt, dass einerseits die Arithmetik des Boethius *figurae* genug enthält, welche zum Vergnügen auf ein Blatt Papier sich zeichnen liessen, andererseits die Zahlenmystik zu Zahlengruppirungen von selbst führte. Dass aber Alcuin einer mystischen Deutung der Zahlen zugethan war, ergiebt sich auf das Bestimmteste aus dem 65. Brief, der an Karl gerichtet ist und die Frage erörtert, *cur Septuagesimus et Sexagesimus vel Quinquagesimus Ordo per dies dominicos ante Quadragesimum dicatur vel colatur.* (Man vergleiche noch den 66. Brief, der die Antwort des Königs enthält, und den 75. und 154. Brief.) Dazu sagt Alcuin noch ausdrücklich am Schluss: *Potestis ex hac speculatione vestris demonstrare familiaribus, quam jucunda est et utilis arithmeticae disciplinae cognitio.* Es ergiebt sich daraus, wie mir scheint, deutlich genug, dass die *arithmetica* dem Alcuin in Theorie bestand (*speculatio!*). Das praktische Rechnen bezeichnet er mit *calculatio*, ein Name, der von selbst auf das Rechnen auf Linien verweist. Eben dahin weist endlich noch die Stelle im 68. Brief, in der die Vertheilung von 10½ *horae* auf 30 Tage ausführlich beschrieben ist. Es findet keine eigentliche Division statt, sondern das möglichst grosse Product von 30 wird abgezogen, gerade so, wie es beim Rechnen auf Linien geschieht.

So lange also nicht überzeugendere Beweise beigebracht werden, muss ich daran festhalten, dass Alcuin das Rechnen mit Columnen nicht kannte.

Odo von Clüny.

Endlich ist noch Odo von Clüny zu besprechen. Hier kommt eine förmliche Abhandlung über den Abacus oder das Rechnen mit Columnen in Frage, so dass, wenn die Autorschaft erwiesen wäre, ein bedeutender Vorgänger von Gerbert sich gefunden hätte. Denn der Abt von Clüny starb 942 oder 943 und hätte darnach seine Regeln über den Abacus vor Gerbert's Regeln verfasst. Es liegt aber hier derselbe Fall vor, wie bei der Geometrie des Boethius, dass es nämlich in Zweifel gezogen werden kann, ob jener Odo wirklich der Verfasser gewesen ist. Die betreffenden Regeln sind nur aus einem Codex des 13. Jahrhunderts entnommen und man weiss von einem Odo, einem Abt von Morimont, der 1200 gestorben ist und über die Bedeutung der Zahlen geschrieben hat, möglicher Weise also der Verfasser auch jener Regeln sein könnte (s. Cantor, S. 302). Es muss demnach das Urtheil über diese Arbeit gleichfalls ausgesetzt werden, bis die Entwickelung des Rechnens mit Columnen, wie es sich aus den bekannt gewordenen Abhandlungen darüber ergiebt, im Einzelnen dargelegt ist. Dann wird eine nähere Zeitbestimmung möglich sein. Jetzt muss ich aber über das sprechen, was Cantor in der Einleitung zu diesen Regeln gefunden hat.

Dass daraus nicht auf ein Werk Beda's über die Rechenkunst geschlossen werden darf, ist oben bereits nachgewiesen. Das Nächste ist die Erwähnung des Pythagoras. Hier hätte Cantor den Satz: *ut maiorum relatione didicimus*, nicht von seinem Nachsatze *huius artis inventorem Pythagoram habemus* trennen sollen. Denn dass ein Verfasser von Regeln über den Abacus die Verwickelungen auf demselben durch die Ueberlieferung der Vorfahren gelernt hat, passt nicht zusammen. Vielmehr sagt der Verfasser: „So viel wir durch Ueberlieferung wissen, haben wir an Pythagoras den Erfinder dieser Kunst." Die Ueberlieferung gilt aber von dem allein im Alterthum bisher nachweisbaren Abacus mit Linien. — Eine weitere Stelle lautet: *Hanc antiquitus graece conscriptam a Boetio credimus in latinum translatam. Sed quia liber huius artis est difficilis legentibus, quasdam regulas .... decerpere inde curavimus.* Cantor fragt (S. 296), ob es mehr brauche, um den Beweis zu liefern, dass Odo auf dem Boden der Geometrie des Boethius steht. Allerdings braucht es hier noch mehr und zwar viel mehr! Dass der Verfasser selbst seiner Sache nicht gewiss ist, drückt er ehrlich genug durch *credimus* aus. Es liegt auch offenbar eine Verwechselung der Arithmetik mit den Regeln über den Abacus vor. Die griechische Arithmetik des Nikomachus hat Boethius, wie allbekannt, ins Lateinische übersetzt; davon hatte der Verfasser etwas gehört und bringt diese Reminiscenz vorsichtig an. Hätte er aber die Geometrie des Boethius gekannt, so würde er ja aus dieser gewusst haben, dass nicht Boethius, sondern Archytas der Uebersetzer ist! Freilich Cantor behauptet selbst nicht, dass der Verfasser die Geometrie des Boethius kannte, die uns jetzt vorliegt, und zwar nicht etwa die, welche in den Drucken und den schlechteren Mss. steht, sondern nicht einmal die, welche die besten Handschriften haben. Denn, wie Cantor selbst erwähnt,

1) der Verfasser weiss nichts von den fremdartig klingenden Namen; die deshalb in den Mss. in Erlangen und Charters interpolirt sind (S. 297);

2) kommt bei ihm das Wort Differenz und wahrscheinlich auch die Division mit Differenzen nicht vor (S. 299);

3) stimmen die Namen der Bruchtheile mit den Boethischen mit wenigen Ausnahmen **nicht** überein (S. 300).

Dazu kommt in diesen Regeln, aber **nicht bei Boethius**, *calcus* als kleinste Brucheinheit vor (S. 300), und der Ausdruck *arcus* für eine Columne, was Cantor selbst veranlasst, die Abhandlung als im 11. Jahrhundert, oder nicht gar weit davon entfernt, verfasst anzusehen (S. 296). Weiter kommt in diesen Regeln, aber **nicht bei Boethius**, vor

1) die Vereinigung von 3 Columnen durch einen grösseren Bogen,

2) die Ausdrücke *perfectus numerus* für 100, 100000 u. s. w., *summa* und *fundamentum* für die Factoren des Productes, *adunatio* und *collectio characterum* für die Addition, *accipere* für das Zulassen einer Division in eine Zahl, *integra pars* für „ganze Zahl", *abacista* für den des Rechnens Kundigen,

3) die Regel für die Multiplication mehrziffriger Zahlen,

4) die Eintheilung der Division in *simplex, composita* und *interrupta,*

5) Das Vorrücken des Divisors zum Dividiren.

Wirft man endlich die Frage auf, **welche Regeln**, die bei Boethius stehen, hat denn der Verfasser excerpirt, so lässt sich **keine einzige** als solche bezeichnen. Die Regeln über die Multiplication sind in der Geometrie des Boethius viel ausführlicher angeführt, die über die Division sind ganz anderer Art, von den Minutien endlich findet sich bei Boethius nur die *figura minutiarum*, hier, wenn auch keine Regeln, doch wenigstens ein ausführlich beschriebenes Exempel.

Es ist also klar, dass das Exemplar der Geometrie des Boethius, wenn überhaupt ein solches dem Verfasser dieser Regeln vorlag, **ein ganz anderes Buch** gewesen sein müsste, als dasjenige, das jetzt als solches gilt und dessen Aechtheit Cantor mit so viel Mühe nachzuweisen gesucht hat. Stünde fest, dass jener Verfasser wirklich ein Buch von Boethius excerpirt hat, dann wäre der unwiderleglichste Beweis geliefert, dass die Anhänge in der Geometrie des Boethius nicht von diesem sind. Allein der Verfasser spricht nur von dem *liber huius artis*, womit ebensogut ein damals in den Schulen gebrauchter Leitfaden gemeint sein kann, wie ein ähnliches Werk Alcuin in dem obenerwähnten Brief an Karl den Grossen mit *libellus arithmeticae disciplinae* bezeichnet.

Ist so die Beziehung des Verfassers jener Regeln zu Boethius eine höchst fragliche, so lässt sich eine andere Quelle desselben mit ziemlicher Sicherheit nachweisen. Cantor glaubt dem Verfasser Kenntniss der **hebräischen** Sprache beilegen zu müssen, so dass er möglicher Weise Einiges aus **jüdischen** Quellen geschöpft hätte. Aber im 24. und 25. Cap. des 16. Buches der Etymologien des **Isidorus** Hispalensis ist das hebräische Wissen unseres Odo und noch Aehnliches dazu bequem zu haben gewesen.

Es ist nun noch übrig, wenigstens Einiges über die **Rhythmimachie** anzugeben, die gleichfalls mit dem Abt von Clüny in Verbindung gebracht wurde, weil der Gedanke nahe liegt, dass aus der Beschreibung eines Zahlenkampfes Andeutungen über das damalige Anschreiben und Behandeln der Zahlen entnommen werden könnte. Diese Erwartung wird aber von den Abhandlungen nicht erfüllt, die in Gerbert, *scriptt. eccles. de mus. Tom. I*, S. 285—295, abgedruckt sind. Ich sage Abhandlungen, weil dort nicht eine, sondern zwei verschiedene Arbeiten vorliegen. Die erste, S. 285—291, scheint die Arbeit des Erfinders des fraglichen Spieles zu sein, da er S. 286 angiebt, dass er die Aufstellung der zum Kampfe dienenden Zahlen *memor praeceptorum trium Boetii* ausgeführt habe, worunter wahrscheinlich die *praecepta* über die *multiplices, superparticulares* und *superpartientes* verstanden sind, vielleicht aber auch die *praecepta* über *geometrica, arithmetica, harmonica proportio*. Das Spiel ist nämlich kein Spiel mit Zahlen für sich, sondern mit Zahlverhältnissen. Auf jeder Seite werden 4 Paar *multiplices*, 4 Paar *superparticulares* und 4 Paar *superpartientes* aufgestellt und damit muss, wenn der glänzendste Sieg errungen sein soll, die *maxima et perfecta harmonia* hergestellt werden, *quae quatuor constans terminis celeras in se continet tres, geometricam, arithmeticam, harmonicam et insuper proportiones omnes musicarum symphoniarum*. Darnach möchte ich glauben, dass der Erfinder keine ἀριθμομαχία, sondern eine ῥυθμομαχία beabsichtigte und demgemäss den Titel *Rhythmimachia* ganz richtig schrieb.

Die 2. Arbeit (S. 291—295) erklärt zwar den Namen durch *numerorum pugna*, aber der Verfasser scheint nicht blos in übergrosser Bescheidenheit *ignorantia* (S. 292) von sich zu bekennen. Aus seinem höchst abgeschmackten Gerede ist nur hervorzuheben, dass er das Spiel eine *novella plantatio* nennt, deren Urheber (*huius artis panditor*) als *omnium liberalium imbutum scientia* bezeichnet und *salva ipsius personae auctoritate* „von der Wiese des Schriftwerkes desselben von Honig fliessende Blümlein anfliest und, weil sie für seine Unwissenheit gut sind, aufhebt". Aus beiden Arbeiten, die vielleicht c. 1200 anzusetzen sind, ergiebt sich eine Belehrung über das elementare Rechnen nicht.

Die Kabbala.

Die bisherige Untersuchung hat dargethan, dass vor dem 10. Jahrhundert nach Christus weder bei den Griechen noch bei den Römern, noch im christlichen Abendlande eine sichere Spur von dem Rechnen mit Columnen zu finden ist, wenn man die Geometrie des Boethius, deren älteste Handschriften dem 11. Jahrhundert angehören, und die dem Odo von Clüny beigelegten Regeln über den Abacus, die einer Handschrift des 13. Jahrhunderts entnommen sind, zunächst bei Seite lässt. Ein Fundort für solche Spuren könnten noch die kabbalistischen Schriften sein. Ich konnte zum Nachsuchen die *Kabbala denudata*, Sulzbach 1677 bis 1678, und A. Franck, die Kabbala; aus dem Französischen von Ad. Gelinek, Leipzig 1844, benützen. Im ersteren Werke fand ich den Ausdruck *columnae* und ferner *digitus* und *articulus*, letztere aber in viel anderem Sinn gebraucht, als sie in der Rechnung mit Columnen vorkommen.

Columnae oder *classes* heissen (I, S. 272) die senkrechten, wagerechten und in den Diagonalen stehenden Reihen von Zahlen, aus denen die *cameae* der Metalle, in Felder (*loculamenta reticulationis*) abgetheilte Quadrate, (*retia*), bestehen z. B. I, S. 626

camea plumbi

4 9 2
3 5 7
8 1 6

welche Zahlen aber mit den hebräischen Zahlbuchstaben geschrieben sind.*)

Von den *digiti* heisst es I, S. 145: *decem digiti designant decem sephiroth* und III und IV, S. 131: *decem digiti manuum referant decem sephiroth.* Was diese sind, bestimmt Franck, S. 129, in folgender Weise: „Die zehn Sefirot, durch welche das unendliche Wesen sich zuerst manifestirte, sind nichts anderes, als die Attribute, die an und für sich keine substanzielle Realität haben; in jedem dieser Attribute ist die göttliche Substanz ganz repräsentirt und zusammengenommen machen sie die erste, vollständigste und höchste aller göttlichen Manifestationen aus". Vgl. *Kabb. denud.* III und IV, S. 148—149.

Articuli heissen in der Kabbala die einzelnen Buchstaben oder auch 2 zusammen, aus denen ein Wort besteht, und die als Glieder oder Theile desselben aufgefasst werden. Belege dafür finden sich III und IV, Seite 197—198 in den §§. 17—19 und S. 199 § 10.

Als Beispiel einer kabbalistischen Rechnung wird es genügen, die Stelle II, S. 167, Thesis 109 mitzutheilen: *Nomen* קסא [1, 60, 100], *i. e.* אהיה *sub plenitudine Joddin: h. m.* אלף הי יוד הי *et Nomen* בן [50, 2] *e Tetragrammato* יוד הה וו הה *efficiunt* 213; *quibus adde* 3 *portiones Nominis*

---

*) Warum diese von den Kabbalisten gebraucht wurden, ergiebt sich besonders aus der sogenannten *gematria*, der Kunst, die Buchstaben eines Wortes nach ihrem Zahlenwerth zu rechnen, damit Summen zu bilden, und die Worte, welche gleiche Summen ergeben oder Producte von der Summe anderer, in die phantasiereichste Art in Verbindung zu bringen. — Wenn Gerhardt in seinem Programm, Salzwedel 1853, S. 8 in der Note sagt: „Die jüdischen Commentatoren der Kabbala und die jüdischen Mathematiker des früheren Mittelalters scheinen sich vorzugsweise der Gobar-Ziffern bedient zu haben", so gilt dies wohl nur von einer Zeit, in welcher die Gobar-Ziffern überhaupt schon in den Rechnungen und zum Anschreiben angewendet wurden. Der älteste jüdische Schriftsteller, von dem ich angegeben fand, dass er über die indische Rechnung oder Gobarrechnung schrieb, ist Abu Sahl Dunasch ben Tamim (c. 845—933). S. Fürst, Geschichte des Karäerthums, Leipzig 1862, S. 127, und Steinschneider, *Jewish literature*, London 1857, S. 192 und 363, Note 98.

אלים, *sic divisas* אל ה ים *et habebis* 216 *et si adjeceris Nomen* עב [2, 70], *fient* 288 *juxta valorem vocis* ויעבר [200, 2, 70, 10, 6]. — Aehnliches ist III und IV, S. 143—144 zu finden.

Es ergiebt sich daraus, dass aus der Kabbala für das elementare Rechnen nichts zu entnehmen ist, und dass überhaupt die Kabbala in der Zeit, in welcher sie entstand, wohl die ersten 7 Jahrhunderte unserer Zeitrechnung (Franck, S. 65, 94 und 97) keinen Anlass bot, nach besonderen Zahlzeichen sich umzusehen und das elementare Rechnen zu verbessern. Gruppirungen, Additionen, einfache Multiplicationen, die sich leicht mit den Fingern ausführen liessen, sind alles, was sie bedurfte, und erst das spätere Mittelalter hat die Spitzfindigkeiten ausgedacht, die einen gewandteren Rechner erfordern. Vgl. Franck, S. 149.

Diese Beschäftigung mit der jüdischen Wissenschaft veranlasste mich, überhaupt in dieser Literatur weiter nachzusehen und der Güte der Herren Professoren Delitzsch und Spiegel verdanke ich die Benützung der bereits erwähnten Werke von Steinschneider, Franck und Fürst, ferner von Zunz, Zur Geschichte und Literatur I, 1845, Sachs, die religiöse Poesie der Juden in Spanien 1846, Lewisohn, Geschichte und System des jüdischen Kalenderwesens, 1856, Chwolsohn, Die Ssabier 1856, Joël, die Religionsgeschichte des Sohar, Wenrich, *de auct. graec. vers. et comment. etc. Lips.* 1842.

In keinem dieser Werke habe ich eine Andeutung über das **Rechnen mit Columnen** gefunden, während des Rechnens mit den Fingern und mit den Gobarziffern Erwähnung geschieht. Die einzige Stelle, die man darauf beziehen könnte, ist in der 93. Note bei Steinschneider (Jewish Lit. S. 363), wo gesagt ist, dass Abu Sahl ben Tamim die Existenz der Null nicht kennt, sondern die Gobarziffern anwendet, die Sacy gefunden hat. Allein nach dem, was Woepcke im *Journ. asiat.* 1863, S. 244—246, von der Gobarschrift anführt, ist man nicht mehr berechtigt, aus dem Fehlen der Null bei der Angabe der Zeichen sofort auf das Columnensystem zu schliessen, wenigstens nicht in Werken des Orients.

Dagegen glaube ich folgende Angaben aus Wenrich hier anführen zu sollen, die für das Rechnen mit Columnen erheblich sind. Es heisst dort, S. 88—89, dass Dschemaluddin, geb. 1172, gest. 1248, Wezir des Almalek Alaziz und Verfasser einer Geschichte berühmter Männer, von Pythagoras ein Buch über die Arithmetik und Musik erwähnt, und ein Buch über die Arithmetik auch Jo. Malalas, Chron. t. I, p. 201; ferner dass Ebn Ali Osaibea, geb. 1203, gest. 1269, Verfasser von Lebensbeschreibungen von mehr als 300 Aerzten, von Pythagoras ein Buch der Tafeln (*liber tabularum*) erwähnt, welche Tafeln unter dem Namen πλινθίδες auch bei Bandini,

Catal. biblioth. Medic. Laur. t. III, p. 340, erwähnt scheinen; weiter (S. 210,) dass Dschemaluddin von Aristarch ein Buch *de fractionum ad integritatem reductione* und *de numerorum divisione* angiebt, dass aber (S. 213) dieselben Werke von Abulfaradsch dem Hipparch beigelegt werden; (S. 273), dass nach Dschemaluddin Diophantus ein Buch *de reduct. fract. ad integr., sive de algebra* (!) schrieb, und dieses ins Arabische übersetzt wurde; einen Commentar zu demselben habe Abulwafa Albuzdschani, geb. 939, gest. zu Bagdad 998, geschrieben; endlich S. 291, dass auch Aristippus von Cyrene *de fract. ad integr. red., sive de algebra* und *de num. div.* geschrieben habe.

Lägen hier verlässige Angaben über die Literatur der Griechen vor, welche die Araber überkamen, dann wäre das griechische Werk, dessen lateinische Uebersetzung der Verfasser der dem Odo von Clüny zugeschriebenen Regeln des Abacus benützte, als ein Werk des Pythagoras selbst, oder als ein Werk des Aristarch oder des Hipparch oder des Aristippus von Cyrene gefunden. Denn *de numer. divisione* ist die Ueberschrift der Regeln Gerbert's und die des Werkes des Spaniers Joseph, das Gerbert in seinen Briefen erwähnt, und es könnte kaum ein Zweifel aufkommen, dass das Rechnen mit Columnen darin gelehrt wurde. Es ist aber längst festgestellt, dass den historischen Angaben der Araber sehr geringer Glauben zu schenken und eine Sicherheit nur dann vorhanden ist, wenn ihre Angaben auch anderweitig bestätigt werden können. Es ist also nur so viel gewiss, dass die arabische Tradition Werke, welche von dem elementaren Rechnen handelten, als von griechischen Autoren verfasst angiebt. Von welcher Art diese gewesen sind, darüber sind bis jetzt noch keine Anhaltspunkte vorhanden. Die eingehendere Betrachtung der Werke über das Rechnen mit Columnen selbst und der damit verbundenen Tradition kann vielleicht solche an die Hand geben. Gelingt es dabei, mit Hülfe der Werke, deren Zeitbestimmung sicher ist, eine allmählige Entwickelung dieses Rechnens nachzuweisen, so ergiebt sich dadurch auch eine verlässigere Grundlage, die Zeit der Abfassung der Abschnitte in der sogenannten Geometrie des Boethius und der dem Odo von Clüny beigelegten Regeln über den *abacus* zu bestimmen.

XIII.
Ueber die Transformationen in der darstellenden Geometrie.
Von Dr. WILH. FIEDLER,

Die Behandlung eines so elementaren Gegenstandes an diesem Orte scheint besonderer Rechtfertigung zu bedürfen, und ich stelle daher hier voraus, was mir dazu die Veranlassung gegeben hat.

Es ist die Bemerkung, dass eine consequente Durchführung des Principes der Transformation durch die darstellend geometrische Methode — also durch die Parallelprojectionen und die Centralprojection mindestens, welche den auf ebene Abbildung beschränkten Theil der darstellenden Geometrie*) bilden — nicht vollzogen worden ist. Und doch ist eine solche für die Centralprojection und ihre Anwendung: die Perspective, nicht weniger belohnend als für die Parallelprojection.

Sie ordnet sich überdies bei beiden demselben so zu sagen pädagogischen Gesichtspunkte unter. Nachdem die Fundamentalaufgaben der darstellenden Geometrie, d. h. die auf die räumliche Lage von Punkten, geraden Linien und Ebenen und die auf die Darstellung der wahren Grösse und Gestalt ebener Figuren bezüglichen Aufgaben für ein bestimmtes Projectionssystem gelöst sind, ist die Bemerkung vielfach begründet, dass die Einfachheit der Lösung von Aufgaben oft von der Lage der gegebenen Stücke gegen das Projectionssystem bedingt ist, und das tiefeingreifende dieser Vereinfachungen erzeugt die Vermuthung, dass selbst dann, wenn die Lage der Raumformen gegen das Projectionssystem bereits projectivisch gegeben ist, die Wahl einer anderen einfacheren Lage und die Ueberführung der Raumformen in dieselbe der Ausführung der erforderlichen Constructionen noch zum Vortheil gereichen könne. Von diesem Gesichtspunkte aus erscheinen die Transformationen in der darstellenden Geometrie als die gemeinsame Quelle der Constructionsvortheile und das bezeichnet, wie mir scheint, naturgemäss ihre Stelle in der Unterweisung der Wissenschaft.

---

*) Vergl. meine Notiz „Ueber das System in der darstellenden Geometrie", „Zeitschrift f. Mathematik u. Physik", Bd. VIII, p. 444 f.

Diese Grundanschauung lässt sich ganz vollkommen ebenso wie für die Parallelprojection für die Centralprojection durchführen; wichtige Theile der Construction zu vergrössern, ausserhalb des Zeichenblattes fallende in die Grenzen desselben zurückzuführen, schleifende Schnitte in scharfe rechtwinklige zu verwandeln etc., wird hier eben so oft Bedürfniss wie dort und die Idee der Transformation entspricht diesem Bedürfniss mit derselben Vollständigkeit und Einfachheit in beiden Fällen. Deshalb habe ich schon in der rein geometrischen Darstellung der Centralprojection, welche ich in einer Programmschrift vom Jahre 1860 gab, der Transformation eine Stelle eingeräumt; wie ich glaube, zum erstenmale in einer Schrift über die Perspective. Aber ihre volle Bedeutung wird sie doch erst erlangen in einer auf die perspectivische Praxis gerichteten Darstellung der Centralprojection, als in welcher alle jene Anforderungen erst mit Nothwendigkeit hervortreten. Im Unterricht und bei der Ausarbeitung eines Leitfadens, der ich mich annehmen musste, erfuhr daher dieser Gedanke erst seine weitere schliesslich vollständige Ausführung.

Eines mir höchst erfreulichen Zusammentreffens muss ich dabei gleich hier Erwähnung thun. Seit Jahren verbindet mich ein lebhafter brieflicher Verkehr mit dem trefflichen Verfasser der „Beleuchtungs-Constructionen", dem k. k. Hauptmann im Genie, Professor Tilscher an der Genie-Akademie in Kloster-Bruck. Gelegentlich führte uns derselbe zum Austausch unserer Behandlung der axometrischen Projection und, da ich dieselbe als ein Ergebniss der parallprojectivischen Transformationen darstelle, auf diese selbst. Die dabei wieder, wie schon bei so vielen früheren Anlässen, gefundene Uebereinstimmung der Ansichten legte mir die Frage nahe, ob Prof. Tilscher die in der Perspective möglichen Transformationen gleichfalls untersucht und in seinem System verwerthet habe. Ich wusste, dass er in der Ausarbeitung eines Werkes über die „technischmalerische Perspective" weit vorgeschritten war und stellte daher jene Frage. Die Antwort war das Versprechen, mir eine Ausarbeitung seiner Gedanken darüber so bald als möglich zu senden. In Erwartung derselben stellte ich Mitte December die wesentlichen Resultate einer systematischen Untersuchung der möglichen centralprojectivischen Transformationen in einer Briefeinlage zusammen und hatte die Freude, nach ihrer Absendung das Manuscript und die Tafeln des Kapitels seines Werkes: „System der technisch-malerischen Perspective" mit der Behandlung der Transformationen zu empfangen und hier meine Resultate betreffs der Transformationen durch Parallelverschiebung in vortrefflicher Ausführung wieder zu finden.

Indem ich jene Resultate hier vorlege, freut mich vor Allem, dass ich sie — von der Form abgesehen — als unser gemeinschaftliches Eigenthum zu bezeichnen habe; sodann die Hoffnung, dass sie in der Praxis der Perspective eine wohlthätige Reform anbahnen und unter den Verehrern derselben die Ueberzeugung kräftigen werden, dass ein gründliches Studium stets belohnt, dass die reinste Theorie die beste Vorschule der Praxis ist; endlich die Erwartung, durch die Mittheilung an diesem Orte dem hoffentlich recht bald erscheinenden Werke meines Freundes Professor Tilscher, welches sie zum erstenmale in ihrer vollen Bedeutsamkeit behandeln wird, die Aufmerksamkeit der Fachgenossen und der Mathematiker überhaupt im Voraus zuzuwenden.

Dies wird auch die Kürze der Darstellung noch weiter rechtfertigen, die ich mir an diesem Orte ohnedies gestatten darf.

In Bezug auf die Behandlungsweise muss ich noch vorausschicken, dass ich in der Parallelprojection von dem Gebrauch dreier zu einander rechtwinkliger Projectionsebenen XOY, YOZ, ZOX überall ausgehe, von denen die Ebene ZOX oder die Aufrissebene mit der Ebene der Zeichnung zusammenfällt und in der Centralprojection die geometrische Behandlung voraussetze, welche eben in jener Programmschrift dargestellt ist.

1. Die Transformationen der Parallelprojection.

Wenn man schiefe Parallelprojectionen zunächst ausschliesst, so sind die möglichen Transformationen entweder **Transformationen des Axensystemes**, oder solche der betrachteten **Raumform**. Das System der Projectionsebenen und Axen kann eben so wie die Raumform selbst parallel mit sich selbst **verschoben** werden, und es kann, wie jene, durch **Drehung** in eine neue Lage übergeführt werden.*)

Jede Veränderung des Axensystemes kann in ihren Wirkungen auf die drei Projectionen der Raumform durch eine entsprechende Lagenveränderung der Raumform selbst ersetzt werden. So ist die Parallelverschiebung einer Projectionsebene in ihren Wirkungen auf die Projectionen einer Raumform völlig identisch mit einer Verschiebung der Form selbst im entgegengesetzten Sinne und um die nämliche Grösse, bei der alle Punkte in ihren zu einer Projectionsebene gehörigen projicirenden Linien verbleiben. Eine Drehung zweier Projectionsebenen um die zwischen ihnen gelegene Axe und um einen gewissen Winkel wird in jenen Wirkungen ersetzt durch die Drehung der Raumform selbst um die nämliche Axe und um denselben Winkel, jedoch im entgegengesetzten Sinne. Es ist von Vortheil, die möglichen Transformationen in solcher Zusammen-

---

*) Wenn man die Beschränkung auf orthogonale Parallelprojectionen aufgiebt, so tritt die Veränderung der Richtung der projicirenden Linien als weitere Quelle von Transformationen auf. Wenn man z. B. die Schlagschatten einer räumlichen Form auf die Projectionsebenen für parallel einfallende Lichtstrahlen aus den Orthogonalprojectionen ableitet, so ist dies im Grunde genommen eine Transformation dieser Art. Die weitere Verfolgung dieser Richtung der Untersuchung darf hier unterbleiben.

stellung zu erörtern und ist erlaubt, sich dabei auf die Betrachtung der Grundgebilde: Punkt, gerade Linie und Ebene zu beschränken.

a) **Die Parallelverschiebungen der Projectionsebenen oder der Raumform in der Richtung der projicirenden Linien.**

Wenn die Grundrissebene XOY um einen gewissen Betrag $\pm z_0$ (der positive Sinn der z wird nach oben, der negative nach unten gezählt, wenn die Grundrissebene wie gewöhnlich als wagerecht gedacht ist; gleichzeitig denken wir dann den positiven Sinn der x nach rechts, den negativen nach links, den positiven Sinn der y nach vorn und den negativen nach hinten gezählt) verschoben wird, so zeigt sich dies zuerst an durch die gleiche Parallelverschiebung der Axen x und y in der Zeichentafel bei unveränderter Axe der z; es bedingt aber zugleich die Verminderung aller ersten Coordinaten z der Raumform um den Betrag $\mp z_0$, d. h. das Verbleiben der Aufrisse (in ZOX) und Seitenrisse (in YOZ) aller Punkte der Form an ihrer Stelle und dadurch die Unveränderlichkeit der Form des Grundrisses (in XOY) und die parallele Verschiebung desselben um den Betrag $\pm z_0$ in Perpendikeln zur Axe x, so dass er zu den neuen Axen der x und z dieselbe Lage erhält, wie zu den alten.

Die Parallelverschiebung der Raumform selbst nach ihren ersten projicirenden Linien um den Betrag $\mp z_0$ ist der vorigen Verschiebung äquivalent und wird in der Ausführung nur dadurch von ihr unterschieden, dass eine Veränderung der Projectionsaxen X, Y hier nicht eintritt, dass die Aufrisse und Seitenrisse in Perpendikeln zu ihnen um $\pm z_0$ verschoben werden und der Grundriss in Gestalt und Lage völlig unverändert bleibt.

Die Figuren 4 und 5, Taf. IV, zeigen diese Veränderungen für einen Punkt a von den Coordinaten 3; 3,6; 4, für eine ihn enthaltende Ebene E, die in der x-Axe den Parameter $OE_x = +12$ und in der z-Axe den Parameter $OE_z = +14$ bestimmt, und für eine Gerade g in ihr und durch a, welcher für ihren Durchschnittspunkt mit der Aufrissebene die Abrisse $x = +16,5$ entspricht; die ausgeführte Verschiebung der Grundrissebene in Figur 4, Tafel IV, beträgt $z_0 = +2$, die der Objecte in Figur 5, Taf. IV, $z_0 = -2$. Die ursprünglichen Projectionen sind durch a', a'', a''', g', g'', g''', die Durchgangspunkte und Spuren durch δ_1, δ_2, δ_3, E_1, E_2, E_3, die abgeleiteten durch Beifügung des der ersten Projection und den ersten projicirenden Linien entsprechenden Index 1, also mit a'_1, g'_1, $_1\delta_1$, $_1E_1$, etc. bezeichnet.*) Das Ergebniss ist bei beiden Veränderungen genau dasselbe.

Die Parallelverschiebung der Seitenrissebene oder der Raumform

---

*) Bei der graphischen Ausführung wird man der Unterscheidung durch farbige Linien und farbige Schrift den Vorzug geben, um die Verdoppelung der Indices zu vermeiden und die Anschaulichkeit zu erhöhen.

nach den dritten projicirenden Linien um den Betrag $\pm x_0$ unterscheidet sich in keinem wesentlichen Punkte hiervon.

Die Parallelverschiebung der Aufrissebene oder der Raumform nach ihren zweiten projicirenden Linien um den Betrag $\pm y_0$ weicht insofern etwas ab, als die Aufrissebene die Ebene der Zeichnung ist und ihre Verschiebungen sich daher nur mittelbar in den Lagenveränderungen der Grundrisse und Seitenrisse zu erkennen geben. Dies hat zur Folge, dass die Verschiebungen beider Art im entgegengesetzten Sinne um den gleichen Betrag ganz ununterscheidbar bleiben.

Das Endergebniss beliebiger Parallelverschiebungen ist eine Aenderung der Abstände der Projectionen von den Axen ohne Aenderung ihrer Gestalt und ohne eine als Drehung erscheinende Veränderung ihrer Lage gegen dieselben. Durch sie wird die Ableitung der neuen Projectionen der Raumform aus den alten für alle die Fälle gewährt, wo eine Projectionsebene oder Projectionsaxe, oder statt ihrer eine mit der Raumform fest verbundene Ebene oder Gerade von derselben Stellung oder Richtung in eine beliebig gegebene zur alten parallele Lage übergeführt, oder wo unter Beibehaltung aller Richtungen und Stellungen der Anfangspunkt des Projectionssystemes, oder statt seiner ein Punkt der Raumform in einen beliebigen Punkt des Raumes übergeführt werden soll.

Als ein Beispiel der durch solche Verschiebungen zu erlangenden Constructionsvortheile dient die Lösung der Aufgabe: Man bestimme die Durchschnittslinien zweier Ebenen E und F, wenn der Durchnittspunkt ihrer zweiten Spuren nicht auf dem Blatte erhalten wird. (Fig. 6, Taf. IV.)

Man erhält aus dem Durchschnittspunkte der ersten Spuren je einen Punkt des Grundrisses und des Aufrisses der Schnittlinie s und bestimmt einen zweiten Punkt derselben durch eine Parallelverschiebung der Grundrissebene. Die neuen ersten Spuren der Ebene geben ihn durch seinen Aufriss und seine zweite Coordinate y, welche letztere nur in ihre ursprüngliche Lage zurück zu versetzen ist. ($a'a_x = {}_1\delta_{1}_1\delta_1''$.)

Betrachtet man den Aufriss der Schnittlinie allein, so zeigt die Construction die so oft nutzbare Lösung der Aufgabe: Einen Punkt (δ_1'') mit dem unzugänglichen Durchschnittspunkte zweier Geraden (E_2, F_2) durch eine gerade Linie zu verbinden.

Alle jene Constructionen der Parallelprojectionslehre, in denen an Stelle der Bestimmungselemente in den Projectionsebenen selbst die in Parallelebenen zu denselben gelegenen benutzt sind, können als vermittelt durch Transformationen dieser Art betrachtet werden.

Das Beispiel vom Durchschnitt zweier Ebenen ist sehr geeignet, zu beweisen, dass diese Transformationen nicht immer den vorgesetzten Zwecken entsprechen und zeigt sich dann als von besonderem Interesse für die Auffassung des Seitenrisses. Denn während die Construction der für den Fall zweier zur Axe x parallelen Ebenen unbrauchbar wird, führt die Benutzung der dritten Spuren sofort zur Bestimmung der Schnittlinie, d. h. man erhält sie mittels einer Hilfsprojectionsebene, welche durch Drehung einer der beiden ersten Projectionsebenen um eine Normale zur Axe x um 90^0 erhalten wird. In dem Zusammenhange des Seitenrisses mit den beiden anderen Projectionen liegt also ein Beispiel vor von dem allgemeinen Zusammenhange der Originalprojectionen mit denen, welche einer durch Drehung veränderten Lage des Projectionssystemes entsprechen.

b) **Die Drehungen der Projectionsebenen oder der Raumformen selbst um die zwischenliegende Axe.**

Betrachten wir zuerst die Folgen einer Drehung um die Axe y, so sind diese in den Figuren 7 und 8, Tafel IV, für gleiche Drehungsgrössen φ_2 bei entgegengesetztem Sinn für einen Punkt a, eine durch ihn gehende Gerade g und eine sie enthaltende Ebene E verzeichnet; sie zeigen die Uebereinstimmung der Ergebnisse.

Die neuen Projectionen bestimmen sich aus den alten in Figur 7, Tafel IV, durch die Bemerkung, dass die Aufrisse aller Punkte und Sinn und Länge ihrer Coordinaten y unverändert bleiben, denn darnach hat man von den Aufrissen auf die neuen Axen x und z, welche von den alten um φ_2 abweichen, die Perpendikel zu fällen und von den Fusspunkten ab in ihnen jene wieder abzutragen, um die neuen Grund- und Seitenrisse zu erhalten. Die zweiten Durchgangspunkte von Geraden und die zweiten Spuren von Ebenen bleiben ungeändert, die Axenabschnitte der letzteren in φ behalten ihre Länge und ihren Sinn.

Bei der entsprechenden Drehung der Raumformen in Fig. 8, Taf. IV, beschreibt jeder Punkt einen Kreisbogen vom Centriwinkel φ_2 in einer zur Aufrissebene parallelen Ebene und mit dem in der Axe y gelegenen Centrum a_y. In Folge dessen bewegen sich die Aufrisse der Punkte um Kreisbogen, die aus dem Anfangspunkte O des Systemes beschrieben, an ihm den Centriwinkel φ_2 bestimmen, die Grundrisse und Seitenrisse aber in Parallelen zu den Axen x und z, so dass sich ihre neuen Lagen aus den der Aufrisse bestimmen. Dabei ist die Bemerkung nützlich, dass die neue Lage des Aufrisses einer Geraden (also auch der zweiten Spur einer Ebene) mit der alten denselben senkrechten Abstand vom Punkte O hat, und dass die beiden bezüglichen Normalen gleichfalls den Winkel φ_2 mit einander bilden; denn sie projiciren und messen den kürzesten Abstand der geraden Linie g oder E_2 von der Drehungsaxe und bleiben unverändert, während sie an der Drehung gleichmässig Theil nehmen.

Man sieht zugleich, dass die Drehung der Raumform selbst das anschaulichere und zweckmässigere Resultat giebt und findet diese Bemerkung auch in den Fällen der Drehung um die Axen z oder x gleichmässig Figur 6, Tafel IV, in ihrer Beschränkung auf die beiden ersten Spuren bestätigt, wo nur die kreisförmige Bewegung um O dem Grundriss und Seitenriss respective zufällt.

Alle Aufgaben, in denen die Ueberführung einer gegebenen Richtung oder Stellung in eine andere Richtung oder Stellung gefordert wird, lassen sich durch die Anwendung dieser Ergebnisse in mehrfacher Weise lösen.

So die fundamentalen Aufgaben: Man soll eine durch ihre Projectionen gegebene Gerade g zu einer Projectionsaxe und man soll eine durch ihre Spuren bestimmte Ebene E zu einer Projectionsebene parallel machen — jede auf dreifachem Wege, nämlich 1) durch eine zweimalige Drehung des Projectionssystemes; 2) durch eine zweimalige Drehung der Geraden oder Ebene um Projectionsaxen; 3) durch eine Drehung des Projectionssystemes und eine Axendrehung der Geraden oder Ebene; wobei immer die beiden auf einander folgenden Drehungen um verschiedene Axen erfolgen müssen.

Soll z. B. die Gerade g der Axe x parallel werden, so kann dies geschehen durch eine Drehung um die Axe y in der Grösse des Winkels φ_2, welchen der Aufriss der Geraden mit der Axe x einschliesst und eine nachmalige Drehung um die Axe z und den Winkel β_2, welchen der vorher erhaltene Grundriss g'_2 mit der Axe x einschliesst; oder durch die äquivalenten Drehungen der Projectionsebenen.

Soll die Ebene E der Aufrissebene parallel gemacht werden, so führt dazu eine Drehung um die Axe y und den Winkel φ_2, den ihre zweite Spur mit der Axe x einschliesst und eine nachmalige Drehung um die Axe z und den Winkel α_2, welchen die neue erste Spur $_2E_1$ mit der Axe x bildet.

Dabei hat man in den Winkeln β_2 und α_2 die Neigungswinkel der Geraden g und der Ebene E gegen die Aufrissebene erhalten, d. h. diese Winkel können abgeleitet werden als Ergebnisse einer transformirenden Drehung.

Ebenso erhält man die wahre Länge einer geradlinigen Strecke, indem man durch eine Drehung die Gerade zu einer Projectionsebene parallel macht, und die wahre Gestalt und Grösse einer ebenflächigen Figur (also z. B. auch die einer ebenen Querschnittsfigur eines beliebigen Körpers), indem man durch zwei Drehungen die Ebene derselben in die Stellung einer Projectionsebene überführt.

Eine grosse Zahl von Aufgaben kann unter diesem Gesichtspunkte mit Vortheil behandelt werden. Soll man z. B. die kürzeste Entfernung zweier Geraden im Raume, d. h. die Länge ihrer gemeinschaftlichen Normale bestimmen, so wird man etwa durch Transformation die eine von ihnen in die Richtung einer Projectionsaxe bringen, um in der Entfernung der punktförmigen Projection derselben von der gleichnamigen der anderen jene direct zu erhalten. Oder man bestimmt den Neigungswinkel zweier Ebenen, indem man ihre Durchschnittslinie in die Richtung einer Projectionsaxe überführt, als den Winkel ihrer Spuren in der zu ihr normalen Projectionsebene. Dass man damit leicht die Halbirungsebenen von Flächenwinkeln, etc. bestimmen kann, ist offenbar.

Man sieht, die zahlreiche Klasse dieser Aufgaben fällt zusammen mit der Gruppe, die man sonst als Anwendungen der Umlegung, Niederlegung oder Herabschlagung einer Ebene bezeichnen mag.

Ihr gegenüber steht eine zweite Gruppe, die praktisch ebenso wichtigen Umkehrungen der Probleme der ersten enthaltend, deren allgemeines Princip als die Aufstellung oder Zurückschlagung einer Ebene bezeichnet werden kann. Der Gesichtspunkt der Transformation umfasst sie wie jene. Die allgemeine Aufgabe dieser Gruppe lautet: Die Projectionen einer Raumform in Bezug auf das ursprüngliche Projectionssystem sind bekannt; man soll die Projectionen derselben in Bezug auf ein neues Projectionssystem bestimmen, welches gegeben ist durch die Projectionen seines Anfangspunktes O_1 und einer seiner Projectionsaxen g, und die Spuren einer seiner Projectionsebenen E, welche diese Axe enthalten.

Ihre Auflösung erfordert folgende Schritte: Man verlegt durch Parallelverschiebungen den Aufangspunkt O nach O_1 und verzeichnet die dem entsprechenden Veränderungen der Projectiouen des Systemes; man macht sodann die Ebene E zu der von ihr vertretenen Projectionsebene parallel und führt die Gerade g in die Richtung der von ihr vertretenen Projectionsaxe über unter Verzeichnung der entsprechenden Veränderungen der Projectionen. Die letzten sind die gesuchten.

Da Parallelverschiebungen keine Veränderungen der Projectionen selbst bedingen und die dreifache Wiederholung unwesentlich ist, so kann jene Aufgabe durch die einfachere ersetzt werden: Man soll aus den gegebenen Projectionen einer Raumform die Projection derselben auf eine ihrer Stellung nach bestimmte Ebene ableiten. Zur Auflösung ist dann nur ihre Ueberführung in die Grundrissebene z. B., d. h. eine zweifache Drehung und die Verzeichnung des entsprechenden Grundrisses, erforderlich.

Die einfachste und zweckmässigste Ausführung der dazu nöthigen Operationen liefert die sogenannte axonometrische Projection. Denn sie ist nichts anderes, als die Ableitung der Projection einer durch ihre Coordinaten oder ihre Projectionen in Bezug auf ein rechtwinkliges System bestimmten Raumform für eine ihrer Stellung nach in Bezug auf jenes System bestimmte Ebene. Ob dabei, wie so oft in den technisch verwendeten Formen, jenes Coordinaten- oder Projectionssystem den durch die Natur des Materials bedingten Raumdimensionen der Form selbst entspricht, oder nur ein der Massbestimmung zu Grunde gelegtes

Beziehungssystem ist, bleibt gleichgültig; ebenso ob die neue Projectionsebene durch graphische Elemente oder durch Zahlenangaben bestimmt ist.

Die Natur der Aufgabe erfordert offenbar die nähere Untersuchung der Projectionen rechter Winkel und der dreiseitig rechtwinkligen Ecke insbesondere, und die Einfachheit der Resultate dieser Untersuchung bedingt die Bequemlichkeit ihrer Lösung.

Sind a_2, b_2, c_2 die Durchnittspunkte der drei Kanten einer dreirechtwinkligen Ecke mit der Zeichnungsebene und soll s'' die Orthogonalprojection ihres Scheitels auf dieselbe sein, so muss nach dem Grundgesetz über den Zusammenhang zwischen den Spuren der Ebenen und den gleichnamigen Projectionen ihrer Normalen s'' der Durchschnittspunkt der drei Höhenperpendikel des Dreieckes $a_2 b_2 c_2$ sein und das einzige zur vollen Bestimmung der Ecke noch fehlende Element, die Länge des Perpendikels ss'' von ihrem Scheitel auf die Tafel, ergiebt sich als die Hälfte der zu einer Seite $b_2 c_2$ des Dreieckes parallelen Sehne des über der zugehörigen Höhe beschriebenen Kreises. Wenn man dann die Aufrisslängen $s''a_2$, $s''b_2$, $s''c_2$ der Kanten sa, sb, sc als zweite Katheten rechtwinkliger Dreiecke anträgt, welche ss'' zur gemeinschaftlichen ersten Kathete haben, so sind die dieser letzteren gegenüberliegenden Winkel derselben die Neigungswinkel β_1, β_2, β_3 der Kanten der Ecke gegen die Zeichnungsebene. (Figur 9, Tafel IV.)

Da nun sa_2, sb_2, sc_2 die Richtungen der nach einem dreirechtwinkligen Bestimmungssystem aufzutragenden Masse sind, so interessiren uns die Längen m_1, m_2, m_3, in welchen ein und dieselbe Länge m — man kann die Längeneinheit als solche wählen — in den drei Axenrichtungen aufgetragen in der Abbildung erscheint; sie sind die den Winkeln β_1, β_2, β_3 anliegenden Katheten rechtwinkliger Dreiecke von der Hypothenuse m. Und wenn umgekehrt diese Längen gegeben sind, so ergeben sich aus ihnen die Winkel β ebenso wie die Originallänge m constructiv und durch Rechnung gleich einfach. Denn man hat

$$m \cos \beta_1 = m_1, \quad m \cos \beta_2 = m_2, \quad m \cos \beta_3 = m_3,$$
$$\cos^2 \beta''_1 + \cos^2 \beta''_2 + \cos^2 \beta''_3 = 2,$$
$$m_1^2 + m_2^2 + m_3^2 = 2m^2.$$

In den Figuren 10 und 11, Tafel IV, ist die Construction dieser Ausdrücke, die Bestimmung der β und die von m aus m_1, m_2, m_3, und die volle Darstellung des Bildes der dreiseitig rechtwinkligen Ecke $O_1 ABC$ aus den gefundenen Grössen β dargestellt. In Figur 10, Tafel IV, ist aus den Katheten m_1, m_2 ein rechtwinkliges Dreieck, aus dessen Hypothenuse und m_3 ein zweites rechtwinkliges Dreieck, über dessen Hypothenuse der Halbkreis und die demselben entsprechende Quadratseite m construirt und durch Eintragung derselben in die vorigen Dreiecke sind die Winkel β_1, β_2, β_3 bestimmt worden. Aus diesen ist dann in Figur 11, Tafel IV, das Bild $O_1 ABC$ des dreirechtwinkligen Systemes $OABC$ abgeleitet, indem drei rechtwinklige Dreiecke von der gemeinsamen Kathete O,O und den ihr gegenüberliegenden Winkeln $\beta_1, \beta_2, \beta_3$ verzeichnet, auf der Hypothenuse OA des ersten von ihnen in O die Normale OD bis zum Durchschnitt mit AO_1 errichtet und durch D eine zu O_1A normale Gerade gelegt, diese aber durch aus O_1 mit den an β_2, β_3 anliegenden Katheten jener Dreiecke beschriebene Kreise in B und C geschnitten sind. Die Geraden O_1C, O_1B, O_1A sind die Bilder der drei Axenrichtungen OC, OB, OA.*) Dass die von ihnen mit einander gebildeten Winkel respective durch die Ausdrücke

$$\cos\varphi_1 = -\frac{1}{2m_2 m_3}\sqrt{(m_1^2 + m_3^2 - m_2^2)(m_1^2 + m_2^2 - m_3^2)},$$

$$\cos\varphi_2 = -\frac{1}{2m_3 m_1}\sqrt{(m_1^2 + m_2^2 - m_3^2)(m_2^2 + m_3^2 - m_1^2)},$$

$$\cos\varphi_3 = -\frac{1}{2m_1 m_2}\sqrt{(m_2^2 + m_3^2 - m_1^2)(m_3^2 + m_1^2 - m_2^2)},$$

berechnet werden können, ist leicht ersichtlich. Die betrachtete Raumfigur lässt z. B. φ_1 oder AO_1B als den Flächenwinkel der Kante OO_1 in der Ecke $O(O_1 AB)$ erkennen, welcher von den Kantenwinkeln β_1, β_2 eingeschlossen ist und dem Kantenwinkel $90°$ gegenüberliegt; somit

$$\cos\varphi_1 = -\cotan\beta_1 \cdot \cotan\beta_2.$$

Alle speciellen Fälle dieser Lösung ergeben sich aus der Construction wie aus der Rechnung mit gleicher Einfachheit.

Sie entsprechen beide aber auch den Gesichtspunkten der Praxis für das axonometrische Zeichnen vollständig; denn man wünscht von den Raumdimensionen des Objects diejenigen beiden am wenigsten verkürzt, welche in den ihnen parallelen oder nahe parallelen Flächen die meistgegliederten oder für die Einsicht in das Wesen des Objects instructivsten Theile zeigen; man wählt hiernach die Massgrössen der Bilder der Längeneinheit in den drei Axenrichtungen m_1, m_2, m_3 und erhält daraus alle Elemente der Zeichnung wie oben.

II. Die Transformationen der Centralprojection.

Centralprojectivische Transformationen sind auf dreierlei Weise möglich, nämlich durch Veränderung des Centrums, durch Verschiebung und Drehung der Bildebene und durch Verschiebung und Drehung der Raumform selbst. Jede derselben muss zunächst für sich allein betrachtet werden.

Die Veränderung des Centrums erscheint entweder als eine Verschiebung in bekannter Richtung in der durch das Centrum gehenden

---

*) Wenn man in Figur 9, Tafel IV, durch Drehung um die y-Axe die Grundrissebene in solche Lage bringt, dass $a_0 s''$ die neue Axe x ist, so kommt s' nach s'_2 und man hat in $_2\beta_1, _2\beta_2, _2\beta_3$ dieselben Winkel $\beta_1, \beta_2, \beta_3$ wie vorher. In dieser Lage stimmt die Figur 9 mit Figur 11 in allem Wesentlichen überein.

Parallebene zur Bildebene, oder als eine Verschiebung in der durch dasselbe gehenden Normale zur Bildebene, oder als Resultat einer Zusammensetzung aus diesen beiden Elementarverschiebungen. Wir denken dabei die Bildebene und das Object der centralprojectivischen Darstellung als in völlig unveränderter Lage und es handelt sich darum, von den für die ursprüngliche Lage des Centrums gefundenen projectivischen Bestimmungen desselben zu denen überzugehen, welche der neuen Lage des Centrums entsprechen.

Die Veränderung der Bildebene kann als eine Verschiebung in sich selbst, als eine sich selbst parallele Verschiebung, bei welcher alle ihre Punkte in Normalen zu ihr fortschreiten, und als eine Drehung um eine feste Axe vollzogen werden; im letzteren Falle dürfen wir die Axe der Drehung als in ihr selbst gelegen denken. Die Aufgabe besteht darin, dass aus den projectivischen Bestimmungen einer Raumform für das Centrum und die ursprüngliche Bildebene die Bestimmungen derselben Raumform für jenes Centrum und die neue Bildebene abgeleitet werde; dabei ist vorausgesetzt, dass diese in Bezug auf jene projectivisch bestimmt sei.

Die Transformation des räumlichen Objects kann in einer zur Bildebene parallelen oder zur Bildebene normalen Verschiebung, als bei welcher alle ihre Punkte in gleichgerichteten Parallelen zur Bildebene oder in Normalen zu derselben fortschreiten, oder in einer Axendrehung desselben bestehen und es genügt, diese letzteren in Bezug auf eine in der Bildebene selbst gelegene und eine zu ihr normale Axe zu betrachten. Die Ableitung der der neuen Lage entsprechenden projectivischen Bestimmungen aus denen der alten ist die Aufgabe.

Es ist nöthig und hinreichend, alle diese Transformationen an den Grundgebilden der geraden Linie und der Ebene zu erörtern; die Anwendung auf zusammengesetzte Gebilde ist dann sehr einfach.

a) Die Veränderungen des Projectionscentrums.

Die Durchgangspunkte von geraden Linien und die Spuren von Ebenen — jene wie diese die Durchschnitte derselben mit der Bildebene — bleiben bei diesen Transformationen stets ungeändert, und man hat daher nur die Veränderungen zu betrachten, welchen die Fluchtpunkte und Fluchtlinien unterliegen, d. h. die Durchschnitte der Bildebene mit der durch das Centrum gehenden Geraden von gleicher Richtung und der dasselbe enthaltenden Ebene von gleicher Stellung. Dabei gehen die Veränderungen der Fluchtlinien aus denen der Fluchtpunkte hervor, weil auf alle ihre Punkte das anwendbar ist, was von den letzten gilt.

Man findet: Jede Bewegung des Centrums in der Parallelebene zur Bildtafel wird nach Richtung und Grösse durch die Bewegung des Hauptpunktes in der Bildebene genau wieder gegeben und jeder Fluchtpunkt verschiebt sich um die nämliche Grösse und in derselben Richtung. Oder das System der Fluchtpunkte und Fluchtlinien, das der neuen Lage des Centrums entspricht, ist demjenigen congruent, welches für die ursprüngliche Lage desselben gefunden war.

In Folge dessen verändert sich auch das Bild der Geraden im Allgemeinen; es geschieht dies nur dann nicht, wenn dasselbe der Verschiebungsrichtung des Centrums parallel ist, weil dann nur der Fluchtpunkt innerhalb desselben sich verschiebt.

Linien, die das Centrum enthalten, als characterisirt durch das Zusammenfallen von Flucht und Durchgangspunkt, bleiben bei einer solchen Verschiebung nicht projicirende Linien, da der Durchgangspunkt bleibt und der Fluchtpunkt die Bewegung des Centrums mitmacht; nur bei denen unter ihnen, die der Bildebene parallel sind, bliebe dies ohne Einfluss, dieselben kommen aber überhaupt nicht zur Darstellung.

Die Bilder von Geraden in derselben Ebene, welche als Parallelen erscheinen, bleiben auch bei der Transformation parallel; der Parallelismus der Bilder bezeichnet die Lage ihres Durchschnittspunktes in der durch das Centrum gehenden Parallelebene zur Tafel.

Die Veränderungen der Fluchtlinie einer Ebene und die des Bildes eines Punktes oder in einer gegebenen Geraden gehen daraus leicht hervor. Eine Fluchtlinie bleibt ungeändert, wenn ihre Richtung die Verschiebungsrichtung des Centrums ist. Die Projectionen der in einer solchen Ebene gelegenen Systeme bleiben dabei durchaus nicht ungeändert.*)

Besonderes Interesse hat die wagerechte Verschiebung des Centrums (bei verticaler Bildebene) um den mittleren Abstand beider Augen des Menschen. Man erhält zur Perspective einer Raumform durch diese Verschiebung diejenige neue Perspective derselben, welche mit jener gleichzeitig betrachtet den Eindruck der Raumform selbst täuschend hervorzurufen vermag. Diese Transformation enthält somit die Construction stereoscopischer Bilder. Die Figur 12, Tafel IV, zeigt als Beispiel davon eine sechsseitige gerade reguläre Pyramide; von der Construction sind nur die Durchgangspunkte d, d_1 der Grundflächenkante ab und Diagonale gc und die beiden Lagen ihres Fluchtpunktes f, f_1, sowie die Hauptpunkte A, A_1 angegeben, um die stereoscopische Combination**) zu erleichtern. Die Distanz ist die deutliche Sehweite.

Schon bei dieser einfachsten Transformation wird nicht nur die Lage, sondern auch die Gestalt des Bildes einer Raumform geändert. Sie wird

---

*) Die Unterscheidung der ursprünglichen und der transformirten Bilder durch Farben ist bei der graphischen Ausführung zweckmässig, wie schon oben bemerkt ist.

**) Man betrachtet, indem man eine ebene schwache Scheidewand zwischen beide normal zur Ebene des Blattes stellt, beide Bilder, jedes mit einem Auge; oder richtet je eine geschwärzte gleichweite Röhre auf sie in paralleler zur Ebene des Blattes normaler Stellung. Bei einiger Uebung gelingt die Combination auch leicht mit blossen Augen ohne jedes besondere Unterstützungsmittel.

in den praktischen Anwendungen der Centralprojection dazu dienen können, um Theile der Construction deutlicher zu machen, welche auf sehr schmal erscheinenden Flächen liegen; denn dies letztere und damit die Zusammendrängung der Construction ist die Folge von der Kleinheit des Abstandes des Centrums von der Fläche und wird daher durch eine Verschiebung des Centrums von dieser Fläche weg vermieden oder gehoben.

Durch sie werden Fluchtpunkte und Fluchtlinien, welche ausserhalb der Grenzen der Zeichentafel liegen, in dieselben zurückgeführt und dadurch der Construction zugänglich und nutzbar gemacht. So zeigt Fig. 13, Tafel IV, die Construction von Parallelen zu einer Geraden h von unzugänglichem Fluchtpunkt in der Ebene SF^* aus Punkten ihrer Spur, wie d_s. Man hat auf der Parallelen zur Tafel s die Länge $bc = b^*c^*$ gemacht, welche der Verlegung des unzugänglichen Fluchtpunktes f_s nach f_s^* entspricht. Die Grösse der Verschiebung des Centrums, welche dabei gebraucht ist, geht aus der Figur leicht hervor.

Wenn das Centrum in der Normalen zur Bildebene fortrückt, welche es enthält, so bleibt der Hauptpunkt ungeändert und jeder Fluchtpunkt bewegt sich in der geraden Linie, die ihn mit jenem verbindet, und um eine Länge, welche von dem ihm entsprechenden Neigungswinkel abhängt; sie ist die zweite Kathete eines rechtwinkligen Dreieckes, welches die Veränderung der Distanz zur ersten Kathete und diesen Neigungswinkel zu dem ihr gegenüber liegenden Winkel hat. Die Figur 13, Tafel IV, zeigt die Construction für den Fluchtpunkt f, der in f^* übergeht; D ist der Distanzkreis, d. h. der mit dem Abstand des Centrums von der Bildebene aus dem Hauptpunkte in der Bildebene beschriebene Kreis.

In Folge dessen ist für alle dem Distanzkreis angehörigen Fluchtpunkte die radiale Verschiebung der Verschiebung des Centrums gleich; nach dem Hauptpunkte hin bei Annäherung des Centrums an die und von ihm weg bei Entfernung des Centrums von der Bildebene. Sie gehen in die Peripherie des der Transformation entsprechenden neuen Distanzkreises D^* über.

Der Reduction der Distanz auf $\frac{1}{n}$ ihres ursprünglichen Betrages entspricht die Reduction der Entfernung jedes Fluchtpunktes vom Hauptpunkte auf $\frac{1}{n}$ ihres Werthes.

Die neue Lage F^* der Fluchtlinie F einer Ebene bestimmt sich als parallel zur alten durch die Behandlung eines einzigen Punktes derselben nach dem Gesetz der Fluchtpunkte; man wird dazu am einfachsten den Fluchtpunkt der vom Hauptpunkt auf sie gefällten Normale benutzen, denn dann überträgt sich das vorige Gesetz auf sie.

Also: das von den Fluchtlinien und Fluchtpunkten der Raumform —

also auch von den Bildern ihrer Punkte — gebildete System wird so verändert, dass das neue System dem ursprünglichen ähnlich ist für den Hauptpunkt als Aehnlichkeitscentrum und das Verhältniss der Distanzen. Als eine Anwendung der Reduction der Distanz theilen wir die Strecke ab einer durch ihr Bild und die ihr entsprechende Normalebene F, S_1 zur Bildebene bestimmten Geraden g in vier gleiche Theile bei unzugänglichem Fluchtpunkt und $\dfrac{AD}{4}$ als Viertheil der Distanz (Fig. 14, Taf. IV).

Wir ziehen eine Gerade vom Hauptpunkte nach einem Punkte des Bildes, etwa Aa, theilen sie in vier gleiche Theile und ziehen durch den Endpunkt 1 des ersten von A aus eine Parallele zu g bis zum Fluchtlinie F der Ebene in f^*. Nun ist f^* der der reducirten Distanz entsprechende Fluchtpunkt und f^*d das abgeleitete Bild der Geraden. Die Linien Aa, Ab bestimmen in ihm die Endpunkte a^*, b^* der nun leicht zu theilenden Strecke; man errichtet in A auf F die Normale $A\left(\dfrac{C}{4}\right) = \dfrac{D}{4}$, zieht $\left(\dfrac{C}{4}\right)f^*$ und durch d die ihr Parallele (g), schneidet diese in (a^*), (b^*) durch $\left(\dfrac{C}{4}\right)a^*$ und $\left(\dfrac{C}{4}\right)b^*$, theilt $(a^*)(b^*)$ in (c^*) und in (d^*) und (e^*) in vier gleiche Theile, und erhält in a^*b^* auf $\left(\dfrac{C}{4}\right)(c^*)$ und $\left(\dfrac{C}{4}\right)(d^*)$ die Punkte c^* und d^* und in g auf Ac^*, Ad^* und Ae^* die gewünschten Theilpunkte c, d, e der betrachteten Strecke.

Die Ermittelung von Winkelgrössen ergiebt sich mit derselben Leichtigkeit. Der reducirten Distanz entsprechen reducirte Fluchtpunkte und Fluchtlinien, und diese geben mit jener ganz wie sonst die Grössen der Winkel, welche man zu wissen wünscht.

Die Combination beider Verschiebungen des Centrums, der parallelen und der normalen, lässt den Uebergang zu einem willkürlich im Raume gelegenen neuen Projectionscentrum vollziehen. So ist in Fig. 15, Taf. IV, für die Gerade df und die Ebene SF mit dem Dreieck abc der Uebergang zu dem Punkte C^* der besagten Geraden als Projectionscentrum vollzogen. Man hat in A^* durch $dA^* \parallel fA$ den Durchgangspunkt der von C^* ausgehenden Normalen zur Bildebene und in $A^*(C)^*$ die wahre Länge derselben bestimmt, welche die neue Distanz D^* ist. Wenn man nun zuerst in F_*, f_*, a_*, b_*, c_* die der Parallelverschiebung AA^* entsprechenden Transformationen darstellt, so erhält man dann in F^*, f^*, a^*, b^*, c^* die dem neuen Centrum entsprechenden Bestimmungselemente aus der normalen Verschiebung um $(D-D^*)$. Da das neue Centrum in der Geraden df liegt, so muss diese nun als projicirende Linie erscheinen, d. h. f^* mit d zusammenfallen, dazu muss ferner bei der ersten Transformation die Verlängerung der Geraden df_* durch A^* gehen, was offenbar ist.

b) **Die Parallelverschiebungen der Bildebene und diejenigen des Objects.**

Die Verschiebung der Bildebene ist als eine Verschiebung in sich selbst und als eine zu sich selbst parallele zu betrachten, bei welcher alle ihre Punkte in Normalen zur ursprünglichen Lage um gleiche Stücke sich bewegen. Wieder setzt sich jede beliebige andere Parallelverschiebung aus zwei solchen Elementarverschiebungen zusammen.

Bei der Verschiebung der Bildebene in sich selbst in bestimmter Richtung durchlaufen alle Punkte gleiche und parallele Wege in demselben Sinne. Wenn viele Constructionen in einem Bilde nöthig sind, so dient eine Transformation dieser Art dazu, um die Häufung der Linien in einem Theile der Zeichnung zu vermeiden.

Die Parallelverschiebung der Bildebene in Normalen hat nothwendig eine gleichzeitige Veränderung der Fluchtpunkte und der Durchgangspunkte zur Folge. Betrachten wir zuerst die Verschiebung eines Fluchtpunktes. Da der ihn bestimmende Sehstrahl und die Normale vom Centrum zur Bildebene ungeändert bleiben, so erfolgt die Verschiebung des Fluchtpunktes in der Durchschnittslinie der durch jene beiden bestimmten Ebene mit der Bildebene, d. i. in der Geraden, welche den Fluchtpunkt mit dem Hauptpunkte verbindet. Die Grösse der Verschiebung wird als zweite Kathete eines rechtwinkligen Dreieckes erhalten, das die normale Verschiebungsgrösse der Bildebene zur ersten Kathete und den Neigungswinkel der Geraden gegen die Bildebene zum gegenüberliegenden Winkel hat; denn für den unendlich entfernten Punkt ist die normale Verschiebung der Bildebene gleichbedeutend mit der gleichen normalen Verschiebung des Centrums im entgegengesetzten Sinne.

Der Halbmesser des neuen Distanzkreises ist daher um den Betrag der Verschiebung selbst von dem des ursprünglichen verschieden.

Das neue Bild der Geraden muss nothwendig dem ursprünglichen Bilde derselben parallel sein, weil beide Bilder die Durchschnitte paralleler Ebenen mit derselben projicirenden Ebene sind. Um in dem neuen Bilde sodann den Durchgangspunkt zu erhalten, vergegenwärtigt man sich, dass die Gerade selbst und die zu ihr durch das Centrum gezogene Parallele, welche ihren Fluchtpunkt bestimmt, mit den beiden Durchschnittslinien ihrer Ebene — der projicirenden Ebene — in den Bildebenen ein Parallelogramm bilden müssen, und erkennt aus der Gleichheit seiner Gegenseiten, dass der Durchgangspunkt die Verschiebung des Fluchtpunktes nach Grösse und Richtung treu wiedergeben muss. (Figur 16, Tafel IV.)

Die Behandlung der Bestimmungsstücke einer Ebene ergiebt sich daraus; man vollzieht für einen Punkt der Fluchtlinie die Construction — am bequemsten für den Fusspunkt der vom Hauptpunkt auf sie zu fällenden Normale —, zieht die neue Fluchtlinie parallel der alten und die neue Spur um die gleiche Grösse verschoben gegen die alte.

Das Bild eines Punktes bewegt sich bei dieser Transformation in der geraden Linie, welche es mit dem Hauptpunkte verbindet, um einen Betrag, der ihm als Fluchtpunkt der entsprechenden projicirenden Linie betrachtet entspricht. Ist daher δ die Verschiebungsgrösse des Bildes, welches die ursprüngliche Entfernung d vom Hauptpunkte besass, bei der anfänglichen Distanz D und der Verschiebungsgrösse der Bildebene $\varDelta$, so hat man

$$\delta : d = \varDelta : D.$$

Für den Fluchtpunkt f der Geraden und seine neue Lage f^* wird insbesondere

$$\varDelta : D = ff^* : \varDelta f, \text{ oder}$$
$$\varDelta : ff^* = D : \varDelta f = \tan \beta,$$

wenn β den Neigungswinkel der Geraden zur Bildebene bezeichnet.

Eine einfache Prüfung jenes Verhaltens erlauben die geradlinigen Strecken in der Parallelebene zur Bildebene, welche in der Entfernung der Distanz auf der dem Centrum entgegengesetzten Seite derselben liegt. Sie entspricht dem Falle der Verdoppelung der Distanz durch Parallelverschiebung der Bildebene. Die Fluchtlinie der Ebene verdoppelt ihre Entfernung vom Hauptpunkte und die sich um denselben Betrag verschiebende Spur wird doppelt so weit vom Hauptpunkte entfernt sein als die Mittellinie zwischen Spur und Fluchtlinie vor der Transformation, d. h. das Bild der in jener hinteren Parallelebene gelegenen Geraden. Da aber die neue Spur mit der der ursprünglichen Bildebene entsprechenden Lage dieser Geraden zusammenfällt, so erhält man die Länge des in ab abgebildeten Stückes derselben, indem man die Geraden Aa, Ab bis zur neuen Spur verlängert; sie wird wie zu erwarten $=2ab$.

Man soll diejenige Parallelverschiebung der Bildebene bestimmen, durch welche die neue Lage des in a abgebildeten Punktes der Geraden df zu ihrem Durchgangspunkt d^* wird. (Fig. 17, Tafel IV.)

Man zieht die Gerade aA nach dem Hauptpunkte und schneidet sie durch die aus d gezogene Parallele zu Af. Der Schnittpunkt ist d^*, die durch ihn gezogene Parallele zu df bestimmt in Af den neuen Fluchtpunkt f^*; und wenn man f mit einem Halbmesserendpunkt (C) des Distanzkreises verbindet, und $f^*(C^*)$ parallel hierzu bis zu jenem zieht, so ist (C^*) ein Punkt des neuen Distanzkreises und $(C)(C^*)$ der Betrag der nöthigen Verschiebung der Bildebene.

Sind p und p^* die der ursprünglichen und der transformirten Lage entsprechenden Bilder eines Punktes P der Geraden df in Fig. 16, Taf. IV, zieht man durch das Letztere die Parallele p^*q zu Af bis zur alten Lage der Geraden df und errichtet $p^*(p) \perp$ zu p^*q und gleich $\varDelta$ oder $(C)(C^*)$, so ist das Dreieck $p^*q(p)$ dem in p^*pq abgebildeten Dreieck ähnlich und kann daher direct zur Darstellung seiner Winkel, mittelbar auch zur Darstellung seiner Seiten und seiner wahren Grösse dienen. Jenes in p^*pq abgebildete Dreieck liegt aber in einer zur Bildebene normalen Ebene von der Spur dd^* und der Fluchtlinie ff^*A und enthält bei q den Neigungswinkel der Geraden df gegen die Tafel; die den beiden verglichenen Dreiecken gemeinschaftliche Seite p^*q ist das Bild einer Parallelen zur Tafel und wir haben somit hier durch eine Parallelverschiebung der Bildebene die Umlegung einer zur Bildebene normalen Ebene in eine zu ihr parallele vollzogen.

Offenbar wiederholt $\triangle pq^*(p)'$ die nämliche Construction; und es ist eine aus den Elementen der Centralprojection sich ergebende Bestätigung, dass die Gerade $p(p)$ den Punkt (C) und die Gerade $p^*(p)'$ den Punkt (C^*) enthält.

Wir haben bei dem eben dargelegten Gedankengange offenbar die ursprüngliche und die neue Projection der Geraden in ihrer gleichzeitigen Existenz gefasst. Die beiden Geraden df und d^*f^* liegen in einer zur Bildebene normalen Ebene, und sie schneiden sich in einem Punkte der durch das Centrum gehenden Parallelebene zur Bildebene, welche man, da die Bilder aller in ihr gelegenen Elemente in unendlicher Entfernung liegen, etwa die Verschwindungsebene nennen kann. Die Verbindungslinie zweier entsprechender Punkte p, p^* beider Bilder ist eine Normale zur Bildebene und daher auf der Spur dd^* jener Ebene und auf allen zu ihr parallelen Geraden rechtwinklig. Die wahre Länge des Stückes pq in ihr ist leicht zu ermitteln.

Vertraut nun mit der Einsicht, dass auch diese Auffassung der ursprünglichen und der transformirten Bilder als gleichzeitige Darstellungen verschiedener Systeme den Vorrath von Hilfsmitteln wesentlich vermehren kann, welche die Transformationen für die Behandlung der Probleme der Centralprojection darbieten, wollen wir zurückblickend diesem Gesichtspunkte die Transformationen durch Verschiebung des Centrums unterstellen.

Das ursprüngliche und das abgeleitete Bild einer Geraden stellen, für eines der beiden Centra betrachtet, und ebenso jedes von beiden für beide Centra nach einander betrachtet, verschiedene Gerade dar, welche gemeinschaftlichen Durchgangspunkt haben. Ein und dasselbe Bild stellt somit unendlich viele Gebilde derselben Art dar, deren gemeinschaftliche Elemente in der Bildebene liegen.

Wenn man daher findet, dass viele Constructionen, wie die der Durchschnittslinie zweier Ebenen, des Durchschnittspunktes einer Ebene mit einer Geraden etc. und alle die von ihnen abhängigen zusammengesetzten Constructionen ohne jede Benutzung des Centrums ausgeführt werden, so ist zu schliessen, dass das nämliche Bild auch die Durchschnittslinien beispielsweise aller der Ebenenpaare angiebt, welche den unendlich vielen verschiedenen Lagen des Centrums entsprechen, etc.

Und wenn dem entgegen die Darstellung wahrer Grössen, ganz wenige Fälle ausgenommen, die Benutzung des Centrums stets erfordert, so ergiebt sich daraus, dass die wahren Grössen — Linien, Winkel, ebene Figuren — der dargestellten Gebilde für die verschiedenen Lagen des Centrums im Allgemeinen wechseln. Man erkennt jedoch leicht, dass z. B. die Rechtwinkligkeit einer Ebene und einer Geraden, oder diejenige von zwei Ebenen oder von zwei Geraden — allgemeiner jede bestimmte Winkelgrösse — für alle Lagen des Centrums innerhalb eines gewissen geometrischen Ortes bestehen bleibt; in den angeführten Fällen eine leicht näher zu bestimmende Kreisperipherie. Bei der normalen Parallelverschiebung der Tafel haben wir die Ergebnisse unter denselben Gesichtspunkt schon gestellt und jenes in zahlreichen Constructionen vortheilhaft vermittelnde Gesetz erhalten, welches die Umlegung einer zur Bildebene normalen Ebene in die ihr parallele Lage so bequem vollzog.

Prof. Tilscher hat vorgeschlagen, dasselbe als das Gesetz der transformirten Tafeldistanz zu bezeichnen; er hat als ein einfaches Hilfsmittel für die Ausübung einen perspectivischen Stangenzirkel construirt und es ist zu erwarten, dass der Gebrauch desselben in der Praxis des perspectivischen Zeichnens wesentliche Reformen herbeiführen wird. Indem ich für alles Weitere auf das zur Veröffentlichung fast bereite Werk meines Freundes verweise, gebe ich hier ein paar einfache Beispiele der Anwendung des Gesetzes.

Sind F und S die Spur und die Fluchtlinie einer Normalebene zur Bildebene (Figur 18, Tafel IV), ist A der Hauptpunkt und $\frac{D}{4}$ der Endpunkt des Viertheils der Distanz, ist ferner g das Bild einer in jener Ebene liegenden Geraden, sowie s das Bild der Durchschnittslinie dieser Ebene mit jener Parallelebene zur Bildtafel, in welche man jene in g abgebildete Gerade umlegen will, so bestimmt man das abgeleitete Bild g^* als parallel zu g durch einen transformirten Punkt b, b^*; also indem man auf bA die Länge $bb^* = \frac{bA}{4}$ abträgt. Man erhält im Durchschnitt von g^* mit s den Punkt a^*, auf Aa^* in g den entsprechenden Punkt a und hat im Durchschnitt von s und g den Punkt $a\alpha$. Errichtet man in a^* auf s das Perpendikel von der Länge $a^*(a) = \frac{D}{4}$, so ergiebt $(a)\alpha$ die umgelegte Gerade (g).

Ebenso leicht kann man von (g) zu g übergehen. Man erkennt überdies, dass jeder andere aliquote Theil der Distanz in gleicher Weise zur Construction dienen kann. Die Anwendung auf das Umlegen von Punkten und beliebigen Punktsystemen aus Normalebenen zur Bildtafel in Parallelebenen zu derselben und umgekehrt auf die Aufstellung oder Zurückführung derselben aus einer der letzteren in jene ist selbstverständlich.

Zahlreiche Aufgaben, wie die Bestimmung der Entfernung zweier Punkte, die Entfernung eines Punktes von einer Geraden, mit der er in einer zur Bildebene normalen Ebene liegt, die Darstellung von Winkeln in solchen Ebenen etc. sind durch diese Methode leicht und sicher lösbar.

Und wenn insbesondere ein räumliches System auf drei rechtwinklige Axen bezogen ist, deren zwei der Bildebene parallel laufen, so ist seine centralprojectivische Darstellung hierdurch leicht aus seinen Abmessungen in ihnen zu gewinnen. **Die gewöhnliche Praxis der Perspective schliesst sich vor Allem an diesen Theil der Entwickelung an.**

Kennt man die Bilder zweier Geraden in einer solchen Normalebene, deren Fluchtlinie bekannt ist und die Grösse des von ihnen eingeschlossenen Winkels, so kann man hieraus bei gegebenem Hauptpunkte leicht die **Grösse der Distanz** bestimmen. Denn man leitet aus dem Durchschnittspunkte a der Geraden g und h den transformirten Punkt a^* ab $\left(aa^* = \frac{aA}{4}\right)$, legt durch ihn die Gerade s der Fluchtlinie parallel und erhält in ihr das Segment aa_1, über welchem der fragliche Winkel steht, während sein Scheitel in dem in a^* auf s errichteten Perpendikel liegt. Die Länge dieses Perpendikels bis zu ihm ist dann das Viertheil der Distanz, diese also aus jenem bestimmt. Man hat nur über aa_1 den Kreis zu beschreiben, welchem der gegebene Winkel (g, h) als Peripheriewinkel über jener Sehne entspricht. Wenn also, wie dies in centralprojectivischen Darstellungen oft der Fall ist, eine projicirte Figur als Rechteck, als reguläres Vieleck etc., und als in einer Normalebene zur Bildebene von bekannter Stellung, z. B. in einer wagerechten Stellung gelegen, durch die Natur der Sache erkennbar ist, so kann aus dem Bilde derselben die Grösse der Distanz abgeleitet werden, wenn der Hauptpunkt bekannt ist; und man kann auch wohl beide, Distanz und Hauptpunkt, bestimmen, wenn die Figur mehr als einen Winkel von bekannter Grösse in solcher Lage darbietet.

Betrachten wir nun noch die **Parallelverschiebungen des Objects**, so ergiebt sich zuerst, dass durch sie keine Veränderung der Fluchtpunkte und Fluchtlinien des Systems hervorgebracht werden kann; sodann, dass bei einer **Verschiebung nach Parallelen zur Bildebene** die Durchgangspunkte des Systems diese Verschiebung nach Grösse und Richtung genau wiedergeben; endlich für eine **zur Bildebene normale Parallelverschiebung** das Gesetz: Der Durchgangspunkt d einer Geraden rückt in der durch ihn gehenden Parallelen zur Verbindungslinie des Hauptpunktes mit dem Fluchtpunkte fort um eine Länge, welche als zweite Kathete eines rechtwinkligen Dreieckes gefunden wird, das den Betrag der Normalverschiebung y zur ersten Kathete und den Neigungswinkel der Geraden gegen die Bildebene zum gegenüberliegenden Winkel hat (Figur 19, Tafel IV). Denn jene Gerade ist die Spur der Normalebene zur Bildtafel, welche durch die gegebene Gerade geht.

Man erkennt hiernach in den Transformationen durch Parallelverschiebung des Objects das Gegenstück zu den Transformationen durch Verschiebung des Centrums;*) jene lassen die Fluchtpunkte, diese die Durchgangspunkte ungeändert, die Gesetze der Verlegung der Durchgangspunkte sind bei jenen dieselben wie die für die Verlegung der Fluchtpunkte bei diesen.

Die Parallelverschiebung der Bildebene vereinigt die Erfolge beider in sich.

Wenn bei der Verschiebung des Objects das ursprüngliche und das transformirte Bild als gleichzeitige Bilder verschiedener Objecte betrachtet werden, so haben diese letzteren offenbar ihre unendlich fernen Elemente, d. h. die Richtungen ihrer Geraden und die Stellungen ihrer Ebenen gemein.

Denken wir aber z. B. das Bild einer Geraden df durch eine zur Bildebene normale Verschiebung des Centrums um $\varDelta$ in df^* und sodann dasselbe Bild durch eine zur Bildebene normale Verschiebung der Geraden selbst um $-\varDelta$ in d^*f transformirt, und nun df^* und d^*f als gleichzeitige Bilder verschiedener Objecte betrachtet, so erhellt, dass die letzteren ihren im gemeinschaftlichen Halbirungspunkte abgebildeten Schnittpunkt mit der hinteren Parallelebene zum gemeinsamen Element haben. So werden auch die unter diesem letzteren Gesichtspunkte gewonnenen Ergebnisse vervollständigt.

Dass man durch Combinationen von zweien oder mehreren der bisher besprochenen Transformationen zahlreiche besondere Ergebnisse ableiten kann, ist sicher, aber eine Durchführung dieses Gedankens hier überflüssig.

Indem wir die Transformationen durch Verschiebungen überhaupt verlassen, drängt sich die Bemerkung auf, dass in ihnen eigentlich alles Nothwendige schon gegeben ist; denn nicht wie bei der Parallelprojection beschränkt sich ihr Erfolg auf eine blosse Lagenänderung der Projectionen, immer — die Verschiebung der Bildebene in sich selbst allein ausgenommen — wird zugleich auch die Gestalt derselben verändert.

Wenn die Ausführbarkeit centralprojectivischer Constructionen von dem Besitz der Bestimmungselemente, also der Durchgangs- und Fluchtpunkte der zu bestimmenden Geraden insbesondere etc., sodann zuweilen auch von der Grösse und dadurch praktisch bedingten Deutlichkeit der Figurentheile abhängt, auf welche sie sich beziehen, so bieten die betrachteten Transformationen bereits ausreichende Mittel dar, sowohl die Mög-

---

*) Existirt auch das Analogon der stereoscopischen Combination?

lichkeit als die Genauigkeit der Constructionen zu sichern, wenn anders die Bestimmungselemente geometrisch bekannt sind.

Die Betrachtung könnte daher von den Transformationen durch Drehung entweder der Bildbene oder der Raumformen selbst ganz absehen, und sie hat jedenfalls nicht so wesentliche Ergebnisse von derselben zu erwarten, als sie in der Parallelprojection geliefert haben. Wir erläutern sie kurz.

c) Die Axendrehungen der Objecte und der Bildebene.

Als Drehungen der Objecte hat man die um eine zur Bildebene normale, welche das Centrum enthält, und um eine in ihr selbst gelegene Axe zu unterscheiden und die Drehung der Bildebene wird nur auf eine in ihr selbst gelegene Axe zu beziehen nöthig sein.

Die Drehung um die centrale Hauptaxe CA bedingt die Drehung der Flucht- und Durchgangspunkte des Systems um gleiche Winkelgrössen in einerlei Sinn; der Distanzkreis ist ihr natürliches Mass. Das perspectivische Bild des Systems bleibt unverändert, nur seine Lage ändert sich.

Die Drehung um eine in der Bildebene selbst gelegene Axe erläutert sich durch die Betrachtung des Weges, den ein Punkt des gedrehten Systems durchläuft; derselbe ist der dem Drehungswinkel entsprechende und in der ursprünglichen Lage des Punktes beginnende Bogen eines Kreises, dessen Ebene zur Drehungsaxe, also auch zur Bildebene normal und dessen Centrum in der Drehungsaxe gelegen ist. Die Darstellung dieses Kreises und der transformirten Lage des Punktes wird offenbar durch die an das Gesetz der transformirten Tafeldistanz angeschlossene Umlegung und Aufstellung von Normalebenen zur Bildtafel bequem vermittelt. Dass dabei, wenn das gedachte System die Drehungsaxe schneidet, die Durchschnittspunkte unverändert bleiben, ist offenbar und nützlich, auch insbesondere bei der Drehung der Bildebene, die noch zu betrachten bleibt. Sie ist identisch mit der Umlegung einer beliebigen Ebene in die Bildebene und ihrer Aufstellung aus derselben, und wie in der Parallelprojection ist in ihr auch hier das allgemeine Mittel zur Bestimmung wahrer Grössen und zur Projicirung aus denselben enthalten.

Wenn das Bild eines räumlichen Systems für eine bestimmte Lage des Centrums und der Bildtafel gegeben ist, so kann daraus das Bild desselben Systems für eine neue Bildebene abgeleitet werden, die mit der ursprünglichen einen bestimmten Winkel bildet. Die Drehungsgrösse des Letzteren giebt die Grösse der Drehung der Bildebene, welche zur Ueberführung in die neue Lage erforderlich ist, und die Spur der neuen Bildebene in der alten ist die Drehungsaxe. Man erhält das neue Bild des Systems, indem man die Punkte seines ursprünglichen Bildes als Punkte der durch jene Spur und den bezeichneten Neigungswinkel bestimmten Ebene ansieht und mit dieser in die Ebene der Zeichnung niederlegt. Man hat im Voraus zu erwarten, dass bei einer Drehung um 90^0 Constructionen sich ergeben, welche mit denen übereinstimmen, die wir an das Gesetz der transformirten Tafeldistanz angeschlossen haben.

Das Fundament für die Ausführung dieser letztbezeichneten Operation ist die Lösung der Aufgabe: **Man soll den von zwei projicirenden Linien gebildeten Winkel aus den Durchgangspunkten f_1, f_2 derselben in wahrer Grösse bestimmen** (Fig. 20, Taf. IV). Dazu führt die Darstellung des Dreieckes Cf_1f_2 durch Niederlegung in die Bildebene, d. h. die Bestimmung der Lage (C) des Centrums C am Ende dieser Bewegung. Man fällt vom Hauptpunkte A auf die Gerade f_1f_2 die Normale An, und zieht die Parallele Acc_1 zu f_1f_2 bis zum Distanzkreis, beschreibt sodann aus n durch c und c_1 den Kreis, welcher in (C) jene Normale schneidet, dann ist $\angle f_1(C)f_2$ der zu bestimmende Winkel.

Dass man durch diese Construction die wahren Grössen der sämmtlichen Winkel einer ebenflächigen Figur — eines Vieleckes zunächst — finden kann, ist offenbar. Sie sind durch die Fluchtpunkte f_1, f_2, f_3, ..., f_n der Seiten desselben an dem um die sie enthaltende Gerade, die Fluchtlinie der Ebene, gedrehten und in die Bildebene niedergelegten Centrum (C) bestimmt.

Man gelangt aber von da aus mit Leichtigkeit zur Bestimmung der wahren Gestalt und Grösse des Vieleckes selbst, d. h. zu seiner Niederlegung in die Bildebene; man hat nämlich nur zu beachten, dass die Durchgangspunkte d_1, d_2, d_3, ..., d_n der Seiten als in der Drehungsaxe gelegen, unverändert bleiben und erkennt so, dass die Niederlegung des Vieleckes, d. i. seine wahre Gestalt, entsteht, wenn man durch d_1, d_2, ... respective zu den Geraden $(C)f_1$, $(C)f_2$, ... Parallelen zieht und die Durchschnittspunkte $(d),(e),...$ der aufeinanderfolgenden bestimmt; sie sind die Ecken des Vieleckes. Man kann die Rechtfertigung dieses Verfahrens direct in der Bemerkung finden, dass die Winkel unverändert bleiben müssen, welche die Seiten des Vieleckes mit der Drehungsaxe bilden, und dass diese Winkel als die von $(C)f_1$, $(C)f_2$, ... mit der durch (C) gehenden Parallelen zu F dargestellt sind, weil der Fluchtpunkt der Spur in unendlicher Entfernung liegt. (Figur 21, Tafel IV.)

Man erkennt dann leicht weiter, dass die Niederlegung jedes Punktes vollzogen werden kann, indem man zwei durch ihn gehende Gerade in der vorigen Weise behandelt, und sieht, dass es vortheilhaft sein wird, für alle Punkte Gerade von gleicher Richtung zu benutzen, etwa vor allen die Normale zur Spur und die unter 45^0 gegen sie Geneigte, als welche in n und in den Durchschnitten der Fluchtlinie mit dem aus n durch c, c_1 beschriebenen Kreise $_1c$, $_1c_1$ ihre Fluchtpunkte haben (Punkt f in Fig. 21, Taf. IV).

Man kann leicht hieraus ableiten, dass immer das Bild eines Punktes a

und seine Niederlegung in die Bildebene (*a*) auf einer und derselben durch (*C*) gehenden Geraden liegen müssen. Die gegenseitige Abhängigkeit beider Figuren, des perspectivischen Bildes und der Umlegung des Originals in die Bildebene, ist also die der Collineation bei collinearer Lage. Dass diese Abhängigkeit gegenseitig und der Uebergang von jedem der beiden Systeme zum anderen gleich einfach und nicht verschieden ist, erhellt sofort. Man bezeichnet (*C*) als ihr Centrum und *S* als ihre Axe, in jenem schneiden sich die geraden Verbindungslinien entsprechender Punkte, in dieser liegen die Durchschnittspunkte entsprechender Geraden; sie sind zugleich die gemeinschaftlichen Elemente der beiden Systeme, wenn man sie als gleichzeitige Abbildungen betrachtet.

Das grosse praktische Interesse dieser Transformation ist genügend bezeichnet, wenn wir bemerkten, dass sie zur Darstellung der wahren Grössen und Formen aus dem Bilde und zur Ableitung des Bildes aus bekannten geometrischen Bestimmungsstücken führt; in diesem Betracht gehört sie zu den nothwendigen Elementen der centralprojectivischen Methode, ganz ebenso wie die Constructionen von der Niederlegung und Aufstellung der Ebene und ihrer Systeme auch in der Parallelprojection zu denselben Zwecken schon vor der Einführung des allgemeineren Gesichtspunktes der Transformation entwickelt werden.

Hier mögen nur zwei Aufgaben eben in diesem letzteren Sinne kurz erläutert werden, welche zu dem tieferen geometrischen Interesse leiten, das sie darbietet; der Name Collineation bezeichnet dasselbe Demjenigen hinreichend, der mit den epochemachenden Schöpfungen der Geometrie der Neueren bekannt ist. Die Transformationen der darstellenden gehen hier über in die der reinen Geometrie und machen anschaulich, wie diese ein Mittel zur Verallgemeinerung bekannter und zur Entdeckung neuer geometrischer Wahrheiten sein können.

Man soll ein durch sein Bild und seine Ebene bestimmtes Viereck auf eine neue Bildebene so projiciren, dass sein Bild ein Parallelogramm wird. Man betrachtet die Verbindungslinie der Durchschnittspunkte der Gegenseiten des gegebenen Bildes als Fluchtlinie der neuen Bildebene in der alten und darf ihre Spur in derselben willkürlich als eine Parallele zu dieser Geraden wählen.

Ebenso kann, wenn auch nicht ganz ohne Beschränkung, ein beliebiger durch sein Bild und seine Ebene bestimmter Kegelschnitt in einen Kreis projicirt werden, der das Bild eines beliebigen Punktes in seiner Ebene zum Centrum hat; oder es können zwei Kegelschnitte in derselben Ebene gleichzeitig in Kreise — zwei sich doppelt berührende Kegelschnitte speciell in concentrische Kreise — projicirt werden.

Jenes geschieht, indem man die in Bezug auf den Kegelschnitt genommene Polare des Punktes, das Letztere, indem man eine der Durchschnittssehnen der beiden Kegelschnitte — in dem speciellen Falle ihre gemeinschaftliche Berührungssehne — ins Unendliche projicirt, d. h. sie zur Fluchtlinie der neuen Lage der Bildebene macht, wie sie in der alten bestimmt ist.

Diese Fluchtlinie der neuen Bildebene bestimmt ihren Neigungswinkel gegen die alte und damit die Grösse der Drehung, welche vollzogen werden muss, um jene in diese überzuführen. Die Spur der neuen Bildebene wird die Drehungsaxe sein.

Hier am Schlusse unserer Entwickelungen angekommen, wollen wir speciell auf diejenigen, welche der Centralprojection gewidmet sind, noch einmal zurückblicken. Man wird leicht finden, dass Alles, was von ihnen aus gültig erscheint, auch von den auf die Parallelprojection bezüglichen gilt.

Die allgemeine Begründung der Centralprojection weiss von keiner Beschränkung; sie hat eine unendlich ausgedehnte Bildebene, sie projicirt alle Punkte des Raumes, sie operirt mit mathematischen Linien und keine Kleinheit der Constructionstheile, keine schleifenden Schnitte etc. können sie in Verlegenheit setzen; sie ist eine geometrische Wissenschaft.

Aber in der Anwendung finden sich diese allgemeinen Voraussetzungen nicht erfüllt; ihr steht immer nur eine begrenzte Bildebene zu Gebote und sie kann schon deshalb nicht alle Punkte des Raumes für ein und dasselbe Centrum und die nämliche Bildebene zur Darstellung bringen; sie hat mit physischen Linien zu operiren und bedarf einer gewissen Grösse der Constructionstheile, bedarf nahe rechtwinkliger Schnitte etc., um der Genauigkeit der Ergebnisse sicher zu sein. Alles das schafft sie sich nach Bedarf durch Transformation. Die Lehre von den Transformationen bildet daher das eigentliche Mittelglied zwischen Theorie und Praxis. Wenn in der Abhandlung über „die Centralprojection als geometrische Wissenschaft" der Nachweis geführt ist, dass auf Grund der Bestimmung einer geraden Linie durch ihren Durchgangspunkt — d. h. ihrem Schnitt mit der Bildebene — und ihren Fluchtpunkt — das Bild ihres unendlich entfernten Punktes, den Durchgangspunkt der ihr parallelen projicirenden Linie — alle Constructionen der Geometrie des Raumes centralprojectivisch ausgeführt werden können, so fügt dazu die gegenwärtige Abhandlung den Nachweis, dass die Ausführbarkeit dieser Constructionen auch unter den Beschränkungen der Praxis bestehen bleibt; zweckmässig gewählte Transformationen sichern sie unter allen Umständen.

Dabei bleibt immer noch die allgemeine Bestimmung zur Darstellung aller Raumformen der Centralprojection behalten. Wenn sie durch beschränkende Voraussetzungen sich den physischen Bedingungen des Sehens anbequemt, so geht aus ihr endlich die Perspective hervor, die Grundlage der malerischen Darstellung, ausgerüstet mit allen Hilfsmitteln und Vortheilen, deren sie fähig ist. Die Ausführung einer Perspective in diesem Geiste wird zum erstenmale Prof. Tilscher's Werk den Sachverständigen und den Lernenden darbieten.

Ich übersehe nicht, dass im Sinne des Systemes die Durchführung der Transformationen der darstellenden Geometrie hiermit nicht erschöpft ist; aber ich darf dafür auf die schon Eingangs erwähnte Notiz „Ueber das System in der darstellenden Geometrie" verweisen. Die allgemeinste Quelle aller hier mitgetheilten Ergebnisse ist natürlich die Transformation des centralcollinearen räumlichen Systemes; sowie alle Constructionen der darstellenden Geometrie sich aus der Construction desselben als specielle Fälle ergeben, so fliessen auch alle ihre Transformationen aus seiner Transformation. Die Durchführung dieses allgemeinen Gesichtspunktes ist nicht ohne neue und schätzbare Ergebnisse, soll aber hier unterbleiben. Nur eines muss ausgesprochen werden, was sich dem Kenner der Geometrie sofort ergiebt: Unter diesem Gesichtspunkte fliessen die Wissenschaften der darstellenden und der sogenannten neueren Geometrie in eine Wissenschaft zusammen; und es wird nöthig, auch in den Bereichen, auf welche sich die Entwickelung der ersteren gewöhnlich beschränkt, die Mittel und Wege der neueren Geometrie sorgfältig zu beachten; sie bieten zahlreiche Hilfsquellen und sind der darstellenden Geometrie nicht fremd.

Ueberhaupt: Ich habe es nie für ein zufälliges historisches Zusammentreffen ansehen können, dass die Entwickelung der darstellenden Geometrie des Monge an der Schwelle der neueren Epoche der geometrischen Entdeckungen steht; dass sie den Anstoss gab zu den Untersuchungen von Poncelet und Chasles ist bekannt. Wäre nicht die Perspective allzu ausschliesslich in den Dienst der Kunst getreten, welcher der Geometrie nicht günstig ist, so würde man die darstellende Geometrie auch als die natürliche Quelle der Wissenschaft Jac. Steiner's und seiner Nachfolger erkannt haben; sie war schon immer die Wissenschaft der Strahlenbüschel und Ebenenbüschel und das Gesetz der Doppelschnittverhältnissgleichheit ist ihr allgemeines Grundgesetz. Unter diesem Gesichtspunkte bildet die neuere analytische Geometrie und Algebra die eine, die darstellende und die neuere reine Geometrie die andere Seite der Entwickelung desselben Gedankens. Die neuere Algebra und die reine Geometrie sind aber dann ihrer Natur gemäss zu Erweiterungen geschritten, die der darstellenden Geometrie nicht mehr angehören.

Aber ausserdem: Dies ist die Stelle, wo die neuere Geometrie sich an die wissenschaftliche Sphäre der technischen Lehranstalten anschliesst, der die darstellende von jeher angehört. Dass sie den Ingenieur-Wissenschaften manichfaltige noch unvorhergesehene Dienste leisten wird, ist zuversichtlich zu erwarten. Aber auch jene hier angedeutete Verbindung allein muss durch die Erweiterung des Gesichtskreises, die sie schafft, diesen Studien höchst förderlich sein.

Kleinere Mittheilungen.

XXXII. Ueber ein paar durch Gammafunctionen ausdrückbare Integrale.

Bekanntlich gilt die Formel

$$\int_0^\infty z^{\mu-1} e^{-kz} dz = \frac{\Gamma(\mu)}{k^\mu}, \quad \mu > 0;$$

nicht nur für ein reelles positives k sondern auch für ein complexes k, sobald dessen reeller Bestandtheil positiv und von Null verschieden ist. Auch in dem Falle, wo dieser reelle Theil verschwindet, bleibt die Formel noch richtig, wenn μ auf positive echt gebrochene Werthe eingeschränkt wird. Zufolge dieser Bemerkung hat man

$$\int_0^\infty \int_0^\infty x^{p-1} y^{q-1} e^{-(ax+by)} dx\, dy$$

$$= \int_0^\infty x^{p-1} e^{-ax} dx \int_0^\infty y^{q-1} e^{-by} dy = \frac{\Gamma(p)}{a^p} \cdot \frac{\Gamma(q)}{b^q},$$

wobei hinsichtlich des a und p, sowie in Betreff von b und q dieselben Bedingungen gelten wie oben für k und μ. Mit Hülfe der Substitution*)

$$x = \xi(1-\eta), \quad y = \xi\eta, \quad dx\, dy = \xi\, d\xi\, d\eta$$

lässt sich das obige Doppelintegral in das folgende verwandeln

$$\int_0^\infty \int_0^1 \xi^{p+q-1} (1-\eta)^{p-1} \eta^{q-1} e^{-[a(1-\eta)+b\eta]\xi} d\xi\, d\eta$$

und wenn man hier die auf ξ bezügliche Integration ausführt, so bleibt

$$\Gamma(p+q) \int_0^1 \frac{(1-\eta)^{p-1} \eta^{q-1} d\eta}{[a(1-\eta) + b\eta]^{p+q}}.$$

Der Vergleich der beiden auf verschiedenen Wegen gefundenen Werthe des Doppelintegrales giebt

---

*) Die geometrische Bedeutung dieser Substitution findet man erörtert in des Verf. Compendium der höheren Analysis, 2. Aufl., S. 460.

$$\int_0^1 \frac{(1-\eta)^{p-1}\eta^{q-1}d\eta}{[a(1-\eta)+b\eta]^{p+q}} = \frac{\Gamma(p)\,\Gamma(q)}{\Gamma(p+q)} \cdot \frac{1}{a^p b^q},$$

oder für $1-\eta = \vartheta$

1) $$\int_0^1 \frac{\vartheta^{p-1}(1-\vartheta)^{q-1}d\vartheta}{[a\vartheta+b(1-\vartheta)]^{p+q}} = \frac{\Gamma(p)\,\Gamma(q)}{\Gamma(p+q)} \cdot \frac{1}{a^p b^q}.$$

Zu derselben Formel gelangt Abel in Crelle's Journal, Bd. 2, S. 22, ohne jedoch die Bedingungen ihrer Gültigkeit näher zu bezeichnen. Setzt man noch

$$\frac{\vartheta}{1-\vartheta} = \zeta, \text{ also } \vartheta = \frac{\zeta}{1+\zeta},$$

so geht die obige Gleichung in die folgende über

2) $$\int_0^\infty \frac{\zeta^{p-1}d\zeta}{(a\zeta+b)^{p+q}} = \frac{\Gamma(p)\,\Gamma(q)}{\Gamma(p+q)} \cdot \frac{1}{a^p b^q}.$$

Diese lässt sich auf eigenthümliche Weise umgestalten, wenn man
$$a = \cos\beta + i\sin\beta, \quad b = \cos\alpha + i\sin\alpha$$
substituirt und den complexen Ausdruck $a\zeta + b$ auf die Normalform bringt, nämlich

$$a\zeta + b = \cos\alpha + \zeta\cos\beta + i(\sin\alpha + \zeta\sin\beta)$$
$$= \varrho(\cos\omega + i\sin\omega),$$

woraus folgt

3) $$\varrho = \sqrt{1 + 2\zeta\cos(\beta-\alpha) + \zeta^2},$$

4) $$\tan\omega = \frac{\sin\alpha + \zeta\sin\beta}{\cos\alpha + \zeta\cos\beta}.$$

Durch Vergleichung der reellen und imaginären Bestandtheile von No. 2) erhält man zunächst

$$\int_0^\infty \frac{\zeta^{p-1}\cos(p+q)\omega}{\varrho^{p+q}} d\zeta = \frac{\Gamma(p)\,\Gamma(q)}{\Gamma(p+q)} \cos(p\beta + q\alpha),$$

$$\int_0^\infty \frac{\zeta^{p-1}\sin(p+q)\omega}{\varrho^{p+q}} d\zeta = \frac{\Gamma(p)\,\Gamma(q)}{\Gamma(p+q)} \sin(p\beta + q\alpha).$$

Weit eleganter werden diese Formeln, wenn man ω als neue Variabele nimmt und demgemäss ζ und ϱ durch ω ausdrückt. Nun giebt No. 4)

$$\zeta = \frac{\sin(\omega-\alpha)}{\sin(\beta-\omega)}, \quad d\zeta = \frac{\sin(\beta-\alpha)}{\sin^2(\beta-\omega)} d\omega;$$

mittelst dieses Werthes von ζ und unter Anwendung der Formel

$$\sin^2 A + 2\sin A \sin B \cos(A+B) + \sin^2 B = \sin^2(A+B)$$

erhält man ferner aus No. 3)

$$\varrho = \frac{\sin(\beta-\alpha)}{\sin(\beta-\omega)},$$

endlich zeigt die Gleichung 4), dass den Grenzen $\zeta = 0$ und $\zeta = \infty$ die Grenzen $\omega = \alpha$ und $\omega = \beta$ entsprechen. Nach diesen Bemerkungen findet man

$$\int_\alpha^\beta \sin^{p-1}(\omega-\alpha)\sin^{q-1}(\beta-\omega)\cos(p+q)\omega\, d\omega$$

$$= \frac{\Gamma(p)\,\Gamma(q)}{\Gamma(p+q)} \sin^{p+q-1}(\beta-\alpha)\cos(p\beta+q\alpha),$$

$$\int_\alpha^\beta \sin^{p-1}(\omega-\alpha)\sin^{q-1}(\beta-\omega)\sin(p+q)\omega\, d\omega$$

$$= \frac{\Gamma(p)\,\Gamma(q)}{\Gamma(p+q)} \sin^{p+q-1}(\beta-\alpha)\sin(p\beta+q\alpha).$$

Werden hier α und β zwischen $-\tfrac{1}{2}\pi$ und $+\tfrac{1}{2}\pi$ gewählt, so gelten diese Formeln für alle positiven p und q; nimmt man aber $\beta = \tfrac{1}{2}\pi$, so darf p nur echt gebrochene positive Werthe bekommen.

Für $\alpha = 0$ und $\beta = \tfrac{1}{2}\pi$ erhält man zwei specielle Formeln, welche auf anderem Wege von Kummer in Crelle's Journal, Bd. 17, S. 215, entwickelt worden sind.

SCHLÖMILCH.

XXXIII. Ueber eine Transformation einer homogenen Function zweiten Grades. Von Dr. A. ENNEPER.

Im *Journal de Mathém.* (*t. XII*) hat Borchardt ein Theorem über die Realität der Wurzeln der algebraischen Gleichungen aufgestellt, welches für die Theorie der Gleichungen von der grössten Bedeutung ist. Einen sehr einfachen Beweis seines schönen Satzes hat Borchardt nach den hinterlassenen Arbeiten Jacobi's im Journ. für Mathematik (t. 53) mitgetheilt. Dieser Beweis basirt auf der Invariabilität der Anzahl der positiven und negativen Quadrate einer homogenen Function zweiten Grades für eine beliebige lineare Transformation derselben in eine Summe von Quadraten, und eine besondere Transformation einer homogenen Function zweiten Grades. Da diese Transformation von Wichtigkeit ist, so ist versucht, im Folgenden eine möglichst einfache und directe Ableitung derselben zu geben.

Sind die $2n$ Variabelen $y_1, \ldots y_n$; $x_1, \ldots x_n$ durch die n-Gleichungen:

1) $\begin{aligned} y_1 &= b_{1,1}x_1 + b_{1,2}x_2 + \ldots\ldots + b_{1,n}x_n, \\ y_2 &= \qquad\quad b_{2,2}x_2 + \ldots\ldots + b_{2,n}x_n, \\ y_m &= \qquad\qquad\qquad b_{m,m}x_m + b_{m,m+1}x_{m+1} + \ldots + b_{m,n}x_n, \\ y_n &= \qquad\qquad\qquad\qquad\qquad\qquad b_{n,n}x_n, \end{aligned}$

Kleinere Mittheilungen. 359

mit einander verbunden, so findet für eine beliebige Function V von $y_1 \ldots y_n$ die Gleichung statt:

2) $\quad \begin{vmatrix} \dfrac{\partial^2 V}{\partial y_1^2} & \dfrac{\partial^2 V}{\partial y_1 \partial y_m} \\ \dfrac{\partial^2 V}{\partial y_m \partial y_1} & \dfrac{\partial^2 V}{\partial y_m^2} \end{vmatrix} (b_{1,1} . b_{2,2} \ldots b_{m,m})^2 = \begin{vmatrix} \dfrac{\partial^2 V}{\partial x_1^2} & \dfrac{\partial^2 V}{\partial x_1 \partial x_m} \\ \dfrac{\partial^2 V}{\partial x_m \partial x_1} & \dfrac{\partial^2 V}{\partial x_m^2} \end{vmatrix}$

wo $m \leq n$ ist. Schreibt man die links stehende Determinante auf folgende Weise:

$$\begin{vmatrix} \dfrac{\partial^2 V}{\partial y_1^2} & \dfrac{\partial^2 V}{\partial y_1 \partial y_m} & \dfrac{\partial^2 V}{\partial y_n^2} \\ \dfrac{\partial^2 V}{\partial y_m \partial y_1} & \dfrac{\partial^2 V}{\partial y_m^2} & \dfrac{\partial^2 V}{\partial y_m \partial y_n} \\ 0 & 0 & 0 & 1 & 0 \\ 0 & 0 & 0 & 0 & 1 \end{vmatrix},$$

so dass dieselbe eine Determinante n^{ten} Grades ist, multiplicirt dieselbe mit:

$$\begin{vmatrix} \dfrac{\partial y_1}{\partial x_1} & \dfrac{\partial y_n}{\partial x_1} \\ \dfrac{\partial y_1}{\partial x_n} & \dfrac{\partial y_n}{\partial x_n} \end{vmatrix} = b_{1,1} \, b_{2,2} \ldots b_{n,n},$$

so folgt:

$$\begin{vmatrix} \dfrac{\partial^2 V}{\partial y_1^2} & \dfrac{\partial^2 V}{\partial y_1 \partial y_m} \\ \dfrac{\partial^2 V}{\partial y_m^2} & \dfrac{\partial^2 V}{\partial y_m^2} \end{vmatrix} b_{1,1} \, b_{2,2} \ldots b_{n,n} =$$

$$\begin{vmatrix} \dfrac{\partial^2 V}{\partial y_1 \partial x_1} & \dfrac{\partial^2 V}{\partial y_1 \partial x_m} & \dfrac{\partial^2 V}{\partial y_1 \partial x_{m+1}} & \dfrac{\partial^2 V}{\partial y_1 \partial x_n} \\ \dfrac{\partial^2 V}{\partial y_m \partial x_1} & \dfrac{\partial^2 V}{\partial y_m \partial x_m} & \dfrac{\partial^2 V}{\partial y_m \partial x_{m+1}} & \dfrac{\partial^2 V}{\partial y_m \partial x_n} \\ 0 & 0 & b_{m+1,m+1} & b_{m+1,n} \\ 0 & 0 & 0 & b_{n,n} \end{vmatrix}.$$

Nach einer einfachen Reduction folgt hieraus:

3) $\quad \begin{vmatrix} \dfrac{\partial^2 V}{\partial y_1^2} & \dfrac{\partial^2 V}{\partial y_1 \partial y_m} \\ \dfrac{\partial^2 V}{\partial y_m \partial y_1} & \dfrac{\partial^2 V}{\partial y_m^2} \end{vmatrix} b_{1,1} \ldots b_{m,m} = \begin{vmatrix} \dfrac{\partial^2 V}{\partial y_1 \partial x_1} & \dfrac{\partial^2 V}{\partial y_1 \partial x_m} \\ \dfrac{\partial^2 V}{\partial y_m \partial x_1} & \dfrac{\partial^2 V}{\partial y_m \partial x_m} \end{vmatrix}.$

Auf ganz analoge Weise folgt:

$$\begin{vmatrix} \dfrac{\partial^2 V}{\partial y_1 \partial x_1} & \dfrac{\partial^2 V}{\partial y_m \partial x_1} \\ \\ \dfrac{\partial^2 V}{\partial y_1 \partial x_m} & \dfrac{\partial^2 V}{\partial y_m \partial x_m} \end{vmatrix} b_{1,1} \ldots b_{m,m} = \begin{vmatrix} \dfrac{\partial^2 V}{\partial x_1^2} & \dfrac{\partial^2 V}{\partial x_1 \partial x_m} \\ \\ \dfrac{\partial^2 V}{\partial x_m \partial x_1} & \dfrac{\partial^2 V}{\partial x_m^2} \end{vmatrix}.$$

Multiplicirt man diese Gleichung mit 3), so ergiebt sich unmittelbar die Gleichung 2).

Die Function:

4) $\qquad V = A_1 y_1^2 + A_2 y_2^2 + \ldots + A_n y_n^2$

gehe durch die Substitution 1) über in:

5) $\qquad V = \Sigma a_{r,s} x_r x_s \qquad a_{r,s} = a_{s,r}$.

Für diese Werthe von V giebt die Gleichung 2):

$$A_1 A_2 \ldots A_m (b_{1,1} \ldots b_{m,m})^2 = \begin{vmatrix} a_{1,1} & a_{1,m} \\ a_{m,1} & a_{m,m} \end{vmatrix},$$

oder, wenn man zur Abkürzung setzt:

6) $\qquad p_m = \begin{vmatrix} a_{1,1} & a_{1,2} & a_{1,m} \\ a_{m,1} & a_{m,2} & a_{m,m} \end{vmatrix}, p_1 = a_{1,1}$,

7) $\qquad A_1 A_2 \ldots A_m \cdot (b_{1,1} \ldots b_{m,m})^2 = p_m$.

Setzt man $m-1$ statt m, so folgt aus der vorstehenden Gleichung durch Division:

8) $\qquad A_m b_{m,m}^2 = \dfrac{p_m}{p_{m-1}}$.

Substituirt man in 4) für $y_1, \ldots y_2$ ihre Werthe aus 1), so giebt diese Gleichung in Verbindung mit 5):

9) $\qquad A_1 b_{1,r} b_{1,s} + A_2 b_{2,r} b_{2,s} + \ldots + A_r b_{r,r} b_{r,s} = a_{r,s}$.

In dem Product der beiden Gleichungen:

$$b_{1,1} b_{2,2} \ldots b_{m,m} = \begin{vmatrix} b_{1,1} & 0 & 0 & 0 \\ b_{1,2} & b_{2,2} & 0 & 0 \\ b_{1,m} & b_{2,m} & — & b_{m,m} \end{vmatrix},$$

$$A_1 A_2 \ldots A_m b_{1,1} b_{2,2} \ldots b_{m-1,m-1} \cdot b_{m,m+r} = \begin{vmatrix} A_1 b_{1,1} & 0 & 0 & 0 \\ A_2 b_{1,2} & A_2 b_{2,2} & 0 & \\ A_1 b_{1,m-1} & A_2 b_{2,m-1} & A_{m-1} b_{m-1,m-1} & 0 \\ A_1 b_{1,m+r} & A_2 b_{2,m+r} & A_{m-1} b_{m-1,m+r} & A_m b_{m,m+r} \end{vmatrix}$$

ist die linke Seite gleich $A_1 A_2 \ldots A_m (b_{1,1} \ldots b_{m,m})^2 \dfrac{b_{m,m+r}}{b_{m,m}}$, oder nach 7)

$p_m, \dfrac{b_{m,m+r}}{b_{m,m}}$. In dem Product der rechtsstehenden Determinanten lassen sich alle Elemente mittelst der Gleichung 9) durch $a_{r,s}$ ausdrücken für $r = 1, 2, \ldots m$, $s = 1, 2, \ldots m-1, m+r$. Man erhält so folgende Gleichung:

$$19) \quad p_m b_{m,m+r} = b_{m,m} \cdot \begin{vmatrix} a_{1,1} & a_{1,2} & a_{1,m-1} & a_{1,m+r} \\ a_{2,1} & a_{2,2} & a_{2,m-1} & a_{2,m+r} \\ & & & \\ a_{m,1} & a_{m,2} & a_{m,m-1} & a_{m,m+r} \end{vmatrix}.$$

Aus der Gleichung 5) ergeben sich die folgenden Gleichungen:

$$a_{1,1} x_1 + \ldots + a_{1,m} x_m = \frac{1}{2} \frac{\partial V}{\partial x_1} - (a_{1,m+1} x_{m+1} + \ldots + a_{1,n} x_n),$$

$$a_{2,1} x_1 + \ldots + a_{2,m} x_m = \frac{1}{2} \frac{\partial V}{\partial x_2} - (a_{2,m+1} x_{m+1} + \ldots + a_{2,n} x_n),$$

$$\cdots \cdots$$

$$a_{m,1} x_1 + \ldots + a_{m,m} x_m = \frac{1}{2} \frac{\partial V}{\partial x_m} - (a_{m,m+1} x_{m+1} + \ldots + a_{m,n} x_n).$$

Diese Gleichungen in Verbindung mit:

$$b_{m,m} x_m = y_m - (b_{m,m+1} x_{m+1} + \ldots + b_{m,n} x_n)$$

geben durch Elimination von $x_1, \ldots x_m$:

$$11) \quad \begin{vmatrix} a_{1,1} & a_{1,2} & a_{1,m} & \frac{1}{2}\frac{\partial V}{\partial x_1} - (a_{1,m+1} x_{m+1} + \ldots + a_{1,n} x_n) \\ & & & \\ a_{m,1} & a_{m,2} & a_{m,m} & \frac{1}{2}\frac{\partial V}{\partial x_m} - (a_{m,m+1} x_{m+1} + \ldots + a_{m,n} x_n) \\ 0 & 0 & b_{m,m} & y_m - (b_{m,m+1} x_{m+1} + \ldots + b_{m,n} x_n) \end{vmatrix} = 0.$$

Zerlegt man die vorstehende Determinante in $n-m+1$ Determinanten, so ist der Factor von x_{m+r}, abgesehen vom Vorzeichen:

$$\begin{vmatrix} a_{1,1} & a_{1,2} & a_{1,m} & a_{1,m+r} \\ & & & \\ a_{m,1} & a_{m,2} & a_{m,m} & a_{m,m+r} \\ 0 & 0 & b_{m,m} & b_{m,m+r} \end{vmatrix}.$$

Zu Folge der Gleichungen 6) und 10) verschwindet dieser Ausdruck, die Gleichung 11) reducirt sich einfach auf:

$$\begin{vmatrix} a_{1,1} & a_{1,m} & \frac{1}{2}\frac{\partial V}{\partial x_1} \\ & & \\ a_{m,1} & a_{m,m} & \frac{1}{2}\frac{\partial V}{\partial y_m} \\ 0 & 0 & b_{m,m} & y_m \end{vmatrix} = 0,$$

oder, wenn man zur Abkürzung setzt:

12) $$\begin{vmatrix} a_{1,1} & a_{1,m-1} & \dfrac{1}{2}\dfrac{\partial V}{\partial x_1} \\ & & \\ a_{m,1} & a_{m,m-1} & \dfrac{1}{2}\dfrac{\partial V}{\partial x_m} \end{vmatrix} = U_m \;,\quad \dfrac{1}{2}\dfrac{\partial V}{\partial x_1} = U_1,$$

so folgt:
$$p_m\, y_m = U_m\, b_{m,m}.$$
Diese Gleichung quadrirt, mit A_m multiplicirt, giebt:
$$p_m^2\, A_m\, y_m^2 = U_m^2\, b_{m,m}^2 \cdot A_m,$$
d. i. nach 8):
$$A_m y_m^2 = \dfrac{U_m}{p_{m-1}\, p_m},$$
wo $p_0 = 1$ und $p_1 = a_{1,1}$. Die vorstehende Gleichung in Verbindung mit 4) und 5) giebt:

13) $$\Sigma a_{r,s}\, x_r\, x_s = \dfrac{U_1^2}{p_1} + \dfrac{U_2^2}{p_1 p_2} + \ldots + \dfrac{U_m^2}{p_{m-1}\, p_m} + \ldots + \dfrac{U_n^2}{p_{n-1}\, p_n},$$

wo:

14) $$p_m = \begin{vmatrix} a_{1,1} & a_{1,m} \\ a_{m,1} & a_{m,m} \end{vmatrix},\quad p_1 = a_{1,1}$$

15) $$U_m = \begin{vmatrix} a_{1,1} & a_{1,m-1} & a_{1,m} x_m + a_{1,m+1} x_{m+1} + \ldots + a_{1,n} x_n \\ a_{m,1} & a_{m,m-1} & a_{m,m} x_m + a_{m,m+1} x_{m+1} + \ldots + a_{m,n} x_n \end{vmatrix},$$
$$U_1 = a_{1,1} x_1 + a_{1,2} x_2 + \ldots + a_{1,n} x_n.$$

Die Gleichung 15) folgt aus 12) durch Substitution von $\dfrac{1}{2}\dfrac{\partial V}{\partial x_1}, \ldots \dfrac{1}{2}\dfrac{\partial V}{\partial x_m}$ aus 5) und eine einfache Reduction.

XXXIV. Verallgemeinerung eines geometrischen Satzes. Berührt eine Ellipse mit constanten Axen die Schenkel eines rechten Winkels, so liegt ihr Mittelpunkt auf dem Umfange eines Kreises. Die Gleichung dieses Kreises ergibt sich einfach durch Addition der beiden Gleichungen, welche ausdrücken, dass die Ellipse in einer ihrer Lagen jede Seite des rechten Winkels berührt. Zu einem analogen Resultate führt ein Ellipsoid mit constanten Axen, welches die Ebenen eines orthogonalen Coordinatensystemes im Raume berührt, der Mittelpunkt liegt in diesem Falle auf einer Kugelfläche. Diese Resultate lassen sich dahin erweitern, dass eine Function von n-Variabelen ähnlichen Bedingungen unterworfen wird, wie die obigen Functionen von respective zwei und drei Variabelen. Zwischen den n^2-Quantitäten:

Kleinere Mittheilungen.

mögen die $\dfrac{n(n+1)}{2}$ Bedingungen stattfinden:

$$\begin{matrix} a_{1,1} & a_{1,2} & a_{1,n} \\ a_{2,1} & a_{2,2} & a_{2,n} \\ a_{n,1} & a_{n,2} & a_{n,n} \end{matrix}$$

1) $a_{1,r}a_{1,s}+a_{2,r}a_{2,s}+\ldots+a_{n,r}a_{n,s}=0 \quad r \gtreqless s,$
   $a_{1,r}^2+a_{2,r}^2+\ldots+a_{n,r}^2=1,$

oder:

2) $a_{r,1}a_{s,1}+a_{r,2}a_{s,2}+\ldots+a_{r,n}a_{s,n}=0 \quad r \gtreqless s,$
   $a_{r,1}^2+a_{r,2}^2+\ldots+a_{r,n}^2=1.$

Es seien $p_1, p_2, \ldots p_n$ von Null verschiedene Quantitäten und:

3) $\dfrac{a_{1,r}\,a_{1,s}}{p_1^2}+\dfrac{a_{2,r}\,a_{2,s}}{p_2^2}+\ldots+\dfrac{a_{n,r}\,a_{n,s}}{p_n^2}=\alpha_{r,s},$

also $\alpha_{r,s}=\alpha_{s,r}$. Setzt man:

4) $\begin{vmatrix} \alpha_{1,1} & \alpha_{1,2} & \alpha_{1,n} \\ \alpha_{2,1} & \alpha_{2,2} & \alpha_{2,n} \\ \alpha_{n,1} & \alpha_{n,2} & \alpha_{n,n} \end{vmatrix} = \varDelta,$

so ist $\varDelta$ das Quadrat von:

5) $\begin{vmatrix} \dfrac{a_{1,1}}{p_1} & \dfrac{a_{2,1}}{p_2} & \dfrac{a_{n,1}}{p_n} \\ & & \\ \dfrac{a_{1,n}}{p_1} & \dfrac{a_{2,n}}{p_2} & \dfrac{a_{n,n}}{p_n} \end{vmatrix} = \dfrac{1}{p_1 p_2 \cdots p_n} \begin{vmatrix} a_{1,1} & a_{n,1} \\ a_{1,n} & a_{n,n} \end{vmatrix},$

d. h. zu Folge der Gleichungen 1) und 2);

6) $\varDelta = \dfrac{1}{(p_1 p_2 \cdots p_n)^2}.$

Multiplicirt man die Gleichung 5) mit der folgenden:

$$\begin{vmatrix} \dfrac{a_{1,1}}{p_1} & \dfrac{a_{n,1}}{p_n} \\ \dfrac{a_{1,r-1}}{p_1} & \dfrac{a_{n,r-1}}{p_n} \\ p_1 a_{1,r} & p_n a_{n,r} \\ \dfrac{a_{1,r+1}}{p_1} & \dfrac{a_{n,r+1}}{p_n} \\ \dfrac{a_{1,n}}{p_1} & \dfrac{a_{n,n}}{p_n} \end{vmatrix} =$$

$$\dfrac{1}{p_1 p_2 \cdots p_n} \begin{vmatrix} a_{1,1} & a_{n,1} \\ a_{1,r-1} & a_{n,r-1} \\ p_1^2 a_{1,r} & p_n^2 a_{n,r} \\ a_{1,r+1} & a_{n,r+1} \\ a_{1,n} & a_{n,n} \end{vmatrix}$$

so folgt mittelst der Gleichungen 1), 2) und 3):

$$\begin{vmatrix} \alpha_{1,1} & \alpha_{1,r-1} & \alpha_{1,r} & \alpha_{1,r+1} & \alpha_{1,n} \\ \alpha_{r-1,1} & \alpha_{r-1,r-1} & \alpha_{r-1,r} & \alpha_{r-1,r+1} & \alpha_{r-1,n} \\ 0 & 0 & 1 & 0 & 0 \\ \alpha_{r+1,1} & & & & \alpha_{r+1,n} \\ \alpha_{n,1} & & & & \alpha_{n,n} \end{vmatrix} =$$

$$\frac{1}{(p_1 p_2 \cdots p_n)^2} \begin{vmatrix} 1 & 0 & 0 & 0 & 0 \\ 0 & 1 & 0 & & \\ 0 & 0 & \Sigma p_s^2 a_{s,r}^2 & 0 \\ 0 & 0 & \cdots & & 1 \end{vmatrix}$$

Die linke Seite dieser Gleichung ist $\dfrac{\partial \varDelta}{\partial \alpha_{r,r}}$, die rechte Seite gleich:

$$\frac{1}{(p_1 p_2 \cdots p_n)^2} \Sigma p_s^2 a_{s,r} = \varDelta (p_1^2 a_{1,r}^2 + p_2^2 a_{2,r}^2 + \cdots + p_n^2 a_{n,r}^2),$$

folglich:

$$\frac{1}{\varDelta} \frac{\partial \varDelta}{\partial \alpha_{r,r}} = p_1^2 a_{1,r}^2 + p_2^2 a_{2,r}^2 + \cdots + p_n^2 a_{n,r}^2.$$

Setzt man hierin $r = 1, 2, \ldots n$, addirt alle Gleichungen, so folgt nach 2):

7) $\quad \dfrac{\partial \varDelta}{\partial \alpha_{1,1}} + \dfrac{\partial \varDelta}{\partial \alpha_{2,2}} + \cdots + \dfrac{\partial \varDelta}{\partial \alpha_{n,n}} = \varDelta (p_1^2 + p_2^2 + \cdots + p_n^2).$

Aus den Gleichungen:

$$x_1 = \xi_1 + a_{1,1} y_1 + \cdots + a_{n,1} y_n,$$
$$\cdots \cdots$$
$$x_n = \xi_n + a_{1,n} y_1 + \cdots + a_{n,n} y_n,$$

folgt:

$$y_r = (x_1 - \xi_1) a_{r,1} + (x_2 - \xi_2) a_{r,2} + \cdots + (x_n - \xi_n) a_{r,n}.$$

Für diesen Werth von y_r geht die Gleichung:

$$\left(\frac{y_1}{p_1}\right)^2 + \left(\frac{y_2}{p_2}\right)^2 + \cdots + \left(\frac{y_n}{p_n}\right)^2 = 1$$

über in:

8) $\quad \Sigma (x_r - \xi_r)(x_s - \xi_s) \alpha_{r,s} = 1,$

wo $\alpha_{r,s}$ dieselbe Bedeutung wie in 3) hat und r und s alle Werthe von 1 bis n annehmen. Sieht man die Gleichung 8) als die einer Fläche von n-Dimensionen an, bezeichnet die linke Seite durch V, so ist:

$$(X_1 - x_1) \frac{\partial V}{\partial x_1} + (X_2 - x_2) \frac{\partial V}{\partial x_2} + \cdots + (X_n - x_n) \frac{\partial V}{\partial x_n} = 0,$$

oder:

$$(X_1 - \xi_1) \frac{\partial V}{\partial x_1} + (X_2 - \xi_2) \frac{\partial V}{\partial x_2} + \cdots + (X_n - \xi_n) \frac{\partial V}{\partial x_n} = 2,$$

die Gleichung der berührenden Ebene. Soll diese Ebene mit derjenigen zusammenfallen, für welche $x_r = 0$ ist, so hat man folgende Gleichungen:

$$\frac{\partial V}{\partial x_1} = 0 \ldots \frac{\partial V}{\partial x_{r-1}} = 0 \; \frac{\partial V}{\partial x_{r+1}} = 0 \ldots \frac{\partial V}{\partial x_n} = 0,$$

$$\xi_r \frac{\partial V}{\partial x_r} + 2 = 0$$

für $x_r = 0$. Diese Gleichungen entwickelt geben:

$$(x_1 - \xi_1)\alpha_{1,1} + \ldots - \xi_r \alpha_{1,r} + \ldots + (x_n - \xi_n)\alpha_{1,n} = 0$$

$$\ldots\ldots$$

$$(x_1 - \xi_1)\alpha_{1,r-1} + \ldots - \xi_r \alpha_{r-1,r} + \ldots + (x_n - \xi_n)\alpha_{r-1,n} = 0,$$

$$(x_1 - \xi_1)\alpha_{1,r} + \ldots - \xi_r \alpha_{r,r} + \ldots + (x_n - \xi_n)\alpha_{r,n} = -\frac{1}{\xi_r},$$

$$(x_1 - \xi_1)\alpha_{1,r+1} + \ldots - \xi_r \alpha_{r+1,r} + \ldots + (x_n - \xi_n)\alpha_{r+1,n} = 0,$$

$$\ldots\ldots$$

$$(x_1 - \xi_1)\alpha_{1,n} \ldots - \xi_r \alpha_{r,n} \ldots + (x_n - \xi_n)\alpha_{n,n} = 0.$$

Eliminirt man $x_1 - \xi_1, \ldots x_{r-1} - \xi_{r-1}, x_{r+1} - \xi_{r+1} \ldots x_n - \xi_n$ zwischen diesen Gleichungen, so erscheint das Resultat der Elimination in Form einer Determinante, welche verschwindet. Diese Determinante wird aus Δ erhalten, wenn $\alpha_{r,r}$ ersetzt wird durch $\alpha_{r,r} - \frac{1}{\xi_r^2}$. Das Resultat der bemerkten Elimination ist also:

$$\frac{1}{\Delta} \frac{\partial \Delta}{\partial \alpha_{r,r}} = \xi_r^2.$$

Mittelst dieser Gleichung geht die Gleichung 7) über in:

$$\xi_1^2 + \xi_2^2 + \ldots + \xi_n^2 = p_1^2 + p_2^2 + \ldots + p_n^2.$$

Für $n = 2$ und $n = 3$ erhält man hieraus die beiden zu Anfang bemerkten Sätze. Dr. A. ENNEPER.

XXXV. Ueber Euler's Satz von den Polyedern. Die im 8. Jahrgange dieser Zeitschrift, S. 449, gemachte interessante Bemerkung des Herrn Dr. Matthiessen über den Euler'schen Satz von den Polyedern giebt mir Veranlassung, auf eine von mir vor längerer Zeit*) entwickelte Formel für die Polyeder noch einmal zurückzukommen.

Eine lückenlose Zusammenstellung ebener Vielecke, wobei jedes neu hinzukommende Vieleck immer nur benachbarte Seiten mit dem Umfang des schon vorhandenen Figurencomplexes gemein hat, heisst Vieleckenetz und es gilt für ein solches, wenn seine Grenzfiguren noch keine vollständige Polyederoberfläche umschliessen, bekanntlich das Gesetz:**)

$$e + f = k + 1.$$

---

*) Lehrbuch der Stereometrie. Leipzig, F. A. Brockhaus. 1857.
**) Crelle's Journal, I, S. 228.

Um nun die Gründe für die Ausnahmen des Euler'schen Satzes $(e+f=k+2)$*) klar zu übersehen und zugleich den Vortheil zu erreichen, ihn unter allgemeinerer Form zu erhalten, erscheint es zweckmässig, diesen Satz in folgender Weise herzuleiten.

Zwei Vielecksnetze, welche mit den Umfängen ihrer Oeffnungen genau an einander passen, geben, mit diesen Umfängen zusammengesetzt, ein Polyeder. Für das erste Netz gilt
$$e_a + f_a = k_a + 1,$$
für das zweite
$$e_b + f_b = k_b + 1.$$
Addirt kommt:
$$e_a + e_b + f_a + f_b = k_a + k_b + 2.$$

Dies würde eine für das aus beiden Netzen resultirende Polyeder stattfindende Gleichung sein, wenn nicht nach der Zusammenstellung beider Gestalten die Ecken und Kanten im Umfang der Oeffnung beider Netze einmal zu viel gerechnet wären. Ziehen wir links diese überflüssigen Ecken und rechts diese überflüssigen Kanten ab, so bleibt, da im Umfange der Netzöffnungen, Eckenzahl und Kantenzahl gleich sind, immer noch eine Gleichung stehen. Es wird $e_a + e_b$ nach erwähntem Abzug zur Eckenzahl e des Polyeders und aus $k_a + k_b$ folgt nach der betreffenden Verminderung die Kantenzahl k des Polyeders, $f_a + f_b$ stellt die Flächenzahl f des Polyeders vor und wir haben somit:
$$e + f = k + 2.$$

Ein aus der Combination zweier Figurennetze resultirendes Polyeder können wir nun mit einem oder mehreren Figurennetzen, oder auch mit neuen Gestalten seines Gleichen combiniren.

Damit die Combination vom Vielecksnetz und Polyeder Neues bringe, mögen die Oeffnungen der anzusetzenden Netze zunächst den Umfang ebener Vielecke darstellen und Grenzflächen des Polyeders ringförmig ausschneiden; dann aber folgt aus dem Gesetz $e_p + f_p = k_p + 2$ des Polyeders und aus den für das erste, zweite, ...r^{te} Netz geltenden Formeln:
$$e_1 + f_1 = k_1 + 1$$
$$e_2 + f_2 = k_2 + 1$$
$$\dots\dots\dots\dots\dots$$
$$e_r + f_r = k_r + 1$$
ohne Weiteres, dass ein Körper mit r ringförmig durchbrochenen Grenzflächen unter dem Gesetze
$$e + f = k + 2 + r$$
steht.

---

*) Petersburger Comment. (1758); S. 119. „*In omni solido hedris planis incluso aggregatum ex numero angulorum solidorum et ex numero hedrarum binario excedit numerum ucierum*".

Bei Combination zweier durch Zusammenstellen von Figurennetzen entstandener Polyeder sind folgende Fälle beachtenswerth: Es halten sich entweder die Oberflächen der Polyeder getrennt von einander, oder sie haben einzelne Ecken, oder einzelne Kanten, oder einzelne Flächen gemein. Im letzteren Falle müssen, wenn durch Combination neue Gestalten resultiren sollen, die combinirten Euler'schen Polyeder in getrennten Stellen ihrer Oberflächen zusammenfallen, welche dann durch ihren Wegfall ein canalartig durchbrochenes Polyeder geben, oder es kann endlich auch hierbei der Fall einer ringförmigen Durchbrechung von Grenzflächen des Polyeders vorkommen, welcher Fall schon Erledigung gefunden hat.

Halten sich p combinirte Polyeder getrennt von einander, so dass eines, welches die übrigen umfasst, $(p-1)$ Höhlungen durch die übrigen bekommt, so gilt für den Gesammtkörper der Satz

$$e+f=k+2p$$

und wenn noch r-Grenzflächen ringförmig durchbrochen sein sollten:

$$e+f=k+2p+r.$$

Bilden bei einem Polyeder oder bei p combinirten Polyedern einige der e-Ecken, von denen jede durch ein pyramidales Vielkant bedingt ist, zugleich die Eckpunkte von (zusammen genommen) e' anderen pyramidalen Vielkanten, so ist zu setzen

$$e+f=k+2p-e'+r.$$

Und wenn einige der k-Kanten, von denen jede einem Flächenwinkel angehört, zugleich für (zusammen) k' andere Flächenwinkel Scheitelaxen sind, so hat man in der vorigen Formel rechts noch k' hinzuzufügen, so dass

$$e+f=k+2p-e'+k'+r.$$

Bei Figur 22, Tafel IV, ist $e=13$; $f=16$; $k=27$; $p=2$, und weil von O, ausser dem Dreikant $OABC$, noch drei andere $(OA'B'C'; Oabc; Oa'b'c')$ auslaufen, so ist $e'=3$; das Dreikant $Oa'b'c'$ veranlasst eine ringförmige Durchbrechung der Grenzfläche abc, deshalb ist $r=1$.

Figur 23, Tafel IV, bringt $e=12$; $f=14$; $k=24$; $p=2$; $e'=4$; $k'=2$; $r=0$.

Wenn endlich mehrere combinirte Euler'sche Polyeder getrennte Stellen ihrer Oberflächen gemein haben und man lässt diesen dann hinweg, so entsteht, wie schon erwähnt, ein canalartig durchbrochenes Polyeder.

Wir gehen von einem Polyeder aus, für welches der Euler'sche Satz gilt und fügen d neue Euler'sche Polyeder hinzu, von denen jedes zwei getrennte Stellen seiner Oberfläche, entweder mit dem ursprünglichen Polyeder, oder mit einer bereits geschehenen Combination gemein hat. Für diese $d+1$ combinirten Polyeder gilt

$$e_p+f_p=k_p+2+2d.$$

Und nun müssen $2d$ Netze, von denen jedes doppelt vorkommt, wegge-

nommen werden, d. h. es ist von der letzten Gleichung zu subtrahiren
$$2e_n + 2f_n = 2k_n + 4d,$$
so dass also:
$$e_p - 2e_n + f_p - 2f_n = k_p - 2k_n + 2 + 2d - 4d.$$
Werden nun die zweimal weggenommenen Ecken e_u und Kanten k_u im Umfang der Oeffnungen sämmtlicher gemeinschaftlicher Netze einmal wieder hinzugefügt, so kommt, weil $e_u = k_u$,
$$e_p - 2e_n + e_u + f_p - 2f_n = k_p - 2k_n + k_u + 2 - 2d,$$
oder kurz:
$$e + f = k + 2 - 2d.$$

Sollten noch r ringförmig durchbrochene Grenzflächen und q-Höhlungen vorkommen und sollten die e-Ecken ausser den nothwendig ihnen zugehörenden e pyramidalen Vielkanten auch noch für e' andere Vielkante die Eckpunkte sein, und wäre ausser k auch noch das obige k' zu berücksichtigen, so würde von einem solchen canalartig durchbrochenen Polyeder die Gleichung gelten:

I) $\qquad e + f = k + 2 - 2d + r + 2q - e' + k'$

In Fig. 24, Taf. IV, ist $e=10$; $f=9$; $k=18$; $d=1$; $r=1$; $q=e'=k'=0$; es bildet hier $\alpha A' \beta B' \gamma C' C''$ die Durchbrechung des Polyeders
$$A A' B B' C C' C''.$$

Bei Fig. 25, Tafel IV, giebt es zwei Canäle, von denen der eine seine Oeffnungen an $ABCD$ und an $A'B'C'D'$ hat, der andere in $\alpha\alpha'\delta'\delta$ und $aa'd'd$; es ist hier $e=20$; $f=19$; $k=40$; $d=2$; $r=1$; $q=e'=k'=0$. Wir betrachten dieses zweimal canalartig durchbrochene Polyeder hier als eine Combination von 3 Euler'schen Polyedern, d. h. wir setzen $d=2$; es ist $AA'BB'CC'DD'$ verbunden mit $ABCD\alpha\beta\gamma\delta\alpha'\beta'\gamma'\delta'A'B'C'D'$ und beide haben die Stellen $ABCD$ und $A'B'C'D'$ ihrer Oberflächen gemeinschaftlich; zu dieser Combination gesellt sich dann noch der vierseitige Obelisk $a\alpha\alpha'a'd'd\delta'd$ und hat mit der Combination die Flächen $aa'd'd$ und $\alpha\alpha'\delta'\delta$ gemeinschaftlich.

Es ist hier auch noch eine andere Auffassung zulässig. Man kann nämlich das zweimal canalartig durchbrochene Polyeder auch als Combination des Würfels und des Körpers $ABCD\alpha\beta\gamma\delta aa'd'da\alpha'\beta'\gamma'\delta'A'B'C'D'$ betrachten; beide Körper haben drei getrennte Stellen ihrer Oberflächen gemeinschaftlich, durch deren Beseitigung die beiden schon erwähnten Canäle sich öffnen. Bei solcher Auffassung würde dann der sich leicht ergebende Satz in Anwendung kommen:

Ein aus p combinirten Euler'schen Polyedern resultirender Körper, welcher an d'-Stellen seiner Oberfläche canalartige Durchdringungen besitzt, wird durch die Formel

II) $\qquad e + f = k + 2p - 2d' + r - e' + k'$

beherrscht, in welcher r, e', k' die frühere Bedeutung haben und wobei der Theil $2p$ zugleich den Theil $2q$ der Formel I) mit vertritt.

In Fig. 25, Taf. IV, ist bei Benutzung von Formel II) wieder $e=20$; $f=19$; $k=40$; $r=1$; $e'=k'=0$, aber $p=2$; $d'=3$.

In Figur 26, Tafel IV, ist $e=29$; $f=19$; $k=45$; $r=3$; $e'=k'=0$, und wenn wir Formel I) benutzen, $d=2$; $q=1$ (das Tetraeder bildet eine Höhlung). Soll aber Formel II) in Anwendung kommen, dann ist $p=3$; $d'=3$. —

Für die Summe der ebenen Winkel an den Polyedern, auf welche sich die beiden Formeln I) und II) beziehen, erhalten wir:
$$4(k+k'-f+r)R,$$
oder vermittelst Formel I)
$$4(e-2+2d-2q+e')R$$
und bei Berücksichtigung der Formel II)
$$4(e-2p+2d'+e')R.$$

Figur 22, Tafel IV, bringt $48R$, ebensoviel Figur 23, und in Figur 24 beträgt die Summe der ebenen Winkel $40R$, in Figur 25 giebt es $88R$ und in Figur 26 endlich $116R$.

Die beiden letzten Ausdrücke gehen für $d=1$, $g=e'=0$, $p=1$ und $d'=1$ über in den höchst einfachen $4eR$.

Dr. H. SCHAEFFER,
Prof. a. d. Universität Jena.

XXXVI. Ueber eine geometrische Erzeugung von confocalen Curven vierten Grades. Von THEODOR BERNER, stud. math. in Berlin.

Die folgenden Constructionen stützen sich auf einen Satz, von dem ich einen speciellen Fall bereits im 6. Hefte des 8. Jahrganges dieser Zeitschrift mitgetheilt habe.

Es sei mir zunächst verstattet, denselben in seiner allgemeinen Form auszusprechen zugleich mit einer Ergänzung, welche dort fortgeblieben ist.

Versteht man unter einem Brennpunkte irgend einer Curve einen unendlich kleinen Kreis, welcher dieselbe in 2 (im Allgemeinen imaginären) Punkten berührt, und unter der zugehörigen Directrix diejenige Gerade, welche durch jene beiden Punkte geht, so gilt folgender Satz:

Schneidet man die Umhüllungsfläche einer einfachen Kugelschaar durch eine Ebene A, so berühren alle Kugeln der Schaar, welche diese Ebene überhaupt berühren, dieselbe in Brennpunkten der entstehenden Schnittcurve, und die Ebenen der Kreise, in welchen diese Kugeln die Enveloppe selbst berühren, schneiden die Ebene A in den zugehörigen Directrices der Schnittcurve.

Dieser Satz ist eigentlich nur eine geometrische Interpretation der oben aufgestellten Definitionen.

Mit Hülfe desselben gelangt man zunächst zu einer speciellen Sorte von confocalen Curven 4. Grades, welche bereits Siebeck im 57. Bande von Crelle's Journal analytisch behandelt hat. Siebeck unterscheidet 3 Gattungen, von denen die dritte nur ein Grenzfall ist. Es wird an genannter Stelle gezeigt, dass der Ausdruck $sin\, am(u+vi)$ Curvenschaaren erster Gattung darstellt, während $cos\, am(u+vi)$, $\varDelta\, am(u+vi)$ Curvenschaaren zweiter Gattung repräsentiren.

1. Sei (Fig. 27, Tafel IV) $OA = OD$, $OB \neq OC$. Man lege durch die vier Punkte A, B, C, D vier gleiche, die Ebene der Zeichnung berührende Kugeln mit willkürlichem Radius r, von denen die in A und D berührenden oberhalb, die anderen unterhalb der Ebene der Zeichnung liegen.

Dann lässt sich an diese 4 Kugeln stets ein Kreisring legen, welcher alle 4 in Kreisen berührt. Dieser schneidet aus der Ebene der Zeichnung eine Siebeck'sche Curve erster Gattung aus, deren 4 reelle Brennpunkte A, B, C, D sind. Lässt man nun r variiren, so erhält man eine Schaar von Ringen und eine **Schaar confocaler Curven erster Gattung** [$sin\, am(u+vi)$].

2. Sei (Figur 28, Tafel IV) $OA = OD$, $OB = OC$, $AOB = \dfrac{\pi}{2}$.

In den Punkten A, B, C, D lege man an die Ebene der Zeichnung 4 dieselbe berührende Kugeln, welche alle oberhalb dieser Ebene liegen und einander paarweise berühren, so dass die durch B und C gehenden einerseits von der durch A gehenden, andererseits von der durch D gehenden berührt werden. Nimmt man nun die Radien der durch A und D gehenden Kugeln gleich gross und $=r$ an, so werden auch die Radien der anderen beiden Kugeln gleich gross. Es lassen sich dann an diese 4 Kugeln stets 2 Kreisringe legen, welche alle 4 in Kreisen berühren. Diese beiden Kreisringe schneiden aus der Ebene des Papiers 2 Siebeck'sche Curven 2. Gattung aus, deren reelle Brennpunkte A, B, C, D sind. Lässt man r variiren, so erhält man eine Schaar von Ringen und eine **Schaar confocaler Curven zweiter Gattung** [$cos\, am(u+vi)$, $\varDelta\, am(u+vi)$].

3. Lässt man in No. 27 oder in No. 28 A und B zusammenfallen, so erhält man eine Schaar confocaler Curven 3. Gattung. Diese letzteren sind nichts Anderes als die Reciproken einer Schaar confocaler Kegelschnitte vom Mittelpunkte aus genommen.

Siebeck hat gezeigt, dass die Curven Einer Schaar sich orthogonal durchschneiden und ausser den 4 reellen Brennpunkten noch 4 imaginäre gemeinschaftlich haben.

Wir wollen nun eine Transformation anwenden, durch welche wir allgemeinere confocale Curven 4. Grades erhalten, nämlich die Transformation durch reciproke Radii Vectoren. Man findet die Principien derselben dargestellt im 12. Bande von Liouville's Journal.

Legt man den Pol der Transformation auf die Ebene der Zeichnung, so wird diese Ebene durch die Transformation nicht verändert.

Alle Kugeln bleiben Kugeln, die Brennpunkte erhalten sich also ebenfalls, die Kreisringe verwandeln sich in Dupin'sche Cycliden, (Flächen 4. Grades, von denen der Kreisring ein specieller Fall ist, und welche durch diese Transformation ihren Character nicht verlieren), die transformirten Curven schneiden sich noch orthogonal und sind auch noch vom 4. Grade, denn sie sie sind ebene Schnitte von Cycliden. Ferner kann man durch Anwendung dieses Principes die 4 Punkte A, B, C, D, welche bisher sehr beschränkenden Bedingungen unterworfen waren, in eine **vollkommen willkürliche Lage** bringen.

Fasst man Alles zusammen, so kann man Folgendes aussprechen:

Wenn 4 beliebige Punkte in der Ebene angenommen werden, so existirt eine Schaar von confocalen Curven 4. Grades, welche diese 4 Punkte zu Brennpunkten und ausserdem noch 4 gemeinschaftliche imaginäre Brennpunkte hat. Diese Schaar wird aus der Ebene durch eine Schaar von Cycliden ausgeschnitten, und die Curven einer solchen Schaar schneiden einander orthogonal.

XXXVII. Constructive Ermittelung der Gleichgewichtslagen schwimmender Körper und ihrer Stabilität. Von Dr. R. HOPPE, Docent an der Universität Berlin.

Die Bestimmung der Gleichgewichtslagen schwimmender Körper führt auf Gleichungen, welche nur in wenigen Fällen auflösbar sind. Die leichte Uebersicht über dieselben, welche sich demnach aus der Rechnung nicht gewinnen lässt, kann man aber durch eine geometrische Reduction der Aufgabe erreichen, wie ich im Folgenden zeigen will.

Ein Körper sei so weit in das Wasser eingetaucht, dass das Gewicht des verdrängten Wassers seinem eigenen Gewicht gleich wird. Er erleide eine unendlich kleine Drehung, so dass das getauchte Volum v constant bleibt. Das System der xyz sei am Körper fest, das anfängliche Niveau Ebene der xy, ihre Durchschnittslinie mit dem veränderten Niveau, welches mit dem ersten den Winkel $d\varphi$ macht, Axe der y, der Schwerpunkt von v sei $x_1 y_1 z_1$. Dann sind die Incremente, welche die statischen Momente von v bei der Drehung erhalten,

1) $$\begin{cases} v\,dx_1 = \iint x\,dx\,dy \int_0^{x\,d\varphi} dz = d\varphi \iint x^2\,dx\,dy \\ v\,dz_1 = \iint dx\,dy \int_0^{x\,d\varphi} z\,dz = \tfrac{1}{2}d\varphi^2 \iint x^2\,dx\,dy \end{cases}$$

folglich:
$$\frac{dz_1}{dx_1} = \frac{1}{2} d\varphi = 0.$$

Wir denken nun den Körper als ruhend, das Niveau als eine variirende Ebene, welche von ihm das constante Volum v abschneidet. Der Schwerpunkt von v beschreibt dabei eine Fläche, welche die Schwerpunktsfläche heissen mag. Es hat sich ergeben, dass jede Tangente, mithin auch jede Berührungsebene der Schwerpunktsfläche, dem dem Berührungspunkte entsprechenden Niveau parallel ist. Die Normale in demselben Punkte bezeichnet demnach jederzeit die Richtung der Schwerkraft. Da nun im Zustande des Gleichgewichtes der Schwerpunkt des Körpers mit dem des getauchten Volums auf einer Verticale liegt, so erhält man sämmtliche Gleichgewichtslagen, indem man vom Schwerpunkt des Körpers alle möglichen Normalen zur Schwerpunktsfläche zieht und einzeln in verticale Stellung bringt.

Liegt ferner der Schwerpunkt des Körpers, dessen Gewicht $=p$ sei, in einer Entfernung von $=r$ von der Normale der Schwerpunktsfläche, so entsteht ein Kräftepaar, dessen Moment $=pr$ ist, und welches den Körper von der Normale an gerechnet nach derjenigen Seite hin zu drehen strebt, auf welcher sein Schwerpunkt liegt. Erleidet nun der Körper aus einer Gleichgewichtslage eine unendlich kleine Drehung, so dass der Schwerpunkt des getauchten Volums von P nach Q rückt, so ergiebt eine leichte Betrachtung, dass der Schwerpunkt des Körpers M mit P auf derselben oder auf entgegengesetzter Seite der Normale in Q liegt, je nachdem $MP<$ oder $>MQ$ ist. Im ersteren Falle strebt das entstandene Paar, den Körper in seine Gleichgewichtslage zurückzuführen, im letzteren ihn weiter daraus zu entfernen; und man hat folgendes Kriterium der Stabilität:

Diejenigen vom Schwerpunkt des Körpers nach der Schwerpunktsfläche gezogenenen Normalen, welche Minima des Abstandes sind, entsprechen stabilen, alle anderen nicht stabilen Gleichgewichtslagen.

Ein Körper, welcher, im Gleichgewicht mit einem von Null an wachsenden äusseren Kräftepaar, sich allmälig aus seiner Gleichgewichtslage entfernt, fällt um, sobald das entgegenstehende Moment seiner Schwere sein Maximum erreicht. Das letztere war im gegenwärtigen Falle $=pr$, und zwar der erste Factor constant. Um daher das Kräftepaar zu finden, welches einen im stabilen Gleichgewicht schwimmenden Körper umzuwerfen vermag, hat man den kleinsten Werth von r zu suchen, welcher der Gleichung

$$dr = 0$$

entspricht, und auf irgend einem Wege von der ursprünglichen Lage aus in beständigem Wachsen hervorgehen kann. Betrachtet man nämlich r

als Function zweier Coordinaten x, y eines Punktes der Schwerpunktfläche, so ist im Punkte des stabilen Gleichgewichtes $r = 0$, in der nächsten Umgebung $r > 0$. Daher drückt die Gleichung
$$r = C$$
für ein hinreichend kleines positives C eine geschlossene Curve aus, welche den Punkt $r = 0$ umgiebt. Lässt man c stetig wachsen, so muss für irgend einen Werth in einem Punkte, welcher durch die Gleichungen
$$\frac{dr}{dx} = 0; \quad \frac{dr}{dy} = 0$$
bestimmt ist, eine Oeffnung der Curve entstehen. Dieser Punkt drückt die Lage des Körpers im Augenblick des Umfallens aus, wenn es durch die mindest mögliche Kraft erfolgt. In speciellen Fällen kann es natürlich statt eines Punktes mehrere, auch wohl eine Linie geben. Kein solcher Punkt kann aber die Bedingung eines absoluten Maximums $d^2r < 0$ erfüllen.

Nachdem jetzt die Aufgabe auf die rein geometrische Untersuchung der Schwerpunktsfläche reducirt ist, füge ich noch Einiges über deren Eigenschaften hinzu. Ein Punkt der Schwerpunktsfläche sei Anfangspunkt der xyz, die Berührungsebene Ebene der xy. Durch eine unendlich kleine Drehung des Niveaus um eine der y-Axe parallele Gerade rückt der Schwerpunkt des getauchten Volums ein Stück in der Richtung der x fort. Der veränderte Werth von z, bis zu zweiter Potenz von x entwickelt,
$$z + \frac{dz}{dx}x + \frac{1}{2}\frac{d^2z}{dx^2}x^2$$
ist, da z und $\frac{dz}{dx}$ verschwinden,
$$= \frac{1}{2}\frac{d^2z}{dx^2}x^2.$$
Ist nun M das Trägheitsmoment der Schnittfigur, welche das Niveau im Körper bildet, in Bezug auf dessen Drehungsaxe, also
$$M = \int\int x^2\, dx\, dy,$$
so hat man nach den Gleichungen 1):
$$x = \frac{d\varphi}{v}M; \quad \frac{1}{2}\frac{d^2z}{dx^2}x^2 = \frac{d\varphi^2}{2v}M,$$
woraus:
$$\frac{d^2z}{dx^2} = \frac{v}{M}$$
oder, wenn ϱ den Krümmungsradius der Fläche in der Richtung der Bewegung bezeichnet:
$$\varrho = \frac{M}{v}.$$

Da demnach ϱ und M gleichzeitig ihr Maximum und Minimum erreichen müssen, so ergiebt sich der Satz:

Die Hauptkrümmungsrichtungen der Schwerpunktsfläche sind den Hauptaxen des Niveauschnittes parallel, und zwar entspricht die kleinste Krümmung dem grössten Trägheitsmoment.

Da der Ausdruck von ϱ zwischen positiven endlichen Grenzen variirt, so erkennt man, dass alle Schwerpunktsflächen allseitig convex sind. Jede solche Fläche schliesst einen Raum von allen Seiten ein, in welchem jederzeit auch der Schwerpunkt des Volums des ganzen Körpers liegt. Lässt man das specifische Gewicht des Körpers von 0 bis 1 wachsen, so fällt im Anfang die Schwerpunktsfläche mit der Oberfläche zusammen, jede folgende liegt ganz im inneren Raume der vorhergehenden, bis sie zuletzt in den Schwerpunkt des ganzen Volums übergeht.

Da ferner bei stetigem Variiren des Niveaus nicht nur der entsprechende Punkt der Schwerpunktsfläche, sondern auch die Berührungsebene stetig variirt, so kann die Fläche weder Kanten noch Ecken haben; Unstetigkeiten sind also nur in zweiter Ordnung möglich, doch auch diese nur in ganz speciellen Fällen. Eine plötzliche Aenderung von M tritt nur ein, wenn das Niveau mit einem ebenen Theile der Oberfläche zusammenfällt. Hat also die Oberfläche kein ebenes Stück, dessen Verlängerung vom Körper ein Volum $=v$ abschneidet, so variirt auch ϱ stetig, und es können nur Unstetigkeiten in dritter Ordnung stattfinden. Eine leichte Betrachtung ergiebt, dass diese durch Ecken der Oberfläche bedingt sind, als Folge von Kanten derselben nur in speciellem Falle auftreten.

Die Beziehung zwischen ϱ und M zeigt, dass die Gestalt jedes Theiles der Schwerpunktsfläche nur von demjenigen Theile der Oberfläche abhängt, welcher vom Niveau bei seinen entsprechenden Veränderungen getroffen wird. Es fragt sich demnach, welchen Einfluss die Aenderung eines beständig getauchten Theiles der Oberfläche hat. Zerlegt man v in zwei Theile v_1 und v_2, deren letzterer bei einer gewissen begrenzten Veränderung des Niveaus beständig unter Wasser bleibt, und bezeichnet durch x, x_1, x_2 die Abscissen der Schwerpunkte von v, v_1, v_2 in Bezug auf eine beliebige Axe, durch ξ, ξ_2 die veränderten Werthe von x, x_2 bei veränderter Gestalt von v_2, so ist

$$v x = v_1 x_1 + v_2 x_2; \quad v \xi = v_1 x_1 + v_2 \xi_2,$$

woraus:

$$\xi = x + \frac{v_2}{v} (\xi_2 - x_2).$$

Das Increment, welches x erhalten hat, ist von der Lage des Niveaus unabhängig; demnach hat der begrenzte Theil der Schwerpunktsfläche nur eine parallele Verrückung erfahren.

Variirt das Volum, während der vom Niveau berührte Theil der

Oberfläche ungeändert bleibt, und geht z. B. aus v_1 in v über, so hat man nach obiger Gleichung:

$$x = \frac{v_1}{v} x_1 + \frac{v-v_1}{v} x_2.$$

Ausser der parallelen Verrückung der Schwerpunktsfläche haben sich die Dimensionen im umgekehrten Verhältniss der Volumina geändert.

Untersucht man die Schwerpunktsflächen für specielle Oberflächen, so findet man besonders einfache Resultate bei Flächen zweiten Grades, bei prismatischen Flächen und bei einer dreiseitigen Pyramidalfläche. Die Flächen zweiten Grades, soweit sie vom Niveau in Ellipsen geschnitten werden, ergeben eben solche Flächen von gleichem Axenverhältniss und gleicher Axenrichtung, das Ellipsoid ein Ellipsoid, beide Arten Hyperboloide und der Kegel ein zweischaliges Hyperboloid, das elliptische Paraboloid ein congruentes Paraboloid, prismatische Flächen von beliebiger Basis ein Paraboloid, dessen Gestalt von den Hauptträgheitsmomenten der Basis abhängt, die dreiseitige Pyramide eine Fläche, welche auf die drei Kanten als Coordinatenaxen bezogen, durch ein constantes Product der drei Coordinaten bestimmt ist.

XXXVIII. Ueber den Einfluss der Schwere auf die Bewegungen der Gasmoleküle. Von R. Clausius.

Im dritten diesjährigen Hefte dieser Zeitschrift, S. 218, befindet sich ein Aufsatz von Robida „zur Theorie der Gase", worin die Hypothese, dass die Moleküle gasförmiger Körper nicht blos um Gleichgewichtslagen schwingen, sondern in ausgedehnteren fortschreitenden Bewegungen begriffen sind, besprochen wird. Es kommt darin folgender Ausspruch vor. „Krönig bestimmt zwar die Einwirkung der Schwere auf ein vertikal aufwärts fliegendes Gasatom, allein Clausius formulirt seine und des Krönig Ansicht dahin, dass sich Gasmolekel in gerader Linie und mit constanter Geschwindigkeit fortbewegen. Diese angenommene Bewegungsart, sowie den gleichen aus den Molekelstössen abgeleiteten Druck des Gases auf alle Gefässwände kann ich mit der Wirkung der Schwere nicht in Einklang bringen".

Hiernach könnte es scheinen, als ob ich den Einfluss der Schwere auf die in Bewegung befindlichen Gasmoleküle geleugnet hätte. Diesen Einfluss leugnen, würde heissen, überhaupt die Schwere des Gases leugnen, und es würde daraus weiter folgen, dass keine Erdatmosphäre bestehen könnte, sondern jede Luftmenge, die nicht in einem Gefässe eingeschlossen wäre, sich sofort durch den ganzen Weltenraum verbreiten müsste.

Eine solche Ansicht würde mir, wie ich denke, selbst dann Keiner im Ernste zuschreiben können, wenn ich niemals das Wort Schwere in Bezug auf die Gasmoleküle ausgesprochen hätte. Zum Ueberflusse habe ich aber die Schwere an einigen Stellen ausdrücklich erwähnt. So findet man in Poggendorf's Annalen Bd. CV, S. 253, in Bezug auf einen von Buys-Ballot gegen meine Auseinandersetzungen erhobenen Einwand folgende Stelle. „Wenn er sagt, dass nach dieser Hypothese unsere Atmosphäre keine Grenze haben könnte, so kann ich den Grund davon nicht einsehen. Was zunächst die allmälige Abnahme der Dichtigkeit mit der Höhe betrifft, so lässt sich aus jener Hypothese nichts Anderes schliessen, als was man auch ohne dieselbe unter Annahme des Mariotte'schen und Gay-Lussac'schen Gesetzes schliessen kann, und wenn man die äussersten Luftmoleküle der Atmosphäre betrachtet, welche, wenn sie noch höher fliegen, im Allgemeinen gegen kein Molekül mehr stossen, und annimmt, dass eins derselben in dieser Höhe noch einen Stoss erhält, der es mit der Geschwindigkeit von einigen hundert Metern aufwärts treibt, so ist leicht zu sehen, dass es darum doch noch nicht ganz von der Erde fortfliegen kann, sondern vielmehr durch den Einfluss der Schwere allmälig seine Geschwindigkeit verlieren, und zuletzt umkehren und wieder der Erde zufliegen muss".

Der Grund, weshalb ich für gewöhnlich den Einfluss der Schwere auf die Bewegungen der Gasmoleküle unerwähnt gelassen habe, liegt nur darin, dass wegen der Kleinheit des Weges, welchen ein Molekül einer Gasmasse von mässiger Dichtigkeit meiner Ansicht nach von einem Zusammenstosse bis zum nächsten zurückzulegen hat, und wegen der grossen Geschwindigkeit, mit welcher es diesen Weg zurücklegt, die während der kurzen Bewegungszeit von der Schwere verursachte Geschwindigkeits- und Richtungsveränderung so gering ist, dass sie in den meisten Fällen vernachlässigt werden kann. Eine solche Vernachlässigung ist aber natürlich immer nur mit einer gewissen Beschränkung anzuwenden. In solchen Fällen, wo es sich um absolute Genauigkeit handelt, oder in solchen Fällen, wo man sich eine sehr hohe Gassäule denkt, und deren Molekularbewegungen im Ganzen betrachtet, darf man offenbar die Wirkung der Schwere nicht ausser Acht lassen. Diese Beschränkung habe ich für so von selbst verständlich gehalten, dass es mir unnöthig schien, davon noch erst besonders zu sprechen.

Zürich, den 10. Juli 1864.

XIV.
Analytisch-geometrische Untersuchungen.
Von Dr. A. ENNEPER,
Docent an der Universität Göttingen.

(Fortsetzung der Abhandlung p. 96. T. IX dieser Zeitschrift.)

IV.
Die windschiefen Flächen und ihre gegenseitige Abwickelung auf einander.

§. 1.

Nimmt man auf einer windschiefen Fläche eine feste Curve an, ist (ξ, η, ζ) der Punkt dieser Curve, welcher mit dem Punkte (x, y, z) auf derselben Generatrix liegt, bezeichnet man durch w die variabele Distanz der beiden Punkte (ξ, η, ζ), (x, y, z) und durch X, Y, Z die Winkel, welche die Generatrix mit den Coordinatenaxen bildet, so finden folgende Gleichungen statt:

1) $$\begin{aligned} x &= \xi + w \cdot \cos X, \\ y &= \eta + w \cdot \cos Y, \\ z &= \zeta + w \cdot \cos Z. \end{aligned}$$

In den vorstehenden Gleichungen werden ξ, η, ζ; X, Y, Z als Functionen einer Variabeln s angesehen. Nennt man, wie gewöhnlich, Strictionslinie die Folgereihe von Punkten auf der Fläche, in denen die successiven Generatricen sich am nächsten kommen, so hat man für den Punkt (ξ_0, η_0, ζ_0) dieser Curve, welcher mit dem Punkte (ξ, η, ζ) auf derselben Generatrix liegt, folgende Gleichungen:

$$\frac{\xi - \xi_0}{\cos X} = \frac{\eta - \eta_0}{\cos Y} = \frac{\zeta - \zeta_0}{\cos Z} = \frac{\dfrac{\partial \xi}{\partial s}\dfrac{\partial \cos X}{\partial s} + \dfrac{\partial \eta}{\partial s}\dfrac{\partial \cos Y}{\partial s} + \dfrac{\partial \zeta}{\partial s}\dfrac{\partial \cos Z}{\partial s}}{\left(\dfrac{\partial \cos X}{\partial s}\right)^2 + \left(\dfrac{\partial \cos Y}{\partial s}\right)^2 + \left(\dfrac{\partial \cos Z}{\partial s}\right)^2}.$$

Sind die beiden Punkte (ξ, η, ζ) und (ξ_0, η_0, ζ_0) identisch, so folgt:

2) $$\frac{\partial \xi}{\partial s}\frac{\partial \cos X}{\partial s} + \frac{\partial \eta}{\partial s}\frac{\partial \cos Y}{\partial s} + \frac{\partial \zeta}{\partial s}\frac{\partial \cos Z}{\partial s} = 0.$$

Die vorstehende Gleichung enthält die Bedingung, damit (ξ, η, ζ) ein Punkt der Strictionslinie sei. Bezeichnet man durch Θ den Winkel, welchen die Strictionslinie im Punkte (ξ, η, ζ) mit der Generatrix bildet, so ist:

$$\frac{\partial \xi}{\partial s}\cos X + \frac{\partial \eta}{\partial s}\cos Y + \frac{\partial \zeta}{\partial s}\cos Z = \int \left[\left(\frac{\partial \xi}{\partial s}\right)^2 + \left(\frac{\partial \eta}{\partial s}\right)^2 + \left(\frac{\partial \zeta}{\partial s}\right)^2\right]\partial s . \cos \Theta.$$

Zur Vereinfachung der folgenden Entwickelungen sei s so gewählt, dass $\partial s = \int[(\partial \xi)^2 + (\partial \eta)^2 + (\partial \zeta)^2]$ das Bogenelement der Strictionslinie bedeutet. Man hat dann folgende Gleichungen:

3) $$\left(\frac{\partial \xi}{\partial s}\right)^2 + \left(\frac{\partial \eta}{\partial s}\right)^2 + \left(\frac{\partial \zeta}{\partial s}\right)^2 = 1,$$
$$\frac{\partial \xi}{\partial s}.\cos X + \frac{\partial \eta}{\partial s}\cos Y + \frac{\partial \zeta}{\partial s}\cos Z = \cos \Theta,$$
$$\cos^2 X + \cos^2 Y + \cos^2 Z = 1.$$

Für eine orthogonale Trajectorie der Generatricen findet die Gleichung statt:

$$\frac{\partial \xi}{\partial s}\cos X + \frac{\partial \eta}{\partial s}\cos Y + \frac{\partial \zeta}{\partial s}\cos Z = 0.$$

Substituirt man hierin für x, y, z ihre Werthe aus 1) und bezeichnet durch q den Werth von w, welcher einer orthogonalen Trajectorie entspricht, so folgt für q die Gleichung:

4) $$\frac{\partial q}{\partial s} + \cos \Theta = 0, \quad q = k - \int \cos \Theta \, \partial s,$$

wo k eine Constante bedeutet. Bestimmt man einen Punkt (x, y, z) der Fläche durch seine Distanz v von einem Punkte einer orthogonalen Trajectorie, so hat man in den Gleichungen 1) $w = v - q$ zu setzen. Nimmt man diese Bestimmungsweise, so geben die Gleichungen 1):

5) $$\begin{aligned}x &= \xi + (v - q)\cos X,\\ y &= \eta + (v - q)\cos Y,\\ z &= \zeta + (v - q)\cos Z.\end{aligned}$$

Für eine orthogonale Trajectorie der Generatricen hat man in den vorstehenden Gleichungen v constant zu nehmen.

Zur Abkürzung werde gesetzt:

6) $$\left(\frac{\partial \cos X}{\partial s}\right)^2 + \left(\frac{\partial \cos Y}{\partial s}\right)^2 + \left(\frac{\partial \cos Z}{\partial s}\right)^2 = p^2,$$

7) $$\begin{vmatrix} \cos X & \cos Y & \cos Z \\ \dfrac{\partial \cos X}{\partial s} & \dfrac{\partial \cos Y}{\partial s} & \dfrac{\partial \cos Z}{\partial s} \\ \dfrac{\partial^2 \cos X}{\partial s^2} & \dfrac{\partial^2 \cos Y}{\partial s^2} & \dfrac{\partial^2 \cos Z}{\partial s^2} \end{vmatrix} = p^2 \Delta.$$

Durch Differentiation der Gleichungen 5) findet man:

8) $\quad \begin{aligned} \frac{\partial x}{\partial s} &= \frac{\partial \xi}{\partial s} - \cos \Theta \cos X + (v-q)\frac{\partial \cos X}{\partial s}, \quad \frac{\partial x}{\partial v} = \cos X, \\ \frac{\partial y}{\partial s} &= \frac{\partial \eta}{\partial s} - \cos \Theta \cos Y + (v-q)\frac{\partial \cos Y}{\partial s}, \quad \frac{\partial y}{\partial v} = \cos Y, \\ \frac{\partial z}{\partial s} &= \frac{\partial \zeta}{\partial s} - \cos \Theta \cos Z + (v-q)\frac{\partial \cos Z}{\partial s}, \quad \frac{\partial z}{\partial v} = \cos Z. \end{aligned}$

Mit Rücksicht auf die Gleichungen 2), 3) und 6) folgt:

9) $\quad \begin{aligned} \left(\frac{\partial x}{\partial s}\right)^2 + \left(\frac{\partial y}{\partial s}\right)^2 + \left(\frac{\partial z}{\partial s}\right)^2 &= \sin^2\Theta + p^2(v-q)^2, \\ \left(\frac{\partial x}{\partial v}\right)^2 + \left(\frac{\partial y}{\partial v}\right)^2 + \left(\frac{\partial z}{\partial v}\right)^2 &= 1, \\ \frac{\partial x}{\partial s}\frac{\partial x}{\partial v} + \frac{\partial y}{\partial s}\frac{\partial y}{\partial v} + \frac{\partial z}{\partial s}\frac{\partial z}{\partial v} &= 0. \end{aligned}$

Sei:

10) $\quad C = \begin{vmatrix} \frac{\partial \xi}{\partial s} & \frac{\partial \eta}{\partial s} & \frac{\partial \zeta}{\partial s} \\ \cos X & \cos Y & \cos Z \\ \frac{\partial \cos X}{\partial s} & \frac{\partial \cos Y}{\partial s} & \frac{\partial \cos Z}{\partial s} \end{vmatrix}.$

Das Quadrat dieser Gleichung giebt, wegen 2), 3) und 6):

11) $\quad C^2 = \begin{vmatrix} 1 & \cos\Theta & 0 \\ \cos\Theta & 1 & 0 \\ 0 & 0 & p^2 \end{vmatrix} = (p \sin\Theta)^2,$

folglich $C = \pm\, p \sin\Theta$. Nach den Gleichungen 3) ist $\frac{\partial^2 x}{\partial v\, \partial s} = \frac{\partial \cos X}{\partial s}$, also $\frac{\partial x}{\partial s} = \frac{\partial \xi}{\partial s} - \cos\Theta \frac{\partial x}{\partial v} + (v-q)\frac{\partial^2 x}{\partial v\, \partial s}$, analoge Gleichungen ergeben sich für $\frac{\partial y}{\partial s}$ und $\frac{\partial z}{\partial s}$. Mit Hülfe dieser Gleichungen findet man leicht:

12) $\quad \begin{vmatrix} \frac{\partial^2 x}{\partial v\, \partial s} & \frac{\partial^2 y}{\partial v\, \partial s} & \frac{\partial^2 z}{\partial v\, \partial s} \\ \frac{\partial x}{\partial s} & \frac{\partial y}{\partial s} & \frac{\partial z}{\partial s} \\ \frac{\partial x}{\partial v} & \frac{\partial y}{\partial v} & \frac{\partial z}{\partial v} \end{vmatrix} = C.$

Differentiirt man die Gleichung:

$$\cos X \frac{\partial \cos X}{\partial s} + \cos Y \frac{\partial \cos Y}{\partial s} + \cos Z \frac{\partial \cos Z}{\partial s} = 0,$$

nach s, so folgt, wegen 6):

$$\cos X \frac{\partial^2 \cos X}{\partial s^2} + \cos Y \frac{\partial^2 \cos Y}{\partial s^2} + \cos Z \frac{\partial^2 \cos Z}{\partial s^2} = -p^2.$$

Die Gleichungen 2) und 6) nach s differentiirt geben:

$$\frac{\partial \cos X}{\partial s}\frac{\partial^2 \cos X}{\partial s^2} + \frac{\partial \cos Y}{\partial s}\frac{\partial^2 \cos Y}{\partial s^2} + \frac{\partial \cos Z}{\partial s}\frac{\partial^2 \cos Z}{\partial s^2} = p\frac{\partial p}{\partial s},$$

$$\frac{\partial \xi}{\partial s}\frac{\partial^2 \cos X}{\partial s^2} + \frac{\partial \eta}{\partial s}\frac{\partial^2 \cos Y}{\partial s^2} + \frac{\partial \zeta}{\partial s}\frac{\partial^2 \cos Z}{\partial s^2}$$

$$= -\left(\frac{\partial^2 \xi}{\partial s^2}\frac{\partial \cos X}{\partial s} + \frac{\partial^2 \eta}{\partial s^2}\frac{\partial \cos Y}{\partial s} + \frac{\partial^2 \zeta}{\partial s^2}\frac{\partial \cos Z}{\partial s}\right).$$

Bildet man das Product der Gleichungen 7) und 10), so folgt:

$$Cp^2 \Delta = \begin{vmatrix} \cos\Theta & 0 & \frac{\partial \xi}{\partial s}\frac{\partial^2 \cos X}{\partial s^2} + \frac{\partial \eta}{\partial s}\frac{\partial^2 \cos Y}{\partial s^2} + \frac{\partial \zeta}{\partial s}\frac{\partial^2 \cos Z}{\partial s^2} \\ 1 & 0 & -p^2 \\ 0 & p^2 & p\frac{\partial p}{\partial s} \end{vmatrix},$$

oder:

13)
$$\frac{\partial \xi}{\partial s}\frac{\partial^2 \cos X}{\partial s^2} + \frac{\partial \eta}{\partial s}\frac{\partial^2 \cos Y}{\partial s^2} + \frac{\partial \zeta}{\partial s}\frac{\partial^2 \cos Z}{\partial s^2} = C\Delta - p^2 \cos\Theta,$$

$$\frac{\partial^2 \xi}{\partial s^2}\frac{\partial \cos X}{\partial s} + \frac{\partial^2 \eta}{\partial s^2}\frac{\partial \cos Y}{\partial s} + \frac{\partial^2 \zeta}{\partial s^2}\frac{\partial \cos Z}{\partial s} = -C\Delta + p^2 \cos\Theta.$$

Die zweite Gleichung 3) nach s differentiirt giebt, wegen 2):

14) $\quad \dfrac{\partial^2 \xi}{\partial s^2}\cos X + \dfrac{\partial^2 \eta}{\partial s^2}\cos Y + \dfrac{\partial^2 \zeta}{\partial s^2}\cos Z = -\sin\Theta \dfrac{\partial \Theta}{\partial s}.$

Aus den Gleichungen 8) erhält man:

$$\frac{\partial^2 x}{\partial s^2} = \frac{\partial^2 \xi}{\partial s^2} - 2\cos\Theta \frac{\partial \cos X}{\partial s} + \sin\Theta \frac{\partial \Theta}{\partial s}\cos X + (v-q)\frac{\partial^2 \cos X}{\partial s^2},$$

und zwei analoge Gleichungen für $\dfrac{\partial^2 y}{\partial s^2}, \dfrac{\partial^2 z}{\partial s^2}$. Mit Hülfe der Gleichungen 2), 3), 6), 8), 13) und 14) ergiebt sich folgendes System von Gleichungen:

$$\frac{\partial^2 x}{\partial s^2}\frac{\partial \xi}{\partial s} + \frac{\partial^2 y}{\partial s^2}\frac{\partial \eta}{\partial s} + \frac{\partial^2 z}{\partial s^2}\frac{\partial \zeta}{\partial s} = \sin\Theta\cos\Theta \cdot \frac{\partial \Theta}{\partial s} + (v-q)(\Delta C - p^2 \cos\Theta),$$

$$\frac{\partial^2 x}{\partial s^2}\cos X + \frac{\partial^2 y}{\partial s^2}\cos Y + \frac{\partial^2 z}{\partial s^2}\cos Z = -p^2(v-q),$$

$$\frac{\partial^2 x}{\partial s^2}\frac{\partial \cos X}{\partial s} + \frac{\partial^2 y}{\partial s^2}\frac{\partial \cos Y}{\partial s} + \frac{\partial^2 z}{\partial s^2}\frac{\partial \cos Z}{\partial s} = -(\Delta C + p^2\cos\Theta) + (v-q)p\frac{\partial p}{\partial s},$$

$$\frac{\partial x}{\partial s}\frac{\partial \xi}{\partial s} + \frac{\partial y}{\partial s}\frac{\partial \eta}{\partial s} + \frac{\partial z}{\partial s}\frac{\partial \zeta}{\partial s} = \sin^2\Theta,$$

15) $\dfrac{\partial x}{\partial s}\cos X + \dfrac{\partial y}{\partial s}\cos Y + \dfrac{\partial z}{\partial s}\cos Z = 0,$

$$\frac{\partial x}{\partial s}\frac{\partial \cos X}{\partial s} + \frac{\partial y}{\partial s}\frac{\partial \cos Y}{\partial s} + \frac{\partial z}{\partial s}\frac{\partial \cos Z}{\partial s} = p^2(v-q),$$

$$\frac{\partial x}{\partial v}\frac{\partial \xi}{\partial s} + \frac{\partial y}{\partial v}\frac{\partial \eta}{\partial s} + \frac{\partial z}{\partial v}\frac{\partial \zeta}{\partial s} = \cos\Theta,$$

$$\frac{\partial x}{\partial v}\cos X + \frac{\partial y}{\partial v}\cos Y + \frac{\partial z}{\partial v}\cos Z = 1,$$

$$\frac{\partial x}{\partial v}\frac{\partial \cos X}{\partial s} + \frac{\partial y}{\partial v}\frac{\partial \cos Y}{\partial s} + \frac{\partial z}{\partial v}\frac{\partial \cos Z}{\partial s} = 0.$$

Setzt man:

16) $$A = \begin{vmatrix} \dfrac{\partial^2 x}{\partial s^2} & \dfrac{\partial^2 y}{\partial s^2} & \dfrac{\partial^2 z}{\partial s^2} \\ \dfrac{\partial x}{\partial s} & \dfrac{\partial y}{\partial s} & \dfrac{\partial z}{\partial s} \\ \dfrac{\partial x}{\partial v} & \dfrac{\partial y}{\partial v} & \dfrac{\partial z}{\partial v} \end{vmatrix},$$

multiplicirt diese Gleichung mit 10), so folgt, mit Rücksicht auf die Gleichungen 15):

$$A\,C = -[sin^2\Theta + p^2(v-q)^2]\,\Delta.\,C$$
$$+ p\sin\Theta\left[sin^2\Theta(v-q)\frac{\partial}{\partial s}\frac{p}{\sin\Theta} - p\sin\Theta\cos\Theta\right].$$

Bezeichnet man durch r' und r'' die Hauptkrümmungshalbmesser im Punkte (x, y, z) der Fläche, so ist, wegen 9), 12) und 16):

$$\left[\left(\frac{\partial x}{\partial s}\right)^2 + \left(\frac{\partial y}{\partial s}\right)^2 + \left(\frac{\partial z}{\partial s}\right)^2\right]^2 \frac{1}{r'r''} = -C^2,$$

$$\left[\left(\frac{\partial x}{\partial s}\right)^2 + \left(\frac{\partial y}{\partial s}\right)^2 + \left(\frac{\partial z}{\partial s}\right)^2\right]^{\frac{3}{2}}\left(\frac{1}{r'} + \frac{1}{r''}\right) = A,$$

folglich:

$$\frac{1}{r'r''} = -\left[\frac{p\sin\Theta}{\sin^2\Theta + p^2(v-q)^2}\right],$$

17) $\left(\dfrac{1}{r'} + \dfrac{1}{r''}\right)\left[sin^2\Theta + p^2(v-q)^2\right]^{\frac{3}{2}} = \left[sin^2\Theta + p^2(v-q)^2\right].\,\Delta$

$$+ \frac{p\sin\Theta}{C}\left[sin^2\Theta(v-q)\frac{\partial}{\partial s}\frac{p}{\sin\Theta} - p\sin\Theta\cos\Theta\right],$$

wo nach 10) $\dfrac{p\sin\Theta}{C} = \pm 1$. Das doppelte Vorzeichen bezieht sich auf zwei aequidistante Punkte von der Strictionslinie.

§. 2.

Die vorstehenden Entwickelungen werden einfacher, wenn statt der Quantitäten p und Δ die Elemente der Strictionslinie eingeführt werden. Die Winkel, welche die Tangente, Hauptnormale und Binormale (Normale zur Krümmungsebene) im Punkte (ξ, η, ζ) der Strictionslinie mit den Axen bilden, seien respective α, β, γ; λ, μ, ν; l, m, n; durch ϱ werde der Krümmungshalbmesser und durch r der Torsionsradius bezeichnet. Man hat dann die Gleichungen:

$$\frac{\partial \xi}{\partial s} = \cos\alpha, \quad \frac{\partial\cos\alpha}{\partial s} = \frac{\cos\lambda}{\varrho}, \quad \frac{\partial\cos\lambda}{\partial s} = -\left(\frac{\cos\alpha}{\varrho} + \frac{\cos l}{r}\right), \quad \frac{\partial\cos l}{\partial s} = \frac{\cos\lambda}{r},$$

und weitere acht analoge Gleichungen für die Differentialquotienten von η, ζ..... Bezeichnet φ einen näher zu bestimmenden Winkel, so kann man setzen:

382 Analytisch-geometrische Untersuchungen.

18) $\quad\begin{aligned}&\cos X = \cos\alpha.\cos\Theta + \cos\lambda\sin\Theta\cos\varphi + \cos l\sin\Theta\sin\varphi,\\&\cos Y = \cos\beta.\cos\Theta + \cos\mu.\sin\Theta\cos\varphi + \cos m.\sin\Theta\sin\varphi,\\&\cos Z = \cos\gamma.\cos\Theta + \cos\nu.\sin\Theta\cos\varphi + \cos n.\sin\Theta.\sin\varphi.\end{aligned}$

Die Gleichung 2) giebt, durch Substitution dieser Werthe von $\cos X$, $\cos Y$, $\cos Z$: $\sin\Theta\left(\dfrac{\partial\Theta}{\partial s}+\dfrac{\cos\varphi}{\varrho}\right)=0$, also:

19) $$\frac{\partial\Theta}{\partial s}+\frac{\cos\varphi}{\varrho}=0.$$

Die Annahme $\Theta = 0$ ist offenbar in der Gleichung 19) für $\Theta = 0$ und $\varphi = \dfrac{\pi}{2}$ enthalten, so dass die Gleichung 19) die allgemeinste Relation giebt, welche zwischen den Winkeln Θ und φ der Gleichungen 18) stattfinden muss. Die Gleichungen 18) nach s differentiirt geben, wegen 19):

20) $\quad\begin{aligned}&\dfrac{\partial\cos X}{\partial s}=p\,(\cos\lambda.\sin\varphi-\cos l\cos\varphi),\\&\dfrac{\partial\cos Y}{\partial s}=p\,(\cos\mu.\sin\varphi-\cos m\cos\varphi),\\&\dfrac{\partial\cos Z}{\partial s}=p\,(\cos\nu.\sin\varphi-\cos n\cos\varphi),\end{aligned}$

wo:

21) $$p = \frac{\cos\Theta\sin\varphi}{\varrho} + \sin\Theta\left(\frac{1}{r}-\frac{\partial\varphi}{\partial s}\right),$$

durch welche Gleichung p bestimmt ist. Aus den Gleichungen 20) folgt:

22) $\quad\begin{aligned}\dfrac{\partial^2\cos X}{\partial s^2} &= -\dfrac{p\sin\varphi}{\varrho}\cos\alpha + \left[\dfrac{\partial p}{\partial s}\sin\varphi - p\left(\dfrac{1}{r}-\dfrac{\partial\varphi}{\partial s}\right)\cos\varphi\right]\cos\lambda \\ &\quad - \left[\dfrac{\partial p}{\partial s}\cos\varphi + p\left(\dfrac{1}{r}-\dfrac{\partial\varphi}{\partial s}\right)\sin\varphi\right]\cos l, \\ \dfrac{\partial^2\cos Y}{\partial s^2} &= -\dfrac{p\sin\varphi}{\varrho}\cos\beta + \left[\dfrac{\partial p}{\partial s}\sin\varphi - p\left(\dfrac{1}{r}-\dfrac{\partial\varphi}{\partial s}\right)\cos\varphi\right]\cos\mu \\ &\quad - \left[\dfrac{\partial p}{\partial s}\cos\varphi + p\left(\dfrac{1}{r}-\dfrac{\partial\varphi}{\partial s}\right)\sin\varphi\right]\cos m, \\ \dfrac{\partial^2\cos Z}{\partial s^2} &= -\dfrac{p\sin\varphi}{\varrho}\cos\gamma + \left[\dfrac{\partial p}{\partial s}\sin\varphi - p\left(\dfrac{1}{r}-\dfrac{\partial\varphi}{\partial s}\right)\cos\varphi\right]\cos\nu \\ &\quad - \left[\dfrac{\partial p}{\partial s}\cos\varphi + p\left(\dfrac{1}{r}-\dfrac{\partial\varphi}{\partial s}\right)\sin\varphi\right]\cos n.\end{aligned}$

Setzt man in 10) $\dfrac{\partial\xi}{\partial s}=\cos\alpha,\dfrac{\partial\eta}{\partial s}=\cos\beta,\dfrac{\partial\zeta}{\partial s}=\cos\gamma$ und für $\cos X$, $\dfrac{\partial\cos X}{\partial s}\ldots$ ihre Werthe aus 18) und 20), multiplicirt ferner die Gleichung 10) mit:

23) $$\pm 1 = \begin{vmatrix} \cos\alpha & \cos\beta & \cos\gamma \\ \cos l & \cos m & \cos n \\ \cos\lambda & \cos\mu & \cos\nu \end{vmatrix},$$

so folgt:
$$\frac{C}{p \sin \Theta} = \pm 1.$$

Setzt man in die Gleichung 7) für $\cos X$, $\frac{\partial \cos X}{\partial s}$, $\frac{\partial^2 \cos X}{\partial s^2}$ .... ihre Werthe aus 18), 20) und 22), multiplicirt die so erhaltene Gleichung mit der Gleichung 23), so folgt:

24) $$\mp \varDelta = \frac{\sin \Theta \sin \varphi}{\varrho} - \cos \Theta \left(\frac{1}{r} - \frac{\partial \varphi}{\partial s} \right).$$

Die zweite Gleichung 17) lässt sich also auch auf folgende Art schreiben:

25) $$\begin{aligned}\pm \left(\frac{1}{r''} + \frac{1}{r'}\right) &\left[\sin^2 \Theta + p^2 (v-q)^2 \right]^{\frac{3}{2}} \\ = &\left[\sin^2 \Theta + p^2(v-q)^2 \right] \left[\frac{p \sin \Theta \sin \varphi}{\varrho} - \cos \Theta \left(\frac{1}{r} - \frac{\partial \varphi}{\partial s} \right) \right] \\ &+ \sin^2 \Theta \, (v-q) \frac{\partial}{\partial s} \frac{p}{\sin \Theta} - p \sin \Theta \cos \Theta.\end{aligned}$$

Mittelst der Gleichungen 19), 21) und 24) lassen sich umgekehrt ϱ und r leicht in Function von p und $\varDelta$ darstellen. Aus 21) und 24) folgt:

$$p \cos \Theta \mp \varDelta \sin \Theta = \frac{\sin \varphi}{\varrho},$$
$$p \sin \Theta \pm \varDelta \cos \Theta = \frac{1}{r} - \frac{\partial \varphi}{\partial s}.$$

Diese Gleichungen, in Verbindung mit $\frac{\partial \Theta}{\partial s} + \frac{\cos \varphi}{\varrho} = 0$ geben:

26) $$\begin{aligned}\frac{1}{\varrho^2} &= \left(\frac{\partial \Theta}{\partial s}\right)^2 + p \, (\cos \Theta \mp \varDelta \sin \Theta)^2 \\ \tan \varphi &= - \frac{p \cos \Theta \mp \varDelta \sin \Theta}{\frac{\partial \Theta}{\partial s}}, \\ \frac{1}{r} &= p \sin \Theta \pm \varDelta \cos \Theta + \frac{\partial \varphi}{\partial s}, \\ \frac{1}{r} &= p \sin \Theta \pm \varDelta \cos \Theta - \frac{\partial}{\partial s} \text{arc tang} \frac{p \cos \Theta \mp \varDelta . \sin \Theta}{\frac{\partial \Theta}{\partial s}}.\end{aligned}$$

Diese Gleichungen lassen sich auch direct aus Formeln des §. 1 ableiten, indessen ist dann ihre Herleitung mit ziemlich weitläufigen Rechnungen verbunden.

Aus der Gleichung 7) und den beiden folgenden:
$$\cos X \frac{\partial^2 \cos X}{\partial s^2} + \cos Y \frac{\partial^2 \cos Y}{\partial s^2} + \cos Z \frac{\partial^2 \cos Z}{\partial s^2} = -p^2,$$
$$\frac{\partial \cos X}{\partial s} \frac{\partial^2 \cos X}{\partial s^2} + \frac{\partial \cos Y}{\partial s} \frac{\partial^2 \cos Y}{\partial s^2} + \frac{\partial \cos Z}{\partial s} \frac{\partial^2 \cos Z}{\partial s^2} = p \frac{\partial p}{\partial s},$$

findet man:

27)
$$\frac{\partial^2 \cos X}{\partial s^2} = -p^2 \cos X + \frac{1}{p}\frac{\partial p}{\partial s}\cdot\frac{\partial \cos X}{\partial s} + \left(\cos Y \frac{\partial \cos Z}{\partial s} - \cos Z \frac{\partial \cos Y}{\partial s}\right)\cdot \varDelta,$$

$$\frac{\partial^2 \cos Y}{\partial s^2} = -p^2 \cos Y + \frac{1}{p}\frac{\partial p}{\partial s}\cdot\frac{\partial \cos Y}{\partial s} + \left(\cos Z \frac{\partial \cos X}{\partial s} - \cos X \frac{\partial \cos Z}{\partial s}\right)\cdot \varDelta,$$

$$\frac{\partial^2 \cos Z}{\partial s^2} = -p^2 \cos Z + \frac{1}{p}\frac{\partial p}{\partial s}\cdot\frac{\partial \cos Z}{\partial s} + \left(\cos X \frac{\partial \cos Y}{\partial s} - \cos Y \frac{\partial \cos X}{\partial s}\right)\cdot \varDelta.$$

Diese Gleichungen geben:

28)
$$\cos Y \frac{\partial^2 \cos Z}{\partial s^2} - \cos Z \frac{\partial^2 \cos Y}{\partial s^2} = -\varDelta \frac{\partial \cos X}{\partial s}$$
$$+ \frac{1}{p}\frac{\partial p}{\partial s}\cdot\left(\cos Y \frac{\partial \cos Z}{\partial s} - \cos Z \frac{\partial \cos Y}{\partial s}\right),$$

$$\cos Z \frac{\partial^2 \cos X}{\partial s^2} - \cos X \frac{\partial^2 \cos Z}{\partial s^2} = -\varDelta \frac{\partial \cos Y}{\partial s}$$
$$+ \frac{1}{p}\frac{\partial p}{\partial s}\cdot\left(\cos Z \frac{\partial \cos X}{\partial s} - \cos X \frac{\partial \cos Z}{\partial s}\right),$$

$$\cos X \frac{\partial^2 \cos Y}{\partial s^2} - \cos Y \frac{\partial^2 \cos X}{\partial s^2} = -\varDelta \frac{\partial \cos Z}{\partial s}$$
$$+ \frac{1}{p}\frac{\partial p}{\partial s}\cdot\left(\cos X \frac{\partial \cos Y}{\partial s} - \cos Y \frac{\partial \cos X}{\partial s}\right).$$

Zieht man von dem Producte der Gleichungen $1 - \cos^2 X = \cos^2 Y + \cos^2 Z$,

$p^2 - \left(\frac{\partial \cos X}{\partial s}\right)^2 = \left(\frac{\partial \cos Y}{\partial s}\right)^2 + \left(\frac{\partial \cos Z}{\partial s}\right)^2$ das Quadrat der Gleichung:

$-\cos X \frac{\partial \cos X}{\partial s} = \cos Y \frac{\partial \cos Y}{\partial s} + \cos Z \frac{\partial \cos Z}{\partial s}$ ab, so folgt:

$$p^2\left[1 - \cos^2 X - \left(\frac{\partial \cos X}{\partial s}\right)^2\right] = \left(\cos Y \frac{\partial \cos Z}{\partial s} - \cos Z \frac{\partial \cos Y}{\partial s}\right)^2.$$

Die erste Gleichung 27) geht hierdurch über in:

29)
$$\frac{\partial}{\partial s}\sqrt{\left[1 - \cos^2 X - \left(\frac{1}{p}\frac{\partial \cos X}{\partial s}\right)^2\right]} = \frac{\varDelta}{p}\frac{\partial \cos X}{\partial s}.$$

Diese Gleichung bleibt unverändert wenn X durch Y oder Z ersetzt wird.

§. 3.

Die erste Gleichung 17) zeigt, dass $\frac{1}{r'r''}$ verschwindet für $p = 0$ oder $\Theta = 0$, die Fläche ist dann developpabel. Nimmt man $\Theta = 0$, so erhält man aus den Gleichungen 1) und 18):

$$x = \xi + w \cos\alpha,\ y = \eta + w \cos\beta,\ z = \zeta + w \cos\gamma.$$

Die Fläche ist aus den Tangenten einer beliebigen Curve doppelter Krümmung gebildet, die Annahme $\Theta = 0$ giebt also allgemein die developpabeln Flächen. Für $p = 0$ zeigen die Gleichungen 20), dass $\cos X$,

$\cos Y$, $\cos Z$ constant sind, die Generatrix ist dann einer festen Richtung parallel, die Fläche also cylindrisch.

Schneidet die Strictionslinie die Generatricen unter einem constanten Winkel δ, ist $\Theta = \delta$, so giebt die Gleichung 19) $\dfrac{\cos \varphi}{\varrho} = 0$, also $\varphi = \dfrac{\pi}{2}$ oder $\varrho = \infty$. Für $\varphi = \dfrac{\pi}{2}$ und $\Theta = \delta$ geben die Gleichungen 4), 5) und 18):

30)
$$x = \xi + (v - s \cos \delta)(\cos \alpha \cos \delta + \cos l \sin \delta),$$
$$y = \eta + (v - s \cos \delta)(\cos \beta \cos \delta + \cos m \sin \delta),$$
$$z = \zeta + (v - s \cos \delta)(\cos \gamma \cos \delta + \cos n \sin \delta),$$

wenn, mit Weglassung einer unnöthigen Constanten, einfach $q = \int \cos \delta \,.\, \partial s = s \cos \delta$ gesetzt wird. Die Fläche wird aus Geraden gebildet, welche mit den Tangenten einer Curve doppelter Krümmung den constanten Winkel δ bilden und in den rectificirenden Ebenen der Curve liegen. Für $\varrho = \infty$ ist die Strictionslinie eine Gerade. In den Gleichungen 18) setze man:

$$\alpha = \dfrac{\pi}{2},\ \beta = \dfrac{\pi}{2},\ \gamma = 0;\ \lambda = 0,\ \mu = \dfrac{\pi}{2},\ \nu = \dfrac{\pi}{2};\ l = \dfrac{\pi}{2},\ m = 0,\ n = \dfrac{\pi}{2}.$$

Nimmt man die Gerade zur Axe des z, so ist $\xi = 0$, $\eta = 0$, $\zeta = s$. Die Gleichungen 5) geben dann:

31)
$$x = (v - s \cos \delta) \sin \delta \,.\, \cos \varphi,$$
$$y = (v - v \cos \delta) \sin \delta \,.\, \sin \varphi,$$
$$z = (v - s \cos \delta) \cos \delta + s,$$

wo φ eine beliebige Function von s ist. Die Fläche wird durch eine Gerade erzeugt, welche auf einer festen Geraden und einer Curve so gleitet, dass sie mit der festen Geraden den constanten Winkel δ bildet. Für $\delta = \dfrac{\pi}{2}$ geben die Gleichungen 30):

$$x = \xi + v \cos l,\ y = \eta + v \cos m,\ z = \zeta + v \cos n.$$

Durch diese Gleichungen ist die Fläche der Binormalen einer Curve doppelter Krümmung bestimmt. Für $\delta = \dfrac{\pi}{2}$ geben die Gleichungen 31)

$\dfrac{y}{x} = \tang \varphi$, $z = s$, oder s eliminirt, $z = F\left(\dfrac{y}{x}\right)$, was die allgemeine Gleichung der Conoidflächen ist. Aus dem Vorstehenden folgt, dass eine windschiefe Fläche mit orthogonaler Striction entweder die Fläche der Binormalen einer Curve doppelter Krümmung oder eine gerade Conoidfläche ist.

Setzt man in der Gleichung 19) $\varrho = \infty$ so ist Θ constant, d. h. ist die Strictionslinie einer windschiefen Fläche eine Gerade, so schneidet dieselbe die Generatricen unter einem constanten Winkel.

Geht die Generatrix durch die feste Gerade:

$$\dfrac{x - x_0}{\cos X_0} = \dfrac{y - y_0}{\cos Y_0} = \dfrac{z - z_0}{\cos Z_0},$$

so findet die Gleichung statt:

$$\begin{vmatrix} \xi - x_0 & \eta - y_0 & \zeta - z_0 \\ \cos X & \cos Y & \cos Z \\ \cos X_0 & \cos Y_0 & \cos Z_0 \end{vmatrix} = 0,$$

Bezeichnen g und h zwei näher zu bestimmende Functionen von s, so lässt sich die vorstehende Gleichung ersetzen durch:

32) $$\begin{aligned} \xi - x_0 &= g \cos X + h \cos X_0, \\ \eta - y_0 &= g \cos Y + h \cos Y_0, \\ \zeta - z_0 &= g \cos Z + h \cos Z_0. \end{aligned}$$

Diese Gleichungen nach s differentiirt geben:

$$\frac{\partial \xi}{\partial s} = \frac{\partial g}{\partial s} \cos X + g \frac{\partial \cos X}{\partial s} + \frac{\partial h}{\partial s} \cos X_0,$$

$$\frac{\partial \eta}{\partial s} = \frac{\partial g}{\partial s} \cos Y + g \frac{\partial \cos Y}{\partial s} + \frac{\partial h}{\partial s} \cos Y_0,$$

$$\frac{\partial \zeta}{\partial s} = \frac{\partial g}{\partial s} \cos Z + g \frac{\partial \cos Z}{\partial s} + \frac{\partial h}{\partial s} \cos Z_0.$$

Multiplicirt man diese Gleichungen der Reihe nach mit: $\frac{\partial \xi}{\partial s}, \frac{\partial \eta}{\partial s}, \frac{\partial \zeta}{\partial s}$; $\cos X$, $\cos Y$, $\cos Z$; $\frac{\partial \cos X}{\partial s}, \frac{\partial \cos Y}{\partial s}, \frac{\partial \cos Z}{\partial s}$, bildet die jedesmalige Summe der Producte, und setzt zur Abkürzung:

$$\frac{\partial \xi}{\partial s} \cos X_0 + \frac{\partial \eta}{\partial s} \cos Y_0 + \frac{\partial \zeta}{\partial s} \cos Z_0 = \cos \Phi,$$

$$\cos X \cos X_0 + \cos Y \cos Y_0 + \cos Z \cos Z_0 = \cos \Omega,$$

so folgt:

$$1 = \frac{\partial g}{\partial s} \cos \Theta + \frac{\partial h}{\partial s} \cos \Phi,$$

$$\cos \Theta = \frac{\partial g}{\partial s} \quad\quad + \frac{\partial h}{\partial s} \cos \Omega,$$

$$0 = g p^2 \quad\quad + \frac{\partial h}{\partial s} \frac{\partial \cos \Omega}{\partial s}.$$

Aus diesen Gleichungen findet man:

33) $$g = -\left(\frac{\sin \Theta}{p}\right)^2 \frac{\frac{\partial \cos \Omega}{\partial s}}{\cos \Phi - \cos \Theta \cos \Omega}, \quad \frac{\partial g}{\partial s} = \frac{\cos \Theta \cos \Phi - \cos \Omega}{\cos \Phi - \cos \Theta . \cos \Omega},$$

oder g eliminirt:

$$\frac{\partial}{\partial s}\left[\left(\frac{\sin \Theta}{p}\right)^2 \frac{\frac{\partial \cos \Omega}{\partial s}}{\cos \Phi - \cos \Theta \cos \Omega}\right] + \frac{\cos \Theta \cos \Phi - \cos \Omega}{\cos \Phi - \cos \Theta \cos \Omega} = 0.$$

Ist Ω constant, so giebt die erste Gleichung 33) $g = 0$, die Gleichungen 32) werden dann:

$$\frac{\xi - x_0}{\cos X_0} = \frac{\eta - y_0}{\cos Y_0} = \frac{\zeta - z_0}{\cos Z_0}.$$

Die vorstehenden Gleichungen zeigen, dass ein beliebiger Punkt der Strictionslinie auf der festen Geraden liegt, da nun Ω der Winkel ist, welchen die Generatricen mit der festen Geraden bilden, so folgt: schneiden die Generatricen einer windschiefen Fläche eine feste Gerade unter einem constanten Winkel, so ist die Gerade Strictionslinie der Fläche.

Eine Curve doppelter Krümmung schneidet bekanntlich die Fläche ihrer Hauptnormalen orthogonal. Sei (ξ_1, η_1, ζ_1) ein Punkt einer solchen Curve, für welchen $s_1, \alpha_1, \beta_1, \gamma_1$; λ_1, μ_1, ν_1; l_1, m_1, n_1; ϱ_1 und r_1 dieselbe Bedeutung haben mögen, wie $s, \alpha, \beta, \gamma \ldots$ für (ξ, η, ζ). Für eine orthogonale Trajectorie der Generatricen hat man in den Gleichungen 5) $v = k$ zu setzen, wo k eine Constante bedeutet. Sind die Generatricen einer windschiefen Fläche Hauptnormalen einer Curve doppelter Krümmung, so hat man folgende Gleichungen:

34) $\quad \xi_1 = \xi + (k-q) \cos X, \; \eta_1 = \eta + (k-q) \cos Y, \; \zeta_1 = \zeta + (k-q) \cos Z,$

35) $\quad \cos X = \cos \lambda_1, \; \cos Y = \cos \mu_1, \; \cos Z = \cos \nu_1.$

Die Gleichungen 34) nach s differentiirt geben:

$$\cos \alpha_1 \frac{\partial s_1}{\partial s} = \frac{\partial \xi}{\partial s} - \cos \Theta \cos X + (k-q) \frac{\partial \cos X}{\partial s},$$

$$\cos \beta_1 \frac{\partial s_1}{\partial s} = \frac{\partial \eta}{\partial s} - \cos \Theta \cos Y + (k-q) \frac{\partial \cos Y}{\partial s},$$

$$\cos \gamma_1 \frac{\partial s_1}{\partial s} = \frac{\partial \zeta}{\partial s} - \cos \Theta \cos Z + (k-q) \frac{\partial \cos Z}{\partial s}.$$

Aus den vorstehenden Gleichungen erhält man, mit Rücksicht auf die in §. 2 entwickelten Formeln:

36) $\quad \dfrac{\partial s_1}{\partial s} = \sqrt{[\sin^2 \Theta + p^2 (k-q)^2]},$

$$\cos \alpha_1 \cos \alpha + \cos \beta_1 \cos \beta + \cos \gamma_1 \cos \gamma = \frac{\sin^2 \Theta}{\sqrt{[\sin^2 \Theta + p^2 (k-q)^2]}},$$

37) $\quad \cos \alpha_1 \cos \lambda + \cos \beta_1 \cos \mu + \cos \gamma_1 \cos \nu = \dfrac{p(k-q)\sin\varphi - \sin\Theta\cos\Theta\cos\varphi}{\sqrt{[\sin^2 \Theta + p^2 (k-q)^2]}},$

$$\cos \alpha_1 \cos l + \cos \beta_1 \cos m + \cos \gamma_1 \cos n = -\frac{p(k-q)\cos\varphi + \sin\Theta\cos\Theta\sin\varphi}{\sqrt{[\sin^2 \Theta + p^2 (k-q)^2]}}.$$

Die Gleichungen 35) geben, mittelst 18),:

38) $\quad \begin{aligned} \cos \lambda_1 \cos \alpha + \cos \mu_1 \cos \beta + \cos \nu_1 \cos \gamma &= \cos \Theta, \\ \cos \lambda_1 \cos \lambda + \cos \mu_1 \cos \mu + \cos \nu_1 \cos \nu &= \sin \Theta \cos \varphi, \\ \cos \lambda_1 \cos l + \cos \mu_1 \cos m + \cos \nu_1 \cos n &= \sin \Theta \sin \varphi. \end{aligned}$

Nun ist:

$$\frac{\partial}{\partial s} (\cos \alpha_1 \cos \lambda + \cos \beta_1 \cos \mu + \cos \gamma_1 \cos \nu)$$

$$= (\cos \lambda \cos \lambda_1 + \cos \mu \cos \mu_1 + \cos \nu \cos \nu_1) \frac{1}{\varrho_1} \frac{\partial s_1}{\partial s}$$

$$- (\cos \alpha_1 \cos \alpha + \cos \beta_1 \cos \beta + \cos \gamma_1 \cos \gamma) \frac{1}{\varrho}$$

$$-(\cos\alpha_1\cos l+\cos\beta_1\cos m+\cos\gamma_1\cos n)\frac{1}{r},$$

$$\frac{\partial}{\partial s}(\cos\alpha_1\cos l+\cos\beta_1\cos m+\cos\gamma_1\cos n)$$

$$=(\cos\lambda_1\cos l+\cos\mu_1\cos m+\cos\nu_1\cos n)\frac{1}{\varrho_1}\frac{\partial s_1}{\partial s},$$

$$+(\cos\alpha_1\cos\lambda+\cos\beta_1\cos\mu+\cos\gamma_1\cos\nu)\frac{1}{r}.$$

Diese Gleichungen zeigen, dass, mit Hülfe der Gleichungen 37) und 38), durch Differentiation der beiden letzten Gleichungen 37) zwei Gleichungen für $\frac{1}{\varrho_1}\frac{\partial s_1}{\partial s}$ aufgestellt werden können. Diese Gleichungen sind folgende:

39)
$$\frac{1}{\varrho_1}\frac{\partial s_1}{\partial s}\sin\Theta\cos\varphi=\frac{\partial}{\partial s}\frac{p(k-q)\sin\varphi-\sin\Theta\cos\Theta\cos\varphi}{\sqrt{[\sin^2\Theta+p^2(k-q)^2]}}$$

$$+\frac{1}{r}\frac{\frac{r}{\varrho}\sin^2\Theta-p(k-q)\cos\varphi-\sin\Theta\cos\Theta\sin\varphi}{\sqrt{[\sin^2\Theta+p^2(k-q)^2]}},$$

$$-\frac{1}{\varrho_1}\frac{\partial s_1}{\partial s}\sin\Theta\sin\varphi=\frac{\partial}{\partial s}\frac{p(k-q)\cos\varphi+\sin\Theta\cos\Theta\sin\varphi}{\sqrt{[\sin^2\Theta+p^2(k-q)^2]}}$$

$$+\frac{1}{r}\frac{p(k-q)\sin\varphi-\sin\Theta\cos\Theta.\cos\varphi}{\sqrt{[\sin^2\Theta+p^2(k-q)^2]}}.$$

Multiplicirt man die erste Gleichung mit $\sin\varphi$, die zweite mit $\cos\varphi$, addirt die Producte, so folgt:

40) $$\frac{\partial}{\partial s}\arctan\frac{p(k-q)}{\sin\Theta}+\frac{\sin\Theta\sin\varphi}{\varrho}-\cos\Theta\left(\frac{1}{r}-\frac{\partial\varphi}{\partial s}\right)=0,$$

oder:

$$[\sin^2\Theta+p^2(k-q)^2]\left[\frac{\sin\Theta\sin\varphi}{\varrho}-\cos\Theta\left(\frac{1}{r}-\frac{\partial\varphi}{\partial s}\right)\right]$$

$$+\sin^2\Theta(k-q)\frac{\partial}{\partial s}\left(\frac{p}{\sin\Theta}\right)-p\sin\Theta\cos\Theta=0.$$

Diese Gleichung giebt, in Verbindung mit 19), eine zweite Relation zwischen Θ und φ. Stellt man die vorstehende Gleichung mit 25) zusammen, so erhält man das von Bertrand (Journ. de Math. XV. 332) gefundene Theorem: Sind die Generatricen einer windschiefen Fläche Hauptnormalen einer Curve doppelter Krümmung, so existirt auf der Fläche immer eine orthogonale Trajectorie der Generatricen, für welche in jedem Punkte die Summe der Hauptkrümmungshalbmesser verschwindet. Substituirt man in eine der Gleichungen 39) den Werth von $\frac{\partial s_1}{\partial s}$ aus 36), reducirt mittelst der Gleichung 40), so folgt:

$$\frac{1}{\varrho_1}=-\frac{p(k-q)}{\sin^2\Theta+p^2(k-q)^2}\left[\cos\Theta\cos\varphi+\sin\Theta\left(\frac{1}{r}-\frac{\partial\varphi}{\partial s}\right)\right],$$

d. i. nach 21):

Von Dr. A. Enneper.

41) $$\frac{1}{\varrho_1} = -\frac{p^2(k-q)}{\sin^2\Theta + p^2(k-q)^2}.$$

Differentiirt man die zweite Gleichung 38) nach s, berücksichtigt $\frac{\partial\Theta}{\partial s} + \frac{\cos\varphi}{\varrho} = 0$, so folgt:

$$\frac{r_1}{\varrho_1} \frac{\sin^2\Theta}{\sqrt{[\sin^2\Theta + p^2(k-q)^2]}} + \cos l_1 \cos\alpha + \cos m_1 \cos\beta + \cos n_1 \cos\gamma = 0.$$

Diese Gleichung in Verbindung mit:

$$(\cos l_1 \cos\alpha + \cos m_1 \cos\beta + \cos n_1 \cos\gamma)^2 + (\cos\lambda_1 \cos\alpha + \cos\mu_1 \cos\beta + \cos\nu_1 \cos\gamma)^2 + (\cos\alpha_1 \cos\alpha + \cos\beta_1 \cos\beta + \cos\gamma_1 \cos\gamma)^2 = 1,$$

giebt:

$$\left(\frac{r_1}{\varrho_1}\right)^2 = \frac{p^2(k-q)^2}{\sin^2\Theta}.$$

Nimmt das positive Vorzeichen, so folgt:

42) $$\frac{r_1}{\varrho_1} = \frac{p(k-q)}{\sin\Theta}.$$

Ist eine windschiefe Fläche gleichzeitig Fläche der Hauptnormalen von zwei Curven, so erhält man eine zweite Relation zwischen Θ und φ, welche sich von der Gleichung 40) nur dadurch unterscheidet, dass k durch eine andere Constante k_1 ersetzt ist. Durch Subtraction dieser Gleichungen folgt:

$$\frac{\partial}{\partial s} \operatorname{arctang} \frac{p(k-q)}{\sin\Theta} - \frac{\partial}{\partial s} \operatorname{arctang} \frac{p(k_1-q)}{\sin\Theta} = 0,$$

oder:

$$\frac{\partial}{\partial s} \frac{\frac{p}{\sin\Theta}(k-k_1)}{1 + \frac{p^2}{\sin^2\Theta}(k-q)^2 + \frac{p^2}{\sin^2\Theta}(k-q)(k_1-k)} = 0,$$

d. i. nach 21) und 42):

$$\frac{\partial}{\partial s} \frac{\frac{k_1-k}{r_1}}{1 - \frac{k_1-k}{\varrho_1}} = 0,$$

oder:

$$g\frac{k_1-k}{r_1} + \frac{k_1-k}{\varrho_1} = 1,$$

wo g eine beliebige Constante bedeutet. Die vorstehende Gleichung enthält eine Relation zwischen dem Krümmungshalbmesser und Torsionsradius einer Curve, welche die Bedingung enthält, dass die Fläche ihrer Hauptnormalen gleichzeitig Fläche der Hauptnormalen einer zweiten Curve ist. (Vergl. hierüber Bertrand l. c. und Servet, J. d. M. XVI. 499.)

Bilden die Generatricen mit einer festen Geraden einen constanten Winkel δ, oder, sind die Generatricen den Kanten eines Kreiskegels parallel, so ist $\frac{\Delta}{p}$ constant. Nimmt man die feste Gerade zur Axe der z, so ist $\cos Z = \cos \delta$, folglich:

$$p^2 . \Delta = \begin{vmatrix} \cos X & \cos Y & \cos \delta \\ \frac{\partial \cos X}{\partial s} & \frac{\partial \cos Y}{\partial s} & 0 \\ \frac{\partial^2 \cos X}{\partial s^2} & \frac{\partial^2 \cos Y}{\partial s^2} & 0 \end{vmatrix} = \cos \delta . \left(\frac{\partial \cos X}{\partial s} \frac{\partial^2 \cos Y}{\partial s^2} - \frac{\partial \cos Y}{\partial s} \frac{\partial^2 \cos X}{\partial s^2} \right).$$

Wegen der Gleichungen 27) wird die vorstehende Gleichung:

$$\Delta \sin^2 \delta = \cos \delta \left(\cos X \frac{\partial \cos Y}{\partial s} - \cos Y \frac{\partial \cos X}{\partial s} \right).$$

Die Gleichungen:

$$\cos^2 X + \cos^2 Y = 1 - \cos^2 Z = \sin^2 \delta, \left(\frac{\partial \cos X}{\partial s} \right)^2 + \left(\frac{\partial \cos Y}{\partial s} \right)^2 = p^2,$$

$$\cos X \frac{\partial \cos X}{\partial s} + \cos Y \frac{\partial \cos Y}{\partial s} = 0,$$

geben: $\left(\cos X \frac{\partial \cos Y}{\partial s} - \cos Y \frac{\partial \cos X}{\partial s} \right)^2 = p^2 \sin^2 \delta$, folglich $\left(\frac{\Delta}{p} \right)^2 = \cot^2 t \delta$,

d. h. $\frac{\Delta}{p}$ ist constant. Nimmt man umgekehrt $\frac{\Delta}{p} = \cot t \delta$, so folgt, dass die Generatricen der Fläche den Kanten eines Kreiskegels parallel sind. Die Gleichung 29) giebt dann:

$$\frac{\partial}{\partial s} \sqrt{\left[1 - \cos^2 X - \left(\frac{1}{p} \frac{\partial \cos X}{\partial s} \right)^2 \right]} = \cot t \delta . \cos X,$$

folglich, wenn f eine Constante bedeutet:

$$\left(\frac{1}{p} \frac{\partial \cos X}{\partial s} \right)^2 + \frac{(\cos X - \cos \delta \cos f)^2}{\sin^2 \delta} = \sin^2 f.$$

Die vorstehende Gleichung integrirt giebt:

$$\cos X = \cos \delta \cos f + \sin \delta . \sin f . \cos(t - t_0),$$

wo t_0 eine Constante ist und $t \sin \delta = \int p \, \partial s$. Setzt man: $\cos t_0 \sin f = \cos g$, $\sin t_0 \sin f = \cos h$, also $1 = \cos^2 f + \cos^2 g + \cos^2 h$, so folgt:

$$\cos X = \cos \delta . \cos f + \sin \delta (\cos g . \cos t + \cos h \sin t).$$

Analoge Gleichungen ergeben sich für $\cos Y$, $\cos Z$. Gehören die Winkel $f, g, h; f_1, g_1, h_1; f_2, g_2, h_2$ zu drei gegenseitig orthogonalen Richtungen im Raume, so findet man:

$$\cos X = \cos \delta . \cos f + \sin \delta . (\cos g . \cos t + \cos h \sin t),$$
$$\cos Y = \cos \delta . \cos f_1 + \sin \delta . (\cos g_1 \cos t + \cos h_1 \sin t),$$
$$\cos Z = \cos \delta . \cos f_2 + \sin \delta (\cos g_2 \cos t + \cos h_2 \sin t).$$

Lässt man die drei festen Richtungen mit den Coordinatenaxen zusammenfallen, so werden die vorstehenden Gleichungen einfacher:

$$\cos X = \sin \delta . \cos t, \ \cos Y = \sin \delta . \sin t, \ \cos Z = \cos \delta,$$
$$t \sin \delta = \int p \, \partial s.$$

Für den Fall, dass $\varDelta = 0$ oder $\delta = \dfrac{\pi}{2}$ sind die Generatricen der Fläche einer festen Ebene parallel. Die Gleichung 17) zeigt, dass auf einer windschiefen Fläche, mit einer Directrixebene, nur eine Curve existirt, für welche in jedem Punkte die Summe der Hauptkrümmungshalbmesser verschwindet.

§. 4.

Die Coordinaten x, y, z und x_1, y_1, z_1 zweier correspondirenden Punkte der Flächen $\varPhi$ und $\varPhi_1$ seien Functionen von s und v. Sind die beiden Flächen $\varPhi$ und $\varPhi_1$ auf einander abwickelbar, so müssen folgende Gleichungen stattfinden:

$$43)\quad \begin{aligned}&\left(\frac{\partial x}{\partial s}\right)^2+\left(\frac{\partial y}{\partial s}\right)^2+\left(\frac{\partial z}{\partial s}\right)^2=\left(\frac{\partial x_1}{\partial s}\right)^2+\left(\frac{\partial y_1}{\partial s}\right)^2+\left(\frac{\partial z_1}{\partial s}\right)^2,\\ &\left(\frac{\partial x}{\partial v}\right)^2+\left(\frac{\partial y}{\partial v}\right)^2+\left(\frac{\partial z}{\partial v}\right)^2=\left(\frac{\partial x_1}{\partial v}\right)^2+\left(\frac{\partial y_1}{\partial v}\right)^2+\left(\frac{\partial z_1}{\partial v}\right)^2,\\ &\frac{\partial x}{\partial s}\frac{\partial x}{\partial v}+\frac{\partial y}{\partial s}\frac{\partial y}{\partial v}+\frac{\partial z}{\partial s}\frac{\partial z}{\partial v}=\frac{\partial x_1}{\partial s}\frac{\partial x_1}{\partial v}+\frac{\partial y_1}{\partial s}\frac{\partial y_1}{\partial v}+\frac{\partial z_1}{\partial s}\frac{\partial z_1}{\partial v}.\end{aligned}$$

Die Fläche $\varPhi_1$ kann als eine Biegung oder Deformation der Fläche $\varPhi$ angesehen werden, wobei der Begriff der Deformation so aufzufassen ist, dass jede Faltung oder Zerreissung der vollkommen biegsamen aber unausdehnbaren Fläche $\varPhi$ ausgeschlossen bleibt.*)

Bezeichnet man die linken Seiten der Gleichungen 41) respective durch E, F, G und die entsprechenden rechten Seiten durch E_1, F_1, G_1, so findet für den Winkel t, welchen eine Curve auf der Fläche $\varPhi$ mit den Curven bildet, für welche s allein variirt, die Gleichung statt:

$$\frac{E\,\partial s + F\,\partial v}{\sqrt{E}\sqrt{(E\,\partial s^2 + 2F\,\partial s\,\partial v + G\,\partial v^2)}} = \cos t.$$

Die linke Seite dieser Gleichung bleibt unverändert, wenn E, G, F durch E_1, G_1, F_1 ersetzt werden. Es folgt hieraus, was selbstverständlich ist, dass eine beliebige Curve der Fläche $\varPhi$, welche ein System von Curven nach einem gewissen Gesetze schneidet, nach der Deformation diese Curven unter denselben Winkeln schneidet wie vor derselben.

Die Flächen $\varPhi$ und $\varPhi_1$ seien beide windschiefe Flächen. Mit Rücksicht darauf, dass durch die Biegung von $\varPhi$ die Distanzen der Generatricen sich nicht ändern, und ebenso die Distanz eines Punktes von einer orthogonalen Trajectorie der Generatricen dieselbe bleibt, hat man für einen Punkt $(x_1\,y_1\,z_1)$ von $\varPhi_1$ folgende Gleichungen:

---

*) In der obigen Bedeutung wird das Wort „Deformation" von E. Bour gebraucht in der Abhandlung: *Théorie de la déformation des surfaces* (Journ. de l'école polyt. T. XXII).

44)
$$x_1 = \xi_1 + (v-q) \cos X_1,$$
$$y_1 = \eta_1 + (v-q) \cos Y_1,$$
$$z_1 = \zeta_1 + (v-q) \cos Z_1,$$

wo q dieselbe Bedeutung hat, wie in §. 1. Der Punkt (ξ_1, η_1, ζ_1) der Strictionslinie von Φ_1 entspricht dem Punkte (ξ, η, ζ) der Strictionslinie von Φ. Analog den Gleichungen des §. 1 hat man zwischen ξ_1, η_1, ζ_1, $\cos X_1$, $\cos Y_1$, $\cos Z_1$ folgende Gleichungen:

$$\left(\frac{\partial \xi_1}{\partial s}\right)^2 + \left(\frac{\partial \eta_1}{\partial s}\right)^2 + \left(\frac{\partial \zeta_1}{\partial s}\right)^2 = \left(\frac{\partial \xi}{\partial s}\right)^2 + \left(\frac{\partial \eta}{\partial s}\right)^2 + \left(\frac{\partial \zeta}{\partial s}\right)^2 = 1,$$

45) $\quad \dfrac{\partial \xi_1}{\partial s} \cos X_1 + \dfrac{\partial \eta_1}{\partial s} \cos Y_1 + \dfrac{\partial \zeta_1}{\partial s} \cos Z_1 = \cos \Theta,$

$$\frac{\partial \xi_1}{\partial s} \frac{\partial \cos X_1}{\partial s} + \frac{\partial \eta_1}{\partial s} \frac{\partial \cos Y_1}{\partial s} + \frac{\partial \zeta_1}{\partial s} \frac{\partial \cos Z_1}{\partial s} = 0.$$

Durch Substitution der Werthe von 5) und 44) in 43) werden die beiden letzten Gleichungen identisch. Mit Rücksicht auf 6) giebt die erste Gleichung:

46) $\quad \left(\dfrac{\partial \cos X_1}{\partial s}\right)^2 + \left(\dfrac{\partial \cos Y_1}{\partial s}\right)^2 + \left(\dfrac{\partial \cos Z_1}{\partial s}\right)^2 = p^2.$

Diese Gleichung und $\cos^2 X_1 + \cos^2 Y_1 + \cos^2 Z_1 = 1$ zeigen, dass von den Winkeln X_1, Y_1, Z_1 einer willkürlich bleibt, was natürlich ist, da eine Fläche sich auf unzählige Weisen deformiren lässt. Aus den Gleichungen 45) und 46) folgt:

46)
$$\frac{\partial \xi_1}{\partial s} = \cos \Theta \cdot \cos X_1 \pm \frac{\sin \Theta}{p}\left(\cos Y_1 \frac{\partial \cos Z_1}{\partial s} - \cos Z_1 \frac{\partial \cos Y_1}{\partial s}\right),$$
$$\frac{\partial \eta_1}{\partial s} = \cos \Theta \cdot \cos Y_1 \pm \frac{\sin \Theta}{p}\left(\cos Z_1 \frac{\partial \cos X_1}{\partial s} - \cos X_1 \frac{\partial \cos Z_1}{\partial s}\right),$$
$$\frac{\partial \zeta_1}{\partial s} = \cos \Theta \cdot \cos Z_1 \pm \frac{\sin \Theta}{p}\left(\cos X_1 \frac{\partial \cos Y_1}{\partial s} - \cos Y_1 \frac{\partial \cos X_1}{\partial s}\right),$$

oder mit Weglassung unnöthiger Constanten:

47)
$$\xi_1 = \int \left[\cos \Theta \cos X_1 \pm \frac{\sin \Theta}{p}\left(\cos Y_1 \frac{\partial \cos Z_1}{\partial s} - \cos Z_1 \frac{\partial \cos Y_1}{\partial s}\right)\right] \partial s,$$
$$\eta_1 = \int \left[\cos \Theta \cos Y_1 \pm \frac{\sin \Theta}{p}\left(\cos Z_1 \frac{\partial \cos X_1}{\partial s} - \cos X_1 \frac{\partial \cos Z_1}{\partial s}\right)\right] \partial s,$$
$$\zeta_1 = \int \left[\cos \Theta \cos Z_1 \pm \frac{\sin \Theta}{p}\left(\cos X_1 \frac{\partial \cos Y_1}{\partial s} - \cos Y_1 \frac{\partial \cos X_1}{\partial s}\right)\right] \partial s.$$

Bezeichnet man durch r'_1, r''_1 die Hauptkrümmungshalbmesser der deformirten Fläche im Punkte (x_1, y_1, z_1) und durch ϱ_1, r_1 den Krümmungshalbmesser und Torsionsradius der Strictionslinie im Punkte (ξ_1, η_1, ζ_1), so erhält man die Werthe derselben unmittelbar aus den Gleichungen 17) und 25). Die dort durch Θ, p, $C = \pm p \sin \Theta$ bezeichneten Quantitäten bleiben unverändert. Die Quantität $\varDelta$ geht über in:

48) $$p^2 \cdot \Delta_1 = \begin{vmatrix} \cos X_1 & \cos Y_1 & \cos Z_1 \\ \dfrac{\partial \cos X_1}{\partial s} & \dfrac{\partial \cos Y_1}{\partial s} & \dfrac{\partial \cos Z_1}{\partial s} \\ \dfrac{\partial^2 \cos X_1}{\partial s^2} & \dfrac{\partial^2 \cos Y_1}{\partial s^2} & \dfrac{\partial^2 \cos Z_1}{\partial s^2} \end{vmatrix}.$$

Aus 17) und 25) folgt:

$$\frac{1}{r'_1 r''_1} = -\left[\frac{p \sin \Theta}{\sin^2 \Theta + p^2 (v-q)^2}\right]^2 = \frac{1}{r' r''},$$

$$\left(\frac{1}{r'_1} + \frac{1}{r''_1}\right)\left[\sin^2 \Theta + p^2 (v-q)^2\right]^{\frac{3}{2}} = \left[\sin^2 \Theta + p^2 (v-q)^2\right] \Delta_1$$

$$+ \frac{p \sin \Theta}{C}\left[\sin^2 \Theta (v-q) \frac{\partial}{\partial s} \frac{p}{\sin \Theta} - p \sin \Theta \cos \Theta\right].$$

$$\frac{1}{\varrho_1^2} = \left(\frac{\partial \Theta}{\partial s}\right)^2 + (p \cos \Theta \mp \Delta_1 \sin \Theta)^2,$$

$$\frac{1}{r_1} = p \sin \Theta \pm \Delta_1 \cos \Theta - \frac{\partial}{\partial s} \arctan \frac{p \cos \Theta \mp \Delta_1 \sin \Theta}{\dfrac{\partial \Theta}{\partial s}}$$

Für $\cos X_1$, $\cos Y_1$, $\cos Z_1$ lassen sich folgende symmetrische Gleichungen aufstellen:

$$\cos X_1 = \cos \Theta_1 \cos X + \frac{\sin \Theta_1}{p} \cos \varphi_1 \frac{\partial \cos X}{\partial s}$$

$$+ \frac{\sin \Theta_1}{p} \sin \varphi_1 \left(\cos Y \frac{\partial \cos Z}{\partial s} - \cos Z \frac{\partial \cos Y}{\partial s}\right),$$

$$\cos Y_1 = \cos \Theta_1 \cos Y + \frac{\sin \Theta_1}{p} \cos \varphi_1 \frac{\partial \cos Y}{\partial s}$$

$$+ \frac{\sin \Theta_1}{p} \sin \varphi_1 \left(\cos Z \frac{\partial \cos X}{\partial s} - \cos X \frac{\partial \cos Z}{\partial s}\right),$$

$$\cos Z_1 = \cos \Theta_1 \cos Z + \frac{\sin \Theta_1}{p} \cos \varphi_1 \frac{\partial \cos Z}{\partial s}$$

$$+ \frac{\sin \Theta_1}{p} \sin \varphi_1 \left(\cos X \frac{\partial \cos Y}{\partial s} - \cos Y \frac{\partial \cos X}{\partial s}\right).$$

Differentiirt man die erste der vorstehenden Gleichungen nach s, eliminirt mittelst der Gleichungen 27) die zweiten Differentialquotienten von $\cos X$, $\cos Y$, $\cos Z$ nach s, so folgt:

$$\frac{\partial \cos X_1}{\partial s} = -\cos X \sin \Theta_1 \cdot L + \frac{\partial \cos X}{\partial s}\left[L \frac{\cos \Theta_1 \cos \varphi_1}{p} + \frac{\sin \varphi_1}{p} H\right]$$

$$+ \left(\cos Y \frac{\partial \cos Z}{\partial s} - \cos Z \frac{\partial \cos Y}{\partial s}\right)\left[\frac{\cos \Theta_1 \sin \varphi_1}{p} L - \frac{\cos \varphi_1}{p} H\right],$$

wo:

$$L = \frac{\partial \Theta_1}{\partial s} + p \cos \varphi_1,$$

$$H = p \cos \Theta_1 \sin \varphi_1 - \left(\frac{\partial \varphi_1}{\partial s} + \Delta\right) \sin \Theta_1.$$

394   Analytisch-geometrische Untersuchungen.

Analoge Gleichungen erhält man für $\dfrac{\partial \cos Y_1}{\partial s}$, $\dfrac{\partial \cos Z_1}{\partial s}$. Diese Gleichungen in Verbindung mit 6) geben: $p^2 = L^2 + H^2$, folglich:

$$p^2 = \left(\frac{\partial \Theta_1}{\partial s} + p \cos \varphi_1\right)^2 + \left[p \cos \Theta_1 \sin \varphi_1 - \left(\frac{\partial \varphi_1}{\partial s} + \varDelta\right) \sin \Theta_1\right]^2.$$

Mit Berücksichtigung der Gleichungen 28) erhält man ferner:

$$\frac{\partial^2 \cos X}{\partial s^2} = \left(-\frac{\partial}{\partial s} L \sin \Theta_1 - p \cos \Theta_1 \cos \varphi_1 L - p \sin \varphi_1 H\right) \cos X$$

$$+ \left[-L \sin \Theta_1 + \frac{1}{p}\left(\frac{\partial L \cos \Theta_1}{\partial s} + H\varDelta + H\frac{\partial \varphi_1}{\partial s}\right) \cos \varphi_1\right.$$

$$\left. - \frac{1}{p}\left(L \cos \Theta_1 \frac{\partial \varphi_1}{\partial s} L \varDelta \cos \Theta_1 + \frac{\partial H}{\partial s}\right) \sin \varphi_1\right] \frac{\partial \cos X}{\partial s}$$

$$+ \frac{1}{p}\left[\left(\frac{\partial L \cos \Theta_1}{\partial s} + H\varDelta + H\frac{\partial \varphi_1}{\partial s}\right) \sin \varphi_1\right.$$

$$\left. + \left(L \cos \Theta_1 \frac{\partial \varphi_1}{\partial s} + L \varDelta \cos \Theta_1 + \frac{\partial H}{\partial s}\right) \cos \varphi_1\right] \left(\cos Y \frac{\partial \cos Z}{\partial s} - \cos Z \frac{\partial \cos Y}{\partial \Theta}\right).$$

Substituirt man die analogen Differentialquotienten von $\cos Y$ und $\cos Z$ in 48), berücksichtigt $p^2 = L^2 + H^2$, so folgt:

$$\varDelta_1 = \frac{1}{p^2}\left(H\frac{\partial Z}{\partial s} - Z\frac{\partial H}{\partial s}\right) + p \sin \Theta_1 \sin \varphi_1 + \cos \Theta_1 \left(\varDelta + \frac{\partial \varphi_1}{\partial s}\right),$$

d. i.:

$$\varDelta_1 = p \sin \Theta_1 \sin \varphi_1 + \cos \Theta_1 \left(\varDelta + \frac{\partial \varphi_1}{\partial s}\right)$$

$$+ \frac{1}{p^2}\left[p \cos \Theta_1 \sin \varphi_1 - \left(\frac{\partial \varphi_1}{\partial s} + \varDelta\right) \sin \Theta_1\right] \frac{\partial}{\partial s}\left(\frac{\partial \Theta_1}{\partial s} + p \cos \varphi_1\right)$$

$$- \frac{1}{p^2}\left(\frac{\partial \Theta_1}{\partial s} + p \cos \varphi_1\right) \frac{\partial}{\partial s}\left[p \cos \Theta_1 \sin \varphi_1 - \left(\frac{\partial \varphi_1}{\partial s} + \varDelta\right) \sin \Theta_1\right].$$

Mittelst dieser Gleichung lassen sich φ_1 und Θ_1 so bestimmen, dass $\varDelta_1 = \varDelta$ wird, was z. B. stattfindet, wenn Θ_1 constant ist.

Setzt man: $\cos X_1 = \cos \varsigma \cdot \cos \psi$, $\cos Y_1 = \cos \varsigma \sin \psi$, $\cos Z_1 = \sin \varsigma$, so gehen die Gleichungen 44), 46) und 47) über in:

49)
$$x_1 = \xi_1 + (v - q) \cos \varsigma \cdot \cos \psi,$$
$$y_1 = \eta_1 + (v - q) \cos \varsigma \cdot \cos \psi,$$
$$z_1 = \zeta_1 + (v - q) \sin \varsigma.$$

50)
$$\xi_1 = \int\left[\cos \Theta \cos \varsigma \cos \psi \mp \frac{\sin \Theta}{p}\left(\sin \varsigma \cos \psi \cos \varsigma \frac{\partial \psi}{\partial s} - \sin \psi \frac{\partial \varsigma}{\partial s}\right)\right] \partial s,$$
$$\eta_1 = \int\left[\cos \Theta \cos \varsigma \sin \psi \mp \frac{\sin \Theta}{p}\left(\sin \varsigma \sin \psi \cos \varsigma \frac{\partial \psi}{\partial s} + \cos \psi \frac{\partial \varsigma}{\partial s}\right)\right] \partial s,$$
$$\zeta_1 = \int\left[\cos \Theta \sin \varsigma \quad \pm \frac{\sin \Theta}{p} \cos^2 \varsigma \frac{\partial \psi}{\partial s}\right] \partial s,$$

51)
$$p^2 = \left(\frac{\partial \varsigma}{\partial s}\right)^2 + \left(\cos \varsigma \frac{\partial \psi}{\partial s}\right)^2$$

Für $\varsigma = 0$ ist die Generatrix der deformirten Fläche der xy-Ebene parallel, der primitiven Fläche entspricht eine Fläche mit einer Directrixebene, so dass beide Flächen gegenseitig auf einander abwickelbar sind. In diesem Falle erhält man die von Minding (Crelle's Journ. XVIII, 297 u. 365) aufgestellten Gleichungen:

52)
$$x_1 = (v-q)\cos\psi + \int \cos\Theta \cos\psi\, \partial s,$$
$$y_1 = (v-q)\sin\psi + \int \cos\Theta \sin\psi\, \partial s,$$
$$z_1 = \pm \int \sin\Theta\, \partial s$$
$$\frac{\partial \psi}{\partial s} = p.$$

Ist die Fläche developpabel, so hat man $\Theta = 0$. Die Gleichungen 19) und 21) geben dann $\varphi = \frac{\pi}{2}, p = \frac{1}{\varrho}$. Entspricht dem Punkte (x, y, z) der Punkt (x_1, y_1) der xy-Ebene, so finden für denselben die einfachen Gleichungen statt:

$$x_1 = (v-s)\cos\psi + \int \cos\psi\, \partial s,$$
$$y_1 = (v-s)\sin\psi + \int \sin\psi\, \partial s,$$
$$\psi = \int \frac{\partial s}{\varrho}.$$

Bestimmt man einen Punkt der developpabeln Fläche durch seinen Abstand w von der Wendecurve, so hat man in den vorstehenden Gleichungen $v - s = w$ zu setzen.

§. 5.

In den Gleichungen (49—51) kann man $\xi_1, \eta_1, \zeta_1, \varsigma$ und ψ als bestimmte Functionen von s ansehen und mit Hülfe dieser Gleichungen die windschiefen Flächen bestimmen, welche sich auf einer gegebenen Fläche derselben Art abwickeln lassen. Schliesst man die developpabeln Flächen aus, so kann Θ nicht verschwinden, ebenso kann nicht $p = 0$ sein, in der Gleichung 51) sind also die Annahmen $\varsigma = \frac{\pi}{2}$ oder ς und ψ gleichzeitig constant auszuschliessen, da dieselben $p = 0$ geben.

Gehört der Punkt (x_1, y_1, z_1) einer Rotationsfläche um die Axe der z an, so findet die Gleichung statt:

$$\frac{\partial z_1}{\partial v}\left[x_1 \frac{\partial x_1}{\partial s} + y_1 \frac{\partial y_1}{\partial s}\right] = \frac{\partial z_1}{\partial s}\left[x_1 \frac{\partial x_1}{\partial v} + y_1 \frac{\partial y_1}{\partial v}\right],$$

d. i. nach 51):

$$(v-q)\left[(v-q)\cos\varsigma + \xi_1 \cos\psi + \eta_1 \sin\psi\right]\frac{\partial \varsigma}{\partial s}$$
$$+ (v-q)\left[(\xi_1 \sin\psi - \eta_1 \cos\psi)\sin\varsigma - \frac{\sin\Theta}{p}\cos\varsigma\right]\cos\varsigma \frac{\partial \psi}{\partial s}$$
$$- \frac{\sin\Theta}{p}\cos\varsigma (\xi_1 \cos\psi + \eta_1 \sin\psi)\frac{\partial \psi}{\partial s} + \frac{\sin\Theta}{p}\sin\varsigma(\xi_1 \sin\psi - \eta_1 \cos\psi)\frac{\partial \varsigma}{\partial s} = 0.$$

Da diese Gleichung für jeden Werth von v bestehen soll, so müssen die Factoren von $(v-q)^2$, $v-q$ einzeln verschwinden. Hieraus folgt:

53)
$$\frac{\partial \varsigma}{\partial s} = 0,$$
$$\xi_1 \sin\psi - \eta_1 \cos\psi = \frac{\sin\Theta}{p} \cot c,$$
$$\xi_1 \cos\psi + \eta_1 \sin\psi = 0.$$

Die erste Gleichung zeigt, dass ς constant ist, setzt man $\varsigma = \delta$, so giebt die Gleichung 51) $p = \frac{\partial \psi}{\partial s} \cdot \cos\delta$. Nimmt man in den Gleichungen 50) das untere Zeichen, so geben dieselben:

$$\xi_1 = \int \cos(\delta-\Theta)\cos\psi\, \partial s, \quad \eta_1 = \int \cos(\delta-\Theta)\sin\psi\, \partial s,$$
$$\zeta_1 = \int \sin(\delta-\Theta)\, \partial s.$$

Aus diesen Gleichungen folgt:

$$\frac{\partial \xi_1}{\partial s}\cos\psi + \frac{\partial \eta_1}{\partial s}\sin\psi = \cos(\delta-\Theta), \quad \frac{\partial \xi_1}{\partial s}\sin\psi - \frac{\partial \eta_1}{\partial s}\cos\psi = 0.$$

Mit Hülfe dieser Gleichungen und $\varsigma = \delta$, $\frac{\partial \psi}{\partial s}\cdot \cos\delta = p$ geben die beiden letzten Gleichungen 53) nach s differentiirt:

$$\frac{\partial}{\partial s}\frac{\sin\Theta}{p} = 0, \quad \cos(\Theta-\delta) = \frac{\sin\Theta}{\sin\delta},$$

folglich $\Theta = \delta$ und $p = \frac{1}{k}$, wo k eine Constante bedeutet. Die Differentialgleichung für ψ wird einfach $1 = k\cos\delta\, \frac{\partial \psi}{\partial s}$, folglich:

$$\xi_1 = \int k\cos\delta\cos\psi\, \partial\psi = k\cos\delta\sin\psi,$$
$$\eta_1 = \int k\cos\delta\sin\psi\, \partial\psi = -k\cos\delta\cos\psi,$$
$$\zeta_1 = 0.$$

Die Gleichungen 49) geben hierdurch über in:

$$x_1 = (v - s\cos\delta)\cos\delta\cos\psi + k\cos\delta\cdot\sin\psi,$$
$$y_1 = (v - s\cos\delta)\cos\delta\cdot\sin\psi - k\cos\delta\cos\psi,$$
$$z_1 = (v - s\cos\delta)\sin\delta.$$

Aus diesen Gleichungen erhält man unmittelbar:

$$\frac{x_1^2 + y_1^2}{(k\cos\delta)^2} - \frac{z_1^2}{(k\sin\delta)^2} = 1,$$

was die bekannte Gleichung eines Rotationshyperboloids ist. Die Gleichung 19) giebt für $\Theta = \delta$ entweder $\varphi = \frac{\pi}{2}$ oder $\varrho = \infty$. Nimmt man zuerst $\varphi = \frac{\pi}{2}$, so geht die Gleichung 21), wegen $p = \frac{1}{k}$, über in:

$$1 = \frac{k\cos\delta}{\varrho} + \frac{k\sin\delta}{r}.$$

Diese Gleichung enthält nach §. 3 die Bedingung, für welche die Hauptnormalen einer Curve gleichzeitig Hauptnormalen einer zweiten Curve sind. Aus dem Vorstehenden folgt:

Schneidet die Strictionslinie einer windschiefen Fläche die Generatricen unter einem constanten Winkel und hat diese Linie die Eigenschaft, dass ihre Hauptnormalen gleichzeitig Hauptnormalen einer zweiten Curve sind, so lässt sich die Fläche auf einem einschaligen Rotationshyperboloid abwickeln.

Nimmt man in den Gleichungen 19) und 21) $\varrho = \infty$ also auch $r = \infty$ und $p = \dfrac{1}{k}$, so folgt $1 = -k \sin\delta \dfrac{\partial\varphi}{\partial s}$ oder $-\varphi = \dfrac{s}{k \sin\delta}$. Die Gleichungen 31) geben für diesen Werth von φ:

$$x = (v - s \cos\delta) \sin\delta . \cos \dfrac{s}{k \sin\delta},$$

$$-y = (v - s \cos\delta) \sin\delta . \sin \dfrac{s}{k \sin\delta},$$

$$z = (v - s \cos\delta) \cos\delta + s.$$

Durch Elimination von v und s folgt:

$$z + k \sin\delta . \arctan \dfrac{y}{x} = \cot\delta . \sqrt{(x^2 + y^2)}.$$

Diese Fläche, welche sich ebenfalls auf einem Rotationshyperboloid abwickeln lässt, wird durch eine Gerade erzeugt, welche auf der Axe und der Helix eines Kreiscylinders so gleitet, dass sie mit der Axe des Cylinders den constanten Winkel δ bildet.

Ist Θ constant, $\Theta = \delta$, nimmt man in den Gleichungen 50), 51) σ constant, setzt $\cos\sigma \dfrac{\partial\psi}{\partial s} = p$, so folgt:

$$\xi_1 = \cos(\sigma \pm \delta)\int\cos\psi\, \partial s,\quad \eta_1 = \cos(\sigma \pm \delta)\int\sin\psi\, \partial s,\quad \zeta_1 = s.\sin(\sigma \pm \delta).$$

Setzt man $\sigma \pm \delta = \dfrac{\pi}{2}$, so hat man einfacher $\xi_1 = 0$, $\eta_1 = 0$, $\zeta_1 = s$. Die Gleichungen 49) gehen dann über in:

54)
$$x_1 = (v - s \cos\delta) \sin\delta \cos\psi$$
$$y_1 = (v - s \cos\delta) . \sin\delta \sin\psi$$
$$z_1 = (v - s \cos\delta) \cos\delta + s.$$
$$\sin\delta \dfrac{\partial\psi}{\partial s} = p.$$

Die Gleichungen 19) und 21) geben, für $\Theta = \delta$ und $\varphi = \dfrac{\pi}{2}$, $p = \dfrac{\cos\delta}{\varrho} + \dfrac{\sin\delta}{r}$. Die Strictionslinie der deformirten Fläche ist im vorliegenden Falle eine Gerade, hieraus folgt:

Schneidet die Strictionslinie einer windschiefen Fläche die Generatricen unter einem constanten Winkel, so lässt sich die Fläche in eine andere deformiren, deren Strictionslinie eine Gerade ist und die Generatricen ebenfalls unter einem constanten Winkel schneidet. Nimmt man $\delta = \frac{\pi}{2}$, so geben die Gleichungen 54), $p = \frac{1}{r}$ gesetzt,

55) $\qquad x_1 = v \cos\psi, \ y_1 = v \sin\psi, \ z_1 = s, \ \psi = \int \frac{\partial s}{r}.$

Da r eine beliebige Function von s ist, so folgt durch Elimination von v und s eine Gleichung von der Form $z_1 = F\left(\frac{y_1}{x_1}\right)$, was die Gleichung einer geraden Conoidfläche ist. Nach §. 3 geben die Gleichungen 5) für $\Theta = \frac{\pi}{2}$ und $\varphi = \frac{\pi}{2}$ einen Punkt der Fläche der Binormalen einer Curve doppelter Krümmung in Function von v und s. Hieraus schliesst man:

Die Fläche der Binormalen einer Curve doppelter Krümmung ist auf einer Conoidfläche abwickelbar.

Nach §. 3 ist eine windschiefe Fläche, deren Strictionslinie die Generatricen orthogonal schneidet, entweder Fläche der Binormalen einer Curve oder eine Conoidfläche. Der vorhergehende Satz lässt sich also auch auf folgende Weise aussprechen:

Die windschiefen Flächen mit orthogonaler Striction sind gerade Conoidflächen oder Deformationen derselben.

Ist in den Gleichungen 55) r constant, $r = k$, so folgt durch Elimination von v und s: $z = k \, arctang \, \frac{y}{x}$, d. h. die Gleichung der Schraubenfläche. In diesem besondern Falle ergiebt sich folgender Satz:

Die Fläche der Binormalen, deren Torsionsradius constant ist, lässt sich auf einer Schraubenfläche abwickeln.

Eine conische Schraubenfläche wird durch eine Gerade erzeugt, welche auf der Loxodrome und der Axe eines Kreiskegels so gleitet, dass sie die Axe immer orthogonal schneidet. Sind k_1 und k beliebige Constanten, wird die Axe des Kegels zur Axe der z und seine Spitze zum Anfangspunkte der Coordinaten genommen, so ist die Gleichung der conischen Schraubenfläche:

$$z_1 = k_1 \, e^{k \, arctang \, \frac{y_1}{x_1}}.$$

Diese Gleichung giebt, mit Hülfe der Gleichungen 55), $\log s = \log k_1 + k \cdot \psi$. Differentiirt man diese Gleichung nach s, berücksichtigt $\frac{\partial \psi}{\partial s} = \frac{1}{r}$, so folgt $r = k \cdot s$. Ist also der Torsionsradius einer Curve doppelter Krümmung proportional dem Bogen, so ist ihre Fläche der Binormalen auf einer conischen Schraubenfläche abwickelbar.

Genügen die Werthe von x_1, y_1, z_1 aus 40) der Gleichung:
$$x_1^2 - y_1^2 = 2kz_1$$
so müssen die Factoren von $(v-q)^2$, $v-q$ der resultirenden Gleichung einzeln verschwinden. Man erhält so folgende Gleichungen:
$$\cos^2\sigma \cos 2\psi = 0, \; \xi_1 \cos\psi - \eta_1 \sin\psi = k \, tang\,\sigma, \; \xi_1^2 - \eta_1^2 = 2k\xi_1.$$
Die erste dieser Gleichungen giebt $\psi = \dfrac{\pi}{4}$. Hierdurch gehen die beiden letzten über in:

56) $\qquad \xi_1 - \eta_1 = k\sqrt{2}\,.\,tang\,\varsigma, \; \xi_1^2 - \eta_1^2 = 2k\xi_1.$

Für $\psi = \dfrac{\pi}{4}$ gehen die Gleichungen 50):
$$\xi_1 + \eta_1 = \sqrt{2}\,.\int \cos\Theta \cos\sigma\, \partial s, \; \zeta_1 = \int \cos\Theta \sin\sigma\, \partial s$$
$$\xi_1 - \eta_1 = \pm \sqrt{2} \int \frac{\sin\Theta}{p} \frac{\partial\varsigma}{\partial s}\, \partial s.$$
Mit Rücksicht auf diese Gleichungen geben die Gleichungen 56) nach s differentiirt:
$$\pm \frac{\sin\Theta}{p} \frac{\partial\sigma}{\partial s} = k \frac{\partial}{\partial s} tang\,\sigma, \; \xi_1 + \eta_1 = \sqrt{2}\int \cos\Theta \cos\sigma\, \partial s = 0,$$
folglich $\Theta = \dfrac{\pi}{2}$. Für $\psi = \dfrac{\pi}{4}$ giebt 51) $\left(\dfrac{\partial\sigma}{\partial s}\right)^2 = p^2$, nimmt man $\dfrac{\partial\sigma}{\partial s} = p$, und in der ersten der vorstehenden Gleichungen das obere Zeichen, so geht dieselbe über in:
$$\frac{1}{k} = \frac{\partial}{\partial s} tang\,\varsigma$$
oder $tang\,\varsigma = \dfrac{s}{k}$. Für $\Theta = \dfrac{\pi}{2}$ geben die Gleichungen 19) und 21) $\varphi = \dfrac{\pi}{2}$ und $p = \dfrac{1}{r}$. Setzt man $\omega = \int \dfrac{\partial s}{r}$, so geben die Gleichungen: $tang\,\sigma = \dfrac{s}{k}$, $\dfrac{\partial\sigma}{\partial s} = \dfrac{1}{p} = \dfrac{\partial\omega}{\partial s}$ durch Elimination von σ,
$$s = k\,.\,tang\,(\omega - \omega_0),$$
wo ω_0 eine constante bedeutet. Findet die vorstehende Gleichung zwischen dem Bogen s einer Curve zwischen zwei Punkten Π, Π_1 und dem Winkel $\omega - \omega_0$, welchen die Krümmungsebenen in Π, Π_1 mit einander bilden, statt, so ist die Fläche der Binormalen auf dem gleichseitigen hyperbolischen Paraboloid abwickelbar.

Es bietet keine Schwierigkeit die Gleichungen 49) auf die allgemeinen Flächen:
$$\frac{x_1^2}{a^2} + \frac{y_1^2}{b^2} - \frac{z_1^2}{c_2} = 1, \; \frac{x_1^2}{a^2} - \frac{y_1^2}{b^2} = 2z_1,$$
anzuwenden, die Resultate sind aber dann äusserst complicirt und scheinen eine einfache geometrische Deutung nicht zuzulassen. Zu verhältniss-

mässig einfachen Resultaten führt die Fläche, deren Directricen durch die Gleichungen:
$$x_1 = 0, z_1 = k;$$
$$y_1 = 0, z_1 = -k;$$
$$x_1^2 + y_1^2 = k^2, z_1 = 0;$$
gegeben sind. Die Gleichung dieser Fläche ist:
$$\left(\frac{x_1}{z_1-k}\right)^2 + \left(\frac{y_1}{z_1+k}\right)^2 = 1.$$

Substituirt man hierin für x_1, y_1, z_1 ihre Werthe aus 49), setzt die Factoren der Potenzen von $v-q$ einzeln gleich Null, so erhält man fünf Gleichungen. Die erste dieser Gleichungen ist $sin\varsigma \cdot cos2\varsigma = 0$, d. h. $\sigma = \frac{\pi}{4}$, da augenscheinlich nicht $\sigma = 0$ sein kann. Für $\sigma = \frac{\pi}{4}$ werden die übrigen vier Gleichungen sämmtlich identisch für:

57) $\qquad \xi_1 = (\zeta_1 - k) \cos\psi, \eta_1 = (\zeta_1 + k) \sin\psi.$

Nimmt man in den Gleichungen 50) die unteren Zeichen, setzt nach 51) $p\sqrt{2} = \frac{\partial \psi}{\partial s}$, so folgt:

58) $\qquad \xi_1 \sqrt{2} = \int (cos\Theta + sin\Theta) cos\psi \, \partial s, \eta_1 \sqrt{2} = \int (cos\Theta + sin\Theta) sin\psi \, \partial s$
$$\zeta_1 \sqrt{2} = \int (cos\Theta - sin\Theta) \, \partial s.$$

Die Gleichungen 57) und 58) nach s differentiirt geben:
$$cos\psi \, sin\Theta = -(\zeta_1 - k) p \, sin\psi, \; sin\psi \, sin\Theta = (\zeta_1 + k) p \, cos\psi,$$
folglich:
$$\frac{sin\Theta}{p} = k \, sin 2\psi, \; \zeta_1 = -k \, cos 2\psi.$$

Die beiden Werthe von ζ_1 geben:
$$-k\sqrt{2} \cdot cos 2\psi = \int (cos\Theta - sin\Theta) \partial s,$$
oder nach s differentiirt: $4 k \, sin 2\psi = \frac{cos\Theta}{p} - \frac{sin\Theta}{p}$, d. i. wegen $k \, sin 2\psi = \frac{sin\Theta}{p}$, $cot\Theta = 5$, Θ ist also constant. Die Gleichung $\frac{sin\Theta}{p} = k \, sin 2\psi$ nach s differentiirt giebt:
$$\frac{\partial}{\partial s} \frac{sin\Theta}{p} = 2k\sqrt{2} \cdot p \, cos 2\psi = 2k\sqrt{2} \cdot \sqrt{\left(1 - \left(\frac{sin\Theta}{k \cdot p}\right)^2\right)} \cdot p,$$
oder:
$$\frac{sin\Theta}{p} \frac{\partial}{\partial s} \frac{sin\Theta}{p} = 2\sqrt{2} \cdot \sqrt{\left[k^2 - \left(\frac{sin\Theta}{p}\right)^2\right]} \cdot sin\Theta.$$

Durch Integration erhält man hieraus:
$$p = \frac{sin\Theta}{\sqrt{[k^2 - (2\sqrt{2} \cdot sin\Theta \cdot s + k_1)^2]}},$$
wo k_1 eine beliebige Constante bedeutet.

Die vorstehenden Beispiele werden hinreichen zur Erläuterung der angewandten Methode, alle windschiefen Flächen zu finden, welche Deformationen einer gegebenen Fläche derselben Art sind.

XV.
Ueber die Drehung eines Körpers, dessen ursprüngliche Rotationsaxe keine seiner freien Axen war.
Von W. von Rouvroy,
K. S. Generallieutenant a. D.

Die Technik führte in neuerer Zeit auf mannichfache Fragen über die Rotation der Körper, welche sich nicht um feste Axen bewegen; allein die wissenschaftliche Beantwortung solcher Fragen ist so schwierig, dass auf diesem Gebiete die Theorie noch weit hinter der Praxis zurück blieb. Man versucht zwar gewöhnlich die vorkommenden Fälle nach bekannten allgemeinen Gesetzen der Bewegung zu beurtheilen, aber die Erfahrung zeigt nur allzusehr, dass dies nicht ausreicht. Erscheint sonach ein tieferes Eingehen auf die Gesetze der Rotationsbewegung überhaupt geboten, so dürfte vielleicht auch die nachstehende Untersuchung einiges Interesse gewähren, wenn sie auch nur den einfachen, gleichsam nur idealen Fall behandelt, welcher in der Wirklichkeit nie ohne gewisse Modificationen eintritt.

Ein Körper, dessen Schwerpunkt M Fig. 1 Taf. VIII vorstellt, drehe sich in einem gewissen Augenblick, in welchem eine seiner freien Axen die Lage MA*) hat, um die Axe zB mit der Winkelgeschwindigkeit w, von diesem Augenblick an aber wirken auf den Körper nur solche Kräfte, deren Richtung durch M geht. Um den Verlauf seiner Rotation zu untersuchen, denken wir uns die auf zB rechtwinklige Ebene CyD mit M so fortgehend, dass die Coordinatenaxen My, Mx und Mz stets ihren ursprünglichen Richtungen im Raume parallel bleiben. Wir nennen ferner die durch die Axen Mz und MA bestimmte Ebene die Neigungsebene der freien Axe MA und nehmen an, dass diese Ebene nach der Zeit t in die Lage zz_1B gekommen ist, indem sich ihre Durchschnittslinie mit der unveränderlichen Ebene DyC um den Winkel $yMy_1 = \psi$ gedreht hat. Die freie Axe MA

---

*) Der grösseren Deutlichkeit wegen sind in Fig. 1 Taf. VIII überall nur die vorderen Hälften der freien Axen angegeben.

selbst sei in diesem Augenblicke in der Lage Mz_{II} gekommen und Winkel $zMz_{II}=j$, die beiden anderen freien Axen seien in demselben Moment My_{III} und Mx_{III}, endlich sei der Winkel, um welchen zu derselben Zeit die Axe My_{III} hinter der Knotenlinie My_{II} ist, d. i. Winkel $y_{II}My_{III}=\varphi$, Winkel $zMy_{III}=\pi-\beta$, $zMx_{III}=\pi-\alpha$, d. h. die Lage der freien Axen My_{III} und Mx_{III} gegen Mz durch die Winkel β und α so bestimmt, dass die anfänglichen, $t=0$ entsprechenden Werthe j_0, β_0 und α_0 der 3 Winkel j, β und $\alpha \genfrac{}{}{0pt}{}{>0}{<\frac{1}{2}\pi}$ sind. Der anfängliche Werth von φ sei φ_0 und kann zwischen den Grenzen $-\frac{1}{2}\pi$ und $+\frac{1}{2}\pi$ angenommen werden und man hat daher in den rechtwinkligen sphärischen Dreiecken, deren Katheten in dem ersten $\frac{1}{2}\pi+j$ und $\frac{1}{2}\pi-\varphi$, im zweiten $\frac{1}{2}\pi+j$ und φ und deren Hypothenusen $\pi-\alpha$ und $\pi-\beta$ sind; je nachdem φ_0 positiv oder negativ war:

$$\cos\alpha_0 = \pm \sin\varphi_0 \sin j_0$$
$$\cos\beta_0 = \cos\varphi \sin j_0.$$

Für die späteren Augenblicke, wo α, β, j, φ die Grenzen 0 und $\frac{1}{2}\pi$, respective $-\frac{1}{2}\pi$ und $+\frac{1}{2}\pi$ überschreiten können, treten an die Stelle der obigen Dreiecksseiten zuweilen andere, welche zu letzteren addirt oder von letzteren abgezogen, die Summen oder Differenzen π oder 2π geben. Stets aber hat man:

1)
$$\cos^2\alpha = \sin^2\varphi \sin^2 j$$
$$\cos^2\beta = \cos^2\varphi \sin^2 j$$

und bekanntlich auch noch:

2) . $\quad\quad \cos^2\alpha + \cos^2\beta + \cos^2 j = 1.$

Werden nun die folgenden Coordinatensysteme unter der Bedingung aufgestellt, dass in denselben die Coordinaten des nämlichen körperlichen Elements durch die beigefügten Accente unterschieden sind, nämlich:

I) das System der x, y, z mit den Axen Mx, My, Mz,
II) „ „ „ x_I, y_I, z_I „ „ „ Mx_I, My_I, Mz,
III) „ „ „ x_{II}, y_{II}, z_{II} „ „ „ Mx_I, My_{II}, Mz_{II},
IV) „ „ „ x_{III}, y_{III}, z_{III} „ „ „ Mx_{III}, My_{III}, Mz_{II},

so geben die allgemeinen Formeln der Coordinatenverwandlung:

3)
$$x = x_{III}[\cos j \sin\psi \sin\varphi + \cos\psi \cos\varphi]$$
$$+ y_{III}[\cos j \sin\psi \cos\varphi - \cos\psi \sin\varphi]$$
$$+ z_{III} \sin j \sin\psi,$$
$$y = x_{III}[\cos j \cos\psi \sin\varphi - \sin\psi \cos\varphi]$$
$$+ y_{III}[\cos j \cos\psi \cos\varphi + \sin\psi \sin\varphi]$$
$$+ z_{III} \sin j \cos\psi,$$
$$z = - x_{III} \sin j \sin\varphi - y_{III} \sin j \cos\varphi + z_{III} \cos j.$$

Da Mx_{III}, My_{III} und Mz_{II} die freien Axen des Körpers vorstellen, gegen welche alle Elemente desselben stets die nämliche Lage behalten, so sind die Coordinaten x_{III}, y_{III} und z_{III} Constanten und die vorstehenden Gleichungen geben daher:

4) $$\frac{\partial x}{\partial t} = [x_{\text{III}} (\cos j \cos \psi \sin \varphi - \sin \psi \cos \varphi)$$
$$+ y_{\text{III}} (\cos j \cos \psi \cos \varphi + \sin \psi \sin \varphi) + z_{\text{III}} \sin j \cos \psi] \frac{\partial \psi}{\partial t}$$
$$+ [x_{\text{III}} (\cos j \sin \psi \cos \varphi - \cos \psi \sin \varphi)$$
$$- y_{\text{III}} (\cos j \sin \psi \sin \varphi + \cos \psi \cos \varphi)] \frac{\partial \varphi}{\partial t}$$
$$+ [- x_{\text{III}} \sin j \sin \psi \sin \varphi - y_{\text{III}} \sin j \sin \psi \cos \varphi + z_{\text{III}} \cos j \sin \psi] \frac{\partial j}{\partial t}$$

$$\frac{\partial y}{\partial t} = [- x_{\text{III}} (\cos j \sin \psi \sin \varphi + \cos \psi \cos \varphi)$$
$$- y_{\text{III}} (\cos j \sin \psi \cos \varphi - \cos \psi \sin \varphi) - z_{\text{III}} \sin j \sin \psi] \frac{\partial \psi}{\partial t}$$
$$+ [x_{\text{III}} (\cos j \cos \psi \cos \varphi + \sin \psi \sin \varphi)$$
$$- y_{\text{III}} (\cos j \cos \psi \sin \varphi - \sin \psi \cos \varphi)] \frac{\partial \varphi}{\partial t}$$
$$+ [- x_{\text{III}} \sin j \cos \psi \sin \varphi - y_{\text{III}} \sin j \cos \psi \cos \varphi + z_{\text{III}} \cos j \cos \psi] \frac{\partial j}{\partial t},$$

$$\frac{\partial z}{\partial t} = [- x_{\text{III}} \sin j \cos \varphi + y_{\text{III}} \sin j \sin \varphi] \frac{\partial \varphi}{\partial t}$$
$$+ [- x_{\text{III}} \cos j \sin \varphi - y_{\text{III}} \cos j \cos \varphi - z_{\text{III}} \sin j] \frac{\partial j}{\partial t}.$$

Bezeichnet man die Masse des körperlichen Elementes x_{III}, y_{III}, z_{III} mit m, die Trägheitsmomente des Körpers für die freien Axen Mx_{III}, My_{III} und Mz_{II} mit A, B und C — wobei wir auch diese Axen selbst die Axen A, B und C nennen wollen — und setzt man endlich das Trägheitsmoment für die Axe $z B$ Fig. 1 Taf. VIII T, so ist:

5) $$\Sigma m (y_{\text{III}}^2 + z_{\text{III}}^2) = A,$$
$$\Sigma m (x_{\text{III}}^2 + z_{\text{III}}^2) = B,$$
$$\Sigma m (x_{\text{III}}^2 + y_{\text{III}}^2) = C.$$

6) $$\Sigma m (x_{\text{III}}^2 - z_{\text{III}}^2) = C - A,$$
$$\Sigma m (y_{\text{III}}^2 - z_{\text{III}}^2) = C - B$$

und weil A, B, C die freien Axen sind.

7) $$\Sigma m x_{\text{III}} y_{\text{III}} = 0,$$
$$\Sigma m x_{\text{III}} z_{\text{III}} = 0,$$
$$\Sigma m y_{\text{III}} z_{\text{III}} = 0,$$

endlich aber auch:

8) $$T = A \cos^2 \alpha_0 + B \cos^2 \beta_0 + C \cos^2 j_0.$$

Die Ausdrücke $\dfrac{m(x_1 \partial y_1 - y_1 \partial x_1)}{\partial t}$, $\dfrac{m(x_1 \partial z_1 - z_1 \partial x_1)}{\partial t}$, $\dfrac{m(y_1 \partial z_1 - z_1 \partial y_1)}{\partial t}$

sind bekanntlich die Momente der Bewegungskräfte, mit welchen sich das Element m während des Zeittheils ∂t respective um die Axen Mz, My

und Mx_1 dreht, vorausgesetzt dass z. B. die Drehung um Mz von Mx_1 nach My_1 hin erfolgt und mithin die Summe der Kraftmomente mit welcher der hier betrachtete Körper zur Zeit $t=0$ rotirt, $-wT$ ist. Die Differentiale der obigen Ausdrücke sind daher die Aenderungen, welche jene Momente während des Zeittheils ∂t erleiden und bezeichnen N, N_1 und N_{11} die Momonte der äusseren Kräfte, welche während desselben Zeittheiles die Rotation um die Axen Mz, My_1 und Mx_1 beschleunigen, so ist allgemein:

9)
$$N\partial t = \Sigma\left[\partial.m\frac{x_1\partial y_1 - y_1\partial x_1}{\partial t}\right],$$
$$N_1\partial t = \Sigma\left[\partial.m\frac{x_1\partial z_1 - z_1\partial x_1}{\partial t}\right],$$
$$N_{11}\partial t = \Sigma\left[\partial.m\frac{y_1\partial z_1 - z_1\partial y_1}{\partial t}\right],$$

in dem hier zu erörternden Falle aber später:
$$N = N_1 = N_{11} = 0,$$
10)
$$\int N\partial t = -wT,$$
$$\int N_1\partial t = \int N_{11}\partial t = 0$$

zu setzen. Bildet man vermittelst der Gleichungen 3) und 4) $m.\dfrac{x\partial y - y\partial x}{\partial t}$, $m.\dfrac{x\partial z - z\partial x}{\partial t}$, $m.\dfrac{y\partial z - z\partial y}{\partial t}$, differentiirt man diese Ausdrücke und setzt man nachher $\psi = 0$, so bekommt man die allgemeinen Glieder der in den Gleichungen 9) angedeuteten Summen, endlich aber durch Anwendung von 5), 6) und 7) diese Summen selbst. Man kann aber auch diese Summirungen schon vor dem Differentiiren vornehmen, wenn nur die Substitution von $\psi = 0$ bis nach der letzteren Operation verschoben wird. Dies giebt:

$$\Sigma\left(m\frac{x_1\partial y_1 - y_1\partial x_1}{\partial t}\right) = -A\left[\frac{\partial\psi}{\partial t}\sin^2 j\,\sin^2\varphi - \frac{\partial j}{\partial t}\sin j\,\sin\varphi\,\cos\varphi\right]$$
$$- B\left[\frac{\partial\psi}{\partial t}\sin^2 j\,\cos^2\varphi + \frac{\partial j}{\partial t}\sin j\,\sin\varphi\,\cos\varphi\right]$$
$$+ C\left[\frac{\partial\varphi}{\partial t}\cos j - \frac{\partial\psi}{\partial t}\cos^2 j\right],$$

$$\Sigma\left(m\frac{x_1\partial z_1 - z_1\partial x_1}{\partial t}\right) = -A\left[\frac{\partial\psi}{\partial t}(\sin j\,\cos j\,\cos\psi\,\sin^2\varphi - \sin j\,\sin\psi\,\sin\varphi\,\cos\varphi)\right.$$
$$\left. - \frac{\partial j}{\partial t}(\cos j\,\cos\psi\,\sin\varphi\,\cos\varphi - \sin\psi\,\cos^2\varphi)\right]$$
$$- B\left[\frac{\partial\psi}{\partial t}(\sin j\,\cos j\,\cos\psi\,\cos^2\varphi + \sin j\,\sin\psi\,\sin\varphi\,\cos\varphi)\right.$$
$$\left. + \frac{\partial j}{\partial t}(\cos j\,\cos\psi\,\sin\varphi\,\cos\varphi + \sin\psi\,\sin^2\varphi)\right]$$
$$- C\left[\frac{\partial\varphi}{\partial t}\sin j\,\cos\psi - \frac{\partial\psi}{\partial t}\sin j\,\cos j\,\cos\psi\right],$$

$$\Sigma\left(m\,\frac{y_1\partial z_1 - z_1\partial y_1}{\partial t}\right) = A\left[\frac{\partial\psi}{\partial t}(\sin j\,\cos j\,\sin\psi\,\sin^2\varphi + \sin j\,\cos\psi\,\sin\varphi\,\cos\varphi)\right.$$
$$\left. - \frac{\partial j}{\partial t}(\cos j\,\sin\psi\,\sin\varphi\,\cos\varphi + \cos\psi\,\cos^2\varphi)\right]$$
$$+ B\left[\frac{\partial\psi}{\partial t}(\sin j\,\cos j\,\sin\psi\,\cos^2\varphi - \sin j\,\cos\psi\,\sin\varphi\,\cos\varphi)\right.$$
$$\left. + \frac{\partial j}{\partial t}(\cos j\,\sin\psi\,\sin\varphi\,\cos\varphi - \cos\psi\,\sin^2\varphi)\right]$$
$$+ C\left[\frac{\partial\varphi}{\partial t}\sin j\,\sin\psi - \frac{\partial\psi}{\partial t}\sin j\,\cos j\,\sin\psi\right].$$

Wird vor der Einführung dieser Ergebnisse in den Gleichungen 9) zur Abkürzung:

11)
$$p = \frac{\partial\varphi}{\partial t} - \frac{\partial\psi}{\partial t}\cos j,$$
$$q = \frac{\partial\psi}{\partial t}\sin j\,\sin\varphi - \frac{\partial j}{\partial t}\cos\varphi,$$
$$r = \frac{\partial\psi}{\partial t}\sin j\,\cos\varphi + \frac{\partial j}{\partial t}\sin\varphi.$$

12)
$$P = Br\cos\varphi + Aq\sin\varphi,$$
$$Q = Br\sin\varphi - Aq\cos\varphi$$

gesetzt, so findet sich zuletzt:

13)
$$N\partial t = \partial[-P\sin j + Cp\cos j],$$
$$N_1\partial t = \partial[-P\cos j\,\cos\psi - Q\sin\psi - Cp\sin j\,\cos\psi],$$
$$N_\mathrm{II}\partial t = \partial[P\cos j\,\sin\psi - Q\cos\psi + Cp\sin j\,\sin\psi]$$

und durch Ausführung der angedeuteten Differentiirungen, nach denen $\psi = 0$ zu setzen war:

14)
$$N\partial t = -P\partial j\,\cos j - \partial P\sin j - Cp\,\partial j\,\sin j + C\partial p\,\cos j,$$
$$N_1\partial t = P\partial j\,\sin j - \partial P\cos j - Q\,\partial\psi - Cp\,\partial j\,\cos j - C\partial p\,\sin j,$$
$$N_\mathrm{II}\partial t = P\partial\psi\,\cos j - \partial Q + Cp\,\partial\psi\,\sin j.$$

Verbindet man diese Gleichungen in der nachstehenden Weise, führt man dabei für P und Q ihre Werthe aus 12) und für ∂j und $\partial\psi$ die durch Reduction von 11) sich ergebenden Ausdrücke, nämlich:

15)
$$\partial j = [r\sin\varphi - q\cos\varphi]\,\partial t$$
$$\partial\psi = \left[\frac{r\cos\varphi + q\sin\varphi}{\sin j}\right]\partial t$$

ein, so erhält man zuerst:

$$[N\cos j - N_1\sin j]\,\partial t = -P\,\partial j + Q\,\partial\psi\,\sin j + C\,\partial p,$$
$$[(-N\sin j - N_1\cos j)\sin\varphi + N_\mathrm{II}\cos\varphi]\,\partial t = (\partial P\sin\varphi - \partial Q\cos\varphi)$$
$$+ (P\cos\varphi + Q\sin\varphi)\,\partial\psi\,\cos j + Cp\,(\partial j\sin\varphi + \partial\psi\sin j\,\cos\varphi),$$
$$[(-N\sin j - N_1\cos j)\cos\varphi - N_\mathrm{II}\sin\varphi]\,\partial t = (\partial P\cos\varphi + \partial Q\sin\varphi)$$
$$+ (-P\sin\varphi + Q\cos\varphi)\,\partial\psi\,\cos j + Cp\,(\partial j\cos\varphi - \partial\psi\sin j\,\sin\varphi),$$

und sodann:

$$[N\cos j - N_1 \sin j]\,\partial t = (B - A)\,qr\,\partial t + C\,\partial p,$$
16) $\quad[-(N\sin j + N_1 \cos j)\sin\varphi + N_{11}\cos\varphi]\,\partial t = A\,\partial q + (C - B)\,pr\,\partial t,$
$$[-(N\sin j + N_1 \cos j)\cos\varphi - N_{11}\sin\varphi]\,\partial t = B\,\partial r - (C - A)\,pq\,\partial t.$$

Diese Gleichungen, deren Entwickelung hier nach früher gemachten Notizen aus Litrow's jetzt wohl ziemlich seltenem grösseren Handbuche der Astronomie gegeben wurde, enthalten die allgemeinen Gesetze der Rotation eines Körpers, für welchen die Momente der in jedem Augenblick wirkenden äusseren Kräfte, nämlich N, N_1 und N_{11}, direct oder indirect als Functionen der Zeit t bekannt sind. In dem hier zu untersuchenden Falle verwandeln sich den Gleichungen 10) gemäss die Integrale von 13), in denen auch noch $\psi = 0$ zu setzen war, in:

17) $\quad\begin{aligned}-wT &= -P\sin j + Cp\cos j,\\ 0 &= -P\cos j - Cp\sin j,\\ 0 &= Q,\end{aligned}$

und hieraus folgt zunächst:

18) $\quad\begin{aligned}P &= wT\sin j,\\ Cp &= -wT\cos j,\end{aligned}$

sodann aber auch nach den Gleichungen 12) und 1):

19) $\quad\begin{aligned}q &= \frac{P\sin\varphi}{A} = \frac{wT\sin j\sin\varphi}{A} = \pm\frac{wT\cos\alpha}{A},\\ r &= \frac{P\cos\varphi}{B} = \frac{wT\sin j\cos\varphi}{B} = \pm\frac{wT\cos\beta}{B}.\end{aligned}$

20) $\quad\sin^2 j = \dfrac{A^2 q^2 + B^2 r^2}{w^2 T^2}.$

Die Verbindung der ersten unter den Gleichungen 11) mit der letzten unter den Gleichungen 18) und die Einführung der Ergebnisse 19) in 15) liefert:

21) $\quad\begin{aligned}\frac{\partial\psi}{\partial t}\cos j - \frac{\partial\varphi}{\partial t} &= \frac{wT\cos j}{C}\\ \frac{\partial j}{\partial t} &= \frac{wT(A - B)\sin j\sin\varphi\cos\varphi}{AB}\\ \frac{\partial\psi}{\partial t} &= \frac{wT(B\sin^2\varphi + A\cos^2\varphi)}{AB}\\ \frac{\partial\varphi}{\partial t} &= \frac{wT\cos j}{AB}\left(B\sin^2\varphi + A\cos^2\varphi - \frac{AB}{C}\right),\end{aligned}$

während sich die beiden letzten unter den Differentialgleichungen 16) durch $N = N_1 = N_{11} = 0$ in:

22) $\quad\begin{aligned}A\,\partial q &= -(C - B)\,pr\,\partial t\\ B\,\partial r &= +(C - A)\,pq\,\partial t\end{aligned}$

verwandeln. Hieraus folgt in Berücksichtigung von 18):

22a) $\quad\begin{aligned}\partial t &= \frac{BC}{wT(C - A)}\cdot\frac{-\partial r}{q\cos j}\\ \partial t &= \frac{AC}{wT(C - B)}\cdot\frac{\partial q}{r\cos j}\end{aligned}$

und in Verbindung mit 19):

22b)
$$\partial t = \frac{AC}{wT(C-A)} \cdot \frac{\mp \partial \cos\beta}{\cos\alpha \cos j}$$
$$\partial t = \frac{BC}{wT(C-B)} \cdot \frac{\pm \partial \cos\alpha}{\cos\beta \cos j}.$$

Denkt man sich die ganze bisherige Untersuchung so wiederholt, dass dabei die Axen A und C und mithin auch α und j ihre Rollen wechseln, an die Stelle von φ aber ein anderer Winkel φ_{I} tritt, so bleibt nicht nur die erste der vorstehenden Gleichungen, sondern in 19) auch $Br = \pm wT \cos\beta$ umgeändert und dasselbe gilt daher auch von der ersten Gleichung 22a), wenn in derselben q und $\cos j$ durch r ausgedrückt sind. Ebenso bleiben aber auch die zweiten unter den Gleichungen 22b) und 22a) ungeändert, wenn die bisherige Untersuchung mit Verwechselung der Axen B und C und der Winkel β und j wiederholt, an die Stelle von φ ein anderer Winkel φ_{II} gesetzt und in 22a) r und $\cos j$ durch q ausgedrückt werden. Zur Bestimmung von φ_{I} und φ_{II} hat man 19) entsprechend:

23)
$$r = \frac{wT \sin\alpha \cos\varphi_{\text{I}}}{B} = \pm \frac{wT \cos\beta}{B}$$
$$q = \frac{wT \sin\beta \sin\varphi_{\text{II}}}{A} = \pm \frac{wT \cos\alpha}{A}.$$

Wird die erste der Gleichungen 22) durch die zweite dividirt, so kommt:

$$\frac{A}{B}\frac{\partial q}{\partial r} = -\frac{(C-B)r}{(C-A)q},$$

oder:
$$2A(C-A)q\,\partial q + 2B(C-B)r\,\partial r = 0,$$

und das Integral hiervon ist, wenn D dessen Constante bezeichnet:
$$A(C-A)q^2 + B(C-B)r^2 = D.$$

Für $t=0$ ist nach 19):
$$q^2 = \frac{w^2 T^2 \cos^2\alpha_0}{A^2}, \quad r^2 = \frac{w^2 T^2 \cos^2\beta_0}{B^2}.$$

Wird daher:

24)
$$F = \frac{B(C-A)\cos^2\alpha_0 + A(C-B)\cos^2\beta_0}{AB}$$
$$F_{\text{I}} = \frac{B(A-C)\cos^2 j_0 + C(A-B)\cos^2\beta_0}{CB}$$
$$F_{\text{II}} = \frac{C(B-A)\cos^2\alpha_0 + A(B-C)\cos^2 j_0}{AC}$$

gesetzt, woraus in Verbindung mit 2):

25)
$$1 - \frac{AF}{C-A} = \frac{CF_{\text{I}}}{A-C}$$
$$1 - \frac{BF}{C-B} = \frac{CF_{\text{II}}}{B-C}.$$

folgt, so erhält man:

und mithin:
$$D = w^2 T^2 F$$

26)
$$q = \pm \sqrt{\frac{w^2 T^2 F}{A(C-A)} - \frac{B(C-B)}{A(C-A)} r^2}$$
$$r = \pm \sqrt{\frac{w^2 T^2 F}{B(C-B)} - \frac{A(C-A)}{B(C-B)} q^2}$$

27)
$$\sin^2 j = \frac{AF}{C-A} + \frac{BC(B-A)}{(C-A)w^2 T^2} r^2$$
$$\sin^2 j = \frac{BF}{C-B} + \frac{AC(A-B)}{(C-B)w^2 T^2} q^2,$$

sowie in Berücksichtigung von 25):

28)
$$\cos j = \pm \sqrt{\frac{CF_1}{(A-C)} - \frac{BC(B-A)}{(C-A)w^2 T^2} r^2}$$
$$\cos j = \pm \sqrt{\frac{CF_{11}}{(B-C)} - \frac{AC(A-B)}{(C-B)w^2 T^2} q^2}.$$

Endlich ist für den Fall, dass die erste der Gleichungen 22) zur Untersuchung der Bewegung der Axe A und die zweite jener Gleichungen zur Erörterung der Bewegung von B benutzt werden soll, den Gleichungen 24) und 27) entsprechend.

29)
$$\sin^2 \alpha = \frac{CF_1}{A-C} + \frac{BA(B-C)}{(A-C)w^2 T^2} r^2$$
$$\sin^2 \beta = \frac{CF_{11}}{(B-C)} + \frac{AB(A-C)}{(B-C)w^2 T^2} q^2.$$

Führt man in 22a) die Werthe von q, r und $\cos j$ aus 26) und 28) ein, bezieht man die oberen Zeichen auf die Zeiten, in welchen q und $\cos j$, respective r und $\cos j$ gleiche Zeichen haben, die unteren Zeichen auf den entgegengesetzten Fall, behält man sich endlich vor $\sqrt{-FF_1}$ und $\sqrt{-FF_{11}}$ stets mit demjenigen Vorzeichen zu nehmen, bei welchem ∂t positiv ausfällt, so lassen sich die für dieses Differential erhaltenen Ausdrücke wie folgt ordnen:

30)
$$\partial t = \frac{B\sqrt{AC}}{w^2 T^2 \sqrt{-FF_1}} \cdot \frac{\pm \partial r}{\sqrt{\left(1 - \frac{B(C-B)}{w^2 T^2 F} r^2\right)\left(1 - \frac{B(A-B)}{w^2 T^2 F_1} r^2\right)}}$$

31)
$$\partial t = \frac{A\sqrt{BC}}{w^2 T^2 \sqrt{-FF_{11}}} \cdot \frac{\mp \partial q}{\sqrt{\left(1 - \frac{A(C-A)}{w^2 T^2 F} q^2\right)\left(1 + \frac{A(A-B)}{w^2 T^2 F_{11}} q^2\right)}}$$

Das Verfahren bei der Integration dieser Gleichungen hängt wesentlich davon ab, ob die in denselben vorkommenden Factoren von r^2 und q^2 positiv oder negativ sind, und in 30) auch davon, welcher von diesen zwei Factoren der grössere ist. Zur leichteren Uebersicht wird daher in der

Folge überall, wo nicht eine Ausnahme ausdrücklich ausgesprochen ist, die Voraussetzung gemacht, dass
entweder $\quad A < B < C$
oder $\quad A > B > C$
ist, so dass $C-A$, $C-B$, $B-A$ und F gleiche, F und F_1 hingegen entgegengesetzte Vorzeichen haben, die Brüche $\dfrac{AF}{C-A}$, $\dfrac{B-A}{C-A}$, $\dfrac{CF_1}{A-C}$, $\dfrac{B-C}{A-C}$, $\dfrac{C-B}{F}$, $\dfrac{A-B}{F_1}$ aber sämmtlich positiv sind. In Berücksichtigung dieses letzteren Umstandes kann man setzen:

$$32) \qquad sin^2\mu = \frac{AF}{C-A}$$

und hieraus folgt in Verbindung mit 25):

$$33) \qquad cos^2\mu = \frac{CF_1}{A-C}.$$

Der spitze Winkel μ steht also zu der Axe C ganz in derselben Beziehung, wie sein Complementswinkel zur Axe A.

Damit endlich in 30) der Factor von r^2 in der ersten Parenthese grösser ist, als derjenige in der zweiten Parenthese, setzen wir noch voraus, die Vertheilung der Bezeichnungen A und C sei unter dem kleinsten und grössten der Trägheitsmomente der freien Axen so geschehen, dass:

$$\frac{C-B}{BF} < \frac{A-B}{BF_1},$$

also umgekehrt:

$$\frac{(C-A)}{A(C-B)} cos^2\alpha_0 + cos^2\beta_0 < \frac{(A-C)}{C(A-B)} cos^2 j_0 + cos^2\beta_0,$$

d. h.:

$$\frac{(A-B)^2}{A^2} cos^4\alpha_0 < \frac{(C-B)^2}{C^2} cos^4 j_0$$

wird. Alsdann hat aber auch F_{11} das nämliche Vorzeichen, wie $B-C$, so dass man, mit μ_1 einen spitzen Winkel bezeichnend,

$$34) \qquad sin^2\mu_1 = \frac{CF_{11}}{B-C},$$

mithin nach 25):

$$cos^2\mu_1 = \frac{BF}{C-B} = \frac{B(C-A)}{A(C-B)} sin^2\mu$$

setzen kann. Durch Einführung dieser Winkel μ und μ_1 in 27) und 29) ergiebt sich:

$$27a) \qquad sin^2 j = sin^2\mu + \frac{BC(B-A)}{(C-A)n^2T^2} r^2.$$

29a)
$$\sin^2\alpha = \cos^2\mu + \frac{BA(B-C)}{(A-C)w^2T^2}r^2,$$
$$\sin^2\beta = \sin^2\mu_1 + \frac{AB(A-C)}{(B-C)w^2T^2}q^2.$$

Verfährt man eben so mit den Gleichungen 30) und 31) und setzt man dabei zur Abkürzung:

35)
$$h = \frac{ABC}{w^2T^2\sin\mu\cos\mu\sqrt{(C-A)^2}},$$
$$a = \frac{AB(C-B)}{w^2T^2\sin^2\mu(C-A)},$$
$$b = \frac{CB(B-A)}{w^2T^2\cos^2\mu(C-A)},$$
$$h_1 = \frac{AC\sqrt{AB}}{w^2T^2\sin\mu\sin\mu_1\sqrt{(C-A)(C-B)}},$$
$$a_1 = \frac{A^2}{w^2T^2\sin^2\mu},$$
$$b_1 = \frac{AC(B-A)}{w^2T^2\sin^2\mu_1(C-B)},$$

so verwandeln sich die genannten Gleichungen in:

30a)
$$\partial t = h \cdot \frac{\pm\,\partial r}{\sqrt{(1-ar^2)(1-br^2)}}.$$

31a)
$$\partial t = h_1 \cdot \frac{\mp\,\partial q}{\sqrt{(1-a_1q^2)(1-b_1q^2)}}.$$

Wird in diesen Gleichungen anstatt der periodisch zu- und abnehmenden Variabeln r und q eine neue Veränderliche λ eingeführt, welche von $t=0$ an positiv ist und mit t stetig wächst, indem man in 30a):

$$H = \frac{h}{\sqrt{a}}, \quad c = \sqrt{\frac{b}{a}}, \quad r = \pm\frac{1}{\sqrt{a}}\sin\lambda$$

und in 31a):

$$H = \frac{h_1}{\sqrt{a_1+b_1}}, \quad c = \sqrt{\frac{b_1}{a_1+b_1}}, \quad q = \pm\frac{1}{\sqrt{a_1}}\cos\lambda$$

setzt, so geben beide:

36)
$$\partial t = H\frac{\partial\lambda}{\sqrt{1-c^2\sin^2\lambda}}.$$

37)
$$H = \frac{C}{wT\cos\mu}\sqrt{\frac{AB}{(C-A)(C-B)}}$$
$$c = tg\,\mu\sqrt{\frac{C(B-A)}{A(C-B)}},$$

indem:

38)
$$r = \pm \frac{wT}{\sqrt{AB}} \sin\mu \sin\lambda \sqrt{\frac{C-A}{C-B}}$$
$$q = \pm \frac{wT}{A} \sin\mu \cos\lambda$$

wird.

Die Einführung dieser Ausdrücke in 27a), 29a), 19) und 23) verwandelt diese Gleichungen in:

27b) $\qquad \sin^2 j = \sin^2\mu + \frac{C(B-A)}{A(C-B)} \sin^2\mu \sin^2\lambda.$

29b) $\qquad \sin^2\alpha = \cos^2\mu + \sin^2\mu \sin^2\lambda$

$\qquad \sin^2\beta = \sin^2\mu_1 + \frac{B(C-A)}{A(C-B)} \sin^2\mu \cos^2\lambda$

$\qquad\qquad = \sin^2\mu_1 + \cos^2\mu_1 \cos^2\lambda.$

$\qquad \cos^2\varphi = \frac{B(C-A)}{A(C-B)} \cdot \frac{\sin^2\mu \sin^2\lambda}{\sin^2 j} = \frac{\cos^2\mu_1 \sin^2\lambda}{\sin^2 j},$

19a) $\qquad \cos^2\varphi_1 = \frac{B(C-A)}{A(C-B)} \cdot \frac{\sin^2\mu \sin^2\lambda}{\sin^2\alpha} = \frac{\cos^2\mu_1 \sin^2\lambda}{\sin^2\alpha},$

$\qquad \sin^2\varphi_{11} = \frac{\sin^2\mu \cos^2\lambda}{\sin^2\beta}.$

Endlich geben 27b) und 29b) oder 19) noch:

$\qquad \cos^2 j = \cos^2\mu - \frac{C(B-A)}{A(C-B)} \sin^2\mu \sin^2\lambda,$

39) $\qquad \cos^2\alpha = \sin^2\mu \cos^2\lambda,$

$\qquad \cos^2\beta = \cos^2\mu_1 \sin^2\lambda = \frac{B(C-A)}{A(C-B)} \sin^2\mu \sin^2\lambda$

und der Gleichung 2) entsprechend:
$$\cos^2\alpha + \cos^2\beta + \cos^2 j = 1.$$

Entspricht $t = 0$, $\lambda = \lambda_0$, so ist 39) gemäss:

$$\sin\lambda_0 = \pm \frac{\cos\beta_0}{\cos\mu_1} = \pm \sqrt{\frac{(C-B)\cos^2\beta_0}{BF}}$$
$$= \pm \sqrt{\frac{A(C-B)\cos^2\beta_0}{B(C-A)\cos^2\alpha_0 + A(C-B)\cos^2\beta_0}},$$

mithin:

40) $\qquad tg\,\lambda_0 = \pm \frac{\cos\beta_0}{\cos\alpha_0} \sqrt{\frac{A(C-B)}{B(C-A)}}.$

Für $\frac{C-B}{F} = \frac{A-B}{F_1}$ wird $a = b$, F_{11} und μ_1 Null und
$$\sin^2\beta = \frac{B(C-A)}{A(C-B)} \sin^2\mu \cos^2\lambda.$$

Setzt man dies in 19a) ein, so findet sich für diesen besonderen Fall:

41) $\qquad \sin^2\varphi_{11} = \frac{A(C-B)}{B(C-A)}.$

Der Winkel φ_{11} ist also in diesem Falle constant; auch zeigt die letzte der Gleichungen 21), wenn man in derselben B mit C, β mit j, φ_{11} mit φ vertauscht, dass gerade an der durch 41) bestimmten Stelle $\dfrac{\partial \varphi_{11}}{\partial t}$ das Zeichen wechselt, d. h. durch 0 hindurchgeht. Aus dem Umstande, dass hier $\mu_1 = 0$ ist, folgt ferner 34) gemäss:

$$\frac{BF}{C-B} = 1 = \frac{B}{A}\frac{(C-A)}{(C-B)} sin^2 \mu$$

und es ist also in diesem Falle:

42) $$sin^2 \mu = \frac{A(C-B)}{B(C-A)}.$$

Die Gleichung 30a) verwandelt sich endlich durch $a = b$ in:

$$\partial t = H \frac{\pm \partial r \sqrt{a}}{1 - a r^2}.$$

Zugleich wird aber in Gemässheit von 19), 35) und 42) $\pm r\sqrt{a} = cos \beta$, indem anfänglich $cos \beta$ positiv, $\partial cos \beta$ negativ und daher das untere Zeichen zu nehmen ist. Man erhält daher:

$$\partial t = H \cdot \frac{-\partial cos^2 \beta}{1 - cos^2 \beta}$$

und

43) $$t = \tfrac{1}{2} H \, log \left[\frac{(1 + cos \beta_0)(1 - cos \beta)}{(1 - cos \beta_0)(1 + cos \beta)} \right].$$

Die Zeit, nach welcher $\beta = \tfrac{1}{2}\pi$ wird, findet sich also:

$$t^1 = \tfrac{1}{2} H \, log \left[\frac{1 + cos \beta_0}{1 - cos \beta_0} \right]$$

und die Zeit, binnen welcher β die Werthe 0 und π bekommt, $-\infty$ und $+\infty$.

Nach den vorstehenden Ergebnissen lässt sich nun ein deutliches Bild von der Bewegung der 3 freien Axen entwerfen. Zunächst folgt aus den Differentialgleichungen 21), dass **unabhängig von dem Grössenverhältniss** der Trägheitsmomente A, B und C, $\dfrac{\partial \psi}{\partial t}$ stets positiv ist, **die Neigungsebene jeder freien Axe dreht sich also unausgesetzt in der ursprünglichen**, z. B. in Fig. 1 Taf. VIII für die Axe C durch den Pfeil angedeuteten Richtung. Ferner ist $\partial \varphi \, cos j$ der Winkel, um welchen sich die Knotenlinie My_{11} in der Ebene $Ex_1 y_{11}$ während der Zeit ∂t dreht, und $\partial \varphi$ der Winkel, um welchen die Axe B während derselben Zeit, in Vergleich mit My_{11} — d. h. also nur relativ — rückwärts geht. Die erste der Gleichungen 21) ist daher nichts anderes, als die Umkehrung des bekannten Satzes, nach welchem man die gleichzeitigen Drehungen eines Körpers um drei auf einander rechtwinklige Axen auf eine einfache Drehung zurückführt. Bezeichnet ferner n eine ganze positive Zahl, so hat man allgemein:

$$\int_{2n\pi}^{2n\pi+\lambda_1} \frac{\partial \lambda}{\sqrt{1-c^2 \sin^2 \lambda}} = \int_0^{\lambda_1} \frac{\partial \lambda}{\sqrt{1-c^2 \sin^2 \lambda}}.$$

Die ganze Bewegung der freien Axen um die ursprüngliche Rotationsaxe $z\,B$ Fig. 1 Taf. VIII zerfällt daher in einzelne auf einander folgende Oscillationen, die wir uns so begrenzt denken können, dass für den Anfang und das Ende jeder Oscillation λ die Form $2n\pi$ hat, wobei natürlich $t=0$ nicht gerade ein Oscillationsanfang zu sein braucht. Zählt man aber die Zeit immer wieder von dem Beginn einer neuen Oscillation an, so haben in allen Oscillationen für gleiche t auch die Quadrate der Sinuse und Cosinuse aller von t abhängigen Winkel gleiche Grösse und es lässt sich voraussehen, dass dies auch von jenen Winkeln selbst gelten wird.

Betrachten wir nun eine derartige Oscillation specieller, so ergiebt sich:

für $\lambda = 0$	$=\tfrac{1}{2}\pi$	$=\pi$	$=\tfrac{3}{2}\pi$
$sin^2 j = sin^2 \mu$	$sin^2(\tfrac{1}{2}\pi - \mu_1)$	$sin^2 \mu$	$sin^2(\tfrac{1}{2}\pi - \mu_1)$
$cos^2 \varphi = 0$	1	0	1
$sin^2 \alpha = sin^2(\tfrac{1}{2}\pi - \mu)$	1	$sin^2(\tfrac{1}{2}\pi - \mu)$	1
$cos^2 \varphi_1 = 0$	$cos^2 \mu_1$	0	$cos^2 \mu_1$
$sin^2 \beta = 1$	$sin^2 \mu_1$	1	$sin^2 \mu_1$
$sin^2 \varphi_{11} = sin^2 \mu$	0	$sin^2 \mu$	0

Berücksichtigt man, dass sich die vorstehenden Winkel j, φ u. s. w. nur stetig ändern und alle aufgeführte Werthe ihrer trigonometrischen Linien entweder Maxima oder Minima (z. B. $sin^2 j = sin^2 \mu$ ein Minimum) sind, so ergiebt sich zunächst Folgendes:

1) Der Neigungswinkel j der Axe C nimmt periodisch von μ bis $\tfrac{1}{2}\pi - \mu_1$ zu und ab, erreicht also nie die Grenzen 0 und $\tfrac{1}{2}\pi$.

2) In dem schon früher hervorgehobenen besonderen Falle $a=1$, $\mu_1=0$ sind die Axen A und C in gleich günstigen Verhältnissen, allein die Zeit, in welcher ihre Neigungswinkel die Grösse $\tfrac{1}{2}\pi$ erreichen, ergab sich bereits $=\infty$, indem in diesem Moment $\beta=\pi$ werden müsste.

3) Auch abgesehen von diesem besonderen Falle erreichen die Neigungswinkel α und β nie die Grenzen 0 und π, die Sinuse derselben sind daher stets positiv. Aus der zweiten der Gleichungen 21) folgt ferner, dass

$$\frac{\partial \alpha}{\partial t} = \frac{w\,T\,[C-B]\,sin\,\alpha\,sin\,\varphi_1\,cos\,\varphi_1}{BC}$$

$$\frac{\partial \beta}{\partial t} = \frac{w\,T\,[A-C]\,sin\,\beta\,sin\,\varphi_{11}\,cos\,\varphi_{11}}{AC}$$

ist und hieraus ersieht man, dass $\partial \alpha$ und $\partial \beta$ nur mit $sin\,\varphi_1\,cos\,\varphi_1$ respective $sin\,\varphi_{11}\,cos\,\varphi_{11}$ das Zeichen wechselt. Nun tritt, wie die obige Tabelle zeigt, weder für $sin\,\alpha=1$, noch für $sin\,\beta=1$ ein solcher Zeichenwechsel ein und daher müssen α und β an der Grenze $\tfrac{1}{2}\pi$ anlangend, dieselbe auch jedesmal überschreiten, d. h. diese Winkel nehmen periodisch α von $\tfrac{1}{2}\pi - \mu$ bis

$\frac{1}{2}\pi + \mu$, und β von μ_1 bis $\pi - \mu_1$ zu und ab. Bei der Axe A ist diese grosse Schwankung nicht durch die Grösse ihres ursprünglichen Neigungswinkels α_0 an sich, sondern nur durch das Verhältniss dieses Winkels zu j_0 bedingt. Bei derjenigen Axe B hingegen, deren Trägheitsmoment der Grösse nach das mittlere ist, tritt die soeben erörterte grosse Schwankung auch dann ein, wenn ihr ursprünglicher Neigungswinkel β_0 noch so klein war. **Das Gleichgewicht der Fliehkräfte ist demnach für diese Axe ein ganz unsicheres**, auf welches in der Praxis nie gerechnet werden darf.

Für $\lambda = 0$ ist $\beta = \frac{1}{2}\pi$ und die Axe B rechtwinklig auf der Knotenlinie My_II Fig. 1 Taf. VIII, mithin die Ebene der $x_\mathrm{III}\, z_\mathrm{III}$ zugleich die Neigungsebene von C, $j = \mu$, α entweder $\frac{1}{2}\pi - \mu$ oder $\frac{1}{2}\pi + \mu$. Da man aber den durch 40) bestimmten Winkel λ_0 beliebig um π grösser oder kleiner nehmen, d. h. den Beginn unserer Oscillation beliebig um $\Delta\lambda = \pi$ vor oder zurück schieben kann, so setzen wir voraus, λ_0 sei dergestalt gewählt, dass in Bezug auf α der erste der zwei oben angeführten Fälle eintritt. Hierdurch ist bestimmt, in welcher Weise j und α von $\lambda = 0$ an sich ändern; bei β hingegen bleiben noch zwei mögliche Fälle I) und II) zu unterscheiden. Mit Berücksichtigung dieses Umstandes erhält man:

für $\lambda =$	0	$= \frac{1}{2}\pi$	$= \pi$	$= \frac{3}{2}\pi$	$= 2\pi$
$j =$	μ	$\frac{1}{2}\pi - \mu_1$	μ	$\frac{1}{2}\pi - \mu_1$	μ
$\alpha = $	$\frac{1}{2}\pi - \mu$	$\frac{1}{2}\pi$	$\frac{1}{2}\pi + \mu$	$\frac{1}{2}\pi$	$\frac{1}{2}\pi - \mu$
β I.	$\frac{1}{2}\pi$	$\pi - \mu_1$	$\frac{1}{2}\pi$	μ_1	$\frac{1}{2}\pi$
β II.	$\frac{1}{2}\pi$	μ_1	$\frac{1}{2}\pi$	$\pi - \mu_1$	$\frac{1}{2}\pi$.

Da α_0, β_0 und j_0 kleiner als $\frac{1}{2}\pi$ vorausgesetzt wurden, so muss λ_0 in dem vorstehenden Falle I im vierten Quadranten, im Falle II hingegen im ersten Quadranten genommen werden.

In Betreff des Winkels φ ist zuvörderst zu bemerken, dass in $\dfrac{\partial \varphi}{\partial t}$ (21) $\cos j$ stets positiv, die darauf folgende Parenthese aber positiv oder negativ ist, je nachdem $C \gtreqless A$. Im ersteren Falle eilt also die Neigungsebene der Axe C dem Körper in der Drehung voraus, im letzteren Falle bleibt sie hinter demselben zurück. Da übrigens φ eben so oft einen Kreisquadranten überschreitet, wie λ, so lässt sich von $\lambda = \lambda_0$ $\varphi = \varphi_0$ aus leicht abzählen, welcher Werth von φ einem gegebenen $\lambda = n\pi$ entspricht.

In dem Differentialquotienten $\dfrac{\partial \varphi_1}{\partial t}$ ist natürlich gerade umgekehrt der φ_1 enthaltende Factor positiv oder negativ, je nachdem $A \gtreqless C$, einen Zeichenwechsel von $\dfrac{\partial \varphi_1}{\partial t}$ bringt aber nur die Zeichenveränderung von $\cos \alpha$ hervor und diese tritt für $\lambda = \frac{1}{2}\pi$ und $\lambda = \frac{3}{2}\pi$ ein. In diesen Momenten erreicht daher φ_1 seinen grössten und seinen kleinsten Werth und da zwischen beiden entweder $\varphi = +\frac{1}{2}\pi$ oder $\varphi = -\frac{1}{2}\pi$ liegt, so ergiebt sich überhaupt nachstehende Reihenfolge der Werthe von φ_1:

		für $\lambda = 0$	$\frac{1}{2}\pi$	π	$\frac{3}{2}\pi$
wenn $\varphi_0 > 0$	$A > C$	$\varphi_1 = \frac{1}{2}\pi$	$\pi - \mu_1$	$\frac{1}{2}\pi$	μ_1
	$A < C$	$\varphi_1 = \frac{1}{2}\pi$	μ_1	$\frac{1}{2}\pi$	$\pi - \mu_1$
wenn $\varphi^0 < 0$	$A > C$	$\varphi_1 = -\frac{1}{2}\pi - \mu_1$	$-\frac{1}{2}\pi$		$-\pi + \mu_1$
	$A < C$	$\varphi_1 = -\frac{1}{2}\pi - \pi + \mu_1$	$-\frac{1}{2}\pi$		$-\mu_1$.

Aehnlich verhält es sich mit φ_{II}; wie bereits oben gezeigt wurde, wechselt der φ_{II} enthaltende Factor von $\dfrac{\partial \varphi_{II}}{\partial t}$ erst mit

$$sin^2 \varphi_{II} = \frac{A(B-C)}{C(A-B)}$$

sein Zeichen und nur erst in dem Ausnahmefalle $\mu_1 = 0$, in welchem φ_{II} constant ist, erreicht $sin^2 \mu$ die vorstehende Grenze. Die Maxima $sin^2 \varphi_{II} = sin^2 \mu$, bei denen die Zeichenänderung von $cos \beta$ auch das Zeichen von $\dfrac{\partial \varphi_{II}}{\partial t}$ ändert, treten daher jedesmal ein, ohne dass die Veränderung von φ_{II} selbst etwas dazu beiträgt. Die Reihenfolge der Werthe dieses Winkels ist demnach:

		für $\lambda = 0$	$\frac{1}{2}\pi$	π	$\frac{3}{2}\pi$	2π
entweder	(1)	$\varphi_{II} = -\mu$	0	$+\mu$	0	$-\mu$
oder	(2)	$\varphi_{II} = +\mu$	0	$-\mu$	0	$+\mu$.

Findet in Betreff der Aenderungen von β der oben sub I angeführte Fall statt, so ist von $\lambda = \frac{1}{2}\pi$, $\beta = \pi - \mu_1$, $\varphi_{II} = 0$ aus $\dfrac{\partial \beta}{\partial t}$ negativ, mithin $[A - C]$ $sin \varphi_{II} < 0$,

d. h. entweder $C > B > A$ und $\varphi_{II} > 0$
        oder $C < B < A$ „ $\varphi_{II} < 0$.

Aus der von 21) abgeleiteten Gleichung:

$$\frac{\partial \varphi_{II}}{\partial t} = \frac{w\, T \cos \beta}{AC} \left[C \sin^2 \varphi_{II} + A \cos^2 \varphi_{II} - \frac{AC}{B} \right],$$

in welcher für den hier zu betrachtenden Moment $cos \beta$ negativ und $\varphi_{II} = 0$ ist, erhält man ferner für denselben Moment:

$$\frac{\partial \varphi_{II}}{\partial t} = \frac{w\, T \cos \beta}{BC}(B - C)$$

und hieraus folgt, dass für $C > B$ $\dfrac{\partial \varphi_{II}}{\partial t}$ positiv und von da aus auch φ_{II} positiv ist, wie es der Fall I der Veränderungen von β und der Fall 1) der Veränderungen von φ_{II} bedingen. Beide Fälle passen also zusammen, während für $C < B < A$ umgekehrt der Fall 2) dem Fall I und der Fall 1) dem Falle II entspricht.

Ob übrigens die Reihenfolge der Werthe von β die in I oder die in II angegebene ist, hängt von dem Zeichen des Anfangswerthes φ_0 von φ_{II} ab.

Bleiben wir z. B. bei der Annahme $C > B > A$ stehen und setzen wir zugleich $\varphi_0 < 0$ voraus, so treten die Fälle I und 1) ein; denn bei diesen Fällen ist λ_0 im vierten Quadranten zu nehmen, wo in der That φ_{11} negativ ist. Schlüsslich sei noch bemerkt, dass sich die Fälle I und II von einander nur dadurch unterscheiden, dass bei denselben die entgegengesetzten Seiten der Axe B mit der ursprünglichen Drehungsaxe Mz Fig. 1 Taf. VIII den spitzen Winkel μ bilden.

Denkt man sich die Drehung des Körpers schon vor dem eigentlichen Anfang derselben, aber ganz nach den oben entwickelten Gesetzen in einem Augenblick begonnen, in welchem $\lambda = 0$ war und zählt man die Zeit t, wie wir es nun stets thun wollen, von diesem Augenblicke an, so giebt nach 36):

$$44)\qquad t_0 = H \int_0^{\lambda_0} \frac{\partial \lambda}{\sqrt{1 - c^2 \sin^2 \lambda}}$$

die Grösse, um welche auf diese Weise der Nullpunkt von t rückwärts verlegt wird und sodann:

$$45)\qquad t = H \int_0^{\lambda} \frac{\partial \lambda}{\sqrt{1 - c^2 \sin^2 \lambda}}$$

die Zeit, zu welcher λ einen durch die Winkel j, β, α u. s. w. gegebenen Werth bekommt. Ist also eine gewisse Stellung der Axen C, A, B gegeben und die Zeit gesucht, in welcher sie diese Stellung erhalten, so hat man die obere Grenze des Integrals 45) aus einer oder der anderen unter den Gleichungen 27b), 29b), 39) und 19a) zu berechnen und sodann den Zahlenwerth jenes Integrals zu bestimmen. Verlangt man dagegen die Lage des Körpers für eine gegebene Zeit, so ist aus letzterer, d. h. aus dem Quotienten $\dfrac{t}{H}$ die Grenze λ des Integrals zu bestimmen und in den obigen Gleichungen einzusetzen.

Wird z. B. j, α oder β gegeben, so erhält man durch eine leichte Reduction der Gleichungen 39):

$$\sin^2 \lambda = \frac{A(C-B)[\cos^2 \mu - \cos^2 j]}{C[B-A]\sin^2 \mu}$$

$$\cos^2 \lambda = \frac{\cos^2 \alpha}{\sin^2 \mu}$$

$$\sin^2 \lambda = \frac{\cos^2 \beta}{\cos^2 \mu_1}.$$

Der Quadrant, in welchem λ zu nehmen ist, bestimmt sich natürlich auf ähnliche Weise, wie es bereits bei dem Winkel λ_0 erklärt wurde.

Das in den Gleichungen 44) und 45) vorkommende Integral ist bekanntlich die elliptische Function der ersten Art, oder nach der von Legendre eingeführten Bezeichnungsweise $F(c, \lambda)$. Jene Gleichungen können daher auch geschrieben werden:

44) $\quad t_0 = HF(c, \lambda_0),$
45) $\quad t = HF(c, \lambda).$

Ist es nun auch hier nicht der Ort zur Discussion dieser Functionen, so sei es doch gestattet, zur Bequemlichkeit eines oder des anderen Lesers die numerische Berechnung derselben oder ihrer Grenzen kurz zusammenzustellen.

Bezeichnet ganz allgemein F eine Function der Veränderlichen λ, welche von der letzteren nichts anderes als gerade Potenzen ihrer Sinuse enthält und n eine ganze positive Zahl, so ist:

46)
$$\int_0^{n\pi+\lambda_1} F\partial\lambda = 2n \int_0^{\frac{1}{2}\pi} F\partial\lambda + \int_0^{\lambda_1} F\partial\lambda$$

$$\int_0^{\frac{2n-1}{2}\pi+\lambda_1} F\partial\lambda = 2n \int_0^{\frac{1}{2}\pi} F\partial\lambda - \int_0^{\frac{1}{2}\pi-\lambda_1} F\partial\lambda.$$

Durch Anwendung dieser Gleichungen kann $F(c, \lambda)$ allemal in gleichartige Functionen von solcher Beschaffenheit zerlegt werden, dass in denselben die obere Integralgrenze $\lambda < \frac{1}{2}\pi$ ist und die Berechnung der letzteren lässt sich dann auf nachstehende Weise ausführen:

Es sei das Complement des Moduls c, d. i. $\sqrt{1-c^2} = b$ und

$$c_1 = \frac{1-b}{1+b}, \quad tg(\lambda_1 - \lambda) = b\, tg\,\lambda$$

$$c = \frac{1-b^1}{1+b^1}, \quad tg(\lambda - \lambda^1) = b^1\, tg\,\lambda^1,$$

so dass also c^1, b^1 und λ^1 zu c, b und λ ganz in derselben Beziehung stehen, wie diese zu c_1, b_1 und λ_1. Man hat dann sogleich:

$$b_r = \frac{2\sqrt{b}}{1+b}, \quad b = \frac{1-c_1}{1+c_1},$$

$$c = \frac{2\sqrt{c_1}}{1+c_1}, \quad \frac{b_1}{2\sqrt{b}} = \frac{\sqrt{c_1}}{c}, \quad \frac{2\sqrt{b^1}}{b} = \frac{c^1}{\sqrt{c}}$$

und vermittelst einiger Rechnung:

$$sin(2\lambda^1 - \lambda) = c\, sin\,\lambda.$$

Zugleich aber ist nach der Theorie der elliptischen Functionen:

$$\frac{b_1}{2\sqrt{b}} F(c_1, \lambda_1) = F(c, \lambda) = \frac{c^1}{\sqrt{c}} F(c^1, \lambda^1).$$

Vermittelst dieser Gleichungen kann $F(c, \lambda)$ ebensowohl in eine gleichartige Function mit kleinerem Modul c_1, als in eine ähnliche Function mit grösserem Modul c^1 verwandelt werden. Wiederholt man mit den auf die erste Weise erhaltenen Functionen immer wieder dieselbe Umgestaltung, so kommt man sehr bald auf einen Modul c_n, welcher $= 0$ gesetzt werden kann. Zur leichteren Ausführung dieser Transformationen nehme man allgemein $c_i = \sin \Theta_i$, mithin $b_i = \cos \Theta_i$; denn dann ist:

$$c_\text{I} = \sin \Theta_\text{I} = tg^2 \tfrac{1}{2} \Theta \qquad tg(\lambda_\text{I} - \lambda) = b \, tg \, \lambda$$
$$c_\text{II} = \sin \Theta_\text{II} = tg^2 \tfrac{1}{2} \Theta_\text{I} \qquad tg(\lambda_\text{II} - \lambda_\text{I}) = b_\text{I} \, tg \, \lambda_\text{I}$$
$$c_\text{III} = \sin \Theta_\text{III} = tg^2 \tfrac{1}{2} \Theta_\text{II} \qquad tg(\lambda_\text{III} - \lambda_\text{II}) = b_\text{II} \, tg \, \lambda_\text{II}$$
$$\text{u. s. w.}$$

Nach der Berechnung dieser Grössen ist dann (wegen $c_n = 0$) $F(c_n, \lambda_n) = \lambda_n$, sowie:

$$F(c, \lambda) = \frac{b_\text{I}}{2 \sqrt{b}} F(c_\text{I}, \lambda_\text{I}) = \frac{b_\text{I} b_\text{II}}{(2)^2 \sqrt{b \, b_\text{I}}} F(c_\text{II}, \lambda_\text{II}) = \ldots$$

d. h. für:

$$\Sigma_\text{I} = \sqrt{\frac{b_\text{I} b_\text{II} b_\text{III} \ldots b_n}{b}}$$

$$F(c, \lambda) = \frac{\lambda_n}{(2)^n} \Sigma_\text{I}.$$

Da sich $b_\text{I}, b_\text{II} \ldots$ immer mehr der Einheit nähern, so nähert sich auch $\dfrac{\lambda_i}{\lambda_{i-1}}$ immer mehr der Grenze 2. Für $\lambda = \tfrac{1}{2}\pi$ ist diess gleich anfänglich der Fall und daher sogleich:

$$F(c, \tfrac{1}{2}\pi) = \tfrac{1}{2}\pi \, \Sigma_\text{I}.$$

Wird $F(c, \lambda)$ in gleicher Weise nach der entgegengesetzten Richtung transformirt, so kommt man, besonders wenn c gross ist, sehr bald auf einen Modul $c^{(n)}$, welcher $= 1$ gesetzt werden kann, so dass man:

$$F(c^{(n)}, \lambda^{(n)}) = \int_0^{\lambda^{(n)}} \frac{\partial \cdot \sin \lambda}{\sqrt{1 - \sin^2 \lambda}} = \tfrac{1}{2} \log \left[\frac{1 + \sin \lambda^{(n)}}{1 - \sin \lambda^{(n)}} \right] = \log tg \, (\tfrac{1}{4}\pi + \tfrac{1}{2} \lambda^{(n)})$$

erhält. Zur Ausführung dieser Transformationen hat man für $c^{(i)} = \cos \Theta^{(i)}$ $b^{(i)} = \sin \Theta^{(i)}$:

$$b^\text{I} = \sin \Theta^\text{I} = tg^2 \tfrac{1}{2} \Theta \qquad \sin(2\lambda^\text{I} - \lambda) = c \, \sin \lambda$$
$$b^\text{II} = \sin \Theta^\text{II} = tg^2 \tfrac{1}{2} \Theta^\text{I} \qquad \sin(2\lambda^\text{II} - \lambda^\text{I}) = c^\text{I} \, \sin \lambda^\text{I}$$
$$b^\text{III} = \sin \Theta^\text{III} = tg^2 \tfrac{1}{2} \Theta^\text{II} \qquad \sin(2\lambda^\text{III} - \lambda^\text{II}) = c^\text{II} \, \sin \lambda^\text{II}$$
$$\text{u. s. w.}$$

Sodann aber ist für:

$$\Sigma^\text{I} = \sqrt{\frac{c^\text{I} c^\text{II} c^\text{III} \ldots c^{(n-1)}}{c}}$$

$$F(c, \lambda) = \Sigma^\text{I} \log tg \, (\tfrac{1}{4}\pi + \tfrac{1}{2} \lambda^{(n)})$$

Ist die Zeit t, mithin der Quotient $\dfrac{t}{H} = Q$ gegeben, so lässt sich der Bruch $\dfrac{Q}{F(c, \tfrac{1}{2}\pi)}$ entweder auf die Form $2n + \dfrac{R}{F(c, \tfrac{1}{2}\lambda)}$ oder auf die Form

$2n - \dfrac{R}{F(c, \frac{1}{2}\pi)}$ bringen, wo n eine ganze positive Zahl und $R < F(c, \frac{1}{2}\pi)$ ist und bezeichnet dann λ_{II} denjenigen Winkel, welcher der Gleichung

$$F(c, \lambda_{\mathrm{II}}) = R$$

genügt, so ist im ersten Falle $\lambda = n\pi + \lambda_{\mathrm{II}}$ und im zweiten Falle $\lambda = n\pi - \lambda_{\mathrm{II}}$. Es kommt also bei der Lösung der gestellten Aufgabe nur noch darauf an, aus dem Zahlenwerth R einer Function $F(c, \lambda)$ ihre Amplitude $\lambda = \lambda_{\mathrm{n}}$ zu bestimmen. Hierzu berechnet man Σ_1 wie oben und sodann aus der Gleichung:

$$R = \dfrac{\lambda_{\mathrm{n}}}{(2)^n} \Sigma_1$$

den Winkel λ_{n}; von diesen aber gelangt man rückwärts zu λ durch:

$$\sin(2\lambda_{n-1} - \lambda_n) = c_n \sin \lambda_n$$
$$\sin(2\lambda_{n-2} - \lambda_{n-1}) = c_{n-1} \sin \lambda_{n-1}$$
$$\sin(2\lambda_{n-3} - \lambda_{n-2}) = c_{n-2} \sin \lambda_{n-2}$$

u. s. w.

Die bisherigen Untersuchungen gaben die Beziehungen der Zeit t zu den Winkeln, welche die Lage des Körpers gegen die Neigungsebenen seiner freien Axen bestimmen. Es bleibt daher noch übrig, die Winkel ψ, ψ_1, ψ_{II} zu berechnen, um welche sich diese Neigungsebenen selbst in der Zeit t drehen und hierbei wollen wir t wieder von dem Beginn eines Oscillation, d. h. von $\lambda = 0$ an zählen, die diesem Augenblick entsprechenden Durchschnittslinien jener Neigungsebenen mit der unveränderlichen Ebene Cy_1D Fig. 1 Taf. VIII aber auch als ersten Schenkel der Winkel ψ betrachten — so dass $\lambda = 0$ und $t = 0$, auch $\psi = 0$ entspricht. Zur Bestimmung von ψ giebt die dritte der Gleichungen 21):

$$\partial \psi = \dfrac{wT}{AB}(B \sin^2 \varphi + A \cos^2 \varphi) \partial t$$
$$= \dfrac{wT}{A}\left(1 - \dfrac{B-A}{B} \cos^2 \varphi\right) \partial t$$

d. i. nach 19):

$$\partial \psi = \dfrac{wT}{A}\left(1 - \dfrac{B(B-A)r^2}{w^2 T^2 \sin^2 j}\right) \partial t.$$

Nach 27a) war:

$$\sin^2 j = \sin^2 \mu + \dfrac{BC(B-A)}{(C-A)w^2 T^2} r^2.$$

Schreibt man dies zur Abkürzung $\sin^2 j = \sin^2 \mu + Qr^2$ so wird:

$$\partial \psi = \dfrac{wT}{A}\left(1 - \dfrac{C-A}{C} \cdot \dfrac{Qr^2}{\sin^2 \mu + Qr^2}\right) \partial t$$
$$= \dfrac{wT}{A}\left(1 - \dfrac{C-A}{C} + \dfrac{C-A}{C} \cdot \dfrac{\sin^2 \mu}{\sin^2 \mu + Qr^2}\right) \partial t$$
$$= \dfrac{wT}{C} \partial t + \dfrac{wT(C-A)}{AC} \cdot \dfrac{1}{\sin^2 j \sin^{-2} \mu} \partial t$$

oder nach 27b):

$$\partial\psi = \frac{wT}{C}\partial t + \frac{wT(C-A)}{AC} \cdot \frac{1}{1+\dfrac{C(B-A)}{A(C-B)}\sin^2\lambda}\partial t.$$

Wird im letzten Gliede dieser Gleichung für ∂t sein Werth aus 36) und zugleich:

$$m = \frac{C(B-A)}{A(C-B)}$$

endlich aber, nach der eingeführten Bezeichnungsweise der elliptischen Functionen dritter Gattung:

$$\int_0^\lambda \frac{1}{1+m\sin^2\lambda} \cdot \frac{\partial\lambda}{\sqrt{1-c^2\sin^2\lambda}} = \Pi(m, c, \lambda)$$

gesetzt, so bekommt man, da für $t=0$ auch $\psi=0$ wird,

$$\psi = \frac{wTt}{C} + \frac{wT(C-A)}{AC} \cdot H \cdot \Pi(m, c, \lambda).$$

Der Drehungswinkel ψ_1 der Neigungsebene von A ergiebt sich ganz auf dieselbe Weise, wenn $m_1 = tg^2\mu$ ist:

$$\psi_1 = \frac{wTt}{A} - \frac{wT(C-A)}{AC} H \cdot \Pi(m_1, c, \lambda).$$

In Bezug auf die Neigungsebene von B ist endlich nach 21), 23), 29a) und 29b):

$$\partial\psi_{II} = \frac{wT}{AC}[C\sin^2\varphi_{II} + A\cos^2\varphi_{II}]\partial t$$

$$= \frac{wT}{C}\left[1 + \frac{C-A}{A}\sin^2\varphi_{II}\right]\partial t$$

$$= \frac{wT}{C}\left[1 + \frac{A(C-A)}{w^2T^2} \cdot \frac{q^2}{\sin^2\beta}\right]\partial t$$

$$= \frac{wT}{C}\left[1 + \frac{C-B}{B} \cdot \frac{Qq^2}{\sin^2\mu_1 + Qq^2}\right]\partial t$$

$$= \frac{wT}{B}\partial t - \frac{wT(C-B)}{BC} \cdot \frac{1}{1+\cotg^2\mu_1\cos^2\lambda}\partial t$$

$$= \frac{wT}{B}\partial t + \frac{wT(B-C)\sin^2\mu_1}{BC} \cdot \frac{1}{1-\cos^2\mu_1\sin^2\lambda}\partial t$$

Daher hat man für $m_{II} = -\cos^2\mu_1$

$$\psi_{II} = \frac{wTt}{B} + \frac{wT(B-C)\sin^2\mu_1}{BC} \cdot H \cdot \Pi(m_{II}, c, \lambda).$$

in dem schon oft erwähnten Ausnahmefalle $\mu_1 = 0$ aber

$$\psi_{II} = \frac{wTt}{B}.$$

Die Functionen Π lassen sich vermittelst der Gleichungen 46) eben so wie die Functionen F auf andere mit kleineren $\tfrac{1}{2}\pi$ nicht übersteigenden Amplituden zurückführen. Da ferner m_{II} ein echter Bruch ist, so hat man für $\sqrt{1 - c^2 \sin^2 \lambda} = \varDelta$:

$$\partial \varPi (m_{\text{II}}, c, \lambda) = \frac{1}{1 + m_{\text{II}} \sin^2 \lambda} \frac{\partial \lambda}{\varDelta} = \frac{\partial \lambda}{\varDelta} - \frac{m_{\text{II}} \partial \lambda \sin^2 \lambda}{\varDelta} + \ldots$$

oder:

$$\varPi (m_{\text{II}}, c, \lambda) = \int_0^\lambda \frac{\partial \lambda}{\varDelta} - m_{\text{II}} \int_0^\lambda \frac{\partial \lambda \sin^2 \lambda}{\varDelta} + m_{\text{II}}^2 \int_0^\lambda \frac{\partial \lambda \sin^4 \lambda}{\varDelta} - \ldots$$

Das erste Glied dieser Reihe ist $F(c, \lambda)$ und bezeichnet man die eliptische Function der zweiten Gattung, nämlich:

$$\int_0^\lambda \varDelta \partial \lambda \text{ mit } E(c, \lambda),$$

so ist:

$$\int_0^\lambda \frac{\partial \lambda \sin^2 \lambda}{\varDelta} = \frac{1}{c^2} [F(c, \lambda) - E(c, \lambda)].$$

Zugleich aber hat man:

$$E(c, \lambda) = \int_0^\lambda [\partial \lambda - \tfrac{1}{2} c^2 \partial \lambda \sin^2 \lambda - \tfrac{1}{8} c^4 \partial \lambda \sin^4 \lambda \ldots].$$

Führt man in dieser Gleichung für $\sin^2 \lambda$, $\sin^4 \lambda$, ... die bekannten, aus den Cosinusen der vielfachen Winkel gebildeten Ausdrücke ein und sodann die Integration aus, so kommt:

$$E(c, \lambda) = \lambda [1 - \tfrac{1}{4} c^2 - \tfrac{3}{64} c^4 - \tfrac{5}{256} c^6 \ldots]$$
$$+ \tfrac{1}{8} c^2 \sin 2\lambda + \tfrac{1}{32} c^4 (\sin 2\lambda - \tfrac{1}{4} \sin 4\lambda)$$
$$+ \tfrac{15}{1024} c^6 (\sin 2\lambda - \tfrac{1}{2} \sin 4\lambda + \tfrac{1}{15} \sin 6\lambda)$$
$$\ldots\ldots\ldots$$

Die auf das zweite folgenden Glieder der Entwickelung von $\varPi(m_{\text{II}}, c, \lambda)$ lassen sich endlich durch wiederholte Anwendung der Reductionsformel:

$$\int \frac{\partial \lambda \sin^{2k} \lambda}{\varDelta} = \frac{1}{(2k-1) c^2} \Big[\varDelta \cos \lambda \sin^{2k-3} \lambda$$
$$- (2k-3) \int \frac{\partial \lambda \sin^{2k-4} \lambda}{\varDelta}$$
$$+ (2k-2)(1 + c^2) \int \frac{\partial \lambda \sin^{2k-2} \lambda}{\varDelta} \Big]$$

auf Ausdrücke zurück führen, in denen nichts weiter zu integriren bleibt, als $\dfrac{\partial \lambda}{\varDelta}$ und $\dfrac{\partial \lambda \sin^2 \lambda}{\varDelta}$.

Auf die in ψ und ψ_1 vorkommenden Functionen $\varPi$ ist die obige Reihenentwickelung nur dann anwendbar, wenn m und m_1 kleiner als 1 sind. Ist diess nicht der Fall, so wird die numerische Bestimmung jener Functionen noch schwieriger und es möge daher gestattet sein, in dieser Beziehung auf die Werke zu verweisen, welche sich specieller mit den elliptischen Functionen beschäftigen. Will man überhaupt auf die wirkliche Berechnung der Drehungswinkel ψ verzichten, so lassen sich wenigstens für jeden derselben zwei Grenzen angeben, deren Betrachtung den allgemeinen Verlauf der Bewegung deutlich macht; denn ist z. B. $B > A$, so folgt aus der Differentialgleichung:

$$\partial \psi = \frac{wT}{AB}(B \sin^2 \varphi + A \cos^2 \varphi) \partial t,$$

dass $\frac{wTt}{B} < \psi < \frac{wTt}{A}$ sein muss. Bei der Axe C, deren Neigungswinkel j zwischen den Grenzen μ und $\frac{1}{2}\pi - \mu_1$ bleibt und für welche φ positiv oder negativ ist, je nachdem $C \gtreqless A$, hat man — das obere Zeichen auf den ersten, das untere auf den zweiten Fall bezogen —

$$\frac{\partial \psi}{\pm \partial \varphi} = \frac{1}{\cos j}\left[\frac{BC \sin^2 \varphi + AC \cos^2 \varphi}{\pm [BC \sin^2 \varphi + AC \cos^2 \varphi - AB]}\right],$$

d. i. für $\lambda = 0$:

$$\frac{\partial \psi}{\pm \partial \varphi} = \frac{C}{\pm (C-A)\cos \mu}$$

und für $\lambda = \frac{1}{2}\pi$:

$$\frac{\partial \psi}{\pm \partial \varphi} = \frac{C}{\pm (C-B)\cos(\frac{1}{2}\pi - \mu_1)}$$

und da der erste dieser Specialwerthe ein Minimum und der zweite ein Maximum ist, so muss:

$$\frac{C\varphi}{\pm (C-A)\cos \mu} < \Psi < \frac{C\varphi}{\pm (C-B)\cos(\frac{1}{2}\pi - \mu_1)}$$

sein.

Da sich der Winkel φ stetig ändert, so kann der Bogen ψ, welcher die Lage der Neigungsebene der Axe C bestimmt, auch als Function von t und $\frac{1}{2}\pi - \varphi = \varrho$ ausgedrückt werden, wodurch man zugleich die Schwierigkeit umgeht, welche bei der vorstehenden Entwickelung der Fall $m \gtreqless 1$ verursachte. Aus den Gleichungen:

$$r^2 = \frac{w^2 T^2 \sin^2 j \sin^2 \varrho}{B^2}$$

$$\sin^2 j = \sin^2 \mu + \frac{BC(B-A)}{(C-A)w^2 T^2} r^2$$

folgt nämlich:

$$\sin^2 j = \frac{\sin^2 \mu}{1 - \frac{C(B-A)}{B(C-A)}\sin^2 \varrho}$$

also da $\cos j$ stets positiv bleibt und für:

$$c^2 = \frac{C(B-A)}{B(C-A)\cos^2\mu}, \sqrt{1-c^2\sin^2\varrho} = \varDelta, c^2\cos^2\mu = n^2$$

$$\cos j = \frac{\varDelta \cos \mu}{\sqrt{1-n^2\sin^2\varrho}}.$$

Setzt man dies in:

$$\partial \psi = \frac{wT}{C}\partial t - \frac{\partial \varrho}{\cos j}$$

ein und entwickelt man $\sqrt{1-n^2\sin^2\varrho}$ in einer Reihe, so kommt:

$$\partial \psi = \frac{wT}{C}\partial t - \frac{1}{\cos\mu}\frac{\partial \varrho}{\varDelta}[1-\tfrac{1}{2}n^2\sin^2\varrho - \tfrac{1}{8}n^4\sin^4\varrho\ldots]$$

oder für:

$$R\partial\varrho = \frac{\partial\varrho}{\varDelta} - \tfrac{1}{2}n^2\frac{\partial\varrho\sin^2\varrho}{\varDelta} - \tfrac{1}{8}n^4\frac{\partial\varrho\sin^4\varrho}{\varDelta}\ldots$$

und wenn $\varrho_0 = \tfrac{1}{2}\pi - \varphi_0$ ist:

$$\psi = \frac{wTt}{C} - \frac{1}{\cos\mu}\int_{\varrho_0}^{\varrho} R\partial\varrho.$$

Für den Fall, dass ϱ und ϱ_0 negativ sind, hat man:

$$\int_{-a}^{\overrightarrow{}} R\partial\varrho = \int_{b}^{a} R\partial\varrho.$$

Uebrigens aber ist dieses Integral eben so zu behandeln, wie die Function Π.

Wenn für die ganze vorstehende Untersuchung die Voraussetzung gemacht wurde, der Körper habe bei dem Beginn der Zeit t um die Axe zB mit der Winkelgeschwindigkeit w rotirt, so zeigt nunmehr das Ergebniss unserer Untersuchung, wie diese Voraussetzung verstanden werden muss. Die gemachte Annahme schliesst nämlich eine der zwei folgenden Voraussetzungen in sich:

1) dass bis zu dem Augenblicke $t = 0$, wo unsere Betrachtung beginnt, äussere Hindernisse oder Kräfte die Wirkung der Fliehkräfte aufgehoben haben, welche aus der Rotation um zB entspringen, oder

2) dass der Körper in dem Moment $t = 0$ durch einen Stoss in den Bewegungszustand versetzt worden ist, welcher unserer Annahme entspricht.

Von dem Augenblicke $t = 0$ an, wo die ungehemmte Wirksamkeit der obigen Fliehkräfte beginnt, geht die einfache Rotation in die oben erläuterte oscillirende Bewegung, d. h. in eine Drehung um fort und fort sich verändernde Axen und mit eben so veränderlichen Geschwindigkeiten über und es verdient hervorgehoben zu werden, dass sogleich für $t = 0$ zB aufhört Rotationsaxe zu sein, wenn nicht $\frac{\partial j}{\partial t} = 0$, d. h. entweder $A = B$ ist, oder φ_0 einer der Werthe $-\tfrac{1}{2}\pi$, 0 oder $+\tfrac{1}{2}\pi$ hat. Um für einen beliebigen Augenblick der Bewegung die Lage der momentanen Rotationsaxe zu bestimmen, hat man ∂x, ∂y und ∂z Null zu setzen und da der Nullpunkt des Bogens ψ ein willkührlicher ist, so kann zugleich $\psi = 0$ genommen werden. Verbindet man die Ausdrücke für ∂x, ∂y und ∂z in der nachstehenden Weise, so kommt:

$$-\partial x \sin\varphi + \partial y \cos j \cos\varphi - \partial z \sin j \cos\varphi = p\, x_{\mathrm{III}} - q\, z_{\mathrm{III}}$$
$$+\partial x \cos\varphi + \partial y \sin j \sin\varphi - \partial z \sin j \cos\varphi = p\, y_{\mathrm{III}} - r\, z_{\mathrm{III}}$$

oder wegen $\quad \partial x = \partial y = \partial z = 0$:

$$p\, x_{\mathrm{III}} = q\, z_{\mathrm{III}}$$
$$p\, q_{\mathrm{III}} = r\, z_{\mathrm{III}}.$$

Dies sind also die Gleichungen der momentanen Rotationsaxe in Bezug auf das Coordinatensystem der x_{III}, y_{III}, z_{III}. Für denjenigen Punkt der Axe der z_{III}, welcher um 1 vom Schwerpunkt, und wenn u der Winkel dieser Axe mit der Rotationsaxe bezeichnet, um $\sin u$ von der letzteren absteht, ist die Drehungsgeschwindigkeit:

$$= \sqrt{\frac{\partial x^2}{\partial t^2} + \frac{\partial y^2}{\partial t^2} + \frac{\partial z^2}{\partial t^2}} = \sqrt{\frac{\partial \psi^2}{\partial t^2} \sin^2 j + \frac{\partial j^2}{\partial t^2} \cos^2 j + \frac{\partial j^2}{\partial t^2} \sin^2 j} = \sqrt{q^2 + r^2}.$$

Zugleich hat man aber:

$$\cos u = \frac{p}{\sqrt{p^2 + q^2 + r^2}}, \quad \sin u = \frac{\sqrt{q^2 + r^2}}{\sqrt{p^2 + q^2 + r^2}}.$$

Die veränderliche Winkelgeschwindigkeit w_1 der Drehung ist daher:

$$w_1 = \sqrt{p^2 + q^2 + r^2} = w \sqrt{\frac{T^2}{C^2} \cos^2 j + \frac{T^2}{B^2} \cos^2 \beta + \frac{T^2}{A^2} \cos^2 \alpha}.$$

Für $\varphi = 0$ und $\varphi = \pm n\pi$ wird q, mithin in den Gleichungen der Rotationsaxe $x_{\mathrm{III}} = 0$, d. h. diese Axe liegt dann in der Ebene der $y_{\mathrm{III}}\, z_{\mathrm{III}}$, welches zugleich die Neigungsebene der Axen C und B ist. Bezeichnet dann k den Winkel welchen die Rotationsaxe mit der Axe C bildet, so erhält man:

$$tg\,.\,k = \frac{q}{p} = -\frac{C}{B} tg\,.\,j.$$

Die Rotationsaxe liegt also von der Axe C aus in der Richtung nach der ursprünglichen Axe zB hin, entweder zwischen diesen beiden Axen oder über die letztere hinaus, je nachdem $C \lessgtr B$ ist. Auf gleiche Art lässt sich zeigen, dass für $\varphi = \pm \dfrac{2n+1}{2}\pi$, wo die Ebene der $x_{\mathrm{III}}\, z_{\mathrm{III}}$ durch zB geht

$$tg\,k = \frac{r}{p} = -\frac{C}{A} tg\,j$$

wird, d. h. die Rotationsaxe in dieselbe Ebene und von C aus nach zB hin liegt. Aus den Lagen, welche die veränderliche Rotationsaxe in den obigen 4 Quadrantenpunkten annimmt, kann man sich aber auch leicht ein deutliches Bild ihrer ganzen Bewegung machen.

Kleinere Mittheilungen.

XXXIX. Die Zerlegung algebraischer Functionen in Partialbrüche nach den Principien der complexen Functionentheorie. Von Dr. HERMANN HANKEL, Privatdocenten a. d. Universität Leipzig.

I) Bereits im Jahre 1702 hat Leibnitz den genialen Gedanken ausgesprochen*), die rationalen algebraischen Functionen zum Behufe ihrer Integration in eine Summe einfacher Brüche und, sobald der Grad des Nenners den des Zählers nicht übersteigt, einer ganzen Function zu zerlegen. Er reducirt die Aufgabe der Zerlegung von $fx : \varphi x$ auf die einfachere: $x^n : \varphi x$ in einfache Brüche zu zerlegen und giebt nebst ihrem allgemeinen Bildungsgesetze die Formel:

$$\frac{1}{x-\alpha_1 \cdot x-\alpha_2 \cdot x-\alpha_3} = \frac{1}{\alpha_1-\alpha_2 \cdot \alpha_1-\alpha_3} \cdot \frac{1}{x-\alpha_1} + \frac{1}{\alpha_2-\alpha_1 \cdot \alpha_2-\alpha_3} \frac{1}{x-\alpha_2}$$
$$+ \frac{1}{\alpha_3-\alpha_1 \cdot \alpha_3-\alpha_2} \frac{1}{x-\alpha_3}.$$

Das von Leibnitz angegebene Verfahren gestaltet sich indessen in der Ausführung ziemlich weitläufig und wurde von Johann Bernoulli**), der das Princip dieser Zerlegung seiner Versicherung nach selbstständig gefunden hatte, durch die noch heute übliche Methode der unbestimmten Coefficienten ersetzt. Leibnitz***) selbst kam zu derselben Zeit nochmals auf dieses Thema zurück, um die Möglichkeit und die Form der Zerlegung auch in dem Falle darzuthun, dass φx mehrere gleiche Factoren besitzt und giebt die Partialbrüche, die z. B. aus $1 : (x-\alpha)^m (x-\beta)^n$ hervorgehen, in extenso an.

Später hat sich Euler vielfach mit der Zerlegung beschäftigt und ausser der weitläufigen, aber instructiven Methode seiner „Introductio in analysin infinitorum", die bekannte Formel:

1) $\qquad \dfrac{f(x)}{\varphi(x)} = \Sigma_p \dfrac{f(\alpha_p)}{\varphi'(\alpha_p)} \dfrac{1}{x-\alpha_p},$

---

*) *Specimen novum analyseos etc. Acta Erud.* Leipzig 1702. 8. 210.
**) *Acta Erud.* Leipzig 1703. 8. 27.
***) *Continuatio anal. quadrat. ration. Act. Erud.* Leipzig 1703. 8. 19.

wo
$$\varphi(x) = (x-\alpha_1)\ldots(x-\alpha_n)$$
genommen wird, gegeben, deren vollständige Identität mit der von Lagrange gegebenen Interpolationsformel, die man in der Gestalt:

$$f(x) = \Sigma f(\alpha_p) \frac{x-\alpha_1 \ldots x-\alpha_{p-1} \cdot x-\alpha_{p+1} \ldots x-\alpha_n}{\alpha_p-\alpha_1 \ldots \alpha_p-\alpha_{p-1} \cdot \alpha_p-\alpha_{p+1} \ldots \alpha_p-\alpha_n}$$

zu schreiben pflegt, erst Jacobi erkannt zu haben scheint.*)

In dem Falle, dass $\varphi(x)$ mehrere gleiche Factoren besitzt und daher die angegebene Formel ihren bestimmten Sinn zu verlieren scheint, hat Euler ebenfalls die Coefficienten der Zerlegung bestimmt und indem er:

$$\frac{F(x)}{(x-\alpha)^m} = \frac{f(x)}{\varphi(x)}$$

setzte, fand er den von diesem Factor $(x-\alpha)$ herrührenden Theil der Zerlegung bekanntlich:

2) $\qquad = \frac{F(\alpha)}{(x-\alpha)^m} + \frac{1}{1!}\frac{F^1(\alpha)}{(x-\alpha)^{m-1}} + \cdots + \frac{1}{(m-1)!}\frac{F^{m-1}(\alpha)}{x-\alpha}.$

Auch nach Euler haben sich eine grosse Anzahl von Mathematikern mit derselben Aufgabe beschäftigt, namentlich hat die combinatorische Schule voluminöse Untersuchungen hierüber geliefert; ihnen allen aber ist es entgangen, dass sich dem vorstehenden Ausdrucke die höchst elegante Form

3) $\qquad \frac{1}{(m-1)!}\left(\frac{\partial}{\partial \alpha}\right)^{m-1}\frac{F(\alpha)}{x-\alpha}$

geben lässt, die erst von Jacobi (l. c.) und Cauchy gleichzeitig gefunden wurde. Ersterer beweist diese Formel, indem er die für gleiche Factoren in (1) auftretende scheinbare Unbestimmtheit durch eine geschickte Transformation umgeht. Ausserdem giebt Jacobi einen Beweis, der mit dem von Cauchy**) entwickelten vieles gemein hat, nur dass Letzterer die Principien dieses Beweises sogleich allgemein auffasst und so zu den Principien seines *calcul des résidus* geführt wird, der, wie man weiss, in inniger Beziehung zu der Theorie der complexen Integrale steht.

Will man:

$$\chi(x) = \frac{f(x)}{\varphi(x)}$$

in 3) direct einführen, so schreibe man zunächst statt 3):

$$\frac{1}{(m-1)!}\left(\frac{\partial}{\partial w}\right)^{m-1}\frac{F(\alpha+w)}{x-\alpha-w},$$

worin nach der Differentiation $w=0$ zu setzen ist und hat nach dieser neuen Bezeichnung:

---

*) *Disquis. anal. de fract. simpl.* Berlin 1823. S. 29.
**) *Sur un nouveau genre de calcul analogue au calcul infinitésimal. Exerc. d. Math.* 1. Bd. Paris 1826.

Kleinere Mittheilungen.

$$F(x) = (x-\alpha)^m \chi(x),$$

daher statt 2) den Ausdruck:

$$\frac{1}{(m-1)!} \left(\frac{\partial}{\partial w}\right)^{m-1} w^m \frac{\chi(\alpha+w)}{x-\alpha-w},$$

worin erst nach der $(m-1)$fachen Differentiation $w=0$ gesetzt werden darf.

Uebertrifft der Grad des Zählers $f(x)$ den des Nenners $\varphi(x)$ um p-Einheiten (wo auch $p=0$ sein kann) so wird dadurch die Gültigkeit der vorstehenden Formeln nicht beeinträchtigt, nur tritt zu der Summe von Partialbrüchen noch eine ganze Function $p$ten Grades von x hinzu, der man die einfache Form *):

4)
$$\frac{1}{p!} \left(\frac{\partial}{\partial w}\right)^p w^p \frac{\chi\left(\frac{1}{w}\right)}{1-xw}$$

geben kann, in der nach Ausführung der Differentiationen ebenfalls $w=0$ zu setzen ist.

Die beiden letzten Formeln geben also für die Zerlegung irgend einer gebrochenen rationalen Function:

$$\chi(x) = \frac{1}{p!} \left(\frac{\partial}{\partial w}\right)^p w^p \frac{\chi\left(\frac{1}{w}\right)}{1-xw} + \Sigma \frac{1}{(m-1)!} \left(\frac{\partial}{\partial w}\right)^{m-1} w^m \frac{\chi(\alpha+w)}{x-\alpha-w}$$

wenn der Grad des Zählers den des Nenners um p Einheiten übertrifft, und der Nenner den Factor $(x-\alpha)^m$ enthält, in welcher Formel das Summenzeichen über alle verschiedenen Factoren des Nenners auszudehnen und nach den Differentiationen überall $w=0$ zu setzen ist.

II) Von den vorstehenden Sätzen, deren Sinn ebenso einfach als ihre Form elegant ist, lässt sich nun eine höchst einfache und durchaus sachgemässe Ableitung geben, wenn man den ganz elementaren Begriff des Integrales einer eindeutigen, z. B. rationalen algebraischen Function $\psi(t)$ über einen complexen Weg als bekannt voraussetzt und von der fundamentalen Gleichung:

$$2\pi i \, \psi(y) = \int \frac{\psi(t)}{t-y} dt$$

Gebrauch macht, in der das Integral über eine geschlossene, den Punkt $t=y$ einschliessende Curve auszudehnen ist, welche keinen Punkt umschliesst, in dem ψt unendlich wird — wenn man ferner weiss, dass das Integral:

$$\int \psi(t) \, dt = 0,$$

ausgedehnt über eine geschlossene Curve, innerhalb deren kein Punkt liegt, in dem $\psi(t)$ unendlich wird, und dass daher ein Integral $\int \psi(t) \, dt$ über die Begrenzung eines Stückes der Ebene, in welcher nach dem Gauss-

---

*) Serret, *Algèbre supérieure*. Paris 1854. S. 457.

schen Principe die Punkte t dargestellt werden, reducirt werden kann auf die Integrale, um die Punkte innerhalb dieses Ebenenstückes, in welchen $\psi(t)$ unendlich wird. Ausserdem werden wir den Satz zu benutzen haben, der sich durch mehrfache Differentiation der Gleichung:

$$2\pi i\, \psi(y) = \int \frac{\psi(t)}{t-y}\, dt$$

$$2\pi i\, \psi^1(y) = \int \frac{\psi(t)}{(t-y)^2}\, dt$$

$$\ldots\ldots$$

leicht ergiebt, nämlich:

5) $\qquad 2\pi i\, \psi^{m-1}(y) = (m-1)! \int \frac{\psi(t)}{(t-y)^m}\, dt.$

III) Den Ausgangspunkt der folgenden Untersuchung bildet die für jede rationale Function $\chi(x)$ gültige Gleichung:

$$2\pi i\, \chi(x) = \int \chi(t) \frac{dt}{t-x},$$

worin das Integral über eine Curve, innerhalb deren der Punkt $t = x$, aber kein Punkt liegt, in dem $\chi(t)$ unendlich wird, ausgedehnt wird in der Richtung von rechts nach links (wenn die positiven Richtungen der reellen und imaginären Axen in der gewöhnlichen Lage angenommen werden s. Fig. 2 Taf. VIII) oder, wie ich mich der Anschaulichkeit wegen ausdrücken werde, entgegengesetzt der Richtung, in welcher sich der Zeiger einer auf die Ebene gelegten Uhr bewegt. Beschreibt man jetzt um die in dem endlichen Raume liegenden Punkte $t = \alpha_1, \alpha_2 \ldots$ in denen $\chi(t)$ in irgend einer Weise unendlich wird, irgend welche geschlossene Curven und ausserdem eine alle diese um $t = x$ und um $t = \alpha_1, \alpha_2 \ldots$ beschriebenen Curven einschliessende geschlossene Linie, etwa einen Kreis mit dem Punkte $t = 0$ als Centrum, so werden alle diese Curven zusammen genommen die Begrenzung des in der Figur schraffirten Ebenenstückes bilden, innerhalb dessen keine Punkte liegen, in denen die unter dem obigen Integralzeichen stehende Function $\chi(t) : (t-x)$ unendlich wird. Es ist daher:

$$\int \chi(t) \frac{dt}{t-x} = 0$$

ausgedehnt über die Begrenzungen dieses Flächenstückes, wenn dieselben alle in einerlei Weise, d. h. so durchlaufen werden, dass das schraffirte Flächenstück auf derselben Seite, z. B. rechts liegt. Dann ist das über die $t = x$ einschliessende Curve ausgedehnte Integral ebenso als die Integralien $A_1, A_2 \ldots$, welche sich auf die $t = \alpha_1, \alpha_2 \ldots$ einschliessenden Curven beziehen, in umgekehrter Richtung als der Zeiger der Uhr, das Integral I über den grossen Kreis aber in derselben Richtung als der Zeiger der Uhr zu nehmen und es ist:

$$2\pi i\, \chi(x) + I + A_1 + A_2 + \ldots = 0.$$

Betrachten wir zunächst:

$$I = \int \chi(t) \frac{dt}{t-x}$$

unter der Voraussetzung, dass der Grad des Zählers in $\chi(t)$ mindestens um eine Einheit kleiner ist als der des Nenners, so dass also $\chi(t)$ für $t=\infty$ unendlich klein wird und setzen $t = re^{\varphi i}$, so ist, da r in Bezug auf die Integration constant ist:

$$dt = ire^{\varphi i} d\varphi$$

zu setzen, also:

$$-I = \int_0^{2\pi} \chi(re^{\varphi i}) \frac{ire^{\varphi i}}{re^{\varphi i} - x} d\varphi.$$

Nun ist bei der gänzlichen Willkürlichkeit der Grösse dieses Kreises klar, dass sich der Werth des Integrals nicht ändern kann, wenn man r unbegrenzt wachsen lässt. Damit nimmt aber $\chi(re^{\varphi i})$ unbegrenzt zu Null ab, der andere Factor $\frac{ire^{\varphi i}}{re^{\varphi i} - x}$ aber nähert sich der imaginären Einheit als Grenze und somit I der Null, so dass unter der gemachten Voraussetzung:

$$2\pi i \chi(x) + A_1 + A_2 + \ldots = 0.$$

Es bleiben nun noch die Integrale:

$$A_1 = \int \chi(t) \frac{dt}{t-x}$$

ausgedehnt über eine $t = \alpha_1$ einschliessende Curve zu bestimmen übrig, wenn $\chi(t)$ in $t = \alpha_1$ unendlich wird. Nehmen wir zunächst an, dass:

$$\chi(t) = \frac{f(t)}{\varphi(t)}$$

in $t = \alpha_1$ unendlich erster Ordnung wäre, also φt nur den einfachen Factor $(t-\alpha_1)$ enthält, so hat man:

$$A_1 = \int \frac{f(t)}{(t-x)(t-\alpha_2)\ldots(t-\alpha_n)} \frac{dt}{t-\alpha_1}$$
$$= 2\pi i \frac{f(\alpha_1)}{(\alpha_1-x)(\alpha_1-\alpha_2)\ldots(\alpha_1-\alpha_n)}$$

oder:

$$A_1 = -2\pi i \frac{f(\alpha_1)}{\varphi'(\alpha_1)} \frac{1}{x-\alpha_1},$$

womit die Lagrange'sche Interpolationsformel 1) gewonnen ist.

Wird aber χt in $t = \alpha$ in $m$facher Ordnung unendlich gross, so setze man:

$$\frac{F(t)}{(t-\alpha)^m} = \chi(t)$$

und hat:

$$A = \int \frac{F(t)}{t-x} \frac{dt}{(t-\alpha)^m},$$

daher vermöge der in (5) angegebenen Formel sofort das schöne Jacobi'sche Resultat 3):
$$A = -2\pi i \frac{1}{(m-1)!} \left(\frac{\partial}{\partial \alpha}\right)^{m-1} \frac{F(\alpha)}{x-\alpha}.$$

Um die Euler'sche Form dieses Werthes zu haben, hat man die $t=\alpha$ umschliessende Curve so zu wählen, dass keiner ihrer Punkte von $t=\alpha$ so weit entfernt ist, als $t=x$ von $t=\alpha$, also die Reihe:
$$\frac{1}{t-x} = \frac{1}{(t-\alpha)-(x-\alpha)} = -\frac{1}{x-\alpha} \sum_{p=0}^{\infty} \left(\frac{t-\alpha}{x-\alpha}\right)^p,$$

da $mod(x-\alpha) > mod(t-\alpha)$, für jeden Punkt der Curve convergirt; dann ist:
$$A = -\sum_{p=0}^{\infty} \frac{1}{(x-\alpha)^{p+1}} \int F(t) \frac{dt}{(t-\alpha)^{m-p}}$$

und so lange $p < m$:
$$\int F(t) \frac{dt}{(t-\alpha)^{m-p}} = \frac{2\pi i}{(m-p-1)!} F^{m-p-1}(\alpha)$$

und daher:
$$A = -2\pi i \sum_{p=0}^{m-1} \frac{1}{(m-p-1)!} \frac{F^{m-p-1}(\alpha)}{(x-\alpha)^{p+1}},$$

welcher Ausdruck mit 2) übereinstimmt.

Um alle oben erwähnten Formeln herzuleiten, haben wir noch, unter der Voraussetzung, dass der Grad des Zählers in $\chi(t)$ den des Nenners um p Einheiten übertrifft, das Integral:
$$I = \int \chi(t) \frac{dt}{t-x}$$

über jenen Kreis mit dem Mittelpunkte $t=0$ in der Richtung des Zeigers der Uhr ausgedehnt, zu ermitteln. Dazu wird man anstatt t eine neue Integrationsvariabele $\tau = \frac{1}{t}$ einführen und es ist klar, dass, wenn t den Kreis mit dem Radius r, also die Werthe $t = re^{\varphi i}$ von $\varphi = 2\pi$ bis $\varphi = 0$ durchläuft, τ die Werthe $\tau = \frac{1}{r} e^{-\varphi i}$, also einen Kreis mit dem Radius $\frac{1}{r}$ in umgekehrter Richtung, als der Zeiger der Uhr fortschreitet, durchläuft. Da ferner r grösser sein soll, als die Module von x, α_1, α_2, so ist $\frac{1}{r}$ kleiner, als die Module von $\frac{1}{x}, \frac{1}{\alpha_1}, \frac{1}{\alpha_2} \ldots$ es wird also:
$$\frac{\chi\left(\frac{1}{\tau}\right)}{\frac{1}{\tau} - x}$$

für keinen innerhalb des mit dem Radius $\frac{1}{r}$ beschriebenen Kreises liegenden Punkt τ unendlich, mit Ausnahme des Punktes $\tau = 0$, der dem Punkte $t = \infty$ in der früheren Ebene entspricht und in dem $\chi\left(\frac{1}{\tau}\right)$, wenn der Grad des Zählers den des Nenners um p Einheiten übertrifft, unendlich gross von der $p$ten Ordnung wird.

Die Einführung der neuen Variabeln τ giebt nun:

$$I = -\int \frac{\chi\left(\frac{1}{\tau}\right)}{1-x\tau} \frac{d\tau}{\tau},$$

wo das Integral in der umgekehrten Richtung als der des Uhrzeigers einen um $\tau = 0$ beschriebenen beliebig kleinen Kreis durchläuft. Schreibt man:

$$I = -\int \frac{\tau^p \chi\left(\frac{1}{\tau}\right)}{1-x\tau} \frac{d\tau}{\tau^{p+1}}$$

und bemerkt, dass:

$$\frac{\tau^p \chi\left(\frac{1}{\tau}\right)}{1-x\tau}$$

innerhalb der Kreisfläche, über deren Begrenzung zu integriren ist, überall endlich bleibt, so erhält man:

$$I = -2\pi i \frac{1}{p!} \left(\frac{\partial}{\partial \tau}\right)^p \frac{\tau^p \chi\left(\frac{1}{\tau}\right)}{1-x\tau}$$

wo τ nach der p fach wiederholten Differentiation zu nullificiren ist.

IV) In engster Beziehung zu der Theorie der Partialbrüche steht ein Theorem, welches in ähnlicher Weise, als wir soeben die Zerlegung in einfache Brüche vorgenommen haben, erwiesen werden kann, indem man von der Gleichung:

$$\int \chi(t)\, dt$$

ausgeht, worin das Integral auszudehnen ist über ein Ebenenstück, innerhalb dessen $\chi(t)$ nirgends unendlich wird, dessen äussere Begrenzung ein um $t = 0$ beschriebener Kreis, dessen innere Begrenzungen geschlossene Curven sein mögen, die einzeln um die Punkte $t = \alpha_1, \alpha_2 \ldots \alpha_n$ beschrieben sind, in denen $\chi(t)$ unendlich wird, aber sämmtlich von jenem Kreise umschlossen werden. Bezeichnen wir die Integrale um $t = \alpha_1 \ldots \alpha_n$ in umgekehrter Richtung, als in der sich der Zeiger der Uhr bewegt, ausgedehnt (s. Fig. 3 Taf. VIII) mit $A_1, A_2 \ldots A_n$, das Integral über jenen grossen Kreis in der Richtung des Zeigerlaufes genommen mit I, so haben wir:

$$I + \Sigma A = 0.$$

Nehmen wir an, dass alle Factoren $(t-\alpha_1)\ldots(t-\alpha_n)$ des Nenners $\varphi(t)$ von:

$$\chi(t) = \frac{f(t)}{\varphi(t)}$$

nur einmal in ihm enthalten sind, so ist einfach:

$$A = \int \frac{f(t)}{\varphi(t)} dt = 2\pi i \frac{f(\alpha)}{\varphi'(\alpha)},$$

also:

$$-I = 2\pi i \, \Sigma \, \frac{f(\alpha)}{\varphi'(\alpha)}.$$

Führt man in I wiederum $\tau = \frac{1}{t}$ als neue Variabele ein, so erhält man:

$$-I = \int \chi\left(\frac{1}{\tau}\right) \frac{d\tau}{\tau^2},$$

wo τ über einen $\tau = 0$ einschliessenden beliebig kleinen Kreis auszudehnen ist, in dem ausser $\tau = 0$ jedenfalls keine Punkte τ liegen, für welche $\chi\left(\frac{1}{\tau}\right)$ unendlich gross wird. Wenn

$$\frac{\chi\left(\frac{1}{\tau}\right)}{\tau^2}$$

für $\tau = 0$ endlich bleibt, so verschwindet das Integral über jenen Kreis. Ist also der Grad des Zählers $f(x)$ mindestens um 2 Einheiten geringer, als der des Nenners $\varphi(x)$, so hat man die bekannte Identität:

$$\Sigma \frac{f(\alpha)}{\varphi'(\alpha)} = 0,$$

also z. B.:

$$\Sigma \frac{1}{\varphi'(\alpha)} = 0, \quad \Sigma \frac{\alpha}{\varphi'(\alpha)} = 0, \ldots \quad \Sigma \frac{\alpha^{n-2}}{\varphi'(\alpha)} = 0,$$

wenn die Summe über alle n Wurzeln $\alpha_1 \ldots \alpha_n$ der Gleichung $\varphi(x) = 0$ ausgedehnt wird, welche Formeln von Cauchy mittelst des *calcul des résidus* auf analoge Weise abgeleitet worden sind.

Ist aber der Grad des Zählers von $\chi(t)$, $(n+p-1)$, wenn der Nenner vom $n$ten Grade angenommen wird, wo p positiv oder Null sein mag, so ist:

$$\tau^{p-1} \chi\left(\frac{1}{\tau}\right)$$

für $\tau = 0$ endlich, also wenn man I in die Form setzt:

$$-I = \int \tau^{p-1} \chi\left(\frac{1}{\tau}\right) \frac{d\tau}{\tau^{p+1}}$$

nach den oben mehrfach angewandten Principien:

$$-I = 2\pi i \frac{1}{p!} \left(\frac{\partial}{\partial \tau}\right)^p \tau^{p-1} \chi\left(\frac{1}{\tau}\right),$$

wo nach den Differentiationen $\tau = 0$ zu setzen ist. Daher

$$\Sigma \frac{f(\alpha)}{\varphi'(\alpha)} = \frac{1}{p!} \left(\frac{\partial}{\partial \tau}\right)^p \tau^{p-1} \frac{f\left(\frac{1}{\tau}\right)}{\varphi\left(\frac{1}{\tau}\right)}$$

Nimmt man $f(t) = t^{n+p-1}$, so hat man:

$$\Sigma \frac{\alpha^{n+p-1}}{\varphi'(\alpha)} = \frac{1}{p!} \left(\frac{\partial}{\partial \tau}\right)^p \frac{1}{\tau^n \varphi\left(\frac{1}{\tau}\right)},$$

eine Gleichung, an deren Stelle Jacobi eine andere gegeben hat, die aus dieser eben so einfach als aus dem Integrale:

$$\int \frac{1}{\varphi\left(\frac{1}{\tau}\right)} \frac{d\tau}{\tau^{n+p+1}} = 2\pi i \, \Sigma \frac{\alpha^{n+p-1}}{\varphi'(\alpha)}$$

abgeleitet werden kann. Man hat nämlich:

$$\frac{1}{\tau^n \varphi\left(\frac{1}{\tau}\right)} = \frac{1}{(1-\alpha_1 \tau)\ldots(1-\alpha_n \tau)} = \Sigma \, \alpha_1^{h_1}\ldots\alpha_n^{h_n} \tau^{h_1+\ldots+h_n},$$

eine Reihe, in der man den $h_1 \ldots h_n$ alle positiven Werthe (die Null eingeschlossen) zu geben hat und die jedenfalls convergirt, da der Modulus von τ ganz beliebig klein, also in jedem Falle die Moduli von $\alpha_1 \tau, \ldots \alpha_n \tau$ zu echten Brüchen gemacht werden können. Da über

$$\int \tau^{h_1+\ldots h_n} \frac{dt}{\tau^{p+1}}$$

immer verschwindet, wenn nicht

$$h_1 + \ldots + h_n = p,$$

so wird:

$$\int \frac{1}{\varphi\left(\frac{1}{\tau}\right)} \frac{d\tau}{\tau^{n+p+1}} = 2\pi i \, \Sigma \alpha_1^{h_1}\ldots\alpha_n^{h_n},$$

also:

$$\Sigma \frac{\alpha^{n+p-1}}{\varphi'(\alpha)} = \Sigma \alpha_1^{h_1}\ldots\alpha_n^{h_n},$$

wo in der letzteren Summe alle möglichen Combinationen positiver $h_1, h_2 \ldots h_n$ zu nehmen sind, deren Summe p beträgt. Dies ist Jacobi's Satz.

Leipzig, September 1864.

XI. Die Pothenot'sche Aufgabe als algebraisches Problem. Die Seiten des gegebenen Dreiecks ABC mögen sein:

$$BC = a, \; CA = b, \; AB = c;$$

der gesuchte vierte Punkt heisse D und werde um grösserer Symmetrie

willen innerhalb des Dreiecks ABC angenommen; für die um ihn herum liegenden bekannten Winkel sei:
$$\cos BDC = \alpha, \quad \cos CDA = \beta, \quad \cos ADB = \gamma.$$
Betrachtet man nun
$$AD = x, \quad BD = y, \quad CD = z$$
als Unbekannte, so handelt es sich, wenn man die Sache von der algebraischen Seite ansieht, um die Auflösung der folgenden drei quadratischen Gleichungen:
$$y^2 + z^2 - 2\alpha yz = a^2,$$
$$z^2 + x^2 - 2\beta zx = b^2,$$
$$x^2 + y^2 - 2\gamma xy = c^2.$$
Nach dem gewöhnlichen Eliminationsverfahren erhält man hieraus für jede der Unbekannten eine ziemlich verwickelte Gleichung achten Grades; diese lässt sich aber vermeiden, wenn man vorerst eine symmetrische Function von x, y, z als Unbekannte nimmt und daraus x, y, z herleitet, wie im Folgenden gezeigt werden soll.

Zwischen den drei gegebenen Cosinus besteht erstens die Gleichung
$$\gamma = \pm [\alpha\beta - \sqrt{(1-\alpha^2)(1-\beta^2)}]$$
oder
1) $\qquad \alpha^2 + \beta^2 + \gamma^2 = 1 + 2\alpha\beta\gamma;$

setzt man ferner
$$\sin BDC = \lambda, \quad \sin CDA = \mu, \quad \sin ADB = \nu,$$
so erhält man entweder auf trigonometrischem oder auf algebraischem Wege die Relationen:
2) $\qquad \alpha\lambda + \beta\mu + \gamma\nu = -2\lambda\mu\nu,$
3) $\qquad \alpha = \beta\gamma - \mu\nu, \quad \beta = \gamma\alpha - \nu\lambda, \quad \gamma = \alpha\beta - \lambda\mu,$
4) $\qquad -\lambda = \beta\nu + \gamma\mu, \quad -\mu = \gamma\lambda + \alpha\nu, \quad -\nu = \alpha\mu + \beta\lambda.$

Hierzu kommen noch drei Gleichungen, deren erste aus $\lambda^2 = (\beta\nu + \gamma\mu)^2$ hervorgeht, wenn $\beta^2 = 1 - \mu^2$, $\gamma^2 = 1 - \nu^2$ gesetzt und die erste Gleichung in No. 3) zugezogen wird, nämlich:
5) $\qquad \begin{cases} \lambda^2 = \mu^2 + \nu^2 + 2\alpha\mu\nu, \\ \mu^2 = \nu^2 + \lambda^2 + 2\beta\nu\lambda, \\ \nu^2 = \lambda^2 + \mu^2 + 2\gamma\lambda\mu. \end{cases}$

Nach diesen Vorbereitungen suchen wir die Unbekannte
6) $\qquad t = \lambda x + \mu y + \nu z$

zu ermitteln. Substituiren wir den aus vorstehender Gleichung genommenen Werth von z in die erste der aufzulösenden Gleichungen, so erhalten wir zunächst
$$\lambda^2 x^2 + (\mu^2 + \nu^2 + 2\alpha\mu\nu) y^2 + 2\lambda(\mu + \alpha\nu) xy - 2\lambda\nu tx - 2(\mu + \alpha\nu) ty$$
$$= a^2\nu^2 - t^2,$$
d. i. nach 4) und 5)
$$\lambda^2 (x^2 + y^2 - 2\gamma xy) - 2\lambda\nu tx + 2\gamma\lambda ty = a^2\nu^2 - t^2;$$

Kleinere Mittheilungen.

wegen der dritten unter den ursprünglichen Gleichungen ist noch einfacher
$$\lambda^2 c^2 - 2\lambda t x + 2\gamma \lambda t y = a^2 v^2 - t^2$$
oder

7) $$x - \gamma y = \frac{t^2 - a^2 v^2 + c^2 \lambda^2}{2\lambda t}.$$

Indem auf gleiche Weise No. 6) mit der zweiten ursprünglichen Gleichung combinirt wird, ergiebt sich:

8) $$y - \gamma x = \frac{t^2 - b^2 v^2 + c^2 \mu^2}{2\lambda t}.$$

Die Gleichungen 6), 7) und 8) sind linear in Beziehung auf x, y, z, sodass die letzteren Unbekannten leicht durch t ausgedrückt werden können. Setzt man zur Abkürzung

9) $$\begin{cases} A = a^2 \mu v + b^2 \gamma v \lambda + c^2 \beta \lambda \mu, \\ B = a^2 \gamma \mu v + b^2 v \lambda + c^2 \alpha \lambda \mu, \\ C = a^2 \beta \mu v + b^2 \alpha v \lambda + c^2 \lambda \mu, \end{cases}$$

so sind die Werthe von x, y, z:

10) $$x = -\frac{\alpha t^2 + A}{2\lambda \mu v t}, \quad y = -\frac{\beta t^2 + B}{2\lambda \mu v t}, \quad z = -\frac{\gamma t^2 + C}{2\lambda \mu v t}.$$

Durch Substitution dieser Werthe in irgend eine der ursprünglichen drei Gleichungen gelangt man zu einer biquadratischen Gleichung für t; sie ist von der Form

11) $$t^4 + 2 E t^2 + D = 0,$$

worin E und D zur Abkürzung gebraucht sind, nämlich:

12) $$E = a^2 \alpha \mu v + b^2 \beta v \lambda + c^2 \gamma \lambda \mu,$$

13) $$D = a^4 \mu^2 v^2 + b^4 v^2 \lambda^2 + c^4 \lambda^2 \mu^2 + 2(b^2 c^2 \alpha \lambda + c^2 a^2 \beta \mu + a^2 b^2 \gamma v) \lambda \mu v.$$

Aus No. 11) erhält man:
$$t^2 = -E \pm \sqrt{E^2 - D},$$

und zwar ist:
$$E^2 - D = [2(b^2 c^2 + c^2 a^2 + a^2 b^2) - a^4 - b^4 - c^4] \lambda^2 \mu^2 v^2 = 16 F^2 \lambda^2 \mu^2 v^2,$$

wenn F die Fläche des Dreiecks ABC bedeutet. Substituirt man endlich den Werth

14) $$t = \pm \sqrt{-E \pm 4 F \lambda \mu v}$$

in die Gleichungen 10) und beachtet dabei die Werthe von A, B, C, so gelangt man zu den Formeln:

15) $$\begin{cases} x = \pm \dfrac{(b^2 + c^2 - a^2)\lambda \pm 4 F \alpha}{2\sqrt{-E \pm 4 F \lambda \mu v}}, \\ y = \pm \dfrac{(c^2 + a^2 - b^2)\mu \pm 4 F \beta}{2\sqrt{-E \pm 4 F \lambda \mu v}}, \\ z = \pm \dfrac{(a^2 + b^2 - c^2)v \pm 4 F \gamma}{2\sqrt{-E \pm 4 F \lambda \mu v}}. \end{cases}$$

Da λ, μ, ν, x, y, z jederzeit positiv sind, so ist nur das obere Vorzeichen von t zu gebrauchen.

Im Specialfalle $\angle BDC = \angle CDA = \angle ADB = 120^0$ wird $\alpha = \beta = \gamma = -\tfrac{1}{2}$, $\lambda = \mu = \nu = \tfrac{1}{3}\sqrt{3}$,

$$t = \frac{\sqrt{3}}{2}(x+y+z) = \frac{\sqrt{3}}{2}s,$$

und man findet:

$$s = \sqrt{\tfrac{1}{2}(a^2+b^2+c^2)+2F\sqrt{3}}.$$

Zum Schlusse nur noch die Bemerkung, dass sich die vorliegende anspruchslose Kleinigkeit vielleicht als Beispiel zur rechnenden Geometrie passend verwenden lässt. SCHLÖMILCH.

XLI. Drehung eines Körpers um einen Punkt ohne Kräftepaar.
Von Dr. R. HOPPE.

Bezeichnen p, q, r die Composanten der momentanen Rotationsgeschwindigkeit eines Körpers von der Masse m, der sich ohne Einfluss von Kräften um einen Punkt dreht, und A, B, C seine Trägheitsmomente in Bezug auf seine permanenten Axen, so ist:

1)
$$\begin{cases} A\dfrac{\partial p}{\partial t} = (B-C)qr \\ B\dfrac{\partial q}{\partial t} = (C-A)rp \\ C\dfrac{\partial r}{\partial t} = (A-B)pq. \end{cases}$$

Die Bedingung der Gültigkeit dieser Gleichungen, dass nämlich keine Kräfte auf Drehung wirken, lässt sich auf vier Arten herstellen. Sie gelten:

1) wenn der Körper bei freier Bewegung sich um seinen Schwerpunkt dreht;

2) wenn der Schwerpunkt als Drehpunkt beliebig geführt wird;

3) wenn ein beliebiger Drehpunkt mit constanter Geschwindigkeit in gerader Linie geführt wird oder fest ist.

In diesen drei Fällen müssen die Kräfte eine Resultante haben, die durch den Drehpunkt geht. Sie gelten:

4) wenn ein beliebiger Drehpunkt xyz beliebig geführt wird und die gegebenen Kräfte nach Hinzufügung einer Kraft, welche mit dem Composanten

$$-m\frac{\partial^2 x}{\partial t^2}, \quad -m\frac{\partial^2 y}{\partial t^2}, \quad -m\frac{\partial^2 z}{\partial t^2}$$

auf den Schwerpunkt wirkt, eine Resultante haben, die durch den Drehpunkt geht.

Die Bedingungen des ersten Falles sind insbesondere bei einem freischwebenden Körper, z. B. einem Geschoss, erfüllt, wenn nur die Schwerkraft wirkt.

Die Integration der Bewegungsgleichungen ist unmittelbar gegeben, wenn man nur beachtet, dass sie mit den Differentialformeln der drei coordinirten inversen elliptischen Functionen erster Gattung bis auf die noch zu vollziehende Constantenbestimmung identisch sind. Die Grössen

$$\frac{Ap}{2^m}, \frac{Bq}{2^m}, \frac{Cr}{2^m},$$

welche demgemäss bekannte explicite Functionen der Zeit sind, drücken die Composanten der constanten Flächengeschwindigkeit $\frac{n}{2^m}$, daher die Grössen:

$$\frac{Ap}{n}, \frac{Bq}{n}, \frac{Cr}{n}$$

die Cosinus der Richtungswinkel der Normale der unveränderlichen Ebene gegen die permanenten Axen des Körpers aus und es bleibt nur durch eine neue Integration der Umlaufswinkel einer jener Axen, z. B. der zweiten, um die unveränderliche Normale:

$$\frac{ACn}{B} \int \frac{p\,\partial r - r\,\partial p}{q(A^2 p^2 + C^2 r^2)} - \frac{h}{n} t,$$

wo $\frac{1}{2}h$ die lebendige Kraft bezeichnet, zu berechnen (ein Integral, das sich als elliptische Function dritter Gattung darstellt), um alle topischen Grössen in t auszudrücken.

Indem ich die Integration als bekannt betrachte, will ich hier nur eine Frage behandeln, die bei jeder praktischen Anwendung sogleich auftritt und die sich ohne Hülfe der elliptischen Functionen sehr einfach erledigen lässt.

Bei der Integration zeigen sich nämlich zwei wesentlich verschiedene Fälle, welche bei feststehender Grössenfolge der Trägheitsmomente

$$A < B < C,$$

also allein durch die anfängliche Bewegung bedingt, noch stattfinden können, indem einmal p dem Cosinus, r dem Delta der Amplitude einer der Zeit proportionalen Grösse, das andere Mal p dem Delta, r dem Cosinus proportionirt ist, während in beiden Fällen der Modul reciproke Werthe hat. Es handelt sich um ein Kriterium, welche von beiden Bewegungsarten aus einem gegebenen ersten Anstoss erfolgt, ein Umlauf der momentanen Rotationsaxe um die Axe des grössten oder kleinsten Trägheitsmoments?

Multiplicirt man die Gleichungen 1) mit p, q, r oder mit Ap, Bq, Cr und addirt sie, so verschwindet beide Male die rechte Seite und man erhält nach Integration die Gleichungen der lebendigen Kraft und Flächengeschwindigkeit:

2) $\begin{cases} Ap^2 + Bq^2 + Cr^2 = h \\ A^2p^2 + B^2q^2 + C^2r^2 = n^2 \end{cases}$.

Sind nun x, y, z die Coordinaten eines Punktes der momentanen Rotationsaxe in Bezug auf die permanenten Axen, so ist:
$$x : y : z = p : q : r$$
und man erhält nach Elimination von p, q, r:
$$(n^2 - Ah) Ax^2 + (n^2 - Bh) By^2 + (n^2 - Ch) Cz^2 = 0.$$
Dies ist die Gleichung einer Kegelfläche, welche die Bewegung der momentanen Rotationsaxe darstellt. Unter allen Umständen muss

$$A < \frac{n^2}{h} < C$$

sein und je nachdem

$$\frac{n^2}{h} < \text{ oder } > B$$

ist, läuft die Rotationsaxe um die Axe des kleinsten oder grössten Trägheitsmoments, welche die Axe des Kegels bildet.

Ferner erhält man durch Elimination von q zwischen den Gleichungen 2):
$$(B - A) Ap^2 - (C - B) Cr^2 = Bh - n^2,$$
daher ist entsprechend den beiden Fällen:
$$(B - A) Ax^2 > \text{ oder } < (C - B) Cz^2.$$
Je zwei momentane Rotationsaxen, welche verschiedenen Fällen entsprechen, sind demnach durch die zwei in der Axe des mittlern Trägheitsmoments sich durchkreuzenden Ebenen
$$x \sqrt{(B - A) A} = \pm z \sqrt{(C - B) C}$$
von einander getrennt, woraus weiter folgt, dass jede momentane Rotationsaxe sich nur innerhalb desselben Paares von Scheitelflächenwinkeln bewegen kann, in welchem sie zu irgend einer Zeit liegt. Die zwei Paare von Scheitelflächenwinkeln bilden demnach zwei gesonderte Gebiete der beiden Bewegungsarten und sind durch die Axen des kleinsten und grössten Trägheitsmoments, welche einzeln in ihrer Mitte stehen, kenntlich unterschieden. Hieraus ergiebt sich das folgende einfache Kriterium:

Ertheilt man dem Körper eine Drehung um eine beliebige Axe, so umkreist diese als Rotationsaxe die Axe des kleinsten oder grössten Trägheitsmoments, je nachdem sie im Gebiete der einen oder andern dieser Axen liegt. Die Rotationsgeschwindigkeit hat auf den Gang der momentanen Rotationsaxen keinen Einfluss.

Es sind noch einige nähere Umstände anzugeben. Die Kegelfläche ist immer eine schiefe, welche ihre grösste Dimension nach der Axe des mittlern Trägheitsmoments hin hat. Die Geschwindigkeit der momentanen Rotationsaxe ist stets am grössten bei ihrem Durchgang durch die Ebene der zx, sie verschwindet bei unendlicher Annäherung an die Axe der y

und verwendet zu dieser Culmination eine unendlich lange Zeit, wie aus dem sich der Einheit nähernden Modul ersichtlich ist.

Fällt die anfängliche Rotationsaxe in eine der beiden Grenzebenen, so bleibt sie darin und bewegt sich in ewiger Annäherung nach dem einen oder andern Arme der y-Axe hin. Jede noch so kleine Abweichung würde jedoch einen periodischen Wechsel zwischen beiden Grenzebenen hervorbringen.

Eine unveränderliche Rotation kann um jede permanente Axe stattfinden, doch ist sie nur stabil um die Axen des kleinsten und grössten Trägheitsmoments, in dem Sinne, dass eine unendlich kleine Verrückung der momentanen Rotationsaxe ein unendlich geringes Schwanken zur Folge hat. Der Fall einer Rotation um die Axe des mittlern Trägheitsmoments kommt in den allgemeinen Integralen nicht vor. Das System der Werthe
$$p = 0; \quad q = const.; \quad r = 0$$
befriedigt die Gleichungen 1) und ist daher als singuläres Integral anzusehen. Bei einer unendlich kleinen Verrückung, wofern sie nicht längs einer Grenzebene stattfindet, erfolgt nach kürzerer oder längerer Pause, je nachdem die momentane Axe vor oder hinter ihrem Culminationspunkte steht, ein Umschlagen in die entgegengesetzte Lage, welches sich dann in gleichen Intervallen abwechselnd längs der einen und andern Ebene wiederholt. Bei genauem Balanciren auf der Grenzebene würde sie nur einmal oder gar nicht umschlagen. Jedenfalls kann man eine solche Rotation nicht stabil nennen.

Bei der Anwendung auf ein fliegendes Geschoss kann man noch nach dem Einfluss des Luftwiderstandes fragen. Denkt man diesen in eine durch den Schwerpunkt gehende, also für die Drehung unwirksame Kraft und ein Kräftepaar zerlegt, so ertheilt letzteres dem Geschoss eine Drehung um irgend eine Axe, die sich, wenn dasselbe schon eine eigene Drehung um eine andere Axe hat, nach dem Gesetz des Parallelogramms mit letzterer so zusammensetzt, dass eine Rotation um die Diagonale erfolgt. Will man demnach die Stellung des Geschosses so viel als möglich unverändert erhalten, so hat man ihm von Anfang eine starke Rotation zu ertheilen, so dass im Verhältniss zu ihr die hinzukommende Rotationscomposante klein wird und die Diagonale immer in der Nähe der anfänglichen Axe bleibt; überdies darf letztere keine andere sein, als die Axe des kleinsten oder grössten Trägheitsmoments.

XLII. Ueber das Verhältniss der atmosphärischen Luft zu dem in derselben befindlichen Wasserdampfe. Von Professor LAMONT.

Nachdem ich im Jahre 1857 den ersten Beweis geliefert hatte, dass der in der atmosphärischen Luft vorhandene Wasserdampf, nicht wie es als Consequenz der Dalton'schen Gesetze allgemein angenommen wurde, eine von der Luft unabhängige und für sich bestehende Atmosphäre bildet*), gelang es mir im Jahre 1862 durch ein unzweideutiges Experiment nachzuweisen, dass das Dalton'sche Gesetz selbst einer Berichtigung bedürfe und der Dampf überhaupt, wenn er in einem lufterfüllten Raume sich befindet, nicht von der Luft unabhängig ist, sondern vielmehr **die Luft und der Dampf gegenseitig aufeinander einen Druck ausüben.****) Ich komme nun auf denselben Gegenstand wieder zurück, theils um Missverständnisse zu beseitigen, theils um in der Dampftheorie selbst einzelne Punkte genauer zu erörtern.

Was die Missverständnisse betrifft, so scheinen Einige daran gezweifelt zu haben, ob die Lehre von der Unabhängigkeit der Dampfatmosphäre von Dalton aufgestellt und von den Meteorologen angenommen worden sei, während Andere es als ziemlich gleichgültig für die meteorologische Forschung betrachtet haben, ob man eine unabhängige Dampfatmosphäre annehme, oder den Dampf als blos gemischt mit der Luft betrachte.

Welche Ansichten Dalton über die Zusammensetzung der Atmosphäre gehabt hat, findet man in seinen Schriften so klar und bestimmt ausgesprochen, dass ein Zweifel darüber nicht bestehen kann. Seine Lehre geht dahin, dass, wenn mehrere Gase in demselben Raume sich befinden, **jedes Gas nur auf seine eigenen Molecule einen Druck ausübt und jedes Gas sich ausdehnt, als wenn die übrigen Gase gar nicht vorhanden wären.** Deshalb unterscheidet er fünf verschiedene Atmosphären, die auf der Erdoberfläche lagern und wovon jede von der andern völlig unabhängig ist, nämlich die Stickstoffatmosphäre, die Sauerstoffatmosphäre, die Dampfatmosphäre, die Kohlenstoffatmosphäre und die Wasserstoffatmosphäre. Er fügt überdies noch bei, dass, wenn die eine oder andere Atmosphäre plötzlich verschwände, dies **auf die Vertheilung und Spannung der übrigen nicht den mindesten Einfluss haben würde.*****)

In den Lehrbüchern der Physik findet man dieselben Grundsätze

---

*) Abhandlungen der math.-phys. Classe der k. Acad. der Wiss. VIII. 183.
**) Auszug aus einem Schreiben an Herrn Prof. Kämtz. München 1862. Proceed. of the Brit. meteor. Soc. I. 310.
***) Dalton betrachtet zuerst die verschiedenen Hypothesen, welche bei Gasmischungen rücksichtlich des Verhaltens der einzelnen Bestandtheile aufgestellt werden könnten und kommt zu dem Schlusse, dass nur völlige Unabhängigkeit geeignet sei, den beobachteten Thatsachen zu genügen; dann fährt er fort: „*Before the modern discoveries in chemestry the Atmosphere was considered as one simple elastic fluid sui generis. ... Lavoisir taught us there were two essentially distinguishable fluids to be found in id ... it now appears there are at least four distinct elastic fluids found in every portion of atmospheric air subject to examination. And these, for aught that appears, are totally intependent one of another; so much that if any one of them was wholly withdrawn from the surface of the earth, the rest would not at all be affected by the circumstance, either in their density or situation; or if any atmosphere of another kind were added to them, they would still retain their respective stations and densities.*" Mem. of the liter. and philos. Society. Manchester Vol. V. Pt. II. p. 545.

Kleinere Mittheilungen. 441

wiederholt und es ist mir nicht bekannt, dass seit Dalton's Zeiten irgend ein namhafter Physiker dagegen Widerspruch erhoben hätte. Gleiches gilt von den Meteorologen, deren Ansichten von Schmid sehr vollständig entwickelt und zusammengestellt worden sind.*)

Das von mir angestellte Experiment beweist nun unwiderlegbar, dass, wenn Luft und Wasserdampf in demselben Raume sich befinden, der Wasserdampf auf die Luft und die Luft auf den Wasserdampf einen Druck ausübt und mithin der Lehrsatz, von welchem Dalton ausging und die Folgerungen, die er daraus abgeleitet hat, völlig unhaltbar sind. Zwar behauptet Herr Bloxam**), dass den angeführten Thatsachen gegenüber die Dalton'schen Gesetze „wie sie von brittischen Meteorologen aufgefasst worden seien" als vollkommen richtig anerkannt werden müssten. Indessen finde ich, dass Sir J. Herschel in seiner Meteorologie die gegenseitige Unabhängigkeit des Dampfes und der Luft von einander (*non-reciprocity of pressure*) ausdrücklich als Grundsatz aufstellt***), ich finde ferner, dass die ersten jetzt lebenden brittischen Meteorologen den Dampfdruck vom Barometerstande abziehen, in der Absicht, den Druck der trockenen Luft zu erhalten, was nur dann einen Sinn hat, wenn man eine unabhängige Dampfatmosphäre annimmt.

In wie ferne es für die meteorologische Forschung gleichgültig sein kann, ob man den Dampf als unabhängig oder als der Atmosphäre beigemengt betrachtet, wird klar, wenn man bedenkt, dass im ersten Falle durch den Dampf keine atmosphärische Bewegung hervorgerufen, sondern nur der Transport der Feuchtigkeit und einigermassen auch der Wärme vermittelt wird, während im zweiten Falle der Dampf die Atmosphäre erhöht, die Luftmassen von ihrer Stelle bewegt und jede Aenderung des Dampfes in dem Gleichgewichte der Atmosphäre eine entsprechende Aenderung herbeiführt.

Ich will nun in der Dampftheorie selbst noch einige Punkte genauer erörtern. Zunächst wäre zu bemerken, dass Dalton durch seine Expe-

---

*) Allg. Encyclopädie der Physik: Meteorologie von Schmid. p. 42. 601. 920.
**) *Proceedings of the British Meteorological Society* Vol. II. 44. Man vergl. ferner einen früheren Aufsatz desselben Verfassers. Vol. I. 41. — In demselben Bande wird die Lehre, wornach im Widerspruche mit Dalton's Theorie der Dampf ohne gesetzmässige Vertheilung in der Atmosphäre zerstreut wäre, als von Halley herrührend bezeichnet; mit grösserem Rechte jedoch möchte sie dem Aristoteles zuzuschreiben sein. Dabei darf allerdings nicht übersehen werden, dass vor Dalton die Eigenschaften des Dampfes nicht bekannt waren, mithin von Aufstellung einer richtigen Lehre hinsichtlich seines Verhaltens, der atmosphärischen Luft gegenüber, keine Rede sein konnte. Auch in neuerer Zeit mag es vorgekommen sein, dass hie und da meteorologische Schriftsteller, bezüglich der Verbreitung des Dampfes in der Atmosphäre richtige Ansichten geäussert haben, nicht etwa in der Weise, dass sie die wissenschaftlichen Fragen die sich daran knüpfen zur Entscheidung gebracht hätten, sondern desshalb, weil ihnen diese wissenschaftlichen Fragen und die Bedeutung derselben gar nicht bekannt wären.
***) *Meteorology, from the Encyclopedia Britannica*, by *Sir J. Herschel* pag. 50.

rimente darauf geführt wurde, zuerst bei Mischungen permanenter Gase, jedes Gas als unabhängig für sich und dem Druck der übrigen nicht unterworfen zu betrachten, und dass er später dieses Verhalten auf den Wasserdampf übertrug.

Nachdem aber jetzt die Voraussetzung Dalton's beim Wasserdampfe als unbegründet nachgewiesen ist, so fragt sich, ob sie noch für die permanenten Gase als begründet angenommen werden könne.

Es hätte keine Schwierigkeit, dies durch ein Experiment zu entscheiden*); ich habe jedoch das Experiment selbst nicht angestellt, da der Erfolg vorauszusehen ist und unzweifelhaft, gegen die Annahme Dalton's, zu dem allgemeinen Lehrsatze führen würde, dass, sowie es nur eine Gravitationskraft giebt, die allen ponderabeln Substanzen in verschiedenem Grade eigen ist, so auch nur eine Repulsivkraft unter den permanenten wie nicht permanenten Gasen existire, welche den Moleculen nach bestimmtem Verhältnisse zukomme.**) Ein Sauerstoffgas-, ein Wasserstoffgas, ein Dampfmolecul u. s. w. würden diesem Satze zufolge ganz unabhängig von ihrer sonstigen Ungleichartigkeit ebenso eine gegenseitige Abstossung auf einander ausüben, wie eine Eisenmasse, eine Steinmasse, eine Wassermasse u. s. w. sich gegenseitig anziehen. Die Abstossungskraft der Gase wird wohl als eine eigenthümliche Wirkung der Wärme betrachtet werden müssen.

Hinsichtlich der Lehre Dalton's darf man übrigens nicht vergessen,

---

*) Unter den verschiedenen Einrichtungen, welche man treffen könnte, um das Experiment anzustellen, scheint mir die auf Taf. VIII Fig. 4 befindliche Ausführung am wenigsten Schwierigkeit darzubieten. Man nehme ein Glasgefäss von der dort dargestellten Form, bestehend aus zwei Kugeln A und B und den offenen engen Röhren ab, cd, ef, welche davon ausgehen. Vom Anfange sei die Communication zwischen A und B mittelst des Hahnes g aufgehoben und man fülle die Hälfte ag mit Sauerstoffgas, die Hälfte gf, mit Wasserstoffgas und sperre sie ab durch die Quecksilbertropfen p und q, auf welche von Aussen die Atmosphäre drückt. — Nachdem nun unter solchen Bedingungen das Gleichgewicht sich hergestellt hat, öffne man plötzlich den Hahn g, so ergiesst sich das Sauerstoffgas des Raumes A, nach Dalton's Theorie ohne auf den Widerstand des Wasserstoffgas irgend einen Druck auszuüben, durch die enge Röhre gd in den Raum B und dann durch die enge Röhre ef gegen den Quecksilbertropfen q hin, und da diese Bewegung wegen der Reibung einige Zeit in Anspruch nimmt, so muss unterdessen der Quecksilbertropfen p weiter gegen A vorrücken; aus analogem Grunde wird auch der Quecksilbertropfen q gegen B vorrücken. Erst wenn das Sauerstoffgas bis zum Quecksilbertropfen q und das Wasserstoffgas bis zum Quecksilbertropfen p gelangt ist, werden diese wieder auf ihren ursprünglichen Stand zurückgedrängt. Eine fernere Folge des Dalton'schen Gesetzes wäre, dass, wenn der Hahn geöffnet wird, bis zur völligen Ausgleichung, in verschiedenen Theilen des Raumes verschieden starker Druck vorhanden sein müsste. — Wenn das obige Experiment ausgeführt werden sollte, so unterliegt es keinem Zweifel, dass beim Oeffnen des Hahnes die Quecksilbertropfen in vollkommenster Ruhe verbleiben werden, ein Erfolg, der unter Voraussetzung der Unabhängigkeit der Gase nur dann sich erklären liesse, wenn die Expansion keine messbare Zeit in Anspruch nehmen würde. Eine solche Voraussetzung hat Dalton nicht gemacht und sie würde auch mit den Gesetzen der Bewegung der Flüssigkeiten im Widerspruche stehen.

**) Diese Hypothese ist bereits von Dalton in der oben erwähnten Abhandlung p. 541 erörtert worden; seiner Ansicht zufolge wäre sie jedoch als mit den Beobachtungsresultaten unvereinbar zu betrachten.

dass er keinen Versuch angestellt hat, wodurch direct die Unabhängigkeit der Gase nachgewiesen worden wäre, sondern dass er diese Unabhängigkeit angenommen hat, um den durch Experimente constatirten Umstand zu erklären, dass, wenn mehrere Gase in demselben Raume sich befinden, eine gleichmässige Mischung entsteht, d. h. jedes Gas gleichmässig in dem ganzen Raume sich vertheilt. Dagegen wäre jedoch zu erinnern, dass derselbe Erfolg auch auf ganz anderem Wege zu Stande kommen kann und als Nachweis dieser Behauptung mag beispielsweise die Diffusion eines Färbestoffes in Wasser dienen. Wenn man einen für das Experiment geeigneten Färbestoff in ein mit Wasser gefülltes Gefäss bringt, so fangen sogleich die Atome desselben an, sich zu zerstreuen und nach längerer oder kürzerer Zeit findet man den Färbestoff gleichmässig in der ganzen Wassermasse vertheilt, ohne dass es irgend möglich wäre, Bedingungen vorauszusetzen, wie sie Dalton bei der gleichmässigen Vertheilung der Gase voraussetzt. Die Erklärung des hier betrachteten Vorganges bietet nicht wenig Schwierigkeit dar und verschiedene Ansichten mögen darüber vorhanden sein; ich meinestheils stelle mir die Diffusion überhaupt vor, als eine Tendenz der Molecule einer Flüssigkeit fremdartige Molecule einzuschliessen und gründe diese Vorstellung zunächst auf das Verhalten der Luft.

Wenn man einen Magnet schwingen lässt, so schliesst sich an die Oberfläche desselben eine Luftschicht von 3 Pariser Linien in der Dicke fest an und schwingt mit dem Magnet[*]; analog hiermit wird jedes Stäubchen, welches in der Luft schwebt, von einer kugelförmigen fest adhärirenden Luftatmosphäre umschlossen, welche mit dem Stäubchen gegen die Erde fällt und die Bewegung desselben verzögert oder gänzlich aufhebt.[**]

---

[*]) Pogg. Ann. LXXI. 124. Bessel hat schon im Jahre 1827 den Einfluss der Luftadhäsion bei Pendelversuchen bestimmt und vor ihm hatte Bezout bezüglich auf denselben Gegenstand richtige Grundsätze aufgestellt.

[**]) Ich glaube, dass man bisher gewöhnlich das Schweben fein zertheilter Stoffe in der Luft als eine Wirkung des Widerstandes oder der Zähigkeit der Luft betrachtet hat. Ein in der Luft befindliches Molecul hätte hieruach die Lufttheilchen beim Fallen zu trennen. Richtiger scheint mir aber die oben gegebene Erklärung, wornach das langsame Fallen eines Moleculs hauptsächlich daher kommt, dass dasselbe eine gewisse Luftmasse mit sich fortzuführen hat; natürlich wirkt unter dieser Voraussetzung die Zähigkeit der Luft um so stärker mit. Als sehr geeignet zur Erläuterung des hier besprochenen Erfolges kann das langsame Fallen fein zertheilter Kreide in Wasser erwähnt werden. Die Kreidetheilchen, die 2½ mal specifisch schwerer sind, als das Wasser, können ganze Tage im Wasser schwebend bleiben, ohne sich merklich dem Boden des Gefässes zu nähern.

Das Schweben der Wolken in der Luft ist als ein analoger Vorgang zu betrachten. Wenn eine Wolke gegen die Erdoberfläche herabkommen soll, so muss die ganze zwischen den Wassermoleculen befindliche Luft zugleich mit dieser fortgetragen werden, d. h. eine Wolke bildet ein aus Luft und Wasser zusammengesetztes Conglomerat, welches nur sehr wenig specifisch schwerer ist, als die Atmosphäre. Sir J. Herschel (*Meteorology* p. 101) spricht die Ansicht aus, dass die Wolken ohne eine aufwärts wirkende Kraft (welche nach ihm hauptsächlich aus der durch die Sonnenstrahlen erzeugten Verdunstung hervorgehen soll) ziemlich schnell gegen die Erde herabfallen müssten, und dass die Wolken infolge dessen bei Tage höher stehen,

Die Annahme einer analogen Tendenz bei Gasen würde genügen, um die gleichmässige Durchmischung begreiflich zu machen und wenn auch andere naturgemässe Hypothesen (z. B. die Annahme, dass unter den Moleculen desselben Gases die Repulsionskraft etwas grösser sei, als unter den Moleculen verschiedener Gase) benützt werden könnten, um den Erfolg ganz oder theilweise zu erklären, so bietet sich vorläufig, wie mir scheint, zur Einführung solchen Hypothesen ein hinreichender Grund nicht dar.

Unter Voraussetzung der bisher gewonnenen Grundlagen will ich nun versuchen, die Beschaffenheit und das Verhalten des Dampfes etwas näher zu erörtern.

Ein Dampfmolecul besteht aus Wasser und latenter Wärme in ganz bestimmtem Verhältnisse mit einander verbunden, so zwar, dass ein Dampfmolecul genau so viel Wasser und genau so viel latente Wärme hat, wie das andere; hieraus folgt zugleich, dass sowohl der Wassergehalt, als auch die latente Wärme einer Dampfmasse der Dichtigkeit des Dampfes proportional ist.*)

Was die Verbindung der latenten Wärme mit dem Wasser betrifft, so wissen wir von der eigentlichen Natur derselben nichts; nur so viel ist bekannt, dass sie nicht durch einen allmäligen Uebergang, sondern wie es bei Aenderungen des Aggregatzustandes überhaupt der Fall ist, durch eine plötzliche Umwandlung — durch einen Sprung — zu Stande kommt.

Worin der latente Zustand der Wärme besteht, ist ebenfalls im Grunde unbekannt, wenn gleich hinsichtlich desselben mehrere Bestimmungen durch die Beobachtung geliefert werden. Zunächst geht aus der nähern Betrachtung aller Umstände unzweideutig hervor, dass nicht etwa eine Affinität oder gegenseitige Anziehung des Wassers und der Wärme die Dampfbildung und das Latentwerden der Wärme bedingt, sondern dass vielmehr die Repulsion, welche die freie Wärme auf sich selbst ausübt, den Uebergang in den latenten Zustand veranlasst.

Der latente Zustand ist aber nicht etwa ein Zustand der Kraftvernichtung, sondern ein Zustand der Unterdrückung, indem die latente Wärme

---

bei der Nacht tiefer herabgehen; diese Ansicht scheint mir weniger als die oben entwickelte den bisher durch Beobachtung ermittelten Thatsachen zu entsprechen.

Dass Wasser in feiner Zertheilung unter gewissen Umständen in der Luft schwebend und ohne gegen die Erde herabzufallen, sich erhalten könne, beweist der Nebel, den man oft bei Windstille ohne alle wahrnehmbare Bewegung beobachten kann, und der Dunst, der in feuchten Kellern stets sich vorfindet.

*) Mit den Versuchen von Watt und mit den später von Pambour erhaltenen Resultaten stimmt dies überein, doch zeigen die genaueren Untersuchungen des Herrn Regnault, dass bei höheren Temperaturen eine allmälige Abweichung vom einfachen Verhältnisse eintritt. Einer Theorie des Dampfes darf man übrigens das einfache Verhältniss zu Grunde legen, ebenso wie man bei Untersuchungen über die Gesetze elastischer Körper von dem einfachen, aber in der Natur nicht vorhandenen Verhältnisse der vollkommenen Elasticität ausgehen muss.

Kleinere Mittheilungen.

durch die freie Wärme niedergehalten wird und augenblicklich in freie Wärme sich verwandelt, sobald die vorhandene freie Wärme nicht mehr ausreicht, um sie niederzuhalten.

Damit ist ausgesprochen, dass es zwischen der freien Wärme und latenten Wärme ein Grenzverhältniss, oder wenn man will, einen Stand des labilen Gleichgewichtes giebt, und dass, sobald die freie Wärme zu gross ist, ein Theil davon in den latenten Zustand und sobald die latente Wärme zu gross ist, ein Theil in den freien Zustand übergehen muss. Bei diesem Grenzverhältnisse ist die freie wie die latente Wärme nach ihrer Quantität zu messen.

Nun wird die Quantität der freien Wärme eines Raumes durch das Product der am Thermometer abgelesenen Temperatur in den Raum und die Quantität der latenten Wärme durch das Product der Dichtigkeit der latenten Wärme (d. h. der Dichtigkeit des Dampfes) in den Raum repräsentirt; somit kann man anstatt des Grenzverhältnisses zwischen der freien und latenten Wärme ein gleichbedeutendes Grenzverhältniss zwischen der Temperatur und der Dichtigkeit des Dampfes substituiren.

Die bisher entwickelten Grundsätze entsprechen vollkommen den Bestimmungen, welche die Beobachtung hinsichtlich der Entstehung und des Verhaltens des Dampfes im luftleeren Raume geliefert hat und erklären insbesondere, wie bei fortgesetzter Compression des Dampfes oder fortgesetzter Verminderung der Temperatur man an eine Grenze gelangt, wo die Dampfmolecule anfangen, in ihre Bestandtheile — Wasser und Wärme — sich aufzulösen.

Im lufterfüllten Raume treten bei der Bildung, wie bei dem Verhalten des Dampfes einige Modificationen ein. Die Bildung des Dampfes wird zwar durch den Druck der Luft nicht gehemmt, denn die Verbindung der Wärme mit den Wassermoleculen geht ganz unabhängig von jedem Drucke vor sich; dagegen stellt die Luft der Verbreitung des Dampfes Hindernisse entgegen, und da neuer Dampf nicht entstehen kann, bis der vorher entstandene sich von der Wasserfläche entfernt hat, so wird die Dampfbildung verzögert; übrigens breitet sich der Dampf vermöge der oben erklärten Diffusionstendenz mit der Zeit gleichmässig in jedem geschlossenen Raume aus.

Im lufterfüllten Raume hat der Dampf ausser seinem eigenen Drucke auch den Druck der Luft auszuhalten und infolge dessen wird jedes einzelne Dampfmolecul comprimirt und (wenn man sich die Dampfmolecule als elastische Kugeln denken will) auf ein kleineres Volumen beschränkt; da jedoch hierbei die Dampfmolecule gleichmässig vertheilt sind und ihre Mittelpunkte so weit von einander entfernt bleiben, als wenn gar keine Luft vorhanden wäre, so wird die Dichtigkeit des Dampfes weder vermehrt noch vermindert, mithin das oben bezeichnete Grenzverhältniss zwischen der Temperatur und Dichtigkeit nicht geändert. Der Dampf als Bestandtheil eines Gemisches von verschiedenen Gasen bringt demnach eine Vermehrung des Druckes hervor, die gleich ist dem Drucke, den er für sich im luftleeren Raume ausgeübt haben würde, und auch das Grenzverhältniss zwischen der Temperatur und der Dichtigkeit erleidet durch den Druck der anderen Gase keine Aenderung, Alles in Uebereinstimmung mit dem von Dalton aus seinen Versuchen abgeleiteten Resultate, dass es bei dem Dampfe rücksichtlich des Druckes wie des Sättigungsgrades keinen Unterschied mache, ob er im lufterfüllten oder luftleeren Raume sich befinde.

So lange man mit Wasserdampf unter einer Glasglocke experimentirt, bewähren sich diese Sätze vollkommen; will man sie aber auf den unendlich ausgedehntern Raum der Atmosphäre anwenden, so kommt zu berücksichtigen:

1) dass auf der Erdoberfläche nicht blos das Wasser, sondern auch die freie Wärme sehr ungleich vertheilt ist, mithin die Dampfbildung in ganz unregelmässiger Weise vor sich geht;
2) dass bei der grossen Ausdehnung der Atmosphäre eine gleichmässige Vertheilung des Dampfes in derselben, auch wenn keine besonderen Hindernisse vorhanden wären, nur nach Verlauf einer langen Zeitperiode*) zu Stande kommen könnte;
3) dass der gleichmässigen Vertheilung viele besondere Hindernisse, worunter vorzugsweise die allgemeinen, wie die localen Strömungen der Luft, die beständigen Aenderungen der Temperatur und theilweise Condensationen zu erwähnen wären, entgegenstehen.

Die Vertheilung des Wasserdampfes in der Luft wird von unendlich vielen wirkenden Ursachen bedingt, wovon zwar jede für sich einen gewissen regelmässigen Finalzustand herbeiführen würde, die aber so schnell auf einander folgen, dass ein Finalzustand gar nie erreicht wird. Selbst die Hauptbedingungen, wovon das Bestehen des Dampfes abhängt, treten nur in schwachem Maasse hervor. So sollte die Quantität des Dampfes vom Aequator an gegen den Nord- und Südpol allmälig abnehmen, so sollte auch die Dichtigkeit des Dampfes in regelmässigem Verhältnisse mit der Höhe abnehmen; die Beschaffenheit der Erdoberfläche (Wasser- und Landstrecken) und die Strömungen der Atmosphäre (die in horizontalen Schichten über einander fortziehenden wärmeren und feuchten Luftströme von Süden, kalte und trockene von Norden) modificiren jedoch in sehr beträchtlichem Maasse den Erfolg, oder kehren sogar die normalen Verhält-

---

*) Auch bei der atmosphärischen Luft ist die vollkommen gleichmässige Vertheilung der constituirenden Gasarten der seit Jahrtausenden fortdauernden Durchmischung zuzuschreiben. Die Ansicht, dass in den höheren Regionen wegen der Verschiedenheit des specifischen Gewichtes andere Mischungsverhältnisse, als auf der Oberfläche der Erde eintreten müssten, hat sich durch die Erfahrung nicht bestätigt und wäre auch nie theoretisch aufgestellt worden, wenn man den beständigen Austausch der oberen und unteren Luftschichten und die Zähigkeit der Luft gehörig berücksichtigt hätte.

nisse vollständig um. In letzterer Beziehung hat der Dampf sehr grosse Analogie mit der Temperatur der Luft und diese Analogie gewährt auch die beste Grundlage, wenn entschieden werden soll, wie die meteorologische Untersuchung des in der Luft enthaltenen Wasserdampfes einzurichten sei.

Wir bestimmen die Temperatur an der Oberfläche der Erde, Mittelwerthe, tägliche und jährliche Perioden; gerade so muss in Bezug auf den Dampf verfahren werden und zwar ist es die Dichtigkeit des Dampfes, welche als Maassbestimmung angenommen werden soll, um so mehr, als durch die zur Messung verwendeten Instrumente die Dichtigkeit angezeigt wird. Sowie übrigens die Temperatur, die an der Erdoberfläche beobachtet wird, keine Grundlage giebt für die Untersuchung der Temperatur in den höheren Regionen der Atmosphäre, so kann auch aus der an der Erdoberfläche befindlichen Dampfmenge auf die in der Höhe vorkommende Dampfmenge kein berechtigter Schluss gezogen werden.

Die progressive Abnahme der Temperatur in der Höhe bildet eine Untersuchung, die nur durch zahlreiche, in verschiedenen Jahreszeiten und an verschiedenen Punkten der Erdoberfläche vorgenommenen Beobachtungsreihen zu sicheren Mittelwerthen führen kann und ganz auf gleichem Wege und nicht etwa durch Voraussetzung einer theoretisch richtigen, aber gar nie in Wirklichkeit sich realisirenden Diffusion, oder wenn man will, Expansion des Dampfes wird es möglich sein, zu einer Kenntniss der Verhältnisse des Wasserdampfes in der Höhe zu gelangen.

XLIII. Beschreibung und Theorie eines Variationsinstruments für Declination und Intensität des Erdmagnetismus. Von Dr. LUDWIG MATTHIESSEN in Jever.

Seitdem die Physiker sich mit der genauen Untersuchung und Beobachtung der Variationen der Richtung und Intensität des Erdmagnetismus beschäftigt haben, sind verschiedene Instrumente zur Beobachtung derselben angegeben und verwendet worden. Die Kleinheit jener Veränderungen indessen hat bisher so genaue und kostspielige Vorrichtungen erfordert, dass es nur wenigen auserwählten Persönlichkeiten vergönnt ist, sich dieser interessanten Naturerscheinung zu erfreuen. Seit längerer Zeit bin ich deshalb bemüht gewesen, einen Apparat herzustellen, welcher bei einem geringen Aufwande von Mitteln und einer bequemen Beobachtung doch ziemlich genaue Werthe zu liefern im Stande sein möchte. Unter allen Vorrichtungen, welche ich durch wiederholte Versuche geprüft, schien sich das im Folgenden beschriebene Differentialmagnetometer als das vorzüglichste zu erweisen, zumal da es sich Jeder selbst construiren kann. Das Princip desselben ist folgendes:

Legt man einen Magneten NS (Taf. VIII Fig. 5), am besten einen sogenannten Decimeterstab, in den magnetischen Meridian des Drehungspunktes A einer Boussolennadel ns, deren Ruhelage SN ist, so giebt es bei allmäliger Annäherung des Stabes eine Entfernung e (etwa $250-350^{mm}$), in welcher die Nadel beginnt, ihre Ruhelage nach W oder O hin zu verlassen. Innerhalb ziemlich enger Grenzen der weiteren Annäherung (ungefähr $8-10^{mm}$) geht die Nadel allmälig in die zum Meridian senkrechte Lage über, worauf dieselbe ganz in den Meridian umschlägt. Zwischen den angegebenen Grenzen ist die Nadel je nach ihrer Lage sehr empfindlich und es lässt sich für gegebene Dimensionen des Stabes und der Nadel die Gleichung dieser Bewegung berechnen oder auch bei häufig stattfindenden Anomalien der magnetischen Vertheilung empirisch ermitteln. Zur Genauigkeit des Apparates ist erforderlich, nicht zu schwache Stäbe zu nehmen, am besten Hufeisen, denen man eine vertikale Stellung giebt; ferner nicht zu kurze Nadeln, obgleich die Empfindlichkeit derselben nach dem umgekehrten Quadrate ihrer Länge zunimmt. 1^{mm} dicke und 5 bis 6^{cm} lange von geraden stählernen Stricknadeln abgebrochene sind die brauchbarsten. Will man einen Hufeisenmagneten anwenden, so ist zu empfehlen, ihm eine solche Gestalt zu geben, dass man zu absoluten Messungen sein Trägheitsmoment ohne Mühe genau berechnen kann. Der von mir benutzte Magnet ist von Logemann, hat 1 Pfund Gewicht und 26 Pfund Tragkraft. Erwägt man nun, dass, wenn die Entfernung $MA=e$ constant bleibt, dagegen Richtung und Stärke des Erdmagnetismus sich um ein Geringes ändern, dies einen ähnlichen Einfluss auf die Stellung der Nadel ausüben wird, als wenn die Entfernung e sich ändert, so ist hieraus leicht zu entnehmen, wie die Bewegungen der Nadel zur Berechnung der Variationen dienen können. Die unvermeidliche Abnahme der magnetischen Kraft der Nadel hat auf diese Bewegung keinen Einfluss. Das magnetische Moment des Stabes kann jährlich oder in kürzeren Perioden ermittelt werden, da, wo es sich um absolute Messungen und nicht blos um den täglichen Gang der Nadel handelt.

Es möge zunächst die Abhängigkeit des Ablenkungswinkels φ von der Entfernung e bestimmt werden. Seien die Entfernungen der Pole N des Stabes und n der Nadel B gleich r, $nS = r'$, $sN = \varrho$, $sS = \varrho'$; die Amplitude des Punktes n und s in Bezug auf die Pole N und S bezüglich gleich α, β, α', β', ferner 2λ die Länge der Nadel ns, $2l$ die Polardistanz des Stabes NS, so ist:

$$\frac{2X}{P} = \frac{\cos\alpha}{r^2} - \frac{\cos\beta}{r'^2} + \frac{\cos\alpha'}{\varrho^2} - \frac{\cos\beta'}{\varrho'^2}$$

$$r^2 = [(e-l) - \lambda\cos\varphi]^2 + \lambda^2\sin\varphi^2, \quad \cos\alpha = \frac{(e-l) - \lambda\cos\varphi}{r},$$

$$r'^2 = [(e+l) - \lambda\cos\varphi]^2 + \lambda^2\sin\varphi^2, \quad \cos\beta = \frac{(e+l) - \lambda\cos\varphi}{r'},$$

$$\varrho^2 = [(e-l) + \lambda\cos\varphi]^2 + \lambda^2\sin\varphi^2, \quad \cos\alpha' = \frac{(e-l) + \lambda\cos\varphi}{\varrho},$$

$$\varrho'^2 = [(e+l) + \lambda\cos\varphi]^2 + \lambda^2\sin\varphi^2, \quad \cos\beta' = \frac{(e+l) + \lambda\cos\varphi}{\varrho'}.$$

Substituirt man diese Werthe in die obige Gleichung des Gleichgewichts, worin X die Horizontalintensität des Erdmagnetismus, P das magnetische Moment des Stabes bedeuten, so erhält man:

$$\frac{2X}{P} = \frac{e-l-\lambda\cos\varphi}{[(e-l)^2 - 2\lambda(e-l)\cos\varphi + \lambda^2]^{\frac{3}{2}}} - \frac{e+l-\lambda\cos\varphi}{[(e+l)^2 - 2\lambda(e+l)\cos\varphi + \lambda^2]^{\frac{3}{2}}}$$
$$+ \frac{e-l+\lambda\cos\varphi}{[(e-l)^2 + 2\lambda(e+l)\cos\varphi + \lambda^2]^{\frac{3}{2}}} - \frac{e+l+\lambda\cos\varphi}{[(e+l)^2 + 2\lambda(e+l)\cos\varphi + \lambda^2]^{\frac{3}{2}}}.$$

Da nun l und λ gegen e verschwindend klein sind, so kann man mit Vernachlässigung der sehr kleinen Grössen diese Function in Reihen entwickeln:

$$\frac{2X}{P} = \frac{1}{(e-l)^2}\left[1 + \frac{2\lambda\cos\varphi}{e-l} - \frac{3}{2}\cdot\frac{\lambda^2(1-3\cos\varphi^2)}{(e-l)^2}\right]$$
$$- \frac{1}{(e+l)^2}\left[1 + \frac{2\lambda\cos\varphi}{e+l} - \frac{3}{2}\cdot\frac{\lambda^2(1-3\cos\varphi^2)}{(e+l)^2}\right]$$
$$+ \frac{1}{(e-l)^2}\left[1 - \frac{2\lambda\cos\varphi}{e-l} - \frac{3}{2}\cdot\frac{\lambda^2(1-3\cos\varphi^2)}{(e-l)^2}\right]$$
$$- \frac{1}{(e+l)^2}\left[1 - \frac{2\lambda\cos\varphi}{e+l} - \frac{3}{2}\cdot\frac{\lambda^2(1-3\cos\varphi^2)}{(e+l)^2}\right]$$

$$\frac{X}{4Pl} = \frac{e}{(e^2-l^2)^2} - 3\lambda^2(1-3\cos\varphi^2)\frac{e^3}{(e^2-l^2)^4}.$$

Differenzirt man nach den Grössen e und φ, so erhält man:

$$\frac{\partial\varphi}{\partial e} = -\frac{e}{3\lambda^2\sin 2\varphi}\cdot\left[1 + \frac{10l^2}{3e^2} + 5\lambda^2\frac{3\cos\varphi^2-1}{e^2}\right],$$

wofür man näherungsweise setzen kann:

$$\frac{\partial\varphi}{\partial e} = -\frac{e}{3\lambda^2\sin 2\varphi}.$$

Hieraus geht nun hervor, dass die Empfindlichkeit der Nadel der Entfernung e direct, dem Quadrate der Nadellänge, sowie dem Sinus des doppelten Ablenkungswinkels umgekehrt proportional ist. Die Versuche, welche mit einer Nadel von 6^{cm} Länge und 5,8^{cm} Poldistanz bei Anwendung eines Stabes von 10^{cm} Poldistanz angestellt wurden, stimmten mit obiger Formel nahezu überein. Für $e = 241^{mm}$ war die Ablenkung $\varphi = 45°$, also $\frac{\partial\varphi}{\partial e} = -\frac{1}{10,5}$. Für eine Aenderung von e um 1^{mm} musste sich also $\Delta\varphi = -\frac{1}{10,5}$ berechnen oder in Graden $\Delta\varphi = \frac{180}{3,14.10,5} = 5,°5$. Die Versuche ergaben im Durchschnitt den Winkel 5,°0.

Da es bei sehr kleinen Nadeln schwierig ist, beide Enden gleich stark magnetisch zu erhalten, die Nadel auch leicht umschlägt, so ist es gut,

λ nicht unter 25^{mm} und einen starken Magnetstab anzuwenden. Da die magnetische Intensität der Nadel an den Enden oft ungleich ist, so ist eine Prüfung derselben nothwendig. Hierzu ist eine genaue Bestimmung des magnetischen Meridians erforderlich. Man stellt dabei vier Beobachtungsreihen auf, indem man zuerst den Stab von N her der Nadel nähert und von 1 zu 1^{mm} die östliche und westliche Ablenkung beobachtet und dies wiederholt, indem man auch den Stab von S her der Nadel mit entgegengesetztem Pole nähert. Beispielsweise setze ich eine solche Probereihe her, die aber keinen Anspruch auf grosse Genauigkeit erhebt. Der Stab von N her genähert, gab der Nadel eine südost-nordwestliche Ablenkung.

$e =$ 233 234 235 236 237 238 239 240 241 242 243 244 245 in mm
$\varphi =$ umschlagen 83° 74°,5 67°,5 63° 58°,5 54°,5 50° 45°,5 41° 35° 28°,5 umschlagen
$\varDelta =$ 8,5 7 4,5 4,5 4 4,5 4,5 4,5 6 6,5.

Integrirt man die oben abgeleitete Differentialgleichung, so erhält man:

$$\cos 2\varphi = \frac{(e^2 - 241^2)}{3\lambda^2}.$$

Hieraus folgt, dass für $\varphi = 0°$ und $\varphi_1 = 90°$ für e die Werthe aus den Gleichungen $e^2 = 241^2 + 3\lambda^2$ und $e_1^2 = 241^2 - 3\lambda^2$ gefunden werden. Für $\lambda = 20$ ^{mm} berechnet sich nahezu $e = 241 \pm 6$, in welchen Entfernungen des Stabes von der Nadel also ein Umschlagen stattfinden soll. Die Differenz $e - e_1 = 12$ trifft bei der oben angeführten Reihe zu. Die übrigen Abweichungen haben sowohl in einer fehlerhaften Aufstellung und etwaigen Torsion des Fadens, als auch in einer kleinen Anomalie der Nadel ihren Grund.

Berechnung der Intensität des Erdmagnetismus. Diese wird aus angestellten Beobachtungen mittelst der bekannten Gauss'schen Formel:

$$X = \frac{\pi \cdot \sqrt{2T}}{t \cdot \sqrt{e^3 \tan \alpha}}$$

ausgeführt. Da nicht Jedem eine Weber'sche Reiseboussole zur Verfügung steht, so suchte ich die Grösse $2P : X = e^3 \tan \alpha$ durch eine Schwingungsmethode auf folgende Art zu bestimmen. Macht die Nadel unter dem Einflusse des Erdmagnetismus in einer Minute n' Schwingungen, so wird diese Anzahl bis zu n gesteigert, wenn man den Ablenkungsstab im Meridian der Nadel mit dem freundschaftlichen Pole nähert, hingegen bis zu n'' vermindert, wenn man ihr den feindlichen Pol in derselben Entfernung e gegenüberlegt. Dann ist offenbar:

$$\frac{2P}{X} = \frac{n^2 - n'^2}{n'^2} e^3 = \frac{n'^2 - n''^2}{n''^2} e^3.$$

Es wurden von mir zur Bestimmung von X für Jever (53° 35' NB) vom 9. October 1863 folgende Werthe beobachtet:

$e = 450^{mm}$, $n = 45{,}40$, $n'' = 26{,}65$
$e = 400^{mm}$, $n = 48{,}40$, $n'' = 20{,}50$
$n' = 37{,}12$.

Hieraus folgt im Mittel $\dfrac{2P}{x} = 44662750$. Die erste Beobachtung ergiebt für die Schwingungsdauer der Nadel in der Einheit der Entfernung $\dfrac{1}{4135{,}0}$ die zweite $\dfrac{1}{4133{,}8}$ Secunde. Mit grosser Genauigkeit ausgeführte Messungen ergeben für den hufeisenförmigen Magneten $T = 315194600$ und die Schwingungsdauer unter dem Einflusse des Erdmagnetismus gleich $6'',67$. Aus $n' = 37{,}12$ folgt für die Nadel die Schwingungsdauer $1'',616$, so dass man erhält:

$$X = \frac{\sqrt{2}.\pi.\sqrt{315194600}}{6{,}67.\sqrt{44662750}} = \frac{\sqrt{2}.\pi.\sqrt{315194600}}{6{,}67.1{,}616.4134{,}4} = 1{,}7670.$$

Die Nadel, deren ich mich zur Beobachtung der täglichen Variationen bediene, hat eine Länge $2\lambda = 44^{mm}$. Sie zeigte am 12. October 1863 bei $e = 356,^{mm}5$ eine Ablenkung $\varphi = 45^0$. Da nun gemäss der obigen Beobachtungen $\sqrt{44662750} = 854{,}8$ ist, so folgt hieraus, dass bei solchen Werthen von e, welche von $356,^{mm}5$ nicht merklich abweichen, wie bei dem Differentialmagnetometer, für eine veränderliche Intensität des Erdmagnetismus die Gleichung:

$$X = \frac{\sqrt{2}.\pi.\sqrt{T}}{t.e^{\frac{3}{2}}} = \frac{Q}{e^{\frac{3}{2}}}$$

ebenfalls gültig ist. Differentiirt man dieselbe nach e, so erhält man:

$$\frac{\partial X}{\partial e} = - \tfrac{3}{2}.Q.e^{-\frac{5}{2}}$$

und weil nun noch $\dfrac{\partial \varphi}{\partial e} = - \dfrac{e}{3\lambda^2 sin\, 2\varphi}$ ist, so lässt sich de eliminiren, woraus hervorgeht:

$$\frac{\partial X}{\partial \varphi} = \frac{9\,Q\,\lambda^2 sin\, 2\varphi}{2\,e^{\frac{7}{2}}} = \frac{9\,X\lambda^2 sin\, 2\varphi}{2\,e^2}.$$

Da sich nun in irgend einem Zeitpunkte die Werthe von X und e für eine mittlere Ablenkung $\varphi = 45^0$ durch Versuche bestimmen lassen, so ersieht man leicht, wie die Variationen der Intensität sich aus den Ablenkungen der Nadel berechnen lassen. Substituirt man beispielsweise die Werthe $X = 1{,}7670$, $\lambda = 22$, $e = 356{,}5$ und $\varphi = 45^0$, so resultirt:

$$\Delta X = \frac{9.1{,}767.484}{356{,}5^2} \Delta \varphi = 0{,}029\,\Delta \varphi.$$

Für $\Delta \varphi = 1^0$ oder in Theilen von π ausgedrückt gleich $0{,}01745$ ist:

$$\Delta X = 0{,}029 . 0{,}01745 = 0{,}0005.$$

Berechnung der Declination. Wir nehmen jetzt die mittlere Richtung NS als fest, dagegen den magnetischen Meridian $N'S'$ als veränderlich an. Ferner möge bei constanter Horizontalintensität sich die

Richtung des Erdmagnetismus um $\delta\varphi$ ändern, so wird das Drehungsmoment $X \sin\varphi \cdot \lambda$ der Boussole B um $X \cos\varphi \lambda \partial\varphi$ wachsen, das der Boussole A hingegen um gleichviel abnehmen. Dieser Aenderung entspricht nun offenbar ein Zuwachs von X, welcher gleich ist:

$$\delta X = X \cdot \cot\varphi \cdot \delta\varphi, \quad \delta\varphi = \frac{\tan\varphi}{X} \delta X.$$

Da aber die Variation des Instrumentes

$$\Delta\varphi = \frac{e^2 \cdot \Delta X}{9 X \lambda^2 \sin 2\varphi}$$

beträgt, so ist für $\Delta X = \delta X$ offenbar:

$$\frac{\delta\varphi}{\Delta\varphi} = \frac{2 \cdot 9 \cdot \lambda^2 \cdot \sin\varphi^2}{e^2}.$$

Hieraus kann die Variation $\delta\varphi$ des magnetischen Meridians für einmal beobachtete Werthe von φ und e berechnet werden und zwar mittelst beobachteter Ablenkungen $\Delta\varphi$ des Instruments. Sie ist, wie aus der Formel hervorgeht, von der Horizontalintensität unabhängig. Es sei, um die Anschauung zu fixiren, die westliche Variation des Zeigers, also $\Delta\varphi = 1^0$ und $\varphi = 45^0$, so würde diesem eine Variation der Declination entsprechen, welche gleich ist:

$$\delta\varphi = \frac{9 \cdot 484}{356,5^2} \text{ Graden} = 2 \text{ Minuten}.$$

Die Trennung der Variationen $\Delta\varphi$ und $\delta\varphi$ durch das Differentialmagnetometer. Die Oscillationen der Nadel werden offenbar durch das Zusammenwirken der Variationen der Declination und Intensität des Erdmagnetismus verursacht. Um diese von einander zu sondern, besteht das Differentialmagnetometer aus zweien in demselben Meridian liegenden Boussolen A und B (Taf. VIII, Fig. 6), deren Nadeln unter Glasglocken gegen Luftzug zu schützen sind. Man giebt den beiden Nadeln eine entweder östliche oder westliche Ablenkung von ungefähr 45^0 und wählt zur Zeit der Aufstellung die Stunde, in welcher die Declination ihr tägliches Mittel durchschneidet, was etwa $10^U Vm$ oder $6^U Nm$ geschieht. Eine Variation $\delta\varphi$ der Declination gegen W muss in A die Ablenkung φ vergrössern um E, dagegen den Winkel φ in B um E verkleinern. Eine Verstärkung der Horizontalintensität wird aber die Ablenkung in A sowohl, als in B um E' verkleinern, eine Abnahme vergrössern. Sind nun die Ablenkungen nach einer gewissen Zeit in A gleich $\varphi + \varepsilon - \varepsilon'$, in B gleich $\varphi - \varepsilon - \varepsilon'$, so folgt hieraus, wenn man die Angaben der beiden Boussolen mit α und β bezeichnet:

$$E = \tfrac{1}{2}(\alpha - \beta), \quad E' = \tfrac{1}{2}(2\varphi - \alpha - \beta),$$

woraus Declination und Intensität berechnet werden.

Beispielsweise möge hier noch die tägliche Bewegung der Declination, welche ich vom 15. October bis 4. December 1863 aufgezeichnet habe, ihren

Platz finden. Da der Apparat nur roh zusammengesetzt ist, so haben die bei einer mittleren Ablenkung $\varphi = 39^0$ beobachteten absoluten Werthe von $\delta\varphi$ (in Graden) keinen Anspruch auf Genauigkeit. Das Vorzeichen + bedeutet eine westliche, — eine östliche Abweichung vom Meridian, Z die Anzahl der Beobachtungen.

Morgens	1^U	2^U	3^U	4^U	5^U	6^U	7^U	8^U	9^U	10^U	11^U	12^U
+	.	.	0.35	.	0.78	0.55	0.18	.	.	0.39	0.72	1.03
—	1.28	1.14	.	1.76	.	.	.	0.25	0.00	.	.	.
Z	2	1	3	1	3	1	30	40	19	40	19	41

Nachmitt.	1^U	2^U	3^U	4^U	5^U	6^U	7^U	8^U	9^U	10^U	11^U	12^U
+	1.23	1.21	1.05	0.84	0.57	0.42	0.05	.	.	.	.	.
—	.	.	.	.	.	.	.	0.26	0.54	0.99	0.93	1.98
Z	42	44	37	39	31	39	27	29	29	28	10	6

XLIV. Ueber einen Zusammenhang der Seiten eines Kreisvierecks mit den Wurzeln einer biquadratischen Gleichung. Von demselben.

Sind x, y_1, y_2, y_3 die Seiten eines Kreisvierecks, so ist nach Gerhard der Halbmesser des umschriebenen Kreises:

$$R = \sqrt{\frac{(xy_1 + y_2 y_3)(xy_2 + y_1 y_3)(xy_3 + y_1 y_2)}{(-x+y_1+y_2+y_3)(x-y_1+y_2+y_3)(x+y_1-y_2+y_3)(x+y_1+y_2-y_3)}}.$$

Der Inhalt V des Vierecks wird offenbar gleich Null, wenn R einen unendlichen Werth annimmt, also:

$$(-x+y_1+y_2+y_3)(x-y_1+y_2+y_3)(x+y_1-y_2+y_3)(x+y_1+y_2-y_3)$$
$$= 16\,V^2 = 0.$$

Die vier Seiten des Vierecks können nun als die Wurzeln der Gleichung

$$x^4 + mx^2 + nx + p = 0$$

betrachtet werden, indem man eine derselben z. B. x als Hauptgrösse annimmt und das obige Product in die Gleichung

$$x^4 - 2(y_1^2 + y_2^2 + y_3^2) x^2 + 8 y_1 y_2 y_3 x$$
$$- [4(y_1^2 y_2^2 + y_1^2 y_3^2 + y_2^2 y_3^2) - (y_1^4 + y_2^4 + y_3^4)] = 0$$

entwickelt. Aus der Vergleichung der homologen Coefficienten erhält man:

$$y_1^2 + y_2^2 + y_3^2 = -\frac{m}{2},$$

also:
$$y_1^2 y_2^2 + y_1^2 y_3^2 + y_2^2 y_3^2 = \frac{1}{16}(m^2 - 4p),$$
$$y_1^2 y_2^2 y_3^2 = \frac{n^2}{64},$$
$$y^6 + \frac{m}{2} y^4 + \frac{1}{16}(m^2 - 4p) y^2 - \frac{n^2}{64} = 0.$$
(Euler'sche Resolvente.)

XLV. Ueber eine Erscheinung am Newton'schen Farbenglase. Sieht man gegen das Farbenglas so, dass man die Newton'schen Ringe deutlich sieht und schiebt von der Seite ein Glimmerblättchen vor das Auge, so dass ein Theil der Pupille von demselben bedeckt wird, ein Theil frei bleibt, so sieht man auf der Seite des unbedeckten Auges ein System von hellen und dunklen Halbkreisen, die zu demselben Centrum gehören, wie die Newton'schen Ringe. Ihre Entfernung von diesem Centrum ist der Quadratwurzel aus der Dicke des verwendeten Blättchens proportional. Bringt man zwei Blättchen vor die Pupille, so dass ein Theil derselben von beiden, ein Theil von einem Blättchen bedeckt, ein Theil frei ist, so sieht man das dem doppelten und das dem einfachen Blättchen entsprechende System zugleich.

Man braucht das Blättchen nicht unmittelbar vor das Auge zu geben, die Halbkreise entstehen, sobald ein Theil der Strahlen, die von jenen Stellen, an denen die Halbkreise sich bilden können, ins Auge kommen, durch das Blättchen, ein Theil frei geht. Nur diese Strahlen tragen zur Erzeugung der Halbkreise bei; denn man kann das ganze übrige Farbenglas mit einem undurchsichtigen Schirm verdecken, ohne sie zu stören. Legt man zwei ebene Glasplatten auf einander, so sieht man darauf mit halbverdeckter Pupille feine Linien, wenn auch kaum Farben dünner Blättchen zu sehen sind.

Aehnliche Nebenkreise oder Nebenstreifen sieht man auch, wenn man andere Interferenzerscheinungen auf die angegebene Weise betrachtet, z. B. die Ringe, welche Krystallplatten im Polarisationsapparate zeigen oder die lebhaften Interferenzstreifen, die man, durch einen Nicol schief stehend wahrnimmt.

Wien. Prof. Stefan.

XLVI. Ueber Interferenzerscheinungen im prismatischen und im Beugungsspectrum. Talbot entdeckte Interferenzstreifen im prismatischen Spectrum, als er von der Seite der brechenden Kante des Prisma ein Glimmerblättchen so vor das Auge schob, dass die halbe Pupille von demselben bedeckt wurde. Ueber die Bedingungen des Entstehens dieser Streifen wurden folgende neue Erfahrungen gemacht: Man braucht das Blättchen nicht unmittelbar vor das Auge zu geben, man kann es irgend wo zwischen Auge und Prisma halten oder am Prisma ankleben, oder auch zwischen Prisma und Spalte stellen, wenn nur der Theil des ins Auge gelangenden Lichtbündels, der gegen die Kante des Prisma geht oder von dieser kommt, durch das Blättchen geht, so entstehen die Streifen.

Man sieht diese Streifen auch in den durch ein beugendes Gitter erzeugten Spectren und zwar in den links liegenden, wenn das Blättchen von rechts in das von der Spalte kommende Lichtbündel irgendwo zwischen Auge und Spalte eingeschoben wird, im umgekehrten Falle in den rechts liegenden Spectren.

Klebt man auf das Gitter zwei Blättchen neben einander so, dass in der Mitte ein kleiner Theil frei bleibt, dessen Breite kleiner als der Durchmesser der Pupille ist, so sieht man Streifen in den Spectren links und rechts zugleich.

Je dicker das Blättchen, desto feiner und zahlreicher die Streifen. Ein Glasplättchen von 0,15 Millimeter Dicke giebt 120 Streifen im Spectrum. Dickere Plättchen können bei Beobachtung mit freiem Auge nicht angewendet werden, wohl aber, wenn man das Spectrum durch ein Fernrohr beobachtet. Auch hier kann man, statt das Blättchen, wie Brewster und Airy es gethan haben, zwischen Auge und Ocular zu geben, dasselbe vor dem Objectiv, überhaupt irgendwo zwischen Objectiv und Prisma oder Prisma und Spalte, aber auf der Seite der brechenden Kante des Prisma anbringen. Dadurch ist man in den Stand gesetzt, dickere Plättchen zu verwenden und selbe während der Beobachtung beliebigen Temperaturänderungen oder Drücken auszusetzen und aus der geänderten Lage der Streifen auf die Aenderung der optischen Eigenschaften des Plättchens zu schliessen. Dickere Plättchen müssen planparallel sein. Ein Plättchen von über 3 Millimeter Dicke gab zwischen den Fraunhofer'schen Linien B und H 2500 Interferenzlinien. Die letzteren entstehen aus Strahlen, die über 5000 Wellenlängen Gangunterschied haben.

Ebenso kann man die Linien in den Beugungsspectren erzeugen durch Anbringen eines Plättchens vor dem Objectiv oder irgendwo zwischen Objectiv und Spalte. Ist das Plättchen links, so sind die Linien in den linksseitigen Spectren, wenn das Fernrohr ein astronomisches ist und umgekehrt. Zwei Plättchen, von entgegengesetzten Seiten in das Strahlenbündel geschoben, so dass die Mitte desselben frei bleibt, geben Linien in allen Spectren zugleich.

Die Linien entstehen auch, wenn das Plättchen vor die Spalte gegeben wird, so dass es die Hälfte derselben bedeckt. Hier ist es gleichgiltig, ob das Plättchen von rechts oder links eingeschoben wird, die Streifen im prismatischen Spectrum entstehen in beiden Fällen.

Man sieht auch Interferenzlinien, wenn man die ganze Spalte oder das ganze Objectiv oder Ocular mit einem dünnen Blättchen bedeckt. Diese sind viel feiner und anderen Ursprungs. Ueber diese, sowie über die durch an der Vorder- und Hinterfläche eines Heliostaten reflectirtes Licht erzeugten Linien und über den Einfluss dieser auf die Sichtbarkeit der Frauenhofer'schen wird in einer nächsten Mittheilung berichtet werden.
Wien. Prof. STEFAN.

XLVII. Der Entdeckung der spectralanalytischen Methode in der Chemie folgte auf dem Fusse die Entdeckung des Cäsiums und Rubidiums nach, eine weitere Frucht war die Auffindung des Thalliums, erkennbar an einer grünen Spectrallinie, welche das Prisma aus dem durch ein Thalliumsalz in einer Bunsen'schen Flamme erhaltenen grünen Lichte ausscheidet. Geleitet durch eine blaue Spectrallinie, entdeckte endlich Herr Professor Richter in Freiberg in einer schwarzen Zinkblende von der Grube Himmelfahrt bei Freiberg ein neues Metall, Indium. Dasselbe kommt in der genannten Zinkblende nur in sehr geringer Menge vor, lässt sich aus dem gelblich weissen Oxyde durch Kohle oder Wasserstoffgas in Zinn bis silberweissen Körnchen von 7,125 specifischem Gewicht erhalten, die äusserst weich und sehr ductil sind. Diese Körnchen schmelzen vor dem Löthrohre leicht und geben einen gelblich-weissen Beschlag, wobei die Flamme blau gefärbt wird. Das Oxyd färbt Glasflüsse nicht, das reducirte Metall löst sich in Schwefelsäure und in Salzsäure unter Wasserstoffentwickelung auf. Man ersieht aus dem Vorhergehenden, welches aus einer Mittheilung geschöpft ist, die Reich im bergmännischen Verein in Freiberg über die von ihm und Richter ermittelten Eigenschaften des Indiums gemacht hat, dass das Indium chemische Eigenschaften besitzt, die denen des Zinks ähnlich sind.
Dr. KAHL.

Druckfehler im 6. Hefte des 8. Jahrganges dieser Zeitschrift:
Seite 462, Zeile 7 von oben setze: „Dodekaederkante" statt „Dodekaederfläche".
In derselben Zeile muss hinter „ist" ein Komma stehen.
Seite 462, Zeile 16 von oben ist hinter dem Worte „Quadrate" einzuschieben: „der Seiten".
Seite 462, Zeile 14 von unten ist hinter „des" „im" einzuschieben.
„ 462 „ 10 „ „ muss „aufgesetzt" für „gesetzt" stehen.
„ 463 „ 11 „ oben muss für Zehneckaxen „Zehneckseite" und für Sechseckaxe „Sechseckseite" gesetzt werden.
Seite 463, Zeile 11 von unten fehlt hinter dem Worte „Grundlinie" das Komma.

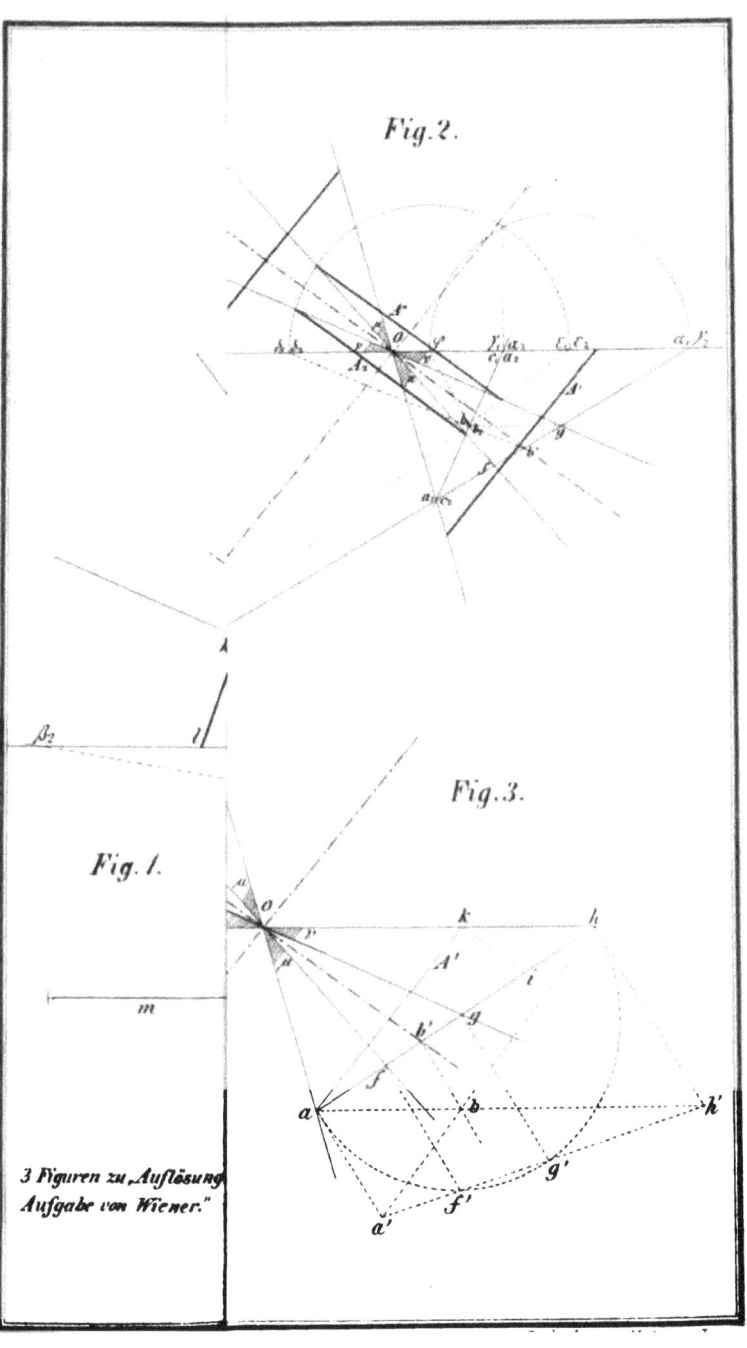

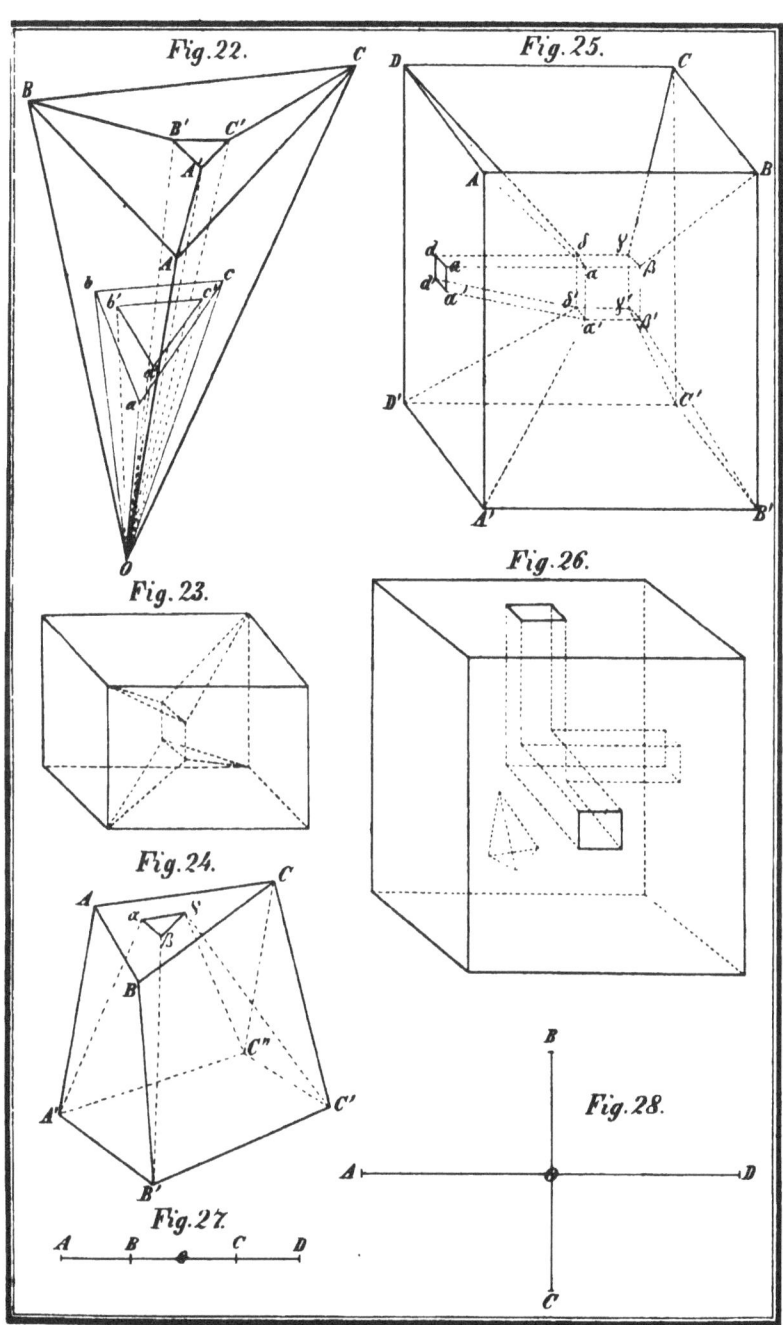

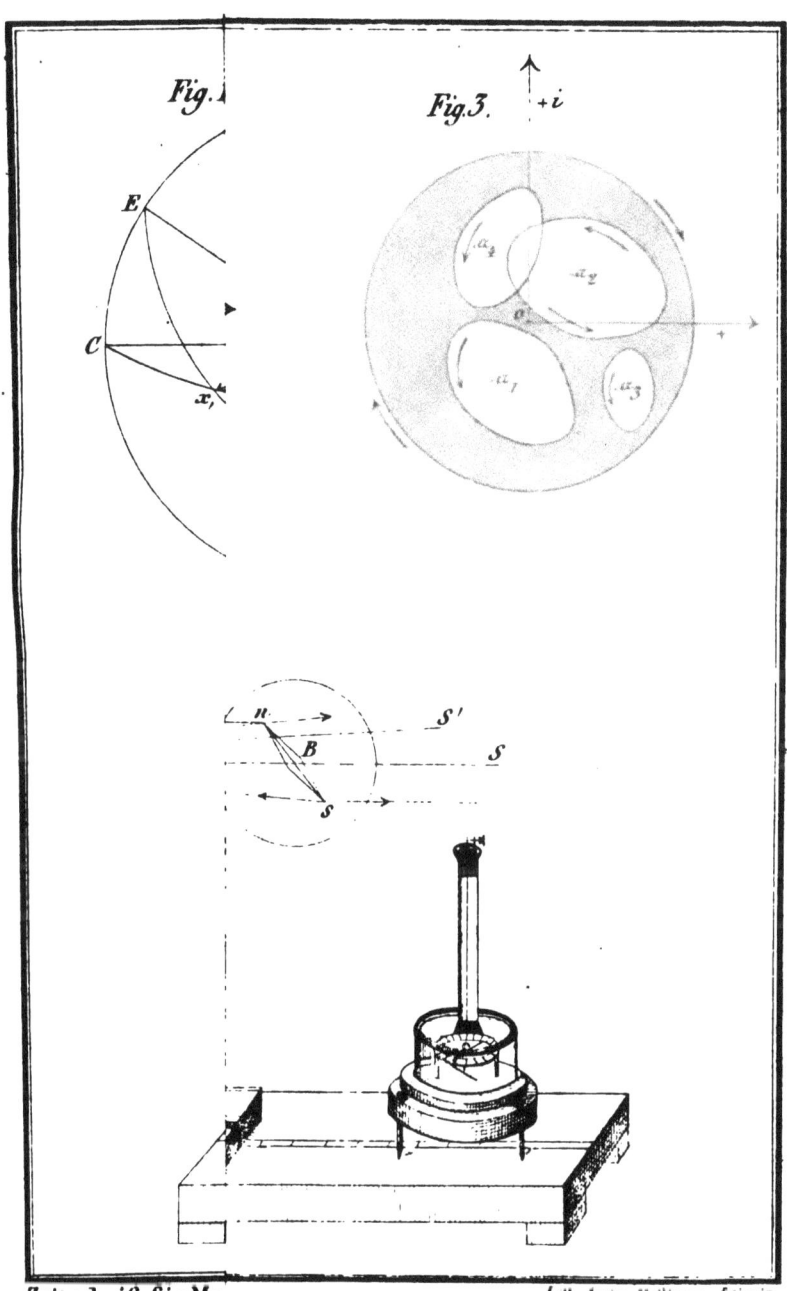

Literaturzeitung

der

Zeitschrift für Mathematik und Physik

herausgegeben

unter der verantwortlichen Redaction

von

Dr. O. Schlömilch, Dr. E. Kahl

und

Dr. M. Cantor.

Neunter Jahrgang.

LEIPZIG,

1864.

Inhalt.

Philosophie und Geschichte der Mathematik. Seite

CHASLES, Galileo Galilei, sa vie, procès et ses contemporains d'après les documents originaux 17
WIENER, Die Grundzüge der Weltordnung 25
WOEPCKE, Passages relatifs à de séries de cubes, extraits de manuscrits arabes inédits 49
POUDRA, Oeuvres de Désargues 80
SNELL, Prof., Ueber Galilei als Begründer der mechanischen Physik und die Methode desselben 111

Arithmetik und Analysis.

MARTUS, Maxima und Minima 6
GERNERTH, Bemerkungen über ältere und neuere mathematische Tafeln . . . 8
SCHELLBACH, Sammlung und Auflösung mathematischer Aufgaben 11
BERKHAN, Die Anwendung der Trigonometrie auf Arithmetik und Algebra . . 73
HELMES, Die Elementarmathematik. 1. Bd. 82
ZECH, Tafeln der Additions- und Subtractionslogarithmen 85
GRELLE, Die Principien der Arithmetik 93
STURM, Cours d'analyse de l'école polytechnique. 105

Synthetische und analytische Geometrie.

JOACHIMSTHAL, Elemente der analytischen Geometrie der Ebene 1
MARTUS, Kegelschnittkantige Pyramiden und curvenkantige Prismen 14
NAGEL, Materialien zur Selbstbeschäftigung der Schüler 52
HELMES, Die Elementarmathematik. 2. Bd. 82
HEILERMANN, Lehr- und Uebungsbuch für den Unterricht in der Mathematik. 1. Bd. 99
JOB, Lehrbuch der Planimetrie 100
ADAM, Theoretisch-praktische Constructionslehre und algebraische Geometrie . 101
UNVERZAGT, Ueber eine neue Methode zur Untersuchung räumlicher Gebilde . 110
WEISSENBORN, Die Elemente der Planimetrie 112

Praktische Geometrie und Astronomie.

BAUERNFEIND, Beobachtungen und Untersuchungen über die Genauigkeit barometrischer Höhenmessungen und die Veränderungen der Temperatur und Feuchtigkeit der Atmosphäre 54
BRÜNNOW, Lehrbuch der sphärischen Astronomie 79

Mechanik.

SCHÖNEMANN, Der Horizontal-Dynamometer und seine Anwendung 50

Physik und Chemie.

	Seite
Wüllner, Lehrbuch der Experimentalphysik; 2. Bd. 1. Abth. Wärmelehre	44
Koppe, Anfangsgründe der Physik	53
Geist, Methode der qualitativen chemischen Analyse von Substanzen, welche die häufiger vorkommenden Elemente enthalten	76
Krist, Anfangsgründe der Naturlehre für die unteren Classen der Mittelschulen	77
Bogmann, Lehrbuch der Physik für Gymnasien und Realschulen	78

Bibliographie . . . . Seite 22, 45, 61, 86, 102, 117
Mathematisches Abhandlungsregister: Januar bis Juni 1863 . . . 63
               Juli bis December 1863 . . 120

Literaturzeitung.

Recensionen.

Elemente der analytischen Geometrie der Ebene. Von F. JOACHIMSTHAL. Mit 8 Figurentafeln. Berlin, G. Reimer. 1863.

Man hat es oft und gewiss nicht mit Unrecht als einen Vorzug der französischen mathematischen Literatur gegenüber der deutschen gerühmt, dass in dem Lande der Centralisation die bedeutendsten Gelehrten es nicht unter ihrer Würde halten, auch eigentliche Lehrbücher derjenigen Wissenschaften zu schreiben, zu deren Vervollkommnung sie selbst am Meisten beitrugen, während bei uns das Verfassen von Lehrbüchern nur den Diis minorum gentium überlassen blieb, oder höchstens die erste Arbeit eines bei dieser Veröffentlichung noch wenig bekannten Gelehrten zu sein pflegte, der sich damit der mathematischen Welt im Grossen und Ganzen vorstellen wollte. Der Grund dieses Gegensatzes liegt nicht etwa darin, dass der Deutsche weniger die Ueberzeugung gehabt hätte, mit einem guten Lehrbuche segensreich wirken zu können. Das Bewusstsein ist wohl schon längst allgemein verbreitet, dass gerade für den Anfänger das Beste eben gut genug ist, während viel eher in den höheren Theilen der Wissenschaften dem Schüler Lückenhaftes oder gar minder Genaues geboten werden darf, wo er schon die Fähigkeit erlangt hat, ergänzend und kritisch seinen Lehrgang zu controliren. Der Grund lag vielmehr sicherlich in der politischen Gestaltung unseres Vaterlandes, welche es nahezu unmöglich machte, dass das Lehrbuch eines, wenn auch noch so bedeutenden Schriftstellers in den benachbarten Duodezstaaten eingeführt wurde, der auf seinen eigenen Mathematiker viel zu stolz war, als dass er seine Schriften nicht vorgezogen hätte. Darin war allerdings ein Hemmniss für bedeutende Männer, ihre Zeit und Müheleistung an Schriften zu wenden, in welchen untergeordnete Geister ihnen Concurrenz machen und dabei auf Erfolg hoffen durften. Es ist sicherlich kein Hereinziehen von Politik in damit nicht Zusammenhängendes, wenn ich behaupte, ein geeinigtes Volk und gute Lehrbücher in irgend einem Zweige der Wissenschaft gehen stets Hand in Hand, und wie der Gedanke einer naturnothwendigen Zusammengehörigkeit deutscher Stämme in den beiden letzten Jahrzehnten deutlicher und kräftiger zum Durchbruche kam, so wird Niemand, der die mathematischen Lehrbücher derselben Periode vergleicht, in Abrede stellen können, dass mehr bedeutende Mathematiker Deutschlands seit dieser Zeit Elementarwerke veröffentlichten als je vorher, dass innerhalb dieser Periode gerade das letzte Jahrzehnt wieder das Beste hervorgebracht hat. Zu den Schriften dieser Gattung gehört in ganz hervorragender Weise die hier zu besprechende „Analytische Geometrie der Ebene". Es scheint, als wenn der Plan zu derselben zum Theil in jener aufgeregten Zeit entstand, welche dem 1851 erfolgten Tode von C. G. J. Jacobi vorherging; dass Jacobi beabsichtigte, eine ganz elementar gehaltene analytische Geometrie des Raumes zu schreiben, zu welcher Joachimsthal gleichsam die Einleitung in Gestalt einer analytischen Geometrie der Ebene verfassen sollte, damit so die gesammte analytische Geometrie dem Anfänger in wissenschaftlich strenger und doch der Form nach fasslicher Darstellung zugänglich sei. Jacobi starb und hinterliess ein, wenn auch nicht vollendetes, doch so weit gediehenes Manuscript, dass es Herrn Oswald Hermes anvertraut werden konnte, welcher gegenwärtig die Hoffnung ausspricht, dessen Erscheinen in Kürze möglich machen zu können. Joachimsthal hatte den ersten Entwurf der ihm zugetheilten Arbeit um 1855 vollendet, aber dieser erste Entwurf genügte ihm nicht. Er arbeitete ihn nochmals vollständig um, indem er namentlich die Anordnung des Stoffes, die Reihenfolge der Kapitel veränderte, und während dieser Umgestaltung seines Werkes starb er den 5. April 1861. Auch dieses nicht ganz vollständige Manuscript wurde Herrn Hermes zur Herausgabe überliefert, und so ist jetzt das mathematische Publikum im Besitze einer analytischen Geometrie der Ebene, welche für den Anfänger Alles das leistet, was verlangt werden kann. Auf dem kurzen Raume von etwa 13 Druckbogen sind die wichtigsten Lehren, die gegenwärtig zumeist angewandten Methoden der Geometrie klar und präcis auseinander gesetzt. Referent hält sonst nicht viel von sogenannten Elementarwerken zur Selbstbelehrung, da der Anfänger selten ohne Beihülfe eines Lehrers sich durchzuarbeiten im Stande ist; aber wenn es eine analytische Geometrie der Ebene giebt, welche zu diesem Zwecke empfohlen werden kann, so ist es die von Joachimsthal. Sie gewährt, wenn ich diese Parallele ziehen darf, dem Leser die Annehmlichkeit der Schreibweise, durch welche Lübsen's Lehrbücher so vielfach schon bestochen haben, und giebt ihm andererseits die Garantie, dass er nur Richtiges findet, dass die Schwierigkeiten nicht etwa verhüllt, sondern gelöst werden. Der Gang des Buches ist folgender. Im 1. Kapitel wird die Bestimmung der Lage von Punkten in einer Ebene mit Hülfe von Parallelcoordinaten und von Polarcoordinaten gelehrt. Es lassen sich, sagt dabei der Verfasser (S. 4), noch unzählig viele andere Methoden angeben, um die Lage von Punkten in einer Ebene zu bestimmen. Referent ist der Ansicht, dass es hier wohl am Platze gewesen wäre, eine oder die andere solche Methode noch zu erläutern, wozu ihm etwa die Plücker'-

schen Kreiscoordinaten (Crelle XLIV) passend erscheinen. Der Anfänger ist nur zu sehr geneigt, den Sinn der analytischen Geometrie blos in dem Rechnen mit gradlinigen Coordinaten zu suchen, und dieser falschen Anschauung von vornherein entgegenzutreten, ist sicher nicht ohne Wichtigkeit. Freilich gehört dazu nicht blos der negative Weg, bei welchem man aufmerksam gemacht wird, dass ausser dem Rechnen mit gradlinigen Coordinaten auch noch Anderes in das Bereich der analytischen Geometrie fällt, sondern der Schüler muss in positiver Weise dahin geführt werden, dass er einsehe, wie die analytische Geometrie eine Methode ist, so gut wie die synthetische, dass beide dieselben Gegenstände behandeln nur in principiell verschiedener Auffassung. Der gemeinsame Gegenstand besteht in den verschiedenen Raumgebilden und deren Eigenschaften der Lage und Ausdehnung. Unter den Sätzen, welche diese Eigenschaften bedingen, giebt es zwei Gattungen, die man trennen kann. Es giebt Sätze, die fast ausschliesslich Sätze der Lage sind, andere fast ausschliesslich Sätze der Ausdehnung. Jene ergeben sich am deutlichsten dem sehenden Auge an der gezeichneten Figur, diese dem rechnenden Geiste aus der Formel oder Gleichung, durch welche sie sich darstellen. Der Satz, dass die 3 Medianen des Dreieckes sich in einem Punkte schneiden, gehört etwa zu der ersten Klasse; der Satz $h^2 = c_1^2 + c_2^2$ zu der zweiten. Die Geometrie begnügt sich aber nicht damit, die Sätze in einer Auffassung blos kennen zu lernen; eine Vollständigkeit verlangend, sucht sie jedem Satze auch die Seite abzugewinnen, welche nicht von vorn herein zu Tage tritt; sie construirt den pythagoräischen Lehrsatz, indem sie die zweiten Potenzen der Masszahlen der Linien als Masszahlen von Flächen auffasst und die so gewonnenen Flächen vor den Augen des Schülers zusammensetzt; sie zeigt, dass eine Mediane die andere in zwei Dritteln ihrer Länge schneidet, woraus mit zwingender Nothwendigkeit der gemeinschaftliche Durchschnittspunkt sich erschliesst. Nicht bei allen Sätzen sind beide Methoden, die construirende und die durch Rechnung schliessende, gleich gut angebracht. Bald ist die Anwendung der einen vortheilhafter, bald die der anderen. Allein eben deshalb ist es für den angehenden Geometer nothwendig, mit beiden Methoden vertraut zu werden, und zur besseren Einübung wird er versuchen müssen, alle Sätze der Geometrie das einemal nach dem einen Systeme, das anderemal nach dem anderen zu beweisen. Die durchgehende Anwendung der Construction bildet die synthetische Geometrie, die Methoden der Rechnung machen die analytische Geometrie aus. Somit stellt die Aufgabe der analytischen Geometrie sich als eine in drei Theile zerfallende dar. Zuerst hat man geometrische Eigenschaften in Gleichungen zu bringen. Dann hat man mit diesen Gleichungen zu rechnen. Endlich hat man die Schlussresultate wieder ins Geometrische zurückzuübersetzen. Es stimmt so ziemlich mit diesen Gedanken überein, wenn Joachimsthal sagt: „Die analytische Geometrie ist eine Anwen-

„dung der Algebra auf die Geometrie; ihre eigenthümliche Methode besteht „darin, Gerade oder Curven der Form und Lage nach als den geometrischen „Ort aller Punkte zu definiren, deren Coordinaten einer gegebenen Gleich-„ung genügen, und aus den Eigenschaften dieser Gleichung die Eigen-„schaften jener Geraden oder Curven abzuleiten" (S. 14). Allein die Definition kommt doch vielleicht etwas zu spät, und so möchte Referent einige einleitende Worte etwa des oben ausgesprochenen Inhaltes für wünschenswerth halten. Als besonders gelungen dürfte dagegen in diesem Kapitel § 12 „Graphische Darstellung der reelllen Lösungen einer Gleichung zwischen zwei Unbekannten" (S. 11) zu bezeichnen sein, in welchem sowohl der Begriff des geometrischen Ortes, als auch namentlich der von Durchschnittspunkten in vollendeter Klarheit hervortritt. Das 2. Kapitel von den Linien erster Ordnung enthält die gewöhnlichen Aufgaben über die gerade Linie, aber freilich in selbstständiger Weise behandelt. Vielleicht wäre hier die Discussion, unter welcher Bedingung zwei Gleichungen dieselbe Gerade bezeichnen (S, 20), dahin zu ergänzen, dass man umgekehrt noch zeigte, wie solche identische Linien keinen besonders hervortretenden Durchschnittspunkt besitzen können, und wie es somit geometrisch sich rechtfertigt, wenn die Algebra zur Bestimmung zweier Unbekannten zwei von einander unabhängige Gleichungen verlangt. Im 3. Kapitel kommt der Kreis zur Behandlung, als der Ort des Endpunktes einer geraden Strecke in der Ebene von gegebenem Anfangspunkte. Das 4. und 5. Kapitel lehren Ellipse und Hyperbel kennen als die Orte der Punkte von gleicher Summe und gleicher Differenz der Radien-Vectoren. Alle drei Curven sind unabhängig von einander behandelt, und auch darin zeigt sich der didaktische Takt des Verfassers. Man kann dem Anfänger in der analytischen Geometrie nur dadurch Vertrauen in die Methoden einflösen, wenn man sie wiederholt bei der Form nach verschiedenen Curven zur Anwendung bringt. Das Gemeinsame der Gleichung lässt fast immer noch gewisse Zweifel zurück. Ich erinnere nur an die gewöhnlich recht stiefmütterliche Behandlung der Hyperbel in den Lehrbüchern. Man sagt, die Gleichungen der beiden Curven, der Ellipse und der Hyperbel, sind identisch bis auf das Vorzeichen von b^2, man wird also diesen Unterschied allein in den abgeleiteten Sätzen zu wahren haben. Das leuchtet dem Schüler algebraisch genommen freilich ein, aber seine geometrische Ueberzeugung, wenn ich so sagen darf, bleibt sehr schwankend. Man frage doch einen so unterrichteten Schüler z. B. nach den Durchmessern der Hyperbel, und man wird sehen, welche Verwirrung darüber herrscht. Auch Joachimsthal hat (S. 73) den Zeichenunterschied in den Gleichungen der Ellipse und Hyperbel hervorgehoben, aber er that es erst dann, nachdem die geometrischen Entwickelungen zu Ende geführt waren, nachdem besonders mit Beihülfe der Asymptoten alle jene Linien gezeichnet waren, welche nur noch einmal recapitulirt werden mussten. Unmittelbar an die gezeigte algebraische Uebereinstimmung schliesst sich dann auch die Ableitung der für Ellipse und Hyperbel gemeinsamen Gleichung $\frac{x^2}{a^2} + \frac{y^2}{a^2(1-\lambda^2)} = 1$, bei welcher nur λ von 1 verschieden sein muss, und jetzt ergiebt sich mit Nothwendigkeit, dass der Fall $\lambda = 1$ einer anderweitigen Behandlung unterworfen werden muss. Damit ist der Inhalt des 6. Kapitels gegeben. Die Parabel bildet ihn, und daran wieder sich anschliessend gemeinsame Betrachtungen für die drei Curven, Ellipse, Hyperbel, Parabel, deren Scheitel- und Polargleichungen. Jetzt erst kann mit Nutzen für den Anfänger die Discussion der Gleichung zweiten Grades erfolgen, und dazu sind die Formeln der allgemeinen Coordinatentransformation erforderlich. Nun ist aber eine didaktische Hauptregel, man solle keinen Gegenstand entwickeln, bevor man ihn gebraucht, und deshalb stimmt Referent aus ganzer Seele bei, wenn die Transformation der Coordinaten erst im 7. Kapitel vorkommt, und nicht gleich zum Anfange der analytischen Geometrie vornweggenommen und bis zum wirklichen Gebrauche wieder vergessen wird. Kann doch überdies jetzt so mancher Satz anders ausgesprochen werden, als er im Einleitungskapitel möglich gewesen wäre. Ich hebe nur den bei Weitem wichtigsten Satz hervor: „Sind $p = 0$, $q = 0$ die Gleichungen zweier sich „schneidenden Geraden in Bezug auf ein gegebenes Coordinatensystem „(x', y'), und macht man die erste zur y-, die zweite zur x-Axe eines neuen „Systemes (x, y), so sind die Transformationsformeln der Coordinaten „$x = \delta p$, $y = \delta' q$, wo δ und δ' zwei von Null verschiedene Constanten be- „zeichnen" (S. 91). Bei dieser Gelegenheit wird dann auch nach gewohnter Weise gezeigt, dass, wenn durch eine solche Transformation die Gleichung $U = 0$ in $U' = 0$ übergeht, U und U' von gleicher Dimension sein müssen, weil weder U' eine höhere Dimension als U annehmen kann, noch umgekehrt bei der rückwärts erfolgenden Transformation U eine höhere Dimension als U'. Referent pflegt in seinen Vorlesungen mit diesem Beweise eine geometrische Anschauung zu verbinden, welche die Anfänger gleichfalls in der Regel weit mehr überzeugt, als der an sich betrachtet viel strengere analytische Beweis. Es sei $U = 0$ eine Gleichung n^{ten} Grades, so wird eine gerade Linie $A = 0$ im Allgemeinen n-Durchschnittspunkte mit ihr besitzen. Diese Durchschnittspunkte verändern sich aber offenbar nicht, welches Coordinatensystem man auch zu Grunde legt. Da ferner für jedes System von Parallelcoordinaten die neue Gleichung $A' = 0$ der Gerade vom ersten Grade bleibt, so muss auch U' die Dimension n wieder besitzen, damit $A = 0$ und $U' = 0$ durch n gemeinsame Wurzeln erfüllt werden. Das 8. Kapitel discutirt die allgemeine Gleichung zweiten Grades mit anzuerkennender Berücksichtigung aller möglichen Einzelfälle, welche S. 103 in einer kleinen Tabelle zusammengestllt werden. In einer Anmerkung hat der Herausgeber hinzugefügt, dass alle diese Curven zweiten Grades unter dem Namen der Kegelschnitte zusammengefasst werden.

Die Zurückhaltung ist sicherlich zu achten, mit welcher Herr Hermes den Text so viel als möglich in der von Joachimsthal vorbereiteten Form wiedergab, und nur einige wenige mit *H.* unterzeichnete Noten als eigene Zuthat sich erlaubte. Allein innerhalb dieser Noten durfte er vielleicht etwas weiter gehen, und nur auf solche Erweiterungen beziehen sich auch die hier ausgesprochenen Wünsche und Ansichten. So hätte der Anfänger, scheint mir, das Recht, eine Begründung des Namens Kegelschnitte zu verlangen, und sich nicht mit den Worten zu begnügen, dass sie „bekanntlich zuerst als die ebenen Durschnitte eines Kreiskegels betrachtet worden sind." Dem Anfänger, und für diesen ist ja das ganze Buch geschrieben, ist das noch nicht bekannt. Im 9. und 10. Kapitel kommt die Theorie der Transversalen an die Reihe, welche zuerst nur so weit behandelt wird, als gradlinige Gestaltungen geschnitten werden, dann auch als Combination eines Kegelschnittes mit gradlinigen Transversalen. Diese Kapitel geben einestheils Veranlassung, in eingehenderer Weise mit idealen Linien und imaginären Schnittpunkten bekannt zu werden als vorher, während anderntheils in ihnen die Methoden immer geläufiger werden, mit welchen Plücker besonders die Geometrie bereichert hat, und welche im Wesentlichen darin bestehen, dass man ganze Gleichungspolynome durch einen einfachen Buchstaben symbolisirt, und somit die Verbindung dieser Gleichungspolynome, nach welcher Operation sie auch erfolgen mag, immer nur andeutungsweise vollzieht, während die Art der Verbindung schon hinreicht, um Schlüsse auf den geometrischen Sinn der neuen Gleichungen zu ziehen. Innerhalb dieser Kapitel schliesst mit § 94 (S. 163) das Joachimsthal'sche Manuscript ab und die noch übrigen $2\frac{1}{2}$ Druckbogen war der Herr Herausgeber genöthigt nach kurzen Notizen, die eigentlich nicht mehr als ein Inhaltsverzeichniss bildeten, zu ergänzen. Wie sehr es ihm gelungen ist, dem Tone des Verfassers sich zu nähern, wird das Lesen des Buches selbst zu erweisen am geeignetsten sein. Wohl Niemand dürfte einen Unterschied in der Schreibart bemerken, der nicht durch die Vorrede auf das Dasein zweier Schriftsteller aufmerksam gemacht wurde. Unter den hier behandelten Gegenständen verdient die Theorie der reciproken Polaren (S. 166) eine Erwähnung, sowie im 11. Kapitel „Combination zweier und mehrerer Kegelschnitte" die Lehre von den 4 Bedingungen-erfüllenden Kegelschnitten, von der Involution (S. 183) und der Pascal'sche Satz mit seinen Folgerungen (S. 201). Dieses etwa der Inhalt des uns vorliegenden Buches, durch dessen Angabe das anfängliche Urtheil wohl bestätigt ist, dass man es hier mit einem vortrefflichen Elementarwerke zu thun hat. Manche Einwendungen fallen durch diese Bestimmung des Buches von selbst weg. Mag vielleicht manche Entwickelung in eleganterer Form möglich sein, wenn man die Lehren der modernen Algebra vollständig als bekannt annimmt; mögen manche Kapitel weiterer Folgerungen fähig sein; mag namentlich die Lehre von den confocalen Kegelschnitten hier nur angedeutet erscheinen, während sie in ausgedehnterem Masse den künftigen Betrachtungen dient; so sind doch dieses Forderungen, die Niemand billiger Weise an den Anfänger stellen wird, also auch ebensowenig an ein für Anfänger geschriebenes Buch. Referent kann also diese Anzeige nur mit dem Wunsche schliessen, dass das besprochene Werk an recht vielen Unterrichtsanstalten eingeführt werden möge. Die Schüler werden sich gewiss nur gut dabei stehen. CANTOR.

Maxima und Minima. Ein geometrisches und algebraisches Uebungsbuch für die Schüler höherer Lehranstalten. Von H. C. E. MARTUS, ord. Lehrer der Math. u. Physik a. d. Königstädtischen Realschule in Berlin. Mit einer Figurentafel. Berlin, Enslin. 1861.

Die vorliegende Schrift behandelt mit elementaren Hülfsmitteln eine grosse Anzahl von Aufgaben über Maxima und Minima. Sie zerfällt in zwei Theile von sehr ungleichem Umfange. Der erste Theil enthält nur Aufgaben, welche durch rein geometrische Betrachtungen gelöst werden, von denen ein grosser Theil einem früher von E. Heis veröffentlichten Programme entnommen ist. Ausser einigen einfacheren Aufgaben treffen wir hier im Zusammenhange Sätze über Dreiecke, Rechtecke und Vielecke von grösster Fläche bei gegebenem Umfange behandelt; den Schluss bildet der Satz; dass unter allen Vielecken von gleichem Umfange der Kreis die grösste Fläche besitzt. Bedeutend umfangreicher ist der zweite Theil, welcher sich mit der Bestimmung des Maximums und Minimums auf algebraischem Wege beschäftigt. Die zur Anwendung kommende Methode, dieselbe, deren sich auch Schellbach in seinen „Mathematischen Lehrstunden" bedient, ist von der Methode der Differentialrechnung im Princip nicht verschieden. Um nämlich den Werth von x zu finden, welcher $f(x)$ zu einem Maximum oder Minimum macht, bestimmt man den Werth der Quotienten

$$\frac{f(x') - f(x)}{x' - x}$$

für den Fall $x' = x$, setzt das Resultat der Null gleich und löst diese Gleichung auf. Die Entscheidung darüber, ob der gefundene Werth von x einem Maximum oder Minimum entspricht, muss dann, wie bei Schellbach, der Natur der Aufgabe selbst entnommen werden. Da die Ermittelung des erwähnten Quotienten mit elementaren Hilfsmitteln nicht stets unmittelbar gelingt, sondern mancherlei Kunstgriffe nöthig sind, so hat der Verfasser den Inhalt des ganzen zweiten Theiles nach der verschiedenen Art der Behandlung der Aufgaben in 8 Abschnitte vertheilt. Der erste Abschnitt enthält zunächst solche Aufgaben, bei denen die Division mit $x' - x$ sich ohne Weiteres ausführen lässt, dann folgen im zweiten Abschnitte solche, welche die Behandlung des Unterschiedes zweier

Quadratwurzeln nöthig machen. Im dritten Abschnitte kommen trigonometrische Functionen zur Anwendung; hier wird besonders von dem Satze Gebrauch gemacht, dass der Bruch

$$\frac{\sin \alpha}{\alpha}$$

für $\alpha = 0$ den Grenzwerth 1 erhält. Im vierten und fünften Abschnitte werden verschiedene Aufgaben über Maxima und Minima bei Kegelschnitten und Flächen zweiten Grades gelöst. Dann folgen in den zwei nächsten Abschnitten Aufgaben, die auf transcendente und auf cubische Gleichungen führen, der achte Abschnitt endlich enthält noch einige schwierigere Aufgaben.

Die vom Verfasser behandelten Aufgaben sind sämmtlich geometrische; recht instructiv ist in vielen Fällen die Anknüpfung einer stereometrischen Aufgabe an die entsprechende planimetrische, überhaupt die öfters vorkommende Verallgemeinerung und Erweiterung der Aufgaben auf verwandte Gebilde. Ausser der Bekanntschaft mit der elementaren Geometrie und Algebra hat der Verfasser nur wenig Vorkenntnisse bei Lösung dieser Aufgaben vorausgesetzt, etwa die Kenntniss der Gleichungen der Kegelschnitte, ihrer Tangenten und Aehnliches. Lehrer, welche ihre Schüler mit der Theorie der Maxima und Minima beschäftigen wollen, werden neben Schellbach's „Mathematischen Lehrstunden" auch das vorliegende Buch mit Vortheil benutzen können.

Leipzig. GRETSCHEL.

Bemerkungen über ältere und neuere mathematische Tafeln. Von A. GERNERTH. (Besonders abgedruckt a. d. Zeitschr. f. d. österr. Gymn., Heft VI, S. 407 ff.). Wien, Gerold's Sohn. 1862.

Seit einer längeren Reihe von Jahren mit der Bearbeitung verschiedener mathematischer Tafeln beschäftigt, hat der Verfasser des vorliegenden Schriftchens mit dieser Arbeit eine sehr sorgfältige und umfassende Revision älterer und neuerer mathematischer Tafeln verbunden, deren Ergebniss er uns hier mittheilt. Dieses Ergebniss ist wohl geeignet, gerechtes Erstaunen zu erregen und wird bei Manchem das Vertrauen, das man mathematischen Tafeln im Allgemeinen zu schenken geneigt ist, etwas erschüttern. Die vom Verfasser revidirten Werke sind die folgenden.

A. Aeltere, in der Geschichte der Wissenschaft Epoche machende Werke, auf die man häufig zurückgehen muss, da neuere, sie ersetzende nicht erschienen sind.

1. *Opus Palatinum de triangulis, a Georgio Joachimo Rhetico coeptum: L. Valentinus Otho, Principis Palatini Friderici IV. Electoris Mathematicus consummavit. An. sal. hum. MDXCVI. Folio.* Der Verfasser hat nur die fünfte Abtheilung dieses

voluminösen Werkes, den *Magnus canon doctrinae triangulorum* einer Revision unterworfen und hier unter 97200 Tabulargrössen 468 Fehler gefunden, was nahezu 0,48 Procent bebeträgt; dazu kommen noch 130 Fehler in den Differenzen.

2. Pitiscus, *Thesaurus mathematicus sive canon sinuum etc. Francofurti anno MDXIII.* Folio (richtige Jahreszahl 1613!). Unter 32400 Tabulargrössen fand der Verfasser 110 fehlerhafte, von denen indessen schon Vega im J. 1783 22 angegeben hat; dieses giebt etwa 0,27 Proc. neue Fehler.

B. Neuere Werke mit wenigen Fehlern.

3. August, Vollständige logarithmisch-trigonometrische Tafeln etc. 2. Aufl. Berlin, 1848. Unter 20980 Tabulargrössen wurden nur 5 neue Fehler gefunden (5 andere sind schon früher von Dr. W. Lehmann veröffentlicht worden) oder 0,02 Proc.

4. Callet, *Tables portatives de logarithmes etc. Paris*, 1795 (*Tirage* 1846). Wie schon Bremiker und Schrön bemerkt haben, nehmen diese Tafeln in Bezug auf Correctheit keineswegs den hohen Rang ein, den man ihnen lange Zeit zuschrieb; so sind in der Ausgabe von 1846 zwei von Hutton bereits 1822 veröffentlichte Fehler unberücksichtigt geblieben. Unser Verfasser hat ohne eigentliches Suchen 4 neue Fehler gefunden.

5. Hantschl, Logarithmisch-trig. Handbuch etc. Wien, 1833. In den Logarithmen der Zahlen hat der Verfasser 2 Fehler gefunden, was etwa 0,02 Proc. giebt.

6. Hutton, *Mathematical tables etc. 6. edition. London*, 1822. In den Tafeln der natürlichen Sinus, Cosinus, Tangenten und Contangenten fanden sich 11 Fehler, oder 0,10 Proc.

7. Salomon, Logarithmische Tafeln. Wien, 1827. In den Tafeln der natürlichen Sinus und Tangente von Minute zu Minute gab die Revision 2 Fehler, oder 0,02 Proc.

8. Schrön, Siebenstellige Logarithmen der Zahlen von 1 bis 108000 etc. Braunschweig 1860. Diese Tafeln erscheinen als das correcteste jetzt existirende logarithmische Werk; unser Verfasser fand bei Revision von 3 Tafeln unter mehr als 100000 Tabulargrössen nur einen einzigen Fehler, also 0,001 Proc.

9. Shortrede, *Logarithmic tables etc. Edinburgh*, 1849. In zwei Tafeln ergaben sich 9 Fehler, oder durchschnittlich 0,23 Procent.

10. Winkler, Logarithmische und logarithmisch-trig. Tafeln. Wien, 1839. Von diesen sehr correcten Tafeln hat unser

Verfasser 2 revidirt und darin 3 Fehler, oder 0,01 Procent gefunden.
C. Neuere Werke mit vielen Fehlern. Von den in diesen Werken aufgefundenen Fehlern hat unser Verfasser nur 5 Proc. mitgetheilt, während die in den vorerwähnten Schriften gefundenen alle abgedruckt sind.

11. Baudusson, Le raporteur exact, ou tables des cordes de chaque angle etc., Paris, 1861, enthält 94 Fehler, oder 1,29 Proc.
12. Beskiba, Lehrbuch für die juristische, politische und kameralistische Arithmetik. Wien, 1862. Von den Tabellen dieses Werkes hat unser Verfasser nur diejenigen revidirt, die zur Berechnung des baaren Werthes einer Rente dienen, welche man m Jahre lang am Ende jedes $m$tel Jahres erhalten will, und hier unter 1800 Tabulargrössen nicht weniger als 1265 Fehler, d. i. 70,28 Proc. gefunden.
13. Böhm, Kleines log.-trig. Handbuch, Innsbruck 1852, hat durchschnittlich 1,02 Proc. Fehler.
14. Domke, Nautische, astronomische und logarithmische Tafeln etc. Berlin, 1855. In 4 von ihm der Revision unterworfenen Tafeln fand unser Verfasser 838 Fehler, oder 2,58 Procent.
15. Gronwaldt, Sehnentafel für den Radius 1000 etc., Quedlinburg, 1850, enthält in den Sehnen der 32 ersten Grade 648 Fehler, oder 33,75 Proc.
16. Kolbe, Sehnentafel etc. für den Halbm. 100, Halberstadt, 1844, zeigte 590 Fehler, oder 10,93 Proc.
17. Rühlmann, Log.-trig. und andere für Rechner nützliche Tafeln. Leipzig, 1859. In 3 Tafeln wurden 1493 Fehler, oder 4,71 Proc. gefunden.
18. Stampfer, Log.-trig. Tafeln. Wien, 1852. Darin entdeckte unser Verfasser 1174 Fehler, oder 4,98 Proc.
19. Hülsse, Sammlung mathematischer Tafeln. Leipzig, 1849. Revidirt wurde die Tafel der wirklichen Länge der trigonometrischen Functionen, wobei sich 600 Fehler, oder 5,56 Proc. fanden.

Die meisten der vom Verfasser aufgefundenen Fehler beziehen sich übrigens auf die letzte Stelle; Fehler in den Proportionaltheilen und Differenzen hat er nicht mit in sein Verzeichniss aufgenommen, ebenso hat er die schon früher von Anderen bekannt gemachten Fehler nicht mit gezählt.

Praktischen Rechnern und späteren Herausgebern mathematischer Tafeln sei hiermit dieses kleine Schriftchen zur Beachtung empfohlen.

GRETSCHEL.

Sammlung und Auflösung mathematischer Aufgaben von K. H. SCHELLBACH, Prof. am Priedrich-Wilhelms-Gymnasium und an der Kriegs-Akademie zu Berlin. Unter Mitwirkung des Dr. H. Lieber bearbeitet und herausgeg. von E. Fischer, Dr. phil. Mit acht Figurentafeln. Berlin, Reimer. 1863.

Der Herausgeber, ein früherer Schüler des Friedrich-Wilhelms-Gymnasiums zu Berlin und später Mitglied des mit dieser Anstalt verbundenen mathematischen Seminares, hat in diesem Buche die wichtigsten unter den mathematischen Problemen, welche Prof. Schellbach in den letzten Jahren in den oberen Classen des erwähnten Gymnasiums vorgetragen hat, und die theilweise beim Unterrichte selbst entstanden sind, zusammengestellt und bearbeitet. Man findet in dem vorliegenden Buche ebenso wie in den beiden früher erschienenen Schriftchen von Schellbach, in den „Neuen Elementen der Mechanik" und den „Mathematischen Lehrstunden" zahlreiche Aufgaben, die sowohl durch den behandelten Gegenstand selbst, als auch durch geschickte und elegante Handhabung des Calculs bei den Auflösungen ganz geeignet sind, das Interesse der Schüler zu erwecken und ihnen Fertigkeit in Anwendung der erlernten Methoden zu verschaffen. Eine besondere Empfehlung des Buches erscheint überflüssig; dasselbe wird in den Kreisen, in denen die anderen Schellbach'schen Lehrbücher Verbreitung gefunden haben, gewiss willkommen sein.

Der nachstehenden kurzen Uebersicht des Inhaltes der Schrift schicken wir die Bemerkung voraus, dass der Verfasser sich durchweg algebraischer Methoden bei Lösung der Aufgaben bedient hat, und dass er dabei die Grenzen der Elementarmathematik nirgends überschreitet, auch nicht bei Aufgaben, die man gewöhnlich nur der Infinitesimalrechnung zugänglich erachtet. Es zerfällt nun das ganze Buch in zwei Abtheilungen, von denen sich die erste mit der Auflösung quadratischer Gleichungen beschäftigt, als dem hauptsächlichsten im weiteren Verlaufe zur Anwendung kommenden Hilfsmittel. Nach Besprechung der gewöhnlichen algebraischen Lösung, die übrigens, abweichend von der sonst gewöhnlich üblichen Darstellung, auf die Zerlegung des Trinoms $x^2 + 2ax + b$ in die beiden Factoren

$$x + a + \sqrt{a^2 - b^2} \text{ und } x + a - \sqrt{a^2 - b^2}$$

gegründet wird, folgt die Entwickelung der Wurzeln in Form unendlicher Kettenbrüche und ihre Darstellung mittels goniometrischer Functionen. Sodann werden Gleichungen höherer Grade behandelt, die durch eine mehr oder minder einfache Substitution sich auf quadratische reduciren lassen, darunter speciell die reciproken Gleichungen dritten, vierten und fünften Grades. Den nächsten Gegenstand bildet die Darstellung verschiedener Methoden, durch welche die Auflösung der Gleichungen zweiten Grades mit zwei unbekannten Grössen erleichtert wird. Es wird hier zuerst eine Reihe von Beispielen behandelt, bei denen man erst den Quotienten der beiden Unbekannten bestimmt, dann solche, wo erst die Summe, Differenz oder das Product derselben zu ermitteln ist; im Ganzen sind 69 hierher gehörige verschiedene Aufgaben gelöst. Der folgende Paragraph enthält solche Gleichungen mit zwei Unbekannten, bei deren Lösung man auf reciproke Gleichungen stösst. Daran schliessen sich im nächsten Paragraphen Gleichungen mit mehr als zwei Unbekannten. Den Anfang bilden hier einige Gleichungssysteme, welche sämmtlich dadurch aufgelöst werden, dass man zuerst Summe und Product von je zwei Unbekannten bestimmt und dann die letzteren selbst durch einfache Gleichungen zweiten Grades findet. Den Schluss der ganzen Abtheilung bilden Gleichungen mit mehreren Unbekannten, deren Lösung durch Einführung von Kreisfunctionen vereinfacht wird; alle diese Aufgaben sind indessen auch zum Theil auf mehrfache Art durch rein algebraische Methoden gelöst.

Der zweite Theil enthält geometrische und physikalische Aufgaben und zerfällt in die folgenden fünf Kapitel. 1. Aufgaben aus der ebenen Geometrie. Nächst der Bestimmung der Dreiecksfläche aus den drei Höhenlinien, sowie aus den Transversalen von den Ecken nach den Mitten der Gegenseiten treffen wir hier eine Anzahl von Aufgaben, die sich auf Dreiecke beziehen und in denen die Radien der ein- und umgeschriebenen Kreise eine Rolle spielen, ferner Vierecksaufgaben, als die Berechnung der Fläche eines Kreisviereckes aus den Seiten, die Berechnung der Diagonalen eines Viereckes aus den Seiten und dem Diagonalenwinkel u. a. Daran schliessen sich noch einige Aufgaben über Parallelogramme, die eine doppelte Auflösung gestatten, nämlich eine rein algebraische und eine goniometrische; bei der ersten dieser Aufgaben, der Berechnung der Seiten eines Parallelogrammes aus einem Winkel, der Diagonalensumme und dem von den Diagonalen eingeschlossenen Winkel, sind beide Methoden in Anwendung gebracht, die übrigen sechs sind nach der zweiten Methode gelöst. Unter den nun folgenden Aufgaben begegnet uns zuerst die Behandlung einer von Clausen aufgefundenen Gruppe mondförmiger Figuren, deren Flächeninhalt mit Hilfe von Zirkel und Lineal construirt werden kann und zu denen auch die altbekannten Mondchen des Hippokrates gehören, sodann die Construction dreier Kreise, von denen jeder sowohl die zwei anderen, als auch je zwei Seiten eines gegebenen Dreieckes berührt, die Malfatti'sche Aufgabe, und zwar sowohl für das ebene, als auch für das sphärische Dreieck. Am Schlusse des Kapitels stehen noch eine Anzahl Kreisaufgaben, die auf transcendente Gleichungen führen. 2. Aufgaben aus der Stereometrie. Nach einigen einfacheren, auf Prismen und Pyramiden bezüglichen Aufgaben treffen wir die Pascal'sche Aufgabe an, die in der Berechnung der Oberfläche desjenigen Theiles der Mantelfläche eines geraden Kreiscylinders besteht, welcher durch eine Ebene abgeschnitten wird, die durch den Durchmesser der Basis geht und einen halben rechten Winkel mit letzterer bildet; ferner das sogenannte Florentiner Problem, die Bestimmung eines quadrirbaren Theiles der Kugeloberfläche, mit der Lösung seines Urhebers Viviani, sowie die allgemeinere von Jacob Bernoulli herrührende Lösung, bei welcher eine sphärische Curve in Anwendung kommt, für welche die Länge und Breite eines jeden Punktes in einem constanten Verhältniss zu einander stehen; sodann einige Cubaturen und zuletzt die Bestimmung des Maximums der Fläche eines elliptischen Kegelschnittes, dessen Ebene durch eine Tangente der Basis gelegt ist. — 3. Aufgaben über sphärische Dreiecke, neun an der Zahl, die sich ohne detaillirte Angabe ihres Inhaltes nicht wohl charakterisiren lassen, und ausserdem noch der Legendre'sche Satz von sphärischen Dreiecken mit sehr geringer Seitenlänge im Verhältniss zum Kugelhalbmesser. — 4. Aufgaben aus der angewandten Geometrie und Astronomie. Den Anfang bilden fünf Aufgaben über Höhenberechnung, dann folgen zwei Lösungen der Pothenot'schen Aufgabe, ferner verschiedene Entfernungsaufgaben, vier Punkte in gerader Linie betreffend, die von einem fünften Punkte ausserhalb der Geraden gesehen werden, sodann die Hansen'sche Bestimmung der Länge einer Linie AB, vorausgesetzt, dass die Länge einer anderen Linie CD, sowie die Winkel DAC, CAB, DBC und ABD gemessen sind, und noch eine ähnliche. Daran schliessen sich astronomische Aufgaben, als die Bestimmung des Mondradius mittels des Sonnenradius und der Lage dreier Berührungspunkte des Mond- und Sonnenrandes, die von Smith herrührende Bestimmung der scheinbaren Gestalt des Himmelsgewölbes, die Berechnung der Höhe eines Meteores, vorausgesetzt, dass von zwei ihrer Lage nach bekannten Punkten der Erde Azimuth und Höhe desselben gemessen sind, die Berechnung der geographischen Breite eines Ortes aus zwei Höhenbeobachtungen desselben Sternes und der dazwischen verflossenen Zeit, die Bestimmung der Axenlage und Rotationsdauer der Sonne aus den Beobachtungen der Sonnenflecken, sowie eine analoge Aufgabe für die Erde; endlich die Ermittelung des Erdhalbmessers aus den Höhen, um welche man in einem bestimmten Punkte der Erde in die Höhe steigen muss, um zwei andere Punkte zu erblicken. — 5. Aufgaben aus der Mechanik. Am Eingange dieses Kapitels begegnen wir einigen Bewegungsaufgaben, daran schliessen sich verschiedene Aufgaben über das Gleichgewicht von Punkten auf einer geraden Linie, die sich gegenseitig abstossen. Ferner sind zu erwähnen die Bestimmung der Theilgestalt des Meteoreisens (reguläres Tetraeder) mittels der Widmannstätten'schen Figuren, die man durch Aetzung der Schnittflächen mit verdünnter Salzsäure erhält, die Entwickelung der Formel für die barometrische Höhenmessung, verschiedene Aufgaben über das Schwimmen fester Körper in Wasser oder Luft; die Untersuchung der Veränderung der Tonhöhe bei rascher Bewegung des tönenden Körpers, die von Alhazen herrührende Berechnung der Höhe der Erdatmosphäre aus der Dauer der Dämmerung und noch einige einfache optische Aufgaben.

Ein kurzer Anhang enthält eine interessante Entwickelung der einfachsten transcendenten Functionen in Form unendlicher Reihen. Ist nämlich α ein Bogen eines Kreises mit dem Halbmesser 1, bildet man von demselben die Evolvente, von dieser wiederum die Evolvente u. s. f., so haben die einzelnen Evolventen, die sich auf diese Art ergeben, die Längen

$$\alpha, \quad \frac{\alpha^2}{1.2}, \quad \frac{\alpha^3}{1.2.3}, \quad \frac{\alpha^4}{1.2.3.4}, \quad \ldots$$

und ihre Summe ist, wenn man noch den Kreishalbmesser hinzurechnet,

$$1 + \frac{\alpha}{1} + \frac{\alpha^2}{1.2} + \frac{\alpha^3}{1.2.3} + \ldots = \lim\left(1 + \frac{\alpha}{n}\right)^n = e^\alpha.$$

Die Tangenten am Endpunkte jeder Curve, jedesmal bis zu ihrer Evolvente gerechnet, bilden eine geradlinige rechtwinklig gebrochene Spirale, deren erste, dritte, fünfte Seite u. s. f. mit wechselnden Zeichen genommen, dem $sin\,\alpha$ gleichkommen, während der Halbmesser 1, die zweite, vierte Seite u. s. w. in gleicher Weise $cos\,\alpha$ geben, wodurch die bekannten Reihen

$$sin\,\alpha = \frac{\alpha}{1} - \frac{\alpha^3}{1.2.3} + \frac{\alpha^5}{1.2..5} - \ldots$$

$$cos\,\alpha = 1 - \frac{\alpha^2}{1.2} + \frac{\alpha^4}{1.2.3.4} - \ldots,$$

entwickelt sind. Die Logarithmusreihe findet man, wie üblich, aus der Formel

$$ls = \lim \frac{s^{\frac{1}{n}} - 1}{\frac{1}{n}}, \quad n = \infty,$$

die aus der oben angegebenen Entwickelung von e^α sich ergiebt.

GRETSCHEL.

Kegelschnittkantige Pyramiden und curvenkantige Prismen, von krummen Seitenflächen begrenzte Körper, welche sich kubiren lassen. Von H. C. E. MARTUS, ord. Lehrer der Math. und Physik an der Königstädtischen Realschule in Berlin. Mit 8 Figurentafeln. Berlin, Springer. 1863.

Der Verfasser bietet in diesem Buche den Lehrern der Mathematik an den oberen Classen von Gymnasien oder Realschulen eine Anzahl von Lehrsätzen über eine von ihm ersonnene Gattung runder Körper, welche die Eigenschaft besitzen, sich kubiren zu lassen. Zum Verständnisse wird allerdings bei dem Schüler die Bekanntschaft mit den Elementen der analytischen Geometrie der Kegelschnitte, insbesondere die Kenntniss der Gleichungen dieser Curven, bezogen sowohl auf ihre Axen, als auch auf schiefwinkelige conjugirte Halbmesser vorausgesetzt. Ist diese Voraussetzung erfüllt, so bieten die hier behandelten Aufgaben keine nennenswerthe Schwierigkeiten dar und werden sich als recht nützliche und interessante Uebungsbeispiele erweisen.

Der ganze Inhalt zerfällt in sechs Abschnitte. Gegenstand des ersten Abschnittes ist der Beweis des Satzes, dass jeder Körper von dem Querschnitte

$$Q = a + bx + cx^2$$

das Volumen

$$V = ax + \tfrac{1}{2}bx^2 + \tfrac{1}{3}cx^3$$

besitzt. Dieser Satz wird zuerst geometrisch bewiesen, wobei der Verfasser von dem allgemeinen Theoreme ausgeht, dass zwei Körper gleichen Inhalt besitzen, wenn sie gleiche Grundflächen, gleiche zugehörige Höhen und in gleichen Abständen von den Grundflächen auch überall gleiche Parallelschnitte haben. Sodann folgt ein Beweis desselben Satzes durch Rechnung. Der zweite Abschnitt behandelt curvenkantige Prismen, d. h. Körper, welche entstehen, wenn ein willkürliches ebenes Viereck sich so bewegt, dass alle Seiten desselben ihrer primitiven Lage parallel bleiben, die Eckpunkte aber beliebige, unter sich parallele Curven beschreiben. Der Inhalt eines jeden solchen Körpers ist gleich dem Product aus Grundfläche und Höhe. Parabelkantige Pyramiden, die den Gegenstand des nächsten Abschnittes bilden, entstehen auf folgende Art. Durch einen willkürlichen Punkt in der Ebene eines Vieleckes lege man eine Gerade, welche mit der Ebene einen beliebigen Winkel bildet; in jeder der Ebenen ferner, welche durch diese Gerade und je eine Ecke des Polygons bestimmt sind, construire man eine Parabel, deren Durchmesser jene Gerade ist, während die Verbindungslinie ihres Fusspunktes mit der Ecke die halbe conjugirte Sehne bildet. Bewegt sich nun das Vieleck, unter Veränderung seiner Gestalt und Grösse, so, dass seine Kanten immer der ursprünglichen Lage parallel bleiben, seine Ecken aber auf den Parabeln sich bewegen, so wird eine parabelkantige Pyramide entstehen. Da die zur Basis parallelen Schnitte des Körpers sich wie die Abstände von der Spitze verhalten, so ist der Inhalt gleich dem halben Producte aus Grundfläche und Höhe. Sehr einfach ist auch die Bestimmung des Inhaltes des abgestumpften Körpers, sowie die des Schwerpunktes für die volle und abgestumpfte Pyramide. Im vierten Abschnitte werden die kreiskantigen Pyramiden besprochen. Eine Vorstellung von einem solchen Körper erlangt man, wenn man sich in der Ebene eines Parallelkreises einer Kugel ein eingeschriebenes Vieleck und durch dessen Eckpunkte Meridiane denkt. Legt man durch je zwei benachbarte Meridiane eine cylindrische Fläche, so begrenzen die nach dem einen Pole gehenden Cylinderflächen mit der Ebene des Vieleckes zusammen den erwähnten Körper. Die beiden kreiskantigen Pyramiden, deren Spitzen die zwei Pole sind und die eine und dieselbe Grundfläche haben, bilden zusammen ein Kreiskant. Ist G die Grundfläche der kreiskantigen Pyramide, h ihre Höhe und r der Kugelradius, so ist der Inhalt

$$J = \tfrac{1}{3} G h \frac{3r-h}{2r-h};$$

für das Kreiskant ist, wenn G den aequatorialen Querschnitt bezeichnet, der Inhalt durch die einfache Formel

$$J' = \tfrac{4}{3} G r$$

bestimmt. Eine Pyramide, ein Kreiskant und ein Cylinder von gleichen Grundflächen und Höhen verhalten sich also wie 1 : 2 : 3, ein Satz, den der Verfasser als eine Verallgemeinerung des Archimedischen Lehrsatzes anführt. Ein Paragraph dieses Abschnittes enthält noch eine Zusammenstellung von Sätzen, in denen regelmässige Kreiskante und regelmässige Polyeder verglichen werden, ein anderer giebt den Inhalt der abgestumpften Kreiskanten-Pyramide und die Bestimmung des Schwerpunktes solcher Körper. Der fünfte Abschnitt beschäftigt sich mit den **ellipsenkantigen Pyramiden**. Durch einen willkürlichen Punkt P in der Ebene eines Polygones lege man eine Gerade, die gegen die Ebene eine beliebige Neigung hat; S und S' seien die auf entgegengesetzten Seiten der Ebene liegenden Endpunkte dieser Geraden. Durch diese zwei Punkte und durch je eine Ecke des Polygones lege man eine Ellipse, so dass SS' ein Durchmesser derselben und die Verbindungslinie von P mit der Ecke eine halbe diesem Durchmesser conjugirte Sehne ist. Durch diese Ellipsen und durch das ebene Vieleck ist auf jeder Seite des letzteren eine ellipsenkantige Pyramide bestimmt, die beiden Pyramiden zusammen bilden ein **Ellipsenkant**; eine spezielle Form desselben ist das dreiaxige Ellipsoid. Bedeuten G die Grundfläche, h die Höhe, d. h. den senkrechten Abstand der Spitze S von der Basis, und β den senkrechten Abstand der Spitze von einer zur Basis parallelen durch den Halbirungspunkt von SS' gehenden Ebene, so ist der Inhalt der Pyramide

$$J = \tfrac{1}{3} G h \frac{3\beta - h}{2\beta - h};$$

der Inhalt des Ellipsenkantes aber ist $\tfrac{2}{3}$ des Productes aus Grundfläche und Höhe. Den Schluss des Abschnittes bilden Schwerpunktsbestimmungen. Gegenstand des letzten Abschnittes sind die **hyperbelkantigen Pyramiden**. Die Construction dieser Körper ist den ellipsenkantigen Pyramiden analog, doch ist hier, wegen des wesentlichen Unterschiedes zwischen den reellen und den imaginären Durchmessern der Hyperbel, eine Unterscheidung nöthig. Die eine Art dieser Pyramiden, von der das zweischalige Hyperboloid ein spezieller Fall ist, hat der Verfasser **spitze** Hyperbelkanten-Pyramiden genannt, während er die andere Art, zu der auch das einschalige Hyperboloid gehört, als **stumpfe** bezeichnet. Entsprechend den Ellipsenkanten werden hier Hyperbelkante, und zwar zweierlei, eingliedrige und zweigliedrige behandelt. Ausser der Inhaltsbestimmung dieser Körper und der Ermittelung ihres Schwerpunktes finden wir in diesem Abschnitte auch eine grössere Anzahl von Sätzen über regelmässige Hyperbelkante und regelmässige Polyeder und Kreiskante. Hervorheben wollen wir noch den folgenden Satz, auf den unser Verfasser einiges Gewicht zu legen scheint: eine geradkantige Pyramide, ein Ellipsenkant, ein Prisma (mit geraden oder krummen Kanten) und ein Hyperbelkant, sei es ein- oder zweigliedrig, alle von gleichen Grundflächen und Höhen, verhalten sich wie $1:2:3:4$.

Die Darstellung ist im Ganzen sehr ausführlich, jedenfalls um den Schülern gehörig verständlich zu sein. Freilich werden viele Lehrer, denen das Buch ganz willkommene Uebungsbeispiele bietet, davon absehen, dasselbe ihren Schülern zum Durchstudiren in die Hand zu geben. Den beigegebenen Figuren hat der Verfasser dadurch grössere Anschaulichkeit verschafft, dass er die Linien, je mehr sie in den Vordergrund treten, um so stärker gezeichnet, verdeckte Linienstücke aber gar nicht angegeben hat. GRETSCHEL.

Galileo Galilei, *sa vie, son procès et ses contemporains d'après les documents originaux par Philarète Chasles. Paris, 1862 bei Poulet-Malassis.*

Es giebt kaum eine Figur in der Geschichte der Naturwissenschaften, welche mit Galilei wetteifern könnte in Bezug auf das romanhafte Interesse, welches ihre Biographie Lesern aller Zeiten und aller Stände einflösste. Wenn die Einen in Galilei den grossen Physiker verehrten, den Entdecker der Pendelgesetze, den Verbesserer des Teleskopes, den Begründer der Theorie der schwimmenden Körper bewunderten; so war er den Anderen der grosse Philosoph, welcher der Schule der Aristoteliker den letzten Gnadenstoss versetzte, welcher als Vorgänger von Franz Baco das Experiment an die Spitze der Wissenschaft stellte und wunderbar genug zugleich als Vorgänger des Cartesius den Satz aussprach, die sensiblen Eigenschaften der Körper hätten ihren Sitz nicht in den Körpern, sondern in uns. Kaum weniger beschäftigte sich die politische und religiöse Geschichte des 17. Jahrhunderts mit dem Manne, den die Einen als Märtyrer der freien Forschung darstellten und ihm das nie gesprochene stolze Wort: Und sie bewegt sich doch! in den Mund legten, während die Anderen ihn als warnendes Beispiel eines wankelmüthigen und doch wieder halsstarrigen Auflehners gegen die Befehle der Kirche zeigten, der schliesslich sich unterwerfen und die Ruthe küssen musste, mit der er verdientermassen gezüchtigt worden war. Schriftsteller jeder Richtung bemächtigten sich so der verlockenden Persönlichkeit, und besonders seit dem Anfang der vierziger Jahre entspann sich ein förmlicher Wettstreit, wer das Meiste und Richtigste zur Kenntniss des Galilei'schen Prozesses beizutragen vermöchte. Damals waren soeben zu den von Fabroni

(1773—75), Nelli (1793), Venturi (1818—21) herausgegebenen Briefen und Denkwürdigkeiten des Galilei und seiner Zeitgenossen noch neun bisher nicht veröffentlichte Aktenstücke hinzugekommen, welche Alberi in der 16bändigen Gesammtausgabe von Galilei's Werken vereinigte, die 1842—56 in Florenz im Drucke erschien. Manches davon war handschriftlich auch Libri zu Gebote gestanden, welcher 1841 im 4. Bande seiner bekannten „Histoire des sciences mathématiques en Italie" bei einer umfassenden Schilderung des Galilei, seiner Verdienste und seiner Schicksale davon Gebrauch machte. Leider verhält es sich mit diesem Kapitel des 4. Bandes wie fast mit dem ganzen Werke. Eine Fülle von Gelehrsamkeit, eine Summe von Kenntnissen, die durch Niemand übertroffen, von Wenigen erreicht wird, steht im Dienste leidenschaftlichsten Partheihasses, der es nicht verschmäht, zur handgreiflichen Lüge seine Zuflucht zu nehmen, wo es gilt, dem Papstthume eine Wunde beizubringen. Gleichfalls durch Partheifarbe entstellt, aber durch den Gegensatz der Richtung eine interessante Ergänzung zu Libri gewährend, ist eine in demselben Jahre 1841 von einem deutschen Gelehrten verfasste Abhandlung, welche in den historisch-politischen Blättern für das katholische Deutschland von Philipps und Görres, Bd. 7, erschien. Zur Charakteristik dieser beiden Streitschriften mag es dienen, dass Libri im fortlaufenden Texte einen Brief des Galilei an *Vincenzo Renieri* als Beweisstück anführt, von welchem er so gut wie irgend wer wusste, dass er eine Fälschung des *Duca Caetani* war, was er in einer Anmerkung nur leise andeutet. Der anonyme Verfasser des deutschen Aufsatzes kommt zu der nur von einem Liebhaber geistiger Seiltänzerei genug zu würdigenden Schlussfolgerung, das Interdict, welches von Rom aus gegen die Kopernikanische Lehre ausgesprochen wurde, habe im Interesse der Wissenschaft und ihres Fortschrittes stattgefunden. Man habe eingesehen, dass die Hypothese von der Bewegung der Erde durch sie umgebende Luft, deren Schwere ja damals noch nicht bekannt war, hindurch zu physikalischen Widersprüchen führe, wenngleich die astronomischen Erscheinungen am Himmel so erklärt werden konnten, und deshalb habe man es verbieten müssen, dass als wahr ausgesprochen werde, was in der einen ganzen Hälfte der Erfahrungsthatsachen sich als unwahr erwies. Eine englische Monographie aus demselben Jahre 1841 (*Brewster, Lives of Galileo, Tycho-Brahe and J. Kepler, the martyrs of science*) ist mir nur dem Namen nach bekannt geworden, so dass ich mich jedes Urtheils darüber enthalten muss. Nun erschienen, wie schon gesagt, neue Briefe, neue Aktenstücke, und als wichtigster Beitrag zur Geschichte Galilei's die wenn auch nicht ganz vollständige officielle Darstellung seines Prozesses. Die Untersuchungsakten des Inquisitionsgerichtes waren 1798 nach Paris gebracht worden, hatten zur Verfügung von Delambre gestanden, der sie in seiner Geschichte der Astronomie benutzte, waren aber dann unbegreiflicher Weise verschleppt worden, so dass sie sich nicht vorfanden, als 1814 die geraubten Documente zurückgegeben werden sollten. Der päpstliche Hof liess nicht nach, zu reclamiren, und in der That fällt es schwer, nicht an eine absichtliche Verheimlichung von französischer Seite zu glauben, wenn Biot uns erzählt (Journal de Savants Année 1858, p. 398), Graf Rossi habe sich 1845 verpflichtet, neue Nachforschungen in dem Archive des Ministeriums der auswärtigen Angelegenheiten in Paris anstellen zu lassen und für die Auslieferung Alles etwa gefundenen sorgen zu wollen, falls von päpstlicher Seite eine vollständige und unpartheiische Veröffentlichung zugesichert würde. Jetzt fanden sich plötzlich die betreffenden Fascikel wieder vor, und 1850 erschien aus der Feder des Prälaten *Marino-Marini* die officielle Darstellung unter dem Namen: *Galileo e l'inquisizione*. Auch diese Schrift habe ich leider bisher nicht persönlich einsehen können, indessen hat Biot an der schon angeführten Stelle ein so eingehendes Urtheil darüber gefällt, dass ich mich berechtigt glaube, auf die Autorität dieses hervorragenden Gelehrten hin die Unvollständigkeit der officiellen Darstellung zu beklagen; eine Unvollständigkeit, welche sich insbesondere dahin äussert, dass die Fragen, welche Galilei vorgelegt wurden, nicht in ihrem lateinischen Urtexte, sondern nur in italienischer Erzählung mitgetheilt sind, dass die Antworten des Galilei ähnlich abgekürzt erscheinen, während es von der grössten Wichtigkeit wäre, namentlich das letzte Verhör vom 21. Juni 1633 wortgetreu zu besitzen. Vor diesem Verhöre war nach Marini's Aussage (p. 59 und 62 seiner Schrift), Galilei mit dem „äussersten Rechtsmittel", oder wie es anderwärts heisst, „mit der Tortur" bedroht worden, wenn er nicht zugestehe, der Lehre des Kopernikus gehuldigt zu haben. Nur in jenem Verhöre selbst kann also, wenn überhaupt, die Folter gegen Galilei zur Anwendung gekommen sein, und über diesen noch immer bestreitbaren Punkt würde allein der Wortlaut des Protokolles vom 21. Juni entscheiden können. Ich persönlich theile darüber die Meinung, dass keine Anwendung der Folter gemacht wurde, und stütze mich auf dieselben Gründe, die mit grossem Scharfsinn in einer Abhandlung entwickelt wurden, welche bei der chronologischen Reihenfolge der hier einschlagenden Arbeiten an dieser Stelle genannt werden muss. Alfred von Reumont hat seit 1853 „Beiträge zur italienischen Geschichte" veröffentlicht, und in dem 1. Bande dieser Sammlung von überaus schätzbaren Abhandlungen findet sich: „Galilei und Rom" (Seite 303—424). Reumont hat in dieser Abhandlung von keinen Hilfsmitteln Gebrauch gemacht, welche nicht gedruckt vorgelegen hätten. Das ist wohl zu beachten gegenüber von der Phrase, mit welcher Herr Chasles sich in seinem Widmungsschreiben an Reumont wendet: „C'est à vous, „Monsieur, qu'appartiennent les documents contenus dans le volume dont „je vous prie d'apréer la dédicace." Allein damit ist das Verdienst des trefflichen Historikers in Nichts geschmälert. Wie ich mir an anderer

Stelle einmal zu sagen erlaubte, man kann von dem Geschichtschreiber nicht immer neue Thatsachen, neue Documente verlangen. Schon die neue Zusammenstellung des Vorhandenen genügt, um ein schätzenswerthes Werk hervorzubringen, wenn bei dieser Art die Gruppirung der Thatsachen in klareren Zusammenhang treten und eine Einsicht in die einzelnen Fäden des historischen Gewebes gestatten; das hat Reumont für den Prozess Galilei's vor dem Inquisitionstribunale vollständig geleistet, und es spricht nur um so stärker für die Richtigkeit seiner Auffassung, dass Biot, der offenbar ohne Kenntniss der Reumont'schen Arbeit 1858 seinen schon erwähnten Aufsatz „La vérité sur le procès de Galilée" veröffentlichte, aus denselben Quellen schöpfend genau zu denselben Resultaten kam. Durch diese beiden Gelehrten ist nach meiner Ansicht wenigstens endgiltig bewiesen, dass der Prozess gegen Galilei weit weniger ein Prozess der beleidigten Kirche, als des beleidigten Kirchenoberhauptes war; dass Papst Urban VIII. sich und von ihm gebrauchte Ausdrücke in jenem Simplicius wieder erkannte, der in Galilei's Dialog die Rolle des Komikers wider Willen spielt. Für die Führung des Processes ist ferner erwiesen, dass Galilei zuerst nur die Zeit vom 12. April bis zum 1. Mai im Inquisitionspalaste zubrachte, während welcher er kaum wie ein Gefangener behandelt wurde. Am 1. Mai kehrte er in das toskanische Gesandtschaftsgebäude zurück. Er verlässt es am 10. Mai für wenige Stunden, um das dritte Verhör zu bestehen.*) Am 21. Juni wurde er zum vierten und letzten Verhöre abgeführt und bleibt bis zum 24. Juni in Haft, an welchem Abend Niccolini, der toskanische Gesandte, ihn selbst nach dem Garten la Trinita del Monte geleitet. Am 22. Juli hatte die Abschwörung Galilei's stattgefunden. Auch in dem letzten Verhöre wurde keine Folter angewandt. Man begnügte sich mit deren Androhung, verschärft etwa durch Vorzeigung der Marterinstrumente, deren Anblick den 70jährigen Greis genugsam erschütterten, um ihn zu strenggläubigen Antworten zu nöthigen, wie man sie brauchte. Das ist wohl der ganze Sinn der Worte: *examen rigorosum* und *responsio catholica*, von welchen in der Schlusssentenz die Rede ist. Ich bemerke übrigens, dass Reumont die Androhung der Folter nicht genugsam hervorgehoben hat, dass vielmehr erst Biot auf diesen wesentlichen Ergänzungspunkt hingewiesen hat. Ich erlaube mir nur noch hinzuzufügen, dass in der That nach einem ziemlich seltenen Buche: „Criminalprozess der P. P. Franciskauer," Strassburg, 1769, bei geistlichen Gerichten die Sitte herrschte, den Angeklagten in der Folterkammer erst zu ermahnen, bevor die Tortur wirklich ausgeübt wurde. Doch ich führe eine Stelle aus jenem Buche an (S. 111—112), wo ein Folterprotokoll abgedruckt ist: „da nun der P. Provincial die Hartnäckigkeit

---

*) Biot, Journ. des Savants 1858, p. 109, setzt diese das dritte Verhör begleitende Umstände ausser Zweifel durch die Marini entnommenen Worte: *et habita ejus suscriptione, fuit remissus ad domum supradicti oratoris serenissimi magni ducis.*

sah, so hat er beschlossen, den Delinquenten mit Stricklein u. s. w. geisseln und ihm hundert starke Streiche geben zu lassen. Zur Vollziehung dieses Decrets ist gemeldeter schuldige Fr. N. in die Kammer gebracht worden, die vor dem Kerker ist, und wo man zu torquiren pflegt. Der P. Provincial befahl also dem Bruder Kerkermeister, dass er den Delinquenten auskleiden, ihm nur die Schamtücher wegen der Ehrbarkeit lassen, und ihn an Händen schliessen sollte. Da er ausgezogen wurde, unterliess der P. Provincial nicht, ihn mit brüderlichen Worten zu erinnern, dass er die Wahrheit bekennen sollte, und er sagte zu ihm: Jetzt hast Du noch Zeit, wenn Du willst der Tortur entkommen. Sage also, wen u. s. w....'. Nachdem er ausgekleidet und geschlossen war, ermahnte ihn der P. Provincial nochmals, er sollte bekennen, da er aber immer auf seinen vorigen Antworten blieb, befahl er, man soll ihn stark geisseln, und zwischen jedem Streich ein Ave Maria lang aussetzen u. s. w."

Schon dieses Bruchstück, das mildeste im ganzen Buche, genügt, um begreiflich zu machen, dass ein Examen rigorosum vorhanden war, noch ehe es zur eigentlichen Folter kam, und dass ein körperlich gebrochener Greis, wie Galilei es war, wohl fügsam werden konnte unter den Vorbereitungen zur Tortur. Damit habe ich in Kürze die Kenntnisse angedeutet, die man heute von dem Galilei'schen Processe besitzt, und die Männer genannt, denen wir diese Kenntnisse verschulden.

Der Leser wundert sich vielleicht, dass ich bisher die Schrift von Philarète Chasles, welche dieser Recension als Ueberschrift dient, fast unerwähnt gelassen habe. Was sollte ich auch über ein Machwerk sagen, welches als Originalarbeit auftritt und bis auf ausserordentlich geringfügige Zuthaten Nichts ist als eine Uebersetzung der Abhandlung von Reumont. Nicht einmal die Arbeit von Biot aus dem Jahre 1858 kannte Herr Chasles, nur dessen Artikel über Galilei in der Biographie universelle von 1816 hat er gelesen — wie er behauptet. Und diese Schrift hat H. Chasles die Stirn demselben A. von Reumont zu widmen, welchem er sie, so weit Thatsachen mitgetheilt sind, und sogar in den meisten verbindenden Zwischenbemerkungen, fast wörtlich entnommen hat! Ja, er lässt auf den Titel drucken „*Tous droits réservés*", d. h. also wohl, die Rückübersetzung ins Deutsche ist verboten. Ich hielt es für meine Pflicht, das Benehmen des französischen Vielschreibers um so mehr in das gehörige Licht zu setzen, als eine anderweite Besprechung in den Heidelberger Jahrbüchern ihm unverdientes Lob spendet. Freilich ist jene Recension vom Herrn Prof. Dienger unterzeichnet, was mich der Mühe überhebt, an ihr selbst eine genaue Kritik zu üben. CANTOR.

Bibliographie
vom 15. October bis 1. December 1863.

Periodische Schriften.

Physikalische Abhandlungen der Kgl. Akademie der Wissenschaften zu Berlin. Aus d. J. 1863. Berlin, Dümmler.
7 Thlr.

Sitzungsberichte der Kgl. Bayrischen Akademie der Wissenschaften. 1863, 1. Bd. 4. Heft und 2. Bd. 1. Heft. München, Franz.
1 Thlr. 18 Ngr.

Crelle's Journal für reine und angewandte Mathematik, fortgesetzt von C. W. BORCHARDT. 63. Bd 1. Heft. Berlin, G. REIMER.
pro compl. 4 Thlr.

Archiv der Mathematik und Physik. Herausgegeben von J. A. GRUNERT. 41. Bd. 1. Heft. Greifswald, Koch. pro compl. 3 Thlr.

Astronomisches Jahrbuch für 1866. Herausgeg. von J. F. ENCKE unter Mitwirkung von WOLFERS. Berlin, Dümler.
3 Thlr.

Fortschritte der Physik im Jahre 1861. Dargestellt von der physikalischen Gesellschaft zu Berlin. 17. Jahrg. Redig. von JOCHMANN. 2. Abth. Berlin, G. Reimer.
2⅚ Thlr.

Mélanges mathématiques et astronomiques tirés du bulletin de l'académie impériale de St. Petersbourg. Tome III, livr. 4. Leipzig, Voss.
⅓ Thlr.

Annales de l'Observatoire imp. de Paris, publiées par U. J. LE VERRIER. *Observations. Tome* 18. 1862. *Paris, Mallet-Bachelier.*
40 Frcs.

Reine Mathematik.

LEJEUNE-DIRICHLET, G. Vorlesungen über Zahlentheorie. Herausgegeben von R. DEDEKIND. Braunschweig, Vieweg.
2 Thlr. 8 Ngr.

WIEGAND, A. Algebraische Analysis und Anfangsgründe der Differentialrechnung. 3. Aufl. Halle, Schmidt. ½ Thlr.

SCHLÖMILCH, O. Lehrbuch der analytischen Geometrie des
Raumes. 2. Aufl. Leipzig, Teubner. 1½ Thlr.
SALMON, G. Analytische Geometrie des Raumes. Deutsch bearbeitet von W. FIEDLER. 1. Theil. Die Elemente der analytischen Geometrie des Raumes und die Theorie der Flächen zweiten Grades. Leipzig, Teubner. 1 Thlr. 24 Ngr.
SCHRÖN's Logarithmen. 4. Stereotypausgabe. Braunschweig, Vieweg. 1¾ Thlr.
REUSCHLE, Bemerkungen über Wesen und Stellung der Mathematik. Stuttgart und Tübingen, Fues. ⅓ Thlr.
HERING, R. G. Sammlung von Aufgaben aus der niederen Arithmetik. 3 Hefte. 4. Aufl. Leipzig, Gräbner. à 4½ Ngr.
RÜHLE, P. Mathematisches Schulbuch für die oberen Gymnasialclassen. 2 Thlr. Berlin, Steinthal. ¾ Thlr.
OHLERT, B. Lehrbuch der Mathematik. 1. Theil. Planimetrie. Elbing, Neumann-Hartmann. 1 Thlr.
RUMMER, F. Lehrbuch der Elementargeometrie. 1. Thl. Planimetrie. 5. Aufl. Heidelberg, Mohr. 14 Ngr.
WOEPCKE, F. *Mémoire sur la propagation des chiffres indiens.* (*Extrait de no. 1 de l'année* 1863 *du Journal asiatique*). *Paris.*
MICHAELIS, J. T. *Sur les courbes du second degré.* Luxemburg, Bück. 12 Ngr.

Angewandte Mathematik.

WÖRNER, L. Theorie des Planzeichnens. Aschaffenburg, Krebs. 3 Thlr.
KRÖHNKE, H. Handbuch zum Abstecken von Curven auf Eisenbahn- und Wegelinien. 4. Aufl. Leipzig, Teubner. 18 Ngr.
SCHÖNEMANN, Th. Das Horizontaldynamometer und seine Anwendung auf die Mechanik. Nebst Ableitung eines neuen Princips für den Ausfluss tropfbarer und luftförmiger Flüssigkeiten. Berlin, G. F. O. Müller's Verlag. 1½ Thlr.
LAISSLE, F. und A. SCHÜBLER. Der Bau der Brückenträger, mit wissenschaftlicher Begründung der gegebenen Regeln etc. 2. Aufl. 1. Hälfte. Stuttgart, Neff. *pro compl.* 1 Thlr. 24 Ngr.
BEHSE, W. H. Die Berechnung der Festigkeit von Holz- und Eisenconstructionen ohne höhere mathem. Vorkenntnisse. Leipzig, Seemann. 2⅔ Thlr.
RITTER, A. Lehrbuch der technischen Mechanik. 1. Heft. Hannover, Rümpler. 1⅓ Thlr.

ZELLER, C. *Des conduites de l'eau, de leur établissément et de leur entretien; manuel théorique et pratique.* Paris, Morel et Co.
2 Frcs.

Physik.

DOVE, H. W. Darstellung der Wärmeerscheinungen durch fünftägige Mittel. 2. Theil. Berlin, Dümmler. 1 Thlr. 8 Ngr.

MÜHRY, A. Beiträge zur Geophysik und Klimatographie. 2. und 3. Heft; über das Klima der Hochalpen. Leipzig, Winter'sche Verlagshandlung. 1⅔ Thlr.

VIVENOT, R. v. Ueber einen neuen Verdunstungsmesser und das bei Beobachtungen mit demselben einzuschlagende Verfahren. (Akad.) Wien, Gerold's Sohn. ⅙ Thlr.

WIEDEMANN, G. Die Lehre vom Galvanismus und Elektromagnetismus. 2. Bd., 2. Abth., 2. Lief. Braunschweig, Vieweg.
3 Thlr. 4 Ngr.

BAER, W. Elektricität und Magnetismus. Die Gesetze und das Wirken dieser mächtigen Naturkräfte etc. Leipzig, Abel. 1½ Thlr.

WÜLLNER, A. Lehrbuch der Experimentalphysik, mit theilweiser Benutzung von *Jamin's Traité de physique de l'école polytechnique.* 2. Bd. 1. Abth. Leipzig, Teubner. 2 Thlr. 12 Ngr.

Literaturzeitung.

Recensionen.

Die Grundzüge der Weltordnung. Von Dr. CHRISTIAN WIENER. Leipzig und Heidelberg, C. F. Winter'sche Verlagshandlung. 1863. 8°. S. XVI und 808.

Vor den Werken, die in neuerer Zeit zur Verbreitung und zur Darstellung der Weltansicht des Materialismus erschienen sind, hat die vorliegende Schrift manche Vorzüge. Entstanden ist der moderne Materialismus aus der Polemik gegen den einseitigen Idealismus der deutschen Philosophie durch Ludwig Feuerbach (Grundsätze der Philosophie der Zukunft 1843), welcher glaubte, die Einseitigkeiten der früheren, namentlich der Hegel'schen Philosophie, am leichtesten dadurch ergänzen zu können, dass er aus einem Extrem in das andere verfiel. An die Stelle des Pantheismus sollte der Atheismus, an die Stelle einer pedantischen Speculation eine ordnungslose Empirie, an die Stelle der inhaltslosen Ethik ein egoistischer Eudämonismus und an die Stelle des Idealismus endlich der Materialismus treten.

Die populären Schriftsteller, welche sich an Feuerbach anschlossen, haben bisher gleichfalls mehr die polemische als die positive Seite des Materialismus entwickelt. In der Polemik sind sie stark, in der positiven Ausführung ihrer eigenen Weltansicht aber sehr schwach. Sie streiten namentlich gegen die Annahme eines Gottes, von Naturzwecken, von einer ursprünglichen Ordnung in der Welt, gegen die Unsterblichkeit der Seele, die Freiheit des Willens und andere Lehren. Diese negativen Lehren des Materialismus sind aber in der That nur voreilige Folgerungen aus der im Voraus angenommenen Lösung seines Problemes. Wenn er dargethan hätte, dass nur körperliche Dinge existiren und dass alle gegebenen Erscheinungen sich daraus erklären lassen, so würden jene negativen Lehren daraus nothwendige Folgerungen sein. Allein bisher hat der Materialismus in der Begründung seiner eigenen Weltansicht, in der Lösung seines Problemes alle Erscheinungen, auch die geistigen, allein aus dem Stoffe zu erklären, ausserordentlich wenig geleistet. Er wiederholt nur ins Unendliche seine eigenen Glaubenssätze und Prophezeihungen. Dem Materialismus fehlte bisher fast jede wissenschaftliche Haltung, das desultorische Verfahren Feuerbach's ist auch auf die populären Schriftsteller des Materialismus übergegangen.

In dieser Beziehung unterscheidet sich die Schrift des Verfassers vortheilhaft, in der das polemische Element der materialistischen Weltansicht fast ganz zurück, die positive Seite derselben aber hervortritt. In wissenschaftlicher Form, in ruhiger und leidenschaftsloser Haltung sucht der Verfasser alle Erscheinungen der elementaren, organischen und geistigen Natur aus verschiedenen Gruppirungen und Bewegungen der allein stofflichen Atome zu erklären. Der Verfasser ist kein blosser Dilettant der Wissenschaften, er ist mit den Erscheinungen, deren Erkenntniss er sucht, genau bekannt. Seine Schrift liest sich daher auch nicht wie ein Unterhaltungsbuch, sondern erfordert ein sorgfältiges Studium. Auch wenn man zu der Weltansicht des Verfassers sich nicht bekennt und ihr Fundament für unzuverlässig hält, erregt die Lectüre seiner Schrift überall das Nachdenken und leitet derselbe zur weiteren Forschung an.

In einem Punkte können wir jedoch die Methode des Erkennens, welcher der Verfasser folgt, nicht billigen, denn er erklärt seine Begriffe und beweist seine Behauptungen fast überall nur durch Exemplificationen. Dadurch erreicht er freilich eine grosse Klarheit und Fasslichkeit seiner Lehren, aber ihre logische Form leidet darunter, denn durch Exemplificationen werden nur unzureichende Begriffserklärungen und Beweise erreicht, da eine Verbindung der Begriffe und der Lehrsätze und namentlich eine Rechtfertigung der Grundbegriffe dadurch nicht gewonnen wird, wie wir noch weiterhin zeigen werden.

Die Schrift des Verfassers zerfällt in drei Bücher, wovon das erste von der nicht geistigen Welt, d. i. der unorganischen und der organischen Natur, das zweite von der geistigen Welt und das dritte von dem Wesen und dem Ursprunge der Dinge handelt. Das erste Buch enthält eine Naturphilosophie, das zweite eine Philosophie des Geistes und das dritte eine Metaphysik. In der Form von Gesetzen hat der Verfasser fast über alle Fragen der Philosophie die Ergebnisse seiner Forschung aufgestellt.

Von der Metaphysik, dem Wesen und dem Ursprunge der Dinge, handelt der Verfasser zuletzt, weil, wie das Vorwort, S. III. sagt, es unmöglich war, von vorn herein von der gemeinsamen Grundlage der geistigen und der nichtgeistigen Welt einzugehen und alle Erscheinungen aus ihr abzuleiten, es vielmehr nothwendig war, vorerst eine zweifache Grundlage anzunehmen, nämlich eine für die nichtgeistige und eine für die geistige Welt. Die Grundlage für die Auffassung der nichtgeistigen Welt ist die korpusculare Atomistik und die mechanische Erklärungsart. Die geistige Welt wird in dem zweiten Buche zunächst unabhängig von dieser Grundlage blos nach den gegebenen Thatsachen der Erfahrung als eine Welt für sich dargestellt. In dem dritten Buche wird aber alsdann auch die geistige Welt auf der Grundlage der korpuscularen Atomistik und der mechanischen Erklärungsart constituirt. Der Verfasser sucht hier namentlich die „Körperlichkeit" des Geistes und die Entstehung aller Dinge aus dem vorigen Stoffe nachzuweisen. Das erste und das dritte Buch stehen also in Verbindung mit einander durch das gleiche Fundament, worauf ihre Lehren sich gründen; während das zweite Buch die geistige Welt, abgesehen von diesem Fundamente, unabhängig von der atomistischen und materialistischen Hypothese darstellt. Darin liegt, wie uns scheint, ein Beweis, dass für die Erkenntniss der geistigen Welt die materialistische Hypothese, die Annahme der Körperlichkeit des Geistes überflüssig ist, da sie auch ohne dieselbe, wie der Verfasser durch seine Darstellung selbst beweist, aus sich selbst verstanden werden kann. Die materialistische Hypothese des dritten Buches gründet sich nicht auf der Erfahrung der psychischen Phänomene, und ihre immanenten Erkenntniss, sondern ist nur eine Folge aus der Annahme der korpuscularen Atomistik, welche das Fundament der Weltanschauung des Verfassers bildet. Nur die Consequenz seiner metaphysischen Voraussetzungen treibt den Verfasser zur Annahme der Körperlichkeit des Geistes und der Entstehung aller Dinge aus der ewigen Materie.

Die korpusculare Atomistik und die mechanische Erklärungsart bildet das Fundament der Weltanschauung des Verfassers, welches wir, nach den darüber im ersten und dritten Buche enthaltenen Angaben, zunächst etwas genauer untersuchen werden. Der Verfasser nimmt zwei Arten von Atomen an, Körper- und Aetheratome, wovon jene sich gegenseitig anziehen; diese sich abstossen. Körper- und Aetheratome sollen sich gegenseitig abstossen, worauf wir weiter unten wieder zurückkommen werden. Die Atome besitzen also bewegende Kräfte. Die Körperatome sollen überdies nach verschiedenen Richtungen mit verschiedenen Kräften wirken. Die Aetheratome sind von gleicher, die Körperatome von verschiedener Beschaffenheit, es gäbe so viele Arten von Körperatomen als es chemisch einfache Körper (Stoffe) giebt. Doch meint der Verfasser (S. 41), es sei wahrscheinlich, dass die qualitativ verschieden erscheinenden Körperatome aus kleineren gleichartigen Theilen bestehen, welche von gleicher Beschaffenheit sind, so dass also zuletzt alle qualitative Verschiedenheiten auf quantitative würden reducirbar sein. Die Atomenlehre, welche sich daraus erzielt, würde also ein quantitativer Atomismus sein, wie es der ursprüngliche der griechischen Philosophie ist. Wir halten nur den quantitativen, nicht aber den qualitativen Atomismus für eine in sich consequente Lehre, da die qualitative Atomistik nur ein Uebergang ist in die dynamische Naturansicht. Eine rein mechanische Naturansicht ist nur consequent durchführbar, wenn alle Materie gleichartig ist und also alle Verschiedenheiten der Atome, wenigstens der letzten, nur eine quantitative nach der Grösse und der Gestalt ist. Ob aber eine solche Atomenlehre, welche schliesslich alle qualitative Verschiedenheit der Materie nur als einen Sonnenschein ansehen müsste, mit der Erfahrung übereinstimmen würde, scheint bis jetzt wenigstens sehr zweifelhaft. Sobald man aber eine qualitative Verschiedenheit der Materie oder der Atome nennt, geht die Atomistik von selbst in eine dynamische Naturansicht über, weil man alsdann auch genöthigt wird, eine veränderliche, ungleichartige und intensive Raumerfüllung anzunehmen. Nur wenn alle Räume, worin Materie ist, gleichartig und unveränderlich erfüllt angenommen werden, ist die Atomistik eine in sich consequente Lehre.

Atome giebt es nicht ohne leere Zwischenräume, weshalb die Atomistik die Realität des leeren Raumes annehmen muss. Auch der Verfasser behauptet, S. 683, dass „der leere Raum wirklich besteht" und schliesse dies aus der Möglichkeit der Bewegung. Für die Möglichkeit der Bewegung und für die Erklärung der Verschiedenheiten in der wahrnehmbaren Materie muss die Atomenlehre allerdings die Realität des leeren Raumes annehmen. Allein der ursprüngliche Grund liegt in den Atomen selbst, welche ohne leere Räume weder getrennt von einander existiren, noch die wahrnehmbare Materie bilden können. Ohne leere Räume anzunehmen würde die gesonderte Existenz jedes Atomes für sich, wenigstens bei stofflichen oder körperlichen Atomen nicht vorstellbar sein. Atome ohne leere Räume würden eine continuirliche Raumerfüllung bilden und also keine Atome sein. Der leere Raum drückt nur die getrennte, ursprünglich zusammenhangslose Existenz der Atome als eine Thatsache aus. Ohne leere Zwischenräume können Atome aber auch keine wahrnehmbare Materie bilden. Auch der allergrösste Haufe von Atomen bildet keine Materie als Gegenstand möglicher Anschauung, denn die Atome sind nur eine Materie des Gedankens, weil sie von unendlicher und unsichtbarer Kleinheit sind. Erst durch das Hinzutreten von leeren Zwischenräumen bilden Atome eine wahrnehmbare Materie.

Aus Atomen und leeren Räumen sind die Phänomene der Natur nur zu erklären, wenn zu den Atomen noch Verbindungsformen und Bewegung derselben hinzukommen. Erst aus den verschiedenen Gruppirungen und Bewegungen der Atome entspringt die Erscheinungswelt der Natur. Auch der Verfasser sucht alle Erscheinungen der Natur aus den verschiedenen Gruppirungen und Bewegungen der Körper- und der Aetheratome abzuleiten. Wenn zu den Atomen und den leeren Räumen nicht noch Verbindungsformen und Bewegungen der Atome angenommen würden, würden sie nur eine Welt von Dingen an sich, aber keine Erscheinungswelt bilden.

Diese fundamentalen Annahmen einer korpuscularen Atomistik finden sich nun wohl in der Schrift des Verfassers, sie enthält aber nur eine Anwendung und consequente Durchführung, aber keine Begründung derselben. Seine (atomische) Weltanschauung schwebt daher in der Luft. Giebt es Atome oder macht man diese Annahme, so ergiebt sich daraus freilich von selbst mit Nothwendigkeit eine bestimmte Auffassung und Erklärungsart aller Phänomene der uns bekannten Welt, allein auch die Anwendung dieser Erklärungsart wird weder ihre eigne, noch die Gültigkeit ihrer metaphysischen Voraussetzungen beweisen. Wenn die empirische Naturwissenschaft die Gültigkeit der Atomistik und ihrer Erklärungsart nur durch ihre Anwendung beweist, so glauben wir von einer Schrift, welche eine Weltansicht der Wissenschaften aufstellen und durchführen soll, doch mehr verlangen zu können. Die empirischen Naturwissenschaften betrachten die Atomistik überdies nur als eine Hypothese, deren Gewissheit noch unentschieden ist, nicht aber wie unsere Schrift, als ein Dogma, welches auch ohne Beweis durch seine blosse Annahme gewiss sein soll. Sie gebrauchen die Atomistik fast mehr als ein Versinnlichungs-, denn als ein untrügliches Erkenntnissmittel. Sie gilt nur als methodisches Hülfsmittel, nicht aber als nur gemachte Methaphysik. Viele sprechen von Atomen, ohne doch Atome anzunehmen, ja Einige verwerfen sogar die Realität eines leeren Raumes und fahren doch fort von Atomen zu sprechen, indess Atome ohne leere Räume keine Atome sind. Zu den unentschiedenen und unklaren Anhängern der Atomenlehre gehört der Verfasser freilich nicht, vielmehr ist er ein klarer und consequenter Denker innerhalb dieser Hypothese, die aber nur eine blosse Annahme bei ihm ist. Seine Lehre ist daher auch mehr eine Sache des Glaubens, als eine Weltansicht der Wissenschaften. Wer die Weltansicht der Wissenschaften auf der Grundlage der Naturwissenschaften erneuern will (Vorwort S. III), muss, wie uns scheint, entweder zuerst die angebliche Philosophie der Naturwissenschaften, die korpusculare Atomistik beseitigen, oder wenigstens doch ihre Gültigkeit, welche aus ihrer blossen Anwendung nicht folgt, nachweisen. Dann folgt, in den gegebenen Phänomenen der unorganischen Natur steckt nicht die ausschliessliche Nothwendigkeit der Erklärungsart der korpuscularen Atomistik, was z. B. durch die deutsche Krystallographie bewiesen wird, welches die Phänomene ihres Erkenntnissgebietes, ohne die Hypothese der Atomistik erklärt (H. Karsten, Lehrbuch der Krystallographie in der Allg. Encyklopädie der Physik von Gustav Karsten), eine Thatsache, welche die Parteigänger dieser Hypothese zu ignoriren belieben. Der Verfasser sucht freilich auch (1. B. 2. Abth. 3. Absch.) eine atomistische Krystallographie zu geben. Die Nothwendigkeit dieser Auffassung ist aber nur eine Folge seiner Metaphysik, aber nicht durch die gegebenen Phänomene inducirt, da, wenn sie auch ohne die Annahme von Atomen erklärlich sind, ihre Annahme dafür wenigstens überflüssig ist. Auch die Thatsache der Chemie, dass alle Stoffe in beständigen Proportionen chemische Verbindungen eingehen, enthalten keinen Beweisgrund für die Existenz von Atomen, weil diese Gesetzmässigkeit chemischer Verbindung gültig ist, man mag Atome annehmen oder nicht, und Gewichtstheile einer Proportion, die man, ohne sie zu ändern, beliebig dividiren und multipliciren kann, keine Atome sind, welche durch leere Räume getrennt an sich zusammenhangslos existiren und denen alle Verbindungsformen zufällig sind. Die Erfahrung beweist ferner, dass alle wahrnehmbare Materie theilbar ist. Aus der Theilbarkeit der Materie folgt aber nicht, dass sie vor aller Theilung in Atome und leere Räume aufgelöst existirt. Es giebt keine Thatsache, welche einen Beweisgrund für die Existenz der Atome enthielte. Eine Begründung dieser Annahme ist, wenn überall, doch nur auf dem Wege der Speculation, nicht aber auf dem der Empirie möglich. Der Verfasser aber nimmt die Existenz der Atome ohne allen Grund an, sie ist in seiner Schrift nur ein Gegenstand instinktiver Glaubenskraft.

Die Atomenlehre pflegt die an der wahrnehmbaren Materie beobachteten Grundeigenschaften auch auf die Atome zu übertragen, wie denn der Verfasser „wegen der Krystallisation der Körper" (S. 38) den Körperatomen das Vermögen zuschreibt, mit verschiedenen Kräften nach verschiedenen Richtungen zu wirken. Man stattet die Atome mit all den Eigenschaften aus, welche man zur Erklärung der gegebenen Phänomene, woraus sie auch selbst entnommen werden, gebraucht. Die Atomenwelt ist dann aber nur ein Spiegelbild der Erfahrung, in ihr ist nur im verkleinerten Maasse dasselbe nochmals wieder anzutreffen, was man an der wahrnehmbaren Materie erkannt hat. Dass man alsdann aus den so ausgestatteten Atomen auch das wieder entnehmen kann, was man zur Erklärung der Erscheinungen braucht, kann Niemand verwundern. Die Erklärungen aber, welche man so aus den Atomen gewinnt, sind nur Tautologie, Uebersetzung aus der Sprache der Erfahrung in die der Atomistik und umgekehrt. Bei diesen Uebertragungen beachtet man aber nicht, dass in den Atomen, wenn man wirklich welche annimmt und nicht blos den herrschenden Sprachgebrauch mitmacht, Bedingungen liegen, welche solche Uebertragungen entweder überall nicht gestatten oder das Uebertragene wesentlich modificiren. Nimmt man auf diese Bedingungen keine Rücksicht und überträgt die Eigenschaften der wahrnehmbaren Materie ohne weiteres, so ergiebt sich daraus der gewöhnliche naive Atomismus, der die Atome mit Eigenschaften ausstattet, welche mit ihrem Begriffe in Widerspruch sind, denn die Eigenschaften der wahrnehmbaren Materie können nur mit wesentlichen Modificationen auf die Atome übertragen werden, weil sie einfach und unveränderlich sein sollen.

Wenn der Verfasser nun, wie aus dem schon Angeführten erhellt, auch das gewöhnliche Verfahren der Uebertragung der Eigenschaften der wahrnehmbaren Materie auf die Atome anwendet, so bemerkt er doch (S. 715), wie mir scheint mit Recht, dass die Undurchdringlichkeit der Atome eine andere ist als die der wahrnehmbaren Materie, oder, wie er sagt, der Körper. Nach dem Verfasser wird die Undurchdringlichkeit der wahrnehmbaren Materie oder der Körper durch die abstossende Kraft des in den Körpern befindlichen Aethers hervorgebracht und verhindert die Berührung der Körperatome. Die Undurchdringlichkeit der Atome aber, welche das Zusammenschrumpfen derselben auf einen Punkt verhindert und bei der Berührung „plötzlich" eintritt, hat „kein Maass" und „keine Grösse", denn sie ist „unüberwindlich".

Der Verfasser anerkennt also, dass die Undurchdringlichkeit der Atome ein andere ist, als die der wahrnehmbaren Materie, welche auf einer bewegenden Kraft beruht, während die Undurchdringlichkeit der Atome, welche ohne Maass und Grösse, unüberwindlich und plötzlich (mehr geisterhaft als physisch) hervortritt, eine *qualitas occulta* ist, welche auf dem blossen Dasein der Atome ruht und sich allen begrifflichen Vorstellungen entzieht.

Unbedenklich aber überträgt der Verfasser die Eigenschaften der Trägheit, der bewegenden Kräfte, der räumlichen Ausdehnung, wie sie an der wahrnehmbaren Materie hervortreten, auch auf die Atome. Da die Atome aber einfach und unveränderlich sind, so ist diese Uebertragung entweder überall nicht oder nur mit solchen Modifikationen möglich, dass jene Eigenschaften bei den Atomen stets etwas anderes bedeuten, als bei der wahrnehmbaren Materie. Diese ist träge, beharrt in ihren Zuständen, d. h. sie ist nur durch äussere Ursachen veränderlich, wobei aber doch vorausgesetzt ist, dass sie veränderlich ist. Da nun aber die Atome, wenigstens die letzten und eigentlichen, sowohl ihrer Gestalt als ihrer Raumerfüllung nach unveränderlich sind, so ist auch die Eigenschaft der Trägheit, d. i. die Eigenschaft der Veränderlichkeit durch äussere Ursache nicht auf sie übertragbar. Man meint nun freilich, dass, wenn auch die Atome unveränderlich sein, doch ihre räumlichen Verhältnisse der Entfernung und Nähe, der Stellung und Lagerung eine Veränderung gestatteten. Eine Veränderung dieser Verhältnisse ist aber nicht ohne eine Veränderung der Atome möglich, welche wenigstens ihren Ort selbst müssen wechseln können, wozu aber erforderlich ist, dass eine Einwirkung durch eine äussere Ursache, eine bewegende Kraft, auf sie stattfinden kann. Dies aber erscheint uns als unmöglich, weil die Atome selbst unveränderlich, ihre Undurchdringlichkeit unüberwindlich, ihr Widerstand absolut ist. Keine äussere Ursache, wäre sie auch die Allmacht selbst, kann irgend eine Einwirkung auf Atome äussern, denn sie leisten ihr einen unüberwindlichen Widerstand, so dass die Einwirkung, etwa ein Stoss, überall nicht stattfindet. Von den Atomen muss wegen ihrer unüberwindlichen Undurchdringlichkeit jeder Stoss ohne alle Wirkung auf die Atome abprallen, so dass er nicht stattfindet. Die unveränderlichen Atome können daher auch in ihrem räumlichen Verhältnisse nicht verändert werden und sind daher unbeweglich, sie können nur als in ewiger Ruhe seiend gedacht werden. Die wahrnehmbare Materie ist beweglich, Atome aber sind eine unbewegliche Materie, auf die der Begriff der Trägheit, der Veränderlichkeit durch eine äussere Ursache sich daher nicht übertragen lässt. So unbedenklich und nothwendig diese Uebertragung auch erscheint, so wenig ist sie in Wahrheit doch zulässig. Nicht blos jede qualitative, lebendige und geistige oder innere Veränderung ist bei Atomen unmöglich, sondern auch jede äussere Veränderung ihrer räumlichen Verhältnisse. Macht man diese Annahme, wie dies nun freilich immer geschieht, so sind die Atome entweder nicht unveränderliche und also keine Atome oder die Annahme widerspricht den Grundbegriffen der Atomistik.

Ebenso unbedenklich wie die Trägheit schreibt man den Atomen, was auch der Verfasser thut, bewegende Kräfte zu. Jede wahrnehmbare Materie ist nicht nur träge, sondern übt auch auf jede andere eine bewegende Kraft aus. Die Materie ist daher das Bewegliche mit bewegender Kraft. Diese dynamische Erklärung von dem Begriffe der Materie liegt auch der mechanischen Naturwissenschaft zu Grunde. Schon weil Atome eine unbewegliche Materie sind, ist auf der Grundlage der Atomistik keine mechanische Naturwissenschaft möglich, deren erste Voraussetzung die Beweglichkeit der Materie ist. Um so weniger ist dies der Fall, da die Atome auch nicht als Subjecte bewegender Kräfte denkbar sind. Denn wenn sie auch bewegende Kräfte besitzen, so würden sie sie doch, wie aus dem Obigen erhellt, nicht gegen einander ausüben können, weil Atome nicht nur an sich selber unveränderlich, sondern auch unbeweglich sind. — Ihre bewegenden Kräfte können sie daher auf einander nicht ausüben. Auch diese Annahme bewegender Kräfte der Atome, so unbedenklich sie auch gemacht wird und so nothwendig sie auch für die wahrnehmbare Materie ist, hebt entweder sich selber oder die Annahme von Atomen auf. Sollen überdies Atome bewegende Kräfte besitzen, so wird auch die Existenz der leeren Zwischenräume zweifelhaft, nicht deshalb gerade, weil sie leer sind und so ein absolutes Hinderniss der Wirksamkeit der Atome auf einander enthalten, sondern weil sie alsdann nicht leer, sondern erfüllt sein müssen, da ein Raum, in dem und durch den eine bewegende Kraft wirkt, welche einen Widerstand eines ihr entgegen wirkenden leistet, kein leerer, sondern ein erfüllter Raum sein würde. Dass Atome eine bewegliche und eine unbewegliche Materie mit bewegender Kraft sind, kann man gerade nur in der Phantasie annehmen, aber nicht denken und nachweisen. Aus diesen Gründen, deren weitere Ausführung das Werk philosophische Einleitung in die Allgemeine Encyklopädie der Physik, Leipzig, Leopold Voss, enthalten, können wir die Atomenlehre auch nicht einmal für die richtige Grundlage der mechanischen Naturwissenschaft halten. Wir müssen ihre Zulässigkeit nicht nur ausserhalb, sondern selbst innerhalb der mechanischen Naturwissenschaft in Frage stellen, wo, wie man bisher meinte, ihre Berechtigung und ihre Begründung unangreifbar sei. Naturwissenschaft und korpusculare Atomistik gehören nicht nur nicht zusammen, sondern schliessen sich aus, da die Atomenlehre die erste Voraussetzung aller Naturwissenschaften, die Annahme einer beweglichen Materie mit bewegender Kraft, illusorisch macht. Die wesentlichen Eigenschaften der wahrnehmbaren Materie, worauf die mechanische Naturwissenschaft sich gründet, können nicht als Eigenschaften der Atome gedacht werden, vielmehr steht der Begriff der Materie, der aus dem Studium ihrer Erscheinungen durch die Naturwissenschaften selbst gewonnen ist, mit der atomistischen Auffassung derselben in einem unaufhebbaren Widerspruch. Werden die Grundeigenschaften der wahrnehmbaren Materie auf die Atome übertragen, so kann mann sie nicht mehr als Atome denken, und denkt man sie so, alsdann kann man die Grundeigenschaften der wahrnembaren Materie nicht auf die Atome übertragen. Die Atomistik ist eine Metaphysik, die weder aus der Erfahrung inducirbar ist, noch mit der aus ihr gewonnenen Erkenntniss übereinstimmt. Nimmt man aber die Atomistik, wie das vielfach geschieht, nur als Versinnlichungsmittel und nur als methodisches Hilfsmittel, und also nicht als Metaphysik, so kann sie noch nicht als Fundament einer Weltanschauung gelten.

Alle wahrnehmbare Materie ist ausgedehnt, womit aber nicht gesagt ist, dass nun auch die Ausdehnung das primäre und constitutive Wesen der Materie ist. Obwohl alle Materie ausgedehnt ist, bildet doch die Ausdehnung nur das secundäre, ihre bewegenden Kräfte aber das primäre und constitutive Wesen derselben. Da nun die Atome, wie wir gezeigt haben, weder als beweglich, noch als Subjecte bewegender Kräfte gedacht werden können, so bleibt nur übrig, in der Ausdehnung resp. in der Gestalt das Wesen der Atome anzunehmen. Sie werden daher als absolute Minima der Ausdehnung gedacht, welche in ihnen weder grösser noch kleiner sein kann, als sie ist. Die Atomistik sucht das Einfache in der Ausdehnung, weil sie die Ausdehnung nicht als das secundäre, sondern als das primäre Wesen des Stoffes anzusehen genöthigt ist, worin sie gleichfalls mit der Auffassung von der wahrnehmbaren Materie nicht übereinstimmt, da diese das Wesen der Materie nicht in der Ausdehnung, sondern in ihren bewegenden Kräften findet. Es würde überall nicht nothwendig sein, das Einfache in der Ausdehnung zu suchen, wenn die Materie nicht ihr Wesen in der Ausdehnung, sondern in ihren bewegenden Kräften hat. Eine solche Auffassung würde jedoch eine dynamische, aber keine atomistische Naturansicht geben. Absolute Minima der Ausdehnung, untheilbare Gestalten anzunehmen, widerstreitet nicht nur allen mathematischen Begriffen, sondern auch der Thatsache der Theilbarkeit der wahrnehmbaren Materie, weil man aus dieser Thatsache nicht schliessen kann auf eine Auflösung aller Materien in Atome (absolute Minima der Ausdehnung) und leere Zwischenräume vor aller Theilung, da dadurch die Eigenschaft der Theilbarkeit an der wahrnehmbaren Materie illusorisch wird. Die Verlegenheit, worin die Atomistik verfällt, auch die Annahme einer untheilbaren Ausdehnung oder von absoluten Minima's der Ausdehnung würde gewiss eintreten, wenn man in Uebereinstimmung mit der Abschaffung von der wahrnehmbaren Materie das Wesen derselben, wie es in der dynamischen Auffassung geschieht, nicht in der Ausdehnung, sondern in ihren bewegenden Kräften derselben findet. Auch in dieser Beziehung zeigt es sich, dass die Atomenlehre mit dem Begriffe der wahrnehmbaren Materie nicht harmonirt.

Wenn die vorliegende Schrift bloss eine naturwissenschaftliche wäre, würde es nicht nöthig sein, hier ihr Fundament, die korpusculare Atomistik zu prüfen. Da sie aber eine Weltanschauung auf diesem Fundamente gründet, schien es uns nothwendig, die unsichere Grundlage derselben hervorzuheben. Wir werden uns jetzt mit dem Gebäude selbst beschäftigen, welches auf dieser Grundlage unsere Schrift errichtet hat.

Aus der Annahme von Atomen lässt sich einigermassen der feste Körperzustand begreiflich machen, weil die Atome selbst fest und starr sind, obgleich auch hierbei in den Atomen schon als absolute Eigenschaft vorausgesetzt wird, was erklärt werden soll. Viel schwieriger, wenn nicht überall unmöglich, ist es aus Atomen, die nicht flüssig sein können, die Möglichkeit, den tropfbaren und elastisch flüssigen Körperzustand herzuleiten. Da die Atome selbst nicht flüssig sein können, so kann der flüssige Körperzustand jedenfalls nur ein scheinbarer sein, der in der Natur selbst nicht vorhanden ist, weil alle Materie, d. i. alle Atome fest sind. Die Herleitung der verschiedenen Körperzustände geschieht mit Hülfe der leeren Zwischenräume aus den Gruppirungen der Atome. Der Grund dieser Verschiedenheiten, wie kräftig die Atomistik sich auch gestalten mag, liegt zuletzt doch nicht in den Atomen, die unveränderlich sind, sondern in den leeren Zwischenräumen, welche der allein Veränderliche auch der atomistischen Auffassung sind. Die moderne Atomistik hat freilich dadurch eine andere Gestalt angenommen, dass sie ausser den „Körperatomen" noch einen Aether annimmt, der die leeren Zwischenräume der Körperatome erfüllen soll. Wie das aber geschehen kann, ist noch nicht nachgewiesen, denn wenn der Aether selbst aus Atomen besteht, so kann er auch nur scheinbar elastisch flüssig sein, weil die Atome fest sind und hat überdies selbst leere Zwischenräume. Der atomistisch construirte Aether kann seine eigenen Zwischenräume, viel weniger aber die der ponderablen Materie erfüllen. Aether- und Körperatome können wohl neben einander in einem Raume sein, aber dies Nebeneinandersein der verschiedenen Atome ist keine Erfüllung ihrer leeren Zwischenräume, welche nicht nur in der ponderablen Materie, auch in der inponderablen Materie, wenn sie aus Atomen zusammengesetzt ist, vorhanden sind. Die Summe der Aetheratome zwischen den Körperatomen kann grösser oder kleiner sein, allein eine Erfüllung der leeren Räume ergiebt sich daraus nicht, sie werden dadurch nur kleiner oder grösser, so dass zuletzt doch immer der eigentliche Erklärungsgrund für die verschiedenen Körperzustände in den verschiedenen leeren Zwischenräumen derselben liegt, welche nach der Summe der in ihnen befindlichen Aetheratome wechseln. Diese Vorstellungsart ist durch die Annahme der Aetheratome zusammengesetzter, als die der alten Atomistik, aber im Wesentlichen keine andere, da auch schon die alte Atomistik die verschiedenen Körperzustände aus der Veränderung der leeren Zwischenräume erklärte. Die Entfernung und Nähe, die Stellung und Lagerung, das verschiedene Nebeneinandersein der verschiedenen Atome ist keine Veränderung der Atome, sondern stets nur eine Veränderung des leeren Raumes, der der allein Veränderliche ist. Nur die geometrischen Verhältnisse, d. i. die leeren Räume, nicht aber die Atome, können sich verändern, wenn überall eine Veränderung bei Atomen möglich ist.

Bisher, meint nun der Verfasser, habe die Atomistik die verschiedenen Körperzustände und namentlich der tropfbarflüssigen nicht begreiflich machen können. Er glaubt aber, es sei dies möglich, wenn man annehme, dass die Körper- und Aetheratome sich gegenseitig abstossen, während man bisher ihnen eine gegenseitige Anziehung zuschreibt (S. 39, 40). Der wesentliche Unterschied der festen und tropfbaren flüssigen Körper bestehe darin, dass in den festen Körpern die Körperatome Schwingungen machen, welche mit den Wärmeschwingungen des eingehenden Aethers entgegengesetzt gerichtet und deshalb von kleiner Weite und kleiner lebendiger Kraft sind; dass dagegen in den (tropfbar) flüssigen Körpern die Körperatome Schwingungen machen, welche mit denen der umgebenden Aetheratome gleichgerichtet und deswegen von grosser Weite und grosser lebendiger Kraft sind. Die Schwingungen der Aether- und Körperatome können aber nur entgegengesetzt sein, ,,wenn beide kein zusammenhängendes Ganze von gemeinsamer Bewegung bilden und also nur bei der Annahme der Abstossung zwischen Körper- und Aetheratomen" (S. 41). Dadurch, meint der Verfasser, sei für die Annahme der Abstossung statt der Anziehung zwischen den Aether- und Körperatomen entschieden, denn mit der Annahme der Anziehung sei der atomistische Unterschied dieser Körperzustände nicht zu gewinnen. Bei dem luftförmigen Zustande sollen beide Vorstellungsarten, sowohl die der gleichen als der entgegengesetzten, Schwingungsweisen der Aether- und der Körperatome zulässig sein (S. 188). Diese Auffassung von dem flüssigen und festen Körperzustand hat der Verfasser in einem eigenen Abschnitte, S. 165—189, weiter ausgeführt, namentlich hinsichtlich des tropfbar flüssigen Zustandes, und seine Auffassung durch die Entdeckung von R. Brown, dass in Flüssigkeiten schwimmende kleine von belebten oder unbelebten Körpern herrührenden Theilchen eine selbstständige zitternde Bewegung haben, zu bestätigen gesucht, denn diese Bewegung habe allein ihren Grund in der fortwährenden Verschiebung der Theilchen der Flüssigkeit selbst, da bei dem eigenthümlichen Schwingungszustande der Atome in den flüssigen Körpern sich beständig Lücken bilden, in die die benachbarten Flüssigkeitsmengen hineinstürzen (S. 119). Diese Auffassung des Verfassers ist nun freilich viel complicirter als die, welche die alte Atomistik von dem Unterschiede des festen und flüssigen Zustandes aufstellen, kommt aber zuletzt doch wieder auf dasselbe zurück, da der Grund der Verschiedenheit des festen und flüssigen Zustandes zuletzt doch nur in den verschiedenen leeren Zwischenräumen besteht, welche in dem flüssigen Körperzustande grösser als in dem festen sind. Denn wenn die Körperatome das einemal Schwingungen von kleiner, das anderemal von grosser Weite machen, so ist dies durch die Verschiedenheiten der leeren Zwischenräume bedingt und uns scheint daher nicht, dass mehr durch diese Erklärung gewonnen ist, als dass sie complicirter ist als die, welche schon die alte Atomistik gegeben hat.

Die leeren Räume werden auch hier noch neben den Atomen und ihren Bewegungen als ein realer Erklärungsgrund der Phänomene angenommen, hierin liegt aber der Widerspruch in dem Begriffe des leeren Raumes. Der Verfasser sagt freilich (S. 682), der leere Raum sei selbst kein Wesen und keine Eigenschaft eines Wesens, weil er nicht wirke, er selbst aber definirt auf derselben Seite, wo er diese Erklärung giebt und auf den folgenden den leeren Raum trotzdem als eine Ursache, wenn die Atomistik von jeher, weil sie nicht anders kann, den leeren Räumen wirkende Kraft und Ursachlichkeit zugeschrieben hat, denn die leeren Räume sind die Ursachen von der getrennten Existenz, von der Beweglichkeit der Atome und ihrer verschiedenen Gruppirungen in den wahrnehmbaren Körpern. Wie der leere Raum aber, der selbst nichts ist, etwas bewirken, oder die reale Bedingung von Etwas sein kann, wodurch er ein Mittleres sein würde zwischen dem Nichts und dem Etwas, hat noch keine Atomistik zu erklären vermocht, weshalb sie auch es stets vermieden hat, auf diese Frage einzugehen, denn Schweigen ist hier besser als Reden. Jede Untersuchung darüber würde zeigen, dass die Annahme der Realität leerer Räume eine Absurdität ist. Die Atomistik aber scheint an diese Realität zu glauben, weil ihre Annahme absurd ist.

Aus den verschiedenen Gruppirungen sollen nach atomistischer Vorstellungsweise die verschiedenen mechanischen, chemischen, organischen und, wenn der Ausdruck gestattet ist, geistigen Körperzustände und Veränderungen sich ergeben. Von diesen verschiedenen Körperzuständen, welche aus den Aggregationen der Atome hervorgehen sollen, werden nur hier aus des Verfassers Auffassung von der „Körperlichkeit des Geistes", welche in dem dritten Buche seiner Schrift, S. 718 u. f., enthalten ist, erwähnt. Diese Auffassung von der Körperlichkeit des Geistes ist eine Folge der im Voraus als gültig angenommenen korpuscularen Atomistik, denn was der Verfasser ausserdem dafür anführt, enthält keinen Beweis der Körperlichkeit des Geistes, sondern nur eine Wiederholung der Behauptung die Körperlichkeit des Geistes soll daraus folgen, dass das Gehirn der Sitz des Geistes und, wie die Phrenologie annimmt oder bewiesen haben soll, „dass jedes Grundvermögen des Geistes seinen Sitz in einem bestimmten Theile des Gehirnes hat, dass sich der Geist im Ganzen und in seinen einzelnen Vermögen in gleichem Schritte mit dem Gehirn und seinen einzelnen Sitzen in demselben entwickelt und endlich, dass Krankheiten des Gehirnes und seiner einzelnen Theile Krankheiten des Geistes und seiner entsprechenden Vermögen zur Folge haben" (S. 719). Allein aus allen diesen Sätzen folgt über die angebliche Körperlichkeit des Geistes gar nichts, da aus dem Orte, wo etwas ist, nichts folgt über das Wesen desselben. Aus der Localisirung des Geistes im Gehirn folgt nichts über das Wesen desselben. Wenn der Verfasser nun ausserdem noch die Abhängigkeit zwischen den Thätigkeiten des Geistes und der Nerven hervorhebt und versichert, „dass die Bewegungen des Geistes nach ganz mechanischen Gesetzen, dass alle geistigen Vorgänge nach ganz bestimmten, ausnahmslos bedingenden Gesetzen der Nothwendigkeit vor sich gehen," so folgt auch hieraus nicht die Körperlichkeit des Geistes, sondern es würde daraus nur folgen, einerseits die Abhängigkeit des incorporirten Geistes von seinem Körper und andererseits die gleiche Gesetzmässigkeit in den Erscheinungen des Geistes wie des Körpers. Des Verfassers Schlüsse, woraus er im besonderen die Körperlichkeit des Geistes folgt, sind offenbare Fehlschlüsse. Aus den gegebenen Thatsachen lässt sich auf die Körperlichkeit des Geistes nicht schliessen, sie beweisen nur, dass wir den Geist nur in Verbindung mit seinem Körper kennen, woraus aber gar nicht die Körperlichkeit des Geistes folgt. Sie folgt aber von selbst, wenn man einmal angenommen hat, dass das allein Existirende stoffliche Atome und ihm Aggregate sind. Dann folgt allerdings, „dass der Geist nichts Anderes ist als eine Thätigkeitsfähigkeit einer in bestimmter Weise zusammengesetzten Stoffmenge" (S. 766). Diese Auffassung stammt aber aus keiner Induction, sondern ist eine blosse Consequenz der Metaphysik. Wenn die Körperlichkeit des Geistes keine blosse Folge der Metaphysik sein soll, so müssen ganz andere Beweise geführt werden, als der Materialismus liefert. Der Verfasser scheint ausserdem, da er die angeführte Definition am Schlusse seiner materialistischen Erklärung der geistigen Thätigkeiten aufgestellt, zu meinen, dass sie dadurch auch bewiesen sei, während sie doch bei der materialistischen Erklärung schon als gültig vorausgesetzt wird. So wenig die Anwendung der atomistischen Erklärungsart ein Beweis ist für die Gültigkeit der Grundbegriffe der Atomenlehre, ebensowenig ist die Anwendung der materialistischen Erklärungsart ein Beweis für die Körperlichkeit des Geistes.

„Die Erklärung der Geistesvorgänge aus der Anschauung der Körperlichkeit des Geistes", welche unsere Schrift, S. 724 u. f., giebt, besteht in der „Annahme", dass „ein Gedanke ein gewisser Bewegungszustand des Gehirns", „ein Sinneseindruck, eine chemische Zersetzung im Gehirn",

„alle Gedanken chemische Zersetzungsvorgänge im Gehirn" seien. Allein angenommen, dies wäre statt Analogie Erklärung, so wäre sie nur so weit verkehrt, als man glaubt, dass sie Erklärungen sind. Denn in der That sind sie dies nicht, weil ein Bewegungszustand nicht die Wahrnehmung derselben, eine chemische Zersetzung nicht die Empfindung derselben, ein Verbrennungsprozess oder ein „Glühen" des Gehirnes nicht die Vorstellung derselben ist. Die vom Verfasser gegebenen Erklärungen sind an sich völlig uneclatant. Mögen immerhin in den Nerven und im Gehirn Bewegungszustände, chemische Zersetzungen, Verbrennungsprocess, electrische Prozess, ein Glühen und andere mechanische und chemische Vorgänge stattfinden, zu meinen aber, dass aus ihrer einfachen Gleichsetzung mit geistigen Thätigkeiten damit eine Erklärung der geistigen Thätigkeiten gegeben sei, beweist nur, dass der Materialismus das Problem gar nicht kennt, dessen Lösung er zu besitzen glaubt.

Selbst wenn der Geist nichts anderes wäre als eine besondere Lebensform des lebendigen Wesens, oder, wenn man will, alsdie Function des Gehirnes, so würde durch die materialistischen Erklärungen dieser Functionen, welche bloss in einer Verwechselung geistiger Thätigkeiten und körperlicher Vorgänge bestehen, nichts geleistet sein. Wenn die Körperlichkeit des Geistes und wenn die geistigen Thätigkeiten als körperliche Vorgänge nachgewiesen werden sollen, muss man andere Beweise führen und andere Erklärungen geben als unsere Schrift enthält. Um den Materialismus zu widerlegen, genügt die formale Logik, man braucht nur die Form seiner Schlüsse und Begriffserklärungen zu prüfen, und ist ein weiteres Eingehen auf die Erscheinungen und das Wesen des Geistes nicht nothwendig. Die materialistischen Erklärungen spielen aber auch bei dem Verfasser nur im Anfange seiner Untersuchungen über das Wesen des Geistes eine Rolle und hören nachher, wo er weiter in die besonderen Phänomene eingeht, von selbst auf, ebenso wie er uns im Anfange seines zweiten Buches Phrenologe ist und später, abgesehen von dieser Hypothese, die geistige Welt betrachtet. Ueberall wo er von seinen Hypothesen absieht und sie nicht mehr beachtet, sind wir seinen Untersuchungen der geistigen Vorgänge auch mit Interesse gefolgt.

Nachdem der Verfasser die Körperlichkeit des Geistes meint erwiesen zu haben, stellt er den ersten Grundsatz seiner Lehre, den Satz auf: „es giebt kein anderes Wesen, d. h. Dinge mit ihrem ausschliesslich zukommenden Sitze, als den Stoff, und lehrt nun die Entstehung aller Dinge aus dem Stoffe, dessen Ewigkeit angenommen wird, weil alle wahrnehmbaren Veränderungen nur Formenänderungen sind, welche den Stoff schon voraussetzen, dessen kleinste Theile sich dabei nicht ändern und auch ihrer Menge nach dieselben bleiben. Die Entstehung der leblosen Körper bloss aus dem Stoffe versteht sich von selbst, da sie nur Stoff sind, besondere Schwierigkeiten bietet aber die erste Entstehung der Pflanzen und

Thiere. Erfahrungsmässig entsteht alles Lebendige nur aus dem Lebendigen, *omne vivum ex ovo*, ausserdem giebt es, wie der Verfasser gleichfalls, S. 218 u. a. a. O., einräumt, erfahrungsmässig keine Verwandlung unorganischer Materie in organische, ohne dass schon organische vorhanden wäre, wie auch jede Zellenbildung schon Zellen voraussetzt. Was berechtigt uns nun der Erfahrung entgegen doch anzunehmen, dass das Lebendige auch aus dem Leblosen, organische Materie aus der unorganischen ohne vorhergehende Organisation, Zellenbildung ohne Grundlage anderer Zellen entstehen, zu behaupten? Dies aber sollen wir annehmen müssen, weil es eine Zeit gab, den feurig-flüssigen Zustand der Erde, in welcher Keime oder Zellen nicht bestehen konnten, weshalb also eine Vorbildung der Zellen unerlässig gewesen sei. Da nun vor der ersten Entstehung der Zellen und des Lebendigen nur das Leblose, der Stoff, die Atome existiren, so müssen sie hieraus, und zwar „unter ganz besonderen Umständen", die uns aber „ganz unbekannt" sind, entstanden sein. Wir kennen nicht die erste Entstehung der Zellen und ihre Bedingungen, schliessen aber doch aus unserem Nichtwissen, dass sie „unter ganz besonderen, jedoch unbekannten Umständen" mit dem blossen Stoffe, dem ewigen materiellen Atome und ihren Kräften sich gebildet haben, obgleich dieselben Kräfte gegenwärtig nicht mehr leisten, was sie sonst vermocht haben sollen. Die alte Logik lehrte den Grundsatz, dass die Consequenz sich erstrecke von dem Wissen auf das Sein, nicht aber von dem Nichtwissen auf das Nichtsein. Die Logik des Verfassers aber scheint den Grundsatz zu haben, dass aus unserer Unwissenheit die sichersten Schlüsse auf das Sein und Geschehen folgen. Die Annahme der Entstehung aller Dinge aus dem ewigen Stoffe und seinen immanenten Kräften ist unstreitig eine nothwendige Folge der im Voraus als gültig angenommenen Metaphysik der korpuscularen Atomenlehre des Verfassers, welche aber weder mit den Thatsachen der Erfahrung und ihrer immanenten Erkenntniss übereinstimmt, noch eine Erklärung derselben giebt. Gesetzt aber auch, die Annahme des Verfassers wäre begründet, so würde sie dennoch mit den Grundsätzen seiner Metaphysik im Widerspruch sein. Denn die „Evolution" des Lebendigen aus dem Leblosen, des Geistes aus dem Geistlosen, beruht auf dem Grundsatze, dass die Ursache der Entstehung nicht ist, was sie hervorbringt; die mechanische Erklärungsart aber, welche unsere Schrift als die allein mögliche will gelten lassen, hat den Grundsatz, dass die Ursache ist, was sie wirkt. Die Weltanschauung des Materialismus, welche anfänglich sich auf der korpuscularen Atomistik und der mechanischen Erklärungsart gründet, verlässt daher im weiteren Verlaufe ihre eigene Metaphysik und gelangt von der Atomenlehre zur „Evolutionslehre." Mag immerhin aus der ewigen Materie Alles antstanden sein, diese Annahme ist wenigstens auf der Grundlage der korpuscularen Atomistik und der mechanischen Erklärungsart nicht durchführbar. Der Materialismus endet mit einer anderen Metaphysik als womit er anfängt. Die Annahme, dass Alles aus der Materie, wenngleich nicht aus der ewigen entsteht, ist so erschrecklich nicht, wie zaghafte Gemüther meinen, nicht bloss Materialisten, sondern auch Männer wie z. B. Albertus magnus haben dies gelehrt. Sie waren aber mit den Grundsätzen und Lehren der Logik und der Metaphysik bekannt und wussten daher, was sie lehrten, während unsere Materialisten Wissenschaften cultiren, deren Studium sie erst betreiben sollten. Wenn aus der ewigen Materie, die in Atome und leere Zwischenräume aufgelöst existirt, Alles werden soll, so muss es indess mehr geben als eine ewige Materie, denn zu den Atomen müssen noch erst Verbindungsformen und Bewegung hinzukommen, welche durch sie selbst nichtgegeben sind, und es fragt sich daher, woher die Bewegung und die Verbindungsformen der Atome stammen. Sich selbst können Atome, wenn sie nicht geistige Wesen sind, nicht in Bewegung bringen, denn jeder Atom wirkt, wie jeder Körper, nur auf einen anderen, aber nicht auf sich selbst; durch die Atome kann daher die Bewegung nicht hervorgebracht werden; in ihnen kann sich ein gegebenes Quantum der Bewegung nur verschieden vertheilen, wodurch dasselbe weder vermindert noch vermehrt, am wenigsten aber hervorgebracht wird. Es wird daher, soll aus der ewigen Materie Alles enstanden sein, nichts anderes noch bleiben als daneben dann zweitens auch nur ewige Bewegung anzunehmen, wodurch aber nur die Thatsache, dass die Atome einmal in Bewegung sind, in die Ewigkeit versetzt wird, ohne dass man doch die Quelle der Bewegung erfährt, die jedenfalls ausser den Atomen liegen muss, da sie nur eine verschiedene Vertheilung eines gegebenen Quantums von Bewegung bewirken, dasselbe aber nicht hervorbringen können. Unerklärbar bleibt also bei der Entstehung aller Dinge aus der Materie jedenfalls die Bewegung. Sie als eine ewige angenommen, kann doch nur ein Zufall sein, da sich überall nicht sagen lässt, wie sie zu den Atomen, welche unbeweglich sind, hinzukommt.

Ebenso wenig vermag man innerhalb dieser Weltanschauung anzugeben, woher die Verbindungsformen der Atome stammen. Als eine ursprüngliche Ordnung lassen sie sich nicht denken, denn Atome bilden für sich nur eine zusammenhangslose (durch das Leere getrennte) Menge oder ein Chaos. Wollte man den Atomen immanente Verbindungsformen als eine ursprüngliche Ordnung annehmen, so würde auch in der ganzen Natur ein Plan, ein vernünftiger Zusammenhang und ein Zweck sein, da das eine das andere involvirt. Allein das ursprüngliche Chaos der Atome schliesst dies von selbst aus, weshalb auch die consequente Atomistik alle und jede Teleologie, wie es auch unsere Schrift thut, verwirft (S. 796 u. a. a. O.). Der Grund der Verwerfung von allen Naturzwecken liegt aber in der Annahme von Atomen (oder vielmehr in der Annahme der Realität) des leeren Raumes, weshalb die Atome eine ursprüngliche zusammenhangslose Vielheit des Sein oder Nichsein sind. Leere Räume und Teleologie vertragen sich allerdings nicht, sondern schliessen einander aus, weil Atomen alle Verbindungsformen zufällig sind. Die Verwerfung der Teleologie geschieht nicht auf Grund der Erfahrung und der Erkenntniss gegebener Thatsachen, sondern nur in Folge der im Voraus als gültig angenommenen metaphysischen Lehren. Nun aber muss es doch, wenn aus Atomen der ewigen Materie etwas werden soll, Aggregationsformen derselben geben, und es fragt sich dann, woher sie stammen, da sie in den Atomen selbst keinen Grund haben. Man nimmt sie nur aber, wie die Bewegung, nach dem jedesmaligen Bedürfnisse der Erklärung, welche gegeben werden soll, aus der Erfahrung willkürlich von Aussen zu den Atomen hinzu, weshalb auch alle Verbindungsformen, wie die Bewegung, nur ein Zufall sind. Man kann auch diesen Zufall wie die Bewegung verewigen, indem man die einmal empirisch gegebenen Formen als ewig annimmt, erreicht dadurch aber nichts, weil doch der Zufall in Beziehung auf Bewegung und Verbindungsformen der letzte Erklärungsgrund von allem Geschehen bleibt. Der Glaube aber an den Zufall als letzten Erklärungsgrund ist der Aberglaube der Atomistik. Unsere Schrift giebt aber über diese Punkte der Grundlage ihrer Weltanschauung gar keine Auskunft, indem sie nur das übliche Verfahren der Atomistik, Bewegung und Verbindungsformen der Atome, aus der Erfahrung nach den Bedürfnissen der zu gebenden Erklärungen hinzunimmt, ohne das Verfahren selbst und seine metaphysischen Bedingungen zu rechtfertigen. Die Atomistik ist eine sehr plausible Lehre, so lange man sie als ein blosses Dogma ansieht, welches durch seine Annahme gewiss und begründet ist. Betrachtet man sie aber nicht, wie unsere Schrift, bloss als die Glaubenslehre der Naturwissenschaften, sondern als eine blosse Hypothese derselben, die noch erst eine Begründung erheischt, so wird man, wenn man sich mit einer solchen zu thun macht, bald finden, dass ihre fundamentalen Sätze und Begriffe nicht nur ungewiss und grundlos, sondern auch sehr unzureichend für die Erklärung der gegebenen Phänomene sind. Die gegenwärtige Atomenlehre in den Naturwissenschaften ist allerdings namentlich durch die Annahme der Aetheratome viel complicirter als die alte Atomistik; in den Grundbegriffen aber völlig mit ihr einstimmig, und ebenso wenig zu rechtfertigen als diese, wenn sie auch durch ihre weit künstlichere Gestalt ihre Schwächen mehr zu verhüllen weiss als die antike Atomistik.

Auf die Lehren der Geistesphilosophie, welche in dem zweiten und zum Theil auch in dem dritten Buche unserer Schrift dargestellt sind, können wir hier nicht ausführlich eingehen und müssen wir uns daher auf einige Bemerkungen beschränken. Die ethischen oder die praktischen Wissenschaften von dem Ethos selbst, dem Rechte und dem Staate, und der schönen Kunst gründet der Verfasser auf dem Satze, dass das Grundziel jeder menschlichen Handlung „eigenes Wohlgefühl" ist. Für den Menschen soll es keine andere Triebfeder, keinen anderen Beweggrund, kein anderes letztes Ziel, als das Erreichen des eigenen Wohlgefühles geben, wonach alle Menschen, gute und böse, wirklich streben (S. 323, 324 u. a. a. O.). Denn auch die sittlich höchsten Triebfedern seien gleichartig mit allen anderen menschlichen Triebfedern, da alle auf das eigene Wohl des Handelnden gehen. Wer das Gute, weil er gut ist, thut, soll es nur zur Befriedigung seiner Gewissenhaftigkeit, und wer es thut, weil es Gottes Wille ist, soll es nur zur Befriedigung seines Ehrfurchtssinnes, wodurch er ein eigenes Wohlgefühl empfinde, thun (S. 319 bis 322). Auch das Wohlwollen gegen Andere geschehe wegen des eigenen Wohlgefühles, welches dadurch erreicht wird (S. 317). Indess sagt doch Niemand, dass der seine Kinder liebt, der es thut wegen des eigenen Wohlgefühles, welches ihm diese Liebe bereitet. Jedes Grundvermögen des Geistes, deren der Verfasser nach der Phrenologie 35 annimmt, hat aber sein eigenes Wohlgefühl, weshalb es auch einseitig sei, nur den sinnlichen Genuss, das Wohlgefühl der niederen Geistesvermögen als das alleinige wirkliche Ziel menschlicher Handlungen aufzufassen (S. 326), da vielmehr die Befriedigung aller Triebe oder Grundvermögen des Geistes, woraus eigenes Wohlgefühl entspringt, das wirkliche Grundziel menschlichen Lebens sei.

Dieser egoistische Eudämonismus ist nun aber, wie auch die fernere Darstellung des Verfassers zeigt, doch eine nicht durchführbare Lehre, da er durch die Erfahrung, „dass einerseits augenblickliche Genüsse durch künftiges Unglück derselben Person aufgehoben, ja weit überwogen werden können, und dass andererseits eine Handlung, welche ein Wohlgefühl des Handelnden erregt, zugleich ebenso viel oder noch mehr Schmerz Anderer mit sich führen kann" (S. 424), sich genöthigt sieht, statt des angegebenen Grundzieles aller menschlichen Handlungen, sich zu begnügen „mit einer möglichst grossen Menge von Glück" oder eigenen Wohlgefühles des Handelnden und daher zugleich „eine Mässigung jedes Einzelnen in solchen sinnlichen und geistigen Genüssen, welche ausserdem Unglück (Schmerz) erzeugen", fordern muss. Aus dem positiven Grundziele menschlichen Strebens, eigenes Wohlgefühl des Handelnden, wird hierdurch ein negatives: Vermeidung des Schmerzes, der Unlust, des Unglückes; denn es giebt in der That kein eigenes Wohlgefühl, keinen Genuss durch die Dauer des Lebens, sondern nur ein Wechsel von Freud und Leid, von Wohl und Uebel. Nur der Eudämonismus des Aristippos ist consequent, wenn er den augenblicklichen Genuss als das alleinige höchste Gut annimmt, wodurch aber zugleich die Einheit des Lebens, welches in seine einzelnen Momente zerfällt, aufgehoben wird. Hält man aber die Einheit des Lebens fest, so verwandelt sich auch das positive Ziel, eigenes Wohlgefühl, in ein negatives: Verminderung der Unlust, des Schmerzes. Die möglichst grosse Menge von Glück ist nichts Positives, sondern nur etwas Negatives, oder wie eine Summe von negativen und positiven

Grössen, wobei das Endergebniss zweifelhaft ist. Der egoistische Eudämonismus ist also, bloss logisch angesehen, gar keine durchführbare Lehre. Das Naturgesetz: alle lebendigen Wesen suchen die Lust und fliehen den Schmerz, bestreitet Niemand. Zu meinen aber, dass dieses Naturgesetz der Grundsatz der ethischen Wissenschaften sei, ist der Wahn des egoistischen Eudämonismus, der durch seine Darstellung sich selbst widerlegt. Die weitere Anwendung, welche unsere Schrift von jenem Naturgesetz in der Sitten-, Rechts- und Staatslehre, wie in der Aesthetik macht, wollten wir sie hier weiter verfolgen, würde nur im Einzelnen eine Bestätigung unserer Behauptung liefern.

Wir betrachten zuletzt noch die Ansicht des Verfassers über die Entstehung und die Realität der Gedanken, denn die letzte Rechtfertigung einer Weltanschauung liegt in ihrer Erkenntnisstheorie, worüber unsere Schrift Folgendes enthält. Die sinnlichen Vorstellungen werden durch Einwirkungen auf die Sinne unmittelbar in uns hervorgebracht, die nichtsinnlichen aber sind von den sinnlichen Vorstellungen abgezogene Begriffe (S. 334 u. f. S. 792). Diese Bildung der Gedanken geschieht nach dem Gesetze „der Gedankenfolge", d. h. nach dem Gesetze der Association der Vorstellungen (S. 325). Hiernach behauptet nun der Verfasser S. 362: „alle sinnlichen Vorstellungen und somit alle Gedanken werden entweder durch Einwirkungen der Sinne oder nach dem Gesetze der Gedankenfolge, sonst aber auf keine Weise hervorgebracht". In dem dritten Buche will der Verfasser ferner nachgewiesen haben „die Entstehung des Geistes", indem er zeigt, dass die Sinne durch die ihnen entsprechenden Einwirkungen von Aussen, d. h. durch ihre specifischen Reize „durch berührende Körper, durch in Flüssigkeiten oder in Licht aufgelöste Körper, durch Licht- oder Schallstrahlen" (S. 780 u. f.) und aus den Sinnen alle niederen und höheren Geistesvermögen durch die ihnen entsprechenden Einwirkungen, wobei die veranlassende Erregung zugleich die Stelle einer hervorbringenden Ursache vertritt, entstehen. Der Geist entsteht also mittelbar und unmittelbar aus den Sinnen, woher nicht nur der Inhalt, sondern auch die Form aller Vorstellungen stammt, da auch alle geistigen Thätigkeiten nur Umformungen der sinnlichen sind. Wir wollen diese bekannten Lehren des Sensualismus, welche sich ebenso bei Locke und Hume und am folgerichtigsten bei Condillac finden, hier selbst nicht weiter prüfen, müssen aber doch den „Dogmatismus", mit dem sie in unserer Schrift sich vergesellschaftet haben, hervorheben. Die genannten berühmten Sensualisten der Geschichte der Philosophie unterscheiden sich von dem Verfasser in dem einen Punkte, dass sie zugleich auch die Folgen ihrer Lehren kannten, während der Verfasser an diese gar nicht gedacht hat, da er sie völlig übergeht. Die Folge des Sensualismus ist die Aufhebung der Realität der Erkenntniss, wie sie bei Locke, mehr noch bei Hume, am Entschiedensten aber bei Cordillas hervortritt. Der Verfasser nimmt aber das gerade

Gegentheil davon an, sein Sensualismus ist ganz dogmatisch. Er meint, die Uebereinstimmung des Denkens mit dem Sinn verstehe sich von selbst (S. 792), „weil alle Geistesvermögen, insbesondere auch das Vergleichungs- und Schlussvermögen ihre Entstehung, die Art ihrer Thätigkeit und ihren Inhalt durch Sinneseindrücke aus der Wirklichkeit enthalten". Allein wenn hierauf die Uebereinstimmung des Gedankens mit der Wirklichkeit beruhen soll, so wird dadurch zu viel bewiesen, weil alsdann gar keine Differenz unserer Vorstellungen mit der Wirklichkeit möglich sein und also jedes Denken, da es eine nothwendige Folge des aus der Wirklichkeit stammenden Sinneseindruck ist, wahr sein würde. Es scheint uns daher, dass der Verfasser besser gethan hätte, wenn er seine Vorgänger, jene berühmten Sensualisten, die ganz andere Folgen aus der Lehre von dem allein sensualen Ursprunge unserer Vorstellungen und Erkenntnisse gezogen haben, ein Wenig berücksichtigt hätte. Er würde dann vielleicht, glücklicher als Hume, nachgewiesen haben wie bei der Lehre, dass „alle sinnlichen Vorstellungen und also alle unsere Gedanken entweder durch die Einwirkung der Sinne oder nach dem Gesetze der Gedankenfolge, sonst aber auf keine Weise hervorgebracht werden", eine objective Erkenntniss von dem causalen und substantiven Zusammenhange aller Erscheinungen, und also eine Weltanschauung von der Natur der Dinge und ihrer Entstehung möglich sei, was Hume bekanntlich nicht einzusehen vermochte, worin wir aber bei dem berühmten englischen Kritiker mehr Folgerichtigkeit finden müssen als wir in unserer Schrift antreffen, deren gesammte Weltansicht weit die Grenzen eines Sensualismus überschreitet, der gerade gar keine Metaphysik und Naturwissenschaft zulässt. Der Verfasser aber ignorirt nicht nur die deutsche Philosophie seit Kant, sondern auch die Philosophie vor Kant, deren Lehren er doch nur wiederholt und mit unpassenden Zusätzen versieht. Wir vermögen in einer Weltanschauung, welche in der Erneuerung der korpuscularen Atomistik, des egoistischen Eudämonismus und eines dogmatischen Sensualismus besteht, keinen Fortschritt in der Entwickelung unserer Philosophie, sondern nur eine Reaction dagegen zu erkennen.

Kiel, am 2. October 1863.

FRIEDRICH HARMS.

Lehrbuch der Experimentalphysik, mit theilweiser Benutzung von Jamin's *cours de physique de l'école polytechnique*, bearbeitet von Dr. ADOLPH WÜLLNER, Director der Provinzialgewerbschule zu Aachen. Vollständig in zwei Bänden. Jeder Band in zwei Abtheilungen. Mit vielen in den Text gedruckten Abbild. in Holzschnitt. Zweiten Bandes erste Abtheilung, Wärmelehre. Leipzig, Druck und Verlag von B. G. Teubner, 1863.

Wenn man dasjenige Lehrbuch mit Recht für ein gutes hält, welches auf jede Anfrage genaue Auskunft giebt, weil es seinen Stoff mit wünschenswerther Klarheit behandelt giebt und weil es Hinweise für das tiefere Studium enthält, die man aus seiner Bearbeitung leicht erkennen kann, so verdient das gegenwärtige in vollem Maasse die Anerkennung, es für ein gutes Lehrbuch zu empfehlen. Die gegenwärtig besprochene 1. Abtheilung des 2. Bandes behandelt in der eingehendsten Weise die Ausdehnung durch die Wärme, Veränderung des Aggregatzustandes durch die Wärme, specifische Wärme, Fortpflanzung der Wärme und die Quellen der Wärme. Mit Vergnügen bemerkt man bei der Duchlesung des Buches sogleich überall die klaren Begriffe und Definitionen derselben, die man vergeblich in unseren gangbaren Lehrbüchern der Physik, etwa z. B. von Wärmeleitungsfähigkeit sucht, obwohl dieselbe gewöhnlich in Zahlen angegeben zu werden pflegt. Da bei jeder Frage die verschiedenen Behandlungen derselben nach der Zeitfolge geordnet beschrieben und mit Citaten hinlänglich unterstützt sind, so muss man auch den vorstehenden Theil des besprochenen Lehrbuches für einen der anregendsten beim Studium und deswegen sehr empfehlenswerthen halten. Dem Inhalte schliesst sich würdig die vortreffliche äussere Ausstattung auch dieser Abtheilung als etwas lobend Hervorzuhebendes an. Dr. KAHL.

Bibliographie
vom 1. December 1863 bis 15. Februar 1864.

Periodische Schriften.

Sitzungsberichte der kaiserl. Akademie der Wissenschaften. Mathematisch - naturwissenschaftliche Classe. Wien, in Comm. bei Gerold's Sohn.

Sitzungsberichte der königl. bair. Akademie der Wissenschaften zu München 1863. 2. Bd., 2. und 3. Heft. München, in Comm. bei Franz. 1 Thlr. 2 Ngr.

Abhandlungen, herausgeg. von der Senckenbergischen naturforschenden Gesellschaft. 5. Bd., 1. Lieferung. Frankfurt, Brönner.
3½ Thlr.

Abhandlungen der königl. Gesellschaft der Wissenschaften zu Göttingen. 11. Band von den Jahren 1862 und 1863. Göttingen, Dietrich. 9 Thlr.

Schriften der naturforschenden Gesellschaft in Danzig. Neue Folge 1. Bd., 1. Heft. Danzig, Anhuth in Comm. 2 Thlr.

Lamont, J., Annalen der königl. Sternwarte bei München. München, Franz in Comm. 1 Thlr. 23 Ngr.

Wochenschrift für Astronomie, Meteorologie und Geographie. Red. von Heis. Neue Folge. 7. Jahrg. 1864. Nr. 1. Halle, Schmidt's Verlagsbuchhandlung. *pr. compl.* 3 Thlr.

Bremiker, C., Nautisches Lehrbuch oder vollständige Ephemeriden und Tafeln für das Jahr 1866 zur Bestimmung der Länge, Breite und Zeit zur See. Berlin, Reimer.
½ Thlr.

Verslagen en mededeeliingen der kon. Akademie van Wetenschappen. Afd. Natuurkunde. 15 Deel. 2. und 3. Stuk. Aldaar.
2 fr. 40 c.

Mémoires de l'académie impériale des sciences de St. Pétersbourg. 7. Série. Tome 6. No. 10 et 11. gr. 4. Leipzig, Voss in Comm. 16 Ngr.

Figuer, L., *L'année scientifique et industrielle, ou exposé annuel des travaux scientifiques, des inventions etc. 8 Année.* Paris, *Hachette & Co.* 3 fr. 50 c.

Reine Mathematik.

HERR, J. PH., Lehrbuch der höheren Mathematik. 2. Band. Wien, Seidel & Sohn. *pr. compl.* 6 Thlr.

KRIES, F., Lehrbuch der reinen Mathematik. 9. Aufl. Von K. KUSCHEL. Jena, Frommann. 2 Thlr.

LÜBSEN, H. B., Ausführliches Lehrbuch der Elementar-Geometrie. Ebene und körperliche Geometrie. 7. Aufl. Leipzig, Brandstetter. 1 Thlr.

LÜBSEN, H. B., Ausführliches Lehrbuch der ebenen und sphärischen Trigonometrie. 4. Auflage. Leipzig, Brandstetter.
24 Ngr.

BÖKLEN, O., Lehrbuch der ebenen Trigonometrie nebst mehreren hundert Formeln, Aufgaben und Lehrsätzen. 1864. Stuttgart, Becher's Verlag. 27 Sgr.

MÜLLMANN, B., Die Rectification des Kreises. Rostock, Stiller'sche Hofbuchhandlung. ½ Thlr.

TAYLOR, C., *Geometrical conics, including, anharmonic ratio and projection. London, Macmillan.* 7 s. 6 d.

Lehrboek der analytische meetkunst, van O. FORT *eu* O. SCHLÖMILCH. *Naar de 2. (Hoogd.) uitgave bewerkt eu verm. door Dr. P van Geer.* 1 *Deel* 1 *Stuk. Analytische meetkunst van het platte vlak. Leiden, Sythoff Complet in 4 Aukken.* 1 fr. 25 c.

MOČNIK, F., *Tavole logaritmiche-trigonometriche.* 1864. Wien, Gerold's Sohn. 12 Sgr.

Angewandte Mathematik.

HUNÄUS, G. C. K., Die geometrischen Instrumente der gesammten praktischen Geometrie, deren Theorie, Beschreibung und Gebrauch. 3. Heft. 1864. Hannover, Rümpler.
1 Thlr. 22½ Ngr.

SONNDORFER, R., Theorie und Construction der Sonnen-Uhren auf ebenen, Kegel-, Cylinder- und Kugelflächen. 1864. Wien, Braumüller's Verlagscomptoir. 24 Ngr.

WEISBACH, J., Der Ingenieur. Sammlung von Tafeln, Formeln und Regeln der Arithmetik, der theoretischen und praktischen Geometrie, sowie der Mechanik und des Ingenieurwesens. 3. Aufl. 3. Abth. Braunschweig, Vieweg & Sohn. 16 Ngr.

SCHRAUF, Beitrag zu den Berechnungsmethoden des hexagonalen Krystallsystemes. Wien, Gerold's Sohn in Comm.
½ Thlr.

Bresson, C., Lehrbuch der Mechanik in ihrer Anwendung auf die physikalischen Wissenschaften, die Künste und die Gewerbe, frei nach dem Französischen bearbeitet. 2. und 3. Lief. Leipzig, Baensch. ⅔ Thlr.

Cullmann, C., Der Druck kreisförmiger Tonnengewölbe auf ihre Lehrgerüste. Zürich, Meyer & Zeller's Verlag in Comm. ⅓ Thlr.

Klinkerfues, W., Ueber Bestimmung der absoluten Störungen mit Rücksicht auf die Bahnen von grosser Excentricität und Neigung. Göttingen, Dietrich. 12 Sgr.

Physik.

Melde, F., Die Lehre von den Schwingungscurven nach fremden und eigenen Untersuchungen. Mit Atlas. 1864. Leipzig, Barth. 2⅔ Thlr.

Lippich, F., Ueber die Natur der Aetherschwingungen im unpolarisirten und theilweise polarisirten Lichte. Wien, Gerold's Sohn in Comm. 7 Ngr.

Hofmann, I. V., Somatologie oder Lehre von der inneren Beschaffenheit der Körper auf Grund einer vergleichenden Betrachtung der chemisch-morphologischen und physikalischen Eigenschaften derselben. 1864. Göttingen, Vandenhoeck & Ruprecht. 1 Thlr.

Müller, J., Lehrbuch der Physik und Meteorologie. Theilweise nach Pouillets Lehrbuch der Physik selbstständig bearbeitet. 6. Auflage. Braunschweig, Vieweg & Sohn. 1 Thlr.

Jahresbericht, 33—36, über die Witterungsverhältnisse in Würtemberg. Jahrg. 1857—1860. 2 Bände. Herausgegeben vom königl. statistisch-topographischen Bureau durch Plieninger. Stuttgart, Aue. 1 Thlr. 18 Ngr.

Briot, C., *Essais sur la théorie mathématique de la lumière.* Paris, Mallet-Bachelier 4 fr.

Fresnes, A. P. de, *Navigation aërienne. Aëroscaphe.* Paris, Dentu. 1 fr.

Literaturzeitung.

Recensionen.

Passages relatifs à des sommations de séries de cubes *extraits de manuscrits arabes inédits et traduits par* M. F. WOEPCKE. Rome 1863. 37 S. 4°.

Die kleine Brochüre, auf welche ich hiermit die Aufmerksamkeit des lesenden Publikums lenken möchte, ist ein Separatabdruck eines im 5ten Bande der Tortolinischen Annalen erschienenen Aufsatzes. Der Verfasser, dessen umfassende Kenntniss der arabischen Sprache und Literatur sich bei jeder Gelegenheit neu bewährt, und ihm gestattet, Fundgruben zu durchforschen, welche den meisten mathematischen Historikern verschlossen sind, hat auch hier wieder Bruchstücke aus Manuscripten der pariser Bibliothek veröffentlicht, welche es ausser Zweifel setzen, dass die Araber spätestens um das Jahr 1200 mit der Summationsformel für die Reihe $1^3 + 2^3 + 3^3 + \ldots + n^3$ bekannt waren. Die Handschriften, aus welchen die Beweisstellen entnommen sind, sind zwar sehr neuen Ursprunges (ihre Vollendung reicht bis zu den Jahren 1731 und 1814 herab), nichtsdestoweniger darf man ihnen unbedingtes Zutrauen schenken, indem sie Commentare zu den Schriften des Ibn Albannâ von Marokko, eines Mathematikers des S. XIII enthalten, in welchen die betreffenden Stellen des commentirten Schriftstellers in übereinstimmendem Wortlaute angeführt werden. Die Verfasser der Commentare selbst sind zum Theil unbekannt. Einer ist jedoch der auch als Originalschriftsteller geschätzte spanische Araber Alkalaçâdî, welcher 1486 starb. Wenn ich oben sagte, die Summationsformel der Cubikzahlen sei spätestens um 1200 bekannt gewesen, so gründet sich diese Einschränkung wesentlich auf den letzten Auszug, welchen Herr Woepcke veröffentlicht (S. 34—39). Auch dieser enthält die betreffende Summe und ist einer Schrift des Aboû Beqr Mohammed Ben Alhaçan Alqarkhî entnommen, welche dem Vizir Fakhr Almoulq gewidmet ist. Da dieser aber den 3. September 1016 starb, so muss die Schrift etwa 200 Jahre älter sein, als die des Ibn Albannâ. Freilich ist dabei die vollständige Authenticität der benutzten Handschrift vorausgesetzt, welche nach Hrn.

Woepcke's Aussage jetzt selbst fünf bis sechshundert Jahre alt sein mag, also eine Copie sein muss. CANTOR.

Das Horizontal-Dynamometer und seine Anwendung auf die Mechanik, nebst Ableitung eines neuen Principes für den Ausfluss tropfbarer und luftförmiger Flüssigkeiten von TH. SCHÖNEMANN, Professor. Für Physiker, Mathematiker, Artilleristen, Mechaniker etc. mit 5 Tafeln in Steindruck und 1 Holzstich. Berlin, Otto Müller's Verlag, 1864.

Das in dem vorgenannten Buche beschriebene Instrument bildet eine vortreffliche Bereicherung der zur Ausführung experimenteller Untersuchungen auf dem Gebiete der Mechanik bekannten Hülfsmittel; es ist dasselbe für horizontal gerichtete Kräfte, was die Waage in ihren verschiedenen Formen für vertikale Kräfte ist und wie bei dieser sind die Fälle der Anwendbarkeit sehr zahlreich. Das Horizontaldynamometer ist in seiner Zusammensetzung der Brückenwaage verwandt; wie bei dieser eine horizontale Belastungstafel (die Brücke) durch Hebel und Stangen so mit einem Waagebalken verbunden ist, dass sie eine Beweglichkeit nur in vertikaler Richtung besitzt, so besteht bei dem neuen Instrumente eine ähnliche Verbindung zwischen Waagebalken und der in horizontaler Ebene verschiebbaren Belastungstafel. Diese Tafel stützt sich am einen Ende durch Schneiden und Kreuzgehänge auf einen vertikalen Träger, der am unteren Ende um eine horizontale Schneidenaxe beweglich ist und hängt am entgegengesetzten Ende an dem vertikalen Hängebrett, welches ebenso um eine obere horizontale durch zwei in Pfannen ruhende Schneiden gebildete Axe frei schwingen kann; mit diesem Hängebrett ist ein gleichnamiger Waagebalken mit Zeiger fest verbunden. Jede auf die Belastungstafel wirkende Kraft zerlegt sich in eine horizontale und eine vertikale Componente, von denen letztere durch die Spannung des Hängebrettes und der Strebekette, sowie den Druck auf deren Lagerpfannen, erstere durch Gewichte aufgehoben wird, die man in eine der beiden Waagschalen zur Herbeiführung des Einspielens der Zunge legt.

Das Buch zerfällt in fünf Kapitel, von denen das erste ausser der näheren Beschreibung des Instrumentes die vollständige Entwickelung der analytischen Ausdrücke für die Empfindlichkeit und Schwingungsdauer des Dynamometers enthält; letztere ist in ähnlicher Art wie bei der Waage zur Feststellung der Specialwerthe der Constanten für ein ausgeführtes Exemplar des Instrumentes zu benutzen. Der Verfasser theilt in einem Anhange auch eine elementare Ableitung jener Ausdrücke mit, wodurch der Gebrauch des Dynamometers selbst Schülern der oberen Klasse eines Gymnasiums oder einer Realschule deutlich gemacht werden kann.

Die übrigen Kapitel sind einer schönen Reihe von Anwendungen des Instrumentes gewidmet, von denen hier einige angedeutet sein mögen.

Die Trägheit fester Körper ist durch einen Versuch von folgender Art in grosser Reinheit sichtbar und gleichzeitig messbar zu machen: Am einen Ende der Belastungstafel befindet sich eine zweispurige Rolle um eine horizontale Axe leicht drehbar; in jeder der beiden Spuren ist eine Schnur befestigt, die nach entgegengesetzten Seiten ein paar Mal um die Rolle herumgeschlungen ist; die eine Schnur geht von der Rolle in horizontaler Richtung über der Belastungstafel nach einem auf derselben ruhenden Körper und ist an diesem befestigt; die andere geht nach unten und ist mit einem Gewicht belastet, das wir uns zunächst so gross denken wollen, dass es nicht nur die Reibungen an der Rolle und die Reibung jenes beweglichen Körpers auf der Belastungstafel zu überwinden vermag, sondern auch diesen Körper in Bewegung zu setzen und zu beschleunigen im Stande ist. Es ergiebt sich sogleich, dass aus den vorhandenen Reibungen kein wirksamer horizontaler Druck auf die Belastungstafel entspringen kann, dass jedoch aus der Trägheit des verschiebbaren Körpers durch Vermittelung der horizontalen Schnur und der Rolle ein einseitiger horizontaler Druck auf die Belastungstafel hervorgeht, welcher diese zu einem Ausschlag nach der einen Seite veranlasst; wenn man durch einseitige Belastung diesen Ausschlag verhindert, so stehen die hierzu dienenden Gewichte im Zusammenhange mit der Grösse der Beschleunigung. Wenn man an dem niedersinkenden, die ganze Bewegung hervorbringenden Gewichte eine bei der Atword'schen Fallmaschine übliche Einrichtung anbringt, durch welche zu einem bestimmten Augenblick der beschleunigende Theil des Gewichtes abgehoben wird, so lässt sich aufs Unzweifelhafteste nachweisen, dass in der That bei dieser Anordnung nur durch die Trägheit des bewegten Körpers ein Ausschlag der Belastungstafel hervorgerufen wird.

Auch für die Trägheitswirkungen innerhalb kurzer Zeiten verspricht das Instrument eine bemerkenswerthe Ausbeute; es ist als ballistisches Pendel brauchbar, denn aus dem Ausschlag der Belastungstafel und der Masse aller bewegten Theile lässt sich auch hier auf die denselben ertheilte Geschwindigkeit und daraus auf die Geschwindigkeit eines Geschosses schliessen, welches durch Eindringen in die Belastung des Dynamometers die Bewegung desselben hervorgerufen hat. Es wird gezeigt, dass der Ort des Eindringens des Geschosses beim Horizontaldynamometer von minderem Einfluss auf die Geschwindigkeitsbestimmung sei, als beim ballistischen Pendel, und man muss auch den praktischen Vorzug dem Instrumente zugestehen, dass eine starke Belastung sich leichter ausführen lässt, als bei jenem.

In dem dritten Kapitel werden die sehr einfachen Vorrichtungen angegeben, wodurch das Dynamometer zur Auffindung der Reibungscoefficienten namentlich für gleitende Reibung geschickt gemacht wird.

Die umfänglichsten und fruchtbarsten Versuche mit seinem Instrumente hat der Erfinder selbst über die Reaction ausfliessenden Wassers und ausfliessender Luft angestellt, deren Ergebnisse die sehr umfänglichen letzten zwei Kapitel des Buches füllen, in denen gleichzeitig die Erscheinungen des Ausflusses und der Contraction auf einem neuen Wege (ohne die Hypothese vom Parallelismus der Schichten) erklärt werden.

Wegen der sehr ausführlichen Untersuchungen über diesen Gegenstand, welche Referent nicht nachgerechnet hat, wird der Leser auf das Buch selbst verwiesen; es erscheint unzweifelhaft, dass die Hydraulik damit einen erheblichen Fortschritt erfahren hat.

Noch mag an dieser Stelle die Notiz beigefügt sein, dass das Instrument, welches eine brauchbare Bereicherung jedes physikalischen Cabinetes bilden dürfte, in Berlin durch C. A. Warmbrunn & Quielitz, Rosenthalerstrasse Nr. 40 und in Brandenburg durch Liepe, Neustädt'sche Heide zu beziehen ist.

Dresden.
Dr. E. HARTIG.

Materialien zur Selbstbeschäftigung der Schüler bei dem Unterrichte in der ebenen Geometrie von Dr. CH. H. NAGEL, Rector in Ulm. Vierte bedeutend vermehrte Auflage. Mit in den Text eingedruckten Holzschnitten. Ulm 1863. Verlag von Wöhler. Preis ⅔ Thlr.

Das vorliegende Schriftchen ist ursprünglich kein selbstständiges Werk, sondern es bildete den Anfang zu Nagel's Planimetrie und wurde erst später in einem eigens umgearbeiteten Sonderabdruck (welcher jedoch keine auf ein bestimmtes Lehrbuch gehende Citate enthält) für weitere Schulkreise herausgegeben.

Dasselbe enthält planimetrische Lehrsätze (bei 200) und Aufgaben (bei 360), ohne Lösungsandeutungen, zum Selbstbeweisen und Auflösen, und zerfällt in fünf Abtheilungen.

Die I. Abtheilung enthält Lehrsätze und Aufgaben, welche die Lehre von der Congruenz der Dreiecke und das damit Verwandte; die II., L. und A, welche die Lehre von den Parallelogrammen und vom Rauminhalte der Figuren; die III., L. und A., welche die Lehre vom Kreise, jedoch ohne Anwendung der Proportionslehre; die IV., L. und A., welche die Lehre von den Proportionen und von der Aehnlichkeit der Figuren; die V. endlich, L. und A., welche die Lehre von den ein- und umschriebenen Figuren, von den regulären Vielecken und von der Kreismessung voraussetzen.

Es ist kein Zweifel, dass beim geometrischen Unterrichte, ebenso wie beim arithmetischen zweckmässige Uebungen absolut nöthig sind und dass Nagel's M. sich mit vielem Nutzen hierzu verwenden lassen. Nun zu einigen sachlichen Wünschen und Bemerkungen.

Die Einrichtung dieses Werkchens macht es möglich, dass die Sammlung den Anfänger durch die ganze Theorie Schritt für Schritt begleitet und daher denselben schon nach Aneignung einer bestimmten Theorie zur Uebung seiner eigenen Kräfte drängt, woraus für die Ausbildung des jugendlichen Verstandes der reichste Gewinn fliesst. Da es sich aber nicht blos um die Einübung einzelner geometrischer Abschnitte handelt und ferner nebst den mittleren auch gleichzeitig die vorgerückteren Schüler zu beachten sind, so sollte eine VI. Abtheilung Lehrsätze und Aufgaben enthalten, welche das Gesammtgebiet der Planimetrie voraussetzen und zur Uebung zu bringen vermögen. Damit ferner der ganze Bau auf einem ordentlichen Grunde ruhe, dürfte eine Einleitung, welche in Kürze das Wesen der geometrischen Analysis nebst entsprechenden Musteraufgaben und eine praktische Anleitung zur Findung des Beweises geometrischer Lehrsätze enthält, sehr zweckmässig sein. Ja diese Einleitung wäre um so wichtiger, als man erstens in den meisten Lehrbüchern über obige Punkte geradezu nichts findet, zweitens weil es nicht mehr als billig ist, demjenigen, dem man Probleme vorlegt, wenigstens die Principien der Mittel und Wege zur Lösung anzudeuten, und drittens, als durch selbe den Besitzern der „Materialien" die Auslagen für ergänzende Werke so ziemlich erspart würden. Referent muss noch ausdrücklich erwähnen, dass Nagel's „Anleitung zur Lösung geometrischer Aufgaben, Ulm 1840", und selbst die werthvolle „geometrische Analysis, Ulm 1850" desselben Herrn Nagel obigen Wünschen nicht genügen können, da beide Schriften über Lehrsätze nichts enthalten und beiden die Materialien abgehen.

Durch die Verwirklichung der angedeuteten Wünsche dürften die Materialien Dr. Nagel's, welcher sich um die Hebung des geometrischen Unterrichtes schon manche Verdienste erwarb, an Werth und Boden bedeutend gewinnen und eine solche Neuauflage würde dann mit weit mehr Recht als diese vierte eine „vielfach vermehrte" zu nennen sein.

Graz, Osterwoche 1864. A. V. KAUTZNER.

Anfangsgründe der Physik für den Unterricht in den oberen Klassen der Gymnasien und Realschulen, sowie zur Selbstbelehrung, von KARL KOPPE, Professor und Oberlehrer am königl. preuss. Gymnasium zu Soest. Mit 329 in den Text eingedruckten Holzschnitten und einer Karte. Achte, verbesserte und vermehrte Auflage. Preis complet 1 Thlr. 8 Sgr. Essen, Druck und Verlag von G. D. Bädeker. 1864.

Ein Lehrbuch, dessen Brauchbarkeit sich durch so viele Auflagen erwiesen hat, bedarf eigentlich keiner Empfehlung weiter. Der Verfasser hat nicht gerade beabsichtigt, in seinem Buche Lehrern und Lernenden der Physik etwas in die Hand zu geben, was von ihnen, sich streng an die Ordnung im Buche bindend, in derselben Reihenfolge, wie im Buche, zur Benutzung kommen soll, sondern er ist selbst der Meinung, dass die ungefähr in der Mitte des Buches aufgenommenen mehr phänomenologisch behandelten Kapitel Chemie, Magnetismus und Electricität in Secunda, die nicht deductiv gehaltenen von den mechanischen Erscheinungen, vom Schall, vom Licht und von der Wärme handelnden Kapitel erst in Prima vorgenommen werden möchten. Bei einer Benutzung des Buches im Sinne des Verfassers werden Lehrer und Lernende auch von der vorliegenden neuesten Auflage um so mehr Gewinn haben, als der Deductionstheil gegen den der früheren Auflagen wesentlich vermehrt ist. Die äussere Ausstattung des Buches ist gut. Dr. Kahl.

Beobachtungen und Untersuchungen über die Genauigkeit barometrischer Höhenmessungen und die Veränderungen der Temperatur und Feuchtigkeit der Atmosphäre, von Dr. Carl Maximilian Bauernfeind. Mit 79 Tabellen, darunter 6 zur Höhenberechnung und 1 Steinzeichnung. München, literarisch-artistische Anstalt der J. G. Cotta'schen Buchhandlung. 1862. VII und 144 Seiten gr. 8. Preis 1 Thlr. 6 Sgr.

Der durch mehrfache literarische Arbeiten und namentlich durch seine Vermessungskunde rühmlichst bekannte Verfasser hat es unternommen, über den Werth und die Genauigkeit barometrischer Höhenmessungen, sowie über die Aenderungen der Temperatur und der Feuchtigkeit der Atmosphäre mit der Höhe Untersuchungen anzustellen, welche sowohl hinsichtlich ihrer Anordnung und Durchführung, als auch hinsichtlich ihrer schliesslichen Discussion die vollständige Anerkennung und daher auch allgemeine Beachtung verdienen.

Veranlassung zu diesen Untersuchungen war die ausserordentliche Verschiedenheit der Meinungen, welche über die Zuverlässigkeit barometrischer Höhenmessungen existiren, und der Verfasser führte dieselben aus, um sich sowohl in dieser Beziehung, als auch über den Grad der Zuverlässigkeit der bei der Entwickelung der Barometerformel in Anwendung kommenden Hypothesen über die Aenderungen der Temperatur und der Feuchtigkeit der Atmosphäre mit der Höhe ein selbstständiges Urtheil zu bilden, ferner, um zur Feststellung der barometrischen Constante, welche in Folge der neueren Bestimmungen über die Dichtigkeit und Ausdehnung der Luft und des Quecksilbers eine Abänderung bedarf, Einiges beizutragen und endlich um Anhaltspunkte zu liefern zur Beurtheilung der von G. S. Ohm im Jahre 1854 aufgestellten Ansicht, dass die auf das Barometer drückende Luftsäule nicht das Gewicht eines Cylinders, sondern eines vertical stehenden Kegels habe, dessen Spitze im Erdmittelpunkte liegt.

Seine desfallsigen Beobachtungen stellte er im Monat August 1857 an einem der höchsten Berge des Bayrischen Hochgebirges, dem grossen Miesing, an, dessen Höhe er von der Thalsohle bis zum Scheitel durch Nivelliren mit einem guten Libelleninstrumente auf das Genaueste bestimmte und dieselbe in vier nahezu gleiche Theile theilte.

Um den hierdurch sich ergebenden 5 Theilpunkten wurden Thermometer und Psychrometer, an dem ersten, dritten und fünften aber überdies Barometer und Windfahnen aufgestellt und diese Instrumente durch 11 der tüchtigsten Zuhörer des Verfassers an 9 Tagen Vor- und Nachmittags in beziehentlich halb- und einstündigen Zwischenräumen gleichzeitig beobachtet.

Die Ergebnisse dieser Beobachtungen, sowie die Schlüsse, welche der Verfasser aus denselben zu ziehen sich für berechtigt hält, übergibt er der wissenschaftlichen Welt in dem in Rede stehenden Werke und schickt, damit sich der Leser ein Urtheil über den Werth der Beobachtungen selbst bilden kann, eine eingehende Beschreibung der in Anwendung gekommenen Instrumente und der damit vorgenommenen Prüfungen und Vergleichungen voran.

Nachdem der Verfasser dann die Beobachtungsarbeiten auf den Stationen beschrieben und in dem Abschnitte: „die Berechnung der Beobachtungen" die Vorschriften für die Reduction der Barometerstände und die Berechnung des Feuchtigkeitszustandes der Luft gegeben, theilt er die Resultate mit, welche er für die Höhenunterschiede seiner Beobachtungspunkte zuvörderst durch die Berechnung nach den Formeln und beziehentlich Tafeln von Gauss, Bessel und Ohm erhalten hat. Die hierdurch gefundenen Höhenunterschiede treten durchaus und wesentlich kleiner auf, als die durch das Nivellement erhaltenen und hierbei liefert wiederum die Ohm'sche Formel die grössten Abweichungen.

Der Verfasser erklärt diese letzteren Abweichungen dadurch, dass Ohm bei Aufstellung der die Gleichgewichtsbedingungen der Atmosphäre ausdrückenden Differentialgleichung von einem bis zur Grenze der Atmosphäre reichenden Kegelelement ausgegangen ist, hierbei aber die Seitendrücke unberücksichtigt gelassen hat, die die umgebende Luft auf den Kegel ausübt und gerade so viel von dem Gewichte des letzteren aufhebt, dass nur noch das Gewicht eines Cylinderelementes, wie solches auch Laplace bei Entwickelung seiner Formel in Betracht gezogen hat, übrig bleibt. *)

---

*) Bereits im 7. Jahrgange dieser Zeitschrift, S. 359 u. f., hat Guldberg den Einfluss der oben erwähnten Ohm'schen Vernachlässigung der Seitendrücke theoretisch untersucht und dargethan, dass die alte Laplace'sche Formel die richtigere ist.

Der Umstand, dass auch die nach Gauss und Bessel berechneten Höhenunterschiede zu klein ausfallen, weist den Verfasser auf die Nothwendigkeit der Vergrösserung der barometrischen Constante hin, welche ohnedies durch die neueren Bestimmungen der Dichtigkeit der Luft und des Quecksilbers von Regnault, sowie des Ausdehnungscoefficienten der Luft gefordert wird. In diesem Sinne berichtigt derselbe nicht allein die der Laplace'schen Formel zu Grunde liegenden Constanten, sondern fügt auch vorzugsweise dieser Formel einen Factor bei, welcher den Einfluss der mit Psychrometern beobachteten Feuchtigkeit der Luft giebt und sich durch grössere Einfachheit von dem Bessel'schen unterscheidet, ohne — wie der Verfasser auch an einem Beispiele nachweist — an Genauigkeit zu verlieren.

Bei Bestimmung der Constanten ist der Verfasser rein der Theorie gefolgt und hat jene willkührlichen Aenderungen derselben vermieden, die von fast allen Autoren über barometrisches Höhenmessen (mit Ausnahme von Bessel und in neuerer Zeit auch von Ritter) in der Absicht gemacht wurden, die Uebereinstimmung mit den trigonometrischen Höhenmessungen zu vergrössern.

Auf Grundlage der so verbesserten Formel für das barometrische Höhenmessen hat der Verfasser die bekannten compendiösen hypsometrischen Tafeln von Gauss umgearbeitet und durch drei andere vermehrt, welche sich auf die Berücksichtigung des Feuchtigkeitszustandes der Luft beziehen. Die dritte dieser Tafeln, welche die Correction wegen der mit der Höhe veränderlichen Schwerkraft giebt und die gleichvielte der Gauss'schen vertritt, hat gegen der letzteren den Vorzug, dass sie zugleich die Meereshöhe der unteren Station zu berücksichtigen gestattet.

Diese in dem in Rede stehenden Werke mit enthaltenen hypsometrischen Tafeln sind auch bereits in den als Anhang der 2. Auflage der Elemente der Vermessungskunde des Verfassers beigegebenen „Tafeln über verschiedene Gegenstände der Vermessungskunde" mit aufgenommen. Zu bedauern ist aber, dass diese so nützliche Vermehrung nicht Veranlassung für die Verlagshandlung gewesen ist, den Separatabdruck dieser zweckmässigen Tafeln zu erneuern, da die auf dem Umschlage genannter 2. Auflage der Vermessungskunde annoncirten „Tafeln über verschiedene Gegenstände der praktischen Geometrie" immer noch der Separatabdruck des zur 1. Auflage der Vermessungskunde gehörenden Anhanges sind, der selbstverständlich die neuen hypsometrischen Tabellen nicht enthält. Mindestens hätte man diesen älteren Tafeln einen Separatabdruck der neuen hypsometrischen Tafeln beifügen sollen.

Die Richtigkeit der aufgestellten Formel und der nach derselben entworfenen Tafeln findet ihre Bestätigung in der hinreichenden Uebereinstimmung der mit den Barometern gefundenen Höhenunterschiede mit den durch Nivelliren ermittelten am grossen Miesing. Der Verfasser hat nämlich mit Hilfe seiner neuen Tabellen die Höhenunterschiede der Stationen I und III, III und V, sowie I und V aus 100 corresp. Beobachtungen berechnet und hinter dem Verzeichnisse sämmtliche Beobachtungsergebnisse unter Beifügung der entsprechenden Mittel tabellarisch zusammengestellt. Die Berechnung ist für zwei Fälle durchgeführt, das eine Mal, indem die Temperatur und die Feuchtigkeit der Luftsäule gleich dem arithmetischen Mittel aus den an den beiden Endstationen beobachteten Temperaturen und Feuchtigkeitszuständen, und das zweite Mal, indem Temperatur und Feuchtigkeit gleich dem arithm. Mittel aus den an den beiden Endstationen und an allen dazwischen liegenden Stationen beobachteten Temperaturen und Feuchtigkeiten angenommen wurde. In beiden Fällen stimmen die gezogenen Mittel mit den entsprechenden nivellirten Höhen sehr gut überein, denn die grösste Abweichung beträgt im ersteren Falle blos 2,5 Fuss, im letzteren blos 1,4 Fuss und der Verfasser kommt wegen der geringen Unterschiede der nach beiden Principien berechneten relativen Höhen zu dem Schlusse, dass die Höhenunterschiede mit dem arithmetischen Mittel der Temperaturen der beiden Endstationen mit hinreichender Genauigkeit gefunden werden kann. Hierdurch findet vorläufig schon der später in einem besonderen Abschnitte über die räumlichen Temperaturveränderungen der Atmosphäre aufgestellte Satz, dass die Temperatur der Atmosphäre mit der Höhe gleichmässig abnimmt, seine Bestätigung.

In dem die Genauigkeit der barometrischen Höhenmessungen behandelnden Abschnitte hat der Herr Verfasser die berechneten Höhenunterschiede nach Tagen und Stunden geordnet und gefunden, dass seine barometrischen Messungen am Morgen und am Abend zu kleine, zwischen 10 und 4 Uhr zu grosse, gegen 10 und 4 Uhr aber nahezu richtige Werthe für die gesuchten Höhenunterschiede liefern. Er hat alsdann, um die Ursache dieser Erscheinung zu erklären, die erhaltenen Abweichungen mit dem Gange der Temperatur verglichen und einen unverkennbaren Zusammenhang zwischen beiden bemerkt, was ihn vermuthen lässt, dass die Thermometer die Lufttemperatur nur um 10 Uhr Vormittags und um 4 Uhr Nachmittags richtig, bis gegen 10 Uhr zu niedrig, zwischen 10 und 4 Uhr zu hoch, nach 4 Uhr aber wieder zu niedrig angeben und dass diese Unterschiede von der Einwirkung der Bodentemperatur auf die freien in der Luft stehenden Thermometer herrühren.

Diese Betrachtungen führen den Verfasser auf die Berücksichtigung des Einflusses der Wärmestrahlung des Bodens auf die Thermometerangaben und auf die Correction, welche aus diesem Grunde an den abgelesenen Thermometerständen anzubringen ist und die er mit Hilfe einer von ihm aufgestellten Formel ermittelt.

Mit diesen so corrigirten Lufttemperaturen berechnet er nahezu die

Hälfte der Beobachtungen für die drei Höhenunterschiede und erlangt dadurch die Genugthuung, dass nicht allein die Mittel der aus 45 corresp. Beobachtungen mit corrigirten Lufttemperaturen berechneten Höhen sich den durch Nivelliren gefundenen Höhenunterschieden eben so gut anschliessen als die berechneten Durchschnittswerthe aus je 100 Messungen ohne Temperaturcorrection, sondern dass auch die frühere Regelmässigkeit und Grösse der Abweichungen hierbei wegfällt, indem die mit den verbesserten Lufttemperaturen berechneten Höhen nunmehr theilweis auch am Morgen und Abend zu gross, am Mittag aber zu klein werden, worin er den Beweis für die Richtigkeit der angewendeten Temperaturcorrection findet.

Der Verfasser gelangt bei diesen Betrachtungen zu dem S. 79 ausgesprochenen Resultate:

„Sobald durch fortgesetzte Beobachtungen der hier für eine bestimmte Zeit (Ende August) und eine bestimmte geographische Lage (48° Breite und 1350^m mittlere Meereshöhe) gegebene Ausdruck für die Temperaturcorrection auf alle Monate und jede geographische Breite und Höhe ausgedehnt sein wird, kann man von Morgens bis Abends zu jeder Stunde fast mit gleicher Sicherheit, wie jetzt um 10 Uhr Vormittags und 4 Uhr Nachmittags, eine barometrische Höhenmessung ausführen."

Nachdem dann der Verfasser noch dem Einflusse der Beobachtungsfehler eine eingehende Betrachtung gewidmet, schliesst er den Abschnitt über die Genauigkeit der barometrischen Messungen S. 84 mit folgenden Worten:

„Nach diesen Rechnungen und Betrachtungen nehme ich keinen Anstand, zu behaupten: dass die grössten Fehler, welche in unseren hundert (sollte heissen: dreihundert) aus correspondirenden Beobachtungen berechneten Höhen vorkommen, alle innerhalb der Grenzen der unvermeidlichen Beobachtungsfehler liegen; dass folglich die Barometerformel, wie ich sie oben berichtigt habe, allen gerechten Ansprüchen genügt, und somit auch die Genauigkeit gleichzeitiger Barometermessungen, welche zwischen horizontal nicht weit entfernten Stationen angestellt werden, durch die Gleichung (24) ausgedrückt ist, wenn man die Messungen gegen 10 Uhr Vormittags oder 4 Uhr Nachmittags macht, oder nach den Lufttemperaturen die nach den Gleichungen (12) oder (13) berechneten Verbesserungen anbringt".

Die folgenden Abschnitte fallen mehr in das Gebiet der Meteorologie und es enthält der nächste die Betrachtung über die räumlichen Temperaturveränderungen der Atmosphäre, während der letzte die Feuchtigkeitsverhältnisse derselben bespricht, insoweit sie sich aus den am grossen Miesing angestellten Beobachtungen erklären lassen. Zunächst giebt der Verfasser unter Anführung der Quellen einen schätzenswerthen Ueberblick der bisherigen Bestrebungen, die Gesetze der räumlichen Temperaturänderungen zu finden und stellt dann einen neuen Versuch auf, die Temperaturabnahme sowohl nach der Höhe, als nach der geographischen Breite zu bestimmen, indem er die Beziehungen aufsucht, die zwischen den absoluten Temperaturen, den Elasticitäten und Dichtigkeiten der Luft, sowie den Atmosphärenhöhen zweier beliebiger Punkte einer verticalen Luftsäule bestehen. Die hierzu nöthigen Constanten leitet er selbstverständlich nicht allein aus seinen eigenen Beobachtungen ab, sondern benutzt hierbei auch die Messungen von Gay-Lussac, John Welsh, Ramond, Humboldt, Laussure, Plantamour, Prediger und Anderen.

Dabei kommt er zu den Sätzen, dass die Temperatur der Atmosphäre mit der Höhe gleichmässig abnimmt, dass die Erhebung in der Atmosphäre für 1° Temperaturabnahme der Atmosphärenhöhe direct und der absoluten Temperatur des Ortes umgekehrt proportional ist, und dass sich diese Erhebung für alle Orte der Erde nur wenig ändert.

Die Widersprüche, welche in dieser Beziehung zwischen Theorie und Beobachtung zu bestehen scheinen, unterwirft er einer näheren Erörterung und kommt zu dem Resultate, dass dieselben von der Einwirkung der Wärmestrahlung des Bodens herrühren, dass sie aber verschwinden, wenn man die beobachteten Temperaturen von diesem Einflusse befreit.

Schliesslich gelangt er zu der Bestimmung der Höhe der Atmosphäre unter verschiedenen Breiten, welche er für den Aequator zu 7,8, für die Pole zu 5,6 und für 45° Breite zu 6,6 deutsche Meilen, sowie die Abplattung derselben zu $1/_{179}$ berechnet.

Aus dem Abschnitte, welcher dem Feuchtigkeitszustande der Atmosphäre gewidmet ist, sei nur eins der wichtigsten Ergebnisse der Beobachtungen des Verfassers erwähnt, dass nämlich das Verhältniss des Dampf- und Luftdruckes zwischen 4 Stationen gleichmässig mit der Höhe abnahm, und dass es daher der Verfasser für gerechtfertigt hielt, wenn bei der Berechnung des Höhenunterschiedes zweier Barometerstationen das arithmetische Mittel der auf diesen Stationen beobachteten Werthe für das obige Verhältniss gesetzt wird.

In einem Rückblick stellt der Herr Verfasser am Schlusse des Werkes seine durch diese Untersuchungen gewonnenen Ueberzeugungen und Ansichten und zwar in 15 Punkten kurz zusammen, von denen die hauptsächlichsten bereis im Laufe der gegenwärtigen Besprechung hervorgehoben worden sind.

Referent hat diese ausgezeichnete, mühevolle, einen bedeutenden Zeitaufwand verursachende Arbeit — es sei nur an die Berechnung der 79 meist sehr umfänglichen, etwa 58 Druckseiten einnehmenden, Tabellen erinnert — mit ausserordentlichem Interesse einer eingehenden Durchsicht unterworfen und er hegt die volle Ueberzeugung, dass sie der sachkundige Leser nicht ohne hohe Befriedigung aus der Hand legen wird. Sie kann nicht nur als Muster für derartige Unternehmungen aufgestellt werden, sondern sie wird gewiss auch aufmunternd wirken zur Anstellung ähnlicher

Beobachtungen, die allerdings zur endlichen Bestätigung und Feststellung so mancher Ansicht (wie dies auch der Verfasser S. 79 selbst indirect ausspricht) sehr erwünschend sein müssen. Namentlich dürften hierbei Orte unter verschiedenen geographischen Breiten und unter verschiedenen Meereshöhen, sowie verschiedene Monate zu berücksichtigen sein, wobei es sich dann unter Anderem auch herausstellen wird, ob wegen des Einflusses der Wärmestrahlung des Bodens auf die Temperaturbestimmung das barometrische Höhenmessen, wie bei den Versuchen des Verfassers im Monat August, auch zu anderen Jahreszeiten nur gegen 10 Uhr und 4 Uhr nahezu fehlerfreie Resultate liefert, oder ob diese zweckmässigsten Beobachtungsstunden, wie sich vermuthen lässt, mit dem Tagebogen der Sonne in einer gewissen Beziehung stehen.

Nur Eines dürfte an dieser Arbeit auszustellen sein, was jedoch, da es sich auf eine Nebensache bezieht, keinesweges den hohen Werth des Werkes auch nur im Mindesten schwächen soll. Es betrifft dies nämlich die Aufstellung der sämmtlichen berechneten Höhenunterschiede nach bayrischen Fussen. Für eine Arbeit, die einzig und allein einen wissenschaftlichen Zweck hat, sieht dies zu sehr nach Particularismus aus und sollte vermieden sein, da die Benutzung der Resultate für Nichtbayern wesentlich erschwert wird. Der Verfasser selbst hat sich aber die Arbeit nicht unbedeutend vermehrt, da seine Tafeln für Meter und pariser Fusse eingerichtet sind, weshalb er genöthigt gewesen ist, jeden der 300 Höhenunterschiede auf bayrisches Mass zu reduciren.

Dresden. Professor NAGEL.

Bibliographie

vom 15. Februar bis 15. April 1864.

Periodische Schriften.

Berichte über die Verhandlungen der K. Sächs. Gesellschaft der Wissenschaften. Mathem.-phys. Classe. Jahrgang 1863, I. Leipzig, Hirzel. ⅓ Thlr.
Abhandlungen der K. Sächs. Gesellschaft der Wissenschaften. 9. Bd. (Mathem.-phys. Classe 6. Bd.) Ebendaselbst.
6 Thlr. 12 Ngr.
Sitzungsberichte der K. Bayr. Akademie der Wissenschaften. 1863. 2. Bd., 4. Heft. München, Franz. 16 Ngr.
Monatsbericht der K. Preuss. Akademie der Wissenschaften zu Berlin. Jahrg. 1864. 1. Heft. Berlin, Dümmler.
pro compl. 2 Thlr.
Sitzungsanzeiger der Kais. Akademie der Wissenschaften zu Wien. Mathem.-phys. Classe. Jahrgang 1864, No. 1. Wien, Gerold's Sohn. *pro compl.* 1 Thlr.
Bibliotheca historico-naturalis, physico-chemica et mathematica, ed. A. ZUCHOLD. 13. Jahrg., Heft 2, Juli — December 1863. Göttingen, Vandenhoeck & Ruprecht. 9 Ngr.
Annalen der Physik und Chemie. Herausgeg. von J. C. POGGENDORFF. Jahrg. 1864. No. 1. Leipzig, Barth. *pro compl.* 9⅓ Thlr.
Annalen der k. k. Sternwarte in Wien. Herausg. von C. v. LITTROW. 3. Folge. Bd. 12. Wien, Wallishauser. 3 Thlr. 17 Ngr.
Meteorologische Beobachtungen an der k. k. Sternwarte in Wien von 1775—1855. Herausg. von C. v. LITTROW und E. WEISS. 4. Bd. 1823—1838. Ebendaselbst. 3 Thlr. 17 Ngr.
Mémoires de l'académie imp. des sciences de Petersbourg. VII. Série. Tome VI, No. 12, et Tome VII, No. 1. Leipzig, Voss.
1⅔ Thlr.

Reine Mathematik.

ZILLMER, A., Betrachtungen über die einfache Zinsrechnung mit besonderer Rücksicht auf den Oettinger'schen Beweis für die Unrichtigkeit dieser Rechnung. Stettin. v. d. Nahmer. ⅓ Thlr.
WEISSENBORN, H., Die Elemente der Planimetrie, für den Schulgebrauch bearbeitet. Halle, Schmidt. ¾ Thlr.

ADERHOLDT, A., Lehrbuch der Planimetrie. Ein Schulbuch mit vielen Uebungsaufgaben. Dresden, Dietze. ⅓ Thlr.

LUCAS, F., *Etudes analytiques sur la théorie générale des courbes planes.* Paris, Gauthier-Villars. 6 Frcs.

BERTRAND, J., *Traité de calcul différentiel et de calcul intégral. Calcul différentiel.* Paris, Gauthier-Villars. 30 Frcs.

Angewandte Mathematik.

BRESSON, C., Lehrbuch der Mechanik in ihrer Anwendung auf Physik, Gewerbe etc. 4., 5. und 6. Lieferg. Leipzig, W. Baensch. à ⅓ Thlr.

OPPOLZER, TH., Bahnbestimmung des Planeten Concordia (58). Wien, Gerold's Sohn. 4 Ngr.

Physik.

WEBER, W., Elektrodynamische Maassbestimmungen insbesondere über elektrische Schwingungen. Leipzig, Hirzel. 1 Thlr.

MÜLLER-POUILLET, Lehrbuch der Physik und Meteorologie. 6. Aufl. Bd. 2, Lieferg. 5 und 6. Braunschweig, Vieweg. 1 Thlr.

FRICK, J., Die physikalische Technik oder Anleitung zur Anstellung von physikalischen Versuchen und zur Herstellung von physikalischen Apparaten. 3. Aufl. Braunschweig, Vieweg. 2⅔ Thlr.

WALTENHOFEN, A. v., Ueber das elektromagnetische Verhalten des Stahles. Wien, Gerold's Sohn. 6 Ngr.

SCHMIDT, J. F. J., Feuermeteor am 18. October 1863. Wien, Gerold's Sohn. ⅓ Thlr.

PRESTEL, M. A. F., Die jährliche und tägliche Periode in der Aenderung der Windesrichtungen über der deutschen Nordseeküste, sowie der Winde an den Küsten des rigaischen und finnischen Meerbusens. Jena, Frommann. 1½ Thlr.

NEGRETTI and ZAMBRA, A., *treatise on meteorological instruments, explanatory of their scientific principles, method of construction and practical utility.* London, Negretti and Zambra. 5 sh.

Mathematisches Abhandlungsregister.

1863.
Erste Hälfte: 1. Januar bis 30. Juni.

A.

Aerodynamik.

1. Theorie des Ausströmens vollkommener Gase aus einem Gefässe und ihres Einströmens in ein solches. Bauschinger. Zeitschr. Math. Phys. VIII, 81, 153.

Analytische Geometrie der Ebene.

2. Sur les principes fondamentaux de la géométrie algébrique à coordonnées quelconques. Clayeux. Compt. rend. LVI, 788.
3. Nouvelle théorie des diamètres. Lucas. Journ. Mathém. XXVIII, 145.
4. Sur les roulettes. Sacchi. N. ann. math. XXII, 172.
5. Sopra alcune curve derivate dall'ellisse e dal circolo già studiate da Cartesio. Tortolini. Annali mat. IV, 52.
6. Intorno ad alcuni sistemi di curve piane. Beltrami. Annali mat. IV, 102.
7. Propriété de l'ellipse de Cassini. Mogni. N. ann. math. XXII, 61.
8. Sur l'enveloppe d'une droite de longueur constante inscrite dans un angle droit. Schnée. N. ann. math. XXII, 12.
9. Note sur l'enveloppe d'une droite. Sacchi. N. ann. math. XXII, 31.
   Vergl. Determinanten in geometrischer Anwendung 39, 40. Ellipse. Hyperbel. Kegelschnitte. Parabel.

Analytische Geometrie des Raumes.

10. Application des coordonnées elliptiques à la recherche des surfaces orthogonales. W. Roberts. Crelle LXII, 50.
11. Sur quelques problèmes relatifs aux surfaces réglées. Combescure. Crelle LXII, 174.
12. Des transformations doubles les figures. Aoust. Compt. rend. LVI, 906.
13. Sur un système de courbes et surfaces dérivées. W. Roberts. Annali mat. IV, 133.
14. Sulla teoria delle sviluppoidi e delle sviluppanti. Beltrami. Annali mat. IV, 257.
15. Problème concernant les surfaces parallèles. W. Roberts. Annali mat. IV, 153.
16. Note sur une question de géométrie de l'espace. Baehr. N. ann. math. XXII, 35. — Transon ibid. 138.
    Vergl. Complanation. Determinanten in geometrischer Anwendung 41, 42. Ellipse 58. Geometrie (descriptive). Normallinien. Oberflächen. Oberflächen 2ter Ordnung.

Astronomie.

17. Sur l'invariabilité des grandes axes et la permanence des moyens mouvements planetaires. De Pontécoulant. Compt. rend. LVI, 639. 720, 792.
18. Sur le calcul des perturbations absolues dans les orbites d'une excentricité et d'une inclinaison quelconques. C. J. Serret. Compt. rend. LVI, 946.
19. Herleitung einiger Formeln zur Berechnung der wahren Distanz zwischen Sonne und Mond. Ligowski. Grun. Archiv XL, 250.

20. *Sur une équation pour le calcul des orbites planétaires.* *Dé Gasparis.* *Compt. rend.* LVI, 443.
21. *Sur l'élimination des noeuds dans le problème des trois corps.* *Cayley.* *Compt. rend.* LVI, 43.

B.
Bestimmte Integrale.
22. Ueber bestimmte Integrale. Oettinger. Grun. Archiv XL, 355, 474. [Vergl. Bd. VIII, No. 241.]
23. Ueber zwei bestimmte Integrale. Stefan. Zeitschr.Math. Phys. VIII, 229.

Byquadratische Formen.
24. *Sur la théorie algébrique des formes homogenes du quatrième degrée à trois indéterminées.* *Joubert.* *Compt. rend.* LVI. 1045, 1088, 1123.

C.
Combinatorik.
25. *On a tactical theorem relating to the triads of fifteen things.* *Cayley.* *Phil. Mag.* XXV, 59.

Complanation.
26. Ueber die Complanation der centrischen Flächen zweiter Ordnung. Schlömilch. Zeitschr. Math. Phys. VIII, 1. — *Journ. Muthém.* XXVIII, 89.
27. Ueber wulstförmige Flächen. Schlömilch. Zeitschr. Math. Phys. VIII, 121.
28. Complanation der conischen Keilfläche. Schlömilch. Zeitschr. Math. Phys. VIII, 142.
29. Ueber die Complanation gewisser Fusspunktflächen. Schlömilch. Zeitschr. Math. Phys VIII, 225.
30. *Quadratura della doppia elissoide di rivoluzione.* *Tortolini.* *Annali mat.* IV, 170.
31. *Sulla superficie del paraboloide ellittico.* *Tortolini.* *Annali mat.* IV, 293.

Cubatur.
32. *Cubature de la surface des ondes.* *W. Roberts.* *Annali mat.* IV, 345.
33. *Sur les volumes des surfaces podaires.* *Hirst.* *Crelle* LXII, 246.

Cubische Formen.
34. *Sur la théorie des formes cubiques à trois indéterminées.* *Brioschi.* *Compt. rend.* LVI, 304.
Vergl. homogene Functionen 106.

D.
Determinanten.
35. *Les déterminants cramériens et la regle des signes.* *Le Cointe.* *Annali mat.* IV, 233.
36. *La teorica dei covarianti e degli invarianti delle forme binarie e le sue principali applicazioni.* *Brioschi.* *Annali mat.* IV, 183. [Vergl Bd. VII., No. 250.]
37. Ueber eine fundamentale Begründung der Invariantentheorie. Aronhold. Crel'e LXII, 281.
38. *Valeur d'un certain déterminant.* *Harany.* *N. ann. math.* XXII, 60.
Vergl. Differentialgleichungen 46.

Determinanten in geometrischer Anwendung.
39. Ebene Curven, zwischen deren Bogen und Coordinaten eine Gleichung zweiten Grades besteht. Hoppe. Crelle LXII, 103.
40. *Equation du cercle qui coupe trois cercles donnés à angle droit.* *Thomas.* *N. ann. math.* XXII, 22.
41. Ueber das System der tetraedrischen Punktcoordinaten. Fiedler. Zeitschr. Math. Phys VIII, 45.
42. Ueber die Determinanten, deren Elemente die Quadrate der 16 Verbindungslinien der Eckpunkte zweier beliebiger Tetraeder sind. Biobeck. Crelle LXII, 151.
43. *Sur une surface du troisième degré.* *Harany.* *N. ann. math.* XXII, 146. — *Beltrami ibid.* 181. — *Gr. ibid.* 184.
Vergl. Maxima und Minima 130. Oberflächen 145. Schwerpunkt 194.

Differentialgleichungen.

44. Zur Integration linearer Differentialgleichungen; die Riccati'sche Gleichung. Lommel. Grun. Archiv XL, 101.
45. Ueber lineare Differentialgleichungen. S. Spitzer. Grun. Archiv XL, 212.
46. Ueber eine Differentialgleichung zweiten Grades. Zeitschr. Math. Phys. VIII, 58.
47. Integration der Gleichung $sy''+(r+qx)y'+(p+nx+mx^2)y=0$, in welcher s, r, p, n, m constante Zahlen bedeuten. S. Spitzer. Zeitschr. Math. Phys. VIII, 123.
48. Integration der Differentialgleichung $xy^{(r)} - y^{(r-2)} + mx^2 y = 0$. S. Spitzer. Grun. Archiv XL, 21.
49. Ueber die Integration der linearen Differentialgleichung $A_1 \xi \dfrac{d^n y}{d\xi^n} + B_1 \dfrac{d^{n-1} y}{d\xi^{n-1}} = \xi^m \left(A \xi \dfrac{dy}{d\xi} + By \right)$, in welcher m, n, A, A_1, B, B_1 constante Zahlen bedeuten. S. Spitzer. Zeitschr. Math. Phys. VIII, 66.
50. Ueber die Gleichung $xy^{(n)} - my^{(n-1)} = ay$, in welcher m und a constante Zahlen sind und n ganz und positiv ist. S. Spitzer. Grun. Arch. XL, 232.

Differenzengleichungen.

51. Integration einer Differenzengleichung. S. Spitzer. Grun. Arch. XL, 25. [Vergl. Bd. V, No. 58.]

E.

Einhüllende Linien.

Vergl. Analytische Geometrie der Ebene 8, 9. Perspective.

Elasticität.

52. *Sur la distribution des élasticités autour de chaque point d'une solide ou d'un milieu de contexture quelconque, particulierement lorsqu' il est amorphe sans être isotrope.* De Saint-Venant. Compt. rend. LVI, 475, 804. [Vergl. Bd. VII, No. 356.]
53. *Mouvement d'un fil élastique soumis à l'action d'un courant de fluide animé d'une vitesse constante.* Duhamel. Compt rend. LVI, 277.
54. *Sur la propagation des ondes.* Mathieu. Compt. rend. LVI, 255.

Elektrostatik.

55. *Rapports entre les accumulations électrique sur deux sphères conductrices de rayons connus, déterminés généralement et en termes finis.* Volpicelli. Compt. rend. LVI, 1158.
56. Ueber das Gleichgewicht der Wärme und das der Elektricität in einem Körper, welcher von zwei nicht concentrischen Kugelflächen begrenzt wird. C. Neumann. Crelle LXII, 36.

Ellipse.

57. *Génération de l'ellipse à l'aide d'une corde de cercle de longeur constante.* L. P. N. ann. math. XXII, 7.
58. *Théorème sur l'ellipse et ses projections sur trois plans rectangulaires.* Ylliac. N. ann. math. XXII, 105.
59. *Système de quatre droites passant par un point du plan d'une ellipse, qui coupent cette courbe sous un angle donné.* Noblot. N. ann. math. XXII, 151.
60. *Méthode élémentaire pour trouver l'équation de la développée de l'ellipse.* Lignières et De Tranquelléon. N. ann. math. XXII, 85. — *Taillier ibid.* 143.
Vergl. Analytische Geometrie der Ebene 5.

Ellipsoid.

61. Ueber die Normalschnitte des allgemeinen dreiaxigen Ellipsoids mit besonderer Beziehung auf höhere Geodäsie. Grunert. Grun. Archiv XL, 259.
Vergl. Complanation 30. Schwerpunkt 197.

Elliptische Coordinaten.

Vergl. Analytische Geometrie des Raumes 10.

Elliptische Functionen.
62. *La teorica delle funzioni ellittiche.* Betti. *Annali mat. IV.* 26, 57, 297. [Vergl. Bd. VII, No. 270.]
63. *Ricerche geometriche sulle funzioni ellittiche.* Tortolini. *Annali mat. IV*, 204.
64. *Sur la transformation du troisième ordre de fonctions elliptiques.* Hermite. *Annali mat. IV*, 176. [Vergl. Bd. VIII, No. 57.]
65. Ueber die Anwendung der Formeln der sphärischen Trigonometrie auf die elliptischen Functionen. Boeklen. Grun. Archiv XL, 27.

F.
Functionen.

66. *Démontrer que si* $\varphi(2\omega) = \varphi(\omega) \cdot \cos \omega$ *on aura* $\varphi(\omega) = \varphi(0) \cdot \frac{\sin \omega}{\omega}$. Travelet. *N. ann. math. XXII*, 285. — Studler ibid. 286.
67. $1^2 . 2^2 . 3^2 \ldots n^2 > n^n$. Colache. *N. ann. math. XXII*, 273. [Vergl. Bd. VI, No. 72.]
Vergl. Elliptische Functionen. Imaginäres 113. Lamé'sche Functionen.

G.
Geodäsie.
68. Beiträge zur geographischen Ortsbestimmung. Kayser. Astr. Nachr. LVIII, 177, 201.
Vergl. Ellipsoid.

Geodätische Linien.
69. Die allgemeinsten Gleichungen und Eigenschaften der kürzesten Linien auf den Flächen. Grunert. Grun. Archiv XL, 33.
70. *De la ligne, qui coupe sous un angle constant tous les méridiens d'une sphère.* Audognaud. *N. ann. math. XXII*, 63.

Geometrie (descriptive).
71. *On the stereographic projection of the spherical conic.* Cayley. *Phil. Mag. XXV*, 350.
72. *On the delineation of a cubic scrole.* Cayley. *Phil. Mag. XXV*, 528.

Geometrie (höhere).
73. *Sur le degré de certaines courbes.* Dewulf. *N. ann. math. XXII*, 111.
74. *Remarques sur quelques théorèmes de géométrie.* Faure? *N. ann. math. XXII*, 16.
75. *Sur quelques théorèmes moins généraux qu'on ne croyait.* De Jonquières. *Journ. Mathém. XXVIII*, 71. — *N. ann. math. XXII*, 204. [Vergl. Bd. VII, No. 58.]
76. *Sur le cercle tangent à trois cercles donnés.* P. Serret. *N. ann. math. XXII*, 95.
77. *Note sur la surface engendrée par la révolution d'une conique autour d'une droite située d'une manière quelconque dans l'espace.* De la Gournerie. *Journ. Mathém. XXVIII*, 52.
78. *Intorno alla curva gobba del quart' ordine per la quale passa una sola superficie di secondo grado.* Cremona. *Annali mat. IV*, 71.
79. *Courbes gauches décrites sur la surface d'un hyperboloïde à une nappe.* Cremona. *Annali mas. IV*, 22. [Vergl. Bd. VII, No. 71.]
Vergl. Kegelschnitte 122, 124.

Geschichte der Mathematik.
80. Ueber die Astronomie des Boethius. Cantor. *Annali mat. IV*, 256.
81. *Sur la construction des équations du quatrième degré par les géomètres arabes.* Woepcke. *Journ. Mathém. XXVIII*, 57.
82. *Sur Desargues et La Hire.* Piobert. *Compt. rend. LVI*, 497.
83. Ueber Leonhard Euler. Fuss. Grun. Archiv XL, 517.
84. Zur Geschichte des Theodoliten. Wettstein. Astr. Nachr. LVIII, 15.
85. Von den Verdiensten der schwedischen Gelehrten um die Mathematik und Physik. Droysen. Grun. Archiv XL, 399.
86. Ueber die Bring'sche Transformation der Gleichungen 5ten Grades. Hill. Grun. Archiv XL, 515.
87. Nekrolog von Carlini. Schiaparelli. Astr. Nachr. LVIII, 193.
88. Nekrolog von J. Steiner. Hesse. Crelle LXII, 199.

89. *Rapport sur les travaux mathématiques de M. O. Terquem.* Chasles. *N. ann. math.* XXII, 241.
 Vergl. Planimetrie 168.

Gleichungen.

90. *Sopra alcuni sviluppi algebrici nella teorica dell' equazioni.* Tortolini. *Annali mat.* IV, 245.
91. *On canonic roots of a binary quantic of an odd order.* Sylvester. *Phil. Mag.* XXV, 206, 453.
92. *Demonstration d'une certaine identité.* Lobatto. *Grun. Archiv* XL, 163.
93. Ueber eine Klasse von Gleichungen, welche nur reelle Wurzeln besitzt. Clebsch. *Crelle* LXII, 232.
94. *Equation ayant nécessairement des racines imaginaires.* A. G. *N. ann. math.* XXII, 274.
95. Neue Auflösung der quadratischen, cubischen und biquadratischen Gleichungen. Matthiessen. *Zeitschr. Math. Phys.* VIII, 133.
96. Die allgemeine cardanische Formel. Grunert. *Grun. Archiv* XL, 246.
97. *Sur l'équation du quatrième degré.* Schlömilch. *Journ. Mathém.* XXVIII, 99.
98. Ueber die Reduction der biquadratischen Gleichungen. Schlömilch. *Zeitschr. Math. Phys.* VIII, 223. [Vergl. Bd. VII, No. 83.]
99. Neue Auflösung der biquadratischen Gleichungen. Matthiessen. *Zeitschr. Math. Phys.* VIII, 140.
100. Allgemeine Auflösung der Gleichungen des 4ten Grades nebst einigen Bemerkungen über die Gleichungen des 5ten Grades. Grunert. *Grun. Archiv* XL, 304.
101. Die Methoden von Tschirnhaus und Jerrard zur Transformation der Gleichungen. Grunert. *Grun. Archiv* XL, 214.
102. *Sur la résolution des équations dont le degré est une puissance d'un nombre premier.* E. Mathieu. *Annali mat.* IV, 113.
103. *Risoluzione di tre equazioni a tre incognite.* Tortolini. *Annali mat.* IV, 202.
104. *Résolution d'une équation transcendante.* Dupain. *N. ann. math.* XXII, 82.
105. Ueber Herrn Jos. Popper's Beiträge u. s. w. S. Spitzer. *Zeitschr. Math. Phys.* VIII, 240. [Vergl. Bd. VIII, No. 325.]
 Vergl. Determinanten 36. Geschichte der Mathematik 81, 86. Homographie.

H.

Homogene Functionen.

106. *Sur les formes à deux indéterminées d'ordre n et sur les formes ternaires cubiques.* Brioschi. *Compt. rend.* LVI, 659.
107. *Sur quelques théorèmes d'algèbre.* Mich. Roberts. *Annali mat.* IV, 50.
 Vergl. Biquadratische Formen. Kubische Formen. Quadratische Formen.

Homographie.

108. Die cubische Gleichung, von welcher die Lösung des Problemes der Homographie von Chasles abhängt. Hesse. *Crelle* LXII, 188.

Hydrodynamik.

109. Ueber die Reibung der Flüssigkeiten. E. Meyer. *Crelle* LXII, 201. [Vergl. Bd. VII, No. 315.]
110. Ueber die Bewegung flüssiger Körper. Stefan. *Zeitschr. Math. Phys.* VIII, 26.

Hyperbel.

111. *Construire un triangle semblable à un triangle donné et dont les trois sommets soient situés sur une hyperbole donnée.* Gérono. *N. ann. math.* XXII, 47.

Hyperboloid.

 Vergl. Geometrie (höhere) 79. Oberflächen zweiter Ordnung 156.

I.

Imaginäres.

112. *Sur les quantités ultra-géometriques.* Polignac. *Compt. rend.* LVI, 381. [Vergl. Bd. VII, No. 97.]

113. Ueber Functionen complexer Grössen. Roch. Zeitschr. Math. Phys. VIII, 12, 183.
114. *Sur l'emploi des imaginaires dans la recherche des fonctions primitives de quelques fonctions dérivées.* Martin. *N. ann. math. XXII*, 57.
115. *Note sur les imaginaires.* Sabatié. *N. ann. math. XXII*, 206.
116. Ueber eine Anwendung der imaginären Grössen in der Mechanik. Durège. Grun. Archiv XL, 1.
Vergl. Analytische Geometrie der Ebene 2.

Integralrechnung.

117. *Sulla determinazione della parte algebrica nell' integrazione in funzione finita esplicita.* Piuma. *Annali mat. IV*, 154.
118. *Proprieta di una classe d'integrali di irrazionali algebrici possibili con soli logaritmi.* Piuma. *Annali mat. IV*, 5.
119. Ueber das Integral $\int \frac{dx}{(x-\alpha)p(x-\beta)q}$. S. Spitzer. Grun. Archiv XL, 168.
Vergl. Imaginäres 114.

K.

Kegelschnitte.

120. *Sur les coniques inscrites dans un quadrilatère.* Painvin. *N. ann. math. XXII*, 156.
121. *Sur les distances du centre d'une conique à trois tangentes et aux trois points de contact.* Raynaud. *N. ann. math. XXII*, 277.
122. *Démonstration d'un théorème de M. Housel.* Laval. *N. ann. math XXII*, 49. — *L. P ibid.* 51.
123. *Theorem relating to a triangle, line and conic.* Cayley. *Phil. Mag. XXV*, 181.
124. Ueber die Steiner'schen Gegenpunkte, welche durch zwei in eine Curve zweiter Ordnung beschriebene Dreiecke bestimmt sind. v. Staudt. Crelle LXII, 142.
125. *Proposizioni di geometria.* Janni. *Annali mat. IV*, 199.
Vergl. Ellipse. Geometrie (höhere) 77. Hyperbel. Parabel.

Kreis.

Vergl. Determinanten in geometrischer Anwendung 40. Geometrie (höhere) 76. Planimetrie 170.

Krümmung.

126. *Di alcune formole relative alla curvatura delle superficie.* Beltrami. *Annali mat. IV*, 283.
Vergl. Oberflächen 143.

L.

Lambert'sche Reihe.

127. *Sur la serie de Lambert.* Schlömilch. *Journ. Mathém. XXVIII*, 100.

Lamé'sche Functionen.

128. Die speciellen Lamé'schen Functionen erster Art von beliebiger Ordnung. Heine. Crelle LXII, 110.

Logarithmen.

129. *On dual arithmetic.* Oliver Byrne. *Phil. Mag. XXV*, 475.

M.

Maxima und Minima.

130. Ueber das Minimum oder Maximum der Potenzsumme der Abstände eines Punktes von gegebenen Punkten, Geraden oder Ebenen. Wetzig. Crelle LXII, 346.
131. *Sur une question de maximum.* P. Serret. *N. ann. math. XXII*, 79.

Mechanik.

132. *Mémoire sur les mouvements relatifs.* Bour. *Journ. Mathém. XXVIII*, 1.

133. *Sur l'emploi de la méthode de la variation des arbitraires dans la théorie des mouvements de rotation.* J. A. Serret. *Compt. rend. LVI*, 456.
134. *Chute des corps qui tombent d'une grande hauteur.* Finck. *Compt. rend. LVI*, 957.
135. Versuch zur Herleitung eines Gesetzes, das die Dichtigkeit für die Schichten im Innern der Erde annähernd darstellt aus den gegebenen Beobachtungen. Lipschitz. Crelle LXII, 1.
136. Ueber gleichzeitige Dilatationen eines isotropen Körpers nach verschiedenen Richtungen. Zehfuss. Zeitschr. Math. Phys. VIII, 127.
137. Eine Formel von Gauss für die Schwingungszeit des Pendels. Wittstein. Astr. Nachr. LVIII, 135.
138. *Sur l'équilibre du baromètre à balance du p. Secchi.* Jullien. *Annali mat. IV*, 337. Vergl. Aerodynamik. Elasticität. Elektrostatik. Hydrodynamik, Imaginäres 116. Optik. Parabel 163. Schwerpunkt.

N.

Normallinien.

139. Ueber das Problem der Normalen bei Curven und Oberflächen der zweiten Ordnung. Clebsch. Crelle LXII, 64.
140. *Note sur les normales aux surfaces du second ordre.* Desboves. *N. ann. math. XXII*, 228.
141. Ueber die Flächen, deren Normalen eine gegebene Fläche berühren. Weingarten. Crelle LXII, 61.
Vergl. Ellipsoid.

O.

Oberflächen.

142. *If every plane section of a surface of the order m+n break up into two curves of the orders m and n respectively, then the surface breaks up into two surfaces of the orders m, n.* Cayley. *Phil. Mag. XXV*, 61.
143. Ueber die Oberflächen, für welche einer der beiden Hauptkrümmungshalbmesser eine Function des anderen ist. Weingarten. Crelle LXII, 160.
144. *Ricerca fondamentale per lo studio di una certa classe di proprietà delle superficie curve.* Casorati. *Annali mat. IV*, 177. [Vergl. Bd. VII, No. 364.]
145. Ueber Fusspunktflächen. Enneper. Zeitschr. Math. Phys. VIII, 53.
146. *Recherches sur la surface des ondes.* Durrande. *N ann. math. XXII*, 193, 252.
147. *Conditions analytiques pour que les surfaces engendrées par le mouvements d'une ligne droite soient tangentes tout le long d'une génératrice commune.* Ch. *N. ann. math. XXII*, 262.
148. Nachweis der 27 Geraden auf der allgemeinen Oberfläche dritter Ordnung. Schröter. Crelle LXII, 265.
149. *On the skew surface of the third order.* Steen. *Phil. Mag. XXV*, 546. [Vergl. Bd. VIII, No. 375.]
150. Ueber ein Theorem von Malus. Enneper. Zeitschr. Math. Phys. VIII, 61.
Vergl. Complanation. Determinanten in geometrischer Anwendung 43. Geometrie (descriptive). Krümmung. Normallinien 139, 140.

Oberflächen zweiter Ordnung.

151. *Sur un problème concernant la théorie des surfaces du 2me ordre.* Clebsch. *Annali mat. IV*, 195.
152. *Sur le lieu des centres de surfaces du second ordre à deux paramètres variables.* De Lys. *N. ann. math. XXII*, 5.
153. *Problematis geometrici ad superficiem secundi ordinis per data puncta construendam spectantis solutio nova.* Schröter. *Crelle LXII*, 215.
154. *Problèmes sur les surfaces du second ordre. Ligne des courbures semblables.* Prouhet. *N. ann. math. XXII*, 241.
155. *Génération géométrique d'une surface du second ordre.* Beltrami. *N. ann. math. XXII*, 209. [Vergl. Bd. VIII, No. 378.]
156. *Théorèmes sur l'hyperboloïde.* Hans. *N. ann. math. XXII*, 152.
157. *Sur le plan tangent d'un paraboloïde hyperbolique.* L. P. *N. ann. math. XXII*, 53.
158. *Trouver sur la surface d'un paraboloïde hyperbolique le lieu géométrique d'un point tel que les deux génératrices rectilignes menées par ce point fassent un angle donné.* Lhuillier. *N. ann. math. XXII*, 140.
Vergl. Complanation. Normallinien 141.

Optik.

159. Ueber die scheinbare Aenderung des Ortes und der Gestalt unter Wasser befindlicher Objecte. Bermann. Zeitschr. Math. Phys. VIII, 204.
160. *Relation entre les positions des plans de polarisation des rayons incident, réfléchi et réfracté dans les milieux isotropes.* Corun. Compt. rend. LVI, 87.
161. Neue Bestimmungsweise des durch kleine Oeffnungen gebeugten Lichtes. Bacaloglo. Grun. Archiv XL, 426.

Vergl. Parabel 162.

P.

Parabel.

162. *Trouver l'enveloppe de certains rayons lumineux réfléchis par la parabole.* Noblot et Quantin. N. ann. math. XXII, 97. — *Trase et Pitet* ibid. 100.
163. Dynamische Notiz. Kahl. Zeitschr. Math. Phys. VIII, 145.

Paraboloid.

Vergl. Complanation 31. Oberflächen zweiter Ordnung 157, 158.

Perspective.

164. *Une corde AB d'une conique est vue d'un point fixe O sous un angle constant, trouver l'équation de son enveloppe.* P. Serret. N. ann. math. XXII, 14.

Planimetrie.

165. *Essai d'une exposition rationnelle des principes fondamentaux de la géométrie élémentaire.* Hoüel. Grun. Archiv XL, 171.
166. *Sur la formation et la décomposition des équations experimant les côtés et les diagonales des polygones réguliers.* Buys Ballot. Grun. Archiv XL, 139.
167. Ueber regelmässige Polygone. Grunert. Grun. Archiv XL, 127.
168. Beweis der Formel der drei Brüder. Kieser. Grun. Archiv XL, 134.
169. Satz vom Dreiecke. W. Fischer. Grun. Archiv XL, 460.
170. Ueber das einem Kreise eingeschriebene Dreieck. Hausmann. Grun. Archiv XL, 516.

Q.

Quadratische Formen.

171. *Sur la forme* $x^2+y^2+z^2+3t^2$. *Liouville.* Journ. Mathém. XXVIII, 105, 193.
172. *Sur la forme* $x^2+y^2+z^2+12t^2$. *Liouville.* Journ. Mathém. XXVIII, 161.
173. *Sur la forme* $x^2+y^2+zt+t^2$. *Liouville.* Journ. Mathém. XXVIII, 120.
174. *Sur la forme* $x^2+xy+y^2+z^2+zt+t^2$. *Liouville.* Journ. Mathém. XXVIII, 141.
175. *Sur la forme* $x^2+y^2+2zt+2t^2$. *Liouville.* Journ. Mathém. XXVIII, 115.
176. *Sur la forme* $x^2+y^2+2z^2+6t^2$. *Liouville.* Journ. Mathém. XXVIII, 124.
177. *Sur la forme* $x^2+y^2+3z^2+4t^2$. *Liouville.* Journ. Mathém. XXVIII, 182.
178. *Sur la forme* $x^2+y^2+4z^2+12t^2$. *Liouville.* Journ. Mathém. XXVIII, 173.
179. *Sur la forme* $x^2+2y^2+2z^2+3t^2$. *Liouville.* Journ. Mathém. XXVIII, 129.
180. *Sur la forme* $x^2+2y^2+2z^2+12t^2$. *Liouville.* Journ. Mathém. XXVIII, 169.
181. *Sur la forme* $x^2+2y^2+4z^2+6t^2$. *Liouville.* Journ. Mathém. XXVIII, 134.
182. *Sur la forme* $x^2+3y^2+4z^2+4t^2$. *Liouville.* Journ. Mathém. XXVIII, 185.
183. *Sur la forme* $x^2+4y^2+4z^2+12t^2$. *Liouville.* Journ. Mathém. XXVIII, 177.
184. *Sur la forme* $x^2+y^2+12z^2+16t^2$. *Liouville.* Journ. Mathém. XXVIII, 205.
185. *Sur la forme* $2x^2+2y^2+3z^2+4t^2$. *Liouville.* Journ. Mathém. XXVIII, 189.
186. *Sur la forme* $3x^2+4y^2+4z^2+4t^2$. *Liouville.* Journ. Mathém. XXVIII, 179.

R.

Rechenmaschine.

187. *Machine à calculer.* Wiberg. Compt. rend. LVI, 330.

Rectification.

188. *A new series for* $\frac{1}{\pi}$. Drach. Phil. Mag. XXV, 159. [Vergl. Bd. VIII, No. 416.]
189. *Approximations numériques du nombre* π. Willich. Compt. rend. LVI, 100, 664. — Phil. Mag. XXV, 411.
190. *The polyhedric fan: giving by common geometry the arc-radius to within a fourmillionth part of its true value.* Drach. Phil. Mag. XXV, 266.

Reihen.

191. *Intorno ad una formola sommatoria delle potenze intere de' numeri naturali.* Siacci. Annali mat. IV, 46.
192. *Conditions de convergence et somme des termes de la série:* $1.2.3..p.x^{p}+2.3...p(p+1)x^{p-1}+....$ Brissaud. N. ann. math. XXII, 9.
193. *Sur le droit légal de l'enfant naturel.* Catalan. N. ann. math. XXII, 107.

Vergl. Lambert'sche Reihe. Taylor'sche Reihe.

S.

Schwerpunkt.

194. *Sur le centre de gravité d'un certain système de points matériels.* Padula. N. ann. math. XXII, 212. [Vergl. Bd. IV, No. 455.]
195. *Centre de gravité d'un dé à jouer.* De Virieu. N. ann. math. XXII. 220.
196. *Problème d'équilibre d'un prisme triangulaire placé dans un cylindre droit à base circulaire.* Romand. N. ann. math. XXII, 265.
197. *Sur l'ellipsoide tangent d'un tétraèdre passant par les centres de gravité des quatre faces.* Andlauer et Chauveau. N. ann. math. XXII, 54.

Sphärik.

198. Berechnung des sphärischen Viereckes im Kreise aus seinen Seiten. Kambly. Grun. Archiv XL, 440.
199. Der Fagnano'sche Satz auf der Kugelfläche. Enneper. Zeitschr. Math. Phys. VIII, 231.

Vergl. Elliptische Functionen 65. Geodätische Linien 70.

Stereometrie.

200. *Risultati di geometria elementare sulla piramide e sul tronco di piramide a basi parallele.* Tortolini. Annali mat. IV, 175.
201. *Analogies du triangle et du tétraèdre.* Prouhet. N. ann. math. XXII, 132.
202. *Tout plan passant par les milieux de deux arêtes opposées d'un tétraèdre le décompose en deux parties equivalentes.* Vucossin. N. ann. math. XXII, 10.
203. Ueber das Tangententetraeder. Junghann. Grun. Archiv XL, 447.
204. Stereometrische Beweise eines planimetrischen Satzes von regelmässigen Vielecken. Grebe. Zeitschr. Math. Phys. VIII, 235.
205. Zur Polyedrometrie. Becker. Grun. Archiv XL, 12. [Vergl. Bd. VIII, No. 190.]
206. *Sur le nombre des diagonales d'un polyèdre.* Prouhet. N. ann. math. XXII, 77.

T.

Taylor'sche Reihe.

207. *Sur la série de Taylor.* Turquan. N. ann. math. XXII, 19.
208. *Sur l'une des formes du reste dans la série de Taylor.* Regnaud. N. ann. math. XXII, 271.

Trigonometrie.

209. *Relation entre des cosinus d'angles composés et simple.* Piquet. N. ann. math. XXII, 275.

W.

Wahrscheinlichkeitsrechnung.

210. *On the theory of probabilities.* Boole. Phil. Mag. XXV, 313.

Z.

Zahlentheorie.

211. *Théorie des nombres premiers considérés dans les progressions arithmétiques.* Moret. Compt. rend. LVI, 349
212. *Théorème concernant les nombres premiers contenus dans une quelconque de trois formes linéaires* $168k+45$, $168k+67$, $168k+163$. Liouville. Journ. Math. XXVIII, 137.

213. *Théorème concernant le quadruple d'un nombre premier de la forme* $12k+5$. *Liouville. Journ. Mathém. XXVIII*, 102. [Vergl. Bd. VII, No. 175.]
214. *Théorème concernant le quadruple d'un nombre premier de l'une ou de l'autre des deux formes* $20k+3$, $20k+7$. *Liouville. Journ. Mathém. XXVIII*, 85.
215. *Théorèms concernant les nombres triangulaires. Liouville. Journ. Mathém. XXVIII*, 73. [Vergl. Bd. VIII, No. 458.]
216. *Propriétés relatives à la somme et à la différence de deux carrés. Claude. N. ann. math. XXII*, 88.
217. *Sur l'impossibilité de quelques équations indéterminées. LeBesgue. N. ann. math. XXII*, 68.
218. *Sur la multiplication des nombres congruents. Woepcke. Annali mat. IV*, 247.
Vergl. Biquadratische Formen. Cubische Formen. Quadratische Formen.

Zinsrechnung.

219. Zinsen oder Zinseszinsen? Wittstein. Grun. Archiv XL, 240. — Oettinger ibid. 243.

Literaturzeitung.

Recensionen.

„**Die Anwendung der Trigonometrie auf Arithmetik und Algebra**". Zum Gebrauche für angehende Mathematiker, Techniker und solche Schüler, welche sich durch den Selbstunterricht weiter ausbilden wollen. Von Dr. WILH. BERKHAN. Halle, Druck und Verlag von H. W. Schmidt. 1863. (140 Seiten; Preis 24 Ngr.)

Herr Dr. Berkhan will mit obiger Schrift den an sich ganz zweckmässigen Versuch machen, die zahlreichen, aber vereinzelt dastehenden Anwendungen der goniometrischen Functionen auf Arithmetik und Algebra zu ordnen und so viel als möglich in ein System zu bringen.

Statt nun einleitungsweise sein System darzustellen und dann zur Durchführung desselben zu schreiten, fällt der H. V. lieber mit der Thüre in's Haus und beginnt sogleich Seite 1 mit dem 1. Capitel, welches von der trigonometrischen Umformung arithmetischer Formeln oder algebraischer Ausdrücke ersten und zweiten Grades handelt.

In diesem Capitel werden nun recht klar, wenn auch etwas breitspurig, Ausdrücke wie: $a \pm b$; $\sqrt{\frac{a-b}{a+b}}$; $a\sqrt{bc+df}$; $\sqrt{A \mp \sqrt{B}}$ u. s. w. mit Hilfe trigonometrischer Functionen logarithmisch brauchbar eingerichtet und schliesslich die Bestimmung der Logarithmen von Summen und Differenzen gezeigt. Nur an zwei Stellen ist der Calcül übertrieben gekünstelt und zwar im § 21, wo die (vorher entwickelte) Formel für $\sqrt{A \mp \sqrt{B}}$ zur logarithmischen Berechnung hergerichtet wird. Der H. V. kommt nämlich nach einer einfachen Umformung auf die Gleichung:

$$\sqrt{A \mp \sqrt{B}} = \sqrt{A}\left[\cos\frac{\varphi}{2} \mp \sin\frac{\varphi}{2}\right]$$

wobei $\frac{B}{A^2} = \sin^2\varphi$ ist; anstatt nun die Relation $\cos\alpha \mp \sin\alpha = \sqrt{2}.\cos(45 \pm \alpha)$ zur weiteren Rechnung zu benutzen, wird $\cos\frac{\varphi}{2} \mp \sin\frac{\varphi}{2}$ durch Einführung eines Hilfswinkels in ein Product verwandelt. Die zweite Stelle ist im § 25, wo $x = \sqrt{a+b} + \sqrt{a-b}$ berechnet wird; hier stösst der Verf. wieder auf $cos\frac{\varphi}{2} + sin\frac{\varphi}{2}$, leitet dann die Formel $cos\frac{\varphi}{2} + sin\frac{\varphi}{2} = \sqrt{1 + sin\varphi}$ ab und führt hierauf einen Hilfswinkel ein. Das Sonderbare besteht nicht allein in dieser Rechnerei, sondern auch darin, das der H. V. ganz vergisst, dass die vom Ref. angezogene Formel in Nr. 215 und 216 der Formelsammlung des Buches vorkommt und Seite 56, § 96 von ihm selbst weitläufig erwiesen wird.

Das 2. Capitel beschäftigt sich mit der Auflösung trigonometrischer Gleichungen, mit der Umformung trigonometrischer Ausdrücke zur logarithmischen Rechnung, der Auflösung einiger (eigentlich) transcendenten Gleichungen, dem Gebrauche der dekadischen Ergänzung. Da die transcendenten Gleichungen ohnehin das Aschenbrödel in den meisten Lehrbüchern der allgemeinen Arithmetik sind, so wäre der H. V. um so mehr verpflichtet gewesen, die Theorie der transcendenten Gleichungen (mit besonderer Berücksichtigung der trigonometrischen Gleichungen) gründlich und nicht blos mit 25 flüchtigen Zeilen zu besprechen.

Demgemäss wäre da zu sagen, dass die synthetischen Gleichungen sich in algebraische und transcendente scheiden; diese wieder in reductibele und irreductibele zerfallen, worauf dann die Auflösung der algebraisch-reductibelen durch passende Umformungen oder Substitutionen, die der irreductibelen aber durch die *Regula falsi* zu folgen hätte.

Ueber die reductibelen Gleichungen giebt der H. V. blos Beispiele und bei den irreductibelen erwähnt er nur des Lehrsatzes der *Regula falsi*, ohne sie zu begründen, was eine wesentliche Lücke ist, da z. B. der geometrische Nachweis (s. Dr. Schlömilch's algebraische Analysis, 3. Aufl., S. 387) sehr einfach ist und wenig Raum einnimmt. Musste auch der theoretische Theil des 2. Capitels entschieden getadelt werden, so kann Ref. doch den praktischen Theil lobend hervorheben. Es sind darin 63 reductibele und 3 irreductibele transcendente Gleichungen ganz zweckmässig gelöst; nur bei den irreductibelen Gleichungen wären mehr Aufgaben und darunter verwickeltere Fälle, die e^x; $log x$; $sin x$; $arc x$ gemischt enthalten, ganz am Platze gewesen.

Sehr unpassend hat der H. V. zwischen den beiden Classen von transcendenten Gleichungen die Umformung trigonometrischer Ausdrücke zur logarithmischen Berechnung eingeschoben und dabei nebst mehreren recht netten Umformungen höchst überflüssigerweise die Umwandlung der Ausdrücke $cos\alpha \pm sin\alpha$, $1 \pm sin 2\alpha$, $tg\alpha \pm cot\alpha$ etc., die in jedem besseren Lehrbuche der Trigonometrie sich befinden, vorgenommen.

Das 3. Capitel zeigt die trigonometrische Auflösung quadratischer Gleichungen. Zuerst führt der H. V. die Auflösung aller 4 Fälle der Gleichung $x^2 + px + q = 0$ mit Einführung eines Hilfswinkels in die Formel $x = -\frac{p}{2} \pm \sqrt{\frac{p^2}{4} - q}$, welche Methode durch Behandlung der 2

Fälle $x^2 + px \pm q = 0$ genügend deutlich wird. Hierauf folgen zweckmässige Beispiele aus Heis, unter welchen auch Grunert's Lösung der quadratischen Gleichungen vorkommt, ohne dass auf die Quelle, Archiv I, 1, verwiesen wird. Die §§ 111—119 enthalten eine hübsche Lösung, welche sich auf Vergleichung von $x^2 + px + q = 0$ mit goniometrischen Formeln stützt.

Die 3. Lösung beruht darauf, dass aus $x^2 + px + q = 0$ das 2. Glied weggeschafft und dann auf die reducirte Gleichung die erste Methode (mittelst Hilfswinkel) angewendet wird; wobei wieder die Durchführung zweier Fälle genügt hätte.

Die interessante Lösung, welche Mollweide im XXII. Bande der monatlichen Correspondenz gegeben hat, fehlt.

Den Schluss des 3. Capitels bildet die Auflösung quadratischer Gleichungen mit mehreren Unbekannten durch goniometrische Functionen an 6 speciellen Fällen erläutert.

Das 4. Capitel handelt von der trigonometrischen Auflösung der kubischen Gleichungen. Vorerst leitet der H. V. die Cardan'sche Formel ab, an welche statt einer gründlichen Discussion die folgenden unüberlegten Zeilen: „Dieser Ausdruck, welcher unter dem Namen der Cardan'schen Formel bekannt ist, giebt eine Wurzel der reducirten kubischen Gleichung, ohne dass es möglich wäre, die beiden anderen Wurzeln mit zu bestimmen. Sie giebt rationale Grössen oft in irrationaler Form" angehängt werden. Dieselben mögen sich selbst richten.

Dann folgt die gewöhnliche trigonometrische Behandlung der Gleichung $x^3 + px + q = 0$ und der Gleichung $x^3 - px + q = 0$, wenn $4p^3 < 27q^2$, wobei jedoch die imaginären Wurzeln, vor welchen H. B. eine eigene Scheu zu haben scheint, ganz unberücksichtigt gelassen sind. Hierauf kommt die Durchführung des *Casus irreducibilis* auf drei Arten und dann eine Reihe guter Beispiele.

Das Capitel 5 endlich enthält die Auflösung der Gleichungen vierten Grades.

Voran kommt Euler's Lösung, bei welcher abermals eine gründliche Discussion der Endformeln fehlt, ja nicht einmal die 4 Wurzelwerthe aufgestellt werden; auf diese Methode kommt die von Descartes. Die Beispiele sind auch hier zweckmässig. Im § 150 werden noch 10 Gleichungen zur weiteren Uebung aufgegeben. Hiermit schliesst der Verf. und lässt nur noch eine ziemlich vollständige Sammlung goniometrischer Formeln, 253 an der Zahl, folgen.

Ganz unerwähnt bleiben die reciproken Gleichungen, die sich doch, mit Hilfe der Gleichungen des 3. und 4. Grades, bis zum 9. Grade auflösen lassen und andererseits für die Schlömilch'sche Auflösung der biquadratischen Gleichungen nöthig sind.

Ebenso unbeachtet blieben die so interessanten und wichtigen binomischen Gleichungen von der Form $x^m \pm a = 0$, die sich sehr schön mittelst goniometrischen Functionen auflösen lassen.

Ferner giebt es eine Menge von Gleichungsformen, die sich auf Gleichungen des 2., 3., 4. Grades oder auf binomische zurückführen lassen, von welchen der H. V. aber mit keiner Silbe Erwähnung macht; beispielsweise seien nur einige solche Gleichungsformen angedeutet:

$$x^{2n} + ax^n + b = 0$$
$$x^{3n} + ax^{2n} + bx^n + c = 0$$
$$x^{4n} + ax^{3n} + bx^{2n} + cx^n + d = 0$$
$$(ax^{2m} + bx^m + c)^{2n} + A(ax^{2m} + bx^m + c)^n + B = 0$$
$$[\alpha(\alpha x^{2m} + bx^m + c)^{2n} + \beta(ax^{2m} + bx^m + c)^n + \gamma]^{2p}$$
$$+ A[\alpha(\alpha x^{2m} + bx^m + c)^{2n} + \beta(ax^{2m} + bx^m + c)^n + \gamma]^p + B = 0$$
$$\alpha \cdot a^{2x} + \beta \cdot a^x + \gamma = 0$$
$$a^{\alpha + \beta x + \gamma x^2 + \delta x^3 + \varepsilon x^4} = b$$
$$A \cdot a^{2(\alpha + \beta x + \gamma x^2 + \delta x^3 + \varepsilon x^4)} + B \cdot a^{\alpha + \beta x + \gamma x^2 + \delta x^3 + \varepsilon x^4} + C = 0$$

u. s. w.

Was die Ausstattung des Buches anlangt, so ist selbe nett, wie bei allen Werken aus dem Verlage von H. W. Schmidt in Halle. Als druckfehlerlos kann Ref. das Buch nicht bezeichnen, da ihm Seite IV, 6, 9, 10, 13, 15, 16, 17, 21, 35, 47, 83, 87 Druckfehler aufstiessen.

Ueberblicken wir schliesslich das ganze Werkchen, so zeigt sich, dass es den theoretischen Theilen, besonders bei den Gleichungen, durchwegs an mathematischer Strenge fehlt und dass der H. V. von dem Geiste, welcher in Folge der bahnbrechenden Arbeiten eines Gauss, Cauchy etc. in neueren mathematischen Schriften herrscht, wenig durchdrungen ist. Die praktischen Theile sind nach guten Mustern gearbeitet und die grosse Zahl von meist zweckmässigen Beispielen macht es, dass Ref. das obige Buch zum Gebrauche als Aufgabensammlung noch anrathen kann.

Graz, Osterwoche 1864. A. V. KAUTZNER.

Methode der qualitativen chemischen Analyse von Substanzen, welche die häufiger vorkommenden Elemente enthalten. Für den Schulgebrauch zusammengestellt von R. GEIST, College an der Realschule. Halle, Verlag der Buchhandlung des Waisenhauses, 1863.

Die kleine nur 1½ Bogen umfassende Schrift wird beim analytisch-chemischen Unterrichte ihrer Einrichtung nach recht gute Dienste leisten. Sie behandelt die Untersuchung auf die gewöhnlich vorkommenden Basen und Säuren und ist so abgefasst, dass der Schüler die dahin gerichteten chemischen Analysen unmittelbar nach ihrer Anleitung auszuführen im Stande ist. Mag das Schriftchen wohl dem vorgerückteren Schüler nicht mehr genügen, so ist es doch jedenfalls für die ersten analytischen Arbeiten eine recht willkommene Zugabe. Dr. KAHL.

Anfangsgründe der Naturlehre für die unteren Klassen der Mittelschulen von Dr. Jos. KRIST, Lehrer der Physik an der k. k. Schottenfelder Ober-Realschule in Wien. Mit 291 in den Text eingedruckten Holzschnitten. Wien, 1864, Wilhelm Braumüller, k. k. Hofbuchhändler.

Mit Vergnügen habe ich das Werkchen des Herrn Verfassers durchgelesen, welches sich die Aufgabe stellt, den Schüler zum Beobachten anzuregen und mit ihm Erfahrungen zu besprechen, welche bei gehöriger Anleitung auf die Naturgesetze führen, von denen sie specielle Fälle darstellen. Die Anordnung des Lehrstoffes eignet sich recht für den jugendlichen Schüler, welcher zu Anfange hauptsächlich mit den Theilen der Physik bekannt gemacht wird, welche ihn die Erscheinungen allein kennen lehren, während er erst später in die deductiven Capitel der Physik eingeführt wird. Nur mit der Schwere hat der Verfasser eine Ausnahme machen zu müssen geglaubt, indem er sie in sehr geschickter Darstellung sogleich nach der Einleitung folgen lässt; hieran reihen sich die Wärme, die chemischen Erscheinungen, der Magnetismus, die Elektricität, Gleichgewicht und Bewegung, die Wirkungen der Molekularkräfte, die tropfbarflüssigen Körper, die luftförmigen Körper, die Akustik und die Optik. Der Verfasser hat nur nach seiner in der Vorrede ausgesprochenen Absicht, die er meist in dem Capitel der Schwere so vortrefflich ausgeführt hat, überall die Aufgabe lösen sollen, Versuche zu beschreiben, deren Discussion ungezwungen zu Naturgesetzen führen muss. Es ist ihm dies meistens recht wohl gelungen, allein es scheint mir, als ob er den Begriff specifische Wärme noch besser durch Mischungsbeispiele vorbereitet hätte, als in der von ihm eingeschlagenen Weise. Auch in Bezug auf die Erscheinungen an Spiegeln, Linsen und Planplatten habe ich eine andere Ansicht als der Verfasser zu haben scheint. Sollte nicht in diese Lehrgegenstände auf ungezwungnere Weise Deduction hineinkommen, wenn man, was mathematisch nur mit Aufwand von viel Zeit und Mühe geschehen kann, der Reihe nach experimentell die Sätze nachweist: das optische Bild eines leuchtenden Punktes ist wieder ein Punkt, das einer Geraden wieder eine Gerade, senkrecht auf demselben Punkte der Axe stehende Gerade wieder im Allgemeinen durch einen der genannten optischen Apparate proportional verkürzt oder verlängert etc.?

Es entspricht dem Unterrichtszwecke des Buches vollkommen, dass in dem chemischen Theile der Schüler nur mit den gewöhnlicheren Metalloiden und mit dem Wasser, der Kohlensäure, dem Verbrennungs- und Athmungsprocess bekannt gemacht wird. Obwohl ich nun oben in Beziehung auf den optischen Theil eine abweichende Ansicht ausgesprochen habe, so bin ich doch im Ganzen von dem Buche sehr befriedigt, der Leser desselben wird auf ungezwungene Weise lernen und wird durch das Buch selbst zur Klarheit angeregt werden. Die interessanten kleingedruckten, sich eingehender mit dem kurz vorher behandelten Gegenstand befassenden Anmerkungen, sowie die passenden Fragen werden dem Leser des Buches sehr willkommen sein. Das Buch, welches sich auch durch seine äussere Ausstattung empfiehlt, verdient recht wohl benutzt zu werden.

Dr. KAHL.

Lehrbuch der Physik für Gymnasien, Realschulen und höhere Lehranstalten. Von Dr. JOHANN ROBERT BOYMANN, Oberlehrer am Gymnasium zu Coblenz. Mit 264 in den Text eingedruckten Holzschnitten. Köln und Neuss, Druck und Verlag der L. Schwann'schen Verlagshandlung. 1863.

Der Verfasser will mit vorliegendem Lehrbuche der Physik den Schülern höherer Lehranstalten ein Buch in die Hand geben, welches die Erfüllung der von der höchsten Unterrichtsbehörde in Preussen gestellten Anforderungen an die physikalischen Kenntnisse der Abiturienten von Gymnasien und Realschulen vorbereiten hilft. Diese Anforderungen spricht das Prüfungsreglement für die Gymnasien vom 4. Juni 1834 aus: „Deutliche Erkenntnisse der Hauptgesetze der Natur, namentlich der Gesetze, welche mathematisch, jedoch ohne Anwendung des höheren Calculs begründet werden können" und die Prüfungsordnung für die Realschulen vom 6. October 1859: „Bei der auf Experimente gegründeten Kenntniss der Naturgesetze muss die Befähigung vorhanden sein, dieselben mathematisch zu behandeln und zu begründen, die Schüler müssen eine Fertigkeit erworben haben, das in der populären Sprache als Qualität Gefasste durch Quantitäten auszudrücken". — Die Anordnung des Lehrstoffes hat den Verfasser zu folgender Reihenfolge geführt: Allgemeine Eigenschaften der Körper, Wirkung der Molekularkräfte, chemische Erscheinungen, Statik und Dynamik der festen, der flüssigen, der gasförmigen Körper, Magnetismus, Reibungselektricität, Berührungselektricität, Wellenbewegungen, Akustik, Optik, Wärmelehre, gegen welche sich wenig einwenden lässt. Mag nun der Verfasser auch dem Wortlaut der oben erwähnten Anforderungen genügt haben, alles mathematisch zu behandeln, so fehlt doch das die Erscheinungen oder Gesetze Verknüpfende, so dass diese meist aphoristisch erscheinen. Warum hat der Verfasser beim Mittelpunkt der parallelen Kräfte nur in trockener Weise dessen Definition und nicht auch die charakteristische Eigenschaft angegeben, dass er Angriffspunkt der Resultante bleibt, auch wenn die Componenten um gleichviel gedreht werden? Es scheint mir auch mit Grund die Anforderung an ein Lehrbuch der Physik gestellt werden zu können, an das Bekannte das neu zu Erklärende anzuknüpfen, die Erscheinung aus dem Gesetze zu deduciren, klar und correct in den Erklärungen, streng in den Herleitungen zu sein. Der Verfasser scheint diese Anforderung nicht an sich herantreten gefühlt zu haben, denn er schiebt die Wirkung von Kräften an Maschinen gleich nach der Standfähigkeit unter dem Titel: „Gleichgewicht der einfachen Maschinen" ein, wo wahrlich Niemand verstehen kann, was es heisst: „Soviel an Kraft gewonnen wird, so viel geht an Weg und also auch an Zeit verloren". Wenn zur Erklärung die einfachen Maschinen als einfache Beispiele beibehalten werden, warum folgt der Verfasser nicht Redtenbacher's ausgezeichneter Erklärung in den Principien der Mechanik und des Maschinenbaues? Dann aber müssen die Maschinen erst nach der Wirkung der Kräfte behandelt werden. Bei der Bewegung gewöhnt der Verfasser den Schüler überall daran, Punkt und Körper nicht zu unterscheiden, weist die so leicht herzuleitende dynamische Bedeutung des Schwerpunktes nicht nach, bringt die Hindernisse der Bewegung erst nach der mechanischen Arbeit und das Trägheitsmoment nach dem Pendel. Offenbar unrichtig ist es, von der Leistung einer Kraft zu sprechen, wenn bei deren Wirkung die Zeit nicht mit in Betracht kommt, dann heisst es auch nicht Mareotte's Gesetz, wie wiederholt, sogar im Register vorkommt. Zu meinem grossen Bedauern finde ich auch in den übrigen Abschnitten des Buches das Bestreben nicht hervortretend, deutliche Einsicht und Zusammenhang in die Erscheinungen und Naturgesetze zu bringen, so dass ich bekennen muss, ich halte die Absicht des Verfassers, den Schülern durch sein Werk etwas zu nützen, für eine gänzlich verfehlte.

Dr. KAHL.

Lehrbuch der sphärischen Astronomie von Dr. F. BRÜNNOW, Professor der Astronomie an der Universität von Michigan und Director der Sternwarte zu Ann. Arbor. Mit einem Vorworte von T. F. ENCKE, Director der Berliner Sternwarte. Zweite vermehrte Ausgabe. Berlin, Dümmler's Verlagsbuchhandlung. 1862.

Als im Jahre 1851 die erste Auflage dieses Werkes erschien, befriedigte dieselbe in Wirklichkeit ein dringendes Bedürfniss, indem trotz der Reichhaltigkeit unserer Literatur namentlich an populären astronomischen Schriften, sich doch kein neueres Werk in derselben vorfand, das die Hauptprobleme der sphärischen Astronomie im Zusammenhange darstellte und dem Anfänger den Zugang zu dieser Disciplin erleichtern konnte. Letzterer sah sich vielmehr bei seinen Studien fast auf die verschiedenen astronomischen Zeitschriften, akademischen Memoiren etc. verwiesen. Diese Umstände erklären die rasche und weite Verbreitung, die das Brünnow'sche Buch sofort in astronomischen Kreisen fand und in Folge deren sich bereits vor mehreren Jahren das Bedürfniss einer neuen Auflage fühlbar machte. Der Verfasser, der seine frühere Stellung in Bilk mittlerweile aufgegeben hatte und nach der neuen Welt übergesiedelt war, beabsichtigte nun anfangs eine vollständige Umarbeitung des Buches, indessen der ungünstige Zustand seiner Gesundheit hinderten ihn an der Ausführung dieses Verhabens und so hat er sich darauf beschränkt, nur die nöthigsten Zusätze und Verbesserungen anzubringen, so dass diese neue Auflage wenigstens die beiden Hauptprobleme der sphärischen Astronomie, die Bestimmung des Ortes der Gestirne an der scheinbaren Himmelskugel, sowie die des Beobachtungsortes auf der Erde nebst Allem, was darauf Bezug hat, in ziemlicher Vollständigkeit behandelt. Da die erste Auflage des Werkes hinreichend bekannt ist, so können wir uns in dieser Anzeige darauf beschränken, die wesentlichen Aenderungen und Zusätze, welche der Verfasser bei der neuen Auflage gemacht hat, kurz anzuführen.

Die Einleitung, welche in der ersten Auflage nur zwei Theile enthielt, nämlich A. die Transformation der Coordinaten und die Formeln der sphärischen Trigonometrie und B. die Interpolationsrechnung, hat in der zweiten Auflage fünf Theile. Zunächst treffen wir nämlich hier C. die Theorie einiger bestimmter Integrale, welche besonders die in der Theorie der Refraction, in der Wahrscheinlichkeitsrechnung etc. wichtige Transcendente

$$\int_\tau^\infty e^{-t^2} dt$$

behandelt. Der Verfasser giebt für das erwähnte Integral zwei Reihenentwickelungen und die Laplace'sche Darstellung in Form eines Kettenbruches. Es schliesst sich hieran noch die Untersuchung von ein paar anderen bestimmten Integralen, die auf das vorige zu reduciren sind. Das Wesentlichste dieser Betrachtungen findet sich in der ersten Auflage allerdings auch schon, aber nicht abgesondert, sondern bei der Theorie der Refraction behandelt. Ganz neu hinzugekommen sind dagegen die beiden nächsten Theile, nämlich D. die Methode der kleinsten Quadrate (S. 42—46) und E. die Entwickelung periodischer Functionen aus gegebenen numerischen Werthen in Form von Reihen, welche die Form haben

$$a_0 + a_1 \cos x + a_2 \cos 2x + \ldots$$
$$+ b_1 \sin x + b_2 \sin 2x + \ldots$$

(S. 67—73). Die Praxis der Methode der kleinsten Quadrate erläutert der Verfasser an einem Beispiele, das Bessel's Bestimmung der Refractions-Constanten (7. Band der Königsberger Beobachtungen) entnommen ist.

Im ersten Abschnitte (die scheinbare Himmelskugel und deren tägliche Bewegung) hat der erste Theil, der die verschiedenen Ebenen und Kreise an der Himmelskugel behandelt, eine neue Darstellung erhalten, während der zweite, die Verwandlung der verschiedenen Coordinatensysteme enthaltend, nur wenig geändert worden ist. Der dritte und vierte Theil der alten Auflage haben in der neuen ihre Plätze vertauscht. Neu hinzugekommen ist in dem jetzigen dritten Theile die Ableitung der wahren Länge der Sonne aus der mittleren mit Hilfe der Kepler'schen Gesetze während in der ersten Auflage die Form der betreffenden Gleichung nur historisch angegeben war; ebenso ist die Verwandlung der Länge in Rectascension in Form einer nach den Sinus und Cosinus der Vielfachen der mittleren Länge fortschreitenden Reihe neu hinzugekommen. Auch an die Spitze des jetzigen vierten Abschnittes ist eine neue Nummer getreten, welche die Berechnung der Culminationszeit des Mondes und der Planeten aus den in den Ephemeriden angegebenen Rectascensionen im Mittage lehrt; desgleichen stehen auch am Schlusse zwei neue Nummern, betreffend die grösste Digression von Circumpolarsternen und die Zeit, in welcher Sonne und Mond sich durch einen gegebenen grössten Kreis bewegen.

Der jetzige zweite Abschnitt (Veränderungen der Fundamentalebenen, auf welche die Orte der Sterne bezogen werden) bildete in der ersten Auflage einen Theil des dritten Abschnittes. Er behandelt die Präcession und Nutation. Hier hat besonders die Darstellung der Nutation eine gänzliche Umarbeitung erfahren; die zu Grunde liegenden Constanten sind nicht mehr, wie in erster Auflage, die Bessel'schen, sondern die von Peters in der Schrift „*Numerus constans nutationis*" veröffentlichten, die bekanntlich auch den Nicolai'schen Nutationstafeln zu Grunde liegen.

Im dritten Abschnitte werden Parallaxe, Refraction und Aberration behandelt. Eine neue Darstellung hat die Refraction gefunden, einestheils nämlich ist ein Theil der rein analytischen Sätze, die in der ersten Auflage diesem Capitel einverleibt waren, in die Einleitung verwiesen worden, andererseits hat der Verfasser ausser der Bessel'schen Hypothese über die Aenderung der Dichtigkeit der Atmosphäre mit wachsender Höhe auch die von Ivory berücksichtigt, endlich ist auch noch eine kurze Nummer über die Dämmerungsphänomene hinzugefügt worden. Auch das Capitel von der Aberration hat einen Zusatz erhalten, nämlich die analytische Ableitung der Formeln für die Aberration für Gestirne, die eine eigene Bewegung haben.

Der vierte Abschnitt (Herleitung der mittleren Sternörter und der wahrscheinlichen Werthe der darauf Einfluss habenden Constanten aus Beobachtungen) ist zum grossen Theile neu. Ganz neu sind die beiden ersten Nummern (Reduction der mittleren Oerter der Sterne auf scheinbare und umgekehrt, und Bestimmung der Rectascension und Declination der Sterne, sowie der Schiefe der Ecliptik), während die dritte Nummer (Bestimmung der wahrscheinlichsten Werthe der zur Reduction der Sternörter angewandten Constanten aus Beobachtungen) sich zwar in dem fünften Abschnitte der ersten Auflage vorfindet, aber in bedeutend kürzerer Gestalt.

Der fünfte Abschnitt (Bestimmung der Lage der festen grössten Kreise der Himmelskugel gegen den Horizont des Beobachtungsortes) bildete in der ersten Auflage den vierten Abschnitt, der sechste (Bestimmung der Dimensionen der Erde und der Horizontalparallaxen der Himmelskörper) ist aus den beiden ersten Nummern des früheren fünften gebildet.

Endlich hat der siebente Abschnitt, der frühere sechste, welcher die Theorie der astronomischen Instrumente enthält, mehrere nicht unbedeutende Zusätze erhalten. Gleich in der ersten Nummer ist als neu zu erwähnen die Behandlung der Einwirkung der Schwere auf die Kreise und das Fernrohr, sowie die Untersuchungen der Ungleichheiten der Mikrometerschrauben. In der Theorie des Aequatoreals ist die Benutzung desselben für die Bestimmung relativer Oerter hinzugetreten und am Ende des Abschnittes finden wir in einer neuen Nummer den Einfluss der Präcession, Nutation und Aberration auf den Positionswinkel und die Distanz zweier Sterne besprochen.

Trotz des nicht unbeträchtlichen Umfanges, den manche dieser Zusätze haben, ist doch die neue Auflage kaum um einen halben Bogen stärker als die frühere. Diese Platzersparniss ist bewirkt worden theils durch kleineren und engeren Druck der Formeln, theils durch Abkürzungen in Darstellung an manchen Stellen, wo die erste Auflage ohne Noth weitläufig war. Schliesslich müssen wir noch erwähnen, dass die Abbildungen, welche in der ersten Auflage auf einer besonderen Tafel beigegeben waren, in dieser neuen Auflage in der jetzt üblichen Weise dem Texte eingedruckt sind.

Jedenfalls wird das Buch auch in dieser neuen Gestalt dieselbe Anerkennung finden, wie in der früheren und recht Vielen den Eingang zur Wissenschaft der Astronomie erleichtern helfen. GRETSCHEL.

HELMES, J., Oberlehrer am Gymnasium zu Celle. **Die Elementar-Mathematik** nach den Bedürfnissen des Unterrichtes streng wissenschaftlich dargestellt. Erster Band: Arithmetik und Algebra, zweiter Band: Planimetrie. Hannover, Hahn'sche Hofbuchhandlung. 1862.

Nach der eigenen Angabe des Verfassers soll das vorliegende Buch ein Lernbuch im vollsten Sinne des Wortes sein, d. h. ein Buch, in welchem der Schüler den Unterrichtsstoff in vollständig ausgearbeiteter Form so dargestellt findet, wie er ihn sich anzueignen hat. Als Hauptaufgabe eines solchen Buches aber stellt er hin, „die Forderungen strengster Wissenschaftlichkeit mit den Forderungen grösstmöglicher Fasslichkeit für die Jugend zu vereinen, den Inhalt des Unterrichtes aber auch für das Leben möglichst brauchbar zu machen". Diesen Forderungen hat er zu genügen gesucht, erstens durch vollkommen organische Verbindung und Gliederung des Ganzen wie des Einzelnen; zweitens durch eine solche Einrichtung des Lehrganges, dass er die grösstmögliche Ursprünglichkeit und Unmittelbarkeit der Erkenntniss erzielt, den Fortgang vom Besonderen zum Allgemeinen nimmt und ohne Unterlass die theoretische Erkenntniss mit praktischer Uebung verbindet; drittens durch besondere Hervorhebung von Anwendungen der Wissenschaft auf's Leben, namentlich in der Aufstellung und Auflösung von Aufgaben.

Was nun zunächst den ersten, die Arithmetik und Algebra behandelnden Band anlangt, so zerfällt dieser in zwei Theile. Gegenstand des ersten Theiles sind die vier Species und die Gleichungen ersten Grades. Derselbe zerfällt wieder in neun Abschnitte, deren Inhalt der folgende ist. 1) Die vier Species in ganzen Zahlen; 2) die algebraischen Zahlen (entgegengesetzte Grössen); 3) gemeinschaftliches Maass der Zahlen, Primzahlen, commensurable und incommensurable Grössen; 4) Brüche; 5) Decimalbrüche; 6) Kettenbrüche; 7) Gleichungen ersten Grades mit einer und mit mehreren Unbekannten, sowie Diophantische Gleichungen vom ersten Grade; 8) Verhältnisse und Proportionen; 9) Quadriren und Cubiren, Ausziehen von Quadrat- und Cubikwurzeln.

Im Ganzen müssen wir dem Verfasser das Zeugniss geben, dass seine Darstellung den Anforderungen entspricht, die er selbst stellt. Auf einen Punkt aber wollen wir hier aufmerksam machen, weil wir daselbst einen Irrthum zu bemerken glauben. In § 53 wird der Lehrsatz: „Mit einer Differenz wird multiplicirt, indem man mit dem Minuendus und mit dem Subtrahendus derselben multiplicirt und letzteres Product vom ersteren subtrahirt", also
$$a(m-n) = am - an,$$
auf folgende Art bewiesen. Wenn man mit m statt mit $m-n$ multiplicirt, so hat man mit einer um n zu grossen Zahl multiplicirt, man muss daher von dem erhaltenen Producte noch das Product an abziehen. Dies ist aber kein Beweis, sondern nur ein anderer Ausdruck für den Satz. Der Beweis selbst wird wohl nicht anders zu führen sein, als indem man $m-n$ als positiv voraussetzt, die Factoren vertauscht und so die Aufgabe zurückführt auf die im vorhergehenden § behandelte Gleichung
$$(a-b)m = am - bm.$$
Dies hat aber weiter die Folge, dass der in § 118 stehende Satz: „Mit einer negativen Zahl wird multiplicirt, indem man das Entgegengesetzte des Multiplicandus mit dem positiven Multiplicator multiplicirt", nicht auf die dort angegebene Art bewiesen werden kann:
$$(\pm a).(-m) = (\pm a)(0-m) = 0 \mp ma = \mp ma,$$
denn die Regel des § 53 ist eben nur für positive Differenzen bewiesen. Die in §. 118 angegebene Regel ist überhaupt kein Lehrsatz, sondern eine Definition, gerade eben so wie die Regeln für die Addition einer negativen Zahl, für die Multiplication mit einem gebrochenen Multiplicator, für die Potenzirung mit einem negativen, der Null gleichen oder gebrochenen Exponenten durchaus als Definitionen hinzustellen sind, sobald man vorher

das Product als eine Summe gleicher Addenden, die Potenz als ein Product gleicher Factoren, Quotient und Wurzel aber als Umkehrungen der beiden vorigen Zahlenverbindungen definirt hat.

Der zweite Theil beschäftigt sich mit den Entwickelungen des Potenzbegriffes und den Gleichungen, deren Auflösung auf ihnen beruht. Die Vertheilung des Stoffes auf die einzelnen Abschnitte ist folgende. 10) Potenziren und Radiciren; 11) quadratische Gleichungen (mit einer und mit zwei Unbekannten, Diophantische Gleichungen zweiten Grades); 12) Logarithmen; 13) Progressionen (arithmetische, geometrische und harmonische, Interpolation u. a.); 14) Zinseszins- und Rentenrechnung; 15) Combinationslehre (Permutationen, Combinationen und Variationen, binomischer Lehrsatz, Elemente der Wahrscheinlichkeitsrechnung; 16) arithmetische Reihen höherer Ordnung; 17) cubische Gleichungen.

Allen einzelnen Abschnitten, mit Ausschluss der beiden letzten, hat der Verfasser zahlreiche Uebungsbeispiele beigegeben, so dass bei Benutzung des Buches eine besondere Sammlung algebraischer Aufgaben entbehrt werden kann.

Der zweite Band, welcher die Geometrie der Ebene enthält, zerfällt gleichfalls in zwei Theile, von denen der erste die Congruenz und Gleichheit der Figuren behandelt. Die einzelnen Abschnitte haben folgenden Inhalt. 1) Die gerade Linie und der Winkel (Länge der Geraden, zwei Gerade sind durch eine dritte geschnitten, Parallelentheorie); 2) das Dreieck (Allgemeines, die vier Congruenzsätze, besondere Sätze über das rechtwinklige und gleichschenklige Dreieck, merkwürdige Punkte des Dreieckes, geometrische Oerter); 3) Auflösung von Aufgaben durch Construction (ohne Analyse und mit Analyse); 4) das Parallelogramm; 5) Gleichheit des Flächeninhaltes bei Dreiecken und Parallelogrammen (Pythagoräischer Lehrsatz, Verwandlung und Theilung der Dreiecke und Parallelogramme); 6) das Vieleck; 7) Kreislehre (Sehnen, Tangenten und Winkel im Kreise, um- und eingeschriebene Vielecke, gegenseitige Lage zweier Kreise).

Im zweiten Theile kommen die arithmetischen Beziehungen der planimetrischen Gebilde zur Sprache und es handelt derselbe von dem Verhältniss der Flächen und von der Aehnlichkeit der Figuren. Die einzelnen Abschnitte sind hier folgende. 8) Berechnung des Flächeninhaltes geradlinig begrenzter Figuren; 9) Proportionalität der Linien und Aehnlichkeit der Figuren; 10) Beziehungen zwischen den Seiten des rechwinkligen Dreieckes, regelmässiges Zehneck, Linien am Kreise; 11) Anwendung der Eigenschaften ähnlicher Figuren auf Lehrsätze und Aufgaben der Planimetrie; 12) Rectification und Quadratur des Kreises; 13) Wechselbeziehung der Geometrie mit Arithmetik und Algebra; 14) ein elementares Theorem der Isoperimetrie.

Auch in diesem Bande sind den meisten Abschnitten Uebungsbeispiele in ziemlicher Anzahl beigegeben.

Das ganze Werk macht den Eindruck einer fleissigen und sorgsamen Arbeit; die Darstellung ist, wenn auch nicht elegant, so doch klar und verständlich, die Entwickelungen und Beweise sind in der Regel streng und richtig. Jedenfalls wird sich die Schrift als ein nützliches Hilfsmittel beim Unterrichte an höheren Lehranstalten bewähren. GRETSCHEL.

Tafeln der Additions- und Subtractions-Logarithmen für sieben Stellen berechnet von J. ZECH. Besonderer Abdruck aus der Vega-Hülsse'schen Sammlung mathematischer Tafeln. Zweite Auflage. Berlin, Weidmann. 1863.

Die vorliegenden Tafeln sind den practischen Rechnern schon lange bekannt und bedürfen daher einer besonderen Empfehlung nicht mehr. Die erste Tafel, die Additionstafel, giebt für alle Werthe von $\log x$ von 0 bis 6 die zugehörigen Werthe von $\log \left(1 + \frac{1}{x}\right)$ bis auf sieben Decimalstellen an. Die zweite oder Subtractionstafel enthält zu den Werthen von $\log x$ von 0 bis 0,3029 die zugehörigen Werthe von $\log \frac{x}{x-1}$.

Aus dem Gesagten ergiebt sich sofort der Gebrauch der Tafeln. Leider ist denselben gar keine Erläuterung beigegeben, so dass man darauf angewiesen ist, die Einrichtung der Tafeln selbst aus denselben herauszufinden. Ist auch dieser Uebelstand, eben weil die Tafeln schon hinlänglich bekannt sind, nicht allzuempfindlich, so würde es immerhin zweckmässiger gewesen sein, denselben einige erläuternde Worte vorzudrucken, um ihren Gebrauch auch in weiteren Kreisen zu erleichtern.

GRETSCHEL.

Bibliographie
vom 15. April bis 1. Juni 1864.

Periodische Schriften.

Denkschriften der kaiserl. Akademie der Wissenschaften zu Wien. Mathem.-naturwissenschaftl. Classe. 22. Band. Wien, Gerold's Sohn. 13⅓ Thlr.

Sitzungsberichte der kaiserl. Akademie der Wissenschaften zu Wien. Mathem.-naturwissenschaftl. Classe. 48. Band. 4. Heft. (2. Abth.) Ebendaselbst. 1 Thlr.

Berichte über die Verhandlungen der K. Sächs. Gesellschaft der Wissenschaften zu Leipzig. Mathem.-phys. Classe. 1863, II. Leipzig, Hirzel. ⅙ Thlr.

Sitzungsberichte der K. Bayrischen Akademie der Wissenschaften zu München. 1864, 1. Bd. 2. Heft. München, Franz. 16 Ngr.

United-States, Astronomical and meteorological observations made at the U. S. Naval observatory during the year 1862. *By Capt. J. M. Gillis, (Washington) London.*

Annuario marittimo per l'anno 1864 *compilato dal Lloyd austriaco.* 14. *Annata.* Triest, Direction des österreichischen Lloyd. 1⅓ Thlr.

Reine Mathematik.

SCHELLBACH, K. H., Die Lehre von den elliptischen Integralen und den Thetafunctionen. Berlin, G. Reimer. 2 Thlr.

SARRES, J., Geometrische Untersuchungen über Kegelschnitts- und Kreisbüschel und deren Anwendung auf die Erzeugung von Curven dritter und vierter Ordnung. Wittenberg, Herrosé. ⅙ Thlr.

HERTZER, H., Mathematische Tabellen, Formeln und Constructionen. Berlin, Gärtner. 2 Thlr.

LIEBER, H., Formeln der Elementarmathematik. Pyritz, Backe. 6 Ngr.

JUNGE, A., Tafel der wirklichen Länge der Sinus und Cosinus
für den Radius 1,000000 für alle Winkel des ersten Qua-
dranten von 10 zu 10 Secunden. Leipzig, Felix. 28 Ngr.
JOB, M., Lehrbuch der Planimetrie. 1. Abth. Dresden, Dietze.
⅔ Thlr.
BALSAM, H., Leitfaden der Planimetrie nebst Lehrsätzen, Auf-
gaben und einer geschichtlichen Uebersicht. 2. Auflage.
Stettin, Saunier. ⅙ Thlr.
GLASL, C., Lehrbuch der Geometrie für Unterrealschulen
5. Aufl. Wien, Braumüller's Verlags-Conto. 1 Thlr.
HELMES, J., Die Elementarmathematik, nach den Bedürfnissen des
Unterrichtes streng wissenschaftlich dargestellt. 3. Bd. Die ebene
Trigonometrie. Hannover, Hahn. 22 Ngr.
HEILERMANN, Lehr- und Uebungsbuch für den Unterricht in der
Mathematik. 2. Theil. Ebene Trigonometrie und Geometrie des
Raumes. Coblenz, Hergt. ⅔ Thlr.
MAYER, G., Leitfaden zum Unterrichte in der Elementar-
mathematik. 5. Aufl. München, Lindauer. 1 Thlr.
SPITZ, C., Lehrbuch der allgemeinen Arithmetik. 2. Thl. nebst
Anhang, die Resultate enthaltend. Leipzig, Winter. 1 Thlr. 16 Ngr.
KÖHLER, E. T., *Manuale logaritmico-trigonometrico. 9. ediz. Prima
versione ital.* Leipzig, Tauchnitz. 1 Thlr.

Angewandte Mathematik.

CULMANN, K., Die graphische Statik. 1. Hälfte. Zürich, Meyer &
Zeller. 2 Thlr.
BRESSON, C., Lehrbuch der Mechanik in ihrer Anwendung auf
die physikalischen Wissenschaften etc. Nach dem Französ.
7. Lief. Leipzig, Bänsch. ⅙ Thlr.
DITSCHEINER, L., Revision der Beobachtungen an krystallini-
schen Körpern. Wien, Gerold's Sohn. ⅔ Thlr.
LINSSER, C., Ueber die Flecken und die Rotation des Mars.
Halle, Schmidt, 4 Ngr.
SCHMIDT, J. F. J., Zweiter Bericht über das zu Athen am 18. Oc-
tober 1863 beobachtete Feuermeteor. Wien, Gerold's Sohn.
2 Ngr.
FAYE, H., *Sur une méthode nouvelle, proposée par M. de Littrow,
pour déterminer en mer l'heure et la longitude.* Wien, Gerold's
Sohn. 6 Ngr.
CHARBONNIER, A., *Machines à vapeur. Détermination du volant et du
régulateur à boules ramenant la vitesse du régime. Paris, Lacroix.*
5 Frcs.

Physik.

Encyclopädie der Physik, herausgegeben von G. KARSTEN. 14. Lfg. Leipzig, Voss. 2⅔ Thlr.

KUNZEK, A., Lehrbuch der Experimentalphysik für Gymnasien und Realschulen. 7. Aufl. Wien, Braumüllers Verlags-Conto. 28 Ngr.

CORNELIUS, C. S., Zur Theorie des Sehens mit Rücksicht auf die neuesten Arbeiten in diesem Gebiete. Halle, Schmidt. 12 Ngr.

TOEPLER, A., Beobachtungen nach einer neuen optischen Methode. Bonn, Cohen & Sohn. ⅚ Thlr.

Literaturzeitung.

Recensionen.

Oeuvres de Desargues *réunies et analysées par* M. POUDRA, Paris 1864.

Die Entwickelung der Geometrie zeigt demjenigen, welcher sie am Faden der Geschichte verfolgt, einen eigenthümlichen Wechsel der Behandlungsweise. Rechnet man die Geschichte der Mathematik auch nur von den Zeiten des Euclid an, zu welchen die Wissenschaft schon einen Höhepunkt erreicht hatte, welcher auf eine lange Vorgeschichte hinweist, so waren sicherlich zwei Jahrtausende hindurch synthetische Methoden, oder, wie man vielleicht deutlicher sagen könnte, Methoden der Zeichnung und der Anschauung vorhanden, mit deren Hülfe man die Eigenschaften der Raumgebilde untersuchte und Resultate erzielte, welche unser Erstaunen um so mehr hervorrufen, je künstlicher oft der Weg war, auf welchem man zu ihnen gelangte.

Wenn man diese ältere Geometrie studirt, so geht es einem ähnlich wie beim Studium der Schriften von Cauchy: Man bewundert die Strenge der Beweise, aber man verwundert sich ebenso über deren Mangel an Natürlichkeit. Man kann unmöglich glauben, dass der Beweis dieses oder jenen Satzes den Satz selbst habe entdecken lassen. Man vermisst das Gerüste, welches dazu diente, die fein und scharf behauenen Ecksteine einzusetzen, die das ganze Gebäude so künstlich tragen.

Es mag wohl sein, dass dieses Gefühl mangelnder Befriedigung dazu beitrug, den allgemeinen Enthusiasmus noch zu steigern, welcher die analytische Geometrie des Descartes gleich bei ihrem Erscheinen begrüsste. Hier war eine Methode angegeben, nach welcher nicht bloss schon bekannte geometrische Eigenschaften in analytischer Uebersetzung in neuem Zusammenhange auftraten, auch neue Eigenschaften ergaben sich jetzt, wie von selbst, bei der Discussion einer ganz beliebig angenommenen Gleichung. War es früher Aufgabe des höchsten geometrischen Scharfsinnes gewesen, Curven wie die Cissoide, die Quadratrix des Dinostrates, die Spirale des Conon nach ihren Gesetzen zu prüfen, so war es jetzt Jedem, der nur mit algebraischen Grössen rechen konnte, ein Leichtes, diese Curven als specielle Fälle von anderen weit umfassenderen Gruppen zu betrachten, so konnte man beispielsweise jetzt die gemeinsamen Eigenschaften der Kegelschnitte entwickeln, wenn man sich früher genöthigt sah, mit Ellipse, Hyperbel und Parabel sich einzeln abzuplagen. Aber nicht bloss diese geometrische Wichtigkeit lag der Descartes'schen Methode inne. Eine Folge derselben war auch, dass jetzt erst die Lehre von den Functionen als allgemeinster Theil der Mathematik entstehen konnte, von welchem aus Arithmetisches, Geometrisches und Mechanisches sich entwickeln liess, alle drei als Anwendung derselben Grundgedanken. An die Erfindung der analytischen Geometrie knüpft sich unmittelbar die Erfindung der Infinitesimalrechnung, und Leibnitz wäre nicht zu denken, wenn nicht Descartes vorhergegangen wäre. Die Fortschritte der Mathematik seit jener Zeit waren riesenhaft. Noch sind es keine zwei Jahrhunderte, dass die Differential- und Integralrechnung existirt, und schon ist es so weit gekommen, dass die Theile der Mathematik, welche damals als höchste betrachtet wurden, nur noch die Fundamente einer ganz neuen höheren Mathematik bilden. Die Giganten: Euler, Lagrange, Laplace, Monge, Gauss, Jacobi, Abel, und wie sie alle heissen, haben den Ossa auf den Pelion gethürmt, und ihre Nachfolger setzen die himmelstürmende Arbeit noch immer fort.

Da, am Anfange dieses Jahrhunderts, erinnerte man sich auch unter den Männern der Erfindungen wieder an die alten Methoden, welche so lange alleinige Geltung gehabt hatten, und denen man jetzt eine Seite abzugewinnen suchte, von welcher aus sie ähnliche Allgemeinheit darzubieten vermöchten, wie sie den analytischen Methoden zukam. Carnot's géométrie de position 1803, Lamé's examen de différentes méthodes employées pour resoudre les problèmes de géométrie 1818, Poncelet's traité de propriétés projectives des figures 1822, Steiner's systematische Entwicklung der Abhängigkeit geometrischer Gestalten von einander 1832, sind neben vielen einzelnen Abhandlungen die Hauptschriften, in welchen die neuere Geometrie, d. h. die ausgebildete und auf die Höhe der Zeit erhobene alte Geometrie auftrat, eine Geometrie, welche unter den Händen der noch lebenden Nacheiferer jener Männer in Frankreich, in Deutschland, seit den letzten zehn Jahren auch in Italien, der analytischen Geometrie völlig ebenbürtig geworden ist.

Schon Poncelet hatte in dem genannten Werke darauf aufmerksam gemacht, dass das 17. Jahrhundert, wie es die analytische Geometrie schuf, auch die Wiege der neueren Geometrie war, dass ein Lyoner Architekt mit Namen Desargues, der Freund des Descartes, aber in seinen Forschungen weniger als dieser von dem Beifall der Zeitgenossen begleitet, dadurch in den Schatten gestellt und nachgrade vergessen, schon mit den allgemeinen Methoden der synthetischen Geometrie sich beschäftigte, und dass es Zeit sei, die ganze Bedeutsamkeit dieses Monge seines Jahrhunderts verdientermassen anzuerkennen. Chasles hat dieser Anerkennung in seinem 1837 erschienenen „apperçu historique sur l'orgine et le développement des méthodes en géometrie" (übersetzt von Sohncke 1839 unter dem Titel: Geschichte der Geometrie) beredten Ausdruck verliehen. Auf S. 74 flgg. und S. 331 flgg. des Originals (S. 71—85 und S. 344—348 der deutschen Uebersetzung) hat er die vielfältigen Verdienste des Vaters der neueren Geometrie ausführlich geschildert, und nachdem er zuletzt aus der histoire litéraire da la ville de Lyon von Colonia (1728) die Stelle angeführt, Richer, Domherr zu Provins, wolle eine vollständige Ausgabe der Werke von Desargues besorgen, knüpft er daran den Wunsch: Liesse doch ein glücklicher Zufall die für das Unternehmen von Richer gesammelten Materialien wiederfinden!

Dieser Wunsch ist nun allerdings nicht in Erfüllung gegangen, allein die Aufklärung jener noch halbdunkeln Stelle in der Geschichte der Mathematik hat darunter nicht gelitten. Chasles selbst war so glücklich, 1845 bei einem pariser Bücherhändler ein Manuscript zu entdecken, welches das vollständig verschwundene Hauptwerk des Desargues in zweifellos beglaubigter Abschrift enthielt, und seit 1860 hat Herr Poudra in dankenswerther Aufopferung für die Wissenschaft weder Mühe noch Kosten gescheut, um alles zu sammeln, was irgend auf Desargues, sein Leben und seine Schriften Bezug hat, und das Ergebniss dieser rastlosen Thätigkeit ist es, welches gegenwärtig in zwei Bänden von zusammen fast 60 Druckbogen uns vorliegt. Wir müssen uns damit begnügen, nur kurze Andeutungen des reichen Inhaltes hier zu geben.

Den Anfang bildet eine mit grossem Fleisse zusammengestellte Biographie des 1593 in Lyon geborenen Girard Desargues; der Freund eines Descartes, der Ingenieur eines Cardinals Richelieu, der Unterweiser eines Pascal, der mittelbare Lehrer eines Delahire musste in den verschiedensten Schriften genannt worden sein, und Herr Poudra hat alle diese Spuren seines Lebens zu verfolgen gewusst. Ja er hat sogar die Schmähschriften der boshaften Gegner des Desargues, der Dubrenil, Tavernier, Curabelle eines Abdruckes am Schlusse des Ganzen für würdig erachtet, indem er sich von dem ganz richtigen Gedanken leiten liess, dass Neid die Augen schärft, und dass man daher die Vortrefflichkeit eines Mannes zum Theil auch daraus schliessen kann, wenn seine Feinde nicht im Stande sind, ihm andere als nur kleinliche oder gar in sich zerfallende Vorwürfe zu machen. Den Hauptinhalt der vorliegenden Bände bilden indessen wie billig die eigenen Schriften des Desargues, und da dieselben in der Originalabfassung ziemlich schwierig zu lesen sind, so hat Herr Poudra sich die nicht genug anzuerkennende Mühe gegeben, jeder der Schriften eine ausführliche Analyse nachzuschicken, in welcher die Resultate in die Sprache moderner Wissenschaft übersetzt deutlicher hervortreten. Diese Schriften sind zuerst und vor Allen eine 1639 veröffentlichte Theorie der Kegelschnitte unter dem eigenthümlichen

8*

Namen: Brouillon project d'un atteinte aux événemens des rencontres d'un cone avec un plan. Dieses Werk ist es, wovon alle gedruckten Exemplare spurlos verschwunden sind, und von welchem nur ein wunderbar zu nennender Zufall eine Abschrift erhalten hat; denn wie selten kommt es überhaupt vor, dass man ein gedrucktes Buch abschreibt und nicht mit blossem Excerpten etwa sich begnügt! Schon ein Jahr später, 1640, veröffentlichte Desargues sein zweites Werk über Steinschnitt, Perspective und Verfertigung von Sonnenuhren, welches auch hier in zweiter Linie abgedruckt ist. Als dritter Theil der Schriften folgt eine Anzahl vermischter Sätze und Abhandlungen der Perspective von Bosse (1648) entnommen. Daran knüpft sich ein eben diesem Werke seiner Zeit beigedrucktes, aber auch schon 1643 für sich erschienenes Büchelchen der theoretischen Perspective, und endlich die Analyse der die Perspective und den Steinschnitt betreffenden Arbeiten von Bosse, welche wenigstens indirect dem Desargues zugeschrieben werden müssen, wie ihr Verfasser in ehrlicher Weise selbst ausspricht. Bosse war denn auch wie der wissenschaftliche so der thatsächliche Erbe von Desargues, der ihn in seinem Testamente vom 5. November 1658 seinen gefälligen und guten Freund nennt (son obligeant et bon ami), und ihm die Summe von 2000 Livres vermacht. Der Tod des Desargues erfolgte 1661.

Ueber die Resultate, welche der Leser in den Werken des Desargues, insbesondere in dessen Theorie der Kegelschnitte, vorfindet, lassen wir Herrn Poudra selbst reden (Bd. I, S. 19):

1. Denkt man sich eine Grade nach beiden Seiten ins Unendliche verlängert, so fallen die entgegengesetzten Endpunkte zusammen.

2. Parallele Grade schneiden sich im Unendlichen.

3. Ein Kreis und eine Grade können mit zu Hülfe Ziehung des Unendlichen als Linien derselben Art betrachtet werden.

Diese so einfachen, so schönen und jetzt so landläufigen Gedanken sind Nichts desto weniger von grösster Fruchtbarkeit, und würden für sich allein genügen, eine scharfe Grenzscheide zwischen alter und neuer Geometrie zu bezeichnen.

Ohne in das Detail aller in dem Werke enthaltenen Sätze einzugehen, wollen wir die Aufmerksamkeit auf folgende Punkte lenken:

1. Die schöne Theorie der Involution, welche in den Händen von Herrn Chasles eine der Grundlagen der neueren Geometrie geworden ist.

2. Die Theorie der Transversalen und besonders der schöne Satz, dass ein Kegelschnitt und die 4 Seiten eines eingeschriebenen Vierecks in 6 Punkten geschnitten werden, welche in Involution stehen.

3. Die Theorie der Pole und Polaren in der Ebene wie im Raume, welche Delahire zugeschrieben zu werden pflegt. Man weiss, welchen Vortheil daraus General Poncelet für seine reciproken Polaren gezogen hat.

4. Die Bemerkung, dass alle auf Involution bezüglichen Eigenschaften projectivischer Natur sind, dass folglich aus Sätzen über den Kreis, welcher die Basis des Kegels ist, entsprechende Sätze über die Schnitte des Kegels durch andere Ebenen hervorgehen.

5. Die Bestimmung der Natur und der Eigenschaften der Curven welche durch beliebig gerichtete Ebenen auf dem Mantel eines Kegels erzeugt werden, dessen Basis irgend ein Kegelschnitt ist.

6. Die daran sich knüpfende Bestimmung der Punkte und Graden in jener Basis, welche Mittelpunkt, Brennpunkt, Durchmesser und Axen der durch den Durchschnitt der Ebene mit dem Kegel erzeugten Curve bilden: ein Satz von grosser Bedeutung und, wie es scheint, auch heute noch neu in einzelnen Theilen.

Mehrere dieser Sätze waren von den Alten bemerkt worden; allein der Beweis war immer nur an bestimmten Figuren geführt worden und konnten deshalb keine weitzielenden Folgerungen nach sich ziehen. Mit Hülfe der allgemeinen Theorie dagegen kann die neuere Geometrie den Wettstreit mit Descartes' Coordinatengeometrie aufnehmen.

Diese Würdigung der neueren Methoden wird sicherlich Jeder gern unterschreiben, und wir haben dieselbe auch bereits an einer früheren Stelle dieser Recension ausgesprochen. Wir können daher um so leichter, daraus den Schluss ziehen, wie wichtig die Kenntniss der Anfänge dieser Methoden ist, und wie demnach das Studium des vorliegenden Werkes gar sehr empfohlen werden muss.

CANTOR.

Die Prinzipien der Arithmetik von Dr. FRIEDRICH GRELLE, Lehrer an der polytechn. Schule zu Hannover. Hannover, Carl Rümpler 1863.

Diese Schrift ist zunächst bestimmt, den Vorlesungen des Verfassers an der polytechnischen Schule in Hannover als Grundlage zu dienen. Mit Rücksicht auf die Vorkenntnisse seiner Zuhörer hat er deshalb die elementaren Theile der Arithmetik, als die Lehre von den vier ersten arithmetischen Operationen, sowie die Fundamentalsätze der Potenzrechnung, nicht mit ab gehandelt, doch ist einiges aus diesem Gebiete, namentlich „die Bedeutung gewisser Bezeichnungen, die von verschiedenen Schriftstellern in verschiedenem Sinne erklärt worden sind," in der Einleitung kurz erörtert.

In dieser Einleitung geht der Verfasser von der Vorstellung der natürlichen Zahlenreihe aus, die er durch das geometrische Bild einer gradlinigen, nach einer Richtung hin unendlichen Reihe aequidistanter Punkte versinnlicht. Die Möglichkeit einer Bewegung in doppelter Richtung in dieser Reihe führt dann auf die beiden ersten Operationen, die Addition und Subtraction, und indem er das Problem der letzteren Operation allgemein auffasst, gelangt er auf die übliche Art zu der Vorstellung der negativen Zahlen. So ausführlich und klar der Verfasser bei der Feststellung dieser Begriffe verfährt, so abgebrochen und dunkel sind seine Bemerkungen über die Operation des Multiplicirens, während die Division und die daselbst auftretende Erweiterung des Zahlenbegriffes gar nicht erwähnt werden. Er scheint in der That nur beabsichtigt zu haben, das Gesetz der Vorzeichen von Producten abzuleiten. Zu dem Zwecke stellt er plötzlich die Behauptung auf, dass $+a = a. (+1), -a = a. (-1)$ sei und giebt dann das folgende „Grundprinzip" an: „Das Verbundensein des Factors -1 mit einem Zahlenausdrucke deutet an, dass der durch diesen Ausdruck repräsentirte Punkt in einer Richtung liegen muss, die derjenigen entgegengesetzt ist, welcher er angehören würde, falls jener Ausdruck nicht mit dem Factor -1 behaftet wäre." Da man nicht weiss, wie der Verfasser den Begriff des Productes auffasst, so bleibt man ganz im Unklaren, wie weit die im Bezug auf die Vorzeichen eines Productes geltenden Regeln nothwendige Folgen der vorhergehenden arithmetischen Entwickelungen sind und wieweit sie nur conventionelle Geltung haben. Die Anwendung des erwähnten Prinzipes setzt aber jedenfalls den Satz von der Vertauschbarkeit des Multiplicators und Multiplicanden voraus, der sich allgemein wohl nicht ohne Weiteres nachweisen lässt. Jedenfalls glauben wir, es wären hier einige genauere Feststellungen am Platze gewesen. Demnächst entwickelt der Verfasser nun noch die Fundamentalregeln für die Potenzrechnung, wobei er von dem Begriffe der Potenz mit ganzem positivem Exponenten ausgeht, bis ihn die Aufgabe der Division nöthigt, auch den Exponenten Null, sowie negative Exponenten in conventioneller Weise einzuführen.

Der eigentliche Inhalt der Schrift zerfällt nun in drei Theile, welche die drei in der Gleichung $a = b^n$ enthaltenen Probleme behandeln, und demnach 1) die Potenzwerthe, 2) die Wurzelwerthe und 3) die Exponentialwerthe zum Gegenstande haben.

Der erste Theil zerfällt wieder in drei Abschnitte, deren erster sich mit dem binomischen Lehrsatze beschäftigt. Da der Verfasser die Entwickelung von $(x+a)^n$ als speziellen Fall der Entwickelung des Productes

$$(x+a_1)(x+a_2) \ldots (x+a_n)$$

auffasst, so bedarf er zur Bestimmung der Binomial-Coefficienten einer Formel aus der Combinationslehre; dieser Umstand giebt ihm denn Veranlassung auf 14 Seiten nicht bloss die Lehre von den Combinationen, sondern auch das Permutiren und Variiren, was im ganzen Buche nicht wieder zur Anwendung kommt, vorzutragen. Es zeigt sich gleich hier die, auch weiter noch vorkommende Neigung des Verfassers, allerhand an sich interessante Gegenstände gelegentlich abzuhandeln, ganz gleichgültig, ob sie an die betreffende Stelle gehören oder nicht und umbekümmert um die dadurch herbeigeführte Unterbrechung im Gange der Entwickelung. Gleich derselbe Abschnitt bietet uns noch ein Beispiel für dieses Verfahren. In der Lehre von den Combinationen werden verschiedene Sätze entwickelt, die sich auf die Combinationszahlen beziehen, darunter auch dieser:

$$1 + (k+1) + \frac{(k+2)(k+1)}{1 \cdot 2} + \ldots + \frac{(n+k-1)\ldots n}{1 \cdot 2 \ldots k} = \frac{(n+k)\ldots n}{1 \cdot 2 \ldots (k+1)}.$$

Der Umstand, dass die Zahlen auf der linken Seite figurirte Zahlen sind, giebt zu der Bemerkung Veranlassung, dass diese Zahlen bei der Summation arithmetischer Reihen eine nützliche Verwendung finden und daher werden denn auch gleich die arithmetischen, und bei dieser Gelegenheit auch die sonst allerdings gar nicht hierher gehörigen geometrischen Progressionen, sowie die arithmetischen Reihen höherer Ordnung besprochen. Nach diesen Abschweifungen gelangt der Verfasser endlich zum binomischen Lehrsatze. Gewöhnlich knüpfen sich sonst an diese Entwickelung Untersuchungen über die Eigenschaften der Binomialcoefficienten, von denen wir hier aber nur weniges antreffen, eigentlich nur die Formel $n_k = n_{n-k}$, wozu dann noch in einer Anwendung die Formeln für die Summe und für die Quadratsumme aller Coefficienten einer Potenz treten, sowie die frühere in der Combinationslehre entwickelte Formel

$$n_m = (n-1)_{m-1} + (n-1)_m$$

und die daraus resultirende

$$n_m = (n-1)_{m-1} + (n-2)_{m-1} + \ldots + (m-1)_{m-1},$$

wogegen z. B. die wichtige Formel

$$(\alpha + \beta)_m = \alpha_m \beta_0 + \alpha_{m-1} \beta_1 + \ldots + \alpha_0 \beta_m$$

fehlt. Bei dieser Gelegenheit bemerken wir noch, dass der Verfasser sich der vorstehenden Bezeichnungsweise der Binomialcoefficienten nicht bedient, sondern nur die combinatorischen Zeichen anwendet. Ausführlich handelt der Schluss dieses Abschnittes noch von der Bestimmung des grössten Gliedes der binomischen Reihe.

Der zweite Abschnitt führt die Ueberschrift: Zahl- und Ziffersysteme; Dekadische Grundzahlen. Das dekadische System wird Eingangs kurz besprochen, dann folgt die Unterscheidung der Zahlen in Primzahlen und zusammengesetzte Zahlen. Der Verfasser reproducirt bei Erwähnung der ersteren auch den von Euklid gegebenen Beweis für die unendliche Anzahl der Primzahlen, leider nicht ganz richtig. Während nämlich Euklid von dem um die Einheit vermehrten Producte der Primzahlen 1, 2 u. s. w. bis zu einer beliebigen Primzahl p nur behauptet, dass dasselbe entweder selbst eine Primzahl sei, oder entgegengesetzten Falles durch Primzahlen theilbar sein müsse, die grösser sind als p, folgert unser Verfasser aus dem Umstande, dass $(1 \cdot 2 \cdot 3 \ldots p) + 1$ bei der Division mit $1, 2, 3, \ldots, p$ stets den Rest 1 lässt, ohne weiteres, dass diese Zahl selbst eine Primzahl ist. Nachdem hierauf noch das sogenannte Sieb des Eratosthenes, sowie die Bestimmung des grössten gemeinschaftlichen Theilers zweier Zahlen besprochen worden ist, wird der Gauss'sche Begriff der Congruenz der Zahlen eingeführt, es werden dann die in der Zahlentheorie unter den Namen der Fermat'schen und Wilson'schen bekannten Sätze auf die gebräuchliche Art bewiesen, worauf dann noch die in der Lehre von den Decimalbrüchen zur Anwendung kommenden Elementarsätze über die Potenzreste entwickelt werden.

Die Lehre von den Decimalbrüchen bildet nun den Inhalt des dritten Abschnittes. Der Verfasser hat diese Lehre ausführlicher vorgetragen, als dieses in sehr vielen Büchern der Fall ist; als einen besonderen Vorzug heben wir die Erörterung der Fourier'schen Divisionsmethode hervor, welche jedenfalls eine weitere Verbreitung verdient, als sie bis jetzt gefunden hat.

Die Kettenbrüche endlich bilden den Gegenstand des letzten Abschnittes im ersten Theile. Wie kommen die Kettenbrüche in die Lehre von den Potenzwerthen? wird der Leser fragen. Wir gestehen offen, dass wir keine rechte Erklärung haben finden können. Für die Stellung der Decimalbrüche ist jedenfalls der Umstand entscheidend gewesen, dass der Verfasser bei der Untersuchung derselben einige Sätze über Potenzreste anwendet und weil nun für die Kettenbrüche sich kein recht geeigneter Platz hat finden lassen, so sind dieselben nach den Decimalbrüchen untergebracht worden. Der Verfasser behandelt übrigens nur die gemeinen Kettenbrüche, deren Zähler sämmtlich der Einheit gleich sind, diese aber in der nöthigen Ausführlichkeit. Zum Schluss kann er es sich auch nicht versagen, die Lösung der unbestimmten Gleichung

$$mx + ny = a$$

mittels des vorletzten Näherungswerthes von $\frac{m}{n}$ oder $\frac{n}{m}$ dem Leser vorzuführen.

Der zweite Theil, die Lehre von den Wurzelwerthen, zerfällt in fünf Abschnitte, deren erster kurz und klar die allgemeinen Gesetze der Wurzelrechnung entwickelt, während die beiden nächsten Abschnitte speciell die zweite und dritte Wurzel behandeln. Vorzugsweise kommt dann die Bestimmung der Quadrat- und Cubicwurzeln aus dekadischen Zahlen, wobei der Verfasser sowol die älteren Methoden, als auch näherungsweise Verfahrungsweisen, sowie die Anwendung der Fourier'schen Divisionsmethode erläutert. Bei der Berechnung der Quadratwurzeln wird ausserdem noch die Verwandlung derselben in einen unendlichen periodischen Kettenbruch gelehrt und in diesem Punkte ist die Darstellung des Verfassers sorgfältiger als viele Lehrbücher, die diese Verwandlung kurz andeuten, ohne den Nachweis der Periodicität zu liefern. Der Verfasser giebt nicht nur diesen Nachweis, sondern er zeigt auch, dass für

$$\sqrt{A} = g + \frac{1}{a} + \frac{1}{b} + \ldots$$

die Nenner die Periode haben $a, b, c, \ldots, c, b, a, 2g$, weshalb man nur nöthig hat, die erste Hälfte dieser Periode zu berechnen.

Der vierte Abschnitt betrachtet die imaginären Zahlen. Der Verfasser geht von der Annahme aus, dass jeder Punkt der Ebene durch das Symbol af bestimmt ist, wo a den Radius vector, f einen von der Anomalie φ abhängigen Factor bedeutet; aus dem Umstande, dass $f(0) = +1$, $f(\pi) = -1$, $f(\varphi)f(\psi) = f(\varphi+\psi)$ ist, ergiebt sich dann auf bekannte Weise $f(\varphi) = \cos\varphi + i\sin\varphi$ und damit die geometrische Bedeutung der complexen Zahlen. Die Addition, Subtraction, Multiplication und Division mit solchen Zahlen wird gleichfalls geometrisch gedeutet. Ausserdem werden die nöthigen Sätze für die Rechnung mit complexen Zahlen, zum Schluss auch die verschiedenen Werthe der n^{ten} Wurzel der Einheit entwickelt und damit der Uebergang gewonnen zu dem

Fünften Abschnitte, der Lehre von den Gleichungen. An der Spitze dieses Abschnittes steht der Cauchy'sche Beweis für den Satz, dass jede algebraische Gleichung eine Wurzel von der Form $r(\cos\varphi + i\sin\varphi)$ hat, woran sich weiter der Satz schliesst, dass jede Gleichung vom n^{ten} Grade n Wurzeln von dieser Form hat. Nachdem dann noch die Zusammensetzung der Coefficienten der Gleichung aus den Wurzeln derselben dargethan worden, werden der Reihe nach die quadratischen, cubischen und biquadratischen Gleichungen behandelt. Bei den ersteren wird nur die gewöhnliche algebraische, nicht die goniometrische Lösung vorgetragen, bei den cubischen Gleichungen dagegen wird zunächst die Cardanische Formel nach der Hudde'schen Weise entwickelt, und dann werden die so erhaltenen Formeln durch Substitution goniometrischer Grössen auf die für die Rechnung brauchbaren Formen gebracht. Bei den Gleichungen vierten Grades wird die Lösung von Descartes vorgeführt. In sehr grosse Weitläufigkeiten verwickelt den Verfasser hier die Frage, ob es einen Unterschied macht, wenn man statt der einen Wurzel w der cubischen Resolvente eine der beiden anderen, w_1 oder w_2 anwendet. Die Formeln, zu denen er durch wirkliche Einsetzung der verschiedenen Wurzeln gelangt, sind von so abschreckender Länge, dass wir den Nutzen eines derartigen Verfahrens nicht recht wahrscheinlich finden. Schliesslich zeigt der Verfasser ausserdem noch, dass jede Wurzel der biquadratischen Gleichung durch die Formel

$$x = \tfrac{1}{2}(\pm\sqrt{w} \pm \sqrt{w_1} \pm \sqrt{w_2})$$

dargestellt wird, wo die Vorzeichen durch eine einfache Regel bestimmt sind. Durch diese sehr leicht ausführbare Transformation ist, was im Buche nicht bemerkt worden ist, der gewünschte Nachweis gleichfalls und in viel einfacherer Weise geführt. Die Euler'sche Lösung, welche sich so als eine Transformation der Descartes'schen herausstellt, wird dann auch noch direct abgeleitet und damit die Lehre von den Gleichungen geschlossen.

Der dritte Theil behandelt die Theorie und Berechnung der Logarithmen, aber ausführlich nur die erstere, denn von der Berechnung der Logarithmen wird nur die alte umständliche Methode angeführt, welche nach der Formel
$$lg \sqrt{ab} = \tfrac{1}{2} (lg\,a + lg\,b)$$
stattfindet. Den Schluss bildet eine kurze Bemerkung über die Exponentialgleichungen.

Ueberblicken wir nochmals den Gesammtinhalt der vorliegenden Schrift, so müssen wir zunächst anerkennen, dass einzelne Partien derselben weiter ausgeführt sind, als dieses sonst in den Lehrbüchern der Arithmetik der Fall zu sein pflegt. Dagegen vermissen wir auch manches. Die Lehre von den Gleichungen ersten Grades wird allerdings nach Angabe der Vorrede vorausgesetzt, allein die Gleichungen zweiten Grades mit zwei Unbekannten hätten wohl eine eingehende Behandlung verdient. Auch verdienen die arithmetischen und geometrischen Progressionen wohl ein besonderes Capitel, statt in den Vorbereitungen für den binomischen Satz beiläufig erwähnt zu werden; die verschiedenen Umkehrungen der beiden Fundamentalformeln für Endglied und Summe der Progressionen finden sich gar nicht in dem Buche. Grenzbetrachtungen hat der Verfasser grundsätzlich ausgeschlossen, weil diese nicht in das Gebiet der Arithmetik gehören sollen, die es nur mit diskreten Grössen zu thun hat, während die Behandlung der stetigen Grössen, also auch aller Grenzwerthe, Gegenstand der Analysis ist. Diesen in der Vorrede aufgestellten Grundsatz hat der Verfasser indessen nur soweit festgehalten, als es ihm aus irgend welchen anderen Gründen passend erschienen ist; eigentlich nämlich müsste er auch die Theorie der unendlichen Decimalbrüche und Kettenbrüche in das Gebiet der Analysis verweisen, denn was sind die sogenannten Werthe dieser Brüche anderes als die Grenzwerthe, denen sie sich bei unendlicher Fortsetzung nähern?

Was die Anordnung des Ganzen betrifft, so ist die Reihenfolge der Haupttheile als richtig längst allgemein anerkannt. Die Lehre von den Decimalbrüchen und Kettenbrüchen aber gehört nicht in die Potenzrechnung, sondern hat vorher, in der Lehre von der Division ihren Platz, wohin auch die Eintheilung der Zahlen in einfache und zusammengesetzte sowie die Bestimmung des grössten gemeinschaftlichen Theilers ganz unzweifelhaft gehört. Wenn der Verfasser in der Vorrede geltend zu machen sucht, dass die Lehre von den Decimalbrüchen einiger zahlentheoretischer Sätze über die Potenzreste bedürfe, so müssen wir dieses in Abrede stellen, sofern die Theorie der Decimalbrüche nicht weiter fortgeführt wird, als in diesem Buche geschieht. Was zunächst eine Potenz ist, lernt der Schüler jedenfalls beim Multipliciren bereits kennen; weiss er dies, so wird er auch leicht einsehen, dass ein Bruch, dessen Nenner die Form $2^m . 5^n$ hat, sich in einen endlichen Decimalbruch verwandeln lässt, dessen Stellenzahl der grösseren der beiden Zahlen m und n gleichkommt. Ebenso bedarf es nicht des Fermat'schen und Wilson'schen Satzes, um einzusehen, dass die Verwandlung von $\frac{a}{b}$ in einen Decimalbruch für den Fall, dass b weder den Factor 2 noch den Factor 5 hat, auf eine Periode führt, deren Ziffernanzahl entweder $b-1$ oder ein Theil von $b-1$ ist. Auf diese Sätze ist im vorliegenden Buche die Anwendung der Sätze über Potenzreste beschränkt.

Die Darstellung endlich ist sehr ausführlich, an manchen Stellen fast zu breit. Die Ausstattung des Buches ist vortrefflich.

Leipzig. GRETSCHEL.

Heilermann, Dr., Director der Provinzial-Gewerbeschule zu Koblenz, Lehr- und Uebungsbuch für den Unterricht in der Mathematik an Gymnasien, Real- und Gewerbeschulen, I. Theil: Geometrie der Ebene. Mit vielen in den Text gedruckten Figuren in Holzschnitt. Koblenz, Rudolph Friedrich Hergt. 1863.

Der gesammte Inhalt dieses Lehrbuchs der Planimetrie ist in fünf Abtheilungen in folgender Weise vertheilt: 1. die Winkel, 2. die Dreiecke und Vierecke (die Fundamentaleigenschaften, Congruenz und Vergleichung der Flächen), 3. der Kreis (gegenseitige Lage von Punkten, Geraden und Kreisen, Linien und Winkel in und am Kreise, ein- und umgeschriebene Vielecke), 4. die Proportionen an geraden Linien und Vielecken (Eigenschaften der Maasszahlen, Verhältnisse und Proportionen; Proportionalität der Seiten eines Trapezes und Anwendung derselben; ähnliche und ähnlich liegende Vielecke; Doppelverhältnisse und harmonische Theilung; Proportionalität des Inhaltes der Vielecke), 5. Proportionen an Kreisen (Potenzlinien, Aehnlichkeitspunkte, Pole und Polaren; Umfang und Inhalt regelmässiger Vielecke; Rectification und Quadratur des Kreises). Allen einzelnen Abschnitten hat der Verfasser eine grosse Auswahl von geometrischen Oertern und Aufgaben beigefügt, um dem Schüler hinlängliche Gelegenheit zu bieten, auf jeder Stufe des Unterrichts seine Kenntnisse anzuwenden und durch selbständige Thätigkeit zu erweitern. Von Einzelheiten sei noch Folgendes erwähnt.

Der Verfasser hat gleich im Anfange den Begriff der Symmetrie in die Geometrie eingeführt und denselben wiederholt in sehr zweckmässiger Weise im weiteren Verlaufe der Darstellung angewandt, ein Verfahren das nur gebilligt werden kann angesichts der Wichtigkeit, die diesem Begriffe bei weiter gehenden geometrischen Studien zukommt.

Den Winkel hat der Verfasser in der von Bertrand herrührenden Weise definirt als einen Ausschnitt der Ebene. Welche Ausstellungen man auch gegen diese Definition an sich machen mag, so muss doch der vorliegenden Darstellung zum Lobe nachgesagt werden, dass in ihr die sonst mit dieser Definition verknüpften, das Unendliche zu Hülfe nehmenden Betrachtungen vermieden sind, welche gar zu leicht zu allerlei Fehlschlüssen (z. B. zu dem Satze, dass zwei Nebenwinkel immer gleich gross sind etc.) verleiten.

Der Verfasser hat mehrfach die einfachsten Lehren der neueren Geometrie in den Kreis seiner Darstellungen gezogen, wogegen wohl Nichts einzuwenden sein dürfte. Befremdet hat es uns aber dabei, dass bei Betrachtung der Schnittverhältnisse etc. nicht auch die Richtung der in Betracht kommenden Strecken und Winkel beachtet und das Princip der Vorzeichen auf dieselben angewandt worden ist, was keinesfalls mit Schwierigkeiten verknüpft gewesen wäre.

Das Buch dürfte hauptsächlich wegen der grossen Auswahl von Uebungsbeispielen neben klarer Darstellung der Hauptsätze zu empfehlen sein und in dieser Hinsicht auch von Manchem willkommen geheissen werden, dem die Anordnung des Stoffes nicht nach Wunsch ist.

GRETSCHEL.

Lehrbuch der Planimetrie. Für Schulen und zum Privatgebrauch von M. JOB, Oberlehrer an der Annenrealschule zu Dresden. 1. Abth. Mit 120 in den Text gedr. Abbildungen. Dresden, Verlag von Carl Adler. 1864.

Das vorliegende Buch verdankt seine Entstehung der vieljährigen Lehrerthätigkeit des Verfassers, welcher es zunächst für seine Schüler bestimmt hat, denen es zur Repetition dienen soll. Die Rücksicht auf diesen Hauptzweck ist bestimmend gewesen sowohl auf die Auswahl des Stoffes, als auch auf die Form der Behandlung. Was den ersten Punkt betrifft, so behandelt das Werkchen nach Feststellung der nöthigen Grundbegriffe, Grundsätze und Postulate, die Lehre von der Geraden und dem Winkel (mit Hilfe des Kreises), die Parallelentheorie, das Dreieck, die Lehre von der Congruenz der Dreiecke nebst Anwendungen, einiges über geometrische Oerter, die Vier- und Vielecke im Allgemeinen, die Gleichheit der Parallelogramme und Dreiecke nebst Anwendungen; nach einer kurzen arithmetischen Auseinandersetzung über das Maass (commensurable und incommensurable Grössen) und das Verhältniss der Grössen wird dann die Ausmessung der geradlinigen Figuren, sodann die Proportionalität gerader Linien, die Aehnlichkeit der Drei- und Vielecke behandelt. Den Schluss bilden eine Anzahl Sätze aus der Lehre von den Transversalen. Die Form der Darstellung ist die dogmatische, die auch äusserlich durch die Ueberschriften überall hervortritt. Im Uebrigen ist die Darstellung gehörig streng, ausführlich und leicht verständlich.

Leipzig. GRETSCHEL.

Theoretisch-praktische geometrische Constructionslehre und algebraische Geometrie, enthaltend mehr als 300 planimetrische, mit vollständigen geometrischen und algebraischen Auflösungen versehene Aufgaben. Von WILHELM ADAM. Mit 234 Figuren in Holzschnitt. Leipzig, F. A. Brockhaus, 1863.

Der Verfasser hat bei der Bearbeitung des vorliegenden Buches vorzüglich das Interesse der weniger geübten Schüler und der Autodidakten im Auge gehabt; er hat sich deshalb nicht begnügt, den Aufgaben ihre Lösungen beigegeben, sondern er hat auch stets den Weg angegeben, der zu diesen Lösungen führt. Mit Recht räth er übrigens dem Lernenden dringend an, auch da, wo das Buch nur algebraische Lösungen enthält, zu eigner Uebung noch die rein geometrische Lösung zu versuchen.

Das Werkchen zerfällt in eine Einleitung und zehn Abschnitte.

In der Einleitung werden zunächst die beiden zur Lösung der Aufgaben führenden Methoden, die geometrische Analyse und die algebraische Methode auseinandergesetzt; es werden dann die Fundamentalformeln angeführt, welche bei der letzten Methode schliesslich zu construiren sind und an einigen Beispielen wird gezeigt, wie sich complicirtere Formeln auf diese Fundamentalformeln reduciren lassen. Wir hätten gewünscht, dass gleich hier die Constructionen dieser Fundamentalformeln angegeben würden, statt dass man genöthigt ist, diese aus dem Inhalte des ersten Abschnittes sich herauszusuchen.

Der Inhalt der zehn Abschnitte selbst ist folgender: 1. Vorbereitende Aufgaben der geometrischen Zeichenkunst; wir treffen hier die gewöhnlich in den Lehrbüchern angeführten Constructionen zur Halbirung von Geraden und Winkeln und dergl. Bei der Construction der mittleren Proportionalen vermissen wir ungern die elegante von Kunze in §. 155 seines Lehrbuchs der Geometrie angegebene Methode, welche vor der hier vorgetragenen den Vorzug der Einfachheit hat. 2. Verwandlung der Figuren; vermisst haben wir die Verwandlung eines beliebigen Dreieckes in ein gleichseitiges. 3. Theilung der Figuren. 4. Bestimmung der Lage von Punkten und Linien in Beziehung auf einander oder in Winkelflächen. 5. Von der Construction drei- und vierseitiger Figuren in Dreiecken, Vierecken, Quadranten etc., sowie vom Maximum des Flächeninhaltes und Umfanges. 6. Geometrische Rectification der Kreislinie. Vom Kreise und von den regelmässigen Figuren im Kreise und um denselben. Zu den hier gegebenen näherungsweisen Rectificationen der Kreislinie würde die von Gugler (Descriptive Geometrie, No. 209, 5) angegebene Rectification eines willkürlichen Kreisbogens eine hübsche Beigabe gewesen sein. 7. Construction des Quadrates und des regulären Triangels, sowie die rechtwinkeligen und gleichschenkeligen Dreiecke nach gegebenen Bedingungen. 8. Geometrisch-algebraische Entwickelungen am Triangel überhaupt und rein geometrische Construction desselben unter Bedingungen. 9. Von den Vierecken. 10. Von einigen mechanischen Constructionen, die nur zum Theil auf geometrischen Wahrheiten beruhen. Unter dieser sonderbaren Ueberschrift treffen wir verschiedene Constructionen für regelmässige Vielecke, Ellipsen, Ovalen, Wellenlinien u. a. Neben den näherungsweisen Constructionen für das regelmässige Sieben-, Neun- und Elfeckes, die wir hier finden, hätte jedenfalls die elegante Construction für ein regelmässiges Vieleck von beliebiger Seitenzahl eine Stelle finden sollen, welche Kunze (Geometrie, Anhang zum 9. Cap.) als eine Entdeckung des Herzogs Carl Bernhard von Sachsen-Weimar anführt.

Das vorliegende Buch bietet jedenfalls eine sehr reichhaltige Sammlung interessanter Uebungsaufgaben dar und wird sich neben jedem Compendium als ein nützliches Hilfsmittel beim Unterricht verwenden lassen.

Leipzig. GRETSCHEL.

Bibliographie
vom 1. Juni bis 15. Juli 1864.

Periodische Schriften.

Sitzungsberichte der kaiserl. Akademie der Wissenschaften zu Wien. Mathem.-naturwissenschaftl. Classe. Jahrg. 1864. 1. Abth. 1. Heft und 2. Abth. 1. Heft. Wien, Gerold's Sohn. 16 Ngr.

Archiv der Mathematik und Physik, herausgeg. von I. A. Grunert, 42 Thl. 1. Heft. Greifswald, Koch. pro compl. 3 Thlr.

—— —— Inhaltsverzeichniss zu Thl. 26—40. Ebendaselbst. ⅓ Thlr.

Reine Mathematik.

DU BOIS-REYMOND, B., Beiträge zur Interpretation der partiellen Differentialgleichungen mit drei Variabelen. 1. Heft. Die Theorie der Charakteristiken. Leipzig, Barth. 1 Thlr. 22 Ngr.

ZECH, I., Logarithmisch-trigonometrische Tafeln mit vier Stellen. Tübingen, Laupp. ¼ Thlr.

HEROLD, F., Lehrbuch der Buchstabenrechnung und Algebra. Nürnberg, I. L. Schmid. ⅔ Thlr.

DRONKE, A, Die Elemente der ebenen Geometrie für den Unterricht an höheren Lehranstalten. Gladbach, Riffarth. 9 Ngr.

FÉAUX, B., Ebene Trigonometrie und elementare Stereometrie.
2. Aufl. Paderborn, Schöningh. 12 Ngr.
ASCHENBORN, M., Lehrbuch der Geometrie mit Einschluss der
Coordinatentheorie und der Kegelschnitte. 2—4. Abschn.
Berlin, Geh. Oberhofbuchdruckerei (v. Decker). 2 Thlr. 28 Ngr.
HUNYADY, E. v., Die fundamentalen Eigenschaften der alge-
braischen Curven nebst Eintheilung der Linien dritter
und vierter Ordnung. *Inaug. Dissert.* Göttingen, Vandenhoeck
& Ruprecht. 16 Ngr.
HOCHHEIM, A., *De genere quodam curvarum orthogonalium. Dis-
sert. inaug.* Halle, Schmidt. ⅓ Thlr.
HAAN, B. DE, *Supplément aux tables d'intégrales définies qui for-
ment le tome IV de mémoire de l'académie.* Amsterdam, van
der Post. 1 Fr. 80 c.
BELANGER, I. B., *Traité de cinématique.* Paris, Dunod.

Angewandte Mathematik.

Generalbericht über die mitteleuropäische Gradmessung pro
1863. Berlin, G. Reimer. ⅔ Thlr.
WOLFF, C. R., Hypsometrie des Regierungsbezirks Frankfurt.
Frankfurt a. d. O., Harnecker & Comp. 1 Thlr.
FILS, A. W., Höhenmessungen im Kreise Weissensee des
Königl. Regierungsbez. Erfurt. Hanau, Brause. ⅙ Thlr.
ZOLLIKOFER, TH. v. u. GOBANZ, Höhenbestimmungen in Steier-
mark. Graz, Leuschner & Lubensky. 2¼ Thlr.
UNFERDINGER, F., Aufstellung einer neuen Pendelformel etc.
Wien, Gerold's Sohn. 3 Ngr.
BRESSON, C., Lehrbuch der Mechanik in ihrer Anwendung auf
Wissenschaften, Künste und Gewerbe. Frei nach dem Fran-
zös. 8. und 9. Lief. Leipzig, Bänsch. à ⅓ Thlr.
PFISTER, R., Die Rotationen der Geschosse, die durch sie er-
zeugten Abweichungen etc. Cassel, Luckhardt. ⅔ Thlr.
ZECH, P., Sammlung von Aufgaben aus der theoretischen Me-
chanik. Stuttgart, Metzler. 12 Ngr.
FRISCHAUF, I., Bahnbestimmung des Kometen 1863, II. Wien, Ge-
rold's Sohn. 2 Ngr.
OPPOLZER, TH., Entwickelung von Differentialformeln zur
Verbesserung einer Planeten- oder Kometenbahn nach
geometrischen Orten nebst Anwendung derselben auf die
Bahnbestimmung des Planeten 64 und des Kometen 1861
I. Wien, Gerold's Sohn. 8 Ngr.
MEIBAUER, O. K., Theorie der gradlinigen Strahlensysteme des

Lichts. Eine Erweiterung der Gauss'schen Theorie vom Krümmungsmaasse der Flächen. Berlin, Lüderitz. ⅔ Thlr.

BOILLOT, A., *L'astronomie au XIX siècle. Tableau des progrès de cette science depuis l'antiquité jusqu' à nos jours.* Paris, Didier & Comp.

LOBATTO, R., *Mémoire sur une méthode d'approximation pour le calcul des rentes viagères.* Amsterdam, van der Post. 80 c.

Physik.

Fortschritte der Physik im Jahre 1862. Dargestellt von der physikal. Gesellschaft in Berlin. 18. Jahrg., redig. von E. Jochmann, 1. Abth. Berlin, G. Reimer. 1⅚ Thlr.

KNOCHENHAUER, K. W., Ueber den Zusammenhang des Magnetismus mit den Oscillationen des Batteriestromes. Wien, Gerold's Sohn. 3 Ngr.

BAUMGARTNER, A. v., Die mechanische Theorie der Wärme. Vortrag. Wien, Gerold's Sohn. 4 Ngr.

SCHNEIDER, F. A., Nachrichten über die Fortschritte der Astrometeorologie. Leipzig, List & Francke. 1½ Thlr.

PRESTEL, M. A. F., Die Regenverhältnisse des Königreichs Hannover etc. Emden, Haynel. 1⅓ Thlr.

GUBE, J., Die Ergebnisse der Verdunstung und des Niederschlags nach Messungen an neuen, zum Theil registrirenden, Instrumenten auf der Königl. meteorologischen Station Zechen bei Guhrau. Berlin, O. Müller. ⅚ Thlr.

Druckfehler.

Die auf pag. 336 zu Ende stehende Zeile soll den Anfang dieser Seite bilden.

Literaturzeitung.

Recensionen.

Sturm, *Cours d'analyse de l'école polytechnique. Deuxième édition, revue et corrigée par* E. PROUHET. Paris 1863—1864.

Am 18. December 1855 starb Karl Sturm, der Wissenschaft viel zu früh entrissen. Herr Prouhet hat die Verdienste des grossen Mathematikers in einem kurzen Nachrufe geschildert, welcher auch in dieser Zeitschrift Bd. II, S. 93—103 seine Stelle gefunden hat. Derselbe Freund des Verstorbenen hatte noch bei dessen Lebzeiten von ihm selbst den ehrenden Auftrag erhalten, die Vorlesungen über Analysis und Mechanik, welche den Gegenstand seines Unterrichtes an der polytechnischen Schule zu Paris bildeten, herauszugeben. Der Text dieser Vorlesungen war zunächst von Schülern niedergeschrieben und in einer kleinen Anzahl von autographirten Exemplaren dem Gebrauche an der Schule unterbreitet worden. Später hatte Sturm den Text durchgesehen, verbessert, zum Theil neu redigirt und diese Hefte waren es, welche von 1857 bis 1861 in 4 annähernd gleich starken Bänden die Presse verliessen; die beiden ersten Bände enthielten die Analysis, die beiden letzten die Mechanik. Es dauerte nicht lange, so war die Analysis vergriffen und Herr Prouhet hat durch die Veranstaltung und Besorgung einer zweiten, wie es in der Vorrede heisst, an vielen Stellen verbesserten Ausgabe einem wirklichen Bedürfnisse abgeholfen. Welcher Art diese Verbesserungen sind, ob sie sich einzig auf Druck- oder Rechnungsfehler beziehen, welche in der ersten Auflage sich eingeschlichen hatten, ob Herr Prouhet sich auch anderweitige Veränderungen erlaubt hat, darüber zu berichten sieht sich Referent ausser Stande, da ihm ein Exemplar der ersten Ausgabe nicht zur Hand ist. Der vergleichende Massstab kann daher nicht angelegt werden, wie es sonst bei Recensionen zweiter Auflagen mit Recht Gebrauch zu sein pflegt. Da indessen die erste Auflage des Sturm'schen Werkes in dieser Zeitschrift nicht besprochen wurde, so dürften Bemerkungen über die heute uns vorliegenden beiden Bände auch ohne solche Vergleichung unseren Lesern nicht unwillkommen sein.

Man möge uns zuerst gestatten, ohne Rücksicht auf ein bestimmtes Werk, unsere Ansichten über den Unterschied auszusprechen, welcher zwischen einem Handbuche, einem Lehrbuche und einem Vorlesungshefte stattfinden darf und soll. Darnach wird die Feststellung unseres Urtheils über ein specielles Werk der einen oder anderen Gattung um so leichter sein. Unter einem Handbuche verstehen wir nicht etwa ein handliches Buch, sondern vielmehr ein solches, welches allein zur Hand zu haben in allen Fällen genügen soll. Das Handbuch wird deshalb in der Regel ein ziemlich dickleibiges, bändereiches Opus sein müssen. Sein Hauptverdienst besteht in Vollständigkeit, neben welcher Eleganz und Einheit der Darstellung zurücktreten. Ja, es wird fast zu den Vorzügen eines Handbuchs in diesem Sinne gerechnet werden müssen, wenn es die Einheit so weit verleugnet, dass es bei der Auseinandersetzung der wichtigsten Lehren und Methoden sich so viel als möglich an die Darstellungsweise der Erfinder anlehnt. In der Mathematik sind derartige Handbücher überaus selten und für Differential- und Integralrechnung ist wohl seit dem sogenannten grossen Lacroix kein eigentliches Handbuch erschienen, so wünschenswerth es auch wäre, ein ähnliches Buch zu besitzen, welches die vielen Errungenschaften vereinigte, durch welche die Mathematik in diesem Jahrhunderte ihr Gebiet erweiterte. Vielleicht dass das Bertrand'sche Werk, wenn es erst vollendet sein wird, diesem Ziele nahe kommt. So selten die Handbücher sind, eben so häufig wuchern die Lehrbücher auf dem Büchermarkte und jede Messe vermehrt die Zahl derselben. Ein Lehrbuch soll, möchten wir sagen, etwa die Inhaltsanzeige eines Handbuches sein. Auch von dem Lehrbuche verlangen wir eine gewisse Vollständigkeit, aber in gedrängter Form. Kein irgend wesentliches Capitel aus dem Bereiche der behandelten Disciplin soll ganz fehlen, aber es ist nicht nothwendig, dass die Auseinandersetzung in solcher Ausführlichkeit geschehe, dass jeder Leser an dem Lehrbuche selbst genug habe. Der Leser muss dazu entweder schon selbst wissenschaftliche Reife mitbringen, oder neben dem Lehrbuche den Lehrer besitzen, welcher als lebender Commentar ihm über die Schwierigkeiten hinaushilft, die das Lehrbuch, vermöge seiner Kürze, dem Anfänger darbietet. Weil das Lehrbuch aber auch dem reifen Leser in der genannten Weise als compendiöse Zusammenstellung des Wichtigsten dienen soll, so verlangen wir von demselben vor Allem einen einheitlichen Plan, eine logische Ordnung und Aufeinanderfolge nach den Gegenständen, nicht etwa nach der geringeren oder grösseren Schwierigkeit. Man muss im Stande sein, sich rasch und leicht zurechtzufinden. Endlich drittens giebt es Vorlesungshefte über einzelne Disciplinen und deren rein didaktischen Zwecke zufolge werden die Anforderungen an dieselben ganz anderer Natur sein, als an die vorgenannten Schriften. Was kann wohl der Lehrer in einem einjährigen oder gar, wie es an vielen Universitäten der Fall ist, in einem halbjährigen Cursus von 4 bis 5 Stunden wöchentlich dem grossen Lehrgebiete der Differential- und Integralrechnung gegenüber leisten, zumal wenn er Anfänger vor sich hat? Es bleiben ihm nur zwei Möglichkeiten, entweder Vielerlei vorzutragen, aber jedes Einzelne nur ganz kurz zu behandeln oder sich auf verhältnissmässig Weniges zu beschränken und dieses Wenige den Zuhörern in immer neuer Form, mit neuen Beweisgründen versehen, an Beispielen mannigfacher Art erläutert wieder und wieder vorzuführen, sodass der Schüler nicht blos das Wissen, sondern die Ueberzeugung des ihm Vorgetragenen erhält und im Stande ist, mit dem erworbenen geistigen Eigenthum frei schalten zu können. Bei dieser Alternative scheint uns die Entscheidung für die zweite Lehrmethode die naturnothwendige. Allerdings wird alsdann, um bei dem Beispiele der Differential- und Integralrechnung stehen zu bleiben, der Schüler, welcher eine in unserem Sinne gesprochen gute Vorlesung gehört hat, nicht Herr des ganzen Stoffes sein. Er wird bei einem zweiten guten Lehrer, ja bei demselben Lehrer in einem anderen Semester die Vorlesung repetiren können und ganz neue Themata behandelt finden. Aber jedesmal wird er wirklichen Nutzen von der Vorlesung erlangt haben; er wird, gefesselt von der Eleganz der Darstellung, nicht übermässig ermüdet durch geistige Riesensprünge, dem Lehrer gern und muthig folgen, er wird das Zeug gewonnen haben, um die übergangenen Dinge ganz allein studiren zu können. Damit haben wir denn auch die Anforderungen angegeben, welche wir an das Vorlesungsheft stellen zu müssen glauben. Der Form nach soll es die höchste Eleganz erstreben, dem Inhalte nach soll es das *multum, non multo* zur Richtschnur nehmen.

Das Werk, welches uns in diesem Augenblicke als *cours d'analyse de l'école polytechnique* in zwei Bänden vorliegt, ist aber in der That ein solches Vorlesungsheft über Differential- und Integralrechnung von seltener Vortrefflichkeit und seine Bestimmung zur Benutzung an einer polytechnischen Schule, welche für diese Vorlesungen einen längeren Zeitraum gestatten darf als die Universität, hat es zugleich möglich gemacht, auch dem Umfange des behandelten Stoffes weniger enge Schranken zu ziehen. Allerdings vermisst man da und dort Gegenstände, deren Betrachtung man vielleicht wünschen würde. Wir bemerken beispielsweise von solchen Untersuchungen, welche im ersten Bande ihre rechtmässige Stelle gefunden hätten: die Lagrange'sche Reihe, ebenso die Reihe von Bernoulli, die Lehre von den Doppeltangenten, von den Asymptoten, diejenigen Integralformen, welche unter dem Namen Integralsinus und Integralcosinus sich wenigstens in deutsche Schriften eingebürgert haben; wir nennen als ein Capitel, nach welchem man im zweiten Bande vergebens sucht, die ganze Lehre von den Fourier'schen Reihen und Integralen, ohne welche die Theorie der partiellen Differentialgleichungen immer nur in mangelhafter Weise behandelt werden kann; wir nennen ferner bei der sonst ziemlich vollständigen Darstellung der Methoden zur Auffindung des Werthes bestimmter Integrale die Methode von Dirichlet, welche im Wesentlichen darin besteht, dass man mit einem Factor multiplicirt, der ausserhalb der Integrationsgrenzen Null wird.

Aber dafür ist es auch kein Lehrbuch, welches uns dargeboten wird, sondern ein Vorlesungsheft. Nicht darüber dürfen wir mit dem Verfasser rechten, was er wohl aus Mangel an Zeit wegliess, sondern das, was er giebt, ist der Beurtheilung zu unterziehen und diese, selbst streng geführt, braucht Sturm's Werk nicht zu fürchten. Klarheit der Auffassung, Darstellung eines und desselben Gegenstandes von verschiedenen Gesichtspunkten aus, Combination analytischer und geometrischer Beweisführung, ein dem Lehrer nicht genug anzuempfehlendes Unterrichtsmittel, finden sich fast in allen Capiteln. Wir können es gleichfalls nur lobend anerkennen und als Zeichen didaktischer Gewandtheit hervorheben, wenn der Verfasser es nicht verschmäht, einen dem Anfänger fremdartigen Gegenstand zuerst durch einen ungenügenden aber leichten Beweis plausibel zu machen, alsdann die Mängel der Beweisführung hervorzuheben und einen strengen Beweis folgen zu lassen. Aber freilich liegt darin wieder die Bestätigung dessen, was wiederholt gesagt wurde, dass wir es nicht mit einem Lehrbuche zu thun haben, denn in einem solchen wäre diese allmälige Steigerung der Gewissheit übel angebracht. Als Beispiel möge die Entwickelung von $lim \left(1 + \dfrac{1}{m}\right)^m = e$ Bd. 1, S. 50 flgg. angeführt werden, und im zweiten Bande die Lehre von den homogenen, sowie von den linearen Differentialgleichungen. Es würde zu weit führen, wenn wir alle die Partien bezeichnen wollten, in denen die Darstellung besonders gewandt und überzeugend ist. Wir wollen nur aus dem ersten Bande den Satz nennen, wornach, wenn $f(x)$ in eine nach den ganzen aufsteigenden Potenzen von x fortschreitende convergente Reihe entwickelt werden kann, diese Reihe von der Maclaurin'schen nicht verschieden ist (S. 105); den Beweis, dass es eine Bogenlänge irgend einer Curve giebt, dadurch dass man eine Curve $Y = \sqrt{1 + \left(\dfrac{dy}{dx}\right)^2}$ annimmt, deren Fläche mit der Bogenlänge übereinstimmt (S. 197), eine Betrachtungsweise, der man heute nur selten begegnet, von der aber, beiläufig bemerkt, schon der Holländer Van Heuraet am Anfang des 17. Jahrhunderts Gebrauch machte. Wir erwähnen aus dem zweiten Bande den geometrischen Nachweis, dass jede Differentialgleichung erster Ordnung ein Integral besitzt (S. 57) und die daran sich anknüpfende Lehre vom integrirenden Factor; ferner die Capitel 54, 55, 56, welche der Krümmung der Oberflächen gewidmet sind. Wir wollen endlich wieder aus dem ersten Bande (S. 306) eine kurze Bemerkung hier anführen, welche wohl verdient, allgemein berücksichtigt zu werden. Sturm sagt nämlich dort mit Recht, das Wort *intégration par parties* (theilweise Integration) lasse den Schüler eher alles Andere vermuthen, als was diese Methode wirklich ausmacht. Man solle sie *intégration par facteurs* nennen, das Wort sei dem Begriffe wenigstens einigermassen entsprechend.

An den zweiten Band schliessen sich unter dem Namen von Noten noch 6 recht dankenswerthe kleine Aufsätze von verschiedenen Verfassern an. Der erste von Catalan untersucht den Werth der Binomialreihe $(1+x)^m$ für $x = \pm 1$. Die zweite Note von Despeyrous lehrt das Additionstheorem elliptischer Functionen. In der dritten Note zeigt Herr E. Brassinne die Analogie linearer Differentialgleichungen mit algebraischen Gleichungen, insofern es sich um verschiedene Gleichungen handelt, welchen eine Anzahl von Integralen, respective von Wurzelwerthen gemeinsam ist. Die vierte, fünfte und sechste Note haben Herren Prouhet zum Verfasser. Sie behandeln 1) Eigenschaften zweier Curven $P=0$, $Q=0$ soweit sie aus der combinirten Gleichung $P + Q\sqrt{-1} = 0$ abgeleitet werden können; 3) die Rectification von Curven, deren Fusspunktscurve gegeben ist; 3) die Summation von Functionen, deren Argumente in arithmetischer Reihe fortschreiten, mit Hülfe des Integrals der Summe der abgeleiteten Functionen.

Beiden Bänden hat der Herausgeber eine nach den Paragraphen des Werkes fortschreitend ausführliche Analyse beigefügt, welche dem Schüler zum Zwecke der Repetition recht gute Dienste leisten mag, vorausgesetzt dass er früher des Inhaltes sich genügend bemächtigt hatte.

Was die Ausstattung des Werkes betrifft, so hat man alle Ursache damit zufrieden zu sein. Druckfehler sind natürlich bei solcher Menge von Formeln nicht zu vermeiden und eine Anzahl derselben ist auch bereits in einem Verzeichnisse angegeben. Andere, wie Bd. I S. 222 Z. 12 $-\frac{p^2}{y^2}$ statt $-\frac{p^3}{y^2}$; Bd. II, S. 80, Z. 3 $e^{a'x}$ statt $c^{a'x}$; S. 102, Z. 18 Constants statt onstants; S. 107, Z. 9 $c_4 \ldots c_m$ statt $C_4 \ldots C_m$; S. 328, Z. 10 $\int dy \sqrt{1-x^2}$ statt $\int dx \sqrt{1-x^2}$ wird der aufmerksame Leser leicht selbst verbessern. Dringend ist nur etwa in einer späteren Auflage die Correctur der Figur 77 auf S. 374 des ersten Bandes, bei welcher die Stücke OA und OB der Abscissen- und Ordinatenaxe einander gleich sein müssen.

CANTOR.

Unverzagt, Ueber eine neue Methode zur Untersuchung räumlicher Gebilde. Festschrift des Herzogl. Realgymnasiums zur 25jährigen Jubelfeier der Regierung des Herzogs Adolf zu Nassau. Wiesbaden 1864.

Der Gedanke, von welchem der Herr Verfasser in seiner nur 14 Quartseiten grossen, aber äusserst interessanten Abhandlung Gebrauch macht, ist in Kürze folgender. Seit Moebius und Plücker Punkt- und Ebenencoordinaten in die analytische Geometrie eingeführt haben, ist die Aufstellung dualistisch zusammenhängender Sätze überaus leicht geworden, indem jede homogene Gleichung zwischen 4 Variabeln x, y, z, u ein solches Sätzepaar liefern muss, je nach der Bedeutung, welche man diesen Coordinaten beilegt. Mit anderen Worten: die Methode doppelter Interpretation einer und derselben Gleichung liefert zwei Sätze statt eines einzigen und zwar einander entsprechende Sätze, welche man deshalb reciprok oder dualistisch zusammenhängend nennt. Herr Unverzagt stellte sich nun die Aufgabe, diesen Gedanken in die Projectionslehre zu übertragen; er suchte projectivische Elemente, welche als Projectionen von verschiedenen Gebilden, also etwa gleichzeitig als Projectionen eines Punktes, einer Geraden und einer Ebene betrachtet werden können. Er fand diese Elemente in drei in gerader Linie in der Bildebene liegenden Punkten: dem Spurpunkte, dem Fusspunkte und dem Höhenpunkte. Geht nämlich die Gerade a durch den Punkt a_0 der Bildebene, so heisst dieser Punkt der Spurpunkt. Wird der Punkt a der Geraden durch Parallel- oder Centralprojection nach dem Punkte a_1 der Bildebene projicirt, so heisst a_1 der Fusspunkt. Wird endlich die Länge $a\,a_1$ in die Richtung der $a_0\,a_1$ auf die Bildebene umgeklappt, als $a_1\,a_2$, so heisst a_2 der Höhepunkt, welcher jenseits $a_0\,a_1$ oder zwischen beide Punkte fällt, je nachdem a über oder unter der Bildebene liegt. Die drei Punkte bestimmen also 1) die Gerade a, 2) den Punkt a, 3) die Ebene A, welche durch a gelegt mit der Bildebene den Neigungswinkel $a\,a_0\,a_1$ einschliesst. Folglich können die Punkte a_0, a_1, a_2 als Projectionen der drei genannten Raumgebilde aufgefasst werden und von Eigenschaften solcher Projectionspunkte kann man Rückschlüsse dreierlei Gattung machen; man wird nicht blos dual, sondern ternär zusammenhängende Sätze erhalten. Wie dieser Gedanke zur Durchführung kommt, dafür müssen wir auf die Abhandlung selbst verweisen, deren an sich sehr concise Darstellung kaum einen noch kürzeren Auszug gestattet. Der Herr Verfasser wird sich gewiss keiner undankbaren Mühe unterziehen, wenn er den Gegenstand noch weiter bearbeitet und die Veröffentlichung alsdann in einer dem mathematischen Publikum leichter zugänglichen Weise, als eines immerhin wenig verbreiteten Programms veranstaltet.

CANTOR.

Snell, Ueber Galilei als Begründer der mechanischen Physik und über die Methode desselben. Gratulationsschrift zum fünfzigjährigen Doctorjubiläum des Geh. Hofrath Goettling. Jena 1864.

Dieses 18 Quartseiten starke Programm beschäftigt sich auf den 12 ersten Seiten mit der Frage, inwiefern die mechanische Physik als Erfahrungswissenschaft betrachtet werden kann, und prüft die darüber ausgesprochene Meinung an den Beispielen grosser Physiker, wie Hughens, Newton, Fresnel. Herr Snell ist nämlich der Ansicht, der Weg mechanisch-physikalischer Forschung sei folgender (S. 12 u. 13): Zuerst kommen vorläufige Versuche und Beobachtungen, welche die Natur und Art einer Classe von Erscheinungen im Allgemeinen feststellen, welche auf diejenige Region unseres apriorischen Wissens hinweisen, in welcher muthmasslich die Gesetze dieser Classe von Erscheinungen liegen. Der zweite Act ist der mathematischen Bearbeitung dieser Region gewidmet und hier sieht man von allem Thatsächlichen ab. Endlich drittens treten die auf genaue Maassbestimmungen aller Art gerichteten exacten Experimente ein, welche nun zeigen müssen erstens, ob die vermuthete Region unseres apriorischen Wissens die richtige war und die entwickelten Gesetze in dem zu erforschenden Erfahrungsgebiet angetroffen werden und zweitens, wie gross die in dem Gesetz nothwendig vorkommenden und für das Gesetz als solches zufälligen empirischen Constanten sind. Diese dreifache Thätigkeit, deren Reihenfolge wir vollständig als die richtige anerkennen, kann man wohl kürzer bezeichnen, als vorläufige Induction, daran anknüpfende Deduction und experimentelle Prüfung. Um so weniger können wir damit übereinstimmen, wenn der Herr Verfasser unmittelbar nachher (S. 14) dagegen polemisirt, dass die naturwissenschaftliche Methode eine inductive sei. Denn eine Methode, welche mit Induction beginnt, ist eben eine inductive und die richtige Deduction hängt zwar nicht davon ab, hat aber ihren praktischen Werth doch nur, wenn jene Induction richtig war. Die 6 letzten Seiten enthalten eine Darstellung von Galilei's Ableitung der Fallgesetze, wobei wir leider jedes Citat vermissen, welches dem Laien im Gebiete historischer Forschung die Controle des behaupteten Entwickelungsganges ermöglichte. Der Fachmann weiss allerdings, dass diese Untersuchungen in den *Discorsi e dimostrazioni matematiche intorno a due nuove scienze attenenti alla Mecanica et ai Movimenti locali* sich finden, wo sie den Gegenstand der Unterredung von Salviati, Sagredo und Simplicius bilden, derselben Personen, welche auch die Redner in den für Galilei's Geschicke so verhängnissvollen Dialogen über das Weltsystem sind. Allein für den Fachmann ist überhaupt das ganze Programm offenbar nicht bestimmt, wie aus der fast breit zu nennenden populären Schreibweise hervorgeht.

CANTOR.

Die Elemente der Planimetrie. Für den Schulgebrauch bearbeitet von Dr. HERMANN WEISSENBORN, Lehrer am Realgymnasium zu Eisenach. Nebst 8 Figurentafeln. Halle, H. W. Schmidt. 1864.

Der Verfasser hat sich zur Herausgabe des vorliegenden Buches entschlossen, weil er unter den ihm bekannten Lehrbüchern der Planimetrie keins finden konnte, welches er glaubte mit wirklichem Nutzen seinem Unterrichte zu Grunde legen zu können. Entweder nämlich haben diese Bücher eine unwissenschaftliche, nur auf Strenge der Beweisführung Gewicht legende Anordnung, oder, wenn sie diesen Fehler vermeiden, so sind sie nach der genetisch-heuristischen Methode verfasst. Diese aber hält der Verfasser nach seinen Erfahrungen beim Unterrichte von Anfängern für unzweckmässig. Entweder nämlich, so argumentirt er, ist die ganze Methode nur Schein, der Lehrer leitet durch seine Fragen und Bemerkungen den Schüler zu dem gewünschten Ziele hin, das wird der Schüler bald merken und wünschen, man möge ihm lieber gleich das Resultat mittheilen, da es jedenfalls leichter sei, die Richtigkeit eines Satzes zu beweisen, als den beschwerlichen Weg zur Entdeckung desselben zurückzulegen. Oder man lässt wirklich den Schüler selbstständig die verschiedenen Sätze finden. Dieses kann auf drei Arten geschehen. Man könnte den Schüler jeden nur möglichen Weg verfolgen lassen, damit er entweder ein brauchbares Resultat finde, oder zu der Erkenntniss gelange, dass auf diesem Wege kein solches zu erreichen sei. Dieses würde jedenfalls eine arge Zeitvergeudung sein. Man wird deshalb in der Regel den Schüler von unfruchtbaren Untersuchungen abhalten. Zu dem Zwecke kann man ihm nun deutlich machen, warum ein bestimmter Weg zu keinem Ziele führt, ein Verfahren, das wohl gleichfalls zu zeitraubend ist; daher wird man sich meist mit dem blosen Abmahnen von der Betretung unfruchtbarer Wege begnügen, wobei aber wieder ein grosser Theil des beabsichtigten Nutzens der Methode verloren geht. Die genetisch-heuristische Methode hat aber auch noch die Nachtheile, dass sie dem Hange der Jugend zu planlosem Reden Vorschub leistet und in dem Schüler den Dünkel erzeugt, als könne er bereits durch Entdeckungen die Wissenschaft bereichern.

Diese Bemerkungen haben uns überrascht; wir haben es für eine abgethane Sache gehalten, dass der Unterricht in der Geometrie nach der genetischen Methode erfolgen solle, damit der Schüler die Freude des Auffindens der einzelnen Sätze mit geniesse und einsehe, warum gerade diese Sätze und Probleme an jeder bestimmten Stelle zur Sprache kommen. Heuristisch in dem Sinne, dass man den Schüler jeden Weg, auch wenn es ein Irrweg wäre, gehen lässt, ohne durch eine berichtigende Bemerkung einzugreifen in seinen Gedankengang, soll natürlich das Verfahren nicht sein. Die Gedanken der Schüler auf der richtigen Fährte zu erhalten, sie nicht von dem vorgesetzten Ziele abschweifen zu lassen, das ist eben die Pflicht des Lehrers. Planlosem Geschwätz dürfte übrigens der geometrische

Unterricht bei weitem weniger Vorschub leisten, als jeder andere Zweig des Unterrichts, bei welchem der Lehrer die Selbstthätigkeit der Schüler zu wecken weiss; der Gegenstand selbst, die Sicherheit und Strenge des geometrischen Gedankenganges, sind dem entgegen. Dass aus der Stärkung der eigenen geistigen Kraft und aus dem wachsenden Vertrauen auf dieselbe eine so arge Selbstüberhebung des Schülers die Folge sein müsse, wie der Verfasser meint, darf wohl billig bezweifelt werden; wäre dies wahr, so bliebe Nichts weiter übrig, als die Schüler soweit als nur möglich durch die Unterrichtsmethode unfähig zu selbstständigem Denken zu machen. Vereinzelte Erscheinungen dürfen hier nicht als allgemeine Norm genommen werden. Wir wollen uns mit diesen Gegenbemerkungen begnügen, da wir es ja nicht mit der Discussion über die beste Art des geometrischen Unterrichts, sondern nur mit der Form zu thun haben, in der das vorliegende Lehrbuch verfasst ist. Und wir glauben, dass auch bei einem genetischen Gange des mündlichen Unterrichts ein Lehrbuch in dogmatischer Form, wenn es nur sonst entsprechend ist, recht gute Dienste leisten kann. Mit einem solchen in dogmatischer Form verfassten Lehrbuche haben wir es aber, nach der Absicht des Verfassers, hier zu thun.

Die ganze Schrift zerfällt in eine Einleitung, zwei Bücher und einen Anhang.

In der Einleitung giebt der Verfasser zunächst eine Reihe von Erklärungen über die Aufgabe und die Objecte der Geometrie, ferner über die Form der geometrischen Definitionen, Lehrsätze, Beweise, Aufgaben und Forderungssätze, die etwas breiter sind, als man bei dogmatischer Darstellung sonst gewohnt ist. Die Zahl der Postulate oder Forderungssätze, wie der Verfasser überall verdeutscht, beträgt neun, während Euklid sich mit dreien begnügt. Als ein methodischer Verstoss ist es zu bezeichnen, dass einige der Postulate sich auf den Kreis beziehen, der erst später bei Erwähnung des Zirkels als des zu seiner Construction dienenden Instrumentes seine Erklärung findet. Nicht zu billigen ist es ferner, dass ausser den beiden Instrumenten, deren sich die Alten bedienten, Lineal und Zirkel, auch noch das rechtwinklige Dreieck erwähnt wird; mit demselben Fug und Recht hätten auch Parallellineal und Transporteur mit aufgeführt werden können.

Das erste Buch behandelt die Lehre von der Geraden und von den geradlinigen Figuren; dasselbe zerfällt wieder in drei Abschnitte, deren erster die Lehre von der Geraden zum Gegenstande hat. An der Spitze dieses Abschnittes, welcher in besonderen Kapiteln der Reihe nach eine, zwei, drei, vier oder mehr Gerade betrachtet, steht sonderbarer Weise eine genetische Erklärung der geraden Linie, dann folgen einige „Grundsätze", von denen die zwei ersten identisch sind mit den beiden ersten Postulaten Euklid's; diese beiden Sätze sind aber auch in der That „Postulate", denn sie drücken die Möglichkeit einer Construction aus. Auch der Satz in §. 16: „Die gerade Linie ist der kürzeste Weg. zwischen zwei Punkten" hat eine falsche Bezeichnung; er ist kein Grundsatz, wie der Verfasser schreibt, sondern ein Lehrsatz, der als solcher freilich erst nach der Behandlung des gleichschenkligen Dreieckes bewiesen werden kann. Im weiteren Verlaufe der Darstellung tritt dann der Begriff der Richtung als ein fundamentaler auf, ohne dass dieser früher als solcher Erwähnung gefunden hätte. Der Winkel wird als der Richtungsunterschied zweier Geraden definirt und weiterhin in der Parallelentheorie wird eine Richtung von der andern subtrahirt und dadurch die Gleichheit der Gegenwinkel bewiesen. Ist es aber wohl wissenschaftlich statthaft, mit einem Etwas zu rechnen, von dem nicht einmal dargethan worden ist, dass man es überhaupt als eine Quantität auffassen darf? Muss nicht, bevor man rechnet, wenigstens die theoretische Möglichkeit einer Messung, eine theoretische Einheit festgestellt werden? Sicher kann man sich Nichts denken unter den Worten: „Eine Richtung ist doppelt so gross als eine andere." Daraus geht aber hervor, dass die Richtung gar keine Quantität ist; sonach darf man auch nicht mit Richtungen rechnen. Wohl aber ist der sogenannte Richtungsunterschied eine Quantität.

Der zweite Abschnitt enthält die Lehre von den geradlinigen Figuren rücksichtlich ihrer Gestalt und zerfällt in zwei Kapitel, welche vom Dreieck und vom Vier- und Vieleck handeln. Zunächst wird das Dreieck „nach seinen Bestandtheilen" abgehandelt, d. h. es werden die Sätze, welche sich auf die Seiten und Winkel eines Dreieckes beziehen, durchgenommen. Wir begegnen hier mehrmals einer eigenthümlichen, und wir können nicht gerade sagen sehr glücklichen Verwendung der geometrischen Terminologie. §. 63 enthält die angebliche „Erklärung": Das Dreieck ist die einfachste geradlinige Figur, welche einen Theil der Ebene vollständig begrenzt. Es ist daher von allen geradlinigen Figuren zuerst zu betrachten. §. 64 giebt die folgende „Erklärung": An jedem Dreiecke sind sechs Stücke zu unterscheiden, nämlich: drei Seiten und drei Winkel. Noch sonderbarer nimmt es sich aber aus, wenn in §. 65 die Bemerkung: „In den folgenden drei Paragraphen sollen die Eigenschaften eines Dreieckes rücksichtlich seiner Seiten betrachtet werden" auch als eine „Erklärung" aufgeführt wird. — Sodann wird die Congruenz der Dreiecke besprochen, welche in einen Abschnitt, der die Lehre von den geradlinigen Figuren „rücksichtlich ihrer Gestalt" zum Gegenstande hat, unbedingt nicht gehört. Beim Beweise der Congruenzsätze, welche übrigens sehr sorgfältig abgehandelt sind, wird (§. 87) auch von dem Satze Gebrauch gemacht, dass eine Gerade einen Kreis in nicht mehr als zwei Punkten schneiden kann, ein Satz, dessen Beweis erst der §. 210 enthält. Nach den Congruenzsätzen folgt eine Reihe von Sätzen und Aufgaben, die sich durch die Congruenzsätze beweisen, beziehentlich auflösen lassen. Endlich enthält dasselbe Kapitel auch noch die Lehre von der Aehnlichkeit der Dreiecke. An der Spitze steht eine Deduction, bestimmt, den Begriff der Aehnlichkeit abzuleiten, der dann in der Form ausgesprochen wird: Von zwei Dreiecken $A'B'C'$, ABC (oder Figuren $A'B'C'D'E'$, $ABCDE$), in welchen jede zwei Seiten des einen dasselbe Verhältniss zu einander haben, wie zwei Seiten des andern, und in welchen die Winkel in derselben Reihenfolge einander gleich sind, sagt man: „die Dreiecke (oder Figuren) sind einander ähnlich." Das ist freilich in etwas weitläufigerer Form dieselbe Definition, die der Altmeister Euklid an die Spitze des sechsten Buches seiner Elemente gestellt hat, aber unzählige Male ist darauf aufmerksam gemacht worden, dass diese Definition unstatthaft ist, weil sie mehr Bestimmungen enthält, als nöthig sind und Folge dessen einen Lehrsatz in sich schliesst.

Das zweite Kapitel behandelt nur die Hauptsätze über Winkel, Seiten und Diagonalen der Vierecke, deren Eintheilung und Terminologie, ferner die Diagonalenanzahl und Winkelsumme der Polygone und gedenkt noch in einem, etwa eine halbe Seite in Anspruch nehmenden Paragraphen der Congruenz und Aehnlichkeit der Vielecke. Als „Grundsätze" werden hier folgende zwei Sätze aufgeführt: zwei Vielecke sind congruent, wenn die Dreiecke, in welche sie sich durch Diagonalen zerlegen lassen, in beiden in derselben Reihenfolge congruent sind, und zwei Vielecke sind ähnlich, wenn die Dreiecke, in welche sie sich durch Diagonalen zerlegen lassen, in beiden in derselben Reihenfolge congruent sind, und zwei Vielecke sind ähnlich, wenn die Dreiecke, in welche sie sich durch Diagonalen zerlegen lassen, in beiden in derselben Reihenfolge ähnlich sind. Ausser einigen Beispielen findet sich sonst hier Nichts weiter über Congruenz und Aehnlichkeit der Polygone.

Im dritten Abschnitte wird die Lehre von den geradlinigen Figuren rücksichtlich ihrer Grösse abgehandelt. Zunächst wird die Vergleichung und Ausmessung der Flächen geradliniger Figuren gelehrt; wir wollen dabei anführen, dass die Regel für die Flächenberechnung der Rechtecke durch Zerlegung in Quadrate abgeleitet wird, ein Verfahren, gegen das wir übrigens Nichts zu erinnern haben. Bei einer strengen Ableitung muss dann die Regel für den Fall, dass die Seiten incommensurabel sind, durch die *Reductio ad absurdum* verificirt werden. Der Verfasser hat indessen die Betrachtung incommensurabler Grössen aus seinem Buche ausgeschlossen, weil — und er hat darin wohl nicht unrecht — dieser Gegenstand für den Anfänger zu schwierig ist. Demnächst folgt der Pythagorische Lehrsatz und verschiedene Anwendungen derselben.

Das zweite Buch behandelt die Lehre vom Kreis und zerfällt in zwei Abschnitte, welche die Ueberschriften führen: der Kreis nach Lage und Gestalt und der Kreis nach Grösse. Im ersten Abschnitte werden der Reihe nach 1) der Kreis für sich (fast nur Definitionen); 2) Kreis, Gerade und Winkel (Sehnen und Tangenten, Peripherie- und

Centriwinkel), 3) Kreis und Vieleck in besonderen Kapiteln betrachtet. Im letzten Kapitel wird auch die Berechnung der Seiten der ein- und umgeschriebenen Vielecke von doppelter Seitenzahl aus denen von einfacher Seitenzahl gelehrt, was als Vorbereitung zum zweiten Abschnitte dient, welcher in zwei Kapiteln die Rectification und Quadratur des Kreises auseinandersetzt.

Der Anhang enthält noch eine grosse Anzahl Aufgaben und zwar: 1) Lehrsätze zu beweisen; 2) Constructionsaufgaben nebst Angabe der Parthien des Buches, mit denen sie im Zusammenhange stehen.

Die Darstellung ist sehr ausführlich, weitläufiger als im Allgemeinen nöthig war. Nicht selten treffen wir auf Deductionen, die in einem dogmatisch abgefassten Lehrbuche sich fremdartig ausnehmen; Bemerkungen, die beim mündlichen Unterrichte ganz gut sind, die man aber deshalb noch nicht drucken lässt. Lobenswerth ist die Consequenz in der Beziehung: Punkte werden mit grossen, Strecken mit kleinen lateinischen, Winkel mit kleinen griechischen Buchstaben bezeichnet. Das Handwerkszeug der dogmatischen Methode hat der Verfasser möglichst pedantisch zur Schau gestellt; keine Bemerkung ohne die Ueberschrift „Grundsatz" oder „Erklärung" u. s. w. Wie der Verfasser diese Termini anwendet, davon haben wir einige Beispiele schon angeführt. Was ein solches Verfahren für Nutzen stiften soll, vermögen wir nicht einzusehen.

Nach unserer Meinung hat der Verfasser ein Buch geliefert, wie er es für seine Zwecke mit Rücksicht auf seine eigene Individualität eben braucht; es mag da auch ganz gute Dienste leisten. Vorzüge, die es für Andere empfehlenswerth machten, oder die für die mancherlei Mängel in demselben entschädigen könnten, haben wir nicht darin entdecken können.

Leipzig. GRETSCHEL.

Bibliographie
vom 15. Juli bis 1. November 1864.

Periodische Schriften.
Denkschriften der Kaiserl. Akademie der Wissenschaften zu
Wien. 23. Bd. Wien, Gerold's Sohn. 15 Thlr.
Annalen der Königl. Sternwarte bei München, herausgeg. von
J. Lamont. 13. Bd. München, Franz. 1⅔ Thlr.
Bibliotheca historico-naturalis, physico-chemica et mathematica, ed. *A. Zuchold.* 14. Jahrg. 1. Heft, Januar — Juli 1864. Göttingen, Vandenhoeck & Ruprecht. 8 Ngr.
Mémoires de l'académie des sciences de l'institut imp. de France.
Tome 34. *Paris, Didot frères, fils & Comp.*
Mélanges physiques et chimiques tirées du Bulletin de l'acad. imp.
des sciences de Petersbourg. Tome V, livr. 6. Leipzig, Voss.
24 Ngr.
Memorie di matematica e di fisica della società italiana delle
scienze, fondata d. M. A. Lorgna. Serie seconda. Tomo I. Modena.

Reine Mathematik.
STERN, M. A., Ueber die Eigenschaften der periodischen negativen Kettenbrüche, welche die Quadratwurzel aus einer ganzen positiven Zahl darstellen. Göttingen, Dieterich.
16 Ngr.
BALTZER, R., Theorie und Anwendung der Determinanten.
2. Aufl. Leipzig, Hirzel. 1½ Thlr.
MOSHAMMER, K., Centralprojection der Linien zweiter Ordnung.
Wien, Gerold's Sohn. 9 Ngr.
SCHMITT, C., Die Principien der neueren ebenen Geometrie
und deren Anwendungen auf Gerade und Kreis. Wien,
Gerold's Sohn. 1⅕ Thlr.
WIENER, CH., Ueber Vielecke und Vielflache. Wien, Gerold's Sohn.
24 Ngr.
ARRONEET, J., Grundriss der Mathematik für Gymnasien. Leipzig, Klinckhardt. ¾ Thlr.

KAMBLY, L., Die Elementarmathematik. 1. Thl. 7. Aufl. u. 2. Thl.
11. Aufl. Breslau, Hirt. à 12½ Ngr.
WIEGAND, A., Lehrbuch der Mathematik. 2. Cursus der Planimetrie.
6. Aufl. Halle, Schmidt. ⅙ Thlr.
FIALKOWSKY, N., Lehrbuch der Geometrie und des Zeichnens oder die geometrische Formenlehre. Wien, Gorischek.
24 Ngr.
WESTBERG, H., Die Elemente der Geometrie. 3. Aufl. Reval, Kluge.
18 Ngr.
SPITZ, C., Lehrbuch der Stereometrie nebst Uebungsaufgaben. 2. Aufl. Leipzig, Winter. 24 Ngr.
—— —— Resultate hierzu. 4 Ngr.
—— Lehrbuch der ebenen Trigonometrie nebst Uebungsaufgaben. 2. Aufl. Leipzig, Winter. 16 Ngr.
—— —— Resultate hierzu. 8 Ngr.
WITTIBER, Sammlung trigonometrischer Aufgaben nebst Auflösungen. 1. Thl. Aufgaben. Breslau, Maruschke & Berendt.
18 Ngr.
KÖHLER, H., Logarithmisch-trigonometrisches Handbuch. 9. Ausg. Leipzig, Tauchnitz. 27 Ngr.
VEGA-BREMIKER, Logarithmisch-trigonometrisches Handbuch. 48. Aufl. Berlin, Weidmann. 1¼ Thlr.
WEISBACH, J., Tafel der vielfachen Sinus und Cosinus etc. für praktische Geometer. 2. Ausg. Berlin, Weidmann.
RUCHONNET, CH., *Exposition géométrique des propriétés générales des courbes.* Zürich, Orell, Füssli & Comp. 1 Thlr.

Angewandte Mathematik.

KAAN, J., Die mathematischen Rechnungen bei Pensionsinstituten der Eisenbahnbeamten etc. Wien, Manz & Comp. 1 Thlr.
ELTZNER, Das Stereoskop. Eine Sammlung von 28 Tafeln stereoskopisch abgebildeter mathematischer Körper und Flächen. Leipzig, Müller. ⅔ Thlr.
MILLER, W. H., Eine Abhandlung über Krystallographie. Aus dem Engl. übers. von Joerres. Bonn, Henry. ½ Thlr.
HARTNER, F., Handbuch der niederen Geodäsie. 3. Aufl. 1. Hälfte. Wien, Seidel & Sohn. pro compl. 4⅔ Thlr.
BRESSON, C., Lehrbuch der Mechanik in ihrer Anwendung auf Physik, Künste und Gewerbe. Frei nach dem Französischen. 10. Lief. Leipzig, Bänsch. ⅕ Thlr.
RITTER, A., Lehrbuch der technischen Mechanik. 2. Heft. Hannover, Rümpler. 1¼ Thlr.

DAMBECK, C., Methodisches Lehrbuch der mathematischen
  Geographie und Astronomie. Halle, Schmidt. ¾ Thlr.
GAUSS, C. F., *Théorie du mouvement des corps celestes; traduction
  du Theoria motus corporum celestium, suivi de notes par E.
  Dubois. Paris, Bertrand.* 15 Fr.
HANSEN, P., Darlegung der theoretischen Berechnung der in
  den Mondtafeln angewandten Störungen. 2. Abth. Leipzig,
  Hirzel. 3 Thlr.
SCHAUB, F., Ueber die Derivationen des Compasses, welche
  durch Eisen eines Schiffes verursacht werden. Wien,
  Gerold's Sohn. 1⅔ Thlr.
FINCK, P., *Mécanique rationelle. Strasbourg, Derivaux.* 6½ Fr.

Physik.

NEUMANN, C., Theorie der Electricitäts- und Wärmevertheilung in einem Ringe. Halle, Waisenhausbuchhandlung. ½ Thlr.
DOVE, H. W., Die Monats- und Jahresisothermen in der Polarprojection nebst Darstellung ungewöhnlicher Winter
  durch thermische Isametralen. Berlin, D. Reimer. 2⅔ Thlr.
Uebersicht der Witterung in Oesterreich und einigen auswärtigen Stationen im Jahre 1862. Wien, Gerold's Sohn.
  24 Ngr.
LUCAS, H., Resultate meteorologischer Beobachtungen zu Arnstadt in den Jahren 1823—62. Halle, Schmidt. ⅔ Thlr.
GROUVEN, H., Meteorologische Beobachtungen nebst Beobachtungen über Wasserverdunstung und Bodenwärme, angestellt im J. 1863 zu Salzmünde. Halle, Pfeffer. ⅙ Thlr.
KOPPE, K., Anfangsgründe der Physik. 8. Aufl. Essen, Bädeker.
  1 Thlr. 8 Ngr.
MÜLLER, J., Lehrbuch der Physik und Meteorologie. 6. Aufl.
  2. Bd. 7. u. 8. Lief. Braunschweig, Vieweg. 1 Thlr.
CRÜGER, F., Grundzüge der Physik. 9. Aufl. Erfurt, Körner. ½ Thlr.
BRETTNER, H. A., Leitfaden beim Unterrichte in der Physik.
  16. Aufl. Breslau, Max & Comp. ½ Thlr.
PISKO, F., Lehrbuch der Fisik für Unterrealschulen. 6. Aufl.
  Brünn, Winiker. 24 Ngr.
*Meteorologische Waarnemingen in Nederlanden zijne bezittingen.
  Uitgeg. door het Kon. ned. meteorol. Instituut.* 1863. *Utrecht, Kemink
  & Zoon.* 5 Fl.
COLMET D'HUART, *Nouvelle théorie mathématique de la chaleur et
  de l'electricité.* 1ère *partie. Luxembourg, Bück.* 1 Thlr.

Mathematisches Abhandlungsregister.

1863.
Zweite Hälfte: 1. Juli bis 31. December.

A.

Aerodynamik.
220. Bemerkung zur Theorie der Gase. Stefan. Zeitschr. Math. Phys. VIII, 355.
221. On the true theory of pressure as applied to elastic fluids. Moon. Phil. Mag. XXVI, 70.
222. Ueber das Ausströmen des Wasserdampfes aus einem Gefässe und sein Einströmen in ein solches. Bauschinger. Zeitschr. Math. Phys. VIII, 429. [Vergl. No. 1.]
223. Formule générale de l'écoulement des fluides élastiques avec ou sans détente. Beau de Rochas, Compt. rend. LVII, 910.

Analytische Geometrie der Ebene.
224. Zur Involution. Hesse. Crelle LXIII, 179.
225. Propriété des courbes planes. Timmermans. N. ann. math. XXII, 347.
226. Caustiques. Cornu. N. ann. math. XXII, 311.
227. Propriété d'un point tel que la somme des carrés de sa distance à des points d'une courbe algébrique soit constante. J. B. N. ann. math. XXII, 449. [Vergl. Bd. VIII, No. 5.]
Vergl. Determinanten in geometrischer Anwendung. Ellipse. Hyperbel. Kegelschnitte. Kreis. Kreistheilung. Krümmung. Parabel. Spirallinien.

Analytische Geometrie des Raumes.
228. Ueber Gestalt und Maass der singulären Punkte der Curven und Flächen. Matthiessen. Zeitschr. Math. Phys. VIII, 451.
229. Darstellung der Curven durch Krümmung und Torsion. Hoppe. Crelle LXIII, 123. [Vergl. Bd. VIII, No. 11.]
230. Transformationsformeln für rechtwinklige Raumcoordinaten. Hesse. Crelle LXIII, 247.
231. Note sur la transformation des coordonnées. Le Besgue. N. ann. math. XXII, 392.
232. Lieu des sommets des cones du second degré qui passent par six points donnés. Poudra. N. ann. math. XXII, 307.
233. Sur le déplacement d'une courbe invariable de forme, qui reste tangente à une courbe fixe. Combescure. Crelle LXIII, 332.
234. Trouver le lieu géométrique des points tels, que le rapport de leurs distances à deux droites non situées dans un même plan soit constant. Dubois. N. ann. math. XXII, 462.
Vergl. Determinanten in geometrischer Anwendung. Ellipsoid. Hyperboloid. Krümmung. Maxima und Minima. Oberflächen. Oberflächen 2ter Ordnung. Paraboloid. Sphärik.

Astronomie.
235. Moyen de résoudre graphiquement le problème de Kepler. Dubois. Astr. Nachr. LIX, 177.
236. Ueber die Anwendung der Hansen'schen Formeln zur Berechnung der speciellen Störungen der kleinen Planeten. Powalky. Astr. Nachr. LX, 337.

237. Polhöhenbestimmung durch circummeridiane Beobachtungen mittelst des Passageninstrumentes. Astrand. Astr. Nachr. LXI, 197.
238. Berücksichtigung der Refraction und Correction der Fehler bei dem Stundenzeiger von Eble. Nell. Grun. Archiv XLI, 207. [Vergl. Bd. VII, No. 227.]
239. Ueber die Veränderung der Brennweite der Objective durch Temperatur und Luftdruck. Krüger. Astr. Nachr. LX, 65.
240. Vereinfachung eines Bessel'schen Theorems. D'Arrest. Astr. Nachr. LIX, 231.
241. *Sur une équation pour le calcul des orbites planétaires.* De Gasparis. *Astr. Nachr. LIX*, 201.
242. Astronomisches Theorem. Schroeder van der Kolk. Astr. Nachr. LX, 159.
 Vergl. Geschichte der Mathematik 301.

Attraction.

243. Ueber die Anziehung eines Cylinders. Grube. Zeitschr. Math. Phys. VIII, 342.
244. *On the nearly spherical arrangement of the mass of the earth.* Pratt. *Phil. Mag. XXVI*, 343.
245. Ueber eine besondere Art secundärer Gleichgewichtsfiguren. Matthiessen. Zeitschr. Math. Phys. VIII, 457.
246. Zur Theorie des Gleichgewichts eines nicht homogenen flüssigen rotirenden Sphäroids. Lipschitz. Crelle LXIII, 289. [Vergl. No. 135.]
247. Ueber die permanente Gestalt einer mit gleichförmiger Winkelgeschwindigkeit um eine Axe rotirenden Flüssigkeit. Dienger. Grun. Archiv XLI, 187.

B.

Bestimmte Integrale.

248. *Sur le changement des variables dans les intégrales multiples.* Baehr. *Grun. Archiv. XLI*, 453.
249. Ueber bestimmte Integrale. Oettinger. Grun. Archiv XLI, 1. [Vergl. No. 22.]
250. Ueber das Integral $\int \sin x^m \cos x^n \, dx$, dessen Grenzen vielfache von $\frac{\pi}{2}$ sind. Oettinger. Crelle LXIII, 252.
251. Beweis für einen Satz von den Euler'schen Integralen. Hoppe. Grun. Archiv. XLI, 65.
 Vergl. Differentialgleichungen 269. Elliptische Functionen. Quadratur. Reihen 404. Ultraelliptische Functionen.

Brennlinien.

Vergl. Analytische Geometrie der Ebene 226.

C.

Cubatur.

252. Ueber die Inhaltsbestimmung der fünf regulären Körper. Dellmann. Zeitschr. Math. Phys. VIII, 460.
253. Kurzer Beweis des Satzes vom Kubikinhalte des Hexakisoktaeders. Dellmann. Zeitschr. Math. Phys. VIII, 463.
254. *Sur le volume de quatre polyèdres,* Lemasne. *N. ann. math. XXII*, 368.
255. Bestimmung des Rauminhaltes desjenigen Theiles eines elliptischen Kegels, welcher zwischen zwei gegebenen Ebenen enthalten ist. Unferdinger. Grun. Archiv XLI, 178.

Cubische Formen.

256. *Sur la transformation de la cubique ternaire en sa forme canonique.* Spottiswoode. *Crelle LXIII*, 244.

D.

Determinanten.

257. *Décomposition d'un covariant en facteurs linéaires.* Hermite. *Crelle LXIII*, 30. — Brioschi ibid. 32.
258. Ueber bilineare Functionen. Christoffel. Crelle LXIII, 255.

Determinanten in geometrischer Anwendung.

259. *Extrait d'un mémoire sur les coordonnées trilinéaires.* **Faure.** *N. ann. math. XXII,* 289.
260. *Propriétés du système des surfaces du second ordre conjuguées par rapport à un tétraèder fixe.* **Painvin.** *Crelle LXIII,* 58.
261. Ueber die Wendungsberührebenen der Raumcurven. **Clebsch.** Crelle LXIII, 1.
262. Ueber einen Satz von Steiner und einige Punkte der Theorie der Curven dritter Ordnung. **Clebsch.** Crelle LXIII, 94.
263. Bemerkung zu Jacobi's Beweis für die Anzahl der Doppeltangenten. **Clebsch.** Crelle LXIII, 186.
264. *Sur la surface qui coupe la courbe d'intersection de deux surfaces algébriques données dans les points de contact des plans osculateurs stationnaires.* **Clebsch.** *Journ. Mathém. XXVIII,* 297.
265. *Théorème sur un triangle conjugé à une conique.* **Schnée.** *N. ann. math. XXII,* 513.
266. *Sur les équations de quelques cercles.* **Griffiths.** *N. ann. math. XXII,* 543.
Vergl. Elimination. Schwerpunkt.

Differentialgleichungen.

267. Ueber die Integration einer gewissen Gattung linearer Differentialgleichungen. **S. Spitzer.** Crelle LXIII, 27.
268. Note über lineare Differentialgleichungen. **S. Spitzer.** Grun. Archiv XLI, 234.
269. Integration der linearen Differentialgleichung $x^2 y''' - y = 0$ mittelst bestimmter Integrale. **S. Spitzer.** Zeitschr. Math. Phys. VIII, 202.
270. Integration der partiellen Differentialgleichung erster Ordnung mit $n+1$ Veränderlichen. **Weiler.** Zeitschr. Math. Phys. VIII, 264.
271. *Considérations sur la recherche des intégrales premières des équations différentielles partielles du second ordre* **Boldt.** *Bull. Acad. Petersb. IV,* 198.
272. *On differential equations and umbilici.* **Cayley.** *Phil. Mag. XXVI,* 373, 441.

Differenzenrechnung.

273. *Sur les intégrales aux différences finies.* **Thoman.** *Compt. rend. LVII,* 778.

E.

Elasticität.

274. *Sur la distribution des élasticités, autour de chaque point d'un solide ou d'un milieu de contexture quelconque, particulièrement lorsqu'il est amorphe, sans être isotrope* **De Saint-Venant.** *Journ. Mathém. XXVIII,* 257, 353.

Elektrodynamik.

275. Ueber die Bewegung der Elektricität in Leitern. **Weingarten.** Crelle LXIII, 145. [Vergl. Bd. VIII, No. 284.]
276. Ueber die durch einen Magnet in einem rotirenden Stromleiter inducirten elektrischen Ströme. **Jochmann.** Crelle LXIII, 158, 329.

Elimination.

277. *Nouvelles recherches sur l'élimination et la théorie des courbes.* **Cayley.** *Crelle LXIII,* 34.

Ellipse.

278. Geometrischer Ort der Mittelpunkte aller durch denselben Punkt gehenden Sehnen einer Ellipse. **Grunert.** Grun. Archiv XLI, 118.
279. *Lieu des extrémités de longueurs constantes portées sur les tangentes d'une ellipse.* **Autos.** *N. ann. math XXII,* 367.
280. *Sur les polygones semi-réguliers inscrits à l'ellipse,* **Abel Transon.** *N. ann. math. XXII,* 317.
281. *Propriété des tangentes de l'ellipse.* **Cornille.** *N. ann. math. XXII,* 454.
282. *Sur les ellipse ayant pour axes une normale et la tangente adjacente quelconque d'une ellipse donnée.* **Schnée.** *N. ann. math. XXII,* 326.
283. *Trouver l'enveloppe de certaines ellipses.* **Ange Le Taunéac.** *N. ann. math. XXII,* 329. [Vergl. No. 60.]

Ellipsoid.
284. Ueber den Fagnano'schen Satz anf dem Ellipsoid. Malmsten. Zeitschr. Math. Phys. VIII, 306. [Vergl. No 26.]

Elliptische Functionen.
285. *Considérations géométriques destinées à faciliter l'étude de la théorie des transcendantes elliptiques.* Küpper. Crelle LXIII, 40.
286. *Sur la théorie des fonctions elliptiques.* Hermite. Compt. rend. LVII, 613, 903.
Vergl. Determinanten in geometrischer Anwendung 262.

F.
Functionen.
287. *Sur les fonctions à périodes multiples.* Casorati. Compt. rend. LVII, 1018.
288. *Sur les fonctions de sept lettres.* Hermite. Compt. rend. LVII, 750.
289. *Discussion et développement en série de la fonction* $y = \frac{(1+x+..+x^n)^2}{1+x^2+..+x^{2n}}$, *x étant compris entre* $+1$ *et* -1. Geoffroy et L'Huilier. N. ann. math. XXII, 337.
290. *Sur la fonction* $\varphi(\omega)$ *remplissant l'équation* $\varphi(2\omega) = \varphi(\omega) . \cos \omega$. Beltrami. N. ann math. XXII, 302. Realis ibid. 510 [Vergl. No. 66.]
Vergl. Determinanten. Elliptische Functionen. Gammafunctionen. Quaternionen. Ultraelliptische Functionen.

G.
Gammafunctionen.
Vergl. Bestimmte Integrale 251.

Geodäsie.
291. Ueber die Genauigkeit der Winkel und Linienmessungen. Boersch. Zeitschr. Math. Phys. VIII, 321.
292. Ueber einige Verbesserungen in meiner Schrift: „das Messen auf der sphäroidischen Erdoberfläche. Berlin 1862". Breyer. Astr. Nachr. LX, 129.
293. Ueber die Auflösung grosser sphäroidischer Dreiecke. Baeyer. Astr. Nachr. LXI, 225.

Geometrie (descriptive).
294. Ueber das System in der darstellenden Geometrie. Fiedler. Zeitschr. Math. Phys. VIII, 444.
295. *On the application of barycentric perspective to the transformation of structures.* Maquorn Rankine. Phil. Mag. XXVI, 387.
296. Elementarer Beweis des Pohlke'schen Fundamentalsatzes der Axonometrie. H. Schwarz. Crelle LXIII, 309.
Vergl. Geschichte der Mathematik 311. Schwerpunkt. Sphärik 409.

Geometrie (höhere).
297. Ueber Curvenreihen von beliebigem Index. Battaglini. Grun. Archiv XLI, 26.
298. *Proposition sur une transversale d'une conique.* Fontaneau. N. ann. math. XXII, 300, 422. [Vergl. Bd. VII, No. 288.]

Geschichte der Mathematik.
299. *Compte rendu du mémoire de Woepcke sur la propagation des chiffres indiens.* Devic. N. ann math. XXII, 529.
300. *Arithmétique et algèbre des Chinois.* Biernatzki. N. ann. math. XXII, 529. [Vergl. Bd. VIII, No. 74.]
301. *Livres astronomiques du roi Alphonse X de Castille.* Rico y Sinobas. Compt. rend. LVII, 277.
302. *Sur les ouvrages de Desargues.* Chasles. Compt. rend. LVII, 943.
303. *Sur quelques turbines décrites et figurées dans des ouvrages de XVIe siècle.* De Caligny. Compt. rend. LVII, 702, 1025.
304. *On the problem of pedal curves.* Cayley. Phil Mag. XXVI. 20.
305. Nekrolog von Carl Ludwig Rümker. G. Rümker. Astr. Nachr. LIX, 113.
306. Nekrolog von Ormsby Mac Knight Mitchel. Hough. Astr. Nachr. LIX, 129.

307. Nekrolog von Virgilio Trettenero. Santini. Astr Nachr. LX, 81.
308. Nekrolog von J. H. W. Lehmann. Peters. Astr. Nachr. LX, 305.
309. Nekrolog von Dr. Maximilian Ritter von Weisse. Astr. Nachr. LXI, 113.
310. Nekrolog von Ernesto Capocci. Peters. Astr. Nachr. LXI, 321.
11. *Coup d'oeil historique sur la projection des cartes de géographie.* D'Avezac. *N. ann. math. XXII,* 423.
   Vergl. Geometrie (descriptive) 296.

Gleichungen.

312. *Sur les équations qui ne renferment que des puissances impaires de l'inconnu et le terme tout connu.* Realis. *N. ann. math. XXII,* 320.
313. Ueber die Beurtheilung der Wurzeln einer vorgelegten cubischen Gleichung. Kerz. Grun. Archiv XLI, 68.
314. Ueber die trigonometrische Einrichtung der Cardanischen Formel in dem sogenannten irreduciblen Falle. Zampieri. Grun. Archiv XLI, 60.
315. *Sur l'équation du quatrième degré.* Catalan. *N. ann. math. XXII,* 341. — *ibid.* 520.
316. Neue Auflösung der biquadratischen Gleichungen. Matthiessen. Grun. Archiv XLI, 231.
317. *Sur une classe d'équations du quatrième degré.* Brioschi. *Compt. rend. LVII,* 106.
318. *On a recent mathematical controversy.* Cockle. *Phil. Mag. XXVI,* 223. — Jerrard *ibid.* 294. [Vergl. Bd. VIII, No. 318.]
319. Die Bring'sche Transformation der Gleichungen des 5ten Grades. Bring. Grun. Archiv XLI, 105. [Vergl. No. 86.]
320. *Des systèmes de deux équations à deux inconnues.* Sivering. *N. ann. math. XXII,* 372.
   Vergl. Analytische Geometrie der Ebene 224. Elimination. Functionen 290.

H.
Homogene Functionen.
Vergl. Cubische Formen. Determinanten. Quadratische Formen.

Hydrodynamik.
321. *Sur le mouvement des liquides dans les tubes de très petit diamètre.* Emile Mathieu. *Compt. rend. LVII,* 320.
322. Eine Aufgabe aus der Hydraulik. Dienger. Grun. Archiv XLI, 181.

Hyperbel.
323. *Trouver la développée de l'hyperbole.* Delorme. *N. ann. math. XXII,* 329.
Vergl. Ellipse 283.

Hyperboloid.
324. *Sur les hyperboloides de rotation, qui passent par une cubique gauche donnée.* Cremona. *Crelle LXIII,* 141.

I.
Imaginäres.
Vergl. Quaternionen.

Integralrechnung.
325. Ueber einige Integrale. Skrivan. Zeitschr. Math. Phys. VIII, 303.

Involution.
Vergl. Analytische Geometrie der Ebene 224.

K.
Kegelschnitte.
326. *Sur quelques coniques homofocales.* Hermite de la Phideline. *N. ann. math. XXII,* 420.
327. *Recherche des axes d'une conique sur un plan et dans l'espace.* Mathieu. *N. ann. math. XXII,* 4`3.
328. *Cordes d'une conique passant par le même point.* De Saint-Michel. *N. ann. math. XXII,* 540.

329. *Lieu des points de rencontre des tangentes communes à une conique et à un cercle.* **Mister & Neuberg.** *N. ann. math. XXII,* 481.
330. Die Sätze vom Feuerbach'schen Kreise und ihre Erweiterungen. **Fiedler.** Zeitschr. Math. Phys. VIII, 390.
331. Erweiterung des Satzes, dass eine einen geraden Kegel schneidende Ebene von zwei demselben eingeschriebenen Kugeln in den Brennpunkten des entstehenden Kegelschnittes berührt wird. **Berner.** Zeitschr. Math. Phys. VIII, 464.
Vergl. Determinanten in geometrischer Anwendung 265, 266. Ellipse. Hyperbel. Kreis. Parabel.

Kreis.

332. *Sur le cercle des neuf points.* **Griffiths.** *N. ann. math. XXII,* 339.
333. Neue analytische Behandlung des Kreises der neun Punkte. **Grunert.** Grun. Archiv XLI, 121.
334. Ueber den Kreis, in Bezug auf welchen die Spitzen eines gegebenen Dreiecks die Pole der diesen Spitzen gegenüberstehenden Seiten des Dreiecks als Polaren sind. **Grunert.** Grun. Archiv XLI, 132.
335. *Trouver le lieu du point de rencontre des deux polaires d'un point mobile par rapport à deux cercles donnés.* **Lemonnier.** *N. ann. math. XXII,* 460.

Kreistheilung.

336. Theilung des Kreises mit besonderer Berücksichtigung der Theilung durch den Zirkel für praktische Mathematiker und Mechaniker. **L. v. Pfeil.** Grun. Archiv XLI, 153.

Krümmung.

337. *Formules sur les rayons de courbures.* **Caspari.** *N. ann. math. XXII,* 330.
338. *Sur les centres de courbure de la courbe, lieu des pieds des perpendiculaires abaissés d'un point donné sur les tangentes d'une conique.* **A. P.** *N. ann. math. XXII,* 502.
339. Ueber die Hauptkrümmungshalbmesser einiger Flächen. **Enneper.** Zeitschr. Math. Phys. VIII, 410.
340. *Sur la courbure des surfaces.* **Aoust.** *Compt. rend LVII,* 217.
341. Ueber die Krümmung der Flächen. **Boeklen.** Grun. Archiv XLI, 32.
342. *Deux surfaces se coupant suivant une ligne de courbure commune à l'une et à l'autre, le long de cette ligne les deux surfaces se coupent sur le même angle.* **Faure.** *N. ann. math. XXII.* 527. — *Dewulf ibid.* 528.
343. *Déterminer l'équation différentielle de certaines lignes de courbure.* **Rouquet.** *N. ann. math. XXII,* 523.
344. *Sur une propriété des lignes de courbure des surfaces du second ordre à centre.* **Durrande.** *N. ann. math. XXII,* 362.

M.

Maxima und Minima.

345. *Sur deux questions de maximum.* **Le Besgue.** *N. ann. math. XXII,* 433.
346. *Sur une certaine méthode de génération des surfaces d'étendue minimum.* **Mathet.** *Journ. Mathém. XXVIII,* 323.
347. *Sur quelques propriétés des surfaces d'étendue minimum.* **Mathet.** *Compt. rend. LVII,* 868.
348. Die Periode der forstlichen Haubarkeit. **Dienger.** Grun. Archiv XLI, 191.

Mechanik.

349. Das Princip der kleinsten Wirkung. **Dienger.** Grun. Archiv XLI, 194.
350. Ueber die kleinen Schwingungen eines periodisch eingerichteten Systems materieller Punkte. **Christoffel.** Crelle LXIII, 273.
351. *Sur une modification du parallélogramme articulé de Watt.* **Tchébychef.** *Bull. Acad. Petersb. IV,* 433.
352. *On the stability of arches.* **Pratt.** *Phil. Mag. XXVI,* 262.
353. *On the ratio between the forces tending to produce translation and rotation in the bores of rifled guns.* **Noble.** *Phil. Mag. XXVI,* 195
354. *Déterminer géométriquement le mouvement d'un point matériel sous l'influence de deux forces attractives.* **Scknée.** *N. ann. math. XXII,* 151.
Vergl. Aerodynamik. Astronomie. Attraction. Elasticität. Electrodynamik. Hydrodynamik. Optik. Potential. Schwerpunkt.

O.

Oberflächen.

355. Ueber einige Formeln aus der analytischen Geometrie der Flächen. Enneper. Zeitschr. Math. Phys. VIII, 241. [Vergl. Bd. VIII, No. 370.]
356. Wichtiger allgemeiner Satz von den Flächen. Grunert. Grun. Archiv XLI, 241.
357. Zur Theorie der algebraischen Flächen. Clebsch. Crelle LXIII, 14.
358. Sur la théorie de la déformation des surfaces gauches. Ossian Bonnet. Compt. rend. LVII, 805.
359. Sur les systèmes de surfaces orthogonales. Puiseux. Journ. Mathém. XXVIII, 325.
360. Sur la surface du quatrième ordre, qui a la propriété d'être coupée suivant deux coniques par chacun de ses plans tangents. Cremona. Crelle LXIII, 315.
   Vergl. Determinanten in geometrischer Anwendung 261, 264. Differentialgleichungen 272. Maxima und Minima.

Oberflächen zweiter Ordnung.

361. Théorèmes sur les surfaces du second ordre. Hioux & Bodemer. N. ann. math. XXII, 426, 488.
362. Plan osculateur à l'intersection de deux surfaces homofocales. Housel. N. ann. math. XXII, 400. — Gérono ibid. 411. — Dewulf ibid. 522.
363. Surfaces du second ordre circonscrites à une surface du même ordre et coupées par un plan. N. ann. math. XXII, 343.
364. Surface du second ordre engendrée par une droite glissant sur deux autres. Richard. N. ann. math. XXII, 325.
   Vergl. Determinanten in geometrischer Anwendung 260. Ellipsoid. Hyperboloid. Paraboloid.

Operationscalcül.

365. On a theorem of the integral calculus. Sylvester. Phil. Mag. XXVI, 293.

Optik.

366. Ueber allgemeine Strahlensysteme des Lichtes in verschiedenen Mitteln. Meibauer. Zeitschr. Math. Phys. VIII, 369.
367. On the theory of light. Lorenz. Phil. Mag. XXVI, 81, 205.
368. Theory of double refraction on the undulatory hypothesis of light. Challis. Phil. Mag. XXVI, 466.
369. Sur la théorie de la double réfraction. Galopin. Compt. rend. LVII, 291.
370. Sur la théorie de la double réfraction. Saint-Venant. Compt. rend. LVII, 387.
371. Ueber das Zusammenfallen des ordentlich gebrochenen und des ausserordentlich gebrochenen Strahls im einaxigen Kristalle der Richtung nach. Cavan. Grun. Archiv XLI, 199.

P.

Parabel.

372. Démonstration analytique de quelques théorèmes sur la parabole. Mathieu. N. ann. math. XXII, 466.
373. Théorème sur le cercle osculateur de la parabole. Haag. N. ann. math. XXII, 415. — L. P. ibid. 418.

Paraboloid.

374. Lieu du sommet d'un angle trièdre circonscrit à un paraboloide. Dubois. N. ann. math. XXII, 398.

Perspective.

375. Soient donnés une surface du second degré, la sphère exceptée et un point fixe lieu d'un spectateur; sous quel angle verra-t-il la surface? Beltrami. N. ann. math. XXII, 355.
   Vergl. Geometrie (descriptive) 295.

Planimetrie.

376. Théorème sur le cercle. Dupuy. N. ann. math. XXII, 346.
377. Aus 3 gegebenen nicht in derselben Geraden liegenden Punkten als Mittelpunkten 3 Kreise zu beschreiben, welche 3 gemeinschaftliche Berührende haben. Dewall. Grun. Archiv XLI, 139.

378. *Théorème sur les médianes d'un triangle.* N. ann. math. XXII, 419.
379. Ueber eine Reihenfolge ähnlicher Dreiecke. Recchia. Grun. Archiv XLI, 112.
380. Construction eines gleichschenkligen Dreiecks. Grunert. Grun. Archiv XLI, 237.

Potential.

381. Ueber eine Transformation des Potentials. Roch. Crelle LXIII, 9.
382. *De functione potentiali duarum ellipsoidium homogenearum.* Mertens. Crelle LXIII, 360.

Q.

Quadratische Formen.

383. Transformation einiger quadratischen Formen. Euler. Grun. Archiv XLI, 103.
384. *Sur la forme $x^2+xy+y^2+2z^2+2zt+2t^2$.* Liouville. Journ. Mathém. XXVIII, 308.
385. *Remarque nouvelle sur la forme $x^2+y^2+3(z^2+t^2)$.* Liouville. Journ. Mathém. XXVIII, 296. [Vergl. Bd. VI, No. 226.]
386. *Sur la forme $x^2+xy+y^2+3(z^2+t^2)$.* Liouville. Journ. Mathém. XXVIII, 227.
387. *Sur la forme $x^2+3(y^2+z^2+t^2)$.* Liouville. Journ. Mathém. XXVIII, 219.
388. *Sur la forme $x^2+3y^2+3z^2+t^2$.* Liouville. Journ. Mathém. XXVIII, 243.
389. *Sur la forme $x^2+3y^2+6z^2+6t^2$.* Liouville. Journ. Mathém. XXVIII, 209.
390. *Sur la forme $x^2+3y^2+12z^2+12t^2$.* Liouville. Journ. Mathém. XXVIII, 249.
391. *Sur la forme $x^2+12y^2+12z^2+12t^2$.* Liouville. Journ. Mathém. XXVIII, 253.
392. *Sur la forme $2x^2+2xy+y^2+2z^2+t^2$.* Liouville. Journ. Mathém. XXVIII, 225.
393. *Sur la forme $2x^2+3y^2+3z^2+6t^2$.* Liouville. Journ. Mathém. XXVIII, 214.
394. *Sur la forme $3(x^2+y^2+z^2)+4t^2$.* Liouville. Journ. Mathém. XXVIII, 229.
395. *Sur la forme $3x^2+3y^2+4z^2+12t^2$.* Liouville. Journ. Mathém. XXVIII, 239.
396. *Sur la forme $3x^2+4y^2+12z^2+12t^2$.* Liouville. Journ. Mathém. XXVIII, 241.
397. *Sur la forme $3x^2+4y^2+12z^2+48t^2$.* Liouville. Journ. Mathém. XXVIII, 255.

Quadratur.

398. Bemerkungen zur Theorie der mechanischen Quadraturen. Mehler. Crelle LXIII, 152.

Quaternionen.

399. *Solution d'un problème de géométrie.* Mathet. Journ. Mathém. XXVIII, 313. Vergl. Maxima und Minima 346.

R.

Rectification.

400. On Albert Dürers' heptagon-chord. Drach Phil. Mag. XXVI, 408.

Reihen.

401. *Sur les coefficients du développement de $\left(\dfrac{x-1}{x-1}\right)^n$.* Mathieu. N. ann. math. XXII, 509.
402. *De explicatione per series trigonometricas instituenda functionum unius variabilis arbitrariarum, et praecipue earum, quae par variabilis spatium finitum valorum maximorum et minimorum numerum habent infinitum, disquisitio.* Lipschitz. Crelle LXIII, 296.
403. Die harmonischen Reihen. Knar. Grun. Archiv XLI, 297.
404. Summation reciproker Potenzreihen mittelst der Formel

$$\frac{1}{s^a}=\frac{1}{\Pi.(a-1)}\int_0^\infty e^{-sx}\,x^{a-1}dx.$$

G. F. Meyer. Grun. Archiv XLI, 220.

405. Ueber einige hypergeometrische Reihen mit Zahlenwerthen. Dronke. Zeitschr. Math. Phys. VIII, 401.

406. Summirung der Reihe $\sum\limits_{n=1}^\infty \dfrac{x^n}{n^s}$. Unferdinger. Grun. Archiv XLI, 145.

Vergl. Functionen 289.

S.
Schwerpunkt.
407. *On the centre of gravity of a truncated triangular pyramid and on the principles of barycentric perspective.* Sylvester. *Phil. Mag. XXVI*, 167.

Sphärik.
408. Note über die Auflösung sphärischer Dreiecke. Unferdinger. Grun. Archiv XLI, 142.
409. Zur constructiven Auflösung der dreiseitigen Ecke. Fiedler. Zeitschr. Math. Phys. VIII, 448.

Spirallinien.
410. *Théorèmes concernant différentes spirales.* Rouquel. *N. ann. math. XXII*, 494. — *Laquière ibid.* 547.
411. *Théorèmes sur la spirale logarithmique.* Mogni. *N. ann. math. XXII*, 504.

Stereometrie.
412. Ueber die scheinbaren Einschränkungen des Euler'schen Satzes von den Polyedern. Matthiessen. Zeitschr. Math. Phys. VIII, 449.
Vergl. Cubatur.

T.
Tabellen.
413. Fehler in Schrön's siebenstelligen Logarithmentafeln. Grun. Archiv XLI, 120, 240, 495.

Trigonometrie.
414. Ueber die Dreiecke, deren Ecken die Mittelpunkte der vier Berührungskreise eines gegebenen Dreieckes sind. Noeggerath. Zeitschr. Math. Phys. VIII, 394. [Vergl. Bd. VII, No. 4.]
415. *Résoudre deux triangles, dont un est formé par les bissectrices des supplements des angles de l'autre.* Malloizel. *N. ann. math. XXII*, 515.
416. *Démonstration d'une relation entre des grandeurs trigonométriques.* A. G. *N. ann. math. XXII*, 456.
417. *Démonstration d'une relation entre des grandeurs trigonométriques.* De Virieu. *N. ann. math. XXII*, 457.

U.
Ultraelliptische Functionen.
418. Ueber die Anwendung der Abel'schen Functionen in der Geometrie. Clebsch. Crelle LXIII, 189.

Z.
Zahlentheorie.
419. *Théorèmes généraux concernant des fonctions numériques.* Liouville. *Journ. Mathém. XXVIII*, 347.
420. *Note sur la décomposition des nombres en carrés.* Liouville. *Journ. Mathém. XXVIII*, 311.
421. *Sur la décomposition de $4(2n+1)$ en une somme de quatre carrés impairs.* Liouville. *Journ. Mathém. XXVIII*, 431.
Vergl. Quadratische Formen.

Zeichen.
422. *On some new algebraic symbols.* Drach. *Phil. Mag. XXVI*, 406.

Zinsrechnung.
423. *Note sur les annuités.* Dupuin. *N. ann. math. XXII*, 464.

CPSIA information can be obtained
at www.ICGtesting.com
Printed in the USA
LVHW041312310522
720087LV00003B/332